JEFFERY DEAVER

Feuerzeit
Ein tödlicher Plan

BÜCHER

Feuerzeit

Der Dokumentarfilmer John Pellam kommt im New Yorker Armenviertel Hell's Kitchen einem gefährlichen Serienbrandstifter auf die Spur. Bald wird klar, dass es der Täter nicht nur auf verfallene Häuser abgesehen hat, sondern ein wahres Meisterstück des Schreckens plant. Doch John Pellam ahnt nicht, dass er selbst dabei die Hauptrolle spielen wird.

Ein tödlicher Plan

Als die junge Anwaltsassistentin Taylor Lockwood von ihrem Vorgesetzten Mitchel Reese gebeten wird, eine verdeckte interne Ermittlung für ihn durchzuführen, willigt sie sofort ein. Es geht um das rätselhafte Verschwinden eines Dokuments. Doch bei ihren Ermittlungen stößt Taylor auf ein Geheimnis, das den Fall in einem völlig anderen Licht erscheinen lässt. Plötzlich geht es um Mord. Und Taylor selbst schwebt in tödlicher Gefahr.

AUTOR

Jeffery Deaver gilt als einer der weltweit besten Autoren intelligenter psychologischer Thriller. Seit seinem ersten großen Erfolg als Schriftsteller hat er sich aus seinem Beruf als Rechtsanwalt zurückgezogen und lebt nun abwechselnd in Virginia und Kalifornien. Seine Bücher wurden in 25 Sprachen übersetzt und haben ihm bereits zahlreiche renommierte Auszeichnungen eingebracht.

LISTE DER LIEFERBAREN TITEL:

Die Lincoln-Rhyme-Romane: Die Assistentin (41644) · Letzter Tanz (41650) · Der Insektensammler (35905) · Der faule Henker (36484) · Das Gesicht des Drachen (36091) · Das Teufelsspiel (36829) · Der gehetzte Uhrmacher (37126) · Der Täuscher (geb. Ausgabe 0296)

Die Kathryn-Dance-Romane: Die Menschenleserin (37212) · Allwissend (geb. Ausgabe 0336)

Die John-Pellam-Romane: Todesstille (35946) · Ein einfacher Mord (35947)

Außerdem lieferbar: Blutiger Mond (36560) · Nachtgebet (36037) · Gezinkt. Short Stories (36978)

JEFFERY DEAVER

Feuerzeit

Ein tödlicher Plan

Zwei Romane in einem Band

Deutsch von Helmut Splinter
bzw. Marcel Bieger

blanvalet

Die Originalausgabe von „Feuerzeit“ erschien unter dem Titel
»Hell’s Kitchen« bei Simon & Schuster Inc., New York.
Die Originalausgabe von „Ein tödlicher Plan“ erschien unter dem Titel
»Mistress of Justice« bei Doubleday, a divison of Random House Inc.,
New York.

FSC
Mix
Produktgruppe aus vorbildlich
bewirtschafteten Wäldern und
anderen kontrollierten Herkünften

Zert.-Nr. SGS-COC-001940
www.fsc.org
© 1996 Forest Stewardship Council

Verlagsgruppe Random House FSC-DEU-0100
Das FSC-zertifizierte Papier *Holmen Book Cream*
für dieses Buch liefert Holmen Paper, Hallstavik, Schweden

1. Auflage
Taschenbuchausgabe Mai 2010
bei Blanvalet, einem Unternehmen der Verlagsgruppe Random House
GmbH, München

UH · Herstellung: sam
Druck und Einband: GGP Media GmbH, Pößneck
Printed in Germany
ISBN: 978-3-442-37486-1

www.blanvalet.de

JEFFERY DEAVER

Feuerzeit

Roman

Ich bin Profi. Ich habe
in einem ziemlich harten Gewerbe überlebt.

Humphrey Bogart

... Eins

Mit seinen schweren Stiefeln stapfte er die Treppe hinauf. Auf dem burgunderfarbenen Teppich mit Blumenmuster klangen seine Schritte dumpf, an den fadenscheinigen Stellen, wo das verkratzte Eichenholz durchschimmerte, etwas heller.

Das Treppenhaus war dunkel. In einem Viertel wie diesem wurden die Birnen aus den Deckenlampen und Notausgangsbeleuchtungen geklaut, sobald sie eingesetzt worden waren.

John Pellam hob den Kopf und versuchte, den seltsamen Geruch einzuordnen. Er konnte es nicht, wusste nur, dass er ihn beunruhigte und leicht nervös machte.

Erster Stock und weiter in den nächsten.

Er war vielleicht zum zehnten Mal in diesem alten Mietshaus, doch immer noch entdeckte er Dinge, die ihm bei den anderen Besuchen entgangen waren. Heute Abend wurde sein Blick auf einen Bleiglas-Einsatz mit einem über einer gelben Blume schwebenden Kolibri gelenkt.

Was machte dieses wunderschöne Bleiglas-Bild in einem hundert Jahre alten Mietshaus in einem der übelsten Viertel von New York? Und warum ein Kolibri?

Er hörte ein Schlurfen über sich und blickte nach oben. Er hatte gedacht, er wäre allein. Ein leiser Schlag, als etwas auf den Boden fiel. Ein Seufzen.

Wie der undefinierbare Geruch weckte auch dieses Geräusch ein unbehagliches Gefühl in ihm.

Im zweiten Stock hielt Pellam kurz an und betrachtete den Glaseinsatz über der Tür von Apartment 3B. Dieses Bild, ein Rotkehl-Hüttensänger oder Eichelhäher auf einem Zweig, war genauso sorgfältig gearbeitet wie der Kolibri im ersten Stock. Bei seinem ersten Besuch hier vor einigen Monaten hatte er die schäbige Fassade gesehen und erwartet, dass das Haus innen genauso verfallen wäre. Doch er hatte Unrecht gehabt. Es war ein Meisterstück der Handwerkskunst – Eichenholzdielen, die so dicht aneinander lagen wie Stahlplatten, Gips, der so makellos war wie Marmor, gedrechselte Geländer und Pfosten, bogenförmige Nischen, in denen früher bestimmt einmal katholische Heiligenbilder gestanden hatten. Er…

Wieder dieser Geruch. Diesmal stärker. Seine Nasenflügel flatterten. Noch ein Schlag über ihm. Jemand keuchte. Er spürte, dass es irgendwie dringend war, und stieg mit nach oben gerichtetem Blick weiter die enge Treppe hinauf, während er sich gegen das Gewicht seiner Tasche – Videokamera, Akkus und Zubehör – stemmte. Er war schweißgebadet. Es war zehn Uhr abends, doch im August war New York einfach nur die Hölle.

Was war das für ein Geruch?

Er weckte Erinnerungen in ihm, dann war er wieder verschwunden, überdeckt von dem Duft nach gebratenen Zwiebeln, Knoblauch und zu oft verwendetem Öl. Er erinnerte sich, dass an Etties Herd immer eine leere Dose Folgers-Kaffee mit altem Fett stand. »Ich kann Ihnen sagen, damit spare ich eine ganze Menge Geld.«

Auf halbem Wege zwischen dem zweiten und dritten Stock blieb Pellam noch einmal stehen und rieb sich die brennenden Augen. In dem Moment fiel es ihm ein:

Ein Studebaker.

Er stellte sich vor, wie der purpurrote, Ende der Fünfzigerjahre gebaute Wagen seiner Eltern, der wie ein Raumschiff ausgesehen hatte, langsam bis auf die Reifen abgebrannt war. Sein Vater hatte aus Versehen eine Zigarette auf den Sitz fallen lassen, und das Polster des Buck-Rogers-Wagens hatte Feuer gefangen. Pellam, seine Eltern und alle Nachbarn hatten sich das Schauspiel schockiert, erschrocken oder in heimlicher Freude betrachtet.

Und jetzt hatte er den gleichen Geruch in der Nase: schwelendes Feuer, Rauch. Plötzlich war er von heißen Rauchschwaden umhüllt. Er beugte sich über das Geländer und blickte ins Treppenhaus. Zuerst war alles nur dunkel und rauchig. Doch plötzlich wurde in einer heftigen Explosion die Tür im Erdgeschoss nach innen gerissen, und Flammen wie aus einer startenden Rakete schossen ins Treppenhaus und in den kleinen Flur im Erdgeschoss hinaus.

»Feuer!«, rief Pellam, als die schwarze Wolke den Flammen voraus zu ihm hinaufjagte. Er hämmerte an die nächstgelegene Tür. Keine Antwort. Er rannte die Treppen hinunter, doch die Flammen hielten ihn zurück, die wogende Welle aus Rauch und Funken war zu dicht. Der Würgereiz ließ ihn am ganzen Körper erzittern.

Verdammt, das Feuer kam rasend schnell näher! Flammen, Papierfetzen und Funken wurden wie in einem Wirbelsturm durchs Treppenhaus nach oben bis in den fünften, den obersten Stock getrieben.

Über sich hörte er einen Schrei und blickte hinauf.

»Ettie!«

Die alte Dame, eine Schwarze, hatte sich im vierten Stock übers Geländer gebeugt und blickte entsetzt in die Flammen. Sie muss es gewesen sein, die er vorher gehört hatte, als sie vor ihm die Stufen hinaufgeschlurft war. Die Plastiktüte mit Lebensmitteln rutschte ihr aus der Hand. Drei Orangen rollten an ihm vorbei und wurden zischend und blaue Funken sprühend von den Flammen verschluckt.

»John!«, rief sie. »Was ist…?« Sie hustete. »…das Haus.« Mehr konnte er nicht verstehen.

Er wollte zu ihr rennen, doch der Teppich und ein Müllhaufen im dritten Stock standen in Flammen. Sie schlugen ihm ins Gesicht, die orangefarbenen Tentakeln griffen nach ihm, sodass er rückwärts nach unten taumelte. Ein Stück brennender Tapete schwebte nach oben und um seinen Kopf herum. Bevor es Schaden anrichten konnte, war es zu Asche verbrannt. Pellam stolperte nach unten in den zweiten Stock, wo er an eine andere Tür pochte.

»Ettie«, rief er ins Treppenhaus hinauf. »Gehen Sie zu einer Feuerleiter! Gehen Sie raus!«

Am Ende des Flurs wurde vorsichtig eine Tür geöffnet, und ein spanisch aussehender Junge mit weit aufgerissenen Augen und einem gelben Power Ranger in der Hand blickte ihm entgegen.

»Ruf die neun-eins-eins!«, rief Pellam. »Los, beeil dich!«

Die Tür wurde wieder zugeschlagen. Pellam pochte heftig dagegen. Er dachte, er würde Schreie hören, doch er war sich nicht sicher, weil der Lärm des Feuers, der sich wie ein beschleunigender Lastwagen anhörte, alles andere übertönte. Die Flammen fraßen sich durch den Teppich nach oben, verzehrten das Geländer wie Pappe.

»Ettie«, rief er hustend nach oben und ließ sich auf die Knie fallen.

»John! Hauen Sie ab. Los, bringen Sie sich in Sicherheit!«

Die Flammen zwischen ihnen wurden immer dichter, wanderten über Wände, Fußboden und Teppich. Das Glasbild explodierte, Scherben von Bleiglas-Vögeln regneten auf ihn herab.

Wie konnte sich das Feuer so schnell ausbreiten, fragte sich Pellam, der immer schwächer wurde. Funken sprühten um ihn herum, knackten und knallten wie Querschläger. Die Luft war aufgebraucht, er konnte nicht mehr atmen.

»John, helfen Sie mir!«, schrie Ettie. »Es brennt auch auf der anderen Seite! Ich kann nicht…« Die Feuerwand hatte sich um sie geschlossen und ihr den Weg zum Fenster abgeschnitten, an dem sich die Feuerleiter befand.

Vom dritten Stock abwärts und ersten Stock aufwärts rasten die Flammen auf ihn zu. Oben sah er Ettie im vierten Stock, wie sie vor der näher rückenden Feuerwand zurückwich. Der Teil der Treppe, der sie voneinander trennte, brach zusammen. Zwei Stockwerke über ihm saß Ettie in der Falle.

Er würgte, schlug die glühenden Fetzen fort, die Löcher in sein Hemd und seine Jeans brannten. Die Wand zerbarst unter dem Druck des Feuers und fiel nach außen. Flammen züngelten in seine Richtung und verfingen sich im Ärmel seines grauen Hemds.

Der Gedanke an den Tod wurde verdrängt von den heftigen Schmerzen durch das Feuer, das ihn blind machen, seine Haut zu schwarzem Gewebe verbrennen und seine Lungen zum Platzen bringen wollte.

Er ließ sich auf seinen Arm fallen, um die Flammen zu ersticken, und richtete sich mühsam wieder auf. »Ettie!«

Er sah, wie sie sich umdrehte und ein Fenster aufriss.

»Ettie«, rief er wieder. »Versuchen Sie, aufs Dach zu klettern. Die Feuerwehr wird mit einem Wagen kommen…« Er trat ebenfalls an ein Fenster und schleuderte nach kurzem Zögern die Segeltuchtasche mit der vierzigtausend Dollar teuren Kameraausrüstung durch die Scheibe, wo sie auf der anderen Seite auf der Metalltreppe liegen blieb. Ein halbes Dutzend andere Bewohner rannte achtlos an der Tasche vorbei hinunter auf die Gasse.

Pellam kletterte auf die Feuerleiter und blickte zurück.

»Aufs Dach!«, rief er noch einmal zu Ettie hinauf.

Doch vielleicht war auch dieser Weg versperrt; die Flammen waren mittlerweile überall.

Oder vielleicht konnte sie in ihrer Panik nicht denken.

Durch das tosende Feuer hindurch warf sie ihm ein schwaches Lächeln zu. Ohne dass er sie schreien oder rufen hörte, zerschmetterte Etta Wilkes Washington ein seit langem übermaltes Fenster und hielt einen Moment inne, während sie nach unten taumelte. Dann sprang sie hinaus, fünfzehn Meter über der Gasse mit den Pflastersteinen, auf die Isaac B. Cleveland fünfundfünfzig Jahre zuvor seine Liebeserklärung an die junge Ettie Wilkes geschrieben hatte. Die unscharfen Umrisse der alten Frau verschwanden im Rauch.

Holz und Stahl keuchten, dann ein Schlag wie mit dem Holzhammer auf Metall, als irgendwo ein tragendes Teil nachgab. Pellam sprang bis an den Rand der Feuerleiter, wo er fast über das Geländer stolperte. Während er nach unten hechtete, regneten orangefarbene Flammen auf ihn herab.

Er hatte es genauso eilig wie die Bewohner – doch er floh nicht vor dem verheerenden Feuer, sondern er wollte, in Gedanken an Etties Tochter, die Leiche der Frau fortbringen, bevor das Gebäude zusammenbrechen und sie in einem glühend heißen, nicht zu erkennenden Grab verschluckt haben würde.

... Zwei

Als er die Augen öffnete, blickte ein Wachmann auf ihn herab.

»Sir, sind Sie Patient hier?«

Er schnellte hoch und merkte, dass er sich bei der Flucht vor dem Feuer verletzt und Brandwunden zugezogen hatte. Aber erst die fünf Stunden, die er in der Notaufnahme auf dem orangefarbenen Fiberglasstuhl geschlafen hatte, hatten ihn so richtig fertig gemacht. Sein Nacken tat höllisch weh, als er sich bewegte.

»Ich bin eingeschlafen.«

»Sie können hier nicht schlafen.«

»Ich war Patient hier. Ich wurde gestern Abend hier behandelt, und dann bin ich eingeschlafen.«

»Ja, Sir. Sie wurden hier zwar behandelt, aber Sie können trotzdem nicht bleiben.«

Seine Jeans waren voller Brandlöcher, und er hatte den leisen Verdacht, dass er völlig verdreckt war. Die Wache muss ihn für einen Landstreicher gehalten haben.

»Gut«, sagte er, »noch eine Minute.«

Pellam drehte seinen Kopf langsam im Kreis. Tief in seinem Nacken knackte es, dann ein stechender Schmerz, als würde sich ein Eisgetränk in seinem Kopf ausbreiten. Er zuckte zusammen und blickte sich schließlich um. Er verstand, warum ihn die Wache rausschmeißen wollte. Das Zimmer war voller Patienten, die auf ihre Behandlung warteten. Aufgeregte Gespräche brandeten durch den Raum – englisch, spanisch, arabisch. Alle Anwesenden hatten Angst oder waren resigniert oder gereizt. Die Resignierten fand Pellam am schlimmsten. Neben ihm saß ein Mann, nach vorne gebeugt, die Unterarme auf die Knie gestützt. In seiner rechten Hand baumelte ein Kinderschuh.

Der Wachmann hatte seine Botschaft überbracht, aber keine Lust, für die Durchsetzung zu sorgen. Statt dessen ging er zu zwei Jugendlichen, die in einer Ecke einen Joint rauchten.

Pellam stand auf und reckte sich. Er kramte in der Tasche und fand den Zettel, den er am Abend zuvor erhalten hatte. Blinzelnd las er, was darauf stand. Dann schnappte er sich seine Videokamera und ging den langen Flur entlang, wo er den Schildern zum Flügel B folgte.

Die dünne grüne Linie bewegte sich kaum einen Millimeter.

Der stattliche indische Arzt neben dem Bett hob den Kopf, als würde er überlegen, ob der Hewlett-Packard-Bildschirm kaputt war. Er blickte hinunter auf seine Patientin, die regungslos unter der Bettdecke lag, und hängte das Klemmbrett an den Haken.

John Pellam stand in der Tür. Sein Blick glitt von der dämmrigen Landschaft vor den Fenstern des Manhattan Hospital zurück zu Ettie Washington.

»Liegt sie im Koma?«, fragte er.

»Nein«, antwortete der Arzt. »Sie schläft. Sediert.«

»Kommt sie wieder in Ordnung?«

»Sie hat sich einen Arm gebrochen und einen Knöchel verstaucht. Wir haben keine inneren Verletzungen gefunden. Wir werden noch ein paar Untersuchungen durchführen. Am Gehirn. Sie ist auf den Kopf geknallt, als sie aus dem Fenster gesprungen ist. Sie wissen aber, dass nur Familienmitglieder in die Intensivstation dürfen?«

»Oh«, seufzte Pellam erschöpft. »Ich bin ihr Sohn.«

Der Arzt starrte ihn einen Augenblick an, dann blinzelte er in Ettie Washingtons Richtung, deren Haut so dunkel wie ein Mahagonigeländer war.

»Sie… ihr Sohn?« Die leeren Augen blickten wieder zu ihm auf.

Von einem Arzt, der auf der wilden West Side von Manhattan arbeitet, würde man mehr Sinn für Humor erwarten. »Ich sag Ihnen was«, meinte Pellam. »Lassen Sie mich fünf Minuten hier sitzen. Ich werde schon keine Bettpfannen klauen. Sie können sie ja nachzählen, bevor ich gehe.«

Immer noch kein Lächeln. »Fünf Minuten«, sagte er schließlich.

Pellam ließ sich auf den Stuhl fallen und stützte sein Kinn in die Hände. Sein Nacken brannte vor Schmerzen. Er setzte sich aufrecht hin und neigte den Kopf zur Seite.

Zwei Stunden später stürmte eine Krankenschwester ins Zimmer und weckte ihn. Sie interessierte sich mehr für Pellams Verband und seine zerrissenen Jeans als für seine Anwesenheit an sich.

»Was ist los, dass hier so viele Patienten sind?«, fragte sie in ihrem kehligen, langgezogenen Dallas-Tonfall. »Und wer ist hier zu Besuch?«

Pellam massierte seinen Nacken und nickte in Richtung des Bettes. »Wir wechseln uns ab. Wie geht's ihr?«

»Oh, sie ist eine zähe, alte Dame.«

»Wieso wacht sie nicht auf?«

»Vollgedröhnt.«

»Der Arzt hat von weiteren Untersuchungen geredet.«

»Das tun sie immer. Bringen ihren Arsch in Sicherheit. Ich denke, sie kommt wieder in Ordnung. Ich habe vorher mit ihr geredet.«

»Tatsächlich? Was hat sie gesagt?«

»So was Ähnliches wie: ›Jemand hat meine Wohnung abgefackelt. Es ist doch unsäglich, so was zu tun, oder?‹ Na ja, sie hat ein anderes Wort als ›unsäglich‹ verwendet.«

»Ja, unsere Ettie.«

»Das gleiche Feuer?«, fragte die Schwester mit Blick auf seine verbrannte Kleidung.

Pellam nickte und erzählte ihr von Etties Sprung aus dem Fenster. Sie war nämlich nicht auf dem Kopfsteinpflaster gelandet, sondern die Müllsäcke der letzten zwei Tage hatten den Aufprall gedämpft. Pellam hatte sie zur Rettungsmannschaft gebracht und war zurück ins Haus gegangen, um den anderen Bewohnern zu helfen. Schließlich hatte auch ihm der Rauch so sehr zugesetzt, dass er in Ohnmacht gefallen war. Erst hier im Krankenhaus war er wieder aufgewacht.

»Sie wissen schon, dass Sie voller Ruß sind?«, fragte die Krankenschwester. »Sie sehen aus wie jemand aus den Kommandotruppen in den Schwarzenegger-Filmen.«

Pellam wischte über sein Gesicht und betrachtete seine fünf schwarzen Fingerspitzen.

»Moment.« Die Schwester verschwand im Flur und kam mit einem nassen Lappen zurück. Kurz überlegte sie, ob sie ihm das Gesicht abwischen sollte, gab dann aber Pellam den Lappen. Pellam putzte sich das Gesicht ab, bis der Lappen schwarz war.

»Äh, möchten Sie einen Kaffee?«, fragte sie.

In Pellams Magen rumorte es. Er vermutete, dass er mindestens ein Pfund Asche geschluckt hatte. »Nein, danke. Wie sieht mein Gesicht aus?«

»Jetzt nur noch dreckig. Jedenfalls besser als vorher. Ich muss die Pfannen wechseln. Tschüss, erst mal.« Und weg war sie.

Pellam streckte seine langen Beine aus und untersuchte die Löcher in seiner Levi's. Völlig hinüber. Für die Überprüfung seiner Betacam brauchte er länger; irgendeine nette Seele hatte sie den Sanitätern gegeben und dafür gesorgt, dass sie mit zur Notaufnahme genommen wurde. Er führte den Standardtest durch – schütteln. Nichts klapperte. Der Ampex-Rekorder hatte ein paar Dellen, doch die Mechanik lief einwandfrei, und das Band, das darin lag – mit dem letzten Interview, das je in der Sechsunddreißigsten Straße West Nummer 458 aufgenommen wurde –, war unversehrt.

Also, John, worüber wollen wir heute reden? Möchten Sie mehr über Billy Doyle hören, meinen ersten Mann? Der alte Hurensohn. Wissen Sie, dieser Kerl und Hell's Kitchen waren eins. Hier war er groß, aber überall sonst ganz klein. Woanders war er ein Nichts. Hell's Kitchen war wie dieses Haus, wie eine eigene Welt. Hmm, ich muss Ihnen eine gute Geschichte über ihn erzählen. Ich denke, sie wird Ihnen gefallen …

An viel mehr von dem, was ihm Ettie beim letzten Interview vor einigen Tagen erzählt hatte, konnte er sich nicht mehr erinnern. Er hatte die Kamera in ihrer kleinen Wohnung aufgebaut, die angefüllt war mit den Momentaufnahmen eines sieben Jahrzehnte währenden Lebens – mit etwa hundert Bildern, mit Körben, Schnickschnack, billigen Möbeln von Goodwill und Essen, das zum Schutz vor Kakerlaken in Tupperdosen verwahrt wurde, die sie sich eigentlich gar nicht leisten konnte. Er hatte die Kamera aufgestellt und eingeschaltet und Ettie dann einfach reden lassen.

Also, Leute, die in Hell's Kitchen wohnen, kommen auf solche Gedanken. Sie schmieden Pläne, wissen Sie. Billy wollte Land. Er hatte ein Auge auf ein paar Grundstücke geworfen, die in der Nähe vom heutigen Javits Center lagen. Ich sag Ihnen, wenn er das gemacht hätte, wäre er ein reicher Stinker geworden. Ich darf ›Stinker‹ sagen, weil er das über sich selbst auch gesagt hat.

Eine Bewegung auf dem Bett riss ihn aus seinen Gedanken.

Die alte Frau tippte mit geschlossenen Augen auf den Rand der Bettdecke, als würde sie mit zwei Fingern unsichtbare Perlen suchen.

Pellam machte sich Sorgen. Er erinnerte sich an die letzten Lebenszeichen von Otis Balm, einem hundertzweijährigen Mann, der vor einem Monat gestorben war. Er hatte zu dem Fliederbusch vor dem Fenster im West-Side-Pflegeheim geschaut und angefangen, auf die Bettdecke zu tippen. Jahrelang hatte er im selben Haus wie Ettie gewohnt und sich, obwohl er im Heim untergebracht war, gefreut, über seine Zeit in Hell's Kitchen reden zu können. Plötzlich hatte der Alte nichts mehr gesagt und auf die Bettdecke getippt – genau wie Ettie jetzt. Dann hatten sich auch seine Finger nicht mehr bewegt. Pellam hatte Hilfe gerufen. Der Arzt hatte den Tod bestätigt. Das täten sie immer, hatte er erklärt – am Ende würden sie immer auf die Bettdecke tippen.

Pellam beugte sich zu Ettie Washington hinüber. Sie stöhnte plötzlich, und aus dem Stöhnen wurden Worte. »Wer ist da?« Ihre Hände blieben ruhig, und sie öffnete die Augen, konnte aber offenbar nicht gut sehen. »Wer ist da? Wo bin ich?«

»Ettie«, sagte Pellam, ohne zu drängen. »Ich bin's, John Pellam.«

Ettie blinzelte ihn an. »Ich kann kaum was sehen. Wo bin ich?«

»Im Krankenhaus.«

Sie hustete und bat um ein Glas Wasser. »Ich bin froh, dass Sie hier sind. Sind Sie heil da rausgekommen?«

»Ja, das bin ich«, bestätigte Pellam und schenkte ihr ein Glas Wasser ein, das sie in einem Zug leerte.

»Irgendwie erinnere ich mich, dass ich gesprungen bin. O je, hatte ich eine Angst. Der Arzt meinte, ich sei überraschend gut in Form. Genau das hat er gesagt. ›Überraschend gut.‹ Zuerst habe ich nicht kapiert, was er meinte.« Sie murrte. »Er ist Inder. Na ja, Sie wissen schon, einer von Übersee. Curry und Elefanten. Hab noch keinen einzigen amerikanischen Arzt hier gesehen.«

»Tut es sehr weh?«

»Würde ich schon sagen, ja.« Sie untersuchte ihren Arm. »Ich sehe doch übel aus, oder?« Ettie schnalzte mit der Zunge, während sie die beeindruckenden Bandagen beäugte.

»Nein, wie ein Covergirl, alles in allem.«

»Sie sehen aber auch ziemlich mitgenommen aus, John. Ich bin so froh, dass Sie da rausgekommen sind. Mein letzter Gedanke beim Fallen war: ›Nein, John wird auch sterben!‹ Ein komischer Gedanke.«

»Ich habe den einfacheren Weg genommen – die Feuerleiter.«

»Was ist denn eigentlich passiert?«

»Ich weiß nicht. Von einer Minute auf die andere war das ganze Haus weg. Wie eine Streichholzschachtel.«

»Ich war beim Einkaufen, und auf dem Weg nach oben in meine Wohnung…«

»Ich habe Sie gehört. Sie müssen nach Hause gekommen sein, kurz bevor ich das Haus betreten habe. Auf der Straße habe ich Sie nicht gesehen.«

»Ich habe noch nie gesehen, dass sich ein Feuer so schnell ausgebreitet hat«, fuhr sie fort. »Wie beim Aurora. Der Club, von dem ich Ihnen erzählt habe. Auf der Neunundvierzigsten Straße. Wo ich ein oder zwei Mal gesungen habe. Ist vierundsiebzig abgebrannt. Am dreizehnten März. Eine Menge Leute starben. Erinnern Sie sich, dass ich Ihnen die Geschichte erzählt habe?«

Pellam erinnerte sich nicht. Er nahm an, dass er den Bericht irgendwo in den stundenlangen Aufnahmen von Ettie Washington finden würde, die in seiner Wohnung lagen.

Sie schnäuzte sich und musste wieder husten. »Dieser Rauch. Das war das Schlimmste. Haben es alle nach draußen geschafft?«

»Es wurde niemand getötet«, antwortete Pellam. »Bei Juan Torres ist es kritisch. Er liegt oben auf der Intensivstation für Kinder.«

Etties Gesicht erstarrte. Pellam hatte diesen Ausdruck nur einmal an ihr gesehen – als sie von ihrem jüngsten Sohn erzählt hatte, der vor einigen Jahren auf dem Times Square umgebracht worden war. »Juan?«, fragte sie und machte eine längere Pause. »Ich dachte, er sei ein paar Tage bei seiner Großmutter in der Bronx. Er war zu Hause?«

Sie war zutiefst betrübt, doch Pellam wusste nicht, wie er sie trösten sollte. Etties Blick wanderte zur Bettdecke zurück, auf die sie getrommelt hatte. Ihr Gesicht wurde aschfahl.

»Wie wär's, wenn ich meine Unterschrift auf diesen Gips setze?«, fragte er.

»Klar, warum nicht.«

Pellam zog seinen Markierstift heraus. »Egal, wo? Wie wär's hier?« Schwungvoll kritzelte Pellam seinen Namen auf den Gips.

Draußen auf dem Flur ertönte viermal eine selbstgefällige elektronische Klingel.

»Soll ich vielleicht Ihre Tochter anrufen?«, fragte Pellam.

»Nein«, antwortete Ettie. »Ich habe schon mit ihr geredet. Hab sie heute Morgen angerufen, als ich aufgewacht bin. Sie hatte sich tierische Sorgen gemacht, aber ich habe ihr gesagt, ich sei noch nicht für den großen Abschied bereit. Sie sollte erst die Testergebnisse abwarten, bevor sie kommt. Wenn sie mich aufschneiden müssen, wär's mir lieber, sie würde kommen. Vielleicht kann ich sie mit einem von den hübschen Ärzten verkuppeln. Einen von der Notaufnahme. Lisbeth hat eine Schwäche für reiche Ärzte. Hab ich Ihnen doch erzählt.«

An der halb geöffneten Tür wurde geklopft. Vier Männer in Anzügen betraten das Zimmer. Sie waren groß, und durch die düstere Stimmung, die sie verbreiteten, wirkte das geräumige Krankenzimmer trotz der drei leeren Betten plötzlich sehr klein.

Pellam wusste, dass es Polizisten waren. Also ging man von Brandstiftung aus. Das würde erklären, warum sich das Feuer so schnell ausgebreitet hatte.

Ettie nickte ihnen unsicher zu.

»Mrs. Washington?«, fragte der älteste Mann. Er war Mitte vierzig, hatte schmale Schultern und einen Bauch, der eine Schrumpfkur vertragen könnte. An seiner Hüfte hing ein großer Revolver.

»Ich bin Fire Marshal Lomax. Das hier ist mein Stellvertreter.« Er nickte zu einem jungen Hünen mit Bodybuilder-Figur. »Und die beiden hier sind Detectives vom New York City Police Department.«

Einer der Polizisten bat Pellam, zu gehen.

»Nein, nein«, wehrte sich Ettie. »Er ist ein Freund von mir. Er kann ruhig bleiben.«

»Ist schon in Ordnung«, meinte Pellam zu Ettie. »Bestimmt wollen sie mit mir auch reden. Ich komme wieder, wenn wir fertig sind.«

»Sie sind ein Freund von ihr?«, fragte Lomax. »Ja, wir würden uns gerne noch mit Ihnen unterhalten. Aber Sie kommen nicht mehr hier rein. Geben Sie dem Kollegen da Ihren Namen und Ihre Adresse und verschwinden Sie.«

»Bitte?« Pellam lächelte verwirrt.

»Name und Adresse an ihn«, wiederholte Lomax und nickte

in Richtung des Detectives. »Und dann machen Sie, dass Sie wegkommen.«

»Das werde ich wohl nicht tun.«

Der Marshal stemmte seine breiten Hände in seine breiten Hüften.

Ganz wie ihr wollt. Ihr habt die Wahl, dachte Pellam, kreuzte die Arme vor der Brust und stellte sich leicht breitbeinig hin. »Ich werde sie nicht allein lassen.«

»John, nein, es ist in Ordnung«, sagte Ettie.

»Besucher haben zu diesem Zimmer keinen Zutritt«, erklärte Lomax. »Hm, und fragen Sie nicht, warum. Das ist unsere Sache und geht Sie nichts an.«

»Ich glaube nicht, dass meine Sache Sie etwas angeht«, erwiderte Pellam. Der Satz stammte aus einem nicht produzierten Kinofilm, für den er vor Jahren das Drehbuch geschrieben hatte. Sehnsüchtig hatte er auf die Gelegenheit gewartet, den Satz einmal anbringen zu können.

»Himmel Arsch«, schimpfte einer der Detectives. »Für so einen Quatsch haben wir keine Zeit. Raus mit ihm.«

Der Stellvertreter wickelte seine Hände wie einen Schraubstock um Pellams Arm und zerrte ihn zur Tür. Ein stechender Schmerz jagte durch seinen steifen Nacken. Pellam machte sich mit einem Ruck frei, was den Polizisten glauben ließ, dass er vielleicht ein paar Minuten gegen die Wand gedrückt werden wollte. Dort hing er beinahe in der Luft, bis sein Arm taub war.

»Pfeifen Sie diesen Kerl zurück«, schnauzte Pellam Lomax an. »Was geht hier eigentlich vor?«

Doch der Fire Marshal war beschäftigt.

Er konzentrierte sich auf die kleine weiße Karte in seiner Hand, als er Ettie über ihre Rechte informierte und wegen fahrlässiger Gefährdung, Überfall und Brandstiftung verhaftete.

»He, vergiss nicht den versuchten Mord«, erinnerte ihn einer der Detectives.

»Oh, stimmt«, brummte Lomax. »Also, Sie haben ihn ja gehört«, meinte er schulterzuckend zu Ettie.

... Drei

Das Haus, in dem Ettie gewohnt hatte, hatte in Hell's Kitchen gestanden, der Gegend westlich der Achten Avenue zwischen der Vierunddreißigsten und Neunundfünfzigsten Straße. Wie die meisten Mietshäuser in New York, die im neunzehnten Jahrhundert gebaut worden waren, hatte auch dieses eine Grundfläche von etwa zehn auf dreiundzwanzig Meter gehabt und aus Kalkstein bestanden. Es war rötlich mit einem leichten Terrakotta-Ton gewesen.

Vor 1901 hatte es keine Vorschriften für den Bau dieser sechsstöckigen Wohnhäuser gegeben, und viele Baufirmen hatten alten Gips und Mörtel, vermischt mit Sägemehl, verwendet. Doch diese von der Bausubstanz her schlechteren Häuser waren schon vor langer Zeit zusammengebrochen. Aber Gebäude wie *dieses*, wie Ettie Washington in John Pellams unerbittliche Videokamera erklärt hatte, war von Männern gebaut worden, denen ihr Handwerk noch wichtig gewesen war. Nischen für die Jungfrau Maria und Kolibris aus Glas über den Türen. Es gab keinen Grund, warum diese Häuser nicht zweihundert Jahre halten sollten.

Keinen Grund außer Benzin und ein Streichholz...

An diesem Morgen ging Pellam zu dem, was von diesem Gebäude noch übrig war.

Viel war es nicht. Nur eine schwarze Steinhülle, gefüllt mit einem Wirrwarr aus verschmorten Matratzen, Möbeln, Papier und Haushaltsgeräten. Der untere Teil des Gebäudes war nur eine schlammige graue Masse aus Asche und Wasser. Pellam erstarrte, als er eine Hand entdeckte, die aus einem Haufen

Müll herausragte. Er war schon losgerannt, als er die Naht in der Vinyloberfläche am Handgelenk entdeckte. Es war eine Schaufensterpuppe.

Ein grober Scherz ganz im Stil von Hell's Kitchen.

Auf einem Schutthaufen thronte völlig waagerecht eine Keramikbadewanne auf ihren geschwungenen Beinen. Sie war mit brackigem Wasser gefüllt.

Pellam ging um das Haus herum, schob sich bis zum gelben Absperrband zwischen die Gaffer hindurch, die hier standen, als würden sie darauf warten, dass sich die Ladentore für den Sommerschlussverkauf öffneten. Die meisten wirkten so gierig wie Lumpensammler, doch die Reste waren dürftig. Es gab Dutzende fleckiger, verbrannter Matratzen. Skelette billiger Möbel und Haushaltsgeräte, Bücher mit Wasserflecken. Eine hasenohrförmige Antenne – das Haus war nicht verkabelt gewesen – saß auf einem Klumpen Plastik. Nur das Samsung-Schild und eine Platine deuteten darauf hin, dass es sich einmal um einen Fernseher gehandelt hatte.

Der Gestank war grässlich.

Schließlich entdeckte Pellam den Mann, nach dem er gesucht hatte. Es hatte einen Kostümwechsel gegeben – jetzt trug er Jeans, eine Windjacke und Feuerwehrstiefel.

Pellam duckte sich und ging unter der Absperrung durch. Er versuchte, genügend Autorität auszustrahlen, um nicht von der Spurensicherung und den Feuerwehrleuten aufgehalten zu werden, die hier herumirrten.

»Da, die bröckelige Stelle«, sagte Lomax gerade zu seinem hünenhaften Stellvertreter. »Hier wird's heiß. Der Ursprungsherd ist hinter dieser Wand. Lass das von einem Fotografen aufnehmen.«

Der Marshal ging in die Hocke und untersuchte etwas auf dem Boden. Pellam blieb in der Nähe stehen. Lomax blickte auf. Pellam hatte sich geduscht und umgezogen. Die Tarnfarbe auf seinem Gesicht war fort, sodass der Marshal einen Moment brauchte, bis er ihn erkannte.

»Sie«, meinte Lomax.

Pellam hielt es für besser, es auf die freundliche Tour zu probieren. »Na, wie kommen Sie voran?«

»Verschwinden Sie!«, schnauzte der Marshal.

»Ich wollte nur kurz mit Ihnen reden.«

Lomax wandte sich wieder dem Boden zu.

Im Krankenhaus hatten sie seinen Namen notiert und von der Polizei überprüfen lassen. Lomax, seine Detectives und vor allem sein großer Stellvertreter schienen zu bedauern, dass es keinen Grund gab, Pellam festzuhalten oder ihn aufs Peinlichste zu vernehmen, sodass sie sich mit einer kurzen Erklärung begnügten und ihn auf den Flur hinausschoben, mit der Warnung, dass man ihn wegen Behinderung der Polizei einsperren würde, sollte er nicht in fünf Minuten aus dem Krankenhaus verschwunden sein.

»Nur ein paar Fragen«, bat er.

Lomax, ein zerknitterter Mensch, erinnerte Pellam an einen Trainer aus seiner Highschool-Zeit, der ein mieser Sportler gewesen war. Lomax erhob sich und sah Pellam von oben bis unten an. Ein schneller, prüfender Blick. Weder vorsichtig noch streitlustig, nur der Versuch, sich ein Bild von seinem Gegenüber zu machen.

»Ich würde gerne wissen, warum Sie sie festgenommen haben«, fragte Pellam. »Das ergibt doch keinen Sinn. Ich war da. Ich weiß, dass sie das Feuer nicht gelegt hat.«

»Das hier ist ein Tatort.« Lomax wandte sich wieder der bröckeligen Stelle zu. Seine Worte hörten sich eigentlich nicht wie eine Warnung an, doch Pellam vermutete, dass sie es dennoch waren.

»Ich wollte Sie nur fragen…«

»Gehen Sie wieder hinter die Linie.«

»Die Linie?«

»Die Absperrung.«

»Gleich. Lassen Sie mich nur…«

»Nimm ihn fest«, bellte Lomax seinen Stellvertreter an, der sich gleich an die Arbeit machen wollte.

»Kein Problem. Ich gehe schon.« Pellam hob die Hände und marschierte hinter die Absperrung.

Dort ging er in die Hocke und nahm die Betacam zur Hand, die er auf Lomax' Hinterkopf richtete. Durch den Sucher sah er, wie ein Uniformierter mit Lomax flüsterte, der zu Pellam schielte, sich aber gleich wieder umdrehte. Hinter ihnen schwelte der Trümmerberg des abgebrannten Hauses. Pellam kam der Gedanke, dass es erstklassiges Filmmaterial war, obwohl er nur wegen Lomax drehte.

Der Fire Marshal ignorierte Pellam, bis er es nicht mehr aushielt, zu ihm ging und das Objektiv zur Seite schob. »Also gut. Hören Sie mit dem Scheiß auf.«

Pellam schaltete die Kamera ab.

»Sie hat das Feuer nicht gelegt«, sagte Pellam.

»Was sind Sie? Reporter?«

»So was Ähnliches.«

»Sie hat das Feuer also nicht gelegt, hä? Wer dann? Sie etwa?«

»Ich habe vor Ihrem Stellvertreter meine Aussage gemacht. Hat er übrigens einen Namen?«

Lomax überhörte die Frage. »Antworten Sie. Wenn Sie so sicher sind, dass sie das Feuer nicht gelegt hat, dann waren Sie es vielleicht.«

»Nein, ich habe das Feuer auch nicht gelegt.« Pellam seufzte frustriert.

»Wie sind Sie da rausgekommen? Aus dem Gebäude, meine ich.«

»Über die Feuerleiter.«

»Aber sie hat ausgesagt, sie sei nicht in ihrer Wohnung gewesen, als es losging. Wer hat Ihnen die Tür aufgemacht?«

»Rhonda Sanchez aus 2D.«

»Sie kennen sie?«

»Hab sie mal getroffen. Sie wusste, dass ich einen Film über Ettie drehe. Deswegen hat sie mich reingelassen.«

Lomax ließ keine Pause bis zur nächsten Frage. »Wenn Ettie nicht da war, warum sind Sie dann überhaupt reingegangen?«

»Wir waren um zehn Uhr verabredet. Ich dachte, sie würde gleich kommen. Ich wollte oben warten. Es hat sich rausgestellt, dass sie einkaufen war.«

»Kommt Ihnen das nicht irgendwie komisch vor – eine alte Frau, die abends um zehn noch in den Straßen von Hell's Kitchen rumlungert?«

»Ettie hat ihre eigenen Zeiten.«

Lomax war in Gesprächslaune. »Sie waren also zufällig in der Nähe der Feuerleiter, als das Feuer ausbrach. Ein Glückspilz, was?«

»Manchmal bin ich das«, meinte Pellam.

»Sagen Sie mir genau, was Sie gesehen haben.«

»Ich habe meine Aussage schon gemacht.«

»Und die sagt einen Scheißdreck aus«, schnauzte Lomax zurück. »Geben Sie ein paar Einzelheiten. *Seien Sie kooperativ.*«

Pellam dachte einen Moment nach und entschied sich, dass seine Kooperationsbereitschaft Ettie nur nützen könnte. Er erzählte von der Tür, die nach außen flog, vom Feuer und vom Rauch. Und den Funken. Eine Menge Funken. Lomax und sein Profikämpfer-Stellvertreter blieben gelassen. »Ich bin wohl keine große Hilfe, nehme ich an«, meinte Pellam schließlich.

»Wenn Sie die Wahrheit sagen, sind Sie mehr als eine Hilfe.«

»Warum sollte ich lügen?«

»Dann sagen Sie mir doch mal, Sie Glückspilz, ob es mehr Feuer oder mehr Rauch gab.«

»Mehr Rauch, denke ich.«

Der Fire Marshal nickte. »Welche Farbe hatten die Flammen?«

»Ich weiß nicht. Feuerfarben. Orange.«

»Und blau?«

»Nein.«

Lomax notierte sich die Angaben.

»Was haben Sie gegen sie in der Hand? Beweise? Zeugen?«

Mit seinem Grinsen wollte Lomax zeigen, dass er von seinem Recht der Aussageverweigerung Gebrauch machte.

»Jetzt hören Sie mal«, schnauzte Pellam. »Sie ist eine siebzigjährige Dame...«

»He, Glückspilz, ich sag Ihnen mal was. Letztes Jahr haben fünf Marshals zehntausend verdächtige Feuer in der Stadt untersucht. Mehr als die Hälfte waren Brandstiftung, und ein Drittel dieser Feuer wurde von Frauen gelegt.«

»Das kommt mir aber nicht wie ein zulässiger Beweis vor. Was ist denn Ihr hinreichender Verdachtsgrund?«

Lomax drehte sich zu seinem Stellvertreter. »Hinreichender Verdachtsgrund. Er kennt den Ausdruck ›hinreichender Verdachtsgrund‹. Haben Sie das aus einer Krimi-Serie? Ach nee, Sie sehen eher aus, als würden Sie O. J. Simpson gucken. Ich scheiß auf Sie und ihren hinreichenden Verdachtsgrund. Jetzt verschwinden Sie gefälligst.«

Wieder hinter der Absperrung, machte Pellam weitere Filmaufnahmen und wurde weiterhin von Lomax ignoriert.

Er filmte die rußige Gasse hinter dem Haus und verewigte den Berg aus Müllsäcken, der Etties Haut gerettet hatte. Plötzlich hörte er ein leises Heulen, ein Geräusch, das Rauch machen würde, wenn Rauch ein Geräusch machen könnte.

Er ging auf die andere Straßenseite zu einer Baustelle, wo ein sechzigstöckiges Hochhaus kurz vor der Vollendung war. Als er näher kam, wurde der Rauch zu Worten. »Eine von ihnen. Ich bin eine von ihnen.« Die Frau saß im Schatten eines

Müllcontainers neben zwei abgewetzten steinernen Bulldoggen, die einhundertdreißig Jahre lang an der Treppe zu Etties Haus Wache gehalten hatten. Die Frau war eine Schwarze mit einem hübschen, pockennarbigen Gesicht. Ihre weiße Bluse war verschmiert und abgetragen.

»Sibbie, ist alles in Ordnung?«, fragte Pellam und kniete sich neben sie.

Sie wandte ihren Blick nicht von dem abgebrannten Haus ab.

»Sibbie, erinnern Sie sich an mich? Ich bin John. Ich habe ein paar Bilder von Ihnen gemacht. Für meinen Film. Sie haben mir erzählt, Sie wollten nach Harlem ziehen. Sie erinnern sich doch an mich.«

Dem schien aber nicht so zu sein. Pellam hatte sie eines Tages an der Eingangstür kennen gelernt, als er auf dem Weg zu Ettie war, um sie zu interviewen. Offenbar hatte Sibbie von ihm gehört, weil sie, ohne ihn zu grüßen, gesagt hatte, sie würde ihm für zwanzig Dollar aus ihrem Leben erzählen. So manch andere Dokumentarfilmer hätte sich aus ethischen Gründen geweigert, Geld für so etwas zu bezahlen, doch Pellam schob ihr den Schein zu und filmte drauflos, bevor sie wusste, in welche Tasche sie das Geld stecken sollte. Aber Zeit und Geld waren vergeudet gewesen – das meiste, was sie erzählt hatte, war erfunden gewesen.

»Sie haben es unverletzt nach draußen geschafft.«

Abwesend erklärte Sibbie, sie sei beim Ausbruch des Feuers zu Hause gewesen und hätte sich mit ihren Kindern gerade an das Abendessen aus Reis mit Bohnen und Ketchup gemacht. Sie hätten ohne Probleme fliehen können, doch sie und ihre Kinder seien trotz der Gefahr zurückgekehrt, um zu retten, was sie retten konnten. »Aber den Fernseher nicht. Wir haben's versucht, aber er war zu schwer. Scheiße.«

Eine Mutter setzte ihre Kinder einem solchen Risiko aus? Pellam erschauderte bei dem Gedanken.

Hinter ihr stand ein etwa vierjähriges Mädchen, das ein Spielzeug umklammerte, und ein neun- oder zehnjähriger Junge, dessen Mund zwar nicht lächelte, doch dessen Augen eine unbezähmbare Freude ausdrückten. »Jemand hat uns das Haus über dem Kopf angezündet«, sagte er voller Stolz. »He, Mann, können Sie das glauben?«

»Kann ich ein paar Fragen stellen?«, fing Pellam an.

Sibbie gab keine Antwort.

Er schaltete seine Betacam ein, in der Hoffnung, dass Sibbies Kurzzeitgedächtnis besser war als die Erinnerung an ihre Jugend.

»He, sind Sie von CNN?«, fragte der Junge und blickte in das rote Auge der Sony.

»Nein, ich arbeite an einem Film. Ich habe letzten Monat ein paar Aufnahmen von deiner Mutter gemacht.«

»Was? Das glaube ich nicht!« Er bedeckte überrascht seine Augen mit der Hand. »Ein Film. Wesley Snipes, Denzel, ja! O Mann!«

»Hast du eine Ahnung, wie das Feuer angefangen hat?«

»Es waren die *crews*«, stieß der Junge hervor.

»Halt den Mund«, schimpfte seine Mutter, die plötzlich aus ihrem verträumten Jammertal zurückgekehrt war.

Mit *crews* meinte er die Gangs. »Welche?«

Die Mutter sagte nichts mehr und starrte auf einen Schlüssel, der vom vorbeiziehenden Verkehr tief in den Asphalt gepresst worden war. Daneben lag eine Patronenhülse aus Messing. Dann blickte sie zum Gebäude. »Sehen Sie sich das an.«

»Es war ein schönes Haus«, meinte Pellam.

»Der helle Wahnsinn!« Sibbie schnalzte laut mit den Fingern. »Oh, jetzt bin ich eine von ihnen.«

»Eine von wem?«, fragte Pellam.

»Von denen, die auf der Straße leben. Wir werden auf der Straße leben. Ich werde krank werden. Ich werde AIDS kriegen, den Village-Fluch, und dann sterben.«

»Nein, es wird alles gut werden. Die Stadt wird sich um Sie kümmern.«

»Die Stadt. So'n Scheiß.«

»Habt ihr irgendjemanden im Erdgeschoss gesehen, als das Feuer ausbrach?«

»Ja, klar«, antwortete der Junge. »Wie ich schon gesagt habe. Die von den *crews*. Ich habe sie gesehen. Ein Nigger hält seine Augen offen. Ich…«

Sibbie gab ihrem Sohn eine saftige Ohrfeige. »Er hat gar nichts gesehen. Jedenfalls nichts, was jetzt noch wichtig ist.«

Pellam war bei dem Schlag zusammengezuckt. Der Junge hatte es bemerkt, doch die stillschweigende Sympathie war weit weniger tröstlich, als der Schlag schmerzhaft gewesen zu sein schien.

»Sibbie, die Gegend hier ist nicht sicher«, sagte Pellam. »Gehen Sie in die Notunterkunft am Ende der Straße.«

»Notunterkunft. Scheiße. Ich hab ein paar Sachen gerettet.« Sibbie zeigte auf ihre Einkaufstasche. »Als ich nach Mamas Spitze gesucht habe. Hab sie nicht gefunden. Scheiße. Die ist futsch.« Sie blickte zu einer Gruppe von Schaulustigen. »He, ihr, habt ihr hier irgendwo Spitze gesehen?«

Niemand achtete auf sie. »Sibbie, haben Sie noch ein bisschen Geld?«, fragte Pellam.

»Fünf Dollar, die mir ein Mann gegeben hat.«

Pellam schob ihr einen Zwanziger zu, bevor er auf die Straße trat und ein Taxi heranwinkte. »Bringen Sie sie zur Notunterkunft auf der Fünfzigsten.« Er hielt einen Zwanzig-Dollar-Schein hoch.

Der Taxifahrer schielte auf seinen möglichen Fahrpreis. »He, Mann, mein Dienst ist gleich zu Ende.«

Pellam brachte ihn mit einem weiteren Schein zum Schweigen.

Sibbie stieg mit ihren Kindern ein. Vom Rücksitz aus blickte ihn Ismail vorsichtig an, dann war das Taxi fort. Pellam hob die Betacam hoch, die mittlerweile eine halbe Tonne wog, und hängte sie sich ein weiteres Mal über die Schulter.

Was ist denn das? Ein Cowboy?

Stiefel, Jeans, schwarzes Hemd.

Fehlt nur noch die dünne Krawatte und ein Pferd.

Yee-haw. Ihm ging das Lied aus dem *Asphalt-Cowboy* durch den Kopf – *Everybody's tawking at me*…

Er hatte beobachtet, wie der Cowboy die schrumplige Nigger-Lady mit ihren kleinen Nigger-Kindern ins Taxi verfrachtet hatte und zu den verkohlten Resten des Hauses zurückgekehrt war.

Schon seit mehreren Stunden betrachtete sich Sonny das zerstörte Gebäude voller Freude und mit einem Hauch unanständiger Lust. Im Moment dachte er an das *Geräusch* von Feuer. Er wusste, dass die Böden krachend eingestürzt waren, was aber niemand hören konnte. Feuer ist viel lauter, als man immer denkt. Feuer dröhnt wie das Geräusch von Blut in den Ohren, wenn die Flammen, sagen wir, deine Knie erreichen.

Und er dachte an den Geruch. Er sog den einzigartigen Duft aus verbranntem Holz, verkohltem Plastik und oxidiertem Metall ein. Widerwillig tauchte er aus seinen Träumereien auf und sah sich den Cowboy genau an. Dieser filmte den Fire Marshal, der einen erschöpften Feuerwehrmann anwies, sich mit seiner Halligan durch einen Schutthaufen zu wühlen. Das Ding war eine Mischung aus Axt und Stemmeisen. Erfunden von Huey Halligan, dem besten Feuerwehrmann aller Zeiten und dem Stolz des New York Fire Department. Sonny hatte Respekt vor seinen Feinden.

Er wusste auch viel über sie. Zum Beispiel, dass es in New York mehr als zweihundertfünfzig Fire Marshals gab. Einige waren gut, andere wiederum schlecht, aber dieser hier, Lomax, war hervorragend. Sonny beobachtete ihn, wie er die schuppige Oberfläche von einem Stück Holz fotografierte. Dieses Stück hatte der Marshal sofort entdeckt. Gott schütze ihn. Die großen schwarzen Rechtecke auf der Oberfläche glänzten, was hieß, dass sich das Feuer schnell ausgebreitet hatte und heiß gewesen war. Ganz nützlich für die Untersuchung. Und für die Gerichtsverhandlung – als ob sie ihn jemals schnappen würden.

Der Marshal griff zu einem ein Meter achtzig langen Haken, schlug ein Fenster im Erdgeschoss ein und leuchtete mit seiner Lampe hinein.

Vor ein paar Jahren war bei der New Yorker Feuerwehr eigens eine *Red-Hat*-Patrouille eingerichtet worden. Die Fire Marshals hatten rote Baseball-Mützen bekommen und waren durch die Viertel geschickt worden, in denen die Gefahr von Brandstiftung am höchsten war. Damals war Sonny gerade dabei gewesen, sein Handwerk zu lernen, und es hatte sich als sehr hilfreich erwiesen, dass die Marshals so leicht zu erkennen waren. Jetzt trugen sie wie gewöhnliche Einfaltspinsel Zivil, doch dank seiner Erfahrung war Sonny nicht darauf angewiesen, seine Feinde an einer roten Mütze zu erkennen. Mittlerweile erkannte er mit einem Blick in die Augen eines Mannes, ob Feuer zu seinem täglichen Brot gehörte.

Entweder als derjenige, der es entfachte, oder derjenige, der es löschte.

Sonny fühlte sich nicht mehr ganz so glücklich, sondern war zittrig auf den Beinen und schwitzte. Er blickte auf die große Kamera in der Hand des Cowboys. Ein Kabel mündete in der Leinentasche mit den Akkus. Es war keine dieser billigen Videokameras. Das war ein echt gutes Teil.

Wer bist du eigentlich? Joe Buck aus *Asphalt-Cowboy*? Was suchst du hier?

Sonny schwitzte noch mehr, was ihn nicht weiter bekümmerte, obwohl er in letzter Zeit furchtbar viel schwitzte, und seine Hände zitterten – was ihn allerdings arg bekümmerte, weil es nicht zu jemandem passte, der für seinen Lebensunterhalt Brandbomben zusammenbastelte.

Er beobachtete den großen, dünnen Joe Buck, der das ausgebrannte Wohnhaus filmte. Sonny überlegte sich, dass er den Cowboy mehr wegen seiner Größe als wegen der Tatsache hasste, dass er ein Gebäude filmte, das er selbst eben erst niedergebrannt hatte.

Doch irgendwie hoffte er, dass die Aufnahmen gut werden würden; schließlich war er stolz auf sein kleines Feuer.

Nachdem er das Inferno entfacht und wieder aus dem Haus gehuscht war, hatte er sich auf einer Baustelle auf der anderen Straßenseite versteckt und den Polizeifunk abgehört. Der Einsatzleiter hatte die Alarmstufe durchgegeben, 10-45, Code 2. Sonny hatte sich über den Alarm gefreut – er bedeutete, dass es ein ernst zu nehmender Brand war –, war aber enttäuscht über den Code, der bedeutete, dass es nur Verletzte und keine Toten gegeben hatte. Code 1 bedeutete Tote.

Nach ein paar Minuten schaltete der Cowboy die Kamera aus und schob sie in seine Tasche zurück.

Sonny blickte wieder zum Fire Marshal und seinen Kumpels hinüber – du meine Güte, was hatte er doch für einen riesigen, schwuchteligen Stellvertreter. Lomax trug dem großen Kerl auf, einen Löffelbagger zu besorgen und mit dem Ausheben zu beginnen. Schweigend teilte Sonny den beiden mit, dass dies die korrekte Vorgehensweise für die Untersuchung eines derartigen Feuers war.

Doch Sonny machte sich immer mehr Sorgen. Sie schwollen an wie Rauch in einem Flur – in dem einen Moment ist noch alles klar, im nächsten erkennt man die Hand vor den Augen nicht mehr.

Der Grund waren aber nicht Lomax oder sein riesiger Stellvertreter. Der Grund war der Cowboy.

Ich hasse diesen Mann. Ich hasse ihn, ich hasse ihn, ich hasse, hasse, hasse ihn!

Schwungvoll warf Sonny seinen langen blonden Pferdeschwanz nach hinten, wischte sich mit zitternder Hand den

Schweiß von der Stirn und schob sich vorsichtig durch die Menschenmenge näher an Joe Buck heran. Er konnte nur mühsam atmen, und sein Herz pochte. Bis tief in seine Lungen sog er die vom Rauch schwere Luft, genoss den Geschmack und den Geruch und stieß sie sehr langsam wieder aus. Unter seinen Händen zitterte das gelbe Band. Hört auf damit, hört auf, hört auf!

Er hob seinen Blick zu Pellam.

Vielleicht dreißig Zentimeter größer. Ach was, höchstens fünfundzwanzig, wenn sich Sonny gerade hinstellte. Oder knapp über zwanzig.

Plötzlich schob sich jemand zwischen sie, und Sonny wurde zur Seite gedrängt. Der Eindringling war eine junge Frau in einem kostbaren dunkelgrünen, zweireihigen Kostüm. Eine Geschäftsfrau. »Schrecklich. Einfach grausam«, sagte sie.

»Haben Sie gesehen, wie es passiert ist?«, fragte der Cowboy.

Sie nickte. »Ich kam gerade von der Arbeit. Ich war zu einer Revision unterwegs. Sind Sie Reporter?«

»Ich drehe einen Film über einige Bewohner in diesem Haus.«

»Einen Film? Super. Einen Dokumentarfilm? Ich bin Alice.«

»Pellam.«

Pellam, dachte Sonny. Pell-am. Er stellte sich den Namen vor und sagte ihn in Gedanken immer wieder auf, bis er wie die Spitze einer Rauchsäule zwar noch da, aber nicht mehr sichtbar war.

»Zuerst sah es so aus, als wäre noch alles in Ordnung«, fuhr sie fort und blickte in das magere Gesicht des Cowboys, in Pellams Gesicht. »Aber plötzlich waren da überall Flammen. Ich meine, wirklich überall.« Sie trug einen schweren Aktenkoffer mit der Goldprägung von Ernst & Young, und mit dem Zeigefinger ihrer freien rechten Hand zwirbelte sie in ihren kurzen roten Haaren. Sonny schielte auf ihre laminierte Visitenkarte, die am Griff herabhing.

»Wo genau hat es angefangen?«, fragte Pellam.

Sie nickte. »Ich habe gesehen, wie die Flammen durch dieses Fenster dort kamen.« Sie zeigte auf das Erdgeschoss.

Auf Sonny wirkte sie überhaupt nicht wie Alice, eher wie diese lahme Hauptdarstellerin aus »Akte X«, die er für sich scherzhaft immer nur Agentin Scullery – die »Spülküche« – nannte.

Wie Pellam war auch Scullery größer als Sonny. Größere Männer mochte er nicht, aber Frauen, die größer waren als er, hasste er wie die Pest, und wenn sie auf ihn herabschauten wie auf ein Eichhörnchen, wandelte sich sein Hass in etwas sehr Ruhiges und gleichzeitig sehr Heißes.

»Ich war diejenige, die die Feuerwehr gerufen hat. Von dem Feuermelder aus dort an der Ecke. Sie wissen schon, die Dinger, die man ständig sieht, aber über die man nie nachdenkt.«

Er hasste auch kurzes Haar, weil es schnell abgebrannt war. Er wischte seine Hände an seinen weißen Hosen ab und lauschte dem Geplapper von Agentin Scullery über fünf Einsatzwagen und Krankenwagen und Brandopfer und Rauchopfer und Sprungopfer.

Und Matsch.

»Überall war Matsch. Bei einem Brand denkt man eigentlich nicht an Matsch.«

Einige allerdings tun das, dachte Sonny. Weiter.

Agentin Scullery erzählte Cowboy-Schwuchtel Joe Buck von glühend roten Schrauben und schmelzendem Glas und einem Mann, der Stückchen eines verbrannten Hühnchens aus der Asche gezogen und gegessen hatte, während um ihn herum die Menschen nach Hilfe schrien. »Es war…« – sie zögerte und dachte über ein passendes Wort nach – »schauderhaft.« Sonny hatte für eine Reihe von Geschäftsleuten gearbeitet, und er wusste, wie wichtig ihnen Zusammenfassungen waren.

»Haben Sie jemanden in der Nähe des Hauses gesehen, als das Feuer ausbrach?«

»Ja, hinter dem Haus. Da waren einige Menschen. In der Gasse.«

»Wer?«

»Ich habe nicht besonders aufgepasst.«

»Haben Sie eine Ahnung?«, bohrte der Cowboy nach.

Sonny lauschte aufmerksam, doch Agentin Scullery erinnerte sich nicht an sehr viel. »Ein Mann. Mehrere Männer. Das ist alles, was ich weiß. Tut mir Leid.«

»Junge Männer? Jugendliche?«

»Nicht so jung. Ich weiß nicht. Tut mir Leid.«

Pellam dankte ihr. Sie blieb stehen, vielleicht weil sie wartete, ob er mit ihr ausgehen würde. Doch er lächelte nur unverbindlich, ging an die Straße und winkte einem Taxi. Sonny eilte hinterher, doch der Cowboy saß schon drin, und der gelbe Chevy jagte davon, noch bevor Sonny den Rinnstein erreicht hatte. Das Ziel hatte er nicht hören können.

Einen kurzen Moment war er sauer auf sich, weil ihm dieser Asphalt-Cowboy so leicht entwischt war. Aber dann dachte er, dass es in Ordnung war – es ging ja nicht darum, Zeugen auszuschalten oder Eindringlinge zu bestrafen. Es ging um etwas viel, viel Größeres.

Als er seine Hände hochhielt, merkte er, dass sie nicht mehr zitterten. Ein kleines bisschen Rauch, ein Geist, der vor Sonnys Gesicht schwebte und sich auflöste – er konnte nur die Augen schließen und das süße Parfüm einsaugen.

Während er eine Weile so stehen blieb, regungslos und blind, kam er langsam wieder auf die Erde zurück und kramte in seiner Umhängetasche. Er merkte, dass er nur noch etwa einen halben Liter Saft hatte.

Aber das reichte, dachte er. *Mehr* als genug. Manchmal brauchte man nur einen Löffel voll, je nachdem, wie viel Zeit man hatte. Und wie gescheit man war. Im Moment hatte Sonny alle Zeit der Welt. Und wie immer wusste er, dass er schlau wie ein Fuchs war.

... Vier

Ziemlich windig an diesem Morgen.

Ein Auguststurm rückte näher, und das Erste, was Pellam bemerkte, als er aufwachte und den Wind hörte, war, dass er nicht schwankte.

Vor drei Monaten hatte er seinen Wohnwagen auf einem Standplatz in White Plains geparkt, um vorübergehend auf seinen nomadischen Lebensstil zu verzichten. Drei Monate – und immer noch hatte er manchmal Schwierigkeiten, in einem Bett zu schlafen, das nicht auf altersschwachen Stahlfedern ruhte. Bei diesem Wind heute wäre er wie auf einer Galeere geschwankt.

Auch an die fünfzehnhundert Dollar pro Monat für das Einzimmerapartment mit einer Badewanne in der Küche als Hauptattraktion hatte er sich noch nicht gewöhnt. (»Man nennt es *bitchen*«, hatte ihm die Frau vom Immobilienbüro erzählt, als sie den Scheck für die Maklergebühr und die erste Monatsmiete an sich gerissen hatte, als hätte er ihr schon seit Monaten das Geld geschuldet. »Heutzutage sind die Leute ganz scharf auf so was.«) Dritter Stock ohne Fahrstuhl, schmutziger beigefarbener Linoleumboden und Wände so grün wie die in Ettie Washingtons Krankenhauszimmer. Und was war das bloß für ein komischer Geruch?

Während der Jahre, in denen Pellam als Location Scout gearbeitet hatte, um Drehorte ausfindig zu machen, war er nur selten in Manhattan gewesen. Die meisten Filmgesellschaften vor Ort hatten dicht gemacht, und wegen der hohen Set-Kosten war das Manhattan, das man in den meisten Filmen sah, in Wirklichkeit Toronto, Cleveland oder ein Studio. Die tatsächlich in Manhattan gedrehten Filme übten nur geringen Reiz auf ihn aus – verrückte Jim-Jarmusch-Verschnitte in Studenten-Qualität und langweilige Mainstream-Filme. AUSSEN PLAZA HOTEL – TAG, AUSSEN WALLSTREET – NACHT. Die Aufträge für die Drehortsuche hatten weniger damit zu tun, das dritte Auge für den Regisseur zu spielen, als vielmehr, bei den für Drehgenehmigungen zuständigen Behörden das vorgeschriebene Formular auszufüllen und dafür zu sorgen, dass das Geld den richtigen Weg nahm, ob über oder unter dem Tisch.

Doch im Moment hatte er die Drehortsuche ad acta gelegt. Noch einen Monat bis zum Rohschnitt für seinen ersten Film seit Jahren und den ersten Dokumentarfilm, den er je gemacht hatte. Titel: *Westlich der Achten Avenue*.

Er duschte und bürstete sich sein widerspenstiges schwarzes Haar in Form. In Gedanken war er bei seinem Projekt. Der Zeitplan gestattete ihm nur noch eine Woche Aufnahmen, dann würden drei Wochen Redaktion und Post Production folgen. Der 27. September war Stichtag für Mischen und Übergabe an die WGBH in Boston, wo er sich mit dem Produzenten für die Schnitt-Endfassung zusammensetzen würde. Die Ausstrahlung im öffentlichen Fernsehen war für den Beginn des nächsten Frühjahrs geplant. Gleichzeitig würde er das Band als Film überarbeiten und in begrenzter Auflage an amerikanische Programmkinos und für eine Sendung auf Channel 4 in England verschicken lassen. Und er würde ihn zu den Filmfestspielen in Cannes, Venedig, Toronto und Berlin und für die Oskarverleihung einreichen.

Tja, das war jedenfalls sein Plan gewesen. Und jetzt?

Das Motiv von *Westlich der Achten Avenue* war das Wohnhaus in der Sechsunddreißigsten Straße West 458 und dessen Bewohner mit Ettie Washington als zentraler Figur gewesen. Mit ihrer Verhaftung fragte er sich, ob er nun der stolze Besitzer von zweihundert Stunden faszinierender Interviews war, die nie den Weg ins Fernsehen oder auf die Leinwand finden würden.

Er ging eine Zeitung kaufen und winkte nach einem Taxi.

Das klapprige Fahrzeug schlängelte sich durch den Verkehr, als ob es verfolgt würde. Den Griff fest umklammernd, versuchte er, die Nachrichten über das Feuer zu lesen. Der Nachrichtenwert der Geschichte hatte abgenommen, heute berichteten die Zeitungen von Etties Verhaftung. Ansonsten bestätigten sie nur das, was er ohnehin schon wusste – dass der einzige ernsthaft Verletzte Juan Torres war. Pellam erinnerte sich deutlich an ihn. Er hatte seine Mutter interviewt, und der Junge, ein zwölfjähriges Energiebündel, hatte in der Wohnung neben dem Fenster gestanden und mit seiner Linken einem Paket Dauerlutscher wie einem Punchingball einen Haken nach dem anderen versetzt. »Mein Daddy kennt Jose Canseco. Doch, doch. Wirklich, das stimmt!«

Der Zustand des Jungen war immer noch kritisch.

Zu dem Artikel gehörte ein Bild von Ettie, die von einer Polizistin aus dem Krankenhaus geführt wurde. Ihr Haar war das reinste Chaos. Licht spiegelte sich in den Handschellen aus Chrom, die direkt unterhalb des Gipses lagen, auf dem Pellam unterschrieben hatte.

Etta Washington, geschiedene Doyle, geborene Wilkes war zweiundsiebzig Jahre alt. Geboren in Hell's Kitchen, hatte sie nie woanders gelebt. In der Sechsunddreißigsten Straße West 458 hatte sie die letzten fünf Jahre verbracht, die vierzig Jahre davor in einem ähnlichen Mietshaus in derselben Straße, das irgendwann abgerissen worden war. Auch sonst hatte sie nur in Hell's Kitchen gewohnt, und ihre ehemaligen Wohnungen lagen höchstens fünf Blocks voneinander entfernt.

Ettie hatte sich nur dreimal aus New York hinausgewagt, und das auch nur für kurze Reisen. Zwei waren Beerdigungen von Verwandten in North Carolina gewesen. Ettie hatte in den ersten beiden Highschool-Jahren zu den Besten gehört, hatte aber die Schule abgebrochen und versucht, Kabarettsängerin zu werden. Einige Jahre war sie im Vorprogramm für besser bekannte Talente aufgetreten. Meistens in Harlem oder in der Bronx, aber ab und zu konnte sie einen Job auf der Swing Street, der Zweiundfünfzigsten Straße, an Land ziehen. Pellam hatte ein paar auf Band überspielte Rundfunkaufnahmen gehört und war beeindruckt von ihrer tiefen Stimme. Jahrelang hatte sie seltsame Jobs angenommen, um sich und manchmal auch ihre Liebhaber zu finanzieren, während sie den unvermeidlichen Heiratsanträgen widerstand, mit denen eine schöne, in Hell's Kitchen allein lebende Frau zwangsläufig überschüttet wurde. Schließlich hatte sie doch noch geheiratet, einen Iren namens Billy Doyle, der so gar nicht zu ihr gepasst hatte.

Der hübsche, ruhelose Mann hatte sie schon drei Jahre nach der Hochzeit verlassen.

Mein Billy hat nur das getan, was Männer eben tun. Sie haben diesen Drang, wegzulaufen. Vielleicht ist das ihre Natur, aber es ist schwer, es ihnen zu verzeihen. Ich frage mich, ob Sie das auch haben, John.

Während Pellam neben der Kamera gesessen und das Interview aufgezeichnet hatte, hatte er ermutigend genickt und sich vorgenommen, den letzten Satz und ihr Kichern herauszuschneiden.

Ihr zweiter Mann Harold Washington war, mit Alkohol vollgepumpt, im Hudson River ertrunken.

Mit ihm habe ich keine Liebe verloren. Aber in Geldsachen war er zuverlässig, hat mich nie betrogen und ist nie laut geworden. Manchmal vermisse ich ihn. Wenn mir einfällt, dass ich mal wieder an ihn denken könnte.

Etties jüngster Sohn Frank war auf dem Times Square in eine Schießerei zwischen Betrunkenen geraten und von einem Mann mit einem lilafarbenen Zylinder abgeknallt worden. Ihre Tochter Elizabeth, auf die Ettie wahnsinnig stolz war, war eine Immobilienverkäuferin in Miami. In einem oder zwei Jahren wollte Ettie nach Florida in ihre Nähe ziehen. Ihr ältester Sohn James, ein hübscher Mischling, war das einzige Kind, das sie von Doyle hatte. Auch er war vom Fernweh angesteckt worden und Richtung Westen verschwunden – nach Kalifornien, wie Ettie vermutete. Seit zwölf Jahren hatte sie nichts mehr von ihm gehört.

Die alte Dame war in ihrer Jugend wunderschön und von hitzigem Temperament gewesen, aber auch gebieterisch, wie die hundert Fotos gezeigt hatten, die nun zu Asche verbrannt waren. Heute war sie immer noch eine gut aussehende Frau mit jugendlicher dunkler Haut. Sie hatte sich oft überlegt, ihre mit Grau durchsetzten Haare zu färben, damit sie wieder so schwarz wie früher wären. Ettie redete so schnell wie eine britisch-amerikanische Südstaatenmischung, trank schlechten Wein und kochte hervorragende Kutteln mit Speck und Zwiebeln. Und sie konnte Geschichten über ihre Vergangenheit, über ihre Mutter und ihre Großmutter abspulen wie eine echte Schauspielerin, als ob Gott ihr diese Gabe als Ausgleich für all das geschenkt hatte, was er ihr verweigert hatte.

Und was würde jetzt aus ihr werden?

Das Taxi kam ins Schleudern, als es über die Achte Avenue raste, der Trennlinie zur Hell's Kitchen.

Pellam sah, dass an einem Schaufenster das Wort »Bakery« mit »Youth Outreach Center – Clinton Branch« übermalt war.

Clinton.

Diese Sozialeinrichtung für Jugendliche war ein wilder Ort mit Langzeitbewohnern. Für sie hieß das Viertel »Hell's Kitchen« und würde nie einen anderen Namen haben. »Clinton« wurde das Viertel offiziell von der Stadt, den PR-Büros und den Immobilienmaklern genannt. Als ob der Name die Öffentlichkeit überzeugen könnte, dass dieses Viertel kein Sumpf aus Mietskasernen, Gangs, verrauchten Kneipen, Nutten und Bürgersteigen voller Crack-Ampullen war, sondern Anlaufpunkt für neu gegründete Firmen und Yuppie-Lofts.

Pellam erinnerte sich an eines von Etties Interviews:

Kennen Sie schon die Geschichte, wie das Viertel zu seinem Namen kam? Die geht so: Sagt ein Polizist zu einem anderen: »Dieses Viertel ist die Hölle.« Der andere meint: »Hölle ist noch zu harmlos. Das ist des Teufels Küche.« Das erzählt man sich zwar, aber so war das nicht. O nein. Der Name stammt nämlich von einem Slumviertel in London. Wie könnte es in New York auch anders sein? Sogar die Namen der Stadtviertel sind geklaut.

»Jetzt schauen Sie sich das an!«, riss der Taxifahrer Pellam aus seinen Gedanken. »Dieselbe verdammte Scheiße wie gestern. Seit Wochen geht das so.«

Wütend fuchtelte er in Richtung des Staus. Dieser schien von der Baustelle des fast fertigen Hochhauses gegenüber des abgebrannten Hauses verursacht zu werden. Betonmischer fuhren durch das Maschendrahttor ein und aus und blockierten die Straße.

»Dieses Haus! Die sollen sich doch alle mal selbst am Arsch lecken. Es zerstört das ganze Viertel.« Er schlug so hart aufs Armaturenbrett, dass der Geruchskiller in Form eines Apfels fast hinunterfiel.

Pellam bezahlte, überließ den Fahrer seinen Flüchen und ging Richtung Hudson River.

Er kam an unbeleuchteten Geschäften vorbei, deren Fassaden mit Holz verkleidet waren – Vinnie's Fruits and Vegetables, Managro's Deli, Cuzin's Meats and Provisions, in dessen Schaufenster ganze, fertig zubereitete Tiere lagen. Buden mit

Klamotten und Holzstände mit Gewürzen und Kräutern versperrten die Bürgersteige. Ein Geschäft mit afrikanischen Waren warb für Ukpor und Ogbono. »Kaufen Sie jetzt!«, drängte das Schild.

Pellam überquerte die Neunte Avenue und ging weiter bis zur Zehnten, vorbei an der Ruine von Etties Haus bis zu einem schäbigen sechsstöckigen Gebäude aus rotem Backstein an der Ecke.

Vor dem handgeschriebenen Schild am schmutzigen Fenster im Erdgeschoss blieb er stehen.

Herr Louis Bailey, Rechtsanwalt/*Abogado*. Strafrecht, Zivilrecht, Testamente, Scheidungen, Körperverletzung, Motorradunfälle. Immobilien. Notar. Kopier- und Faxdienst.

Zwei Glasscheiben fehlten. Eine war durch gelbes Papier ersetzt, in der anderen steckte eine ausgeblichene Cornflakes-Schachtel. Pellam blickte an dem baufälligen Gebäude hoch und überprüfte, ob er sich den richtigen Namen notiert hatte. Das hatte er.

Kopier- und Faxdienst…

Er drückte die Tür auf.

Es gab keinen Warteraum, nur das Apartment, das zu einem Büro umfunktioniert worden war. Es war voll gestopft mit Blättern, Schriftsätzen, Büchern und sperrigen, antiquierten Bürogeräten – einem staubigen, altersschwachen Computer und einem Faxgerät. Hunderte Gesetzbücher, einige davon immer noch in mittlerweile gelb gewordenes Cellophan eingeschweißt.

Ein Schild verkündete: NOTAR.

Der Anwalt stand an seinem Kopiergerät, das er mit Blättern eines Dokuments fütterte. Die heiße Sonne drang durch die schmutzigen Fenster; in dem Zimmer mussten fast vierzig Grad herrschen.

»Sind Sie Mr. Bailey?«

Das verschwitzte Gesicht drehte sich um und nickte.

»Ich bin John Pellam.«

»Etties Freund. Der Schriftsteller.«

»Der Filmemacher.« Sie reichten einander die Hände.

Der beleibte Anwalt fasste sich an seine dicken, grauen Haare, die einfach nicht weniger werden wollten. Er trug ein weißes Hemd und eine breite, smaragdgrüne Krawatte. Sein grauer Anzug passte oben und unten nicht – die Hose war eine Nummer zu weit, die Jacke eine Nummer zu eng.

»Ich würde mit Ihnen gerne über den Fall reden«, begann Pellam.

»Hier drin ist es zu heiß.« Bailey legte die Kopien auf den Schreibtisch und wischte sich über die Stirn. »Die Klimaanlage spielt verrückt. Wie wär's, wenn wir uns in mein anderes Büro zurückziehen? Ich habe hier in der Straße eine Zweigstelle.«

Eine Zweigstelle? »Zeigen Sie mir den Weg«, sagte Pellam.

Louis Bailey winkte der aufgeschwemmten Barfrau zu. Ohne dass er etwas sagte, watschelte sie los, um ihm sein Stammgetränk zu bringen. »Was wollen Sie?«, rief sie Pellam mit irischem Akzent zu.

»Kaffee.«

»Irish?«

»Folgers«, antworte Pellam.

»Ich meinte – mit Whisky?«

»Ich meinte ohne.«

»Also«, fuhr Bailey fort, »die Untersuchungsergebnisse kamen gestern. Negativ. Kernspintomografie oder was das war. Sie wird schon wieder werden. Man hat sie ins Frauengefängnis gebracht.«

»Ich wollte sie gestern besuchen, wurde aber nicht reingelassen. Lomax, dieser Fire Marshal, war keine große Hilfe.«

»Das sind sie gewöhnlich nie, wenn Sie auf unserer Seite des Zauns stehen.«

»Ich hatte schließlich einen Polizisten aufgetrieben, der mir gesagt hat, dass Ettie Sie als Rechtsanwalt genommen hat.«

Mit einem widerlichen Quietschen ging die Tür auf, und zwei junge Männer in dunklen Anzügen blickten sich nur kurz, aber voller Entsetzen um und gingen gleich wieder. Baileys Zweigstelle – das zweifelhafte Emerald Isle Pub – war nicht der richtige Ort für Geschäftstermine.

»Kann ich sie sehen?«, fragte Pellam.

»Jetzt, wo sie im Gefängnis ist, könnten wir das irgendwie hinkriegen. Ich habe mit der A.D.A. gesprochen.«

»Der was?«

»Der stellvertretenden Bezirksstaatsanwältin. Sie heißt Lois Koepel. Sie ist weder gut noch schlecht. Sie hat ihre Macken. Vielleicht weil sie Jüdin ist. Oder weil sie eine Frau ist. Oder es ist was aus der Kindheit. Ich weiß nicht, was schlimmer ist. Ich habe ihr mit einer gerichtlichen Verfügung gedroht, damit sie Ettie besser versorgen – dass sie Schmerztabletten bekommt, ihre Verbände regelmäßig gewechselt werden. Aber sie kümmern sich natürlich trotzdem einen Dreck um sie.«

»Das denke ich mir.«

Bailey gab seine Einschätzung des Falls zum Besten, während er an seinem Martini Dry nippte und Pellam an seinem bitteren Kaffee. Pellam wiederum versuchte, die Fähigkeiten des Anwalts einzuschätzen. Aus Baileys Mund waren keine Gesetze, Fallbeispiele oder Verfahrensvorschriften zu hören. Pellam kam vage zu dem Schluss, dass er einen engagierteren Anwalt vorgezogen hätte, der, wenn er schon nicht versiert war, wenigstens nicht in seinem Lebenslauf bereits so weit von seinem Jurastudium entfernt gewesen wäre.

»Was ist das für ein Film, den Sie da drehen?«, fragte Bailey, der noch einen Schluck von seinem Drink nahm.

»Eine erzählte Geschichte über Hell's Kitchen. Ettie ist meine beste Quelle.«

»Ja, eines ist sicher: Diese Frau kann Geschichten erzählen.«

Pellam faltete seine Hände um den heißen Kaffeebecher. In der Bar war es kalt. Ein übler Wind blies aus einer stotternden Klimaanlage über der Tür. »Warum wurde sie verhaftet? Lomax hat mir nichts darüber erzählt.«

»Na ja, das kann ich Ihnen sagen: Man hat irgendwelches Zeug gefunden.«

»Zeug.«

»Und das heißt nichts Gutes. Ein Zeuge hat gesehen, wie sie kurz vor dem Ausbruch des Feuers das Haus betreten hat. Es hat unten angefangen, gleich neben dem Heißwasserspeicher. Sie hat einen Schlüssel für den Hintereingang.«

»Haben das nicht alle Bewohner?«

»Nur einige. Aber sie wurde beobachtet, wie sie fünf Minuten vor Ausbruch des Feuers die Tür geöffnet hat.«

»Gestern habe ich gegenüber vom Haus eine Nachbarin getroffen«, meinte Pellam. »Sie sagte, sie habe ein paar Leute in der Gasse gesehen. Kurz vor dem Brand. Drei oder vier Männer. Eine nähere Beschreibung konnte sie nicht geben.«

Bailey nickte und kritzelte etwas in sein ledergebundenes Notizbuch, dessen Initialen nicht den seinen entsprachen.

»Sie hätte es gar nicht tun können«, sagte Pellam. »Ich war da. Sie ging vor mir die Treppe hinauf, als es begann.«

»Oh, man geht nicht davon aus, dass sie das Feuer tatsächlich selbst gelegt hat. Man glaubt, sie hätte einem Pyromanen die Tür aufgemacht.«

»Ein professioneller Brandstifter?«

»Ein Profi, ja. Aber auch ein Wahnsinniger. Ein Typ, der ein paar Jahre für die Stadt gearbeitet hat. Er vermischt Benzin mit Öl. Genau das richtige Verhältnis. Er weiß, was er tut. Benzin allein ist zu instabil, deswegen mischt er Öl dazu. Das Feuer braucht etwas länger, bis es richtig in Fahrt kommt, aber es brennt heißer. Dann – aufgepasst! – tut er noch Spülmittel dazu, damit das Zeug besser an der Kleidung und der Haut kleben bleibt. Wie Napalm. Typen, die Feuer für Geld legen, würden das nicht tun. Und sie legen kein Feuer, wenn Menschen in der Nähe sind, weil sie niemanden verletzen wollen. Unserem Typen hier gefällt das. Der Fire Marshal und die Polizei machen sich Sorgen. Er wird immer verrückter. Sie kriegen Druck von oben, weil sie ihn noch nicht geschnappt haben.«

»Dann glaubt Lomax also, Ettie hätte ihn dafür bezahlt«, überlegte Pellam. »Was ist mit der Tatsache, dass auch sie beinahe umgebracht wurde?«

»Die Staatsanwältin denkt, Ettie wollte es bis in ihre Wohnung schaffen, um ein Alibi zu haben. Vor ihrem Fenster war eine Feuerleiter. Sie hätte aber den Zeitplan vermurkst. Man glaubt auch, sie hätte den Brand genau für den Moment geplant, in dem Sie sich mit ihr bei ihr zu Hause verabredet hatten, sodass Sie ihr ein Alibi verschaffen konnten.«

»Sie würde mich nicht verletzen wollen«, spottete Pellam.

»Aber Sie kamen zu früh, oder?«

»Ein paar Minuten, ja«, bestätigte Pellam schließlich. »Aber alle scheinen etwas zu übersehen: Was für ein Motiv sollte sie denn haben?«

»Ah, ja, das Motiv.« Wie schon mehrmals zuvor schwieg Baileys einen Moment, um seine Gedanken zu sortieren. Er leerte seinen Martini Dry und bestellte einen neuen. »Mach das Glas aber diesmal voll, Rosie O'Grady. Und lass dich von den riesigen Oliven nicht dazu verleiten, mich zu bescheißen.« Er wandte sich wieder an Pellam. »Letzte Woche hat Ettie eine Hausratsversicherung über fünfundzwanzigtausend Dollar abgeschlossen.«

Pellam nippte noch einmal an seiner Tasse, bevor er sie von sich fort schob. Der gallenbittere Geschmack rührte nur zum Teil vom Kaffee. »Weiter.«

»Sie wurde über den angegebenen Wert abgeschlossen. Schon mal davon gehört? Das heißt, dass man hohe Prämien bezahlt, aber wenn die Wohnung kaputt geht, bekommt man von der Versicherung diesen Betrag, egal, ob Chippendale-Möbel oder nur Apfelsinenkisten drin stehen.«

»Aber das ist doch viel zu offensichtlich – zuerst eine Versicherung abschließen, im nächsten Monat das Haus anzünden.«

»Ja, aber die Polizei mag es, wenn Verbrechen so offensichtlich sind, Mr. Pellam. Auch die Geschworenen. In New York ist man nicht besonders scharfsinnig. Deshalb kommen schlaue Jungs, die einen Mord begehen, immer so locker davon.« Als ihm der Martini Dry gebracht wurde, beugte sich Bailey darüber wie ein Kind über sein Weihnachtsgeschenk. »Und außerdem sind Frauen die Hauptverdächtigen bei Versicherungs- und Sozialhilfebetrug. Wenn eine Frau von der Sozialhilfe lebt und ihre Wohnung abbrennt, landet sie ganz oben auf der Liste für eine schönere Wohnung. Das passiert jeden Tag. Der Fire Marshal hat nur kombiniert: eine Frau, eine Versicherungspolice und ein verdächtiges Feuer. Bingo, seine Arbeit ist erledigt.«

»Jemand schiebt ihr das in die Schuhe. Verdammt, wenn es um die Versicherung ging, warum dann das ganze Haus abbrennen? Warum nicht nur ihre Wohnung?«

»Das ist weniger verdächtig. Und dieser Pyromane richtet so viel Schaden an, wie er kann. Es war Zufall, dass sie ausgerechnet ihn angeheuert hat. Vielleicht wusste sie gar nicht genau, was er vorhatte.«

Pellam, der ehemalige unabhängige Filmemacher und Drehbuchautor, dachte oft über das Leben als Vorlage für ein Drehbuch nach. Dieses hier schien einige Lücken aufzuweisen. »Gut, sie müssen ihr die Police zugeschickt haben. Was hat Ettie gesagt, als sie sie gesehen hat?«

»Die Versicherungsagentur behauptet, sie hätte den Antrag abgeholt, zu Hause ausgefüllt und zurückgeschickt. Die Agentur hätte es an die Hauptstelle weitergeleitet. Eine Bestätigung für den Versicherungsbeginn wurde am Tag vor dem Brand an sie losgeschickt. Also hat sie diesen Brief nie bekommen.«

»Dann könnte doch der Mitarbeiter bei der Versicherung bestätigen, dass es nicht Ettie war«, erläuterte Pellam.

»Der Angestellte hat sie auf dem Bild als die Frau erkannt, die den Antrag abgeholt hat.«

Pellam, der schon immer an Verschwörungstheorien glaubte, hatte das Gefühl, hier läge der Stoff für einen Oliver-Stone-Film. »Was ist mit dem Scheck für die Beitragszahlung?«

»Sie hat in bar bezahlt.«

»Und was meint Ettie dazu?«, fragte Pellam.

»Sie leugnet natürlich alles«, antwortete Bailey in einem Ton, als wäre ein Leugnen vor Gericht so nützlich wie die Fliege, die neben ihnen über den Tresen krabbelte. »So, jetzt zu den praktischen Dingen. Die Anklageerhebung ist für morgen festgesetzt. Die Staatsanwältin verbreitet das Gerücht, der Termin würde verschoben werden. Sie wissen, was dieser Termin bedeutet? Da wird ...«

»Ich weiß, was dabei passiert«, unterbrach ihn Pellam. »Wie sieht es mit einer Kaution aus?«

»Ich glaube nicht, dass sie sehr hoch sein wird. Ich werde ein paar professionelle Kautionsbürgen aufsuchen, die ich kenne. Bei ihr besteht kaum Fluchtgefahr, weil sie ohnehin kaum laufen kann. Und es ist kein Mord.«

»Mr. Bailey«, unterbrach ihn Pellam.

Der Anwalt hielt eine Hand hoch. »Louis, bitte.« *Louie*. Bailey knurrte den Namen vor sich hin, und für einen kurzen Moment wurde er zu seinem Idol Damon Runyon, dem Starreporter und Krimiautoren.

»Haben Sie so etwas schon einmal gehabt?«, fragte Pellam. »Einen Fall wie diesen?«

»Ah.« Bailey bog seinen Kopf nach hinten und griff sich an die schlaffe Wange. Sein Blick wurde plötzlich klar und aufmerksam. »Ich habe gesehen, wie Sie mich beobachtet haben. Meine Krawatte vom Wühltisch aus dem Ausverkauf. Meine durchgescheuerten Manschetten. Meinen billigen Anzug von der Stange. Haben Sie gesehen, dass die Karomuster nicht ganz zusammenpassen? Die Originalhose musste ich vor einem Jahr wegwerfen, dann habe ich mir eine gesucht, die der alten am nächsten kam. Und Sie waren Gentleman genug, nichts über meinen Flüssig-Brunch zu sagen.«

Er zeigte auf seine rechte Hand – eine dramatische Geste, die er gerade noch abmildern konnte. »Dies ist ein Ring von der New York Law School. *Nicht* von der NYU. Das ist ein großer Unterschied. Ich bin abends hingegangen, weil ich tagsüber als Zustellungsbeamter gearbeitet habe. Und mein Abschluss lag etwas unter dem Durchschnitt meines Jahrgangs.«

»Ich bin sicher, Sie sind ein guter Anwalt.«

»Oh, natürlich bin ich das nicht.« Bailey prustete vor Lachen. »Na und? Das hier ist kein Upper-East-Side-Fall. Das ist kein Soho- oder Westchester-Fall. Für solche Fälle braucht man einen guten Anwalt. Das hier ist ein Hell's-Kitchen-Fall. Ettie ist arm, sie ist schwarz, die Fakten sprechen gegen sie, und die Geschworenen werden sie für schuldig befinden, noch bevor die Geschworenenliste überhaupt aufgestellt wurde. Das Gesetz zählt hier nicht.«

»Was zählt denn sonst?«

»Die Mühlen«, flüsterte er theatralisch. Seine Stimme hörte sich an, als käme sie aus dem Sumpf.

Pellam hatte keine Lust, ihm nur die Stichworte für seine Pointen zu geben. Er schwieg. Draußen fuhr langsam ein Wagen vorbei. Ein BMW-Kabrio. Selbst in der Bar hörte man den dröhnenden Bass eines Rap-Songs, der Pellam schon mehrmals aus den offenen Fenstern in seinem Viertel entgegengeschallt war.

It's a white man's world, now don't be blind…

Ja genau, dies war eine Welt der Weißen…

Der Wagen fuhr vorbei.

»Die Mühlen«, fuhr Bailey fort, während er seine Olive

quälte. »Ich will damit sagen, das Erste, was man über Hell's Kitchen lernt, ist, dass jeder einen töten kann, egal aus welchem Grund. Oder auch ohne Grund. Das ist bekannt. Was kann man also tun, um zu überleben? Na ja, man kann dafür sorgen, dass es für den anderen lästig ist, wenn er einen umbringt. Man macht einen Bogen um Durchgänge, wenn man eine Straße entlanggeht, man vermeidet Augenkontakt, man zieht sich etwas schlampiger an, an Straßenecken hält man sich in der Nähe von anderen Menschen auf, man nennt in Bars wie dieser hier beiläufig die Namen von Gewerkschaftsbossen oder Polizisten aus Midtown South. Verstehen Sie, was ich meine? Man bringt die Mühlen ins Stocken. Wenn es dem Mörder zu viel Probleme macht, einen Menschen zu töten, geht er vielleicht – aber auch nur vielleicht – zum Nächsten.«

»Und Ettie?«

»Alle – die Staatsanwaltschaft, die Polizei, die Presse – gehen den Weg des geringsten Widerstands. Wenn in diesem Fall die Mühle irgendwie hängen bleibt, wird man sich den Nächsten angeln. Sich einen anderen großartigen Verdächtigen suchen. Das ist das Einzige, was wir für Ettie tun können. Die Mühlen ins Stocken bringen.«

»Dann besorgen wir ihnen eben einen anderen Verdächtigen. Wer hat denn sonst noch ein Motiv? Der Eigentümer, oder? Wegen der Versicherung.«

»Möglicherweise. Ich werde den Vertrag überprüfen, um zu sehen, wie das mit seiner Versicherung aussieht.«

»Warum würde sonst jemand das Haus abbrennen?«

»Kinder tun das, weil sie einen Kick brauchen. Das steht in dieser Stadt an oberster Stelle. Nummer zwei: Rache. Irgendjemand schläft mit der Frau eines anderen. Spritzen schnell ein bisschen Feuerzeugbenzin unter seine Tür. Viele Täter legen einen Brand, um damit ein anderes Verbrechen zu vertuschen. Besonders Vergewaltigungen mit Todesfolge. Einbrüche. Sozialamtsbetrug, wie schon gesagt. Eitelkeitsverbrechen – der

Junge von der Poststelle legt im Büro ein Feuer und löscht es wieder. Er ist ein Held… Dann gibt's in Hell's Kitchen viele Fälle von Brandstiftung an denkmalgeschützten Gebäuden – die Stadt kennzeichnet alte Häuser mit diesem besonderen Status, weil sie historisch sind. Wenn jemand ein altes Haus besitzt, das kein Geld abwirft, weil der Unterhalt zu teuer ist, reißt er es ab und baut an dieselbe Stelle ein einträglicheres. Aber denkmalgeschützte Häuser dürfen nicht abgerissen werden. Was passiert also? O mein Gott, es brennt! Was für ein Zufall! Der Besitzer hat die Freiheit, alles das hinzubauen, was er will. Wenn er nicht geschnappt wird.«

»War Etties Haus denkmalgeschützt?«

»Ich weiß nicht. Das kann ich herausfinden.«

Die Art, wie Bailey den letzten Satz betonte, machte etwas deutlicher, wie man eine Mühle aus dem Tritt brachte. Pellam zog seinen Geldbeutel hinten aus der Hosentasche und legte ihn auf den Tresen.

Das Gesicht des Anwalts verzog sich zu einem ginhaltigen Lächeln. »O ja, so funktioniert das in Hell's Kitchen. Jeder hat seinen Preis. Ich wohl auch.« Das Lächeln erstarb. »Oder vielleicht ist mein Preis einfach nur zu hoch. Da passe ich mich der Standesethik hier an – sich teuer zu verkaufen.«

Ein Polizeiwagen schoss mit eingeschaltetem Blaulicht, aber ohne Sirene am Fenster vorbei. Irgendwie ließ die Lautlosigkeit das Ereignis wie etwas besonders Schreckliches und Dringendes erscheinen.

Dann sank Baileys Laune derartig schnell in den Keller, dass Pellam vermutete, dass ihn der zweite Cocktail – oder war es der dritte? – völlig zum Miesepeter gemacht hatte. Väterlich berührte er Pellams Arm, und hinter dem Schleier vor seinen Augen schimmerte zögerlich sein Scharfsinn hindurch. »Da gibt's noch was, was ich sagen will.«

Pellam nickte.

»Sind Sie sicher, dass Sie in diese Sache reingezogen werden wollen? Warten Sie. Bevor Sie antworten, lassen Sie mich Ihnen eine Frage stellen. Sie haben mit vielen Leuten hier in der Gegend geredet. Wegen Ihres Films?«

»Am meisten mit Ettie. Aber auch mit ein paar Dutzend anderen.«

Bailey nickte, begutachtete Pellams Gesicht aus der Nähe, prüfte es. »Nun, an die Menschen aus Hell's Kitchen kann man sich leicht ranmachen. Sie reichen einem einen Flachmann mit Schnaps und wischen die Öffnung nicht ab, nachdem Sie ihn zurückgeben haben. Stundenlang sitzen sie mit einem vor den Treppeneingängen herum. Manchmal kriegt man sie nicht mehr zum Schweigen.«

»Das habe ich auch bemerkt. Stimmt.«

»Das gibt Ihnen ein wohliges Gefühl, oder?«

»Genau.«

»Aber es ist nur Geschwätz«, sagte Bailey. »Es bedeutet nicht, dass sie Sie akzeptieren. Oder Ihnen vertrauen. Und bilden Sie sich nicht ein, Sie würden Geheimnisse hören. Jemandem wie Ihnen würden sie sie nicht erzählen.«

»Und was erzählen *Sie* mir?«, fragte Pellam.

Baileys Scharfsinn stellte auf Vorsicht um. »Ich sage Ihnen, dass es hier gefährlich ist«, erklärte Bailey nach einer Pause. »Sehr gefährlich. Und es wird immer schlimmer. In letzter Zeit hat es oft gebrannt, mehr als normal. Gangs… Schießereien.«

Der Lokalteil der Times war voll mit Geschichten von Schießereien. Kinder, die Waffen in die Grundschule schmuggelten. Unschuldige Menschen, die im Kreuzfeuer oder von wahnsinnigen Heckenschützen niedergeschossen wurden. Pellam hatte aufgehört, Zeitung zu lesen, als er zwei Wochen in der Stadt war.

»Die Zeit in Hell's Kitchen ist hart.«

Im Vergleich zu wann, fragte sich Pellam.

»Sind Sie wirklich sicher, dass Sie in diese Sache reingezogen werden wollen?«, fragte Bailey. Als Pellam antworten wollte, hob er die Hand. »Sind Sie sicher, Sie möchten dorthin, wohin Sie die Sache bringen könnte? «

Pellam antwortete mit einer anderen Frage: »Wie viel?« – und tippte auf seinen Geldbeutel.

Bailey zog wieder seinen Alkoholschleier vor die Augen. »Alles zusammengerechnet?« Er zuckte die Schultern. »Ich muss einen Polizisten finden, der mir den Bericht über die Brandstiftung, den Namen des Versicherungsagenten und alles besorgt, was es über Ettie gibt. Die Grundstückseintragung und die Übertragungsurkunde sind öffentlich und können eingesehen werden, aber es dauert Wochen, wenn man es nicht tut, wissen Sie…«

»Die Mühlen zum Laufen bringen«, murmelte Pellam.

»Ich würde sagen, tausend.«

Pellam fragte sich, was der wirkliche Grund für den Handel war – abstrakte Moral oder seine eigene Leichtgläubigkeit.

»Fünfhundert.«

Bailey zögerte. »Ich weiß nicht, ob ich es dafür tun kann.«

»Sie ist unschuldig, Louis. Das heißt, Gott ist auf unserer Seite. Reicht das nicht für einen Rabatt?«

»In Hell's Kitchen?« Bailey grölte vor Lachen. »Es ist das Viertel, das Gott vergessen hat. Geben Sie mir sechshundert, und ich werde das Beste daraus machen.«

… Fünf

Er hatte den Stadtplan auf dem wunderschönen Fleischerblock ausgebreitet.

Strich das Papier mit seinen langen, dünnen Fingern glatt. Sonny hatte Papier gern, wusste, dass es die reinkarnierte Haut von Bäumen war. Er mochte das Geräusch, das Papier machte, wenn es sich bewegte, ihm gefiel es, wenn er es anfasste. Er wusste, dass es besser als alles andere brannte.

Sonny blickte auf und begutachtete die höhlenartige Loftwohnung.

Zurück zum Plan, dem Plan von Manhattan. Mit dem Finger fuhr er die farbigen Linien der Straßen entlang auf der Suche nach dem Gebäude, in dem er sich gerade befand. Mit einem teuren Kugelschreiber malte er einen Kreis an die betreffende Stelle, trank ein Schlückchen Gingerale aus einem Weinglas.

Er hörte ein Schlurfen und ein Geräusch wie das Miauen einer Katze. Er blickte nach rechts – zu der Zeugin, die mit Joe Buck geflirtet hatte. Die arme rothaarige Agentin Scullery von Ernst & Young; sie muss einen Haufen Geld verdienen, weil das hier eine wirklich hübsche Loftwohnung war. Er blickte sie von oben bis unten an und dachte erneut, dass sie viel besser aussehen würde, wenn ihre Haare so lang wie seine wären. Sie lag auf der Seite, Hände und Füße mit Klebeband zusammengebunden. Ein Knebel steckte in ihrem Mund.

»Deine Sendung? Im Fernsehen? Ich glaube wirklich nicht, dass sich das FBI mit solchem Zeug beschäftigt«, sagte er sachlich. »Meinst du wirklich, die Bundesagenten würden was drauf geben, wenn da oben Außerirdische wären?« Seine Stimme war sanft, als er redete, klang aber abwesend. Er berührte die farbenfrohen Quadrate auf dem Stadtplan – sie erinnerten ihn an die Bausteine, die ihm seine Mutter als Kind gekauft hatte.

Hier.

Er markierte ein anderes Gebäude.

Hier.

Noch eines.

Mit dem Finger fuhr er über mehrere andere Stellen und markierte auch sie mit einem Kreuz. Er würde viel Arbeit haben. Aber das Letzte, womit Sonny Probleme hatte, war Arbeit. Der Lohn liegt im Erfolg.

Agentin Scullery schielte über das graue metallische Klebeband und trommelte laut und panisch mit ihren Füßen.

»Ach, herrje!« Er faltete den Stadtplan sorgfältig zusammen und steckte ihn wieder hinten in seine Tasche. Der Kugelschreiber landete in Sonnys Brusttasche, nachdem er die Mine gewissenhaft im Schaft hatte verschwinden lassen. Er hasste Tinte auf seiner Kleidung. Dann ging er im Kreis um Agentin Scullery herum, die wimmernd mit den Beinen ausschlug und hin und her rollte.

In der Küche untersuchte er den Gasherd. Ein Gerät der Spitzenmarke, doch Sonny kannte Haushaltsgeräte lediglich von seiner Arbeit her. Seinen eigenen Herd benützte er nur, um Wasser für seinen Kräutertee zu erhitzen. Er aß Gemüse, das er nie kochte; die ganze Sache mit Essenkochen fand er abstoßend. Er kniete sich auf den makellosen Fliesenboden und zog die Klappe vom Backofen auf. Das Bimetall-Absperrventil hatte er in fünf Sekunden unbrauchbar gemacht, den Anschlussschlauch in zehn Sekunden abmontiert. Der saure Geschmack des Geruchszusatzes für Erdgas – das Gas selbst hatte keinen Geruch – erfüllte die Küche. Süß und bitter und seltsam angenehm – wie Tonicwasser.

Er ging zur Eingangstür der Wohnung und schaltete das Licht ein und aus, um zu sehen, welche Lampe anging – sie hing nicht weit entfernt an der Decke. Sonny stieg auf einen Stuhl, streckte sich und zerschlug die Birne mit seinem Schraubenschlüssel. Glassplitter regneten auf seine Haare und Schultern herab. Die Decken waren hoch, und er musste sich richtig recken. Er war sich sicher, dass ihn die große Agentin Scullery auslachte.

Doch wer zuletzt lacht, lacht am besten, dachte Sonny, der sie anschaute, während er zu seiner Tasche ging, die Dose mit dem Saft herausholte und den Inhalt über ihre Bluse und ihren Rock goss. Sie robbte von ihm fort.

»Und wer lacht jetzt? Hä?«

Sonny schloss im gesamten Loft die Vorhänge, dann trat er auf den Flur. Die Tür ließ er angelehnt. In der Eingangshalle notierte er sich rasch die Namen von sechs anderen Bewohnern.

Eine halbe Stunde später stand er, den Hörer unters Kinn geklemmt, in einer Hand eine halb gegessene Mango, einen Block weiter in einer Telefonzelle und tippte Telefonnummern ein.

Beim fünften Versuch hatte er Erfolg. »Hallo?«, meldete sich jemand.

»Bin ich hier richtig bei Roberts?«

»Ja, ich bin Sally Roberts.«

»Prima. Hallo, Sie kennen mich nicht. Ich bin der Bruder von Alice Gibson, die bei Ihnen im Haus wohnt.«

»Ach ja, Alice. In Vier-D.«

»Genau. Sie hat gesagt, dass Sie auch dort wohnen, und ich habe Ihre Nummer von der Auskunft. Wissen Sie, ich mache mir ein wenig Sorgen um sie.«

»Wirklich?« Die Frau klang ebenfalls besorgt.

»Wir haben gerade eben miteinander telefoniert, und sie meinte, sie würde sich richtig elend fühlen. Lebensmittelvergiftung, vermutet sie. Sie hat aufgelegt, und ich habe versucht, sie noch einmal anzurufen, aber sie geht nicht mehr ans Telefon. Ich bitte Sie zwar nicht gerne, aber meinen Sie, Sie könnten mal nachsehen? Ich habe Angst, dass sie ohnmächtig geworden ist.«

»Natürlich. Soll ich mir Ihre Nummer aufschreiben?«

»Ich bleibe einfach am Apparat, wenn es Ihnen nichts ausmacht«, sagte Sonny, der höfliche Bruder. »Das ist wirklich nett von Ihnen.«

Er lehnte den Kopf gegen das Aluminium der Telefonzelle. Schweißflecken blieben daran zurück. Warum der viele Schweiß, dachte er wieder. Aber es ist heiß draußen. *Jeder* schwitzt. Aber nicht die Hände von jedem zittern. Diesen Gedanken schob er beiseite. Denk über was anderes nach. Zum Beispiel ans Abendessen? Gut. Was würde es heute zum Abendessen geben? Eine reife Tomate. Eine gute Jersey-Tomate. Sie waren schwer zu bekommen. Salz und ein bisschen…

Das war komisch – der Klang der heftigen Explosion erreichte ihn durchs Telefon, noch bevor er ihn direkt hörte. Dann wurde die Leitung unterbrochen, und die Telefonzelle wurde unter dem Luftdruck kräftig geschüttelt. Typisch für Erdgasexplosionen war, dass es eine blauweiße Flamme und sehr wenig Rauch gab, als die Fenster vom Zustrom des Sauerstoffs nach innen zerbarsten und, dank der bei der Verbrennung freigesetzten Energie, gleich darauf nach außen platzten.

Feuer saugt Gegenstände mehr an, als dass es sie abstößt.

Einen Augenblick beobachtete Sonny die Flammen, die sich auf die obere Etage der verstorbenen Agentin Scullery ausbreiteten. Das geteerte Dach wurde von den Flammen erfasst, der Rauch wechselte seine Farbe von weiß über grau zu schwarz.

Er wischte seine Hände an einer Serviette ab. Dann öffnete er vorsichtig den Stadtplan und zog einen Kreis um das Kreuz, mit dem er das Haus mit ihrer Loftwohnung markiert hatte. Die Mango warf er weg und dann machte er sich auf den Weg zurück zu seiner Wohnung. Er ging schnell, in entgegengesetzter Richtung der Neugierigen. Er nahm ihre Aufregung wahr und wünschte sich, sie wüssten, dass sie dafür ihm zu danken hatten.

»Wie geht's dir, Mutter?«

»Wie's ihr geht?«, hallte eine Stimme über den kalten Zementboden. »Was sie so treibt?«

Ettie Washington lag mit angezogenen Beinen auf der Pritsche. Sie öffnete die Augen. Ihr erster Gedanke: ihre Kleidung. Sie war immer darauf bedacht, dass sie hübsch aussah, dass ihre Blusen und Röcke immer gebügelt waren. Aber hier, im Frauengefängnis von Downtown Manhattan, wo man – natürlich abgesehen von Gürteln und Schuhbändern – Straßenkleidung tragen durfte, hatte Ettie Washington keine eigenen Kleider.

Als man sie aus dem Krankenhaus hierher verlegt hatte, hatte sie nur ihre blassblaues, gepunktetes Krankenhausnachthemd getragen, bei dem der Rücken offen war. Keine Knöpfe, nur Bänder. Sie war ziemlich wütend. Schließlich hatte einer der Aufseher ein einfaches Kleid für sie aufgetrieben, Anstaltskleidung. Blau. Eine Million Mal gewaschen. Sie hasste es.

»He, Mutter, hörst du mich? Geht's dir gut?«

Etwas Großes, Schwarzes schwebte über ihr. Eine Hand strich über ihre Stirn. »Sie ist ganz heiß. Vielleicht hat sie Fieber.«

»Gott wird über diese Frau wachen«, sagte eine andere Stimme am anderen Ende der Gefängniszelle.

»Sie wird schon wieder werden. Du wirst schon wieder werden, Mutter.« Die große Frau jenseits der Vierzig sank auf die Knie neben Ettie, die blinzelte, bis sie ihr Gegenüber deutlich erkennen konnte.

»Wie geht's deinem Arm?«

»Er tut weh«, antwortete Ettie. »Gebrochen.«

»Das ist aber ein hübscher Gips.« Die braunen Augen blickten auf Pellams Unterschrift.

»Wie heißt du?«, fragte Ettie, die sich abmühte, um sich aufzurichten.

»Nein, nein, Mutter, bleib liegen. Ich bin Hatake Imaham.«

»Ich bin Ettie Washington.«

»Das wissen wir.«

Ettie versuchte wieder, sich aufzusetzen. Sie kam sich hilflos vor, schwächer, als sie ohnehin schon war, wenn sie auf dem Rücken lag.

»Nein, nein, nein, Mutter, bleib liegen. Nicht aufstehen. Man hat dich hier wie einen Sack Mehl reingetragen. Diese weißen Ärsche. Haben dich hier einfach hingelegt.«

Zwei Dutzend Pritschen waren auf dem Boden verschraubt. Die Matratzen waren keine drei Zentimeter dick und hart wie Dreck. Man hätte Ettie genauso gut auf den Boden legen können.

Ettie erinnerte sich nur dunkel daran, wie die Polizisten sie vom Krankenhaus hierher gefahren hatten. Sie war erschöpft gewesen und hatte unter Beruhigungsmitteln gestanden. Sie hatten einen Polizeigefangenenwagen genommen, und ihr war es so vorgekommen, als hätte der Fahrer die Kurven etwas zu heftig genommen – mit Absicht. Zweimal war sie von dem mit glattem Plastik überzogenen Rücksitz gerutscht, und hatte sich den gebrochenen Arm so fest angehauen, dass es ihr die Tränen in die Augen getrieben hatte.

»Ich bin müde«, sagte sie zu Hatake und blickte an der großen Frau vorbei zu den anderen Insassinnen in der Zelle. Das Gefängnis bestand aus einem einzigen großen, beige gestrichenen Raum mit Gitterstäben. Wie viele andere aus Hell's Kitchen wusste Ettie Washington ein bisschen über diese Verwahranstalten Bescheid. Sie wusste, dass die meisten Frauen wegen Lappalien hier waren. Ladendiebstahl, Prostitution, leichte Körperverletzung, Betrug. Wobei Ladendiebstahl in Ordnung war, weil man damit seine Familie versorgen konnte. Prostituierte – Ettie hasste das Wort »Nutte« – war man, weil man keinen anständigen Job mit einem anständigen Gehalt bekam; abgesehen davon arbeitete man wenigstens und musste nicht stempeln gehen. Körperverletzung – nun ja, die Freundin des Ehemannes verdreschen? Was ist daran schon schlimm? Ettie hatte es selbst ein oder zwei Mal getan. Und was die Gaunerei mit dem Sozialamt anging – o bitte. Ein volles Euter will schließlich gemolken werden…

Ettie hatte Lust auf Wein. Tierische Lust. Sie hatte hundert Dollar in ihrem Gips versteckt, aber es sah nicht so aus, als würde hier jemand in der Lage sein, ihr eine Flasche zu besorgen. Klar, das hier waren alles nur kleine Mädchen, die meisten noch Babys.

Hatake Imaham strich Ettie wieder über den Kopf.

»Du bleibst hier liegen, Mutter. Du bist ganz ruhig und machst dir um nichts Sorgen. Ich passe auf dich auf. Ich besorge dir, was du brauchst.«

Hatake war eine große Frau. Ihre afrikanisch geflochtenen Zöpfe waren mit Perlen geschmückt. Elizabeth hatte ihr Haar an dem Tag, an dem sie New York City verlassen hatte, genauso getragen. Ettie bemerkte die riesigen Löcher in Hatakes Ohrläppchen und fragte sich, wie groß die Ohrringe gewesen sein mochten, dass die Löcher so ausgeleiert waren. Ob Elizabeth auch solchen Schmuck trug? Vielleicht. Das Mädchen hatte einen Hang zum Prahlerischen.

»Ich muss mal telefonieren«, meinte Ettie.

»Das wirst du noch nicht dürfen.« Hatake fasste sie sanft am gesunden Arm.

»Irgend so ein Schwein hat mir meine Tabletten weggenommen«, beschwerte sich Ettie. »Eine der Wärterinnen. Ich muss sie wiederhaben.«

Hatake lachte. »Schätzchen, diese Tabletten sind bestimmt schon längst nicht mehr hier im Knast. Verkauft und weg. Vielleicht finden wir was anderes. Irgendwas wird dir schon helfen. Ich wette, das tut höllisch weh.«

Ettie wollte schon sagen, dass sie etwas Geld dabei hatte und bezahlen könnte. Aber instinktiv wusste sie, dass sie ihr Geheimnis noch eine Weile für sich behalten musste. »Danke«, sagte sie nur.

»Leg dich zurück. Ruh dich aus. Wir passen auf dich auf.«

Ettie schloss die Augen und dachte über Elizabeth nach. Dann dachte sie an ihren Mann Billy Doyle und schließlich an

John Pellam. Doch dieser trieb sich nur fünf Minuten in ihren Gedanken herum, dann war sie eingeschlafen.

»Und?«

Hatake Imaham kehrte zu der Gruppe von Frauen am anderen Ende der Zelle zurück.

»Diese Nutte, sie hat's getan. Sie ist schuldig.« Hatake behauptete nicht, eine wahre Mambo zu sein, doch in Hell's Kitchen wusste man, dass sie einen sechsten Sinn hatte. Handauflegen, um Krankheiten zu heilen, war nicht gerade ihre Stärke, doch es war bekannt, dass sie jemanden berühren und seine tiefsten Geheimnisse erforschen konnte. Das Zittern auf Etties Stirn deutete auf ihr Schuldgefühl hin.

»Scheiße«, fauchte eine der Frauen. »Sie hat den Jungen abgefackelt, sie hat den kleinen Jungen abgefackelt.«

»Den Jungen?«, flüsterte eine andere ungläubig. »Sie hat das Haus im *Erdgeschoss* in Brand gesteckt – hast du das nicht gelesen? Auf der sechsunddreißigsten Straße. Sie hätte alle in dem Haus umbringen können.«

»Und diese Nutte nennt sich auch noch Mutter«, brummte eine hagere Frau mit tief liegenden Augen. »Verdammtes Weib. Ich würde sagen …«

»Pssst.« Hatake wedelte mit der Hand.

»Mach sie fertig. Mach diese Nutte jetzt gleich fertig. «

Hatake verzog voller Wut ihr Gesicht. »Ruhe! Damballah! Wir machen, was ich sage. Klar, Mädchen? Ich werde sie nicht töten. Damballah verlangt nur das, was Ettie selbst getan hat.«

»Gut, Schwester«, flüsterte das Mädchen ängstlich. »Gut. Das ist cool. Was sollen wir tun?«

»Pssst«, zischte Hatake wieder und blickte durch das Gitter, wo ein Aufseher außer Hörweite lethargisch auf seinem Stuhl saß. »Wer wird heute rauskommen und seinen Kerl sehen?«

Einige Frauen hoben den Arm. Die Prostituierten. Ihr Verfahren wurde vorgezogen, damit man sie schneller wieder los wurde, wie Hatake wusste. Als ob die Stadt sie mit einem Minimum an Zeitverlust wieder auf den Straßen haben wollte. »Du bist Danette, oder?«, fragte Hatake die Älteste.

Die Frau nickte. Ihr pockennarbiges Gesicht blieb ruhig.

»Ich will dich um einen Gefallen bitten. Ist das in Ordnung?«

»Was soll ich tun?«

»Du sprichst mit deinem Kerl, wenn du in den Gerichtssaal kommst.«

»Ja, klar, Schwester.«

»Sag ihm, es wird sich für ihn lohnen. Nachdem du draußen warst, kommst du wieder zurück.«

Danette runzelte die Stirn. »Du willst… du willst was?«

»Hör zu. Ich will, dass du wiederkommst. Morgen.«

Danette hatte zwar nicht aufgehört zu nicken, doch sie verstand rein gar nichts.

»Ich will, dass du mir was besorgst und hierher bringst«, fuhr Hatake fort. »Du weißt doch, wie, oder? Du weißt, wo du es versteckst? Im hinteren Loch, nicht im vorderen. In einer Plastiktüte.«

»Klar.« Danette nickte, als würde sie dort jeden Tag irgendwas verstecken.

Sie blickte in die Runde. Alle Frauen würden mitbekommen, worum Hatake sie bitten würde.

»Ich bezahle dich dafür, dass du zurückkommst.«

»Besorgst du mir Crack?«, fragte Danette gierig.

Hatakes Gesicht verfinsterte sich. Jeder wusste, dass sie Drogen, Dealer und Abhängige hasste. »Bist du bescheuert?«

Das Pockengesicht wurde still. »Besorgst du mir Crack?«

»Ich gebe dir Geld«, zischte Hatake. »Du kannst dir damit kaufen, was du willst. Dein Leben kaputt machen, wenn du willst. Das ist deine Sache.«

»Was soll ich dir denn besorgen«, fragte Danette.

»Psst«, machte Hatake Imaham. Ein Aufseher ging an der Tür vorbei.

… Sechs

»Dieser Besuchsraum ist ja die Hölle.«

»Oh, John, sitze ich in der Tinte?«

»Noch nicht ganz«, sagte Pellam zu Ettie. »Aber ziemlich nah am Rand vom Tintenfass, wie es aussieht.«

»Es tut gut, Sie zu sehen.« Sie saßen sich in dem von Neonlicht beleuchteten Zimmer gegenüber. Eine Kakerlake krabbelte langsam die Wand hinauf, zwischen den angetrockneten Flecken hindurch, die einmal ihre Artgenossen gewesen waren. Unter dem Schild *KEINEN KÖRPERKONTAKT* ergriff Pellam Etties verbundene Hand. Die gedrungene uniformierte Aufseherin in der Nähe warf ihnen angesichts der Missachtung der Vorschriften einen kühlen Blick zu, sagte aber nichts. »Louis Bailey wird Sie hier auf Kaution rausholen«, teilte Pellam Ettie mit.

Ettie sah übel aus. In Anbetracht dessen, was ihr zugestoßen war, wirkte sie allzu ruhig. Pellam wusste, dass sie eigentlich sehr temperamentvoll sein konnte. Das war ihm klar geworden, als sie darüber geredet hatte, wie ihr Mann, Billy Doyle, sie verlassen hatte, und über die Zeit, als man ihr bei ihrem letzten Job gekündigt hatte. Nachdem sie jahrelang für einen Modegroßhändler gearbeitet hatte, war sie ohne einen Dollar Abfindung rausgeflogen. Pellam dachte, Ettie würde wütend sein auf denjenigen, der das Haus in Brand gesteckt hatte, auf die Polizei, auf die Gefängniswärter. Er bemerkte nur ihre Resignation. Das war für ihn weit beunruhigender als ein Wutausbruch.

Sie zupfte an einer abgewetzten Stelle ihres Anstaltskleides. »Die Wärter sagen, dass es für mich besser wäre, wenn ich alles zugebe und ihnen sage, wen ich angeheuert habe. Ich weiß gar nicht, wovon sie reden.«

Pellam überlegte kurz, bis er sich doch entschied, zu fragen. »Was ist mit der Versicherungspolice?«

»Zum Teufel noch mal, ich habe keine Versicherung, John. Die glauben wohl, dass ich eine verkalkte alte Schrulle bin, die so was macht!« Sie presste die Handfläche ihrer gesunden Hand gegen ihre schwarzgrauen dicken Haare, als ob sie gegen ihre Migräne ankämpfte. »Woher sollte ich das Geld dafür nehmen?«, fuhr sie fort. »Ich kann meine Rechnungen so schon kaum bezahlen, und manchmal sogar gar nicht. Woher sollte ich das Geld für eine Versicherung nehmen?«

»Sie sind also in den letzten Monaten in keiner Versicherungsagentur gewesen?«

»Nein. Das kann ich beschwören.« Sie hatte ihr Gesicht verzogen, als sie die Aufseherin misstrauisch beäugte.

»Ettie, ich muss Sie das alles fragen. Jemand hat Sie erkannt, als Sie die Police abgeholt haben.«

»Das ist doch *deren* Problem«, presste sie hervor. »Ich war das nicht.«

»Jemand hat Sie kurz vor dem Feuer an der Hintertür gesehen.«

»Ich gehe meistens durch die Hintertür. Fast immer, wenn ich vom A&P komme. Das ist kürzer und spart mir ein paar Stufen.«

»Haben alle Hausbewohner einen Schlüssel für die Hintertür?«

»Ich weiß nicht genau. Ich nehme an, ja.«

»Haben Sie die Tür hinter sich abgeschlossen?«

»Sie schließt von allein. Ich glaube, ich habe sie ins Schloss fallen hören.«

Ettie schweifte oft ab, wenn sie erzählte. Von einem Gedanken kam sie auf zehn weitere. Eine Frage konnte einen wahren Strom von Geschichten aus vergangenen Zeiten und Orten und in den schillerndsten Farben auslösen. Heute allerdings bemerkte Pellam, dass sie nur knappe, vorsichtige Antworten gab.

Die Aufseherin hatte Pellams Hand auf Etties Arm nun schon lange genug toleriert. »Keinen Körperkontakt«, fauchte sie. Pellam lehnte sich zurück. Die Nase der Aufseherin war mit drei goldenen Steckern gepierct, in jedem Ohr steckten zehn oder zwölf dünne Ringe. Ihre aggressive Ausstrahlung ließ vermuten, dass sie nur darauf wartete, dass jemand über ihren Schmuck lachen würde.

»Louis Bailey – halten Sie ihn für einen guten Anwalt?«, fragte er Ettie.

»O ja. Er hat schon vorher Sachen für mich erledigt. Ich habe ihn bereits vor sechs oder acht Monaten engagiert. Ich hatte Probleme mit der Sozialversicherung. Er hat seine Arbeit ganz ordentlich gemacht.… Die Wärterin da drüben hat uns auf dem Kieker, John. Sie ist für meinen Geschmack viel zu aufgemotzt. Mit Steckern in der Nase!«

Pellam lachte. »Diese Zeugin hat mir erzählt, sie hätte kurz vor dem Feuer ein paar Männer im Hinterhof gesehen. Haben Sie die Männer auch gesehen, als Sie vom Einkaufen kamen?«

»Natürlich.«

»Wer waren sie?«

»Ich habe sie nicht erkannt. Ein paar Jungs aus der Nachbarschaft. Die hängen immer dort herum. Es ist eine kleine Gasse, wo sich junge Leute immer rumtreiben. Das war vor fünfzig Jahren so und ist es auch heute noch. Ein paar Dinge ändern sich nie.«

Pellam erinnerte sich daran, was Sibbies Sohn erzählt hatte – womit er sich die Ohrfeige eingehandelt hatte. »Gehörten sie zu einer Gang?«

»Kann schon sein. Ich weiß nicht viel über sie. Eigentlich lassen sie uns in Ruhe.… Vielleicht waren auch ein paar von den Arbeitern dabei. Die von der Baustelle auf der anderen Straßenseite, wo sie das große Haus bauen. Wo sie die Fernrohre haben – zum Beobachten. Doch, doch, ich bin sicher, dass ich auch welche von ihnen auf der Gasse gesehen habe. Das weiß ich so genau, weil sie diese Kunststoffhelme auf dem Kopf hatten. Einige hatten diese Helme auch auf, als sie mit der Petition herumgegangen sind, die wir unterschrieben haben.«

Pellam erinnerte sich daran, dass Ettie ihm erzählt hatte, wie die Lokalpolitiker das Hochhausprojekt voller Begeisterung begrüßt hatten. Roger McKennah, ebenso berühmt wie Donald Trump, baut einen glitzernden Wolkenkratzer in Hell's Kitchen! Sein Unternehmen hatte in dem Viertel Mitarbeiter herumgeschickt, die von den Bewohnern eine Verzichtserklärung unterschreiben lassen sollten. Damit hatte er eine Sondergenehmigung erwirkt, um das Gebäude fünf Stockwerke höher, als im Viertel erlaubt, bauen zu lassen. Als Gegenleistung für die Unterschriften hatte er versprochen, dass es in dem Gebäude neue Lebensmittelläden, ein spanisches Restaurant und einen rund um die Uhr geöffneten Waschsalon geben würde. Auch Ettie hatte unterschrieben – wie die meisten anderen.

Dann erfuhren sie, dass der neue Lebensmittelladen Teil einer Gourmetkette war, wo die Dose schwarze Bohnen 2,39 Dollar und die Reinigung drei Dollar pro Bluse kosten würde, dass es im Restaurant eine Kleiderordnung geben und die vor dem Restaurant geparkten Limousinen einen entsetzlichen Stau verursachen würden.

Pellam machte sich in Gedanken eine Notiz, um sich später zu überlegen, warum die Arbeiter in der Gasse auf der *anderen* Straßenseite Beobachtungen angestellt hatten. Und warum sie noch abends um zehn Uhr arbeiteten.

»Ich finde, wir sollten Ihre Tochter anrufen,« meinte Pellam.

»Das habe ich bereits getan,« entgegnete Ettie und blickte erstaunt auf ihren Gipsarm – als wäre er gerade wie aus dem Nichts erschienen. »Wir haben uns heute Morgen lange unterhalten. Sie wird Geld für Louis' Rechnung schicken. Sie wollte morgen kommen, aber ich fand, dass ich sie eher zum Gerichtstermin brauche.«

»Ich könnte wetten, dass es gar nicht so weit kommt.«

Die reichlich geschmückte Aufseherin schaute auf ihre Uhr. »Okay, auf geht's, Washington.«

»Ich bin doch gerade erst gekommen,« erwiderte Pellam ruhig.

»Und jetzt gehen Sie eben wieder.«

»Ein paar Minuten noch,« bat er.

»Die Zeit ist um. Bewegen Sie sich! Und Sie, Washington, *ab Marsch*.«

Pellam blickte zur Aufseherin hinab. »Sie hat einen verstauchten Knöchel. Können Sie mir mal erklären, wie sie, zum Teufel, losmarschieren soll?«

»He, Sie, ich will keinen Ton mehr von Ihnen hören. Los jetzt.«

Als die Tür aufging, konnte man in der halbdunklen Eingangshalle einen Teil eines Schildes erkennen: GEFANGENE DÜRFEN NICHT…

»Ettie,« sagte Pellam verschmitzt, »ich habe noch etwas gut bei Ihnen. Denken Sie daran.«

»Und was?«

»Das Ende der Geschichte über Billy Doyle.«

Pellam sah, wie sie ihre Verzweiflung mit einem Lächeln wegpackte. »Die wird Ihnen gefallen, John. Sie wird gut in Ihren Film passen.« Und zur Aufseherin sagte sie: »Ich komme ja schon. Gönnen Sie einer alten Dame doch eine Pause.«

... Sieben

In Baileys Büro kauerte ein hagerer Mann über dem Schreibtisch und hörte den Anweisungen des Anwalts zu, die dieser ihm über einem Pappbecher randvoll mit Chablis entgegenschleuderte.

Bailey sah Pellam an der Tür und winkte ihn zu sich. »Das ist Cleg.«

Der dünne Mann schüttelte Pellam die Hand, als ob sie gute Freunde wären. Cleg trug eine grüne Jacke aus Polyester und schwarze Freizeithosen. Auf seinem linken Mokassin prangte ein Stahlpenny, und er roch nach Haargel.

Der Anwalt wühlte sich durch seine Adresskartei. »Dann schauen wir mal...«

Cleg wandte sich an Pellam. »Sie wetten bei Pferderennen.«

Es war keine Frage.

»Nein,« berichtigte ihn Pellam.

Der Dürre war entsetzt. »Gut, ich zieh eine bombensichere Sache für Sie durch.«

»Was heißt ›bombensichere Sache‹?«

»Eine Wette,« antwortete Cleg.

»Eine Wette?«

»Eine todsichere Wette.«

»Nein, danke.«

Einen Augenblick lang starrte er Pellam an, dann nickte er, als ob ihm plötzlich alles klar geworden war, was es zu wissen gab. Er kramte in seinen Taschen nach seinen Zigaretten.

»Dann wollen wir mal loslegen,« sagte Bailey. Er notierte einen Namen auf einem gelben, bereits mehrmals benutzten Haftzettel, nahm zwei Flaschen Likör vom Schreibtisch und ließ sie zusammen mit kleineren Päckchen, in denen vermutlich das Geld steckte, das er von Pellam erhalten hatte, in großen Umschlägen für die Hauspost verschwinden.

Einen Umschlag reichte er Cleg. »Das ist für den Beamten in der Urkundenabteilung. Der Dicke vom dritten Stock. Sneely. Der andere geht zum Denkmalschutz, an die hübsche Ms. Grunwald mit der Katze. Die Empfangssekretärin. Sie kriegt die Irish Cream. Hast du dir wohl eh schon gedacht.«

Die Mühlen wurden in Gang gesetzt.

Oder vielleicht ins Stocken gebracht.

Cleg verstaute die Flaschen zwischen den Sportzeitungen und verließ das Büro. Draußen blieb er kurz stehen, um sich eine Zigarette anzuzünden, und ging weiter Richtung U-Bahn.

»Die stellvertretende Staatsanwältin, Ms. Koepel, hat für Etties Anklageerhebung um Aufschub gebeten, und ich habe zugestimmt.«

Pellam schüttelte den Kopf. »Dann wird sie ja noch länger im Gefängnis bleiben müssen.«

»Das stimmt. Ich halte es aber für besser, die Hexe bei Laune zu halten.« Er neigte den Kopf zum verbeulten Pappbecher in seiner Hand. »Die Koepel ist verrückt und steht unter Druck; sie muss den Feuerteufel dingfest machen. Die Situation spitzt sich zu. Haben Sie schon gehört?«

»Was gehört?«, fragte Pellam.

»Heute Morgen hat es wieder gebrannt.«

»Was? Schon wieder?«

»In einem Loft. Und gar nicht weit von hier. Zwei Stockwerke sind völlig zerstört. Drei Tote. Auf den ersten Blick sah es wie eine Gasexplosion aus, aber man fand Spuren der Spezialmischung von unserem Burschen – Gas, Heizöl und Seife. Außerdem war eine der Toten gefesselt und geknebelt.« Bailey schob Pellam eine schlappe *New York Post* hinüber. Er warf einen Blick auf das Foto des ausgebrannten Gebäudes.

»Großer Gott!« Pellam hatte schon eine Menge Action- und Abenteuerfilme gesehen. Bei den spektakulären Explosionen im Film, wenn so getan wurde, als würde man C4, TNT oder Dynamit verwenden, flog meistens ein Container in die Luft, der voll mit in Benzin getränktem Sägemehl war. Am Drehort war alles sorgfältig arrangiert vom Sprengmeister. Und wenn er die Sprengladungen montierte, blieben alle weit zurück. Sogar die Stuntleute, die Sprünge aus dem zwanzigsten Stockwerk oder höher kalt lassen, waren verdammt vorsichtig, wenn es um Feuer ging.

Bailey schaute auf seine Notizen. »So, was habe ich denn nun herausgefunden?… Beschissene Klimaanlage! Rütteln Sie mal an dem Schalter. Es ist der Kompressor. Rütteln Sie daran. Ist er angesprungen?«

Pellam rüttelte. Aber das staubige alte Gerät sprang nicht an. Bailey murmelte etwas Unverständliches über den hämmernden Motor und zog ein Fax aus seinem Schreibtisch. »Hier, der vorläufige Bericht über die Brandstiftung in Etties Haus. Um da dran zu kommen, ist der größte Teil Geldes draufgegangen, daher habe ich gleich eine Kopie für Sie gemacht. Wenn Sie fertig sind mit Lesen, können Sie losheulen.«

Vertraulich

BERICHT

Von: Henry Lomax, zuständiger Fire Marshal

An: Lois Koepel, stellvertretende Bezirksstaatsanwältin

Betreff: Vorläufige Untersuchungsergebnisse, Brand in der 36. Straße 458 W. mit Verdacht auf Brandstiftung

Am 10. August ging um 21:58 ein Notruf von der Säule 598 in der Zehnten Avenue ein, der einen Brand in der 36. Straße 458 W. meldete. Um 22:02 ging über die 911 ein Notruf zum selben Brand ein. Der Löschzug 38 antwortete auf den ersten Notruf. Der diensthabende Captain setzte aufgrund der Intensität des Feuers und der Anwesenheit von Verletzten einen weiteren Notruf um 22:17 ab.

Vor Ort befanden sich folgende Fahrzeuge: Truck 26, Truck 33, Löschgruppenfahrzeug 48, Löschgruppenfahr-

zeug 61 und Leiterwagen 17. Die Leitungen wurden sofort in Betrieb genommen und Wasser auf die drei oberen Stockwerke gepumpt. Der Zutritt zum Haus erfolgte über den zweiten Stock. Von dort aus wurde das Gebäude geräumt.

Der diensthabende Captain entschied, dass der Zugriff über das Dachschott nicht zu empfehlen sei, da das Feuer die oberen Stockwerke zu sehr beschädigt hatte; er zog die Feuerwehrmänner ab. Kurz darauf brachen das Dach und die obersten zwei Stockwerke ein.

Um 23:02 war das Feuer bekämpft. Um 00:30 hatten alle Einsatzfahrzeuge die Brandstelle verlassen.

Aufgrund einiger Auffälligkeiten entstand der Verdacht auf Brandstiftung, weswegen der Captain einen Fire Marshal anforderte.

Ich war um 01:00 vor Ort und begann mit den Untersuchungen.

Ich kam zu dem Schluss, dass der Brand im Untergeschoss ausgebrochen war. Abgeplatzte Ziegel und geschmolzenes Aluminium unterstützen die Annahme. Die Fenster im Erdgeschoss waren von innen heraus zerbrochen. Sie waren jedoch nicht durch die Hitze zerborsten, sondern mit einem Gegenstand eingeschlagen worden, wahrscheinlich um dem Feuer mehr Sauerstoff zuzuführen. Dies deckt sich mit den Aussagen von Zeugen, die anstatt blauer Flammen (ein Indiz für hohe Kohlenmonoxidkonzentration, wie bei einem Feuer in geschlossenen Räumen üblich), orangefarbene Flammen gesehen haben, die auf eine hohe Sauerstoffzufuhr hindeuten.

Ich fand Teile von geschmolzenem, zerbrochenem Glas einer großen Flasche (wahrscheinlich mit einem Volumen von zwei oder vier Litern) am vermutlichen Brandherd sowie Brandspuren am Boden, die von einem flüssigen Brandbeschleuniger herrühren könnten.

Spektrografische Untersuchungen haben diesen Verdacht bestätigt. Es wurde eine Substanz auf Kohlenwasserstoffbasis gefunden (siehe NYFD-Laborbericht 337 490). Die Substanz setzte sich zu sechzig Prozent aus bleifreiem Benzin (89 Oktan), dreißig Prozent Dieselkraftstoff und zehn Prozent Spülmittel zusammen; bei Letzterem ergab sich durch eine anschließende fotospektrometrische Analyse, dass es sich um die Marke »Dawn« handelt.

Dies wird auch durch die Aussagen der Zeugen bestätigt, die orangefarbene Flammen mit großer Rauchentwicklung gesehen haben, die für Brandbeschleuniger auf Kohlenwasserstoffbasis typisch ist.

Im Gebäude wurde ein Benzinkanister mit Resten von bleifreiem Benzin (89 Oktan) gefunden. Doch ein Vergleich des Farbstoffs, der dem Benzin des Brandbeschleunigers und dem Benzin im Kanister zugefügt war, hat ergeben, dass es sich um unterschiedliche Sorten handelt.

Eine fotospektrometrische Analyse hat ergeben, dass der am Brandherd gefundene Dieselkraftstoff nicht mit dem Kraftstoff des Heizöltanks übereinstimmt. Die Lieferanten des Benzins und des Dieselkraftstoffs konnten nicht ermittelt werden, da die verwendeten Kraftstoffe gemischt wurden.

Weiterhin sollte vermerkt werden, dass dreizehn halbautomatische Waffen (vier 9-mm-Glocks, drei 9-mm-Taurus, sechs .380-Brownings) gefunden wurden, die hinter dem Öltank versteckt waren. Die Pistolen waren nicht geladen, Munition wurde nicht gefunden. Die Waffen wurden zur Überprüfung auf Fingerabdrücke ins Gerichtslabor des NYPD gebracht. Die AFIS-Überprüfung war negativ. Die Bundesbehörde für Alkohol, Tabak und Schusswaffen sowie das NYPD, Abteilung Schwerverbrechen, wurden verständigt.

Zeugen berichteten, sie sahen, wie eine Bewohnerin (E.

Washington) das Gebäude drei Meter vom Brandherd entfernt durch die Hintertür betrat, kurz bevor das Feuer ausbrach.

Nachforschungen bei der Nationalen Gesellschaft gegen Versicherungsbetrug ergaben, dass die Verdächtigte Washington am 14. Juli d.J. bei der New England Mutual Casualty and Indemnity eine Versicherung mit der Police-Nr. 7833-B-2332 über den angegebenen Wert von 25 000 Dollar abgeschlossen hatte. Als Konto für die Entschädigungszahlung wurde ihr Girokonto angegeben (East Side Bank & Trust, Kto.-Nr. 223-11 003).

Die Fingerabdrücke an verschiedenen Scherben der in der Nähe des Ursprungsherds gefundenen Flasche wurden mit Fingerabdrücken an drei bekannten Gegenständen verglichen, die am Brandort gefunden wurden und von denen man wusste, dass sie Washington gehörten. Bei zweien waren die Fingerabdrücke identisch.

Dies bildete die Grundlage für eine Anklage, und die Verdächtige Washington wurde im New York Hospital verhaftet, wo sie ihre Verletzungen auskurierte, die sie sich während des Brandes zugezogen hatte.

Der Verdächtigten Washington wurden ihre Rechte vorgelesen. Sie verweigerte die Aussage, und sie erhielt die Gelegenheit, sich einen Rechtsbeistand zu suchen.

Die Ermittlungen werden fortgesetzt. Ich suche weiterhin nach Beweisen, um die Staatsanwaltschaft bei der Verfolgung der Straftat zu unterstützen.

Hinweis: Bei den meisten Brandstiftungen mit Versicherungsbetrug als Tatmotiv werden Brände im obersten Stock und im hinteren Teil des Hauses gelegt. Dies dient zwei Zwecken. In den meisten Fällen wird das Dach zerstört, das bei einer Reparatur die höchsten Kosten verursacht. Bei einem zerstörten Dach wird die Versicherungsgesellschaft das Gebäude gewöhnlich als Totalverlust einstufen.

Zweitens entsteht im gesamten Gebäude ein großer Wasserschaden, wodurch im gesamten Gebäude ein weiterer beträchtlicher Schaden bei minimalem Verlust von Menschenleben entsteht.

In diesem Fall lag der Brandherd im Erdgeschoss – d. h. der Täter nahm keine Rücksicht auf Menschenleben. Ist der Täter derselbe, der während der vergangenen Jahre bereits ähnliche Feuer gelegt hat, wie die Vorgehensweise und die Art des Brandbeschleunigers vermuten lassen, haben wir Grund zur Annahme, dass dieser Täter eine besondere Gefahr für andere ist.

Wir empfehlen, dass der größtmögliche Druck auf die Verdächtigte Washington ausgeübt wird, damit sie die Identität des Täters bekannt gibt, den sie meiner Meinung nach zum Zwecke des Versicherungsbetrugs gegen Bezahlung mit der Brandstiftung beauftragte.

Versicherung.

Und Fingerabdrücke …

Und Pellam wollte verdammt sein, wenn er selbst es gewesen war, der Lomax die Aussage über die Farbe des Feuers und die Menge des Rauchs, diesen ganzen technischen Kram, unter die Nase gerieben hatte, als er ihn am Tatort getroffen hatte.

»Die stellvertretende Staatsanwältin hat den Versicherungsantrag zu einem Sachverständigen geschickt, um überprüfen zu lassen, ob die Handschriften übereinstimmen. Die Ähnlichkeit ist sehr auffallend.« Bailey nickte in die Richtung, in die Cleg, sein Emissär mit der grünen Jacke, gerade verschwunden war. »Ich bekomme einen Bericht zur selben Zeit, wie er zu Ms. Koepel geschickt wird. Hätte Ettie den Versicherungsabschluss nicht geleugnet, würde es vielleicht nicht so schlimm um sie stehen.«

»Vielleicht hat sie es geleugnet, weil sie die Versicherung

gar nicht abgeschlossen hat«, hielt Pellam dagegen, worauf Bailey keine Antwort gab. Pellam wandte sich wieder dem Bericht zu. »Die Versicherungssumme ist direkt auf ihr Konto zu überweisen. Ist das unüblich?«

»Nein, ziemlich normal. Wenn ein Haus oder eine Wohnung abbrennt, überweist die Versicherungsgesellschaft die Entschädigung direkt aufs Konto. Ein Scheck würde ja sonst an eine Adresse geschickt werden, die es nicht mehr gibt.«

»Wer auch immer den Vertrag abgeschlossen hat, kannte ihre Kontonummer.«

»Das stimmt.« Baileys gelber Notizblock war am Rand von der Sonne ausgebleicht, als wäre er schon zehn Jahre alt.

»Waffen«, fuhr Pellam mit Blick auf den Bericht fort. »Was bedeutet das Ihrer Meinung nach?«

Bailey lachte. »Dass das Haus in Hell's Kitchen liegt. Mehr nicht. Hier gibt es mehr Waffen als auf den Schnellstraßen von Los Angeles.«

Was Pellam allerdings bezweifelte. »Haben Sie herausbekommen, wer der Eigentümer ist? Und ob das Gebäude unter Denkmalschutz stand?«

»Deswegen überbringt Cleg meine Dankeschön-Geschenke.« Bailey wühlte in einem Stapel Akten und ließ eine Fotokopie auf den Schreibtisch fallen. Sie trug das Siegel des Staatsanwalts. Bailey schien diesem Dokument eine besondere Bedeutung beizumessen, doch für Pellam war es nur juristisches Geschwätz. Schulterzuckend blickte er auf.

»Ja, das Gebäude stand unter Denkmalschutz«, erklärte Bailey. »Was aber irrelevant ist.«

»Warum?«

»Der Eigentümer ist eine gemeinnützige Stiftung.« Bailey blätterte durch mehrere Seiten und klopfte auf einen Eintrag. *St.-Augustus-Stiftung, Neununddreißigste Straße West 500,* las Pellam.

Jeder in Hell's Kitchen wusste über St. Augustus Bescheid.

Schon seit Menschengedenken stand die große Kirche mit dem Pfarrhaus und einer katholischen Schule hier im Herzen des Viertels. Sofern Hell's Kitchen eine Seele hatte, war es St. Augustus. In einem Interview hatte Ettie ihm erzählt, dass Francis P. Duffy, der Kaplan der berühmten »Fighting 69th«, des Hell's-Kitchen-Regiments aus dem Ersten Weltkrieg, in St. Augustus Messen gelesen hatte, bevor er Pfarrer in der Holy Cross Church geworden war.

»Glauben Sie, sie sind unschuldig, nur weil es sich um eine Kirche handelt?«, fragte Pellam skeptisch.

»Es ist wegen der Gemeinnützigkeit«, erklärte Bailey. »Nicht wegen der Religion. Alles Geld, das eine gemeinnützige Gesellschaft einnimmt, muss dort auch verbleiben. Es kann nicht an Anteilseigner verteilt werden. Auch nicht, wenn die Gesellschaft aufgelöst wird. Und der Staatsanwalt und die Bundessteuerbehörde überprüfen *immer* die Bücher von gemeinnützigen Gesellschaften. Abgesehen davon hatte die Stiftung das Haus zum Buchwert versichert – also nur zum Betrag von hunderttausend Dollar. Klar, ich habe eine Menge Priester kennen gelernt, die für die eine oder andere Sache ins Gefängnis wandern sollten, aber niemand riskiert für das bisschen Kleingeld, sich einbuchten zu lassen.«

Pellam nickte in Richtung der Kopie. »Wer ist dieser Vater James Daly? Ist er der Chef?«

»Ich habe ihn vor einer Stunde angerufen – er war unterwegs, um für die Bewohner Notunterkünfte zu besorgen. Ich sage Ihnen Bescheid, sobald er zurückgerufen hat.«

»Können Sie den Namen des Versicherungsvertreters herausfinden, mit dem Ettie gesprochen hat?«

»Klar kann ich das.«

Kann. Es wurde mittlerweile zum teuersten Wort in ihrer Unterhaltung.

Pellam schob weitere zweihundert Dollar in steifen Zwanzigern über den Schreibtisch. Manchmal dachte er, Geldautomaten sollten ihre Nutzer mit dem Hinweis warnen: »Werden Sie dieses Geld auch sinnvoll ausgeben?«

Er nickte aus dem Fenster in Richtung des Hochhauses. Baileys Büro lag nur zwei Häuser von dort entfernt, wo Ettie gewohnt hatte. Immer noch vernebelte ein Rauchschleier die Sicht zu dem glitzernden Gebäude. »Roger McKennah«, sagte er. »Ettie hat gesehen, dass sich am Abend des Brands einige seiner Arbeiter von der Baustelle auf der anderen Straßenseite in der Gasse hinter ihrem Haus rumgetrieben haben. Was hatten sie dort verloren?«

Doch Bailey nickte, als würde ihn diese Neuigkeit nicht überraschen. »Sie haben hier auch was zu erledigen.«

»Hier. In Ihrem Haus?«

»Genau. McKennah ist Miteigentümer von diesem Gebäude. Sie arbeiten da draußen. Der Lärm, den Sie hören.« Er nickte zum Flur hin, wo irgendwo aus einem der oberen Stockwerke hämmernde Geräusche zu ihnen herabdrangen. »Der neue Donald Trump persönlich, der mein Haus renoviert.«

»Warum?«

»Das ist zwar reine Spekulation, aber wir glauben, wir *glauben*, dass er im ersten Stock ein Versteck für seine Geliebte herrichtet. Aber Sie wissen ja, wie das mit Gerüchten ist. Sie verdächtigen ihn doch nicht etwa?«

»Warum sollte ich das nicht tun?«

Bailey blickte zu seiner Weinflasche, verkniff sich aber ein weiteres Glas. »Ich kann nicht glauben, dass er etwas Illegales machen würde. Bauunternehmer wie McKennah halten sich lieber von jedem Blödsinn fern. Warum sollte er sich mit so einem Kleinkram wie dem Abfackeln von alten Wohnhäusern beschäftigen? Er besitzt im ganzen Nordosten Hotels und Bürogebäude. Sein neues Kasino auf dem Boardwalk in Atlantic City wurde erst letzten Monat eröffnet… Sie sehen nicht überzeugt aus.«

»Eine Regel für Krimiautoren in Hollywood lautet, dass man einen Bauunternehmer oder den Chef einer Ölgesellschaft nehmen soll, um bei der Entwicklung der Rolle des Schurken Zeit zu sparen.«

Bailey schüttelte den Kopf. »McKennah ist viel zu vornehm, um was Illegales zu machen.«

»Lassen Sie mich mal telefonieren.« Pellam griff zum Hörer.

Bailey änderte offenbar seine Meinung, was den Wein betraf, und schenkte sich großzügig nach. Pellam lehnte mit einem Kopfschütteln ab, während er eine lange Ziffernreihe eintippte. »Alan Lefkowitz, bitte.« Nach mehreren Klicks und einigen Momenten in der Warteschleife begrüßte ihn eine fröhliche Stimme.

»Pellam? *Der* John Pellam? Scheiße. Wo steckst du?«

Pellam hasste sich zwar dafür, ließ sich aber trotzdem von dem Producer-Gehabe anstecken. »Big Apple. Was geht ab, Lefty?«

»Ich ziehe gerade diese Sache mit Polygram durch. Du weißt schon. Mit Costner. Bin schon auf dem Weg zum Set.«

Pellam konnte sich nicht erinnern, ob er im Moment dem Multimillionen schweren Produzenten Lefkowitz etwas schuldete oder Lefkowitz *ihm*. Doch Pellam übernahm lieber die Rolle des Gläubigers. »Ich brauche deine Hilfe, Lefty«, sagte er.

»Klar doch, Johnny. Leg los.«

»Du kennst doch alle großen Jungs hier an der Ostküste.«

»Einige.«

»Roger McKennah.«

»Wir haben miteinander zu tun. Er gehört bei Columbia zum Kuratorium der Filmförderung. Als Treuhänder. Oder bei der Filmschule der New York University. Ich weiß nicht mehr.«

»Ich würde ihn gerne sehen. Oder sagen wir, ich würde ihn mir gerne ansehen. Gesellschaftlich. Seinen Stall. Nicht die Schlachtfelder.«

Stille an der anderen Küste. Dann: »So… warum interessiert dich das?«

»Recherche.«

»Ah, Recherche. Herumstochern. Warte eine Minute.«

Lefty blieb in der Leitung, grunzte aber atemlos, als würde er es mit jemandem treiben. Pellam wusste, dass er sich nur über seinen riesigen Schreibtisch beugte und durch sein Adressbuch blätterte. »So, wie wär's damit?«

»Womit, Lefty?«

»Du willst vielleicht zu einer Party. Du bist doch ganz verrückt auf Partys, oder?«

Das letzte Mal war Pellam vor zwei oder drei Jahren auf einer Party gewesen, soweit er sich erinnerte. »Ich bin der geborene Partyhengst, Lefty.«

»McKennah pflegt seine Partygeilheit bis zum Exzess. Du brauchst nur meinen Namen zu nennen, dann lassen sie dich rein. Ich werde noch einige Anrufe erledigen, das Wo und Wann rausfinden. Ich werde Spielberg anrufen.«

Spielbergs Assistenten, meinte er. Und der Anruf würde schließlich bei einem Assistenten des Assistenten landen, der in einer völlig anderen Stadt steckte als der *Jäger des verlorenen Schatzes*.

»Ich bin dir zu ewigem Dank verpflichtet, Lefty. Das meine ich auch so.«

»So, Recherche, John, was?«, sagte Lefty spröde.

»Recherche.«

Es herrschte Schweigen, während die Signale der Neugier irgendwo im kalten Universum von einem Satelliten abprallten und wieder zur Erde schossen. »Mir sind da einige Dinge zu Ohren gekommen, John.«

»Was? Dass Oakland verliert und die Cardinals gewinnen?«

»Jemand von der Nachproduktion hat jemandem erzählt, den ich kenne, dass du Redaktionszeit gebucht hast.«

»Das sind zu viele ›Jemands‹«, meinte Pellam.

»Aber das ist nicht das Einzige, was ich gehört habe.«

»Nicht?«

»Ein paar Studios haben versucht, dich für die Drehortsuche anzuheuern, aber man sagt, du hättest dich aus dem Geschäft zurückgezogen.«

Jemand hat jemandem etwas erzählt.

Die Gerüchte in Hollywood machten so schnell die Runde wie die auf den Straßen von Hell's Kitchen.

»Nein, ich mache nur Urlaub.«

»Oh, klar. Hab schon verstanden. Und du brauchst einen guten Redakteur, der das Filmmaterial aufmöbelt, das du von Mickey und Goofy gedreht hast, als du in Epcot warst. Klar.«

»So ähnlich.«

»Komm schon, John. Ich hatte immer Vertrauen in dich gehabt.«

Eine verbindliche Art zu sagen, dass Lefkowitz Pellam nie im Stich gelassen hatte, egal, wie schlimm es für ihn ausgesehen hatte (wie das eine Mal, als es für Pellam wirklich schlimm ausgesehen hatte). Was mit kreativer Umgestaltung der Wahrheit auch in etwa stimmte.

»Das zu wissen hat mir immer mein Herz gewärmt.«

»Echt? Du versuchst, was anzuleiern, stimmt's?«

»Es ist nur was Kleines, Lefty. Ein winziges Projekt. Du wärst gar nicht interessiert daran. Im Moment brauche ich lediglich einen Verleiher auf dem heimischen Markt.«

»Du hast die Finanzierung? Und ich habe das nicht mitbekommen?«, flüsterte er.

»Es ist ein *sehr* kleines Projekt.«

»Auch deine Auszeichnung mit der Goldenen Palme und die L.A. Film Critics waren für kleine Projekte, wenn du dich erinnerst.«

»Verleiher, habe ich gesagt.«

Producer liebten die Geschäfte, bei denen es nur um den Verleih ging, weil sie keine Millionen in den Sand setzten, wenn der Film ein Flopp war. Es werden nur Provisionen ausgehandelt. Die Geschäftsführer bekommen zwar keinen Academy Award, und sie werden nicht sehr reich dabei, aber auch nicht sehr arm und zudem nicht so schnell gefeuert.

»Ich habe meine Ohren ganz in deine Richtung gedreht, Pellam. Sprich mit mir.«

»Ich bin gerade in einer Besprechung.«

»Klar, mit wem?«

»Einem Anwalt. Ich kann im Moment nicht in die Details gehen.« Pellam winkte Bailey zu.

»Wall Street? Welche Firma?«

»Pst, pst«, machte Pellam leise.

»Um was geht's, John? Das könnte eine große Sache werden. Ein neuer Pellam-Film.«

Wenn Lefkowitz herausbekommen würde, dass er nach einem Dokumentarfilm lechzte, würde er sofort den Hörer auflegen, und der Pellam, hinter dem er immer hundertprozentig gestanden hatte, würde aufhören zu existieren. Verleih für Programmkinos hieß, dass ein Film insgesamt an etwa hundert Kinos im ganzen Land verkauft wird, unter anderem an das Film Forum in New York und das Biograph in Chicago. Hauptfilme hingegen gingen an Tausende Lichtspielhäuser.

Pellam fasste den Entschluss, sich nicht schuldig zu fühlen. »Wenn du dafür sorgst, dass ich McKennah sehen kann, wird dich mein Anwalt anrufen.« Es herrschte eine Pause, in der Filmsprache »beat« genannt. »Vielleicht muss ich zuerst ein paar Brücken hinter mir einreißen, aber ich werde es tun. Für dich.«

»Du bist ein Schatz, Johnny. Das meine ich auch so. Ehrlich. Ach ja, und wegen McKennah – du weißt schon, dass er ein totaler Scheißkerl ist, oder?«

»Ich will nur unangemeldet seine Party stürmen und nicht mit ihm ins Bett.«

»Sag deinem Anwalt, er soll mich anrufen.«

Sie legten auf.

»War das jemand aus Hollywood?«, fragte Bailey.

»Durch und durch.«

»Wollen Sie wirklich, dass ich ihn anrufe?«

»Das würde ich Ihnen nicht antun, Louis. Aber ich habe eine juristische Frage.«

Bailey schenkte sich wieder Wein nach.

»Wie hoch ist die Strafe in New York City, wenn man eine nicht angemeldete Waffe mit sich rumträgt?«

Es gab wohl einige Fragen, die dem Anwalt zu denken gaben, und einige, die ihn überraschten. Doch diese Frage gehörte in keine der beiden Kategorien. Er antwortete, als hätte Pellam ihn nach dem Wetter gefragt. »Das ist nicht gut hier. Technisch gesehen ist eine Verurteilung zwingend, aber es liegt in gewissem Sinn im Ermessen des Richters. Sofern Sie kein Verbrecher sind. Dann beträgt die Strafe ein Jahr. Riker's Island. Und das Urteil beschert Ihnen dort echte Männer als Freunde, ob Sie wollen oder nicht. Sie reden doch nicht über sich selber, oder?«

»Ich frage nur theoretisch.«

Bailey zog seine Augenbrauen zusammen. »Gibt es etwas, das ich über Sie wissen sollte?«

»Nein, es gibt nichts, das Sie wissen sollten.«

Bailey nickte zum Fenster. »Wozu auch bräuchten Sie eine Waffe? Schauen Sie doch mal raus, junger Mann. Sehen Sie hier irgendwelches Kullergestrüpp? Oder Cowboys? Oder Indianer? Das hier sind nicht die Straßen von Laredo.«

»Ich glaube nicht, dass das eine bombensichere Sache ist, Louis.«

… Acht

Aus irgendeiner Nachbarwohnung drang wieder dieses Lied laut und grell an Pellams Ohren. Es musste in den Rap-Charts auf Nummer eins stehen.

… now don't be blind… Open your eyes and whatta you find?

Einen großen Stapel Videokassetten, der zu seinen Füßen lag. Die Aufzeichnungen mehrerer Monate. Sie waren noch nicht bearbeitet oder gar sortiert; nur Thema und Datum hatte er in salopper Handschrift auf Heftpflaster gekritzelt und auf die Kassetten geklebt. Er suchte sich eine heraus und schob sie in seinen billigen Rekorder, der oben auf einem noch billigeren Fernseher hin und her wackelte.

Durch die Wand dröhnte der stetige Bass dieses Rap-Songs.

It's a white man's world. It's a white man's world.

Mit einem widerwilligen Flimmern erwachte der Bildschirm zum Leben:

Ettie Wilkes Washington saß bequem vor der Kamera. Sie wollte in ihrem Lieblingsschaukelstuhl gefilmt werden, einem Relikt aus Eichenholz und ein Geschenk ihres Mannes Eddie Doyle. Doch auch die leichte Schaukelbewegung hatte gestört, und Pellam hatte sie auf einen Stuhl mit gerader Rückenlehne gesetzt.

Als junger Mann hatte Pellam an dem Film *Der weiße Hai* mitgearbeitet, und er erinnerte sich daran, wie Spielberg dem ersten Kameramann gesagt hatte, er solle während der Aufnahmen die Kamera auf dem Deck von Robert Shaws Boot festschrauben. Der erfahrene Kameramann aber wollte die Kamera beim Filmen lieber in der Hand halten, sonst würden im ganzen Land seekranke Zuschauer die Toiletten stürmen.

Also hatte Pellam sie zu einem dick gepolsterten Lehnstuhl

geführt. Er wollte, dass sie vor einem Fenster sitzt, im Hintergrund die Baustelle. Im Bild war auch eine andere Antiquität zu sehen – ein altes Rollpult, voll gestopft mit Blättern und Briefen. An der Wand dahinter hing ein Dutzend Familienbilder.

Ich soll von Billy Doyle erzählen, meinem Mann? Ich kann Ihnen sagen, er war ein lustiger Mensch. Einen wie ihn habe ich nie wieder getroffen. Und wie er aussah! Hübsch war er, o ja. Groß und, na ja, Sie wissen schon, sehr weiß. Wenn wir die Straße lang gegangen sind, musste ich mich immer bei ihm einhaken. Egal, ob wir in Uptown in der Nähe von San Juan Hill, wo hauptsächlich Schwarze wohnten, die keine gemischten Paare mochten, oder in Hell's Kitchen, wo die Weißen waren. Auch die irischen und italienischen Jungs mochten keine gemischten Paare. Alle haben uns angestarrt. Aber immer musste ich mich einhaken. Tag und Nacht.

Und er ging immer in die Clubs mit mir, als ich noch gesungen habe. Er saß dann am Tisch mit einem Glas Whisky vor sich. Er liebte seinen Whisky. Also, er saß dann da als einziger Weißer unter lauter Schwarzen und ließ sich anstarren. Aber nach einer Weile hat niemand mehr auf ihn geachtet. Ich habe dann von der Bühne auf ihn hinuntergeschaut, wo er Innereien aß, sich mit anderen Männern unterhielt und zu mir herauflächelte, während er ihnen auf die Schulter klopfte und erzählte, ich sei seine Freundin. Dann habe ich gesehen, wie er sich mit ihnen gestritten hat. Ich wusste, dass er über Billie Holliday und Bessie Smith redete.

Aber leider hat er nie zu sich selbst gefunden. Das ist hart für einen Mann. Das härteste, was ihm passieren kann – dass er nie seinen Platz findet. Manchmal muss er gar nicht danach suchen. Er landet einfach irgendwo und hakt sich fest. Einige Jahren ziehen vorüber, und er ist das, was er ist, und das ist in Ordnung so. Aber Billy war immer auf der Suche. Am meisten suchte er nach einem Grundstück. Er wollte etwas besitzen. Das war ja das Komische – deswegen hatten wir nie ein richtiges Zuhause, weil er die ganze Zeit damit zugebracht hat, an ein Haus und ein Grundstück zu kommen. Er sehnte sich so sehr danach, und das war auch der Grund, warum er im Gefängnis gesessen hatte.

Dokumentarfilmer sollten sich nie einmischen. Aber hinter der Kamera fragte Pellam überrascht: »Er hat gesessen?«

Doch Ettie drehte sich ein Stück auf ihrem Sessel herum und blickte mit abgewandtem Gesicht nach oben. Pellam erinnerte sich, dass Florence Besserman, Etties Freundin aus dem zweiten Stock, unerwartet an der Tür geklingelt hatte. Das Band war leer weitergelaufen. Die Geschichte über Billy Doyles verbrecherische Vergangenheit hatte Ettie nicht zu Ende erzählt, und Pellam hatte mit ihr einen anderen Termin vereinbart – zufällig für den Abend, an dem es gebrannt hatte –, um die Einzelheiten aufzuzeichnen.

Pellam spulte das Band zurück und fand, was er gesucht hatte. Nicht Ettie, sondern ein Stück über die hübsche, dickliche Anita Lopez, Apartment 2A, die wie ein Maschinengewehr redete und trotz Pellams Ermahnungen ihre feuerroten Fingernägel durch die Luft sausen ließ.

»… *Sí, sí,* hier gibt's Gangs. Genauso wie im Kino. Sie haben Waffen, sie kriegen Probleme, sie saufen, sie haben Autos. Wumm-wumm, mit so riesigen Lautsprechern. *Ai!* So laut. Es waren immer die aus dem Westen. Jetzt sind sie weg. Dafür haben wir jetzt die Cubano Lords, das ist jetzt die große Gang. Sie haben eine Wohnung, und es ist ihnen egal, wenn jeder weiß, wo. Das kann ich ihnen sagen. Auf der Neununddreißigsten. Zwischen der Achten und Zehnten Avenue. Oh, sie machen mir s[illegible]zählen Sie niemandem, dass ich es Ihnen gesag[illegible]Bitte.«

Pellam schaltete den Videorekorder ab, kniete sich auf den Boden und kramte in seiner Leinentasche, die alles enthielt, was ein routinierter Dokumentarfilmer brauchte: eine Betacam, ein Ampex-Deck, einen Satz Nicad-Akkus, zwei Extra-Kassetten, ein Kardioidmikrofon mit Schwamm-Windschutz, einen Stenoblock und Stifte. Und eine Pistole, eine Colt Peacemaker Single Action. In fünf der sechs Kammern steckte jeweils eine .45er-Patrone. Der Rosenholzgriff war abgenutzt und voller Schweißflecken.

Er dachte an das, was ihm seine Mutter erzählt hatte, kurz bevor er letzten Mai das ruhige Städtchen Simmons im Staat New York auf seiner Reise nach Manhattan verlassen hatte. »New York ist eine verrückte Stadt. Pass auf dich auf, Johnny. Man kann ja nie wissen.«

Pellam lebte bereits lang genug, um zu wissen: Nein, man konnte nie wissen.

Er ging Richtung Westen an den erhitzten Hauswänden in der Neununddreißigsten Straße entlang. Auf der Stufe vor einer Haustür saß eine dicke Frau mit einer langen, dunklen Zigarette in der Hand, schaukelte einen klapprigen Kinderwagen und las *el diario*.

»*Buenos días*«, grüßte Pellam.

»*Buenas tardes*.« Die Frau begutachtete Pellams Jeans, seine schwarze Jacke und das weiße T-Shirt.

»Ob Sie mir vielleicht helfen könnten?«

Sie blickte auf, atmete aus, als ob sie rauchen würde.

»Ich drehe einen Film über Hell's Kitchen.« Er hielt die Kameratasche nach oben. »Über die Gangs hier.«

»*No gangs aquí*.«

»Ich meine die jungen Leute. Teenager. Ich wollte nicht ›Gang‹ sagen.«

»*Faltan* Gangs. Nix Gangs.«

»Jemand hat mir von den Cubano Lords erzählt.«

»*Es un* Club.«

»Club. Sie haben ein Clubhaus hier, ja? Ein *apartmento*? Ich habe gehört, der Club sei hier in dieser Straße.«

»*Buenos muchachos*. Hier in der Gegend passiert nix Scheiße. Sie dafür sorgen.«

»Ich würde gerne mit ihnen reden.«

»Niemand kommt hierher, niemand uns ärgert. Sie gute *hombres*.«

»Deswegen will ich mit ihnen reden.«

»Und sie passen auf *las calles* auf.« Sie zeigte die Straße auf und ab. »Sie machen sauber, du sehen?«

»Könnten Sie mir sagen, wer der Chef ist? Von dem Club?«

»Ich keinen kennen von ihnen. Du nix warm in der Jacke?«

»Doch, ja. Ich habe gehört, sie treiben sich hier viel rum.«

Sie lachte und wendete sich wieder ihrer Zeitung zu.

Pellam ging weiter und durchstreifte das Viertel – hinüber zum Fluss und wieder zurück und um das flache, schwarze Javits Convention Center herum. Er fand nicht, was er suchte. Aber was suchte er eigentlich? Ein halbes Dutzend junger Männer, die wie George Chakiris und die Sharks aus der *West Side Story* hier herumlungerten?

Eine junge Latino-Familie kam ihm entgegen – die Eltern in ärmellosen T-Shirts und Jeans, die Tochter in einem kurzen, engen Kleid. Sie schleppten eine Kühlbox, Decken, Spielsachen und Liegestühle. An Papas freiem Tag waren sie auf dem Weg in den Central Park, vermutete Pellam. Als er der Familie hinterherblickte, die Richtung U-Bahn strebte, bemerkte er einen Mann auf einem Haus.

Er war etwa gleich alt wie Pellam, vielleicht ein paar Jahre jünger. Er trug enge Jeans und ein blendend-weißes T-Shirt. Er beobachtete Pellam vom Dach eines Wohnhauses aus, und selbst aus dieser großen Entfernung ahnte Pellam das Misstrauen in seinen dunklen Augen.

Der Mann sprang von einem Haus zum anderen, bis er direkt über Pellam war. Pellam erkannte nur die Silhouette, die sich auf den Dächern Richtung Osten bewegte.

Pellam drehte sich um und ging in die gleiche Richtung. An der Ecke blieb er stehen, als er den jungen Mann aus den Augen verloren hatte. Plötzlich huschte ein weißer Blitz zwischen die Arbeiter auf der Zehnten Avenue hindurch. Pellam wollte ihm folgen und rannte über die Straße, doch er war verschwunden. Wie hatte er das bloß geschafft? Er fragte die Arbeiter nach dem Mann mit dem weißen T-Shirt, doch sie behaupteten, niemanden gesehen zu haben, obwohl die Gasse, vor der sie standen – der einzige Weg, auf dem der Mann entwischen konnte – im Nichts endete: verriegelte Fenster, keine Türen, keine Ausgänge.

Pellam gab die Verfolgung auf und ging zurück auf die sechsunddreißigste Straße in Richtung der verkohlten Überreste von Etties Wohnhaus.

Es war nicht das Geräusch, das ihn in Alarmbereitschaft versetzte, sondern dessen Fehlen. Das heisere Hämmern von der Baustelle auf der anderen Straßenseite wurde gedämpft vom Körper und der Kleidung des jungen Mannes. Ohne zur Seite zu blicken, stellte Pellam die Tasche ab und griff hinein. Er hatte seinen Colt noch nicht gefunden, als etwas Metallisches – ein Pistolenlauf, vermutete er – seinen Nacken berührte.

»In die Gasse«, verlangte der Mann hinter ihm mit seinem melodischen spanischen Akzent. »Auf geht's.«

… Neun

Die Lider unter seinen dichten, zusammengewachsenen Augenbrauen waren, als Zeichen der Wut, leicht gesenkt.

Sie standen auf dem schmierigen Kopfsteinpflaster in der Gasse hinter Louis Baileys Büro. Der Geruch nach verfaultem Gemüse und ranzigem Öl hing schwer in der Luft. Pellam hatte die Arme verschränkt und blickte hinab auf die kleine schwarze Automatikpistole.

Dann betrachtete er wieder seinen Entführer. Eine rosafarbene, ledrige Narbe zog sich über dessen Unterarm. Sie konnte noch nicht alt sein. Die Tätowierung auf seiner Hand in Form eines Dolches in dem Y zwischen Daumen und Zeigefinger war nur noch verschwommen zu erkennen. Pellam lebte in L. A.; er erkannte ein Bandenzeichen, wenn er eines sah.

»*Habla inglés*?«, fragte er.

Der Mann sah hinunter in die Tasche. Seine Pistole hielt er auf Pellams Brust gerichtet, als er sich hinabbeugte und die Betacam ein Stück anhob.

»Mir wäre es recht, wenn du die in Ruhe lassen würdest. Das ist…«

»Halt's Maul.«

Der Mann entdeckte den Colt nicht, legte die Kamera zurück und richtete sich wieder auf.

»Du bist ein Cubano Lord«, meinte Pellam.

Der Latino war so groß wie er. Die meisten Latinos, die er kannte, waren kleiner. »Ich habe dich gesucht«, sagte Pellam.

»Mich?«

»Einen von euch.«

»Warum?«

»Um zu reden.«

Seine Augenbrauen zuckten vor Überraschung. »Dann rede.«

»Ich drehe einen Film über Hell's Kitchen. Ich möchte mit ein paar Leuten aus den Gangs reden. Oder ist es ein Club?«

»Was hast du neulich hier gemacht?«

»Neulich?«

»Was hast du gesucht? Mit Leuten geredet? Auf der Straße hier. Du hast Bilder gemacht. Wozu?«

Pellam schwieg.

Der junge Mann seufzte genervt. »Du wirst sagen, dass wir es waren? Du wirst sagen, dass wir das Haus abgefackelt haben?«

»Ich mache einen Film. Ich…«

Die Augenbrauen des markigen jungen Mannes zogen sich noch enger zusammen. »Es gibt eine Fernsehsendung hier. In der Stadt. Latino-Sender. Hast nie davon gehört, ich weiß. Der Slogan ist: *»Primero con la verdad.«* Du glaubst daran? Ist die *verdad siempre prímero* für dich? Die Wahrheit?« Er verschränkte seine Arme und rieb mit dem schwieligen Daumen über eine kurze, tiefe Narbe unterhalb der Lippen. »Bist du so was wie ein Reporter? Eine Art Geraldo?«

Pellam nickte in Richtung der mit Kopfstein gepflasterten Straße. »Hier spielt ihr Basketball? Verkauft ihr hier für euren Verein Kuchen? Macht Ponyreiten für Kinder? Alles das, was ein Club so macht?«

»He, Mann, was fragst du mich da?«

»Ich habe gehört, ein paar von euch Jungs haben sich kurz vor dem Feuer hier rumgetrieben.«

»Du hast gehört… Das macht die Sache wahr? Ein *Weißer* sagt, *los Cubanos* haben das Haus angezündet, also ist es wahr. Ein *Schwarzer* sagt es, also ist es wahr.« Als Pellam darauf nichts erwiderte, fuhr er fort: »Du glaubst nicht, dass es diese alte Nigger-Dame war. Du glaubst, *ich* war es. Warum? Weil du Nigger mehr magst als Latinos.«

Pellam hatte gedacht, mehr Wut als in diesem jungen Mann könnte es nicht geben, doch in seinem Gesicht zeigte sich noch viel mehr. Der Latino verlagerte sein Gewicht auf seinen teuren Turnschuhen, und Pellam fragte sich, ob er schießen würde. Er blickte zur Seite und überlegte, wie er sich abrollen könnte. Ob er rechtzeitig an seinen Colt gelangen würde. Dachte, er würde es nicht schaffen.

Entscheide dich – entschuldigen oder so richtig wütend werden.

Pellam runzelte die Stirn und beugte sich vor. »Ich mache hier nur meine Arbeit«, motzte er zurück. »Wenn du meine Fragen nicht beantworten willst, ist das deine Sache. Ich habe aber keine Lust, mir die Ohren vollquatschen zu lassen.«

Der Blick des Latinos wurde plötzlich mürrisch.

Er wird mich erschießen. Scheiße. Ich hätte ihm die Stiefel lecken sollen. Ich wusste es.

Doch der Latino betätigte nicht den Abzug. Und er schlug ihm auch nicht die Pistole über den Kopf – die zweite Möglichkeit, die Pellam in Betracht gezogen hatte.

Er steckte die Waffe weg und marschierte, Pellam hinter sich herwinkend, zur Vorderseite von Etties Haus, kroch unter der Absperrung hindurch und ging weiter zur Treppe des ehemaligen Eingangs. Pellam zog seinen Colt aus der Leinentasche und schob ihn hinten in seinen Hosenbund. Dann schnappte er sich die Tasche und folgte dem Latino.

Dieser trat gerade die kaputte Eingangstür ein. Mit den Schultern bahnte er sich seinen Weg, verschmierte sein T-Shirt an dem verkohlten Holz. Pellam hörte laute Schläge und splitterndes Glas. Eine Minute später tauchte der Latino mit einem viereckigen Stück Metall wieder auf, das er Pellam zuwarf. Es war das Schild mit dem Namen aller Bewohner des Hauses. Mit seinem langen Finger tippte er auf einen Namen. C. Ramirez. »Sie ist meine Tante. Okay? Sie hat hier mit zwei *niños* gewohnt. Die Schwester meiner Mutter! Okay? Weißt du jetzt Bescheid? Ich werde kein Haus abbrennen, in dem meine Familie wohnt.

Und weißt du noch was? Diese Frau, Tante Carmella, hat gesehen, wie letzten Monat einer von Jimmy Corcorans Iren jemanden mit dem Hammer erschlagen hat, und sie hat gegen ihn ausgesagt. Er ist jetzt im Knast in Attica, und Jimmy ist gar nicht glücklich über das, was sie gesagt hat. Wie gefällt dir *diese* Geschichte, mein Freund? Gefällt dir *diese* Wahrheit? Die Wahrheit über einen weißen Iren? Jetzt verschwinde. Verschwinde aus Hell's Kitchen.«

»Wer ist das? Corcoran? Jimmy Corcoran?«

Der Latino wischte sich den Schweiß von der Stirn. »Geh zu deinem Nachrichtensender, geh zurück und erzähl ihnen, dass die Cubano Lords nicht so eine Scheiße machen!«

»Ich bin kein Reporter.«

»Dann brauchst du nicht mit mir zu reden. Du kennst *la verdad*.«

»Du heißt Ramirez? Wie heißt du mit Vornamen?«

Der Latino hielt nur seinen muskulösen Finger an seine Lippen, dann richtete er ihn auf Pellam. »Du wirst es ihnen erzählen.« Er blickte zu Pellams Stiefel und langsam wieder nach oben, als wollte er sich das Bild einprägen, bevor er aus dem Schatten des zerstörten Gebäudes hinaus ins gleißende Licht der brennenden Sonne trat.

Doch Jimmy Corcoran war ein Gespenst.

Niemand hatte von ihm gehört, niemand wusste auch nur *irgendetwas* von *irgendeinem* Corcoran.

Pellam war durchs Viertel gezogen, hatte in den puertoricanischen *Bodegas*, an koreanischen Gemüseständen und in italienischen Schweinemetzgereien nachgefragt. Niemand kannte Corcoran, aber ihre Stimmen bekamen einen eigenartigen Klang, als sie die Frage verneinten – ihr Leugnen hatte eher etwas Verzweifeltes.

Er versuchte es in einer *Bodega*. »Er treibt sich hier irgendwo herum«, ermutigte Pellam sein Gegenüber.

Der alte mexikanische Angestellte mit seinem zerfurchten Gesicht starrte auf sein mit Fliegen übersätes Tablett mit Schmalzgebäck und zog, schweigend nickend, an seiner Zigarette. Er sagte nichts.

Pellam bestellte sich ein Kokosgetränk und schlenderte weiter zu einer Gruppe mit T-Shirts bekleideter Männer, die um eine y-förmige Sprinkleranlage herumlungerten, und fragte sie nach Corcoran. Zwei von ihnen antworteten spontan, sie hätten nie von Corcoran gehört, die anderen drei hatten vergessen, dass sie Englisch konnten.

Pellam wollte es weiter westlich, näher zum Hudson River hin versuchen. Er ging gerade an der Konfessionsschule auf der Eleventh Avenue vorbei, als er ein »He!« hörte.

»Selber he«, sagte Pellam.

Er stand in einer hohen, verbeulten Mülltonne, die Hände in die dürren Hüften gestemmt. Er trug Baggy-Jeans und trotz der Hitze eine rot-grün-gelbe Windjacke. Pellam dachte, dass der mosaikförmige Haarschnitt gut gelungen war. Die rasierten Stellen ahmten sehr schön das Grinsen nach, das sich in das dunkle Gesicht des Jungen gegraben hatte.

»Was ist los?«

»Ich sag dir, was los ist… komm hier rüber.«

»Warum?«

»Ich will mit dir reden. Aber nicht springen, kletter hinten rum. Nein…«

Der Junge sprang und landete unverletzt auf dem Boden. »Du weißt nicht mehr, wer ich bin.«

»Klar weiß ich das. Deine Mutter ist Sibbie.«

»Volltreffer! Du bist von CNN. Der Mann mit der Kamera.«

Auf dem Platz hinter ihm lagen vier einsame Baseball-Felder. Auch zwei Basketball-Felder. Vor den Gattern hingen Ketten. Gut hundert Farbeimer waren geopfert worden, um den Platz zu verschönern.

»Wo sind deine Mutter und deine Schwester?«

»In der Unterkunft.«

»Warum bist du nicht in der Schule?«

»Sommerferien.«

Das hatte Pellam vergessen. Egal, ob es brütend heiß ist oder schneit, Städte kennen praktisch keine Jahreszeiten. Er konnte sich kaum vorstellen, wie Sommerferien in Hell's Kitchen aussahen. Im August war Pellam gewöhnlich ins Kino gegangen, hatte Comichefte getauscht oder hin und wieder Softball gespielt. Er erinnerte sich, wie er vormittags oft wie der Teufel mit dem Fahrrad über glatte Betonstraßen gerast war, die mit den glitschigen Resten verirrter Schnecken gepflastert waren.

»Wie heißt du?«

»Ismail. Und du?«

»Ich bin John Pellam.«

»Mann, John mag ich nicht. Ich kenn 'nen blöden Nigger, der John heißt. Der ist echt 'n fauler Sack. Weißt du, wie ich zu dir sage? Ich sage Pellam zu dir.«

Wäre »Mr.« nicht auch eine Möglichkeit?

»Wie ist die Unterkunft?«

Sein Lächeln verblasste. »Dieser Nigger dort mag die Leute nicht. Motzt die ganze Zeit rum. Da gibt's nur *Cluckheads*.«

Der Junge redete von Drogen. Ein *Cluckhead* war ein Crack-Abhängiger. Pellam hatte in South Central L.A. an mehreren Filmen mitgearbeitet. In der Bandensprache kannte er sich ein bisschen aus.

»Es ist ja nur vorübergehend«, beruhigte ihn Pellam. Doch der Trost hörte sich schwerfällig an; er hatte keine Ahnung, wie ihn der Junge auffasste.

Ismails Augen blitzten plötzlich auf. »He, magst du Basketball? Ich mag Patrick Ewing. Er ist der Beste, klar, Mann? Michael Jordan mag ich auch. He, hast du schon mal die Bulls spielen sehen?«

»Ich wohne in L. A.«

»Die L.A. Lakers! Ja! Der Magic, der ist gut. Ich mag Mr. B. – den Barkley. Den will ich hinter mir haben, wenn ich mal gegen jemanden kämpfen muss.« Er trat gegen einen unsichtbaren Gegner. »He, Mann, du magst Basketball, stimmt's?«

Pellam war bei ein paar Spielen von den Lakers gewesen, was er aber nicht mehr tat, seit er herausgefunden hatte, dass ein großer Teil der Zuschauer aus der Film-Industrie kam und Saisonkarten kaufte, nur um zu sehen und gesehen zu werden. Was Jack Nicholson tut, sollst auch du tun. »Nicht wirklich«, gab er zu.

»Und Shaq auch. Der Kerl ist drei Meter groß. Ich wär gerne wie dieser Nigger.«

Ismail tanzte auf dem Bürgersteig herum und vollführte einen kleinen Korbleger, einen Sprung hinauf bis zum Korb, um den Ball hineinzubefördern.

Pellam blickte auf Ismails ramponierte Turnschuhe und kniete sich hin, um einen Schnürsenkel wieder zuzubinden. Dem Jungen war das offenbar unangenehm, sodass er nach hinten auswich und sich den Schuh ungeschickt selbst zuband. Pellam erhob sich langsam wieder. »Du hast neulich angefangen, mir was zu erzählen. Über die Gangs, die das Haus abgebrannt hätten. Deine Mutter hat dir eine runtergehauen, als du es mir erzählen wolltest. Ich werde ihr nichts verraten.«

Er wirkte überrascht, als hätte er die Ohrfeige vergessen.

»Ich habe gehört, dass die Gang von Corcoran vielleicht was damit zu tun hatte. Weißt du was über diese *crew*?«

»Woher kennst du Corcoran?«

»Ich kenne ihn nicht. Ich versuche, ihn zu finden.«

»Mann, dann bist du am Arsch, wenn du das tust. Seine Clique, das sind ein paar ganz schlimme O.G.'s.«

Original Gangster. Ältere Mitglieder der *crew*, die sich diesen Status durch einen Mord errungen haben.

Der Junge wurde ganz aufgeregt. »Nigger, Latinos – jeden,

Corcoran macht alle fertig, egal, wen. Wenn er Leute sieht, die er nicht mag, peng, ist der Arsch weg, klar, Mann?« Ismail lehnte den Kopf mit geschlossenen Augen gegen den Zaun und blickte dann zur Schule. »Warum willst du den ganzen Scheiß wissen?«

»Wo ist sein *kickback*? Corcorans Unterschlupf, meine ich.«

Ismail war beeindruckt, dass Pellam den Bandenjargon beherrschte. »Ich weiß nicht, wo sie sich rumtreiben, Mann.« Mit Blick auf Pellam legte er ein paar Layups hin. »He, hast du einen Daddy?«

Pellam lachte. »Einen Vater? Klar.«

Das Grinsen war verschwunden. »Ich habe keinen.«

Pellam fiel ein, dass in vielen schwarzen Haushalten ein männlicher Erwachsener fehlte. Doch er schämte sich, dass dieser Gedanke die unmittelbare Reaktion auf die Antwort des Jungen war.

»Hat sich erschießen lassen«, fuhr der Junge nüchtern fort.

»Oh, das tut mir Leid, Ismail.«

»Da sind diese *cluckheads* draußen auf der Straße, klar? Verkaufen Crack. Mein Papa geht raus, und sie pusten ihn einfach um. Ich habe sie dabei gesehen. Er hat nichts gemacht. Sie pusten ihn einfach um.«

Pellam atmete entsetzt aus und schüttelte den Kopf. »Haben sie den gefunden, der es war?«

»Wer, die *jakes*?«

»*Jakes*?«

»Du kennst doch *jakes. Joey*. Den Typen. Den *Typen*. Die *Pooliiizeiii*?« Ismail lachte erschreckend erwachsen. »*Jakes* machen nur Scheiß, klar, Mann? Mein Papa ist weg. Und meine Mama schläft viel. Sie macht total viel Blödsinn. Wo sie ist, in der Unterkunft, meine ich, ist alles voller Scheiße, wenn man das nötige Kleingeld hat. Meistens Crack. Sie nimmt eine Menge Crack. Dauernd kommen Männer und glotzen sie an.

Ich glaube nicht, dass ich wieder dahin zurückgehe. Wo ist deine Krippe?«

In einem Wohnwagen, den ich im Moment untergestellt habe. In einem Bungalow mit zwei Schlafzimmern in L.A., der im Moment zwischenvermietet ist. Im dritten Stock ohne Fahrstuhl mit einem kurzfristigen Mietvertrag.

»Eigentlich nirgendwo«, sagte er zu dem Jungen.

»He, da geht's dir ja so wie mir! Verdammt!«

Pellam musste lachen, stellte aber fest, dass der Vergleich auf beunruhigende Weise stimmte.

John Pellam, allein stehend, ehemaliger unabhängiger Regisseur und umherziehender Location Scout auf der ständigen Suche nach Drehorten, vermisste manchmal das Familienleben. Doch dann musste er lachen und versuchte sich vorzustellen, wie er zu einem Elternabend in die Grundschule ging.

»Wo willst du hingehen?«, fragte er den Jungen.

»Weiß nicht. Vielleicht suche ich mir Leute für 'ne eigene *crew*. Hier gibt's keine Nigger-*crews* in der Gegend. Such mir 'nen *kickback* in der Sechsunddreißigsten. Den nenne ich die Drei-Sechs-Geister. Wie hört sich das an? ›Ich bin von der Drei-Sechs.‹ Geil, das wird sie fertig machen, total fertig.«

»Hast du schon Mittag gegessen?«, fragte Pellam.

»Nein, gefrühstückt auch nicht«, gab Ismail stolz zur Antwort. »Du sitzt in der Unterkunft, da kommen Männer rein und motzen nur rum und grapschen dich an, weißt du. Sie wollen, dass man mit ihnen nach hinten geht. Du weißt, was ich meine?«

Pellam schüttelte den Kopf und packte den Trageriemen seiner Tasche. »Los, ich habe Hunger. Da hinten die Straße entlang habe ich eine Kneipe gesehen. Kubaner. Hast du Lust, auch was zu essen?«

»Reis und Bohnen! Ja! Und ein Red Stripe!«

»Nein, kein Bier«, meinte Pellam.

Ismail nahm Pellam die Tasche aus der Hand und hängte sie sich über die Schulter. Er musste sich gegen ein Gewicht stemmen, das vielleicht die Hälfte von seinem eigenen ausmachte.

»Die Tasche trage lieber ich«, sagte Pellam. »Sie ist schwer.«

»Quatsch. Die wiegt doch nichts.«

»Gut, dann also hier lang.«

»Da?«

»Nein, weiter zurück. He, zurück, sage ich. Zurück!«

Ismail zeigte Pellam, wo seiner Meinung nach das Feuer begonnen hatte. »Ich habe Rauch gerochen und dann die Flammen gesehen. Genau da. Und einen großen Knall. Ja.«

»Knall.«

»Dann bin ich in die Wohnung gerannt und hab gerufen: ›He, alle raus hier! Es brennt!‹ Und meine Mama hat angefangen zu schreien.«

»Hast du jemanden am Fenster gesehen, kurz bevor es zu brennen angefangen hat?«

»Nur diese alte Frau. Sie wohnt ganz oben, im obersten Stock.«

»Sonst noch jemanden?«

»Ich weiß nicht. Leute, die sich hier immer rumtreiben. Ich weiß nicht.«

Pellam blickte zu den Überresten der Hintertür. Sie war aus Metall und hatte zwei große Schlösser. Wäre ein hartes Stück Arbeit gewesen, dort einzubrechen. Er beugte sich nach unten und spähte durchs Fenster. Ob der Pyromane die Brandbombe vielleicht durch die Gitterstäbe geworfen hatte? Doch für alles außer einer Bierflasche war der Abstand zwischen ihnen viel zu gering. Die große Weinflasche hätte nie hindurchgepasst. Jemand musste dem Täter die Tür aufgemacht haben.

»Die Hintertür war doch abgeschlossen, oder?«

»Ja, sie sollte immer zu sein. Aber da sind ein Haufen Leute rein und raus gegangen. Da hinten, siehst du, Pellam? Da war ein Schwuler, der hat angeschafft, weißt du? Den Typen einen geblasen und so. Er war auch ein *cluckhead*.«

Ein Stricher. »Dann haben die Leute also die Hintertür benutzt? Seine Kunden?«

»Ja, wir sind immer draußen gesessen, einige von uns, je nachdem, und wenn diese Typen rauskamen, haben wir ›Schwuchtel, Schwuchtel‹ gerufen. Dann sind sie weggerannt. Das war echt geil, Mann!«

»Hast du diesen Kerl in letzter Zeit gesehen?«

»Nein. Er ist weg.«

Pellam hob die Tafel mit den Namen der Bewohner auf. Sie lag noch dort, wo er sie hatte fallen lassen, nachdem sie ihm Ramirez am Tag zuvor zugeworfen hatte. »Kennst du diesen Ramirez?«

»Verdammt, Hector Ramirez? Seine *crew* heißt Cubano Lords. Das sind zwar auch große Arschlöcher, aber die Nigger sind ihnen scheißegal. Nicht wie Corcoran. Der ist durchgeknallt, ja, genau. Total irre. Aber weißt du, Ramirez kann dich auch fertig machen, aber nur, wenn er es tun *muss*.«

Selbst dieser Zehnjährige war besser informiert als Pellam, was Hell's Kitchen anging. Er blickte auf dem Schild auf den Namen E. Washington und warf es wieder auf den Boden.

Ein Polizeiwagen fuhr langsam am Haus vorbei und blieb stehen. Der Beamte auf dem Fahrersitz blickte in Pellams Richtung und gab ihm ein Zeichen, dass er den abgesperrten Bereich verlassen sollte.

»Ismail …«

Der Junge war weg.

»Ismail?«

Der Polizeiwagen fuhr weiter.

Pellam suchte noch eine Weile nach Ismail, doch er war wie

vom Erdboden verschluckt. Das spröde Knacken von herunterfallenden Backsteinen und hohlem Metall durchdrang die Nacht, gefolgt von einem gedämpften Stöhnen.

»Ismail?« Pellam trat auf die Gasse hinter dem Haus und entdeckte einen anderen Jungen. Etwa achtzehn Jahre alt, blond, ausgebleichte Jeans und ein schmutziges weißes T-Shirt. Er kauerte neben einem Müllhaufen. Er grub nach etwas, löste eine kleine Lawine aus, zuckte zurück wie ein erschreckter Waschbär und grub weiter. Er hatte feines Haar, das er selber bis zu den Ohren gestutzt hatte. Der obligatorische Generation-X-Kinnbart war dürftig und nicht gestutzt.

Er sah zu Pellam auf, blinzelte und grub weiter.

»Ich muss hier ein paar Sachen holen. Nur ein paar Sachen.«

»Hast du hier gewohnt?«

»Hinten im Haus«, antwortete der Junge ernst und nickte in die Richtung, in der der hintere Teil des Erdgeschosses gewesen war. »Ich und Ray. Er war so was wie mein Manager.«

Ich und Ray. Er war so was wie mein Zuhälter.

Der Junge war derjenige, von dem Ismail erzählt hatte. Der Stricher. Er wirkte viel zu jung für ein Leben auf der Straße. »Wo ist Ray jetzt?«, fragte Pellam.

»Weiß nicht.«

»Kann ich dir ein paar Fragen über den Brand stellen?«

Angestrengt stöhnend zog er aus dem Haufen das heraus, wonach er gesucht hatte. Ein Buch. Er wischte den Umschlag ab. *Kurt Cobain – The Final Year*. Eine Weile sah er es liebevoll an, dann blickte er auf. »Genau deswegen wollte ich mit dir reden, Mann. Über das Feuer. Du bist Pellam, stimmt's?« Er blätterte durch das Buch.

Pellam blinzelte überrascht.

»Also, wir machen ein Geschäft. Ich kann dir erzählen, wer das Feuer gelegt und wer ihn dafür bezahlt hat. Wenn du, sagen wir, daran interessiert bist.«

… Zehn

»Wie hast du von mir erfahren?«

»Hab ich eben.« Der Junge streichelte mit seiner schmutzigen Hand den Umschlag des Buchs.

»Wie?«, beharrte Pellam, der ebenso neugierig wie misstrauisch war.

»Na, du weißt schon. Man kriegt so was einfach mit.«

»Sag mir, was du weißt. Ich bin kein Polizist.«

Sein Lachen besagte, dass er bereits über ihn Bescheid wusste.

Die Gerüchte. Auf der Straße.

Der Junge wendete sich wieder dem Buch zu, das aussah wie ein Bilderbuch. Auf dem Pappumschlag klebte ein einzelnes Foto, die Fotos im Innern waren furchtbar. Die Schrift war groß, die Wörter steil geschrieben.

»Also, wer hat das Feuer gelegt?«, drängte Pellam. »Wer hat ihn bezahlt?«

In dem sehr jungen Gesicht verfinsterten sich die sehr alten Augen. Der Junge brach in Lachen aus.

Die Mühlen am Laufen zu halten ist eine teure Angelegenheit.

In Gedanken rechnete Pellam seine beiden Sparkonten, sein schwindsüchtiges steuerfreies Rentensparkonto abzüglich der Vertragsstrafe für vorzeitige Abhebungen und das zusammen, was von der Vorauszahlung vom WGBH in Boston noch übrig war. Die Zahl achttausendfünfhundert geisterte durch seinen Kopf. Sein Haus auf dem Beverly Glen hatte noch einen gewissen Restwert. Der verbeulte Wohnwagen müsste auch noch etwas abwerfen. Aber das war's dann auch schon. Pellams Lebensstil war oft von Opulenz geprägt, ganz im Gegensatz zu seinen ihm zur Verfügung stehenden Mitteln.

Der Junge wischte sich über die Nase. »Hunderttausend.«

Pellam hätte gedacht, dass ein abgerissener Typ wie dieser hier bescheidenere Ansprüche haben müsste. Pellam hatte nicht einmal die Absicht, zu verhandeln. »Wie hast du die Sache über das Feuer herausgefunden?«

»Ich kenne den Typen, der es gelegt hat. Er ist durchgeknallt. Ein Wahnsinniger, weißt du. Es geilt ihn auf, wenn er ein Feuer legt.«

Der Pyromane, von dem ihm Bailey erzählt hatte. Derjenige, auf den die stellvertretende Staatsanwältin Lois Koepel, auf die Pellam bereits einen Hass schob, so scharf war.

»Hat er dir erzählt, wer ihn bezahlt hat?«

»Nicht genau, aber nach dem, was er mir gesagt hat, kann ich es mir denken.«

»Wie heißt du?«

»He, meinen Namen brauchst du gar nicht zu wissen.«

He, aber du kennst meinen.

»Ich könnte dir einen nennen«, fuhr der Junge fort. »Und? Er wäre vielleicht nicht richtig.«

»Also, ich habe keine Hunderttausend. Nicht mal annähernd.«

»So'n Quatsch. Du bist doch so was wie ein berühmter Regisseur. Du bist aus Hollywood. Natürlich hast du Geld.«

Der Polizeiwagen fuhr wieder vorbei. Pellam dachte, er sollte sich den dürren Burschen schnappen und die Polizei herbeirufen.

Doch es genügte ein Blick in Pellams Augen.

»Oh, netter Versuch, du Arschloch«, rief der Junge. Mit dem Buch unter dem Arm preschte er die Gasse entlang.

Pellam winkte vergeblich nach dem Polizeiwagen. Die beiden Polizisten sahen ihn nicht. Oder sie übersahen ihn mit Absicht. Dann rannte er dem Jungen durch die Gasse hinterher. Unter seinen Stiefeln knirschte der Sand auf dem Kopfsteinpflaster. Sie überquerten zwei leere Bauplätze hinter Etties Wohnhaus und kamen an der Neunten Avenue wieder heraus. Pellam sah, wie der Junge nach rechts Richtung Norden abbog, ohne langsamer zu werden.

An der Neununddreißigsten Straße hatte Pellam ihn aus den Augen verloren. Keuchend und mit in die Hüfte gestemmten Händen blieb er stehen. Er sah auf den Parkplätzen nach, überprüfte die Zufahrten zum Lincoln Tunnel, die Rokoko-Wohnhäuser, die *Bodegas* und einen mit Sägespänen ausgestreuten Metzgerladen. Auch in einem Feinkostladen versuchte er es, aber niemand hatte den Jungen gesehen. Als er wieder auf die Straße trat, wurde einen halben Straßenblock entfernt eine Tür aufgerissen. Der Junge kam mit einem Rucksack herausgerannt und verschwand in der Menschenmenge. Pellam bemühte sich erst gar nicht, die Verfolgung aufzunehmen. In den bevölkerten Straßen wurde der Junge schlicht unsichtbar.

Die Tür, aus der der Junge gekommen war, gehörte zu einem Ladenlokal mit schwarz übermalten Scheiben. Pellam erinnerte sich: das Youth Outreach Center. Es wurde von schäbigen Neonlampen beleuchtet, das spärliche Mobiliar aus Schreibtischen und Stühlen passte nicht zusammen. In der Mitte des Raumes standen zwei Frauen mit finsteren Mienen und verschränkten Armen und unterhielten sich.

Pellam trat ein, als die Schlankere der beiden gerade hilflos ihre Arme hob und durch eine Tür ging, die nach hinten führte.

Das blasse, runde Gesicht der anderen glänzte von ihrem dünn aufgetragenen Make-up, das kaum ihre Sommersprossen verbergen konnte. Ihr rotes Haar reichte bis auf die Schultern. Pellam vermutete, dass sie Mitte dreißig war. Sie trug ein altes Sweatshirt und alte Jeans, in der sich ihre üppige Figur kaum verstecken ließ. Auf dem langärmligen braunen Oberteil prangte das Harvard-Wappen. *Veritas*.

Pellam kam der Cubano Lord in den Sinn. Er hatte von *Verdad* geredet.

Primero con la verdad.

Neugierig blickte sie ihn und seine Kameratasche an, als er eintrat. Sie stellten sich einander vor.

»Ich bin Carol Wyandotte«, sagte sie. »Die Leiterin. Kann ich Ihnen helfen?« Sie schob ihre dicke Brille mit Schildpattgestell, das mit weißem Klebeband geflickt war, die Nase hoch. Auf Pellam wirkte sie eher wie eine Bauersfrau. Absurderweise trug sie eine enge Perlenkette.

»Ein Junge ist vor einer Minute hier rausgekommen. Blond, *grungy*-Typ.«

»Alex? Wir haben gerade von ihm gesprochen. Er kam hereingerannt, hat seinen Rucksack geschnappt und ist gleich wieder weg. Wir hatten uns schon gefragt, was los war.«

»Ich habe mich draußen mit ihm unterhalten. Er ist einfach weggerannt.«

»Mit ihm *unterhalten*?«

Pellam wollte nicht sagen, dass der Junge über die Brandstiftung Bescheid wusste, zu seiner Sicherheit. Die Gerüchte kursierten doch zu schnell auf der Straße. Er erinnerte sich an die Waffe in Ramirez' Hand und wie die ganze Welt vor Jimmy Corcoran Angst hatte.

»Sie können mir ruhig die Wahrheit sagen«, erwiderte Carol spröde und schob ihre Brille wieder hoch.

Pellam hob eine Augenbraue.

»Das passiert öfter. Eines unserer Kinder klaut eine Brieftasche oder so was. Dann kommt jemand mit hoch rotem Kopf hier herein und sagt: ›Ich glaube, einer Ihrer Jungs hat meine Brieftasche *gefunden*.‹«

Pellam hielt sie für ein gescheites Mädchen aus reichem Haus, das Sozialarbeiterin geworden war. Womit sie möglicherweise zu der Kategorie von Menschen gehörte, mit denen nur schwer zu verhandeln war.

»Nun, er mag ja ein großartiger Dieb sein, aber er hat mir nichts geklaut. Ich drehe einen Film, und …«

»Ein Reporter?« Carol bekam einen distanzierten Gesichtsausdruck – schlimmer noch, als hätte er ihr erzählt, dass Alex seine Brieftasche »gefunden« hätte. Ihre Augen sind bemerkenswert, dachte er. Blass, blass-blau. Fast eins mit dem Weiß des Augapfels.

»Eigentlich nicht.« Er erklärte, dass *Westlich der Achten Avenue* eine erzählte Geschichte werden sollte.

»Ich mag keine Reporter.« Die Andeutung eines Dialekts machte sich in ihrer Stimme bemerkbar, und er bekam eine Ahnung davon, wie energisch sie sein musste – Mut, den die Leiterin einer solchen Einrichtung mit Sicherheit brauchte. Und Temperament. »All diese verdammten Geschichten über drogenabhängige Kinder, Vergewaltigung durch Gangs und Kinderprostitution. Macht es tierisch schwer, an Geld heranzukommen, wenn die Stiftungen den Fernseher einschalten und sehen, dass das kleine Mädchen, um dessen Rehabilitierung man sich bemüht, eine ungebildete Nutte mit HIV ist. Aber natürlich sind es genau diese Kinder, die rehabilitiert werden müssen.«

»He, Ma'am.« Pellam hielt eine Hand hoch. »Ich bin in diesem Fall nur ein bescheidener Historiker.«

Carols Gesicht verlor an Härte. »Schon gut, tut mir Leid. Meine Freunde sagen, ich könnte an keiner Rednerbühne vorbeigehen, ohne gleich raufzuklettern. Sie meinten also Alex? Sie haben ein Interview mit ihm gemacht?«

»Ich hatte mit Leuten aus dem abgebrannten Haus geredet. Er hat auch dort gewohnt.«

»Immer mal wieder«, korrigierte ihn Carol. »Mit seinem Pädo.«

Ich und Ray.

»Kennen Sie Juan Torres?«, fragte sie.

Pellam nickte. »Es steht immer noch schlecht um ihn.«

Der Sohn des Mannes, der Jose Canseco kannte.

Carol schüttelte den Kopf. »Ich gehe schier bei drauf, wenn

ich sehe, dass so was den Guten passiert. Es ist so eine Verschwendung.«

»Sie haben keine Ahnung, wohin Alex gegangen sein könnte?«

»Er ist rein und gleich wieder raus gerannt. Hab keine Ahnung.«

»Woher stammt er?«

»Er hat behauptet, er sei irgendwo aus Wisconsin. Vielleicht ist… entschuldigen Sie, ich habe Ihren Namen vergessen.«

»Pellam.«

»Vorname?«

»John Pellam. Aber normalerweise nimmt man bei mir den Nachnamen.«

»Mögen Sie John nicht?«

»Sagen wir, ich führe kein sehr biblisches Leben. Besteht die Möglichkeit, dass er zurückkommt?«

»Das lässt sich nicht sagen. Die arbeitenden Jungs – Sie wissen, was ich mit ›arbeiten‹ meine – kommen nur hierher, wenn sie krank sind oder sich die Alten um sie streiten. Wenn er Angst wegen irgendwas hat, taucht er ab, und wir sehen ihn vielleicht erst in einem halben Jahr wieder. Falls überhaupt. Leben Sie in der Stadt?«

»Ich bin von der Westküste. Habe was im East Village gemietet.«

»Im Village? O je, das Village wird, was die Schweinereien angeht, von Hell's Kitchen noch übertrumpft. Geben Sie mir Ihre Nummer. Wenn unser Wandervogel zurückkommt, gebe ich Ihnen Bescheid.«

Pellam wünschte sich, er hätte sie nicht für eine Bäuerin gehalten. Er konnte den Gedanken nicht mehr verdrängen. Bäuerinnen waren derb und voller Kraft. Besonders die Rothaarigen mit Sommersprossen. Ihm fiel ein, dass er das letzte Mal, als er mit einer Frau geschlafen hatte, mitten in der

Nacht aufgewacht war, weil ein Schneesturm seitlich an seinen Wohnwagen gehämmert hatte. Heute war die Temperatur auf siebenunddreißig Grad geklettert.

Er schob diese Gedanken beiseite, obwohl sie nicht so weit wegrückten, wie er gerne gewollt hätte.

Es herrschte eine bedrückende Stille. »Hören Sie, möchten Sie vielleicht einen Kaffee?«, fragte Pellam schließlich.

Sie griff an ihre Nase, um die Brille wieder hochzuschieben. Sie lachte verlegen. Dann zog sie am Saum ihres Sweatshirts. Pellam hatte diese Geste schon vorher bemerkt und ahnte, dass sie – wahrscheinlich wegen ihres Gewichts und ihrer Kleidung – ziemlich unsicher war.

Er hörte eine leise Stimme in seinem Innern, die ihn davor warnte, zu sagen: »Sie sehen gut aus«, sodass er sich für einen harmloseren Spruch entschied: »Ich muss Sie aber warnen. Mit Espresso gebe ich mich nicht zufrieden.«

Mit ihren dicken Fingern brachte sie ihr Haar in Ordnung. Lachte.

»Und nicht mit diesem Starbucks-Yuppie-Französische-Röstung-Scheiß. Entweder amerikanisch oder gar nichts.«

»Ist der nicht sowieso aus Kolumbien?«

»Na ja, wenigstens aus *Latein*-Amerika.«

»Wahrscheinlich trinken Sie ihn am liebsten aus nicht recyclingfähigem Styropor«, zog sie ihn auf.

»Ich würde ihn mir aus der Spraydose servieren lassen, wenn es ginge.«

»Weiter die Straße rauf gibt es was Nettes. Ein kleiner Feinkostladen, in den ich immer gehe«, schlug sie vor.

»Gehen wir da hin.«

»Bin in einer Viertelstunde wieder zurück«, rief Carol nach hinten.

Die Antwort auf Spanisch verstand Pellam nicht.

Er hielt Carol die Tür auf. Beim Hinausgehen streifte sie ihn. Ob sie das mit Absicht gemacht hatte?

Acht Monate, dachte Pellam, verordnete seinen Gedanken aber etwas mehr Zurückhaltung.

Sie saßen am Bordstein in der Nähe von Etties ehemaligem Wohnhaus. Neben ihren Füßen standen zwei blaue Pappbecher mit Kaffee, verziert mit tanzenden Griechen. Carol wischte sich mit dem Ärmel ihres Cambridge-Sweatshirts über die Stirn. »Wer ist das?«, fragte sie. Pellam drehte sich in die Richtung, in die Carol deutete.

Ismail mit seiner dreifarbigen Windjacke war wieder aufgetaucht. Er spielte im Führerhaus des Baggers, der den Platz neben dem abgebrannten Gebäude eingeebnet hatte. »He, junger Mann, sei vorsichtig da oben«, rief Pellam. Er erklärte Carol die Geschichte mit Ismail, seiner Mutter und seiner Schwester.

»Die Unterkunft in der Schule? Das ist eine der Besseren«, meinte Carol. »In einem Monat oder so stecken sie ihn vielleicht in eine selbstverwaltete Einrichtung. Mit Einzelzimmer – ein Apartmenthotel. Wenn er Glück hat.«

»Sie kennen sich hier im Viertel gut aus?«, fragte er.

»Habe mir meine Sozialarbeiterzähne hier ausgebissen.«

»Dann wissen Sie also über die wesentlichen Dinge hier Bescheid. Über das, was wir *touristas* nie erfahren.«

»Stellen Sie mich auf die Probe.« Carol betrachtete sich die Verzierungen auf Pellams abgenutzten Cowboy-Stiefeln.

»Die Gangs«, fing er an.

»Die *crews*? Klar. Ich weiß zwar was über sie, aber ich habe nicht viel mit ihnen zu tun. Sehen Sie, wenn ein Junge mit so einer Clique verkehrt, bekommt er alle Unterstützung, die er braucht. Glauben Sie es oder nicht, aber es geht ihnen besser als den einsamen Wölfen.«

»He«, rief Ismail zu Carol. »Ich gehe mit meinem Kumpel da nach L.A.«, sagte er und zeigte auf Pellam.

»Ich erinnere mich nicht, dass wir darüber gesprochen hätten, junger Mann.« Er hob eine Augenbraue in Carols Richtung.

»Nein, nein, das ist cool, Kumpel. Ich gehe mit dir. Schließe mich einer *Blood*- oder *crip-crew* an. Immer cool bleiben. Du weißt schon.« Er verschwand die Gasse hinunter.

»Klären Sie mich auf«, bat Pellam. »Das Banden-Einmaleins in Hell's Kitchen.«

Carols Brille war wieder aufgetaucht. Er wollte ihr sagen, dass sie ohne besser aussah, hielt sich aber zurück.

»Gangs? Na ja, wo soll ich anfangen? Ganz am Anfang bei den Gophers?« Carol lächelte schüchtern, brach aber in Lachen aus, als Pellam sagte: »Ich habe gehört, dass der einlungige Curran nicht mehr im Geschäft ist.«

»Sie wissen mehr, als Sie sich anmerken lassen.«

Pellam erinnerte sich an ein Interview mit Ettie Washington:

…Battle Row, Neununddreißigste Straße, Jahrhundertwende. Meine Großmutter Ledbetter hatte mir erzählt, was für ein scheußlicher Ort das war. Das ist dort, wo sich der einlungige Curran mit seiner Gang, den Gophers, rumtrieb – in der Kneipe von Mallet Murphy. Großmutter wühlte die Mülltonnen nach Fetzen von Gabardine durch oder suchte nach Suppenknochen, aber sie musste vorsichtig sein, weil sich Polizei und Gang ständig Schießereien lieferten. Daher stammt der Name. Sie führten wahre Gefechte aus. Und ob Sie's glauben oder nicht, manchmal gewannen die Gophers, und die Polizei hat sich wochenlang nicht mehr blicken lassen, bis Gras über die Sache gewachsen war.

»Wie steht es heute mit den Gangs?«, fragte er Carol.

Sie dachte einen Moment nach. »Die Westies waren einmal *die* Gang hier. Ein paar von ihnen gibt es noch, aber das Justizministerium und die Polizei haben ihnen vor einigen Jahren das Rückgrat gebrochen. Sie wurden zum größten Teil ersetzt durch Jimmy Corcorans Gang – dem Abschaum der alten Iren. Die Cubano Lords sind heute die Größten. Überwiegend Kubaner, es sind aber auch einige Puertoricaner und Dominikaner dabei. Schwarze Gangs, die der Rede wert wären, gibt es hier nicht. Sie sind in Harlem und Brooklyn. Die Jamaikaner und Koreaner sitzen in Queens. Die Tongs in Chinatown. Die Russen in Brighton Beach.«

Der Regisseur in Pellam meldete sich prompt mit der Idee einer Geschichte über diese Gangs. Doch dann dachte er: Gibt's schon. Zwei Worte, die in Hollywood reines Strychnin sind.

Carol streckte sich. Ihre Brust streifte Pellams Schulter. Absichtlich oder auch nicht.

Es war ein bizarrer Abend gewesen, damals vor acht Monaten. Der Wohnwagen war im Schneesturm durchgeschüttelt worden, und die blonde Regieassistentin hatte Pellams Ohrläppchen mit ihren scharfen Zähne gepackt.

Acht Monate sind eine unglaublich lange Zeit. Ein Dreivierteljahr. So lang wie eine Schwangerschaft.

»Wo ist Corcorans *kickback*?«, fragte er.

»Seine Schaltzentrale?«, fragte Carol kopfschüttelnd zurück. »Diese Burschen sind einen Schritt von den Neandertalern entfernt. Sie halten sich in einer alten Bar nördlich von hier auf.«

»Welche?«

Carol zuckte die Schultern. »Ich weiß nicht genau.«

Sie log.

Er blickte ihr in die blassen Augen. Er ließ sie wissen, dass er sie ertappt hatte.

»Das mit Corcoran müssen Sie verstehen«, fuhr sie ohne schlechtes Gewissen fort. »Er hat mit den Gangs im Fernsehen nichts zu tun. Er ist durchgedreht. Einer seiner Jungs hat den Typen umgebracht, der versucht hat, ihn zu erpressen. Jimmy und einige seiner Kumpels haben seine Leiche mit einer Hubsäge zerstückelt und die Einzelteile in Spuyten Duyvil versenkt. Aber Jimmy hat sich eine Hand als Andenken aufgehoben und sie an der Jersey-Mautstelle in einen Automaten gesteckt. *Das* ist die Art von *crew*, mit der Sie es hier zu tun haben.«

»Ich werde kein Risiko eingehen.«

»Sie glauben, er wird sie einfach nur angrinsen und vor der Kamera seine Lebensgeschichte erzählen?«

Pellam zuckte unbekümmert die Schultern – obwohl das Bild von Hubsägen die Erinnerung an das Liebesabenteuer in seinem Wohnwagen verdrängt hatte.

Carol schüttelte den Kopf. »Pellam, Hell's Kitchen ist nicht Bed-Sty. Es ist nicht die South Bronx oder East New York. Dort weiß jeder, dass es gefährlich ist. Da geht man einfach nicht hin. Oder man weiß, dass man fertig gemacht wird, und man sieht schon die Schwierigkeiten auf sich zukommen. Aber hier ist alles umgekehrt. Es gibt schicke Loftwohnungen, hübsche Restaurants, Mörder, Nutten, Geschäftsführer, psychisch Kranke, Priester, schwule Stricher, Schauspieler… Man geht mittags an einem kleinen Vorgarten vorbei und denkt sich: ›He, das sind aber hübsche Blumen‹, und im nächsten Moment liegt man mit einer Kugel im Bein oder einem Eispickel im Rücken auf dem Boden. Oder vielleicht singt man in einer Bar irische Lieder, dann kommt jemand rein und pustet dem Typen auf dem Nachbarstuhl das Hirn weg. Man weiß nie, wer es getan hat, und man erfährt nie, warum.«

»O mein Gott«, meinte Pellam. »Ich weiß, dass Corcoran Gift versprüht und durch Wände geht. Das ist nichts Neues.«

Als Carol lachte, lehnte sie ihren Kopf an Pellams Arm. Wieder spürte er ein Knistern, das so heiß war, dass es Schnee zum Schmelzen bringen würde. »Gut, tut mir Leid, meine

Predigt. Das gehört zu meiner Arbeitsplatzbeschreibung. Sagen Sie nicht, ich hätte Sie nicht gewarnt. Sie wollen Jimmy? Dann gebe ich Ihnen Jimmy. Im Four Eighty-eight. Eine Bar an der Ecke Zehnte Avenue und Fünfundvierzigste Straße. Man kann ihn dort an drei oder vier Tagen in der Woche antreffen. Aber wenn Sie hingehen, gehen Sie tagsüber. Und« – sie packte Pellam fest am Arm – »ich würde Ihnen empfehlen, einen Freund mitzunehmen.«

»He!« Ismail sprang auf die Treppe neben ihnen. »Ich bin ein Freund.«

»Ich bin sicher, das wird Corcoran ganz schön zum Zittern bringen.«

»Klar, eh!«

Ismail rannte los auf der Suche nach weiteren Tiefbaugeräten. Carol hielt ihren Blick lange Zeit auf Pellam gerichtet, bis Pellam seinen Kopf abwandte und Carol schließlich aufstand. »Zurück zu den Salzbergwerken«, sagte sie lachend und nahm die Brille ab.

»Wissen Sie, Sie sind nicht der erste Mensch aus der Kreativ-Branche, der mir über den Weg läuft«, sagte sie, während sie zum Youth Outreach Center zurückgingen. »Einer unserer Hochschulabsolventen im Youth Outreach war Autor.«

»Wirklich?«

»Hat einen Bestseller geschrieben. Über einen Mörder. Das Schlimme daran war, dass es eine Autobiografie war. Rufen Sie mich mal an, Pellam. Hier ist meine Karte.«

Dannette Johnson stand auf der Zehnten Avenue.

Es war eine breite Straße. Die Gebäude waren niedrig, wodurch die Straße noch breiter wirkte. Die über New Jersey untergehende Sonne hatte noch nichts von ihrer sengenden Hitze eingebüßt. Dannette stand an einem der wenigen schattigen Plätze weit und breit, unter der Markise eines leer stehenden Nachtclubs, einem Relikt aus den Achtzigerjahren.

Sie dachte: Nein, den nicht. Sie begutachtete die Fahrer, die ihr Tempo verlangsamten und sie mit einem besonderen Blick ansahen.

Nee, nicht dieses Arschloch.

Nee, den auch nicht.

Sie stand nicht wegen der Hitze im Schatten – sie trug nur zweihundert Gramm Kleidung an ihrem extravaganten Körper –, sondern weil sie sich mit ihrer Pubertätsakne hässlich vorkam.

Noch ein Wagen fuhr vorbei, blieb fast stehen. Wie die meisten Autos hatte auch dieses ein Nummernschild aus New Jersey. Dannette stand in der Nähe des Lincoln-Tunnels an einer der Hauptzufahrten für Pendler aus dem *Garden State*.

An diesem Platz ließen sich auch ganz leicht fünf-, sechshundert die Nacht verdienen.

Aber nicht mit diesem Kerl. Sie blickte zur Seite, er fuhr weiter.

Dannette arbeitete seit acht Jahren auf der Straße, seit sie neunzehn war. Sie machte keinen Unterschied zwischen ihrem Beruf und einem anderen. Die meisten ihrer Freier waren anständige Jungs, deren Arbeit ihnen nicht besonders wichtig war, deren Chef sie nicht besonders mochten und deren Frauen oder Freundinnen ihnen nach dem ersten Kind keinen mehr blasen wollten.

Sie bot eine notwendige Dienstleistung. Wie eine Stenotypistin, der Traumberuf, den sich ihre Mutter für sie ausgedacht hatte.

Ein roter Iroc-Z bog um die Zehnte Avenue herum und kam langsam mit erotisch blubberndem Auspuff auf sie zu. Hinter dem Steuer saß ein junger, dicklicher Italiener in einem teuren weißen Hemd mit Monogramm. Sein Schnurrbart war gestutzt, an seiner linken Hand trug er eine goldene Rolex. Er sah aus wie ein Verkäufer aus einem der Autohäuser auf der West Side. »Lust auf einen Fick?«

Lächelnd beugte sie sich vor. »Gib meinem schwarzen Arsch einen Kuss und verpiss dich«, sagte sie mit erotischer Stimme.

Als sich Dannette wieder in den Schatten zurückzog, verschwand der Wagen wieder.

Einige Minuten später fuhr ein Toyota vor. Darin saß ein dünner Weißer mit Baseball-Mütze, der sich nervös umsah. »Hi«, grüßte er. »Wie geht's denn so? Heiß, nicht? Klar ist es heiß.«

Sie blickte sich um und ging zum Wagen. Ihre hohen Absätze klapperten laut auf dem Asphalt.

»Stimmt, ziemlich.«

»Das hier ist mein Heimweg. Hab dich schon öfter hier draußen gesehen.«

»Ja? Wo arbeitest du?«

»Weiter oben in der Straße.«

»Ah ja, wo denn?«, fragte sie nach.

»In einem Büro. Ziemlich langweilig. Hab dich schon öfter gesehen. Hier, meine ich. Auf der Straße.« Nervös räusperte er sich.

Der Kerl war echt 'ne scharfe Nummer.

»Ja, ich treibe mich hier ab und zu rum.«

»Du bist hübsch.«

Wieder lächelte sie, fragte sich aber, wie sie es hundert Mal am Tag tat, ob ein plastischer Chirurg ihre Wangen wieder glätten könnte.

»So«, sagte er.

Dannette beobachtete ihn wieder. »So«, kam ihr Echo. »Und, Schätzchen, hast du Lust, wo hinzugehen?«

»Vielleicht. Du hast echt hübsche Titten. Es macht dir doch nichts aus, wenn ich das sage?«

»Alle sind scharf auf meine Titten, Kleiner.«

»Was machst du?« Der Junge wischte sich übers Gesicht. Er schwitzte. Er wollte seine Mütze abnehmen, besann sich aber eines Besseren.

»Was ich mache?«, fragte sie stirnrunzelnd.

»Wenn wir wo hingehen, du und ich – was würden wir tun, um Spaß zu haben?«

»Oh, das kann ich dir sagen. Ich mache alles. Ich blase und lass mich ficken, und du kannst ihn mir in den Arsch schieben. Das vertrage ich. Aber nur mit Gummi. Und ich nehme ein bisschen Gleitcreme.«

»Wow.« Es schien ihm peinlich zu sein, doch sie hatte eindeutig seine Neugier geweckt. »Mir gefällt es, wie du redest – so dreckig.«

»Dann rede ich mit dir so, wenn wir wo hingehen.«

»He, Mann, du bist echt heiß drauf.«

»Da sagst du mir nichts Neues«, erwiderte Dannette mit unbeweglicher Miene.

»Wie heißt du?«

»Dannette. Und du?«

»Joe.« Auf der anderen Straßenseite gab es eine Lager- und Transportfirma – Joe Septim stand in großen Lettern an der Hauswand. Die Hälfte der Typen, die hier anhielten, hießen Joe.

»Gut, Joe, wie wär's also, wenn wir wo hingehen?« Sie beugte sich vor, damit er ihre Titten in Augenschein nehmen und sehen konnte, dass sie echt waren und nicht einem Transvestiten gehörten.

»Hört sich gut an.«

Er flüsterte etwas, was sie nicht verstand. Mit auf die Tür gestützten Händen beugte sie sich vor. Er betrachtete sich ihre neun Ringe.

»Was du gesagt, Schätzchen?«

»Ich habe gefragt, von wie viel wir reden? Wenn wir wo hingehen, meine ich.«

»Für so einen hübschen Jungen wie dich? Blasen für fünfzig, ficken kostet hundert, Arschfick zweihundert. Und wir können es auf deinem Rücksitz machen. Es gibt eine Stelle, die ich kenne. He, was…« Erschreckt schnappte sie nach Luft, als sich sein Blick verhärtete und er sie am Handgelenk packte, während seine andere Hand in seine Tasche griff und Handschellen herauszog. Der Kerl war zwar dünn, aber überraschend stark.

»Was machst du da?«, schrie sie.

Mit einem Klicken rasteten die Handschellen um ihre schmalen Gelenke ein.

»Ich kann dir sagen, was ich mache, Dannette. Ich verhafte dich wegen des Angebots sexueller Dienstleistungen, was gegen das Gesetz von New York verstößt. Ich hätte gerne, dass du dich da rüberstellst zu der Frau, die hinter dir zu uns kommt.« Er zog ihre Handtasche von ihrer Schulter.

»Was?« Dannette drehte sich mit weit aufgerissenen Augen um.

Hinter dem Wagen tauchte eine Polizistin auf, trat zu Dannette und führte sie zum Bürgersteig in den Schatten.

»O Scheiße«, sagte Dannette überrascht. »Bist du etwa ein Bulle?«

»Hab dich ganz schön angeschmiert, was?«

»O Scheiße, Mann. Das glaub ich nicht. Ich bin grade erst aus dem Knast gekommen. Ich hätte schwören können, du wärst auch so ein Arschloch aus Jersey.«

Zufrieden mit dieser Sichtweise seiner Leistung, nickte der Beamte der Sittenpolizei seiner Kollegin zu. »Bring sie in den Wagen und fahrt mit ihnen nach Downtown.«

Die stämmige Polizistin packte Dannette am Arm, führte sie um die Ecke, wo ein ziviles Polizeifahrzeug, ein Dodge Caravan, stand, und half ihr beim Einsteigen. Zwei gelangweilte, schwitzende Prostituierte warteten schon darin.

»O Mann, die machen echt 'ne Angeltour«, schimpfte Dannette. »Haben sie denn nichts Besseres mit ihrer Zeit zu tun? Habt ihr echt nichts Besseres zu tun?«

»Wir bringen euch in zehn, fünfzehn Minuten nach Downtown«, sagte die Polizistin. »Ich sage Bescheid, dass sie die Klimaanlage anstellen, sobald wir losfahren. He, was ist denn so lustig?«

Aber Dannette brachte vor lauter Lachen kein Wort mehr heraus.

Er schwitzte immer mehr. Und wie seine armen Hände zitterten.

Oh, Mama, can this really be the end?

Sonny ging über den Bauplatz gegenüber des abgebrannten Wohnhauses auf der Sechsunddreißigsten Straße, das, wie er feststellte, ziemlich schnell zu einem seiner Lieblingsjobs in seiner ganzen Karriere geworden war. Ein Job mit Auszeichnung. Trotz Pellam, diesem schwuchteligen Joe-Buck-Asphalt-Cowboy. Oder vielleicht sogar *wegen* ihm.

To be stuck inside of Mobile with the Memphis blues again…

Sonny blieb stehen und hielt Ausschau nach Pellam. Nichts zu sehen von ihm. Er lauschte der Musik in seinem Kopf, dachte an seine Mutter, die seit fünf Jahren tot war. Dachte daran, wie sie durchs Haus gegangen war, Bob Dylan auf diesem Ding gehört hatte, auf diesem Plattenteller. So viele Platten hatte sie gehabt! LPs. Lustige, verkratzte Dinger, auf denen die Nadel nervös hüpfte. Wenn man sie verbrannte, schmolzen sie zu komischen Figuren. Seine Mutter hatte Dylan, Dylan und immer wieder Dylan gehört, die ganze Nacht über, einen Monat nach dem anderen.

Einen Moment lang hörte er tatsächlich die Musik, dachte, seine Mutter sei wieder da. Er wirbelte herum. Nein, sie war nicht da. Er sah nur Arbeiter, gelbe Schutzhelme, Stapel von Gipsplatten.

Tanks mit Diesel, Benzin und Propangas. Hübsch…

Er ging weiter Richtung Osten bis zur Achten Avenue zu einem Gitter über dem U-Bahn-Schacht, wo er sich hinter ein paar kleinen Mülltonnen zusammenkauerte und mit zitternden Händen den Schweiß von seiner Stirn wischte.

Can this really be the end?…

Noch nicht, so schnell noch nicht. Aber das Ende zeichnete sich schon ab. Der Moment seines Todes nahte, und Sonny wusste es. Während die meisten Menschen eine Vision davon hatten, wie ihr Leben aussehen könnte – so egoistisch diese Visionen waren, so falsch erwiesen sie sich letzten Endes auch –, war Sonny besessen von der Vision seines *Todes*.

Er spürte, dass es ihn Christus ähnlich machte. Unser Retter, geboren, um zu sterben. Unser Fleisch, unser Blut, die Minuten auf dem Weg nach Golgatha zählend. Er ähnelte ja tatsächlich Jesus, zumindest der Version aus dem Film von Cecil B. DeMille, der vom Vatikan gebilligten Souvenirladen-Ausgabe: dünn, schmales Gesicht, büscheliger Kinnbart, langes blondes Haar, hypnotische blaue Augen.

Hey, das wird ja richtig dramatisch hier, dachte Sonny. Aber wenn man Feuer liebt, können die Gedanken ganz schnell apokalyptisch werden.

Das Bild seines Todes war kompliziert und wurde, seit er ein kleiner Junge war, immer konkreter. Schlaflos hatte er im stillen Haus seiner Mutter gelegen, manchmal in ihren stillen, manchmal in ihren ruhelosen Armen, und es sich ausgemalt, ausgeschmückt, bearbeitet. Er befand sich in einem großen Raum, umgeben von Tausenden von Menschen, die sich in Todesangst krümmten, während der wunderbare Saft, sein klebriges Gebräu, literweise auf sie herabfloss. Er stand mittendrin in diesem Chaos, hörte ihre Schreie, roch ihr verbranntes Fleisch, beobachtete sie in ihrer Todesangst, während das immaterielle, aber nicht zu leugnende Feuer ihr Haar, ihre Leisten, ihre Brüste und ihre Fingerspitzen streichelte. Und er würde sich an seinen Feind klammern – den Antichristen, ein Wesen, das auf die Erde gekommen war, um Sonny zu holen. Ruhig, groß, in Schwarz gekleidet.

Genau wie Pellam.

Er stellte sich vor, wie sie beide aneinander gekettet waren, umgeben von der glühenden Flüssigkeit. Die starken, schwitzenden Körper aneinander gepresst, während ihnen die Flammen ihre Kleidung auszogen, dann ihre Haut und ihr Blut miteinander vermischten. Sie beide und Tausende andere, ein volles Theater auf dem Broadway, ein Stadion, die Aula einer Schule.

Sonny war voller Energie und zielbewusst. Er musste der Welt von der bevorstehenden Feuersbrunst erzählen.

Und das tat er auch. Auf seine besondere Art.

Als die U-Bahn ratternd in die Haltestelle einfuhr und quietschend unter ihm zum Stehen kam, sah er sich um und goss den Kanister mit sieben Liter Saft in den Lüftungsschacht. Anschließend warf er eine dieser neumodischen Geburtstagskerzen hinterher – eine in der Art, die man nicht ausblasen kann –, die er in Modellierton gesteckt hatte.

Mit einem gedämpften »Wusch« floss die brennende Flüssigkeit durch die Entlüftungsöffnungen der Waggons ins Innere.

»*Happy Birthday to you*«, sang er, bereute aber sogleich seine Leichtfertigkeit, war er doch mit wichtigeren Dingen beschäftigt. Er erhob sich und ging langsam, zögernd weiter. Es tat ihm Leid, dass er nicht länger bleiben und den Schreien lauschen konnte, die durch den schwarzen Rauch nach oben drangen. Die Schreie derjenigen, die unter der Erde, unter seinen Füßen, starben.

Mama, can this really be the end…

Die Sirenen schienen aus allen Richtungen zu kommen. Sie klangen grob, aufdringlich, hoffnungslos. Doch Sonny dachte, dass der ganze Wirbel sinnlos war. Er war ja erst am Anfang; bis jetzt hatte die Stadt noch gar nichts erlebt.

... Elf

Hatake Imaham hielt Hof im Frauengefängnis.

»Hört mir mal alle zu,« sagte sie zu den jungen Frauen, die sich um sie scharten. »Kauft den Scheiß bloß nicht. Jalapenwurzeln? Öl von schwarzen Fledermäusen, Magnete, Liebeskerzen? Das ist doch alles nur Mist, nichts als Dreck, den euch irgendwelche Kerle andrehen wollen, um euch das Geld aus der Tasche zu ziehen. Ihr solltet es besser wissen.«

Ettie Washington hörte vom anderen Ende der Zelle mit halbem Ohr zu. Sie hatte jetzt mehr Schmerzen als direkt nach dem Brand. Das Pochen im Arm strahlte bis in den Kiefer aus. Auch ihr Knöchel tat weh. Die Kopfschmerzen brachten sie fast um den Verstand. Sie hatte noch einmal versucht, Schmerzmittel zu bekommen, aber die Aufseherinnen hatten sie bloß angestarrt, wie sie es manchmal bei Mäusen tun, die über den Boden huschten.

»Aber es funktioniert,« erwidert eine dünne Frau. »Einmal hat mein Alter was gedreht, und das war…«

»Jetzt hör mir mal gut zu. Wenn du das zweite Gesicht hast, brauchst du keine Öle, Kerzen oder Wurzeln. Und wenn du das zweite Gesicht nicht hast, kannst du damit sowieso nichts anfangen. Bringt meinem Altar ein Opfer, gib ein paar Pennys für Damballah. Mehr kannst du nicht tun. Die meisten Mambos und Houngnans in New York wollen nur das eine – Geld.« Ihre Stimme wurde schriller. »Was ist mit dir, Mrs. Washington? Glaubst du an Damballah?«

»An wen?«

»An den Schlangengott? Santeria, Voodoo?«

»Eigentlich nicht, nein, ich glaube nicht daran,« antwortete Ettie. Ihr war nicht nach Erklärungen zumute, dass ihre Großmutter Ledbetter, Gott schütze ihre Seele, mit ihren grimmigen Predigten, dieser Mischung aus Katholizismus und baptistischen Dogmen, einfach jede Spur von Religion aus Ettie herausgequetscht hatte. Wenn Ettie so darüber nachdachte, unterschieden sich diese Reden auch nicht wesentlich von den Spinnereien, die Hatake von sich gab. Weihrauch und Weihwasser statt Jalapenwurzeln.

Hatake zupfte an ihren verwaisten, durchstochenen Ohrläppchen und fuhr fort zu erläutern, warum Männer anziehende Zaubersprüche und Öle zur Abwehr gegen das Gesetz Unsinn seien. Es komme darauf an, was in ihren Herzen vorgehe, fuhr sie fort. Etties Gedanken gingen auf Wanderschaft und begannen, erneut um John Pellam zu kreisen. Sie fragte sich, wann er sie wieder besuchen würde. Und ob überhaupt. Dieser Kerl sollte jetzt schon einige hundert Meilen von hier entfernt sein. Warum, zum Teufel, hilft er ihr nur? Mit Schrecken dachte sie daran, dass er beinahe vom Feuer eingeschlossen worden war. Den kleinen Juan Torres konnte sie auch nicht vergessen und schickte ein Gebet einer Ungläubigen für den Jungen auf den Weg.

Dann ein Geräusch vorne in der Zelle. Das Klirren von Metall auf Metall. Einige der Frauen begrüßten lautstark eine Neue.

»He, Kleine. Bist du nicht erst gestern rausgekommen? Haben sie deinen Arsch wieder so schnell hopps genommen?«

»Mann, eh, Dannette, du hast wirklich Pech. Ich bleib lieber weg von dir.«

Ettie schaute auf die junge Frau mit dem vernarbten Gesicht und dem schönen Körper, wie sie unsicher die große Zelle betrat. Sie war eine der Prostituierten, die erst gestern entlassen worden waren. So schnell wieder hier? Ettie lächelte sie an, aber die Frau reagierte nicht.

Danette ging zu dem Kreis von Frauen um Hatake Imaham, die Danette mit einem Kopfnicken begrüßte. »He, Kleine. Schön, dich zu sehen.«

Das hörte sich ein bisschen eigenartig an, als hätte Hatake sie bereits erwartet.

Dann machte sie weiter mit ihrem Voodoo-Unterricht, sprach über Damballah, dem höchsten Gott in der Voodoo-Hierarchie. Ettie wusste ein bisschen darüber Bescheid, weil sich ihre Schwester vor ein paar Jahren mit diesem Blödsinn beschäftigt hatte. Dann schwieg Hatake, und die Frauen fingen an, untereinander zu reden – sehr leise. Eine oder zwei von ihnen sahen zu Ettie herüber, weihten sie jedoch nicht in ihre Gespräche ein. Das war auch gut so. Sie war dankbar für die Stille und für ein paar Minuten Frieden. Sie musste über vieles nachdenken, und Gott – oder auch Damballah, dachte sie, still in sich hineingrinsend – wusste, dass sie ohnehin nur wenige friedliche Augenblicke fand.

Es war nur so ein Gefühl. Jemand beobachtete ihn.

Pellam stand am Bordstein vor Etties Haus und verschwendete gerade seine Zeit damit, von Amnesie befallene Bauarbeiter darüber zu befragen, ob sie sich, als das Feuer ausbrach, in der Gasse befunden hätten oder wüssten, wer dort gewesen sei.

Er drehte sich abrupt herum. Yep, das war's. Etwa fünfzehn Meter entfernt parkte eine glitzernde, lange Limousine auf der Baustelle unter der Plakatwand, auf die ein Künstler als Blickfang seine Vision des fertigen Gebäudes aufgemalt hatte. Pellam hatte schon viele solcher Plakatwände in der West Side gesehen; wer auch immer diese Dinger malte, ließ die Hochhäuser so anziehend aussehen – und genauso unecht wirken – wie die Frauen in den gezeichneten Dessous-Werbungen von Saks und Lord & Taylor, über die er immer wieder in den Zeitungen stolperte.

Pellam konzentrierte sich auf die Limousine. Die Fensterscheiben waren getönt, doch er konnte sehen, dass ihn jemand vom Rücksitz aus – ein Mann, wie es schien – beobachtete.

Pellam hob schnell seine Kamera auf die Schulter und richtete sie auf die Limousine. Nach einer Weile bewegte sich etwas auf dem Rücksitz. Der Fahrer gab Gas, und das lange Fahrzeug machte einen Satz auf die Fahrbahn. Es verschwand in Richtung des fischgrauen Hudson River.

Immer noch mit dem Blick durch die Kamera trat er vom Bürgersteig herab, übersah aber ein anderes Fahrzeug, das ihn beinahe überfahren hätte.

Als er die Bremsen quietschen hörte, sprang er herum, stolperte rückwärts über den Bordstein und fiel hin. Ein bisschen Haut an seinen Ellbogen musste daran glauben, weil er seine Betacam retten wollte, die im Moment mehr wert war als er.

Ein Mann war sofort zur Stelle – ein sehr großer Mann. Riesige Hände umfassten Pellams Arme wie mit einem Schraubstock, zogen ihn ruckartig auf die Beine und nahmen ihm die Kamera ab. Nicht einmal Zeit zu protestieren hatte er, als er schon auf den Rücksitz der Limousine geschleudert wurde. Zuerst dachte er, Jimmy Corcoran hätte herausgefunden, dass er nach ihm und seiner *crew* Ausschau hielt, und ein paar Jungs geschickt, um ihn zu suchen.

Bügelsägen… er wurde das Bild einfach nicht mehr los.

Doch es dauerte nicht lange, bis ihm klar wurde, dass diese Männer keine Gangmitglieder waren. Sie waren zwischen dreißig und fünfzig Jahre alt. Und trugen Anzüge.

Dann erinnerte er sich, wo er den Typen, der ihn gekrallt hatte, schon einmal gesehen hatte – der Muskelbepackte mit der glatten Babyhaut. So war er auch nicht mehr überrascht, als er sah, wer auf dem Vordersitz saß.

»Officer Lomax,« sagte Pellam.

Lomax' hünenhafter Stellvertreter kletterte auf den Fahrersitz und fuhr los.

»Ich bin kein Officer,« erwiderte Lomax.

»Ach, nein?«

»Hm-mh.«

»Wie soll ich Sie also nennen? Inspector? Fire Marshall? Entführer?«

»Ha. Vielleicht sollte ich Sie ja Witzbold nennen anstatt Glückspilz. Ist er nicht der Brüller?«, fragte Lomax, an seinem Stellvertreter gewandt. Der Ringer antwortete nicht.

Auch der andere Mann neben Pellam, ein knöchriger Polizist oder Marshall, ein kleines Würstchen, sagte kein Wort. Er schien Pellam nicht einmal wahrzunehmen und starrte nur aus dem Fenster.

»Wie geht's denn so?«, fragte Lomax. Um seinen Hals hing eine Kette mit einer Dienstmarke. Sie war aus Gold mit einem böse dreinblickenden Adler, der auf einem Nest thronte.

»Geht so.«

»Fahr ihn dahin, wo wir gerade herkommen«, sagte Lomax zu seinem Assistenten. »Wo uns niemand sieht.«

»Die Gasse?«

»Okay, die Gasse ist gut.«

Das alles klang wie einstudiert. Aber Pellam wollte bei diesem Einschüchterungsquatsch nicht mitspielen. Er verdrehte die Augen. Drei Polizisten – oder Fire Marshalls, was auch immer – würden ihn wohl nicht in einer versteckten Gasse abknallen.

»Wir würden gerne eines wissen,« sagte Lomax und blickte aus dem Fenster auf ein vor kurzem ausgebranntes Geschäft. »Nur eines. Wo finden wir dieses Stück Dreck, das die alte Dame angeheuert hat? Das ist alles. Nur das. Sagen Sie es uns. Sie haben ja keine Vorstellung davon, welchen Deal wir ihr dann anbieten werden.«

»Sie hat niemanden angeheuert und das Gebäude auch nicht abgefackelt. Sie vergeuden Ihre Zeit damit, sie für schuldig zu halten, während der wahre Gauner frei herumläuft.«

Das war ebenfalls eine Zeile aus einem seiner Filme. Im Skript las sie sich besser, als sie laut ausgesprochen klang. Vielleicht lag es ja an den Umständen.

Lomax schwieg für ein paar Minuten. Dann: »Wollen Sie wissen, welchen Unterschied es zwischen Männern und Frauen gibt? Frauen brechen leicht zusammen. Bei einem Mann muss man sich tagelang den Arsch aufreißen. Wenn man aber eine Frau vor sich hat, sie anschreit, fängt sie gleich an zu heulen und gibt alles zu – ja, ja, ich war's, aber bitte nicht schlagen, ich wollte es nicht, oder ich wusste nicht, dass jemand verletzt wird, oder mein Freund hat mich dazu angestiftet. Aber sie brechen immer zusammen.«

»Das werde ich gerne mit Gloria Steinem erörtern, wenn ich sie das nächste Mal treffe.«

»Und noch ein Witz. Es freut mich, dass Sie in einer solchen Situation noch lachen können. Sie sollten vielleicht besser zuhören, was ich sage. Ich habe vor, diese Frau zu brechen – so oder so. Es ist mir egal, wie. Tommy, habe ich was gesagt?«

»Ich habe nichts gehört«, leierte der Hüne herunter.

Der dürre Polizist neben Pellam, der Stille, beobachtete, wie einige Kinder einen Hydranten öffneten. Auch er schien nichts zu hören.

»Ich werde diesen verdammten Psychopathen aufhalten«, fuhr Lomax fort. »Und Sie können dafür sorgen, dass es Washington leichter hat, und eine Menge unschuldiger Leute dabei retten. Sie können mit ihr reden und – ah, ah, ah, keine Widerworte, Glückspilz. Erzähl ihm, was heute Morgen passiert ist, Tony.«

»Feuer in der U-Bahn auf der Achten Avenue.«

Lomax sah wieder zu Pellam hinüber. »Wie viele Verletzte, Tony?«

»Sechzehn«, leierte Tony herunter.

»Wie schwer?«

»Sehr schwer, Chef. Vier in kritischem Zustand. Einer wird wohl nicht überleben.«

Lomax schaute auf den Bürgersteig und sagte zum Fahrer: »Fahr hinten rum, ich will nicht gesehen werden.«

Sie sahen recht finster aus, und zwei von ihnen waren mindestens fünfzig Pfund schwerer als Pellam. Langsam dämmerte ihm, dass sie ihn vielleicht nicht umbringen würden, ihn jedoch windelweich schlagen könnten. Daran hätten sie wahrscheinlich auch noch Spaß. Und die Vierzigtausend-Dollar-Kamera zertrümmern, die ihm gar nicht gehörte.

»Wissen Sie, wie bei uns ein einfacher Fall bezeichnet wird? Einer mit Zeugen und handfesten Beweisen?«, fragte Lomax.

»Ein *groundball,*« soufflierte Tony.

»Wissen Sie, wie wir einen Fall bezeichnen, den wir nicht knacken können?«, fragte Lomax weiter, während er sich zu Pellam hinüberbeugte.

»Einen Regelverstoß?«, versuchte es Pellam.

»Wir nennen ihn ein Rätsel, Glückspilz. Und genau damit haben wir in diesem Fall zu tun – mit einem gigantischen, abgefuckten Rätsel. Wir wissen, dass die alte Dame den Typen angeheuert hat, finden aber keine Spuren. Und ich habe keine Ahnung, wie ich weiter vorgehen soll. Mir fällt nur ein, dass ich die alte Dame hart anfassen muss. Habe ich gerade was gesagt, Tony?«

»Sie haben gar nichts gesagt.«

»Und wenn das alles nicht klappt, Glückspilz, dann werde ich *Sie* hart anfassen.«

»Mich.«

»Sie. Sie waren im Gebäude, als das Feuer ausbrach, als sollten Sie als Alibi für die Washington dienen. Und jetzt laufen Sie durch die Gegend, befragen Zeugen und schnüffeln mit Ihrem Mordsapparat von Kamera rum. Sie haben viel mit der Polizei zu tun gehabt, das rieche ich förmlich. Ich glaube, dass Sie mehr von denen zu Gesicht bekommen haben, als Ihnen lieb war, oder? Also, bevor ich Washington und Sie durchprügele, will ich eine einfache Antwort auf eine einfache Frage: Was wollen Sie?«

»Ganz einfach: Sie haben die falsche Person verhaftet. Dass Sie das kapieren – das will ich.«

»Indem Sie Beweismittel vernichten und Zeugen einschüchtern? Die Ermittlungen vermasseln?«

Pellam starrte den Mann neben sich an. Ein bedauernswertes Bürschchen. Einer von der Sorte, die man für einen Buchhalter oder, wenn er bei der Polizei war, für einen vom Innendienst halten würde.

»Lassen Sie mich noch ein paar Fragen stellen«, bat Pellam. Der Marshall verzog das Gesicht, aber Pellam ließ sich nicht beirren. »Warum sollte Ettie ein ganzes Gebäude niederbrennen, wenn sie nur für ihre Wohnung eine Versicherung abgeschlossen hatte?«

»Weil sie einen abgefuckten Psychopathen angeheuert hat, der sich nicht unter Kontrolle hatte.«

»Nun, warum sollte sie überhaupt jemanden anheuern. Warum hätte sie nicht einfach einen Ölbrand vortäuschen sollen?«

»Zu verdächtig.«

»Jetzt ist es doch auch verdächtig.«

»Weniger verdächtig, als wenn sie nur ihre Wohnung abgefackelt hätte. Außerdem wusste sie nicht über die Betrugsdatenbank der Versicherung Bescheid.«

»Sie hat alles durch das Feuer verloren.«

»Was heißt ›alles‹? Der Sperrmüll und die alten Möbel, die höchstens noch tausend Piepen wert waren?«

Pellam ließ nicht locker. »Und ihre Fingerabdrücke? Was ist *damit*? Sie glauben, sie heuert einen Pyromanen an und gibt ihm eine Flasche mit *ihren* Fingerabdrücken? Und ist es nicht auch irgendwie merkwürdig, dass die Scherben der Flasche mit ihren Abdrücken nicht völlig zusammengeschmolzen sind?«

»Was müsste ich unseren Kameraden jetzt fragen, Tony?« Lomax wandte sich an seinen instruierten Stellvertreter. Der musste einen Moment überlegen, bevor er antwortete. »Ich würde mich fragen, wie *er* wissen konnte, dass wir ihre Fingerabdrücke auf der Flasche gefunden haben.«

»Nun?« Lomax zog eine Augenbraue hoch.

»Glückstreffer,« antwortete Pellam. »Ich mache meinem Name alle Ehre.«

»Hier abbiegen«, wies Lomax den Fahrer an. Das Fahrzeug glitt um die Kurve, hielt an. »Tony«, gab der Marshall das Stichwort.

Tony drehte sich um, und plötzlich spürte Pellam eine riesige Pistole an seiner Schläfe.

»O Gott…«

»Da wären noch ein paar Kleinigkeiten, die Sie wissen sollten, Pellam. Amerikanische Fire Marshalls sind keine Polizisten. Wir müssen uns an keine Polizeivorschriften halten. Wir können alle Waffen tragen, die wir wollen. Was hältst du da gerade für eine Waffe in der Hand, Tony?«

»Das ist eine achtunddreißiger Magnum. Ich habe sie mit Plus-P-Patronen geladen.«

»So können Sie unschuldige Leute besser am Arsch kriegen? Steckt das dahinter?«, wollte Pellam wissen.

Tony nahm die Waffe zur Seite. Pellam schüttelte lachend den Kopf. Er wusste, dass man ihn nicht zusammenschlagen würde. Beweise für einen tätlichen Angriff wären das Letzte, was die Jungs wollten. Tony sah zu Lomax, der die Schultern zuckte.

Die Waffe verschwand in Tonys Tasche. Er und Lomax stiegen vorne aus dem Wagen und wendeten sich ab.

Pellam überlegte. Ließ noch mal ihren Bluff Revue passieren, als die knochige Faust des dürren Mannes, die eine Rolle mit Vierteldollar- oder Zehn-Cent-Münzen umklammerte, Pellam direkt hinter dem Ohr traf. Schmerz jagte durch seinen Kopf.

»O Mann… verdammt!«

Noch ein Schlag. Pellams Gesicht prallte am Fenster ab. Draußen untersuchten Lomax und Tony einen Müllhaufen in der Gasse und nickten.

Noch bevor er die Hände vors Gesicht nehmen konnte, traf ihn ein weiterer heftiger Schlag des dürren Mannes. Gelbes Licht explodierte vor seinen Augen, der Schmerz, der immer stärker wurde, war befremdlich. Ihm kam der Gedanke, dass die Blutergüsse und Striemen durch sein Haar kaum zu sehen sein würden.

So viel zu den Beweisen.

Der Mann ließ die Rolle mit den Münzen in seine Tasche gleiten und lehnte sich zurück. Pellam wischte sich die Tränen aus dem Gesicht und drehte sich zu dem Mann. Ehe er etwas sagen oder gar ausholen und ihm das Kinn zertrümmern konnte, wurde die Tür geöffnet. Lomax und Tony zogen ihn heraus und ließen ihn auf dem Boden liegen.

Pellam fasste sich an den Kopf. Kein Blut. »Das werde ich nicht vergessen, Lomax.«

»Was vergessen?«

Tony schleifte Pellam die verlassene Gasse entlang.

Keine Zeugen – das war alles, woran Pellam denken konnte.

Lomax begleitete sie den halben Weg, etwa zehn Meter weit. Er gab Tony ein Zeichen, der Pellam, wie in Etties Zimmer im Krankenhaus, an die Wand presste.

Pellam zuckte zusammen. Lomax schob die Hände in die Taschen. »Seit zehn Jahren bin ich leitender Fire Marshall«, sagte er leise. »Ich habe schon eine Menge Pyromanen gesehen, doch der Typ, mit dem wir es hier zu tun haben, ist anders. Er ist die Inkarnation des Bösen. Er ist durchgedreht, und es wird noch schlimmer werden, bis wir ihn schnappen. Also, werden Sie uns helfen?«

»Sie hat ihn nicht angeheuert.«

»Okay. Wenn Sie es so wollen.«

Pellam ballte die Faust. Er war nicht bereit, kampflos aufzugeben. Sie würden ihn wahrscheinlich wegen Widerstand gegen die Staatsgewalt verhaften, aber wie es aussah, würden sie ihn ohnehin einsperren. Also, mach zuerst Tony fertig, brich ihm die Nase.

Doch dann wies Lomax Tony mit einem Kopfnicken an, Pellam loszulassen. Der riesige Kerl ging zum Fahrzeug zurück, wo der Dürre mit den Münzen gemütlich die *Post* las.

Lomax drehte sich zu Pellam, der gerade sein Gewicht ausbalancierte, um ihm eine zu verpassen.

Der Marshall zeigte jedoch nur auf eine graue Tür ohne Aufschrift. »Gehen Sie dort hinein, in den dritten Stock. Zimmer drei-dreizehn. Verstanden?«

»Wovon reden Sie?«

»Da rein.« Er wies mit einer Kopfbewegung auf die Tür. »Zimmer drei-dreizehn. Tun Sie's einfach. Jetzt gehen Sie mir endlich aus den Augen. Sie machen mich krank.«

Er tappte in den Aufzug und drückte auf den fettigen Plastikknopf mit der Nummer drei.

Das Gebäude war ein Krankenhaus. Dasjenige, in dem er behandelt und Ettie Washington verhaftet worden war.

Pellam ging die Korridore entlang und stieß auf das kleine Zimmer, das Lomax ihm genannt hatte.

Er blieb in der Tür stehen, achtete nicht auf das Paar, das im Zimmer stand. Er bemerkte die medizinische Spezialausrüstung nicht. Er sah auch die weiß gekleidete Schwester nicht, die ihn mit einer kurzen Kopfbewegung begrüßte. Nein, alles, was Pellam sah, war ein Bündel Bandagen – einen zwölfjährigen Jungen. Der kleine Juan Torres, der bei dem Brand in der Sechsunddreißigsten Straße West 458 am schwersten verletzt worden war.

Der Sohn des Mannes, der Jose Canseco kannte.

Pellam sah sich im Zimmer um, versuchte herauszufinden,

warum Lomax ihn hierher geschickt hatte. Aber er kam nicht darauf.

Pellams Mitleid war in zwei Hälften geteilt – die eine Hälfte für das Kind, die andere für Ettie Washington. Doch er fragte sich, ob nur er für beide Mitleid empfand. Für einen kurzen, aber schwierigen Moment ging er in sich – wenn Ettie schuldig war, dann ja, dann würde er der Einzige sein.

Denk nicht daran, ermahnte er sich. Sie ist unschuldig. Das weiß ich.

Und wieder fragte er sich, warum Lomax ihn hierher geschickt hatte.

»*La iglesia,*« sagte die Frau ruhig. »*El cura.*«

Eine weitere Schwester betrat schroff das Zimmer. Sie rempelte Pellam an, ging aber ohne Entschuldigung weiter und überreichte der Mutter einen kleinen weißen Pappbecher. Vielleicht war die Frau auch krank. Zuerst nahm Pellam an, dass sie ebenfalls beim Feuer verletzt worden war. Aber er erinnerte sich, dass sie aus eigener Kraft aus dem Haus gekommen war, hinter dem Feuerwehrmann, der ihren Sohn getragen hatte. Es war ihr gut gegangen, obwohl jetzt ihre Hände zitterten, sodass die beiden kleinen gelben Pillen aus dem Pappbecher fielen. Er bemerkte, dass etwas in diesem Zimmer anders war als in denjenigen, an denen er gerade vorbeigekommen war.

Was war es?

Etwas Sonderbares ging hier vor.

Ja, genau, das war es…

Der Monitor über dem Bett war dunkel. Die Schläuche waren vom Arm des Jungen abgenommen worden. Das Krankenblatt hing nicht mehr am Bettgestell.

Cura. Als Südkalifornier verstand Pellam ein bisschen Spanisch. Er erinnerte sich, dass das Wort Priester bedeutete.

Das Kind war tot.

Das war es, was Lomax ihm zeigen wollte.

Die Mutter des Jungen kümmerte sich nicht um die zu Boden gefallenen Pillen und lehnte sich an ihren Begleiter. Dieser drehte seinen Kopf mit den dichten, kurz geschnittenen Locken zu Pellam.

Mein Daddy kennt Jose Canseco. Doch, doch. Wirklich, das stimmt!

Die Schwester kam wieder an Pellam vorbei, dieses Mal mit einem leisen »Entschuldigung«.

Danach war der Raum still, oder beinahe still. Nur Rauschen war zu hören, ein undeutliches Zischen wie auf seiner Aufnahme von dem alten Otis Balm, nachdem er gerade gestorben war, oder auf seiner letzten Aufnahme von Ettie, als sie aufgestanden und zur Tür gegangen war und den leeren Sessel zurückgelassen hatte. Wie versteinert blieb Pellam in der Mitte des Zimmers stehen, unfähig, sein Beileid auszudrücken, unfähig zu beobachten und zu analysieren.

Erst einige Augenblicke später wurden ihm die Folgen dieses stillen Ereignisses klar – dass die Anklage gegen Ettie Washington nun auf Mord lauten würde.

... Zwölf

Es ging lebhaft zu im New York State Supreme Court, Abteilung Strafsachen.

John Pellam saß ganz hinten in dem schmuddeligen, überfüllten Gerichtssaal neben Nick Flanagan, dem Kautionsbürgen, den Louis Bailey aufgetrieben hatte. Er war ein rundlicher, weltverdrossener Mann mit schmutzigen Fingernägeln und pfeilschneller Auffassungsgabe, mit der er die verschiedenen Gewinnspannen an seinen Kautionsstellungen schneller ausrechnen konnte als Pellam mit seinem Taschenrechner.

Nach dem Tod des Jungen hatte Bailey seine Schätzung der

Kaution nach oben hin korrigiert – auf hunderttausend Dollar. Nach den üblichen Kautionsabsprachen hätte Ettie davon zehn Prozent an Bargeld oder Sicherheitsleistungen aufbringen müssen. Flanagan ließ sich widerwillig zu fünfeinhalb Prozent überreden, was entweder seinen wahren Charakter verriet oder, was eher wahrscheinlich war, dass er Rücksicht auf eine große und lästige Schuld nehmen musste, die er Bailey in kleinen Raten zurückzahlte.

Ettie Washington würde mit ihren Ersparnissen zur Kaution beitragen – neunhundert Dollar. Den Rest hatte Bailey dank einer seiner unsichtbaren Straßenkontakte in Form eines Darlehens aufgetrieben. Ettie ließ nicht zu, dass Pellam auch nur einen Penny beisteuerte, abgesehen davon, dass er ohnehin nicht viel zur Verfügung gehabt hätte.

Pellam war beeindruckt, wie Bailey seine Geschäfte koordiniert hatte, doch er fragte sich, ob die Fähigkeiten des Anwalts in einem Gerichtssaal seiner Geschicklichkeit gleichkamen, die er in Kneipen, bei Gerichtsbeamten und in Urkundenabteilungen an den Tag legte.

Bailey hatte auch den Bericht des Schriftsachverständigen erhalten, der aber nichts Gutes verhieß. Schleimbeutelentzündungen und Anfälle von Arthritis ließen Etties Handschrift sehr unterschiedlich ausfallen. »Man kann davon ausgehen«, so der Bericht, »dass die Unterschrift eher von der Angeklagten Washington als von jemandem anderen stammt.«

Pellam beobachtete die stellvertretende Staatsanwältin Lois Koepel, eine junge Frau mit kantigem Unterkiefer, kleinem Mund und wirren Locken, die ganz und gar nicht zu einer Staatsanwältin passen wollten. Sie wirkte selbstsicher, spröde und viel zu jung, um mit einem Mordfall umzugehen.

»Das Volk des Staates New York gegen Etta Wilkes Washington«, brummte der Gerichtsdiener.

Bailey und, von ihm gedrängt auch Ettie, erhoben sich. Sein Blick war nach oben gerichtet, ihrer nach unten. Der ältliche

Richter hatte sich gelangweilt zurückgelehnt und seine Fingerspitzen an die Schläfe gelegt, die von einer hervorstehenden, selbst aus dem hinteren Bereich des Gerichtssaals sichtbaren Vene verunstaltet wurde.

»Wir haben die Klage abgeändert, Euer Ehren.«

Der Richter drehte seinen Kopf zu Lois Koepel. »Der Junge ist gestorben?«

»Genau, Euer Ehren.« Kein einziges S in dem Satz, trotzdem noch klang ihre Stimme extrem schrill.

Der Richter überflog die Blätter vor sich. »Ms. Washington«, leierte er herunter. »Sie sind angeklagt wegen Totschlags, fahrlässiger Tötung, vorsätzlicher Brandstiftung, fahrlässiger Brandstiftung, vorsätzlicher Körperverletzung, vorsätzlicher krimineller Gefährdung und fahrlässiger krimineller Gefährdung. Verstehen Sie diese Anklagepunkte?«

»Ich habe niemanden getötet«, rief Ettie Washington laut und mit sicherer Stimme, womit sie die Besucher in den ersten Reihen erschreckte. »Ich war es nicht!«

»Euer Ehren!«, bellte die stellvertretende Staatsanwältin.

Der Richter brachte sie mit einem Wink zum Schweigen. »Ms. Washington, die Anklagepunkte wurden Ihnen doch erklärt, oder?«

»Ja, klar.«

»Was haben Sie gegen die einzelnen Punkte anzuführen?«

Ohne überstürzt zu wirken, sagte sie: »Nicht schuldig, Euer Ehren.«

»Gut. Wie hoch sind die Kautionsforderungen der Staatsanwaltschaft?«

»Euer Ehren, die Staatsanwaltschaft fordert, dass Ms. Washington in diesem Fall nicht auf Kaution freigesetzt wird.«

»Euer Ehren«, meldete sich Bailey brummend zu Wort. »Meine Mandantin ist eine schwer verletzte, zweiundsiebzigjährige Frau ohne finanzielle Mittel und Reisepass. Sie wird nirgendwohin abhauen.«

»Sie wird wegen Mord und Brandstiftung angeklagt«, kläffte Lois Koepel.

»Ich hätte diesen Jungen doch niemals getötet!«, rief Ettie. »Nie im Leben!«

»Der Rechtsbeistand möchte doch bitte seine Mandantin anweisen…« Der Richter ließ sich gerade solange aus seiner Lethargie reißen, wie er brauchte, um seinen Befehl ebenso lethargisch loszuwerden.

»Hier wird eine Frau angeklagt, die einen ausgeklügelten Plan umgesetzt hat, um eine Versicherungsgesellschaft zu betrügen; sie hat vorsätzlich gehandelt und für ihre Zwecke einen professionellen Brandstifter engagiert.«

»Haben Sie *diesen* Menschen auch in Gewahrsam genommen?«

»Das haben wir nicht, Euer Ehren. Es handelt sich um den Mann, den wir für eine Reihe von anderen Brandstiftungen verantwortlich machen, die in New York mit der Folge zahlreicher Toter und Schwerverletzter erfolgt sind. Die Handlungen des Täters scheinen von einer Art Zerstörungswut beherrscht zu werden. Ich bin sicher, Euer Ehren haben davon in der Zeitung gelesen.«

»*Die* Brandstiftungen?«

»Ja, Sir.«

»Euer Ehren«, schaltete sich Bailey entsetzt ein.

»Ruhe, Herr Anwalt.« Der Richter zog seine Augenbrauen zusammen, das äußerste Zeichen einer Gefühlsregung, das er bis jetzt gezeigt hatte.

»Es gab drei Brände in zwei Tagen. Der letzte war in der U-Bahn, und kurz bevor ich hier in den Gerichtssaal gekommen bin, habe ich von einem weiteren Feuer gehört.«

Bailey drehte sich langsam zu Pellam. *Noch* ein Brand?

»In einem Geschäft auf der Achten Avenue«, fuhr Koepel fort.

»Was ist passiert?«, fragte der Richter.

»Wieder dieses selbst gebastelte Napalm«, erklärte Koepel. »In einem Damenbekleidungsgeschäft. Eine Angestellte stand zufällig neben dem Feuerlöscher, als es passierte. Sie hat das Feuer gelöscht, bevor es großen Schaden anrichten konnte. Ansonsten hätte es zu einem wahren Drama ausarten können.« Die stellvertretende Staatsanwältin fiel aus der Rolle, so aufgeregt war sie. »Herr Richter, die Polizei weiß einfach nicht, was sie tun soll. Sie wissen nicht, wo sie diesen Halunken suchen sollen. Es gibt keine Zeugen. Er fängt einfach irgendwo an, Feuer zu legen. Und, offen gesagt, jeder in der West Side hat höllische Angst.«

»Euer Ehren«, meldete sich Bailey wie ein melodramatischer Schauspieler zu Wort, »das sind doch nur wilde Spekulationen. Und? Wir haben August. Es ist heiß, die Menschen sind gereizt...«

»Danke für Ihren Wetterbericht, Mr. Bailey. Worauf wollen Sie hinaus?«

»Nachahmungskriminalität.«

»Frau Staatsanwältin?« Mit hochgezogener Augenbraue blickte der Richter zu Lois Koepel.

»Unwahrscheinlich. Die Mischung, die er für seine Brandbombe verwendet, ist ungewöhnlich. Sie ist wie ein Fingerabdruck von diesem speziellen Brandstifter. Die Presse war sehr kooperativ und hat die genauen Substanzen nicht erwähnt. Wir sind sicher, dass derselbe Täter dahinter steckt. Die Angeklagte war völlig unkooperativ bei seiner Identifizierung, und...«

»Sie ist unkooperativ, weil sie nicht weiß, wer es war«, sagte Bailey als Echo zu Pellams Gedanken.

»Es handelt sich, wie ich schon gesagt habe, um einen ausgeklügelten Plan zu einem abscheulichen Verbrechen, das zum Tod eines Kindes geführt hat. Und im Licht ihrer Vorstrafen wegen Betrugs haben wir...«

»Was?«, fragte Bailey dazwischen.

»Erheben Sie Einspruch, Mr. Bailey?«

»Nein, Euer Ehren, ich erhebe keinen Einspruch.«

»Ein Einspruch wäre nämlich fehl am Platz. Es gibt keine Geschworenen hier, und wir sind nicht bei der Beweisaufnahme.«

»Ich erhebe keinen Einspruch. Welche Vorstrafen?« Er sah zu Ettie, die schweigend ihren Blick gesenkt hielt.

Pellam lehnte sich vor.

»Nun, Ms. Washingtons Verurteilung wegen Betrug und Erpressung vor sechs Jahren. Es gab in diesem Fall auch eine Anklage wegen Brandstiftung, Euer Ehren.«

Sie ist *vorbestraft*? Anklage wegen Brandstiftung? Pellams Gedächtnis spulte sich durch die vielen Gespräche mit Ettie. In den Interviews war dies nie ein Thema gewesen. Nicht einmal einen Hinweis hatte sie gegeben. Erregt rieb er Daumen und Zeigefinger aneinander.

Bailey drehte sich zu Ettie, die ihren Blick stur nach unten gerichtet hielt. »Es ist das erste Mal, dass ich davon höre, Euer Ehren.« Er flüsterte Ettie zu, die schweigend den Kopf schüttelte.

»Das ist nicht das Problem der Staatsanwaltschaft«, war Koepels Kommentar.

»Das stimmt, Mr. Bailey«, meinte der Richter. Seine Vene an der geröteten Schläfe schien ihren Verlauf zu ändern. Er wollte sich den anderen Fällen auf seinem Terminplan zuwenden. »Ihre Kenntnisse von der Geschichte Ihrer Mandantin sind hier kaum von Bedeutung. Können wir die Sache zu Ende bringen?«

»Die Staatsanwaltschaft beantragt, die Verdächtige nicht auf Kaution freizulassen«, zischte Koepel.

Der Richter lehnte sich auf seinem hohen schwarzen Stuhl zurück. »Kautionsantrag abgelehnt.« Der Schlag mit seinem Hammer klang wie ein Pistolenschuss.

»Wir wurden ausgetrickst.«

Louis Bailey stand neben Pellam auf dem Bürgersteig vor dem Gerichtsgebäude. Ein seltsamer, saurer Geruch lag in der heißen Augustluft.

Abwesend betrachtete der Anwalt seine Füße. Sein marineblauer Socken hatte ein Loch, doch der Grüne war fast neu. »Das hätte ich ahnen müssen. Die Koepel hat uns reingelegt. Sie hat an ihrem Antrag auf Verschiebung der Anklageerhebung festgehalten. Sie hat angedeutet, dass sie eher geneigt sei, mit ihrer Kautionsforderung runterzugehen, wenn ich der Verschiebung zustimme.«

Pellam nickte. »Technisch gesehen, eine legale Strategie, die man Lügen nennt.«

»Ach, das kenne ich schon. Das Üble ist nur, dass sie den Termin so lange verschoben hat, bis der Junge gestorben ist. Damit hatte sie bei ihrem Antrag auf Ablehnung der Kautionsstellung bessere Karten.«

Unsere Staatsdiener, dachte Pellam. Gott schütze sie. »Sie wussten über ihre Vorstrafen nicht Bescheid?«, fragte er.

»Nein. Die hat sie nie erwähnt.«

»Für mich war das auch neu. Wie gravierend ist es?«

»Nun, in ihrem Verfahren kann die Angelegenheit nicht verwendet werden. Außer sie sagt als Zeugin aus, was ich aber nicht zulasse. Aber es ist einfach…«

»Beunruhigend«, murmelte Pellam.

Bailey suchte nach einem besseren Wort, begnügte sich aber mit dem Echo. »Beunruhigend.«

Beide blickten auf die andere Straßenseite zum schwarzgrauen Bezirksgericht. Sie beobachteten eine Diskussion zwischen einem Anwalt mit scharfkantigem Gesicht und in schwarzem Anzug und seinem traurig aussehenden, sprachlosen Mandanten. Und wie es der Zufall so wollte, hatte Pellam den Anwalt ins Visier genommen, Bailey dessen Mandanten. Zwei Justizwachtmeister setzen sich in ihre Nähe, um ihre kalten Nudeln mit Sesamsauce zu essen. Das Gericht lag drei Blocks von Chinatown entfernt. Daher der Geruch, dachte Pellam – zu oft verwendetes Pflanzenöl.

»Ich mache mir Sorgen um Ettie, Louis. Können Sie ihr Hafterleichterung verschaffen?«

»Niemand wird mir einen Gefallen tun, solange der Pyromane nicht gefasst ist.«

Pellam tippte auf seine Brieftasche.

»Ich habe keine Kontakte zur Vollzugsabteilung. Wenn, dann muss ich den altmodischen Weg gehen. Einen Antrag stellen. Mit einer Einwendung gegen die gerichtlichen Maßnahmen vorgehen.«

»Können Sie das tun?«

»Ich glaube nicht, dass sie darauf eingehen, aber ich kann es versuchen.« Er beobachtete einen großen Schwarm Tauben, die sich über den Rest eines Hotdog-Brötchens hermachten, den ein Geschäftsmann auf den Boden geworfen hatte.

»Klären Sie mich auf«, verlangte Bailey.

Pellam hob nur eine Augenbraue.

»Die Sache mit der Kaution hat sie getroffen, oder? Sie waren ziemlich schockiert.«

»Ich wollte, dass sie nicht mehr ins Gefängnis muss«, erklärte Pellam.

»Ich auch, aber das ist nicht das Ende der Welt.« Nach einer Pause fragte er: »Was soll das eigentlich?«

»Was?«

»Ich würde gerne wissen, was Sie hier machen, Pellam«, sagte Bailey.

»Sie sitzt als Unschuldige im Gefängnis.«

»Das tun, sagen wir, zwanzig Prozent da drin«, erwiderte Bailey und nickte in Richtung des Gefängnisses. »Auch das ist nichts Neues für mich. Warum spielen Sie Detektiv? An was sind Sie interessiert?«

Pellam blickte quer über die belebte Centre Street. Gerichte, Regierungsgebäude… die Gerechtigkeit bei der Arbeit. Er dachte an einen Ameisenhaufen. »Wenn sie im Knast landet, ist mein Film wertlos«, antwortete er schließlich. »Drei Monate Arbeit für den Arsch. Und ich stehe wahrscheinlich mit dreißig-, vierzigtausend in den Miesen.«

Der Anwalt nickte. Pellam nahm an, dass dieses wirtschaftliche Motiv bei Bailey nicht allzu gut ankommen würde; er behauptete vielleicht, die Mühlen gut am Laufen halten zu können, aber er war auch ein Freund von Ettie. Doch Pellam war nicht bereit, dem Anwalt mehr zu dem Thema zu sagen.

»Ich werde mich an den Antrag auf Hafterleichterung machen«, sagte Bailey. »Wollen Sie mit zu mir ins Büro fahren?«

»Geht nicht. Ich muss jemanden wegen des Falls treffen.«

»Wen?«

»Den schlimmsten Menschen in der Stadt.«

Sieben Männer blickten ihn schweigend an.

Zigarettenasche auf T-Shirts. Lange Haare, dunkel vor Schmutz und Schweiß. Schwarze Ränder unter den zu langen Fingernägeln. Pellam fiel ein Wort aus seiner Jugend ein, mit dem damals, bei ihm zu Hause in Walt Whitman High in Simmons, New York, die Typen in schwarzen Lederjacken beschrieben worden waren: Pomadenheinis.

Eine junge Frau saß auf dem Schoß eines Mannes mit langem, knochigem Gesicht und langen, dünnen Armen. Er schlug ihr auf den strammen Hintern, sodass sie mit einem finsteren Blick aufsprang, sich ihre Tasche schnappte und schnell das Weite suchte.

Pellam blickte die sieben Männer einzeln an. Alle starrten sie zurück, obwohl nur einer – Lockenkopf, schmächtig, vom Aussehen her eher ein Affe – seinen Blick in einer Art erwiderte, die Hoffnung auf Ernst und Intelligenz gab.

Pellam hatte es sich bereits abgeschminkt, an der Bar irgendetwas bestellen zu wollen. Er wusste, dass es nur eine Möglichkeit gab, mit der Sache fertig zu werden, weswegen er den Kerl mit dem langen Gesicht fragte: »Du bist Jimmy Corcoran?«

Die Antwort, mit der Pellam nicht gerechnet hatte, war eine Gegenfrage, die ihn überraschte. »Du bist Ire?«

Das war er väterlicherseits tatsächlich. Aber woher wollte Corcoran das wissen? Pellam dachte, die Seite seiner Mutter sei stärker – eine Mischung, die laut Familienlegende auf Wild Bill Hickok zurückging, den schießwütigen Helden, der zum Bundesmarshal ernannt worden war. Zu dieser Linie gehörten auch Holländer und Engländer sowie Arapahoe oder Sioux.

»Teilweise«, antwortete Pellam.

»Ja, genau. Ich dachte, ich hätte es bemerkt.«

»Ich würde gerne mit dir reden.«

Auf dem Tisch standen sieben Schnapsgläser und eine Unmenge langhalsiger Bierflaschen, zu viele, um sie noch zählen zu können.

Corcoran nickte und winkte Pellam zu einem leeren Tisch in einer Ecke der Bar.

Pellam sah zum Barmann hinüber, der das Talent hatte, einen ganzen Raum zu überblicken, ohne einen einzigen Menschen darin zu sehen.

»Du bist kein Bulle«, sagte Corcoran, während er sich setzte. Es war keine Frage. »Das weiß ich. Es ist, als hätte ich einen sechsten Sinn dafür.«

»Nein, bin ich nicht.«

»Bushy«, rief Corcoran.

Einen Moment später tauchten eine Flasche Bushmills und zwei Gläser auf. In der anderen Ecke der Bar griffen sechs große Hände nach Bierflaschen, und sechs Stimmen setzten eine Unterhaltung fort, von der Pellam kein Wort verstand.

Corcoran schenkte ein. Es klang dumpf, als er mit Pellam anstieß. Dann kippten beide den Whisky.

»Also, du bist der Mann aus Hollywood. Der Filmemacher.«

Die Gerüchte hatten ihre Runden gedreht. Klar.

Corcoran grinste und kippte den nächsten Whisky. Mit seinen riesigen Fäusten, Daumen und Zeigefinger abgespreizt, klopfte er auf den Tisch wie auf eine Bodrhan-Trommel. Er hielt den Rhythmus hervorragend. »Also, woher kommst du?«, fragte er.

»East Village. Ich…«

»Woher aus *Irland* kommst du?«, hakte er nach.

»Ich wurde hier geboren«, erklärte Pellam. »Mein Vater stammt aus Dublin.«

Corcoran legte eine Trommelpause ein und runzelte übertrieben die Stirn. »Ich bin aus Londonderry. Weißt du, zu was uns beide das macht, dich und mich?«

»Zu Todfeinden. Wenn du also weißt, wer ich bin, weißt du auch, was ich will.«

»Todfeinde? Ein bisschen voreilig, was? Also, so genau weiß ich nicht, was du willst. Ich weiß nur, dass du hier einen Film drehst.«

»Man sagt, du weißt alles über Hell's Kitchen«, meinte Pellam.

Ein schwerer, stumpfsinnig wirkender Mann am Tisch in der Ecke blickte streitlustig zu Pellam herüber. Eine Pistole mit schwarzem Griff steckte in seinem Gürtel, die er mit seinen fetten Fingern knetete.

»Ich weiß, dass du der Chef einer Gang bist«, meinte Pellam.

Lachen von der anderen Seite der Bar.

»Eine Gang«, wiederholte Corcoran.

»Oder ist es ein Club?«

»Nein, es ist eine Gang. Wir stören uns nicht an dem Wort. Stimmt doch, Jungs, oder?«

»Yeah, Jimmy«, war die einzige Antwort.

Corcoran hantierte mit einer Metalldose herum, aus der er einen Pfriem Copenhagen herausholte und sich in den Mund schob, sein schauriges, fast deformiertes Pferdegesicht dabei aber noch mehr verzog. »Erzähl doch mal – was hältst denn du von Hell's Kitchen?«, fragte er Pellam.

In all den Monaten hier in New York hatte ihn von den etwa dreißig Menschen, die er interviewt hatte, niemand nach seiner Meinung zu Hell's Kitchen gefragt. Er musste kurz nachdenken. »Es ist das einzige Viertel, das ich kenne, in dem es besser, sicherer und sauberer wird, was die Alteingesessenen aber ums Verrecken nicht zu schätzen wissen.«

Corcoran nickte lächelnd. »Das hört sich verdammt gut an.« Nachdem er den Tisch mit zwei weiteren Schlägen bestraft hatte, schenkte er die Gläser wieder voll. »Trink noch was von diesem schwarz gebrannten Whisky.« Nachdenklich blickte er aus dem Fenster. »Der ist gut, Mann. Eines ist sicher: Hell's Kitchen ist nicht mehr das, was es mal war. Mein Vater war schon über vierzig, als er übers Wasser kam. ›Übers Wasser kommen‹ – so hat man dazu gesagt. War saumäßig schwierig damals, an Arbeit ranzukommen. Die Docks waren *der* Ort, wo man arbeitete. Heute ist das nur noch so'n Touristen-Scheiß. Aber damals kamen die großen Schiffe rein, mit Fracht und Passagieren. Aber um Arbeit zu kriegen, musste man die Bosse bezahlen. Ich meine, ausbezahlen. Ganz dicke. Mein Pa hat es nicht geschafft, Arbeit über die Gewerkschaft zu kriegen. Deswegen hat er als Tagelöhner gearbeitet. Er hat immer von den Unruhen geredet, von Belfast und Londonderry. Von dem ganzen Zeug – Politik, du weißt schon. Das geht mir am Arsch vorbei. War dein Pa Sinn Feiner, Republikaner? Oder war er Königstreuer?«

»Ich habe keine Ahnung.«

»Was hältst du von der Unabhängigkeit?«

»Steh ich voll dahinter. Ich halte mich von regelmäßiger Arbeit fern.«

Corcoran lachte. »Ich war mal im Kilmainhan-Gefängnis. Weißt du, wo das ist?«

»In Irland. Wo die Anführer des Oster-Aufstands gehängt wurden.«

»Es war komisch dort. Über den gleichen Boden zu gehen wie sie. Ich habe geheult. Ist mir egal, wenn ich das zugebe.« Corcoran lächelte schwach und schüttelte den Kopf. Ein Schluck von seinem Whisky, dann zuckte er auf seinem Stuhl ein Stück zurück.

Es war reiner Instinkt, mit dem Pellam seine Handgelenke rettete.

Corcoran sprang auf, schnappte sich einen Stuhl, holte weit aus und ließ ihn auf den Tisch krachen. Pellam konnte sich gerade noch an die Wand drücken.

»Du Arschloch!«, schrie er. »Verdammter Schwanzlutscher.«

Er rammte den Stuhl noch einmal gegen den Tisch. Zwei Beine zerbrachen an der eichenhölzernen Tischplatte mit einem Knall, der so laut war wie der Doppelschuss einer Pistole. Glas flog durch die Luft, rauchiger Whisky spritzte in alle Richtungen.

»Du kommst in *mein* Zuhause, um *mich* auszuspionieren…« Seine Worte gingen in seiner Wut fast unter. »Du willst meine verdammten Geheimnisse, du dreckiger Stümper…«

Pellam verschränkte die Arme. Bewegte sich nicht. Blickte ruhig in Corcorans Augen.

»Ach, Jimmy, jetzt komm schon«, rief jemand aus der anderen Ecke. Es war der Mann, den Pellam beim Eintreten bemerkt hatte, der Kleinste der Gang. Der Affenmensch.

»Jimmy…«

»Es ist der Schnaps, der aus ihm spricht«, meinte der Typ.

»Hören Sie, Mister, vielleicht ist es besser…«, begann ein anderer.

Doch Corcoran bemerkte sie gar nicht. »Du kommst in *mein* Zuhause, in mein Viertel und stellst Fragen über mich. Ich habe gehört, was du machst. Ich weiß es. Ich weiß alles. Meinst du, das stimmt nicht? Was für ein dummes Arschloch bist du eigentlich? So Ärsche wie du haben diesen Ort kaputt gemacht. *Ihr* habt uns Hell's Kitchen weggenommen. Wir waren zuerst hier, und ihr Ärsche kommt mit euren Kameras und glotzt uns an wie dämliche Insekten.«

Pellam erhob sich und klopfte sich die Splitter vom Hemd.

Corcoran zerbrach die restlichen Beine des Stuhls mit einem weiteren heftigen Schlag. »Was gibt dir das Recht dazu?«, schrie er, nach vorn gebeugt.

»Er wollte doch gar nichts, Jimmy«, versuchte ihn der Affenmensch zu beruhigen. »Ich bin sicher, er wollte nichts. Er hat nur ein paar Fragen gestellt, das war alles.«

»*Was gibt ihm das Recht dazu?*«, kreischte Corcoran und schleuderte den nächsten Stuhl durch die Bar. Der Mann hinter der Theke suchte verzweifelt nach Gläsern, die er noch polieren musste.

»Trink noch was«, forderte ihn jemand auf. »Beruhig dich.«

»Ich will kein Wort mehr von euch Schwanzlutschern hören!« Wie eine zuckende Schlange war Corcorans Pistole aufgetaucht.

Der Tisch fiel um. Alle schwiegen. Niemand bewegte sich. Es war, als wären ihre Körper mit dem Abzug verdrahtet.

»He, Jimmy, komm schon«, flüsterte der Affenmensch. »Setz dich hin. Mach keine Dummheiten.«

Corcoran hob ein Glas vom Boden auf, ging zur Bar und schnappte sich eine kleine Flasche. Das Glas knallte er vor Pellam auf den Tisch und goss es bis zum Rand mit Bushmills voll. »Er wird was mit mir trinken, und er wird sich bei mir entschuldigen«, knurrte er wütend. »Wenn er das macht, lass ich ihn ziehen.«

Pellam hob seine Hände und lächelte freundlich zum Barmann. »Gut. Machen Sie mir was Alkoholfreies.«

Genau wie in *Mein großer Freund Shane*. Alan Ladd bestellt eine Limo für Joey. Pellam hatte diesen Film geliebt. Zwanzigmal hatte er ihn gesehen. In der Schule wollten seine Freunde immer Mickey Mantle sein; Pellam hatte davon geträumt, der Regisseur zu sein, George Stevens.

»Was Alkoholfreies?«, flüsterte Corcoran.

»Pepsi. Nein, lieber Diät-Pepsi.«

Corcoran wirbelte herum und richtete die Waffe auf den erschreckten Barmann, der auf dem Weg zum Kühlschrank war.

»Untersteh dich! Diese Schwuchtel trinkt Whisky, und er …«

Blitzartig wirbelte Leder durch die Luft, und Corcoran lag auf dem Boden – Gesicht nach unten, rechter Arm nach oben gestreckt, Handgelenk und Pistole von Pellam umklammert.

Verdammt, das war nicht schlecht. Pellam war nicht sicher gewesen, ob er sich an den Bewegungsablauf erinnern würde. Aber die Sache war gelaufen wie geschmiert. Aus seiner Zeit als Stuntman vor fünfzehn Jahren, als er bei Dreharbeiten zu irgendeinem Indochina-Film Kampfszenen in Szene gesetzt hatte. Ein paar Kampfsporttricks des Stunt-Koordinators hatte er sich gemerkt.

Pellam zog dem Iren die Pistole aus der Hand und richtete sie auf die sechs erstarrten Schlägertypen. Corcorans Handgelenk ließ er nicht locker.

Niemand rührte sich.

»Arschloch«, keuchte Corcoran. Pellam drehte stärker. »Oh, Scheiße, du bist tot, Mann, du bist …«

Noch ein bisschen stärker.

»Schon gut, du Arsch, schon gut!«

Pellam ließ das Handgelenk los und drückte die Pistolenmündung gegen Corcorans Stirn.

»Was hast du bloß für ein dämliches Mundwerk!«, sagte Pellam. »Der König von Hell's Kitchen, hä? Du weißt alles?

Dann weißt du ja auch, dass ich dir fünfhundert Kröten anbieten werde, damit du herausfindest, wer das Haus auf der Sechsunddreißigsten Straße abgefackelt hat. *Das* war's, was ich wollte. Und was wird mir geboten? Ein lächerlicher Streit mit einem kleinen Hosenscheißer, der unbedingt mal in die Badewanne müsste.« Er richtete die Pistole auf den Affenmenschen, der seine Hände hob. »Würdest du mir jetzt bitte meine Pepsi bringen?«

Der Affenmensch zögerte, ging dann aber zur Bar, wo der korpulente, aber schon halb tot wirkende Barmann wieder aufgetaucht war. Er blickte in Corcorans rotes Gesicht. »Jetzt gib ihm schon seine dämliche Pepsi, du Arsch«, schnauzte dieser.

»Ich, äh… das Problem ist, dass wir keine haben«, stammelte der Barmann.

»Eine Coka tut's auch«, meinte Pellam und richtete seine Smith & Wesson auf den fetten Mann am Tisch. »Schmeiß dieses Ding da einfach auf den Boden.«

»Mach schon«, knurrte Corcoran.

Die Waffe landete auf dem Boden. Pellam kickte sie mit dem Fuß in eine Ecke.

»Wollten Sie eine Diät-Cola, Sir?«, fragte der Barmann mit zitternder Stimme.

»Egal.«

»Ja, Sir.« Der Barmann öffnete die Flasche, ließ sie beinahe fallen. Der Affenmensch hingegen hatte eine ruhige Hand, als er einschenkte und das Glas zu Pellam brachte.

»Danke.« Er trank die Cola in einem Zug, stellte das leere Glas auf den Tisch und ging rückwärts zur Tür. Mit der Serviette, die der Affenmensch mitgebracht hatte, wischte er sich übers Gesicht.

Corcoran stand auf und ging, den Rücken Pellam zugewandt, zu seinem Tisch zurück. Der schlaksige Ire setzte sich, schnappte sich ein Budweiser und begann so fröhlich drauflos zu plappern, wie er konnte. Die Bierflasche knallte er auf den Tisch, um seinen farbenfrohen Vortrag über den Osteraufstand, die Black 'n' Tans und den Hungerstreik von '81 zu unterstreichen – als ob Pellam schon weg wäre.

Pellam leerte die Pistole, warf die Patronen in den Eiswürfelbereiter unter der Bar und die Pistole in die Ecke zur anderen. Dann trat er hinaus in die glühende Hitze.

August in New York City, dachte er. O Mann.

... Dreizehn

Er wartete in dem hässlichen Betonpark gegenüber dem Javits Center.

Ob der Typ wohl auftaucht?, überlegte er.

Oder, fragte sich Pellam, um die Sache auf den Punkt zu bringen, wird er mich erschießen, wenn er kommt?

Er betrachtete diesen Teil von Hell's Kitchen, in dem nicht einmal die pralle Sonne die Trostlosigkeit vertreiben konnte. Hier im Tal zwischen dem Javits Center und dem grauen, weit in die Höhe ragenden Flugzeugträger – der *Intrepid*, die in ein schwimmendes Kriegsmuseum umfunktioniert worden war – bestanden die Häuserblocks aus stoppeligen Parzellen und einstöckigen Gebäuden, die schon vor langer Zeit verlassen worden oder ausgebrannt waren; Endstation für ausgeschlachtete Autos, Stacheldrahtzäune, Unkraut, alte Boiler und Fabrikmaschinen, die vor sich hin rosteten.

Nachdem er zehn Minuten lang wie hypnotisiert die Schiffe und Boote auf dem Hudson beobachtet hatte, hörte er eine vergnügliche Stimme: »He, du verrückter Penner.«

Er war also aufgetaucht.

Und keine Kugeln. Bis jetzt jedenfalls nicht.

Der Mann kam durch die flimmernde Luft auf ihn zu, die

vom Beton aufstieg. Trotz der Hitze trug er seine lange schwarze Lederjacke. Und immer noch sah er aus wie ein Affe.

Er steckte die Zigarette in den Mund und murmelte: »Jacko Drugh.«

»John Pellam.«

Sie schüttelten sich die Hände. »Du hast vielleicht Nerven, Pellam, mir direkt vor Jimmy C.s Nase das Zeichen zu geben.« Das sagte er mit dem Ungestüm eines geborenen Versagers.

Drugh war genau die Art von Fisch, für die er in der »488 Bar and Grill« die Leine ausgelegt hatte. Mit seinem Besuch dort wollte er keine Information *von* Jimmy Corcoran, der genau die kleine Ratte war, die er erwartet hatte, wenn auch noch etwas psychotischer. Nein, vielmehr suchte er jemanden, der ihn verpfeifen würde.

»Du hast ausgesehen, als könnte man dir trauen.«

Sprich: *Als könnte man dich kaufen*.

»Klar doch. Jacko kann man trauen. Bis zu einem Punkt, mein Lieber. Bis zu einem gewissen Punkt.«

Pellam warf ihm ein schwaches Lächeln zu. Und reichte ihm die fünfhundert Dollar, die sie in der Bar vereinbart hatten; Drugh hatte ihm eine feuchte Serviette mit dem Namen dieses Parks zugeschoben, als er ihm die Cola gebracht brachte.

Drugh steckte die Scheine ungesehen in die Tasche wie jemand, der, wenn überhaupt, nur selten betrogen wurde.

»Also, was ist mit deinem Boss?«, wollte Pellam wissen. »Wird er versuchen, mich umzubringen?«

»Weiß ich doch nicht. Normalerweise würdest du jetzt schon in vier Plastiktüten handlich verpackt im Hell Gate schwimmen. Aber in letzter Zeit zieht der alte J.C. Sachen ab, von denen keiner was weiß. Keine so wilden Sachen mehr. Und ich hab keine Ahnung, warum. Dachte zuerst, es ging um eine Tussi, aber Jimmy verliert normalerweise nicht den Kopf wegen einer Muschi. Wenigstens nicht wegen so eines Häschens mit viel Hintern wie diese Katie, mit der er unterwegs war. Also, ich tu's nicht. Vielleicht vergisst er dich ja. Hoffen wir's. Um deinetwillen. Wenn er dich kalt machen will, wird er es tun, darauf kannst du Gift nehmen. Du könntest den Staat New York verlassen. Das ist aber auch schon alles.«

Sie saßen auf einer Bank. Die Hitze ließ Pellams Rücken furchtbar jucken. Er beugte sich vor. Drugh drückte seine Zigarette aus und zündete sich sofort eine neue an.

»Dann bist du also derjenige, der den Laden schmeißt, richtig?«, stieß Pellam hervor.

Drugh zuckte die Schultern. »Manchmal.«

»Du bist um einiges cooler als er.«

Der gesenkte Blick und das Lächeln zeugten von beachtlichen Rebellionskämpfen in den Reihen. Pellam vermutete, dass einer der beiden – entweder Drugh oder Corcoran, die nächsten sechs Monate nicht überleben würde. Pellam kam zu dem Schluss, dass er sein Geld auf Corcoran setzen würde.

»Bei uns gibt's nicht so ein Zeug wie Kapos und Fußvolk. Trotzdem bin ich die Nummer zwei. Ich vertrete Jimmy oft. Vor allem, wenn er den Kopf verliert. Sein Bruder ist keine besondere Leuchte. Der Fahrstuhl hält eben nicht auf jedem Stockwerk.« Er dachte einen Moment nach, bis er fortfuhr. »Aber ich bin vorsichtig. Ich weiß, worum's geht. Jimmy ist ziemlich oft ein durchgeknalltes Arschloch. Ansonsten kümmert er sich aber um seine Leute. Und er hat verdammt viele Freunde.« Drugh sah Pellam an. »Du hast keinen Akzent. Bist kein Einwanderer.«

»Nein, ich bin hier geboren.«

»Kennst du *Emerald Underground*?«

»Nein.«

»Ein Buch von Michael Collins über illegale Einwanderer in New York. Da kommt also jemand von Irland hierher, und es gibt dieses Netzwerk von Leuten, die sich um die Neuen kümmern, bis sie Fuß gefasst haben. Jimmy, der hat eine

Menge für die getan. Er hat ihnen einen Job und eine Unterkunft besorgt, noch bevor sie den Flughafenzoll passiert haben. Hat die Männer am Bau, die Frauen in Bars oder Restaurants untergebracht. Wo man echt was verdient. Hat ihnen eine Heirat für die Aufenthaltsgenehmigung organisiert, ihnen Geld geliehen.«

»Und ein bisschen für sich abgezwackt.«

»Er ist schließlich Geschäftsmann, oder?«

Drugh starrte auf das schwarze Javits Center – funktional und kastenförmig, als hätte man vergessen, es auszupacken. Er lachte. Daraus wurde ein Husten, und als ob dies ein Wink mit dem Zaunpfahl wäre, steckte er sich die nächste Zigarette an. »Du drehst also tatsächlich einen Film?«

»Ja.«

»Ich habe noch nie einen Filmtyp persönlich gesehen. Ich mag Filme. Hast du *Im Vorhof der Hölle* gesehen?«

»Sean Penn und Cary Oldman. Ed Harris. Klasse Film.«

»Der war über *uns*,« erwiderte er stolz.

»Wer hat deine Rolle gespielt?« fragte Pellam zum Spaß. Der Film handelte von einer Gang in Hell's Kitchen, war aber fiktiv.

»Ein Typ, von dem ich noch nie gehört habe«, antwortete Drugh todernst.

Einen Moment herrschte Schweigen. Dann wussten beide, dass es genug war mit den freundlichen Floskeln. Zeit fürs Geschäft. Pellam redete mit leiser Stimme weiter. »Gut, zur Brandstiftung in der Sechsunddreißigsten Straße. Es gibt Gerüchte, dass Jimmy dahinter steckt.« Er wiederholte nur, was Hector Ramirez ihm erzählt hatte.

»Jimmy?«, fragte Drugh. »Wer hat dir den Mist erzählt? Nein. Er brennt keine alten Häuser ab.«

»Ich habe gehört, dass eine Zeugin dort gewohnt hatte. Jimmy wollte es ihr heimzahlen, weil sie gegen ihn ausgesagt hatte.«

Drugh nickte zwar, aber nur, weil er Pellams Worte ungeduldig abtat. »Ach, das? Du meinst, als Bobby Frink von Spear Driscoe in seine Grenzen gewiesen wurde? Diese Dingsbums, also diese Latino-Tussi, hat das Ganze beobachtet. Carmella Ramirez? Na ja, sie war tatsächlich dabei und hat ausgesagt. Aber Driscoe hat beim guten alten Black Jack so viel verloren, dass er sich Bobby Samstagabend direkt an der Ecke vor einem Laden vorgeknöpft hat. Es gab mindestens *zehn* Zeugen. Auch wenn die Ramirez nicht geredet hätte, wäre Spear nicht drumrum gekommen, im Knast von Attica zehn bis fünfzehn Jahre mit den Niggern zu spielen.«

Pellam warf einen Köder aus: »Ich habe aber gehört, dass Corcoran schon früher Hausbrände gelegt hat.«

»Klar. Aber nicht die alten Häuser. Nur die *neuen*. Das machen wir alle. Scheiße, das ist, als ob sie uns unser Zuhause wegnehmen. Was erwarten sie denn? Die Cubano Lords und wir haben dieses neue Bürogebäude in der Fünfzigsten Straße in die Luft gejagt.«

»Ramirez hat das getan?«

»Klar. Ungefähr das Einzige, worüber wir uns einig sind. Ich auch. Oh, Jacko macht echt tolle Mollies. Aber sieh mal, für mich ist das okay.« Das meinte Drugh im Ernst. »Früher gehörte uns die ganze West Side. Von der Dreiundzwanzigsten bis zur Siebenundfünfzigsten. Gehörte alles *uns*. Ich kann dir sagen, heute bleibt uns nichts mehr. Wir verteidigen nur noch unsere Wohnungen, mehr nicht. Gegen Latinos und Nigger und Immobilienscheißer. Leute, die östlich von der Achten kommen.« Drugh nahm einen langen Zug von seiner Zigarette. »Nee, nee, Jimmy hat das Teil nicht abgebrannt. Das weiß ich.«

»Wie kannst du da so sicher sein?«

»Jacko weiß das eben. Pass auf, Jimmy Corcoran hat da was am Laufen.«

»Was am Laufen.«

Drugh erklärte, dass Jimmy Corcoran und sein Bruder ein Grundstück gekauft hätten und an einem großen Geschäft beteiligt seien. »Mit irgendeiner Sache wollte er eine Million Dollar oder so verdienen. Deswegen würde Jimmy als Letztes die Aufmerksamkeit auf Hell's Kitchen ziehen, indem er ein paar Häuser abfackelt. J.C. hätte sicherlich jeden auf Eis gebettet, der im Viertel einen Brand gelegt hätte. Er und Tom – das ist sein Bruder – wollen nicht, na du weißt schon…« Ihm fehlten die Worte.

Pellam kam ihm zu Hilfe.

»Genau. Sie wollen nicht gestört werden.«

Pellam war geneigt, Drugh zu glauben. »Nehmen wir mal an, es war nicht Jimmy. Wer könnte es dann gewesen sein?«, wollte er wissen.

»Oh, hast du das nicht mitbekommen? Wo warst du? Sie haben eine alte Niggerin eingelocht.«

»Vergiss sie für einen Moment. Gibt es sonst noch Gerüchte?«

»Nun ja, man kriegt ein paar Sachen mit. Jacko hängt so rum, und Jacko hört auch so einiges.«

»Was, zum Beispiel?«

»Über diesen verrückten Typen. Für Geld brennt er alles ab – eine Kirche oder Schule, das ist ihm alles egal. Kinder, Frauen, kratzt ihn alles nicht. Der hing vor ein paar Wochen auf der Sechsunddreißigsten rum.«

Pellam nickte. »Ich habe schon von ihm gehört. Weißt du, wer er ist?«

»Keinen Schimmer.«

»Ich suche da auch noch einen Jungen«, sagte Pellam entmutigt. »Blond. Siebzehn, achtzehn. Ein Stricher. Nennt sich Alex, das ist aber nicht sein richtiger Name. Kommt er dir bekannt vor?«

»Das grenzt die Suche auf vielleicht Tausend ein.« Drugh kniff seine alten Augen zusammen und blickte hinüber zum flachen Horizont von Jersey. »Jetzt hör mal Jacko zu. Ramirez hat es getan. Hector, der Latino. Das garantiere ich dir.«

»Aber seine Tante hat dort gewohnt.«

»Ach, sie wollte vermutlich ausziehen. Oder wurde vor die Tür gesetzt, was wahrscheinlicher ist. Latinos zahlen nie ihre Miete. Das weiß doch jedes Kind. Ich wette, dass er schon was Besseres für sie gefunden hat.«

Er hatte Recht, wie Pellam aus seiner Erinnerung wusste. Ramirez hatte tatsächlich was gefunden.

»Ich weiß, dass er es war. Schau, Ramirez hat Johnny O'Neil verscheucht.«

»Wer ist das?«

»Ein Kerl, mit dem wir manchmal Geschäfte machen. Johnny vermietet Appartements in der Stadt und lagert ein paar Sachen dort.« Drughs Stimme wurde leiser. »Du weißt, wovon ich rede?«

»Bis zu dem Punkt, wo es um Wohnungsvermietung in der Stadt geht, kann ich dir folgen.«

»Psst, Mann. Kein Wort. Jacko zählt auf deine Ehre.«

»Gut.«

»O'Neil handelt mit Waffen, klar? Er hatte eine Wohnung in dem Haus da drüben.« Er zeigte in Richtung von Etties Mietshaus. »O ja, Mann. Ein richtig sicheres Haus.« Das sagte er so, als ob jeder New Yorker in so einem wohnen sollte.

Pellam erinnerte sich an die verbrannten Waffen, die bei der Untersuchung im Keller gefunden worden waren.

»Neulich hat Ramirez einen von O'Neils Lastwagen entführt und ihm eine Glock in den Rachen geschoben. Hat ihm gesagt, dass er die Waffen aus diesem Teil des Viertels verschwinden lassen soll.«

»Und was hat O'Neil geantwortet?«

»Was er geantwortet hat? ›Jawoll, Mr. Latino. Ich schaff sie sofort weg.‹ Was würdest du sagen, wenn eine Neun-Millimeter zwischen deine Beißerchen geschoben wird? Also, ich wette, dass Ramirez durch seine Tante von den Waffen erfahren hat. Er hat 'nen dicken Hals gekriegt und diesen unheimlichen Kerl beauftragt, das Haus dem Erdboden gleichzumachen.«

Pellam schüttelte den Kopf. Ramirez hatte ihm nur einen Teil der Geschichte erzählt. »Tust du mir einen Gefallen? Hörst du dich mal nach Alex um? Ich muss ihn finden.«

»Oh, Jacko wird die Augen für dich aufhalten. Ich hör mich um. Die Leute reden mit mir. Wenn ein bisschen was dabei rausspringt, kriegt Jacko die richtigen Antworten.«

Pellam griff wieder zu seiner Brieftasche.

Doch Drugh schüttelte nur den Kopf. Der junge Mann schien verlegen. »Nee, nee, das meinte ich nicht. Du hast mich bereits bezahlt. Ich meine, wenn du diesen Film drehst, kannst du mal an mich denken, machst du das? Ruf Jacko einfach an. Die, die diesen Film gedreht haben, *Im Vorhof der Hölle*, die hätten mich anrufen sollen. Ich meine, es sollte Gesetze geben dagegen, dass sie einen Film über dein Leben drehen, aber dich nicht einmal um deine Erlaubnis fragen. Ich meine, Scheiße ist das, ich will ja gar kein Filmstar werden oder so. Ich wollte nur in diesem verdammten Film mitspielen. Ich wäre gut gewesen. Das weiß ich genau.«

Pellam hatte Mühe, nicht zu lachen. »Wenn wir je ein Casting machen, werde ich dich anrufen, Jacko. Darauf kannst du Gift nehmen.«

Ettie Washington starrte aus dem Fenster der Frauenvollzugsanstalt.

Es befand sich weit über ihrem Kopf und war derart versifft, dass man kaum etwas sah. Doch das Licht spendete ihr Trost. Sie dachte an Eddie Doyle und erinnerte sich, wie gerne sie beide draußen gewesen und im Viertel spazieren gegangen waren, ihre Nachbarn mit einem »Hallo« begrüßt hatten. Ihr zweiter Mann, Harold Washington, hatte auch nie gerne in der Wohnung gesessen, obwohl er eher einer gewesen war, der die Dinge *aussaß*. Wenn er zu Hause und mehr oder weniger nüchtern gewesen war, hatte er mit ihr auf den Stufen gesessen und sich eine Flasche mit ihr geteilt. Seit Ettie allein lebte, wusste sie einen guten Schaukelstuhl und ein Fenster zu schätzen. Ein Vergnügen, das für immer verloren schien.

Sie dachte an die Fehler, die sie in ihrem Leben gemacht hatte. An Geheimnisse und Lügen. Einige davon waren schwerwiegend gewesen, andere nicht. Wie leicht doch die kleinen Missetaten zu großen werden konnten. Und wie leicht löste sich das Gute, das man zu tun versuchte, in Rauch auf.

Und sie stellte sich Pellams Gesicht vor, als diese Nutte im Gericht von ihrer Vorstrafe erzählt hatte. Würde Pellam sie wohl je wieder besuchen? Wahrscheinlich nicht. Warum sollte er auch? Oh, der Gedanke berührte sie tief. Aber sie empfand Schmerz, keine Überraschung. Die ganze Zeit hatte sie gewusst, dass er wieder aus ihrem Leben verschwinden würde. Er war ein Mann, und Männer verschwanden immer. Ganz egal, ob es die Väter, Brüder oder Ehemänner waren. Sie gingen einfach weg.

Sie hörte Schritte hinter sich.

»Wie geht's dir, Mutter?«, fragte Hatake Imaham scheinheilig. »Geht es dir gut?«

Ettie wandte sich um.

Einige der anderen Gefangenen standen hinter der großen Frau. Sie kamen alle langsam näher. Sechs standen noch am anderen Ende der Zelle und behielten den Flur im Auge. Ettie konnte sich nicht vorstellen, warum sich die Frauen in einer Reihe aufgestellt hatten. Dann war es ihr klar: Sie wollten vermeiden, dass die Wärter von draußen etwas sehen konnten.

Es lief ihr eiskalt den Rücken hinunter. Genau das gleiche Gefühl hatte sie damals gehabt, als zwei Polizisten an ihrer

Haustür aufgetaucht waren und mit grimmiger Mine gefragt hatten, ob Billy Washington ihr Sohn sei. Ob sie wohl eintreten könnten? Sie müssten ihr etwas mitteilen.

»Wie geht's dir?«, fragte Hatake mit ruhiger Stimme.

»Ganz gut, ja,« antwortete Ettie und ließ ihren Blick nervös von einer Frau zur anderen gleiten.

»Ich wette, es geht dir besser als dem Jungen, Mutter.«

»Welchem Jungen?«

»Der kleine Junge, den du ermordest hast. Juan Torres.«

»Das war ich nicht,« flüsterte Ettie. Sie wich zurück in Richtung Wand. »Nein, das war ich nicht.«

Wieder schaute sie zur Tür, die jedoch komplett verdeckt war von den Frauen.

»Ich weiß aber, dass du es warst, du Nutte. Du hast den kleinen Jungen ermordet.«

»Ich war es nicht!«

»Auge um Auge.« Die große Frau kam näher. In der Hand hielt sie ein Feuerzeug. Die Frau neben ihr, Danette, hatte auch eines. Wo hatten sie sie nur hergezaubert? Dann fiel der Groschen. Danette hatte sich absichtlich wieder verhaften lassen und die Feuerzeuge hereingeschmuggelt.

Hatake kam noch näher.

Ettie wich zurück, dann stieß sie plötzlich mit der Faust nach vorn und in Hatakes Gesicht. Krachend traf sie ihre Nase. Hatake kreischte und wich zurück. Den anderen stockte der Atem. Für einen Moment bewegte sich niemand.

Dann atmete Ettie tief durch und wollte gerade ansetzen, um nach Hilfe zu rufen, als sie den sauren Stoff schmeckte. Jemand stand hinter ihr und hatte ihr einen Knebel übergestülpt. Hatake stand am Fußende der Pritsche und wischte sich das Blut mit einem grausamen Grinsen von der Nase.

»Okay, Mutter. Okay.« Sie nickte zu Danette, die sich eine Zigarette anzündete und sie auf Etties Anstaltskleid warf. Ettie versuchte sie abzuschütteln, aber zwei andere Frauen hielten sie fest. Sie konnte sich nicht bewegen. Langsam brannte sich die Glut durch das Kleid.

»Du solltest hier drin nicht rauchen«, sagte Hatake. »Ist gegen die Vorschriften, Mutter. Dabei können Unfälle passieren. Und Feuerzeuge laufen manchmal aus. Beim Nachfüllen kriegst du das ganze Zeug drüber, das Gas. Es verbrennt dein Haar, verbrennt dein Gesicht. Manchmal gehst du dabei drauf, manchmal nicht.«

Hatake kam noch näher, und Ettie spürte das kalte Butangas auf ihrer Kopfhaut und Wange. Sie schloss die Augen und versuchte, sich aus den Griffen der Frauen zu lösen.

»Lass mich das machen,« schnauzte Hatake und riss Danette das Feuerzeug aus der Hand. Sie murmelte noch etwas, was Ettie jedoch wegen ihres eigenen Winselns und dem vom Knebel unterdrückten Flehen nicht verstand. Ein schnalzendes Geräusch, ein Zischen. Die große Frau, die das Feuerzeug wie ein Leuchtfeuer in der Hand hielt, kam immer näher.

… Vierzehn

Ein Star kann einem Film zu einem guten Start verhelfen.

Zu einem gutem Start.

Das ist die klassische, heiß geliebte Umschreibung dafür, dass es genug Leute gibt, die ihre hart verdiente Kohle am Wochenende zum Kinostart eines Films rauswerfen, sodass sich die Verantwortlichen der Filmgesellschaften nicht den ganzen Montag Entschuldigungen für ihre Ehefrauen, Geliebten, Filmbosse und Reporter von *Daily Vanity* ausdenken müssen, warum sie viele Millionen Dollar anderer Leute für einen Flop aus dem Fenster geworfen haben.

Vermarktungsfähige Stars können einem Film zu einem guten Start verhelfen.

Auch eine prägnante Story kann das.

Heute können das sogar Spezialeffekte, besonders wenn etwas explodiert.

Es gibt jedoch nichts auf der Welt, das einem Dokumentarfilm zu einem guten Start verhilft. Dokumentarfilme können den Zuschauer informieren, berühren oder inspirieren. Sie können die höchste Kunst des Filmemachens darstellen. Aber sie bieten nicht das, wofür die Leute wirklich ins Kino gehen.

Um ihrem Leben zu entfliehen, sich für ein paar Stunden zu amüsieren.

Sinnierend ging Pellam durch Downtown Manhattan in Richtung des Wirrwarrs aus von Ruß geschwärzten Gerichtsgebäuden und Gefängnissen. Er hatte bei vier unabhängigen Filmen Regie geführt. Alles waren Kultklassiker gewesen, zwei waren ausgezeichnet worden. Er hatte Abschlüsse an den Filmschulen der New York University und der University of California, Los Angeles gemacht. Er hatte Dutzende von Artikeln für *Cineaste* und *Independent Film Monthly* geschrieben, und von den meisten Hitchcock-Filmen kannte er die Dialoge auswendig. Seine Zeugnisse waren hervorragend.

Von allen achtzehn Studios und Produktionsgesellschaften, bei denen er mit seiner Idee für diesen Dokumentarfilm angeklopft hatte, war er abgewiesen worden.

Na klar, alle waren voll des Lobs und hellauf begeistert gewesen für *Westlich der Achten Avenue – Eine erzählte Geschichte von Hell's Kitchen*. Doch nicht einen einzigen Dollar wollten die großen Studios ausgeben, um den Film zu fördern.

Wenn er seine Idee angeboten hatte, hatte er erklärt, dass das Hell's Kitchen eine wunderbare Mischung aus Kriminalität, Heldentum, Korruption und Schönheit böte.

»Das sind alles ernste Worte, Pellam«, hatte ein Freund gesagt, der stellvertretende Leiter der Entwicklungsabteilung bei Warner Brothers. »Mit ernsten Worten macht man keinen Film.«

Nur Alan Lefkowitz hatte Interesse gezeigt, obwohl er keinen blassen Schimmer hatte, wovon der Film handelte.

Dennoch hegte Pellam große Hoffnungen für seinen Streifen und hielt ihn sogar für oskarverdächtig. Sein Vertrauen beruhte vor allem auf einer Begegnung auf der Sechsunddreißigsten Straße West im vergangenen Juni.

»Entschuldigen Sie«, hatte er gefragt. »Wohnen Sie hier in diesem Haus?«

»Ja, hier wohne ich, junger Mann«, hatte die alte schwarze Frau mit sicherem, amüsiertem Blick geantwortet. Sie schien nicht argwöhnisch gewesen zu sein.

Er hatte die Straße auf und ab geblickt. »Das hier ist das letzte Wohnhaus im Block.«

»Hier gab es mal nur Wohnhäuser. Gleich da drüben habe ich vierzig Jahre lang gewohnt. Sehen Sie dort den leeren Bauplatz? Dort. Hier wohne ich, lassen Sie mich mal überlegen, seit fünf Jahren oder so. Wie hört sich das an? Fast ein halbes Jahrhundert im selben Straßenblock. Verdammt, der Gedanke macht mir ja Angst.«

»Hat Ihre Familie während Ihres ganzen Lebens hier in dem Viertel gewohnt?«

Sie hatte die dünne Plastiktüte mit zwei Konservendosen, zwei Orangen und einer großen Flasche Wein abgestellt.

»Aber sicher. Mein Großvater Ledbetter kam achtzehnzwei-sechzig von Raleigh hierher. Sein Zug kam um zehn Uhr abends an, und als er aus dem Bahnhof herauskam, sah er die vielen Jungs, Dutzende von Jungs, in einer Gasse. Er hat sie gefragt: »Mein Gott, warum seid ihr nicht zu Hause?« Sie haben geantwortet: ›Was schwätzt du da? Das hier *ist* unser Zuhause. Zieh weiter, Alter.‹ Er hatte Mitleid mit diesen Jungs. ›Die Fahne hochhalten‹ sagte man dazu, wenn man auf der Straße schlief. Das mussten Tausende von Kindern tun. Sie hatten kein anderes Zuhause.«

Sie hatte ohne eine Spur von Akzent und mit einer tiefen, melodiösen Stimme gesprochen – der Stimme einer Sängerin, wie er später erfahren würde.

»War es ein hübsches Haus?«, hatte Pellam mit Blick auf den leeren, mit Unkraut übersäten Platz gefragt, auf dem offensichtlich das ehemalige Wohnhaus der alten Dame gestanden hatte.

»Wo ich gewohnt habe? Dieses alte Ding?« Sie hatte gelacht. »Es war potthässlich! Aber wissen Sie, was interessant war? Zumindest dachte ich, dass es interessant war. Als das Gebäude abgerissen wurde, kamen ein Haufen Leute, um sich zu beschweren. Sie wissen schon, so Demonstranten. ›Nehmt uns nicht unser Zuhause‹, haben sie gerufen. ›Nehmt uns nicht unser Zuhause.‹ Natürlich habe ich die meisten nicht gekannt, weil sie nicht hier gewohnt haben. Ich glaube, es waren Studenten aus Morningside Heights oder Village, und sie waren einfach nur scharf auf eine gute Demonstration. Verstehen Sie, was ich meine? Diese Art von Leuten eben.

Na, egal. Aber ich hatte eine Frau getroffen, die ich schon lange kannte. Seit vielen Jahren. Sie war damals schon fast neunzig. Sie war mit einem viel älteren Mann verheiratet gewesen, der einen Pferdestall betrieben und Pferde an die Armee verkauft hatte. Hell's Kitchen war einmal der Stall von New York. Es gibt immer noch die Ställe für die Hansoms hier, die zweirädrigen Kutschen. Na, egal, diese Frau war genau in dem Haus geboren worden, das gerade abgerissen wurde. Ineeda Jones. Nicht Anita, wie man vielleicht denken könnte. Das wird geschrieben wie *I need a*. Ein Südstaaten-Name. Aus Carolina. Sie hat jahrelang in Harlem gewohnt, dann kam sie nach Hell's Kitchen zurück und war so arm wie ich. Von der Wiege bis zur Bahre, von der Wiege bis zur

Bahre. Sagen Sie mal, Mister, nichts für ungut, aber warum grinsen Sie so?«

»Dürfte ich Sie nach Ihrem Namen fragen?«

»Ich heiße Ettie Washington.«

»Also, Mrs. Washington, ich heiße John Pellam. Hätten Sie Lust, in einem Film mitzuspielen?«

»In einem Film? Der helle Wahnsinn. Sagen Sie, warum kommen Sie nicht mit rauf und trinken einen Wein mit mir?«

Eine Woche später hatten sie mit den Interviews begonnen. Pellam war die fünf Stockwerke zu ihrer Wohnung hinaufgestiegen, hatte das Aufnahmegerät eingeschaltet und Ettie Washington reden lassen.

Und reden konnte sie. Über ihre Familie, ihre Kindheit, ihr Leben.

Ettie als Sechsjährige: Ettie Washington sitzt auf einem Fetzen eines geklauten Sears-Roebuck-Teppichs neben einem Fenster und hört zu, wie sich ihre Mutter und Großmutter Geschichten über die Zeit der Jahrhundertwende in Hell's Kitchen, über Owney Madden und die Gophers erzählen, der bekanntesten Gang in der Stadt.

»…mein Großvater Ledbetter hat immer viel Slang geredet, den er als junger Mann auf der Straße gehört hatte. Ein Polizist war ein *booly dog*. Ein *flat* war jemand, den man reinlegen konnte, beim Kartenspiel, zum Beispiel. *Blue ruin* war Gin. Und *chips* war Geld. Mein Bruder Ben hatte immer gelacht und gesagt: ›Opa, niemand benützt diese Wörter heute noch.‹ Aber er hatte Unrecht. Mein Großvater hat auch immer ›Krippe‹ für Zuhause gesagt, wissen Sie? Heute wird der Ausdruck inzwischen wieder verwendet.«

Als Zehnjährige: Ihre erste Arbeitsstelle in einem Metzgerladen, wo sie Sägemehl zusammenfegt und Fleisch einpackt.

Als Zwölfjährige: Im Rechnen gut, in Englisch schwach, doch sie bekommt meistens Einsen. Aus den Mülleimern von Restaurants klaut sie Speisereste fürs Mittagessen. Klassenkameraden verschwinden, als der Bedarf nach Geld den Bedarf nach Schulbildung übersteigt.

Als Vierzehnjährige: Ihre geliebte und gefürchtete Großmutter Ledbetter stirbt, während sie an einem heißen Sonntagnachmittag eine Woche vor ihrem neunundneunzigsten Geburtstag neben Ettie auf dem Sofa sitzt.

Als Fünfzehnjährige: Ettie verlässt schließlich die Schule, schleift in einer Pappkartonfabrik für zwanzig Cents die Stunde Messer und Meißel, indem sie die Klingen über die automatischen, vor sich hin surrenden Streichriemen zieht. Einige der Männer stecken ihr ein paar Extrapennies zu, weil sie fleißig ist. Einige rufen sie zu sich ins Lager, fassen ihr an die Brust und sagen, sie solle es nicht weitererzählen. Einer greift ihr zwischen die Beine, und bevor er sagen kann, »erzähl's nicht weiter«, landet sein eigenes Messer in seinem Oberschenkel. Er wird verbunden und für den Rest des Tages nach Hause geschickt, bekommt aber seinen Lohn weiterbezahlt. Ettie wird gefeuert.

Als Siebzehnjährige: Sie schleicht sich heimlich in die Clubs auf der Zweiundfünfzigsten Straße, um Bessie Smith zu hören.

»…in Hell's Kitchen gab's nicht viel Unterhaltung. Aber wenn Mama und Papa einen oder zwei Dollar übrig hatten, gingen sie ins Bowery an der East Side, wo es das gab, was sie Museen nannten, die aber nicht so waren, wie man denkt. Es waren Salons – verrückte Shows, Varietékünstler und Tänzer. Vaudeville. Wenn Mama und Papa wirklich ihren Spaß haben wollten, gingen sie ins Marshall's auf der Dreiundfünfzigsten. Man hatte nie was davon gehört, aber es war ein Hotel und Nachtclub für Schwarze. Es war die große Zeit damals. Ada Oberton Walker hat dort gesungen. Und Will Dixon.«

Als Achtunddreißigjährige: Nach einem Jahrzehnt mit Auftritten auf Kleinkunstbühnen, in einer Zeit, in der die Engagements weniger werden. Sie verliebt sich in einen hübschen

Iren. Billy Doyle, ein Charmeur, ein Mann mit offensichtlich krimineller Vergangenheit – und Pellam wartete immer noch darauf, das Ende der Geschichte zu hören.

Als Zweiundvierzigjährige: Die Ehe funktioniert nicht. Ettie ist rastlos, will immer noch singen. Billy ist ebenfalls rastlos, sucht nach seinem eigenen Platz in der Welt. Schließlich zieht er los, um sich bessere Arbeit zu suchen, und will Ettie nachkommen lassen. Natürlich kommt er nicht zurück – ihr bricht das Herz. Alles, was sie jemals wieder von ihm hört, ist ein kurzer Begleitbrief zum Scheidungsurteil aus Nevada.

Als Vierundvierzigjährige: Sie heiratet Harold Washington, der einige Jahre später betrunken im Hudson River umkommt. Er ist in vielerlei Hinsicht ein guter Mensch und harter Arbeiter, hinterlässt aber mehr Schulden, als für jemanden angemessen scheint, der nie bei Pferderennen gewettet hat.

Ein Band nach dem anderen voll von diesen Geschichten. Fünf, zehn, zwanzig Stunden.

»Sie können doch gar nicht an all dem Zeug interessiert sein, oder?«, hatte Ettie Pellam gefragt.

»Erzählen Sie weiter, Ettie. Sie sind gerade gut in Fahrt.« Pellam hatte sich vorgenommen, hinauszugehen und andere Bewohner des berüchtigten Viertels zu interviewen. Das hatte er auch getan. Doch Ettie Washington blieb das Kernstück von *Westlich der Achten Avenue*. Billy Doyle, die Ledbetters, die Wilkes, die Washingtons, Prohibition, Gewerkschaften, Banden und Epidemien, die Depression, der Zweite Weltkrieg, die Viehhöfe, Ozeandampfer, Apartments und Vermieter.

Ettie war wirklich gut in Fahrt. Und das sollte auch so bleiben.

Bis sie wegen Mord und Brandstiftung verhaftet wurde.

Eine uniformierte Aufseherin überreichte Pellam an diesem glühend heißen Nachmittag einen Besuchsausweis und winkte ihn durch die klammen Flure, wo sich der Geruch von Lysol aufs Innigste mit dem von Urin verbunden hatte. Er ging durch den Metalldetektor und betrat den Besucherraum, um dort zu warten.

Im Gefängnis ging es heute chaotisch zu. Von irgendwoher drangen Schreie zu ihm. Jammern.

»*Me duele la garganta!*«

»Hey, du Nutte…«

»*Estoy enferma!*«

»Hey, Nutte, ich komm gleich rüber und stopf dir ein für allemal dein Maul.«

Fünf Minuten später wurde die grüne Metalltür mit einem doppeltönigen Quietschen geöffnet. Eine Aufseherin kam herein. »Sie wollen Washington besuchen? Sie ist nicht hier.«

Pellam wollte wissen, wo sie sei.

»Sie gehen besser in den ersten Stock.«

»Geht's ihr gut?«

»Erster Stock.«

»Sie haben mir keine Antwort gegeben.«

Doch die Aufseherin war schon weg.

Er marschierte durch die trostlosen Flure, bis er zu der dunklen Nische kam, zu der er geschickt worden war. Sie war nicht sauberer, aber kühler und ruhiger. Eine Aufseherin kontrollierte seinen Ausweis und schickte ihn durch eine weitere Tür. Überrascht sah er, wie Ettie mit gefalteten Händen an einem Tisch saß. Ihr Gesicht war verbunden.

»Ettie, was ist passiert? Warum sind Sie hier oben?«

»Isolationshaft«, flüsterte sie. »Sie wollten mich umbringen.«

»Wer?«

»Ein paar Mädchen. Unten in der Zelle. Sie haben gehört, dass der kleine Torres gestorben ist. Sie haben mich ziemlich gut reingelegt. Ich dachte, sie wären meine Freundinnen, aber sie hatten alles geplant, um mich umzubringen. Louis hat irgendeinen Gerichtsbeschluss erwirkt, damit ich verlegt werde. Die Aufseherinnen kamen gerade in dem Moment, als mich diese Mädchen verbrennen wollten. Sie haben irgendwelches Zeug auf mich gesprüht und wollten mein Gesicht anzünden, John. Dieses Zeug hat auf meiner Haut ganz schön wehgetan.«

»Wie geht's Ihnen jetzt?«

Darauf antwortete sie nicht. »Oh, ich hätte nie gedacht, dass der Junge sterben würde«, sagte sie stattdessen. »Das hat mich schockiert. Oh, das arme, kleine Ding. Er war so süß. Wenn er, wie geplant, bei seiner Oma gewesen wäre, würde er noch leben … ich habe für ihn gebetet. Ja, tatsächlich! Und Sie kennen mich – ich habe meine Zeit nie für Religion verschwendet.«

Pellam legte seine Hand auf Etties gesunden Arm. Er überlegte, ob er »Er hatte keine Schmerzen« oder »Er ist schnell gestorben« sagen sollte, doch natürlich hatte er keine Ahnung, wie viel Schmerzen der Junge hatte aushalten müssen oder wie schnell er wirklich gestorben war.

Sie blickte in sein ernstes Gesicht. »Ich habe Sie im Gericht gesehen. Als Sie gehört haben, dass ich damals verhaftet worden bin. Ich wette, Sie wollen die Geschichte hören.«

»Was war passiert?«

»Erinnern Sie sich an die Zeit, als Priscilla Cabot und ich in der Fabrik gearbeitet haben? In der Klamottenfirma?«

»Sie wurden rausgeschmissen. Vor ein paar Jahren.«

»Es war eine trostlose Zeit für mich, John. Meine Schwester war krank, und ich war völlig pleite. Ich war verzweifelt. Na ja, dieser Mann, mit dem Priscilla und ich gearbeitet haben – wir wurden ja alle zusammen entlassen –, hatte die Idee, der Firma Angst einzujagen, sodass sie uns das Geld geben würden. Wir dachten, sie würden es uns schulden, wissen Sie. Verdammt, ich habe mich darauf eingelassen. Hätte ich nicht tun sollen. Wollte es eigentlich auch gar nicht. Kurzum, sie haben den Besitzer angerufen und gesagt, sie würden seine Lkws demolieren, wenn er uns nicht bezahlen würde. In

Wirklichkeit wollten wir gar nichts kaputt machen. Zumindest *ich* nicht. Und ich wusste nicht, dass sie gedroht haben, die Lkws anzuzünden. Ich hatte nicht angerufen, das hatten die anderen gemacht, Priscilla und dieser Typ.

Na ja, der Boss hat eingewilligt, aber er hat die Polizei angerufen. Wir wurden alle verhaftet, und die anderen beiden haben gesagt, es sei meine Idee gewesen. Die Polizei hat nicht geglaubt, dass ich der Anstifter gewesen bin, aber ich habe einige Zeit im Knast verbracht. Darauf bin ich kein bisschen stolz. Ich schäme mich dafür … Es tut mir Leid, John. Ich habe Ihnen nicht die Wahrheit erzählt. Das hätte ich tun sollen.«

»Es gibt keinen Grund, dass Sie mir alles über sich erzählen müssen.«

»Nein, John. Wir waren schließlich auch Freunde. Ich hätte nicht lügen sollen. Hätte es auch Louis erzählen sollen. Hat mir vor Gericht ja auch geschadet.«

In der Nähe lachte jemand hysterisch, wurde immer lauter, bis sich das Lachen in ein kraftloses Schreien verwandelte. Dann herrschte wieder Stille.

»Sie haben Ihre Geheimnisse. Genauso wie ich«, meinte Pellam. »Ich habe vor Ihnen auch was geheim gehalten.«

Sie blickte ihn scharf an. Durch das Leben in der Stadt bekommt man eine schnelle Auffassungsgabe.

»Und was ist es, John?«

Er überlegte.

»Etwas, was Sie mir bestimmt erzählen wollen, oder nicht?«

»Totschlag«, antwortete er schließlich.

»Was?«

»Ich habe wegen Totschlag gesessen.«

Sie bekam einen starren Blick. Er hatte keine Lust, diese Geschichte zu erzählen, sie wieder wach zu rufen. Aber er dachte, er sei wichtig, sie ihr anzuvertrauen. Und er erzählte sie – die Geschichte über den Star seines letzten Spielfilms, den Film, den er nie zu Ende gedreht hatte. Die vier Filmrollen lagerten derzeit in Kalifornien auf seinem Dachboden. *Central Standard Time*. Tommy Bernstein, liebenswürdig, verrückt, durchgedreht. Nur noch sechs Einstellungen, vier Second-Unit-Stunts. Eine Woche. Nur noch eine Woche. *»Gib mir nur noch ein bisschen, John. Nur, damit ich die Sache noch durchziehen kann.«*

Doch Pellam hatte ihm nicht »ein bisschen« gegeben. Pellam hatte ihm ganz schön viel gegeben. Kokain. Und Tommy war zwei ganze Tage lang im Viereck gelaufen. Er hatte geflucht, gelacht, gesoffen, gekotzt. Und war am Set an einem Herzanfall gestorben. Die Staatsanwaltschaft der Stadt der Engel hatte Pellam als Schuldigen auserkoren, weil er das Kokain besorgt hatte, das bei Tommy zum Tod geführt hatte. Die Geschworenen hatten zugestimmt, sprachen Pellam für schuldig und schickten ihn nach San Quentin.

»Es tut mir Leid, John.« Ettie lachte. »Ist das nicht ein Witz? Sie, ich und Billy Doyle. Alle drei sind wir Zuchthäusler.« Sie blinzelte ihm zu. »Wissen Sie, an wen Sie mich erinnern? An meinen Sohn James.«

Pellam hatte Bilder des jungen Mannes gesehen, Etties ältester Sohn, ihrem einzigen Kind von Doyle. Fotografiert, als er Anfang zwanzig gewesen war, helle Haut – Doyle war ein sehr blasser Mensch gewesen –, hübsch. Schlank. Vor ein paar Jahren hatte James die Schule verlassen und war nach Westen gezogen, um Geld zu verdienen. Die letzte Nachricht von ihm war eine Karte gewesen, auf der stand, dass er vorhabe, im »Umweltbereich« zu arbeiten.

Das war vor über einem Jahrzehnt gewesen.

Die Aufseherin blickte auf ihre Uhr. »Wir haben nicht viel Zeit«, flüsterte Pellam. »Ich muss Ihnen ein paar Fragen stellen. Also, auf dieser Versicherungspolice, die besagt, dass Sie diese Versicherung abgeschlossen haben, stehen Ihre Kontonummer und Ihre Unterschrift. Woher soll die jemand haben?«

»Meine Kontonummer? Na ja, ich weiß nicht. Niemand, den ich nicht kenne, hat je meine Kontonummer gekriegt.«

»Haben Sie in letzter Zeit Schecks verloren?«

»Nein.«

»An wen stellen Sie Schecks aus?«

»Ich weiß nicht… ich bezahle meine Rechnungen wie alle anderen auch. Mama hat mir das eingebläut. ›Sorge dafür, dass sie nie was gegen dich in der Hand haben‹, hat sie immer gesagt. ›Bezahle immer rechtzeitig. Wenn du das Geld dazu hast.‹«

»Haben Sie jemandem einen Scheck ausgestellt, für den Sie das normalerweise nicht tun?«

»Nein, da fällt mir nichts ein. Oh, Moment. Vor ein paar Monaten musste ich an die Behörden was zurückzahlen. Die Sozialversicherung hat mir aus Versehen zu viel überwiesen. Einmal habe ich etwa dreihundert Dollar oder so mehr bekommen. Ich wusste das, habe das Geld aber behalten. Sie haben's gemerkt und wollten das Geld zurückhaben. Deswegen hatte ich Louis beauftragt. Er hat die Sache für mich erledigt. Ich musste nur die Hälfte von dem bezahlen, was sie wollten. Ich habe ihm einen Scheck gegeben, und er hat ihn zusammen mit einem Formular weitergeschickt. Sehen Sie, die Behörden – vielleicht wollen sie mich dran kriegen, John. Vielleicht arbeiten die Sozialversicherung und die Polizei zusammen.«

Dieses manische Gerede von Verschwörungstheorien brachte Pellam ganz durcheinander. Doch er wollte gerne darüber hinwegsehen. Unter diesen Umständen durfte sie ruhig ein bisschen paranoid sein.

»Wie steht's mit Ihrer Unterschrift? Wie konnte jemand daran kommen?«

»Ich weiß nicht.«

»Haben Sie in letzter Zeit jemandem Briefe geschrieben, dem Sie normalerweise nicht schreiben?«

»Briefe? Fällt mir keiner ein. Ich schreibe an Elizabeth und manchmal eine Karte an die Tochter meiner Schwester in Fresno. Schick ihnen mal ein paar Dollar zum Geburtstag. Das war's dann aber auch.«

»Ist in Ihrer Wohnung eingebrochen worden?«

»Nein. Ich halte Tür und Fenster immer geschlossen. Darin bin ich gut. In Hell's Kitchen muss man vorsichtig sein. Das ist das Erste, was man lernt.« Sie spielte an ihrem Gips und strich über Pellams Unterschrift. Die Antworten ergaben Sinn, waren aber nicht unbedingt überzeugend. Für Geschworene mochten sie wahr sein, sie konnten sie aber auch für faule Ausreden halten. Wie bei so vielem, was Hell's Kitchen betraf, war er sich auch jetzt nicht sicher, was er glauben sollte.

Pellam schob sein Notizbuch in die Tasche. »Würden Sie mir einen Gefallen tun?«, fragte er.

»Klar, John.«

»Erzählen Sie mir das Ende der Geschichte über Billy Doyle.«

»Welche Geschichte? Über seine Knastzeit?«

»Genau die, ja.«

»Gut. Mein armer Billy. Also, was war passiert? Ich hatte ja schon erzählt, dass sein Lebensziel war, ein Grundstück zu besitzen. Obwohl er ein wanderfreudiger Mensch war, konnte er an keinem Grundstück oder Haus mit einem Schild ›zu verkaufen‹ vorbeigehen, ohne es sich anzuschauen und den Eigentümer anzurufen und mit Fragen zu löchern.«

Etties Augen leuchteten. Das ist ihre Welt, dachte Pellam – ihre Erinnerungen durchgehen und daraus ihre Geschichten stricken. Auch er kannte die Verlockungen des Geschichtenerzählens; schließlich war er Regisseur. Allerdings waren ihre Geschichten wahr, und sie erwartete nichts dafür. Keinen Beifall der Kritiker. Keine prozentuale Beteiligung an den Einnahmen.

»Erinnern Sie sich, dass ich Ihnen von meinem Bruder Ben

erzählt habe? Er war ungefähr so alt wie Billy, ein oder zwei Jahre jünger. Ben kam zu Billy und meinte, er hätte da so eine Idee, wie er an Geld rankommen könnte als Anzahlung für ein Grundstück. Er bräuchte nur einen Partner, der ihm dabei hilft. Na ja, eigentlich war es gar keine Idee – es war ein Schwindel. Ben kannte ein paar Leute in einem Gewerkschaftsbüro. Er schloss ein paar fingierte Verträge ab und ließ sie zu den anderen ablegen, als die Bosse gerade nicht da waren. Ben hatte zu sehr den Geschichten von Großvater Ledbetter über die Gophers und Gangs zugehört. Er wollte unbedingt zu einer möglichst verrufenen dazugehören – obwohl es keine schwarzen Gangs in Hell's Kitchen gab, damals so wenig wie heute. Aber er war echt stolz auf seinen Schwindel.

Allerdings hatte Ben meinem Billy nichts von dem Teil mit dem Schwindel erzählt. Er dachte, es seien echte Verträge für Hilfskräfte, die irgendwelche Sachen schleppen sollten, und er und Ben würden die Vermittlungsgebühren einstreichen. Er spielte zwar gern mit dem Feuer, aber er war nicht dumm. Vielleicht gab es Leute, die er beschwindeln würde, aber die Gewerkschaft gehörte nicht dazu. Dann hat Lemmy Collins, der stellvertretende Chef der Hafenarbeiter, herausgefunden, dass Geld fehlte. Er dachte, Ben hätte es getan. Er wusste, dass Billy und Ben gut miteinander standen, aber er wusste auch, dass ein Ire Seinesgleichen nicht beklauen würde, was ein Schwarzer bei einem Iren tun würde, ohne zweimal darüber nachzudenken. Also kam Lemmy mit zwei anderen Männern von der Gewerkschaft und einem Baseballschläger zu meinem Bruder.

Als sie gerade dabei waren, ihn zu Tode zu prügeln, bekamen sie einen Anruf aus dem Gewerkschaftsbüro. Die Polizei hätte angerufen. Offenbar hatte mein Billy die ganze Sache gestanden. Da jetzt die Polizei im Spiel war, konnte Lemmy den armen Ben nicht umbringen, auch wenn er es gerne getan hätte. Die Gewerkschaft hat das Geld zurückbekommen, und Billy landete für ein Jahr im Knast. Er wusste, dass er als Ire und Weißer mit dem Leben davonkommen würde. Wenn es Ben erwischt hätte, wäre er dabei draufgegangen. Wenn nicht in Hell's Kitchen, dann in Sing-Sing.«

»Er hat die Suppe für jemand anderen ausgelöffelt«, meinte Pellam.

»Für meinen eigenen Bruder«, sagte Ettie.

Pellam nickte leicht. »Das hat er für Sie getan, das wissen Sie.«

»Ja, das weiß ich«, erwiderte sie wehmütig. »Aber ich denke, dieses Jahr im Knast hat ihn verändert. Mein Bruder wurde gerettet, aber ich glaube, ich habe deswegen meinen Mann verloren. Ein Jahr nach seiner Entlassung hatte ich eines Abends seine Nachricht zu Hause vorgefunden.«

»Entschulden Sie, Sir«, sagte die Aufseherin freundlich. »Leider ist die Zeit um.«

Pellam nickte ihr zu. »Nur noch eine Sache. He, Mrs. Washington, Kopf hoch.«

Ein Klick und das leise Surren eines Motors.

Sie blinzelte ins Blitzlicht, als Pellam auf den Auslöser der Polaroidkamera drückte.

»Was machen Sie da, John? Sie wollen mich doch nicht mit meinem jetzigen Aussehen in Erinnerung behalten? Lassen Sie mich doch wenigstens meine Frisur richten.«

»Das Bild ist nicht für mich, Ettie. Und keine Sorge – die Frisur sitzt prima.«

... Fünfzehn

Endlich hatte sich Lefty gemeldet.

Pellam war zu Hause in seiner *bitchen*, hatte die Schuhe ausgezogen und hörte seine Nachrichten ab. Er saß auf dem Stück Sperrholz, das die Badewanne zum Esstisch umwandelte. Zwei Anrufer hatten aufgelegt. Dann endlich erzählte Alan Lefkowitz mit seiner hektischen Stimme von einer Party, die Roger McKennah geplant habe und dass Pellam nur Leftys Namen zu nennen bräuchte, um ins »Allerheiligste des New Yorker Geschäftslebens« eingelassen zu werden – einen Spruch, den der Produzent ohne erkennbare Ironie von sich gab. Pellam allerdings verdrehte beim Hören die Augen, und mit dem Fuß stieß er gegen die Wand, um eine freche Taube aufzuscheuchen, die sich auf der Fensterbank niedergelassen hatte.

Die langatmige Mitteilung ging noch weiter und instruierte ihn über alles Wichtige, unter anderem auch über die Kleiderordnung für dieses Ereignis.

Eine Stunde später schlenderte Pellam ordentlich »gekleidet« – neue schwarze Jeans und geputzte Nokona-Cowboystiefel – durch die drückende Hitze und nahm die erste U-Bahn zum Citicorp Building. Dann ging er zu Fuß zu einer Adresse in der Fünften Avenue und verschwand durch die Drehtür. Als er erst einmal drin war, bemerkte keiner mehr, dass er nicht wie die meisten Gäste mit einem Bentley, Rolls Royce oder – wie die Verarmten – mit einem prächtigen Lincoln Continental gekommen war.

»Seht mal, da ist wieder eines!«

Die Frau sprach atemlos, und die Gäste in der obersten Etage der dreistöckigen Wohnung raunten, jedoch weniger vor Entsetzen als vor Bewunderung.

»O Mann! Schauen Sie sich das an! Man kann die Flammen sehen.«

»Wo?«

»Dort. Sehen Sie?«

»Ronnie, frag mal, ob jemand eine Kamera hat. Joan, schau doch mal!«

Pellam näherte sich der Fensterfront, knapp zweihundert

Meter über den Bürgersteigen, auf denen Cartier, Tiffany und Henri Bendel ihre Waren feilboten. Er schaute in Richtung Westen. Noch ein Brand, wie er angewidert feststellte. Ein Gebäude irgendwo in Hell's Kitchen, nördlich von Louis Baileys Block. Zwischendurch schoss immer wieder eine züngelnde Flamme aus der dichten Rauchwolke empor. Über dreihundert Meter ragte sie in den verschleierten Himmel und entfaltete sich wie der Pilz einer Atombombe.

»O Gott«, flüsterte eine Frau. »Das ist das Krankenhaus! Das Manhattan Hospital.«

Wo Ettie und er behandelt worden waren, fiel ihm ein. Und wo Juan Torres gestorben war.

»Glauben Sie, dass er es wieder war? Wo ist die Kamera? Ich will ein paar Aufnahmen machen. Sie wissen, wen ich meine? Den Verrückten, von dem ich heute morgen in der *Times* gelesen habe?«

»Ist dies das fünfte Feuer, das er gelegt hat? Oder schon das sechste?«

Die Flammen waren stärker geworden und nun deutlich zu sehen.

Es konnten keine Kameras aufgetrieben werden, und nach fünf Minuten war es so, als würde das Feuer schon zum Ausblick dazugehören. Die Gäste kehrten allein, zu zweit oder zu dritt zur Party zurück.

Pellam blieb noch ein paar Minuten am Fenster stehen und gab sich dem stillen Schauspiel der Flammen und der grauen, über Manhattan aufsteigenden Rauchwolken hin.

»Hallo, wie geht's?« Die männliche Stimme war ganz nah, war durchsetzt mit einem Long-Island-Tonfall. »Sie sind wie ein Künstler angezogen. Sind Sie einer?«

Als Pellam sich umdrehte, stand er vor einem betrunkenen, bulligen jungen Mann im Smoking.

»Nein.«

»Ach. Nicht schlecht hier, was meinen Sie?« Er deutete mit

wackelndem Kopf in das zweistöckige Wohnzimmer des dreistöckigen Penthouses auf der Fünften Avenue. »Rogers kleine Zuflucht in den Wolken.«

»Nicht übel.«

Einen Augenblick später sah er seine Beute am anderen Ende des Raumes – Roger McKennah. Gleich darauf wurde der Immobiliengigant wieder von der Menge verschluckt.

»Kennen Sie die Geschichte?« Pellams neuer Freund setzte zu einem betrunkenen Lachen an. Nippte erneut an seinem Martini Dry.

»Die Geschichte?«, fragte Pellam.

Der junge Mann nickte heftig, blieb jedoch stumm.

»Die mit dem Pfarrer, dem Rabbi und der Nonne?«, versuchte es Pellam.

Der Mann runzelte die Stirn, schüttelte den Kopf und erklärte in seinem betrunkenen Zustand, dass die Wohnung aus einem Raster aus Karnickelställen bestand, die McKennah *Freizeiträume*, *Salons*, *Musikzimmer* und *Vergnügungsbereiche* nannte.

»Oh-ho«, meinte Pellam unsicher und überflog die Gäste, auf der Suche nach McKennah.

»Das sind aber tatsächlich alles nur Schlafzimmer, verstehen Sie?«, erzählte der junge Mann weiter und verschüttete Martini-Wodka auf seine Markenlederschuhe. »Fünfzehn Schlafzimmer, und das Komische ist, dass Roger McKennah nicht eine einzige Freundin hat – ich meine, geschweige denn fünfzehn –, die bereit wäre, es so lange bei ihm auszuhalten, dass sie über Nacht bleibt.«

Der junge Mann schüttelte sich vor Lachen und trank weiter von dem Alkohol des Mannes, der Zielscheibe seines schäbigen Witzes gewesen war. Eine Blondine mit tief ausgeschnittenem, rotem Kleid kurvte an ihnen vorbei. Sie wurde von beiden, Pellam und dem jungen Mann, mit Blicken verfolgt. Dann verschwand der junge Mann plötzlich, als wäre er der Schwanz und sie der Hund dazu.

Pellam blickte wieder aus dem Fenster zu dem riesigen Rauchpilz.

In der Stunde, die er nun schon hier war, hatte er ein paar Dinge über McKennah erfahren; vieles davon war hinterhältiges Geschwätz, wie er es gerade eben gehört hatte, und nichts war von wirklichem Nutzen. McKennah, der Bauunternehmer, war vierundvierzig. Stämmig, aber gut trainiert. Sein Gesicht war eine jüngere, aufgedunsenere Version von dem von Robert Redford. Sein Reinvermögen wurde auf zwei Milliarden geschätzt. Pellam hatte bemerkt, dass McKennah über eine ganze Bandbreite an Gesichtsausdrücken verfügte. Innerhalb von Bruchteilen einer Sekunde wechselte er von jungenhaft zu gierig, von dämonisch zu eiskalt.

Die verräterischste Information, die er erhalten hatte, bestand eigentlich darin, dass niemand viel über Roger McKennah wusste. Die einzig mögliche Schlussfolgerung für Pellam war, dass Roger eine nicht fassbare Eigenschaft besitzen musste, die Gäste wie diese hier – die Schönen oder Mächtigen oder vom Schönen und Mächtigen Besessenen – dazu brachte, um Einladungen auf seine Partys zu betteln, wo sie seine Cocktails tranken und jede Gelegenheit nutzten, um ihn hinter seinem Rücken zu beleidigen.

Er rückte näher an McKennah heran, der sich weiter bewegt hatte und sich langsam durch den vollen Raum schob.

Ein junges Paar belagerte den Unternehmer im Doppelangriff beim Beluga-Tisch.

»Nett, Roger«, sagte der Mann, während er sich umschaute. »Wirklich sehr nett. Wissen Sie, woran mich der Raum erinnert? An dieses Hotel auf Cap d'Antibes. An der Spitze. L'Hermitage. Da wohnen Beth und ich immer.«

»Kennen Sie es?«, fragte die Frau – wahrscheinlich Beth – McKennah. »Es ist so wundervoll dort.«

Der Bauunternehmer zog ein Gesicht. »Kenn ich leider nicht«, gab er zu ihrer Freude zu. Dann fügte er hinzu: »Wenn ich dort unten bin, wohne ich meistens beim Prinzen von Monaco. Das ist weniger umständlich, wissen Sie.«

»Ich verstehe«, antwortete der Mann, verstand aber eigentlich gar nichts. Das Paar setzte ein eisiges Lächeln auf, ein Zeichen dafür, dass der rundliche Roger McKennah sie mit seinen Pfeilen genau ins Herz getroffen hatte.

Die Gäste machten sich über die Tische her, die überhäuft waren mit an schwarze Schneewehen erinnernden Kaviar und wie weiße Edelsteine aussehende Sushi. Ein Pianist im Smoking spielte dazu Fats Waller.

»Er war aber gar nicht in Choate,« Pellam belauschte ein leises Gespräch. »Lesen Sie das mal aufmerksam durch. Er hat ihnen Geld gegeben, er hat dort unterrichtet, ist dort aber nie selbst zur Schule gegangen. Er war in irgendeiner kirchlichen Schule an der West Side. Wo er früher gewohnt hat.«

»Hell's Kitchen?«, mischte sich Pellam in das Gespräch ein.

»Ja, genau«, antwortete die Frau, deren Facelifting ziemlich gelungen war.

McKennah war also selbst ein Hell's-Kitchen-Zögling. Es muss Jahre gedauert haben, bis er die rauen Kanten abgeschliffen hatte.

Dann wurde Pellam plötzlich selbst zur Beute. Die Menge hatte sich wie das Rote Meer geteilt, und McKennah, nur fünfzehn Meter entfernt, schaute ihn direkt an. Plötzlich erinnerte sich Pellam an die Limousine vor Etties Haus. Vielleicht war es die von McKennah gewesen.

Der Unternehmer grüßte ihn jedoch nicht. Und als die Menge wieder zurückschwappte, drehte sich McKennah um und ging zu einer Gruppe von Gästen, die er mit seiner Aufmerksamkeit bedachte, als wäre er eine Jupiterlampe am Filmset. Dann bewegte er sich weiter auf seiner Bühne, stellte Fragen, bohrte nach, sondierte die Lage.

Ehrgeiz macht käuflich, oder?

Pellam wollte ihm gerade folgen, als er hinter sich eine Frauenstimme mit einem starken Akzent aus dem Nord-Osten hörte. »Wie steht's, Cowboy?«

Als Pellam sich umdrehte, sah er eine attraktive Blondine in den Vierzigern, in der Hand eine Champagnerflöte. Ihre Augen waren fahl, jedoch nicht vom Trinken, vielmehr vor Erschöpfung. Mit ihrem Paillettenschuh tippte sie an Pellams Stiefel, als Erklärung für die Begrüßung.

»Hallo«, grüßte Pellam zurück.

Ihr Blick wanderte zu McKennah, Pellam folgte ihm. »Welche?«, fragte sie.

»Ich verstehe nicht«, wunderte sich Pellam.

»Wetten Sie gerne?«

»Um es mit Mark Twains Worten zu sagen, es gibt nur zwei Situationen, in denen ein Mann nicht spielen sollte. Erstens, wenn er es sich nicht leisten kann, Geld zu verlieren. Und zweitens, wenn er es sich leisten kann.«

»Das beantwortet nicht meine Frage.«

»Ja, ich bin ein Spieler«, gab Pellam zu.

»Sehen Sie die beiden Frauen dort? Die Brünette und die Rothaarige?«

Pellam machte sie schnell ausfindig. Sie standen bei der geschwungenen Treppe im Gespräch mit McKennah. Beide Ende zwanzig, gute Figur, attraktiv. Die Rothaarige strahlte bei weitem mehr Sexappeal aus und war üppiger. Die Brünette hatte einen kühleren Gesichtsausdruck, schien zerstreut, beinahe gelangweilt.

»In etwa fünf Minuten wird Roger nach oben verschwinden. Oben sind die Schlafzimmer. Weitere fünf Minuten später wird ihm eine der beiden folgen. Welche, glauben Sie, wird es sein?«

»Kennt er eine der beiden?«

»Wahrscheinlich nicht. Sind Sie dabei?«

Pellam betrachtete die Rothaarige mit ihrem übertriebenen V-Ausschnitt vom Hals bis zu den oberen Wölbungen der weißen Brust. Das Haar, das ihre Schultern umspielte. Verführerisches Lächeln. Und Sommersprossen. Pellam liebte Sommersprossen.

»Die Rothaarige«, antwortete er, während er dachte: acht Monate, acht Monate. Acht verdammte Monate.

Die Frau lachte. »Sie liegen falsch.«

»Um was wetten wir?«

»Um ein Glas Champagner unseres Gastgebers. Wie Mark Twain auch gesagt hat, ist es immer besser, mit dem Geld anderer Leute zu spielen statt mit dem eigenen.«

Sie stießen mit den Gläsern an.

Sie hieß Jolie und war offenbar ohne Begleitung hier. Er folgte ihr zum Fenster in der Ecke des Raums, wo es ruhiger war.

»Sie sind John Pellam.«

Er lächelte verblüfft.

»Ich habe gehört, wie jemand Ihren Namen erwähnt hat.«

Wer das wohl war, fragte er sich. Es schien unwahrscheinlich zu sein, dass die Gerüchte von den Straßen von Hell's Kitchen bis hier oben in diese Sphären vorgedrungen waren.

»Ich habe einen Ihrer Filme gesehen, den über einen Alchimisten«, sagte sie. »Ein sehr guter Film. Ich kann allerdings nicht sagen, dass ich ihn ganz verstanden hätte. Aber das ist eher ein Kompliment.«

»Tatsächlich?«, fragte er mit Blick in ihre grünen, ruhigen Augen.

»Denken Sie an *Odyssee im Weltraum* von Stanley Kubrick«, fuhr sie fort. »Das ist kein besonders guter Film. Warum hat er sich also durchgesetzt? Weil ein Raumschiff zu den Klängen von ›Schöne Blaue Donau‹ durch das All fliegt? Das hätte jedem einfallen können. Die Affen, die sich gegenseitig verprügeln? Nein. Spezialeffekte? Natürlich nicht. Es war der

Schluss. Keiner hatte einen Schimmer, worum es ging. Wir vergessen das Offenkundige und erinnern uns an das Ungewisse.«

Er lachte. »Ich mag meine Vieldeutigkeit wirklich. Also gut, ich fasse es als Kompliment auf«, sagte er, seinen Blick auf McKennah gerichtet.

»Drehen Sie einen Film hier?«

»Ja«, antwortete Pellam.

Am anderen Ende des Raumes schaute sich McKennah um und versuchte, lässig zu wirken, bevor er die Treppe hinaufstieg.

Vielleicht will er nur mal pinkeln gehen, dachte Pellam. Die Möglichkeit des Harndranges hatten sie nicht in Betracht gezogen. Es war Pellam auch egal; er genoss die Gesellschaft dieser Frau. Jolie trug einen V-Ausschnitt, dessen Anblick es locker mit dem der Rothaarigen aufnehmen konnte. Pellam glaubte sogar, ein paar Sommersprossen entdeckt zu haben, wo ihre weiße Haut unter den schwarzen Pailletten verschwand.

»Worum geht es in Ihrem neuen Film?«, wollte Jolie wissen.

»Es ist kein Spielfilm, sondern eine Dokumentation über Hell's Kitchen.«

»Dieses Feuer ist schon eine interessante Metapher, oder?« Mit einem leisen Lächeln nickte sie in Richtung des Fensters. »Es gäbe ein gutes Motiv für Ihren Film ab. Egal, worum es *wirklich* geht«, fügte sie geheimnisvoll hinzu.

»Woher kennen Sie McKennah?«, fragte er. Dann waren die Worte bei ihm angekommen: *Worum es wirklich geht* …

Am anderen Ende drückte die mürrische Brünette die Zigarette aus, hob ihr hautenges Kleid ein paar Zentimeter an und sah sich diskret um. Auf den Spuren des Bauunternehmers stieg sie die Treppe hinauf.

»Gut geraten«, bemerkte Pellam.

»Das war nicht geraten«, erwiderte Jolie. »Ich kenne meinen Mann ziemlich gut. Nun holen Sie mir den Champagner, den Sie mir schulden. Nehmen Sie sich auch ein Glas. Dann gehen wir dort rein zum Trinken.« Sie wies mit dem Kopf in Richtung eines kleinen Zimmers, abgetrennt vom Hauptraum, und lächelte, als der Pianist begann, *Stormy Weather* zu spielen.

»Wissen Sie, eine unserer Putzfrauen verkauft Sachen, die sie in unseren Abfalleimern findet, an die Regierung. An die Bundessteuerbehörde oder die Börsenaufsicht. Auch an die Konkurrenz. Da bin ich mir sicher. Roger macht sich immer einen Spaß daraus, falsche Informationen zusammen mit Tamponschachteln und Kondomen im Müll zu verstecken.«

»Die Bundessteuerbehörde zahlt dafür?«, wollte Pellam wissen.

»Genau.«

»Das wird also mit meinen Steuer bezahlt?«, fragte Pellam.

»Sie zahlen doch nicht wirklich Steuern, oder?« Sie schien überrascht. »Und wenn doch, dann gebe ich Ihnen die Nummer meines Steuerberaters.«

Sie saßen in dem mit Teakholz getäfelten kleinen Zimmer, die Geräusche der Party und der Musik drangen nur gedämpft durch die Wände. Pellam griff zu einem Foto von McKennah, der eine riesige Mickey Maus umarmte.

»Vor ein paar Jahren war er tatsächlich ganz scharf auf Euro Disneyland«, erzählte Jolie, die sich vom Spiel der Luftperlen in ihrem Champagnerglas fesseln ließ. »Aber es war ein Reinfall. Ich hatte ihm gesagt, dass das keine gute Idee sei. Ich konnte mir einfach nicht vorstellen, dass Franzosen mit großen schwarzen Ohren rumlaufen.«

»Wie können Sie so ruhig bleiben bei dem, was Ihr Mann gerade treibt?«

»Sie sind aus Hollywood, ich glaube, da kennen Sie den Unterschied zwischen ruhig sein und ruhig wirken.«

»Gut gekontert. Warum haben Sie auf die Brünette gesetzt?«

»Sie war diejenige, die schwieriger zu haben war. Eine Herausforderung. Roger geht nie den einfachen Weg. Sein Büro liegt auf dem siebzigsten Stock hier im Gebäude. Er geht jeden Morgen jede einzelne Stufe zu Fuß hinauf.«

»Eine schöne Aussicht!«, bemerkte Pellam, als er in Richtung des Fensters ging, das vom Boden bis zur Decke reichte. Er schaute hinaus auf das dunstige Manhattan. Jolie zeigte auf verschiedene Gebäude, die McKennahs Namen trugen, und auf weitere, ältere, die – wie sie erklärte – im Besitz seines Unternehmens waren oder von ihm verwaltet wurden.

Pellam nahm die Arme hoch und drückte mit den Fingern gegen das kalte Glas. Das schwache Licht im Zimmer ließ sein Spiegelbild wie einen hereinschwebenden Engel erscheinen, der Pellams Fingerspitzen berührte.

»In Ihrem Film geht es um Roger, nicht wahr?«

»Nein, es geht um die alte West Side.«

»Warum spionieren Sie ihm dann hinterher?«

Er antwortete nicht.

»Wir lassen uns scheiden, Roger und ich«, fuhr Jolie fort.

Pellam schaute weiter aus dem Fenster auf die Lichter der Stadt. War das eine Falle? Spionierte sie jetzt *ihn* aus? In Hollywood wurde man wegen seines Jobs paranoid; in Hell's Kitchen wegen der Art zu leben.

Er hatte jedoch so ein Gefühl, dass er ihr trauen sollte. Er erinnerte sich an ihren Blick, als die Brünette ihr Kleid hochgezogen hatte und die Treppen hinaufgegangen war. Pellam hatte schon mit vielen Schauspielerinnen gearbeitet, einige waren wirklich brillant gewesen, die meisten jedoch hatten sich nicht so gut im Griff, um so viel Schmerz zu überspielen.

»Es wird über Sie geredet«, sagte Jolie McKennah.

In der Ferne war das Feuer in der West Side fast verschwunden. Zu sehen waren immer noch unzählige Blaulichter der Krankenwagen, die wie Laser einer kitschigen Disco aufblitzten.

»Hat er was gesagt?« Pellam wusste nicht genau, ob ein Nicken zur Decke, wo McKennah mit der distanzierten Brünetten im Bett lag, angebracht war.

»Nein, aber er weiß über Sie Bescheid. Er hat Sie beobachtet.«

»Warum sind wir hier? Erzählen Sie es mir.«

Sie nippte an ihrem Glas und lächelte traurig. »Wir hatten nie Geheimnisse voreinander, Roger und ich. Nie. Das ging so weit, dass ich sogar die Körbchengröße seiner Freundinnen kannte. Aber dann passierte etwas.«

»Abnutzung?«

»Das ist gut gesagt, Pellam. Ja, genau. Alles nutzt sich mit der Zeit ab. Wir sind seit langem nicht mehr verliebt. Seit Jahren. Wir waren uns jedoch nah, und wir waren Freunde. Aber dann ging auch das vorbei. Die Freundschaft. Er fing an, mich zu belügen. Das war gegen die Regeln. Wir haben uns entschlossen, uns scheiden zu lassen.«

Er hat sich entschlossen, sich scheiden zu lassen, meinte sie.

»Und Sie fühlen sich betrogen.«

Sie wollte erst widersprechen. »Ja, ich habe mich betrogen gefühlt«, gestand sie schließlich.

Er schaute aus dem Fenster zu seinem Spiegelbild.

»Bei der Brandstiftung in der Sechsunddreißigsten Straße waren ein paar Männer, die für sein Unternehmen arbeiten, ganz in der Nähe des Gebäudes, kurz bevor das Feuer ausbrach.«

Das ließ sie aufmerken.

»Ah, dann sind Sie also ein Kreuzritter?«

»Wohl kaum. Ich will lediglich wissen, wer dahinter steckt.«

»Ich glaube nicht, dass Roger so etwas jemals tun würde.«

»Sie ›glauben‹?«

Er sah ihr an, dass sie nicht sicher war. Sie hielt ihr Champagnerglas unter die Nase und roch daran. »Finden Sie mich attraktiv?«

»Ja.« Das war die Wahrheit und hatte nichts mit den acht Monaten Entzug zu tun.

»Möchten Sie mit mir schlafen?«

»Zu einem anderen Zeitpunkt, an einem anderen Ort würde ich das tun.«

Das beruhigte sie. Wie zerbrechlich unsere Eitelkeit doch ist, und wie leichtsinnig offenbaren wir sie, sodass sie von jedermann zerquetscht werden kann.

»Erzählen Sie mir, woran Sie wirklich interessiert sind. Vielleicht kann ich Ihnen helfen.«

Und vielleicht zieht sie mir den Boden unter den Füßen weg.

»Oh, Sie zögern. Sie glauben, ich würde ihm Bericht erstatten, Sie ausspionieren?«, fuhr sie fort.

»Kann sein.«

»Ich dachte, Sie wären eine Spielernatur.«

»Der Einsatz ist hoch.«

»Wie hoch? Eine Milliarde? Zwei?«

»Zehn Jahre des Lebens einer alten Frau.«

Sie zögerte. »Ich habe keinen Einfluss mehr auf ihn. Nicht wie früher.« Sie zeigte mit dem Kopf in Richtung der Party, die Geste galt jedoch eher als Scharfschuss auf die Brünetten, Rothaarigen und Blondinen im Raum. »Und werde ihn nie wieder haben. Er hat auf diesem Terrain spielend gewonnen – dem Schlafzimmer, unserem Zuhause. Ich muss ihn also da verletzen, wo ich noch kann – auf der geschäftlichen Ebene.«

»Die Frau, die ich erwähnt habe, war Mieterin in dem Gebäude, das niedergebrannt wurde. Sie wurde wegen Brandstiftung festgenommen, hat es aber nicht getan«, sagte er.

»Sie heißt Washington. Ich habe darüber gelesen. Ein Versicherungsbetrug oder so was«, erwiderte Jolie.

Pellam nickte. »Hat Ihr Mann den Brand legen lassen?«

Jolie dachte lange nach, während sie wieder auf die feinen Champagnerperlen starrte. »Nicht der Roger, den ich kannte. Er hätte das nie getan. Der neue Roger… ich weiß nur, dass er mir fremd geworden ist. Er spricht nicht mehr mit mir. Ich kann Ihnen verraten, dass er ein paarmal pro Woche weggeht – nachts. Das hat er früher nie getan. Ich meine, ohne mir vorher Bescheid zu sagen. Und er hat mich deswegen auch nie angelogen. Er bekommt einen Anruf, dann verschwindet er.«

»Wissen Sie, wer ihn anruft?«

»Ich habe die Sternchen-6-9-Kombination gedrückt, um die Nummer des letzten Anrufers anzuwählen. Es hat sich eine Anwaltskanzlei gemeldet. Aber von dieser hatte ich noch nie etwas gehört.«

»Wie hieß die Kanzlei?«

»Pillsbury, Millbank & Hogue«, antwortete sie. Pellam bemerkte ein Stocken in ihrer ansonsten kontrollierten Stimme. Ein Zittern. Sie fuhr fort. »Der Chauffeur setzt ihn an der Ecke Neunte Avenue und Fünfzehnte Straße ab. Er trifft sich mit jemandem, einem Mann. Diese Treffen sind geheim.«

»Und der Chauffeur, würde er mehr verraten?«, fragte Pellam vorsichtig nach.

»Das würde er. Aber Roger achtet darauf, dass er wegfährt, sobald er ihn abgesetzt hat«, sagte sie.

Pellam notierte sich den Namen und die Anschrift der Kanzlei.

»Wissen Sie, er hat auch gute Eigenschaften. Er spendet viel«, fügte sie hinzu.

Das tun Serienmörder wahrscheinlich auch. Zumindest diejenigen, die etwas für ihre Abschreibungen benötigen.

Jolie nahm sein Glas vom Tisch und nippte daran. Ihres war leer. »Was Sie mir da gerade erzählt haben, kann Ihrem Mann teuer zu stehen kommen. Und Ihnen auch«, sagte Pellam.

»Mir?«

»Wegen der Scheidung. Wird er Ihnen keine Abfindung, keinen Unterhalt zahlen?«

Ein Lachen. »Sie Armer, Sie zahlen wirklich Steuern. Lassen Sie es mich so ausdrücken: Ich habe ausgesorgt. Was Roger auch passieren mag, es trifft mich finanziell nicht.«

Pellam warf einen Blick auf ihre straffe, gebräunte Haut. Acht Monate. Eine verdammt lange Zeit.

»Auf einen anderen Ort und eine andere Zeit«, prostete sie ihm zu.

Einen Augenblick verharrte er am Fenster und schaute auf die erhellten Gebäude in Manhattan. Dann ging er zur Tür, während sich draußen Pellams reflektierter Engel ebenfalls umdrehte, seine geisterhaften Arme senkte und in die Nacht über der Stadt verschwand.

Feuer zeigt nach oben, nicht nach unten.

Feuer steigt, es fällt nicht.

Sonny warf einen Blick auf die Karte.

Der Krankenhausbrand war ein gutes Feuer gewesen, wenn auch kein tolles. Zu viele aufmerksame Bürger hatten aufgepasst. Zu viele Polizisten, zu viele Fire Marshals, die beobachten und herumstöbern. Alle bereit, die Neun-ein-eins zu wählen. Alle bereit, mit dem Feuerlöscher Kohlendioxid zu versprühen.

Alle nahmen diese Sache so verdammt ernst.

Er war auch abgelenkt – musste immer an diesen Antichristen Pellam, diesen Cowboy denken. Sonny glaubte, ihn überall zu sehen. In Schatten, in Gassen. Er verfolgt mich…

Er ist der Grund für mein Schwitzen. *Er* ist der Grund für mein Händezittern.

Schweiß rann an Sonnys Stirn hinab und durch sein Haar. Normalerweise war es so hell wie ausgebleichte Zitronen, heute jedoch wirkte es durch die Feuchtigkeit viel dunkler.

Sein Atem ging schnell, ab und zu zuckte seine Zunge wie ein rosa Aal hervor, um die ausgedörrten Lippen zu befeuchten.

Als nächster Punkt auf seiner Liste stand ein Kino. Er haderte mit sich, ob er ein schwules Pornokino oder ein normales Filmtheater abfackeln sollte. Er entschied sich für das normale.

Aber zuerst brauchte er weitere Hilfsmittel. Brandstifter haben es gut, denn anders als Bombenleger und Killer können sie ihr Handwerkszeug ganz legal erwerben. Trotzdem muss man vorsichtig sein. Sonny kaufte seine Zutaten nie kurz hintereinander an den gleichen Orten, tauchte an keiner Tankstelle öfter als einmal im Monat auf. Aber in Manhattan gab es überraschend wenig Tankstellen, die meisten waren in Jersey oder auf Long Island; und da er kein Auto besaß, konnte er nur zu solchen gehen, die er von seiner Wohnung aus zu Fuß erreichen konnte.

Er war gerade auf dem Weg nach East Village zu einer Tankstelle, an der er seit über einem Jahr nicht mehr gewesen war. Es war ein weiter Weg, und der Rückweg mit zwanzig Litern Benzin würde mühsam werden. Doch er hatte Angst, er könnte das Schicksal herausfordern, wenn er bei einer der näher gelegenen Tankstellen sein Benzin kaufen würde.

Er dachte darüber nach, wie viele Gläser von seinem Gemisch er wohl für ein Kino brauchen würde.

Wahrscheinlich nur eins.

Manchmal hockte Sonny Stunden vor einem Gebäude und dachte darüber nach, wie er es am besten abfackeln könnte. Er war ziemlich dünn, schauderhaft dünn, und wenn er draußen an der Grand Central Station herumhockte und in seine Wie-viel-Gläser-nehm-ich-Überlegung vertieft war, warfen ihm die Leute Münzen hin, weil sie dachten, er wäre obdachlos und hätte Aids. Oder sie dachten bloß: *O Gott, ist der Mann dünn*. Doch er hatte jedes Mal tausend Dollar bei sich, war kerngesund und setzte sich nur auf den Bordstein, um sich genussvoll seiner Fantasie hinzugeben, wie er den barocken Bahnhof mit möglichst wenig Zündsätzen dem Erdboden gleichmachen könnte.

Sieben würde er für Grand Central benötigen, hatte er überlegt. Sechzehn für das Rockefeller-Zentrum. Vier für das Empire State Building.

Lässig ging Sonny an der Tankstelle vorbei und hielt vorsichtig Ausschau nach Polizei und Fire Marshals. In den letzten Tagen hatte er mehr Streifenwagen als üblich gesehen, die die Straßen um Tankstellen beobachteten. Jetzt sah er jedoch keine und ging zur Tankstelle zurück an die am weitesten von der Kasse entfernte Zapfsäule. Er schraubte den Verschluss vom Kanister ab und begann zu tanken.

Der süße Duft weckte viele angenehme Erinnerungen in ihm.

Sonny hatte bereits im ersten Augenblick seines Besuches in der Stadt vor acht Jahren gewusst, dass er hier leben und sterben würde. New York! Wie hätte er woanders leben können? Die Asphaltstraßen waren heiß, Dampf stieg aus Tausenden von Schächten wie Rauch auf, täglich brannten Häuser, und niemanden schien das sonderlich zu berühren. New York war die einzige Stadt, in der man Mülltonnen, Autos und verlassene Häuser anzünden konnte, an denen die Passanten nach einem kurzen Blick auf die Flammen weitergingen, als ob sie einfach zum normalen Bild der Stadt gehörten.

Nach seiner Entlassung aus dem Jugendgefängnis war Sonny in die Stadt gekommen. Eine Zeitlang hatte er in Büros gearbeitet – als Bote, Postzusteller, in Kopierläden. Doch für jede Stunde im Büro oder bei seinem Bewährungshelfer verbrachte er zwei Stunden damit, sein Handwerk weiter zu verfeinern, indem er für Grundbesitzer, Immobilienhaie und sogar ab und zu für die Mafia arbeitete. Benzin, Erdgas, Nitrate, Diesel, Azeton. Dann sein kostbarer Saft, von ihm höchstpersönlich kreiert, eigentlich ein Patentrezept. Er liebte ihn so sehr wie Bach seine Tasteninstrumente.

Sein Saft. Feuer, das die menschliche Haut liebkost und nicht mehr herunterzubekommen ist.

In den ersten Jahren, nachdem er in die Stadt gezogen war, auf die West Side, war er noch nicht so ein Einzelgänger gewesen wie heute. Er hatte Leute bei der Arbeit getroffen, sich manchmal sogar mit Frauen verabredet. Aber bald schon langweilten ihn Menschen. Die Treffen fanden für seinen Geschmack immer viel zu früh am Abend statt, und nach ein paar Stunden war das Einzige, was sie noch gemeinsam hatten, der beharrliche Wunsch gewesen, den anderen loszuwerden. Im Restaurant starrte er oft nur auf die Kerzen anstatt seiner Verabredung in die Augen.

Schließlich stellte sich heraus, dass Sonny selbst sein bester Freund war. Er lebte allein in einer kleinen, ordentlichen Wohnung. Er bügelte seine Kleidung perfekt, sein Konto war stets ausgeglichen, er besuchte künstlerisch anspruchsvolle Filme und Vorträge über Kunst des neunzehnten Jahrhunderts in New York. Im Fernsehen schaute er sich Einrichtungs- und Bildungssendungen und Sitcoms an.

Er lebte dafür, zusehen zu können, wie Dinge zu hervorragender, schweigsamer Asche verbrannten.

Während sich der Kanister mit der empfindlichen, rosafarbenen Flüssigkeit füllte, musste er wieder an Pellam denken. An den hünenhaften, schwarz gekleideten Todesengel. An den Antichristen. Die Motte, die im Licht verglüht, von dem sie angezogen wird.

Ach, Pellam … ist es nicht erstaunlich, wie sich unser beider Leben miteinander verquickt hat. Wie die Fasern eines Dochts. Ist es nicht komisch, wie das Schicksal dabei hilft? Du suchst mich, und ich suche dich. Wirst du mein ewiges Schicksal sein? Wir werden zusammen in einem Bett aus Feuer liegen, uns in reines Licht verwandeln, unsterblich sein …

Zwölf Liter. Als er seinen Kopf zur Zapfsäule drehte, sah

er dahinter zufällig den Tankwart, der rasch im Kassenhäuschen verschwand.

Vierzehn Liter…

Sonny ließ den Zapfhahn im Kanister und ging zum Kassenhäuschen hinüber, sah, wie der Tankwart telefonierte. Er ging wieder zur Zapfsäule. *Hm.* Jetzt haben wir aber ein Problem. Ein Problem.

Was machen wir jetzt?

Als drei Streifenwagen lautlos auf die Tankstelle fuhren, blickte Sonny regungslos und unsicher, den Zapfhahn noch in der Hand, in Richtung des Kassenhäuschens.

Ein Problem…

»Entschuldigen Sie, könnten Sie vielleicht den Zapfhahn einhängen und herüberkommen?«, rief ihm ein Polizist zu.

Er und seine Kollegen stiegen aus ihren Autos.

Fünf der sechs Polizisten hatten ihre Hand an den Pistolengriffen.

»Was gibt es denn, Officer?«

»Hängen Sie das Ding einfach ein, den Zapfhahn. In Ordnung? Los.«

»Natürlich, Officer. Selbstverständlich.«

Er hängte den Hahn für Superbenzin an die Zapfsäule.

»Können Sie sich irgendwie ausweisen?«

»Ich habe nichts verbrochen. Ich habe noch nicht einmal ein Auto. Also wofür wollen Sie mir einen Strafzettel geben?« Er suchte in seiner Tasche.

»Kommen Sie einfach hier herüber und zeigen Sie uns Ihren Ausweis.«

»In Ordnung. Habe ich was falsch gemacht?« Sonny bewegte sich nicht.

»Kommen Sie jetzt. Hier herüber.«

»Ja, klar. Das mache ich doch gerne.«

»O Gott, nein!«, schrie hinter ihm eine Stimme mit starkem Akzent. Sonny war überrascht, dass der Tankwart so lange gebraucht hatte, um es zu bemerken. »Das Benzin! Die andere Säule ist noch offen.«

Sonny lachte. Als er in der Zapfsäule das Spiegelbild der Streifenwagen gesehen hatte, hatte er den Schlauch fallen lassen und sich den für Superbenzin geschnappt, den er anschließend auf Befehl und pflichtbewusst wieder eingehängt hatte. Mindestens fünfundsiebzig Liter Benzin waren um die Säule herum ausgelaufen und flossen unsichtbar auf dem schwarzen Asphalt in Richtung der Beamten und ihrer Wagen.

Im Bruchteil einer Sekunde, noch bevor einer der Polizisten seine Waffe ziehen konnte, hatte Sonny sein Feuerzeug in der Hand. Er zündete es an und ging in die Hocke.

»Okay, Mister. Legen Sie das weg«, sagte einer der Polizisten, während er die Hände hob. »Es wird Ihnen keiner etwas tun.«

Für einen Augenblick rührte sich niemand. Doch dann wussten alle, was passieren würde. Vielleicht war es Sonnys Blick, sein Lachen… vielleicht verriet ihn etwas anderes. Die sechs Polizisten drehten sich um und flüchteten vor der tödlichen Pfütze.

Sonny stand auf einem trockenen Stück Asphalt. Doch als er die Flamme auf den Strom aus Benzin hielt, rannte er zurück wie eine Kakerlake. Es gab einen riesigen Feuerball. Er schnappte sich den Kanister und floh.

Mit einem lauten *Wusch* fegten die Flammen unter die Streifenwagen und setzten sie in Brand. Der feurige Fluss breitete sich weiter über die Houston Street aus, ließ schwarze Wolken brausend in den Himmel aufsteigen. Schreie, Hupen, Zusammenstöße, als Autos anhielten und versuchten, rückwärts den Flammen zu entkommen.

Sonny war einen halben Block entfernt, als er sich nicht mehr zurückhalten konnte. Er musste stehen bleiben und sich umdrehen, um sich das Chaos anzusehen. Zuerst war er ein wenig enttäuscht, dass der Haupttank nicht in die Luft geflogen war, dann nahm er es philosophisch und genoss das Feuer, so wie es war.

Er dachte, Feuer ist nicht nur Energie, sondern ein Lebewesen, das atmet, wächst und sich vermehrt. Es wird geboren und stirbt. Es ist jedem überlegen.

Feuer ist der Bote für Veränderung.

Die Sonne besteht aus Feuer, dabei ist sie nicht einmal besonders heiß.

Feuer verschlingt den Schmutz der Menschen. Nur Feuer übt blinde Gerechtigkeit.

Feuer verweist auf Gott.

... Sechzehn

»He, Mister, Sie lassen aber einen berühmten Anwalt für sich arbeiten. Er hat die Hafenbehörde verklagt und gewonnen. Haben Sie schon mal gehört, dass jemand die Stadt verklagt und gewonnen hat?«

Der Mann, der an Louis Baileys Schreibtisch saß, erhob sich im gleichen Moment, in dem Pellam eintrat. Es war der Wettkönig in der grünen Jacke vom Tag zuvor. Der Mann mit der »bombensicheren Sache«.

»Cleg, bitte.« Bailey spielte den Zurückhaltenden.

»Und erzähl ihm von damals, als du Rockefeller verklagt hast.«

»Cleg.«

Der schlanke Kerl schien Pellam verziehen zu haben, dass er seinen Tipp zum Pferderennen nicht angenommen hatte. »Rockefeller hat diesem Typen die Erfindung geklaut, und Louis hat ihn vor Gericht gezerrt«, erklärte er. »Er hat den Schwanz eingezogen. Louis hat ihm eine Heidenangst eingejagt. He, Sie sehen aus wie ein Cowboy. Hat Ihnen das schon mal jemand gesagt? Sind Sie schon mal auf einem Bronco geritten? Was genau ist eigentlich ein Bronco? Ich kenne nur den von O. J. Seinen weißen Ford Bronco, meine ich.«

»Das ist ein ungezähmtes Pferd«, antwortete Pellam.

»Oh, wer hätte das gedacht,« sagte Cleg erstaunt – ein Wettkönig, der gerade eine neue Pferderasse entdeckt hatte. Er schnappte sich die nächsten Umschläge, mit denen die Mühlen am Laufen gehalten werden sollten, und verschwand.

»Das ist mir ein Typ«, war alles, was Pellam sagen konnte.

»Sie kennen nicht einmal die Hälfte von ihm«, meinte Bailey zweideutig. Er breitete die Morgenzeitung aus und schlug mit der Hand darauf. »Schauen Sie sich das an.« Die erste Seite berichtete von einem Brand an einer Tankstelle im Village. »Das ist unser Junge.«

»Der Pyromane?«, fragte Pellam.

»Sie sind sich ziemlich sicher. Sie hatten ihn fast, aber er ist entwischt. Zwei Polizisten und drei Fußgänger wurden schwer verletzt. Fast eine Million Dollar Schaden.«

Pellam betrachtete sich das Bild der Verwüstung.

Bailey trank einen Schluck von seinem Wein, bevor er weitersprach. »Die Sache wird zum Albtraum. Die Öffentlichkeit ist in Aufruhr. Polizei und Staatsanwaltschaft stehen unter dem immensen Druck, diesen Kerl schnappen zu müssen. Sie glauben, dass er durchgeknallt ist. Als ob ihn Ettie eingeschaltet hätte und er sich nicht mehr abschalten lässt. Es wird ein ganz New York umfassender Feldzug, um ihn aufzuhalten.«

Pellam beugte sich ermüdet über die Zeitung. In einem Informationskasten war unter anderem ein Plan von Hell's Kitchen abgedruckt. Kleine Flammensymbole kennzeichneten die Stellen, an denen ein Brand gelegt worden war. Sie schienen ein Muster zu ergeben – ein Halbkreis nördlich um Etties ehemaliges Wohnhaus.

Bailey reichte Pellam einen Zettel. »Das ist die Agentur, bei der Ettie die Versicherung abgeschlossen hat. Die Frau, die ihr den Vertrag angedreht hat, heißt Florence Epstein.«

»Und was hat sie gesagt?«

Bailey warf Pellam einen bedeutungsvollen Blick zu, den Pellam aber nicht verstand. »Äh, ja bitte?«, hakte Pellam nach.

»Ich kann nicht mit ihr reden. Ich bin Etties Prozessbevollmächtigter.«

»Oh, ich verstehe. Aber ich kann es.«

Bailey seufzte. »Ja gut, stimmt, aber…«

»Aber was?«

»Wissen Sie, manchmal… also, mit diesen schwarzen Klamotten wirken Sie ein bisschen einschüchternd. Und Sie lächeln nicht gerade viel.«

»Ich werde der Charme in Person sein«, meinte Pellam. »Solange sie nicht lügt.«

»Wenn es irgendeinen Hinweis auf Einschüchterung gibt…«

»Sehe ich so aus wie jemand, der andere einschüchtert?«

Bailey wurde es plötzlich ungemütlich, sodass er rasch das Thema wechselte. »Hier. Ich war in der Bibliothek.« Er legte einige Zeitungsausschnitte vor Pellam auf den Schreibtisch.

»Sie sind selbst hingegangen? Sie haben keine Bibliothekarin bestochen, damit sie sie ihnen bringt?«

»Ha.« Bailey kämpfte mit einer neuen Weinflasche, um die Plastikkappe abzubekommen. »Etwas Hintergrundmaterial zu Roger McKennah.«

Pellam blätterte durch die Ausschnitte.

Die *Business Week* schrieb:

Die beste Zeit des letzten Jahrzehnts für McKennah waren die Jahre Ende der Achtziger – als der Markt in Schutt und Asche lag, die Wirtschaft in den Keller gerutscht war und sich die Karrieren in der Wall Street »chappaquidicked« hatten – ein bekannter McKennahismus dafür, wenn sich etwas in Luft aufgelöst hat. Für McKennah jedoch war es die persönliche Bestzeit.

New York Magazine:

... Roger McKennah, der selbst erklärte Megalomane, marschierte in die Dritte-Welt-Viertel der Stadt, in die er erschwingliche (und profitable) Wohnprojekte streute. Ihm wird auch zugute gehalten, dass er Immobilienanlagegesellschaften wiederbelebt, einen guten Teil von Midtown den ausländischen Händen entreißt und ortsansässigen Baufirmen zurückgibt. Bekannt für seinen Verstand ebenso wie für seinen Lebensstil und Geschäftssinn, war es McKennah, der dem Begriff »geiern« eine andere Bedeutung gab – Geschäfte ausfindig machen, die den Bach runtergehen, und sie den Klauen von Zwangsverwaltern und Treuhändern entreißen.

Aus der bizarr bildhaften *People*:

Jeder – ob ein Trump, ein Zeckendorf oder ein Helmsley – könnte auf dem Wellenkamm des Reichtums reiten. Doch nur ein Genie wie Roger McKennah wagte sich genau dorthin, wenn es die einzige Möglichkeit zum Surfen im Tunnel einer Welle gab.

Pellam legte die Artikel beiseite.

»Das macht ihn zu einem gierigen und gerissenen Burschen, aber wohl kaum zu einem Brandstifter«, war Baileys Kommentar.

»Dann erzähle ich Ihnen besser von meiner Verabredung am gestrigen Abend.«

»Die Party bei ihm zu Hause?«

»Der Kaviar war ein bisschen zu warm. Aber ich habe mit seiner Frau Champagner getrunken.«

Bailey war entzückt. Verbrüderung mit dem Feind war möglicherweise eine wichtige Technik, um die Mühlräder ins Stocken zu bringen.

»Sie will ihn versenken wie die Titanic.«

Pellam erzählte dem Anwalt von McKennahs heimlichen Treffen und den Telefonaten mit der Anwaltskanzlei.

»Pillsbury, Millbank?«, fragte Bailey nach.

»Ich bin mir ziemlich sicher, dass sie diese Namen genannt hat.«

Bailey zog den dicken Band des Anwaltsverzeichnisses vom Regal. Die Kanzlei war eingetragen. Er las aufmerksam und nickte. »Ich glaube, ich kann mich da an jemanden ranmachen.«

Er *kann*.

Pellam griff nach seiner Brieftasche.

»Diesmal nicht. Ich habe eine andere Idee. Ach ja, und ich habe noch weitere gute Nachrichten. Hatte ich ganz vergessen, Ihnen zu erzählen. Ein Freund von mir hat einen Freund, der mit dem leitenden Fire Marshal Karten spielt. Heute Abend treffen sie sich zum Poker, und mein Kumpel wird seinen Kumpel überreden, haushoch zu verlieren und eine Flasche Macallan springen zu lassen. Wir werden einige Interna über den Fall erfahren.«

»Wie alt?«

»Wie alt was?«

»Der Macallan.«

»Ich weiß nicht. Vielleicht zwölf Jahre. Vielleicht älter.«

»Ich bin am Nachdenken, Louis«, sagte Pellam. »Vielleicht werde ich einen Dokumentarfilm über Sie drehen. Mit dem Titel *Die Mühlen am Laufen halten*. Sagen Sie, haben Sie wirklich Rockefeller verklagt?«

»O ja, das habe ich tatsächlich.« Bailey blickte bescheiden auf seinen Schreibtisch und zuckte die Schultern. »Aber es war nicht einer von *den* Rockefeller.«

Die Schritte hinter ihm kamen immer näher.

Pellam wirbelte herum, seine Hand schnellte hinter seinen Rücken, wo der Colt heiß und schwer gegen seine Wirbelsäule drückte.

Er blickte nach unten.

»Hey, Kumpel, wo warst du?« Ismail grinste, die Hände in die dürren Hüften gestemmt. Er war nass geschwitzt, steckte aber immer noch in seiner heiß geliebten African-National-Congress-Windjacke.

»Hier in der Gegend. Und du?«

»Hey, du hast eine Waffe. Im Gürtel.«

»Nein, habe ich nicht.«

»Hey, hast du doch! Du hast nach dem Teil gegriffen. Lass mich mal sehen, Pellam. Was hast du für eine? Eine Glock oder eine Browning? Eine .357 Magnum? Mann, ich will eine Desert Eagle. Damit blas ich dir in den Arsch. Das Teil is'n Kaliber fünfzig.«

»Ich habe nach meiner Brieftasche gegriffen. Ich dachte, du wärst ein Taschendieb.«

»Hey, Kumpel, ich würde dich nicht beklauen.« Ismails verletzter Gesichtsausdruck schien echt zu sein.

»Wo hast du gesteckt?«, fragte Pellam.

»Überall und nirgends. Rumgehängt. Du weißt schon.«

Pellam lachte. »Wenigstens hängen deine Jeans nicht auf Halbmast. Und ich gebe dir zehn Mäuse, wenn du mir ein paar echte Bandenzeichen zeigst.«

Doch der Junge kannte sie alle und gestikulierte wild in der Gegend herum. Pellam hatte keine Ahnung, was die Zeichen bedeuteten, aber sie wirkten echt. In einer Gang in L.A. würde Ismail als perfekter *K.G.* durchgehen, als kleiner Gangster. Er steckte ihm die zehn Dollar in der Hoffnung zu, dass er sich davon was zu essen kaufen würde.

»Danke, Kumpel.«

»Wie geht's deiner Mutter?«

»Weiß nicht. Sie ist weg. Meine Schwester auch.«

»Weg? Was meinst du damit?«

Er zuckte die Schultern. »Weg. Nicht mehr in der Unterkunft.«

»Wo bist du jetzt untergebracht?«

»Hab keinen festen Platz. He, was schaust du so, Pellam. Wieso schielst du mich so an?«

»Also, ich hätte gerne, dass du jemanden kennen lernst.«

»Ja? Wen?«

»Eine Frau.«

»Ist sie 'ne geile Schnitte?«

»Ich glaube, ja. Ich weiß nicht, was du von ihr halten wirst.«

»Hey, Pellam, warum willst du mich deiner Nutte vorstellen?«

»Pass auf, was du sagst.«

»Nix da.«

»Ismail.«

»Nix da, verdammt«, brummte er.

Pellam packte Ismails Arm und zog ihn in das Youth Outreach Center.

»Ismail, hör auf zu fluchen.«

»Hey, Kumpel, ich weiß, was die Nutte will. Mann, die will mich total umkrempeln …«

»Wie heißt er?«, fragte Carol Wyandotte, die sich von dem kleinen wütenden Energiebündel nicht aus der Ruhe bringen ließ.

»Ismail.«

»Hallo, Ismail. Ich bin Carol. Ich leite das Heim hier.«

»Yeah, du bist 'ne blöde Nutte, und ich bleib sowieso nicht hier.«

»Das reicht, junger Mann«, schnauzte Pellam.

»Halt diese weiße Nutte von mir weg«, gab der Junge bissig zurück.

Pellam überlegte, ob er es auf die sanfte Tour probieren sollte. »Ismail, sieh mal«, begann er mit ruhiger Stimme, »manche Leute denken, das Wort sollte man lieber nicht benutzen.«

»Okay, okay.« Der Junge wirkte reumütig. »Ich werde nicht mehr ›weiß‹ sagen.«

»Sehr lustig.«

»Oh, er meint mit ›Nutte‹ nicht das, was es normalerweise bedeutet«, erklärte Carol nüchtern. »Es ist nur verbaler Fensterschmuck.«

»Erzähl mir nicht, was ich meine, Nutte.«

»Willst du mein Freund sein oder nicht?«, schnauzte Pellam ihn an. »Dann pass gefälligst auf, was du sagst.«

Der Junge verschränkte die Arme und ließ sich mürrisch auf die Fensterbank fallen.

»Seine Mutter und Schwester sind verschwunden«, erzählte Pellam.

»Verschwunden?«

»Aus der Unterkunft«, erklärte er weiter.

»Ismail, was ist passiert?«

»Weiß nicht. Ich komme zurück, und sie sind weg. Weiß nicht, wohin.«

Der Junge hatte in der Ecke einen Stapel Comic-Bücher entdeckt und begann eine alte Ausgabe von *X-Men* durchzublättern.

»Können Sie was für ihn tun?«, fragte Pellam.

Carol zuckte die Schultern. »Wir würden den Notdienst für Kinder anrufen. Sie würden ihn innerhalb von vierundzwanzig Stunden in einem Heim unterbringen. In fünfundzwanzig Stunden wäre er schon abgehauen. Ich glaube, wir sollten ihn ein paar Tage lang hier behalten und abwarten, ob seine Mutter wieder auftaucht… Ismail?«

Der Junge blickte auf.

»Hast du eine Großmutter?«

»Hey, was redest du für 'nen Scheißdreck. Jeder hat eine Großmutter.«

»Ich meine, eine, die du kennst.«

Er zuckte die Schultern.

»Wo wohnt denn deine?«

»Weiß nicht.«

»Eine von beiden? Wie sieht's mit Tanten aus? Oder jemandem anderen?«

»Weiß nicht.«

Es traf Pellam schwer, dass der Junge seine Verwandten nicht kannte.

»Gefallen dir diese Bücher?«, fragte Carol sanft. »Wir haben ganz viele davon.«

»Scheiße«, stieß Ismail verächtlich hervor. »Ich könnte tausend von diesen blöden Comics klauen, wenn ich wollte.«

Pellam ging vor dem Jungen in die Hocke. »Du und ich, wir sind doch Freunde, oder?«

»Ich denke. Ich weiß nicht.«

»Wirst du eine Weile hier bleiben? Und kein Chaos anstellen?«

»Wir werden dir helfen, deine Mutter zu suchen.«

»Ich will sie gar nicht suchen. Die ist doch voll drauf. Nimmt die ganze Zeit Crack. Sie hat den Typen den Kopf verdreht, sich Geld verdient. *Motherfuckers*, wenn du weißt, was ich meine.«

»Bleib doch einfach eine Weile hier«, bat Pellam. »Tu es für mich.«

Ismail legte das Buch zur Seite. »Okay, für dich mach ich das, Pellam.« Er schielte zu Carol hinüber. »Aber hör gut zu, Nutte…«

»Ismail!«, rief Pellam. »Noch einmal, dann siehst du mich nie wieder.«

Der Junge blinzelte überrascht angesichts dieses Wutausbruchs und nickte unsicher.

»Wir hätten gerne, dass du bleibst«, nahm Carol den Faden wieder auf. »Es gibt ein paar Kinder hier, mit denen könntest du dich gut verstehen. Geh da hinten rein. Frag nach Miss Sanchez. Sie besorgt dir ein Bett im Schlafsaal der Jungs.«

Er sah zu Pellam. »Darf ich dich besuchen?«

»Das hier ist kein Gefängnis«, sagte Carol. »Du kommst und gehst, wann du willst.«

Ohne auf Carol zu achten, sagte er zu Pellam: »Wir ziehen hier zusammen durch die Gegend, okay, Kumpel?«

»Ja, würde ich gerne.«

Mit seinen finsteren dunklen Augen taxierte Ismail das düstere Büro. »Gut«, brummte er. »Aber niemand wird mit mir rummotzen, ist das klar?«

»Niemand hier wird mit dir rummotzen«, erwiderte Carol.

Mit unheimlich erwachsenen Augen blickte er zu Pellam. »Bis später, Kumpel.«

»Bis später.«

Wie ein Wildwest-Cowboy schob er sich nach hinten durch die Tür.

Carol lachte. »Was treiben Sie eigentlich hier auf den schäbigen Straßen? Abgesehen davon, dass Sie den Sozialarbeiter mimen.« Sie senkte den Blick zu ihrem Harvard-Sweatshirt und wischte mit ihren leicht dicken Fingern etwas Staub ab, eine Geste, die sie gleichzeitig stark und verletzlich wirken ließ.

»Ich lauf nur so in der Gegend herum. Suche nach Kameraeinstellungen. Nach Leuten, mit denen ich reden kann. Was von Alex gehört?«

»Nichts, tut mir Leid. Er ist nicht zurückgekommen, niemand hat ihn gesehen. Ich habe mich umgehört.«

Sie schwiegen eine ganze Minute lang. Ein hochschwangeres Mädchen ging durch die Eingangshalle; in ihren Armen hielt sie Barney, einen ausgestopften Dinosaurier.

Carol schob wieder ihre Brille die Nase hinauf und wechselte ein paar Worte mit dem Mädchen. Als sie fort war, fragte Pellam: »Hätten Sie noch einmal Lust auf eine Tasse politisch unkorrekten Kaffee?«

Kurzes Zögern. Pellam dachte, sie wäre angenehm überrascht. Aber es könnte auch etwas anderes sein.

»Klar, gerne.«

»Wenn Sie zu tun haben…«

»Nein. Ich will mich nur schnell umziehen. Geben Sie mir zwei Minuten? Ich habe den ganzen Tag Kisten geschleppt«, entschuldigte sie sich und wischte wieder Staub von ihrem Ärmel.

»Kein Problem.«

Sie verschwand nach hinten. Eine junge Latino-Frau kam herein, nickte Pellam zu und übernahm die Schicht am Schreibtisch.

Kurz darauf war Carol wieder zurück. Ihr Sweatshirt hatte sie durch eine weite grüne Bluse ersetzt, die Jeans durch eine schwarze Stretch-Hose. Und statt der Nikes trug sie kurze schwarze Stiefel. Die Frau am Schreibtisch blickte wegen des Aufzugs überrascht auf und murmelte etwas Unverständliches, als Carol sagte, sie würde später wiederkommen.

»Macht es Ihnen was aus, wenn wir kurz bei mir zu Hause vorbeigehen?«, fragte Carol, als sie draußen waren. »Ich wohne nur vier Blocks weiter. Ich habe heute Morgen vergessen, Homer zu füttern.«

»Katze, Boa constrictor oder Freund?«

»Siam-Katze. Ich habe sie Homer Simpson getauft. Nein, nicht nach dem, an den Sie denken.«

»Ich dachte an *Der Tag der Heuschrecke*«, entgegnete Pellam.

»Oh.« Carol war überrascht. »Sie kennen ihn?«

Pellam nickte.

»Ich hatte meine Katze schon vorher. Dann erst haben sie

mit der Comic-Serie im Fernsehen angefangen. Am liebsten hätte ich meinen Kater umgetauft.«

Pellam spürte dieses kleine Zwicken in seinen Eingeweiden, das er manchmal hatte, wenn jemand von denselben verborgenen Dingen in der Kunst beseelt war wie er. Er hatte den Film *Der Tag der Heuschrecke* zwölfmal gesehen und könnte ihn sich genauso oft noch einmal anschauen. Dann war Carol also eine Seelenverwandte. »Mit Donald Sutherland als Homer. Ein großartiger Film. Waldo Salt hat das Drehbuch geschrieben.«

»Oh«, meinte Carol. »Es war ein Film? Ich habe nur das Buch gelesen.«

Pellam hatte das Buch nie in die Hand genommen. Nun, dann waren sie eben entfernte Seelenverwandte. Das war auch in Ordnung.

Sie bogen Richtung Süden ab. Es war Rushhour, und der Verkehr verstopfte die Straßen, die gelben Taxis zwängten sich zwischen den verbeulten Lastern und Autos hindurch. Ununterbrochen wurde gehupt. Die Hitze erzeugte Spannungen, die sich wie Geysire in einer Dampfwolke entluden, und hin und wieder drehte sich ein Fahrer mit einer unanständigen Geste zu einem anderen um. Doch niemand schien die Energie zu haben, konkret Schaden anzurichten.

Trotz der stechenden Hitze war der Himmel klar, und scharfe Schatten erstreckten sich vor ihnen auf dem Asphalt. Zwei Blocks weiter fing der McKennah-Turm die letzten Sonnenstrahlen ein und glühte wie eingeöltes Ebenholz. Die Funken der Schweißgeräte sahen aus, als würde das Sonnenlicht von den schwarzen Glasscheiben abgeraspelt werden.

»Haben Sie Corcoran getroffen?«, fragte Carol.

»Wir haben ein Pläuschchen gehalten, wie meine Mutter immer sagte.«

»Und Sie haben überlebt, sodass Sie darüber erzählen können.«

»Tief in seinem Innern ist er ein sensibler Mensch. Er wird nur missverstanden.«

Carol lachte.

»Ich glaube nicht, dass er es getan hat«, fuhr Pellam fort. »Den Brand gelegt, meine ich.«

»Glauben Sie wirklich, dass die alte Frau unschuldig ist?«

»Ja, das tue ich.«

»Ich habe leider lernen müssen, dass Unschuld nicht immer zur Verteidigung reicht. Nicht in Hell's Kitchen.«

»Das lerne ich auch allmählich.«

Langsam gingen sie die geschäftige Neunte Avenue entlang, wichen den Horden von Arbeitern aus dem Hauptpostamt, Supermärkten, Modehäusern und Schmuddel-Restaurants aus. In L.A. waren zu Stoßzeiten die Straßen unpassierbar, hier waren es die Bürgersteige.

»Ismail scheint was auf dem Kasten zu haben«, sagte Carol nach einer Pause. »Er hat Feuer im Hintern. Eine Schande, dass es zu spät für ihn ist.«

»Zu spät?« Pellam lachte. »Er ist erst zehn.«

»Viel, viel, *viel* zu spät.«

»Gibt es ein Programm oder so was, in das Sie ihn stecken können?«

Carol fasste seine Worte als Witz auf und brach in Lachen aus. »Ein Programm? Nein, Pellam. Es gibt kein Programm, nichts in der Art.« Vor einem Laden, in dem exotische Zigeunerkleider verkauft wurden, blieben sie stehen. Carol in ihrer alle überflüssigen Rundungen verbergenden Garderobe blickte sehnsüchtig auf die Kleider an den magersüchtigen Schaufensterpuppen. Schließlich gingen sie weiter. »Sein Vater ist tot oder abgehauen, stimmt's?«

»Tot.«

»Seine Mutter? Er hat sie *cluckhead* genannt. Das heißt, sie ist cracksüchtig. Keine weiteren Verwandten. Sie haben Interesse gezeigt. Deswegen hat er sich an Sie gehängt. Aber Sie können ihm nicht geben, was er braucht. Niemand kann das. Jetzt nicht. Unmöglich. Er knüpft jetzt Kontakte zu Gangs. In drei Jahren übernimmt er kleine Botendienste, in fünf Jahren ist er ein Straßendealer. In zehn sitzt er in Attica.«

Pellam ärgerte sich über ihren Zynismus. »Ich glaube nicht, dass seine Aussichten so trübe sind.«

»Ich weiß, was Sie fühlen. Sie würden ihn gerne bei sich behalten, stimmt's?«

Pellam nickte.

»Ich war auch mal Optimistin. Aber man kann sie nicht alle mit nach Hause nehmen. Nicht einmal versuchen kann man das. Das macht einen nur wahnsinnig. Und man sollte diejenigen retten, die man noch retten kann – die Drei-, Vierjährigen. Den Rest muss man abschreiben. Es ist traurig, aber nicht zu ändern. Diese Kräfte haben wir nicht unter Kontrolle, und dieser Wettlauf bedeutet den Tod für unsere Stadt.«

»Ich weiß nicht«, widersprach Pellam. »Jetzt, während ich diesen Film drehe, sehe ich viel Wut. Aber nicht wütende Schwarze oder Weiße. Wütende *Menschen*. Menschen, die ihre Rechnungen nicht bezahlen können oder keine gute Arbeit finden. Deswegen werden sie wild.«

Carol schüttelte entschieden den Kopf. »Nein, da liegen Sie ganz falsch. Iren, Italiener, Polen, Westinder, Latinos … auch sie waren einmal verachtete Minderheiten. Aber es gab eine unüberwindliche Schwierigkeit – mag sein, dass ihre Vorfahren sich nur Tickets für das Zwischendeck leisten konnten, aber sie hatten ihre Reise in die Neue Welt vorher gebucht. Sie kamen nicht auf Sklavenschiffen nach Amerika.«

Pellam war nicht überzeugt, ließ es aber dabei bewenden. Dies war Carols Welt, nicht seine.

Ich werde sein Freund sein …

Er war überrascht, welche Gefühle er für den Jungen hegte.

»Überall höre ich nur Phrasendreschereien«, fuhr Carol wütend fort. »›Gettozentrismus‹, ›zerbrochene Familieneinheiten‹. Einen unheimlichen Quatsch kriegt man da zu hören. Wir brauchen keine wohlklingenden Modewörter. Wir brauchen jemanden, der, verdammt noch mal, in diese Viertel reingeht und sich um die Kinder kümmert. Und das heißt, bereits im Kindergartenalter. Wenn sie schon so alt wie Ismail sind, ist ihr weiterer Weg vorprogrammiert, wie in Beton gemeißelt.«

Als sie sich zu Pellam umdrehte, wurde ihr eisiger Blick wieder sanfter. »Oh, tut mir Leid… Sie Ärmster. Noch ein Vortrag. Die Sache ist nur die, dass Sie ein Außenseiter sind. Sie haben sozusagen das Recht, einen gewissen Optimismus mitzubringen.«

»Aber ich wette, Sie haben auch noch ein bisschen davon. Genug, um hier zu bleiben, meine ich, und Ihre Arbeit zu tun.«

»Ich glaube echt nicht, dass ich sehr viel tue.«

»Oh, die Leute sagen aber ganz was anderes.«

»Was?« Carol lachte.

Pellam kramte in seiner Erinnerung. Ihm fiel der Name ein. »Jose Garcia-Alvarez?«

Carol schüttelte den Kopf.

»Ich habe ihn für meinen Film aufgenommen. Erst letzte Woche. Er sitzt jeden Abend im Clinton Park und teilt sein Weißbrot mit den Tauben. Er hat Sie erwähnt.«

»Wahrscheinlich, dass ich eine primitive, blöde Nutte bin.«

»Dass er Ihnen ewig dankbar ist. Sie haben seinen Sohn gerettet.«

»Ich?«

Er erzählte die Geschichte. Carol hatte den sechzehnjährigen Jungen völlig fertig und bewusstlos in einem Wohnhaus gefunden, das kurz vor dem Abriss stand, um dem McKennah-Turm zu weichen. Hätte sie nicht die Polizei und einen Arzt gerufen, wäre er vielleicht unter dem Schutt begraben worden.

»Ach, er war das? Klar, ich erinnere mich. Das würde ich

nicht unbedingt eine Heldentat nennen.« Sie wirkte verlegen, auch wenn sie sich geschmeichelt fühlte. Plötzlich packte sie ihn am Arm und brachte ihn vor einem Schuhgeschäft zum Stehen. Es war ein teures Geschäft, in dem kein Umsatz gemacht wurde. *Joan and David Shoes, Kenneth Cole*. Ein einziges Paar Schuhe kostete wahrscheinlich so viel wie der Wochenlohn der meisten Passanten, die hier vorbeikamen. Der Besitzer betete darum, dass zahlungskräftigere Bewohner ins Viertel zogen, denn viel länger konnte er die Verluste nicht mehr tragen.

»In meinem nächsten Leben«, sagte Carol, wobei Pellam nicht wusste, was sie meinte – ob sie sich dann die grazilen, mit Strass besetzten schwarzen Schuhe mit Absatz leisten könnte oder in ein dazu passendes Kleid passen würde.

»Sind Sie verheiratet?«, fragte sie auf halbem Weg die Straße hinunter.

»Geschieden.«

»Kinder?«

»Nein.«

»Mit jemandem zusammen?«

»Schon eine Weile nicht mehr.«

Acht Monate, um genau zu sein.

Wenn man zu einer vergnügten Nacht in einem von Schnee eingeschlossenen Wohnwagen »mit jemandem zusammen« sagen kann.

»Und Sie?« Er wusste nicht, ob er fragen sollte. Wusste schon gar nicht, ob er es wollte.

»Auch geschieden.«

Vor einem Drogerieladen machten sie einen Bogen um einen Straßenhändler. »He, schöne Frau, wir machen Sie noch hübscher, als Sie eh schon sind.«

Carol lachte, errötete und ging rasch weiter.

Einen Block weiter nickte sie in Richtung eines hässlichen Wohnhauses, das dem ähnelte, in dem Pellam wohnte.

»Trautes Heim, Glück allein«, sagte sie.

Carol gab einem Schnorrer, den sie mit Ernie begrüßte, einen Vierteldollar. Im Feinkostladen wechselte sie ein paar Worte mit dem Mann am Tresen und ging nach hinten, wo sie eine Dose Kaffee und ein Sechserpack Bier hoch hielt. »Rechts oder links?«, formte sie mit den Lippen.

Er zeigte aufs Bier und merkte, dass auch sie sich dafür entschieden hätte.

So wenig seelenverwandt waren sie nun doch nicht…

Ihre Wohnung lag gleich nebenan. In dem verfallenen Treppenhaus überdeckten Beige und Braun die Generationen alter Farbschichten. Sie gingen nach oben. Der Geruch nach altem Holz, alten Tapeten, heißem Fett und Knoblauch. Eine Feuerfalle, dachte Pellam.

Auf dem Treppenabsatz blieb sie plötzlich stehen, er eine Stufe unter ihr. Pause. Sie zögerte. Drehte sich um. Ihre Gesichter auf gleicher Höhe. Sie küsste ihn heftig. Seine Hände glitten über ihre Schultern auf ihren Rücken. Er spürte, wie die Zündung bei ihm eingeschaltet wurde, und zog sie fest an sich.

»*Turiam pog*«, flüsterte sie, bevor sie weiterküsste.

Lachend hob er eine Augenbraue.

»Gälisch. Rate mal, was es heißt.«

»Lieber nicht.«

»›Küss mich.‹«

»Gut.« Und er tat es. »Also, was heißt es?«

»Nein, nein«, lachte sie. »Genau das heißt es.« Sie kicherte wie ein Mädchen und trat an die Tür gleich neben der Treppe. Wieder küssten sie sich, dann kramte sie nach dem Schlüssel.

Pellam betrachtete sie von hinten. Als sie sich ohne Brille und mit zusammengekniffenen Augen vorbeugte, um das Schlüsselloch zu suchen, hatte er ein ganz anderes Bild vor sich als von der kühlen, abgehetzten, Times-Square-Sozialarbeiterin Carol Wyandotte. Er sah die jämmerliche Perlenkette, die Sweatshirts, einen ausgeleierten Baumwoll-BH, das Fett an ihrem Hals, das sie wohl mit keinem Diätpulver wegbekommen würde. Er sah eine Frau, die ihre Nächte in einem mit Kulturzeitschriften und leeren Diätcola-Dosen gepflasterten Zimmer vor dem Fernseher verbrachte und deren Schubladen im Schlafzimmer von Baumwollsocken statt schwarzen Nylon-Strumpfhosen überquollen. Und er sah Keksschachteln, die sie, dem Instinkt aller dicken Menschen folgend, automatisch aus dem Blickfeld räumte, wenn Gäste die Küche betraten.

Tu es nicht aus Mitleid, dachte Pellam.

Was er nicht tat. Ganz und gar nicht.

Acht Monate sind schließlich acht Monate.

Wieder ein heftiger Kuss, und als sich das letzte Schloss mit einem Klick öffnete, schob er mit seinem Stiefel gierig die Tür auf.

... Siebzehn

Im Westen von Manhattan gab es in der Nähe des Hudson River sieben oder acht alte Gebäude, die zu einem winzigen, verloren wirkenden Straßenblock in Dreiecksform gehörten.

Im Westen, dort, wo gerade die Sonne unterging, lagen verlassene, mit Unkraut überwucherte Grundstücke, der Highway und dahinter der braune Hudson. Im Osten, hinter einer Straße mit Kopfsteinpflaster, gab es eine niedrige Reihe von Appartementhäusern, eine Schwulenbar und einen kleinen Laden, in dessen Schaufenstern schäbiger Kuchen, Schweinebraten in Scheiben und Tüten mit Puddingpulver auslagen. Das alles war Chelsea, das sanfte, unschuldige Geschwisterchen von Hell's Kitchen, das nördlich angrenzte.

Das Gebäude im äußersten Norden des Blocks, das an eine

Kreuzung mit drei Einmündungen grenzte, verjüngte sich an einem Ende zu einem spitzen Bug. Es war ein schäbiger Ort für ein Zuhause, die Bewohner hatten jedoch wenig Anlass, sich über ihre Wohnungen zu beklagen, und sie wussten auch nicht, dass es ein großes Problem hier gab – die Verletzung von Nutzungsbedingungen für Wohngebäude: Im Keller lagerten Kanister mit Benzin, Heizöl, Diesel und Azeton. Die Explosionskraft dieser Flüssigkeiten würde ausreichen, das Gebäude dem Erdboden gleich zu machen, und das auf sehr unfreundliche Weise. Eine dieser Wohnungen war besonders spartanisch eingerichtet: Die einzigen Möbel waren ein Stuhl, ein Feldbett, zwei Tische und ein zerbeulter Schreibtisch mit Werkzeug und Lumpen. Es gab weder eine Klimaanlage noch einen Ventilator. Der Achtzigzentimeter-Fernseher jedoch hatte eine Trinitron-Bildröhre und eine fünfundzwanzig Zentimeter lange Fernbedienung. Es lief gerade ein Musikvideo auf MTV, der Ton war abgeschaltet.

Sonny saß dicht vor dem flimmernden Bildschirm, dem er kaum Beachtung schenkte, und flocht sein langes blondes Haar. Ohne einen Spiegel dauerte es länger, als ihm lieb war. Kein blöder Spiegel da, dachte er verärgert. Das wahre Problem waren jedoch seine zitternden Hände. Die verdammten, verschwitzten, zitternden Hände.

Irgendwann schaute er auf in Richtung des Fernsehers, aber nicht auf das Bild. Er machte eine Pause. Er lehnte an einer Zwanzig-Liter-Tonne mit Azeton und klopfte mehrmals dagegen, um das Echo zu hören. Es beruhigte ihn.

Aber es reichte nicht.

Keiner half ihm!

Der Unfall an der Tankstelle hatte ihn verängstigt, und Angst war ein Gefühl, das er nicht gewöhnt war. Brandstiftung ist das sicherste Verbrechen, das es für einen Verrückten gibt. Es ist anonym und geheim, und die meisten Beweisstücke beseitigen sich durch Gottes Komplizenschaft – den Gesetzen der Physik – wie von allein. Aber jetzt wusste man, wie er aussah. Und der Gipfel war: Er hatte gehört, dass ihn Alex, diese feige Tunte aus dem Haus, gesehen hatte und nun versuchte, ihn bei der Polizei zu verpfeifen.

Und bis zum großen Feuer musste er noch drei andere legen. Er zog die bereits zerfledderte Karte aus seiner Gesäßtasche und starrte abwesend darauf.

Das mit der Tankstelle war nicht gut gewesen. Aber noch mehr Sorgen bereitete ihm das Feuer im Krankenhaus. Denn es hatte ihm überhaupt keinen Spaß gemacht. Feuer hatte ihn bisher immer beruhigt. Aber dieses nicht, kein bisschen. Als er den Schreien gelauscht, seinen Kopf schief gelegt hatte, um zu hören, wie sich diese Schreie mit dem Zischen und Dröhnen des Feuers vermischt hatten, hatten seine Hände immer noch gezittert, und der Schweiß war weiterhin über seine hohe Stirn gelaufen. Er fragte sich, warum? Warum nur? Vielleicht weil es nur ein kleines Feuer war. Vielleicht weil ihm nur ein Feuer wirklich am Herzen lag – das, in dem er und die Schwuchtel Joe Pellam die Hauptrollen spielen würden. Vielleicht weil alle hinter ihm her waren.

Er hatte jedoch so ein Gefühl, dass hinter seinem Schwitzen und seiner Nervosität mehr steckte.

Sein Herzschlag geriet ein wenig ins Stocken, als er daran dachte, dass er nun noch mehr Zeit damit verbringen musste, um seine Verfolger aufzuhalten, anstatt das große Feuer zu planen – für seinen Rock'n'Roll mit dem Antichristen.

Klong, ding, klong, ding. Wie das Sonargerät in einem Unterwasserfilm.

Sonnys Kopf mit dem halbfertig geflochtenen Haar lehnte an der Tonne. Er schlug wieder mit dem Fingerknöchel dagegen. *Klong, ding.*

War er schon etwas ruhiger geworden? Er dachte, ja. Vielleicht. Ja, doch.

Sonny flocht seine Haare fertig und verbrachte eine halbe Stunde damit, Seife, Benzin und Öl zu vermischen. Die Dämpfe waren sehr intensiv und genauso gefährlich wie das Feuer, das sein Saft erzeugte. Er konnte immer nur mit kleinen Mengen arbeiten, sonst würde er ohnmächtig werden. Als er fertig war, legte er mehrere Glühbirnen auf den Tisch. Mit einer Diamantblattsäge durchtrennte er vorsichtig die Metallfassung am Übergang zwischen Glas und Gewinde. Mit einem leisen Zischen entwich das Schutzgas aus der Birne. Er sägte eine Ecke heraus, gerade groß genug, um seinen magischen Saft einzufüllen. Aber nicht zu voll. Diesen Fehler begingen viele stümperhafte Brandstifter. Es muss noch ein wenig Luft im Kolben bleiben. Feuer atmet; wie Tiere braucht das Feuer Sauerstoff zum Leben. Er verschloss den v-förmigen Ausschnitt mit Superkleber und bastelte noch zwei weitere seiner Spezialbirnen.

Liebevoll strich er über das Glas, das so glatt war wie der Hintern eines jungen Mannes…

Wieder fingen seine Hände an zu zittern, und der Schweiß rann an seinem Gesicht herunter wie Wasser aus einem Duschkopf.

Sonny stand auf und lief hektisch umher.

Warum konnte er sich nicht beruhigen? Warum, warum, warum? Seine Gedanken überschlugen sich. Sie suchten ihn. Sie wollten ihn töten, aufhalten, festsetzen, ihm das Feuer wegnehmen. Alex, der Fire Marshal, die alte Schwuchtel von einem Anwalt, bei dem Pellam ständig herumhing. Und Pellam selbst, der Antichrist.

Warum war das Leben immer so kompliziert?

Er musste sich auf das Bett legen und sich zwingen, an das große Feuer zu denken; sich vorstellen, wie es sein würde. Das schien das Einzige, was ihn jetzt beruhigte, ihm ein wenig Spaß brachte.

Er hatte es vor Augen: ein riesiges Gebäude mit zehn-, zwanzigtausend Menschen. Es würde als das schlimmste Feuer in die stolze Stadtgeschichte eingehen. Schlimmer als der Fabrikbrand in der Triangle Shirtwaist Company am Washington Square, wo die Arbeiterinnen an ihrem Arbeitsplatz eingesperrt waren, weil die Besitzer nicht wollten, dass sie während der Arbeitszeit zur Toilette gingen. Der Brand war schlimmer als der des Crystal Palace gewesen. Schlimmer als das Feuer auf dem Dampfer *The General Slocum*, wo auf dem East River mehr als tausend Frauen und Kinder von Einwanderungsfamilien bei einem Ausflug starben. Im Anschluss daran war die gesamte deutsche Bevölkerung der Stadt nach Yorkville auf der Upper East Side umgezogen, da die alte Umgebung allzu schmerzvolle Erinnerungen barg.

Das alles würde er übertreffen.

Sonny stellte sich die Flammen vor, wie sie an ihm vorbeirollten wie eine glühende Brandung, die Menschenmenge einschlossen und ihre Zehenspitzen streichelten.

Dann weiter zu ihren Fersen vordrangen, hinaufstiegen bis zu den Knöcheln.

Ah, kannst du die herrlichen Flammen sehen, sie *spüren*?

Doch auch mit diesen Fragen konnte er sich nicht beruhigen. Ihm wurde klar, dass er nie wieder Ruhe finden würde.

Das Ende war näher, als er dachte.

Er schleppte sich ins Wohnzimmer und drückte seinen Kopf gegen eine der Tonnen.

Klong, ding, klong, dong.

Er war die ganze Nacht geblieben.

Pellam hatte nach anerkannter Vorgehensweise operiert: Nachdem sie abends um zehn Uhr hungrig und durstig aufgewacht waren, waren sie in das Empire Diner an der Zehnten Avenue gegangen, um ein paar Omelettes zu essen. Danach hatte er sie zurück in ihre Wohnung begleitet, sie hatten sich erneut geliebt, waren im Bett geblieben und hatten den

New Yorker Nachtgeräuschen gelauscht: Sirenen, Schreie, knallende Auspuffe oder Schüsse, die mit fortschreitender Nacht immer drängender zu werden schienen.

Nicht im Entferntesten hatte er daran gedacht, zu gehen, ohne sich zu verabschieden.

Es war Carol gewesen, die diese Regel gebrochen hatte.

Als er durch Homer Simpsons lautes siamesisches Miauen aufwachte, war sie verschwunden. Einen Augenblick später klingelte das Telefon, und er hörte durch den kleinen Lautsprecher des Anrufbeantworters ihre Stimme, die fragte, ob er noch da wäre, und erklärte, sie habe früh auf der Arbeit sein müssen. Sie rufe ihn später bei ihm zu Hause noch einmal an. Als er endlich das Telefon gefunden und abgehoben hatte, hatte sie bereits wieder aufgelegt.

Barfuß und in Jeans, darauf bedacht, keinen Splitter abzubekommen, ging Pellam über den schäbigen Dielenboden in Richtung Badezimmer. Er dachte, dass sie sich am Telefon ziemlich schroff angehört hatte. Aber wer wusste schon, warum? Wie es nach einer solchen Nacht weitergeht, kann man nie vorhersagen. Vielleicht hatte sie sich bereits eingeredet, dass Pellam sich nie wieder bei ihr melden würde. Vielleicht wurde sie von katholischen Moralvorstellungen geplagt. Aber vielleicht hatte während des Anrufes ihr gegenüber am Schreibtisch auch nur ein hünenhafter, achtzehnjähriger Mörder gesessen.

Pellam prüfte die Dusche, das Wasser war jedoch eiskalt. Also fiel das Duschen aus. Er zog sich an und verließ die Wohnung. Der Morgen war klar, aber stickig und brütendheiß. Er nahm ein Taxi nach Hause in die Zwölfte Straße, stieg die Treppe zu seinem Apartment hoch, sah zwei tatenlustigen Jugendlichen mit ausrasierten Namen im Haar hinterher, die auf Skateboards an ihm vorbeiflitzten.

Er entschied sich für ein Bad und eine sehr heiße Tasse schwarzen Kaffee. Nur in der Wanne sitzen und Brandstiftung, Pyromanen, Latino-Schläger, irische Gangster und Geliebte mit rätselhaftem Verhalten vergessen.

Langsam stieg er die schlecht beleuchteten Stufen hinauf. Dachte an die Badewanne, an den Schaum. Das Mantra funktionierte. Er stellte fest, dass er alles vergessen, alles in Verbindung mit Hell's Kitchen aus seinem Kopf verbannen konnte. Nun, fast alles. Alles bis auf Ettie Washington.

Er dachte daran, wie viele Stufen und Stockwerke Ettie im Lauf der Jahre schon hinaufgestiegen war. Sie hatte niemals in einem Haus mit Fahrstuhl gewohnt, nur mit Treppenaufgängen. Sieben Jahrzehnte lang war sie schon Treppen gestiegen. Hatte ihre Schwester Elizabeth als Baby getragen. Großmutter Ledbetter die düsteren Treppenhäuser rauf und runter geholfen. Lebensmittel für ihre Männer hinaufgeschleppt, bis der eine sie verlassen hatte und der andere betrunken in den schwarzen Fluten des Hudson umgekommen war, und dann für ihre Kinder, bis sie ihr weggenommen worden oder sie aus der Stadt geflohen waren, und zum Schluss für sich selbst.

»…Es gibt ein Wort für uns hier in Hell's Kitchen: ›Anonym‹. Mein Gott! ›Vergessen‹ ist vielleicht zutreffender. Wir werden einfach nicht mehr beachtet. Es gibt doch diesen Typen Al Sharpton. Jetzt geht er nach Bensonhurst, dann zu den Crown Heights, er wird eine Menge Wirbel veranstalten, und die Leute werden aufmerksam. Keiner wird jedoch jemals nach Hell's Kitchen kommen. Sogar die vielen Iren, die hier leben, sehen niemals die Parade zum ›St. Paddys Day‹ hier vorbeikommen. Für mich ist das gut. Ich mag es hübsch und abgeschieden. Fernab vom Rest der Welt. Was hat die Welt denn auch jemals für mich getan? Können Sie mir das sagen?«

Ettie Washington hatte dem glänzenden Objektiv von Pellams Kamera erzählt, dass sie von fremden Städten träumte. Sie träumte davon, elegante Hüte, goldene Ketten und seidene Kleider zu besitzen. Sie träumte davon, als Nachtclubsängerin aufzutreten. Als reiche Ehefrau von Billy Doyle, eines mächtigen Grundbesitzers.

Ettie wusste jedoch, dass diese Träume nur Illusionen waren, die man von Zeit zu Zeit mit Vergnügen, Verdruss oder Verachtung hervorkramte, um sie dann wieder wegzustecken. Sie erwartete nicht, dass sich ihr Leben ändern würde. Sie war zufrieden hier in Hell's Kitchen, wo die meisten Leute ihre Träume dem Leben anpassten. Es war einfach ungerecht, dass sie nun auch noch das kleine Stück Heimat verlieren sollte, in das sie sich zurückgezogen hatte.

Völlig außer Atem kam er vor seinem Apartment im dritten Stock an.

Jetzt ein Bad. O ja. Wenn man die meiste Zeit im Wohnwagen gelebt hat, wird ein Bad zu einem zentralen Punkt. Besonders Schaumbäder, aber das war ein Geheimnis, das er für sich behielt.

Ein Bad und ein Kaffee.

Der Himmel auf Erden.

Pellam kramte die Schlüssel aus der Tasche seiner schwarzen Jeans und trat vor die Tür. Mit zusammengekniffenen Augen begutachtete er das Türschloss. Es war seitlich verdreht.

Er drückte gegen die Tür. Sie war offen.

Ein Einbruch. Er dachte sofort, dass er auf dem Absatz umdrehen und vom Nachbarn unten die Neun-eins-eins anrufen sollte. Dann packte ihn jedoch die Wut. Er trat die Tür auf. Vor ihm lagen die leeren Räume. Seine Hand suchte den Schalter für die der Tür am nächsten stehenden Lampe.

O Scheiße, bloß nicht, dachte er noch! Kein Licht anmachen! Aber er hatte es bereits eingeschaltet.

… Achtzehn

Ganz schön dumm, dachte er.

Pellam zog den Colt aus seinem Hosenbund und ging in die Hocke.

Das Licht einzuschalten hätte dem Einbrecher nur zu erkennen gegeben, dass Pellam zurückgekehrt war. Er hätte das nicht tun sollen.

Starr blieb er an der Tür stehen und lauschte auf Schritte, auf das Klicken einer Pistole. Aber er hörte nichts.

Während er langsam durch die durchwühlte Wohnung schlich, öffnete er Schranktüren, schaute unters Bett und an jeden denkbaren Platz, an dem sich jemand verstecken könnte. Der Einbrecher war fort.

Er besah sich den Schaden, ging von einem Raum in den nächsten. Der billige Videorekorder und der Fernseher waren noch da. Ebenso die Betacam und das Kassettendeck – beide jedoch waren offen. Selbst der dümmste Dieb hätte gemerkt, dass die Kamera eine ganze Stange Geld wert war.

Und als er die Kamera sah, wusste er, was passiert war. Schock und Entsetzen trafen ihn wie die Hitzewelle des Feuers, das Etties Wohnhaus zerstört hatte. Er fiel auf die Knie, riss die Leinentasche auf, in der er die Originalbänder von *Westlich der Achten Avenue* verwahrte.

Nein!

Er kramte in der Tasche herum, drückte die Auswurftaste des Kassettendecks, das mit der Kamera verbunden war. Und kapierte, welcher Schaden angerichtet worden war. Zwei Bänder waren verschwunden. Die beiden letzten – eines aus der Kamera und das andere mit dem Material der letzten und vorletzten Woche.

Die Bänder … wer hatte von ihnen gewusst? Nun, praktisch jeder, mit dem er über Etties Verschwinden geredet hatte, oder jeder, der ihn mit der Kamera gesehen hatte. Ramirez. Der Versteck spielende Alex. McKennah. Corcoran. Mist, selbst Ismail und seine Mutter, Carol und Bailey wussten davon. Aber auch Lomax und die gesamte Abteilung der Feuerpolizei. Vielleicht sogar die ganze West Side.

Die Nachrichten auf der Straße. Schneller als das Internet.

Wer? Das war die eine Frage. Aber das Warum war genauso interessant. Hatte Pellam unabsichtlich den Pyromanen gefilmt? Oder vielleicht denjenigen, der ihn bezahlt hatte? Oder hatte er Beweise gefilmt, die Lomax und seinen Ermittlern entgangen waren?

Er hatte keine Antworten auf diese Fragen, und so bedeutsam sie auch in Etties Fall waren, hatte das Fehlen der Videos noch ganz andere Auswirkungen. Das bereits aufgenommene Filmmaterial von Kinoproduktionen war versichert – nicht nach dem Materialwert der Bänder, sondern entsprechend der Kosten für Aufnahme und Schnitt, die sich auf Tausende von Dollar pro Meter Film belaufen konnten. Wenn bei einer Kinoproduktion die Arbeit eines Tages durch einen Brand vernichtet wird, mögen die Musen vielleicht Tränen vergießen, doch zumindest die Produzenten werden finanziell entschädigt. Pellam jedoch hatte sich die entsprechende Versicherung für *Westlich der Achten Avenue* nicht leisten können. Er konnte sich nicht erinnern, was auf diesen etwa zwanzig Stunden Filmmaterial drauf war, doch möglicherweise waren diese Interviews das Kernstück seines Films.

Einen Moment lang setzte er sich auf einen quietschenden Stuhl und starrte aus dem Fenster. Dann tippte er träge die Neun-eins-eins ins Telefon und sprach mit einer Einsatzleiterin. Doch an der Stimme der Frau erkannte er, dass ein derartiges Verbrechen in diesem Polizeibezirk keine hohe Priorität genoss. Sie fragte, ob sie ein paar Detectives vorbeischicken sollte.

Sollten sie das nicht freiwillig tun, fragte sich Pellam. »Ist schon okay. Ich will keine Unannehmlichkeiten bereiten.«

Sie bemerkte die Ironie in seinen Worten nicht.

»Also, ich kann wirklich welche vorbeischicken.«

»Ich sage Ihnen was«, meinte Pellam. »Wenn er zurückkommt, gebe ich Ihnen Bescheid.«

»Dann sehen Sie zu, dass Sie das tun. Einen schönen Tag noch.«

»Ich versuch's.«

Es war ein staubiges kleines Büro an der West Side im Stil der Fünfziger, nicht weit von dem Ort entfernt, an dem er neben dem hundertundreijährigen Otis Balm gesessen und seinen Erzählungen über das einstige Hell's Kitchen gelauscht hatte.

Prohibition war das Verrückteste, was Hell's Kitchen je erlebt hat. Ich habe Owney Madden, den Gangster, mehrmals gesehen. Er kam aus England. Die Leute wissen das nicht. Wir waren ihm durch die Straßen gefolgt. Wissen Sie, warum? Nicht wegen der Gangster-Sache. Wir haben nur gehofft, dass er etwas sagen würde, um zu hören, wie Engländer sprechen. Das war dumm von uns, weil er auch Owney, der Killer, genannt wurde und eine Menge Leute in seiner Nähe erschossen wurden. Aber wir waren damals jung, und, wissen Sie, man muss erst einmal zwanzig, dreißig Jahre in der Welt zubringen, bis der Tod anfängt, Bedeutung für einen zu bekommen.

Pellam versuchte, sich ein Bild des Büros zu machen, ging in Gedanken sein geistiges Drehbuch noch einmal durch und trat ein. Der bittere Geruch von Papier schlug ihm entgegen. Ein fette Fliege stieß summend gegen das schmutzige Fenster bei dem Versuch, der Hitze zu entkommen; die Klimaanlage war eine Zwillingsschwester derjenigen von Bailey.

»Ich suche nach Flo Epstein«, sagte Pellam.

Eine Frau mit dicken Falten auf den Wangen und zu einem strengen Dutt gebundenen Haaren trat an den Empfangstresen. »Das bin ich.« Es war unmöglich, ihr Alter zu schätzen.

»Ah, hallo, guten Tag«, grüßte Pellam.

»Hallo.«

John Pellam in seinem einzigen Anzug, einem zehn Jahre alten Armani, einem Relikt aus seinem früheren Leben, hielt ihr eine abgenutzte Brieftasche mit der goldfarbenen Marke eines Special Inspector entgegen, die er auf der Zweiundvierzigsten Straße als Gag gekauft hatte. Er ließ die Frau so lange draufschauen, wie sie wollte. Was nicht sehr lange war. An ihrem eifrigen Blick merkte er, dass sie gerne die Rolle einer Zeugin spielte. Berühmtheit, wusste er, ist die übelste aller Drogen.

»Ein gewisser Detective Lomax war erst neulich hier. War mir sehr sympathisch. Er war irgendwie nüchtern. Warten Sie, ich glaube, ich meine eher ernüchternd.«

»Fire Marshal«, korrigierte Pellam. »Sie gehören nicht zur Polizei.«

Obwohl sie die Macht haben, jemanden zu verhaften und größere Waffen tragen und ihr Gegenüber mit einer Rolle US-Münzen zu Brei schlagen.

»Ja, ja, ja, richtig.« Mrs. Epsteins Stirn bekam Falten wegen ihres Fehlers.

»Wenn wir Leute gemeinsam vernehmen, spiele ich den guten Polizisten, er den bösen«, erklärte Pellam. »Ach, nein, er spielt den bösen Marshal. Also, ich muss nur noch einmal nachfragen. Sie haben die Verdächtige erkannt, oder?«

»Man muss mit seinen Worten schon etwas sparsamer umgehen.«

»Was meinen Sie damit?«

»Ich habe in meinem Leben so viel gelernt, dass ich schon selbst Staatsanwältin sein könnte«, begann Mrs. Epstein ihren

Vortrag. »Ich habe *Marshal* Lomax erzählt, dass eine ungefähr siebzig Jahre alte Schwarze hier ins Büro kam und eine Hausratsversicherung abschließen wollte. Ich habe bestätigt, dass sie diejenige auf dem Verbrecherbild war, das sie mir gezeigt haben. Das war alles. Ich habe nicht behauptet, dass ich irgendwelche Verdächtigen identifiziert hätte. Das habe ich schon ein paarmal mitgemacht.«

»Das glaube ich gerne.« Pellam nickte. »Intelligente Zeugen wissen wir sehr wohl zu schätzen. Wie lange war denn die Dame hier?«

»Drei Minuten.«

»Länger nicht?«

Sie zuckte die Schultern. »Es waren drei Minuten. Wenn man Sex mit jemandem hat, ist das nichts, hat man einen Balg am Hals, kommt es einem wie eine Ewigkeit vor.«

»Das hängt vom Partner und dem Kind ab, denke ich.« Pellam kritzelte bedeutungsloses Zeug auf seinen Notizblock. »Sie hat eine Anzahlung geleistet?«

»Richtig. Wir haben alles zur Hauptstelle geschickt, und die haben die Police ausgestellt.«

»Hat sie noch etwas anderes gesagt?«

»Nein.«

Pellam klappte seinen Notizblock zu. »Das ist sehr hilfreich. Vielen Dank, dass Sie sich Zeit genommen haben.« Rasch zog er das Polaroid-Bild heraus. »Ich würde noch gerne bestätigen lassen, ob dies die Frau ist, die hier hereinkam.«

»Das ist nicht das Verbrecherbild.«

»Nein. Das hier wurde im Frauengefängnis aufgenommen.«

Mrs. Epstein sah sich das Bild an und wollte schon anfangen zu reden.

Pellam hielt eine Hand hoch. »Nehmen Sie sich Zeit. Um sicher zu sein.«

Sie betrachtete sich sorgfältig das glatte schwarze Gesicht, die Anstaltskleidung, die gefalteten Hände. Die steife schwarze, mit grau durchsetzte Frisur. »Sie ist es.«

»Sie sind sich sicher?«

»Absolut.« Sie zögerte, dann lachte sie. »Ich wollte sagen, dass ich das vor Gericht beschwören würde. Aber das wird wohl genau das sein, was ich tun muss, oder?«

»Ich denke, ja«, bestätigte Pellam, sein Gesicht zu einer ausdruckslosen Maske erstarrt, wie es alle guten Ermittler lernen.

Am Abend stand Pellam in der heißen, nebligen Dämmerung in einer Gasse gegenüber eines Gebäudes aus braunem Sandstein, in der Hand eine *New York Post*.

Doch seiner Zeitung schenkte er nur wenig Aufmerksamkeit. Er dachte: Geranien?

Das undefinierbare, lederfarbene Gebäude sah aus wie tausend andere in der Stadt. Auch die Blumen davor waren in einem heftigen Orangerot und hätten gut vor jedes andere Haus gepasst.

Aber hier?

Eine Stunde stand er schon in der Gasse, als sich eine Tür öffnete und ein Mann heraustrat, die Straße auf und ab blickte und die Stufen herunterging. Er trug einen großen Schuhkarton. Pellam warf die Zeitung fort und ging dem jungen Mann so leise wie möglich hinterher, bis er ihn schließlich eingeholt hatte.

»Du bist fünfzig Minuten da draußen gestanden«, sagte Ramirez, ohne sich umzudrehen. »Und im Moment sind zwei Pistolen auf deinen Rücken gerichtet. Also sieh dich vor, du Dummkopf.«

»Danke für den Tipp, Hector.«

»Was, zum Teufel, treibst du hier? Bist du wahnsinnig?«

»Was ist in der Schachtel?«

»Ist es eine Schuhschachtel? Was, glaubst du, ist da drin? Schuhe.«

Pellam ging jetzt auf gleicher Höhe wie Ramirez, hatte Mühe, mit ihm Schritt zu halten.

»Also, was willst du?«, fragte Ramirez.

»Ich will wissen, warum du mich angelogen hast.«

»Ich lüge nicht, Mann. Ich bin nicht wie die Weißen. Nicht wie ihr Reporter. Die nur die Lügen der Weißen erzählen.«

Pellam lachte. »Was ist das? Das Glaubensbekenntnis der Cubano Lords? Müsst ihr das aufsagen, damit ihr in eurer *crew* als Bote aufgenommen werdet?«

»Erzähl keinen Scheiß. War ein harter Tag.«

Sie erreichten die von Norden nach Süden führende Avenue. Ramirez sah nach rechts und links und ging Richtung Norden weiter. »Ich glaube dir nicht«, sagte er nach einer Minute. »Du bist echt zu hart.«

»Was?«

»Dich vor unserem *kickback* rumzutreiben, Mann. Niemand macht das. Nicht mal die Polizei.«

»Habt ihr die Geranien selbst gepflanzt?«

»Arschloch. Hast du eine dabei?«

»Eine Waffe?«, fragte Pellam. »Nein.«

»O Mann, du bist echt total wahnsinnig. Kommst in mein *kickback* ohne Waffe. So passiert's, dass Leute umgepustet werden. Was meinst du damit, dass ich dich angelogen habe?«

»Erzähl mir von deiner Tante, Hector. Diejenige aus dem abgebrannten Haus in der Sechsunddreißigsten Straße. Sie hat eine neue Wohnung, wie ich gehört habe.«

Ramirez grinste. »Ich habe gesagt, dass ich für meine Familie sorge.«

»Wann ist sie umgezogen?«

»Weiß nicht.«

»*Vor* dem Brand?«

»Um diese Zeit herum. Weiß nicht genau.«

»Vergessen?«

»Ja, verdammt, vergessen. Hey, Mann, ich bin beschäftigt,

warum gehst du nicht zu Corcoran und hältst mit ihm ein Schwätzchen?«

»Hab ich schon gemacht.«

Ramirez hob eine Augenbraue, versuchte aber, nicht allzu beeindruckt zu wirken.

»Du hast auch vergessen, mir zu erzählen, dass sie eine der – wie viele waren es? – achthundert Augenzeugen war, die gesehen haben, wie Joe der Schläger diesen Typen aus Corcorans Gang kalt gemacht hat«, fuhr Pellam fort.

»Spear Driscoe und Bobby Frank.«

»Dann sind wir uns also einig, dass Corcoran nicht das Haus wegen deiner Tante niedergebrannt hat? Das ist nicht die Lüge eines Weißen, oder?«

»Hey, verschwinde. Ich habe zu tun.«

»Wie gut kommst du mit einem Mann aus, der O'Neil heißt?«

»Ich kenne keinen O'Neil.«

»Nein? Aber er kennt dich.«

»Weswegen redest du mit ihm, du Arsch?«, platzte Ramirez heraus. Vor einem Moment war er nur leicht sauer gewesen. Jetzt kochte er vor Wut.

»Wer hat gesagt, dass ich mit ihm geredet habe?« Pellam fasste sich ans Ohr. »Auch ich höre Dinge. Ich habe vielleicht gehört, dass er ein paar Waffen hatte. Vielleicht hat er ein paar Waffen *verkauft.*«

Ramirez blieb stehen und packte Pellam am Arm. »Was hast du gehört?«

Pellam zog seinen Arm weg. »Dass du ihn letzte Woche zum Teufel gejagt hast. Weil er sein Zeug an Corcoran verkauft.«

Ramirez blinzelte, bevor er in Lachen ausbrach. »O Mann.«

»Wahr oder nicht wahr?«

»Beides, Mann.«

»Was meinst du damit?«

»Wahr und nicht wahr.« Er ging weiter. »Sieh mal, ich werde es dir erklären, aber du musst es für dich behalten. Andernfalls muss ich dich töten.«

»Leg los.«

»O'Neil und ich machen Geschäfte«, begann er. »Er beliefert mich. Besorgt mir gutes Zeug. Glocks, MAC-Zehn, Steyrs.«

»Du hast deinen eigenen Lieferanten öffentlich zusammengeschlagen?«

»Verdammt, ja. War seine Idee. Er ist Ire, und ich bin Latino. Du weißt, wie lange es gedauert hätte, bis Jimmy herausgefunden hätte, dass er an mich verkauft? Ein paar von Corcorans Jungs hatten schon Verdacht geschöpft, sodass wir in der Öffentlichkeit ein bisschen rumgeboxt haben. O'Neil hat dran glauben müssen.« Ramirez blickte Pellam scharf an. Er brüllte vor Lachen.

»Was ist so witzig daran?«

»Ich seh's in deinem Gesicht, Mann. Du glaubst mir fast. Ich kann es beweisen. Ja, das waren Waffen in dem Haus. Ich habe dafür bezahlt, und O'Neil hat sie dort für mich hinterlegt. Ich habe aber erst jemanden hingeschickt, als das Haus gebrannt hat. Es gab Glocks, Brownings und ein paar süße kleine Taurus, in die ich ganz verknallt war. Zwölf oder dreizehn waren es. Rede mit einem deiner Reporterfreunde. Frag nach, was die Ermittler dort gefunden haben. Wenn es stimmt, weißt du, dass ich nichts angezündet habe.«

Pellam zog ein Blatt Papier hinten aus seiner Hosentasche. »Drei Glocks, vier Taurus und sechs Brownings.«

»Mann, du bist gut.«

Sie überquerten die Zweiundvierzigste Straße, einst die Verbrechermeile von New York, heute aber so gefährlich – und interessant – wie die Haupteinkaufsstraße eines Vorortes. »Wohin gehen wir?«, fragte Pellam.

»Ich muss ein paar Geschäfte erledigen. Und ich will nicht, dass du dabei bist.«

»Deine *crew* macht Geschäfte?«

»Es ist keine *crew*, Mann. Es ist ein Club.«

»Was für Geschäfte?«

Ramirez hob den Deckel der Schachtel und ließ ein Paar neuer Basketball-Schuhe sehen. »Ich habe einen ganzen Laster voll davon.«

»Du kaufst und verkaufst sie, oder?«, fragte Pellam skeptisch.

»Ja, ich kaufe Sachen und verkaufe sie wieder. *Das* ist mein Geschäft.«

»Was ist mit der ›Kaufen‹-Seite? Du hast Geld bezahlt und eine Lieferung dafür in Empfang genommen? Mit Rechnung, Frachtbrief und dem ganzen Zeug?«

»Ja, ich habe sie *gekauft*«, schnauzte Ramirez zurück. »Auf die gleiche Weise, wie ihr dämlichen Reporter Leute für eure Geschichten bezahlt. Tust du das auch? Du bezahlst jemanden, damit er dir was erzählt?«

»Nein, aber…«

»›Nein, aber.‹ Scheiße. Du nimmst das Leben von Menschen, schreibst darüber und bezahlst sie nicht einmal dafür.« Mit spöttischer Stimme fuhr er fort: »O Mann, wer würde denn so was Schreckliches tun?«

Einen Block weiter wichen sie einem koreanischen Gemüsestand aus. »Ich brauche Hilfe«, sagte Pellam.

»Ja?«

»Jemand ist heute Nacht in meine Wohnung eingebrochen. Kannst du herausfinden, wer das war?«

»Warum fragst du mich? Glaubst du etwa, ich war es?«

»Wenn ich glauben würde, du warst es, würde ich dich nicht fragen.«

Ramirez überlegte. »Im Village habe ich keine wirklich guten Kontakte, weißt du.«

»Woher weißt du, dass ich im Village lebe?«

»Ich habe gesagt, dass ich keine wirklich guten Kontakte habe. Ich habe nicht gesagt, dass ich gar keine habe.«

»Hör dich um.«

»Okay.«

»*Gracias*.«

»*Nada*.«

Sie gingen auf der Neunten Avenue weiter fast bis zur Nordgrenze von Hell's Kitchen. Pellam lehnte sich gegen einen Laternenpfahl, während Ramirez in einer kleinen *Bodega* verschwand. Als er herauskam, schob er gerade einen dicken Umschlag in seine enge Jeans.

In der Gasse in der Nähe bewegte sich was.

»Scheiße.« Ramirez wirbelte herum und griff in seine Tasche.

Pellam ging in die Hocke und kroch zu einem Wagen, um Deckung zu suchen.

»Wer bist du?«, fragte Ramirez.

Pellam blinzelte in die düstere Gasse. Der Störenfried war Ismail.

»He, Kumpel«, grüßte der Kleine. Unsicher schielte er zu dem Latino und kam langsam näher.

Ramirez blickte ihn an, als wäre er eine Kakerlake. »Mann, wieso fällst du die Leute so an? Ich sollte dir den Arsch versohlen.«

Ismails wachsame Augen überflogen den Bürgersteig.

»Du kennst ihn?«, fragte Ramirez an Pellam gewandt.

»Ja, er ist ein Freund von mir.«

In Ismails Gesicht schien sich ein schwaches Lächeln zu zeigen.

»Ein Freund von dir?«, fauchte Ramirez. »Warum willst du einen kleinen *moyeto* wie den als Freund?«

»Er ist okay.«

»Er ist okay?«, murmelte Ramirez. »Wenn er mir noch einmal nachspioniert, wird dein Freund nicht nur okay, sondern auch tot sein.«

»He, Ismail, wie kommt's, dass du nicht im Outreach Center bist?«

»Weiß nicht. Lauf nur so rum.«

»Was von deiner Mutter und Schwester gehört?«

Kopfschüttelnd ließ Ismail seinen Blick von Ramirez' finsterer Miene zu Pellams Gesicht gleiten. Einen Moment lang wirkte er wie jedes andere Kind – schüchtern, unsicher, hin und her gerissen zwischen Angst und Sehnsucht. Es tat Pellam weh, zu sehen, wie verletzlich der Junge war. Die raue Schale, die er sich auf der Straße zugelegt hatte, konnte er leichter hinnehmen. Er dachte an Carol Wyandottes Einschätzung. Sie hatte Unrecht. Es war nicht zu spät für Ismail. Es gab noch Hoffnung.

Pellam ging in die Hocke. »Tu mir einen Gefallen. Geh zurück ins Outreach Center. Schlaf ein bisschen. Hast du was gegessen?«

Er zuckte die Schultern.

Pellam ließ nicht locker. »Hast du?«

»Hab Bier geklaut«, sagte Ismail stolz. »Ich und ein Kumpel. Wir haben's getrunken.«

Der Junge roch aber nicht nach Alkohol. Das provozierende Verhalten eines Kindes. Pellam gab ihm fünf Dollar. »Geh zu McDonald's.«

»Geil! Hey, kommst du mich besuchen, Pellam? Ich zeig dir ein paar geile Sachen. Wir spielen Basketball, ich kenne alle Tricks!«

»Klar komm ich dich besuchen.«

Der Junge drehte sich um und wollte gehen.

»Hey, du Penner!«, rief Ramirez schroff.

Ismail blieb stehen und blickte vorsichtig zurück.

»Hast du große Füße?«

Das runde, dunkle Gesicht blickte zu Ramirez hinauf.

»Ich hab dich was gefragt. Hast du große Füße?«

»Weiß nicht.« Er sah hinunter auf seine zerfetzten Turnschuhe.

»Hier.« Ramirez warf dem Jungen die Schachtel mit den Basketball-Schuhen zu. Dieser fing sie unbeholfen auf und sah hinein.

Er bekam große Augen. »O Mann. Das sind ja Air Jordan Pumps. Geil.«

»Sie passen jetzt noch nicht. Nicht gut jedenfalls«, meinte Ramirez. »Aber wenn du nicht dauernd irgendwelchen Leuten nachspionierst, wirst du lange genug leben, um da reinzuwachsen. Jetzt tu, was er dir gesagt hat.« Er nickte zu Pellam. »Sorg dafür, dass sich der kleine Scheißer verpisst.«

Als er fort war, sagte Ramirez zu Pellam: »Los, feiern wir meinen Erfolg.« Er tippte auf die Tasche, in die er den dicken weißen Umschlag gesteckt hatte. »Trinkst du Tequila?«

»Ich trinke Mescal. Und Sauza. Margaritas finde ich zum Kotzen.«

Ramirez lachte spöttisch, wie er es immer zu tun schien, wenn jemand etwas behauptete, was ohnehin klar war, und marschierte, Pellam ungeduldig hinter sich herwinkend, die Straße entlang. Offenbar war der Abend schon verplant.

Sie teilten den Wurm.

Ramirez hackte das arme Ding mit einem echten *West-Side-Story*-Klappmesser entzwei. Sie saßen in einem verrauchten kleinen kubanisch-chinesischen Restaurant in der Nähe des Columbus Circle.

Pellam erzählte ihm von seiner Reise nach Mexiko, als er dort auf Drehortsuche gewesen war und sich stundenlang mit gerade nicht arbeitenden Typen, Kulissenschiebern und Stunt-Leuten unterhalten hatte, die mit ihren psychedelischen Erfahrungen nach dem Verspeisen fetter weißer Mescal-Würmer geprahlt hatten. »Ich habe aber nie was gespürt«, meinte Pellam.

»Nein, Mann«, bestätigte Ramirez. »Die Typen haben dich total verarscht.« Er steckte sich seinen Teil des Wurms in den Mund.

Nachdem sie je zwei Teller Tamales gegessen hatten, verließen sie das Lokal. An einem Wein- und Spirituosenladen legte Ramirez einen Zwischenstopp ein und kaufte die nächste Flasche Mescal.

»O Mann, es ist Samstagabend, und ich habe keine Frau gefunden«, sagte Ramirez, während sie sich durch die Straßen arbeiteten. »Das ist beschissen.«

»Diese Kellnerin in der Bar hat mit dir geflirtet.«

»Welche?«

»Diese Hispano-Tussi.«

»Die?«, höhnte er, verzog dann aber sein Gesicht. »He, Pellam, ich geb dir einen Rat. Sag nicht ›Hispano‹.«

»Nein?«

»Das ist heute nicht mehr gut.«

»Sag mir, was politisch korrekt ist. Das würde ich gerne von jemandem hören, der zu Iren ›*mick*‹ und zu Schwarzen ›Nigger‹ sagt.«

»Das ist was anderes, Mann.«

»Tatsächlich?«

»Tatsächlich.«

»Wie das?«

»Ist einfach so«, verkündete Ramirez. »Aus dem Land, aus dem jemand kommt – so nennst du ihn. Dominikaner. Puertoricaner. Ich bin Kubaner. Wenn du ein Wort für alle verwenden willst, dann sag ›Latino‹.« Ramirez trank einen Schluck aus der Flasche und begann zu rezitieren: »›*Apostel de la independencia de Cuba guia de los pueblos… Americanos y paladin de la dignidad humana.*‹ Kannst du Spanisch?«

»Ein bisschen. Nicht so viel, um zu kapieren, was für einen Käse du da gerade gesagt hast.«

»Diese Worte sind auf der Statue von Jose Marti auf der Sechsten Avenue eingraviert. Central Park. Hast du die schon mal gesehen?«

»Nein.«

»Ah«, feixte er. »Wie kann man die übersehen? Sie ist zehn Meter hoch. Sein Pferd steht auf den Hinterbeinen, und Marti schaut die Sechste Avenue hinunter. Er sieht irgendwie lustig aus, als ob er niemandem traut.«

»Wer ist das? Marti?«

»Das weißt du nicht?«

Von Kunstfilmen einmal abgesehen, ist das Thema Geschichte in Hollywood auf Western und Kriegsfilme beschränkt, die mit der Realität wenig zu tun haben.

»Er hat gegen die Spanier gekämpft, um sie aus Kuba zu verjagen. Er war Dichter. Er wurde verbannt, als er fünfzehn oder sechzehn war, und ist durch die ganze Welt gereist, um für die Unabhängigkeit von Kuba zu kämpfen. Er hat lange hier in New York gelebt. Er war ein großer Mann.«

»Bist du mal wieder nach Kuba zurückgegangen?«

»Zurück? Ich war noch nie dort.«

»Nie? Du machst Witze.«

»Nein, Mann. Warum sollte ich dorthin? In Havanna gibt's Verkehrsstaus und Slums und Staub, es gibt *muchachas* und *las cerveza*. Wahrscheinlich auch Crack. Es ist wie in New York. Wenn ich Urlaub brauche, gehe ich mit einem hübschen Mädchen nach Nassau zum Spielen. Club Med.«

»Es ist deine Heimat.«

»Nicht meine Heimat«, erwiderte er streng. »Es war die Heimat meines Großvaters. Nicht meine… Es gibt da einen Typen in einem Kaufhaus, in das ich manchmal gehe, *Señor*« – Ramirez sprach das Wort gedehnt aus, um verächtlicher zu klingen – »Buñello. *Loco*, dieser *viejo*. Den musst du mal sehen. Er will von jedem ›*Señor*‹ genannt werden. ›Ich muss jetzt zwar in *los Estados Unidos* leben. Aber ich bin *Cubano*‹, sagt er. ›Ich wurde verbannt.‹ O Mann, ich werde ihn umhauen, wenn er das noch mal sagt. Er sagt: ›Eines Tages gehen wir alle zurück. Wer werden alle auf Zuckerplantagen sitzen und wieder reich sein und *los moyetos* haben, du weißt schon, Schwarze, die die ganze Arbeit für uns machen.‹ *Puto*. Mann, mein Vater konnte es nicht abwarten, endlich da rauszukommen.«

»War dein Vater ein Revolutionär?«

»*Mi padre?* Nein. Er kam Vierundfünfzig hierher. Du weißt, wie sie uns damals nannten? Die Latinos, die nach Amerika kamen? Sie nannten uns ›Sommermenschen in Winterkleidung‹. Er war ein Kind, als er aus Kuba weggegangen ist. Seine Familie wohnte in der Bronx. Er war auch in einer Gang.«

»Du meinst in einem Club.«

»Damals waren die *crews* anders. Wenn du in ein neues Viertel gezogen bist, hast du allein gegen den Anführer gekämpft. Die Sache war ziemlich direkt – nur mit den Fäusten. Während also die *fidelistos* Plantagen niederbrannten und *batistianos* erschossen, war mein Vater in seinem Kreis von Typen und hat irgendwo Richtung Hundertachtundsechzigster Straße gegen diesen *puto* gekämpft. Hat ordentlich einstecken müssen. Nachher sind sie *cervezas* und Rum trinken gegangen, und er wurde aufgenommen. Sie haben ihm diesen Namen gegeben – ›*Manomuerto*‹. Es war der Tag, an dem er sein Herz bewiesen hat. Das ist das, was man sagt – ›sein Herz beweisen‹. *Su corazon*.«

»Wo ist dein Vater jetzt?«

»Vor sechs oder sieben Jahren abgehauen. Ist eines Morgens zur Arbeit gegangen, hat meinen Bruder Piri mit der halben Lohntüte nach Hause geschickt und gesagt, er würde irgendwann anrufen. Hat er aber nie gemacht.« Hector Ramirez lachte laut. »Wer weiß? Vielleicht ist er in Havanna.«

Ein Knäuel winziger Würmer in Pellams Hirn nahm gerade knallbunte LSD-Tripps. Eigentlich hatte er gar nicht viel getrunken; vielleicht vier oder fünf Gläschen.

Ja gut, vielleicht auch mehr.

Und vielleicht hatten die kleinen Dinger doch was Psychedelisches.

Während die beiden Männer immer tiefer ins dunkle Herz von Hell's Kitchen vordrangen, merkte Pellam, dass Ramirez mit ihm redete.

»Was?«

»He, ich hab gefragt, was du hier wirklich machst.«

»Was ich hier mache? Ich trinke Tequila mit einem Verbrecher.«

»He, du denkst, ich bin ein Verbrecher? Bin ich schon mal verurteilt worden?«

»Das habe ich gehört.«

Ramirez dachte einen Augenblick nach. »Und wer hat das erzählt?«

»Gerüchte auf der Straße«, murmelte Pellam mit Unheil verheißender Stimme.

»Du hast meine Frage nicht beantwortet. Was machst du hier?«

»Mein Vater«, gab Pellam zur Antwort, selbst überrascht über seine Offenheit.

»Dein Vater. Wo ist dein Vater. Wohnt er hier?«

»Nicht mehr.« Pellam drehte seinen Kopf Richtung Norden, wo gut eine Million Lichter unterschiedlich hell funkelten. Er nahm die Flasche wieder an sich. »Vor ein paar Jahren habe ich an einem Film gearbeitet. *To Sleep in a Shallow Grave*.«

»Nie davon gehört.«

»Er handelte von einer Frau, die nach Hause kommt und rausfindet, dass ihr Vater nicht ihr Vater sein konnte. Ich habe zwar nur die Drehorte gesucht, aber auch einen Teil des Drehbuchs umgeschrieben.«

»War ihre Mutter eine *puta*?«

»Nein. Es war nur eine Affäre. Sie war einsam.«

Ramirez griff zur Flasche und trank einen Schluck, während er Pellam mit einem Nicken aufforderte weiterzuerzählen.

»Meine Mutter lebt im Norden. In einer kleinen Stadt, die Simmons heißt. Nein, du hast nie davon gehört. Ich war bei ihr zu Besuch, vor zwei Jahren an Weihnachten.«

»Hast du ihr ein Geschenk gekauft?«

»Natürlich. Lass mich meine Geschichte fertig erzählen.«

»Gut, dass du an sie gedacht hast. Das musst du immer tun.«

»Lass mich fertig erzählen. Wir sind zum Grab meines Vaters gefahren, wie immer, wenn ich dort bin.« Noch ein Schluck. Und noch einer. »Als wir am Grab waren, fing sie an zu weinen.«

Sie waren jetzt mitten in Hell's Kitchen und bogen in die stinkende Gasse mit Kopfsteinpflaster ein, in der sich Ramirez' *kickback* befand.

»Sie müsste mir ein Geständnis machen, hat sie gesagt. Sie hat geglaubt, ihr Mann sei nicht mein Vater.«

»Mann, das muss aber eine Überraschung gewesen sein!«

»Benjamin – ihr Mann, also der Mann, von dem ich dachte, er sei mein Vater – war viel unterwegs gewesen. Immer auf Reisen. Sie hatten sich deswegen gestritten, als er mal wieder wegfuhr. Und sie hat sich einen Geliebten genommen. Nach einer Weile geht er wieder und Ben kommt nach Hause. Sie versöhnen sich. Sie ist schwanger, kann aber nicht sagen, an welchem Tag es passiert ist, weißt du. Aber sie ist ziemlich sicher, dass Ben nichts damit zu tun hat. Sie hatte lange rumgegrübelt, seit er gestorben war. Ob sie es mir sagen soll oder nicht, meine ich. Schließlich hat sie es nicht mehr ausgehalten und es mir erzählt.«

»Muss beschissen sein, so was zu hören. Also, warum bist du hier?«

»Ich wollte was über ihn herausfinden. Über meinen echten Vater. Wollte ihn nicht treffen, nur wissen, wer er war, womit er sich seinen Lebensunterhalt verdient hat, vielleicht ein Bild von ihm auftreiben.«

»Ist er immer noch hier?«

»Nein. Schon lange nicht mehr.« Pellam erklärte, wie er auf die letzte bekannte Adresse seines leiblichen Vaters gestoßen war, aber dass er schon vor Jahren dort ausgezogen war und es keine weiteren Spuren von ihm gab. Pellam hatte in den Personenstandsregistern aller fünf Stadtbezirke von New York City und den benachbarten Verwaltungsbezirken von New York, New Jersey und Connecticut nachgeforscht. Nichts.

»Verschwunden, was? Wie mein *padre*.«

Pellam nickte.

»Warum bist du dann immer noch hier?«

»Ich wollte einen Film über Hell's Kitchen drehen. Von seinem Viertel. Er hat hier eine Weile gewohnt.« Pellam hielt die Flasche hoch. »Also, auf deinen *padre*, dem Hurensohn.« Er trank einen Schluck.

»Auf unsere beiden Väter. Egal, wohin sie sich verkrochen haben.«

Pellam hatte die Flasche gerade zurückgenommen, als er zum zweiten Mal innerhalb weniger Tage kaltes Metall an seinem Nacken spürte. Auch diesmal war es eine Pistolenmündung.

Ramirez hatte drei Gangster am Hals, Pellam nur einen.

»Scheiße«, zischte er, als er von zweien an den Schultern gepackt und von dem Dritten vorsichtig gefilzt wurde. Seine Automatikpistole und sein Messer wurden ihm abgenommen. Ein weiterer schnappte sich die Mescal-Flasche und schleuderte sie in die Gasse.

»Nur *spic*-Tunten trinken diesen Mist.«

Pellam hörte, wie die Flasche zerschellte.

Grinsend nickte Ramirez in Richtung des Mannes, der soeben gesprochen hatte. »Das ist Sean McCray«, sagte er zu Pellam. »Ich weiß nicht, warum er hier ist. Samstagabend ist er meistens verabredet – zu Hause mit seinem Schwanz.«

Womit sich Ramirez einen Fausthieb an den Unterkiefer einhandelte, der ihn ins Schwanken brachte.

Pellam erkannte McGray als einen der Männer in Corcorans Bar. Er hatte neben Jacko Drugh gesessen.

»Ich erinnere mich an ihn.«

Womit sich Pellam aus für ihn unerfindlichen Gründen ebenfalls einen Fausthieb einhandelte, allerdings in den Bauch. Keuchend knickte er vornüber. Sein Aufpasser, ein großer Kerl mit schwarzem Ledermantel wie der von Drugh, zerrte ihn in die Mitte der Gasse, ließ ihn auf einen Müllhaufen fallen und kehrte zu Ramirez zurück.

Dieser wehrte sich, versuchte, einen der Gegner mit dem Fuß zu treffen, musste aber immer wieder Schläge einstecken. Als sie eine Pause einlegten, keuchte er: »Ihr verdammten, dämlichen *micks*.« Er schien vor allem wütend über ihr Verhalten zu sein.

»Halt's Maul.«

McCray beugte sich zu ihm. »Ich hatte einen kleinen Schwatz mit O'Neil. Er hat mir erzählt, ihr beide hattet was Geschäftliches miteinander. Was mich nicht überrascht.«

»Sag ihm, was passiert ist«, schaltete sich ein anderer ein. »Mit O'Neil.«

»Dass er schwimmen gegangen ist?«, fragte Pellams Aufpasser nach.

»Also, O'Neil ist im Hudson schwimmen gegangen, gleich neben der *Queen Elizabeth II*. Und ist bis jetzt nicht wieder aufgetaucht.«

Ramirez schüttelte den Kopf. »Oh, das ist brillant. Ihr macht den einzigen Waffenhändler in Hell's Kitchen alle… Jimmy kauft auch von ihm, falls es euch interessiert. Dann müssen wir eben den Scheiß in Harlem und East New York kaufen, und die Nigger werden euch das letzte Hemd klauen. Ihr seid ja soooo verdammt schlau. Ich wette, Jimmy weiß nicht, dass ihr das gewesen seid. O Mann, die Sache habt ihr richtig gut versaut.« Er spuckte Blut.

Einen Moment herrschte Schweigen. Einer der Gauner schielte unsicher zu McCray.

»Scheiße«, zischte Ramirez. »Ihr wisst, was passiert, wenn ihr mich umbringt? Sanchez übernimmt die Sache und fegt euch alle von der Bildfläche. Wir haben MAC-Zehn und Uzis. Und Desert Eagles.«

»Oh, jetzt haben wir aber mächtig Angst.«

»Und wenn Corcoran rausbekommt, dass ihr einen Krieg angezettelt habt, wird er euch den Arsch aufreißen, wenn es Sanchez noch nicht getan hat. Verschwindet bloß von hier.«

»O Mann, du hast ein vorlautes Maul, Ramirez.«

»Ihr Ärsche…«

McCray holte weit aus und streifte Ramirez' Unterkiefer. Pellam versuchte aufzustehen, bekam aber einen Tritt mit dem Stiefel in den Bauch. Stöhnend, die Hand auf den Magen gepresst, ging er wieder zu Boden.

Die Iren lachten.

»Deiner Freundin hier geht's nicht so gut, Hector.«

Pellams Aufpasser packte ihn fest am Kragen, und die drei anderen zerrten Ramirez in eine Nische.

»Warum pisst du nicht auf ihn?«, fragte einer von ihnen.

»Halt's Maul«, schnauzte McCray. »Das ist kein Spiel.«

Pellam musste würgen und hob sich auf die Knie.

»Eh, der kotzt gleich«, rief sein Aufpasser lachend.

Doch sie hatten ihr Interesse an Pellam verloren und konzentrierten sich darauf, Ramirez zusammenzuschlagen. Dieser setzte sich mit allen Kräften zur Wehr, doch die stämmigen Iren waren ihm haushoch überlegen, sodass er ziemlich bald in die Knie ging. McCray spähte die Gasse auf und ab und nickte seinem Adjutanten zu, der seine Pistole auf Ramirez richtete und den Hahn zurückzog. Die anderen beiden traten zur Seite, einer kniff die Augen zusammen.

Ohne sich noch weiter zu wehren, stieß Ramirez einen Seufzer aus. Mit ruhigem Blick auf seinen Mörder schüttelte er den Kopf. »*Cristos*… gut, dann mach schon und drück ab.« Er lächelte McCray an.

Ich habe keine andere Wahl, dachte Pellam, der sich selbst Mut zusprach. Absolut keine andere Wahl. Er hörte auf, so zu tun, als müsste er sich übergeben, ging in die Hocke und schlug die Hand seines Aufpassers zur Seite. Im gleichen Augenblick zog er seinen Colt Peacemaker aus dem Hosenbund und spannte mit dem Daumen den Hahn. Er schoss demjenigen, der Ramirez mit der Waffe bedrohte, ins Bein, das unter dem Aufprall zur Seite schnellte. Der Getroffene ließ die Waffe fallen und drehte sich schreiend um die eigene Achse, bis er aufs Kopfsteinpflaster fiel.

Pellams Aufpasser griff nach seiner eigenen Waffe, doch der Lauf von Pellams Peacemaker traf ihn mit einem lauten Krachen an der Nase. Pellam riss dem schreienden Mann die Glock aus der Hand. »Nein, Mann, nicht, bitte tu's nicht!«, bettelte er, während er zurückwich.

McCray war hinter einem Müllcontainer in Deckung gegangen. Der andere Ire neben Ramirez wollte sich gerade umdrehen, doch Ramirez rammte ihm seine Faust in die Brust. Noch drei weitere schnelle Schläge. Er schrie auf und fiel, nach Luft schnappend und kotzend, auf den Rücken.

Pellam huschte um die Ecke und gab einen Schuss ab – in Richtung McCray, aber nicht auf ihn. Er zielte auf den Boden neben seinen Füßen, hatte aber Angst, dass Passanten getroffen wurden. Der Schuss trieb McCray noch weiter hinter den Container.

»O Gott, o Scheiße. Mein Bein, mein Bein!«, schrie der Ire mit der Waffe.

Niemand achtete auf ihn. Pellams Aufpasser verschwand in einer Quergasse. McCray und die beiden anderen Iren schossen blind auf Ramirez, der flach auf dem Boden lag und, so gut es ging, hinter einem Berg aus Müllsäcken Deckung suchte.

»Hey«, rief Pellam, der sich duckte, als eine Kugel aus McCrays Pistole an ihm vorbeisauste. Er warf seine schwarze Automatik zu Ramirez, der sie mit einer Hand auffing, den Schlitten zurückzog und mehrere Schüsse abgab, um die anderen in Deckung zu treiben. Der Ire, den Pellam angeschossen hatte, schluchzte immer noch und kroch, die Händen über dem Gesicht, zentimeterweise in Richtung seiner Kameraden.

Ramirez jauchzte und lachte laut auf. Er war ein hervorragender Schütze, und der Ire konnte nur für eine oder zwei Sekunden aus seiner Deckung auftauchen und ungezielt einen Schuss abgeben, bevor er sich wieder ducken musste.

Das Gefecht dauerte nicht länger als dreißig Sekunden. Pellam hatte keinen Schuss mehr abgegeben. Er war sich sicher, dass er Polizeisirenen gehört und Blaulichter gesehen hatte. Hunderte von Polizisten waren auf der Straße. Doch keiner von ihnen ließ sich blicken.

Schließlich befanden sie sich in Hell's Kitchen. Was bedeutete da schon ein kleiner Schusswechsel?

Ein Arm streckte sich nach dem Verwundeten aus und zog ihn hinter die Mauer. Er war verschwunden. Kurz darauf flohen die Iren aus der Gasse. Ein Auto wurde angelassen und fuhr quietschend los.

Pellam erhob sich, war immer noch außer Atem. Ramirez ebenfalls, lachte jedoch. Er überprüfte das Magazin, schob die Pistole in seine Tasche und suchte seine eigene Waffe.

»Du Hurensohn«, sagte Ramirez nur.

»Komm, wir…«

Der Schuss war Ohren betäubend. Pellam spürte einen scharfen, brennenden Schmerz an seiner Wange.

Ramirez wirbelte herum und schoss aus der Hüfte. Dreimal, viermal, traf den Mann – Pellams Aufpasser –, der zurückgekommen war und aus dem Schatten der Gasse auf sie geschossen hatte. Und jetzt rückwärts flog.

Mit zitternden Händen sah Pellam zu, wie sich der Ire krümmte und starb.

»Verdammt, Mann, bist du okay?«, fragte Ramirez besorgt.

Pellam fasste sich an seine Wange, berührte nacktes Fleisch und besah sich das Blut an seinen Fingern.

Es brannte höllisch. Aber das war gut. Aus seinen Stuntman-Zeiten wusste er, dass Taubheit schlecht und Schmerz gut war. Wenn eine Nummer schief ging und ein Stuntman über ein taubes Gefühl klagte, wurde der Stunt-Koordinator mehr als nervös.

In der Ferne die erste Sirene.

»Hör mal, man darf mich hier nicht finden«, meinte Pellam verzweifelt.

»Hey, das war Selbstverteidigung.«

»Nein, das meine ich nicht. Man darf mich nicht mit einer Waffe finden.«

Ramirez runzelte die Stirn, nickte dann aber verständnisvoll und blickte die Neunte Avenue entlang. »Also, ich sag dir, was du tun musst. Geh raus auf die Straße, aber langsam. Als würdest du einkaufen gehen. Deck das zu.« Er zeigte auf die verwundete Wange. »Besorg dir einen Verband oder so was. Bleib auf der Achten oder Neunten Avenue, geh Richtung Norden. Denk dran: Geh langsam. Du bist unsichtbar, wenn du langsam gehst. Gib mir deine Waffe. Wir finden einen Platz, um sie zu verstecken.«

Pellam gab ihm seinen Colt.

»Hast du nicht gesagt, du hättest keine?«, fragte Ramirez.

»Die Lüge eines Weißen«, flüsterte Pellam und machte sich aus dem Staub.

… Neunzehn

Pellam stürzte ins Büro. »Louis, ich habe hier etwas, das Sie vielleicht interessieren könnte.«

Es war spät am Morgen, so gegen zehn Uhr, und Bailey, der noch ziemlich nüchterne Anwalt, war noch nicht zu dem ziemlich angetrunkenen Stubenhocker mutiert, der er sonst war. Im Bürobereich war das Licht ausgeschaltet, und er schlurfte im Bademantel aus dem Schlafzimmer herein, an den Füßen zwei ungleiche Schlappen.

Trotz der qualvollen Geräusche, die sie von sich gab, wirbelte die Klimaanlage immer noch nur heißen Staub auf.

»Was ist mit Ihrem Gesicht passiert?«

»Beim Rasieren geschnitten«, erwiderte Pellam.

»Versuchen Sie's mit einer Klinge. Die sind sicherer als Macheten. Ich habe gehört, dass es gestern Nacht eine Schießerei gegeben hat. Einer aus Jimmy Corcorans Gang ist getötet worden.«

»Echt?«

»Pellam…«

»Ich weiß nichts davon, Louis.«

»Man vermutet, dass zwei Männer darin verwickelt waren, ein Weißer und ein Hispano-Typ.«

»Ein Latino«, korrigierte Pellam. »Hispano sagt man nicht.« Er ließ das Polaroidfoto auf den Schreibtisch fallen. »Schauen Sie mal.«

Doch der Anwalt behielt Pellam noch für einen Moment fest im Blick.

»Ich habe das Foto gestern Flo Epstein gezeigt. Der Frau von der Versicherungsagentur.« Er hob unschuldig die Hände. »Keine Einschüchterungen. Nur Schnappschüsse.«

Bailey betrachtete das Foto genauer. »Auch einen Wein? Nein? Ganz sicher?«

»Ich habe ein Foto von Ettie im Gefängnis gemacht, es dieser Epstein gezeigt und sie gefragt, ob das Ettie sei«, erzählte er weiter.

»Und?«

»Sie hat sie erkannt.«

»Nun gut.« Bailey sah sich das Foto genauer an. Er blinzelte, nahm es in die Hand und fing an zu lachen. »Das ist wirklich gut. Wie haben Sie das hinbekommen?«

»Retuschiert. Auf meinem Laptop. Mit einem Grafikprogramm für die Nachbearbeitung der Filme.«

Es war das Foto, das Pellam im Frauengefängnis von Ettie aufgenommen hatte – von ihrem Körper, ihrem Haar, ihren Händen und ihrer Kleidung. Nur nicht von ihrem Gesicht – das gehörte nämlich Ella Fitzgerald. Pellam hatte die beiden Bilder auf seinem Computer zusammengeführt und ein Polaroidbild von dem Ergebnis gemacht.

»Sehr ermutigend«, meinte der Anwalt. Doch Pellam dachte, dass er nicht so hoffnungsvoll aussah, wie er sein müsste.

Pellam öffnete die Tür des kleinen Kühlschrankes. Nur große Flaschen mit Wein, kein Wasser, keine Limonade, kein Saft. Er blickte wieder hoch. »Wovon sind Sie so mitgenommen, Louis?«

»Vom Pokerspiel mit dem Fire Marshal, von dem ich Ihnen erzählt habe.«

»Ist es geplatzt?«

»O nein.«

Pellam nahm das Stück Papier entgegen, das Bailey ihm mit zittriger Hand entgegenhielt.

Lieber Louis,

ich habe nun das getan, worüber wir geredet hatten, und mich auf ein Spiel eingelassen mit Stan, Sobie, Fred und der Maus – erinnerst du dich an ihn? Es muss Jahre her sein. Ich habe sechzig von deinen Piepen verloren, aber von

Stan habe ich eine fast volle Flasche Dewars bekommen, die ich vorbeibringe, wenn sie nicht mehr so schön voll ist.

Jetzt zu dem, was ich herausgefunden habe und dir wahrscheinlich nicht gefallen wird. Lomax hat ein Sparbuch gefunden, von dem Ettie niemandem etwas erzählt hatte. Mit über Zehntausend darauf. Und zwei Riesen hat sie am Tag vor dem Feuer abgehoben. Sie sagen auch, dass du ein Halunke wärst, weil du den Betrag bei der Offenlegung der Finanzen für den Kautionsantrag nicht aufgeführt hast. Es kommt ihnen jedoch zum größten Teil gelegen, da es ihren Fall vorantreibt.

Joey

Zehntausend?

Pellam war verblüfft. Wo, um Himmels willen, hatte Ettie so viel Geld her? Ihm gegenüber hatte sie niemals irgendwelche Ersparnisse erwähnt. Als Bailey sie gefragt hatte, wie viel sie dem Kautionsbürgen zuschießen könnte, hatte sie geantwortet, vielleicht acht-, neunhundert, das wäre das Höchste. Auch erinnerte er sich an den darauf folgenden Tag, als sie ihm erzählt hatte, dass sie sich die Versicherungspolice von Flo Epstein gar nicht hätte leisten können.

Er blickte aus dem Fenster und sah den Bulldozern zu, wie sie das niederwalzten, was von Etties Haus noch übrig war. Ein Arbeiter rammte mit einem Vorschlaghammer einen Meißel in eine mit Ruß überzogene Bulldogge aus Stein, um sie auseinander zu brechen.

Er hatte Etties Stimme im Ohr:

... Ich versuche, mich daran zu erinnern, wie viele Häuser es in diesem Block gegeben hat. Ich bin mir nicht sicher. Die meisten waren Mietshäuser wie dieses. Inzwischen sind die meisten aber verschwunden. Dieses wurde von einem Immigranten 1876 erbaut. Heinrich Deuter. Ein

Deutscher. Haben Sie die Bulldoggen draußen vor der Tür gesehen, die rechts und links von der Treppe? Er hatte einen Steinmetz beauftragt, um sie anfertigen zu lassen, weil er als kleiner Junge in Deutschland einen solchen Hund gehabt hatte. Ich habe seinen Urenkel vor einigen Jahren kennen gelernt. Die Leute jammern, dass es eine Schande wäre, diese alten Häuser abzureißen und neue zu bauen. Was soll ich dazu sagen? Vor hundert Jahren haben sie andere Gebäude abgerissen und diese hier gebaut, oder? Die Dinge verändern sich. Wie auch die Menschen kommen und gehen. So ist das Leben nun einmal.

Pellam sagte eine ganze Weile lang nichts. Er nahm einen langen Generalschlüssel von Baileys Schreibtisch, betrachtete den Bart und legte ihn wieder zurück. »Wie hat die Polizei von dem Sparbuch erfahren?«

»Ich habe keine Ahnung.«

»Hat der Kassierer Ettie als diejenige identifiziert, die das Geld abgehoben hat?«

»Ich habe bei jemandem in der Abteilung nachgefragt, der das herausfinden soll. Das Konto wurde gesperrt.«

»Die Sache sieht nicht gut aus, oder?«

»Nein, überhaupt nicht.«

Das Telefon klingelte und Bailey nahm ab.

Pellam sah, wie ein Auto langsam vorbeikurvte. Dann hörte er wieder den Beat und die Bässe dieses Hip-Hop-Liedes. Es war wahrscheinlich die Nummer eins in den Rap-Charts. … *the Man got a message just for you, gonna smoke your brothers and sisters too.*

Das Lied verhallte in der Ferne. Als sich Pellam umdrehte, hielt Bailey geistesabwesend den Hörer in der Hand. Er versuchte ihn aufzulegen, benötigte jedoch zwei Anläufe, bis der Hörer wieder auf der Gabel lag. »Mein Gott«, hauchte er. »Mein Gott.«

»Was ist los, Louis? Ist was mit Ettie?«

»An der Upper West Side hat es vor einer halben Stunde gebrannt.« Er atmete tief ein. »Es war die Versicherungsagentur. Zwei Angestellte wurden getötet. Eine von ihnen ist Flo Epstein. Er war es, Pellam. Jemand hat ihn erkannt, den jungen Mann von der Tankstelle. Er hat wieder seine Napalm-Mischung verwendet. Er hat die beiden bei lebendigem Leibe verbrannt. Jesus Maria…«

Pellam atmete heftig aus, war wie gelähmt von den Neuigkeiten. Ihm kam der Gedanke, dass der Pyromane ihm zur Agentur gefolgt sein musste. Vorher war er in Pellams Apartment eingebrochen und hatte die beiden Bänder gestohlen, dann ist er ihm Richtung Uptown gefolgt. Deswegen hat er wahrscheinlich Pellam nicht in seiner Wohnung getötet – er sollte ihn zu den Zeugen führen.

»Es waren drei Minuten. Wenn man Sex mit jemandem hat, ist das nichts. Hat man einen Balg am Hals, kommt es einem wie eine Ewigkeit vor.«

Und wenn man verbrennt?

»Sie hat eine eidesstattliche Erklärung unterzeichnet, dass sie Ettie erkannt hat. Das wird vor Gericht zugelassen. Nicht aber das, was sie Ihnen über das getürkte Foto gesagt hat. Das ist nur die Wiedergabe von Behauptungen Dritter«, stellte Bailey fest.

Pellam sah aus Baileys Fenster auf ein quadratisches Stückchen Erde in der Nähe der Stelle, auf der Etties Haus einmal gestanden hatte. Dieses Stückchen Erde wurde von der rötlichen Sonne angestrahlt, die vom klaren Himmel herabschien. Jetzt, da es das Gebäude nicht mehr gab, kam es Pellam vor, als würde das Sonnenlicht in Regionen vordringen, die seit mehr als hundert Jahren nicht mehr den Sonnenstrahlen ausgesetzt waren. Die zurückgewonnene Helligkeit schien sowohl die Gegenwart als auch die Vergangenheit zu verändern. So kam es Pellam vor, als ob die Geister der vielen Bewohner aus Hell's Kitchen, die vor langer Zeit durch Kugeln, Krankheiten und die Last des Lebens dahingerafft worden waren, sich plötzlich wieder in Gefahr befanden.

»Sie wollen, dass sie sich auf ein teilweises Schuldeingeständnis einlässt, stimmt's?«, wollte Pellam von dem Anwalt wissen.

Dieser nickte.

»Das wollten Sie von Anfang an, richtig?«, fragte Pellam weiter.

Baileys blasse Handgelenke ragten aus schmuddeligen Manschetten heraus, während er die Fingerspitzen aneinander legte. »Wenn man für ein teilweises Schuldeingeständnis etwas rausholen kann, bedeutet das hier in Hell's Kitchen bereits einen Sieg.«

»Und was ist mit denen, die unschuldig sind?«

»Das hat, verdammt noch mal, nichts mit Schuld und Unschuld zu tun. Das ist wie eine Sozialversicherung oder als ob man sein Blut verkauft, um sich von dem Geld Fusel oder Essen zu kaufen. Ein teilweises Schuldeingeständnis im Austausch für die Reduzierung des Strafmaßes – eine Sache, die das Leben in Hell's Kitchen ein wenig leichter macht.«

»Wenn ich mich nicht eingemischt hätte, dann hätten Sie das durchgezogen, nicht wahr? Sie hätten sie zu einem Schuldeingeständnis überredet?«, wollte Pellam wissen.

»Eine halbe Stunde nach ihrer Verhaftung«, gestand Bailey.

Pellam nickte. Schweigend ging er nach draußen und stapfte den Bürgersteig entlang. Der Schaufelbagger hob gerade eine Ladung Schutt vom Trümmerplatz von Etties Haus und ließ ihn unsanft in einen Container fallen.

Die Dinge verändern sich. So ist das Leben nun einmal.

Ihm blieb nichts anderes übrig, als sie gerade heraus zu fragen.

Pellam beobachtete Ettie, die steif den Besucherraum des Frauengefängnisses betrat. Ihr verhaltenes Lächeln verschwand. »Was ist los, John?« Ihre Augen verengten sich, als sie die Wunde auf seiner Wange bemerkte. »Was ist passiert…« Doch sie verstummte, als sie seinen Gesichtsausdruck bemerkte.

»Die Polizei hat das Sparbuch gefunden.«

»Das…?«

»Das in Harlem. Das Bankkonto mit den zehntausend Dollar drauf.«

Die alte Dame schüttelte vehement den Kopf und drückte die Hand ihres gesunden Armes gegen die Schläfe. Ihr Ringfinger war vor vielen Jahren einmal gebrochen gewesen und schief wieder zusammengewachsen. Für einen Augenblick huschte Reue über ihr Gesicht, dann spie sie hervor: »Ich habe *niemanden* von meinen Ersparnissen erzählt. Wie, zum Teufel, haben sie die gefunden?« Sie wirkte abgespannt und distanziert.

»Sie haben niemandem davon erzählt. Weder dem Gericht noch dem Kautionsbürgen. Und auch Louis nicht. Das sieht nicht gut aus.«

»Es gibt keinen Grund, dass jedermann alles über eine alte Frau erfahren sollte!«, konterte sie. »Der Ehemann nimmt ihr ihre Sachen weg, ihre Kinder nehmen ihr ihre Sachen, alle nehmen, nehmen, nehmen! Wie haben sie es herausgefunden?«

»Ich weiß es nicht.«

»Nun gut, ich habe also ein wenig Geld, was soll's?«, fuhr sie verbittert fort.

»Ettie…«

»Das sind doch allein meine Angelegenheiten, nicht deren.«

»Man behauptet, dass Sie – oder jemand anderes – genau einen Tag vor dem Feuer Geld abgehoben haben.«

»Was? Ich habe nichts davon abgehoben.« Ihre Augen waren vor Wut und Beunruhigung weit aufgerissen.

»Zweitausend.«

Sie stand auf und humpelte wie wild im Kreis herum, als ob sie auf die Straße stürmen wollte, um das gestohlene Geld zu suchen. »Jemand hat mich beklaut? Mein Geld! Jemand hat ihnen von meinem Geld erzählt! Irgendein Verräter hat das getan.«

Ihre Stimme wirkte einstudiert, als ob sie eine Ausrede geprobt hatte, falls man das Geld finden würde. Immer mehr Verschwörungstheorien, dachte Pellam. Als ihn Ettie mit gerunzelter Stirn anblickte, drehte er sich zum Fenster. Er fragte sich, ob sie wohl ihn verdächtigte. Ob sie dachte, dass *er* der Verräter war. Hielt sie *ihn* für einen Judas? »Wo war das Sparbuch aufbewahrt?«, wollte er schließlich wissen.

»In meiner Wohnung. Es ist verbrannt, nehme ich an. Wie kann jemand einfach Geld abheben? Was kann ich denn jetzt tun?«

»Die Polizei hat das Konto gesperrt.«

»Wie bitte?«, schrie sie.

»Niemand kommt jetzt mehr an das Geld ran.«

»Ich komme nicht mehr an mein Geld ran?«, flüsterte sie. »Ich brauche es. Jeden einzelnen Cent davon.«

Pellam fragte sich, warum? Wofür?

»Sie haben das Geld nicht für die Kaution genutzt. Schauen Sie mich nicht so an, Ettie. Ich sage nur, was die Staatsanwaltschaft gesagt hat. Dass das verdächtig ist.«

»Die denken, ich hätte den Brandstifter damit bezahlt?« Sie lachte bitter.

»Ich schätze, ja«, erwiderte Pellam nach einer kurzen Pause.

»Denken Sie das auch?«

»Nein.«

Ettie ging zum Fenster hinüber. »Jemand hat mich reingelegt. Und zwar sehr gekonnt.« Die Worte klangen traurig, und sie konnte ihm dabei nicht ins Gesicht sehen. Wieder war Ettie wie versteinert. Schließlich hob sie den Kopf ganz langsam gerade so weit, dass sie auf das trüb beleuchtete Fensterbrett schauen konnte. »Lassen Sie mich jetzt bitte allein. Ich möchte so schnell niemanden mehr sehen. Nein, sagen Sie jetzt nichts, John. Gehen Sie einfach.«

Als sie ihn sich diesmal schnappten, filzten sie ihn gründlich.

O Mann, nicht jetzt. Das kann ich wirklich nicht gebrauchen.

Pellam hatte die Eingangshalle seines Mietshauses im East Village betreten und sinnierte voller Zweifel über Ettie und ihren Geheimgroschen nach, als ihn sechs Hände von hinten packten und gegen die Wand schleuderten.

Das letzte Mal, als er mit Ramirez zusammen auf die Iren gestoßen war, hatten sie sich damit begnügt, Pellam mit einem einzigen Schlag auszuschalten, dann aber vergessen, ihn nach Wildwest-Pistolen abzusuchen. Dieses Mal krempelten sie alle Taschen um, und erst als sie sicher waren, dass er unbewaffnet war, wirbelten sie ihn herum.

Der kleine Jacko Drugh war in Begleitung eines großen Mannes, der Jimmy Corcoran ähnlich sah, und eines dritten, rothaarigen Kerls. Die Eingangshalle war zwar nicht riesig, jedoch groß genug für drei Typen, die Pellam die Eingeweide herausprügeln wollten.

Drughs Blick verriet Pellam, dass dies nicht seine Idee gewesen war, und er hegte eine gewisse Sympathie für den jungen Mann.

Dann schauen wir mal. Welche Szene könnte das sein? Ende der zweiten Szene des Standard-Hollywood-Action/Abenteuerfilms. Der gute Revolverheld wird von den Jungs des Viehbarons hinterrücks angegriffen. Der heldenhafte Reporter wird vom Sicherheitsdienst des Ölkonzerns dingfest gemacht. Die Kommandotruppe tappt in eine Falle und wird vom Feind entführt.

Der erste Punkt geht an die Bösen, aber der Held steht schon in den Startlöchern, um triumphierend zurückzukehren. Die Zuschauer lieben es, wenn ihre Hauptfigur hart auf die Schnauze fällt.

»Ich würde euch ja nach oben bitten«, sagte Pellam, als er unter den Schraubstockgriffen an seinen Armen zusammenzuckte. »Aber eigentlich will ich das nicht.«

Der größere der Schläger, wahrscheinlich Corcorans Bruder, holte schon mit der Faust aus, aber Drugh schüttelte den Kopf. »Jimmy hat das von gestern Nacht gehört«, sagte er zu Pellam. »Dass Sean McCray höchstpersönlich Ramirez aufgemöbelt hat. Hab gehört, du hast für den Latino-Arsch den Sekundanten gespielt… na, egal, wie du vielleicht schon gehört hast, will Jimmy zurzeit nicht, dass irgendjemand auf Hell's Kitchen aufmerksam wird. Er wird dich und Ramirez also nicht töten, was er eigentlich tun sollte. Aber ihr habt einen von unseren Jungs kalt gemacht, und das werden wir nicht auf sich beruhen lassen. Dafür wirst du bezahlen müssen.«

»Warte mal, warum ich?«, wollte Pellam wissen. »Was ist mit Ramirez?«

»Nun, Jimmy will nicht, dass irgendwelche Kämpfe zwischen den Gangs ausbrechen, und dachte sich, dass es für alle besser wäre, wenn wir Mike Tyson mit dir spielen.«

»Nicht unbedingt für alle. *Ich* bin von der Idee nicht besonders angetan«, murrte Pellam.

»Tja, so funktioniert das eben, oder? Jacko macht die Regeln nicht.«

Und dem Typen habe ich gerade noch fünf Hunderter bezahlt. Scheiße.

»Wenn ihr wollt, dass ich mich entschuldige, dann tue ich's. Es tut mir Leid.«

»Entschuldigungen sind einen Scheißdreck wert«, erwiderte der Rothaarige und kam auf Pellam zu. Pellam drehte sich ihm zu, um den Angriff abzuwehren, doch Drugh hielt seinen Arm zwischen sie, um seinen Gangsterkollegen aufzuhalten.

»Warte mal. Er gehört Jacko. Nicht wahr?« Der ein Meter fünfundfünfzig große Drugh drehte sich Pellam zu.

Bei Pellam ließ die Anspannung erheblich nach. Jetzt verstand er – deshalb also hatte Jacko sich freiwillig gemeldet. So wie bei O'Neil und Ramirez. Ein kleiner Schwindel. Drugh würde ein paar Schläge austeilen, Pellam würde zu Boden gehen, und in drei Minuten wäre alles vorüber. Aus seinen Zeiten als Stuntman wusste er, wie man einen Kampf vortäuscht. Er schüttelte die anderen beiden Iren ab und trat nach vorne. »In Ordnung, du hast es nicht anders gewollt.« Er hob die Arme und ballte die Fäuste.

Drughs erster Schlag hätte fast sein Aus bedeutet. Die knochige Faust traf ihn volle Breitseite auf dem Unterkiefer. Ein verdutzter Blick, dann flog er nach hinten und knallte mit dem Kopf gegen die Blechbriefkästen. Drugh verpasste ihm noch eine Linke in die Eingeweide. Pellam sank in die Knie und würgte.

»Verdammte Scheiße…«

»Halt die Schnauze«, grummelte Drugh. Mit gefalteten Händen versetzte er Pellams Nacken einen kräftigen Hieb. Zwei Sekunden später lag Pellam flach auf den dreckigen Fliesen.

Zum Abschluss versetzte ihm Drugh noch ein paar Tritte mit seinen Arbeitsschuhen in die Nieren- und Magengegend. Großer Gott…

»Jetzt hast du keine Waffe, du kleines Arschloch«, sagte Drugh, als hätte er den ganzen Tag mühevoll an der Zeile gearbeitet. Er war ein viel schlechterer Schauspieler, als Pellam vermutet hatte. »Du hast dich mit den falschen Leuten angelegt.«

Pellam kam wieder auf die Knie und schlug in Drughs Richtung. Er verfehlte seinen Gegner und kassierte drei weitere heftige Magenschwinger.

»Na, wie bin ich?«, flüsterte der kleine Mann in Pellams Ohr.

Pellam konnte nicht sprechen. Er war kurz davor, sich zu übergeben.

»Schlag zurück. Das sieht sonst zu getürkt aus«, flüsterte Drugh ihm zu.

Pellam kroch von ihm weg und stand mühsam auf. Weit ausholend, wirbelte er herum, streifte Drugh aber nur leicht an der Wange.

Drugh spielte den Verdutzten. »Du verdammter Arsch!«, schrie er. Der Rothaarige und der andere hielten Pellam fest, während Drugh Schläge in Pellams Magen und auf sein Gesicht niederprasseln ließ. Pellam gab auf, er hielt nur noch seine Hände vors Gesicht und ging zu Boden.

»Bist wohl doch nicht so toll, was?«, lachte der Rothaarige.

»Lass uns verschwinden, Jacko.«

Plötzlich zog Drugh seine Waffe heraus und drückte die Mündung gegen Pellams Gesicht. Pellam dachte daran, dass er dem Abzug einer Waffe nie richtig getraut hatte. Sie konnten, wie man wusste, leicht losgehen. Der Knirps beugte sich über Pellam. »Sieh zu, dass ich eine Rolle in einem Film bekomme«, flüsterte er. »Ich kann die Kampfszenen selber spielen. Ich brauche keinen Double. Ich habe auch meine eigene Waffe.«

Pellam stöhnte.

»Schieß ihm in den Fuß oder ins Knie oder sonst wohin, Jacko.«

»Ja, zerfetz ihm die Hand. Peng, peng.«

Drugh schien noch zu überlegen. »Nein, der hat genug. Diese blöden Schwuchteln aus Hollywood vertragen nichts.«

Noch einmal beugte sich Drugh über ihn und flüsterte ihm zu: »Du wolltest doch noch was über diesen Jungen, Alex, wissen. Er wohnt im Eagleton Hotel auf der Neunten Avenue, Zimmer vier-drei-vier.«

Pellam brabbelte etwas, das Drugh als »Danke dir« auffasste, obwohl der Satz nur ein einziges Wort der Dankbarkeit enthielt.

Zum Abschied versetzte ihm Drugh einen freundlichen Stoß in die Rippen und verschwand mit den anderen. »He, Tommy, kannst du dich noch an die Szene aus dem Film erinnern, von dem ich dir erzählt habe, hä?«, fragte er den Rothaarigen. »Na, was denkst du, welchen Film meine ich?«

Dann fiel die Tür ins Schloss. Pellam spukte den losen Zahn aus. Er wirbelte über die Bodenfliesen, bis er schließlich – nach Minuten, wie es schien – liegen blieb.

... Zwanzig

Genau in dem Augenblick, als eine Horde übermüdeter Touristen aus Frankreich in dem geschmacklos aufgemachten Hotel auf der West Side eincheckte, öffnete sich die Tür des Fahrstuhls, der ins Erdgeschoss gerufen worden war.

»*Mon dieu!*«

Die brennende Flüssigkeit in der Kabine brachte den Plastikbehälter zum Schmelzen und ergoss sich wie eine Flutwelle in die Eingangshalle.

»Mein Gott!«, rief jemand anderer.

»Oh, Scheiße…«

Wie durch Zauberhand erschienen die Flammen, während die Flüssigkeit sich über den Boden ergoss und den Teppich, die Tische und Stühle, die goldgemusterte Tapete und die falschen Gummibäume in Brand setzte.

Der Alarm setzte mit einem scharfen Bariton ein – altmodische Glocken, die einen vermuten ließen, dass auch die Rettungssysteme ihre besten Zeiten schon hinter sich hatten. Schreie erfüllten die heruntergekommene Halle. Menschen flohen ins Freie.

Beängstigender als die Flammen war der Rauch, der sich schlagartig im Hotel ausbreitete, als würde er unter Hochdruck hereingepumpt werden. Der Strom fiel aus, und der Rauch legte sich wie dunkle Nacht über die Eingangshalle und die Flure. Selbst die roten Notausgangszeichen konnte man nicht mehr erkennen.

Übertönt wurden die Schreie und die Alarmglocke von einem hektischen Ton, der sich anhörte wie der einer Orgel – dem Heulen des Feuers.

Das Eagleton Hotel lag im Sterben.

Die Flammen verzehrten den billigen Teppich, verwandelten das Grün innerhalb weniger Sekunden in ein tiefes Schwarz. Sie brachten Plastik so leicht zum Kochen, wie sie Haut versengten. Das Feuer schoss die Wände hinauf und ließ den Gips schmelzen wie Butter. Es spuckte Rauch aus, der so dick war wie Schlamm, und erstickte ein halbes Dutzend ausländischer Gäste in einer Nische ohne Ausgang.

Der tödliche Kuss des Feuers.

»Merde! Mon dieu! Allez, allez! Giselle, où es tu?«

Ein Stockwerk tiefer im Festsaal, wo sich drei Kellnergehilfen in weißen Jacken zusammengekauert hatten, breiteten sich die Flammen explosionsartig aus – der gesamte Raum wurde so heiß, dass er sich wie ein riesiger Streichholzkopf entzündete.

Oben sprang ein junger Mann mitsamt seiner Kleidung in eine randvolle Badewanne, weil er dachte, dies würde ihn schützen. Zwei Stunden später würden von Übelkeit geplagte

Feuerwehrleute das finden, was von seinem Körper in dem immer noch siedenden Wasser übrig war.

Eine Frau riss in wilder Panik die Tür ihres Zimmers auf und fand sich inmitten einer Explosion wieder, die von dem einströmenden Sauerstoff ausgelöst wurde. Als sie einen letzten Schrei ausstoßen wollte, war es kein menschlicher Laut, der aus ihrem Mund kam, sondern eine Stichflamme, die sich mit einem Knall entlud.

Ein Mann floh vor einer Feuerwand und sprang durch ein Fenster im vierten Stock. Lautlos und mit eleganten Überschlägen landete er auf dem Dach eines gelben Taxis. Schlagartig wurde das Glas in den sechs Fenstern undurchsichtig, als wäre es mit einer winterlichen Eisschicht überzogen.

Ein anderer Mann trat auf die Feuerleiter, deren Metallstäbe so heiß waren, dass die Sohlen seiner Sportschuhe in Sekundenschnelle durchgeschmolzen waren. Schreiend stieg er auf seinen verbrannten, blutenden Füßen zum Dach hinauf.

In den höheren Stockwerken glaubten einige Gäste, sie seien vor dem Feuer sicher; nur wenig Rauch war bisher zu ihnen nach oben gedrungen. Ohne die Ruhe zu verlieren, lasen sie die Sicherheitshinweise durch und legten sich, angeleitet von den beruhigenden Worten, nasse Waschlappen über die Gesichter. Dann setzten sie sich auf den Boden, um auf Hilfe zu warten. Kohlenmonoxid ließ sie in einen friedlichen Schlaf fallen, aus dem sie nicht mehr erwachten.

In der Eingangshalle flog ein Sofa in die Luft und versprühte orangefarbene Flammen. Auch die Leiche eines Touristen, der auf dem Teppich lag, explodierte. Sein Körper zog sich wie der eines Boxers zusammen – angezogene Knie, geballte Fäuste und abgewinkelte Arme. Vor ihm zerschmolz ein Cola-Automat, und explodierende Dosen flogen durch die Eingangshalle. Der Inhalt war verdampft, noch bevor die Aluminiumhüllen den Boden berührten.

Sonny erhaschte flüchtige Bilder dieser Szenerie, weil er

den Kanister mit der brennenden Flüssigkeit im fünften Stock in den Fahrstuhl gestellt hatte und anschließend gemütlich die Feuerleiter hinuntergestiegen war. Trödelnd, beobachtend. Eigentlich sollte er schnell fliehen, vorsichtiger sein. Aber natürlich kam er nicht gegen sein Verlangen an. Seine Hände zitterten nicht mehr, und er schwitzte auch nicht.

Die Feuerwehr kam vorgefahren. Sonny huschte in eine Gasse auf der anderen Straßenseite und registrierte voller Freude, dass der Brand ein solches Ausmaß hatte, dass alle mit anpacken mussten. Damit hatte er sich eine Ehrennadel verdient. Es kamen Einsatz- und Rettungsfahrzeuge mehrerer Feuerwachen. Mein Gott, dieser Brand konnte ein ganzes Bataillon aus Feuerwehrleuten beschäftigen! Seit Monaten hatte er schon kein solches Feuer mehr hinbekommen. Er hörte den Polizeifunk ab und erfuhr, dass es sich um ein Feuer mit Alarmstufe 10-45, Code 1 handelte.

Es gab also schon Tote.

Aber das wusste er ja.

Immer mehr Feuerwehrwagen rückten an. Dutzende von Seagrave- und Mack-Einsatzfahrzeugen, Maschinen und Leitern. Einige in Rot, andere in grüngelber Neonfarbe. Schrille Martinshörner. Krankenwagen. Polizeifahrzeuge. Zivile Einsatzwagen. Männer und Frauen in Feuerschutzkleidung mit Sauerstoffflaschen und Atemmasken eilten der Feuersbrunst entgegen. Noch mehr Krankenwagen. Noch mehr Polizei. Licht und Lärm, Wasserkaskaden. Überall Dampf, der aussah wie die Geister von Toten. Falsch geparkte Autos wurden aufgebrochen, um den Feuerwehrschläuchen Platz zu machen.

Menschen verstopften die Straßen, Plünderer versuchten das Risiko abzuschätzen.

Das Hotel wurde zu einem Meer orangefarbener Flammen, die bis zum Penthouse im siebten Stock hinaufschlugen.

Als das Feuer einigermaßen unter Kontrolle war, begannen die Rettungsmannschaften die Leichen zu bergen. Einige hatten sich auf Grund des Sauerstoffmangels blau gefärbt, andere waren krebsrot von der Hitze. Manche waren kohlrabenschwarz und hatten keine Ähnlichkeit mehr mit den menschlichen Wesen, die sie früher einmal waren.

Immer wieder explodierten Fensterscheiben. Schwarze Glasscherben prasselten auf die Straße, während die wie Hahnenschwänze aussehenden Wasserstrahlen aus den riesigen Düsen nach oben spritzten und sich über den schwächer werdenden Flammen in brühend heißen Dampf verwandelten.

All das beobachtete Sonny aus seiner gegenüberliegenden Gasse.

Er beobachtete das Schauspiel so lange, bis er endlich, endlich das sah, worauf er gewartet hatte.

Sonnys Mutter hatte ihm erzählt, dass sein Vater gerne auf die Jagd gegangen war, wo Bosco, der stürmische Labrador, für ihn die Vögel aufgescheucht hatte. Er war ein guter Jäger gewesen, sein Vater, und er hatte viel Zeit darauf verwendet, ein noch besserer zu werden – obwohl er dies nicht hätte tun sollen, wie Sonny geschlussfolgert hatte, da seine Frau mit allem gefickt hatte, was an ihrer Tür vorbeigekommen war, sobald ihr Mann mit Bosco das Haus verlassen hatte.

Der letzte Geliebte von Sonnys Mutter war allerdings nie hinter irgendetwas hergejagt – die einzige Jagd in seinem Leben war die nach einem Weg aus dem brennenden Schlafzimmer gewesen. Den er natürlich dank Sonny und einer äußerst praktischen Drahtspule nicht gefunden hatte.

Und jetzt sah Sonny in dem rauchenden Chaos des Hotels Eagleton einen Vogel, den er aufgescheucht hatte – allerdings mit Hilfe eines großen Feuers, nicht mit einem fröhlichen Hund. Es war Alex, die Schwuchtel mit dem abgebrochenen Zahn und einem Leberfleck auf der rechten Schulter, der aussah wie ein kleines Blatt.

Nach Luft schnappend und den Blick auf das brennende Hotel gerichtet, lehnte Alex gegen einen Laternenpfahl. Vielleicht dachte er das, was ein Mensch in einer solchen Situation immer denkt: Ich hätte da drin gefangen sein können. Ich hätte da drin sterben können. Ich…

»Ganz recht, du kleine Schwuchtel«, flüsterte Sonny. »Das hättest du können.« Sein Mund war nahe an Alex' Ohr.

Alex wirbelte herum. »Du… ich…«

»Was bedeutet das?«, fragte Sonny mit einem Stirnrunzeln. »›Du ich…‹ Ist das Tuntengeschwätz?«

Alex drehte sich um, um fortzulaufen, doch Sonny schnappte ihn sich wie eine Gottesanbeterin ihre Beute. Mit dem Pistolenlauf an der Schläfe brachte er ihn zum Stehen, blickte sich um und zog ihn weiter in die leere Gasse hinein.

»Hör zu!«

Sonny schob die Pistolenmündung hinter Alex' Ohr. »Hey, du bist tot«, flüsterte er.

Atemlos vom Laufen blieb Pellam stehen und lehnte sich gegen den Maschendrahtzaun eines Bauplatzes auf der anderen Straßenseite gegenüber des Eagleton.

O nein. Nein…

Das Hotel war zerstört. Durch einige der Fenster in den oberen Stockwerken sah man den Himmel, und graubrauner Rauch stieg aus dem hohlen Gebäudekern. Pellam wandte sich an einen dicken Mann vom Rettungsdienst, der mit seinem verschwitzten, rußgeschwärzten Gesicht an ihm vorbeiging. »Ich suche nach einem Jugendlichen«, sagte Pellam. »Er ist blond. Schlank. Er war hier drin. Der Name könnte Alex sein.«

»Tut mir Leid, Mister«, entschuldigte sich der erschöpft aussehende Mann vom Rettungsdienst. »So einen Jungen habe ich nicht behandelt. Aber wir haben acht ZUVs.«

Pellam schüttelte den Kopf.

»›Zur Unkenntlichkeit Verbrannte‹«, erklärte der Sanitäter.

Während sich Pellam durch die erstarrte Menschenmenge

schob, erkundigte er sich nach dem Jungen. Jemand dachte, er hätte gesehen, wie der Junge die Feuerleiter heruntergeklettert war, aber er war sich nicht sicher. Jemand anderes, ein Tourist, hielt ihm seine Nikon hin und bat ihn, ein Foto von sich vor dem abgebrannten Gebäude zu machen. Pellam brachte kein Wort heraus, sondern blickte den Kerl nur sprachlos an und ging weiter.

Als er sich dem Hotel näherte, löste er sich aus der Menge und rannte beinahe in Fire Marshal Lomax hinein. Ohne eine Wort zu sagen, blickte ihn Lomax an. Sein Blick wandte sich wieder den vier Leichen auf dem Boden zu; mit ihren gekrümmten Armen und Beinen lagen auch sie da wie kämpfende Boxer. Sie waren notdürftig mit Tüchern zugedeckt. Lomax' Funkgerät knackte. »Bataillonskommandant gibt an, dass das Feuer um achtzehn Uhr gelöscht war.«

»Bitte wiederholen, Marshal Zwo-fünf-acht.«

Lomax wiederholte die Nachricht und fügte hinzu: »Das Feuer scheint verdächtigen Ursprungs zu sein. Schickt die Spurensicherung her.«

»Verstanden, Marshal Zwo-fünf-acht.«

Lomax hängte das Funkgerät wieder an seinen Gürtel. Normalerweise bereits ein zerknitterter Mensch, sah er jetzt völlig runtergekommen aus. Rußgeschwärztes und total verschwitztes Hemd, zerrissene Hose. Auf seiner Stirn prangte eine Wunde. Er zog sich Latexhandschuhe an, beugte sich hinunter und schlug ein Tuch zurück, um die entsetzlich zugerichtete Leiche zu untersuchen. Pellam musste zur Seite blicken. »Ich möchte Ihnen eine Geschichte erzählen, Glückspilz«, begann er, ohne den Kopf zu heben.

»Ich…«

»Vor ein paar Jahren habe ich in der Bronx gearbeitet. Dort gab es einen Club auf dem Southern Boulevard, einen Gesellschaftsclub. Sie wissen, was das ist, ein Gesellschaftsclub? Nur ein Ort, an dem sich die Leute die Zeit vertreiben. Sie trinken was, sie tanzen. Der Veranstaltungsort hieß ›Happy Land‹. Eines Abends waren dort vielleicht hundert Menschen und vergnügten sich. In dem Viertel lebten vor allem Einwanderer aus Honduras. Es waren gute Menschen. Arbeitende Menschen. Keine Drogen, keine Waffen. Nur Menschen… die ihren Spaß haben wollten.«

Pellam sagte nichts. Sein Blick senkte sich zu dem makabren Anblick, den die Leiche bot. Er versuchte nicht hinzusehen, schaffte es aber nicht.

»Da war so ein Typ«, fuhr Lomax mit seiner schaurigen, leblosen Stimme fort. »Er war mit einem Garderoben-Mädchen zusammen, doch sie hat ihn abserviert. Er hat sich betrunken, ging raus und hat für einen Dollar Benzin gekauft. Damit kam er zurück und hat es einfach in die Eingangshalle gegossen, es angezündet und ist dann nach Hause gegangen. Genau so: ein Feuer angezündet und nach Hause gegangen. Ich weiß nicht, vielleicht um Fernsehen zu schauen. Vielleicht um was zu essen. Ich weiß es nicht.«

»Ich hoffe, er wurde geschnappt und eingesperrt«, meinte Pellam.

»Ja klar, das wurde er. Aber darauf will ich gar nicht raus. Was ich sagen will, ist, dass bei diesem Brand siebenundachtzig Menschen getötet wurden. Die höchste Anzahl von Todesfällen bei einer Brandstiftung in der US-Geschichte. Und ich gehörte zum Ermittlungsteam. Sehen Sie, das Problem war, dass die Leute… getanzt haben.«

»Getanzt?«

»Genau. Die meisten Frauen hatten keine Handtaschen dabei, und die Männer hatten ihre Jacken mitsamt den Brieftaschen über die Stuhllehnen gehängt. Also wussten wir nicht, wer wer war. Wir haben die Leichen nebeneinander gelegt, dann aber gedacht: Großer Gott, wir können doch nicht siebenundachtzig Familien die Straße auf und ab gehen und die Leichen identifizieren lassen. Also haben wir Polaroidbilder gemacht. Ein paar von jeder Leiche. Die Bilder haben wir in ein Notizbuch geklebt und den Familien gezeigt. Ich war einer derjenigen, die dieses Buch den Müttern, Vätern, Schwestern oder Brüdern derjenigen jungen Menschen gezeigt haben, die an besagtem Abend im ›Happy Land‹ waren. Das werde ich mein Lebtag nicht vergessen.«

Er deckte die Leiche wieder zu und blickte auf. »Das war das Werk nur eines Typen. Ein Typ mit Benzin im Wert von einem Dollar. Ich wollte Ihnen nur sagen, dass ich bei der Staatsanwaltschaft einen Antrag stellen werde, damit Ettie Washington wieder aus der Isolierhaft genommen wird.«

Pellam wollte gerade anfangen zu sprechen, doch Lomax erhob sich müde und ging zur nächsten Leiche. »Sie hat einen Jungen getötet«, sagte er. »Mittlerweile wissen das alle Gefangenen dort im Knast. Ich gebe ihr einen, höchstens zwei Tage.«

Er ging in die Hocke und zog das Tuch zur Seite.

… Einundzwanzig

Die Rollos in Baileys Büro waren heruntergelassen.

Vielleicht damit die Hitze draußen blieb, vermutete Pellam. Dann bemerkte er, dass die Verdunklung wohl auf Wunsch des nervösen Mannes erfolgt war, der dem Anwalt gegenüber auf einem wackligen Stuhl saß. Ununterbrochen kontrollierte er seine Haltung und drehte sich ständig um, als ob ein Scharfschütze von der gegenüberliegenden Straßenseite aus auf ihn zielen würde.

Pellam beachtete den Besucher nicht. »Ich habe Alex gefunden, aber der Pyromane hat ihn mir vor der Nase weggeschnappt«, sagte er zu Bailey.

»Das Feuer im Eagleton?«, fragte Bailey, nickte jedoch bereits wissend mit dem Kopf.

»Ja.«

»Ist er tot?«

Pellam zuckte die Schultern. »Vielleicht ist er tot, vielleicht ist er auch davongekommen. Ich habe keine Ahnung. Es gibt nicht zu identifizierende Leichen.«

»O mein Gott«, mischte sich der Besucher ein. Er sah aus wie jemand, der theatralisch die Hände ringen würde, würde er sich nicht verzweifelt an der Stuhlkante festklammern.

Pellam berichtete dem Anwalt noch, was Lomax ihm über die Isolierhaft erzählt hatte.

»Nein! Das ist übel«, raunte Bailey. »In einer Zelle mit den anderen hält sie keine Stunde durch.«

»Verdammte Erpressung«, murrte Pellam. »Können Sie ihn nicht daran hindern?«

»Ich kann es lediglich hinauszögern. Aber man wird sie aus der Einzelhaft entlassen. Die Staatsanwältin wird dem sofort zustimmen, wenn alle davon überzeugt sind, dass Ettie so den Namen des Brandstifters preisgibt.« Er notierte etwas auf einem ausgeblichenen Bogen Papier und wandte sich wieder dem nervösen Kerl auf dem Stuhl vor ihm zu. Er war mager, mittleren Alters und trug ein raffiniertes Toupet. Seine Hosen hatten einen leichten Schlag. Ein Discoheld aus den Siebzigern. Der Anwalt stellte die beiden einander vor.

Newton Clarke erhob sich ein Stück, um Pellam seine verschwitzte Hand zu reichen, dann ließ er sich wieder zurückfallen. Pellams Blick hielt er keine Sekunde lang stand.

»Newton kann uns ein paar interessante Dinge erzählen. Warum fangen Sie nicht einfach an? Etwas Wein, Pellam? Nein? Sie sind ein wirklicher Kostverächter. In Ordnung, Newton, erzählen Sie uns alles. Erzählen Sie uns, wo Sie arbeiten.«

»Pillsbury, Millbank & Hogue.«

»In der Anwaltskanzlei von Roger McKennah, die, von der mir seine Frau erzählt hat«, stellte Pellam fest.

»Genau.«

Newton war für die Verwaltung des Büros zuständig.

»Er ist einer derjenigen, die die Terminkalender führen, die Akten verwalten und so weiter. Verstehen Sie, was ich meine?«, fragte Bailey mit Blick auf Pellam. »Sie sind zwar keine Anwälte, aber Newton könnte einer sein bei all dem, was er über das Gesetz weiß, nicht wahr? Aber er möchte lieber einem anständigen Beruf nachgehen.«

Clarke lächelte unbehaglich. Sein Blick huschte erschrocken zum Fenster, als der Schatten eines Passanten auf die verstaubten Vorhänge fiel.

Bailey goss Wein nach. »Erzählen Sie uns, was Sie über Roger McKennah wissen.«

»Also, erstens: Er weiß alles, was in Hell's Kitchen passiert.«

»Wie der Nikolaus, oder? Er führt seine Listen… Sie brauchen keine Angst zu haben, Newton. Ihr Einsatz hier ist sicher. Sie bekommen buschige Augenbrauen und eine falsche Nase, wenn Sie gehen.«

Clarke straffte die Schultern, setzte sich aufrecht hin und verzog sein Gesicht zu einem humorlosen Lächeln. »Meine Güte, Louis, sein Hochhaus steht direkt gegenüber. Wir hätten uns an einem sichereren Ort treffen sollen.«

»In Zürich? Auf den Cayman-Inseln?«, fragte Bailey ungewohnt bissig. »Also, was ist mit McKennah?«

Clarke erzählte seine Geschichte. Newton war wirklich einer vom Typ »kleiner Angestellter«. Gut organisiert, genau, korrekt. Jemand, der sich für Interviews zu Dokumentarfilmen hervorragend eignete, dessen Aussagen jedoch, wie Pellam entschied, nur in kleinen Dosen zu genießen waren. Clarkes präzise Ausdrucksweise war völlig leidenschafts- und farblos. Wir akzeptieren eine strahlende Lüge eher als eine kränkelnde Wahrheit, hatte Pellam gelernt.

»Sollte ich…?«

»Fangen Sie vorn an«, verlangte Bailey. »Ganz vorn.«

»Gut, gut. Nun, Mr. McKennah ist in Hell's Kitchen aufgewachsen. Er war arm, ungehobelt… mit Anfang zwanzig hat er beschlossen, einen anderen Menschen aus sich zu machen. Er trennte sich von seiner damaligen Verlobten, weil sie Jüdin war.« Clarke beobachtete Pellams Gesichtsausdruck, um zu erfahren, ob dieser letzte Kommentar unangebracht gewesen war, fuhr dann aber fort: »Er stellte einen Rhetoriklehrer und Stylingberater ein, um sein Image zu verbessern, und begann, sich in der New Yorker Immobilienbranche hochzuarbeiten. Sein erstes Gebäude kaufte er in Flatbush, als er dreiundzwanzig war. Danach kaufte er ein Gebäude in Prospect Park, dann das Astoria, ein paar Häuser in den Heights und in Slope. Mit neunundzwanzig besaß er neun Gebäude.

Dann verkaufte er alle neun Gebäude wieder und ging nach Manhattan. Kaufte ein Gebäude an der Vierundzwanzigsten Straße. Zu der Zeit hatte noch niemand in dem Teil der Stadt investiert. In der Gegend war nichts los. Die City – die Geschäftsbezirke der Oberklasse – erstreckt sich nach Süden bis zum Empire State Building, und dann kam bis zur Wall Street lange nichts. Er jedoch hatte dieses Gebäude gekauft, und prompt geschah es: New York Life kaufte es ihm schon nach kurzer Zeit ab und bezahlte in bar. Er nahm das Geld und kaufte damit zwei andere Gebäude, dann drei, dann sechs. Schließlich baute er eines, sein Erstes. Dann kaufte er zwei weitere. Und so weiter. Jetzt besitzt er im Nordosten sechzig oder siebzig Häuser.«

Pellam riss langsam der Geduldsfaden. »Hatte er jemals etwas mit Brandstiftung zu tun?«, wollte er wissen.

»So ist er eben, mein Kleiner.« Bailey nickte in Pellams Richtung. »Ein guter Filmemacher. Immer direkt das Ziel im Visier.«

»Nun…«, wollte Clarke antworten.

Doch seine Worte wurden im Keim erstickt. »Na los, Newton«, drängte Bailey. »Pellam ist ein Freund.«

»Schon gut, schon gut… so richtig weiß das keiner, es gibt keine Beweise. In letzter Zeit gab es jedoch einige Unfälle. Einige Gewerkschaftler… einer fiel vom dreizehnten Stock eines Gebäudes auf der Lexington Avenue. Einem Beamten von der Bauaufsicht, der sich nicht bestechen lassen wollte, flog ein Stapel Holzlatten auf den Kopf. Natürlich passierte keiner der Unfälle auf einer Baustelle von McKennah, aber irgendwie hatten alle mit ihm zu tun. Die Lkws von Zulieferern, die ihn erpressen wollten, wurden geklaut. Und dann wurden noch ein paar Brandbomben in Gebäuden gelegt, deren Besitzer lächerlich hohe Preise forderten. Leute, die nicht verhandeln wollten. Darüber beklagte sich McKennah. Verhandlungen machten ihm nichts aus, noch nicht mal, wenn er übervorteilt wurde. Er hasste es nur, wenn die Leute sich nicht einmal mit ihm an den Tisch setzten. Das ist das Wichtigste für McKennah. Man muss überhaupt nicht fair spielen, Hauptsache, man spielt.«

Pellam erinnerte sich an die stählernen Augen der Brünetten auf der Party des Immobiliengiganten. Eine harte Gegnerin, die aber das Spiel nach seinen Regeln mitspielte. »Wie haben Sie das alles herausgefunden?«

»Es ist Pellams gutes Recht, misstrauisch zu sein, Newton«, meinte Bailey. »Aber wir brauchen uns darüber keine Gedanken zu machen, Newtons Quellen sind einwandfrei.« Es floss noch mehr Wein. »Wie auch sein Motiv, uns hierbei zu helfen, stimmt's? Untadelig.«

Pellam erläuterte, was Jolie über ihren Mann erzählt hatte. »Wie verzweifelt ist er?«, fragte er.

»Seine Kasinos schreiben alle tiefrote Zahlen. Er steht kurz vor dem Bankrott. Damit meine ich den vollständigen Bankrott, einen apokalyptischen.«

»Nun kommen wir zu dem springenden Punkt, nicht wahr Newton?«

Er richtete das Toupet, mit dem er den juckenden Kopfausschlag verdeckte. »Mr. McKennah braucht den Turm unbedingt.« Er wies mit dem Kopf zum dunklen Fenster, auf die gegenüberliegende Straßenseite, wo der Bau steil in die Höhe ragte. »Das ist sein letzter Strohhalm«, fügte er mit seiner tonlosen Stimme hinzu.

Clarke erklärte, dass bei McKennah mehrere Interessenten Schlange standen, um bei Fertigstellung des Gebäudes einen Mietvertrag abzuschließen. McKennah interessierte sich jedoch nur für einen Mieter so richtig – RAS, eine Werbe- und PR-Agentur, die alle ihre Geschäftsbereiche an einem Ort zusammenführen wollte... fünfzehn Stockwerke in dem Hochhaus und ein Mietvertrag über zehn Jahre mit einer großzügigen automatischen Mieterhöhung, gekoppelt an den Anstieg der Lebenshaltungskosten. RAS würde jährlich über vierundzwanzig Millionen Dollar Miete zahlen.

Die Angestellten der Agentur waren jedoch empört und besorgt darüber, dass sie aus Midtown wegziehen sollten und ihr zukünftiger Arbeitsweg durch das gefährliche Hell's Kitchen führen würde. RAS stellte die Bedingung, dass McKennah auf eigene Kosten einen vier Häuserblöcke langen Tunnel bauen müsste, um das Gebäude mit der Penn Station zu verbinden, dem Bahnhof für die Pendler von Long Island, an dem es auch einen U-Bahnanschluss gibt.

Der Vertrag wurde unterzeichnet, und McKennah fing an, wie ein Besessener Rechte für den Tunnelbau zu erwerben. Sein Unternehmen vereinbarte für jedes Gebäude an der geplanten Strecke eine Grunddienstbarkeit – bis auf eines. Ein kleines Grundstück an der Siebenunddreißigsten Straße, direkt hinter der Parzelle, auf der einmal Etties Haus gestanden hatte.

»Merkwürdiger Zufall«, kommentierte Bailey sarkastisch. »Jemand hatte das Grundstück gekauft, drei Tage, bevor McKennahs Unternehmen Kontakt zu dem alten Besitzer aufgenommen hat.«

»Also hatte jemand Insiderinformationen, dass McKennah das Grundstück unbedingt brauchte. Wer?«

»Jimmy Corcoran«, antwortete Bailey. »Was sagen Sie dazu?«

»Corcoran?« Pellam dachte daran, was Jacko Drugh ihm erzählt hatte – dass Jimmy und sein Bruder irgendeine große Sache planten. Dann fiel ihm auch ein, was ihm Jolie über die nächtlichen Treffen erzählt hatte.

Corcoran und McKennah machen Geschäfte miteinander … ein seltsamer Gedanke.

»McKennah wird von Corcoran praktisch erpresst. Denn ohne Parzelle – keinen Tunnel. Kein Tunnel – keine Miete. Das Konkursgericht lässt grüßen.«

»Das Geschäft sieht folgendermaßen aus«, fuhr Clarke etwas lebhafter fort. »Corcoran besitzt das Grundstück, das Mr. McKennah benötigt, richtig? Er willigt ein, es McKennah zu verpachten. Dafür will er jedoch eine Beteiligung an den Gewinnen, nicht nur eine feste Summe. Er verlangt ein Prozent der Gewinne, die die Immobilie abwirft. Das ist ein brillanter Einfall von Corcoran, denn wie es aussieht, wird der Hochhausturm von McKennah beinahe einhundertzwanzig Millionen an Mieteinkünften im Jahr abwerfen.«

»Dieser psychotische Blödmann wird am Ende mit eins Komma zwei Millionen pro Jahr dastehen«, kommentierte Bailey.

Clarke erzählte weiter. »Mr. McKennah hat noch *nie* jemanden prozentual an seinen Geschäften beteiligt. Das zeigt, wie verzweifelt er ist.«

Pellam dachte darüber nach. Dann stellte er fest: »Etties Haus … das niedergebrannte Gebäude … stand genau zwischen dem Hochhausturm und Corcorans Grundstück.«

»Genau«, bestätigte Bailey.

»McKennah benötigt es also, um den Tunnel fertig zu stellen. Es ist das letzte fehlende Stück.«

»So sieht es aus«, bestätigte der Anwalt.

Pellam grübelte weiter. »Was ist hiermit? Er macht ein Geschäft mit dem Besitzer, der St.-Augustus-Stiftung, die ihn den Tunnel bauen lässt. Dann findet McKennah aber heraus, dass er unter dem Gebäude nicht graben kann. Vielleicht ist es zu alt, vielleicht statisch instabil. Er heuert also diesen Pyromanen an, der das Haus abbrennen und es so aussehen lassen soll, als ob Ettie es getan hätte. McKennah kriegt seinen Tunnel, und die Stiftung kann ein neues Gebäude hochziehen lassen.«

Clarke zuckte die Schultern. »Mehr kann ich nicht sagen. Ich weiß nur, dass ich ihn noch nie so verzweifelt gesehen habe.«

»Was passiert genau, wenn das Hochhausprojekt schief geht?«, wollte Pellam wissen.

»Ein Dutzend Banken verlangen dann ihre Kredite von Mr. McKennah zurück. Er bürgt persönlich dafür.« Clarke flüsterte, als würde er über eine Geschlechtskrankheit reden. »Er wird zahlungsunfähig sein. Die Schulden übersteigen das, was er hat, um eineinhalb Milliarden.«

»Ich hasse solche Dinge«, erwiderte Pellam.

»Haben Sie irgendetwas im Büro gefunden, das sich auf die Gewährung von Tunnelrechten unter dem Grundstück bezieht, auf dem es gebrannt hat?«, fragte Bailey Clarke.

»Nichts. Nein. Aber McKennah lässt sich nicht gerne in die Karten schauen. Seine Partner beschweren sich immer, dass er sie nicht genügend informiert.«

Bailey verzog das Gesicht. »Es ist nicht gerade einfach. Gut, dann also zurück in die Salzminen, Newton.«

Clarke zögerte und blickte auf den staubigen, verschlissenen Boden.

»Ist noch was?«, fragte Pellam.

Als Clarke antwortete, wandte er sich Bailey zu. »Mr. McKennah verletzt seine Mitmenschen. Ja, genau das macht er. Er schreit seine Angestellten an und wirft sie raus, wenn sie nicht genau das tun, was er will. Auch wenn sich im Nachhinein herausstellt, dass er Unrecht hatte. Er ist cholerisch und bekommt Wutausbrüche. Er rächt sich an den Leuten.« Schließlich warf er auch Pellam einen Blick zu. »Seien Sie einfach vorsichtig. Er ist sehr rachsüchtig. Ein brutaler Kerl.«

In eine Warnung verpackt, wollte er mit seinen Worten etwas ganz anderes sagen: Vergessen Sie den Namen Newton Clarke.

Er stand auf und brach überstürzt auf. Seine Discostiefel machten auf dem Linoleumboden beinahe kein Geräusch.

»Wir haben also ein Motiv«, sagte Pellam.

»Habgier. Das zuverlässigste Motiv. Und eines der besten.« Bailey schenkte sich nach. Er zog ein Rollo hoch und blickte hinüber zur Baustelle.

Pellam plante weiter. »Wir müssen herausfinden, ob McKennah das Recht erworben hat, den Tunnel unter Etties Haus hindurchzuführen. Das könnte uns der Leiter der Stiftung mitteilen. Pater… wie auch immer. Hat er Sie überhaupt zurückgerufen?«

»Nein, hat er nicht.«

»Dann rufen wir ihn noch mal an.«

Bailey schüttelte den Kopf. »Ich glaube, wir sollten ihm nicht vertrauen. Das kann ich aber in Erfahrung bringen.«

»Cleg?«, fragte Pellam nach. Der dünne Pferdenarr, der mit den Schnapsflaschen losgezogen war.

»Nein.« Bailey dachte kurz nach. »Das erledige ich persönlich. Wir treffen uns wieder hier – sagen wir – um acht?«

»Geht klar.«

Als Bailey den Kopf hob, war Pellams Blick auf ihn gerichtet. »Glauben Sie, ich habe Newton zu hart angefasst?«

Pellam zuckte die Schultern. »Ich habe jetzt endlich Ihr Geheimnis entschlüsselt – wie Sie die Mühlen in Gang setzen.«

»Ach ja?«

»Sie sorgen dafür, dass Ihnen jemand was schuldig bleibt.«

Der Anwalt nippte an dem Wein und grinste zustimmend. »Die Macht von Schulden habe ich schon vor langer Zeit erkannt. Wodurch verschafft sich ein mächtiger Mann – ein Präsident, König oder Manager – seine Macht? Dadurch, dass andere in seiner Schuld stehen, mit ihrem Leben, ihrer Arbeit, ihrer Freiheit. Darin liegt das Geheimnis. Ein Mann, der weiß, wie man diese Schuld nutzt, kann seine Machtposition länger halten als jeder andere.«

Die trägen Eiswürfel, die oben auf dem zitronenfarbenen Wein schwammen, stießen klingelnd aneinander.

»Und was ist Clarke Ihnen schuldig?«

»Newton? Oh, plump ausgedrückt, so etwa dreißigtausend Dollar. Er war mal Makler. Vor ein paar Jahren schlug er mir eine Partnerschaft bei einer Immobilieninvestition vor, und ich habe einen Teil meiner Ersparnisse auf den Tisch geblättert. Später fand ich heraus, dass alles ein Schwindel war. Die Bundesstaatsanwaltschaft und die Börsenaufsichtsbehörde haben ihn geschnappt, und ich habe das Geld verloren.«

»Und auf diese Weise bezahlt er bei Ihnen die Schulden ab?«

»Für mich sind Informationen Handelswaren. Pech, dass das die anderen Gläubiger nicht auch so sehen.«

»Wie lange zahlt er seine Schulden schon ab?«

Bailey lachte. »Die sind bestimmt schon abbezahlt, seit Jahren sogar. Das ist ihm natürlich nicht klar. Wird es auch nie sein. Das ist das Fantastische an diesen Schulden. Auch wenn sie zurückbezahlt sind, bleibt immer noch ein Rest.«

Niemand beachtete den jungen Arbeiter, der eine Zweihundert-Liter-Tonne mit Reinigungsflüssigkeit die Rampe zu dem Apartmentgebäude hinaufrollte. Es war halb acht, die Dämmerung brach an, die Sechsunddreißigste Straße war jedoch wie für ein Volksfest erleuchtet, und die Bauarbeiter hasteten herum, um mit den Vorbereitungen für das Richtfest am McKennah-Turm fertig zu werden.

Sonny – unauffällig in einen weißen Overall gekleidet – stellte den Sackkarren vor der Tür mit dem angelaufenen Schild *Herr Louis Bailey* ab. Er lauschte, hörte aber nichts. Er klopfte mehrmals, und als sich keiner meldete, knackte er in wenigen Sekunden das Schloss. Diese Fertigkeit hatte er bei Antritt seiner Jugendstrafe noch nicht gehabt, am Ende dafür umso besser beherrscht. Er schob die Tonne hinein.

Sonny hatte derzeit große Sorgen. Das Feuer im Eagleton hatte die Polizei und die Feuerwehr unter Strom gesetzt. Nie zuvor hatte er so viele Polizisten und Fire Marshals auf der *West Side* gesehen. Sie hatten Autos angehalten und die Fahrer gefilzt. Sie rückten ihm auf die Pelle, und er musste sie aufhalten. Eine Phantomzeichnung von ihm war schon in den Abendnachrichten gesendet worden.

Zitternde Hände, verschwitztes Gesicht.

Und Tränen. Er war derart frustriert und verängstigt, dass er, als er die Tonne von seiner Wohnung hierher zur Neunten Avenue gekarrt hatte, ein oder zwei Mal weinen musste.

Er ging ins Büro, stellte die Tonne neben Baileys Schreibtisch ab und setzte sich in den Drehstuhl. Kunstleder, dachte er. Da hatte doch Agentin Scullery mehr Geschmack für die Inneneinrichtung bewiesen, auch wenn sie jetzt ein bisschen kürzer und viel toter war als das letzte Mal, als sie auf ihn wie auf ein Eichhörnchen herabgesehen hatte. Trotzdem gefiel ihm das Büro. Es gab eine Menge Papier. Er hatte noch nie eine Anwaltskanzlei in Brand gesteckt und dachte, dass es wahnsinnig schnell brennen würde bei *soooo* viel Papier.

Sonny zog ein paar Bücher aus dem Regal und blätterte sie durch. Er betrachtete sich die grauen Absätze aus Wörtern, die er nicht im Geringsten verstand. Früher hatte Sonny viel gelesen, obwohl er es vorgezogen hatte, sich von seiner Mutter vorlesen zu lassen. Das war jedoch schon viele Jahre her, und er bemerkte jetzt, dass ihn Bücher nicht mehr interessierten. Er fragte sich, warum. Er konnte sich nicht erinnern, wann er zum letzten Mal ein Buch gelesen hatte. Muss Jahre her sein. Was war es gewesen?

Er ließ das Buch sinken.

Ja, genau. Jetzt erinnerte er sich. Es war eine wahre Geschichte über den Brand von 1944 im Zirkus der Gebrüder Ringling in Hartford gewesen. Es hatte über hundertfünfzig Tote gegeben, als das Zeltdach in einigen wenigen Minuten in Flammen aufgegangen war. Die Musiker hatten *Stars and Stripes Forever* gespielt, den Marsch, der im Zirkus den Artisten und Arbeitern üblicherweise als Warnung diente. Doch sie hatten nicht wirklich viele Menschen retten können. Sonny erinnerte sich besonders an die Episode über die »Little Miss 1565«, die bei der Flucht vor dem Feuer von der Menge zertrampelt worden war. Sie war noch ohne weiteres zu identifizieren gewesen, doch niemand hatte je ihre Leiche abgeholt.

Als er das Buch zu Ende gelesen hatte, hatte sich Sonny gefragt, warum er mit dem kleinen Mädchen nicht wenigstens ein bisschen Mitleid gehabt hatte.

Er unterbrach seine Grübeleien und machte sich wieder an die Arbeit.

Auf dem Schreibtisch entdeckte er ein gelbes Stück Papier mit Pellams Namen und Telefonnummer. Der Asphalt-Cowboy Joe Buck, die Tunte, der Antichrist… Sonnys Hände begannen wieder zu zittern… auf seiner Stirn bildeten sich bereits die ersten Schweißperlen… und er verspürte erneut den Drang zu weinen.

Hör auf damit, hör auf, hör auf!

Er musste eine Pause einlegen, um sich zu beruhigen. Sich an die Arbeit machen. Sich beschäftigen. Er drehte die Glühbirne aus der Schreibtischlampe auf dem Schreibtisch des Anwalts heraus, öffnete vorsichtig seinen Rucksack und nahm eine seiner schweren Spezialglühbirnen heraus, die beinahe randvoll mit der schmierigen, trüben Flüssigkeit waren. Vorsichtig legte er sie auf den Schreibtisch, ging zur Tonne, zog den Schraubenschlüssel aus einer Tasche im Overall und fing an, den Deckel zu öffnen.

… Zweiundzwanzig

Hoch über Pellams Kopf sprühten Funken und fielen von der Spitze des McKennah-Turms aus einer Höhe von zweihundert Metern Richtung Erde. Er konnte etwa ein Dutzend winziger Schweißbögen erkennen.

Er dachte über Carol Wyandotte nach, erinnerte sich daran, wie er auf dem Weg zu ihrer Wohnung, an dem Abend, als er bei ihr geblieben war, das gleiche erstaunliche Gebäude gesehen hatte.

Er kam gerade vom Youth Outreach Center, wo er sie besuchen wollte. Doch sie hatte schon Feierabend gemacht. Ihre Stellvertreterin hatte erzählt, dass Carol den ganzen Tag am Gericht zu tun gehabt hatte. Eines der Kinder aus dem Center hätte während einer fingierten Dealer-Aktion einen verdeckten Ermittler mit dem Messer bedroht, sodass Carol sechs Stunden in der Staatsanwaltschaft verbringen und sie überzeugen musste, dass der Junge nur Angst und nicht die Absicht gehabt hätte, den Polizisten umzubringen.

Sie habe keinen guten Tag gehabt und sei ziemlich aufgebracht gewesen, hatte ihre Stellvertreterin zu berichten gewusst. Pellam senkte den Blick von der Spitze des Turms und betrachtete sich einmal mehr die Reklametafel, die er schon Dutzende Male auf seinem Weg zum Interview mit Ettie gesehen hatte. Werbung für den McKennah-Turm. Unter dem raffinierten Bild befand sich eine Aufzählung der Merkmale des sechzig Stockwerke hohen Gebäudes: Computersteuerung (ein »intelligentes« Haus), über tausend Quadratmeter großer Innenhof, automatisierte pneumatisch geregelte Abfallentsorgung, individuelle Raumaufteilung, Broadway-Theater mit fünftausend Plätzen, Gourmet-Restaurant, Boutiquen, Isolierung mit hohem K-Wert, Wasser sparende Toiletten, sich selbst programmierende Fahrstühle…

Pellam jedoch war weniger von dieser Liste beeindruckt als von den Tatsachen, die kaum an die Öffentlichkeit drangen – die Tatsachen, die Louis Bailey ihm erzählt hatte: die undurchschaubaren Abmachungen, die McKennah mit dem Rathaus, dem Bürgerausschuss für Städteplanung, dem Bewertungsausschuss, dem Denkmalschutz, den Verkehrsbetrieben, dem Finanzministerium, den Gewerkschaften, dem Bezirksausschuss des Stadtteils von Clinton und dem West Side Democratic Club ausgehandelt hatte – den Abmachungen, mit dem jeder Zentimeter des Gebäudes gekauft, verkauft oder mit Pfandrecht belegt worden war im Austausch für Steuernachlässe, Vertragsversprechen, Renovierung öffentlicher Anlagen, Ausbau der Gehwege, Schaffung von Arbeitsplätzen… ach ja, und von hartem Bargeld, das in eifrig aufgehaltene Hände gedrückt wurde, mögen sie Beiträge oder sonst wie genannt werden. Die tatsächliche Errichtung des Monumentalgebäudes war eine weit weniger aufregende Angelegenheit als die Geschäftemacherei, die dieses Gebäude erst ermöglichte.

Vielleicht würde Pellam eines Tages einen Dokumentarfilm über ein Haus wie dieses drehen.

Der Wolkenkratzer würde er ihn nennen.

Mit Begleitbuch zum Film.

Pellam drehte sich um und betrat das Haus, in dem Baileys Büro lag. Er war überrascht, dass die Bürotür nur angelehnt war – innen war es dunkel. Pellam kniff die Augen zusammen und sah, wie Bailey mit dem Oberkörper über dem Schreibtisch lag, den Kopf auf einem Gesetzbuch. Oh, Mist, dachte

Pellam, ohnmächtig geworden oder betrunken. In der Luft hing der Geruch von Wein.

Und noch etwas. Was? Putzmittel? Es roch stark nach etwas Chemischem.

»He, Louis«, rief Pellam. »Erheben Sie Ihre müden Glieder. Wie wär's mit ein bisschen Licht?«

Er betätigte den Schalter an der Wand.

Es war eine leichte Explosion, als würde eine Plastiktüte zerknallen, doch die flüssige Flammenkugel, die entstand, war umso größer.

Mein Gott!

Die Flüssigkeit ergoss sich über den Schreibtisch und hüllte den Anwalt ein, der sich, von Panik gepackt, zusammenkrümmte. Gesicht und Oberkörper waren ein einziges Meer aus weißen Flammen, aus seiner Kehle drang ein Schrei, der sich anhörte wie der eines verzweifelten Tiers. Er stürzte nach hinten und begann, um sich zu schlagen, trat mit den Füßen auf den Boden, versuchte, mit den Händen die Flammen auszuschlagen.

Pellam rannte ins Schlafzimmer, um eine Decke oder ein Handtuch zu suchen. Als er endlich eine alte Steppdecke gefunden hatte, war das Büro vollständig vom Rauch ausgefüllt, von ekligem Rauch, der nach verbranntem Fleisch roch.

»Louis!« Pellam warf die Decke über Bailey, doch auch sie ging sofort in Flammen auf und verstärkte nur noch das Feuer. Pellam griff zum Telefon und wählte die Neun-eins-eins. Doch die Leitung war tot, die Flammen hatten das Kabel durchgeschmolzen. Er ließ das Telefon fallen und rannte in den Flur, löste den Feueralarm aus und schnappte sich den altmodischen Feuerlöscher. Mit diesem rannte er ins Büro zurück, drehte den Feuerlöscher auf den Kopf und richtete ihn auf die Flammen, wo sein Inhalt zischend verdampfte.

Während er versuchte, das Feuer zu ersticken, hüllte ihn der tödliche Rauch ein, drang in seine Lungen. Pellam begann zu würgen, schwarze Flecken tanzten vor seinen Augen. Den Feuerlöscher hielt er weiterhin auf Baileys bebenden Körper gerichtet.

Dann lenkte er den Strahl auf Schreibtisch und Bücherregal, die immer noch in Flammen standen, die durch das Löschmaterial aber niedriger wurden. Doch der schwarze Rauch hüllte weiterhin alles in tiefe Dunkelheit.

Pellam spuckte den schwarzen Dreck aus, warf den leeren Feuerlöscher auf den Boden und stolperte hinaus, um den nächsten zu suchen. Ein Dutzend Menschen flohen aus dem Gebäude. Er versuchte, etwas zu rufen, doch er konnte nicht. Er spürte, dass er erstickte, und sank auf den Boden. Hier unten war die Luft etwas besser, doch immer noch angefüllt von Rauch und dem Gestank nach verschmortem Fleisch.

Seine Lungen versagten. Er drehte sich um und kroch zur Tür. Ein Feuerwehrmann erschien.

»Hier rein«, konnte Pellam noch sagen, bevor er in Ohnmacht fiel.

Pellam saugte kräftig an der Atemmaske. Die Benommenheit durch den Rauch wurde ersetzt durch die Benommenheit durch den reinen Sauerstoff.

Ein Dutzend Lichter von Einsatzwagen blitzten um ihn herum. Feuerwehr, Notärzte, Polizei. Stechend weißes Licht. Und blaues und rotes.

»Sie sind in Ordnung«, beruhigte ihn der Sanitäter, ein junger Mann mit hellblondem Schnurrbart. Sperrige medizinische Geräte baumelten an seinem Gürtel und beulten seine Taschen aus. »Einatmen. Los, seien Sie ein braver Junge. Weiter.«

Der Sanitäter schrieb auf ein Klemmbrett, dann leuchtete er mit einer winzigen Taschenlampe in Pellams Augen und maß den Blutdruck.

»Sieht gut aus«, bestätigte er mit seiner hohen Stimme.

Die Erinnerung an das grässliche Feuer kehrte zurück. »Er ist tot, oder?«

»Er? Fürchte ja. Hatte keine Chance. Aber es ist ein Segen, glauben Sie mir. Ich habe schon Brandopfer gesehen. Besser für ihn, dass er so schnell gestorben ist, anstatt sich mit Sepsis und Hauttransplantationen abquälen zu müssen.«

Er sah hinüber zu der Leiche auf dem Boden, die mit einem Tuch bedeckt war.

Die Aufgabe, Ettie die schlechte Nachricht von Baileys Tod überbringen zu müssen, schwebte drohend über ihm, als sich eine Hand auf seine Schulter herabsenkte und sich jemand neben ihn hinkniete.

»Wie geht's Ihnen?«, fragte der Mann.

Pellam wischte sich die Tränen ab, die ihm der Rauch in die Augen trieb; er sah alles nur verschwommen. Schließlich wurde sein Blickfeld klar. »Sie sind da. Sie sind ja in Ordnung«, flüsterte er schockiert.

»Ich?«, fragte Louis Bailey zurück.

»Das waren gar nicht Sie. Ich dachte, das da seien Sie.« Pellam nickte in Richtung der Leiche.

»Das wäre ich *beinahe* gewesen. Aber er ist es – der Pyromane.«

»Der Brandstifter?«

Bailey nickte. »Der Fire Marshal hat gesagt, er sei gerade dabei gewesen, eine Falle zu konstruieren – um uns beide zu kriegen, vermute ich.«

»Ich habe das Licht eingeschaltet und damit den Brand ausgelöst«, flüsterte Pellam und bekam einen Hustenanfall.

»Der Hurensohn hätte vorher die Lampe abschalten sollen«, knurrte eine andere Stimme. Es war Lomax, der näher kam. »Pyromanen werden mit der Zeit leichtsinnig. Wie Serienmörder. Nach einer Weile wird die Lust so stark, dass sie sich nicht mehr um die Einzelheiten kümmern.« Er nickte in Richtung der Leiche. »Er hatte alle Fenster in Ihrem Büro geschlossen. Es gab keine Lüftung, sondern nur den offenen Behälter mit seinem selbst gemischten Napalm-Dreck. Er ist durch die Dämpfe ohnmächtig geworden. Dann sind Sie gekommen, Sie Glückspilz, und haben das Licht eingeschaltet. Krach-bumm.«

»Wer war er?«, fragte Pellam.

Der Fire Marshal hielt eine stark verbrannte Brieftasche in einer Plastiktüte hoch.

»Jonathan Stillipo Junior. Wir hatten schon von ihm gehört. Ist unter dem Spitznamen Sonny bekannt. Saß im Jugendarrest, weil er das Haus seiner Mutter im Norden vom Staat New York angezündet hatte – natürlich war zufällig der Geliebte seiner Mutter oben im Schlafzimmer eingesperrt. Passt hervorragend in das Täterbild eines Pyromanen: Mama's Liebling, in der Schule ein Einzelgänger, sexuelle Probleme. Hat auf dem College Sachen in Brand gesteckt und wieder gelöscht, um dann als Held dazustehen. Er stand auf unserer Liste derjenigen, mit denen wir uns über die letzten Brandstiftungen unterhalten wollten, aber er war vor einer Weile abgetaucht, und wir hatten keine Spur von ihm. Das hier haben wir in seiner Hosentasche gefunden. Ein bisschen was kann man noch erkennen.«

Pellam betrachtete sich den verkohlten Stadtplan. Kreise mit einem Kreuz markierten die Stellen, an denen es gebrannt hatte – die U-Bahnhaltestelle auf der Achten Avenue, das Geschäft. Um zwei Kreuze befand sich kein Kreis; Pellam nahm an, dies wären die nächsten Ziele gewesen. Eines war das Haus, in dem Bailey wohnte, das andere das Javits Center.

»Mein Gott«, flüsterte Bailey. Das Javits Center war das größte Kongresszentrum von New York.

»Morgen findet dort eine Modeausstellung statt. Zweiundzwanzigtausend Menschen. Das wäre die schlimmste Brandstiftung geworden, die es je auf der Welt gegeben hätte.«

»Nun, er ist tot«, meinte Pellam. »Ich denke, er kann nicht mehr sagen, wer ihn bezahlt hat.«

Er bemerkte den Blick, der zwischen Bailey und dem Fire Marshal hin und her ging.

»Was ist los, Louis?«, fragte Pellam.

Lomax winkte einen uniformierten Polizisten herbei, der ihm eine Plastiktüte überreichte.

»Das hier war auch in seiner Brieftasche.«

Die Tüte enthielt ein Blatt Papier. Das Plastik knisterte in einer Art, die Pellam störte. Es erinnerte ihn an die Flammen, die er kurz zuvor gelöscht hatte. Er dachte an Sonnys bebenden Körper. An den Geruch.

Pellam nahm die Tüte, die ihm Lomax reichte, und las:

Hier sind die zweitausend, wie vereinbart. Tun Sie Ihr Bestes, aber verletzen Sie niemanden. Ich lasse die Hintertür offen. Den Rest bekommen Sie, wenn ich das Geld von der Versicherung habe.

Ettie.

… Dreiundzwanzig

Pellam stand unsicher auf und ließ die Sauerstoffmaske auf den Bürgersteig fallen.

»Das ist eine Fälschung«, sagte er automatisch. »Das ist alles …«

»Ich habe schon mit ihr geredet, Pellam«, erklärte Louis Bailey. »Hab zehn Minuten lang telefoniert.«

»Mit Ettie?«

»Sie hat gestanden, John«, sagte Bailey leise.

Pellam konnte seine Augen nicht von Sonnys Leiche abwenden. Das Laken – eigentlich etwas für einen Schlafenden –

machte die Sache schlimmer, als wenn er das verbrannte Fleisch sehen würde.

»Sie hat gesagt, sie hätte nicht gedacht, dass jemand dabei zu Schaden kommt«, fuhr Bailey fort. »Sie wollte nicht, dass jemand stirbt. Ich glaube ihr.«

»Sie hat *gestanden*?«, flüsterte Pellam. Er räusperte sich kräftig und spuckte aus. Hustete und spuckte wieder. Kämpfte mit seinem Atem. »Ich will sie sehen, Louis.«

»Ich glaube nicht, dass das eine gute Idee ist.«

»Man hat sie bedroht«, erwiderte Pellam. »Oder sie erpresst.« Er nickte in Lomax' Richtung, der am Bordstein stand und mit seinem riesigen Stellvertreter sprach. Der Fire Marshal hatte Pellam gehört, sagte aber nichts. Warum sollte er? Er hatte seinen Brandstifter. Er hatte die Frau, die ihn bezahlt hatte. Lomax schienen Pellams verzweifelte Worte eher peinlich zu sein.

»John, es gab keine Nötigung«, sagte Bailey unsicher.

»Der Kassierer auf der Bank? Als das Geld abgehoben wurde? Suchen wir ihn doch einfach.«

»Der Kassierer hat Ettie auf dem Bild erkannt.«

»Haben Sie den Trick mit Ella Fitzgerald ausprobiert?«

Bailey schwieg.

»Was haben Sie auf dem Rathaus rausgefunden?«, wollte Pellam wissen.

»Über den Tunnel?« Bailey zuckte die Schultern. »Nichts. Es sind keine Grunddienstbarkeiten oder Mietverträge für die Nutzung des Untergrunds unter Etties Haus verzeichnet.«

»McKennah muss …«

»John, die Sache ist vorbei.«

Auf der anderen Straßenseite setzte eine Sirene ein. Pellam fragte sich, was sie bedeuten mochte. Die Arbeiter – selbst zu dieser Stunde waren noch Hunderte hier beschäftigt – achteten nicht darauf.

»Lassen Sie sie ihre Strafe absitzen«, fuhr Bailey fort. »Sie wird in Sicherheit sein. Gefängnis mit mittlerer Sicherheitsstufe. Schutzhaft.«

Was so viel bedeutete wie Isolationshaft, zumindest in San Quentin, wie es die Haftvorschriften in Kalifornien verlangten. Isolationshaft… die schlimmste Form der Inhaftierung, die es gibt. Die Seele eines Menschen stirbt in der Einsamkeit, selbst wenn der Körper überlebt.

»Sie wird wieder rauskommen«, fuhr Bailey fort. »Und dann hat sie alles hinter sich.«

»Ja?«, fragte Bailey. »Sie ist zweiundsiebzig. Wie lange wird es dauern, bis sie vorzeitig entlassen werden kann?«

»Acht Jahre. Wahrscheinlich.«

»Großer Gott.«

»Pellam, warum machen Sie nicht eine Zeit lang frei?«, schlug Bailey vor. »Fahren sie doch mal in Urlaub.«

Dies würde er mit Sicherheit tun, wenn auch nicht freiwillig. *Westlich der Achten Avenue* würde nie zu Ende gedreht werden.

»Haben Sie es ihrer Tochter erzählt?«

Bailey legte den Kopf schräg. »Wessen Tochter?«

»Etties… warum schauen Sie mich so an?«, fragte Pellam.

»Ettie hat seit Jahren nichts mehr von Elizabeth gehört. Sie hat keine Ahnung, wo sie steckt.«

»Nein, sie hat vor ein paar Tagen mit ihr geredet. Sie wohnt in Miami.«

»Pellam…« Bailey rieb langsam seine Handflächen aneinander. »Als Etties Mutter in den Achtzigerjahren starb, hat Elizabeth den Schmuck der Alten und Etties gesamte Ersparnisse geklaut. Sie verschwand, hat sich mit irgendeinem Typen aus Brooklyn aus dem Staub gemacht. Sie waren auf dem Weg *Richtung* Miami, aber niemand weiß, wo sie gelandet sind. Seitdem hat Ettie nichts mehr von ihr gehört.«

»Ettie hat mir erzählt…«

»Dass Elizabeth eine kleine Pension besitzt? Oder dass sie die Managerin einer Restaurantkette ist?«

Pellam sah den mit Stahlhelmen ausgerüsteten Arbeitern zu, die mit Gipsplatten auf dem Rücken zur Rückseite des Turms gingen. Die Platten wippten auf und ab wie Flügel. »Dass sie Immobilienhändlerin ist«, sagte Pellam zu Bailey.

»O ja, das gehört auch zu ihrem Repertoire.«

»Und es stimmt nicht?«

»Ich dachte, das wüssten Sie. Deswegen hat mich ihr Motiv – das Geld der Versicherung – so sehr beunruhigt. Ettie kam letztes Jahr zu mir und wollte einen Privatdetektiv engagieren, der Elizabeth suchen sollte. Sie dachte, sie müsste sich irgendwo in den Vereinigten Staaten aufhalten, wusste aber nicht genau, wo. Ich sagte ihr, eine solche Suche könnte sie fünfzehntausend, vielleicht auch mehr kosten. Sie wollte sich das Geld besorgen. Egal, was es kosten würde, sie hätte die Absicht, ihre Tochter suchen zu lassen.«

»Dann bezahlt Elizabeth gar nicht Ihre Rechnung?«

»Meine Rechnung?« Bailey lachte zurückhaltend. »Ich stelle Ettie meine Arbeit nicht in Rechnung. Natürlich nicht.«

Pellam rieb sich die brennenden Augen. Er erinnerte sich an den Tag, an dem er Bailey kennen gelernt hatte und mit ihm in die Bar gegangen war. In seine Zweigstelle.

»Sind Sie sicher, dass Sie in diese Sache reingezogen werden wollen?«

Er hatte gedacht, der Anwalt hätte ihn nur davor warnen wollen, welche Gefahren Hell's Kitchen in sich barg. Doch offenbar hatte mehr hinter seiner Frage gesteckt – Bailey kannte Ettie besser, als Pellam vermutet hatte.

Pellam ging zu dem Platz, auf dem Etties Haus gestanden hatte. Das Grundstück war fast eingeebnet. Ein verbeulter Laster hielt am Straßenrand, zwei Männer stiegen aus. Sie gingen zu einem kleinen Schutthaufen, aus dem sie einen Brocken aus Kalkstein zogen. Es war ein Löwenkopf, den sie abstaubten und zum Laster schleppten. Das Ziel war wahrscheinlich ein Geschäft für architektonische Relikte, wo er für tausend Dollar verkauft werden sollte. Die beiden Männer warfen noch einen prüfenden Blick über den leeren Platz, sahen nichts, was sie interessierte, und fuhren wieder weg.

»Lassen Sie es gut sein, Pellam«, rief Bailey. »Gehen Sie nach Hause und lassen Sie es gut sein.«

Die U-Bahn entlang der Achten Avenue ist aufgrund einer Polizeiaktion derzeit außer Betrieb.

Wir bitten Sie, die Unannehmlichkeiten zu entschuldigen. Fahrgäste werden gebeten …

John Pellam überlegte, ob er warten sollte, doch wie die meisten Fahrgäste der New Yorker U-Bahn wusste er, dass man bei den öffentlichen Verkehrsmitteln der Hand des Schicksals ausgeliefert war; er entschied sich, ein Stück zu Fuß Richtung Süden zu gehen, um dann einen Bus zu nehmen, der ihn nach Hause in den Osten von Manhattan bringen würde.

Also verließ er den schmierigen U-Bahnwaggon und lief die Stufen hinauf ins Freie.

Hier, westlich der Achten Avenue, waren die Geschäfte geschlossen, die Fenster mit Gittern geschützt.

Die Abenddämmerung war längst der dunklen Nacht gewichen, doch der Himmel leuchtete in dem falschen Sonnenuntergang – den nach oben strahlenden Lichtern, die vom Hudson bis zum East River reichten. Dieser leuchtende Teppich über der Stadt würde sich erst im Morgengrauen wieder heben.

»He, Schätzchen, wie wär's mit uns zwei?«

Westlich der Achten Avenue waren die Kinder schon ins Bett gebracht worden. Männer hatten ihr warmes Essen bekommen und saßen in ihren schmuddligen Sesseln, stöhnten noch von ihrer harten Arbeit bei UPS, im Postamt, Lagerhaus oder Restaurant. Oder sie waren erschöpft von den vielen Stunden in der Bar, wo sie den Tag mit endlosen Gesprächen vergeudet hatten, mit Streit, Lachen und der Frage, warum weder Liebe noch eine sinnvolle Beschäftigung einen Platz in ihrem Leben hatten. Einige von ihnen waren nach einem Abendessen mit einer schweigsamen Frau und lärmenden Kindern wieder in diese Bars zurückgekehrt.

In winzigen Wohnungen wuschen Frauen Plastikgeschirr, wiesen Kinder zurecht, brüteten über den Lebenshaltungskosten und staunten in schmerzlichem Verlangen über das Aussehen, die Kleidung und die Probleme der Menschen in den Seifenopern.

Die Hitze der Nacht machte die Stadt zu einem Backofen, doch in diesem Viertel waren die Stromkabel in den alten Häusern nicht für Klimaanlagen ausgelegt. Das Summen von Ventilatoren, sofern es einen gab, erfüllte die meisten Wohnungen.

»Ich bin krank. Ich versuche Arbeit zu finden. Echt, Mann.«

Westlich der Achten Avenue saßen die Menschen auf den Stufen vor ihren Haustüren zusammen. Zigaretten glommen auf, wenn an ihnen gezogen wurde. Lichter der vorbeifahrenden Autos spiegelten sich in dem bernsteinfarbenem Bier, und die Flaschen klirrten in einem umso höheren Ton, je leerer sie waren, wenn sie auf die Betonstufen gestellt wurden. Die Gespräche wurden gerade so laut geführt, dass sie den Lärm auf dem West Side Highway übertönten, wo Tausende von Autos selbst zu dieser späten Stunde der Stadt entflohen.

»Hast du 'n bisschen Kleingeld, damit ich mir was zu essen kaufen kann? Oder hast du wenigsten 'ne Zigarette? Na ja, trotzdem 'ne gute Nacht.«

In den Fenstern der Wohnhäuser flackerten die Fernseher, und oft war es kein Blau, sondern das blasse Grau der Schwarzweißgeräte. Viele Fenster waren dunkel. In einigen leuchtete nur grelles Licht von einer nackten Glühbirne, und ein regloser Kopf zeichnete sich im Fensterrahmen ab.

»Willst du Rock? Willst du Crack, Meth, Heroin, Koks? Willst du, willst du, willst du? Willst du einen Lottoschein, hast du einen Vierteldollar, hast du einen Dollar, willst du eine Muschi? He, ich hab AIDS, ich bin obdachlos. Entschuldigen Sie, Sir, würden Sie mir Ihre verdammte Brieftasche geben …?«

Westlich der Achten Avenue trotteten die jungen Männer der Gangs die Straße entlang. Sie waren unbesiegbar. Hier würden sie ewig leben. Hier würden Kugeln ihre schlanken Körper durchbohren und ihre Herzen verschonen. Sie glitten die Bürgersteige entlang, in sich trugen sie ihre eigene Musik.

It's a white man's world, now don't be blind.
You open you eyes and whatta you find?
The Man got a message just for you…
Gonna smoke your brothers and your sisters too.
It's a white man's world.
It's a white man's world…

Eine *crew* entdeckte auf der anderen Straßenseite eine andere. Die Lautsprecher wurden leiser gedreht. Blicke gewechselt. Dann gegenseitig Zeichen gegeben. Handfläche hoch, Finger gespreizt. Ab einem gewissen Punkt würde das Verhalten die andere Seite provozieren. Dann würden wie aus dem Nichts Waffen auftauchen, und Menschen würden sterben.

Westlich der Achten Avenue war jeder bewaffnet.

Heute Nacht jedoch wandten sich die Gesichter ab, die Rekorder wurden wieder lauter gestellt, und die Gangs gingen, eingehüllt in ihre dröhnende Musik, in unterschiedliche Richtungen weiter.

It's a white man's world. It's a white man's…

Liebespaare umklammerten sich in Autos und neben den eingesunkenen Bahnkörpern der alten New York Central

Railroad, in der Nähe der Elften Avenue gingen Männer vor anderen Männern auf die Knie.

Es war Mitternacht. Junge Tänzerinnen eilten aus den Oben-ohne-Bars und Peep-Shows nach Hause. Auch die Schauspieler vom Broadway, Männer wie Frauen, die genauso müde waren. Diejenigen, die auf Treppen saßen, drückten ihre Zigaretten aus, man wünschte sich eine gute Nacht, Bierflaschen wurden auf dem Bürgersteig stehen gelassen, damit sie von der Straßenreinigung aufgesammelt werden konnten.

Sirenen heulten, Glas zerbrach, der widerborstige Schrei eines Wahnsinnigen.

Zeit, von der Straße zu verschwinden.

It's a white man's world. It's a white man's world…

Westlich der Achten Avenue lagen Männer und Frauen in ihren billigen Betten, lauschten dem Lied, das vor ihren Fenstern vorbeizog oder aus den Nachbarwohnungen bis in ihre Schlafzimmer dröhnte. Die Musik war überall, doch die meisten schenkten ihr keine Beachtung. Sie lagen erschöpft und schwitzend in ihren Betten, starrten an die dunkle Zimmerdecke und dachten: In ein paar Stunden geht der Tag wieder los. Lass mich doch ein paar Stunden schlafen. Bitte, ein bisschen Abkühlung, und lass mich ein bisschen schlafen.

… Vierundzwanzig

»Hey, dir fehlt ja ein Zahn. Weißt du nicht, wie man kämpft?«

»Es waren drei gegen einen«, sagte Pellam zu Hector Ramirez.

»So?«

Am Mittag des nächsten Tages saß Ramirez vor der Haustür des *kickback* der Cubano Lords und rauchte.

»Es ist heiß«, beklagte sich Pellam. »Hast du ein Bier?«

»Klar hab ich ein Bier. Welche Sorte willst du?«

»Egal. Hauptsache, es ist kalt.«

Ramirez erhob sich und winkte Pellam zur Haustür heran. »Wer war das?«, fragte er mit einem Nicken zu Pellams Gesicht, das voller blauer Flecken war.

»Ein paar der Jungs von Corcoran. Sie haben von unserer Sache mitbekommen, die wir mit McCray abgezogen haben. Und haben Streichhölzer gezogen, um zu sehen, wen sie lieber zusammenschlagen würden, dich oder mich. Ich habe gewonnen.«

»Hey, ich mache jemanden kalt für dich. Oder soll ich jemandem durch die Kniescheibe schießen? Das mach ich für dich, Mann. Hätte null Probleme damit.«

»Schon in Ordnung«, meinte Pellam.

»Echt kein Problem.«

»Vielleicht das nächste Mal.«

Ramirez zuckte die Schultern, als wäre Pellam durchgedreht, und betrat den Hausflur. Pellam bemerkte einen jungen Mann, der mit einer Waffe im Gürtel im Schatten einer Nische stand.

Er sagte etwas auf Spanisch zu Ramirez, der zurückschnauzte. Lachend sah er zu Pellam, der gerne geglaubt hätte, dass es ein bewundernder Blick war.

Ramirez klopfte an die Tür einer Erdgeschosswohnung und sperrte sie schließlich selbst auf, als sich nichts rührte. Er drückte sie auf und ließ Pellam vorangehen.

Die Wohnung war groß und gemütlich und wohl erst vor kurzem mit neuen Möbeln eingerichtet worden. Eine Couch war immer noch in Plastik eingepackt. In der Küche lagerten Stapel von Kartons mit Essen und Tüten mit Reis. In einem der Schlafzimmer lagen fünf mit Laken bezogene Matratzen. Das andere Schlafzimmer war angefüllt mit Kartons voller Schnapsflaschen und Zigaretten. Pellam sparte sich die Frage, woher die Waren stammten.

»Also, willst du ein Dos oder ein Tecate?«

»Dos.«

Ramirez nahm zwei Flaschen aus dem Kühlschrank, drückte die Kronenkorken an die Kante des Tresens und öffnete sie mit einem einzigen Schlag seiner flachen Hand. Eine Flasche reichte er Pellam, der sie in einem Zug fast halb leer trank.

In der Wohnung war es warm. An den Fenstern nach vorn und hinten raus befanden sich zwei Klimaanlagen, die allerdings nicht eingeschaltet waren. Durch die abgedunkelten Fenster drang heiße, feuchte, staubige Luft herein, und man glaubte, die Hitze wie eine Flüssigkeit zu spüren.

Ramirez ging zum Küchentisch, auf dem eine Schuhschachtel stand. Er nahm ein Paar Sportschuhe heraus und begann, die Schnürsenkel in die Ösen einzufädeln. Sie sahen denjenigen ähnlich, die er Ismail zwei Tage zuvor gegeben hatte. »He, Mann. Hier hast du ein Paar.«

»Welche Strafe kriegt man, wenn man gestohlene Ware annimmt?«, fragte Pellam.

»Arsch, die habe ich *gefunden*.« Er sprang auf und blickte zufrieden auf sein Werk.

»Ich bin kein Turnschuhtyp.«

»Nein, du bist ein Cowboy-Stiefel-Typ. Warum trägst du immer diese dämlichen Stiefel? Tun sie nicht weh? Also, was machst du hier, Pellam? Warum kommst du mich besuchen?«

»Ich verlasse die Stadt«, antwortete Pellam. »Wollte meine Waffe abholen.«

»Habe gehört, dass diese *moyeta* gesagt hat, sie war es. Mann, sie ist deine Freundin. Das ist ganz schön hart für dich. Aber niemand darf die alten Häuser hier abbrennen. Das ist nicht gut.«

Ramirez zog die Schnürsenkel links und rechts auf gleiche Länge. Langsam erhob er sich, genoss das angenehme Gefühl in den Schuhen. Er wippte auf den Zehenspitzen, dann zurück auf die Fersen. Er täuschte einen Schlag nach rechts, dann nach links an und sprang zu einem Korbleger weit nach oben, wo er mit seinen Fingern weiße Farbe von der Decke löste.

Pellam bemerkte neben einem Werbeplakat für eine Corvette, in der sich ein Fotomodell im Bikini lümmelte, eine handschriftliche Notiz:

Du stehst in der Krippe der Cubano Lords.
Endweder du bistn Freund, oder du wirst fertig gemacht.

Ramirez folgte Pellams Blick. »Ja, ja«, meinte er. »Jetzt wirst du sagen, dass wir ›bistn‹ falsch geschrieben haben.«

»Nein, ich werde sagen, dass das Plakat total geil ist.«

»Spielst du Basketball?«, fragte Ramirez.

»Ein bisschen.«

Das letzte Mal hatte er allein gegen einen Mann im Rollstuhl gespielt, und er hatte sechs zu zwei verloren. Es war eine Schande, dass er nicht die Gelegenheit hatte, gegen Ismail zu spielen. Gegen den Jungen hätte er wahrscheinlich gewonnen.

»Ich gehe heute ins Village runter, zu einem Half-Court-Spiel. Da unten gibt's ein paar große *moyetos*. O Mann, diese Nigger können echt *spielen*… komm doch mit.«

»Danke, aber dann bin ich schon weg von hier«, lehnte Pellam ab.

»Für immer, meinst du?«

Pellam nickte. »Ich hole meinen Laster und fahre zurück an die Küste. Brauch ein bisschen Arbeit. Es gibt ein paar Leute, denen ich Geld schulde. Sie werden in etwa zwei Monaten an meine Tür klopfen.«

»Willst du, dass ich mal mit ihnen rede? Ich kann…«

Pellam drohte mit dem Finger. »Hm-hm.«

Ramirez zuckte die Schultern, hob eine Ecke des Linoleumbodens in der Küche und darunter eine Bodendiele an und zog Pellams Colt heraus, den er ihm zuwarf. »Mann, du bist verrückt, so ein altes Ding mit dir rumzuschleppen. Ich besorg dir eine hübsche Taurus. Das ist ein niedliches Teil. Wirst du mögen. Peng, peng, peng. Heutzutage braucht man ein Magazin mit fünfzehn Schuss.«

»Ich habe so ein Ding nicht so nötig wie du.«

»Ich schaue nicht so oft Fernsehen«, sagte Ramirez, während er den Fußboden wieder in Ordnung brachte. »Aber ich werde ihn anschalten, wenn dein Film kommt. Wann wird das sein?«

»Ich gebe dir Bescheid«, murmelte Pellam.

Die Tür wurde aufgestoßen, und ein junger Latino kam herein, der Pellam argwöhnisch anblickte. Er ging zu Ramirez, dem er etwas ins Ohr flüsterte. Dieser nickte, und sein junger Kollege ging wieder.

Pellam wollte auch gehen. »Hey«, hielt ihn Ramirez auf. »Vielleicht willst gar nicht so schnell gehen. Er hatte ein paar Neuigkeiten für dich.«

»Wer war das?«

»Mein Bruder.« Er nickte in die Richtung, in der der junge Mann verschwunden war.

»Neuigkeiten?«

»Ja. Willst du wissen, wer in deine Wohnung eingebrochen ist?«

»Ich weiß, wer das war. Der Pyromane. Der Junge, der verbrannt ist. Ich denke, ich muss ihn aufgenommen haben, als ich das Haus am Tag nach dem Brand gefilmt habe.«

Ramirez wippte auf seinen nagelneuen Schuhen und schüttelte den Kopf. »Stimmt nicht, Mann. Da liegst du total falsch.«

»He, Kumpel.«

»Hallo, Ismail.«

Pellam stand vor dem Youth Outreach Center. Die heiße,

staubige Luft wurde durchschnitten von einem leuchtenden Streifen Sonnenlicht, das von einem in der Nähe stehenden Gebäude reflektiert wurde.

»Und? Was geht ab, Kumpel?«

»Nicht viel«, antwortete Pellam. »Und bei dir?«

»Ich häng hier so rum. Weißt ja, wie das ist. Was hast du da?«

»Ein Geschenk.«

»Au, klasse, Kumpel.« Ismail starrte mit großen Augen auf die Einkaufstüte. Pellam reichte sie ihm. Ismail öffnete sie und holte den Basketball heraus. »He, du bist klasse, Pellam! Der ist super! He, Leute, schaut mal her!«

Die zwei anderen Jungs, die etwas älter als Ismail waren, kamen voller Bewunderung für den Ball herüber. Sie warfen ihn hin und her.

»Wie ist es da drin?« Pellam nickte in Richtung des Youth Outreach Centers.

»Gar nicht so schlecht. Sie motzen echt nicht viel rum. Aber man muss sich immer hinsetzen und den Durchgeknallten zuhören, den Priestern und Beratern. Die erzählen vielleicht ein Zeug. Die kauen einem ein Ohr ab, fragen Sachen, über die sie einen Scheißdreck Bescheid wissen.« Er zuckte die Schultern wie ein Erwachsener. »Ach, Scheiße, aber so ist das Leben, oder?«

Dagegen konnte Pellam nichts einwenden.

»Und dann Carol, diese Nutte«, flüsterte er und sah sich um. »Halt dir die vom Leib. Sie hat mich gefragt, warum ich erst nachts um drei zurückkomme. Hat mir ’ne Standpauke gehalten. Ich hab der Nutte gesagt, was sie tun soll.«

»Aha.«

»Klar… na ja, ich hab’s probiert. Aber mit der Frau kann man echt nicht quatschen, Kumpel.«

»Und warum *warst* du nachts um drei noch draußen?«

»Ich…«, begann Ismail.

»…habe mich nur so rumgetrieben«, ergänzte Pellam

»Volltreffer, Pellam.« Ismail drehte sich seinen Kumpels zu. »Los, wir machen ein Spiel.« Sie verschwanden in eine Gasse, glücklich, wie es zehnjährige Jungs auf der ganzen Welt sind.

Pellam schob die quietschende Tür auf.

Carol blickte vom Schreibtisch zu ihm her. Ihr schwaches Lächeln verschwand, sobald sie seinen Gesichtsausdruck bemerkte.

»Hi«, grüßte sie.

»Wie geht's?«

»Tut mir Leid, ich war schwer zu erreichen«, erklärte sie. »Wir hatten hier tierisch viel zu tun.« Ihre Worte klangen bleiern.

Schweigen. Winzige Staubteilchen schwebten zwischen ihnen. Amöben, die in dem brutalen Licht sichtbar wurden.

»Also gut«, fuhr sie schließlich fort. »Ich habe nicht angerufen, weil ich Angst hatte. Es ist lange her, als ich das letzte Mal mit jemandem zu tun hatte. Und meine Geschichte mit Männern war bisher nicht berühmt.«

Pellam verschränkte die Arme. Er blickte auf den Stapel Papier hinab, den Carol gerade bearbeitete. Behördenanträge. Sie sahen erschreckend dicht beschrieben und kompliziert aus.

Carol lehnte sich auf ihrem Stuhl zurück. »Darum geht's aber gar nicht, oder?«

»Nein.«

»So?«

»Ich habe ein paar Dinge erfahren, die mich neugierig gemacht haben.«

»Zum Beispiel?«

»Über den Tag, an dem es gebrannt hat und du dich nach mir erkundigt hast.«

Die Gerüchte. Auf der Straße.

»Hey, ein hübscher Kerl in Cowboy-Stiefeln. Klar habe ich

mich nach dir erkundigt.« Sie lachte, schaffte es aber nicht, locker zu klingen. Sie griff mit beiden Händen an ihre Perlenkette, dann an ihre Brille, wo sie auf der geklebten Stelle herumknetete.

»Du hast rausgefunden, wo ich wohne«, sagte Pellam. »Und du bist an dem Morgen bei mir eingebrochen, an dem ich bei dir übernachtet habe. Während ich noch in deinem Bett lag.«

Carol nickte. Nicht, weil sie zustimmte, protestierte oder irgendetwas mitteilen wollte. Es war ein Reflex. Sie sah sich um. Legte den Kugelschreiber zur Seite. Sie wirkte grimmig, während sie überlegte. »Können wir hinauf gehen? Da sind wir ungestörter.«

Sie gingen zum Fahrstuhl. Während sie hochfuhren, lehnte Carol mit finsterem Blick an der Wand. Mit gesenktem Kopf wischte sie abwesend Staub von dem stets präsenten, lateinischen Wort für Wahrheit auf ihrem Sweatshirt.

Carol mied Pellams Blick, während sie Smalltalk zelebrierten. Sie erzählte ihm, dass eine Fahrstuhlfirma dem Youth Outreach Center eine neue Kabine schenken würde. Darin würde dann eine riesige Tafel mit »Gestiftet von« prangen. Als ob die Kinder rausrennen und sich Fahrstühle kaufen würden. »Wahnsinn, was die Leute alles für ihre Werbung tun.« Er gab keine Antwort, sodass auch sie schwieg.

Als die Türen zur Seite glitten, ging Carol einen leeren, düsteren Flur entlang, der mit seinen schmutzigen Fliesen erdrückend wirkte. »Hier.« Carol öffnete eine Tür, und Pellam trat ein – bevor er merkte, dass es nicht, wie erwartet, ein Aufenthaltsraum oder Büro war, sondern ein halbdunkler Lagerraum.

Carol schloss die Tür. Ihre Bewegungen waren entschieden, ihr Blick war eiskalt geworden. Am anderen Ende des Raumes schob sie sich an Kisten vorbei, bückte sich und kramte herum.

»Es tut mir so Leid, Pellam.«

Sie machte eine Pause, atmete tief ein. Er konnte nicht erkennen, was sie in der Hand hielt.

Seine Gedanken schweiften zu seinem Colt, der hinten in seinem Hosenbund steckte. Lächerlich, zu glauben, dass sie ihm was antun würde. Doch schließlich befand er sich in Hell's Kitchen.

Man geht mittags an einem kleinen Vorgarten vorbei und denkt sich: He, das sind aber hübsche Blumen, und im nächsten Moment liegt man mit einer Kugel im Bein oder einem Eispickel im Rücken auf dem Boden.

Und ihre Augen… ihre kalten, hellen Augen.

»Oh, was für eine verdammte Scheiße.« Carols Mund spannte sich. Plötzlich drehte sie sich um, hob ihre Hand, in der sie etwas Dunkles hielt. Pellam griff nach hinten zu seiner Waffe. Doch in ihren dicken Fingern hielt sie nur die beiden Videokassetten, die sie aus seiner Wohnung gestohlen hatte.

»Die ganze Woche lang hatte ich echt gedacht, ich sollte weglaufen. Irgendwo anders hingehen und ein neues Leben beginnen. Ohne ein Wort zu sagen, nur einfach verschwinden.«

»Erzähl weiter.«

»Der Typ, der von mir geredet hat. Dass ich seinen Sohn gerettet hätte.«

Pellam nickte. Er erinnerte sich an den jungen Mann, der beinahe in einem Haus gestorben wäre, das abgerissen werden sollte, und den sie gerettet hatte.

»Ich hatte Angst, dass ich auf den Kassetten bin«, fuhr sie fort. »Ich kann es mir nicht leisten, dass man in der Öffentlichkeit auf mich aufmerksam wird.«

Er erinnerte sich an ihr Misstrauen Reportern gegenüber.

»Warum?«

»Ich bin nicht diejenige, für die du mich hältst.«

Ein wiederkehrendes Motiv in Hell's Kitchen.

»Und wer bist du tatsächlich?«, fragte Pellam scharf.

Carol schlang ihre Arme um eine Regalstrebe und legte den Kopf auf ihre Oberarme. »Vor ein paar Jahren wurde ich aus dem Knast entlassen, nachdem ich meine Zeit wegen Drogenhandel abgesessen hatte. In Massachusetts. Ich war auch verurteilt worden« – sie stockte – »weil ich das Leben eines Minderjährigen gefährdet hatte. Ich habe Stoff an ein paar Fünfzehnjährige verkauft. Einer von ihnen hat eine Überdosis genommen und ist fast daran gestorben. Was soll ich dir sagen, Pellam? Was in meinem Leben passiert ist, war so langweilig, so fernsehmäßig… ich bin von der Schule geflogen, habe die falschen Männer kennen gelernt. Drogenhandel, Crack, Heroin, Strich… O Mann, ich habe alles hinter mir.«

»Was hat das mit den Kassetten zu tun?«, fragte er kalt.

Nervös sortierte sie einen Stapel dünner Handtücher. »Ich wusste, dass du einen Film über Hell's Kitchen drehst. Nachdem dieser Typ von mir geredet hatte, dachte ich, ich würde in der Geschichte vorkommen, hatte Angst, jemand in Boston würde davon erfahren, und dann könnte das Outreach Center über einen Umweg davon Wind bekommen. Ich konnte nicht riskieren, dass etwas über mich an die Öffentlichkeit kommt. Sieh mal, Pellam, ich habe mein Leben ruiniert… ich bin so übel zugerichtet von den Abtreibungen, dass ich keine Kinder mehr bekommen kann… ich bin eine Verbrecherin.«

Carol lachte bitter. »Weißt du, was ich neulich gehört habe? Ein Bankräuber wurde aus Attica entlassen, und er hatte Schwierigkeiten, Arbeit zu finden. Er war wütend, dass ihn jemand als Exknacki bezeichnet hatte. Er meinte, er hätte ›gesellschaftliche Defizite‹.«

Pellam lächelte nicht.

»Nun, das bin ich auch, sozial angeschlagen. Es gibt keine Möglichkeit, dass ich jemals Arbeit bei einem öffentlichen Träger finde. Kein Heim auf der Welt würde je was mit mir zu tun haben wollen. Aber das Outreach Center hat so verzweifelt nach Hilfe gesucht, dass sie keine Zeit für Überprüfungen hatten. Ich habe ihnen meinen Sozialarbeiterabschluss und einen frisierten Lebenslauf gezeigt. Und sie haben mich genommen. Wenn sie herausfinden, wer ich wirklich bin, schmeißen sie mich in der nächsten Sekunde raus.«

»Zum Wohle der Kinder… Warum hast du mich angelogen?«

»Ich habe dir nicht vertraut. Ich wusste nicht, wer du bist. Ich weiß von Reportern nur, dass sie sich ausschließlich für den Dreck interessieren. Um mehr kümmern sie sich nicht.«

»Nun, wir werden nie erfahren, was *ich* getan hätte, oder? Du hast mir keine Chance dazu gegeben.«

»Sei bitte nicht sauer auf mich, Pellam. Was ich hier tue, ist sehr wichtig für mich. Es ist das Einzige, was ich in meinem Leben habe. Das kann ich nicht verlieren. Ich habe gelogen, als wir uns kennen gelernt haben. Ich wollte, dass du gehst, aber ich wollte auch, dass du bleibst.«

Pellam blickte auf die Kassetten hinunter. »Mich interessiert das heutige Hell's Kitchen nicht. Es ist eine erzählte Geschichte über die alten Tage. Das Youth Outreach Center hätte ich gar nicht erwähnt. Hättest du mich gefragt, hätte ich es dir gesagt.«

»Nein, so darfst du mich nicht verlassen. Gib mir eine Chance…«

Doch Pellam öffnete die Tür. Langsam, ohne dramatisch zu sein. Er ging die Treppe hinunter, durch die Eingangshalle hindurch und hinaus in die sengende Sonne und den Lärm aus Autos, Hupen und rufenden Stimmen. Er dachte, eine davon könnte die von Carol sein, doch letztendlich war es ihm egal.

Er ging nach Osten Richtung Fashion District, war auf dem Weg zur U-Bahn.

Verrückter Name für die Gegend, dachte Pellam. Es war das unmodischste Viertel in der ganzen Stadt. Lastwagen parkten in zweiter und dritter Reihe. Hohe, rußige Gebäude, schmutzige Fenster. Forsche Arbeiter mit Nierengurten und ärmellosen T-Shirts schoben Gestelle mit der nächsten Frühjahrskollektion vor sich her.

Eine Frau stand an einem öffentlichen Telefon, hängte den Hörer ein und zerriss ein Stück Papier in winzige Fetzen. Na, *das* wäre doch eine Geschichte, dachte Pellam, vergaß den Zwischenfall aber sogleich wieder.

Vor einer Baustelle auf der Neununddreißigsten Straße blieb er stehen, um einen Kipplaster rückwärts herausfahren zu lassen. Das piepsende Alarmsignal vom Rückwärtsgang ging ihm auf die Nerven.

… Neununddreißigste Straße – das war die Battle Row, die Zentrale der Gophers. Der übelste Ort in der Stadt. Großvater Ledbetter hat erzählt, die Polizei hätte sich nicht oft westlich der Achten Avenue blicken lassen. Sie wollte mit der Gegend hier nichts zu tun haben. Er hatte einen Stiefel, auf dem war vorne an der Spitze ein Streifen – als kleiner Junge war er einmal in eine Schießerei auf der Battle Row geraten, und eine Kugel hätte ihn dort getroffen. Das hat er jedenfalls uns Kindern erzählt. Ich hatte ihm nie so richtig geglaubt. Aber vielleicht hat es auch gestimmt – er hat diesen alten Stiefel bis zu seinem Tod aufbewahrt

Zwei schrille Pfiffe drangen aus der Baugrube herauf. Schaulustige stellten sich an die Gucklöcher, die in den Sperrholzzaun entlang des Bürgersteigs gehauen worden waren. Auch Pellam blickte hindurch. Eine gewaltige Explosion. Der Boden bebte unter Pellams Füßen, und die Sprenglochabdeckung rutschte ab, als fünfzig Tonnen Felsen zu Schotter zersprengt wurden.

Etties Worte zogen sich wie in einer Endlosschleife durch Pellams Gehirn:

»Hier wurde immer irgendwas gebaut. Papa hatte eine Zeit lang eine interessante Arbeit. Er nannte sich Gebäudebestatter. Er gehörte zu denjenigen, die die abgerissenen Häuser raus zu den Doorknob Grounds in Brooklyn schafften. Sie haben Hunderte von Häusern im Wasser versenkt. Sie haben so was wie eine Sandbank aufgeschüttet. Die Fische haben sich dort wohl gefühlt. Immer brachte er Blaubarsch oder Heilbutt an, der tagelang reichte. Ich krieg heute keinen Fisch mehr runter, selbst wenn Sie mich dafür bezahlen würden.«

Drei laute Pfiffe. Offenbar das Okay-Zeichen der Sprengmannschaft. Arbeiter mit Schutzhelmen tauchten auf, und ein Bagger rückte an. Pellam trat wieder auf den Bürgersteig. Sein Blick fiel auf die Hinweistafel der Baufirma.

Er blieb stehen, spürte den Schock wie eine Wiederholung der Explosion von gerade eben. Sorgfältig las er das Schild, nur um sicherzugehen. Dann ging er langsam weiter, doch als er an der Ecke war, rannte er trotz der mörderischen Hitze los.

… Fünfundzwanzig

»Es ist eine Baustelle.«

»Was ist los?«, fragte Bailey.

»Die St.-Augustus-Stiftung. Ich habe mich an die Hausnummer erinnert – Neununddreißigste Straße West fünfhundert. Das ist gegenüber der Kirche. Aber dort ist nur ein Loch im Boden.«

Sie saßen in Baileys Schlafzimmer, seinem vorübergehenden Büro, weil das richtige vom Feuer zerstört war. Die beiden Räume schienen sich nicht sehr voneinander zu unterscheiden – der wesentlichste Unterschied war, dass der Weinkühler nicht auf dem Schreibtisch, sondern neben dem Bett stand. Auffällig war auch, dass sich im Schlafzimmer eine bessere Klimaanlage befand; die Luft hier drin war zwar auch nicht wirklich kühl, aber immerhin weniger stickig. Der alles überdeckende Gestank vom Feuer schien Bailey nicht zu stören.

»Vielleicht ist die Stiftung umgezogen«, meinte Bailey.

»Es kommt noch besser«, erwiderte Pellam. »Ich habe im Sekretariat der Kirche nachgefragt. Niemand hatte je von einer St.-Augustus-Stiftung gehört.« Er trat an das verschmutzte Fenster, das zusätzlich im Schatten eines Krans lag, der eine riesige Skulptur auf den offenen Platz vor dem McKennah-Turm hob.

Die Statue war in dickes Packpapier gehüllt und hatte die Form eines Fisches. Sie schien viele Tonnen zu wiegen, da sich der Kran nur langsam bewegte. Arbeiter reinigten den Platz und stellten Fahnen für das Richtfest auf.

»Aber es gibt eine St.-Augustus-Stiftung«, sagte Bailey und wühlte sich durch die Akten auf seinem Bett. Er fand einen Stapel verkohlter Fotokopien mit dem Siegel des Justizministers von New York. »Die Gründung erfolgte als gemeinnützige Gesellschaft. Sie existiert. Der Stiftungsrat besteht aus acht Mitgliedern.«

Pellam überflog die Liste. Die Frauen und Männer im Verwaltungsrat wohnten alle in der Nähe. Er zeigte auf einen Namen mit der Adresse in der Siebenunddreißigsten Straße, was nur einen Block entfernt war. James Kemper.

»Schauen wir mal, was er zu sagen hat.« Bailey griff zum Telefon, doch Pellam berührte ihn am Arm.

»Statten wir ihm lieber einen Überraschungsbesuch ab.«

Doch es gab keine Überraschung, jedenfalls nicht für Pellam. Die Bauarbeiten auf dem leeren Platz, wo Mr. Kemper angeblich wohnte, sollten in zwei Monaten beginnen.

»Das ist alles Schwindel«, murmelte Bailey auf dem Weg zurück in sein Büro.

»Als Sie den Direktor angerufen haben – diesen Geistlichen –, wer hat sich gemeldet?«

»Ein Telefonauftragsdienst.«

»Wie bekommen wir raus, wer dahinter steckt?«, wollte Pellam wissen. »Ohne uns in die Karten schauen zu lassen?«

Aus dem Filmgeschäft wusste er, welche inzestuös verwickelten Verhältnisse Firmen manchmal miteinander eingehen konnten.

»Es ist eine gemeinnützige Stiftung, bei der es viel schwerer sein wird, Informationen zu bekommen als bei einer Kapitalgesellschaft.«

Wieder in Baileys Schlafzimmer, blickte Pellam zufällig auf ein ebenfalls verkohltes Blatt Papier, das neben der Akte der Stiftung lag. Es war der Sachverständigenbericht über die Handschrift auf dem Versicherungsantrag, bei der Etties Handschrift mit der auf dem Antrag verglichen wurde.

Er hatte Ettie gefragt, ob sie in letzter Zeit irgendwelche Briefe geschrieben hatte, sodass jemand Zugriff auf ihre Unterschrift haben konnte. Beide, er und Ettie, hatten die Verzichtserklärung vergessen, die sie für McKennahs Firma unterschrieben hatte – die Erlaubnis dafür, dass der Turm die vom Bürgerausschuss für Städteplanung festgesetzte Höhe überschreiten durfte.

»Es ist McKennah«, verkündete Pellam. Als er merkte, dass Bailey Einwände erheben wollte, hielt er eine Hand hoch. »Ich weiß, dass Sie nicht glauben, dass einer der führenden Bauunternehmer ein Haus abbrennen würde. Für die Versicherungssumme würde er das auch nicht tun. Aber er würde es tun, wenn der Erfolg für seinen Turm vom Tunnel zur U-Bahn an der Penn Station abhängt. Newton Clarke – und auch McKennahs Frau – haben uns erzählt, wie verzweifelt er war.«

»Aber…« Bailey hob entsetzt die Hände. »Worüber machen Sie sich noch Gedanken? Selbst wenn McKennah hinter der Sache steckt, hat Ettie die Brandstiftung trotzdem zugegeben.«

»Das wird auch nicht das Problem sein«, wandte Pellam ein.

»Sondern?«

»Ich kümmere mich darum. Die große Frage ist, wie wir nachweisen, dass es eine Verbindung zwischen McKennah und der Stiftung gibt.«

Baileys sah besorgt aus. »In solchen Dingen sind Bauunternehmer Genies. Und McKennah ist führend in dieser Branche. Wir müssen ausländische Firmen aufspüren, Firmenregister durchgehen... Es wird einige Zeit in Anspruch nehmen.«

»Wie lange?«

»Ein paar Wochen.«

»Wann wird Ettie verurteilt?«

Eine Pause. »Übermorgen.«

»Dann haben wir nicht wochenlang Zeit, oder?« Pellam blickte aus dem Fenster auf die Baustelle gegenüber. Die eingewickelte Skulptur wurde so beiläufig postiert wie eine Stahlstrebe. Einige Passanten betrachteten sie aufmerksam, fragten sich, was sie wohl darstellen mochte. Doch die Arbeiter gingen wieder weg, ohne das Papier abzuziehen.

Wieder mit seinem Armani-Anzug bekleidet, einen gestohlenen Schutzhelm tief ins Gesicht gezogen, ging John Pellam wie selbstverständlich durch die Eingangshalle des McKennah-Turms. Dieser Teil des Gebäudes war praktisch fertig und wurde bereits von mehreren Mietern bewohnt – einschließlich zweier Bau- und Betriebsunternehmen von McKennah und einem Immobilienmakler, der den zukünftigen Gewerberaum im Turm an den Mann bringen sollte.

So, wie Pellam durchs Bürogebäude eilte, gab er jedem zu

verstehen, dass er hierher gehörte und es nicht empfehlenswert war, ihn von dem abzuhalten, was wie ein dringender Auftrag wirkte.

Also wurde er nicht aufgehalten.

Mit einem Klemmbrett in der Hand kam er an einer Reihe von Sekretärinnen vorbei und betrat unerschrocken ein Büro, das so üppig eingerichtet war, dass es das von Roger McKennah sein musste, der, wie Pellam gesehen hatte, fünf Minuten zuvor gegangen war. Pellam hatte mehrere Ausreden vorbereitet und für McKennahs Speichellecker auswendig gelernt, doch seine schauspielerischen Fähigkeiten wurden nicht gefordert – das Büro war leer.

Er trat an den Schreibtisch, auf dem zwei gerahmte Bilder standen – eines von McKennahs Frau, das andere von seinen beiden Kindern; Jolie blickte ihm mit einem gekünstelten Lächeln aus dem teuren Rahmen entgegen, die beiden Kinder verzogen ihr Gesicht kein bisschen.

Pellam begann bei den Aktenschränken. Nach einer Viertelstunde hatte er sich durch Hunderte von Briefen, Bilanzen und Verträge gearbeitet, doch in keinem waren die St.-Augustus-Stiftung oder die Gebäude auf der Sechsunddreißigsten Straße erwähnt.

Die Anrichte hinter dem Schreibtisch war verschlossen. Pellam entschied sich für den Direktangriff – und suchte nach einem Brieföffner, mit dem er auch das Schloss würde öffnen können. »Hübscher Anzug«, dröhnte eine Stimme, als er gerade einen Brieföffner in der rechten oberen Schublade gefunden hatte. Die Stimme hatte einen ganz leichten irischen Akzent. Pellam erstarrte. »Aber das sind eigentlich nicht *Sie*. Wenn Sie mich fragen, sind Sie eher ein Jeans-Typ.«

Pellam erhob sich langsam.

Roger McKennah stand in der Tür, neben ihm ein finster dreinschauender Leibwächter, dessen Hand in der Jackentasche steckte. Pellam hatte vermutet, dass der Eingang zum

Turm durch Metalldetektoren gesichert war, und hatte seine Waffe in Baileys Büro gelassen.

Sein Blick huschte zwischen den beiden Männern hin und her.

»Wir haben Sie gesucht«, sagte McKennah. »Und jetzt finde ich Sie ausgerechnet bei mir?« Er nickte seinem Leibwächter zu, der etwas auf den Tisch legte – es war Pellams Betacam, die noch vor wenigen Stunden im Schlafzimmerschrank in Pellams Wohnung im Village gelegen hatte. Er fragte sich, ob nun auch die anderen Bänder zerstört waren.

»Machen wir eine kleine Spritztour«, forderte McKennah ihn auf. Er öffnete eine Seitentür zu einer dunklen Garage, in der die Mercedes Limousine stand.

Der Leibwächter griff wieder zur Kamera und gab Pellam mit seinem Kopf ein Zeichen.

Pellam wollte etwas sagen, doch McKennah hob nur den Zeigefinger. »Was könnten Sie wohl sagen wollen? Dass Sie nach der Wahrheit suchen? Dass Sie es aus reiner Selbstbefriedigung tun? Ich wette, Sie haben auf alles eine Antwort. Aber ich will sie nicht hören. Steigen Sie einfach ein.«

... Sechsundzwanzig

Schweigend fuhren sie acht Blocks weit.

Irgendwo zwischen der Vierzigsten und Fünfzigsten Straße am anderen Ende der West Side hielt die Limousine vor einem verfallenen Gebäude. Die Farbe blätterte ab, sah aus wie schmutzigweißes Konfetti. Die Teile aus Holz waren verrottet, vor einem Seiteneingang stapelten sich ein Dutzend Mülltüten.

In diese Richtung deutete McKennah. »Artie.«

Der Leibwächter öffnete die Tür der Limousine, packte Pellam am Arm und führte ihn zu dem Seiteneingang. Er drückte die Tür auf und schob Pellam vor sich her ins Innere, wo sie auf McKennah warteten.

Weiter einen langen dunklen Flur entlang. McKennah ging voraus. Pellam folgte ihm vor Artie, der die Kamera wie ein Maschinengewehr trug.

Pellam blickte sich um und blinzelte, bis sich seine Augen an die Dunkelheit gewöhnt hatten. Er schob eine Hand in den Ärmel, wo er den Griff des Brieföffners umfasste, den er aus McKennahs Büro hatte mitgehen lassen. Er war als Waffe untauglich, aber Pellam wusste aus seiner Knastzeit, wie viel Schaden man selbst mit einem so zerbrechlichen Ding anrichten konnte.

Der Flur wurde nur durch eine schwache Glühbirne beleuchtet, die nackt in der Fassung hing. Es roch nach Schimmel und Urin, dass Pellam husten musste. Auf dem Boden bewegte sich was. »Jesus«, flüsterte McKennah, als eine riesige Ratte gleichgültig vor ihnen vorbeihuschte. Pellam achtete nicht auf sie, sondern umfasste wieder den Brieföffner. Spürte die Spitze an seinem Arm, wartete darauf, dass der Brieföffner ihn beruhigen würde. Was aber nicht geschah.

Dann ein Geräusch.

Pellam ging langsamer, als er ein schwaches, hohes Winseln hörte. Es klang wie der Schrei einer Frau. Eine Fernsehsendung? Nein, es war eine lebendige, menschliche Stimme. Pellams Nackenhaare standen zu Berge.

»Weitergehen«, befahl McKennah, und sie setzten ihren Weg bis zum Ende des Flurs fort, wo sie schließlich stehen blieben.

Das erschreckende Klagen wurde immer lauter.

Pellam verbannte die grässlichen Geräusche aus seinen Gedanken und konzentrierte sich auf das, was er vorhatte. Seine Beine spannten sich an. Dies war der Moment. Seine rechte Hand griff in den linken Ärmel.

McKennah nickte Artie noch einmal zu.

Das Geschrei legte noch an Lautstärke zu. Zwei, vielleicht drei Menschen brüllten vor Schmerzen. Der Leibwächter schob Pellam rücksichtslos weiter, der seine Zähne zusammenbiss und beim Weitergehen den Brieföffner aus dem Ärmel zog.

Artie schob eine Tür auf und trat ein.

Er würde zuerst auf Artie einstechen, auf seine Augen zielen. Dann versuchen, ihm die Waffe wegzuschnappen. Er würde…

Pellam blieb direkt auf der Türschwelle stehen. Den Griff des Brieföffners fest umklammert, erstarrte er.

Was war das?

Er drehte den Kopf zu McKennah und seinem Schläger. McKennah gab ihm ungeduldig ein Zeichen, weiterzugehen. Dem stummen Befehl gehorchend, trat er sehr vorsichtig ein. Es war schwer, sich in dem Meer aus Babys fortzubewegen. Auf der anderen Seite des Raumes saß eine blasse, fette Frau mit fleckigem ärmellosem Oberteil und gelbbraunen Shorts und wiegte das am lautesten schreiende Baby, das sie von draußen gehört hatten. Während sie versuchte, dem Kind ein Gläschen Babynahrung zu füttern, warf sie den Männern einen erschreckten, aber auch wütenden Blick zu. »He, wer, zum Teufel, sind Sie?«

Mit einem Nicken zu Pellam sagte McKennah zu seinem Leibwächter: »Okay, gib sie ihm.«

Artie reichte Pellam die Betacam.

»Machen Sie schon«, drängte McKennah. Pellam verstand nicht, was sein Entführer wollte, und schüttelte nur den Kopf.

Die meisten Babys waren in Pappschachteln untergebracht, die anderen liefen oder krabbelten umher und spielten mit kaputtem Spielzeug oder mit Bauklötzen. Auf dem Boden standen Plastikflaschen mit Diätorangenlimo und Cola, einige waren umgekippt, der Inhalt über den Boden geflossen. Zwei

Kinder versuchten, eine Flasche zu öffnen; sie sahen aus wie zwei junge Affen, die sich an einer Kokosnuss zu schaffen machten. Der Gestank schmutziger Windeln hing in der Luft.

»Scheiße, wer sind Sie?«, wiederholte die Frau lautstark. »Wollen Sie, dass ich die Polizei rufe?«

»Klar, warum nicht?«, antwortete McKennah gereizt. Er wandte sich verärgert zu Pellam. »Warum legen Sie nicht los? Worauf warten Sie?«

»Loslegen womit?«, fragte Pellam zurück.

»Na, was glauben Sie? Charles Kuralt spielen. Loslegen mit Filmen!« McKennah wurde immer gereizter.

»Arschloch!«, rief die dicke Frau. »Verschwinden Sie hier!«

Eines der Babys krabbelte im Eiltempo über den verdreckten Boden und spielte an Pellams Stiefeln. Er nahm das Kind hoch, wischte ihm die schmutzigen Hände und Knie ab und setzte es auf die Decke. »Warum passen Sie nicht besser auf diese Kinder auf?«

»Sie sind genauso ein Arschloch.«

Gut. Ganz wie du willst. Pellam griff zu seiner Betacam und schaltete den Rekorder ein. »Sagen Sie, Ma'am, würden Sie das vielleicht wiederholen?«

»Ich ruf die Polizei.« Doch sie blieb sitzen und kümmerte sich nicht mehr um die Eindringlinge, sondern widmete sich dem kleinen Fernseher, in dem eine Folge von *Schatten der Leidenschaft* lief.

Pellam schwenkte seine Kamera langsam durch den Raum, hatte aber keine Ahnung, was er je mit den Aufnahmen machen würde. Die sich windenden Kinder, schlechte Babynahrung und der ausgestreckte Mittelfinger einer dicken Frau waren kaum eine brauchbare Grundlage für eine erzählte Geschichte.

»Möchten Sie mir vielleicht sagen, was wir hier tun?«, fragte er McKennah, während er durch den Sucher blickte.

»Das hier ist ein nicht genehmigter Kinderhort. Die meisten Menschen in Hell's Kitchen können sich keinen offiziellen leisten, weswegen sie ihre Kinder in einem Saustall wie diesem hier abliefern. Es ist eine Schande, aber den Eltern bleibt nichts anderes übrig, wenn sie arbeiten gehen wollen.«

Die Frau warf einem Kind, das angefangen hatte zu schluchzen, eine Handvoll Maischips vor die Füße. Pellam filmte die Szene.

»Na, Sie gnadenloser Pulitzer! Los, los, los!«

Zwanzig Minuten später waren sie wieder draußen und schnappten nach frischer Luft. »Also, was, zum Teufel, geht hier vor?«

McKennah zeigte auf das Gebäude. »Ich will, dass Plätze wie diese aus New York verschwinden. Sie sind eine Schande… Entschuldigung, sehe ich vielleicht Zynismus? Fragen Sie sich, warum Roger McKennah eine gute Tat vollbringen will? Nein, nein, ich bin keine Mutter Teresa. Aber solche Kinderhorte helfen niemandem. Es liegt in meinem Interesse, dass hier im Viertel gute, billige Kinderhorte entstehen.«

»Kinderhorte?«

»Und saubere Parks und Schwimmbäder. Eltern sollen sich sicher fühlen, wenn sie ihre Kinder abgeben, bevor sie in *mein* Bürogebäude zur Arbeit kommen. Ich will, dass die Jugendlichen auf hübschen Plätzen Basketball spielen und in sauberen Schwimmbädern schwimmen, sodass sie meine Mieter nicht nachts überfallen. Eigeninteresse? Klar. Sie können sagen, was Sie wollen, es ist mir egal. Auf dem College habe ich die Romane von Ayn Rand gelesen, in denen sich immer die Starken durchsetzen. Mir ist das nie wieder aus dem Kopf gegangen.«

»Warum haben Sie mich hierher gebracht?«

»Weil ich Sie überprüft habe. Sie drehen einen Dokumentarfilm über dieses Viertel. Und Sie wollten mich mit Dreck bewerfen, wie es jeder tut.«

»Glauben Sie das wirklich?«

»Ich bin ein Magnet für die Boulevardpresse, und ich habe es, verdammt noch mal, satt. Ich will sichergehen, dass Sie die ganze Geschichte erzählen. Niemand hat einen Schimmer, was ich für das Viertel tue.«

»Und das wäre?«

»Zum Beispiel der Park auf der Vierundfünfzigsten Straße, den ich mit meinem eigenen, sauer verdienten Geld renoviere. Und die Schwimmbad-Reparaturen für die Park- und Bäderverwaltung – ich habe zugesichert, dass die Arbeiten bis zu den Sommerferien nächstes Jahr abgeschlossen sind. Und der Kinderhort auf der Sechsunddreißigsten und der…«

»Moment mal – auf der Sechsunddreißigsten Ecke Zehnte Avenue?«

Wo Louis Bailey wohnte.

Und sie hatten gedacht, McKennah würde das Haus für seinen Harem umbauen lassen.

»Ja, genau dort. Drei Stockwerke dort werde ich zum besten Kinderhort im ganzen Land umwandeln. Eltern, die nachweisen, dass sie genügend Einkommen haben oder nach Arbeit suchen, werden ihre Kinder für fünf Dollar pro Tag dort unterbringen können, alles inklusive: Essen, Spiele, Montessori-Erzieher, Bücher…«

»Und ich nehme an, es war reiner Zufall, dass das Gebäude nebenan abgebrannt ist? Dies hatte nichts mit dem Turm zu tun?«

McKennahs Wut flammte wieder auf. »Jetzt hören Sie mir mal gut zu. In Hollywood mögen Sie ja ein toller Hecht sein, aber was Sie da von sich geben, ist Verleumdung! Ich werde Ihren dämlichen Arsch verklagen! Ich habe niemals in meinem Leben ein Haus angezündet. Sie können alle meine Projekte bis zum Tag eins überprüfen. Ich gehe mit Ihnen jedes Haus einzeln durch auf der Liste.«

»Was ist mit dem Tunnel? Haben Sie das Haus nicht angezündet, um ihn untendurch zu führen?«

McKennah runzelte die Stirn. »Sie wissen von dem Tunnel?«

»Und ich weiß von Ihrem Geschäft mit Jimmy Corcoran.«

McKennah blinzelte überrascht. »Na, so viel können Sie aber auch nicht wissen«, meinte er. »Der Tunnel führt doch gar nicht unter diesem Grundstück durch, auf dem es gebrannt hat. Da drunter gibt es einen Con-Edison-U-Bahnhof. Die Linie, die nach Westen führt. Unter dem Haus mit dem Kinderhort hindurch – das zufällig *mir* gehört.«

Oh. Das Haus, in dem Bailey wohnt.

»Klar, ich habe die Untergrundrechte von Corcoran gepachtet. Aber ich hätte mich um das andere Grundstück gar nicht zu kümmern brauchen. Wenn Sie so verdammt gut über Urkunden und darüber Bescheid wissen, wem was gehört, warum haben Sie nicht einfach geprüft, wer der Besitzer ist, und haben *ihm* hinterherspioniert?«

Pellam erklärte die Sache mit der St.-Augustus-Stiftung. »Ein Schwindel. Ich dachte, Sie seien der letzte Besitzer. Danach habe ich in Ihrem Büro gesucht. Irgendeine Verbindung.«

McKennahs Wut hatte sich gelegt. Er nickte nachdenklich. »Eine gemeinnützige Gesellschaft, um den tatsächlichen Eigentümer geheim zu halten. Das ist verdammt schlau. Es gibt keine laufenden Gewinne, sodass die Staatsanwaltschaft keine große Aufmerksamkeit darauf verschwendet.« Er war voller Bewunderung für diese Idee und schien sie in Gedanken für eine zukünftige Verwendung abzuheften.

»Der Stiftungsrat ist auch ein Schwindel. Der Anwalt, mit dem ich zusammenarbeite, meinte, es würde Wochen dauern, um rauszukriegen, wem das Grundstück wirklich gehört.«

McKennah lachte laut. »Suchen Sie sich einen anderen Anwalt.«

»Können Sie es schneller tun?«

»Na klar. In ein paar Stunden. Aber warum sollte ich? Was springt für mich dabei raus?«

Das ist das Wichtigste für McKennah. Man muss überhaupt nicht fair spielen, Hauptsache man spielt.

»Wie wär's mit einem Tauschhandel?«, fragte Pellam spröde.

»Reden Sie weiter.«

»Es gibt in Ihrer Firma undichte Stellen, stimmt's?«

»Weiß ich nicht. Ist das so?«

»Na ja, ich wusste doch alles über Ihr Geschäft mit Jimmy Corcoran.«

Mit prüfendem Blick auf Pellam schwieg McKennah einen Moment. »Können Sie einen Namen nennen?«

»Erst liefern Sie die Infos, dann ich«, gab Pellam zurück.

Schweigend fuhren sie dem samtenen Himmel über der Skyline von New York entgegen.

Auf dem siebzigsten Stock seines Vorzeigeobjekts, dem Turm in der Upper West, führte McKennah Pellam durch ein Labyrinth aus Büros und setzte ihn schließlich bei einem gut angezogenen, nervösen Mann mit buschigem Haar ab. Elmore Pavone nickte unsicher zur Begrüßung. Ihm war ganz schnell klar, dass er noch eine zusätzliche Last auf seine bereits überlasteten Schultern geladen bekommen würde. Diese Last, von Roger McKennah höchstpersönlich übertragen, würde dort solange ruhen, bis er das dazugehörige Problem gelöst haben würde.

McKennah umriss für Pavone den Zusammenhang zwischen der Brandstiftung und der St.-Augustus-Stiftung. Der Adjutant schien ebenfalls beeindruckt von diesem zweckentfremdeten Modell einer gemeinnützigen Gesellschaft.

»Ich glaube, Corcoran steckt hinter der Stiftung«, meinte Pellam.

Bei McKennah und Pavone erntete er damit einen großen Lacherfolg.

»Eine solche Sache ist für Corcoran ein paar Nummern zu groß. Er ist ein Trottel. Das Wort Schmalspur wurde extra für ihn erfunden.«

Pellam hob eine Augenbraue. »Ja? Ich habe gehört, er hat Sie über den Tisch gezogen.«

»Was Sie nicht sagen!«

»In der Sache mit dem Tunnel. Er hätte einen Anteil an dem Geschäft eingeheimst, als er Ihnen die Grunddienstbarkeit übertragen hat.«

McKennah blinzelte überrascht. »O Mann, woher wissen Sie bloß das ganze Zeug?«

Die Gerüchte auf der Straße.

»Stimmt es nun oder nicht?«

McKennah lächelte. »Stimmt, Corcoran bekommt einen Anteil am Gewinn. Aber laut Vertrag erhält er ein Prozent des Gewinns, der aufgrund *seines* Anteils am Besitz abfällt. Das heißt, er bekommt einen Anteil am Gewinn, den ich durch den Tunnel erwirtschafte, nicht durch den Turm. Mit den Verkehrsbetrieben habe ich vereinbart, dass ich ihnen den Tunnel für eine symbolische Miete überlasse – zehn Dollar pro Jahr. Also beträgt Corcorans Anteil zehn Cent pro Jahr. Solchen Blödmännern wie Jimmy Corcoran bin ich immer einen Schritt voraus. Auch ich war mal in einer irischen Gang, wissen Sie. Der Unterschied ist, ich habe studiert.«

»Nicht gerade bequem, ihn als Feind zu haben«, stellte Pellam fest. »Corcoran, meine ich.«

McKennah lachte wieder. »Haben Sie von den Gophers gehört?«

Pellam nickte. Die Hell's-Kitchen-Gang, von der Etties Großvater so begeistert gewesen war.

»Wissen Sie, wer ihnen schließlich das Rückgrat gebrochen hat?«

»Klären Sie mich auf«, bat Pellam.

»Nicht die Polizei. Nicht die Stadt. Und weiß Gott, die Bundesregierung hat sich auch kein Bein ausgerissen. Sie sind vor die Hunde gegangen, weil sie wichtigen geschäftlichen Interessen in die Quere gekommen sind. Nämlich die der New

York Central Railroad: Sie heuerten Pinkerton an, und sechs Monate später gehörte die Gang der Vergangenheit an. Ich kann Ihnen sagen, wenn Corcoran Ärger haben will, dann ist die Kacke am dampfen.«

»Also, wenn nicht er hinter der Stiftung steckt, wer dann?«, fragte Pellam.

Pavone und McKennah berieten sich. Wenn man als Motiv für die Brandstiftung die Tatsache vermutete, dass das Haus unter Denkmalschutz gestanden hatte, überlegte Pavone laut, dann war der einzig vernünftige Grund dafür, das geschützte Gebäude zu beseitigen, der Wunsch, etwas Neues an dieselbe Stelle zu setzen. »Um was Neues hinzustellen, muss man Baugenehmigungen einholen, Änderungen beim Städteplanungsausschuss beantragen und ein Umweltgutachten vorlegen.«

McKennah nickte und erklärte Pellam, dass Bauunternehmer oft Monate warten mussten, bevor sie für größere Projekte in der Stadt eine Baugenehmigung erhielten. Meist wurden städteplanerische Änderungen nötig, für die mitunter öffentliche Anhörungen, Bescheinigungen der Umweltbehörde und Ausnahmegenehmigungen der Stadtwerke verlangt wurden. Diese Anträge reichten die Bauunternehmen so früh wie möglich ein, um die Zeit zu verkürzen, in der der Besitzer mit seiner Immobilie kein Einkommen erwirtschaftete, aber schon saftige Steuern bezahlen musste.

Für den Brandstifter bestand ein gewisses Risiko, dass die Polizei oder der Fire Marshal die Anträge finden könnten. Doch in der schwerfälligen Bürokratie von New York würden sich die zuständigen Ermittler wahrscheinlich mit der Überprüfung der Grundbucheinträge zufrieden geben und auf weitere Nachforschungen verzichten. Besonders dann, wenn sie schon einen Verdächtigen eingesperrt hatten.

McKennah nickte zu Pavone, der das Telefon schnappte und in unverständlichen Fachbegriffen mit einem Untergebenen sprach. Er notierte sich einiges auf einen Zettel, nach drei Minuten legte er wieder auf. »Ich hab's. Nichts bei der Städteplanung, aber eine Baufirma aus White Plains hat vor zwei Tagen einen Antrag für eine Baugenehmigung in der Sechsunddreißigsten Straße West vier-fünf-acht gestellt, dem Platz, wo es gebrannt hat. Morrone Brothers an der Route zweiundzwanzig.«

McKennah nickte, als würde er den Namen kennen.

»An der Stelle, wo es gebrannt hat, und auf den beiden Plätzen daneben soll ein siebenstöckiges Parkhaus hingestellt werden.«

»Ein Parkhaus«, flüsterte Pellam. Diese ganze schreckliche Inszenierung einschließlich eines Toten nur für ein Parkhaus?

»Also hat irgendjemand die St.-Augustus-Stiftung gegründet, die beiden freien Bauplätze gekauft und das Gebäude auf dem dritten abgefackelt, sodass er jetzt sein Parkhaus bauen kann.«

»Ich will diesen irgendjemand«, sagte Pellam. »Wie finden wir ihn?«

»Wer übernimmt denn die Stahlbauarbeiten für Morrone?«, fragte McKennah seinen Mitarbeiter.

»Bronx Superstructures, Giannelli …«, begann Pavone aufzuzählen.

»Nein, nein«, schnauzte McKennah. »In Westchester! In Connecticut! Los, da muss uns doch noch was einfallen, Elm. Wer den Zuschlag bekommen hat, ist bestimmt nicht aus der Stadt.«

»Sie haben Recht, okay, okay. Vielleicht die Bedford Building and Foundation.«

»Nein.« McKennah schüttelte heftig den Kopf. »Sie sind schon mit der Metro North beschäftigt. Sie haben nicht die Kapazitäten, *dort* zu bauen *und* ein Parkhaus zu errichten. Los! Denk nach!«

»Wie wär's mit Hudson Steel? Yonkers.«

»Ja!« McKennah schnalzte mit dem Finger und griff zum Telefon. Die Nummer wusste er auswendig. »Roger McKennah hier«, murmelte er ein paar Sekunden später in den Hörer. »Ist er da?« McKennah blieb in der Leitung, bis Yonkers mit der Geschwindigkeit eines heiß gelaufenen Bohrers einen anderen Anrufer abgewürgt hatte.

»Hi, Tony… ja, ja.« McKennahs rollende Augen gaben einen Hinweis darauf, wie eifrig der Mann mit dem Schwanz wedelte. »Okay, okay, mein Freund, ich hab's ein bisschen eilig. Also, pass auf. Halt mich nicht zum Narren, okay. Wenn du mir die passenden Antworten gibst, übernimmst du unser neues Dock in Greenwich. Keine Ausschreibung, kein gar nichts… ja, jetzt krieg dich wieder ein… ja, du Glückspilz. Also, ich habe gehört, dass Morrone die Bauleitung für ein Parkhaus in New York hat. Sechsunddreißigste Straße West. Eigentümer ist die St.-Augustus-Stiftung. Was soll das heißen, darüber kannst du nicht reden? Vor mir gibt es keine Geheimnisse, Tony. Du bist Subunternehmer für die Stahlbauarbeiten, richtig?… Kennst du jemanden von der St.-Augustus-Stiftung?… Gut, überprüf das. Und ruf mich zurück. Aber in drei Minuten! Ach, Tony, hab ich übrigens gesagt, dass ich für die Arbeiten am Dock eins Komma drei Millionen veranschlagt habe?«

McKennah legte auf. »Er wird zurückrufen. Also, das war jetzt mein Anteil an dem Geschäft. Jetzt sind Sie dran. Wer ist dieser dreckige Spion, der meine Geheimnisse ausposaunt?«

»Als ich vorhin im Turm war, um eine kleine Spritztour durch Ihr Büro zu machen…«

»Spritztour«, unterbrach ihn McKennah trocken.

»…da habe ich in einem der Immobilienbüros eine Sekretärin gesehen – Kay Haggerty? Ich habe auf ihr Namensschild geschaut.«

Das Zucken in McKennahs Augen verriet, dass die sinnliche Miss Haggerty mehr als nur eine Sekretärin war.

»Kay?«, fragte McKennah. »Was ist mit ihr? Sie ist ein nettes Mädchen.«

»Das kann schon sein. Aber sie ist auch Ihre undichte Stelle.«

»Unmöglich. Sie ist ziemlich tüchtig. Und ich habe…« Er suchte nach einem beschönigenden Ausdruck. »Ich habe vollstes Vertrauen zu ihr. Wieso glauben Sie, dass sie mich ausspioniert?«

»Weil sie die Freundin von Jimmy Corcoran ist. Ich habe sie letzte Woche in der ›Bar and Grill‹ gesehen. Sie saß auf seinem Schoß.«

Hoch über Midtown New York hatte der ehemalige Location Scout und derzeitige Filmemacher den Eindruck, er würde den Himmel abschreiten, während er sein Spiegelbild in dem makellos sauberen Fenster betrachtete.

Seine Nokona-Stiefel drückten lautlos ihre schmalen Sohlen in den dichten blauen Teppichboden. Es kam ihm so vor, als wäre die Luft hier oben, siebzig Stockwerke über den Straßen, dünner. Doch dass er nur schwer atmen konnte, führte er nicht auf die Höhe oder die Macht des Wirtschaftsgiganten zurück, sondern auf Nachwirkungen des Rauchs, den er beim Brand in Baileys Büro eingeatmet hatte.

Flankiert von einem Milliardär und seinem skrupellosen Assistenten ging Pellam auf und ab. Minuten dehnten sich zu Tagen, bis endlich das Telefon zirpte.

Mit dramatischer Geste, wie er es womöglich immer tat, wenn andere dabei waren, riss McKennah den Hörer von der Gabel. Er hörte zu, dann legte er seine Hand über die Sprechmuschel und blickte zu Pellam.

»Ich habe jemanden.«

Er notierte sich etwas, legte auf und zeigte den Zettel Pellam. »Sagt er Ihnen irgendwas?«

Einige Augenblicke lang starrte Pellam auf das Stück Papier. »Ich fürchte, ja«, sagte er.

… Siebenundzwanzig

»He, schau mal, Mann. Das da ist die Nutte, die in diesem Haus für Kinder arbeitet.«

»Mann, red nicht so von ihr. Sie ist okay. Mein Bruder war mal total am Arsch, und er war dort einen Monat lang. War ein *cluckhead*. Hat sich selbst clean gekriegt – du weißt, was das heißt?«

»Dieser Nigger sagt, sie ist eine Nutte. Ihr glaubt alle, dass das Haus okay ist, aber da geht aller möglicher Scheiß drin ab. Warum machst du mich an?«

»Ich mach dich nicht an. Ich sag nur, dass sie keine Nutte ist. Klar, sie ist 'n Sturkopf. Aber sie schaut nach den Leuten, meine ich.«

Carol Wyandotte saß auf einem mit Kreosot überzogenen, stinkenden Pfeiler eines nicht mehr vorhandenen Stegs, blickte hinaus auf den trüben Hudson und hörte den jungen Männern zu, die Richtung Süden an ihr vorbeischlenderten. Wohin gingen sie? Das ließ sich kaum sagen. Zu ihrer Arbeit als Gabelstaplerfahrer? Um einen unabhängigen Film zu drehen wie John Singleton oder der junge Spike Lee. Um sich Wegwerfhandschuhe anzuziehen, sich ein Kartonmesser zu schnappen und einen Touristen auf dem Times Square zu überfallen.

Als sie das Gespräch der beiden mithörte, dachte sie an das, was sie neulich zu John Pellam gesagt hatte: Oh, er meint »Nutte« nicht im herkömmlichen Sinn.

Doch offenbar tat er genau das.

Egal, wer war sie überhaupt, dass sie sich beschweren durfte? Sie hatte schon zuvor Unrecht gehabt hinsichtlich der Menschen, in deren Leben sie sich gedrängt hatte.

Sie saß in dieser mörderischen Sonne auf dem Pier und beobachtete die Schiffe, die den Hudson auf und ab fuhren.

Schlepper, ein paar Vergnügungsschiffe, eine Yacht. Langsam zog eines der allgegenwärtigen Schiffe der Circle Line in den Farben der italienischen Flagge auf seiner Hafenrundfahrt vorbei. Die Touristen an Bord waren aufgeregt und gierig auf eine schöne Szenerie. Ihre Fahrt hatte erst begonnen – wie begeistert würden sie in drei Stunden noch sein, wenn sie erst einmal erhitzt und hungrig sein würden?

Eine Sache war heute anders an Carol Wyandotte. Sie hatte die Ärmel ihres Sweatshirts hochgezogen und ließ ihre rundlichen Arme sehen. Sie konnte sich nicht erinnern, wann sie sich das letzte Mal mit nackten Armen in der Öffentlichkeit gezeigt hatte. Schon war die Haut etwas gerötet von einem leichten Sonnenbrand. Sie senkte den Kopf und betrachtete die zahllosen Narben auf der Innenseite ihres rechten Unterarms. In Gedanken versunken, rieb sie mit der Hand über diesen zerstörten Teil ihres Körpers, bis sie ihren Kopf in die Armbeuge stützte und die Tränen über die Haut rinnen ließ.

In einiger Entfernung wurde eine Wagentür zugeschlagen. Wie unter Zwang begann sie zu zählen, und als sie bei fünfzig war, hörte sie, wie Schritte durchs Gras näher kamen. Als sie bei achtundsiebzig war, hörte sie die Stimme. Natürlich gehörte sie John Pellam. »Was dagegen, wenn ich mich zu dir geselle?«

»Die Immobilie wurde vor Jahren einer Wohlfahrtseinrichtung vermacht«, erzählte Carol, die ihre Beine an den Oberkörper herangezogen und umklammerte hatte.

»Dann wurden sie dem Outreach Center übertragen. Ich habe damals in der Hauptverwaltung gearbeitet und diese drei Grundstücke in den Büchern der Wohlfahrtseinrichtung gesehen – die Nummern 454, 456 und 458 auf der Sechsunddreißigsten Straße. Ich hatte irgendwann gemerkt, dass McKennahs Vermessungsleute dort zugange waren, wo jetzt der Turm steht. Ich habe mich umgehört und erfahren, dass er dort bauen wollte. Die Gegend war damals ein Albtraum. Aber ich wusste, was kommen würde. Ich wusste, dass der Wert dieser drei Grundstücke in ein paar Jahren in astronomische Höhe schnellen würde. Es war klar, dass kein Mitglied des Verwaltungsrats, der für das Outreach Center zuständig war, jemals seinen Fuß in Hell's Kitchen setzen würde; sie hatten keine Ahnung, was hier abging. Also bin ich zu ihnen gegangen und habe erzählt, wir müssten die Grundstücke ganz schnell abstoßen, weil ein paar Reporter vorhätten, Geschichten über jugendliche Nutten, Dealer und Obdachlose, die in diesen Häusern herumhingen, rauszubringen.«

»Und sie haben dir geglaubt?«

»Na klar. Ich brauchte nur zu erwähnen, dass die Öffentlichkeitswirkung vernichtend wäre, wenn die Medien mitbekommen würden, dass das Outreach Center Eigentümer dieser Grundstücke war. Sie gerieten in Panik bei dem Gedanken an eine schlechte Presse. Das sind alles – egal, ob Rabbis, Priester, Philantropen, Geschäftsführer – allesamt sind sie Feiglinge. Deswegen haben sie die Grundstücke mit Verlust abgestoßen.« Sie lachte. »Der Makler hat gesagt, der Preis sei so niedrig wie nach einem Brand.«

»Du hast die Grundstücke selbst gekauft?«

Sie nickte. »Mit dem Drogengeld, das mein Ex und ich beiseite geschafft hatten. Ich habe die St.-Augustus-Stiftung als Postkastenfirma gegründet. Aus meiner Zeit in Boston als Rechtsanwaltsgehilfin wusste ich, wie das geht. Ich wusste auch, dass ich das Gebäude nicht abreißen konnte, weil es denkmalgeschützt war. Also behielt ich es einfach. Bis ich Sonny kennen lernte.«

»Wie?«

»Er wohnte ein paar Jahre im Outreach Center, nachdem er aus dem Jugendgefängnis entlassen worden war. Er hatte seine Strafe abgesessen, weil er das Haus seiner Mutter angezündet und ihren Freund dabei getötet hatte.«

»Und du kanntest auch Ettie«, fuhr Pellam für sie fort.

»Klar«, gab Carol zu. »Ich war ja ihre Vermieterin. Ich hatte deshalb auch ihre Unterschrift auf den Mietschecks und andere Proben ihrer Handschrift. Ich habe eine schwarze Frau, die ihr irgendwie ähnlich sah, zur Versicherung geschickt, um den Antrag zu holen. Hab ihr ein paar Hundert Dollar dafür bezahlt. Mit dem Generalschlüssel bin ich in ihre Wohnung gegangen, während sie beim Einkaufen war, und habe ihr Sparbuch gefunden.«

Pellam blickte über die flache, grasige Landschaft. »Und du hast auch das Geld von ihrem Konto abgehoben?«

»Das hat die gleiche Frau gemacht, die schon den Versicherungsantrag abgeholt hatte. Und den Brief, den man in der Tasche von Sonnys Leiche gefunden hatte – den von Ettie –, sollte er bei einer seiner Brandstiftungen ›verlieren‹, sodass die Polizei ihn finden würde. Diesen Brief habe ich auch gefälscht.«

»Aber warum? Du kannst doch kein Geld aus einer Stiftung abziehen.«

Sie lachte. »Ach, Pellam, du bist so Hollywood-mäßig. Du denkst, ein Ganove müsste Gold im Wert von zehn Millionen Dollar klauen, oder hundert Millionen in Wertpapieren. Wie in einem Bruce-Willis-Film. Das Leben ist aber viel bescheidener. Nein, mit dem Parkhaus hätte die Stiftung gut Kohle verdient, und ich hätte mich selbst als Geschäftsführerin eingestellt. Ich hätte siebzig-, achtzigtausend im Jahr verdienen können, ohne dass die Staatsanwaltschaft Verdacht geschöpft hätte. Nimm noch die Portokasse dazu, ein Spesenkonto, und es wäre noch genug Geld übrig, das man unter den Armen in Hell's Kitchen hätte verteilen können.«

Sie lächelte düster. »Ich wirke auf dich nicht gerade zerknirscht, oder?« Sie sah ihn mit ihren blassen Wolfsaugen an. »Pellam, weißt du, wann ich die letzten Jahre geweint habe? Vor fünf Minuten, als ich an dich gedacht habe. Und an dem

Morgen, nachdem wir die Nacht zusammen verbracht hatten. Nachdem ich die Bänder aus deiner Wohnung geklaut hatte, fuhr ich mit der U-Bahn zur Arbeit. Ich saß in der U-Bahn und habe nur noch geheult. Ich bin fast hysterisch geworden. Ich dachte, was für ein Leben ich mit einem Menschen wie dir hätte führen können. Aber es war schon zu spät.«

Ein Wagen fuhr vorbei, aus den Lautsprechern hämmerte der Bass. Wieder dieses Lied. *It's a white man's world…* Die Musik wurde leiser.

Pellam blickte auf Carols entsetzlich vernarbte Arme. »Aber um Ettie hast du nicht geweint, oder?«

»Ach, darauf willst du hinaus«, meinte Carol bitter. »Um Ettie Washington weinen? Sie war in ihrem Leben doch nie was anderes als ein Opfer gewesen. Gott hat ihr diese Rolle gegeben. Du meine Güte, die Hälfte der Menschen in dieser Stadt sind Opfer, die andere Hälfte sind Verbrecher. Das wird sich nie ändern, Pellam. Nie, nie, nie. Hast du das noch nicht kapiert? Es ist egal, was mit Ettie passiert. Wenn sie nicht aus diesem Grund in den Knast wandert, dann aus einem anderen. Oder sie bekommt eine Räumungsklage und landet in einem Heim. Oder auf der Straße.«

Sie rieb sich die Augen. »Dieser Junge, der dir hinterherläuft, Ismail. Derjenige, von dem du glaubst, du könntest ihn retten. Derjenige, von dem du glaubst, du hättest einen guten Draht zu ihm. In dem Moment, in dem er merkt, dass du ihm lebendig nichts mehr nützt, wird er dich von hinten niederstechen, dir die Brieftasche klauen und das Geld schon ausgegeben haben, noch bevor du tot bist… Oh, du wirkst so ruhig, wie du da ins Gras schaust. Aber du bist entsetzt, dass ich solche Dinge sage, oder? Aber ich bin kein Ungeheuer, sondern nur realistisch. Ich sehe, was um mich herum passiert. Nichts wird sich ändern. Früher war ich vom Gegenteil überzeugt. Aber nein. Die einzige Antwort ist die, hier rauszukommen. So weit wie möglich – entweder, indem du ganz viel Geld scheffelst, oder so weit wie möglich von hier abhaust.«

»Warum hast du mir die Bänder zurückgegeben, die du geklaut hattest?«

»Ich dachte, indem ich das kleinere Verbrechen zugebe, würdest du mich des größeren nicht verdächtigen.« Sie schob ihre Hand dicht an die von Pellam, berührte sie aber nicht. »Ich wollte nicht, dass jemand stirbt. Es ist anders gekommen. Es kommt immer anders, zumindest an Orten wie Hell's Kitchen. Kannst du das nicht einfach so stehen lassen?«

Pellam sagte nichts, sondern wischte nur ein trockenes, zusammengerolltes Blatt von seiner Stiefelspitze.

»Bitte«, sagte sie.

Pellam schwieg noch immer.

»Ich hatte nie ein Zuhause. Habe immer nur die falschen Männer und Frauen kennen gelernt.« Ihr Flüstern klang verzweifelt. Als sich Pellam erhob, stand auch sie auf. »Nein, geh nicht, bitte!«

Ihr Blick schwenkte zum Highway, wo drei Polizeiwagen standen. Sie lächelte schwach, war fast erleichtert, wie es schien – als hätte sie endlich eine schlechte, aber lange erwartete Nachricht erhalten.

»Mir blieb nichts anderes übrig«, sagte Pellam. Er nickte in Richtung der Wagen.

Carol ging langsam auf ihn zu. »Kennst du dich mit Gedichten aus? Mit Yeats?«

»Ein bisschen.«

»›Ostern neunzehn-sechzehn‹?«

Pellam schüttelte den Kopf.

»In diesem Gedicht gibt es einen Vers. ›Ein zu lang erduldetes Opfer macht das Herz zu Stein.‹ Das ist mein Thema.« Carol lachte dumpf.

Das Ausflugsschiff war längst außer Sicht und umrundete den Battery Park.

Carol spannte sich plötzlich an und neigte sich zu Pellam, als wollte sie ihn umarmen und küssen.

Einen Moment lang wurde er unsicher, und ihm kam in den Sinn, dass der Schaden, der Carol zugefügt worden war, vielleicht ebenso groß war wie der, den sie verursacht hatte. Doch dann sah er Ettie Washington vor sich, verraten von Billy Doyle und so vielen anderen, die wie Carol Wyandotte waren. Er spürte nur Kälte ihr gegenüber – und ging auf Abstand.

Eine Schiffshupe dröhnte, der Hall wurde zurückgeworfen von einem Schlepper, der einen Lastkahn, lang wie ein Fußballplatz, durch den schnell fließenden Strom vor sich herschob. Pellam betrachtete die sich auf den Wellen brechenden Sonnenstrahlen. Und noch einmal gab sich der Schlepper dem flussaufwärts fahrenden Boot mit einem lauten Hupen zu erkennen.

Carol flüsterte etwas, was Pellam nicht verstand. Ein einzelnes Wort, wie es schien. Dann wandten sich ihre hellen Augen zur Skyline von New York und verharrten dort, während sie in aller Ruhe rückwärts ging, bis sie in das graugrüne Wasser stürzte. Sie wurde vom Sog des Schleppers mitgerissen, bevor Pellam auch nur einen Schritt auf sie zumachen konnte.

… Achtundzwanzig

Die Geschichte kam ganz groß raus.

Der Selbstmord der Leiterin des Youth Outreach Center, die den durchgedrehten Pyromanen beauftragt hatte… dies war der klassische Stoff für die *New York Post* und für Geraldo.

Die *Live-at-Five*-Sendung zeigte die Kutter der Küstenwache und die niedlichen blauen Polizeiboote, die den Hafen von

New York nach der Leiche von Carol Wyandotte absuchten. Die Associated Press machte den besten Schnappschuss – im Hintergrund Ellis Island und Liberty Island, während Carols Leiche aus dem Wasser gezogen wurde. Pellam sah das Bild in der *New York Times*. Carols Augen waren geschlossen. Er erinnerte sich, wie hell ihre Augen gewesen waren, so hell wie ihre Haut jetzt nach den vielen Stunden im kalten Wasser.

Wolfsaugen …

Die Anklagen gegen Ettie wurden fallen gelassen. Dieser Teil der Geschichte fand kaum Erwähnung, abgesehen von einer Sache, die die Boulevardpresse ins Spiel brachte: Roger McKennah war der Besitzer eines Grundstücks gleich neben dem Gebäude, in dem Ettie gewohnt hatte, demjenigen, das abgebrannt war. Natürlich waren alle scharf darauf, Bauunternehmer in die Pfanne zu hauen, doch selbst die Fanatischsten, die immer auf einen Knüller aus waren, konnten keine Verbindung zwischen ihm und der Brandstiftung finden. Ein Sender brachte sogar eine begeisterte Geschichte über McKennah, der in Hell's Kitchen einen Kinderhort, der allen modernen Anforderungen gerecht werden sollte, eröffnen wollte. In den Nachrichten wurde die gespenstische Videoaufnahme eines illegalen Kinderhorts auf der Twelfth Avenue gezeigt; McKennah selbst hätte dieses Filmmaterial irgendwie beschafft.

Der Großteil der Reporter stürzte sich auf das prächtige Richtfest des McKennah-Turms am Samstag. Gute Nachrichten: Auch wenn der frühere Präsident Bush, Michael Jackson und Leonardo DiCaprio den Feierlichkeiten nicht beiwohnen konnten, so hatten doch Ed Koch, David Dinkins, Rudolph Giuliani, Madonna, Geena Davis, Barbara Walters und David Letterman ihr Erscheinen zugesagt.

Am Freitagnachmittag um Viertel vor fünf begleitete John Pellam Ettie Washington durch die große Messingtür der Justizvollzugsanstalt und half ihr die wenigen Stufen zum breiten Bürgersteig hinab.

Sie standen auf der Centre Street. Der Himmel war klar, die Luft ungewöhnlich kühl für August. Es war das Ende des Arbeitstages für die Mitarbeiter der Verwaltung, und Hunderte von Regierungsangestellten eilten auf ihrem Nachhauseweg an ihnen vorbei.

»Geht's Ihnen so weit gut?«, fragte Pellam.

»Ja, richtig gut, John.« Obwohl sie ausgemergelt war, immer noch humpelte und wegen der Schmerzen im gebrochenen Arm zusammenzuckte, wenn sie die provisorische Schlinge zurechtrückte. Pellam stellte fest, dass er der Einzige geblieben war, der auf ihrem Gips unterschrieben hatte.

Ettie war ohne Umstände aus ihrer Haft entlassen worden. Sie wirkte noch schwächer als das letzte Mal, als Pellam sie besucht hatte. Die Aufsichtsbeamten waren weniger feindselig gewesen als sonst, wobei Pellam dies ihrer Lethargie, nicht einem Gefühl der Reue zuschrieb.

»He, warten Sie mal kurz«, rief ihnen jemand von hinten zu.

Sie drehten sich um, wo ihnen ein zerknitterter Mann in Jeans und Windjacke entgegenkam. »Pellam. Mrs. Washington.«

»Lomax.« Pellams Gesicht erstarrte zu einer wütenden Maske. Bei allem, was er in den letzten Tagen einstecken musste – Streifschuss an der Wange, das Feuer, Irische Mafia –, hatte ihm der dünne Freund des Fire Marshals, derjenige mit der Rolle Münzen, am meisten zugesetzt.

Lomax verharrte. Jetzt, wo er Pellam und Ettie wie geplant abgefangen hatte, wusste er nicht mehr weiter. Schließlich streckte er eine Hand in Etties Richtung aus, die sie vorsichtig drückte. Er rang mit sich, ob er sie auch Pellam hinhalten sollte, spürte jedoch – und hatte Recht damit –, dass dieser sie zurückweisen würde.

»Ich nehme nicht an, dass jemand kam, um sich zu entschuldigen«, meinte Lomax.

»Der Präsident und die First Lady sind gerade wieder abgefahren«, erwiderte Pellam.

»Ich dachte, Lois Koepel hätte Blumen geschickt.« Lomax wirkte unsicher.

»Vielleicht hatte der Blumenversand schon zu.«

Ettie hielt sich aus dem Geplänkel heraus.

»Wir haben einen Fehler gemacht«, entschuldigte sich Lomax. »Das tut mir Leid. Und mir tut Leid, dass Sie Ihre Wohnung verloren haben.«

Ettie dankte ihm – immer noch argwöhnisch, wie sie es wohl stets in Gegenwart von Polizisten war und immer sein wird. Sie unterhielten sich ein paar Minuten darüber, wie furchtbar es war, dass die Leiterin einer Jugendeinrichtung hinter der Brandstiftung gesteckt hatte.

»Es gab eine Zeit, in der sich niemand darum gekümmert hat, was in Hell's Kitchen passierte«, meinte Lomax. »Das Leben ändert sich. Langsam. Aber es ändert sich.«

Ettie erwiderte nichts, doch Pellam wusste, wie ihre Antwort ausgesehen hätte. Er erinnerte sich fast wörtlich an eine ihrer Aussagen:

… Dieses piekfeine Gebäude, dieser Turm auf der anderen Straßenseite, ist ziemlich hübsch. Aber egal, wer es baut, ich hoffe für ihn, dass er nicht allzu viel erwartet. Nichts bleibt in Hell's Kitchen, wissen Sie? Nichts ändert sich, aber es gibt auch nichts, das bleibt.

Lomax reichte ihr seine Visitenkarte mit der Bemerkung, wenn es irgendwas gäbe, was er für sie tun könnte … Hilfe bei der Wohnungssuche, öffentliche Unterstützung.

Doch Louis Bailey hatte bereits eine neue Bleibe für Ettie gefunden, wie sie Lomax erzählte.

»Und eigentlich brauche ich ja gar nichts …«, fuhr sie fort. Doch Pellam bremste sie mit einem Kopfschütteln und legte seine Hand auf ihre Schulter. Nicht so hastig, wollte er damit sagen. Bailey war vielleicht ein schlechter Anwalt, doch Pellam vertraute auf dessen Fähigkeit, die Mühlen der Stadt am Laufen zu halten, damit es Ettie an nichts fehlte.

Schließlich war Lomax fort, und Pellam und Ettie traten an den Straßenrand. Mehrere Taxis fuhren vorbei; sie sahen eine Schwarze und dachten, ihnen stünde eine Fahrt nach Harlem oder in die Bronx bevor.

Pellam war wütend deswegen, doch Ettie nahm die Angelegenheit gelassen. Allerdings hatte sie starke Schmerzen. »Setzen wir uns lieber kurz hin«, schlug Pellam vor und zeigte auf eine dunkelgrüne Bank.

»Wissen Sie, wie dieser Teil der Stadt einmal hieß, Pellam?«

»Keine Ahnung.«

»Five Points.«

»Ich glaube nicht, dass ich das jemals gehört habe.«

»Als die Gophers in Hell's Kitchen das Regiment führten, war dieses Viertel hier genauso gefährlich. Vielleicht noch schlimmer. Großvater Ledbetter hat es mir erzählt. Habe ich Ihnen jemals von seinem Gangster-Album erzählt? Er hat alle möglichen Zeitungsausschnitte darin eingeklebt.«

»Ich glaube nicht, dass Sie es jemals erwähnt haben, nein.« Pellam blickte über die Parks und neoklassizistischen Gerichtsgebäude. »Das Geld, das Sie gespart hatten, auf dem Sparbuch – damit wollten Sie Ihre Tochter suchen, oder?«

»Hat Louis von ihr erzählt?«

Pellam nickte.

»Auch in dieser Hinsicht war ich nicht ehrlich zu Ihnen, John. Es tut mir Leid. Aber ich habe den Interviews zugestimmt, weil ich dachte, sie würde mich vielleicht dort unten in Florida – oder wo auch immer sie steckt – im Fernsehen erkennen. Sie würde mich sehen und mich anrufen.«

»Wissen Sie, Ettie, dass Sie die Brandstiftung zugegeben hatten, war ja ganz nett.«

Ettie schaute in ihre Handtasche und zog ein Taschentuch heraus. Pellam erinnerte sich, dass sie sie in parfümiertem Wasser wusch und auf einer dünnen Leine über der Badewanne trocknete. Nun wischte sie sich über die Augen. »Das war eines der Dinge, die mir richtig weh getan hatten – dass Sie dachten, ich würde Sie anlügen. Oder dass ich versucht hätte, Ihnen zu schaden.«

»Das habe ich keine Sekunde lang gedacht.«

»Das hätten Sie aber tun sollen«, schimpfte sie. »Das war doch das Problem – Sie hätten wie geplant nach Kalifornien zurückgehen sollen. Und sich von allem Übel fern halten sollen. Sie hätten gehen und wegbleiben sollen.«

»Sie dachten, der Mörder würde aufgeben, wenn Sie gestehen. Er würde aufhören, mir nachzustellen. Es ist das Gleiche, was Billy Doyle gemacht hat: Er hat gestanden, damit Ihr Bruder nicht umgebracht wird.«

»Er hat mich erst auf diese Idee gebracht«, erklärte sie. »Sehen Sie, ich wusste ja, dass ich nicht diejenige war, die diesen Durchgeknallten beauftragt hat, das Gebäude anzuzünden. Aber jemand hat es getan, und dieser jemand war noch da draußen. Solange Sie noch herumschnüffeln würden, war klar, dass es jemand auf Sie abgesehen hatte.«

Ettie blickte zur kunstvollen, mit Grünspan überzogenen Spitze des Woolworth-Gebäudes, auf der die Wasserspeier vorragten. »Mir wurde so viel weggenommen, John«, fuhr sie schließlich fort. »Mein Billy Doyle wurde mir weggenommen, weil er so war, wie er nun mal war. Und irgendein verrückter Mensch hat mir meinen Frankie weggenommen. Elizabeth wurde mir von einem Zuhälter weggenommen. Selbst mein Viertel – die Bauunternehmer und die Reichen nehmen es mir weg. Ich wollte nicht, dass mir jemand auch Sie wegnimmt. Das hätte ich nicht ertragen. Ich dachte, verdammt, in ein paar Jahren komme ich wieder aus dem Knast. Dann würden Sie vielleicht wieder mit mir reden, weiterhin diese Interviews aufnehmen und meinen Geschichten zuhören. Na ja, vielleicht auch nicht, aber das hätte ich verstanden. Egal, was passiert wäre, Hauptsache, Sie würden am Leben bleiben, und es würde Ihnen gut gehen.« Sie lachte leise. »Das war das bisschen, das ich mir bewahren wollte. Sehen Sie, manchmal kann man die Leute tatsächlich an der Nase herumführen. O ja, manchmal klappt das. Ich bin müde. Ich glaube, ich würde jetzt gerne nach Hause gehen.«

Pellam trat auf die Straße und stellte sich direkt vor ein leeres Taxi, das mit quietschenden Reifen vor ihm zum Stehen kam. Pellam führte Ettie zum Taxi, vorbei an drei stämmigen Männern, die einen mit Handschellen gefesselten Gefangenen ins Gerichtsgebäude brachten. Er war der Einzige, der die alte Dame mit einem respektvollen Kopfnicken grüßte. Ettie nickte zurück, bevor sie ins Taxi stieg.

Der pakistanische Fahrer fragte mit einem schweigenden Blick, wohin die Fahrt gehen sollte.

»Hell's Kitchen«, gab Pellam zur Antwort.

Der Fahrer blickte verständnislos.

Pellam wiederholte sein Ziel, doch der Taxifahrer schüttelte nur mit dem Kopf.

»Vierunddreißigste Straße Ecke Neunte Avenue«, präzisierte Pellam.

Er hielt seine tief liegenden Augen noch einen Moment auf Pellam gerichtet, dann drückte er die Taxiuhr und fädelte sich mit seinem wild scheppernden Wagen in den dichten Verkehr ein.

… Neunundzwanzig

Am nächsten Abend besuchte Pellam Bailey in seinem frisch gestrichenen Büro.

Sie standen in genau der gleichen Haltung nebeneinander und beugten sich mit zusammengekniffenen Augen aus dem Fenster.

»Der Gouverneur«, meinte Bailey.

»Nein, das glaube ich nicht«, zweifelte Pellam. Allerdings war es fast zwanzig Jahre her, dass er Einwohner des *Empire State* gewesen war, und er hatte ohnehin nur eine vage Vorstellung, wie dessen Gouverneure aussahen, seien es die ehemaligen oder der amtierende.

»Ich bin mir aber sicher.«

»Zehn Dollar«, wollte Pellam wetten. Es war wohl kaum eine bombensichere Sache. Doch Zuversicht war das Einzige, was zählte, wie er aus glaubwürdiger Quelle wusste.

»Äh, fünf.«

Mit Handschlag war die Sache perfekt.

Am anderen Ende des Blocks entstieg der in Smoking gekleidete Würdenträger, wer auch immer es sein mochte, seiner Limousine und ging in Begleitung mehrerer Leibwächter über den roten Teppich zum Haupteingang des McKennah-Turms.

»Auf dem Nummernschild steht ›NY eins‹«, stellte Bailey fest.

»Vielleicht ist es ein Werfer der New York Mets.«

»Dann würde da aber nicht die Nummer eins draufstehen«, entgegnete Bailey traurig. Der lange schwarze Lincoln verschwand um die Ecke, und Bailey schloss das Fenster.

Das Richtfest auf der anderen Straßenseite war wahrscheinlich das Einzige, das je zu ebener Erde gefeiert worden war. Da McKennah nicht in der Lage war, sechstausend Gäste auf dem Dach des Turms unterzubringen, fanden die Feierlichkeiten im großzügig angelegten Theater des Gebäudes statt, das für aufwendige Broadway- und Theaterproduktionen ausgelegt war. An diesem Abend jedoch tanzten hier die Gäste – mit MTV-Musik, Lasershows, Reihen von Videomonitoren, Dolby Surround Sound und Computergrafiken.

Pellam schenkte sich ein winziges Glas Wein ein und widmete sich wieder ganz und gar Louis Bailey. Der Mann war bester Laune und konnte nicht aufhören, von dem Fall zu reden. In einer Ecke saß Ismail in seiner dreifarbigen Windjacke, an den Füßen die neuen Turnschuhe, und blätterte durch ein altes, abgegriffenes Comic-Heft.

»Ich bin noch mit jemandem verabredet«, rief er zu Ismail. »Und du solltest besser ins Outreach Center zurückgehen.«

»Ja, ja, in einer Minute, Mann.«

Eine von McKennahs Privatsekretärinnen hatte angerufen und Pellam gefragt, ob er nicht an der Feier teilnehmen wollte. Er hatte abgelehnt, aber zugesagt, um neun Uhr kurz vorbeizuschauen. McKennah hätte ein Erinnerungsstück für Pellam, das ihm vielleicht gefallen könnte. Pellam nahm an, es könnte etwas aus dem historischen Hell's Kitchen sein, etwas, das sie gefunden hatten, als sie den Boden für den Turm ausgehoben hatten. Pellam hatte als hart gesottener Campingbus-Bewohner kein großes Interesse an Sammlerstücken. Aber er nahm an, dass auch ein ansehnlicher Scheck für ihn raussprang – dafür, dass er Corcorans Freundin verpfiffen oder die tollen Aufnahmen in der illegalen Kindertagesstätte gemacht hatte.

Er stand auf. »Gehen wir, Ismail.«

Der Junge gähnte. »Ich bin aber gar nicht müde.«

»Zeit, zu gehen.«

Der Junge streckte sich und ging zu Bailey, dem er zum Abschied auf die Hand klatschte. »Also, Kumpel.«

»Kumpel?« Bailey blickte entgeistert. »Na, dann gute Nacht. Und grüß mir unser Bergwerk.«

Ismail runzelte nur die Stirn. »Bis dann.«

»Ja, gut. Bis dann, junger Mann.«

Pellam und Ismail traten in die Dunkelheit der Sechsunddreißigsten Straße. Die Gäste hatten sich inzwischen in den Turm begeben, und ihre Limousinen waren anderswo geparkt. Die Gegend wirkte sehr verlassen, da das Haus, in dem Bailey wohnte, mittlerweile das Einzige zwischen der Neunten und Zehnten Avenue war, in dem es nicht nur Büros gab. McKennahs Entscheidung, sein Schloss hier zu errichten, hatte nicht für eine wundersame Belebung dieses Viertels gesorgt.

Die Sicht auf den Bauplatz auf der anderen Straßenseite wurde behindert durch Flaggen und Fahnen, die im warmen Nachtwind flatterten. Das Gelände lag im Dunkeln und war abgesperrt. Das einzige Geräusch, das zu hören war, stammte von der Musik, die leise vom Theater herüberdrang.

»Leer hier, was?«, meinte Pellam.

»Was hast du gesagt, Kumpel?«

»Volltreffer.« Ismail gähnte wieder.

Sie kamen an einem großen Bagger vorbei, der dort stand, wo Ettie einmal gewohnt hatte.

»Was wird jetzt aus der Gegend hier werden?«, sinnierte Pellam.

Ismail zuckte die Schultern. »Weiß nicht. Wen kümmert's?«

Sie gingen in Richtung des Theaters, wo er mit McKennah oder einem seiner Angestellten verabredet war. Dieser Teil des Gebäudes, der nicht direkt zum Turm gehörte, ragte fünfundzwanzig Meter über einem eleganten, verglasten Eingang voller Marmor und Granit empor. Eine Art ägyptische Aufmachung – sandfarben, kastanienbraun, grün. Die Empfangshalle war leer, die Feier voll im Gange.

Während er am Bauplatz vorbei um das Theater herumging, betrachtete er sich die Arbeit des Landschaftsgärtners. Es war noch kein Gras gesät worden, doch für diesen Abend war der Platz mit Kunstrasen abgedeckt. Zur Dekoration waren Pflanzenkübel aus Redwood-Holz mit Palmen aufgestellt worden. Pellam blieb stehen.

»Was ist los, Pellam?«

»Du gehst ins Outreach Center, Ismail. Ich bin hier noch verabredet.«

»Oh, nein«, quengelte er. »Ich geh noch ein bisschen mit dir.«

»Hm-hm. Zeit für's Bett.«

»Scheiße, Pellam.«

»Pass auf, was du sagst. Jetzt geh, los.«

Sein rundes Gesicht verzog sich zu einer Grimasse. »Gut, bis später, Kumpel.«

Sie schlugen die Handflächen aneinander, dann machte sich der Junge langsam und widerwillig auf seinen Weg Richtung Osten. Mit jedem Schritt plumpsten seine zu großen Basketballschuhe laut aufs Pflaster. Noch einmal drehte er sich um und winkte.

Pellam schlüpfte durch einen Spalt im Zaun und marschierte über das schwammige falsche Gras.

Was ist denn das?

Er warf einen genaueren Blick auf das, was er bereits vom Bürgersteig aus gesehen hatte. Die Arbeiter hatten die Topfpflanzen mit kräftigen Seilen an die Griffe der Ausgänge gebunden. Pellam vermutete, damit sollten die Einwohner dieser Gegend daran gehindert werden, die Pflanzen zu klauen.

Doch das Ergebnis war, dass die Notausgänge versperrt waren.

Und zwar verdammt gut – mit mehreren Schlaufen dieses dicken Seils. Von den Türen der zwanzig Notausgänge war nur eine nicht verschlossen, sondern leicht angelehnt. Gedämpfter Applaus und Lachen sowie der übliche Bass der Musiker drang zu Pellam heraus. Er ging zu der angelehnten Tür und warf einen Blick hinein.

Hinter dieser Tür lag nicht direkt das Theater, sondern eine Feuertreppe, über die, wie Pellam vermutete, der Theatersaal, die Loge und die Balkons zu erreichen waren. Der Flur lag, abgesehen von den unheimlichen Notausgangslichtern, im Dunkeln. Die Innentüren wurden durch einen Luftsog aufgezogen, sodass er einen Blick erhaschen konnte auf mit rotem Samt überzogene Sitze und Wände und auf den kastanienbraunen Teppichboden.

An der Wand hing etwas, was seine Aufmerksamkeit erregte. Er trat näher und sah einen zerknitterten Zettel – einen Stadtplan der West Side von Manhattan. Er kam ihm bekannt vor, und es dauerte nicht lange, bis Pellam verstand, warum. Der Plan ähnelte dem, den man nach dem Brand in Baileys Büro gefunden hatte. Derjenige, auf dem Sonny die Brände markiert hatte.

Allerdings war auf diesem Plan hier das letzte Ziel nicht das Javits Center, sondern der McKennah-Turm.

Plötzlich fingen Pellams Augen an zu brennen, und ein beißender Geruch stieg in seine Nase. Wie von dem Reinigungsmittel in Baileys Büro vor ein paar Tagen. Er erinnerte sich, dass er ihn bemerkt hatte, kurz bevor die Glühbirne explodiert war.

Doch natürlich war es kein Reinigungsmittel. Es war das selbst gemischte Napalm. Und hier, gleich vor ihm, stand die Quelle – vier Tonnen von diesem Zeug, an der Wand aufgereiht. Die Deckel waren abgenommen worden.

Ein Geräusch hinter ihm.

Er drehte sich jäh um.

Der junge blonde Mann hatte den Kopf zur Seite geneigt. Sein Gesicht war von einem wahnsinnigen Lächeln verzogen, und seine Augen tanzten in dem Licht, das vom Turm hereinschien.

»Joe Buck«, flüsterte er. »Pellam, Pellam. Ich bin Sonny. Das ist wirklich nett, dass ich dich endlich persönlich kennen lerne.«

Pellam hatte seinen Colt schon aus dem Gürtel gezogen und den Hahn halb gespannt, als Sonny mit seinem langen Schraubenschlüssel ausholte und Pellams Arm traf. Die Haut platzte auf, der Knochen gab mit einem Krachen nach. Pellam blutete, er verdrehte die Augen und kippte keuchend nach hinten, wo er mit dem Kopf seitlich an eine der Öltonnen knallte, die dumpf wie eine Glocke an einem nebligen Tag hallte.

Sonny legte den Schraubenschlüssel zur Seite und schob Pellams Waffe in seinen Hosenbund. Aus seiner Tasche zog er ein Paar Handschellen.

Und ein Feuerzeug.

… Dreißig

Pellams erster Gedanke war: Es tut ja gar nicht weh. Warum habe ich keine Schmerzen?

Er ist *ab*. Mein Arm ist ab…

Aus der klaffenden Wunde floss Blut.

Sonny, auf seiner Stirn ein indisches Kastenzeichen aus Pellams Blut, beugte sich hinunter und kramte in seiner Tasche nach den kleinen silbrigen Schlüsseln für die Handschellen. Seine Hände zitterten. Sein dünnes Haar sah aus wie Wasser, das sich über seine Schultern ergoss.

Warum tut mir nichts weh, dachte Pellam immer wieder, während er auf seinen zertrümmerten Arm blickte.

»Vielleicht willst du ja wissen, wer das in dem Anwaltsbüro war«, meinte der Wahnsinnige nüchtern. »Das war dein Freund Alex. Diese Petztrine. Hab ihn von mir zu Hause in einer Öltonne rübergekarrt – musste ihn fast ganz zusammenklappen. War echt eine unangenehme Reise für ihn, kann ich mir denken. Dann habe ich ihn unter die Bräunungslampe gelegt. Ich musste mir doch euch Cowboy-Schwuchteln vom Hals halten.« Er öffnete eine Seite der Handschellen und nickte in Richtung des Theaters.

»Das wird die letzte Vorstellung sein. Los, komm, du hast einen Platz in der ersten Reihe.« Sonny packte Pellam am Kragen und zog ihn auf die Beine. »Wir werden zusammen ausgehen, Joe Buck, du dämlicher Antichrist… du, ich und etwa fünftausend andere gute Menschen.«

Er kippte eine der Öltonnen um. Die seifige Flüssigkeit ergoss sich über den Flur bis ins Theater hinein. Die zweite Tonne folgte.

»Das ist mein Saft«, erzählte er nüchtern. »Ich habe ihn selbst erfunden. Na, mit Benzin allein geht das nicht. Benzin ist beschissen. Niedriger Entflammungspunkt, rasches Auflodern, keine anständige Hitze – und schwupp, ist alles vorbei. Ich hatte mal diesen Pyromanen kennen gelernt…« Mit heftig zitternden Händen begann Sonny die zweite Seite der Handschellen zu öffnen. Er hielt kurz inne, atmete tief ein. Während der Gestank bei Pellam nur Übelkeit hervorrief, schien er Sonny zu beruhigen. Dann machte er sich wieder an den Handschellen zu schaffen. »Er hat Benzin verwendet. Dachte, er sei soooo cool. Einmal hatte er im zweiten Stock eines alten Wohnhauses zu tun gehabt. Er nimmt zwei Kanister mit je siebeneinhalb Liter Benzin mit rauf, verteilt es schön in der Wohnung und zerbricht eine Glühbirne, sodass der Typ, der dort wohnt, in die Luft fliegt, sobald er das Licht anmacht. Aber dann kramt er noch in den Schränken rum und sucht nach Schmuck oder so was. Er denkt aber nicht daran, dass Benzindämpfe schwerer sind als Luft und ins Erdgeschoss runterwandern, während er sich da oben vergnügt. Und unten gibt es… rate mal… ta-ta… eine klitzekleine Kontrollflamme am Wasserboiler. Ich glaube, sie haben Teile seines Skeletts gefunden.«

Pellam musste würgen. Hier waren es wahrscheinlich vierhundert Liter dieser Flüssigkeit, die sich im Gebäude verteilten. Pellam erinnerte sich daran, was Lomax ihm über den Brand im Happy Land erzählt hatte. Eine kleiner Kanister Benzin hatte den Club in ein Inferno verwandelt.

»Gehen wir, Asphalt-Cowboy.« Sonny packte Pellam am kaputten Arm. Der Knochen verschob sich und jagte einen stechenden Schmerz bis in Pellams Schulter, Hals und Gesicht hinauf. Im Affekt holte er aus und schlug mit der linken Hand flach auf Sonnys Kiefer. Es war nicht fest gewesen, doch er hatte Sonny überrascht, sodass er ein paar Schritte zurückwich.

»Du Arschloch.« Er drückte Pellam gegen die Wand.

Pellam lag auf den Knien, sodass er mit einer Hand etwas von dem Napalm schöpfen und Sonny ins Gesicht schleudern konnte. Leider traf er nicht seine Augen, wohl aber Mund und Nase. Sonny stolperte, vor Schmerz schreiend, zurück. Das Feuerzeug fiel ihm aus der Hand. Pellam griff rasch zu. Er rannte auf den Wahnsinnigen zu, der jedoch bereits den Colt aus seinem Hosenbund zerrte.

»Warum hast du das gemacht?«, schrie er, als könnte er es nicht glauben. Seine Wange war leuchtendrot, sein Mund geschwollen. Doch seine Augen waren klar. Aus ihnen blitzte der reine Wahnsinn. Er hob die Pistole und zog am Abzug.

Pellam drehte sich und wankte durch die Tür hinaus.

Sonny hatte nicht gemerkt, dass er eine Single-Action-Pistole in der Hand hielt und deswegen der Hahn nach jedem Schuss neu gespannt werden musste. Diese Verzögerung nutzte Pellam, um nach draußen zu rennen und um Hilfe zu rufen.

War dort am Ende des Blocks jemand, der in seine Richtung schaute? Er war sich nicht sicher. Er versuchte, mit dem unverletzten Arm zu winken, spürte aber in dem gebrochenen Arm, wie die beiden Knochenhälften aneinander rieben. Er fiel fast in Ohnmacht vor Schmerzen. Er rief noch einmal, doch mit dem Schleier vor seinen Augen konnte er nicht sagen, ob der Betreffende ihn sah – sofern überhaupt einer dort war.

Sonny spuckte seine Mixtur aus und nahm die Verfolgung auf. Pellam blickte zurück. Sonny kam ihm mit schneeweißem Gesicht entgegen, die blauen Augen zu Schlitzen zusammengekniffen, in der Hand die schwarze Pistole. Sein weißes Haar tanzte wie Rauch um seinen Kopf.

O Mann, das tut weh. Er packte seinen Arm noch fester und sprang mitten auf die Straße.

Zwei Autoscheinwerfer erfassten ihn. Das Fahrzeug näherte sich, blieb stehen. Doch dann entschloss sich der Fahrer, lieber nichts sehen zu wollen, starrte verwirrt geradeaus wie jemand, der ohnehin schon zu spät zum Abendessen kam, und drückte aufs Gaspedal.

Pellam rannte weiter vom Theater weg, hielt auf den Turm zu.

Eine Schmerzwelle ließ ihn zusammenzucken. Er war schweißgebadet. Die Erschütterung beim Gehen machte die Qualen unerträglich. Er wollte kurz stehen bleiben, nur schnell wieder zu Atem kommen.

Nicht anhalten. Immer weitergehen.

Ein Blick zurück. Sonny wankte ebenfalls, doch er holte auf. Pellam nahm an, dass er herausgefunden hatte, wie die Waffe funktionierte. In einer Minute würde er so nah sein, dass er schießen könnte. Pellam rannte durch eine Gasse auf die Hinterseite des Turms zu, hinweg über glitzernde Folienreste, Flaschen und Spritzen. Crackampullen. Das Glitzern von Glasscherben verschmolz mit dem Asphalt.

Pellam hörte Sonnys Schritte hinter sich.

Knacks.

Eine Kugel hatte das Fenster einer leeren Wohnung zertrümmert.

Noch ein Schuss.

Vielleicht hörte jemand die Schüsse und rief die Polizei.

Ach Quatsch, natürlich hörte sie niemand. Wer achtete schon darauf? Dies war nur die Tonspur einer gewöhnlichen Nacht in Hell's Kitchen. Nicht hinhören.

Geh weiter und schau nach unten, würden sich die Leute ermahnen.

Bleib vom Fenster weg.

Komm wieder ins Bett, Liebling…

It's a white man's world…

… *Einunddreißig*

Pellam schwankte aus der Gasse heraus mitten auf die Fünfunddreißigste Straße. Er war jetzt einen Block vom Theater und dem Richtfest entfernt, und diese Straße war noch leerer als die Sechsunddreißigste.

Das Einzige, was sich bewegte, waren die Motten, die immer wieder gegen das schwere Glas der Straßenlaternen flogen, bis sie tot herunterfielen.

Der Klang der Rockmusik war schwächer geworden. Wenigstens hatte er Sonny von den Gästen im Theater weggelockt. Man würde das Benzingemisch riechen und das Theater räumen.

Pellam neigte kraftlos den Kopf zur Seite und ließ sich auf die Knie fallen. Als er sich umdrehte, sah er, wie Sonny mit blutroten und von seinem Brandbeschleuniger geschwollenen Lippen immer näher kam. Die Handschellen baumelten an seinem Handgelenk. Pellam erhob sich und kämpfte sich weiter die Straße hinunter, die ebenso im Schatten lag wie die mit Brettern vernagelten Wohnhäuser, die Baustelle und die Seitenstraßen. Er erreichte den Zaun, der sich um den Turm herumzog, und schlüpfte durch einen Spalt im Maschendrahtgatter.

Hier auf der Baustelle war es so dunkel, dass er in Sicherheit sein würde. Sonny würde ihn niemals zwischen den Bauschuppen, Stapeln aus Sperr- und Bauholz, Kompressoren, Gerätschaften und mit blau-weiß-roten Fahnen geschmückten Gerüsten finden. So viele dunkle Ecken, in die er sich verkriechen konnte. So viele Fahrzeuge, unter die er krabbeln konnte.

Plätze, wo er Halt machen und sich hinlegen und dafür sorgen konnte, dass der furchtbare Schmerz endlich aufhörte.

Er stolperte zu einer kleinen Blechhütte und kroch darunter. Sonny kam näher. Der Maschendrahtzaun klapperte. Hatte Sonny nur kurz daran gerüttelt und war weitergerannt? Oder war er darüber geklettert? Nein, nein, er war auch durch den Spalt geschlüpft. Pellam hörte, dass er nicht weit weg war.

Er hörte, wie Sonny ganz nah an ihm vorbeiging.

»He, Joe Buck… wohin rennst du denn?« Er klang überrascht. »Wir gehen doch zusammen.« Die Handschellen klingelten. »Du und ich.«

Pellam öffnete die Augen und sah zwei Füße in abgetragenen weißen Schuhen, die sich langsam über den Kies bewegten. Ein Schnürsenkel war aufgegangen und schlenkerte grau und schmutzig hin und her. Pellam dachte an Hector Ramirez und die gestohlenen Nikes.

Sonny ging weiter über den Kies.

Mein Blut, fiel Pellam plötzlich ein. Er folgt der Spur meines Blutes bis zu meinem Versteck. Aber warum hat er mich dann noch nicht gefunden? Wahrscheinlich ist es zu dunkel.

Metall rieb auf Metall.

Ein hallender Klang wie eine Stahltrommel, eine Glocke.

Und dann das Geräusch von Flüssigkeit, die über den Boden gekippt wurde. Pellam presste seinen Arm noch fester an sich. Was machte Sonny da bloß?

Und wieder dieses Geräusch. Und noch einmal.

Kurze Stille. Und ein Schuss ganz in der Nähe. Pellam machte einen Satz. Eine riesiger Blitz – nun wusste Pellam, dass Sonny Tonnen mit Benzin oder Diesel geöffnet und umgekippt und die Flüssigkeit mit einem Schuss angezündet hatte.

Was vorher im Dunkeln lag, wurde nun von blendendem Licht erhellt.

»Ah, Pellam …«

Dort in dem erschreckend hellen, gelben Licht war die Spur von Pellams Blut zu erkennen, die zu seinem Versteck führte. Doch er blieb, wo er war. Er hatte keine Chance zu entkommen, dachte er. Am anderen Ende der Baustelle, nicht weit von der immer noch eingewickelten Statue entfernt, schlich Sonny umher auf der Suche nach seinem Opfer.

Pellam spürte, wie die Hitze um ihn herum immer näher rückte. Das brennende Benzin floss zwischen die Gerüste und Holzstapel und setzte alles unter Flammen. Und zwei, nein drei der Holzhütten. Dann noch eine. Und ein Lastwagen. Reifen platzten und zerschmolzen, eingehüllt in orangefarbenes Feuer und umherwirbelnden schwarzen Rauch. Holz knallte wie Gewehrschüsse, Benzin- oder Propangastanks explodierten, ihre Splitter schossen zischend wie Schrapnelle durch die Luft.

Der gesamte Bauplatz, der sich über einen halben Block erstreckte, stand in Flammen. Weitere Lastwagen fingen Feuer. Die Hütten, die Stapel mit Holz und teuren Paneele – wahrscheinlich für Roger McKennahs Penthouse bestimmt – knallten und loderten auf. Aus dem Bauholz schossen die Flammen hoch, und der tosende Wind fegte sie zu der Hütte, unter der sich Pellam versteckt hielt. Er kroch in eine Ecke, fort von dem rasenden Inferno.

Der Lärm des Feuers hörte sich an wie eine U-Bahn.

In diesem Moment – als der gesamte Bauplatz in Flammen stand und praktisch nichts mehr verschont geblieben war – fing ein kleiner Halbmond aus rot-weiß-blauem Flaggentuch

Feuer. Anders als all die Sachen auf dem Bauplatz brannte dieses Stück Stoff gemütlich vor sich hin. Die heiße, aufsteigende Luft trug es nach oben.

Und es war dieser Fetzen in seinen patriotischen Farben, nicht die Tonnen von Benzin oder das lodernde Holz, von dem der McKennah-Turm selbst schließlich in Brand gesteckt wurde.

Das brennende Stück Stoff wurde auf einen Stapel Pappkartons im offenen Atrium geweht, die zuerst nur glühten, aber gleich darauf lichterloh brannten. In kurzer Zeit hatte das Feuer die Eingangshalle erreicht, rollte über die Plakatwände, auf denen Künstler ihre Visionen von den zukünftigen Büros verewigt hatten, über die riesigen Palmen, über die Ettie Washington so erstaunt gewesen war, als sie geliefert worden waren, über die vielen Stapel Linoleum, Tapetenrollen und Farbeimer. Die Propangastanks an Gabelstaplern und Kletterkräne explodierten und ließen das umherliegende Material wie Schrapnells durch die Eingangshalle fliegen, sodass die riesigen Glasfenster zerbrachen.

Überall nichts als Feuer.

Das Papier um die Statue verkohlte, doch Pellam erkannte immer noch nicht, was sie darstellte.

Schließlich konnte er nicht mehr warten. Die Flammen waren zu nah, die Hitze zu groß. Er kroch in dem Moment aus seinem Versteck, als das Fenster lautlos aus seinem Rahmen nach außen gedrückt wurde und heiße Splitter um ihn herumflogen.

Ihm blieb nur ein Ausgang – der Weg, den er durch den Maschendrahtzaun gekommen war. Sonny wusste das. Aber Pellam konnte nirgendwo anders hingehen; der Platz und das Atrium waren vollständig von Flammen eingehüllt.

Auf dem Weg zum Zaun sah Pellam, wie die Fenster im ersten Stock des Turms hell erleuchtet waren, dann auch der zweite, schließlich auch der fünfte oder siebte und immer weiter. Das Feuer war rasch durch den Versorgungsschacht des Gebäudes nach oben gesaugt worden.

Die riesigen Isolierfenster zerbarsten, Glasscherben und schwarze Plastikteilchen regneten auf die Baustelle herab.

Pellam schleppte sich zum Zaun, konnte Sonny aber immer noch nicht entdecken.

Ein Stein aus Herz…

Er schaffte es, sich durch die Öffnung im Gatter zu zwängen, doch eine Seite schnellte zurück auf seinen gebrochenen Arm. Er verlor kurz sein Bewusstsein. Als er wieder zu sich kam, lag er auf allen vieren vor dem Gatter. Er atmete tief durch und kroch von der Baustelle fort. Hinter ihm erhob sich ein Meer aus gelben, ein Sturm aus orangefarbenen und ein Zischen aus blauen Flammen. Fenster explodierten, Wände brachen ein. Schwere Bagger, Schuppen und Kipplaster waren dem Untergang geweiht.

Dann packten ihn zwei Hände, die sich anfühlten wie eine Schlange.

Mit einem Ratsch rastete das Schloss der Handschelle um seinen nicht gebrochenen Arm ein. Sonny wollte ihn auf die Baustelle zurückziehen.

»Los, komm, komm!«, rief Sonny.

Pellam erwartete, dass er gleich die Pistolenkugel spüren müsste, doch Sonny schleuderte die Waffe zur Seite. Er hatte etwas anderes im Sinn und steuerte mit Pellam im Schlepptau auf eine Mulde mit brennendem Benzin in der Nähe einer Bauhütte zu. Pellam fiel auf seinen gebrochenen Arm und verlor erneut für einen Moment sein Bewusstsein. Als er wieder zu sich kam, hatte ihn Sonny mit der Kraft eines Wahnsinnigen bereits bis zum Rand der Mulde gezogen.

»Ist es nicht schön? Ist es nicht wunderbar?«, rief Sonny, der den Blick auf die Wirbel aus Feuer und Rauch zu seinen Füßen gerichtet hielt.

Er griff nach unten – genau in dem Moment, in dem Pellam

mit seinem Stiefel ausholte. Sonny rutschte aus und landete bis zur Hüfte in dem brennenden Benzin. Er schrie und zuckte voller Begeisterung und Wahnsinn vor und zurück, zog dabei aber Pellam immer weiter mit sich.

Dieser, blind vom Rauch, vom Feuer versengt, hatte nichts, wogegen er sich stemmen konnte. Immer näher wurde er an das brennende Inferno gezogen. Ihm fiel ein, was Ettie einmal gesagt hatte:

Manchmal sind meine Schwester Elsbeth und ich dorthin gegangen, wo man die Lämmer die Elfte Avenue entlang ins Schlachthaus auf der Zweiundvierzigsten Straße geführt hatte. Es gab immer ein Judaslamm. Wissen Sie, was das ist? Dieses Judaslamm hat die anderen zum Schlachthaus geführt. Wir haben dieses Lamm immer angeschrien und mit Steinen beworfen, um es vom Weg abzubringen. Aber es hat nie funktioniert. Dieses Lamm wusste, was es zu tun hatte.

Dann hörte er jemanden rufen.

»Pellam, Pellam, Pellam…« Eine hohe, panische Stimme.

Ein verschwommenes Bild durch den Rauch – dort stand tatsächlich jemand. Pellam war von dichtem Rauch eingehüllt. Er ließ sich auf den Boden fallen. Sonnys zappelnder Körper zog ihn immer näher zum Feuer.

Pellam blinzelte, versuchte, etwas zu erkennen.

Ismail stand mit Tränen überströmtem Gesicht am Zaun. »Hierher! Komm hier rüber!«, schrie er und winkte wie wild in Pellams Richtung.

Dann kam noch jemand. Die beiden zwängten sich durch den Maschendrahtzaun.

»Geht weg!«, rief Pellam.

»Mein Gott«, sagte Hector Ramirez und packte Pellam am Arm, bevor er über die Kante in die brennende Mulde rutschte.

Ramirez zog eine schwarze Waffe aus dem Hosenbund, drückte die Mündung auf die Glieder der Handschellen und gab fünf oder sechs Schüsse ab.

Pellam hörte sie kaum. Eigentlich hörte er auch die tosenden Flammen oder Ramirez' Stimme nicht, als er vom Feuer weggezogen wurde. Das Einzige, was er hörte, war Ismail: »Es wird alles gut, es wird alles gut, es wird alles gut…«

… Zweiunddreißig

Die Rollen waren vertauscht.

Jetzt war es Ettie Washington, die Pellam im Krankenhaus besuchte. Im Unterschied zu ihm damals hatte sie daran gedacht, ihm ein Geschenk mitzubringen. Aber keine Blumen oder Süßigkeiten. Etwas viel Wertvolleres – Rotwein, den sie hereingeschmuggelt hatte und gerade in zwei Plastikbecher goss.

»Auf Ihre Gesundheit«, sagte sie.

»Auf Ihre.«

Er trank seinen Becher in einem Zug leer. Ettie, wie er sich auch an die Bilder erinnerte, die er durch den Sucher seiner Kamera gesehen hatte, war zurückhaltender. Sie war das Paradebeispiel einer sparsamen Hausfrau, die schon als junges Mädchen von Großmutter Ledbetter dazu angehalten worden war.

Das Privatzimmer, in dem Pellam untergebracht worden war, lag unter demjenigen, in dem Ettie verhaftet worden war, und über demjenigen, in dem der arme Juan Torres gestorben war. Wo war Sonnys Leiche?, überlegte Pellam. Wahrscheinlich befand sie sich im Leichenschauhaus im Keller. Oder Sonny war ins städtische Leichenschauhaus gebracht worden. Sein Schicksal war besiegelt: Routineautopsie, anschließend die letzte Reise zum Potters' Field.

»Man fragt mich immer wieder, was passiert ist, John. Man fragt mich, weil ich Sie kenne. Die Polizei, dieser Fire Marshal, aber auch die Reporter. Sie wollen wissen, wie Sie von diesem Feuerteufel losgekommen sind. Sie sagen, Sie wüssten es, aber Sie würden es nicht verraten.«

»Ein Wunder«, war Pellams sarkastische Antwort.

Doch Pellam hatte nicht die Absicht, das Leben seiner Freunde, die er unter anderen Umständen nicht als Freunde hätte, komplizierter zu machen, als es schon war. Deswegen wollte er nicht erzählen, wie Ismail nicht zurück ins Youth Outreach Center gegangen war, sondern sich am Theater herumgetrieben hatte, in der Hoffnung, noch etwas Zeit mit Pellam verbringen zu können. Dabei hatte er Sonnys Überfall beobachtet und war losgerannt, um Hector Ramirez zu rufen.

»Nun, das ist eine Sache zwischen Ihnen und dem Türpfosten«, meinte Ettie, zitierte den Lieblingsausdruck ihres Großvaters. »Und dieser Fire Marshal hat noch was gesagt, was ich nicht genau verstanden habe. Er hat gesagt, Sie würden sicher überlegen, die Stadt zu verlassen, bevor man Sie in Zukunft ›Pechvogel‹ nennen würde… Also, was haben Sie vor, John? Weggehen?«

»Wohl kaum. Wir müssen noch einen Film fertig machen.«

»Dieser Junge hat Sie besucht. Als Sie geschlafen haben.«

»Ismail?«

Ettie nickte. »Ist wieder weg. Hat ein ziemlich freches Mundwerk für sein Alter. Ich habe ihm aber die Leviten gelesen. Mit Erwachsenen so zu reden… Er hat gemeint, er kommt wieder.«

Was Pellam nicht bezweifelte.

Ich werde dein Freund sein.

Nun, und ich deiner, Ismail.

Das ist das Fantastische an diesen Schulden. Auch wenn sie zurückbezahlt sind, bleibt immer noch ein Rest.

Ettie hatte auch eine *New York Post* mitgebracht. Die fette Überschrift – »Höllenflammen auf Erden« – prangte neben einem ebenso großen Foto des brennenden McKennah-Turms.

Es hatte keine Toten gegeben. Achtundfünfzig Menschen waren verletzt worden – zumeist durch Rauchvergiftung. Das Napalm im Theater hatte sich nicht entzündet, und die einzigen Blessuren waren dadurch entstanden, dass die Menschen panisch nach draußen gedrängt waren. Die schlimmste Verletzung hatte sich eine Frau zugezogen, die von Leibwächtern zur Seite geschubst worden war, um sicherzugehen, dass ihr Würdenträger noch vor dem Fußvolk entkommen konnte – es war der Gouverneur, wie sich herausstellte, was Pellam einen Fünfer kostete, zahlbar an Louis Bailey, dem König der Mühlen, egal, ob sie in Gang gesetzt oder angehalten werden mussten.

Der Turm war nur noch Schrott. Völlig abgebrannt. Natürlich war er versichert, doch die Summe deckte nur die Kosten für den Bau selbst, nicht die entgangenen Gewinne. Ohne die Einnahmen der Werbeagentur fehlte dem Bauunternehmer das Geld, um im vierten Quartal die Zinsen für seine weltweiten Kredite zurückzuzahlen. McKennah und seine Unternehmen bereiteten schon die Unterlagen für den Konkursantrag vor.

Auf dem Seitenbalken der Zeitung stand: »Willkommen im Club, Rog.«

Seltsamerweise zeigte McKennah auf den Bildern trotz der Aussicht, mehrere Milliarden Dollar zu verlieren, einen völlig gelangweilten Gesichtsausdruck. Auf einem Schnappschuss betrat er fröhlich das Büro seines Anwalts in Begleitung einer attraktiven jungen Frau, die nur als seine persönliche Assistentin bezeichnet wurde. Seine Augen waren auf sie gerichtet, ihre in die Kamera.

Im Krankenhauszimmer wurde es für einen Moment dunkel um Pellam. Er schob sich eine Trost spendende Demerol in den Mund und spülte sie mit einem Schluck Wein hinunter.

Als er wieder zu Ettie blickte, machte sie ein finsteres Gesicht – was aber nichts damit zu tun hatte, dass er die Tabletten mit Alkohol einnahm. »John, Sie haben so viel für mich gemacht«, begann sie. »Sie wurden fast dabei umgebracht. Sie hätten einfach abhauen sollen. Sie schulden mir nichts.«

Sollte er es sagen oder nicht? Schon die vergangenen Monate hatte Pellam um eine Entscheidung gerungen. Ein paar Mal war er auch fast so weit gewesen. »O doch, Ettie, das tue ich«, erwiderte er schließlich.

»Sie wirken sehr belustigt, John. Wovon reden Sie überhaupt?«

»Ich schulde Ihnen sehr viel.«

»Nein, tun Sie nicht.«

»Nun, eigentlich schulde nicht ich Ihnen was, sondern mein Vater.«

»Ihr Vater? Ich kenne Ihren Vater doch gar nicht.«

»Doch. Sie haben ihn geheiratet.«

Sie schwieg einen Augenblick. »Billy Doyle?«, flüsterte sie.

»Er war mein leiblicher Vater«, sagte Pellam.

Regungslos saß Ettie auf ihrem Stuhl. Es war das erste Mal in all den Monaten, dass er keine Spur eines Gefühls in ihrem Gesicht erkannte.

»Aber… wie?«, bekam sie nach einer Weile heraus.

Pellam erzählte ihr, was er Ramirez erzählt hatte – vom Geständnis seiner Mutter, dass ihr Mann die ganze Zeit unterwegs gewesen sei, von ihrem Liebhaber, von Pellams Verdacht hinsichtlich seiner Herkunft.

Ettie nickte. »Billy hatte mir erzählt, dass er eine Freundin im Norden hatte. Das wäre dann Ihre Mutter… o mein Gott.« Sie dachte an die Vergangenheit, ließ ihre kostbare Erinnerung abspulen. »Er hat mir gesagt, dass er sie geliebt hat, aber sie wollte ihren Mann nicht verlassen. Also hat

Billy sie verlassen und ist hierher gekommen, nach Hell's Kitchen.«

»Sie hat gesagt, sie hätte einen Brief von ihm bekommen«, erzählte Pellam. »Es stand zwar kein Absender darauf, aber der Poststempel war vom Hauptpostamt auf der Achten Avenue. Deswegen bin ich nach New York gekommen – ich wollte ihn suchen. Oder zumindest irgendwas über ihn herausfinden. Ich war nicht sicher, ob ich ihn treffen wollte oder nicht. Ich habe ein bisschen in den Akten der Einwohnermeldeämter gewühlt und das Aufgebot für die Hochzeit gefunden.«

»Mit mir?«

»Mit Ihnen. Und die Heiratsurkunde. Darauf stand die Adresse des alten Wohnhauses in der Sechsunddreißigsten Straße.«

»Das Haus, in dem wir nach unserer Hochzeit gewohnt haben. Wurde vor ein paar Jahren abgerissen.«

»Ich weiß. Ich habe mich in der Gegend umgehört und herausgefunden, dass Billy schon seit langem weg war und dass Sie weiter die Straße rauf gezogen sind. In die Nummer vierhundertachtundfünfzig.«

»Und Sie haben mich besucht. Mit dieser Kamera. Warum haben Sie mir nichts gesagt, John?«

»Das wollte ich ja. Aber dann fand ich heraus, dass er abgehauen war. Ich dachte, Sie hätten womöglich keine Lust mehr, mit mir zu reden.«

Sie blickte Pellam schräg an. »Deswegen erinnern Sie mich an James.«

Nachdem Ettie ihm einen Monat zuvor von ihrem Sohn erzählt hatte, war ihm klar gewesen, dass er eine Weile brauchte, um zu verdauen, dass er nicht länger ein Einzelkind war. Er hatte einen Bruder, vielmehr einen Halbbruder.

Ettie drückte seinen Arm. »Dieser Billy Doyle… also, schauen wir mal – mein Mann und Ihr Vater. Was macht das aus uns beiden, aus Ihnen und mir, John?«

»Waisenkinder«, schlug Pellam vor.

»Ich habe nie zu denjenigen gehört, die einem Mann hintergejagt sind. Ich habe nie nach ihm gesucht, nachdem er abgehauen ist. Aber jetzt bin ich neugierig.« Ein schüchternes Lächeln. »Haben Sie vielleicht eine Ahnung, wo er stecken könnte?«

Pellam schüttelte den Kopf. »Nein. Ich habe es auf allen entsprechenden Ämtern in der Gegend versucht. Keine Spur.«

»Er hatte davon geredet, dass er nach Irland zurückgehen wollte. Vielleicht hat er das gemacht, wer weiß? Aber hier gibt es noch ein paar alte Freunde von ihm. Manchmal treffe ich den einen oder anderen in einer Kneipe. Wir könnten mal mit ihnen reden, wenn Sie wollen. Vielleicht haben sie von ihm gehört.«

Darüber musste er erst nachdenken, konnte jetzt keine Entscheidung treffen. Er blickte aus dem Fenster auf die grauen und braunen Wohnhäuser neben den flachen Lagerhäusern neben den schimmernden Hochhäusern neben den schwarzen Gerippen der Gebäude, die abgerissen wurden.

Westlich der Achten Avenue…

Pellam kam der Gedanke, dass Hell's Kitchen in gewisser Weise genauso war wie seine Suche nach Billy Doyle – ein Misserfolg, aber nicht gänzlich enttäuschend; voller Hoffnung, aber nicht gänzlich ersehnt.

Die weiße Erscheinung der Südstaaten-Krankenschwester, die Ettie in der Woche zuvor gepflegt hatte, rauschte ins Zimmer und sagte zu Ettie, es sei wohl besser, wenn sie jetzt gehen würde.

»Er sieht ein bisschen fertig aus«, sagte sie in ihrem gedehnt-rauen Akzent, der sie als Texanerin auswies. Pellam dachte, sie hätte Sommersprossen, doch sein Blick war schon verschwommen. »Na, Kleiner, willst du dich nicht lieber ein bisschen ausruhen?«, fragte sie.

»Eigentlich nicht«, erwiderte Pellam. Zumindest dachte er,

er hätte es gesagt. Seine Augen fielen zu, und der Becher rutschte in seiner Hand nach unten. Er merkte, wie er weggenommen wurde, nahm einen Hauch blumiges Parfüm wahr und ließ sich hineinziehen ins Land der Träume.

Hinweise des Autors

Leser, die an erzählten Geschichten über Manhattan interessiert sind, aber John Pellams Dokumentarfilm *Westlich der Achten Avenue* in den Videotheken nicht finden können, könnten auf Jeff Kisseloff's *You Must Remember This* zurückgreifen. Diese hervorragend erzählte Geschichte über Manhattan enthält einen Abschnitt über Hell's Kitchen, den Pellam sehr hilfreich für die Recherchen zu seinem eigenen Buch fand (ebenso wie ich für das vorliegende Buch). Auf dem Regal in Pellams Wohnmobil stehen auch *Low Life* von Luc Sante und *Talking to Myself* von Studs Terkel.

JEFFERY DEAVER

Ein tödlicher Plan

Roman

Prolog

In der Nacht schläft die Anwaltskanzlei.

Voller Schatten, aber nicht wirklich dunkel, ruhig, aber nicht still, gleicht die Kanzlei nicht anderen Büros wie zum Beispiel denen von Banken oder Aktiengesellschaften, Museen, Konzerthallen oder den dumpf brütenden Apartments ohne Namen, die groß und klein die Insel Manhattan füllen. Die Kanzlei unterscheidet sich von ihnen, weil ihre Seele bleibt, auch wenn keine Mitarbeiter mehr da sind. Ähnlich einem viktorianischen Landhaus besitzen ihre Hallen und Flure eigene Charakterzüge – vererbt wie geprägt von Willenskraft, Ehrgeiz und Intrigen. Hier hängt am Ende eines breiten, mit edlen Tapeten beklebten Ganges das Porträt eines würdigen Herrn mit mächtigem Schnauzer und Backenbart – eines Mannes, der die Sozietät verließ, um Gouverneur des Staates New York zu werden.

Im kleinen Foyer mit frischem Blumenschmuck fällt der Blick auf einen erlesenen Fragonard, der weder von dickem Glas noch von einer Alarmanlage geschützt wird.

Und drüben, im großen Konferenzraum, stapeln sich Berge von Papieren mit den magischen Worten, die das Gesetz verlangt, um eine Klage über hundertsechzig Millionen Dollar anzustrengen. In einem ähnlichen Raum etwas weiter den Flur hinunter findet sich eine vergleichbare Menge von Papieren, die man in dunkelblauen Aktenordnern abgeheftet hat, darunter die Satzung einer gemeinnützigen Stiftung, die privater AIDS-Forschung eine finanzielle Grundlage verschafft.

Schließlich ist da ein fest verschlossener Aktensafe, in dem das Testament mit den letztwilligen Verfügungen des zehntreichsten Mannes der Welt verwahrt wird.

Heute schläft die Kanzlei wie ein Wesen, das auf sich gestellt ist, und sein sonorer Atem klingt wie das weiße Rauschen nach Macht, Geld und Bedeutung. Man kann diese Laute selbst jetzt, mitten in der Nacht vom Samstag auf den Sonntag, hören.

Doch plötzlich eine Störung. Ein hartes Geräusch pflanzt sich durch die trockene Luft fort. Ein widerhallendes Einschnappen von Metall, ein unpassender Laut wie ein unwillkürliches Aufstöhnen im Traum. Dann das leise Zischen einer Tür, die geschlossen wird, und dem folgt das Wispern von Schritten, die sich rasch über den Teppich zurückziehen. Jemand flieht durch die düsteren Gänge, die solch dringliche Hast nicht gewöhnt sind. Als eine weitere Tür ins Schloss gezogen wird, kehrt erneut Frieden ein. Der Traum – oder Albtraum – ist vergangen, und die Kanzlei findet wieder zu ihrem vornehmen, satten, doch wachsamen Schlaf.

... Eins

Als ihr Telefon klingelte, dachte Taylor Lockwood gerade darüber nach, warum man die fünfzehnte Etage Halsted Street nannte.

Irgendwann in den Siebzigerjahren hatte die Kanzlei heftig einen jungen Juristen umworben. Der hatte sein Staatsexamen an der juristischen Fakultät der University of Chicago und seinen Doktor »magna cum laude« gemacht, war Schreiber der Verbindung »Der Siebente Kreis« und besaß auch sonst alles, was zum Geschäft gehört. In ihrem Bestreben, den jungen Mann unbedingt für die Kanzlei zu gewinnen, führten die Senioranwälte ihn durch die Büros. Er stieg die Marmortreppe zum fünfzehnten Stockwerk hinunter, wo die nichtjuristischen Mitarbeiter und Anwaltsassistenten tätig waren. Als er dort die vierzig Arbeitsbereiche mit den brusthohen Raumteilern erblickte, die Verschlägen glichen, sagte er: »Ha, das sieht wie die Halsted Street aus!« Er grinste. Die ihn begleitenden Anwälte lächelten ebenfalls, doch keiner von ihnen besaß genug Geistesgegenwart oder den Mut, den jungen Mann zu fragen, was er damit meine.

Als er wenige Tage später die Stelle ablehnte, die ihm von der Kanzlei angeboten worden war, hatte sich seine Bezeichnung für das Großraumbüro wie ein Lauffeuer durch die ganze Kanzlei verbreitet. Und seitdem hatte sich Halsted Street als Synonym für den Arbeitsbereich der Gehilfen, Schreibkräfte und Assistenten im Hause etabliert.

Taylor folgte der vorherrschenden Meinung, wonach der junge Mann mit dem Straßennamen auf die Viehstallungen bei den Schlachthöfen auf der South Side von Chicago angespielt hatte. Als sie heute Morgen in ihrem winzigen Büro saß, kam sie zu dem Schluss, dass es sich bei dieser Theorie um die einzig richtige handeln musste. Es war der Dienstagmorgen nach Thanksgiving, und die Uhr zeigte halb neun. Seit drei Uhr früh war sie damit beschäftigt gewesen, zwischen dem Kopierraum und einem Konferenzsaal hin und her zu laufen, und hatte einige hundert Schriftstücke für einen Vertragsabschluss, der für heute Nachmittag angesetzt war, herausgesucht, geordnet und gestapelt. Als der Anwalt, dem sie zugeteilt war, gesagt hatte, sie solle eine Pause einlegen, war sie hierher geflüchtet. Sie lehnte sich nun auf ihrem bequemen roten Drehstuhl zurück, leerte ihren fünften Becher schwarzen Kaffee, saugte an dem Finger, in den sie sich mit einer Papierkante geschnitten hatte, und versuchte intensiv, das Bild von der Viehherde, die in die Stallungen getrieben und dann zu den Schlachthöfen geführt wurde, aus ihrem Bewusstsein zu verbannen.

Das Telefon läutete.

Müde hob Taylor ab. Eine halbe Stunde. Er hat gesagt, ich könne eine halbe Stunde Pause machen. Und davon sind gerade erst zehn Minuten vergangen. Zehn Minuten sind nie und nimmer eine halbe Stunde …

Doch aus dem Hörer kam nicht die Stimme ihres Anwalts, sondern die der Oberaufseherin des Viehhofs. Die Supervisorin der Assistenten und Anwaltsgehilfen, eine dreißigjährige Frau mit dem umständlichen Gehabe einer Bibliothekarin und dem Feingefühl eines Bestattungsunternehmers, sagte: »Taylor, ich frage ja nur ungern, aber würde es Ihnen etwas ausmachen, ich meine, wären Sie sehr enttäuscht, wenn man Sie vom SBI-Projekt abzieht?«

»Wie bitte?«

»Könnten Sie sich damit abfinden? Ich meine, kein SBI mehr?«

Taylor entgegnete verwundert: »Aber die Verhandlungen sollen doch heute um vierzehn Uhr abgeschlossen werden. Ich arbeite jetzt seit drei Wochen an der Sache.«

»Wäre es denn so schlimm, damit aufzuhören?« Die Supervisorin klang, als bereitete ihr schon die Frage physische Schmerzen.

»Wie sieht denn die Alternative aus?«

»Eigentlich«, das Wort kam langsam und unendlich zerdehnt heraus, »gibt es keine Alternative. Ich habe Mr. Bradshaw bereits Ersatz geschickt.«

Taylor drehte sich mit ihrem Stuhl erst weit nach links und dann nach rechts. Die Schnittwunde fing wieder an zu bluten, und sie wickelte eine Papierserviette um ihren Finger, die mit einem fröhlichen Truthahn verziert war – ein Überbleibsel von der Cocktailparty, die vergangene Woche in der Kanzlei stattgefunden hatte. »Habe ich irgendetwas falsch gemacht?«

»Mitchell Reece hat Sie angefordert, um ihm bei einem Projekt zu assistieren.«

»Reece? Aber ich habe noch nie für ihn gearbeitet.«

»Offenbar eilt Ihnen ein ganz besonderer Ruf voraus.« Die Supervisorin klang vorsichtig, als wäre es ihr neu, dass Taylor schon so etwas wie eine Reputation besaß. »Er sagte, er wolle nur Sie und keine andere.«

»Äh … Sie erinnern sich bestimmt, dass ich nächste Woche in den Skiurlaub wollte.«

»Darüber sollten Sie mit Mr. Reece sprechen, er wird sicher Verständnis dafür haben. Ich habe ihn aber bereits davon in Kenntnis gesetzt.«

»Und wie hat er reagiert?«

»Es schien ihm nicht allzu viel auszumachen.«

»Warum sollte es auch? Er ist schließlich nicht derjenige, der Ski fahren will.« Blut drang durch die Serviette auf das grinsende Gesicht des Truthahns.

»Melden Sie sich in einer Stunde in seinem Büro.«

»Soll ich Mr. Bradshaw Bescheid geben?«

»Darum habe ich mich schon gekümmert. Finden Sie sich in einer Stunde …«

»… in Mr. Reeces Büro ein.« Taylor legte auf.

Sie ging zwischen den mit Teppich ausgelegten Arbeitsverschlägen hindurch zum einzigen Fenster von Halsted Street.

Draußen wurde das Finanzviertel in das Licht des frühmorgendlichen bedeckten Himmels getaucht. Heute konnte der Anblick Taylor jedoch nicht begeistern. Für ihren Geschmack war da zu viel schmutziger alter Stein; wie Berge, die eine starke Hand abrupt zusammengeschoben und dann liegen gelassen hatte, auf dass sie verwitterten und ein immer unheimlicheres Aussehen annähmen. Im Fenster eines der gegenüberliegenden Gebäude war ein Hausmeister zu erkennen, der sich damit abmühte, einen Weihnachtsbaum aufzustellen. In der kalten Marmorhalle erschien das Grün wie ein Fremdkörper. Taylor kam es eigenartig vor, dass nicht das Grau der Fassaden, sondern die Farbe des Baums sie störte. Sie war viel zu dunkel und wirkte gegenüber normalem Grün wie getrocknetes Blut zu Rot.

Taylor konzentrierte ihren Blick auf das Fenster vor ihr und bemerkte, dass sie ihr eigenes Spiegelbild anstarrte.

Taylor Lockwood litt nicht eigentlich an Übergewicht, aber sie besaß auch nicht die knochige Figur eines Models. Erdverbunden, so empfand sie ihren Körper. Wenn jemand sie nach ihrer Größe fragte, antwortete sie: ein Meter dreiundsiebzig. Dabei waren es gerade mal einssiebzig. Aber sie hatte dichtes schwarzes Haar, und wenn sie das toupierte, kam sie leicht auf die angegebene Größe. Früher hatte ein Freund ihr einmal gesagt, mit ihrem gekräuselten und lose herabhängenden Haar passe sie in ein Gemälde der Präraffaeliten.

So sah sich Taylor allerdings überhaupt nicht. An guten

Tagen glaubte sie eine Ähnlichkeit mit der jungen Mary Pickford zu haben. An den anderen Tagen kam sie sich wie ein dreißigjähriges kleines Mädchen vor, das mit nach innen gestellten Füßen dastand und ungeduldig darauf wartete, dass Reife, Entschlusskraft und Autorität endlich auch den Weg zu ihr fänden. (Es geschah sogar heute noch, dass sie Ich bin erwachsen! Ich bin erwachsen! zu sich sagte und dabei richtige Tränen vergoss.) Taylor mochte ihr Spiegelbild am liebsten in Behelfsspiegeln wie zum Beispiel schwarzen Schaufensterscheiben.

Oder in den Fenstern von Anwaltskanzleien in der Wall Street. Sie wandte sich ab und kehrte zu ihrem Drehstuhl zurück. Es war jetzt kurz vor neun Uhr, und die Kanzlei erwachte überall zum Leben. Die anderen Mitarbeiter trafen ein. Grüße – oder Warnungen vor anstehenden Krisen – wurden kreuz und quer durch die Halsted Street gerufen, Erlebnisse in der U-Bahn oder im Verkehrsstau ausgetauscht. Taylor saß an ihrem Schreibtisch und dachte darüber nach, wie abrupt sich der Verlauf eines Lebens verändern konnte – und das aus der Laune eines anderen heraus. Doch diese gewichtigen Betrachtungen vergingen ebenso rasch, wie sie gekommen waren, und Taylor stand auf, um sich ein Pflaster für den Finger zu besorgen.

An einem warmen Aprilmorgen des Jahres 1887 betrat ein zweiunddreißigjähriger Anwalt namens Frederick Phyle Hubbard, dessen mächtige Koteletten in auffälligem Kontrast zur Lichtung seines Haupthaars standen, ein kleines Büro auf dem Lower Broadway, hängte seinen Seidenhut und Prinz-Albert-Mantel an den Garderobenhaken und sagte zu seinem Partner: »Guten Morgen, Mr. White. Haben Sie schon irgendwelche Klienten?«

So begann das Leben einer Anwaltskanzlei.

Sowohl Hubbard als auch C. T. White hatten an der juristischen Fakultät der University of Columbia ihr Examen gemacht und waren sofort dem wachsamen Auge des ehrenwerten Walter Carter, Esquire, einem der Seniorpartner von Carter, Hughes & Cravath, aufgefallen. Er nahm die beiden für ein Jahr auf Probe in die Kanzlei auf, und in dieser Zeit erhielten sie, wie damals üblich, keinen Cent Lohn. Nach Ablauf der Frist stellte Carter Hubbard und White fest ein und zahlte ihnen ein laufendes Gehalt von nicht unbeträchtlichen zwanzig Dollar im Monat.

Sechs Jahre später liehen sich die beiden – sie waren jetzt so ambitioniert, wie Carter sie in weiser Voraussicht geformt hatte – von Whites Vater dreitausend Dollar, stellten einen Assistenten und einen Sekretär (zu jener Zeit üblicherweise ein Mann) ein und eröffneten ihre eigene Kanzlei.

Obwohl Hubbard und White von Büroräumen im Equitable Building am Broadway Nr. 120 träumten, gaben sie sich am Anfang mit weniger zufrieden. Die Miete in dem alten Gebäude nahe der Trinity Church, für das sie sich schließlich entschieden, betrug vierundsechzig Dollar im Monat, und dafür erhielten die beiden aufstrebenden Anwälte zwei dunkle Räume. Allerdings verfügte ihr Büro über eine Zentralheizung (auch wenn sie im Januar und Februar die beiden darin befindlichen Öfen zu benutzen pflegten) und einen Fahrstuhl, der mittels eines Stricks bedient wurde, welcher mitten durch die Kabine verlief. Auf den Böden lagen gobelinartige Teppiche, die Hubbards Frau zurechtgeschnitten und bestickt hatte. Die bereits vorhandenen Filzbeläge waren für Hubbards Geschmack nicht elegant genug, und er fürchtete, sie könnten »mögliche Klienten eher abschrecken«.

Und das Büro besaß noch weitere Vorzüge. Beim Mittagessen im Delmonico's auf der Fifth Avenue, wo Hubbard und White den Großteil ihrer ersten Einnahmen ließen, um bereits existierende wie mögliche Klienten mit einem Mahl bei

Laune zu halten, konnten die beiden mit der neuen Druckpresse ihrer Firma prahlen; dieses Gerät stellte vermittels eines feuchten Tuchs Kopien von der Geschäftskorrespondenz her. Die Anwälte hatten sich auch einen Telefonapparat vorführen lassen, sich dann aber gegen einen Erwerb desselben entschieden. Die Mietgebühr betrug zehn Dollar im Monat, doch davon abgesehen, gab es bis auf Gerichtsbedienstete oder ein paar Regierungsbeamte niemanden, den man hätte anrufen können. Die Kanzlei war außerdem mit einer Schreibmaschine ausgestattet, aber man erledigte den überwiegenden Teil der Geschäftspost immer noch mit Stahlfeder und Tintenfass. Hubbard und White legten großen Wert darauf, dass ihr Sekretär die Streusanddosen zum Tintenlöschen nur mit dem schwarzen Sand vom Champlain-See füllte.

In den Vorlesungen hatten beide Männer davon geträumt, bewährte Prozessanwälte zu werden, und während ihrer Wochen und Monate der Knechtschaft bei Carter, Hughes & Cravath hatten sie tatsächlich viele Stunden in den verschiedenen Gerichtssälen mit der Beobachtung verbracht, wie bekanntere Prozessanwälte schmeichelten, plädierten, Winkelzüge machten und Zeugen wie Jurymitglieder gleichermaßen verschreckten.

Aber was sie selbst betraf, mussten sie bald feststellen, dass es auch nötig war, sich mit anderem abzugeben, um Geld in die Kasse zu bekommen, und so wurde das lukrative Feld des Handels- und Gesellschafts- beziehungsweise Körperschaftsrechts bald zur Haupteinnahmequelle ihrer noch jungen Kanzlei. Für jede Arbeitsstunde stellten sie ihren Klienten zweiundfünfzig Cent in Rechnung, gewährten aber für gewisse Treuhandtätigkeiten willkürliche und großzügige Bonusse. Es waren eben noch die guten alten Zeiten vor Einführung der Einkommenssteuer, der Antitrustgesetze oder des Kartellamts. Handelsgesellschaften aller Arten rasten damals wie eine Hunnenhorde über die Landschaft des amerikanischen freien Unternehmertums. Hubbard und White waren der Generalstab dieser Armeen, und in dem Maße, in dem ihre Klienten ungeheuren Reichtum erwarben, gelangten auch sie zu Wohlstand. Ein dritter Seniorpartner, Colonel Benjamin Willis, trat 1920 in die Kanzlei ein. Er starb einige Jahre später an einer Lungenentzündung, die auf einen Senfgasangriff im Ersten Weltkrieg zurückzuführen war. Als sein Vermächtnis hinterließ er der Kanzlei als Klienten eine Eisenbahnlinie, eine Bank und einige andere größere Versorgungsbetriebe. Hubbard und Willis erbten auch die Frage, was sie mit seinem Namen tun sollten. Dessen Nennung im Firmentitel war der Preis gewesen, den sie sowohl für den Eintritt des Colonels in die Kanzlei als auch für die betuchten Klienten, die er mitbrachte, hatten bezahlen müssen. Sie hatten das damals per Handschlag besiegelt und nichts schriftlich fixiert. Doch nach seinem Tod hielten die beiden ihr Wort.

Die Anwaltskanzlei war seitdem als Triumvirat bekannt und würde es immer bleiben. Als gegen Ende der Zwanzigerjahre die Ära der Glühstrumpflampen ihrem Ende zuging, war die Sozietät Hubbard, White & Willis auf achtunddreißig Anwälte gewachsen. Der lang ersehnte Wunsch der Gründer hatte sich erfüllt, und man war ins Equitable Building umgezogen. Bankgeschäfte, Kreditsicherheiten und Zivilprozesse bildeten den Schwerpunkt der Kanzleitätigkeiten, und die Arbeit wurde auch weiterhin so wie im 19. Jahrhundert angegangen – das heißt, von Gentlemen, und zwar nur von denen einer bestimmten Art. Anwälte, die zu einem Einstellungsgespräch kamen und aussahen wie Juden, Italiener oder Iren oder es sogar waren, wurden zwar freundlich empfangen, und man hörte sie auch mit Interesse an, aber in die Firma aufgenommen wurden sie nie.

Weibliche Arbeitskräfte wurden gerne eingestellt; gute

Stenografinnen fand man schließlich nicht wie Sand am Meer.

Die Kanzlei wurde immer größer, und aus ihr erwuchsen gelegentlich Filialbetriebe oder politische Karrieren. Es verwundert sicher nicht zu erfahren, dass ausschließlich Mitglieder der republikanischen Partei gefördert wurden. Hubbard, White & Willis brachte einige Generalbundesanwälte hervor, des Weiteren einen Comissioner der Börsen- und Bankenaufsicht, einen Senator und zwei Gouverneure. Doch im Gegensatz zu anderen Kanzleien von gleicher Größe und ähnlichem Prestige hatte Hubbard, White & Willis nie ein besonderes Interesse daran, sich zu einer Politiker-Kaderschmiede zu entwickeln. In dieser Kanzlei pflegte man den Grundsatz, dass Politik zwar Macht, aber kein Geld einbrachte, und die Seniorpartner sahen nicht ein, warum sie um einer politischen Karriere willen die Praxis in der Wall Street aufgeben sollten, wo sie doch beides, Macht und Geld, hatten.

Derzeit beschäftigte Hubbard, White & Willis über zweihundert Anwälte sowie dreihundert Assistenten, Anwaltsgehilfen und andere Angestellte; damit rangierte man größenmäßig im Mittelfeld der Anwaltskanzleien von Manhattan. Unter den vierundachtzig Partnern fanden sich elf Frauen, zehn Juden (fünf von ihnen weiblichen Geschlechts), eine Amerikanerin ostasiatischer Herkunft und drei Schwarze (darunter zur großen Freude der Geschäftsleitung einer von gleichzeitig iberoamerikanischer Herkunft). Wenn die Kanzlei von den Medien oder von den Anwälten aus Bevölkerungsminderheiten darauf angesprochen – gelegentlich eher hart angegangen – wurde, wie sie es mit den Minderheiten hielte, erklärte ihre Sprecherin gewöhnlich: »Hubbard, White & Willis macht keine Unterschiede hinsichtlich Rasse, Geschlecht, sexuellen Vorlieben, nationaler oder Stammesherkunft. Unsere Geschäftspolitik besteht einzig und allein darin, nur die besten juristischen Köpfe dieses Landes für unsere Kanzlei zu gewinnen.« Des Weiteren verwies die Sprecherin dann darauf, dass Hubbard, White & Willis nicht nur eines der aktivsten und effektivsten Minderheitenschutzprogramme in der ganzen Stadt verfolge, sondern auch bereitwillig Anwälte für Klienten stelle, die unter das Armenrecht fielen.

Hubbard, White & Willis machte nun das große Geld. Allein die Betriebskosten beliefen sich mittlerweile auf über zwei Millionen Dollar im Monat, und die Partner der Kanzlei verlangten heute erheblich höhere Gebühren als Frederick Hubbard zu seiner Zeit. Eine Stunde bei einem ihrer Anwälte kostete bis zu vierhundertfünfzig Dollar, und bei wirklich großen Transaktionen wurde dem betreffenden Klienten zusätzlich eine Prämie (die von den Assistenten und Anwaltsgehilfen als »Granitgebühr« bezeichnet wurde, weil keiner der Anwälte in diesem Punkt nachgab) von bis zu zweihundertfünfzigtausend Dollar auf die Rechnung gesetzt. Junge Assistenten, gerade fünfundzwanzig Jahre alt und frisch von der Uni, verdienten im Jahr fünfundneunzigtausend Dollar.

Die gegenwärtigen Partner konnten nicht verleugnen, Nachfahren von Hubbard und White zu sein. Es handelte sich bei ihnen durchweg um brillante, gebildete Geister mit gefestigter Persönlichkeit, die verantwortungsbewusst handelten und Risiken mieden. Sie ähnelten eher Ratgebern und Gelehrten als knallharten Geschäftsleuten und waren Mitglieder in Clubs wie King of Meadowbrook oder Creek Club. Bei den Juniorpartnern konnte man eine eigenartige Mischung aus Gegenwart und vergangenen Jahrzehnten feststellen. Sie trugen unter ihren Hart-Schaffner-&-Marx-Anzügen Hosenträger, liebten die hölzerne College-Atmosphäre des Yale Club, und ihre Handflächen wurden noch feucht, wenn sie Finanzierungen von Stadtverwaltungen planten oder Firmenaufkäufe in die Wege leiteten. Zur gleichen Zeit schworen sie alle auf HD-Lipoproteine und Diätpläne und joggten pro Woche rund neunhundert Meilen. Und mehr als ein männlicher Partner hatte Unterschriftsleistungen von Salomon Brothers oder Merrill Lynch so terminiert, dass seine Frau diesen Vorgang überwachen konnte, während er selbst dafür sorgte, dass Paul junior oder der kleine Atkins in die Dalton School kam.

Hubbard, White & Willis war aus dem Kalksteingebäude in einen Palast aus Glas und Stahl gezogen. Die Kanzlei belegte nun drei Etagen in einem Wolkenkratzer nahe dem World Trade Center. Ein Innenarchitekt hatte eine Dreiviertelmillion dafür erhalten, die Klienten mit unübersehbarem Understatement in Ehrfurcht zu versetzen. Im Gesamteindruck überwogen Lavendel, Burgunderrot und Meeresblau, dazu Rauchglas, gebürstete Metallflächen und dunkles Holz mit Seidenglanzoberfläche. Marmorne Wendeltreppen verbanden die einzelnen Etagen miteinander, und die Bibliothek war in einem drei Stockwerke hohen Atrium mit fünfzehn Meter hohen Fenstern untergebracht, von denen man einen atemberaubenden Ausblick auf den Hafen von New York City hatte. Die zahlreichen Stahl- und Bronzeskulpturen (darunter einige wenige mit dezent erotischen Darstellungen), die Textiltapeten und die seidenen Kozo-Trennwände prägten sich zwar nicht so sehr ins Gedächtnis des Besuchers ein wie die Gemälde von Calder, Pollack, Monet und Matisse, verstärkten aber dennoch die Wertschätzung der Kunstsammlung der Kanzlei, die auf gut und gerne acht Millionen Dollar geschätzt wurde.

In dieser Kombination von Modelleinrichtungen, wie man sie in den Zeitschriften *MOMA* und *Interieur Design* vorgestellt bekam, war der Konferenzraum 16-2 als Einziger groß genug, um alle Partner der Kanzlei aufzunehmen. Doch am heutigen Dienstagmorgen saßen dort nur zwei Männer am Ende des hufeisenförmigen Konferenztisches, der aus in Rosenholz gefasstem dunkelrotem Marmor bestand. Inmitten des Dunstes von Fußbodenheizung und frisch aufgebrühtem Kaffee beschäftigten sie sich mit einem einzigen Blatt Papier.

Donald Burdick präsidierte seit zwölf Jahren dem Vorstand. Er war siebenundsechzig Jahre alt, schlank und hatte kurzes, glattes graues Haar. Alle vierzehn Tage fand sich in seinem Büro ein Friseur ein, ein alter Italiener, der im firmeneigenen Rolls-Royce Silver Cloud zur Kanzlei gebracht wurde – herbeizitiert wurde, wie Burdick es auszudrücken beliebte. (Wenn man zu ihm ins Büro kommen sollte, beschlich einen des Öfteren das Gefühl, er habe einen zu sich zitiert.) Es gab nicht wenige, die ihn einen »flotten Oldie« nannten. Auf den ersten Blick wirkte diese Bezeichnung durchaus zutreffend, und doch wurde sie nur von denen gebraucht, die ihn nicht besonders gut kannten. Denn »flott« oder »Oldie« vermittelte nichts von der Macht und der Autorität, die dieser Mann besaß. Donald Burdick war ein überaus mächtiger Mann, viel mächtiger, als seine große Ähnlichkeit mit Sir Laurence Olivier und seine guten Manieren eines Kavaliers alter Schule vermuten ließen.

Seine Macht war jedoch nicht in Zahlen oder anderen Größen auszudrücken. Sie war eher ein Konglomerat aus altem Geld, alten Freunden an wichtigen Stellen und Gefälligkeitsschulden. Ein Aspekt seiner Macht ließ sich allerdings rechnerisch schätzen – die komplizierte Formel der Gesellschafter- und Partnergewinnverteilung bei Hubbard, White & Willis. Bei Licht besehen war diese Formel jedoch gar nicht so kompliziert. Man musste sich nur vor Augen halten, dass die Stimmen, die man in den Versammlungen bekam, und das Gehalt, das man nach Hause trug, in direkter Linie davon abhingen, wie viele Klienten man der Kanzlei einbrachte und wie viel Geld diese daließen.

Donald Burdick verdiente im Jahr knapp zwei Millionen Dollar.

Burdick zog seine Hand zurück und überließ das Papier dem festen Zugriff von William Winston Stanley. Stanley war fünfundsechzig, stämmig, rotgesichtig und blickte ständig grimmig drein. Man konnte ihn sich leicht als einen der Pilgerväter vorstellen, wie er an einem kalten Morgen in Neuengland Dampfwolken ausatmete. Und man konnte ihn als denjenigen vor sich sehen, der die Anklageschrift gegen eine Hexe verlas.

Burdick war auf den besten Universitäten wie Dartmouth und Harvard gewesen. Stanley hatte in Abendkursen die Fordham Law School besucht und tagsüber in der Poststelle von Hubbard, White & Willis gearbeitet. Mit einer gesunden Mischung aus Charme, Sturheit und einer natürlichen Begabung für das Metier hatte er sich in der Kanzlei bis nach oben durchgeboxt, vorbei an Männern, deren vornehme Wohnorte (Locust Valley und Westport) ihm so fremd waren wie der seine (Williamsburg in Brooklyn) ihnen. Das Einzige, was für ihn sprach und ihn in wortwörtlichem Sinn für höhere Weihen qualifizierte, war seine Zugehörigkeit zur Episkopalkirche.

Seit über einem Jahrzehnt gedieh Hubbard, White & Willis unter der Ägide dieser beiden Männer. Vor einigen Jahren hatten die Gebildeten unter den Angestellten Burdick und Stanley »die Raben« genannt und damit auf die Vögel angespielt, deren Anwesenheit die Standfestigkeit des Tower of London gewährleistete. Für neuere Assistenten und Anwaltsgehilfen waren Burdick und Stanley, wenn überhaupt über die beiden gesprochen wurde, nur »die alten Männer«.

»Ist das zuverlässig?«, fragte Burdick jetzt.

Stanley betrachtete das Blatt. »Meine Jungs haben nur eine informelle Liste über das vermutliche Wahlverhalten der einzelnen Partner zusammengestellt. Aber wer weiß schon, wie jeder im Ernstfall wirklich abstimmen wird?«

»Ich muss gestehen, ich bin von ihm überrascht. Wie hat

er das geschafft? Wie ist es ihm gelungen, so viele Partner in sein Lager zu ziehen, ohne dass wir etwas davon mitbekommen haben?«

Stanley lachte heiser. »Wir haben doch jetzt davon erfahren.«

»Der Scheißkerl!« Burdick griff nach dem Blatt. Für einen Moment sah es so aus, als wollte er das Papier zerknüllen, doch dann faltete er es sorgfältig zusammen und schob es in die Innentasche seines maßgeschneiderten Anzugs.

... *Zwei*

»Ich habe in einer halben Stunde ein Arbeitsfrühstück, und danach erwartet mich die Partnerversammlung, die den ganzen Vormittag in Anspruch nehmen wird«, sagte Wendall Clayton. »Kümmern *Sie* sich darum.«

»Sie können sich auf mich verlassen, Wendall.« Der Assistent nickte mehrmals, um dahinter die pure Angst zu verbergen, die in ihm aufgestiegen war.

»Und wenn Sie die Herrschaften dann zurückrufen, aristokratisieren Sie die Blödmänner!«

»Selbstverständlich.« Der junge Mitarbeiter nickte noch heftiger, eilte aus dem Büro und grübelte darüber nach, was genau von ihm verlangt wurde.

»Die Blödmänner aristokratisieren«, das schrieb Clayton manchmal an den Rand eines Memos, das jemand aus seiner Truppe aufgesetzt hatte. Wenn der oder die Betreffende das Papier dann wieder in Händen hielt, konnte man zusehen, wie die Lippen angestrengt versuchten, das Wort auszusprechen – aris-to-krati-sie-ren. Clayton hatte das Wort selbst erfunden, und es hatte vornehmlich mit Benehmen, Haltung und Auftreten zu tun, natürlich auch mit überlegenen

Rechtskenntnissen, aber noch mehr mit dem Drumherum. Übersetzt hieß es so viel wie »Mach sie zur Ratte«. Clayton praktizierte diese Kunst meisterhaft.

Die Sonne schien an diesem Dienstagmorgen in sein Büro, das Eckbüro, auf das er in zweifacher Hinsicht stolz war. Zum einen genoss er die Atmosphäre, welche dieser Raum ausstrahlte, für die seine Frau, eine Amateurinnenarchitektin, verantwortlich war. Zum anderen gefielen ihm die Lage und die Größe seines Büros. Es befand sich auf der Vorstandsetage, dem siebzehnten Stockwerk, und maß neun mal sieben Meter. Ein Büro von solchen Dimensionen gebührte von Rechts wegen eher einem Partner, der in der Firmenhierarchie deutlich über Clayton stand. Doch als dieser Raum frei geworden war, hatte man ihn ihm zugewiesen. Niemand wusste so recht den Grund dafür.

Die Sonne. Er mochte es, wie ihr Licht tief und golden auf die Teppiche, die Chippendale-Stühle, den Sheraton-Schrank, die beiden Apothekergläser aus Padua, die Delfter Kachel, das schwedische Astrolabium aus dem 19. Jahrhundert, die massiven Messingurnen und den Steuben-Aschenbecher fiel.

Clayton sah ausgesprochen gut aus. Er war nicht besonders groß, unter einsachtzig, besaß aber einen sportlichen, durchtrainierten Körper, den er mit Laufen (er joggte nicht, er praktizierte Langstreckenlauf), Tennis und der Sechsunddreißig-Fuß-Yacht *Ginnie May* in Form hielt, die er von April bis September an jedem zweiten Wochenende um Newport herumsteuerte. Er hatte den dichten Haarschopf eines Harvard-Professors und trug europäische Anzüge (ohne Schlitz am Rücken und manchmal sogar Zweireiher), weil ihm die dunklen und konservativen Nadelstreifenanzüge nicht zusagten, die den meisten Männern in der Kanzlei wie Säcke von den Schultern ihrer birnenförmigen Körper hingen. Die weiblichen Angestellten tuschelten einander zu, dass sie bei einem wie ihm durchaus schwach werden könnten. Ein paar Zentimeter mehr, und jede Modelagentur hätte Clayton mit Kusshand genommen. Er arbeitete hart an seinem Image. Ein Duke musste gut aussehen. Ein Duke mochte es, wenn man für seine Anzüge Bürsten aus Naturborsten benutzte und seine teuren dunkelroten Schuhe von Bally auf Hochglanz poliert waren. Clayton genoss die kleinen Rituale anspruchsvoller Persönlichkeiten mit Wonne.

Er warf einen Blick auf die Schiffsuhr, die auf seinem Schreibtisch stand, und lehnte sich in seinem Sessel zurück – seinem Thron, einem mächtigen Gebilde aus Eiche und rotem Leder, das er für zweitausend Pfund in England erstanden hatte.

Aristokratisieren.

Wendall Clayton schaute zum Fenster hinaus. Die Sonne stand tief über Brooklyn und ließ all den Dreck in der Luft feurig und dramatisch erscheinen. Das rote Licht fiel auf sein Gesicht. Er glaubte Wärme zu spüren, obwohl das bei dieser Novembersonne kaum möglich war. Clayton rieb sich die Haut unter den Augen. Er war ziemlich erschöpft. Am vergangenen Freitagabend hatte er um achtzehn Uhr mit einigen jungen Assistenten im Murphy's gesessen, ihnen ein paar Drinks ausgegeben, über ihre eher harmlosen schmutzigen Witze gelacht, selbst einige seiner weniger harmlosen erzählt und gerade über Football gefachsimpelt, als sein Piepser sich gemeldet hatte. Einer seiner Klienten stand kurz vor einer Panik. Seiner Firma war eine einstweilige Verfügung zugestellt worden. Clayton war Wirtschaftsanwalt, genauer Anwalt für Körperschaftsrecht, aber nicht bei Gericht zugelassen, und hatte daher nur vage Vorstellungen, wie man eine solche Verfügung außer Kraft setzen konnte. Doch der Mann gehörte zu seinem Klientenstamm, und binnen drei Stunden hatte er einen bei Gericht zugelassenen Partner der Kanzlei telefonisch von seinem Dinner vor dem Theaterbesuch weggeholt und ihm zwei ausgeschlafene Assistenten besorgt. Sie hatten sich sofort darangemacht, das Nötige für den Fall zusammenzustellen, um die einstweilige Verfügung zu kippen. In der Nacht von Montag auf Dienstag waren sie fertig geworden, und vor einer halben Stunde hatte der Prozessbevollmächtigte den Fall vor einem gefälligen Richter im Southern District vorgebracht. Der Richter hatte zugunsten von Claytons Klient entschieden und die einstweilige Verfügung aufgehoben.

Clayton hatte dem Klienten gerade die gute Nachricht übermittelt, der ehrlich überrascht gewesen war, dass Hubbard, White & Willis die Geschichte schon vor Geschäftsbeginn am kommenden Dienstag aus der Welt geschafft hatte. Clayton hatte sich die Lobpreisungen gern angehört und ihn nicht mit solchen Banalitäten unterbrochen wie, dass die Rechnung für ein Wochenende voller Arbeit sich in einer Höhe von sechzigtausend Dollar bewegen werde.

Während er jetzt zum Fenster hinausblickte und das goldene Sonnenlicht und den Erfolg genoss, fühlte er sich entspannt und mehr oder weniger zufrieden.

Das Gefühl hielt auch dann noch an, als er sich, was er in der letzten Zeit häufiger tat, fragte, ob er wirklich seinen Job, der ihm im Jahr vierhundertfünfzehntausend Dollar einbrachte, kündigen und Hubbard, White & Willis den Abschiedskuss geben sollte. Selbstredend zog ein Duke niemals den Schwanz ein. Die erste und vornehmste Verantwortung eines Duke gehörte seinen Klienten. Besser gesagt, seinen *Untertanen.* Aber ein Duke, der seine fünf Sinne beisammenhatte, wartete nicht so lange, bis der König sich so weit verschlissen hatte, dass es den Feinden ein Leichtes war, das Reich zu überrennen. Nein, ein Duke wusste genau, was er wollte. Die Metapher vom Schwanzeinziehen wurde etwas kompliziert, und Clayton stellte fest, dass es ihm angenehmer war, weniger an Könige und Dukes und dafür mehr an Burdick, die Kanzlei und sich selbst zu denken.

Dieser gottverdammte Burdick; dieser aufgeblasene alte Pfau! Zur Hölle mit ihm! Clayton ballte vor Ärger die Faust so fest, dass sein muskulöser Arm zitterte.

Das Telefon läutete. Seine Limousine war unten vorgefahren. Clayton stand auf, zog sich Jacke und Mantel an und schritt durch die unheilvoll stillen Gänge. Er hatte in Uptown eine Verabredung, die für ihn mindestens so wichtig war wie die Partnerversammlung später am Vormittag. Doch zuvor musste er noch etwas erledigen, das für ihn entscheidender war als die beiden Zusammenkünfte. Wendall Clayton wollte sich persönlich bei den beiden jungen Kollegen bedanken, die für seinen Klienten und damit auch für ihn ihr Wochenende geopfert hatten.

»Sind Sie schon einmal hier gewesen, Wendall?«, fragte ihn der Mann am polierten Kupfertisch.

Als Clayton sprach, wandte er sich jedoch nicht an ihn, sondern an den Oberkellner des Carleton Hotel. »Gibt es das Nova Spezial?«

»Nein, Mr. Clayton«, antwortete der Oberkellner, den Kopf schüttelnd, »heute nicht.«

»Danke, Henri, dann nehme ich zwei Rühreier mit Speck und ein Croissant.«

»Sehr wohl, Mr. Clayton.«

»Ha!«, platzte es aus John Perelli heraus, bevor er das Gleiche und dazu noch einen Früchtebecher bestellte. Perelli war untersetzt und hatte dunkles Haar und ein langes Gesicht. Er trug einen marineblauen dreiteiligen Anzug mit Nadelstreifen.

Clayton zog seine Manschetten gerade, wobei seine achtzehnkarätigen Wedgwood-Manschettenknöpfe sichtbar wurden, und erklärte: »Um auf Ihre Frage zurückzukommen, ich fühle mich hier wie zu Hause.«

Das entsprach nicht ganz der Wahrheit. Clayton gehörte

zu den Reichen, die keinen Wert auf protzige Zurschaustellung legten. Er besaß ein Apartment mit acht Zimmern in der oberen Fifth Avenue, ein Sommerhaus in Redding, Connecticut, und ein Blockhaus mit zehn Zimmern in Newport. Außerdem lag in seinem Safe ein Aktienpaket, das an guten Tagen seine drei Millionen Dollar wert war. An den holzgetäfelten Wänden seiner Wohnung in der Upper East Side hingen zwei Picassos, drei Klees, ein Mondrian und ein Magritte. Er hatte seinen Jaguar gegen einen Mercedes-Kombi eingetauscht, weil ihm das Laufgeräusch der britischen Reifen nicht gefiel. Sein Reichtum stammte von der stillen, der viktorianischen Art: Ein Drittel war ererbt, ein Drittel war im Beruf erworben (inklusive der vorsichtigen Investments, zu denen Klienten ihm geraten hatten), und ein Drittel hatte seine Frau mit in die Ehe gebracht.

Wendall Clayton stand nicht allein mit seinem dreisäuligen Vermögen, aber in Midtown war er von einer anderen Art von Besitz umgeben. Hier herrschte das laute Geld, Vermögen, das man mit neuen Dingen aller Art gemacht hatte. Doch es war nicht etwa so, dass die Männer und Frauen, die auf solche Weise zu Reichtum gekommen waren, über gar keinen oder einen schlechteren Geschmack als Clayton verfügten – nein, der Unterschied bestand in den Quellen, aus denen ihr Geld stammte. Sie hatten ihre Vermögen in den Medien, in der Werbebranche, im Showbusiness, mit Warentermingeschäften, windigen Firmenfusionen, aggressiven Firmenübernahmen oder Börsengeschäften gemacht. Ihr Geld kam von anderem Geld, von Verkäufen und Übernahmen, von Immobilien, von Italienern, von Juden, von Japanern.

Claytons Geld hatte Spinnweben, und daher war er, so merkwürdig es klingt, diesen Neureichen suspekt. Je mehr einer respektiert wird, desto weniger wird er akzeptiert, pflegte er in Gedanken sein eigenes Klischee zu zitieren und dabei das Gesicht zu verziehen.

Clayton war in Cornell und in Harvard gewesen, hatte in einem Staatsanwaltsbüro gearbeitet, wie es sich für einen angehenden Anwalt gehörte, war schließlich bei Hubbard, White & Willis aufgestiegen und hatte Geld in eine Geldheirat eingebracht. Er war genauso gut und mächtig wie jeder andere hier im Saal.

Doch obwohl er in einem Restaurant saß, in dem die Bedienung ihn mit Namen anredete, fühlte er sich an diesem Ort keineswegs wie zu Hause. Perelli war der beste Beleg dafür mit seiner Frage, ob Clayton schon einmal hier gewesen sei. Clayton kam sich im Carleton vor wie ein ärmlicher Einwanderer, wie jemand ohne Pass. Das verdross ihn sehr und ließ ihn Zurückhaltung üben.

»Sie möchten also eine Anwaltskanzlei, oder, John?«, fragte er jetzt.

»Ich ... wir hätten unter Umständen Interesse daran. Zuerst müssen wir natürlich Ihre Zahlen überprüfen, aber, großer Gott, was möchten Sie denn von mir hören? Gerüchten zufolge sind Ihre Einnahmen niedrig. Sie haben zu viele unnütze Köpfe als Partner. Ihr Prämiensystem ist aufgebläht und zu ausgeklügelt, und die Kanzlei als Ganzes hat zu viel überflüssiges Fett.«

»Darüber hinaus haben wir den treuesten Klientenstamm von allen Kanzleien in der Stadt, unsere Mietverträge laufen noch bis nächstes Jahr, sodass man uns nicht unvermittelt auf die Straße setzen kann, und die Absolventen der besten juristischen Fakultäten streben zu uns. Vier unserer Partner haben bedeutende Handbücher oder Abhandlungen verfasst, und fünf weitere sind für einige Semester beurlaubt, um als außerordentliche Professoren Vorlesungen in Fordham, Columbia und der University of New York zu halten.«

»Sie arbeiten mit einem Computerschreibsystem, das Sie langfristig geleast haben ...«

»John!«

»… und das schon seit zwei Jahren veraltet ist.«

»John!«

»Ich höre ja schon zu.«

Clayton übte sich in Geduld. »Wir würden nicht hier sitzen und das Brot miteinander brechen, wenn wir nicht vorhätten, gemeinsame Sache zu machen. Ich meine, die wichtigste Frage ist doch: Wie viel wird die Geschichte Sie kosten und wie viel mich?« Der Kellner brachte ihre Bestellungen. Clayton beugte sich über den Rühreiberg, schnitt alles in kleine, mundgerechte Portionen und aß hungrig.

Perelli wartete, bis der Kellner sich zurückgezogen hatte, und meinte dann: »Sie wollen also sagen, wir sollen uns nicht lange mit Höflichkeitsfloskeln aufhalten? Okay, auf diese Weise betreibt auch meiner Mutter Sohn seine Geschäfte am liebsten. Wir sind ernsthaft interessiert, Wendall. Wir haben Klienten, die aufgrund ihrer Gewinne Ärger mit der Bankenaufsicht erwarten dürfen. Und wir haben außerdem Klienten mit Produkthaftungsproblemen, die sich für uns als wahre Goldgruben erweisen dürften. Sie verfügen über erstklassige Leute für Wirtschaftsrecht und Prozessanwälte, die unserem Team wie gerufen kämen. Um es auf den Punkt zu bringen: Wir wollen Ihre Bankrechtleute, und Sie wollen unsere Immobilienexperten. Theoretisch sind wir ein perfektes Paar.«

»Und praktisch?«

»Praktisch geht es um überschüssige Ressourcen, schlicht um Ballast. Eine unserer beiden Firmen wird nach einer Zusammenlegung etwas abnehmen müssen. Ich hoffe, es schockiert Sie nicht zu sehr, wenn ich Ihnen sage, dass wir nur ungern einige von unseren Leuten vor die Tür setzen möchten.«

Clayton gab dem Kellner zu verstehen, ihm noch etwas von dem frisch gemahlenen Pfeffer zu bringen. Die beiden Männer warteten, während dieser die große Pfeffermühle drehte und ein angenehm scharfer Geruch von Claytons Teller aufstieg. »Dann schmeißen Sie doch einfach ein paar von unseren raus.«

Perelli lachte, bis ihm aufging, dass sein Gegenüber keinen Scherz gemacht hatte. »Einfach so?«

»Nein, nicht einfach so«, antwortete Clayton. »Ich habe Ihnen die Arbeit bereits abgenommen.« Er reichte Perelli einen Zettel. Dieser las die Liste und sah Clayton dann fragend an.

»Das sind diejenigen«, erklärte der Anwalt und tippte zur Bekräftigung mit dem Zeigefinger auf das Blatt, »die gehen müssen.«

»Aber hier stehen, wie viel ... nun, gut und gerne fünfzig Namen.« Perelli las einige vor: »Donald Burdick, Bill Stanley, Woody Crenshaw, Lamar Fredericks, Ralph Dudley ... Wendall, diese Männer *sind* Hubbard, White & Willis. Was Sie mir hier vorlegen, erinnert stark an eine Abschussliste.«

»Stimmt genau.«

»Diese Leute wissen doch sicher, dass sie in Gefahr schweben. Glauben Sie denn, die Partnerversammlung wird sich auf Ihre Seite schlagen? Wie viele Stimmen brauchen Sie, zwei Drittel? Schaffen Sie es denn, eine Mehrheit für die Fusion zusammenzubekommen?«

»Wenn Sie mir garantieren, dass die Personen, die auf dieser Liste stehen, gehen müssen, verschaffe ich Ihnen die Mehrheit. Ich habe ...« Er hielt inne und überlegte, wie sehr er sein Gegenüber ins Vertrauen ziehen durfte. »Ich habe einige Vorbereitungen getroffen, um die nötigen Stimmen zu bekommen. Aber ich verlange noch ein paar weitere Zusagen, und zwar einen Sitz in Ihrem Vorstand sowie die Garantie, dass zehn Assistenten meiner Wahl von Hubbard, White & Willis binnen zwei Jahren die Partnerschaft angeboten wird.«

»Zehn? Wendall, wenn wir darauf eingehen, bringt uns das fast zwei Millionen Dollar Verbindlichkeiten!«

»Hören Sie, das sind meine Jungs, und sie haben sich seit

acht Jahren für meine Klienten den Arsch aufgerissen. Wenn ein Klient von ihnen verlangt, jemanden fertig zu machen, stellen sie nur zwei Fragen: Erstens, wen? Zweitens, bis wann soll er im Loch sitzen?«

Perelli lachte und warf einen hungrigen Blick auf den klein geschnittenen Speck auf Claytons Teller. Der Anwalt forderte ihn mit einer lässigen Handbewegung auf, sich zu bedienen. Perelli nahm sich mit zwei Fingern ein Stück, schob es sich in den Mund und sagte: »Burdick ist ein Name von einigem Gewicht. Er repräsentiert ein großes Stück von Ihrem Klientenkuchen.«

»Sehen Sie sich seine Klienten und das, was sie der Kanzlei einbringen, doch einmal genauer an. Da ist eine Bank, gut, aber beim Rest handelt es sich um alte Fabriken und ein paar reiche alte Säcke, die zwar einiges auf dem Konto haben, uns aber nur mit Kleinkram beauftragen.«

»Und was ist mit MacMillan Holdings?«

»Was soll mit denen sein?«

»Die bringen tüchtig Geld in die Kasse«, sagte Perelli. »Mehrere Millionen im Jahr, wenn ich nicht ganz falsch informiert bin ...« Er sah Clayton forschend an, um aus seiner Miene eine Bestätigung für diese Information herauszulesen, die eigentlich unter Verschluss gehalten wurde. Als Clayton ihm den Gefallen nicht tat, fuhr er fort: »Und Burdick gehört bei MacMillan doch praktisch zur Familie, oder?«

»Auch Familienmitglieder können sich untereinander entfremden. Kommt sogar ziemlich häufig vor. Außerdem weiß MacMillan, dass Burdick nicht mehr der Jüngste ist. Vermutlich geht man dort schon längst davon aus, dass er sich bald aufs Altenteil zurückziehen wird. Natürlich steckt für uns ein Risiko dahinter, aber mehr kann ich dazu nicht sagen.«

Perellis Miene verriet, dass ihm jetzt nicht zum Lachen zumute war. »MacMillan ... verdammt, ich würde diesen Klienten nur ungern verlieren.«

Während sie ihren Kaffee tranken, erzählten sie sich gegenseitig von den Fällen, an denen sie gerade arbeiteten. Sie umschrieben viel und gebrauchten beschönigende Bezeichnungen, das übliche Gebaren von Anwälten, die sich des Umstands bewusst sind, dass sie das besondere Vertrauensverhältnis zwischen sich und den Klienten schützen müssten. Als sie beide ihre zweite Tasse geleert hatten, wischte Clayton sich Croissantkrümel von der Hose und winkte nach der Rechnung. »Nur einmal so ins Blaue gefragt«, sagte Perelli. »Wenn ich darauf bestehen würde, Burdick zu behalten, wäre die Geschichte dann für Sie gelaufen, oder würden Sie trotzdem weitermachen?«

Clayton unterschrieb die Rechnung, legte aber nicht seine Kreditkarte daneben. Der Kellner eilte herbei, nahm das Papier und verschwand rasch wieder.

»Lassen Sie mich Ihnen eine Geschichte erzählen, John. 1971 wurde Burdick von Nixon gebeten, einem neu gegründeten Sonderermittlungsausschuss vorzusitzen, der Missstände in der Stahlindustrie untersuchen sollte.«

»Ein Ausschuss vom Justizministerium?«

»Richtig. Man entschied sich damals für Burdick, weil er sowohl in Washington als auch in der New Yorker Landeshauptstadt Albany bekannt war und sein Wort dort etwas galt. Der damalige Vorstand von Hubbard, White & Willis – das Gremium hieß zu jener Zeit noch schlicht Geschäftsführung – war vor Begeisterung darüber ganz aus dem Häuschen. Jede Menge Publicity für die Kanzlei war zu erwarten, und Burdick würde die Chance erhalten, sich bei einflussreichen Regierungsmitgliedern bekannt und beliebt zu machen. Und nachdem der Ausschuss seine Arbeit beendet hätte, würde Burdick im Triumphzug in die Firma zurückkehren, was neue Publicity und noch mehr Klienten bedeutete. Aber Burdick erklärte dem Vorstand von Hubbard, White & Willis, dass er den Vorsitz beim Sonderausschuss nur unter einer

Bedingung antreten würde. Bei seiner Rückkehr sollten er und ein Mann seiner Wahl Sitz und Stimme im Vorstand erhalten. Dafür müssten dann drei andere Partner, deren Namen er auch nannte, ihren Hut nehmen. Nun, John, das war Anfang der Siebziger. Damals haben Kanzleien einen Partner nicht einfach vor die Tür gesetzt. So was galt als zutiefst unanständig, das gehörte sich nicht.«

»Und weiter?«

»Drei Monate später ging ein Rundschreiben durch die Firma, in dem drei bestimmten Teilhabern zu ihrer eigenen Kanzlei gratuliert wurde. Sie hatten sich entschlossen, Hubbard, White & Willis zu verlassen, um sich selbstständig zu machen – zumindest hieß es offiziell so.« Clayton schob seinen Stuhl zurück. »Die Antwort auf Ihre Frage lautet: Unser kleines Abkommen funktioniert nur ohne Burdick und jeden anderen Namen auf der Liste. Das ist Quidproquo. Was sagen Sie jetzt?«

Perelli zog eine Zigarre aus einer Hülse, reichte sie Clayton und nahm sich dann auch eine. Er klappte ein kleines Silbermesser auf und fing an, das Mundstück zu beschneiden. »Ich sage, lassen Sie uns die Bilanzen und anderen Zahlen austauschen und endlich diese verdammte Fusion ins Rollen bringen.«

… Drei

»Es geht um Folgendes: Man hat mich beraubt«, erklärte Mitchell Reece und lehnte sich bequem in seinem schwarzen Ledersessel zurück. Der Mechanismus schnappte mit einem leisen *Pling* ein.

»Hat man Sie in der U-Bahn überfallen«, fragte Taylor Lockwood, »oder sprechen wir hier über das Finanzamt?«

»Ich spreche von Einbruchdiebstahl«, antwortete Reece mit einem bitteren Lächeln.

Er erhob sich langsam, so als hätte er viel zu lange in derselben Position gesessen, und ging zur Tür, um sie zu schließen. Taylor verschluckte zum x-ten Mal ein Gähnen, das schon seit fünf Minuten hinauswollte, und rieb sich die brennenden Augen. Es war zehn Uhr morgens, und sie wartete darauf, ihren toten Punkt zu überwinden. Vermutlich war er schon längst vergangen, und sie befand sich bereits im nächsten, ohne etwas davon bemerkt zu haben.

Sie wusste über Reece nur, dass er Prozessanwalt war und sein glattes schwarzes Haar für den Geschmack der konservativeren Kanzleipartner eine Idee zu lang trug. Reece war Mitte dreißig und hatte sich auf Wirtschaftsverfahren spezialisiert. Die Klienten liebten ihn, weil er in der Regel seine Fälle gewann. Die Kanzlei liebte ihn, weil seine Erfolge dem Haus fette Schecks einbrachten. »Das einzige Heilmittel für Gesetze sind noch mehr Gesetze«, lautete sein Motto, ein Zitat von Professor Karl Llewellyn, und er arbeitete täglich zwischen fünfzehn und achtzehn Stunden. (Taylor hatte von Kollegen gehört, dass er einmal für einen Arbeitstag sechsundzwanzig Stunden in Rechnung gestellt hatte. Der betreffende Fall hatte ihn nach Los Angeles geführt, und dabei hatte er den Tageszeitgewinn durch die Zeitzonendifferenz genutzt.) Die jüngeren Assistenten bewunderten ihn und taten alles, um für ihn zu arbeiten. Die älteren Partner verspürten oft ein Unbehagen, wenn er ihnen zugeteilt war. Die Notizen und Anträge, die er in ihrem Namen verfasste, gingen oftmals über ihren Horizont. Reece meldete sich auch regelmäßig als Armenanwalt der Kanzlei und vertrat freiwillig Klienten, die sich keinen Anwalt leisten konnten, als Strafverteidiger.

Für die zahlreichen weiblichen Gehilfen war aber viel wesentlicher, dass Reece ein Bild von einem Mann war, bei dem so gut wie jede Frau schwach wurde. Und als wäre das noch nicht genug, war er obendrein unverheiratet – und nicht schwul. Dafür gab es zwar nur einen einzigen mageren Beleg, seine Scheidung, aber die Frauen in der Kanzlei waren durchaus gewillt, das als hinreichenden Beweis anzuerkennen. Man sagte Reece nach, mit mindestens zwei weiblichen Angestellten der Kanzlei eine Affäre gehabt zu haben.

Reece kehrte zu seinem Sessel zurück. Es war ziemlich warm in seinem Büro, und Taylor zog ihr Marinejackett aus. Dann fuhr sie sich mit einer Hand durch die Locken und spürte, wie Reece ihre Figur taxierte, wie sein Blick über ihre weiße Bluse und die Rüschen an ihrem Hals wanderte.

In seinem Büro sah es aus, als hätte eine Bombe eingeschlagen. Mindestens hundert Aktenmappen, die von Dokumenten überquollen, bedeckten den Boden, die Regalbretter des Schranks und den Schreibtisch. Fachzeitschriften, die darauf warteten, gelesen zu werden, füllten einzeln oder in Stapeln jede freie Fläche zwischen den Aktenbergen aus. Essensgeruch drang in Taylors Nase, und sie entdeckte neben der Tür eine fettige Tüte von einem Schnelldienst, der chinesische Spezialitäten ins Haus lieferte.

Reece goss sich eine Tasse Kaffee ein und drehte sich zu Taylor um. Er trug ein dunkelblaues Hemd mit weißen Ärmeln und weißem Kragen, eine dunkelblaue Hose und schwarze, spitz zulaufende Schuhe. Aber er sah nicht gerade aus wie aus dem Ei gepellt. Unter seinen Augen waren dunkle Schatten, als hätte jemand dort Bleistiftstriche verschmiert, und rote Äderchen zeigten sich auf dem Weiß der Augen. Sein Haar war ungekämmt, und seine Haut war derart blass, dass Taylor sich fragte, ob er überhaupt braun wurde. Plötzlich gähnte er so ausgiebig, dass ihm Tränen in die Augen schossen. Taylor unterdrückte das gleiche Verlangen, das sich wieder bei ihr meldete.

»Was wissen Sie über das Bankenrecht?«, fragte Reece sie.

»Nun, die Bank verlangt für geplatzte Schecks eine Rückscheckgebühr von zehn Dollar.«

»Ist das alles?«

»Ich fürchte, ja.« Sie schwieg einen Moment und fügte dann hinzu: »Aber ich lerne schnell.«

»Das hoffe ich«, entgegnete Reece ernst. »Gut, dann will ich Ihnen Nachhilfe geben. Einer unserer Klienten ist die US-Niederlassung der Banque Industrielle de Genève. Haben Sie mal für die gearbeitet?«

»Nein.« Taylor zog den Stenoblock aus ihrer Handtasche, nahm die Kappe von einem Stift und machte sich zum Mitschreiben bereit.

»Letztes Jahr hat diese Bank einen Kredit über fünfundzwanzig Millionen …«

»Schweizer Franken?«

»Nein, Dollar«, antwortete Reece und fuhr fort, »… an eine hiesige Firma in Midtown, die Hanover & Stiver, Inc. … Was schreiben Sie denn da?«

»Ich mache mir Notizen. Das tue ich immer.«

»Lassen Sie das«, befahl er.

Taylor zögerte einen Moment und legte dann den Block neben sich auf den Boden.

»Hanover & Stiver betreibt Abfallbeseitigung im großen Stil, Giftstoffe werden entfernt und entsorgt. Nun, anscheinend hat die Bank die Firma vor der Kreditvergabe nicht sorgfältig genug überprüft, denn mittlerweile hat sich herausgestellt, dass in der Geschäftsleitung von Hanover & Stiver der reinste Schlendrian herrscht. Von Anfang an haben sie die Raten nur unregelmäßig gezahlt und ständig neue Entschuldigungen vorgebracht. Ihre Kunden und Lieferanten würden ihre Rechnungen nicht begleichen und ähnliches Blabla. Und am Ende haben sie der Banque Genève erklärt: ›Es tut uns furchtbar Leid, aber wir haben nicht das Geld, um den Kredit zurückzuzahlen.‹ Und schon wird der Wechsel fällig.«

»Sie wollen die Bank wechseln?«

Reece bedachte sie mit einem zweifelnden Blick. »Sie haben wirklich keine Ahnung vom Bankenrecht, nicht wahr? Wenn eine Bank Geld verleiht, muss der Kreditnehmer einen Wechsel unterschreiben. Und dieses Papier ist so ähnlich wie ein Scheck.«

»Verstehe. Ein Scheck über fünfundzwanzig Millionen Dollar.«

»Die Banque Genève hat nun beschlossen, Hanover & Stiver zu verklagen, und mir den Fall übertragen. Wenn man jemanden auf Zahlung verklagen will, muss man dem Gericht den Wechsel vorlegen. Und so hat ihn mir die Bank per Boten zugestellt, aber der Gerichtstermin musste um zwei Wochen vertagt werden, weil ...«

»... er nicht mehr da war?«, fragte Taylor und war ehrlich schockiert.

»Ja«, antwortete Reece leise. »Man hat ihn mir gestohlen. Jemand ist einfach hier hereinspaziert und hat ihn aus meinem verdammten Aktenschrank genommen.«

»Brauchen Sie denn unbedingt das Original? Reicht es nicht, dem Gericht eine Kopie vorzulegen?«

»Das könnte man natürlich tun, aber dafür steht mir nicht mehr genug Zeit zur Verfügung. Die Finanzen von Hanover & Stiver befinden sich in einem erschreckenden Zustand – deshalb hat die Bank es ja auch so eilig –, und bis zu dem Zeitpunkt, an dem ich eine Kopie habe beglaubigen lassen und vorlegen kann, haben die Brüder wahrscheinlich keinen Cent mehr.« Seine Stimme klang bitter. Er rieb sich die Augen. »Die Banque Genève ist einer von Donald Burdicks größten Klienten. Wenn sie durch meine Schuld ihr Geld verliert, verlässt sie uns, ohne Auf Wiedersehen zu sagen.«

»Aber es ist doch nicht Ihre Schuld. Wie hätten Sie auch auf den Gedanken kommen sollen, dass jemand in Ihr Büro eindringt und den Wechsel stiehlt?«

»Es ist sehr wohl meine Schuld. Schließlich bin ich nach Hause gefahren, um zu schlafen …« Er schlug mit der Handfläche auf die polierte Tischplatte und lächelte dann verlegen, um Taylor zu zeigen, dass sein Zorn nicht gegen ihr Mitgefühl gerichtet war. »Als ich in die Kanzlei zurückkehrte, war der Wechsel fort.«

»Vielleicht ist er nur verlegt worden«, sagte Taylor und bereute im selben Moment ihre dumme Bemerkung.

Reece deutete kopfschüttelnd auf die tiefe Delle am Schloss seines aufgebrochenen Aktenschranks.

»Haben Sie denn nicht die Polizei gerufen?«

»Nein, natürlich nicht. Die Presse würde auf die Geschichte aufmerksam, Burdick würde mitbekommen, dass der Wechsel fort ist, und der Bank würde das auch nicht lange verborgen bleiben …« Er sah sie direkt an. »Ich denke, Sie ahnen bereits, warum ich Sie hergebeten habe.«

Vage Vermutungen schossen ihr durch den Kopf. »Sie möchten, dass ich herausfinde, wer das Papier gestohlen hat?«

»Um ganz ehrlich zu sein, es wäre mir noch lieber, Sie würden es finden. Im Moment ist es mir egal, wer es entwendet hat.«

»Aber wieso gerade ich?«, fragte sie, um Zeit zu gewinnen. »Ich meine, warum stellen Sie nicht selbst Nachforschungen an?«

Reece lehnte sich in seinem Sessel zurück, und wieder war ein leises *Pling* zu hören. Er wirkte erleichtert, so als hätte Taylor bereits zugesagt. »Wer immer den Wechsel aus meinem Schrank genommen hat, wird wissen, dass ich mich nicht an die Polizei wenden kann. Und er wird damit rechnen, dass ich nach ihm suche. Also muss ich jemand anderen damit betrauen. Und zwar Sie.«

»Es ist nur so, dass ich …«

»Ich weiß, Sie wollten eigentlich in den Skiurlaub. Tut mir

wirklich Leid, aber den werden Sie wohl verschieben müssen.«

»Mitchell, ich weiß nicht so recht. Es schmeichelt mir natürlich sehr, dass Sie ausgerechnet mich angefordert haben, aber ich fürchte, ich bin auf diesem Gebiet nicht gerade die Erfahrenste.«

»Nun, dann will ich Ihnen eines sagen: Ich habe schon mit einer Menge Privatdetektiven gearbeitet, wenn Sie verstehen, was ich meine.«

»Aber klar, mit Sam Spade und so weiter.«

»Nein, ein Sam Spade war nie darunter. Doch ich habe bei der Zusammenarbeit mit diesen Leuten eine wertvolle Erfahrung gemacht, und zwar die, dass die besten Detektive Frauen sind. Sie sind unauffälliger, attraktiv und klug. Sie wollen nicht bei jedem Gespräch das große Wort führen, sondern lassen ihr Gegenüber ausreden, während sie selbst sich aufs Zuhören beschränken. Und sie sind sexy ... darf ich das sagen?«

»Ich habe nicht vor, Sie aufzuhalten.« Das Erröten geschah von einer Sekunde auf die andere. Sie kam sich wie eine Idiotin vor, so auf eine Bemerkung zu reagieren, die gar nicht als Flirtversuch oder Kompliment gemeint war.

»Eine sexy Frau lenkt Männer ab«, fuhr Reece fort. »Und wenn Sie noch einen Grund hören wollen: Ich vertraue Ihnen.«

»In der ganzen Kanzlei vertrauen Sie niemandem außer mir? Hören Sie, ich habe noch nie für Sie gearbeitet. Und wer sagt Ihnen, dass nicht ich diejenige war, die den Wechsel entwendet hat ...« Sie unterbrach ihren Redefluss und fragte dann leise: »Wann ist er denn gestohlen worden?«

Reece grinste. »Am Samstag. Und da haben Sie ein Alibi. Sie waren zu der Zeit nämlich gar nicht in der Stadt.«

»Aber ich bin doch nur eine Anwaltsgehilfin. Ich kopiere Unterlagen, hefte Akten ab und tippe Texte.«

»Und den hausinternen Gerüchten zufolge …«, er legte eine Kunstpause ein, und Taylor sah ihn fragend an, »… sind Sie nicht auf den Kopf gefallen.«

»So, sagt man das über mich?«, entgegnete Taylor, legte die Stirn in Falten und fühlte sich zutiefst geschmeichelt.

»Werden Sie mir helfen?«

Taylor sah zum Fenster hinaus und spürte, wie seine Augen von ihrem Gesicht zu den Brüsten und den Beinen wanderten. Aber diesmal empfand sie nicht wie üblich Widerwillen, sondern eine kurze, angenehme Verkrampfung im Unterleib. Die Sonne verschwand hinter einer dicken Wolke, und der Himmel wurde so dunkel wie sein Spiegelbild auf dem unruhigen Hafenwasser.

»Ich liebe schöne Aussichten«, sagte Taylor. »Von meiner Wohnung aus hat man einen wundervollen Blick auf das Empire State Building. Man muss sich dazu nur ungefähr einen Meter weit aus dem Badezimmerfenster lehnen.«

»Und ich halte Sie jetzt davon ab, den Blick auf die Berggipfel zu genießen.«

»Meistens stehe ich auf dem Gipfel und verfolge, wie der Blue Shield sich aus den Wolken hebt.«

Beide schwiegen einen Moment. Reece fuhr sich mit den Händen durchs Haar und rieb sich dann wieder die Augen. Taylor unterdrückte erneut das Bedürfnis zu gähnen. Die Uhr auf dem Schreibtisch tickte leise.

»Ich werde Ihnen helfen«, sagte Taylor schließlich. »Ich habe zwar keine Ahnung, was ich tun soll, aber ich will es wenigstens versuchen.«

Er beugte sich abrupt vor und hielt mitten in der Bewegung inne. In Kanzleien gibt es ein Keuschheitsgebot. Was auch immer sich in Hotelzimmern oder Apartments abspielte, innerhalb der Kanzleiwände war nicht einmal ein Küsschen auf die Wange gestattet. So beschränkte sich Reece darauf, seine Dankbarkeit dadurch auszudrücken, dass er

Taylors Hände in die seinen nahm. Sie spürte eine besondere Spannung oder Hitze zwischen seinen Händen und den ihren.

»Ich schätze, die erste Frage muss lauten: Haben Sie irgendeine Vorstellung, was sich hier abgespielt hat?«, sagte sie und zog ihre Hände unter den seinen hervor.

»Nun, die Bank hat den Boten mit dem Wechsel am Freitag um fünfzehn Uhr losgeschickt ...«

Zu der Zeit habe ich mir eine Soap-Opera angeschaut und dabei ein dickes Sandwich mit Truthahnfleisch und Salat verdrückt, dachte sie.

»Gegen sechzehn Uhr habe ich das Papier in meinem Aktenschrank eingeschlossen. Ich habe den ganzen Freitag und Samstag hier gearbeitet. Als ich um zwanzig Uhr Schluss gemacht habe, war es noch an seinem Platz. Doch als ich am Sonntag um neun Uhr morgens wieder hierher kam, war der Wechsel fort.«

»Ist Ihnen am Samstag irgendjemand aufgefallen?«

»Ich habe die ganze Zeit Abschriften studiert. Natürlich waren außer mir noch andere in der Kanzlei, aber ich kann mich nicht mehr an sie erinnern. Und gesprochen habe ich an dem Tag mit niemandem.«

»Wer in der Bank weiß davon, dass das Papier sich in Ihren Händen befindet?«

»Nur der Vizepräsident, der den Kredit bearbeitet und genehmigt hat.«

»Könnte er es gestohlen haben?«

»Das ist mehr als unwahrscheinlich. Wenn die Bank nicht mittels des Wechsels an ihr Geld kommt, ist seine Karriere beendet.«

»Und wie steht es mit Ihrer Sekretärin?«

»Sie ist schon seit zwei Monaten im Mutterschaftsurlaub. Ich lasse alle meine Arbeiten vom Schreibbüro erledigen, bis sie wieder zurück ist.«

»Und wer im Haus ist darüber informiert, dass Sie diesen Fall bearbeiten?«

Reece lachte nur und schob ihr ein Blatt zu.

VON: M. A. Reece
AN: Alle Anwälte von Hubbard, White & Willis
Betr.: INTERESSENKONFLIKT

Ich vertrete unseren Klienten, die Banque Industrielle de Genève, in einer Klage gegen Hanover & Stiver, Inc. Bitte teilen Sie mir mit, ob Sie jemals Hanover & Stiver vertreten oder mit anderen Fällen zu tun haben, in die eine dieser Gesellschaften involviert ist, was zu einem Interessenkonflikt führen und die Interessen unserer Kanzlei berühren könnte.

»Bei diesem Schreiben handelt es sich um unser Standard-Konflikt-Memo. Wir verteilen es im ganzen Haus, um alle Anwälte wissen zu lassen, welche Firmen wir vertreten oder verklagen. Wenn irgendjemand bei Hubbard, White & Willis jemals Hanover & Stiver vertreten hat, muss ich die Sache fallen lassen. Um auf Ihre Frage zurückzukommen, jeder hier im Haus dürfte also Bescheid wissen, dass ich diesen Fall bearbeite. Und man braucht nur im Aktenraum die Kopien meines Schriftverkehrs durchzusehen, um sich ausrechnen zu können, wann der Wechsel in meine Hände gelangt sein dürfte.«

Taylor hielt das Memo mit zwei Fingern. Es ging um fünfundzwanzig Millionen. Sie bemühte sich, auf intelligente und wichtige Fragen zu kommen. »Warum stiehlt jemand ein solches Papier? Kann man es wie einen Scheck einlösen oder seinem Konto gutschreiben?«

»Ich glaube, Hanover & Stiver hat hier im Haus jemanden bestochen, den Wechsel für eine Weile verschwinden zu lassen. Vermutlich so lange, bis die Firma ihren Direktoren und Abteilungsleitern eine hübsche Abfindungssumme überwiesen hat. Und wenn dann die Kasse leer ist, taucht das Papier wie durch ein Wunder wieder auf, und wir dürfen nach Herzenslust klagen. Nur ist dann kein Geld mehr vorhanden, mit dem die Forderungen meines Klienten befriedigt werden können.«

»Das alles hört sich für mich ungeheuerlich an. Ich meine, wann ist in einer Anwaltskanzlei in der Wall Street schon einmal ein so dreister Diebstahl begangen worden?«

»Der Präsident von Hanover & Stiver, Lloyd Hanover, ist ein ausgemachter Dreckskerl, und er glaubt, er sei mit allen Wassern gewaschen. Sie kennen die Sorte bestimmt – Ende fünfzig, Bürstenhaarschnitt und dreimal in der Woche auf die Sonnenbank. Er hat drei Mätressen gleichzeitig und trägt so viele Ringe und Ketten aus purem Gold, dass jeder Metalldetektor einen Kurzschluss bekäme.«

»Das an sich ist aber noch kein Verbrechen«, bemerkte Taylor.

»Nein, das nicht, doch drei nachgewiesene Verstöße gegen Gesetze des Umweltschutzes und zwei rechtskräftige Verurteilungen schon«, entgegnete Reece barsch.

»Oh.«

Reece zog einen Ordner aus seinem Schrank.

»Warum wenden Sie sich nicht direkt an Hanover und nehmen ihn in die Mangel?«, fragte Taylor.

Die Mundwinkel des Anwalts verzogen sich.

Taylor versuchte seiner Antwort zuvorzukommen. »Natürlich würde er alles abstreiten.« Reece nickte, und sie fuhr fort: »Ich habe mir nur gerade überlegt, ob man ihn auf diese Weise nicht dazu bringen könnte, eine Falschaussage zu machen.«

»Taylor, der Staatsanwalt legt bei einer Klage wegen Falschaussage keinen allzu großen Eifer an den Tag, vor allem dann nicht, wenn es um den Bankrott einer Firma geht.«

»Nein, sicher nicht.«

Mädchen, wenn dir nur dumme Fragen einfallen, dann halt lieber den Mund, dachte Reece.

Taylor beugte sich vor und studierte die Akte, die Reece jetzt aufgeschlagen hatte. Gleich oben lag ein Ausdruck der Computerliste. Darauf stand, wer wann seine ID-Karte am Haupteingang benutzt hatte. Der Liste waren die Codenummern der Personen zu entnehmen, die am Samstag in die Kanzlei gekommen waren. Reeces Zeigefinger fuhr die Zahlenkolonne hinab. »Fünfzehn Leute sind am Samstag hier gewesen, aber alle sind zwischen siebzehn und achtzehn Uhr wieder gegangen. Ich bin als Einziger länger geblieben. Sehen Sie, das ist mein Eintrag. Ich habe die Kanzlei um zwanzig Uhr zehn verlassen. Doch hier ist jemand erst um einundzwanzig Uhr dreißig gekommen und zwei Stunden geblieben. Was hatte er in diesen Räumen verloren? Zwei Stunden sind eine eigenartige Zeitdauer für jemanden, der noch etwas an einem Samstagabend in einer Kanzlei zu tun hat. Ich meine, wenn er nur etwas liegen gelassen hat, würde er es an sich nehmen und gleich wieder gehen. Wenn er aber noch etwas recherchieren musste, würde ihn das mehr Zeit als bloß zwei Stunden kosten. Vermutlich würde er die ganze Nacht bleiben … Zwei Stunden dürften jedoch vollauf reichen, den Wechsel zu suchen und auch zu finden.«

»Wessen Code steht denn für die fragliche Zeit auf der Liste?«

»Das ist das Problem.« Reece drehte das Blatt um. »Hier steht zwar die Codenummer, aber ich habe keine Ahnung, wem sie gehört. Und ich weiß nicht, wie man diese Information aus dem Computer holen kann. Haben Sie vielleicht eine Idee, wie das zu bewerkstelligen ist?«

»Tut mir Leid.« Sie schüttelte den Kopf.

»Ich glaube, dann ist das Ihre erste Aufgabe. Finden Sie heraus, wer diese Codenummer hat.«

»Es gibt andere Möglichkeiten, in die Kanzlei zu gelangen, Mitchell. Vielleicht ist jemand von außen eingebrochen.«

Reece bemerkte ein Staubkorn auf seiner hellen Manschette und schnippte es fort. »Unter uns Prozessanwälten erzählt man sich gern eine alte Geschichte über einen Polizisten, der bei den Eisenbahnschienen immer häufiger auf die Leichen von ermordeten Landstreichern stieß. Ihre Körper waren völlig zerfetzt. Der Beamte arbeitete mit viel Mühe die Theorie von einem psychisch gestörten Mörder aus, dessen Vater Landstreicher gewesen sein musste und der Rache für seine erbärmliche Kindheit nehmen wollte. Der Polizist verbrachte bald seine ganze Zeit bei den Gleisen, um den Mörder zu stellen.«

»Und was ist passiert?«

»Er ist an einer unübersichtlichen Kurve von einem Zug erfasst worden, genau wie all die Landstreicher auch. Und die Moral von der Geschichte lautet: Grübeln Sie nicht über die unwahrscheinlichsten Möglichkeiten nach, wenn das Offensichtliche Sie auch weiterbringt. Natürlich können sich tausend und mehr Dinge ereignet haben, aber ehe wir uns den Kopf über weit hergeholte Theorien zerbrechen, wollen wir uns lieber an das halten, was sich aller Wahrscheinlichkeit nach hier abgespielt hat.« Er zückte seine Brieftasche und reichte Taylor zehn Hundert-Dollar-Noten.

Sie sah ihn mit einem schiefen Lächeln an und war ebenso verlegen wie neugierig.

»Für Spesen und Sonderausgaben.«

»Was für Sonderausgaben?«

»Bestechung. Um jemandem die Zunge zu lösen«, entgegnete er ungeduldig.

Taylor nahm die Geldscheine, hielt sie unschlüssig einen Moment lang in der Hand und steckte sie dann in ihre Tasche. Als sie aufschaute, sah sie in Reeces düstere Miene. Er schob ihr einen Zettel zu. Sie warf einen kurzen Blick darauf – DIN-A4 und blassgrün, die Farbe, die die Wände in alten Krankenhäusern und Regierungsgebäuden hatten – und erkannte es als eine Terminübersicht, wie sie der Anwalt vom Dienst bei Hubbard, White & Willis täglich in der Kanzlei rundgehen ließ. Der Kalender war in dreißig Kästchen aufgeteilt, die für die einzelnen Tage standen, und begann heute. In die Kästchen waren die Termine eingetragen, die die Prozessanwälte der Kanzlei wahrzunehmen hatten. Reece nahm einen Stift und kreiste damit zwei Kästchen ein. Als Erstes den heutigen Tag, den 26. November, und als Zweites den 9. Dezember. Dann tippte er mit dem Stift auf das zweite Datum und sagte: »Lesen Sie das.«

Taylor beugte sich vor.

»Lesen Sie laut.«

Sie warf ihm einen fragenden Blick zu und tat dann wie geheißen. »Banque Industrielle de Genève gegen Hanover & Stiver, Inc. Verfahren. 10 Uhr, keine weitere Vertagung.«

»Mir bleiben genau zwei Wochen, um den Wechsel aufzutreiben, Taylor.«

»Ich werde mein Bestes tun, Mitchell«, sagte sie und nahm das Blatt. »Kann ich das behalten?«

»Selbstverständlich.« Er sah auf seine Armbanduhr. »Wir machen morgen weiter. Aber es ist sicher nicht gut, wenn wir uns hier im Haus treffen. Wie wäre es denn morgen um halb zehn im Vista?«

»In dem Hotel? Natürlich, warum nicht?«

»Wir können uns auch jederzeit bei mir oder bei Ihnen treffen.« Sein Blick wanderte kurz zur Seite und über einen Aktenstapel. »Bei Ihnen wäre gut. Ginge das?«

»Ja«, antwortete sie. »Ich befinde mich sozusagen im Stadium zwischen zwei Beziehungen.« Taylor fragte sich, ob er bemerkte, wie sie errötete.

»Ich weiß, ich habe davon gehört.«

»Oh!«

Reece lachte. »Machen Sie nicht ein so überraschtes Gesicht, Taylor. Oder glauben Sie wirklich, in einer Anwaltskanzlei könnte etwas lange geheim bleiben?«

Wer sind diese Männer und Frauen?

Ich weiß über sie nicht mehr, als was sie verdienen, wie fachlich kompetent sie sind und wonach sie streben. Aber was weiß ich wirklich über sie?

Im großen Saal an der Südseite des sechzehnten Stockwerks hört Donald Burdick, wie die Standuhr wie Big Ben zu schlagen beginnt und kurz davor ist, elf Uhr anzuzeigen. Die Partner treffen ein. Die meisten tragen Clipboards oder Aktenmappen und den unverzichtbaren, in Leder gebundenen Terminkalender unter dem Arm.

In all den Jahren, in denen ich mit diesen Leuten Recht durchgesetzt habe, bin ich immer wieder mit einem kurzen Aufflackern von Widerspenstigkeit, von Brutalität und ab und zu sogar von Grausamkeit konfrontiert worden.

Und mit Großzügigkeit und Opferbereitschaft.

Aber wie sieht es wirklich in ihren Herzen aus?

Sie nehmen im großen Konferenzraum ihre Plätze am Tisch ein. Einige von ihnen, die Neuen, die sich in dieser Umgebung noch etwas unsicher fühlen und ihre Jacketts anhaben, studieren die Kerben im Rosenholz oder ziehen mit dem Zeigefinger die Muster im Marmor nach. Die anderen, die Veteranen, kommen in Hemdsärmeln, um kundzutun, dass sie mitten in der Arbeit stecken und eigentlich für Verwaltungssitzungen wie diese überhaupt keine Zeit haben. Ihre Mienen zeigen, wie lästig ihnen das alles ist.

Eine Versammlung von brillanten, ambitionierten Menschen, alle vereint vom Band der zweiunddreißig Seiten mit den Artikeln des Partnerschaftsvertrags. Selbst während sie ihre Plätze einnehmen, eilen Assistenten mit wichtigen Nachrichten herein und hinaus. Die jungen Männer und

Frauen nehmen stehend und vorgebeugt die geflüsterten Instruktionen entgegen, nicken eifrig und hasten dann davon. Die Gespräche zwischen den Partnern sind kurz und formell – sie können schlecht die Atmosphäre der Spekulation und Erwartung verbergen, die über dem Raum schwebt.

Meine Partner … aber wie viele von ihnen sind auch meine Freunde?

Burdick, der am runden Ende sitzt, weiß, dass die Frage falsch gestellt ist. Sie muss viel eher lauten: Wie viele von meinen Freunden werden mir in den Rücken fallen? Wenn die Rechnung, die Bill Stanley ihm vorhin aufgemacht hat, exakt ist, hat er schon die Antwort auf seine Frage: Sehr viele werden sich von ihm abwenden. Burdick betrachtet ihre Gesichter und versucht durch seine Bifokalbrille mit dem Schildpattgestell in Augen zu lesen, die allesamt ruhig und ohne Angst wirken. Doch oft genug, wenn einer von ihnen seinen Blick bemerkt, wendet der Betreffende rasch und wie ein schuldbewusstes Kind den Kopf zur Seite.

Burdick flüstert Stanley zu: »Fast fünfzehn fehlen. Das könnte den Ausschlag geben.«

»Vielleicht hat Wendall sie ermordet«, knurrt Stanley, »und ihre Leichen verschwinden lassen.«

Um elf Uhr fünfzehn trifft der letzte Partner ein, und Burdick gibt ihm mit einem Nicken zu verstehen, dass er die Tür schließen soll. Sie fällt mit einem satten Klicken ins Schloss.

Burdick hat das Gefühl, dass sich die Atmosphäre im Raum verändert hat, und es kommt ihm so vor, als wären sie alle in einer Kammer der Cheopspyramide eingeschlossen. Er eröffnet die Sitzung. Das Protokoll der letzten Versammlung wird verlesen und stößt auf mäßiges Interesse. Als der Bericht des Vorstands vorgetragen wird, hört schon keiner mehr zu. Eine Darlegung jagt die nächste, und es kommt nur selten zu Zwischenfragen oder zu einer Debatte.

»Möchten Sie jetzt den Maßnahmeplan des Einstellungsausschusses hören?«, fragt ein sichtlich aufgeregter junger Partner, der wahrscheinlich die halbe Nacht aufgeblieben ist, um den Bericht fertig zu stellen.

»Nein, möchten wir nicht«, erklärt Burdick ruhig. Als er das Lächeln auf den Gesichtern mehrerer Partner bemerkt, sagt er sich, dass es sich bei seinem unbewussten Gebrauch des Pluralis Majestatis um eine Freud'sche Fehlleistung gehandelt haben muss.

Im Raum herrscht Schweigen, das nur vom Öffnen und Zischen von Mineralwasserdosen und vom Rascheln der Papiere, die umgeblättert werden, unterbrochen wird. Dutzende von Stiften malen Strichmännchen auf Notizblöcke. Burdick geht noch einmal die Tagesordnung durch, als Wendall Clayton seine Jacke auszieht, einen Ordner aufschlägt und fragt: »Darf ich die geschätzte Versammlung ums Wort bitten?«

Burdick nickt ihm zu. In einstudiertem Bariton beginnt Clayton: »Einigen Mitgliedern dieser Kanzlei sowie meiner Person haben sich Angehörige des Vorstands von Sullivan & Perelli genähert und uns gebeten, eine Fusion unserer beiden Kanzleien in Erwägung zu ziehen.«

Burdick lässt rasch den Blick über die Menge schweifen. Auf einigen Gesichtern macht er Verblüffung und Entsetzen aus. Das wiederum erstaunt ihn. Er ist davon ausgegangen, dass mittlerweile jeder im Haus darüber Bescheid weiß.

»Und warum ist Sullivan & Perelli nicht an unseren Vorstand herangetreten?«, brummt Bill Stanley wie beiläufig.

»Ich kann nicht für Sullivan & Perelli sprechen«, entgegnet Clayton abweisend.

Keiner kritzelt mehr auf seinem Block, und auch das Rascheln von Papier hat aufgehört. Wenn jetzt einer die Kaffeetasse zum Mund hebt, dann nur, um Zeit zu gewinnen oder sich dahinter zu verstecken. »Wendall«, sagt Stanley gereizt, »Sie gehören nicht einmal dem Planungskomitee an.«

Clayton täuscht Überraschung vor. Dann breitet sich ein

Lächeln auf seinem Gesicht aus. »Vielleicht fürchtete man bei Sullivan & Perelli, man würde dort nicht die erforderliche Aufmerksamkeit erhalten.«

»Wie genau sieht denn deren Vorschlag aus?«, fragt Burdick.

»Sie haben noch gar keinen gemacht. Man möchte unsere Geschäftsbücher einsehen, komplett mit allen Einnahmen und Ausgaben, und Kopien unserer Personal- und Klientenlisten erhalten. Natürlich würden sie uns mit dem Gleichen versorgen.«

»Aber diese Unterlagen sind doch streng vertraulich«, wendet ein jüngerer Partner ein. Jetzt, da die Karten auf dem Tisch liegen, wagen sich die Ersten aus ihrer Deckung hervor.

»Unsere Einnahmen und Ausgaben wollen sie sehen?«, fragt jemand schockiert.

»Die Kanzlei schlägt uns ein streng vertrauliches Abkommen zur gegenseitigen Offenlegung der Interna vor«, erklärt Clayton.

»Können wir darüber diskutieren?«, ruft ein anderer. »Was wissen wir eigentlich über Sullivan & Perelli?«

Immer mehr melden sich zu Wort, und eine Woge von Kommentaren schwappt durch den Raum. Einige machen launige Bemerkungen, und das daraufhin ausbrechende Gelächter löst die allgemeine Anspannung. Claytons klare, tiefe Stimme sorgt für Ruhe. »Sullivan & Perelli hat zweihundertunddreißig Anwälte. Sie sind spezialisiert auf Immobilien, auf Arbeits- und auf Verwaltungsrecht. Ihre Kanzlei erhält viele Aufträge von der Stadtverwaltung und vom Land.«

Obwohl Burdick mit allen öffentlich bekannten – und auch einigen weniger bekannten – Fakten über John Perelli vertraut ist, schüttelt er jetzt traurig den Kopf, so als wäre er von Claytons Auskunft enttäuscht. »Stadtverwaltung ...«

Clayton zieht tief an seiner Zigarre und bläst den Rauch explosionsartig an die Decke. »Sullivan & Perelli gilt als überaus erfolgreiche Kanzlei. Wenn ich recht informiert bin, betrug ihr Umsatz im letzten Jahr achtundsiebzig Millionen. Und die Profite werden ziemlich gleichmäßig unter den Gesellschaftern aufgeteilt. Ein Seniorpartner bekommt dort eine Ausschüttung von siebenhundertfünfzigtausend im Jahr als Spitze.«

Die Stille, die sich jetzt im Saal ausbreitet, ist voller Spannung. Bei Hubbard, White & Willis gibt es so was nicht. Die dienstältesten Seniorpartner – wie Burdick und Stanley – erhalten achtundzwanzig Prozent des Firmeneinkommens. Die Juniorpartner kriegen dagegen oftmals weniger als die Assistenten mit ihrem Festgehalt.

»Stadtverwaltung, Regierungsvertretung, Arbeitsprozesse«, bemerkt Stanley. »Hört sich wie eine Gewerkschaftskanzlei an.«

»Perelli hat Yale besucht«, kontert Clayton.

Burdick entgegnet säuerlich und giftig wie eine ältliche Lehrerin: »Es interessiert mich nicht, welche akademische Laufbahn dieser Perelli hinter sich gebracht hat. Was Sie uns hier vorschlagen, ist, eine Krüppelkiefer auf eine Eiche zu pfropfen!«

Clayton lacht unwillkürlich laut und schnell auf. Es hört sich an wie die Garbe eines Heckenschützen, und er hat eigentlich nicht vorgehabt, eine solche Breitseite auf den Mann am Kopfende abzufeuern. »Wir haben später noch ausreichend Gelegenheit, die Vorteile einer solchen Fusion zu diskutieren. Im Augenblick geht es nur um die Frage, ob wir bereit sind, unsere Interna auszutauschen.«

Ein noch recht neuer Partner am Ende des Tisches meldet sich zu Wort. Sein Dialekt lässt darauf schließen, dass er nur fünf Minuten vom Charles River entfernt aufgewachsen ist. »Ich halte es nicht für ratsam, jetzt schon über das Thema einer Fusion zu reden. So etwas lässt sich nicht lange geheim halten, und wir alle wissen, wie die Presse auf die Zusammenlegung von Anwaltskanzleien reagiert. Womöglich müssen wir dann bereits nächste Woche im *The National Lawyer* einen Artikel über das Ableben von Hubbard, White & Willis lesen.«

»Einige der angesehensten Kanzleien in New York sind durch eine Fusion stärker und effizienter geworden«, entgegnet Clayton geduldig. »Aber das ist jetzt nicht unser Thema. Das streng vertrauliche Abkommen wird gewährleisten, dass es keine undichten Stellen gibt, durch die etwas nach draußen dringen kann. Und wenn trotzdem etwas durchsickern sollte, wem schadet das schon? Wir haben eine Public-Relations-Firma unter Vertrag, die, seit wie lange eigentlich, nichts getan hat?« Seine grün gefleckten Augen richten sich auf Burdick. »Wann haben Sie diese Agentur angeheuert, Donald? War das nicht vor über einem Jahr? Die Leute dort sollen endlich einmal etwas für ihr Geld tun.«

»Wenn Sie eine Abstimmung wollen«, entgegnet Burdick, ohne auf den Einwurf einzugehen, »dann formulieren Sie den Antrag. Für mich persönlich ist die Idee ziemlich sinnlos, aber wenn es Ihnen gelingen sollte, zwei Drittel der Stimmen hinter sich zu bringen …«

»Eine einfache Mehrheit genügt, Donald.«

Burdick runzelt die Stirn und schüttelt dann den Kopf. Verwirrung zeigt sich auf seinem Gesicht. »Die einfache Mehrheit? Nein, Wendall, der Ansicht bin ich nicht. Es geht bei Ihrem Vorschlag um die Fusion unserer Kanzlei mit einer anderen, und so etwas erfordert eine Zweidrittelmehrheit«

»Ich scheine mich hier ständig wiederholen zu müssen«, erwidert Clayton, »aber bei meinem Antrag geht es nicht um eine Fusion, sondern lediglich um ein Abkommen zur gegenseitigen Akteneinsicht.«

»Ja, doch dieses Abkommen soll einzig und allein zu dem Zweck getroffen werden«, erklärt Burdick geduldig, »die praktische Durchführbarkeit der Fusion nachzuweisen.«

Es geht zu wie bei einem Tennismatch. Die Köpfe der Anwesenden drehen sich nach links und nach rechts und verfolgen die Volleys von Clayton und Burdick. Die meisten Partner schämen sich insgeheim für Burdick, weil sie seine Argumente für kleinlich halten. Aber sie ärgern sich auch über Clayton, da er sie zwingen will, sich in dieser enorm wichtigen Frage offen, wenn auch nur fürs Protokoll, für den einen oder den anderen zu entscheiden.

»Das Thema ist doch gar nicht eine Fusion …«

»Es dreht sich in Wahrheit um eine Abstimmung, die der Fusion *vorangeht* …«

Am Ende setzt sich Clayton durch. Burdick verzieht, müde vom Kampf, das Gesicht und sagt großmütig: »Wenn wir so weitermachen, sitzen wir morgen noch hier. Also schön, schreiten wir zur Abstimmung.«

Burdick setzt zwar eine finstere Miene auf, aber die ist nur Fassade. Er weiß, dass Clayton Recht hat, wenn er erklärt, für diese Abstimmung genüge die einfache Mehrheit. Doch darum ist es ihm bei dem Disput mit Clayton auch gar nicht gegangen. Burdick wollte hier vor allen Partnern klar machen, wie er zu der Fusion steht, damit die Naiven, die Neuen und die Zweifelnden unter ihnen wissen, woran sie sind. Er hat seinen Standpunkt jetzt hinreichend deutlich gemacht und kann nun voller Interesse verfolgen, wie groß sein Einfluss ist.

Stanley ruft knurrend die einzelnen Namen auf und notiert die jeweilige Stimmabgabe. Burdick sitzt ganz ruhig da und tut so, als würde er sich auf ein Schreiben konzentrieren. Jeder gibt sein »Dafür« oder »Dagegen« ab, und Burdick zählt in Gedanken mit. Seine Stimmung schwankt zwischen Verzweiflung und Triumph. Kurz vor Schluss der Abstimmung steht dann bereits fest, dass Clayton sie für sich entscheiden kann, aber nur mit knappem Vorsprung, was Burdick doch mit einiger Erleichterung registriert. Die Liste der Abtrünnigen, die Stanley Burdick präsentiert hat, ist nicht exakt gewesen. Clayton ist stark, aber nicht so stark, wie Burdick es befürchtet hat. Er hat die Vorwahl gewonnen, besitzt allerdings noch nicht genug Anhänger, um die Fusion durchzudrücken.

Clayton beobachtet Burdick, versucht die steinere Miene, diesen königlich unbeteiligten Ausdruck zu durchdringen. Sein goldener Füllfederhalter tanzt auf der Schreibunterlage. »Ich stelle ein Papier über das Abkommen zusammen und lasse es unter den Anwesenden verteilen. Des Weiteren sollten wir ein Komitee gründen, das sich mit den Finanzen von Sullivan & Perelli auseinander setzt und für die Kanzlei einen Bericht verfasst.«

Es wäre müßig, darüber einen neuen Streit vom Zaun zu brechen, und so erklärt Burdick: »Eine gute Idee, Wendall. Ich schlage vor, dass die Mitglieder der Buchhaltung und die des Planungskomitees diesem Gremium angehören. Sonst noch jemand?«

Clayton zuckt mit den Schultern.

»Ich gehe davon aus«, sagt Burdick zu seinem Kontrahenten, »dass Sie auch gerne dabei wären.«

»Dieser Gedanke, gebe ich zu, ist mir gekommen.«

»Und ich halte das für eine ausgezeichnete Idee«, entgegnet Burdick lächelnd. »Sollen wir darüber abstimmen?«

... Vier

»Dimitri«, flüsterte sie eindringlich, »sag nicht schon wieder so was wie seidenweich. Bitte!«

»Wieso, den Leuten gefällt das«, erklärte die dunkle Stimme mit dem griechischen Akzent. »Du weißt doch, dass man ihre Fantasie anregen muss.«

»Aber mir ist es peinlich.«

»Nein, es ist sexy.«
»Nein, ist es nicht.«
»Ist es doch.«
»Du ermunterst die Lüstlinge damit geradezu.«
»Und auch mich selbst. Sind die Lichter klar?«
»Ja«, seufzte sie, »die Lichter sind klar.«
Und aus den Lautsprechern tönte es: »Ladies und Gentlemen, Miracle's Pub freut sich, Ihnen das satingeschmeidige und seidenweiche Klavierspiel von Taylor Lockwood präsentieren zu dürfen. Oh, wie weich und geschmeidig! Bitte, empfangen Sie die Künstlerin mit einem warmen Applaus. Und vergessen Sie nicht, sich von der Kellnerin die Karte mit unseren Exotic-Drinks bringen zu lassen.«
Oh, wie weich und geschmeidig!
Die Auftritte hier waren gar nicht so schlecht. Der finstere Besitzer des Clubs im West Village frönte der Vorstellung, eine zweideutige Vermischung von Sex und Musik würde wesentlich dabei helfen, mäßige bis miserable Speisen zu verkaufen, und hatte Taylor für die Dienstagabende unter Vertrag genommen. Sie trat an diesen Abenden exklusiv auf, es sei denn, Dimitris Schwiegersohn verspürte gerade Lust, mit seinem Balalaika-Orchester auf die Bühne zu gehen.

Taylor hatte zwischen dem Tagesjob in der Kanzlei und den Dienstagabendauftritten zu einer merkwürdig schizophrenen Harmonie gefunden. Musik deckte ihre sinnliche Liebe ab, während die Arbeit als Anwaltsgehilfin sie mit der Befriedigung des Intellekts erfüllte. Wenn sie am Klavier saß, vermisste sie die Vernunft und Ordnung der Kanzlei. Wenn sie an ihrem Schreibtisch saß, ertappte sie sich immer wieder dabei, sehnsuchtsvoll an die Freiheit der Musik zu denken, an das Adrenalin, das bei den Auftritten durch ihre Adern strömte, und an den verruchten Zauber von Bars. Manchmal kam sie sich vor wie die Männer, die doppelt verheiratet sind, ohne dass die eine Familie von der anderen weiß. Vielleicht würde sie eines Tages auffliegen und große Scherereien bekommen, aber bislang hatte sie ihr kleines Geheimnis hüten können.

Taylor spielte gerade die Überleitung zu »Anything Goes«, als die Eingangstür mit ihrem Quietschen von D-Dur zu B-Dur aufflog. Die Frau, die hereinkam, war Mitte zwanzig und hatte das runde und liebe Gesicht einer großen Schwester. Ihr Haar war zu einem Pferdeschwanz zusammengebunden, und sie trug einen Pullover mit Norwegermuster, schwarze Steghosen und L.-L.-Bean-Stiefel. Als sie Taylor auf der Bühne entdeckte, lächelte sie nervös und winkte hektisch, bis sie plötzlich damit innehielt, da ihr wohl eingefallen war, dass ihr Auftritt die Show störte. Taylor teilte dem Publikum mit, dass sie jetzt eine kleine Pause mache, ging nach unten und setzte sich neben die junge Frau. »Carrie, du hast es tatsächlich geschafft!«

Die Angesprochene strahlte mit funkelnden Augen. »Das war wirklich toll. Ich hatte ja keine Ahnung, was für eine gute Musikerin du bist. Hast du das etwa studiert? Vielleicht in Juilliard?«

Taylor nippte an ihrem Glas mit Seagram und Soda. »Juilliard? Tipp lieber auf Madame Tschuikowa. Sie leitet eine berühmte Musikschule. Hast du nie davon gehört? Freddy Bigelow hat sie besucht. Und Bunny Grundel auch.«

»Nein, ich habe von keinem von ihnen je etwas gehört.«

»Da bist du nicht die Einzige. Freddy, Bunny und ich waren damals in derselben Klasse. Jeden Dienstag und Donnerstag sind wir um vier zu Madame Tschuikowa gegangen, um uns mit Arpeggien und korrekter Fingerhaltung foltern zu lassen …« Ihr Blick fiel auf Carries Diplomatenkoffer. »Sieht so aus, als hättest du ein paar Papiere mitgebracht.«

»Weißt du, ich komme mir fast schon vor wie eine Geheimagentin. Die ganze Geschichte ist wirklich verrückt. Ehrlich gesagt, Taylor, sie macht mich ziemlich nervös.«

»Carrie, ich hätte dich bestimmt nicht gebeten, wenn die Sache nicht so furchtbar wichtig wäre. Ich hätte es ja selbst erledigt, aber ich kenne mich zu wenig mit Computern aus. Sind das die Schlüsselverzeichnisse?«

»Ja.«

»Wie kann ich feststellen, wer den Schlüssel mit der Nummer zweihundertelf hat?«

Carrie sah in der Liste nach. »Der Computerschlüssel wurde vor zwei Jahren dem Anwalt Nummer fünfundachtzig ausgehändigt.«

»Und wer verbirgt sich hinter dieser Nummer?«

Carrie blätterte in einem anderen Stoß Papier. Dann runzelte sie die Stirn. »Douglas Keller.«

»Wer ist denn das?«

»Er hat uns vor einem Jahr verlassen.« Sie sah von den Papieren auf. »Die Schlüssel werden nach dem Ausscheiden eines Anwalts weitergegeben. Sie kosten nämlich zwanzig Dollar das Stück. Wenn also jemand geht, wird der Schlüssel eingezogen und einem anderen ausgehändigt.«

»Und wer hat nach Keller die Nummer zweihundertelf bekommen?«

Carrie kämpfte sich durch einen weiteren Berg grünweiß gestreiften Computerpapiers. »Er wurde im Januar neu vergeben. An Thom Sebastian.«

»Sebastian.« Taylor blickte in die Ferne und versuchte, sich an sein Gesicht zu erinnern. So viele von den jungen Anwälten sahen gleich aus. »Was weißt du über den Mann?«

»Ist ein ziemlich Wilder. Schlägt sich Nacht für Nacht um die Ohren und reißt jede Woche eine andere auf. Er kann leider nie die Finger bei sich halten. Wir sind einmal miteinander ausgegangen, und er ist mir etwas zu sehr auf die Pelle gerückt.«

»Ist er vielleicht hier?«

»Als ich vor etwa einer halben Stunde die Kanzlei verlassen habe, hat er noch gearbeitet. Aber ich schätze, er wird heute wieder auf die Piste gehen. Soviel ich weiß, zieht er jede Nacht durch die Clubs.«

»Ist dir vielleicht auch bekannt, wo er sich am liebsten aufhält?«

»Es gibt da einen Laden, der heißt The Space …«

»Den kenne ich«, sagte Taylor, »da bin ich schon mal gewesen. Und wo zieht es ihn sonst noch hin?«

»Tut mir Leid, mehr weiß ich nicht.«

»Hast du Kopien von den Arbeitszeiten am Hanover-Stiver-Fall mitgebracht?«

Carrie reichte ihr einen dicken Stapel Fotokopien. Taylor blätterte rasch darin. »O Gott, sieh sich einer mal an, wie lange Reece arbeitet. Fünfzehn Stunden an einem Tag. Hier sogar sechzehn. Und am nächsten wieder zehn. Und das über mehr als ein Jahr.«

»Deswegen stehe ich ja auch so wahnsinnig darauf, im Bereich Wirtschaftsrecht tätig zu sein«, seufzte Carrie und verdrehte die Augen. »Wenn du in der Prozessabteilung bist, kann es dir passieren, dass du bis zu zwei Jahre an ein und demselben Fall arbeitest.«

»Oh, Linda Davidoff hat sich auch mit dem Fall befasst.«

»War das nicht furchtbar traurig?«, sagte Carrie. »Ich bin nicht zur Beerdigung gegangen. Warst du dort?«

»Ja, ich war da. Hast du sie gekannt?«

»Nicht übermäßig gut. Ein Geheimnis hat sie umgeben.« Carrie lachte unvermittelt. »So wie dich. Ich hätte nie geglaubt, dass du Musikerin bist. Linda hat gedichtet. Wenn ich an sie zurückdenke, kommt mir ihr Leben jedenfalls wie das einer Dichterin vor.«

»Sie hat fast so lange gearbeitet wie Reece.«

»Er ist ein wahrer Traum, was? Ich spreche von Mitchell Reece. Als ich in der Kanzlei angefangen habe, habe ich gleich mit ihm geflirtet, aber irgendwie war er nicht an mir interessiert. Das hat mich damals ziemlich fertig gemacht. Vermutlich bin ich einfach nicht sein Typ.«

»Das ist aber merkwürdig«, sagte Taylor. »Im Juli hat Linda von einem Tag auf den anderen aufgehört, an dem Fall zu arbeiten. Einfach so. Was mag wohl der Grund dafür gewesen sein? Vorher saß sie täglich acht bis zehn Stunden an der Geschichte, und dann war plötzlich Schluss. Ein Assistent namens Sean Lillick ist für sie eingesprungen.«

»Ach, Sean … ein eigenartiger Junge. Ich glaube, er ist auch Musiker. An ihm ist nicht allzu viel dran, aber irgendwie mag ich ihn, obwohl er mich ignoriert. Doch Mitchell ist wirklich süß.« Carrie spielte unbewusst mit den Perlen ihrer Halskette, und ihre Stimme wurde so leise, als wollte sie Taylor den neuesten Klatsch zuflüstern. »Ich habe gehört, du warst den ganzen Tag mit ihm zusammen.«

Taylor sah nicht von den Blättern auf. »Mit wem?«, fragte sie beiläufig, obwohl ihr Herz zu galoppieren begonnen hatte.

»Mit Mitchell Reece.«

»Woher hast du denn das erfahren?«

Glauben Sie wirklich, in einer Anwaltskanzlei könnte etwas lange geheim bleiben?

»War nur so ein Gerücht im Schlachthof. Einige von den Mädchen sind ganz schön eifersüchtig auf dich. Sie würden alles darum geben, für ihn zu arbeiten.«

Wer um alles in der Welt hat uns gesehen?

Warum, zum Teufel, interessiert sich jemand dafür?

»Weiß jemand, dass du dieses Zeug hier für mich besorgt hast?«, fragte Taylor. »Ich meine, die Kopien und all das andere?«

»Nein, niemand. Da bin ich mir hundertprozentig sicher.«

»Kann ich die Papiere behalten?«

»Klar, sind alles bloß Kopien.«

»Wo werden die Arbeitszeitbögen der Kanzlei aufbewahrt?«

»Im Aktenraum. Dort sind sie nach Anwälten geordnet abgelegt.«

»Werden sie in Aktenschränken eingeschlossen?«

»Nein.«

»Und was ist mit den Daten der Computerschlüssel?«, wollte Taylor wissen.

»Die sind im Computer aufgezeichnet. Lass dir von einer der Sekretärinnen die Listen ausdrucken. Äh … Taylor, kannst du mir nicht erzählen, was hier eigentlich vor sich geht?«

»Nun, es hat da einen ziemlichen Schlamassel bei der Rechnung an die Banque Genève gegeben. Wirklich peinlich. Mitchell hat mich gebeten, die Sache in Ordnung zu bringen. Und zwar so unauffällig wie möglich.«

»Von mir erfährt niemand ein Wort.«

Taylor verstaute die Blätter in dem Koffer, in dem sie ihre Noten mitgebracht hatte.

Das Licht wurde gedämpft.

»Ich muss weiter meine Brötchen verdienen«, verabschiedete sie sich von Carrie und ging auf die Bühne zurück. Als sie wieder zu spielen anfing, bekam sie eine Gänsehaut. Eine unbestimmte Furcht beschlich sie.

Wer, zum Teufel, hat uns gesehen?

Wer, zum Teufel, interessiert sich dafür?

Sie fand auf keine der beiden Fragen eine Antwort und gelangte schon bald zu dem Schluss, dass sie sich selbst verrückt machte. Dann musste sie lachen, als ihr klar wurde, dass das Lied, das sie spielte und das ihr wohl das Unterbewusstsein eingegeben hatte, den Titel »Someone to Watch Over Me« trug.

»Sie können mich Sly nennen.«

Die junge Frau musterte den pausbäckigen jungen Mann mit seiner rosigen, babyweichen Haut, der Nachrichtensprecherfrisur, dem grauen Anzug und der Cartier-Uhr. Und auch er betrachtete sie – rotes Kleid mit gepolsterten Schultern, schwarze Strümpfe mit Paisley-Muster, schwarzer Hut mit Schleier. Und ziemlich kleine Brüste, das bemerkte er gleich, aber sie zeigte viel Haut.

»Was?«, schrie sie. Die Musik in diesem Laden wurde mit der Lautstärke von Düsentriebwerken abgespielt.

»Sie können mich Sly nennen.« Die meisten Frauen lachten, wenn er sich mit dem Spitznamen von Sylvester Stallone vorstellte, und entgegneten dann: »Verpiss dich!«, oder: »Zieh Leine!« Aber die hier war anders, sie schien sich Zeit zu nehmen. Sie sah ihn an, während er geistesabwesend mit irgendeinem Gegenstand in seiner Hand auf den Tresen klopfte, so als wollte er Morsezeichen aussenden.

Tapp, tapp, tapp.

»Man hat mich schon oft auf der Straße mit Stallone verwechselt. Ist mir eigentlich peinlich«, sagte jetzt der junge Mann mit dem Doppelkinn und dem Bauch, der über dem Alligatorgürtel hing. Er wusste, wie er seine Anmachsprüche an den Mann beziehungsweise an die Frau zu bringen hatte. Anmachen, Flirten, Kontaktaufnahme, oder wie immer man es auch nennen wollte, war im Grunde nicht anders als eine Geschäftsverhandlung. Man musste in eine Rolle schlüpfen und sie spielen. Eigentlich war es eine Schande, dass nicht jede Frau sofort große Augen bekam, wenn er den Athletic Club, die Junior League oder sein Tennisspiel im Piping Rock erwähnte. (Das ist der richtige Tennisclub für dich, Darling, der megacoolste überhaupt.)

Aber hier war er in Downtown, und man musste sich immer auf den Markt einstellen, auf den man sich begab, nicht wahr? Dieser Club war ein ehemaliges Lagerhaus, das man gründlich von oben bis unten renoviert und umgebaut hatte. Man erreichte ihn über ausbesserungsbedürftige Kopfsteinpflasterstraßen, auf denen man nur den Limousinen und Taxis begegnete, die vor dem Laden anhielten und die Vergnügungssüchtigen absetzten. Die bauten sich dann wie Bittsteller vor den Türstehern mit den weiten Jacken auf. Und diese wiederum prüften sorgfältig, wer von ihnen eintreten durfte, und zeigten das den Glücklichen mit einem Fingerschnippen an.

Tapp, tapp, tapp.

Die meisten gaben ihm gleich recht unfreundlich zu verstehen, er solle abhauen. Aber da waren eben auch Frauen, die genauso reagierten wie die hier neben ihm. Sie blickten auf seinen kleinen Taktstock, ein dunkelbraunes Fläschchen. Und nach einer Weile sagten sie dann: »Hi, ich bin Veronica.«

Er zählte sieben Farben auf ihrem Gesicht und fragte sich, wie lange sie wohl daran gesessen hatte, so viel Schminke aufzutragen. Bestimmt waren einige Stunden dafür draufgegangen. Wenn man all diese Stunden zusammennahm, kam nach ein paar Wochen vielleicht ein echtes Kunstwerk dabei heraus. Wie lange wohl Picasso für sein *Guernica* gebraucht hatte?

»Und was machen Sie so, Veronica?«

»Alles Mögliche, und davon jede Menge. Und wenn Sie nicht gerade einen Film drehen, was treiben Sie dann, Sylvester?« Der Brooklyn-Singsang in ihrer Stimme dämpfte seine freudige Erwartung erheblich.

»Ich höre offiziell auf den Namen Thom Sebastian und arbeite als Anwalt.«

Die zwei Meter hohen Lautsprecher, vor denen ein blau gewandeter Transvestit tanzte, sandten unermüdlich Basswogen zu ihnen hinab. Und es roch stechend nach Zigarettenqualm und einem ozonartigen Gas, das aus der Nebelmaschine stammte.

Vibrierende Veronica, lebhafte Veronica, sehr zugängliche Veronica. Erfahrene, talentreiche, bewegliche Veronica. Veronica, die sich zu jedem ins Bett legt, der ihr die Nase oder den Bauch füllt.

Tapp, tapp, tapp.

Er schenkte ihr sein schönstes jungenhaftes Lächeln, während sie über ihre Arbeit und ihre Zukunftspläne redete – sie verkaufte allem Anschein nach in irgendeinem Laden Importkleider und wollte Model werden. Sebastian nickte in regelmäßigen Abständen dazu, gab gelegentlich einsilbige Kommentare und glitt in eine Art Déjà-vu-Erlebnis, in dem sich der weitere Verlauf des Abends vor ihm ausbreitete. Er grinste, als die Vorfreude sich wieder einstellte. Sie würden auf die Toilette gehen, sich in eine der Kabinen drängen und dort rasch eine oder zwei Linien Koks reinziehen – aber noch nicht zum Nahkampf übergehen. Sebastian erwartete auch nicht, dass sie dazu schon bereit war. Schließlich lief das Ganze wie eine Geschäftsverhandlung ab, und da galt es, das Protokoll einzuhalten. Immer schön einen Schritt nach dem anderen. Nach dem Koks würden sie Pasta und Salat in einem Restaurant zu sich nehmen und später hierher zurückkehren oder einen anderen Club aufsuchen. Und wenn es auf drei Uhr zuging, würde er sie mit gespielter Nervosität fragen, ob sie jemals jenseits der Fourteenth Avenue gewesen sei.

Ich werde dich dort beschützen, ich bin dein großer weißer Jäger.

Du brauchst dir überhaupt keine Sorgen zu machen. Die Eingeborenen da sind zwar unberechenbar, aber ich werde dich schon sicher führen. Gott stehe uns bei, wir gehen wirklich nach Uptown.

Endlich ins Taxi und zu seiner Wohnung. Eine kurze Führung, und dann noch eine Ladung Koks. Die Donnerdröhnung. Bei Veronica hatte er nicht den Eindruck, als brauchte sie Designerdrogen oder Crack, um in Stimmung zu kommen. Allein schon der Vorschlag würde sie entsetzen. Dann die kleinen Wortspielchen, ohne allzu viel direkt zu sagen. Und schließlich die Frage: Dein Kondom oder meins?

Und nach dem Ringkampf würden sie schlafen. Bis morgen früh um halb neun. Danach gemeinsam duschen, sich mit dem Fön abwechseln, der Abschiedskuss und Veronica mit dem Taxi nach Hause.

»Klopf, klopf, hallo, Veronica, ich habe hier etwas wirklich Göttliches …«

Tapp, tapp, tapp.

Sie lachte.

»Eine kleine Dröhnung, nur wir zwei?« Er trank einen Schluck und sagte dann: »Ich nehme nie beides durcheinander. Erst das Glas leeren, dann die Muntermacher.«

Mehr Lachen strömte von den dunkelroten Lippen.

Tapp, tapp, tapp.

Doch dann kam es zu einer Störung. Eine weitere Veronica tauchte auf und spazierte auf sie zu. Die Kleidung der beiden Frauen unterschied sich, aber die hohen Wangenknochen, die weiße Haut, die Seidenkleider, die dünnen Träger und die Unmengen an Modeschmuck (mit dem man einen halben Flohmarkt bestücken konnte) waren gleich. Der Duft von einem blumigen Parfüm wehte heran. Die beiden begrüßten sich mit Wangenküssen. Hinter der neuen Veronica standen zwei japanische Jünglinge, die die Wiedersehensfreude der Frauen genauso zu nerven schien wie ihn. Sie hatten sich jeder mindestens ein Pfund Gel ins Haar geklatscht und sahen aus wie Stachelschweine. Einer von ihnen trug eine Art Orden voller Strass. Sebastian konnte die beiden auf Anhieb nicht leiden; nicht etwa, weil sie ihm seine Neueroberung zu entführen drohten, sondern aus einem Grund, den er nicht näher zu definieren vermochte. Am liebsten hätte er sich zu den Männern vorgebeugt und den einen gefragt, ob er sich den Orden im Zweiten Weltkrieg auf Iwo Jima verdient habe. Das Quartett entschwand im künstlichen Nebel.

Veronica I zuckte mit den Schultern und bedachte ihn mit einem Lächeln, das ihr Bedauern Lügen strafte.

Tapp, tapp, tapp.

»Quo vadis, Veronica?«, murmelte Sebastian und bemühte sich, die Vs so auszusprechen, wie es ihm sein Lateinlehrer in Cambridge beigebracht hatte.

Als er aufblickte, sah er im Spiegel eine hübsche Frau in einem schwarzen Kleid zu seiner Rechten an der Theke stehen. Sie bestellte eine Cola mit Rum und fragte Sebastian dann unvermittelt: »Können Sie mich retten? Vor dieser Frau dort drüben? Sie scheint sich einzubilden, ich sei eine verwandte Seele. Doch was auch immer sie von mir will, ich fürchte, es würde mir nicht gefallen.«

Instinktiv drehte er sich um, warf einen Blick zu ihr hin und wandte sich dann wieder an seine Nachbarin. »Keine Angst, ich weiß etwas, das Sie nicht wissen.«

»Und das wäre?«

»Sie ist keine *Sie*.«

»Oh!«

»Aber Sie bleiben besser eine Weile hier bei mir. Man kann nie wissen, was *es* im Schilde führt.«

»Ich hoffe, ich störe Sie nicht bei etwas.«

»*Au contraire,* Teuerste. Meine große Liebe hat mich gerade verlassen.«

»Und meine hat mich versetzt«, entgegnete sie.

In Sebastians Kopf rasten die Gedanken. Woher kannte er diese Frau? Aus dem Harvard Club? Aus dem Piping Rock? Er fragte sich, ob er sie schon einmal abgeschleppt hatte, und wenn ja, ob das Ergebnis den Aufwand gerechtfertigt hatte.

»Einfach unfassbar! Der Türsteher wollte mich nicht hineinlassen. Ich musste meinen ganzen politischen Einfluss geltend machen«, beschwerte sie sich jetzt.

»Politischen Einfluss?«

»Ich habe ihm ein Porträt eines der bedeutendsten Politiker aus unserer ruhmreichen Vergangenheit gezeigt. Es ziert einen ziemlich großen Geldschein.« Sebastian glaubte, aus ihren Worten so etwas wie Spott herauszuhören, und es kam ihm so vor, als hätte er irgendwie nicht die ganze Pointe verstanden.

»Gut gemacht«, sagte er.

»Der Drink ist Mist. Die Cola schmeckt abgestanden.«

Für einen Moment fühlte sich Sebastian verletzt, so als hätte er mit dieser Frau eine Verabredung, und sie kritisierte ihn dafür, sie in einen solchen Laden geschleppt zu haben. Er trank sein Glas leer und überlegte dabei, wie er die Kontrolle zurückgewinnen konnte.

»Hören Sie, ich kenne Sie irgendwoher, Sie sind …«

»… beleidigt, ganz recht. Ich dachte, jeder Mann trüge meinen Namen auf den Lippen – Taylor Lockwood. Und woher kenne ich Sie?« Sie legte den Kopf schief und sah ihn an.

Die beiden schüttelten sich die Hände. »Thom Sebastian.« Und schon fiel es ihm ein. »Hubbard, White & Willis.«

»Genau.« Sie wirkte, als wäre sie erleichtert, endlich zu wissen, wo sie ihn schon einmal gesehen hatte. »Geben Sie sich gelegentlich mit Anwaltsgehilfinnen ab?«

»Ja, aber nur, wenn wir woandershin gehen. Hier passiert ja doch nichts.«

Der Transvestit begann vor ihnen einen Striptease.

»Wirklich gar nichts?«, fragte Taylor.

Sebastian lächelte, nahm ihre Hand und führte sie durch die Menge.

Der Mann lauschte dem Summen des Schlosses, als er die Computerkarte, die so offiziell aussah wie ein Führerschein, in den Metallschlitz neben der massiven Eichentür schob.

Es war Mitternacht. Der untersetzte Mann trug einen grauen Overall und hatte eine dicke, geschwollene Narbe am Nacken. Er ging ohne sichtliche Eile durch die Eingangshalle von Hubbard, White & Willis und schob dabei einen Karren mit Segeltuchwänden vor sich her. Auf einer Seite war »AAA Vorhangstoffe« zu lesen.

Er hatte schon viele Büroräume von innen gesehen, und das sowohl tagsüber als auch nachts; Büros von Versicherungsgesellschaften, in denen Reihen grauer Schreibtische in geradezu ungesund ausschauendes Neonlicht getaucht waren, aber auch Chefbüros und Vorzimmer, die neben den feinsten Firmensitzen der Kasinos in Las Vegas bestehen konnten. Er gehörte einer Branche an, in der wie anderswo auch die Ära der Spezialisierung längst eingeläutet war. Seit einiger Zeit war er nur noch in Banken, Investmentgesellschaften und Anwaltskanzleien tätig. Hubbard, White & Willis hatte ihn von Anfang an beeindruckt. Er fand die Einrichtung der Räumlichkeiten alt, aber elegant – wie ein kostbares Juwel.

Doch während er jetzt die Karre durch die leeren Korridore schob, fühlte er sich herabgesetzt. Aus allen Winkeln und aus den Räumen selbst spürte er Geringschätzung für Menschen wie ihn; sogar die Art, wie der Teppichboden die Geräusche seiner Schritte schluckte, verstärkte in ihm diesen Eindruck. Für die Wände und Säle, ganz zu schweigen von den Frauen und Männern, die hier arbeiteten, war er ein Nichts. Die Haare in seinem Nacken stellten sich auf, als er am Porträt irgendeines alten Mannes vorbeikam. Am liebsten hätte er sein Messer gezogen und die Leinwand zerschnitten. Er wurde das Gefühl nicht los, dass die Augen mächtiger Geister ihn beobachteten, hinter vorgehaltener Hand über ihn kicherten und dann rasch wegblickten, wenn er in ihre Richtung sah.

Auf dem Gesicht des Mannes zeigten sich etliche aufgeplatzte Äderchen und Blutergüsse, die von zahllosen Schlägereien stammten, und seine Muskeln waren hart und dick wie die eines Bullen. Wenn irgendeines von diesen schwächlichen Arschlöchern, die in den Büros, an denen er vorbeikam, über Büchern hockten (sie warfen ihm nicht einmal ein freundliches Wort oder ein Lächeln zu, diese aufgeblasenen Wichser!), ihn nur mit einem schiefen Blick bedenken sollte, würde er ihm einen Denkzettel verpassen. Und wenn der Betreffende damit noch nicht genug haben sollte, würde es für ihn lebensgefährlich.

Während er den Wagen immer weiter durch die dunklen Gänge schob und die modernen Gemälde betrachtete, die für ihn keinen Sinn ergaben, aber allem Anschein nach einen hübschen Batzen wert waren, ließ seine Wut langsam nach. Er sagte sich, dass diese Schinken sich gut an den Wänden seiner Wohnung in Florida machen würden, und das erheiterte ihn, bewies es doch, dass er einen genauso guten Geschmack besaß wie die Menschen, die in diesem Luxus lebten.

Der Mann las die Namen an den Bürotüren und war davon überzeugt, in die richtige Richtung zu gehen. Er musste nur einmal stehen bleiben, um auf der Skizze nachzusehen, die man ihm gegeben hatte. Etwas später hielt er noch einmal inne, weil er ganz in der Nähe Stimmen hörte – junge Anwälte, die sich Witze erzählten. Er griff in die Tasche, in der er den ein Pfund schweren Schraubenschlüssel aufbewahrte, zögerte jedoch, ihn heute Nacht zu benutzen, denn man hatte ihn dringend ermahnt, möglichst von Gewaltanwendung abzusehen. Er hatte über diese Anweisung nachgedacht und war zu dem Schluss gekommen, dass *möglichst* nicht *auf gar keinen Fall* bedeutete. Wenn er sich provoziert fühlte, durfte er demnach durchaus jemandem den Kiefer brechen.

Er ließ die Stimmen hinter sich und erreichte schließlich das Büro, das er suchte.

Klopf, klopf. Ist jemand drinnen?

Nein, bestimmt nicht Mr. Reece.

Der Mann trat ein, knipste das Licht an (vor Gericht wirkte es als zusätzlich belastend, wenn man sich in einem dunklen Zimmer mit einer Taschenlampe erwischen ließ), überprüfte den Sitz seiner dünnen Baumwollhandschuhe und machte sich an die Arbeit. Die Vorhänge waren schwer und von viel dickerem Gewebe, als er erwartet hatte. In Gedanken zitierte er einen seiner selbst erfundenen Lieblingssprüche: Wie schwer es einem in diesem Leben doch gemacht wird, einen unehrlichen Dollar zu verdienen.

Als er fertig war, verbrachte er noch drei oder vier Minuten damit, die Vorhänge so zu richten, dass sie wie vorher aussahen. Es war immer ein Problem, den Stoff eng genug zusammenzuziehen, um ein Mikrofon darin zu verbergen, die Falten aber nicht so dicht zu machen, dass sie die zu belauschenden Gespräche dämpften und unverständlich werden ließen. Der Mann wünschte, er hätte auch im Telefon eine Wanze anbringen können, aber hier befand er sich in einer Anwaltskanzlei, und in solchen Einrichtungen wurden die Telefonapparate regelmäßig auf Abhörgeräte untersucht.

Das Mikro in den Vorhängen musste ausreichen.

Er testete die Anlage. Die Batterie würde noch zwei Wochen Saft geben, und das genügte, wie man ihm versichert hatte, für diese Operation vollkommen aus.

Der Mann streifte die Handschuhe ab und lief durch die Gänge zurück, die ihn erneut mit Schweigen und eingebildeter oder tatsächlicher Verachtung begrüßten.

... Fünf

»Ich leide ungeheuer unter den Trugschlüssen, die schöne Frauen in einem auslösen.«

Der Lincoln Town Car raste durch den Schlachthof-Distrikt am Fluss. Taylor beugte sich zur Seite, um Thom Sebastians Ausführungen über das Krachen der Talkshow zu hören, die aus dem Radio dröhnte.

»Ich meine damit Folgendes«, fuhr er fort. »Wenn eine Frau attraktiv ist, kann sie einfach nichts falsch machen. Man denkt, o mein Gott, die Art, wie sie sich die Zigarette anzündet, kann nur die richtige sein, die Restaurants, die sie auswählt, müssen einfach gut sein, und so, wie sie den Orgasmus vortäuscht, ist es völlig in Ordnung, also muss ich derjenige sein, der irgendetwas falsch macht. Nur ein Beispiel: Wir fahren jetzt ins Megs. Kennen Sie den Laden?«

»Hab noch nie davon gehört.«

»Sehen *Sie,* da haben wir es schon. Ich denke, der Himmel steh mir bei, ich mache schon wieder was verkehrt. Taylor ist eine tolle Frau, und sie hat noch nie von dem Club gehört, in den du mit ihr willst. Also habe ich einen großen Fehler begangen und alles vermasselt.«

Taylor grinste. »Zieht so etwas für gewöhnlich?«

Sebastian schwieg verblüfft, lehnte sich dann zurück und zündete sich eine Zigarette an. »Wie bitte?«

»Na, diese Sprüche, die Sie da gerade loslassen.«

Sebastian legte eine kleine Kunstpause ein. »Sie wären überrascht zu erfahren, wie viel Gesprächsstoff sich mitunter daraus ergibt. Das Eigenartige daran ist nämlich, dass Frauen ebenfalls unter den Trugschlüssen der Männer leiden, die vorgeben, genau zu wissen, was sie tun. Natürlich wissen sie es auch nicht immer.« Er sah ihr tief in die Augen. »Ich mag Sie.«

Sie fuhren noch zehn Blocks, dann hielt der Wagen vor etwas an, das nach nichts aussah. Eine Reihe von Lagerhäusern, ein paar kleine Fabriken und nicht eine einzige Laterne weit und breit. Nur der Schein der Industrieanlagen in Jersey, jenseits vom Hudson River, spiegelte sich von den tief hängenden Wolken wider. Sebastian führte sie durch eine unbeschriftete Tür ohne Türsteher in einen Raum, in dem es aussah wie in einem viktorianischen Bordell. Schwere Gobelins hingen an den Wänden. Die Tische bestanden aus Marmor und Messing. Eichensäulen und -sideboards waren mit Stoffen und geblümtem Chintz drapiert. Wohin man sah, standen Lampen im Tiffany-Stil. Die Männer trugen Smoking oder italienische Anzüge. Bei den Frauen schienen hautenge schwarze Kleider mit Ausschnitten angesagt zu sein, die allein durch bloße Willenskraft die Brustwarzen bedeckt hielten. Hier tummelte sich allerlei Prominenz aus der Politik und dem Showbusiness von der Art, über die viel in Blättern wie dem *New York Magazine* zu lesen war. Aber auch diverse Liz Smith waren hier anzutreffen.

»Die drei kleinen Schweinchen«, flüsterte Sebastian und zeigte auf ein Trio von drei jungen Schriftstellern, deren Werke ein Kritiker der *Times* unlängst in einem Essay mit dem Titel »Das Unterbewusstsein als Kunst oder Über die Selbstbeweihräucherung« zerrissen hatte. Schlampig gekleidete, verhärmte Frauen drängten sich um die drei. Sebastian betrachtete sie kopfschüttelnd und fragte leise: »Warum verschwenden sie ihre Zeit an diese Trottel? Haben sie denn den Essay nicht gelesen?«

»Was verleitet Sie zu der Annahme, dass sie überhaupt lesen können?«, entgegnete Taylor trocken. Und schon stieß sie gegen den Arm eines Hollywood-Schauspielers, den sie bereits seit Jahren geradezu ehrfürchtig verehrte. Er lächelte höflich, nickte ihr zu, entschuldigte sich und ging weiter.

»*Er* ist hier!«, sagte sie ergriffen und starrte seinem breiten Rücken hinterher.

»Ja«, seufzte Sebastian, »und wir sind auch hier.«

Die Musik war nicht so laut wie in der Bar, aus der sie kamen, und die Rhythmen hämmerten nicht ganz so fanatisch. Sebastian winkte einigen Gästen zu, und der Mann hinter der Theke rief: »Hi, Sly, wann kommt Rocky 16?«

»Hier verkaufen sie keinen verdünnten Mist«, erklärte Sebastian Taylor, »sondern nur gutes, reines Zeug. Was möchten Sie?«

»Ich bleibe bei Cola mit Rum.«

Ein paar Minuten lang beschäftigten sie sich mit ihren Getränken und sahen dem Treiben zu. Dann beugte sich Sebastian zu ihr und fragte: »Was ist Ihre größte Leidenschaft? Außer gut aussehenden Männern, meine ich.«

»Musik und Skifahren.«

»Skifahren? Doch nicht etwa dieses sonderbare Vergnügen, irgendwelche Hänge hinunterzugleiten, ganz nass zu werden, fürchterlich zu frieren und sich auch noch sämtliche Knochen zu brechen?«

»Die Knochenbrüche gefallen mir am besten daran.«

»Ich habe mal Skiunterricht genommen«, sagte Sebastian und schüttelte missbilligend den Kopf.

Taylor betrachtete ihn im Spiegel. Sebastian sah nicht umwerfend gut aus. Seine Augen waren gerötet, er schneuzte sich zu oft die Nase, und seine Körperhaltung war einfach furchtbar. Wenn er sich über sein Glas beugte, um an dem Strohhalm zu saugen, wirkte er wie ein Ballon, in dem kaum noch Luft ist. Plötzlich richtete er sich gerade auf, legte den Arm um ihre Schulter und küsste ihr Haar. »Hm, hier möchte man ja nie wieder rausfinden.«

Sie lächelte, lehnte sich aber nicht an ihn und sagte: »Wir wollen meinen Freund nicht vergessen. Er hat mich zwar versetzt, doch er ist immer noch mein Freund.«

»Das freut mich für ihn, und eines Tages möchte ich ihn wirklich kennen lernen. Bloß nicht jetzt und hier.«

»Ich wollte ja auch nur sicherstellen, dass die Spielregeln eingehalten werden.«

Er ließ seinen Arm noch etwa sechzig Sekunden auf ihrer Schulter, bis er den Zeitpunkt für richtig hielt, ihn zurückzuziehen. *Nolo contendere.* Ich bin nicht schuldig, aber ich bin auch nicht unschuldig. »Heute haben wir Dienstag. Sie müssen Ihrem Freund sagen, er soll, wenn er Sie noch mal versetzen will, das gefälligst an einem Donnerstag tun, denn dann ist hier am meisten los.«

»Sie gehen wohl ziemlich viel aus, was?«

»Viel Arbeit und viel Vergnügen, das ist meine Devise. Mit fünfundvierzig bin ich dann völlig ausgebrannt ...« Seine Stimme erstarb, und er sah sie erwartungsvoll an.

Tapp, tapp, tapp.

Seine Hand schwang zur Theke. Sie hielt das braune Fläschchen.

»Gehen wir zur Toilette? Ich habe hier etwas, um einen Körper auf zwölf verschiedenen Wegen stark zu machen.«

»Nichts für mich. Ich muss in Form bleiben, um mir beim Skifahren die Knochen brechen zu können.«

Er blinzelte und sah sie verblüfft an. »Ehrlich? Na gut. Dann entschuldigen Sie mich bitte für eine Minute.«

Als Sebastian zurückkehrte, war er in Begleitung eines Mannes, der ähnlich wie er aussah, aber deutlich schmaler, kleiner und jünger war. Er trug einen konservativen grauen Anzug und eine rote Sonnenbrille, die mit einer grünen Piepserschnur befestigt war. Die beiden unterhielten sich angeregt und blickten beim Gehen auf den Boden. Als sie vor ihr standen, sagte Sebastian: »Das ist Bosk, Taylor. Bosk, das ist Taylor.« Sie schüttelten sich die Hände.

»Wollen Sie mich heiraten?«, fragte Bosk.

»Ich bin schon verlobt.«

»Die Tragik meines Lebens.« Er wandte sich wieder an Sebastian. »Wie hoch steigst du ein?«

»Ich könnte hundert aufbringen. Und du fünfundsiebzig. Den Rest treiben wir von Anlegern auf. Ich mache es mit Gebühren und Kommission, dann benötigen wir sieben fünfzig.«

»Das ist aber mehr, als wir uns ursprünglich vorgestellt haben.«

Sebastian hob frustriert die Hände und schlug sie dann gegen die Oberschenkel. »Na großartig! Wirklich toll!«

»Versteh doch, Bass ...«

»Hast du einen anderen Deal an der Hand, der unter dem Strich so viel versprechend ist? Vielleicht ein bankrottes Kinderheim, das du für einen Apfel und ein Ei bekommen kannst? Oder einen hübschen kleinen Supermarkt? Mann, einen solchen Deal wie diesen ...«

»Reg dich doch nicht so künstlich auf.«

Sebastian grinste, packte Bosk, legte einen Arm um seinen Hals, nahm ihn in den Würgegriff und klopfte ihm mit den Fingerknöcheln auf den Kopf. Bosk konnte sich nach einem Moment befreien und rief: »Thom, du bist ein stinkendes Stück Mist!«

»Aber du musst zugeben, ein besonders liebenswertes Stück Mist, oder?«

»Trotzdem eines, das stinkt«, brummte Bosk und rückte seine Sonnenbrille gerade. »Also, ich habe mit Dennis über diese andere ...«

Taylor wandte sich ab, bekam aus dem Augenwinkel aber noch mit, wie Sebastian warnend den Zeigefinger hob und »Später!«, sagte.

»Klar«, entgegnete Bosk und schluckte den Rest des Satzes hinunter. »He, kommst du am Samstag mit auf den Platz? Gibt was für den Magen, für die Leber und fürs Herz.« Bei den letzten Worten fasste er sich in den Schritt. »Unser Mann wird auch dort sein.«

Im nächsten Moment erschien ein Taschenkalender in Sebastians schwammiger Hand. Er legte die Stirn in Falten, so als müsste er etwas nachrechnen, und sagte dann: »Geht klar, Junge.« Die beiden reichten sich die Hände, und Bosk verzog sich. »Großartiger Bursche«, sagte Sebastian.

»Ein Geschäftspartner?«, fragte Taylor.

»Ja, wir machen ein paar Geschäfte zusammen.«

»Immobilien?«

»Ja«, antwortete er geistesabwesend.

Taylor sah auf ihr Glas. »Ich würde selbst gern etwas investieren. Da ist nur ein kleines Problem – mir fehlt es an der nötigen Barschaft.«

»Bloß ein technisches Problem«, entgegnete Sebastian. »Nehmen Sie einfach die Kohle von einem anderen. Das ist im Grunde genommen die einzige Möglichkeit, zu etwas zu kommen.«

»Dürfen Sie denn bei Hubbard, White & Willis Privatgeschäfte tätigen? Müssen Sie sich da nicht von irgendwem eine Erlaubnis einholen?«

Sebastian lachte hart und bitter auf. »In jüngster Zeit stehen wir nicht mehr auf allzu gutem Fuß miteinander, die Gentlemen Hubbard, White, Willis und meine Wenigkeit.« Er kaute auf der Luft herum, so als wollten sich keine weiteren Worte in seinem Mund bilden. Dann erklärte er leise: »Ich bin bei der Partnerwahl übergangen worden.« Seine Lippen verzogen sich zu einem humorlosen Lächeln.

»Das tut mir Leid.«

»Nachdem man mir das mitgeteilt hatte, habe ich versucht, mich davon zu überzeugen, dass ich in der Kanzlei eigentlich gar kein Partner werden will. Ich meine, verdammt noch mal, im Immobiliengeschäft oder im Investmentbanking kann man viel mehr Kohle machen. Ich habe also zu mir gesagt: ›Scheiß drauf. Wer braucht sie schon? Sind doch bloß ein Haufen blöder alter Säcke …‹ Na ja, ich habe versucht, mir das einzureden, hat aber nicht funktioniert. Um ehrlich zu sein, ich wollte unbedingt als Partner aufgenommen werden. Ich bin Anwalt und kein Banker. Seit Jahren arbeite ich jede Woche fünfzig bis sechzig Stunden für die Kanzlei. Und das ist jetzt der Dank dafür.«

»Haben sie Ihnen Gründe genannt?«

Sein bleicher, zu fetter Unterkiefer zitterte. »Sie sagten, die Finanzlage lasse es nicht zu. ›Die Haushaltslage sieht nicht sehr rosig aus‹ – das waren ihre Worte. Aber das ist nicht der wirkliche Grund.« Er drehte sich zu ihr. »Sehen Sie mich an …« Taylor tat ihm den Gefallen, und er fuhr fort: »Was, glauben Sie, habe ich für eine Ausbildung hinter mir?«

Sie zuckte mit den Schultern. »Phillips Exeter, Princeton, Yale … nein, eher Harvard.«

»Genau.« Er lächelte säuerlich. »Bei einem von den dreien liegen Sie nicht ganz richtig. Gut, ich war in Harvard. Aber ich bin nicht wie die anderen dorthin gekommen, sondern nur dank harter Arbeit. Die Schule habe ich mit siebenundachtzig Punkten abgeschlossen, und auf dem Ohio State College hatte ich am Ende drei Komma sieben. Und ich bin auf die St. Mark's High School gegangen. Verstehen Sie, ich passe nicht ins Bild von Hubbard, White & Willis. Ich bin ein Junge aus der Provinz. Ich habe mich durchs Studium geackert. Die obligatorische Reise nach Europa habe ich selbst bezahlt. Und ich bin da nicht mit dem Rucksack herumgezogen, weil es cool war, sondern weil ich mir nichts anderes leisten konnte.« Sebastian nahm eine Serviette vom Tresen und putzte sich die Nase. »Ich verabscheue Selbstmitleid«, erklärte er dann, »doch nicht immer.«

»Aber beschissen ist es trotzdem«, sagte Taylor, »ich meine, dass in Ihren Adern nicht das richtige blaue Blut fließt.«

»Tja, und genau das ist für Wendall entscheidend.«

»Wendall Clayton? Was hat der denn damit zu tun?«

»Ich gehöre nicht zu seinem inneren Kreis. Die meisten, die in diesem Jahr das große Partnerlos gezogen haben, stammen aus seiner Truppe.«

»Aber Clayton ist ja nicht einmal im Aufsichtsrat!«, entfuhr es Taylor.

»Ha, das stört einen wie ihn doch nicht. Er besitzt zehnmal

mehr Macht und Einfluss, als Burdick und Stanley glauben. Und Wendall wird die Fusion durchboxen, koste es, was es wolle.«

»Die Fusion? Das ist doch nur ein Gerücht, das seit ein paar Wochen die Runde macht.«

Sebastian starrte sie an, als könnte er nicht fassen, wie naiv sie war. »Bloß ein Gerücht? Wenn Sie das glauben, wissen Sie überhaupt nichts von Wendall Clayton. Warten Sie nur ein Jahr ab, dann erkennen Sie unsere Kanzlei nicht mehr wieder …« Seine Stimme erstarb. »Unsere Kanzlei – ich sollte sagen, Ihre Kanzlei. Meine ist sie dann schon lange nicht mehr.«

»Was wollen Sie denn jetzt tun?«

»Sie behalten mich noch, bis ich was Neues gefunden habe. Vermutlich bekomme ich eine Abfindung in Höhe eines Jahresgehalts.«

»Aber warum arbeiten Sie dann noch so hart?«, fragte Taylor und wich seinem Blick aus. »Ich meine, Sie machen immer noch haufenweise Überstunden. Letzten Samstag haben Sie doch auch gearbeitet, oder?«

Er zögerte einen Moment. »Ich? Am Samstag? Nein, da bin ich die ganze Nacht hier gewesen.«

Taylor runzelte die Stirn. »Ich bin mir aber ziemlich sicher. Ich habe ein paar Sachen recherchiert für, ach, ist ja egal, hab's vergessen, und dabei ist mir auf der Liste Ihr Computerschlüsselcode aufgefallen.«

Er schaute sie lange an. Seiner Miene war nicht anzusehen, was er dachte, aber Taylor spürte, dass er angestrengt überlegte. Dann schüttelte er langsam den Kopf und sagte: »Ralph Dudley.«

»Grandpa?«

»Genau der. Er hatte meinen Schlüssel die ganze Woche. Gestern hat er ihn mir zurückgegeben und erzählt, er habe ihn in der Bibliothek gefunden.« Sebastian blickte wieder in

Richtung Herrentoilette und lächelte. »Entschuldigen Sie mich bitte noch mal kurz.«

Als er verschwunden war, winkte Taylor den Barkeeper zu sich. »Haben Sie letzten Samstag hier gearbeitet?«

Anscheinend wurde er so was normalerweise nicht gefragt. Er polierte weiter Gläser und brummte: »Ja.«

»War Thom auch hier?«

»Kann mich nicht erinnern.«

Sie hielt ihm zwei Zwanziger hin. Er blinzelte. So etwas geschah normalerweise nur in Filmen, und er schien jetzt zu überlegen, wie sein Lieblingsschauspieler auf eine solche Offerte reagieren würde. Einen Moment später verschwanden die Scheine in seinen engen schwarzen Jeans. »Wenn ich mich recht entsinne, war er nicht hier. Hab mich schon gewundert.«

»Aber sonst kommt er häufiger samstags.«

»Da kann man die Uhr nach stellen.«

Als Sebastian zurückkehrte, hängte er ihr die Handtasche über die Schulter und klemmte sie zusätzlich unter ihren Arm, so wie das paranoide Touristen zu tun pflegen. »Kommen Sie, ich platze vor Energie, und ich fliege wie ein Vogel. Ich muss jetzt einfach tanzen …«

»Aber …«

Er zog sie auf die kleine Tanzfläche. Nach fünfzehn Minuten hing ihr das Haar in schweißnassen Strähnen herab. Ihre Zehen brannten wie Feuer, und in den Waden breitete sich die Vorstufe eines Muskelkaters aus. Sebastian hingegen bewegte sich unverdrossen im Rhythmus des Reggae-Rocks. Seine Augen waren geschlossen, und er schien sich ganz der Katharsis von Bewegung, Sound und Koks hingegeben zu haben. Taylor brach an seiner Schulter zusammen. »Genug!«

»Ich dachte, Sie wären Skifahrerin?«

»Aber jetzt bin ich vollkommen erledigt.« Sie japste.

Er hob die Augenbrauen, und die Überraschung in seinem

Blick war echt. »Wir haben doch noch gar nicht zusammen gegessen.«

»Es ist schon ein Uhr«, erwiderte Taylor. »Ich bin seit fast vierundzwanzig Stunden auf den Beinen.«

»Dann ist es höchste Zeit, was in den Magen zu bekommen.«

»Aber …«

»Kein Aber. Einen Teller voll leckerer kleiner Pastawürmer in Crème fraîche mit Cilantro und Basilikum. Dazu einen winzigen Endiviensalat und eine Flasche Mersault.«

Taylors Widerstand wurde löchrig.

»*Belgische* Endivien!«

»So hungrig bin ich nun auch wieder nicht.«

»Okay«, entgegnete Sebastian rasch. »Wie wär's denn damit: Wir nehmen noch ein kleines Dinner ein, Sie erzählen mir alles über das Pine Breath Inn in Vermont, oder wo immer Sie Ski fahren, und dann ist die Nacht für uns vorbei. Oder aber ich bringe Sie gleich nach Hause, und Sie müssen meine Attacken an Ihrer Wohnungstür abwehren. Ich sage Ihnen allerdings gleich, dass nur wenige Frauen es bisher geschafft haben, hinreichend lange Widerstand zu leisten.«

»Thom …«

»Und ich mache keine Gefangenen.«

Sie legte den Kopf auf seine Schulter. Eine Sekunde später hob sie ihn wieder, lächelte und resignierte. »Gibt es vielleicht auch Spaghetti und Fleischbällchen in dicker roter Sauce à la Ragú?«

»Ich fürchte, ich darf mich hier nie wieder blicken lassen. Aber wenn das Ihr Wunsch ist, zwinge ich den Koch, Ihnen so etwas zuzubereiten.«

»Dann lassen Sie mir zwei Minuten Zeit, mein Make-up aufzufrischen.«

»Nehmen Sie sich so viel Zeit, wie Sie brauchen. Uns steht ja noch die ganze Nacht zur Verfügung.«

… Sechs

Der Wecker heulte wie ein Rauchmelder.

Taylor Lockwood öffnete ein Auge. Das mussten die schlimmsten Kopfschmerzen ihres Lebens sein. Sie lag fünf Minuten ganz still da, während sie diesen Morgen in der Hitparade ihrer fürchterlichsten Kater zu platzieren versuchte. Vielleicht nahm er doch keinen der Spitzenplätze ein. Sie richtete sich auf, und die Kopfschmerzen verlangten sofort ihren Tribut. Taylor schlug mit der Handfläche auf den Wecker und kroch dann vorsichtig zum Bettrand. Sie trug noch ihren Slip und ihren BH. Die Gummibänder hatten tiefe dunkelrote Linien in ihr Fleisch geschnitten, und sie fürchtete schon, diese Verfärbungen würden nie mehr weggehen. Taylor fuhr mit der Zunge durch den ausgetrockneten Mund. Was die Zungenspitze dort entdeckte, gefiel ihr gar nicht. Sie wankte ins Bad wo sie hintereinander mehrere Gläser Wasser trank und sich zweimal die Zähne putzte. Dann durchforstete sie auf der Suche nach den restlichen Kleidungsstücken ihr Apartment.

Irgendwann warf sie einen Blick auf die Uhr. Halb neun. Mittwochmorgen. Mal nachrechnen … Du bist so gegen Viertel vor vier nach Hause gekommen. Das macht summa summarum viereinhalb Stunden Schlaf.

Und das war nicht gerade ein Kräfte schöpfendes, erholsames Ruhen gewesen.

Taylor bewohnte im Fifth Avenue Hotel ein Apartment mit zwei kleinen Zimmern. Das Hotel war ein düsteres Gebäude im gotischen Stil, das sich vor allem durch seine Adresse und den Umstand, dass Richter Crater seinerzeit angeblich auf dem Weg hierher gewesen war, kurz bevor er von der Bildfläche verschwand, von anderen vergleichbaren Häusern unterschied. Die Einrichtung ihres Apartments erinnerte an eine

Studentenbude – nicht gerade Apfelsinenkisten als Möbel, aber viel mit Marmorfolie beklebtes Sperrholz und schwarz und weiß gefärbtes Plastik. Dazu ein gewaltiges Sofa mit einem Haufen Kissen und Segeltuchstühle, die, betrachtete man sie aus einem bestimmten Winkel, zu grinsen schienen.

Taylor knetete ihren Bauch, der nur leicht über den Bund des Slips ragte. Jedes Glas Wein enthält hundertfünfzig Kalorien ... Sie massierte ihre Schläfen, und alles verschwamm vor ihren Augen. Was für eine Nacht, sich bis in die frühen Morgenstunden zu betrinken. Urplötzlich verspürte sie unbändigen Hass auf Wein, Keltereien, Weinberge und Weintrauben. Sie fragte sich, ob es ihr gelingen würde, sich durch bloße Willenskraft davon abzuhalten, sich zu übergeben.

Okay, dir bleiben zwanzig Minuten, um dich schön zu machen. Auf die Plätze, fertig, los! Ganz langsam erhob sie sich.

Vor Mitchell Reece stand ein Teller mit Rührei, Bratkartoffeln, Speck und einem Brötchen. Taylor begnügte sich mit einem Grapefruitsaft und einem Alka-Seltzer. Sie hob das Stück Toast jetzt bereits zum dritten Mal zum Mund, ohne ein Stück davon abzubeißen.

»Geht es Ihnen gut?«, fragte Reece.

»Ich war letzte Nacht tanzen.«

»Wie heißt es so schön: Immer nur die Arbeit im Sinn, und nie das Vergnügen ...«

Taylor stöhnte. Der Saft belebte die Reste vom Bordeaux wieder, die sich noch in ihrem Blut befanden. Das Gefühl war alles andere als angenehm. Sie verzog das Gesicht. »Sehr komisch, wirklich. Ich war mit einem Verdächtigen aus, mit Thom Sebastian. Der fragliche Computerschlüssel gehört ihm.« Sie gab mit zitternden Fingern eine weitere Tablette in ihr Glas.

»Sebastian?« Reece versuchte ihn einzuordnen. »Abteilung Wirtschaftsrecht, nicht wahr?«

»Ich weiß nicht so richtig, was ich mit ihm anfangen soll. Man hat ihn übergangen, als die neuen Partner ausgesucht wurden, und seitdem hegt er einen tiefen Groll auf die Kanzlei.«

»Groll.« Reeces Gesichtshaut war von Müdigkeit grau und seine Augen derart rot geädert, dass Taylor glaubte, ihr Spiegelbild vor sich zu sehen. Aber sein Wollanzug war faltenfrei und sein Hemd so frisch gebügelt und weiß wie die Serviette auf ihrem Schoß. Er hatte das Haar zurückgekämmt, und seine Frisur saß tadellos. Anscheinend hatte er vorhin geduscht oder eine unparfümierte Lotion ins Haar gerieben. Er saß aufrecht am Tisch und aß mit großem Appetit. »Haben Sie sonst noch etwas über ihn in Erfahrung bringen können?«

Taylor wagte sich noch einmal an den Toast und biss jetzt eine winzige Ecke ab. »Er plant irgendeinen Deal auf eigene Rechnung, zusammen mit einem gewissen Bosk, wollte mir aber nichts davon erzählen. Und er behauptete, Samstagnacht in einem Club gewesen zu sein, doch der dortige Barkeeper sagte mir, er habe ihn an jenem Abend nicht gesehen. Außerdem erzählte er, Ralph Dudley habe seinen Computerschlüssel für den Haupteingang gehabt.«

»Der alte Dudley? Unmöglich!«, reagierte Reece spontan. Doch dann dachte er einen Moment nach. »Eigenartig, jetzt fällt mir ein, dass ich gehört habe, Dudley habe finanzielle Sorgen. Er hat seine Partnerschaftsanteile beliehen.«

»Woher wissen Sie das?«, fragte Taylor.

Reece starrte sie an, als könnte er nicht glauben, dass ihm jemand eine so naive Frage stellte. »Es ist doch allgemein bekannt, wer unter den Partnern ein dickes Polster hat und wer nicht.«

Taylor nickte. »Ich versuche herauszufinden, ob Dudley wirklich am Samstag die Computerkarte benutzt hat.«

»Wenn er an dem Tag in der Kanzlei war, muss er irgendetwas ganz Spezielles vorgehabt haben. Dudley hat sein Leben lang noch nie an einem Wochenende gearbeitet. Aber ich glaube nicht, dass es sich bei ihm um unseren Dieb handelt. Er ist eigentlich ein lieber älterer Herr. Und er kümmert sich sehr um seine Enkelin. Haben Sie sie schon einmal kennen gelernt?«

»Dieses süße Mädchen, das er im letzten Jahr zu unserem Picknick mitgebracht hat? Sie muss vierzehn oder fünfzehn sein.«

»Dudleys Sohn hat sie im Stich gelassen, oder ihre Eltern sind bei einem Verkehrsunfall ums Leben gekommen, ganz genau weiß ich das auch nicht. Wie dem auch sei, man hat sie irgendwo in einem Heim untergebracht, und er kümmert sich um sie. O Gott, Kinder ... Ich kann mir nicht vorstellen, in meinem Alter welche zu haben, ganz zu schweigen in seinem.«

»Haben Sie denn noch nie den Wunsch verspürt, eine Familie zu gründen?«, fragte Taylor, bevor sie nachdachte.

Halt dich zurück, sagte sie sich. Es gibt bestimmte Momente, in denen man solche Fragen stellen darf, doch dieser gehört ganz gewiss nicht dazu. Setz so schnell wie möglich deinen Hintern in Bewegung, und mach dich auf die Suche nach deinem Malteser Falken.

»Bis jetzt habe ich noch keinen Menschen getroffen«, antwortete Reece, »mit dem ich eine Familie gründen wollte. Ich dachte, meine Frau sei diejenige welche, aber sie hatte andere Vorstellungen. Und Sie kennen ja den Ausspruch: Es gehören immer zwei dazu.«

»Ich glaube, wenn ich achtunddreißig geworden bin ...«

»Bis dahin dürfte es ja wohl noch einige Jahrzehnte hin sein ...«

»Kein Kommentar. Wenn ich achtunddreißig werde, suche ich mir einen genetisch akzeptablen Mann, lass mich von ihm schwängern und schicke ihn danach in die Wüste.«

»Manche Frauen versuchen es auch mit einer Ehe.«

»Man kann nie wissen.«

Er sah sie einen Moment an und begann dann zu lachen.

»Was gibt's denn?«

»Mir ist gerade der Gedanke gekommen, dass wir beide einen Club gründen sollten.«

»Und was für einen?«

»Den Club der verquollenen Augen.«

»Sechs Stunden Schlaf reichen mir völlig. Aber vier sind einfach zu wenig.«

»Vier Stunden sind das, was ich mir an guten Tagen gönne«, entgegnete Reece. Er aß seinen Speck auf und hielt ihr dann eine Gabel voll Rührei hin. Taylor lächelte, kämpfte gegen den aufsteigenden Brechreiz an und schüttelte den Kopf. Unglücklicherweise fiel ihr Blick auf die Ansammlung von Weinflaschen hinter dem Tresen, und sofort revoltierte ihr Magen. »Wo kommen Sie her?«, fragte Reece.

»Aus einem Vorort von St. Louis, aus Ladue. Davon haben Sie bestimmt noch nie was gehört.«

»Aber gewiss doch. Ich bin mal mit einem Mädchen aus University City ausgegangen.«

»Ja, das liegt allerdings etwas näher am Stadtzentrum. Hübsche Gegend.«

»Nur im Sommer kaum zu ertragen. Die Luftfeuchtigkeit ist zu der Zeit viel zu hoch.«

»Geboren wurde ich auf Long Island, aber dann sind meine Eltern umgezogen. Mein Vater hat in St. Louis eine Firma geerbt.«

»Was denn für eine Firma?«

Sie trank einen Schluck Kaffee und versteckte sich hinter der Tasse, um die Frage nicht beantworten zu müssen. Das einzige ihr bekannte Trauma, das sie aus ihrer Kindheit mitschleppte, war der Beruf ihres Vaters: Bestatter. Ein Valentinsgruß an Taylor: »Ich würde Dir ja mein Herz zu Füßen legen, aber Dein Vater kann Dir bestimmt ein frisches besorgen.« Ohne Unterschrift. Sie wollte es ihm erzählen, verspürte den Drang, ihm in die dunklen Augen zu sehen und ihm all ihre kleinen Geheimnisse aufzudecken, doch stattdessen antwortete sie: »Ach, nichts Besonderes, nur ein kleiner Familienbetrieb.«

»Und was hat Sie hierher verschlagen?«

»Ich bin an die Ostküste gekommen, um eine bessere Ausbildung zu erhalten.«

»Und was schwebte Ihnen da vor?«

»Dartmouth ... Ich wollte eine große Musikerin werden.«

»Musikerin?«

Plötzlich verlegen, antwortete sie: »Nun ja, ich spiele Klavier.« Sie klopfte mit den Fingern automatisch auf die Tischkante, kam sich aber gleich darauf ziemlich idiotisch vor, denn es sah ganz so aus, als halte sie ihn des Englischen nicht für mächtig und müsste sich in der Zeichensprache verständlich machen. »Hauptsächlich Jazz.«

»Und was hören Sie da am liebsten?«

»Mein Favorit ist Billy Taylor, aber ich mag auch die Größen aus den Fünfzigern und Sechzigern wie Cal Tjader, Desmond, Brubeck und viele mehr.«

Reece schüttelte den Kopf, und Taylor spürte schon Enttäuschung aufsteigen, doch dann sagte er: »Ich stehe mehr auf Blasinstrumente, vor allem Horn, Dexter Gordon, Javon Jackson und so.« Die hör ich auch gern. Ich vergebe dir, Mitchell Reece, dachte sie. Laut sagte sie: »Oh, da mag ich Jabbo Smith mit am liebsten.«

»Ich bin einer der größten Fans von Burrell.«

Sie nickte. »Und wie steht es mit Gitarre? Ich muss zugeben, ich schätze Montgomery immer noch. Eine Zeit lang hatte ich eine richtige Howard-Roberts-Phase.«

»Ich kenne einige Sachen von ihm. Für meinen Geschmack ist er etwas zu avantgardistisch.«

»Ja, ein Stück muss einen Rhythmus haben, eine Melodie. So wie ein Film Handlung benötigt, braucht ein Musikstück eine Melodie …« Sie hielt im Sprechen inne, als ihr klar wurde, dass die Musikantenhälfte ihrer Persönlichkeit mit ihr durchzugehen drohte.

»Treten Sie auch auf?«, fragte Reece.

Taylor wollte nicht, dass er sie auf der Bühne zu sehen bekam, noch nicht, und so antwortete sie ausweichend: »Nur selten. Mir geht es mehr darum, einen Schallplattenvertrag zu ergattern. Ich komponiere nämlich auch und habe gerade eine Demo-Kassette zusammengestellt, mit allem Drum und Dran. Ich habe ein Studio gemietet, komplett mit Technikern und Studiomusikern.«

»Tatsächlich?« Er schien sich wirklich dafür zu interessieren. »Wenn Sie noch Kopien haben, hätte ich gerne eine.«

Sie lachte. »Oh, davon habe ich mehr als genug. Selbst wenn ich in diesem Jahr allen meinen Lieben eine zu Weihnachten schenke, bleiben noch welche übrig.«

»Haben Sie denn schon Antwort erhalten?«

»Nächste Frage, bitte. Ich habe sechsundneunzig Bänder verschickt – an Agenten, Plattenfirmen, Produzenten und an ein paar von meinen Lieblingsmusikern. Bislang kann ich auf vierundachtzig Ablehnungen blicken. Aber da ist auch ein ›Vielleicht‹ dabei.«

»Dann wünsche ich Ihnen viel Glück.«

»Danke, das kann ich wirklich gebrauchen.«

Die Kellnerin kam und fragte, ob sie noch einen Wunsch hätten. Reece und Taylor schüttelten gleichzeitig den Kopf. Dann sagte der Anwalt mit Blick auf ihre kaum angerührte Scheibe Toast: »Versuchen Frauen sich eigentlich ständig an einer Diät?«

Frauen versuchen vor allem, sich nicht vor gut aussehenden jungen Anwälten übergeben zu müssen.

Taylor beugte sich zu ihm vor und sagte: »Da gibt es noch

etwas, das ich Sie fragen muss. Linda Davidoff war doch auch mit dem Fall Hanover & Stiver befasst, oder?«

»Linda? Ja, sie war meine Assistentin bis zum Juli oder August. Jedenfalls bis kurz vor ihrem Tod.«

»Nun ja, sie hat ganz abrupt, von einem Tag auf den anderen, aufgehört, an dem Fall zu arbeiten.«

»Sie ist sehr schwer krank geworden. Haben Sie denn nicht davon gehört? Linda hat einen Zusammenbruch erlitten. Aber sie ist Monate vor dem Tag gestorben, an dem der Wechsel verschwunden ist. Deswegen kann sie kaum etwas mit dem Diebstahl zu tun gehabt haben, oder?«

»Halten Sie es nicht auch für eigenartig, wenn jemand drei Monate lang Tag und Nacht an einem Fall arbeitet, dann unvermittelt damit aufhört, Selbstmord begeht und einige Zeit später der Wechsel fort ist?«

Sie hörte auf zu reden, als er ein zusammengefaltetes grünes Blatt Papier aus der Jackentasche zog und es ihr zuschob. Taylor sah ihn vorsichtig an und faltete das Blatt dann auseinander. Sie wusste schon, worum es sich dabei handelte – um den Gerichtsterminkalender mit der heutigen Übersicht. Ihr Blick fiel auf den Kringel um Banque Genève gegen Hanover & Stiver. »Sie stehen vor etlichen Möglichkeiten, Taylor, und müssen deshalb sehr umsichtig vorgehen, denn viel Zeit haben Sie nicht mehr. Nur noch zwölf Tage.« Er tippte mit der Fingerspitze auf das Papier. Diese Geste enttäuschte sie, und zwar nicht so sehr, weil er sie drängte, sondern weil damit die ersten persönlichen Bande zerstört wurden, die an diesem Morgen zwischen ihnen geknüpft worden waren. Taylor hatte sich schon halb in dem Gefühl gewiegt, dies hier wäre so etwas wie ein Rendezvous. Aber das Blatt riss sie brutal in die Wirklichkeit zurück, und sie musste sich daran erinnern, dass das, was sie für ein trautes Treffen gehalten hatte, für Reece der seidene Faden war, an dem seine berufliche Existenz hing.

Er legte eine Hand auf ihren Arm. Sein Griff war fest und warm. »Wie immer diese Geschichte auch ausgehen mag, Taylor, ich weiß, dass ich mit Ihnen die richtige Wahl getroffen habe.« Sie sahen sich an. Taylor wandte als Erste den Blick ab.

Nachdem Reece gezahlt hatte, sagte Taylor: »Wir können uns morgen wieder treffen, und ich gebe Ihnen dann den neuesten Stand meiner Ermittlungen. Vielleicht sollten wir das regelmäßig tun.«

Er schüttelte den Kopf. »Morgen habe ich um neun Uhr einen Gerichtstermin«, entgegnete er und erhob sich. »Dafür muss ich noch ein paar Zeugen präparieren. Und wenn ich jetzt auf die Uhr sehe …«

Taylor blieb sitzen und erklärte: »Gehen Sie zuerst, damit niemandem etwas auffällt.« Diese Vorsichtsmaßnahme schien ihn zu beeindrucken.

»Rufen Sie mich an, oder kommen Sie in mein Büro, wenn Sie etwas zu berichten haben.«

»Halten Sie das für sicher?«

»Ja. Mein Büro ist letzte Woche auf Wanzen untersucht worden.«

Taylor Lockwood saß in ihrem Arbeitsbereich im Großraumbüro der Halsted Street und wählte eine Nummer. Sie ließ es zehnmal klingeln, dann schaltete die Anlage auf die Zentrale um. Taylor legte auf, erhob sich und spazierte wie ein Teenager beim Schaufensterbummel durch die Flure. Sie stieg eine Treppe hinauf und bog dann in den Korridor ein, der sie am Pausenraum und am Aktenzimmer vorbeiführte, in dem die Kopien der Standardverträge und Gerichtsanträge abgeheftet wurden. Am Ende des Gangs befand sich ein Büro, das kleiner war als die meisten in der Kanzlei. Das Innere war voll gestopft mit einem italienischen Renaissance-Schreibtisch, einem hohen Bücherregal, zwei abgewetzten Lesesesseln, Drucken von Segelschiffen aus dem 19. und von Fuchsjagden aus dem 18. Jahrhundert. Durch ein winziges Fenster konnte man eine Ziegelsteinwand und einen kleinen Ausschnitt vom Hafen erkennen. Auf dem Schreibtisch befanden sich ein Messingaschenbecher, das Foto eines jungen Mädchens in einem ovalen Rahmen, ein Dutzend Programme der Metropolitan Opera, ein Terminkalender und ein Buch mit Entscheidungssammlungen, der *Supreme Court Reporter.*

Taylor öffnete das Buch und beugte sich darüber. Ihre Augen, die hinter dem heruntergefallenen Haar verborgen waren, blickten jedoch nicht auf die Spalten eng gedruckten Textes, sondern auf Ralph Dudleys ledernes Notizbuch, das für diese Woche aufgeschlagen war. Am Samstagabend, dem Samstag, an dem der Wechsel verschwunden war, war ein W. S. eingetragen. Taylor blätterte in dem Kalender. Dieselben Initialen tauchten regelmäßig ein- oder zweimal in jeder Woche auf. Ebenso am kommenden Freitagabend. Taylor schlug den Teil mit den Adressen auf, doch dort war niemand mit diesem Buchstaben eingetragen.

»Kann ich Ihnen helfen?«

Taylor zwang sich, nicht zusammenzuzucken. Sie legte den Zeigefinger auf das aufgeschlagene Gesetzbuch, so als wollte sie die Stelle nicht verlieren, die sie gerade gelesen hatte, und sah langsam auf.

Ein junger Mann, den sie nicht kannte, stand in der Tür. Er war blond, zu dick und ungepflegt. Und er machte ein mürrisches Gesicht.

»Ralph hatte sich diesen Band vom *Reporter* ausgeliehen, und ich musste dringend etwas nachschlagen.« Jedes Wort vibrierte unter ihrem beschleunigten Herzschlag. »Und wer sind Sie?«

»Todd Stanton. Ich arbeite für Mr. Dudley.« Er legte den Kopf schief und sah sie an. »Sind Sie Anwältin?«

»Taylor Lockwood, Anwaltsgehilfin.« Sie bemühte sich, indigniert zu klingen.

»Oh.« Seine Stimme war noch ablehnender als seine Miene. »Weiß Mr. Dudley, dass Sie sich in seinem Büro aufhalten?«

»Nein.«

»Wenn Sie etwas brauchen, können Sie sich an mich wenden. Mr. Dudley mag es nicht …«, er schien nach dem am wenigsten verunglimpfenden Begriff zu suchen, »… wenn jemand, der nicht zu seinem Team gehört, sich in seiner Abwesenheit in seinem Büro aufhält.«

Taylor kehrte ihm den Rücken zu und las den Absatz zu Ende. Es war ein ziemlich langer Absatz. Stanton trat von einem Fuß auf den anderen und sagte schließlich: »Verzeihen Sie bitte …«

Taylor schloss das Buch und marschierte nach draußen. »Aber ja«, erklärte sie im Vorbeigehen, ohne Stanton eines Blickes zu würdigen, »ich verzeihe Ihnen.«

Vor allem war er ein Gentleman.

Zum Beispiel verließ Ralph Dudley so gut wie nie sein Apartment in der East Seventy-Second Street, ohne sich eine Krawatte umgebunden zu haben, ganz gleich, ob er zu einem Spaziergang im Park, zum Einkaufen in den Supermarkt oder ins Carlyle unterwegs war. Es kam ihm überhaupt nie in den Sinn, sich die Frage zu stellen, ob er heute eine Krawatte tragen sollte oder nicht. Automatisch suchte er sich eine aus und band sie um. Genauso gehörte es zu seinen Angewohnheiten, jeden Sonntag seine Schuhe auf Hochglanz zu polieren, abends seine Manschettenknöpfe ins Kästchen zurückzulegen und niemals für mehr als drei Tage Brot einzukaufen.

Gentlemen trugen eben Krawatten. Punktum.

Und im Büro trugen sie dunkle Anzüge, weiße Hemden und Socken mit Haltern. Dazu natürlich Aktenkoffer und nicht etwa Umhängetaschen. Wenn Gentlemen rauchten, zündeten sie sich ihre Zigaretten mit Feuerzeugen aus Sterlingsilber und nicht mit Einwegfeuerzeugen aus Plastik an. Und sie achteten darauf, dass die Asche an der Zigarettenspitze nie länger als einen halben Zentimeter wurde.

Ralph Dudley war dreiundsechzig, groß und dünn. Er hatte eine militärisch gerade Körperhaltung und tat sich Brillantine in das wenige noch verbliebene weiße Haar.

Am heutigen Mittwochnachmittag befand er sich nicht in seinem Büro bei Hubbard, White & Willis, sondern in einer anderen Kanzlei in Midtown. Dort saß er an einem Tisch Männern gegenüber, denen er deutlich ansah, dass es sich bei ihnen nicht um Gentlemen handelte.

Er fühlte sich ihnen überlegen und lächelte.

Diese drei waren Anwälte, aber auch noch etwas anderes – Halunken.

Mehr noch, bei ihnen handelte es sich um Halunken zweifelhafter Herkunft. Als Gentleman wäre Ralph Dudley in der Öffentlichkeit natürlich niemals eine Bemerkung über die Religion oder die Volkszugehörigkeit eines anderen herausgerutscht. Doch ihm war aufgefallen, und das hatte er sich gleich in Gedanken notiert, dass diese Männer einer Kanzlei angehörten, deren Namen auf -ein und -itz endeten.

»Ralph«, sagte einer der Männer, »die Sache ist doch so offensichtlich wie die Nase in meinem Gesicht. *Warum* kann uns Ihr Klient nicht wenigstens in diesem einen Punkt entgegenkommen? Eine winzige Konzession. Das wäre doch wirklich kein Drama.«

Dudley legte die Stirn in Falten. »Ich habe es versucht, Sol, ich habe es wirklich versucht. Die ganze Nacht habe ich auf ihn eingeredet. Aber mein Klient will keinen Millimeter weichen. Er sagte: ›Wir haben Ihnen A gegeben, und wir haben Ihnen B gegeben. C bekommen Sie nicht mehr.‹ Das genau waren seine Worte.«

Die drei machten finstere Gesichter und lehnten sich zurück. In ihren Halunkenherzen breiteten sich Frustration, Konfusion und Ärger aus. Und in ihren Halunkenaugen war Dudley naiv, uninformiert und überhaupt ein Trottel.

Tatsächlich hatte Dudley keine Ahnung, warum sie das nicht bekommen sollten, was sie so dringend haben wollten. Es hatte irgendetwas mit einer Steuerrückzahlung zu tun. Dudley hatte versucht, das Ganze zu verstehen, es aber bald als zu kompliziert aufgegeben. Sein Mitarbeiter bei Hubbard, White & Willis – ein junger Mann, der quasi ganz allein den Vertrag zusammengestellt und aufgesetzt hatte – hatte ihm erklärt, dass sein Klient, wenn sie der Forderung der Halunken nachgäben, eine nicht unwesentliche Abschreibungsmöglichkeit verlieren würde, auch wenn die, rein rechtlich, auf wackligen Beinen stand.

»Lassen Sie uns darüber reden, Ralph«, sagte einer der Halunken.

Das war so ziemlich das Letzte, was Ralph Dudley wollte. Er war ja gar nicht in der Lage, über die Sache zu diskutieren. Wenn sie darauf bestanden, würde ihnen recht schnell klar, wie richtig sie mit ihrer Einschätzung lagen, dass er tatsächlich naiv, vertrottelt und vollkommen uninformiert war.

»Wo bleibt denn der Junge?« Dudley sah zur Tür. Sein Mitarbeiter, der sich mit der Abschreibungsgeschichte bestens auskannte und sie auch fast schon ärgerlich akkurat ausführen konnte, hatte vor zehn Minuten den Raum verlassen, um im Büro anzurufen.

»Ralph, die Sache fängt wirklich an, uns auf die Eier zu gehen …«

Dudley unterdrückte ein Stirnrunzeln. Ein Gentleman lässt sich nicht so weit herab, Gossenausdrücke zu gebrauchen.

»Wir hängen jetzt schon seit einem Monat an diesem Fall.«

Dudley, der seine ganze Aufmerksamkeit bisher dem Verlauf der Konversation geschenkt hatte, war jetzt froh, dass sein Gegenüber diese Bemerkung hatte fallen lassen. Er beugte sich vor und goss jedem aus der silbernen Kanne Kaffee nach. »Ein Monat ist doch gar nichts. Neulich habe ich mit einem Freund von Abbott & Miller gesprochen, und …«

Dudley spürte sofort das Interesse des Mannes, der in diesem Trio der Wortführer zu sein schien. »Wen kennen Sie denn dort?«

»Phil Abbott.«

Er lachte. »Sie kennen Phil?«

»Wir spielen regelmäßig in seinem Club Karten. Nach dem Tod seiner Frau haben wir viel Zeit miteinander verbracht.«

»Phil ist der Cousin meiner Mutter.«

»Nicht möglich!«, täuschte Dudley freudige Überraschung vor. »Die Welt ist doch ein Dorf. Phil ist ein sehr angenehmer Mann, und sein Witz funkelt so brillant wie ein Feuerwerk. Sie beide sind also miteinander verwandt?«

»Aber ja. Er ist oft zu uns nach Brooklyn gekommen.«

»Wir haben neulich zusammen zu Mittag gegessen, das war, mal nachrechnen, der Freitag nach Thanksgiving. Ich glaube, er ist über Gerties Tod ganz gut hinweggekommen. Als Emma, das war meine Frau, starb, haben er und ich uns besser kennen gelernt. Nach Gerties Ableben haben wir viele Stunden miteinander geredet.«

»Ja, er hat sie sehr geliebt.« Der Wortführer beobachtete Dudley und suchte sein Gesicht nach verräterischen Anzeichen ab. »Natürlich haben sie sich auch gestritten, aber das gehört ja wohl zu einer richtigen Liebe dazu.«

»Ich bin der Vormund meiner Enkelin, und ich sage Ihnen, ein Kind großzuziehen lehrt einen eine Menge über Liebe. Manchmal kommt man sich dabei vor wie im Himmel, dann wieder wie auf dem Schlachtfeld. Phil hat mir übrigens viel über die Kinder erzählt, mit denen er gespielt hat. Vielleicht waren Sie eines davon.«

»Ganz bestimmt war ich das. Wir haben ihn immer Onkel

Phil genannt, denn er war für uns mehr ein Onkel als ein Cousin. Immerhin war er ja gut und gerne zwanzig Jahre älter als wir. Ja, wir haben viel mit ihm gespielt und unternommen. Ich erinnere mich an ein Pessachfest – Elijah kommt an dem Tag ins Haus und trinkt den Wein, so wie bei den Christen der Weihnachtsmann kommt und die Milch austrinkt, die die Kinder übrig gelassen haben –, da hat er uns mit einer Angelschnur hereingelegt. Wir saßen also um den Tisch, als wir aus dem Nebenzimmer ein Geräusch hörten. Wir Kinder sind sofort hingestürmt. Onkel Phil ist schnell aufgestanden, hat den ganzen Wein ausgetrunken und sich dann wieder an seinen Platz gesetzt, bevor wir zurück waren. Da hat er uns wirklich hinters Licht geführt. Was für ein lieber Mann.«

»Ja, das Salz der Erde, nicht wahr?«, bestätigte Dudley und sah sich in der Runde um. »Was macht der Junge bloß so lange? Wo waren wir stehen geblieben? Ach ja, es ging doch nur noch um einen einzigen Punkt, eine Steuerangelegenheit, oder?«

Der Wortführer seufzte und warf einem der beiden anderen einen Blick zu, der irritiert auf seine Rolex deutete. Dann erklärte er mit verschwörerischer Miene: »In Ordnung, Ralph, ich sage Ihnen was: Wenn Sie darauf bestehen, dass wir uns nicht länger mit der Steuerprovision beschäftigen, ist der Punkt für uns erledigt. Ich bringe meine Klienten schon dazu, dem zuzustimmen. Wir haben uns lange genug mit dieser Kleinigkeit aufgehalten.«

»Also, Sol, das nenne ich wirklich entgegenkommend von Ihnen.«

»Ich denke, wir beide reden die gleiche Sprache. Und da ist nicht vielleicht noch irgendwas, eine kleine Überraschung? Sind Sie sich eigentlich sicher, ein Goi zu sein?«

»Nun, wenn ich das nicht wäre, würde der Erzbischof von Canterbury sicher herzhaft lachen. Schließlich habe ich ihm seit über fünfzig Jahren etwas in den Klingelbeutel gelegt.«

»Wie groß ist der Unterschied zwischen einem Juden und einem Anglikaner?«

»Sagen Sie es mir.«

»Ungefähr ein Viertelzentimeter.«

Die Halunken brachen in Gelächter aus.

Dudley lächelte höflich, schloss die Augen und lehnte sich in seinem Sessel zurück. Was sollte an diesem Witz komisch sein? Worauf spielte Sol mit dem Viertelzentimeter an? Etwa auf die Beschneidung? Dudley entschied, dass dies sicher kein Witz war, über den ein Gentleman lachen konnte. Er warf einen Blick auf seine Uhr. »Oh, ich fürchte, ich muss gehen. Ich suche den jungen Mann und schicke ihn zu Ihnen, damit Sie mit ihm die letzten Details klären können.«

Draußen auf dem Gang wartete sein Mitarbeiter und trank Kaffee.

»Wir haben sie«, sagte Dudley, zog den Mantel an und setzte seinen grauen Hut auf.

Der Mitarbeiter machte große Augen und fragte: »Ralph, Sie haben sie tatsächlich dazu gebracht, die Abschreibungsklausel aus dem Vertrag zu nehmen?«

»Tut mir Leid, dass ich Sie so lange hier draußen habe warten lassen«, entschuldigte sich Dudley. »Können Sie jetzt zu ihnen gehen und die Sache zu ihrem Ende bringen?«

»Aber wir glaubten doch, dass sie auf keinen Fall nachgeben würden. Wie haben Sie das bloß angefangen?«

»Das Gesetz baut vor allem auf Logik auf«, antwortete Dudley würdevoll. »Vergessen Sie das nie.« Und er berührte grüßend die Hutkrempe, als eine attraktive junge Frau an ihnen vorbeikam.

… Sieben

»Ist ja ’ne Ewigkeit her, seit ich zum letzten Mal von dir gehört habe«, rief Willy Lansdowne. Der große, muskulöse Farbige sprang von seinem Einrad, beugte sich herab, um Taylor auf die Wange zu küssen, und sah ihr forschend in die Augen. »Was ist los mit dir? Wieder Probleme mit den Kerlen?«

»Nein, keine Männerprobleme«, antwortete sie rasch.

Lansdowne warf einen missmutigen Blick auf die leere Fläche vor Dobro’s Restaurant am St. Mark’s Place. Sie betraten das Café, und er fragte die Kellnerin: »Servieren Sie heute nicht draußen? Wir würden gern draußen sitzen.«

»Es ist November«, gab sie unfreundlich zurück.

»Es ist Mittwoch, der 27. November, und das lässt sich zu einer Neun addieren, eine in der Numerologie sehr bedeutungsvolle Zahl.«

Die Kellnerin führte sie an einen freien Tisch, knallte ihnen zwei Speisekarten hin und verschwand.

»Da wären wir also«, sagte Lansdowne.

Für Taylor war Willy Lansdowne der bedeutendste Mensch in ihrem Leben. Und das nicht etwa, weil er über wichtige Verbindungen in Wirtschafts- oder Regierungskreisen verfügte, sondern weil er nur einen Blick auf Taylor zu werfen brauchte, um sofort zu wissen, was mit ihrem Leben nicht stimmte und was sie dagegen unternehmen sollte.

Lansdowne trug, wohin er auch ging, stets einen Walkman und richtete sein Leben so nach der Musik aus wie in der Antike Cäsar nach der Eingeweidebeschau der Priester. Taylor hatte nie zuvor einen Menschen kennen gelernt, der so viel Spaß in seinem Leben hatte. Alles, was er anfing, tat er mit großem Vergnügen, sei es nun, einfach in der Sonne zu liegen oder mit dem Fahrrad gegen den Verkehrsstrom die Sixth Avenue hinaufzufahren oder öffentlich auf eigenartigen, altertümlichen Instrumenten Musik zu machen oder erotisch geformte Flöten zu blasen (er war ein meisterhafter Berimbau-Spieler) oder in einem Restaurant zu arbeiten oder sich in lateinamerikanischen Tänzen wie zum Beispiel dem Capoeira zu üben oder zu schlafen oder spazieren zu gehen oder zu essen.

Lansdowne las Bücher, von denen Taylor noch nie gehört hatte – *Die Europäischen Wurzeln der Rekonstruktionspolitik, Sozialgeschichte des Dinierens, Die mixolydische Tonart als Symbol der griechischen Kultur.*

(»Willy, du liest solches Zeug doch nicht etwa, oder?«

»Ach, weißt du, Taylor, das Blöde an den Büchern ist, dass sie keine Bilder haben, und so muss ich sie lesen.«)

Als sie schon eine Weile in New York gelebt hatte, bekam sie von etlichen Bekannten den Tipp, dass es als sehr chic gelte, einen intellektuellen farbigen Freund zu haben. Taylor hatte rasch durchschaut, dass es sich dabei um eine subtile Form von Frauenfeindlichkeit handelte, aber zur gleichen Zeit begriff sie, dass Lansdowne ebenso wie sie zu einer rassenlosen New Yorker Klasse gehörte, und zwar nicht in der einfältig alles umarmenden Weise der Hippies in den Sechzigern, sondern in einem viel tiefer gehenden, authentischeren Sinn. Willy Lansdowne war wie sie ein Mensch, der in Hinblick auf seine Herkunft die besten Chancen besaß, sie aber einfach nicht nutzte. Er war klug genug zu erkennen, wie weit er als Geschäftsmann aus North Carolina, der jeden weißen Mitbewerber leicht aus dem Feld schlagen und sich auf der Madison Avenue oder in der Wall Street niederlassen konnte, kommen würde. Aber aus irgendwelchen Gründen, die nur sie selbst kannten, hatten Taylor Lockwood und Willy Lansdowne ihre Vergangenheit wie einen alten Anzug abgelegt und sich in New York ein eigenes Leben geschaffen, so als wäre der große Ozeandampfer an Ellis Island vorbeigefahren und stattdessen in Greenwich Village gestrandet.

Willy Lansdowne war jemand, zu dem man sich sofort hingezogen fühlte. Taylor hörte ihm gerne zu und war ganz besonders für seine Lebensrezepte empfänglich – auch damals an einem Nachmittag vor drei Jahren. Sie lebte zu jener Zeit schon seit sechs Monaten in der Stadt, verkaufte bei Macy's Damenschuhe und war so pleite und niedergeschlagen wie noch nie zuvor. Sie ging gerade vom Sonderangebotsverkauf, der an jedem Mittwoch stattfand, über die Tenth Street nach Hause, als sie das Quietschen von Lansdownes Zehngangradbremsen neben sich vernahm und der Mann vor ihr anhielt.

»He, ich habe gehört, du klimperst.«

»Wie bitte?«

Er mimte einen Klavierspieler, dann tippte er sich an die Stirn. »Dämmert's?«

»Ja, ich klimpere ein wenig.«

»Was soll das heißen? Spielst du nun Klavier oder nicht?«

»Ja, ich spiele.«

»Und wo bist du zurzeit zu finden?«

»Nirgendwo.« Sie zuckte mit den Schultern.

»Nein, nein, nein. Was arbeitest du tagsüber?«

»Ich bin Verkäuferin bei Macy's.«

»Oh!«, machte er und verzog das Gesicht. »Nein, meine Liebe, dort willst du sicher nicht alt werden, oder? Sperr die Ohren auf, ich sage dir jetzt, was du tun wirst.«

Er hielt plötzlich ein Notizbuch und einen Füller mit goldener Tinte in der Hand. »Ruf diesen Mann wegen eines Jobs an. Und das hier ist für deinen Auftritt. Bring die beiden Nummern nicht durcheinander. Sorg immer dafür, die Rechte und die Linke voneinander getrennt zu halten. Gitarrenspieler haben solche Probleme nicht. Du aber spielst Klavier, und deshalb musst du darauf achten, klar?« Er reichte ihr zwei Zettel.

Er klang so überzeugend, dass Taylor schon »okay« sagte, bevor sie fragte: »Was sind das für Typen?«

»Der eine leitet einen Kurs für Anwaltsgehilfen. Du gibst ihm ein paar Hunderter, aber am Ende wird sich der Kurs für dich mehr als auszahlen. Würde, wenn du verstehst. Damit du deine Würde wieder findest und dich selbst als wichtige Person begreifst. Der andere Mann hat einen Club. Sag ihm, dass ich dich geschickt habe. Er lässt dich sicher in der beschissensten Nacht der Woche auftreten, wahrscheinlich am Mittwoch. Aber das ist besser als gar nichts, oder? Wenn du gut bist, fällst du schnell die Leiter hinauf.«

»Ich …«, begann sie, und Tränen traten in ihre Augen.

»He, wenn du reich und berühmt bist und deine eigene Plattenfirma hast, darfst du dich gern an den guten alten Mr. L. erinnern.«

Sie spielte nur zwei Lieder an und bekam den Job in dem Club. Der Kurs für Anwaltsgehilfen dauerte drei Monate, und als sie ihr Zeugnis in der Hand hielt (das aussah wie die Garantieurkunde eines Kühlschranks), landete sie kurz darauf bei einer großen Anwaltskanzlei in Midtown. Ein Jahr danach wechselte sie zu Hubbard, White & Willis. Und seitdem arbeitete sie dort. Lansdowne tauchte immer wieder in ihrem Leben auf, meist unvermittelt. Manchmal hörte sie sechs Monate lang nichts von ihm, dann lief er ihr über den Weg, und sie verstanden sich gleich wieder so gut, als hätten sie sich erst gestern zum letzten Mal gesehen.

Als sie jetzt im Dobro's saßen, sagte er: »Was die Kerle angeht, was kannst du mir da Neues berichten?« Er streckte seine langen, sportlich schlanken Beine aus, die in glänzend blauen Radlerhosen steckten.

»Na ja, da mag sicher nicht alles zum Besten stehen, aber darüber wollte ich eigentlich nicht mit dir reden.« Die Kellnerin kehrte zu ihnen zurück und blieb gerade lange genug, um die Bestellungen aufzunehmen. Dann suchte sie sich rasch wieder ihren Weg zwischen den Tischen hindurch, an denen ernst dreinblickende oder verschlafene Künstler saßen, die Chili oder Rühreier als Nachmittagsfrühstück zu sich nahmen.

Lansdowne erzählte ihr, dass er sich nach Weihnachten drei Monate freinehmen wolle, um durch Indien und Nepal zu reisen.

»Hört sich interessant an«, sagte Taylor. »Und in welcher Lotterie hast du gewonnen?«

»Die Kohle?« Er lachte. »Machst du dir immer noch so viele Gedanken ums Geld? Keine Sorge, es wird schon alles klappen. Irgendwie geht es immer.« Dann berichtete er ihr von seinem neuen Schlafsack, der nur drei Pfund wog.

Seine Augen strahlten, als die Kellnerin den Salat brachte. »Oh, haben Sie vielleicht diese kleinen länglichen Brotsticks? Mit den Sesamkörnern drauf? Die so aussehen wie Finger?«

Die Kellnerin seufzte und machte sich auf den Weg, das Gewünschte zu besorgen.

»Ich liebe diese kleinen Brote einfach.«

Fünf Minuten lang widmete er sich ausschließlich seinem Salat, teilte ihn in mundgerechte Portionen und verspeiste sie langsam und mit Genuss. Er ließ sich mehr Butter, Brotsticks, Dressing und gemahlenen Pfeffer bringen. Endlich wandte er sich wieder Taylor zu. »Wenn die Kerle nicht dein Problem sind, was dann?«

»Du hast doch mal für eine Wach- und Schließgesellschaft gearbeitet, nicht wahr?«

»Ja, stimmt, ich war mal Wachmann. War wirklich super. Ich hatte da so einen großen Schlagstock. Den habe ich dann an eine Gitarrensaite gehängt, eine B- oder E-Saite ist dafür am besten, und mit Trommelstöcken oder einem Löffel draufgehauen. Mann, ein irrer Sound!«

»Kennst du in der Firma noch jemanden, mit dem ich reden kann?«

»Jetzt bin ich aber wirklich neugierig, in welchen Schwierigkeiten du steckst.« Er machte ein besorgtes Gesicht.

»Ich möchte nur ein paar Tricks dieser Branche erfahren. Diskret natürlich.«

»Klar. Ich kenne einen Burschen, mit dem du quatschen kannst«, erwiderte Lansdowne. »John mit den drei Namen. Er ist okay.«

»Drei Namen? Ist er Indianer?«

»Nein, ich nenne ihn nur so. Er heißt John Silbert Hemming. Der Mann ist 'ne ganz besondere Marke, er schwebt sozusagen in den Wolken. Wart's nur ab, bis du ihn kennen gelernt hast. Die meisten von diesen Sicherheitsexperten waren früher bei der Polizei oder beim FBI. Verstehen absolut keinen Spaß. Und wenn du mit ihnen redest, sind sie mit ihren Gedanken ständig woanders, so als hätten sie einen Topf auf dem Herd und sorgten sich darum, dass etwas anbrennt. Aber John mit den drei Namen ist okay. Ich rufe ihn an und sage ihm, dass du in Ordnung bist.«

»Vielen Dank, Willy.«

»Okay, und was ist nun mit den Kerlen? Erzähl mir alles darüber.«

»Ach, ich glaube nicht, dass du das wirklich hören willst.«

»Bist du immer noch mit Gary zusammen?«

»Nein.«

»Hast du einen Neuen in Arbeit?«

»Nein.«

»Dann willst du sicher Nonne werden und mit dem ganzen Stress nichts mehr zu tun haben.«

»Volltreffer.«

Zum fünften Mal an diesem Tag dachte Ralph Dudley über die Fusion der beiden Kanzleien nach.

Sein Hochgefühl über den Sieg, den er im Haus der Halunken errungen hatte, war längst verflogen. Er saß erregt und mit finsterer Miene auf einer Bank im Central Park. Eine Brise aus dem Süden hatte die Temperatur auf fünfzehn Grad ansteigen lassen. Dudleys langer Zeigefinger und der knotige Daumen fuhren über sein Gesicht und kniffen in eine weiche Hautfalte am Mund. Dabei spürte er sowohl die Befriedigung, sich am Morgen ausreichend gründlich rasiert zu haben, als auch die Verzweiflung der Selbsterkenntnis.

Dieses letzte Gefühl war ihm nicht fremd, doch es neigte dazu, sich nur in Momenten wie solchen in sein Bewusstsein zu drängen. Die Selbsterkenntnis basierte auf der Tatsache, dass ihm die Idee des Gesetzes mehr gefiel, als in der Praxis damit zu arbeiten. Wenn er über seinen Beruf nachdachte, erschien er ihm in einem romantisch verklärten Licht. Er behauptete von sich, in Michigan das Gesetz gelesen zu haben, und verwendete damit die im 19. Jahrhundert gebräuchliche Umschreibung für das Jurastudium. Er liebte Ausdrücke wie *force majeure,* höhere Gewalt, *laches,* Leistungsverzug, oder *res ipsa loquitur,* die Sache spricht für sich. Auf einer seiner zahllosen Reisen nach London hatte er draußen vor dem Grey's Inn gesessen und ein Buch über Francis Bacon gelesen. Die Tränen hatten ihm in den Augen gestanden, als er zu der Stelle kam, wo der Hochkanzler aus seinem Amt gejagt wurde, weil er sich hatte bestechen lassen.

Dudley liebte die Juristerei der alten Tage, der Zeiten, in denen aus einer Kanzlei noch kein Großunternehmen geworden und noch nicht alles so schrecklich kompliziert war, bevor es Computer, Bildschirme und Telefax gegeben hatte. Selbst das Telefon auf seinem Schreibtisch mit seinen Dutzenden von unverständlichen Knöpfen und Symbolen war ihm irgendwie unheimlich.

Aber die alten Tage waren lange vorbei.

Damals hatte es noch keine Fusionen gegeben.

Und keine Anwälte wie Wendall Clayton.

Dudley hatte Angst vor Clayton, den er für einen abgefeimten Schurken hielt. Er war davon überzeugt, dass Clayton über genügend Macht und Einfluss verfügte, um die Fusion durchzuboxen – auch wenn es sich dabei de facto um eine Vergewaltigung von Hubbard, White & Willis handeln würde. Dudley sah die verheerendsten Folgen für die alte Kanzlei voraus. Was ihn jedoch am meisten beunruhigte, war nicht die Zerstörung von Hubbard, White & Willis, was auch schon bedrückend genug war, sondern die Auswirkung, die dieser erzwungene Zusammenschluss für zwei Menschen haben würde – für ihn und für das Mädchen, dem er gerade dabei zusah, wie es auf Rollschuhen über den Gehweg glitt.

Das Mädchen, fünfzehn Jahre alt, war schon bald eine junge Frau, ausgesprochen hübsch, auch wenn sie zu viel Makeup trug und die Augen so sehr zu kalten Schlitzen verengen konnte, dass einem dann der Begriff »hübsch« unangemessen erschien. Innere Kälte passte zu Schönheit, nicht aber zu etwas Hübschem, und Junie konnte sehr kalt sein.

Ralph Dudley war sich vollkommen der Tatsache bewusst, dass er im Fall einer Fusion seine Stellung verlieren würde, denn obwohl er das Gesetz so liebte, dass es ihn manchmal zu Tränen rührte, obwohl er lateinische Fachbegriffe wie ein Altphilologe zu gebrauchen verstand und obwohl er in der Lage war, selbst die durchtriebensten Halunken aufs Glatteis zu führen, war er kein guter Anwalt. Vermutlich war er sogar der untauglichste Anwalt von ganz New York. Seine Talente waren ausgesprochen nebulös – er verstand sich zum Beispiel prächtig darauf, Geschichten zu erzählen – und in den Wall-Street-Kanzleien des ausgehenden 20. Jahrhunderts ohne Wert.

Dudley belieh immer wieder von neuem seine Einlage bei und seine Anteile an Hubbard, White & Willis, und er leistete bei seinen Klienten so wenig direkte Arbeit, dass er bei der jährlichen Ausschüttung stets nur einen bescheidenen Bonus erhielt, eine so geringe Summe, wie sie neue Partner bei Hubbard, White & Willis möglichst rasch hinter sich zu lassen hofften. Auch besaß er nicht genügend Eigenkapital, um ins Immobiliengeschäft zu investieren oder sich in einer Firma als Partner einzukaufen, wie es Klienten immer wieder ihrem Rechtsbeistand antrugen. Wenn er seinen Job bei Hubbard, White & Willis verlieren sollte, würde das für ihn eine komplette Katastrophe bedeuten. Seine Ersparnisse wären binnen zweier Monate aufgebraucht, und der Lebensstil, den er seit nunmehr dreißig Jahren pflegte, würde sich vor seinen Augen in Luft auflösen.

So hockte er auf der Parkbank, deren grüne Sitzfläche aufgrund des nachlässigen Anstrichs recht uneben war, und spürte nicht nur die Holzleisten in seinem Rücken, sondern auch, wie der Untergang sich bedrohlich in sein Leben drängte. Früher oder später erwischte es Menschen wie ihn immer – solche, die durch eine Laune des Schicksals oder durch unverschämtes Glück ins Epizentrum der Macht und des Prestiges gespült worden waren und dort einen schmalen Halt gefunden hatten.

Alles, was sein Leben lebenswert machte, war akut gefährdet.

Er beobachtete, wie Junie einen Jungen ihres Alters anstarrte. Er war kleiner als sie, aber kräftig gebaut, und besaß eine breite Stirn. Der Junge verzog sich.

Oh, diese Unverfrorenheit, diese Klarheit und Unverwundbarkeit von Kindern. Ihr Mut ist so grenzenlos, dass sie sich alles zutrauen …

Dudley war plötzlich kalt, und er erhob sich. Junie sah ihn, kam zu ihm und hielt neben ihm an.

»Daktyloskopie«, sagte der Mann. »Sprechen Sie mir bitte langsam nach: Daktyloskopie.«

Taylor folgte seiner Aufforderung.

»Gut.« Der Mann lächelte. »Jetzt kennen Sie schon den Fachausdruck für das Fingerabdruckverfahren. Als Zweites müssen Sie wissen, dass es sich dabei um eine überaus lästige und zeitaufwendige Tätigkeit handelt.«

Taylor saß im Büro von John Silbert Hemming. Seine Visitenkarte verriet, dass es sich bei ihm um den Abteilungsleiter der Corporate Security Services bei Manhattan Allied Security handelte. Als er sie in der Lobby abgeholt hatte, war sie zuerst zusammengezuckt und hatte dann zu ihm hochgesehen. Hemming war fast zwei Meter zehn. (»Er schwebt in den Wolken«, hatte Willy gesagt.) Auf dem Weg zu seinem Büro erklärte er ihr, dass seine Körpergröße ihm einen Job in einem Hinterzimmer beschert hatte. Er war der technische Experte der Firma.

»Bei der Detektivarbeit muss man möglichst unauffällig aussehen. Der überwiegende Teil unserer Tätigkeit besteht darin, Personen zu folgen.«

»Aha, man heftet sich jemandem an die Fersen«, sagte Taylor.

»Wie bitte?«

»Nennt man das bei Ihnen nicht so? Sich jemandem an die Fersen heften?«

»Nein, wir sprechen davon, jemandem zu folgen.«

»Oh.«

»Wenn man wie ich alle anderen um mindestens einen Kopf überragt, ist das nicht gerade von Vorteil. Wollen wir neue Leute einstellen, dann müssen die Betreffenden auf dem Bewerbungsbogen auch eine Spalte mit der Überschrift ›Sehen Sie durchschnittlich aus?‹ ausfüllen. Man könnte natürlich auch fragen: ›Sehen Sie langweilig oder unauffällig aus?‹«

Hemmings sandfarbenes Haar schien sich von keinem Kamm bändigen zu lassen, und Taylor kam er insgesamt wie ein großer Junge vor. Seine Augen funkelten lustig, so als sähe er bei allem eine heitere Seite. Sein Gesicht war ausgesprochen lang, aber wie hätte es auch sonst sein sollen, wenn es auf einer solchen Hünengestalt thronte? Taylor sagte sich, dass er auf bestimmte Frauen ziemlich attraktiv wirken musste. Sie selbst verglich seit einiger Zeit, wenn auch wider besseres Wissen, alle Männer mit Mitchell Reece, und für ihn war Hemming ganz gewiss keine Konkurrenz.

Als sie hier angekommen war, hatte sie sich mit einiger Enttäuschung in dem Bürogebäude in Midtown umgesehen. »Ich hatte eigentlich etwas anderes erwartet. Wie soll ich sagen, etwas im Stil von Bogie oder Raymond Chandler.«

»Wie bitte? Was haben Sie erwartet?« Hemming sah auf sie hinab. »Etwa eine schäbige Einrichtung, Glastüren mit Aufschriften, abgewetzte Trenchcoats und Scotch-Flaschen, die nur noch zu einem Drittel gefüllt sind ... Warten Sie einen Moment.« Er öffnete eine Tür an seinem Schreibtisch und stellte eine Flasche Mineralwasser vor sie hin. »Mehr habe ich leider nicht zu bieten. Die Zeiten haben sich geändert, Miss Lockwood.«

»Nennen Sie mich Taylor.«

Er nickte. »Wir machen im Jahr etwa zehn Millionen Umsatz. Unsere Ermittler rekrutieren sich aus ehemaligen Polizisten, FBI-Agenten, Buchhaltern und Anwälten. Ich zum Beispiel besitze einen Abschluss in Jura. Wir werden meist von Firmen beauftragt, und der größte Teil unserer Arbeit besteht aus Routineoperationen: Buchprüfung, Leute in Firmen einschleusen, die dort Lücken aufspüren sollen, Unterschlagungen oder Diebstählen nachgehen, Drogenmissbrauch oder Drogenhandel. Aber auch darin, Informationen für eine Firmenübernahme zusammenzutragen, Strohmänner zu enttarnen oder firmeninterne Intrigen aufzudecken. Sie wissen vermutlich, dass ein Polizist über kaum mehr Autorität verfügt als ein Normalbürger.«

»Natürlich.«

»Ein Bürger kann genauso gut jemanden festnehmen wie ein Polizist. Wir befinden uns gerade mitten in einer Operation, in der es um leitende Angestellte einer großen Werbeagentur geht, die sich offenbar haben schmieren lassen. Wir sind damit beauftragt herauszufinden, wer daran beteiligt ist und wie lange das schon so geht. Die Hälfte unserer Mitarbeiter hat einen Schein.«

»Was für einen Schein?«

»Einen Waffenschein.«

Er legte eine Pause ein, um aus seinem Glas zu trinken, und sie sagte: »Erzählen Sie mir bitte alles über Fingerabdrücke.« Das war der Moment, in dem er ihr die Bezeichnung Daktyloskopie entgegenschleuderte und sie aufforderte, es ihm nachzusprechen.

Jetzt zielte Hemming mit seinem überraschend langen Zeigefinger auf sie und erklärte: »Ich hoffe, Sie sind sich darüber im Klaren, was auf Sie zukommt, wenn Sie verlangen, alles darüber zu erfahren. Glauben Sie mir, es ist wirklich eine Menge. Fangen wir mit der Frage an: Was sind Fingerabdrücke?«

»Wie bitte?«

»Ja, ich weiß, *Sie* haben Geld dafür bezahlt, dass *ich* Antworten gebe. Aber ich ziehe es vor, meine Schüler partizipieren zu lassen. Ich stehe nun einmal auf Interaktion. Also, Ihre Zeit ist abgelaufen. Irgendeine Ahnung? Nein, gut. Nun, bei Fingerabdrücken handelt es sich um die Abdrücke, die die Papillarlinien auf Fingern und Daumen hauptsächlich im Zustand des Schwitzens hinterlassen. Die Fingerspitzen selbst besitzen keine Fett- oder Talgdrüsen, aber manchmal bleiben ölige Abdrücke zurück, wenn sie vorher an irgendwelchen Körperstellen mit körpereigenen Fetten in Berührung gekommen sind. Und ja, die Antwort auf die am meisten gestellte Frage lautet: Alle Fingerabdrücke unterscheiden sich tatsächlich voneinander. Sie sind sogar unterschiedlicher als zwei Schneeflocken. Seit vielen hundert Jahren sammeln auf der ganzen Welt Menschen Fingerabdrücke und vergleichen sie miteinander. Niemand aber – jedenfalls keiner, der mir bekannt ist – hat so etwas jemals mit Schneeflocken getan. So, jetzt stellen Sie die zweithäufigste Frage.«

»Äh … hinterlassen Tiere auch Fingerabdrücke?«

»Ja, Primaten, doch die können wir getrost vernachlässigen. Und das war nicht die zweithäufigste Frage. Die dreht sich um Zwillinge.«

»Zwillinge?«

»Ja. Und die Antwort lautet, dass auch Zwillinge, Drillinge, sogar Zwölflinge alle verschiedene Fingerabdrücke hinterlassen. Damit zum nächsten Punkt: Wer ist zum ersten Mal auf Fingerabdrücke gestoßen?«

»Ich habe so ein Gefühl, dass Sie es mir gleich sagen werden.«

»Raten Sie.«

»Scotland Yard?«

»Nein, prähistorische Stämme in Frankreich. Sie kannten bereits Fingerabdrücke und haben sie bei ihren Höhlenmalereien eingesetzt. Im 16. und 17. Jahrhundert hat man Fingerabdrücke als grafische Symbole und Unterschrift bei Dokumenten verwendet. Als Erster befasste sich 1823 ein Dr. J. E. Purkinje ernsthaft mit den Fingerabdrücken. Er war Professor für Anatomie und entwickelte ein grobes Klassifizierungssystem. Richtig populär wurden Fingerabdrücke am Ende des vergangenen Jahrhunderts. Sir Francis Galton, einer der führenden Gelehrten auf dem Gebiet der …« Er sah Taylor fragend an.

»Auf dem Gebiet der Daktyloskopie?«

»… der Vererbungswissenschaft, stellte fest, dass alle Fingerabdrücke voneinander verschieden sind und sich während des ganzen Lebens nicht verändern. Die britische Regierung beauftragte Edward Richard Henry, eine Kommission ins Leben zu rufen, die untersuchen sollte, ob Fingerabdrücke zur Identifizierung von Kriminellen tauglich seien.

Um die Jahrhundertwende hatte Henry ein grundlegendes Klassifizierungssystem geschaffen, das seitdem in fast allen Staaten, mit Ausnahme von Lateinamerika, zur Anwendung kommt. Sein System heißt, wer hätte das gedacht, Henry-System. Und hierzulande war der Staat New York der erste, der damit anfing, von allen Häftlingen Fingerabdrücke zu nehmen. Das geschah so um das Jahr 1902 herum.«

Als er eine Pause einlegte, um Luft zu holen, fragte Taylor rasch: »Wenn man nach Fingerabdrücken suchen will, wie stellt man das am besten an?«

»Nun, das hängt von der Oberfläche ab. Sie verwenden dazu, verzeihen Sie, ich meine natürlich, *man*«, korrigierte er sich übertrieben, so als amüsierte er sich über ihre Wortwahl, »verwendet dazu am besten Stoffhandschuhe, keinesfalls welche aus Latex. Wenn die zu untersuchende Oberfläche von heller Farbe ist, nimmt man ein dunkles Pulver, am ehesten Grafitstaub oder etwas Vergleichbares. Auf einer dunklen Oberfläche benutzt man eine Pulvermixtur aus Aluminium und Kreide. Dann streicht man das Pulver mit einem Pinsel mit langen weichen Borsten über die fragliche Stelle. Das überflüssige Pulver entfernt man …«

»Sagen Sie es mir.«

»Raten Sie.«

»Indem man es wegpustet?«

»Ja, das ist eine weit verbreitete Ansicht unter Laien. Wenn man pustet, gelangen auch Speicheltröpfchen auf die Stelle, und damit ruiniert man den ganzen Abdruck. Nein, man verwendet dazu wiederum einen Pinsel. Die Pulvermethode lässt sich allerdings nur auf glatten Oberflächen anwenden. Wenn Sie einen Fingerabdruck von einem Stück Papier nehmen wollen, gibt es dafür andere Techniken. Falls es sich um einen öligen, also fettigen Abdruck handelt, können Sie ihn mit Joddampf sichtbar machen. Doch dazu müssen Sie sich mit dem Stück Papier in eine Dunkelkammer begeben und sehr rasch ein Foto von dem Abdruck schießen, denn Jod verflüchtigt sich äußerst schnell. Manchmal hat man auch mit einer Nitratlösung oder Ninhydrin Erfolg.

Sobald man einen Fingerabdruck sichtbar gemacht hat, fangen die eigentlichen Probleme aber erst an. Man muss ihn nämlich erhalten. Und an diesem Punkt angekommen, vermasseln die meisten alles. Man löst den Fingerabdruck mit einem Spezialklebestreifen, oder man stellt ein Foto von ihm her. Vergessen Sie nicht, Fingerabdrücke sind gerichtsverwertbare *Beweise.* Man muss sie also in den Gerichtssaal befördern und sie Experten vorlegen können.«

Er schwieg plötzlich und runzelte die Stirn. »Wenn Sie nach Fingerabdrücken fragen, meinen Sie doch die Abdrücke von Fingerspitzen, oder?«

»Ich glaube schon«, antwortete Taylor vorsichtig.

»Nicht vielleicht genetische Fingerabdrücke?«

»Nein, ich meine die Abdrücke von Fingerspitzen.«

»Wunderbar.« Er wirkte erleichtert.

»Könnte auch jemand wie ich Fingerabdrücke nehmen?«

»Wenn Sie genügend Übung haben, ja. Aber wären Sie dann auch in der Lage zu beweisen, dass Fingerabdruck A identisch mit Fingerabdruck B ist? Wohl kaum. Ist wirklich nicht einfach, Lady, ganz gewiss nicht. Fingerabdrücke verlaufen, bewegen sich, verklumpen. Auch wenn sie von derselben Person stammen, können sie ganz unterschiedlich erscheinen. Und wenn sie identisch wirken, mag es trotzdem eine kleine Abweichung geben, die Sie schlicht übersehen haben … Kurz und gut, es ist alles andere als einfach. Das Studium der Fingerabdrücke ist eine hohe Kunst.«

»Kann man denn nicht irgendein Gerät einsetzen? Einen Computer vielleicht?«

»Selbstverständlich. Heutzutage wird ja ohnehin alles automatisiert. Das Zauberwort heißt AFIS: Automatisiertes Fingerabdruckidentifizierungssystem. Wir haben so einen

Apparat hier vor uns stehen. Ein Laserstrahl scannt die Abdrücke der Finger und verarbeitet die Daten digital. Das Gerät besitzt zwei Vorteile: Schnelligkeit und Akkuratesse. Wenn Sie einen Fingerabdruck betrachten, sehen Sie etwa fünfundsiebzig verschiedene winzige Punkte dort vor sich, wo die Linien auseinander streben. Sie müssen diese Punkte eindeutig identifizieren, um auf die Person schließen zu können, von der der Abdruck stammt. Scanner leisten so etwas natürlich wesentlich effizienter als das alte System der Fingerabdrücke mittels eines Stempelkissens.«

»Ich könnte mir ein solches Gerät nicht zufällig leasen, oder?«

»Ein AFIS kostet ein paar Millionen. Aber wenn Sie mir Ihr Problem schildern, könnte ich Ihnen vielleicht eine Lösung bieten.«

»Die Angelegenheit ist recht heikel.«

»Das sind solche Angelegenheiten immer. Aus diesem Grund gibt es Dienstleistungsunternehmen wie das unsere.«

»Ich habe noch eine Frage.«

Er hob seine Rechte, in der es sich ein Basketball hätte bequem machen können. »Erlauben Sie mir, Ihnen vorzugreifen. Die Frage lautet: Wo bekomme ich ein Dick-Tracy-Fingerabdruckset für angehende Detektive?« Bevor Taylor etwas sagen konnte, schrieb er ihr auf der Rückseite seiner Visitenkarte eine Adresse auf. »Das hier ist ein Geschäft für Polizeibedarf. Sie können dort alles erwerben, bis auf Schusswaffen und Polizeischilde.«

»Danke.« Taylor erhob sich, und ihr Blick fiel auf ein Glas, in dem eine Zwergeiche und anderes Grünzeug Triebe entwickelten.

»Ach, Miss Lockwood, ich meine natürlich Taylor?«

»Ja?«

»Ich habe mich gerade gefragt, ob Sie Interesse an meinem Einführungskurs für neue Mitarbeiter über die Gesetzeslage bei Einbruch, unbefugtem Eindringen und Hausrecht haben?«

»Nein, ich glaube, das möchte ich zum gegenwärtigen Zeitpunkt lieber nicht hören«, sagte sie rasch.

»Es ist absurd, aber weißt du, was mich am meisten bei der ganzen Sache wurmt? Die Porträts!«

Donald Burdick band sich mit seinen langen Fingern sorgfältig die Seidenkrawatte: Er mochte es normalerweise, über diesen feinen Stoff zu streichen – auf der einen Seite so weich und auf der anderen trotzdem strapazierfähig. Doch heute Abend bereitete ihm die Seide nicht das gewohnte Vergnügen.

»Die Porträts?« Vera Burdick saß im Schlafzimmer ihres Hauses in Bronxville am Ankleidetisch und rieb ihren Hals mit einer verschreibungspflichtigen Hautcreme ein. Sie trug ein rotschwarzes Seidenkleid, das am Rücken, wo der Reißverschluss noch nicht hochgezogen war, viel weiße Haut mit Sommersprossen enthüllte. Vera beugte sich jetzt zum Spiegel vor und verfolgte, wie die Creme einzog. Für ihre sechzig Jahre sah sie noch sehr gut aus. Sie hatte sich gegen das Alter behauptet, indem sie mehrere taktische Zugeständnisse eingegangen war. Vor fünfzehn Jahren hatte sie es aufgegeben, sich bräunen zu lassen, und hielt seit langem ihr Gewicht unter Kontrolle, ohne dabei in die Diätbesessenheit vieler ihrer Freundinnen zu verfallen, die heute wie knochige Vogelscheuchen aussahen. Vera hatte ihr Haar weiß werden lassen, behandelte es aber mit einem italienischen Vitaminpräparat und trug es wie ihre Enkelin zurückgekämmt. Bislang hatte sie es bei einem Facelifting belassen.

(Vor einem Jahr an einem Nachmittag hatte ihr ein Klient ihres Mannes ein unsittliches Angebot gemacht – gleich dort, wo sie gerade waren, und auf die Schnelle. Gut, der Mann war schon vierundsiebzig gewesen, aber sein anzügliches

Zwinkern und seine ehrliche Enttäuschung, nachdem sie Nein gesagt hatte, hatten sie mehr erregt, als es der eigentliche Akt je vermocht hätte.)

Vera war jetzt so, wie sie immer war: attraktiv, reserviert, voll Durchsetzungsvermögen und still. Das beste Bild von ihr war das, wie sie, ganz in Khaki gekleidet, auf einer seiner heiß geliebten Safaris neben ihrem Mann stand und seine zweite Nikon schussfertig machte.

Burdick hockte auf dem Bett. Seine Frau saß mit dem Rücken zu ihm, und er zog vorsichtig den Reißverschluss hoch und verhakte ihn oben.

»Was hast du gerade über die Porträts gesagt, mein Lieber?«

»Bei der Versammlung, auf der die Partner beschlossen, mit Perelli formelle Verhandlungen betreffs der Fusion zu beginnen, entschied sich die Mehrheit auch dafür, die Porträts der Partner, die unten in den Gängen an den Wänden angebracht sind, abzunehmen und in einem der Konferenzräume aufzuhängen.«

»Und das war Wendall Claytons Idee?«

Burdick lachte. »Nein, er ist nicht durch und durch böse. Joe Hanson, der das Einrichtungskomitee leitet, hat diesen Vorschlag vorgebracht, und fast alle haben ihm zugestimmt.«

»Ach, mein Lieber, macht das denn wirklich einen so großen Unterschied?«

»Nein, eigentlich nicht. Und so fürchterlich bedeutend ist es ebenfalls nicht. Ich erzähle dir ja auch nur, was mich bei der ganzen Sitzung am meisten geärgert hat. Es war nämlich damals vor zwanzig Jahren meine Idee gewesen, die Porträts in die vorderen Gänge zu hängen.«

Vera schüttelte den Kopf. »Don …«

»Wir wollen jetzt nicht darüber reden.« Sie hatten nie wirklich Streit, und seine Worte enthielten nur einen leisen Tadel.

»In vier oder fünf Jahren ziehst du dich ohnehin aufs Altenteil zurück.«

»Du fängst doch wieder davon an.«

»Ja, das tue ich.«

Er ging zum Telefon und bat die Haushälterin, zwei Scotch ins Schlafzimmer zu bringen.

»Der Zeitpunkt kommt unweigerlich«, fuhr Vera fort, »an dem du die Kanzlei loslassen musst.«

Er setzte sich wieder aufs Bett, verschränkte die Hände und hielt den Kopf gesenkt. »Stattgegeben.«

»Du schuftest immer noch zehn Stunden täglich und delegierst zu wenig Arbeit an deine Assistenten.«

»Mir gefällt das, was ich tue, eben.«

»Und du bist keine fünfunddreißig mehr.«

»Stattgegeben.«

»Also warum nicht jetzt schon etwas kürzer treten? Wir könnten viel mehr Reisen unternehmen. Seit fünf Jahren schiebst du Tibet vor dir her, weil du nämlich Angst hast, an einen Ort zu geraten, wo kein Telefon in Reichweite steht.«

Die Haushälterin brachte die Getränke. Burdick erhob sich und nahm sein Glas. Er trat ans Fenster und blickte hinaus. Heute Nachmittag war das ganze Laub zusammengerecht worden, doch jetzt war das Gras schon wieder von braunen und gelben Blättern übersät.

»Ich habe mein ganzes Leben, mein ganzes Berufsleben in der Kanzlei verbracht.«

»Du hörst dich an, als wärst du süchtig.«

»Vermutlich bin ich das auch. Man gibt alles, was man hat, man schafft etwas wirklich Wichtiges und Originäres. Und dann kommt einer und will einem alles wegnehmen …«

»Ich kenne dich gut genug, um zu wissen, dass du dich am allermeisten auf den bevorstehenden Kampf freust.«

Er sah sie einen Moment an und lächelte dann wie ein Junge, den man beim Griff in die Keksdose erwischt hat. »Ja, ich mag einen guten Kampf, ganz gewiss. Aber der, der mir jetzt bevorsteht, gefällt mir nicht. Für mich kommt der Tag, an dem ich gehen muss; vielleicht schon recht bald. Du weißt auch, dass ich sehr oft über meinen Abschied nachdenke.«

»Ich kann mir nicht helfen, ich habe so das Gefühl, dass du, wenn Wendall die Fusion abblasen würde, schon am nächsten Tag deinen Rücktritt erklären würdest.«

Draußen im Garten verschloss der Hausmeister die Tür des Geräteschuppens, der im Tudorstil gebaut war, und zog dann kräftig am Schloss, um festzustellen, ob es hielt. Burdick wandte sich vom Fenster ab. »Niemand wird mich aus meiner eigenen Kanzlei vertreiben. Und ganz bestimmt nicht ein Wendall Clayton.«

»Wendall ist ein hervorragender Anwalt. Er würde für seine Klienten alles tun. Das hast du selbst gesagt.«

»Von mir aus kann er sonst wo ein guter Anwalt sein. Er kämpft mit harten Bandagen und mit schmutzigen Tricks. Und er hat haufenweise Affären.«

»Wie heißt es so schön bei euch Anwälten – das ist für den Fall nicht relevant, Euer Ehren.« Sie begann sich zu schminken, sah ihn dabei aber weiterhin an.

»Nein, Vera, in diesem Fall ist es relevant, denn ich spreche vom Überleben der Kanzlei. Wendall hat keine Vision. Ihm fehlt jegliches Verständnis dafür, was Hubbard, White & Willis ist und auch in Zukunft sein sollte.«

»Und wie würdest du ›in Zukunft sein sollte‹ definieren?«

Touché. Damit hatte sie auch jetzt seinen wunden Punkt getroffen, wie es ihr regelmäßig bei ihren Debatten gelang. Er lächelte verlegen. »Also gut, die Kanzlei sollte auch in Zukunft so bleiben, wie ich sie geschaffen habe. Wie Bill Stanley, ich und all die anderen sie aufgebaut haben. Wendall dagegen will sie in eine große Anwaltsfabrik umwandeln, in ein großes Akquisitionshaus.«

»Jede neue Generation hat ihre eigenen Vorstellungen.«

»Wenn Clayton sich durchsetzt, wird unsere Kanzlei gegen einige der größten und stärksten in der Stadt stehen. Sie wird mit Sozietäten konkurrieren, die drei- oder viermal so groß sind wie die unsere. Mit regelrechten Fabriken, die sechs Anwälte und zwanzig Gehilfen auf einen Fall ansetzen, für den wir zwei Partner und zwei Assistenten aufbringen. Hubbard, White & Willis hat schon einmal eine feindliche Übernahme abgewehrt. Und damals hat uns das Justizministerium gerettet und nicht etwa irgendeine pfiffige Idee von einem unserer Rechtsvertreter. Was ist, wenn nun plötzlich Skadden & Arps auf der Gegenseite steht … Die lassen uns, ohne mit der Wimper zu zucken, mit der Mine hochgehen, die wir ihnen gelegt haben.«

»Und du bist dir ganz sicher, dass deine Sichtweise der Dinge nicht aus dem 19. Jahrhundert stammt?«

»Ja, das bin ich. Bei Gott, das bin ich.«

Vera klappte die Puderdose zu, fing an, sich das Haar zu bürsten, und beobachtete im dreiteiligen Spiegel ihren Mann. Schließlich legte sie die Bürste hin. »Ich glaube, mein Lieber, ich habe dich noch nie so aufgebracht gesehen.«

»Dieser Mann versucht mein Kind umzubringen. Das werde ich unter gar keinen Umständen zulassen.«

Vera nahm einen kleinen Schluck Scotch und stellte das Kristallglas anschließend auf den Tisch. Burdicks Augen blickten in die Ferne, während sich die ihren zu kleinen schwarzen Punkten verengt hatten. »Dann musst du ihn aufhalten.« Sie erhob sich, nahm die Kleiderbürste und strich damit über die ausgestellten Schultern seiner Anzugjacke. »Da ist nur noch eine Sache, mein Lieber … Wenn du fest dazu entschlossen bist, dann muss es auch so sein. Doch ich möchte dir einen guten Rat geben. An deiner Stelle würde ich nicht zu lange …«, sie schwieg kurz und schien nach dem treffendsten Ausdruck zu suchen, »… zaudern.«

»Zaudern?«

»Einen Mann wie Wendall Clayton musst du schon mit dem ersten Schlag ausschalten. Eine zweite Chance erhältst du nämlich von ihm nicht.«

Es läutete an der Haustür.

»O nein«, seufzte Vera, »sie kommen pünktlich. Und ich muss noch nachsehen, was Margaret aus dem Fasan gemacht hat.« Sie küsste ihren Mann auf die Wange und flüsterte ihm ins Ohr. »Schlag fest zu.«

Donald Burdick trank sein Glas leer und lauschte ihren Schritten, die sich die Treppe hinunter entfernten. Er wusste, dass sie die Gäste einen Moment hinhalten würde, um ihm die nötige Zeit zu geben, sich zu kämmen, zur Ruhe zu kommen, sich ein paar Scherze auszudenken und sich so weit zusammenzureißen, dass er nach außen hin den perfekten und charmanten Gastgeber spielen konnte.

Immerhin handelte es sich bei den Gästen um wichtige Klienten.

... Acht

Taylor Lockwood, Tochter eines Bestattungsunternehmers, lief an diesem Abend durch die Straßen der Stadt, während ein kräftiger Wind blies. Die Bürgersteige waren mit Abfall übersät, und sie erinnerte sich an die Beerdigung, an der sie vor einigen Monaten teilgenommen hatte.

Damals saß sie in der Kirche in der ersten Bank. Das Gotteshaus war ein wuchtiges Gebäude aus Stein und Holz, und ein schwerreicher alter Mann hatte das Geld für seine Erbauung gestiftet, wie jemand hinter ihr seinem Nachbarn zuflüsterte. Taylor hatte sich an jenem Tag ganz in Schwarz gekleidet, doch diese Farbe schien bei solchen Trauerfeiern nicht mehr Pflicht zu sein. Jeder dunkle Ton – ob Burgunderrot, Waldgrün oder gar schmutzig braune Nadelstreifen – war anscheinend mittlerweile erlaubt. So saß Taylor Lockwood auf der harten Bank und beobachtete die Familienmitglieder und deren unzweideutige und offene Zurschaustellung von Trauer. Da rannen einzelne Tränen die Wangen hinunter, da schützte die Rechte die Augen, da verhakten sich Finger so fest ineinander, als wollten sie sich gegenseitig brechen.

Der Geistliche sprach mit einstudierter Vertraulichkeit zu den Trauernden. Es war offensichtlich, dass er Lindas Eltern besser als die Verstorbene selbst kannte, aber er tat sein Bestes, redete von Hoffnung auf ein glanzvolleres Leben. Taylor warf einen Blick auf Lindas Vater, die Beine auseinander, die Hände zusammen, den Kopf gesenkt und die Augen starr auf die Kniebank gerichtet.

Nicht alle hatten an jenem Tag Tränen vergossen. Selbstmord lässt zu viele Fragen offen, als dass echte Trauer möglich wäre.

Ein Musikstudent hatte »Ave Maria« gesungen. Taylor hasste ihn dafür. Sie würde dieses Lied auf Jahre nicht mehr hören können.

Der Geistliche hatte die Feier mit einem von Lindas Gedichten beendet, das in ihrem College-Literaturmagazin abgedruckt worden war.

Während er es vortrug, und er besaß beachtliche rezitatorische Fähigkeiten, waren vor Taylors geistigem Auge Bilder von Linda erschienen, und die Tränen, die nicht zu vergießen sie sich fest vorgenommen hatte, drängten mit Macht nach draußen. Zuerst brannte es in ihren Augenwinkeln, dann strömten sie mit irritierender Geschwindigkeit die Wangen hinunter. Auf der Orgel wurde eine düstere Melodie gespielt, und die Trauergäste begaben sich nach draußen, um zur Beisetzungsstätte zu fahren. Taylor wartete, bis der Schmerz in ihrer Brust vergangen war und ihr Atem sich beruhigt hatte.

Dann tupfte sie sich die Tränen vom Gesicht und wischte das verschmierte Make-up weg.

Draußen blieb sie einen Moment stehen und blickte in den klaren Septemberhimmel. Die Blätter waren noch nicht so weit, sich zu verfärben, aber sie hatten bereits den satten grünen Glanz des Sommers verloren, und ringsherum erstreckte sich die gepflegte Landschaft des vermögenden südlichen Connecticut. Plötzlich waren wie auf ein Stichwort alle Automotoren gleichzeitig angesprungen. Die Scheinwerfer leuchteten auf, und die Fahrer folgten langsam dem Leichenwagen.

»Vergessen Sie Linda«, hatte Reece gesagt, »und die ganzen Umstände drum herum.« Aber Taylor konnte sie nicht aus dem Kopf bekommen. Sie fragte sich, warum sie so oft an Linda denken musste. Vielleicht, weil sie spürte, dass er sich an ihrer Stelle nicht an diesen Rat gehalten hätte. Er hätte sich von nichts aufhalten lassen und jede noch so schwache Spur verfolgt. Und genau so wollte Taylor es auch angehen.

Als sie heute Abend durch das schmutzige East Village lief, kam ein scheußlicher Wind auf und wehte ihr Staub ins Gesicht. Sie blinzelte. Vorhin hatte sie sich in Gedanken so sehr mit Linda beschäftigt, dass sie an der gesuchten Hausnummer vorbeigelaufen war. Sie kehrte um und betrat die schäbige Mietskaserne. In der Vorhalle, in der es entsetzlich stank, war die Gegensprechanlage herausgerissen worden. Doch die Tür war nicht versperrt und schlug im Wind wie eine Saloontür in einer Geisterstadt. Taylor stieg die verdreckten Stufen hinauf.

»Natürlich gehört das meiste davon der Bank«, sagte Sean Lillick, während er auf dem Boden hockte und nach einer sauberen Socke suchte. Taylor Lockwood, die vom Treppensteigen noch ganz außer Atem war, starrte auf einen Berg von Keyboards, Drähten, Kisten, Lautsprechern und einem mitgenommen aussehenden Computerterminal.

Vor allem aber waren da Kabel über Kabel.

Lillick, ein schmaler, dunkelhaariger junger Mann von vielleicht vierundzwanzig Jahren, roch an mehreren Socken und warf sie wieder fort. Er trug schwarze Jeans und ein ärmelloses T-Shirt. Vor ihm standen seine Stiefel. Den einzigen Hinweis auf seinen eigentlichen Job bildeten zwei Anzüge und drei weiße Hemden, die unterschiedlich stark zerknittert waren und an krumm und schief in die Wand geschlagenen Nägeln hingen. Jetzt hob er den Kopf und sah Taylor an. »Entweder sind Sie verwirrt oder beeindruckt. Genauer kann ich Ihre Miene nicht deuten.«

»Hier sieht es etwas alternativer aus, als ich es mir vorgestellt habe.« Lillicks Wohnung wirkte wie ein einziger Flickenteppich. Er hatte Sperrholzplatten, Plastikstücke und Blechteile vor Löcher und Risse in den Wänden genagelt. Keine zwei Stücke passten wirklich zusammen, der Putz kam an mehreren Stellen herunter, und einige Dielenbretter waren geborsten oder fehlten ganz. Die Wohnzimmereinrichtung setzte sich aus einer nackten Birne an der Decke, einer Stehlampe, einer Art Bett und einem Schreibtisch zusammen. Und dazwischen mehrere Kilometer Kabel.

Lillick fand endlich eine Socke, an der er nichts zu beanstanden hatte, und zog sie an.

»Nehmen Sie doch Platz.«

Taylor sah sich etwas hilflos um.

»Hm, ja, wie wäre es mit dem Bett?«

»Bett?«, fragte sie ungläubig. Bei dem Lager handelte es sich um eine Matratze, die auf mehreren umgedrehten Milchkästen lag. Als sich Taylor setzte, gab sie bedenklich nach.

»Das müssen Sie sich anhören, Taylor. Habe ich mir gerade ausgedacht. Ich werde den Witz bei einem meiner nächsten Auftritte zum Besten geben: Was versteht man unter einem Schuppie?«

»Keine Ahnung.«

»Einen Yuppie mit abgeschlossener Schulausbildung.«

Taylor lächelte höflich. Lillick schien sich überhaupt nichts aus ihrer matten Reaktion zu machen und schrieb den Scherz gleich in sein Notizbuch. Taylor trat neugierig an das Keyboard.

»Sie halten das bestimmt für eine Orgel«, sagte Lillick, »aber …«

»Ich halte das für einen Yamaha DX-7 Synthesizer mit Digitalsampler, MIDI und einem Linn-Sequencer, dessen RAM-Speicher eine Kapazität von mindestens hundert Sequenzen hat.«

»Mann, da bin ich aber froh, dass Sie nicht Billard spielen. Sind Sie vielleicht Musikerin oder so?«

»Wäre das schlimm?«

Er winkte ab. Sie setzte sich auf den wackligen Stuhl, schaltete den Yamaha ein und spielte »Ain't Misbehavin'« an.

»Die Anlage kommt mit dieser Art von Musik nicht klar«, sagte Lillick. »Sie hat bestimmt gleich einen Kurzschluss.«

»Was für eine Art von Musik spielen Sie denn?«

»Postmodern. Post-New-Wave. Ich integriere Musik und Show, und ich nenne mich selbst Sound-Maler. Hört sich entsetzlich an, was?« Das entsprach hundertprozentig Taylors Ansicht, aber sie hütete sich, es auszusprechen, und betrachtete seine Notenblätter. Zusätzlich zu den Standardzeichen waren hier auch gemalte Pfannen, Hämmer, Glühbirnen, Glocken und eine Pistole zu entdecken.

»Als ich mit dem Komponieren angefangen habe, war ich Serialist. Danach habe ich mich zum Minimalisten gewandelt. Mittlerweile befasse ich mich mit nichtmusikalischen Elementen wie Choreografie und Ausdruckstanz. Und auch mit der Bildhauerei. Ich liebe die Arbeit von Philip Glass, aber ich bin nicht ganz so thematisch wie er. Mehr in der Art wie Laurie Anderson. Ich glaube, in der Kunst gibt es viel Zufälligkeit. Haben Sie vielleicht schon mal was komponiert?«

»Sie sprechen mit einer Vertreterin des klassischen Jazz, Sean.«

Taylor schaltete den Synthesizer ab. Ein sattes Ploppen ertönte aus den Lautsprechern.

»Haben Sie vielleicht ein Bier?«, fragte sie ihn.

»Klar. Bedienen Sie sich. Und wenn Sie schon dabei sind, bringen Sie mir doch bitte eins mit.«

Taylor öffnete zwei Bierdosen und reichte ihm eine. »Treten Sie auf?«, fragte er sie.

»Es würde Ihnen sicher nicht gefallen. Ich spiele meistens in Pianobars.«

»Auch so etwas muss es geben, hat ebenfalls seinen Wert.«

»Wie großzügig von Ihnen.«

»Nein, das habe ich ernst gemeint. Ich mache eben eine andere Art von Musik, nicht mehr und nicht weniger. Für mich ist vor allem wichtig, Wahrnehmungen neu zu arrangieren. Ich möchte, dass die Leute nach einem meiner Auftritte sagen: ›Mann-o-Mann!‹ Aber ich höre mir auch gern etwas Melodisches an.« Lillick hatte sich mittlerweile erhoben, hüpfte auf einem Stiefel herum und redete offenbar über sein Lieblingsthema. »Da, Charlie Parker. Ich besitze jede Platte, die er je gemacht hat. O ja, Bird war schon einer. Hören Sie sich das mal an.« Er legte eine Schallplatte auf. Sie kratzte, aber der Sound war pur und authentisch, so wie das eine CD nie hinbekommen würde.

»Mann, das war ein Leben früher«, sagte Lillick. »Spät aufstehen, ein bisschen üben, dann in den Clubs rumhängen, bis drei Uhr morgens Saxofon spielen und sich schließlich mit den Kumpels den Sonnenaufgang ansehen. So was nenne ich Leben.«

Taylor lauschte gerade einem Solo. Nach einer Weile meinte sie: »Dafür ist Bird aber auch ziemlich früh gestorben.«

»Mit fünfunddreißig.«

»Die Welt hat mit ihm viel Musik verloren.«

»Wenn er ein solides Leben geführt hätte, hätte er wahrscheinlich nicht solche Musik machen können.«

»Ich sehe das eigentlich etwas anders«, entgegnete Taylor. »Wenn man so an den Drogen hängt, macht der Körper das eines Tages nicht mehr mit.«

»Da Sie gerade davon sprechen …« Lillick hielt einen fetten Joint in der Hand, zündete ihn an und reichte ihn Taylor. Sie nahm einen Zug und gab ihn zurück. Dann bückte sie sich wie eine alte Frau und schritt langsam an seiner Plattensammlung entlang. »Oh, Sie hören auch Django Reinhardt? Wussten Sie, dass er sich in seiner Jugend verbrannt hat? Er hat all die tollen Gitarrenstücke mit den paar Fingern gespielt, die seiner Linken geblieben sind. Ich kenne Gitarristen, die mit allen zehn Fingern nicht einmal annähernd so gut spielen können wie er.«

Lillick nahm die Platte von Parker weg und legte eine von Django Reinhardt auf. »Minor Swing« erfüllte den Raum und klang noch blecherner und verkratzter als das Stück von Bird. Taylor kam es so vor, als hörte sie die Filmmusik eines *Film-noir*-Klassikers.

»Nichts auf der ganzen Welt lässt sich mit Vinyl vergleichen«, erklärte Lillick.

»Was treiben Sie eigentlich in einer Anwaltskanzlei, wenn Ihr Herz doch so für die Kunst schlägt?«

»Meine Beziehung zu Anwaltskanzleien basiert allein auf der Frage des persönlichen Überlebens. Ich gehe dort meiner täglichen Arbeit nach, weil mich diese Bude hier siebenhundertfünfzig im Monat kostet. Und weil ich gerne Mahlzeiten zu mir nehme, die nicht aus dem Hundefutterregal im Supermarkt stammen. Ich mag zwar etwas verrückt sein, aber ich bin nicht blöd und verrückt. Glauben Sie mir, ich habe mich um jedes Stipendium bemüht, das es gibt. Doch soll ich Ihnen sagen, wer gefördert wird? Irgendwelche wissenschaftlichen Assistenten, die den Einfluss altgriechischer Tonleitern auf die Musik von John Cage untersuchen. Eine verdammte Schweinerei ist das. So wie ich die Sache sehe, ist Hubbard, White & Willis mein Sponsor. Die Kanzlei weiß zwar nichts davon, aber sie finanziert meine Kunst.« Er hielt ihr wieder den Joint hin, doch sie schüttelte den Kopf.

Plötzlich zog er aus einem Stapel ein Blatt Notenpapier und einen Bleistift heraus. »Reden Sie ruhig weiter. Ich komponiere am besten, wenn ich nur eine Hälfte meines Gehirns damit beschäftigte.«

»Nun, weswegen ich gekommen bin … Was wissen Sie über Linda Davidoff?«

Lillick starrte einen Moment Löcher in die Luft und kritzelte dann rasch ein paar Notenzeichen. Er schrieb sie gleich nieder, ohne sie erst auf dem Synthesizer zu spielen. Nach einem Moment sah er Taylor an. »Tut mir Leid … Äh … Linda? Na ja, wir sind ein paar Mal ausgegangen. Ich hielt sie für wesentlich interessanter als all die anderen Privatschulprinzessinnen, die bei uns in der Kanzlei herumlaufen. Linda wollte Schriftstellerin werden. Es ist nicht weit zwischen uns gediehen. Sie war ein sehr unabhängiger Mensch. Und unheimlich temperamentvoll. Wie eine Zigeunerin, wenn Sie verstehen, was ich meine. Auf jeden Fall kaum das, womit meiner Mutter Sohn zurechtkommt.«

»Warum hat Linda aufgehört, an dem Fall Hanover & Stiver zu arbeiten?«

Er zögerte. »Ich bin nicht ganz sicher. Ich weiß nur, dass sie da schon ziemlich krank war. Sie bat mich, ihr Antragsformulare zu besorgen.«

»Was denn für Antragsformulare?«

»Für medizinische Versorgung durch den Arbeitgeber.«

»Haben Sie eine Ahnung, warum Linda sich das Leben genommen hat?«

»Nein, aber ich kann Ihnen sagen, dass ihr Selbstmord mich nicht übermäßig überrascht hat. Linda hat sich viele

Dinge zu sehr zu Herzen genommen. Während unserer Zeit habe ich immer stärker den Eindruck gewonnen, dass nicht viel fehlt, um sie zusammenbrechen oder etwas Dummes anstellen zu lassen.«

»Haben Sie mit ihr an einem Fall gearbeitet?«

Lillick radierte eine Zeile aus und schrieb neue Noten hin. Er summte die Komposition. »Geben Sie mir einen verminderten B-Akkord.«

Taylor schaltete den DX-7 wieder ein und drückte auf die Taste. »Mit ihr gearbeitet? Nur für ein paar Tage, als ich die Hanover-Geschichte von ihr übernommen habe. Linda machte da schon keinen allzu gesunden Eindruck. Sie wissen doch, wie Leute aussehen, wenn sie sehr krank sind – irgendwie gleichzeitig aufgeschwemmt und ausgezehrt. Genauso war es bei Linda. Sie hat eine Woche lang krankgefeiert.«

»Hat sie noch bei ihren Eltern gelebt?«

»Nein, sie hatte eine Wohnung, die sie sich mit einem anderen Schriftsteller teilte. Soviel ich gehört habe, ist er ausgezogen, aber wenn es Ihnen weiterhilft, kann ich seine neue Adresse für Sie herausfinden.«

»Wenn Ihnen das keine zu großen Umstände macht …«

»Was ist denn eigentlich los? Warum sind Sie so sehr an Linda interessiert?«

»Reece hat ein Problem mit einer der Rechnungen an die Banque Genève. Er möchte, dass ich die Sache überprüfe … Als Sie den Fall übernommen haben, hat Linda Ihnen da irgendetwas dazu gesagt?«

»Wie meinen Sie das?«

»Nun ja, irgendwas, das Ihnen ungewöhnlich oder eigenartig vorgekommen ist.«

Lillick schüttelte den Kopf.

»Arbeiten Sie eigentlich immer noch an dem Fall?«

»Nicht mehr sehr viel. Mitchell kümmert sich selbst um das meiste.«

»Waren Sie zufällig am letzten Samstag in der Kanzlei?«

»Letzten Samstag? Nein.« Seine Augen verengten sich, und Taylor spürte, dass sie ihn zu sehr bedrängte. So fragte sie rasch: »Wann treten Sie denn das nächste Mal auf? Ich würde Sie gern einmal hören.«

»Wie wäre es denn mit heute Abend?«

»Hm, das passt mir leider überhaupt nicht. Ich muss mich dringend ausschlafen.«

»Ausschlafen?« Er lachte. »Hören Sie, ich treffe mich mit ein paar Leuten. Wir wollen in einem Lokal auf der Fourteenth Avenue Zicklein essen. In fünfzehn Minuten geht's los. Kommen Sie doch einfach mit, ja? Ist wirklich ein Knüller – dreckig, laut und lange Wartezeiten.«

Taylor gähnte. »Bei einem solchen Angebot kann man kaum Nein sagen, aber ich muss es wirklich auf ein andermal verschieben.«

»Es gibt dort das beste Zicklein in der ganzen Stadt.«

»Ich hasse mich selbst dafür, Nein zu sagen, aber es geht leider nicht anders.«

Er zuckte mit den Schultern und machte sich auf die Suche nach einem sauberen Hemd.

Bei Hubbard, White & Willis geht es in dieser Nacht sehr geschäftig zu.

Mitternacht steht kurz bevor. Bei der Ausarbeitung eines Zusammenschlusses der beiden Kanzleien, mit der man um vierzehn Uhr begonnen hat, sind unvorhersehbare Schwierigkeiten aufgetaucht, und der Vertrag ist noch nicht aufgesetzt. Bestimmte Stellen in Europa müssen ihre Zustimmung geben, und dabei ist es zu einer Verzögerung gekommen. Drei der großen Konferenzräume der Kanzlei sind belegt. Junge Männer und Frauen eilen mit gewaltigen Papierstapeln hin und her. Man kann den Eindruck gewinnen, Ameisen laufen hier mit Lasten herum, die dem Zweifachen ihrer Körpergröße entsprechen. Doch machen alle diese Ameisen einen recht fröhlichen Eindruck. Die Vertreter der beiden Gesellschaften, die fusionieren wollen, zeigen hingegen eher missmutige Gesichter, denn es irritiert sie, dass die Anwälte, denen sie pro Stunde etliche tausend Dollar zahlen müssen, sich so lange mit technischen Details aufhalten. Sie sitzen herum und warten ungeduldig darauf, die Tätigkeit zu erledigen, um derentwillen sie heute Abend hier erschienen sind, nämlich ihre Unterschrift unter die mehreren hundert Papiere zu setzen, die die Rechtsvertreter vorbereitet haben. Sie möchten endlich nach Hause. Einige Anwälte sind in einer Konferenzschaltung mit Los Angeles, und einer versucht vergeblich, die Firma in Berlin zu erreichen, die die europäischen Angelegenheiten regelt. Gemäß der Zeitdifferenz müsste jetzt das Geschäftsleben in Deutschland beginnen, aber in Berlin meldet sich niemand, nicht einmal ein Anrufbeantworter. Anwälte anderer Nationen sind oft sehr erstaunt darüber, wie hart und lange ihre amerikanischen Kollegen arbeiten.

Taylor Lockwood weiß, mit welchen Schwierigkeiten die Rechtsvertreter ringen, denn sie hält sich schon einige Zeit in dem Büro auf, das neben dem Konferenzraum 164 liegt. Sie hört, wie man dort immer unfreundlichere Witze über die Deutschen reißt. Aber Taylor hat im Moment ihre eigenen Sorgen. John Silbert Hemming hat nämlich vergessen, ihr zu sagen, dass das Pulver nicht wieder abgeht.

Sie hat gerade Fingerabdrücke von Reeces aufgebrochenem Aktenschrank genommen und mit viel Mühe die Klebestreifen von zwei Dutzend Latenten auf Karten befestigt. Jetzt versucht sie sich zu erinnern, was Hemming ihr alles mitgeteilt hat. Er hat ihr erklärt, was für Arten von Pulver es gibt, wie man es auf die Flächen aufträgt und wie man dann mit einem Pinsel die überschüssigen Körner entfernt. Aber er hat nichts davon erwähnt, dass das Zeug wie eingetrocknete

Tinte klebt. Sobald man es einmal aufgetragen hat, lässt es sich nicht wieder entfernen. Bei dem Versuch, das Pulver wegzuwischen, hat sie den Fleck nur noch vergrößert. Sie macht sich nicht so sehr Sorgen um den Aktenschrank, sondern um Reeces Kaffeebecher, auf dem »Der Welt größter Anwalt« steht. Taylor hat auf ihm seine Fingerabdrücke genommen, um unter denen auf dem aufgebrochenen Metall die von Reece gleich aussortieren zu können. Das Pulver hält sich hartnäckig wie Sekundenkleber auf dem Porzellan. Sie bemüht sich nach Kräften, es zu entfernen. Dann hält sie inne und sieht an sich hinab. Mit zwei Fingern fasst sie an ihre Bluse und prüft, ob das Pulver sich ausschütteln lässt. Wieder kein Erfolg. Sie pustet auf den Fleck. Dabei gelangen auch Speicheltropfen auf die Bluse. Das flüssige Pulver dringt in den Stoff ein. Taylor schwant, dass dieser Fleck nie wieder herausgeht. Sie seufzt und zieht ihre Jacke an, um die Stelle zu verdecken.

Im Konferenzraum ist es lauter geworden. Allgemeines Lachen und Rufen. Die Deutschen sind endlich aufgewacht. Die Störung ist beseitigt, und es geht weiter.

Taylor nutzt die Gelegenheit, um hinaus auf den Flur zu schlüpfen. Sie huscht rasch in Ralph Dudleys Büro, nimmt dort Fingerabdrücke und eilt weiter zu Thom Sebastians Raum, um sich auch von ihm Proben zu beschaffen.

Wieder zurück an ihrem Arbeitsplatz, schiebt sie die Karten mit den Klebestreifen in einen Umschlag und zieht ihren Mantel an. Gerade als ihr Blick auf die Wand fällt, wo ihr von dem giftgrünen Terminkalenderblatt, das sie dort angebracht hat, die Worte BANQUE INDUSTRIELLE DE GENÈVE gegen HANOVER & STIVER ins Auge springen, kommt es hinter ihr zu einer Explosion.

Taylor wirbelt auf dem Absatz herum und atmet tief ein, um einen Schrei zu unterdrücken.

Sie sieht sich einem jungen Mann in Hemdsärmeln gegenüber, der sie verlegen anstarrt. In den Händen hält er eine Flasche Veuve Cliquot, die er gerade geöffnet hat. Er entschuldigt sich dafür, sie erschreckt zu haben. »Wir sind im Moment zum Abschluss gekommen«, erklärt er eifrig. »Die Deutsche Bank hat endlich ihre Zustimmung gegeben. Ist das nicht super?«

»Freut mich wirklich sehr«, entgegnet sie und verfolgt, wie er zwei weitere Flaschen öffnet und sie dann auf einem silbernen Tablett nach oben trägt.

Als Taylor Lockwood ihre Handtasche nimmt, zeigt die Digitaluhr auf ihrem Schreibtisch Mitternacht an. Aus Mittwoch wird Donnerstag, dem 27. November folgt der 28., und der Fall Hanover & Stiver ist wieder einen Tag näher gerückt.

Um drei Uhr morgens, als Taylor längst in ihrem Apartment war und von der lyrischen Topographie der Papillarlinien träumte und zur gleichen Zeit die Anwälte, die den Firmenzusammenschluss perfekt gemacht hatten, nach Hause zu ihren Betten eilten, stand der Dekorateur vor Lockwoods Schreibtisch in der Halsted Street. Er trug nicht mehr den Firmenoverall, sondern eine hellblaue Uniform mit dem Abzeichen eines Wachmanns. Seine heutige Aufgabe nahm ihn ganz in Anspruch. Er musste einen japanischen Akisha-SR-10-Sender an der Trennwand von Lockwoods Arbeitsbereich anbringen. Das herzförmige Mikrofon war nicht größer als ein halber Dollar. Das einzige Problem bei diesem Sender war seine geringe Reichweite von lediglich dreißig Metern, und dafür war die zu kleine und leistungsschwache Batterie verantwortlich. Er hatte seinen Auftraggeber darauf hingewiesen, und der hatte erwidert, dreißig Meter reichten vollkommen aus. Taylors Gespräche würden nämlich an einen Empfänger gestrahlt, der sich im Gebäude selbst befinde.

Der Mann beendete seine Arbeit, testete abschließend das Mikrofon und schritt zur Tür. Er setzte stets den ganzen Fuß auf und rollte darauf ab, damit seine Gummisohlen beim Gehen keine klatschenden Geräusche erzeugten. An der Tür blieb er einen Moment stehen, hielt den Atem an und lauschte, bevor er hinaus auf den Flur trat. Als er am Pausenraum vorbeikam, entdeckte er auf dem Tresen eine halb volle Flasche Champagner. Sie war außen beschlagen, und als er sie mit dem Handrücken berührte, stellte er fest, dass der Inhalt noch kalt war. Daraufhin zog er sich Stoffhandschuhe über und füllte einen Plastikbecher mit dem Schaumwein. Wieder draußen auf dem Gang, leerte er den Becher auf einen Zug. Dann zerdrückte er ihn, steckte ihn in seine Tasche und machte sich auf den Weg zum Ausgang.

... Neun

Wendall Clayton war der festen Überzeugung, dass es sich bei der ersten Einbringung eines Klienten in eine Kanzlei um den bedeutendsten Meilenstein in der Laufbahn eines Wall-Street-Anwalts handelte – wichtiger noch als das Examen an der juristischen Fakultät und entscheidender als das Angebot, als Partner einzusteigen. Beides besaß Bedeutung, war aber nicht mehr als abstrakte Stufen auf der Karriereleiter. Wenn man jedoch seinen ersten zahlenden Klienten gewonnen hatte, gehörte man, zumindest in Claytons Augen, fortan zur Aristokratie und hob sich damit vom Patriziertum ab.

Vor einigen Jahren, als Clayton – damals ein junger Anwalt und frisch bei Hubbard, White & Willis als Partner eingestiegen – gerade am achtzehnten Loch auf dem Kurs des Meadowbrook Club auf Long Island eingelocht hatte, näherte sich ihm ein Mann aus seiner Viererpartie und sagte: »Hören Sie, Wendall, sind Sie daran interessiert, ein wenig für ein Krankenhaus tätig zu werden?«

Er hatte die Frage an einem Sonntag gestellt bekommen, und schon am Dienstag konnte er dem Vorstand der Kanzlei den ersten unterzeichneten Anwaltsvorschuss vorlegen – und zwar von dem riesigen St.-Agnes-Krankenhauskomplex in Manhattan. Andere Klienten hatten ihn in der Folge mit interessanten juristischen Problemen konfrontiert, und weitere hatten ihm und der Kanzlei mehr Geld eingebracht. Aber weil es sich beim St. Agnes um seinen ersten Klienten handelte, war dieses Krankenhaus für ihn auch heute noch etwas ganz Besonderes. Und er achtete stets darauf, dass es den besten juristischen Rat oder Beistand erhielt, den er aufbieten konnte.

An diesem Donnerstagmorgen saß Wendall Clayton in seinem Büro, lehnte sich auf seinem Thron zurück und kaute auf seiner Zigarre herum. Ihm gegenüber hatten zwei Männer Platz genommen. Der eine der beiden war der Finanzdirektor des St. Agnes, ein großer, schwerer Mann und, milde ausgedrückt, alter Veteran der Krankenhausverwaltung. Bei dem anderen handelte es sich um Mitchell Reece. Keiner der drei machte ein übermäßig glückliches Gesicht. Reece wandte sich mit leiser Stimme an die beiden anderen. »Ist eine haarige Angelegenheit. Was soll ich sagen? Ich schätze, die Sache steht vierzig zu sechzig zugunsten der Gegenseite.«

Reeces Ruhe irritierte Clayton. Er wünschte, ein anderer als dieser junge Mann würde sich um die Angelegenheit kümmern. Obwohl das St. Agnes zu Claytons Klientenstamm gehörte, durfte er es nur in Körperschaftsangelegenheiten beraten und vertreten. Wenn jemand aber Anzeige gegen das Krankenhaus erstattete oder die Einrichtung selbst gegen jemanden Klage erheben wollte, entschied der Seniorprozesspartner, Lamar Fredericks, welcher Prozessanwalt den Fall übernahm. Damals vor sechs Monaten, als die Angelegenheit Benning gegen St. Agnes gerichtskundig gemacht wurde, hatte Clayton der Frage, wen der Seniorpartner aussuchen würde, keine allzu große Beachtung geschenkt. Er überließ es Fredericks, einen der Prozessanwälte zu benennen, die gerade verfügbar waren. Als Clayton auf den Namen Mitchell Reece gestoßen war, hatte er sich nur gemerkt, dass dieser Mann sich einen guten Ruf erworben hatte und häufiger Donald Burdicks Klienten vor Gericht vertrat. Letzteres war zwar ärgerlich, aber nicht weiter relevant.

Doch nun, da die Fusionsgespräche auf Hochtouren liefen, konnte Clayton sich die Blamage einer schlechten Rechtsvertretung für einen seiner Klienten nicht leisten. Er hätte es lieber gesehen, wenn einer der Partner, und da am besten Lamar Fredericks selbst, den Fall übernommen hätte, obwohl der Senior zu den Verbündeten von Donald Burdick gerechnet werden musste und darüber hinaus ein ziemlich großes Arschloch war. Clayton sah es nur ungern, dass diese Angelegenheit in den Händen eines so jungen Anwalts lag, und dann auch noch in denen eines so gut aussehenden und selbstsicheren Mannes, der hier in aller Gelassenheit saß und anscheinend nicht geneigt war, sich von Adel beeindrucken zu lassen.

Am ärgerlichsten an diesem Reece aber war, dass er Claytons Klienten geradewegs und ohne Umschweife ins Gesicht sagte, sein Krankenhaus habe gute Chancen, eine Zehn-Millionen-Dollar-Klage zu verlieren. »Die Gegenseite hat einen Gutachter bestellt, sie hat Aufnahmen vom Kläger zum Zeitpunkt, kurz bevor er ins Krankenhaus ging – da hat er achtundsiebzig Kilo gewogen –, und sie kann Bilder von ihm vorzeigen, wie er in die New Yorker Uni-Klinik verlegt wurde, mit einem Gewicht von nur noch achtundfünfzigeinhalb Kilo. Und außerdem ist sie im Besitz der schriftlichen Aussage einer der Krankenschwestern im St. Agnes, in der diese erklärt«, Reece zitierte ihre Worte aus dem Gedächtnis: »›Ich habe gesehen, wie unsere Behandlung bei ihm angeschlagen hat, und ich dachte: Großer Gott, wir haben ihn umgebracht: Meiner Meinung nach konnte es keinen Zweifel geben, dass der Mann sterben würde.‹« Reece räusperte sich und fuhr dann fort: »Sie berichtet weiter, dass sie nach diesem Anblick nach Hause gegangen ist und für den Patienten gebetet hat.«

»Scheiße«, sagte der Finanzdirektor.

Clayton bemerkte, dass er die Zähne zusammenbiss, und zwang sich zur Ruhe. »Nun, Mitchell«, sagte er dann, »vielleicht ist die Sache doch nicht so hoffnungslos, wie Sie sie eben dargestellt haben.«

Reece zuckte mit den Schultern. »Ich halte die Angelegenheit nicht für hoffnungslos, und das habe ich auch nie gesagt.«

»Wie dem auch sei«, erklärte Clayton, »wir sind fest entschlossen, es nicht auf einen Vergleich ankommen zu lassen.« Er betonte das »wir«, um damit anzudeuten, dass er als Anwalt für Wirtschaftsrecht das geraten hatte, was seinesgleichen in solchen Fällen immer zu raten pflegten, während Reece den Eindruck erweckt hatte, der Fall ließe sich vor Gericht gewinnen, und der Finanzdirektor war ohnehin fest entschlossen, es auf einen Prozess ankommen zu lassen.

Doch jetzt sagte der Finanzdirektor: »Nun ja, ein Vergleich ... vielleicht sollten wir darüber noch einmal nachdenken.«

»Ja, was halten Sie davon?« Clayton wusste, dass er den jungen Anwalt etwas zu eindringlich ansah. Er kam sich schon halb wie eine junge Frau vor, der der Hof gemacht wird und die es gar nicht erwarten kann, noch mehr aus dem Mund des Galans zu hören. Clayton spürte, dass er die Situation nicht vollkommen unter Kontrolle hatte, und dieses Gefühl der Ohnmacht verdross ihn außerordentlich.

Reece schüttelte den Kopf. »Bei der Vorverhandlung hat der Richter wie üblich einen Vergleich vorgeschlagen. Aber der Kläger weigert sich, das auch nur in Erwägung zu ziehen. Die Gegenseite hat anscheinend großes Vertrauen in ihre Sachverständigen.«

Clayton saß nur teilnahmslos da und tauschte mit seinem Klienten Blicke aus. Obwohl er den Anwalt am liebsten am Revers gepackt und ihn angeschrien hätte, dass er raus sei und Lamar Fredericks ab sofort den Fall übernehme, bemerkte er lediglich: »Natürlich werden Sie alles in Ihrer Macht Stehende tun.«

Reece grinste über diese Bemerkung, die doch nur das feststellte, was auf der Hand lag, und erklärte: »Eingedenk des Umstands, dass hier ein schwerer Fall von falscher ärztlicher Behandlung vorliegt, würde ich sagen, dass wir eine realistische Chance haben.«

Der Finanzdirektor rutschte unruhig auf seinem Sessel hin und her.

Clayton wartete einen Moment, damit der Anflug von Zorn wieder vergehen konnte, was jedoch nicht geschah. Daher bemerkte er so ruhig und so aristokratisch, wie ihm das nur möglich war: »Ich würde nicht von falscher Behandlung sprechen, Mitchell.«

»Nun, es war aber ein ärztlicher Fehler.«

»Wollen Sie damit etwa dem St. Agnes unterstellen, dass …«

»… es schuldig ist?« Reece war so überrascht, dass Clayton so naiv sein konnte. »Aber dem ist nun einmal so.«

Clayton schwieg einen Moment. Dann sagte er: »Jetzt verstehe ich, worauf Sie hinauswollen. Sie meinen, genau das wird der Kläger behaupten, oder?«

»Nein«, antwortete Reece und tippte sich an die Brust. »Ich will darauf hinaus, dass das Krankenhaus einen ärztlichen Kunstfehler begangen hat. Einen sehr schweren sogar.«

»Wenn Sie der Ansicht sind, dass wir schuldig sind«, erklärte der Finanzdirektor mit eisiger Stimme, »hat es sicher nicht viel Sinn, wenn wir uns weiterhin juristisch von Hubbard, White & Willis vertreten lassen.«

»Nein, nein!«, rief Clayton. »So hat er das doch nun wirklich nicht gemeint!«

»Doch, genau so. Ihr Krankenhaus hat sich eines schweren ärztlichen Kunstfehlers schuldig gemacht. Ihr Arzt hat Cortison-Acetat zusammen mit Indomethazin einem Patienten mit einem Magengeschwür verschrieben, der zudem noch an Arthritis und an einer Adrenalin-Insuffizienz litt. Das nenne ich eine eindeutige und unleugbare ärztliche Fehlentscheidung.«

»Wie kommen Sie dazu, so etwas zu sagen?«, explodierte Clayton.

Der Blick des Finanzdirektors wanderte zwischen den beiden Männern hin und her. Claytons Wutausbruch schien ihn mehr erschreckt zu haben als Reeces Worte. Der junge Anwalt sah den älteren ruhig an. »Wendall, Fakten sind Fakten. Daran können wir nun einmal nichts ändern. Wenn Sie mich jetzt bitte entschuldigen wollen, in einer halben Stunde werden die Eröffnungsplädoyers gehalten. Sehe ich Sie im Gerichtssaal?«

Clayton spürte die Sorge seines Klienten und wusste, dass jetzt vor allem eins von ihm verlangt wurde – dem Mann Zuversicht einzuflößen. Er hatte keine Kontrolle mehr über den Fall, aber seinen Zorn hatte er endlich im Griff. Wendall Clayton setzte ein Lächeln auf. »Selbstverständlich sehen wir uns dort. Und viel Glück, Mitchell. Ich bin sicher, dass Sie der Kanzlei alle Ehre machen werden.«

Wenn Taylor Lockwood nicht gewusst hätte, worum es ging, wäre sie nie auf die Idee gekommen, hier einer Gerichtsverhandlung beizuwohnen. Sie erlebte einen desinteressierten Richter, der sich in seinem Sessel zurücklehnte, und Zeugen, Anwälte und Gerichtsdiener, die einfach im Saal herumliefen. Niemand schien sich auf das zu konzentrieren, was hier verhandelt wurde, selbst auf der Geschworenenbank waren nur gelangweilte Gesichter zu sehen. Einige wenige Zuschauer hatten sich eingefunden, hauptsächlich Rentner, unrasierte alte Männer, die sich morgens in den Zug nach Belmont oder Aqueduct setzten. Sie fanden sich um neun Uhr dreißig ein, pünktlich für die erste Verhandlung um zehn Uhr. Dann schwatzten sie darüber, welche der heutigen Fälle interessant zu werden versprachen, tranken ihren Kaffee und teilten ihre Doughnuts. Diese Rentner waren die wertvollste Informationsquelle für die Gerichtsreporter.

Taylor rutschte auf die Kante der Eichenholzbank. Die Tür ging auf, und zwei Männer traten ein, von denen sie einen gleich erkannte: Wendall Clayton. Sie fragte sich, was die beiden hier wollten und warum sie mit verschränkten Armen stehen blieben und aussahen wie Chirurgen, die einem Kollegen bei einer schwierigen Operation zuschauten. Taylor verfolgte Claytons Blick, der auf Reece gerichtet war, welcher weiter vorn an einem der Anwaltstische saß.

»Mr. Reece«, fragte der Richter gerade, »sollen wir erst eine Pause einlegen, oder möchten Sie gleich mit Ihrem Kreuzverhör beginnen?«

Mitchell Reece erhob sich, knöpfte mit geübten Bewegungen seine Jacke zu und richtete seine Paisley-Krawatte gerade. Er wandte sich an die Geschworenen und bedachte jedes der nach gut einer Stunde medizinischer Ausführungen schläfrig gewordenen sechs Gesichter mit einem Blick voll kameradschaftlichen Verständnisses.

»Ich möchte mit dem Kreuzverhör beginnen, Euer Ehren.«

Taylor saß hinter zwei achtzigjährigen alten Gerichtshasen, wo Reece sie nicht sehen konnte. Er hatte ihr heute Morgen mitgeteilt, dass er einen Gerichtstermin habe, sie aber nicht eingeladen, an der Verhandlung teilzunehmen. Taylor hielt es für günstiger, wenn er nicht mitbekam, dass sie im Gerichtssaal saß, statt weiter nach Verdächtigen zu suchen.

Reece trat zum Zeugenstand und blieb ein paar Schritte vor einem gut aussehenden grauhaarigen Mann in den Fünfzigern stehen. Er bedachte die Geschworenen mit einem freundschaftlichen Blick, bevor er sich an den Zeugen wandte: »Nun, Sir, der Kläger hat Sie in diesem Verfahren als Sachverständigen hinzugezogen. Das ist doch richtig, nicht wahr?«

»Ja, Sir.« Er reagierte kooperativ, verständnisvoll und mit einem Anflug von Humor. Man konnte sich diesen Mann leicht in einem Werbespot für Aspirin vorstellen: Die gebe ich sogar meinen Kindern. Warum versuchen Sie sie nicht auch einmal? Taylor spürte, dass dieser Zeuge für Reece eine harte Nuss werden würde. Sachverständige wie er wurden nicht nur wegen ihrer medizinischen Fachkenntnisse gerufen, sondern auch, weil sie sich im Kreuzverhör durch den Anwalt der Gegenseite nicht leicht ins Bockshorn jagen ließen.

»Und wie viel Honorar erhalten Sie für Ihre heutige Stellungnahme?«

»Das hat mich der andere Anwalt auch schon gefragt …«

»Jetzt frage ich Sie aber«, schnitt Reece ihm das Wort ab.

»Ich bekomme achthundert am Tag.«

»Und natürlich die Auslagen erstattet?«

Der Zeuge lächelte immer noch. »Nun, wenn man einen Sachverständigen beauftragt …«

»Dr. Morse, beantworten Sie bitte nur meine Frage.«

»Ja, die Auslagen werden mir ebenfalls erstattet.«

»Dann ist Ihr Satz aber seit dem letzten Jahr gestiegen.« Reece wandte sich zur Geschworenenbank um und verdrehte die Augen. Die sechs Männer und Frauen quittierten das mit einem Lächeln.

»Ich nehme an, Mr. Reece, dass auch Sie Ihre Gebührensätze haben, und die liegen vermutlich deutlich über den meinen«, konterte Dr. Morse.

Vereinzeltes Gelächter ertönte. Der Richter forderte die Geschworenen auf, die letzte Bemerkung nicht zur Kenntnis zu nehmen.

»Ein Punkt für Sie, Doktor«, räumte Reece ein. »Lassen Sie mich jetzt fragen, wie oft Sie in Fällen von ärztlichen Kunstfehlern wie diesem hier ein Gutachten abgeben?«

»Nur in Fällen wie diesem?«

Reece fasste sich in Geduld. »Sagen wir ganz allgemein, in Fällen von ärztlichen Fehldiagnosen.«

»Ziemlich oft.«

»Ziemlich oft?«, wiederholte Reece mit unüberhörbarem Sarkasmus. »Das ist ein recht vager Begriff. Wie oft? Zweimal am Tag?«

»Natürlich nicht.«

»Viermal am Tag?«

»Mr. Reece, bitte.«

»Dr. Morse, ich habe Ihnen eine ganz simple Frage gestellt, und Sie geben mir nur ungenaue Antworten.«

»Ungefähr einmal in der Woche.«

»Vielen Dank, Doktor. Ja, das würde ich auch ziemlich oft nennen. Nun, wenn Sie derart häufig Gutachten gegen Ihre Medizinerkollegen verfassen, bleibt Ihnen da überhaupt noch Zeit, in Ihrem eigentlichen Beruf zu praktizieren?«

»Einspruch!«

Morse lächelte nachsichtig und antwortete trotz des Einwurfs des Anwalts der Klägerseite: »Wann immer mir meine Tätigkeit, armen Opfern inkompetenter medizinischer Kunst zu helfen, Zeit lässt …«

»Protokollführer, streichen Sie die beiden letzten Ausführungen«, befahl der Richter. »Bitte stellen Sie nur Ihre Frage, Mr. Reece. Und Sie, Dr. Morse, beschränken sich auf die Beantwortung derselben.«

»Sie praktizieren doch auch noch, oder?«, wollte Reece wissen. »Ja, ich praktiziere auch.«

»Sie sind Internist, nicht wahr?«

»Das ist richtig.«

»Und Sie haben eine ordentliche Zulassung als Internist?«

»Ja, die habe ich.«

»Bei dieser Tätigkeit geschieht es doch sicher nicht eben selten, dass Sie Medikamente verschreiben, oder?«

»Das kommt darauf an, was Sie unter ›nicht eben selten‹ verstehen.«

Reece nickte schwer. »Ach, stimmt ja, Doktor, ich hatte ganz vergessen, dass Sie der Mann sind, der einige Schwierigkeiten mit Begriffen wie *oft, nicht eben selten* und dergleichen hat.«

Taylor erkannte, dass die Geschworenen diese Wortgefechte und Spitzen liebten. Die sechs Männer und Frauen wurden wieder ein wenig lebendiger. Endlich tat sich etwas in der Verhandlung. Irgendwann im Verlauf des Verhörs knöpfte Reece sich die Jacke auf. Taylor beobachtete, wie er die Hand zum Haar hob, um es glatt zu streichen, es dabei aber nur in Unordnung brachte. Er sah jetzt aus wie ein großer Junge.

»Tut mir Leid, Euer Ehren«, erklärte er nun und wandte sich dann wieder an den Sachverständigen. »In Ihrer Praxis verschreiben oder verabreichen Sie wie oft Medikamente?«

»Es besteht ein großer Unterschied zwischen Verschreiben und Verabreichen«, entgegnete der Zeuge.

»Aha«, meinte Reece, bevor er fortfuhr: »Wie oft verabreichen Sie Medikamente?«

»Ein paar Mal in der Woche.«

»Dann wollen wir unser Augenmerk doch auf die Ärzte im St.-Agnes-Krankenhaus richten …«

»Wird auch höchste Zeit, dass das mal jemand tut«, erklärte Dr. Morse.

Reece grinste nur kurz und ging ansonsten nicht weiter auf die Bemerkung ein. »Lassen Sie uns rekapitulieren, was geschehen ist. Im März dieses Jahres hat ein Arzt im St. Agnes einen Patienten – in diesem Fall der Kläger – mit siebzig Milligramm Cortison-Acetat in Verbindung mit einhundert Milligramm Indomethazin behandelt, obwohl der Mann an Arthritis und einer Adrenalin-Insuffizienz litt.«

»Ich fürchte, genau das hat der Kollege getan.« Der Sachverständige schüttelte den Kopf.

»Sie hätten das nicht getan?«, fragte Reece.

»Nicht bei einem Patienten mit einem präexistenten Ulkus. Nein, ganz bestimmt nicht.«

»Dr. Morse, während dieses Verfahrens ist des Öfteren über die Grenzen und Grenzwerte einer medizinischen Behandlung gesprochen worden, nicht wahr?«

Morse schwieg zunächst und schien darüber nachzudenken, worauf Reece hinauswollte. Er warf einen Blick auf den Anwalt der Klägerseite und antwortete dann: »Ja, ich denke schon.«

»Wenn Sie nun, wie Sie eben gesagt haben, dem betreffenden Patienten nicht diese Medikation verabreicht hätten, schließe ich daraus, dass Sie der Ansicht sind, eine solche Behandlungsmethode liege unterhalb der Standards einer gerechtfertigten medizinischen Behandlung, oder?«

»Ganz richtig.«

Taylor stellte fest, dass ihre Handflächen schweißfeucht waren. Sie begriff Reeces Vorgehensweise einfach nicht. Er tat nicht mehr, als den Zeugen wieder und wieder erklären zu lassen, dass man sich im St. Agnes eines schweren Fehlers schuldig gemacht hatte. Das musste den Geschworenen im Gedächtnis haften bleiben. Sie schielte kurz zu Clayton hinüber. Er und sein Begleiter warfen sich besorgte Blicke zu.

Reece begab sich zur Tafel und malte mit einem Stück Kreide eine dicke horizontale Linie. »Sagen wir, Doktor, das hier ist die Marge der medizinischen Standardbehandlung, ja?« Dann zog er zwei Zentimeter darunter eine gestrichelte Linie. »Was meinen Sie, lag in unserem Fall die Behandlung im St. Agnes so tief unter der Standard-Marge? Also nur ein kleines Stück?«

Morse sah seinen Anwalt fragend an, erhielt von ihm aber bloß ein Achselzucken zur Antwort.

»Nein, nicht nur ein kleines Stück, sondern viel mehr. Sie haben den Patienten fast umgebracht.«

Reece zog ziemlich weit unten eine neue Linie. »Ungefähr so tief?«

»Das kann ich nicht sagen.«

Er malte einen vierten Strich. »So tief darunter?«, fragte er mit schneidender Stimme.

»Die Behandlung lag sehr deutlich unter dem Standard«, antwortete Morse.

Reece bedeckte die Tafel in rascher Folge mit weiteren Strichen und schrie jedes Mal: »So tief? Noch tiefer, Doktor? Können Sie es uns endlich sagen?«

Clayton wurde immer unruhiger und trat schließlich einen Schritt vor.

Reece warf das Stück Kreide fort. »Sie teilen uns überhaupt nichts mit! Meinetwegen, ich kann Sie nicht zwingen.« Er stürmte zum Zeugenstand. »Wie würden Sie die Behandlung charakterisieren, die dem Kläger zuteil geworden ist? Wie? Sagen Sie mir nur ein einziges Wort! Etwas Konkretes, mit dem wir was anfangen können, ja?«

»Also gut, es war eine falsche Behandlungsweise!«, brüllte Morse zurück. »Falsch, grundverkehrt!«

Taylor war sich sicher, dass das gute Dutzend der anwesenden Anwälte in Gedanken die Hände hob, um gegen diese Aussage Einspruch einzulegen.

Aber Reece tat nichts dergleichen. Er ging ruhig zur Geschworenenbank und sagte, dort angelangt, leise: »Eine falsche Behandlung.«

»Jawohl, eine falsche Behandlung.«

Der Richter starrte Reece an, und der Anwalt der Gegenseite blickte ebenfalls ungläubig. Gemurmel kam im Gerichtssaal auf. Selbst Taylor erkannte den Fehler, den Reece begangen hatte. Die Aufgabe eines Sachverständigen bestand darin, ein Gutachten darüber abzugeben, ob eine medizinische Behandlung den Standards entsprach oder nicht. Der gegnerische Anwalt durfte sie nicht dazu bringen, deutliche Worte wie »falsche Behandlung« auszusprechen, weil damit die Geschworenen gegen den Beklagten voreingenommen wurden. Taylor wusste, dass der Fall in diesem Moment verloren worden war.

Doch als Reece jetzt zu Dr. Morse zurückkehrte, wirkte er durchaus selbstsicher. »Haben Sie die erwähnten Medikamente jemals verschrieben oder verabreicht?«, fragte er den Zeugen.

»Nicht direkt …«

»Was nun – ja oder nein?«

»Nein, aber ich habe …«

»Doktor, wo sind Sie zugelassen?«, wollte Reece wissen.

Der Sachverständige zögerte einen Moment. »Wie ich eben schon sagte, in Kalifornien.«

Reece begab sich daraufhin wieder zu den Geschworenen, lächelte einen von ihnen an und stützte sich mit beiden Händen auf das Geländer vor ihrer Bank. Er war einfach unglaublich. Weder brauchte er einen Merkzettel noch sonstige Unterlagen – alle Fragen waren in seinem Kopf. Er strich sich eine Strähne aus der Stirn, doch sie fiel sofort wieder zurück.

Taylor konnte ihren Blick nicht von ihm wenden und spürte ein Verlangen wie Hunger tief in ihrem Bauch aufsteigen. Sie rutschte auf ihrem Sitz hin und her, während sie sein jungenhaft zerzaustes Haar betrachtete und seine geschmeidigen Schritte und die Bewegungen seiner Hände und Arme verfolgte, mit denen er seine Worte unterstrich.

»Ist das der einzige Ort, an dem Sie je eine ärztliche Zulassung erhalten haben?«

»Ich hatte eine Zulassung für New Jersey, bin aber später nach Kalifornien gezogen.«

»Und sonst in keinem Bundesstaat?«

»Nein.«

Reece sah die Geschworenen an und drehte sich dann abrupt zu Morse um. »Aber vielleicht in einem anderen Land?«

»Nein.« Die Stimme des Zeugen war nur noch ein Flüstern.

»Haben Sie je in einem anderen Land praktiziert?«

»Ich habe doch gerade erklärt, dass ich sonst keine Zulassung …«

»Ich habe nicht nach einer Zulassung gefragt, Doktor, sondern ob Sie im Ausland praktiziert haben.«

Morse schien sich in seiner Haut ganz und gar nicht mehr wohl zu fühlen. »Nun, ich habe als Freiwilliger an einem Hilfsprogramm teilgenommen …«

»Beantworten Sie die Frage bitte mit Ja oder Nein. Haben Sie je in einem anderen Land praktiziert? Denken Sie bitte daran, dass Sie immer noch unter Eid stehen.«

»Ja, ich habe im Ausland praktiziert. Wie schon gesagt, habe ich an einem Hilfsprogramm …«

Reece seufzte. »Wären Sie so freundlich, uns mitzuteilen, um welches Land es sich dabei gehandelt hat? Natürlich nur, wenn Ihnen das nicht zu viele Umstände macht, Doktor.«

»Mexiko«, krächzte der Sachverständige.

»Also Mexiko«, stellte Reece fest. »Was genau haben Sie in diesem Land getan?«

»Ich stand damals kurz vor der Scheidung, und weil es mir in Mexiko gefiel, beschloss ich, für eine Weile dort zu bleiben.«

»War das, nachdem Sie Ihre Frau und Ihre Kinder in New Jersey verlassen hatten?«

»Einspruch, Euer Ehren. Das ist für den Fall nicht relevant.«

»Mr. Reece«, sagte der Richter, »könnten Sie bitte zur Sache kommen?«

»Sie haben also in Mexiko als Arzt praktiziert?«

Morse machte mittlerweile schon einen sehr unglücklichen Eindruck. Als er antwortete, verhakten sich seine Finger ineinander. »Ja, für eine Weile. Bevor ich nach Kalifornien gezogen bin. Ich habe in Los Angeles eine Praxis eröffnet, und in dieser Stadt …«

Mitchell winkte ab. »Ich bin mehr an Mexiko als an Los Angeles interessiert, Doktor. Warum haben Sie das Land wieder verlassen?«

»Das zu sagen war ich gerade im Begriff. Ich hatte vor, in Kalifornien zu leben und zu arbeiten.«

»Warum wollten Sie nicht länger in Mexiko bleiben?«

»Weil es mir dort nicht mehr gefallen hat.«

»War das der einzige Grund?«

Morse verlor kurz die Fassung, und für einen Moment zeigte sich Ärger auf seinem Gesicht, doch gleich darauf hatte er sich wieder unter Kontrolle.

»Könnte es sein«, fuhr Reece fort, »dass Sie dort unten in Mexiko Schwierigkeiten bekommen haben?«

»Meinen Sie damit Verdauungsprobleme wegen des Essens?«, fragte Morse zurück und versuchte über seinen Scherz zu lachen, doch es gelang ihm nicht so recht. Er räusperte sich und schluckte.

»Was ist Ketaject, Doktor?«

Es folgte ein langes Schweigen. Morse rieb sich die Augen, und schließlich antwortete er: »Das ist der Markenname eines Mittels, an dessen Bestandteile ich mich nicht mehr erinnern kann.«

»Vielleicht der Markenname für Ketamin-Hydrochlorid?«

Wieder Schweigen. Dann flüsterte der Zeuge: »Ja.«

»Und wozu wird dieses Mittel eingesetzt?«

»Es handelt sich dabei um ein allgemeines Anästhetikum.«

Beide Männer sahen einander an, und aus Morses Augen strömten Reece Furcht und Hass entgegen.

»Doktor, hatten Sie während Ihrer Zeit in Mexiko eine Patientin namens Adelita Corrones, ein siebzehnjähriges Mädchen aus Nogales?«

Schweigen.

»Soll ich meine Frage wiederholen, Doktor?«

»Ich kann mich nicht an eine Frau dieses Namens erinnern.«

»Nun, ich glaube, dass sie sich umso mehr an Sie erinnern kann. Warum rufen Sie sich nicht ins Gedächtnis zurück, was damals vor sieben Jahren in der St.-Teresa-Klinik in Nogales geschehen ist? Und versuchen Sie sich bitte zu entsinnen, ob Sie da eine Patientin dieses Namens hatten. Nun?«

»Wie haben Sie das herausgefunden?« Es war nur ein Flüstern, doch ihm wohnte die Intensität eines Schreis inne. »Wie um alles in der Welt haben Sie das herausgefunden?« Taylor spürte, wie Hitze und Leidenschaft in ihr aufstiegen. Reece hatte seine Krawatte gelöst. Sein Gesicht war vor Erregung gerötet. Selbst von ihrem Platz aus konnte Taylor erkennen, wie Jagdlust in seinen Augen aufblitzte. Sie rutschte noch unruhiger auf ihrem Sitz hin und her, presste ihre Handtasche in den Schoß und stieß mit den Hüften dagegen. Ihr Atem ging schwer, und sie musste mehrmals schlucken.

»Haben Sie am 17. September jenes Jahres Miss Corrones während einer Operation zur Entfernung eines Muttermals an ihrem Bein Ketaject verabreicht? Und haben Sie, als Sie den Eindruck gewonnen hatten, Miss Corrones sei nicht mehr bei Bewusstsein, angefangen, sie zu entkleiden, dann ihre Brüste und Genitalien berührt und schließlich vor ihr so lange masturbiert, bis Sie zum Höhepunkt gelangten?«

»Einspruch!« Der Anwalt der Gegenseite war aufgesprungen.

»Einspruch abgelehnt«, entschied der Richter.

Morse bedeckte sein Gesicht mit den Händen. »Das ist doch schon so lange her.«

Reece bedachte die Geschworenen mit einem Blick schockierten Unglaubens, ehe er sich wieder an den Sachverständigen wandte und ganz ruhig zu ihm sagte: »Und Sie glauben, Sie können meinem Mandanten eine medizinische Fehlbehandlung attestieren, obgleich Sie selbst nicht einmal in der Lage sind, eine Patientin so weit zu betäuben, dass Sie sie in Ruhe vergewaltigen können?«

Der gegnerische Anwalt hob lethargisch seine Hand, um einen Einspruch vorzubringen.

»Ich ziehe die Frage zurück, Euer Ehren«, sagte Reece leise.

Taylor erkannte endlich die Strategie. Und sie begriff, was für ein brillanter Anwalt Reece war. Natürlich hatten seine Klienten vom Krankenhaus einen furchtbaren Fehler begangen und dem Kläger eine sträflich falsche Medikation verabreicht. Selbstverständlich waren sie schuldig, und Morses Gutachten hatte genau das belegt. Aber indem Reece ihn dazu gebracht hatte, die Zauberworte »falsche Behandlung« auszusprechen, und danach den Vorfall in Mexiko ans Licht gezerrt hatte, blieb bei den Geschworenen der Eindruck zurück, dass es sich bei dem einzigen Zeugen, der dem Krankenhaus eine Pflichtvernachlässigung nachweisen konnte, um einen inkompetenten Mediziner und sogar Kriminellen handelte.

Seine geschickte Vorgehensweise erregte sie, und sie sandte ihm in Gedanken ihr Kompliment und ihr Lob zu.

Reece wandte sich wieder an die Geschworenen. Von Taylors Platz sah es so aus, als betrachte er jeden Einzelnen von ihnen als einen Partner, der ihm dabei geholfen hatte, diesen ungeheuerlichen Schwindel aufzudecken. »Ich habe keine weiteren Fragen«, erklärte er.

Taylor bemerkte das Leuchten in seinem Gesicht und die

Rötung seiner Wangen. Er ballte siegesgewiss die Fäuste, und sie tat es ihm nach.

Am hinteren Ende des Gerichtssaales entdeckte Reece Wendall Clayton. Die beiden Männer sahen sich kurz an. Keiner von ihnen lächelte, aber Clayton tippte zur Ehrenbezeugung mit zwei Fingern an seine Schläfe, drehte sich dann um und verließ den Saal, in dem es mittlerweile mucksmäuschenstill geworden war. Nur der Sachverständige wimmerte vor sich hin.

... Zehn

Taylor Lockwood hielt sich drei Meter von Reece entfernt in der prächtigen, mit Marmor, Messing und Eichenholz ausgestatteten Bibliothek von Hubbard, White & Willis auf. Nachdem das Verfahren für heute beendet worden war, war sie ihm zurück in die Kanzlei gefolgt. Er hatte seine Tasche in seinem Büro abgestellt und war dann gleich hierher gekommen, wo er etliche dicke Bände aus den Regalen gezogen und mit seinen Recherchen begonnen hatte. Taylor hatte zehn Anstandsminuten gewartet, ehe sie in die Bibliothek gegangen war und so getan hatte, als wäre sie überrascht, ihn dort zu treffen. Er hatte ihr zum Gruß kurz zugelächelt und sich dann gleich wieder seiner Lektüre gewidmet. Taylor hatte sich nicht weit von ihm entfernt an einem Tisch niedergelassen und eine halbe Stunde nichts anderes getan, als ihn zu betrachten, da es ihr unmöglich gewesen war, das Bild von Reece, wie er vor der Geschworenenbank stand, aus ihrem Bewusstsein zu verdrängen.

Sie zwang sich, an den gestohlenen Wechsel zu denken, an die Fingerabdrücke, die Verdächtigen, die tickende Zeitbombe des Hanover-Stiver-Falls oder an das hässlich grüne Kalenderblatt, das sie an die Wand ihres Arbeitsbereichs geheftet hatte. Nach nicht mal sechzig Sekunden war all das aus ihrem Kopf verschwunden, und ihre Gedanken kreisten nur noch um die Frage, wie es wohl wäre, mit Mitchell Reece im Bett zu sein.

War er ein guter Liebhaber oder ein schlechter? Stand er auf verrückte Dinge? Vielleicht auf Praktiken, zu denen sie sich nie überwinden könnte?

Taylor hatte die unterschiedlichsten Erfahrungen gemacht – mit zärtlich verspielten Liebhabern, mit solchen, die gleich zur Sache kamen, und auch mit Männern, die nur an sich selbst dachten und es mehr oder minder dem Zufall überließen, ob sie auch etwas davon hatte oder nicht. Dann waren da die gewesen, die zuerst sie zum Höhepunkt gebracht hatten, bevor sie sich fast zögernd auf sie legten. Der Einzige, der es ihr derb und ohne Schnörkel besorgt hatte, war ein iranischer Student gewesen, der regelmäßig zweimal am Tag mit ihr schlief und darüber hinaus noch über ausreichend Energien verfügte, um (wie sie später herausfand) obendrein eine dunkelhaarige Perserin mit riesigem Busen zu beglücken, die er ebenfalls aufsuchte. Als sie jetzt in der großen, majestätischen Bibliothek von Hubbard, White & Willis saß, die nie ein sinnlicheres Geräusch vernommen hatte als das Rascheln von Nylons, wenn weibliche Anwälte die Beine übereinander schlugen, musste sie bei der Erinnerung an den Iraner lächeln.

Taylor hatte Mühe, sich Reece und sie miteinander im Bett vorzustellen. Sie tat so, als müsste sie gähnen, und rieb sich mit den Knöcheln die Augen, um die mit Funken durchzogene Schwärze zu schaffen, auf der sich Bilder erzeugen ließen. Aber die gewünschte Szene wollte sich einfach nicht einstellen. Taylor wusste nur, dass sie eine undefinierbare Lust auf Reece verspürte, die sich deutlich von den üblichen Ritualen abhob – den tastenden, suchenden Händen auf Haut unter

Stoff, das Spiel von Drängen und Zögern, das sie so gut beherrschte und das ihr doch immer fremd bleiben würde. Von ihm ging etwas aus, das sie nicht näher identifizieren konnte, etwas, das sogar in diesem Moment seine Wirkung auf sie ausübte. Vielleicht hatte es etwas mit seiner Stärke, seiner Selbstsicherheit und seiner Kontrolle über sich zu tun. Und als ihre Gedanken diesen Punkt erreicht hatten, hörte sie in ihrem Hinterkopf die Alarmsirenen aufheulen. Ein guter Freund hatte Taylor in die Psychoanalyse eingeführt, und sie war bei ihrer Selbstbespiegelung zu der Diagnose gelangt, dass sie gegenüber Männern selbstzerstörerische Tendenzen an den Tag legte (was vermutlich daher rührte, dass ihr Vater ihren Berufsweg stets abgelehnt hatte). Es schien ihr Schicksal zu sein, sich immer in die Männer zu verlieben, die nicht gut für sie waren.

Aber sie kam zu dem Schluss, diesen Gedanken mit all seinen Implikationen jetzt nicht weiter zu verfolgen und sich auf eine viel simplere Frage zu konzentrieren: Wie mochte Reece im Bett sein?

Toll? Miserabel? Alles verzehrend? Einfallsreich? Unermüdlich? Oder war er nur ein lausiger Angeber? Er schien ihr einer von den Männern zu sein, die eine Frau ganz und gar in Besitz nehmen. Aber das war nicht mehr als ein Eindruck, und Taylor wusste nur zu gut, wie gewaltig beim Sex mitunter das auseinander zu klaffen pflegte, was man sich vorgestellt hatte und was dann tatsächlich geschah.

Ob Reece schon viele Frauen gehabt hatte? Wahrscheinlich nicht. So viel, wie er arbeitete, blieb ihm eigentlich kaum Zeit für Affären.

Oder vielleicht doch?

Sie rief sich die Bilder und Eindrücke vom Prozess ins Gedächtnis zurück. Sein durcheinander geratenes Haar, seine gelöste Krawatte, die Art, wie er vor den Geschworenen auf und ab geschritten war. Sie erinnerte sich, wie sie auf ihrem

Platz gesessen hatte, mit den Augen allen seinen Bewegungen gefolgt war, auf jedes seiner Worte gelauscht hatte und dabei unbewusst hin und her gerutscht war. Wie gern hätte sie ihm jetzt mitgeteilt, wie sehr sie sein Geschick vor Gericht bewunderte. Doch er wusste ja gar nicht, dass sie im Gerichtssaal gesessen hatte, und brauchte auch nichts davon zu erfahren.

Taylor erhob sich, trat an das Terminal des Lexis-Computers und schaltete die Anlage ein. Noch bevor sie spürte, dass er neben ihr stand, roch sie sein Aftershave, Oscar de la Renta. Sie erkannte es sofort, da einer ihrer Verflossenen es benutzt hatte. Taylor betrachtete sein verzerrtes Spiegelbild im Glas und fragte: »Wie ist das Verfahren gelaufen?«

»Ich glaube, ich werde gewinnen.«

»Sie glauben es nur?«

»Man kann nie wissen. Der Prozess ist auf nächste Woche vertagt worden.« Wie schon im Gerichtssaal war sein Haar nicht glatt zurückgekämmt, sondern fiel ihm in die Stirn.

»Beschäftigt Sie der Ausgang denn nicht?«

Er zuckte mit den Schultern. »Wenn man sein Bestes gegeben hat, hört man auf, sich Sorgen zu machen.«

Aus einem plötzlichen Impuls heraus sagte sie: »Wenn Sie Zeit haben, könnten wir zusammen zu Mittag essen.«

»Geht leider nicht. Ich treffe mich im Athletic Club mit einem Zeugen. Wir sind zum Essen verabredet, und dann brauche ich den ganzen Nachmittag, um ihn vorzubereiten.« Nach einer kurzen Pause fügte er hinzu: »Und wie kommen Sie voran?«

»Ich habe an Ihrem Aktenschrank Fingerabdrücke genommen.«

Er lachte. »Was haben Sie getan?«

»Ich habe mir eine Privatdetektivausrüstung für Amateure und einen Decoder-Ring besorgt. Und dann habe ich den Ort des Verbrechens mit Pulver bestreut.«

»Ist denn was dabei herausgekommen?«

»Ja, fünfundzwanzig Latente – für den Laien: Fingerabdrücke. Fünfzehn davon sind vollkommen unidentifizierbar. Von den restlichen zehn sind einige nur Teilabdrücke, aber sieben davon gehören einwandfrei ein und derselben Person. Ich vermute stark, dass Sie derjenige sind. Ich habe daraufhin Ihren Kaffeebecher bestäubt, und jetzt schulde ich Ihnen einen neuen, denn das Zeug ist nicht wieder abgegangen. Von den drei verbliebenen Abdrücken stammt einer von mir. Der Besitzer des vorletzten ist nicht feststellbar, und den letzten hat Thom Sebastian hinterlassen.«

»Thom?« Reece runzelte die Stirn. »Dieser Mistkerl.«

»Gibt es irgendeinen Grund für ihn, in Ihrem Aktenschrank zu stöbern?«

»Ich habe in einigen Verfahren mit ihm zusammengearbeitet, aber der letzte Fall liegt schon ein Jahr zurück. Davon abgesehen, hat er an anderer Leute Aktenschränken nichts verloren.« Reece lachte laut. »Fingerabdrücke. Was für eine Idee!« Er griff nach ihrem Oberarm, und seine Hand blieb etwas länger auf dem Seidenstoff, so als genösse er die Berührung. Ihre Blicke trafen sich. Sie lächelte, doch dann drehte er den Kopf zur Seite und zog so abrupt die Hand fort, dass sie schon glaubte, jemand habe sie entdeckt. Aber dem war nicht so. Die wenigen hier anwesenden Anwälte interessierten sich nur für ihre Bücher.

Reece stand jetzt hinter ihr. »Sollen wir uns am Wochenende treffen?«, fragte Taylor. »Bis dahin habe ich bestimmt etwas Neues herausgefunden.«

»Da muss ich wegen einer eidesstattlichen Erklärung in einem anderen Fall nach New Orleans und habe sicher bis Montagmittag dort zu tun.«

Sie nickte und unterdrückte tapfer den Schmerz der Enttäuschung. Als letztes Mittel griff sie in ihre Handtasche. »Oh, da wäre noch etwas.« Reece blieb stehen. »Sie wollten doch die Kassette hören.«

»Sie meinen die Demo-Kassette?«

Gott sei Dank, er erinnerte sich daran. Sie reichte ihm die unbeschriftete Plastikhülle. »Wenn Sie nicht mögen, müssen Sie nicht …«

»Sie wandert sofort in meinen Walkman«, sagte er mit seinem jungenhaften Lächeln.

Heute würde sie bestimmt wieder schlecht gelaunt sein.

Ralph Dudley lehnte sich in seinem knarzenden Ledersessel zurück und blickte durch das Fenster auf den dünnen Streifen Himmel, der sich draußen neben der Ziegelsteinmauer zeigte.

Die Intuition war seine große Begabung. Wenn Donald Burdick, mit dem er sich immerzu verglich, über einen brillanten Verstand verfügte, besaß Dudley die Gabe der Intuition. Burdick arbeitete mit Vernunft und Logik, Dudley mit Gespür und Einfühlungsvermögen. So wusste er zum Beispiel schon vorher, dass Junie heute schlechte Laune haben würde, und so war es dann auch. Sie trat ins Büro, begrüßte kurz angebunden Frances, Dudleys in Ehren ergraute Sekretärin, und blieb dann mit gelangweilter Miene und trotzig vorgeschobener Hüfte in der Tür stehen.

»Komm doch herein«, forderte Dudley sie auf, »ich bin gleich fertig.«

Junie trug einen Trägerrock, eine weiße Bluse und weiße Kniestrümpfe. Eine blaue Schleife hielt ihr Haar zusammen. Sie gab ihm den obligatorischen Kuss auf die Wange, ließ sich in einen der Besuchersessel fallen und warf die Beine über die Armlehne.

»Benimm dich bitte wie eine Lady.«

Nach der unvermeidlichen Trotzminute setzte sie sich den Kopfhörer ihres Walkmans auf, drehte sich langsam im Sessel und stellte die Füße auf den hellgrünen Teppichboden.

Dudley lachte und nahm das Mikrofon seines Diktiergeräts in die Hand. »Siehst du, ich habe auch einen Recorder.« Sie starrte ihn verständnislos an, und ihm wurde klar, dass sie ihn gar nicht hören konnte. Dudley hatte früh gelernt, sich von ihrem ungehörigen Benehmen nicht irritieren zu lassen. Ruhig fuhr er damit fort, ein Memo zu diktieren, das den wesentlichen Kern einiger Gesetze enthielt, an die er sich zu erinnern glaubte. Am Ende des Diktats gab er seinem Gehilfen noch einige Instruktionen. Dieser würde den Text abschreiben und die angesprochenen Gesetze nachschlagen. Dudley hoffte, dass sie so, wie er sie formuliert hatte, existierten und seinen Standpunkt in diesem Fall untermauerten.

Ralph Dudley wusste, dass die Gehilfen und Assistenten manchmal über ihn lachten. Er schrie sie nie an, kritisierte sie höchst selten und behandelte sie überhaupt höflich und nicht von oben herab. Doch er vermutete, dass diese jungen Männer (Dudley hatte sich nie so recht an den Umstand gewöhnen können, dass auch Frauen in diesem Beruf tätig waren) dies als Kriecherei ansahen und ihn deswegen verachteten. Es gab ein paar, mit denen er über die guten alten Zeiten plaudern konnte, doch die meisten hatten kaum Zeit für den alten Dudley. Er hatte mehr als einmal mitbekommen, dass sie ihn Grandpa nannten. Nicht nur die Gehilfen und Assistenten, nein, selbst die Partner pflegten diese Art von Spott, wenn auch auf etwas subtilere Weise. Doch obwohl dieses Verhalten ihm die Arbeit mehr und mehr verleidete und auch all seine Loyalität der Kanzlei gegenüber schrumpfen ließ, ärgerte er sich in seinem Innern nicht allzu sehr darüber. Seine Beziehung zu Hubbard, White & Willis war seiner Ehe mit Emma immer ähnlicher geworden: Man nahm sich gegenseitig wahr und behandelte sich mit Respekt, nicht mehr und nicht weniger. So war es ihm möglich, seine Verbitterung in Grenzen zu halten.

Junie hatte die Augen geschlossen, und ihre Füße in den

Lederschuhen wippten zum Takt der Musik. Mein Gott, wie groß sie geworden war und schon fünfzehn. In manchen Momenten – in gewissen Posen oder wenn das Licht auf bestimmte Weise auf sie fiel – kam sie ihm vor wie eine Zwanzigjährige. Dudley wusste, dass sie den anderen Mädchen in ihrem Alter weit voraus war. Schon jetzt war zu erkennen, wie sie später einmal aussehen würde. In den kommenden Jahren würde es in ihr zu tief greifenden Umwälzungen kommen. Sie hatte ihm nie zu diesem Thema Fragen gestellt, und er betete darum, dass sie das auch in Zukunft nicht tun würde. Er versuchte, sich vorzustellen, was Emma zu Junie sagen würde. Aber Emma war schon vor zwölf Jahren von ihm gegangen. Es gab nur noch Dudley und ein Mädchen, das rasch, zu rasch für ihn, erwachsen wurde.

Als er das Diktat beendet hatte, reichte er Frances das Band und sagte zu ihr: »Junie und ich gehen jetzt. Aber behalten Sie das für sich. Wir haben nämlich ein paar Einkäufe zu erledigen.«

Die untersetzte Frau blieb an der Tür stehen. »Hast du etwa heute Geburtstag, Liebes?«

Junie nahm die Kopfhörer ab. »Was?«

»Hast du Geburtstag?«

»Nein.«

»Wir wollen ihr nur ein paar neue Sachen zum Anziehen besorgen.«

»Vergessen Sie aber bitte nicht, dass Sie um vierzehn Uhr dreißig einen Termin mit den Vertretern von Fallon haben.«

»Bis dahin sind wir längst zurück. Wir gehen nur zu Lord & Taylor und nehmen dann noch einen Happen zu uns.« Sie hatten schon den Fahrstuhl erreicht, als jemand rief: »Ralph, entschuldigen Sie bitte, aber hätten Sie einen Moment für mich Zeit?«

Dudley kannte die Frau, kam jetzt jedoch nicht auf ihren Namen. Es empörte ihn etwas, dass sie die Frechheit besaß, ihn beim Vornamen zu nennen. Aber weil er ein Gentleman war, lächelte er nur und nickte. »Ja. Sie sind …«

»Taylor Lockwood.«

»Natürlich, natürlich. Darf ich Ihnen meine Enkelin Junie vorstellen? Junie, sag Miss Taylor Guten Tag. Sie arbeitet hier als Anwältin.«

»Nein, eigentlich nur als Anwaltsgehilfin.«

»Ach ja, selbstverständlich.« Hatte er je mit ihr zu tun gehabt? Ihr vielleicht einmal einen Auftrag gegeben?

»Ich würde Sie gerne etwas fragen. Können Sie ein paar Sekunden für mich erübrigen?«

»Worum geht es denn?«

»Sie haben doch die juristische Fakultät der University of Michigan besucht. Ich trage mich mit dem Gedanken, mich dort einzuschreiben.«

Junie wurde ungeduldig. Dudley lächelte. »Das ist schon lange her. Als ich Student war, waren Sie noch gar nicht geboren. Ich fürchte, nichts von dem, was ich über diese Universität berichten kann, wird Ihnen eine große Hilfe sein.«

»Nun, mir haben einige Mitarbeiter hier im Haus erzählt, dass Sie ihnen bei der Entscheidung, Jura zu studieren, geholfen hätten. Sogar sehr geholfen. Und da dachte ich, vielleicht könnte auch ich mit Ihnen darüber reden. Wie wär's mit morgen Abend? Darf ich Sie zum Dinner einladen?«

Der Fahrstuhl kam. Als Dudley zögerte, sagte Taylor rasch: »Natürlich nur, wenn Sie nicht schon etwas anderes vorhaben.«

»Nun, ich habe etwas vor, aber erst später am Abend. Ich glaube, es wird mir ein Vergnügen sein, mit Ihnen zu dinieren. Kommen Sie doch mit in meinen Club, ja?«

»Hast du mir nicht erzählt«, sagte Junie, »dass Frauen dort keinen Zutritt haben?«

»Sie werden nur nicht als Mitglieder akzeptiert, Liebes«, erklärte er Junie, bevor er sich wieder Taylor zuwandte. »Holen Sie mich doch um achtzehn Uhr ab, dann nehmen wir ein Taxi nach Uptown ...« Ihm schien gerade einzufallen, wie teuer die Fahrt werden würde, und so fügte er rasch hinzu: »Nein, eigentlich wäre es günstiger mit der U-Bahn. Um diese Tageszeit ist der Verkehr einfach schrecklich.«

Mitchell Reece hatte sie angelogen.

Taylor Lockwood kehrte gerade vom Burger King zum Büro zurück, als sie ihn auf der Straße entdeckte. Er war einen halben Block entfernt und bemerkte sie nicht.

Sie beschleunigte ihre Schritte, um ihn zu erreichen, als ihr etwas Eigenartiges auffiel. Mitchell entfernte sich vom Athletic Club, in dem er doch angeblich mit einem Zeugen zum Mittagessen verabredet war. Taylor lief, im Moment zutiefst verletzt, langsamer. Doch dann gelangte sie zu einer neuen Erkenntnis. Nein, wahrscheinlich hatte er einen anderen Athletic Club gemeint. Zum Beispiel den New York Athletic Club, der am Südrand des Central Park lag.

Aber wenn er wirklich dorthin wollte, warum ging er dann in Richtung der U-Bahn-Station an der Lexington Avenue? Von dort gelangte man nach Uptown, doch der Zug hielt nirgendwo auch nur in der Nähe des New York Athletic Club. Und warum wählte Mitchell überhaupt die U-Bahn? In der Wall Street galt das ungeschriebene Gesetz, dass man bei Geschäftsfahrten eine Limousine zu nehmen hatte; U-Bahnen waren nur bei persönlichen Angelegenheiten zulässig.

Nein, er hatte sie ganz bestimmt nicht angelogen, so etwas würde er einfach nicht tun. Das war ganz und gar ausgeschlossen. Der Termin war abgesagt worden, und so hatte er ihren Arbeitsbereich im Büro aufgesucht, um sie doch zum Mittagessen abzuholen, aber sie war zu der Zeit gerade rausgegangen, um sich einen verdammten Whopper zu kaufen ... Und jetzt war er enttäuscht, sie nicht angetroffen zu haben, und befand sich auf dem Weg zu Tripler's, um sich ein paar neue Hemden zu besorgen. Ja, genauso war es.

Reg dich ab. Kein Grund zur Sorge. Es ist alles ganz normal.

Sie wollte schon in Richtung Kanzlei weiterlaufen, zog dann aber plötzlich einen Fahrschein aus der Handtasche und eilte die Stufen zur Haltestelle hinunter.

Dafür solltest du dich wirklich schämen. Einen Liebhaber zu verfolgen ist schon schlimm genug, aber einem Mann hinterherzuspionieren, mit dem du nicht einmal eine Beziehung hast, ist echt krank. Außerdem war doch alles ganz harmlos. Reeces Pläne haben sich lediglich etwas geändert. Lass den armen Kerl doch endlich in Ruhe. Er wird an der Fifty-Ninth Street aussteigen, da seinen Zeugen treffen und sich mit ihm zusammen zum dortigen Athletic Club begeben …

Reece stieg aber an der Grand Central Station aus.

Sie folgte ihm, lief die Treppe hinauf und wich einer Gruppe Penner aus. Sie sah, wie Mitchell ein neues Ticket kaufte und zu einem anderen Bahnsteig ging. Taylor blieb stehen.

Im dunstigen Nachmittagslicht, das sich in die gewaltige Höhle des Bahnsteigs ergoss, kniff sie die Augen zusammen und erspähte Reece. Er befand sich vor einem Verkaufsstand in der Nähe des Eingangs. Eine Gruppe Fahrgäste strömte vorbei und verbarg ihn vor ihren Blicken. Taylor marschierte mitten durch die Leute hindurch und entdeckte ihn einen Moment später wieder. Und sofort tat es ihr Leid, die Verfolgung nicht vorher aufgegeben zu haben, denn jetzt sah sie Reece, wie er an dem Stand ein Dutzend Rosen kaufte und dann loslief, um seinen Zug zu erreichen.

Überall Lächeln.

Freundliches, neugieriges, gönnerhaftes oder herabwürdigendes Lächeln, und hin und wieder eins, das ehrlich gemeint schien. Die gleichen nach oben gebogenen Lippen auf den Gesichtern von gut hundert vornehm gekleideten Menschen, die sich im Tempel von Dendra im Metropolitan Museum of Art versammelt hatten. Ägyptische Motive schienen im Manhattan Dekor nicht mehr so en vogue zu sein wie früher, aber die Wohltätigkeitsveranstaltung war für einen guten Zweck, und wichtiger noch, hier hatten sich auch einer der Watergate-Verschwörer, zwei Botschafter, ein ehemaliger Bürgermeister und diverse gerade äußerst beliebte Filmstars eingefunden.

Smokings und schwarze Abendkleider kreisten in dem exotischen Raum, in dem es nach Antike roch und die Luftfeuchtigkeit viel zu hoch war. Man unterhielt sich ungekünstelt übers Geschäft, über Reisen und über die Familie, und die Worte hallten von den grauen Steinblöcken des Tempels der Fruchtbarkeitsgöttin wider, die Gattin und Schwester eines Gottes zugleich gewesen war.

»Und Sie sind?«, fragte Ralph Dudley und nickte leicht, während er die Frau in den Fünfzigern mit dem ansprechenden Gesicht ansah. Ihr schwarzes Kleid wurde in der Mitte von einem Gürtel zusammengehalten, und sie hatte einen sinnlich geschwungenen Hals. An Schmuck trug sie etliche Ringe und eine dünne Diamantenhalskette.

»Amanda«, antwortete sie.

»Ralph Dudley.«

Dank seiner Intuition konnte er sich denken, um wen es sich bei ihr handelte. Dudley hatte genau verfolgt, wem sie gestattete, sie am Arm anzufassen, und wie ihre Blicke immer wieder besitzanzeigend zu einem der Direktoren von Amtrol, Inc., gewandert waren. Amtrol war einer der Sponsoren des heutigen Abends und wurde in der Fortune-Liste unter den hundert bedeutendsten Unternehmen aufgeführt. Noch wichtiger aber war, dass Amtrol sich gerade von seiner Rechtsvertretung getrennt (besser: sie gefeuert) hatte und auf der Suche nach einer neuen war. Donald Burdick hatte

Dudley klar gemacht, dass es durchaus lohnend sein könnte, an der Cocktailparty teilzunehmen, auf der Gelder für die Obdachlosen von Kipp's Bay aufgebracht werden sollten.

Er nahm Amandas lange, schlanke Hand und glaubte, leichte Vibrationen von ihrem fünfkarätigen Diamantring zu verspüren, der mit einem gelben Topas verziert war.

Dudley vermutete, dass ihr Mann der Direktor einer der wichtigsten Abteilungen von Amtrol war, möglicherweise sogar der Verantwortliche für die Unternehmungen in Europa. Ihre Körperhaltung drückte gallische Autorität aus, in ihrer Stimme schwang ein leichter romanischer Akzent mit, und die Art, wie sie mit den Kellnern umging (nicht zu vertraulich, aber auch nicht herablassend), zeigte Dudley, dass sie von klein auf den Umgang mit Bediensteten und Chauffeuren gewohnt war und sicher viele Jahre in Europa verbracht hatte. Den Ringen und der Halskette nach zu schließen, verdiente ihr Mann nicht schlecht – vererbten Reichtum traf man heute nur noch selten an. Und der Gentleman, den sie ständig im Blick behielt, war noch zu jung, um bereits der Aufsichtsratsvorsitzende oder gar der Präsident von Amtrol sein zu können.

Dudley betrachtete die graue Struktur des Tempels, der gewaltiger wirkte als Stonehenge. »Ich bin noch nie in Ägypten gewesen. Am Nil muss es sehr schön sein, und ich wollte immer hin, bis ich erfahren habe, dass die Pyramiden nicht über Fahrstühle verfügen.«

»Ich war schon da«, sagte Amanda, »und bin dort ziemlich krank geworden. Natürlich habe ich darauf geachtet, nur Mineralwasser zu trinken, und sämtliche anderen Vorsichtsmaßnahmen getroffen, aber dann ist mir etwas Dummes passiert. Die Bänder meiner Sandalen haben sich immer wieder gelöst und sind über den Boden geschleift. Beim Zusammenbinden sind meine Finger mit Bakterien in Berührung gekommen – vermutlich waren es Essensreste –, und ich erkrankte an Cholera. Eine wirklich höchst unangenehme Erfahrung.«

Sie unterhielten sich ein paar Minuten über ihre Reisen, und Dudley sagte in Gedanken den exakten Zeitpunkt voraus, an dem sie ihn fragen würde, was alle New Yorker unbedingt erfahren wollen, sobald sie jemanden zumindest ein wenig kennen gelernt haben: Was machen Sie denn beruflich? Und so war es dann auch.

»Ich bin Anwalt«, antwortete er und hielt schon seine Visitenkarte in der Hand. (Er stellte ihr jedoch nicht die Gegenfrage, um ihr die Peinlichkeit und sich selbst die Entgegnung zu ersparen, sie vertreibe sich die Zeit mit Garten- und Hausarbeit und helfe manchmal bei der Antiquitätenausstellung im Armory aus.) Stattdessen sagte er: »Darf ich Ihnen etwas über Hubbard, White & Willis erzählen? Ich bemühe mich auch, Sie nicht zu sehr zu langweilen.«

Er teilte ihr mehr darüber mit, als er das sonst zu tun pflegte, und überschritt dabei auch die unsichtbare Diskretionsgrenze, die die sicherheitsempfindlichen Kanzleien in Manhattan für sich gezogen hatten. Unter anderem berichtete ihr Dudley recht ausführlich von der anstehenden Fusion zwischen Hubbard, White & Willis und der Kanzlei Perelli, obwohl diese Neuigkeit noch nicht die Medien erreicht hatte und zurzeit nicht mehr als ein bloßes Gerücht in der Wall Street war. Er verzichtete weitgehend auf Fachausdrücke, ihr alles mit einfachen Worten erklärend, und es freute ihn, dass sie ihn von Anfang an zu verstehen schien. Er redete und redete, verzaubert von ihren blauen Augen, deren Blicke voller neugieriger Faszination über seine Züge wanderten. Bald vertraute er ihr auch an, welche Fälle die Kanzlei gerade bearbeitete und welche Klienten sie fast, aber noch nicht ganz, für sich gewonnen hatte. Und schließlich ging er auch noch die einzelnen Partner und ihre Persönlichkeit durch: die Charmanten, die Klapperschlangen und die Wölfe. Von diesen kam er zuletzt auf die Gehilfen und Assistenten und deren Macken zu sprechen. Amanda hörte ihm interessiert zu, und beide waren bald ganz in das Gespräch versunken, er mit seinem Manhattan, sie mit ihrem Kir.

Amanda unterbrach ihn nur selten. Sie nickte häufig, lauschte seinen Ausführungen, teilte aber nur wenig über sich mit. In seinen Augen war sie die perfekte Gastgeberin. Dudley ahmte den alten Frederick Phyle Hubbard nach, und sie lachte, bis ihr die Tränen über die Wangen liefen. Dann kam ihr Mann, legte einen Arm um sie und nickte Dudley zu. Die beiden gaben sich die Hände.

»Bill Schiavone.«

»Angenehm, Ralph Dudley. Sie sind bei Amtrol tätig?«

»Ja, ich bin der Finanzdirektor.«

Dudley lächelte. Den Finanzdirektoren großer Firmen oblag es in der Regel, Anwaltskanzleien zu beauftragen. Dann sagte er: »Ich muss mich dafür entschuldigen, Ihre Gemahlin mit meinem umständlichen Geschwätz über das Rechtswesen und allerlei anderes trockenes Zeug gelangweilt zu haben …«

Schiavone zog die Stirn kraus. »Aber Amanda ist nicht meine Frau.«

»Oh, ich dachte …«

Sie strahlte Dudley triumphierend an. »Mein Nachname ist Wilcox, und ich arbeite für Sherman, Murdoch & Hannon.«

Das Entsetzen über die Vorstellung, ihr gerade so gut wie sämtliche Geheimnisse seiner Kanzlei anvertraut zu haben, und der Ärger über seine unentschuldbare Dummheit drohten in seinem Magen wie ein Vulkan zu explodieren. Doch wie ein Wunder verwandelte sich diese Kraft in ein schallendes Lachen.

»Dann sind Sie also Anwältin!«

»Ja, ich bin Partnerin bei Sherman und arbeite im Wirtschaftsrecht.«

»Auch das noch.«

Schiavone wandte sich an Amanda: »Ich lasse Ihnen die Unterlagen am Montag zukommen. Wir brauchen die Dokumente bis Donnerstag, und die Sache sollte bis Ende des Monats abgeschlossen sein.«

»Wenn Sie es so wünschen, wird es auch so geschehen«, versicherte sie ihm.

»Sollte uns Ihre Arbeit zusagen, warten sicher noch mehr Aufträge auf Sie«, erklärte Schiavone, küsste sie auf die Wange und entfernte sich.

Dudley schloss kurz die Augen, und als er sie wieder öffnete, konnte er ihr nicht ins Gesicht sehen. »Ich fürchte, ich muss mich bei Ihnen entschuldigen …«

Amanda Wilcox legte den Kopf schief und betrachtete ihn mit einem spitzbübischen Lächeln. »Aber nicht doch. Ich habe den Klienten bekommen, und Sie nicht. Und nun, da wir einige Dinge klargestellt haben, wäre es sehr freundlich von Ihnen, mir einen neuen Drink zu besorgen. Dann können wir uns gegenseitig Geschichten von der Front erzählen.«

Dudley wandte ihr langsam sein rot angelaufenes Gesicht zu. »Ja, ich glaube, das wäre jetzt genau das Richtige für mich.«

Als Dudley an der Theke stand, entdeckte er Todd Stanton. Dieser blickte sich mit ernster Miene um. Dudley hob eine Hand und winkte ihm zu. Stanton bemerkte ihn und kam rasch zur Bar.

»Na, amüsieren Sie sich, Todd?«

»Darauf können Sie wetten, Ralph.« Er schluckte wie immer, wenn er jemanden mit Vornamen anredete, der fast fünfzig Jahre älter war als er. Stanton schien mit sich zu ringen, dann hatte er sich entschieden. »Ralph, da ist etwas, von dem ich glaube, dass ich es Ihnen mitteilen sollte.«

»Und das wäre?«

»Zuerst hielt ich es für das Beste, nichts davon zu sagen. Schließlich wollte ich niemanden unbedacht in Schwierigkeiten bringen. Aber die Sache geht mir nicht mehr aus dem Sinn, und deswegen bin ich zu der Überzeugung gelangt, dass ich Sie doch davon in Kenntnis setzen muss.«

»Was, um Himmels willen, ist denn passiert?«

»Vielleicht ist es ja wirklich nicht weiter wichtig, aber vorgestern habe ich jemanden in Ihrem Büro entdeckt. Eine Anwaltsgehilfin namens Taylor Lockwood. Kennen Sie sie?«

»Was wollte sie denn dort?«

»Nun, vermutlich mache ich aus einer Mücke einen Elefanten, aber …«

»Nein«, unterbrach Dudley ihn, nun nicht mehr lächelnd. »Erzählen Sie mir alles von Anfang an.«

… Elf

»Such dir niemals einen Job«, sagte Sean Lillick nachdenklich, »in dem von dir verlangt wird, Gegenstände zwischen den Zähnen zu halten.« Er grinste in hoffnungsvoller Erwartung.

Carrie Mason, die in der Tür stand, starrte ihn nur an. Er fragte sich, ob das von seinem in allem gebotenen Ernst vorgetragenen Aphorismus oder von der von keinerlei Stilempfinden beeinflussten Inneneinrichtung seiner Wohnung herrührte. Carrie trat ein.

Sie war nicht sein Typ. Zwar zog Lillick in der Regel Mädchen Männern vor, aber für seinen Geschmack sollte eine Frau schlank, biegsam und von knabenhafter Figur sein. Sie musste sich offen, sei es nun einleuchtend oder nicht, den Dingen stellen, denen sie Aufmerksamkeit schuldete. Und im Idealfall hatte die für ihn perfekte Frau bereits eine lesbische

Erfahrung hinter sich. Auf Carrie traf nichts davon zu. Erstens war sie fett. Nun ja, eigentlich nicht so sehr fett als vielmehr rundlich. Sie hatte eben die Figur, bei der eine Frau ausladende Röcke und weite Blusen tragen musste, um halbwegs etwas herzumachen. Zweitens hatte sie nur wenig zu sagen und war schüchtern. Und überhaupt kicherte sie zu viel. Für ihn war das ein deutlicher Beleg dafür, dass Carrie zu überhaupt keinem Thema emotionale Kommentare abgeben konnte. Er vermutete, dass sie auch des Öfteren errötete.

»Was soll man nie tun?«, fragte sie schließlich.

»Das ist ein Spruch aus der Performance, an der ich gerade arbeite, ein Segment über Karrieren. Ich nenne es ›As Long as There's a Granite Springs‹. Es wird über der Musik gesprochen.«

»Such dir niemals einen Job, in dem … Ich fürchte, ich verstehe das nicht ganz.«

Drittens, sie kapierte überhaupt nichts.

»Da ist auch nicht viel dran zu verstehen. Es handelt sich dabei nicht um einen Witz, sondern um eine Stellungnahme über Karrieren und das, was Menschen von anderen Menschen erwarten.«

»Ach so, eine Stellungnahme.«

Lillick hängte ihren Mantel auf. »Willst du ein Bier?«

Carrie sah ehrfurchtsvoll auf die Keyboards und Computer, und Lillick musste seine Frage wiederholen. »Gern«, antwortete sie, fuhr mit einer Hand über die gefärbte Bettdecke und betrachtete danach ihre Finger, so als befürchtete sie, die Farbe wäre an ihnen kleben geblieben. Carrie ließ sich auf seinem selbst gebauten Bett nieder. Er öffnete eine Dose Bier und reichte sie ihr. Erst dann fiel ihm ein, dass er es ihr eigentlich in ein Glas hätte einschenken sollen. Aber es kam ihm blöd vor, ihr jetzt die Dose wieder abzunehmen und nach einem Glas zu suchen.

»Ich war wirklich überrascht, Sean, als du mich eingeladen hast, mit dir auszugehen.«

»Oh, ja?« War sie tatsächlich überrascht? Sie hing doch ständig in seinem Büro herum, brachte ihm dauernd von den Cocktailpartys oben im Festsaal etwas, fragte ihn immerzu nach seiner Musik oder gab Bemerkungen zu Artikeln im *East Village Examiner* über seine Auftritte ab. Dabei hätte er schwören können, dass sie höchstens Frauenzeitschriften oder Magazine wie *Town & Country* las. »Nun ja, war so eine Idee von mir«, erwiderte er und schaltete ein Band mit Musik von Meredith Monk an. »Ich saß in meinem Büro und habe mich mit einem Mal gefragt, ob du Lust hättest, mit mir 'ne Kleinigkeit zu essen.«

»Möchtest du vielleicht, dass ich ...«

»Was?«

»Nun ja ... äh ... ich wollte dich fragen, ob du möchtest, dass ich dir dein Hemd bügle. In so etwas bin ich nämlich ziemlich gut.« Es war ein Off-White-Hemd, bedruckt mit kleinen braunen Szenen von europäischen Landschaften.

Er lachte. »Wenn du diesen unschuldigen armen Stoff bügelst, müsste er vorher Selbstmord begehen.«

»Ich bügle halt gern«, sagte Carrie. »Ist so eine Art Therapie. Wie Spülen.«

»Ja, ich mache auch manchmal solche Sachen.«

Draußen gellte der Schrei eines Mannes durch die Nacht. Ein zweiter folgte, dann ein lang gezogenes Stöhnen. Carrie machte ein entsetztes Gesicht. Lillick lachte nur. »Das ist bloß ein Strichjunge. Er stellt immer irgendwas mit dem Luftschacht an. Wir nennen ihn den Heuler.« Er deutete auf seine Anlage. »Das ist ein Digitalsampler, im Grunde ein Computer, der Geräusche aufnimmt. Ich kann es dann durch den Synthesizer schicken und ganz nach Belieben untermalen.« Carrie warf einen unbehaglichen Blick auf das Gerät. »Einmal habe ich sein Geschrei aufgenommen. Er hat sich in jener Nacht selbst übertroffen. Ich habe dann allein mit seinem Geheul ein Stück aus dem *Wohltemperierten Klavier* interpretiert.«

Sie blickte aus dem Fenster, während die Schreie lauter wurden. »Ich komme nicht sehr oft nach Downtown. Hier ist alles so … so farbig.«

»Wo wohnst du denn?«

»East Eighty-Fourth.«

Lillick nahm seine Jacke vom Haken und holte diverse Papiere aus den Taschen, Zettel, Streichholzbriefchen und Servietten. Sie alle waren bekritzelt. Er las einige davon und steckte sie in sein Notizbuch, andere warf er gleich fort. Carrie verfolgte sein Tun, als vollzöge er ein Ritual. »Am Freitagabend fahre ich zu meiner Familie aufs Land«, sagte sie, »um dort das Wochenende zu verbringen. Da ist es so ähnlich wie in Bedford. Eine Menge Leute schauen vorbei. Wenn du Lust hast, komm doch mit …«

»Wäre bestimmt riesig, aber leider habe ich da einen Termin mit Wendall Clayton. Ich arbeite nämlich für ihn an einem Projekt.«

»Am Freitagabend?«

»Ja, und vermutlich auch das ganze Wochenende. Wendall ist der reinste Workaholic.«

»Und außerdem ist er ein alter Lüstling. Einmal hat er mich am, na, du weißt schon wo, am Busen angefasst. Natürlich hat er so getan, als wäre das unbeabsichtigt geschehen, aber ich wusste es besser.«

Lillick lachte. »Ja, so ist er gelegentlich … Also gut, wie wäre es mit mexikanisch? Hier ganz in der Nähe ist ein Restaurant. Ich nenne es Hacienda del Hole.«

»Gern, was immer du möchtest.« Sie sah ihn nur an, trank in kleinen Schlucken ihr Bier und machte keine Anstalten, sich zu erheben.

Lillick fand einen Handschuh und begann mit der Suche

nach dem zweiten. Dazwischen blickte er auf und sah sie an, als wäre ihm gerade etwas eingefallen. »Sag mal, Carrie, du könntest mir eigentlich einen kleinen Gefallen tun. Du hast doch die ganze Ausgaben-Buchhaltung unter dir, oder?«

»Ja. Als sie mir diese Stellung angeboten haben, erklärten sie, das sei eine Beförderung. Aber das war nur ein schlechter Scherz. In Wahrheit ist das alles eine elende Plackerei.«

»Nun, weißt du, wann war das noch, ja, letzten Samstag, da habe ich in der Kanzlei länger gearbeitet.«

Sie sah ihn verständnislos an.

Er warf ihr einen kurzen Blick zu und konzentrierte sich dann wieder auf die Kommodenschublade. »Verdammte Handschuhe. Wie kann man nur einen davon verlieren? Wie dem auch sei, ich habe da ein paar Privatangelegenheiten erledigt und ein paar Kopien gemacht.«

»So, wovon denn?«

»Nichts Besonderes, nur ein paar Musikstücke. Ich habe meine Kopierkarte in das Xerox-Gerät geschoben.«

»Ja und?«

»Nun ja, es waren eben, wie gesagt, Privatangelegenheiten.« Er zuckte mit den Schultern und wirkte zerknirscht wie ein auf frischer Tat ertappter Dieb.

Carrie lachte verwundert. »Was ist denn schon dabei? Jeder kopiert doch seine privaten Sachen.«

»Es wäre mir lieber, wenn niemand erfahren würde, dass ich in jener Nacht in der Kanzlei gewesen bin.«

»Ach, Sean, keiner kümmert sich um die Kopiergeräte. Davon abgesehen, musstest du doch auch deinen Computerschlüssel benutzen, um überhaupt in die Kanzlei zu kommen, und anhand der Computerliste lässt sich leicht feststellen …«

»Um die Wahrheit zu sagen, ich habe den Schlüssel nicht benutzt. Jemand hat mich hereingelassen.«

Carrie betrachtete die vielen Kabel und verfolgte eines vom

Synthesizer zum Sampler und wieder zurück. Sie schluckte nur, ohne etwas zu sagen. Lillick fragte sie rasch: »Könntest du meine Kartennummer in der Kopierliste löschen?«

Sie schluckte noch einmal und wandte den Blick nicht von dem dünnen grauen Kabel. »Ich weiß nicht …«

»Burdick macht ein Riesentheater wegen der seiner Ansicht nach zu vielen unnötigen Ausgaben. Ich habe gehört, dass sogar einige Leute gefeuert werden sollen … Könntest du nicht diesen einzigen kleinen Eintrag löschen?«

»Mir ist noch gar nicht aufgefallen, dass Mr. Burdick sich so aufregt.«

»Ich gebe dir meine Computerkartennummer, und du löschst alle entsprechenden Einträge vom letzten Samstag. Damit entsteht doch für niemanden ein Schaden.«

»Aber warum, Sean?«

»Weil ich es mir nicht leisten kann, meinen Job zu verlieren, Carrie.«

»Weshalb sollte Mr. Burdick denn gerade dich rauswerfen?«

Er sah Carrie tief in die Augen, in denen weder Emotionalität noch Kunstsinn zu entdecken waren, sondern nur ein exquisites Blaugrün, und sagte: »Worüber wird am meisten geredet?«

»Ich verstehe nicht ganz …«

»Worüber reden alle in der Kanzlei?«

»Über die Fusion. Meinst du die vielleicht?«

»Die ganze Kanzlei wird mit der Lupe untersucht. Wo schmeißen wir Dollar zum Fenster hinaus? Jeder noch so kleine Betrag …« Seine Stimme erstarb. Er drehte sich um und machte sich wieder auf die Suche. Endlich fand er den fehlenden Handschuh, hielt ihn hoch und grinste. »Gewonnen!« Nach einem Moment sagte er: »Nein, du hast natürlich vollkommen Recht. Vergiss, um was ich dich gebeten habe. Vermutlich bin ich nur etwas paranoid.«

Daraufhin trat Schweigen ein. Wendall Clayton hatte ihm einmal beigebracht, dass man sich bei Verhandlungen nicht vor Schweigephasen zu fürchten brauche. Im Gegenteil, man könne so etwas auch als Waffe einsetzen. Lillick schlug seinen Handschuh mehrmals auf die Handfläche und sprach kein Wort.

Endlich konnte Carrie das unangenehme Schweigen nicht länger ertragen, rieb die Hände an den Knien und sagte: »Ich denke, ich könnte alle entsprechenden Einträge für diesen Tag abrufen und löschen. Ich weiß nicht, wie das geht, nur deine Computernummer zu entfernen. Da ist es schon sicherer, gleich den ganzen Tag zu löschen.«

»Danke, damit tust du mir wirklich einen großen Gefallen.« Und einen Moment später fügte er hinzu: »Weißt du, wenn in der letzten Zeit nicht einiges bei mir schief gelaufen wäre …«

Was tust du denn da? Warum sagst du so was? Sie hat doch schon längst eingewilligt. Wendall hatte ihm einmal erklärt: »Sobald die Gegenseite zugestimmt hat, hält man, verdammt noch mal, die Klappe.«

»Ich will dich wirklich nicht in Schwierigkeiten bringen«, sagte Lillick und konnte nicht fassen, dass er die Sache immer noch nicht auf sich beruhen ließ.

»Wenn es für dich so wichtig ist«, entgegnete sie und legte sich auf dem Bett zurück, »werde ich es für dich erledigen.«

Lillick konnte sich einen Moment lang nicht bewegen. Die Schuldgefühle, die ihn gerade noch geplagt hatten, waren verschwunden. Seine dünnen Arme zitterten angesichts des Sieges, und er war über sich selbst erstaunt, wie leicht er Carrie um den Finger gewickelt hatte. Jetzt trat er rasch zu seiner Yamaha und schaltete sie ein. Die Lautsprecher entließen ein erwartungsvolles Seufzen in die warme Luft. »Möchtest du dir etwas anhören, das ich erst kürzlich komponiert habe?«

Carrie zog sich das weiße Plastikband vom Kopf. »Gern«, antwortete sie, drehte sich auf dem Bett herum und strich mit einer Hand über die Matratze. »Oh, was ist denn das?«

»Was denn?«

»Diese Beule hier.«

»Keine Ahnung. Vielleicht ein Schuh.« Er spielte ein Arpeggio, und die Musik im Verein mit seinem Triumph versetzte ihn in beste Stimmung. Aber Carrie runzelte die Stirn. »Nein, das ist kein Schuh … irgendwie unheimlich … Sieh doch besser mal gleich nach.«

Wovon redete sie eigentlich? Es war doch bloß eine ziemlich unordentliche Liege. Lillick wollte jetzt nichts anderes als spielen.

»Hier!«, rief sie.

Er erhob sich, setzte sich neben sie aufs Bett und tastete nach dem Gegenstand, der für die Ausbuchtung verantwortlich war. Jetzt fiel ihm ein, dass es sich dabei nur um sein Kostabi-T-Shirt handeln konnte, das er vor zwei Tagen verlegt hatte. Doch seine Hand kam nie dort an, denn Carries Rechte mit ihren bieder manikürten Wurstfingern packte sie und führte sie an ihre Brust. Mit der anderen Hand griff sie zur Stehlampe und schaltete sie aus. Das einzige Licht im Zimmer kam nun von den Displaylämpchen am Synthesizer.

Carrie zog ihren Pullover und die Jeans aus. Lillick starrte im dämmrigen Licht auf ihren riesigen Busen, der von einem netzartigen BH gehalten wurde. Die Brustwarzen zeichneten sich darunter als dunkle Kreise ab. Nur ein Gedanke beherrschte Lillick: Er wollte das hier nicht. Er hatte sich aus einem ganz anderen Grund heute Abend mit Carrie getroffen und sein Ziel bereits erreicht. Er hatte sie keineswegs wegen ihrer einer Wildente ähnlichen Augen oder der weichen Finger eingeladen, die jetzt seinen Penis bearbeiteten, und auch nicht wegen ihres vorgewölbten Bauches oder der überraschend wenigen Haare an ihrem Schamdreieck oder ihrer

Beine, die runder und weicher waren als alles Fleisch, das er je berührt hatte. Nein, das alles hatte er wirklich niemals im Sinn gehabt.

Er küsste sie eine volle Minute lang.

Ihm fiel auf, dass er den Digitalsampler nicht abgeschaltet hatte. Das bedeutete, dass die Anlage die Geräusche ihrer körperlichen Liebe aufzeichnen und speichern würde. Lillick zögerte einen Moment, entschied sich dann aber dafür, nicht auf die Stopptaste zu drücken. Man konnte nie wissen, ob man solche Sounds einmal verwenden wollte.

Er sah sich selbst als Jongleur.

Thom Sebastian meditierte über diese Selbstsicht.

Die Show war vor Jahren am Off-Broadway aufgeführt worden, doch er konnte sich noch so gut daran erinnern, als wäre es gestern gewesen. Eine Varieté-Show voller kitschiger und verlogener Blumenkinder-Sentimentalität, Hippie-Humor und psychedelischer Bilder. Ein Künstler war Sebastian jedoch besonders im Gedächtnis haften geblieben: der Jongleur. Er hatte bei seiner Darbietung nicht wie andere Bälle oder Keulen benutzt, sondern ein Beil, eine brennende Fackel, eine Kristallvase, eine volle Flasche Wein und ein Weinglas.

Von Zeit zu Zeit fiel Sebastian diese Show wieder ein, und auch, wie sich sein Magen zusammengezogen hatte, wenn der Mann einen neuen Gegenstand aufnahm und ihn in hohem Bogen durch die Luft fliegen ließ; er erinnerte sich an das Lächeln auf dem Gesicht des Jongleurs und an seine Augen, die auf den Zenit des Flugobjekts gerichtet waren (dieser Trick begeisterte Sebastian heute noch – wie der Künstler dorthin geschaut hatte, ohne wirklich hinzusehen), an die ungeheure Spannung und die meisterliche Darbietung. Alle warteten darauf, dass die Metallschneide den Künstler verletzen, die Flamme etwas anzünden oder das Glas zersplittern würde. Aber nichts davon geschah. Er hatte nicht einen Schweißtropfen auf der Stirn, und sein Lächeln verkündete dem Publikum: So weit, so gut.

Sebastian, der am Freitagmorgen in seinem Büro saß und sich völlig leer und erschöpft fühlte, sagte sich jetzt auch: So weit, so gut. Ihm war klar, dass die Jongleurnummer wie reine Magie erschienen war, in Wahrheit jedoch nicht mehr als die Koordination der Muskeln und das völlige In-sich-Versenken des Künstlers dahinter steckte. So oder zumindest so ähnlich musste eine Zen-Erfahrung sein. Allerdings war Sebastian sich da nicht so ganz sicher, denn er wusste so gut wie nichts über religiöse oder spirituelle Dinge. Aber das Bild vom Jongleur gefiel ihm, und er sah sein eigenes Leben als einen ähnlichen Orbit von herumfliegenden Gegenständen. Einige davon waren so zerbrechlich wie Glas, andere so gefährlich wie brennende Fackeln.

Als Thom Sebastian erfahren musste, dass der Vorstand von Hubbard, White & Willis ihn nicht zum Partner machen wollte, hatte er mit sich selbst eine Konferenz abgehalten und war nach längerer Debatte zu dem Schluss gelangt, die Anzahl seiner Arbeitsstunden deutlich zu reduzieren. Von nun an wollte er entspannen und genießen.

Doch er musste feststellen, dass diese Abmachung zu den wenigen in seinem Leben gehörte, die er nicht einhalten konnte. Die Klienten suchten ihn immer noch auf und baten ihn um Hilfe. Einige von ihnen waren gierige Mistkerle, die den Hals nicht voll bekamen, ein paar waren ausgesprochene Charakterschweine, aber auf die meisten von ihnen traf weder das eine noch das andere zu. Doch darauf kam es ohnehin nicht an. Sie waren seine Klienten, und als solche verdienten sie den besten Rechtsbeistand, den er ihnen geben konnte.

Zu seiner großen Verblüffung stellte Sebastian bald fest, dass es ihm physisch nicht möglich war, es mit der Arbeit ruhiger angehen zu lassen. Er schuftete weiterhin so unermüdlich wie bisher, und in seinen vielen Überstunden bewerkstelligte er zwei Refinanzierungen, die Abwehr eines Firmenaufkaufs und ein Abkommen über einen fortlaufenden Kredit.

Viel von seiner Zeit ging aber auch drauf mit seinen privaten Immobilientransaktionen, seinem Spezialprojekt mit Bosk, seinen wechselnden Freundinnen, mit Magaly, seiner ausgesprochen attraktiven Dealerin, seiner Familie, seinen Pro-bono-Fällen und seiner Suche nach einem neuen Job. Er rotierte nur noch, war permanent in Bewegung und drohte ständig die Kontrolle über sein Leben zu verlieren.

Thom Sebastian stand kurz vor dem Zusammenbruch. Er fühlte sich ausgelaugt und spürte, dass die Tragflächen seines Lebens in zunehmendem Maße an Materialermüdung litten. Es kam ihm so vor, als ob leicht zerbrechliche Kristalle sich zu Strukturen formten, die jeden Moment zerplatzen konnten. Peng! Einfach so lösten sie sich zu Molekülen auf. Dieses Empfinden hatte er nicht zum ersten Mal. Doch er hatte eine interessante Lektion über das Leben gelernt: Es verhielt sich mit ihm nicht wie mit einer Flugzeugtragfläche. Die Kräfte, die das Leben bestimmten, waren unbegreifbar kompliziert und wurden nicht von einem Entweder-oder-Prinzip regiert. Manchmal flog man, manchmal kroch man, und manchmal schlief man. Aber der Motor lief immer weiter. Er würde nicht von selbst ausfallen oder anhalten. So viel Glück hatte man einfach nicht. Diese Entscheidung musste man schon selbst treffen – so wie Linda Davidoff, die sich dazu durchgerungen hatte, den großen Absturz durchzuführen: Man wehrte ab, machte Einschränkungen, wich aus, flickte zusammen und schlängelte sich immer wieder durch.

So weit …

Er wollte so gerne schlafen. Während er daran dachte, fiel ihm etwas anderes ein – das braune Fläschchen, das er an einem sicheren Platz in seinem Aktenkoffer aufbewahrte. Aber der Gedanke daran verging ebenso rasch, wie er gekommen war. Er überlegte noch nicht einmal, ob er sich kurz auf die Herrentoilette begeben sollte. Die Vorstellung, in den heiligen Hallen von Hubbard, White & Willis Rauschgift zu nehmen, kam selbst ihm wie eine Obszönität vor.

… so gut.

Sein Telefon läutete.

»Kann ich bitte Sylvester Stallone sprechen?«

Sebastians Kopfhaut prickelte, als er Taylor Lockwoods Stimme erkannte.

»Haben ihn schon am Rohr, Täubchen«, antwortete er und ahmte dabei den Schauspieler nach. »Wer issen dran? Taylor?«

»Mein Freund hat mich dieses Wochenende schon wieder versetzt. Na ja, versetzt ist vielleicht nicht der richtige Ausdruck, denn diesmal hat er sich wenigstens die Mühe gemacht, mir vorher Bescheid zu geben.«

»Sie könnten in puncto Jungs viel bessere Ware bekommen, glauben Sie mir, Taylor.«

»Lassen wir das. Ich habe hier eine Einladung in einen Jazzclub im Village. Und ich dachte … oder gehe ich jetzt vielleicht zu forsch ran?«

»Ja, aber das mag ich an Ihnen. Und nun zur schlechten Nachricht. Der Zeitpunkt ist ungünstig. Ich wollte diesen Samstag nämlich zu Bosk in die Hamptons fahren. Das ist dieser verrückte Junge, dem wir im Club begegnet sind, wenn Sie sich noch entsinnen.«

»Nein, tut mir Leid, doch an den erinnere ich mich nicht.«

»Kein Grund, in Panik zu geraten. Aber sagen Sie mal, stehen Sie auf Schmalspurfootball, Spaziergänge entlang eiskalter Strände und die Gesellschaft verzogener Sprösslinge aus bestem Hause, die saufen, bis es ihnen aus den Nasenlöchern rausläuft?«

Sie zögerte, doch dann antwortete sie zu seiner Überraschung: »Nein, aber wenn das eine Einladung sein soll, nehme ich sie huldvoll an.«

»Die anderen bleiben von Freitag bis Sonntag. Ich wollte erst Samstag hin und Sonntag wieder zurück.«

»Ich denke, das würde mir gefallen, wenn es Ihnen nichts ausmacht, dass ich mich mehr oder weniger selbst eingeladen habe.«

»Aber nicht doch. Ich sage Ihnen was, ich werde Ihnen sogar noch einen weiteren Gefallen tun.«

»Und welchen?«

»Ich bringe Ihren Freund um. Er hat es nicht besser verdient.«

»Vielleicht könnten Sie ihn nur ein kleines bisschen zusammenschlagen.«

»Mit dem größten Vergnügen.«

Sebastian legte auf und schloss die Augen. Er atmete tief. Dann zündete er sich eine Zigarette an und entspannte sich.

Die Bewegungen seines imaginären Jongleurs verlangsamten sich, und alle unnötigen Gedanken verließen sein Bewusstsein. Projekte, die nicht ganz oben auf seiner Dringlichkeitsliste standen, lösten sich in seinem Kopf auf. Die Erinnerung an das amerikanische Mädchen chinesischer Abstammung, das er gestern Nacht aufgegabelt und mit dem er sich heute Abend im Space verabredet hatte, verpuffte. Und auch die Erinnerung an seine Suche nach einem neuen Job entschwand ebenso plötzlich wie das finstere Gesicht von Wendall Clayton. Zum Schluss blieben ihm noch zwei Gedanken, mit denen er langsam jonglierte. Der eine drehte sich um das Kreditabkommen, an dem er gerade arbeitete und dessen Unterlagen vor ihm auf dem Schreibtisch ausgebreitet waren. Der andere hatte mit Taylor Lockwood zu tun.

Er zog die Papiere zu sich heran und betrachtete den Text mit höchster Konzentration. Dennoch vergingen zehn Minuten, ehe er das erste Wort las.

Dem Klienten steht der Angstschweiß auf der Stirn.

»Wir haben die fiskalischen Aspekte …« Er schüttelt den Kopf, verbessert sich und fängt noch mal von vorne an: »Wir haben damals die Finanzen der letzten zehn Jahre durchgesehen. Aber es hat keine Buchprüfung stattgefunden …«

Unter seinem feinen, pink-grau karierten Anzug breiten sich auf dem weißen Hemd dunkle Kreise aus. Der Klient hat den Arm ausgestreckt, bearbeitet mit Daumen und Zeigefinger die rechte Braue und zupft einzelne Härchen aus. Diese Braue ist sichtlich dünner als die andere. Solange Mitchell Reece den Mann kennt, ist er hager gewesen, doch jetzt sieht er so aus, als hätte er zusätzlich an Gewicht verloren, und zwar seit etwa einem Monat, dem Zeitraum, in dem sie sich auf das Hanover-Stiver-Verfahren vorbereiten.

»Möchten Sie ein Glas Wasser?«, fragt Reece.

Der Klient schüttelt den Kopf und reißt sich ein weiteres Haar aus. »… die Buchprüfung fand nicht statt, weil es vor gut zwei Jahren im Hauptsitz der Firma zu einem Feuer gekommen ist. Trotzdem habe ich mich dafür entschieden … Es war meine Entscheidung, den Kredit zu gewähren.«

Sie sitzen in Reeces Büro, und es ist Freitagnachmittag. Der Klient ist der US-Manager der Banque Industrielle de Genève, und sein Sessel steht exakt einen halben Meter von dem Aktenschrank entfernt, in dem sich einmal der Wechsel befunden hat, der beweist, dass seine Bank Hanover & Stiver eine große Summe Geldes geliehen hat. Natürlich weiß der Klient nicht, dass das Papier nicht mehr da ist. Er ist auch so schon der Panik nahe, denn er ist es gewesen, der mit seiner Unterschrift den Kredit an Lloyd Hanover perfekt gemacht hat. Dieser Hanover verhält sich nicht nur unverschämt, was dem US-Manager schon bei den ersten Verhandlungen aufgefallen sein muss, er ist auch noch durch und durch korrupt – eine Eigenheit, die dieser wohl geflissentlich übersehen hat.

Der Klient hat schreckliche Angst, denn er steckt in großen Schwierigkeiten. Er ist Amerikaner, und die Leitung der Schweizer Bank, die Amerikaner, um es noch höflich auszudrücken, generell verachtet, hat ihn nur zähneknirschend mit der Wahrung ihrer Interessen betraut. Der Kredit, den der Klient gewährt hat, hat die Bank bereits einige hunderttausend Dollar an Abgaben und Gebühren gekostet. Wenn Reece den Prozess verliert, es ihm also nicht gelingt, einen Schuldspruch für die Gegenseite zu erwirken, wird die US-Dependance der Banque Genève höchstwahrscheinlich geschlossen werden, und dann ist der Klient seinen Job los. In der kleinen Welt des internationalen Bankgeschäfts kann ein Mann, dem ein so schwerer Fehler unterläuft, mag er auch in gutem Glauben gehandelt haben, damit rechnen, auf lange Zeit keine neue Anstellung zu finden. Der US-Manager hat eine Frau, zwei Kinder, die eine der besten Schulen besuchen, und ein drittes, das nächstes Jahr aufs College geht. Zusätzlich unterstützt er seine Mutter. Sein Job ist nicht nur *sein* Leben, sondern auch der Treibstoff, der seine ganze Familie am Leben erhält.

Obwohl es bis zum Gerichtsverfahren noch zehn Tage sind, hat Reece sich bereit erklärt, seinen Klienten schon heute auf den Termin vorzubereiten. Der Mann hat gestern gegen Mitternacht angerufen und um ein paar Tipps und Winke für seine Zeugenaussage gefleht, damit er sie sich bis zu seinem Auftritt einprägen kann. Reece bedauert bereits sein Entgegenkommen. In spätestens einer Stunde muss er im Flugzeug nach New Orleans sitzen, und er sollte sich eigentlich schon längst auf die dortigen Verhandlungen vorbereiten. Reece pflegt die Kunst, alles zu seiner Zeit zu erledigen, und es irritiert ihn, wenn er gezwungen wird, sich mit einer Angelegenheit zu befassen, deren Zeitpunkt noch nicht gekommen ist.

Und doch versteht er natürlich die Ängste und Befürchtungen seines Klienten. Reece bietet ihm mehrere Möglichkeiten an, wie er seine Aussage anlegen kann. Er will vor allem das Selbstbewusstsein des US-Managers stärken. Montag in einer Woche werden Lloyd Hanovers Anwälte, kaum dass er im Zeugenstand Platz genommen hat, alles versuchen, um ihn der Lächerlichkeit preiszugeben und ihn in der Luft zerreißen. Reece kann ihm dabei so gut wie gar nicht zur Seite stehen. Der Klient hat eine folgenschwere falsche Geschäftsentscheidung getroffen, und in der Finanzwelt findet eine solche Sünde noch weniger Nachsicht als kriminelle Aktivitäten.

Natürlich besteht noch eine andere Möglichkeit, und sollte die eintreffen, bleibt dem US-Manager die ganze Tortur erspart. Wenn Taylor Lockwood den Wechsel nämlich nicht auffindet, ist das ganze Verfahren spätestens nach fünfzehn Minuten beendet.

Es klopft leise an der Tür, und Donald Burdick tritt ein. Der Klient erhebt sich mit sichtlicher Erleichterung und schüttelt ihm überschwänglich und einschmeichlerisch die Hand, so als wäre Burdick der Gouverneur, der als Einziger die bevorstehende Hinrichtung abzuwenden vermag. Das verdrießt Reece etwas, denn schließlich ist er und nicht Burdick derjenige, der den Mann noch retten kann. Aber als sein Blick auf den Aktenschrank fällt, wird ihm klar, dass er womöglich auch derjenige ist, der dem Klienten und seiner kostspieligen Familie das Einkommen entzieht.

Burdick ist offensichtlich mit seinen Gedanken ganz woanders. Er tauscht mit dem US-Manager Höflichkeiten aus, fragt aber nicht nach dem Stand der Dinge im vorliegenden Fall oder danach, wie gut der Zeuge schon vorbereitet ist. Der Klient hätte es sicher gern, dass der Seniorpartner ihm auf die Schulter klopft und ihm versichert, dass alles gut ausgehen wird. Aber dazu kommt es nicht, denn Burdick versteht es noch besser als Reece, Prioritäten zu setzen und sich daran zu halten. Obwohl es nach außen den Anschein hat, als wäre ihm nichts von dem Prozess bekannt, weiß er doch bestimmt ganz genau, dass der Termin in zehn Tagen ansteht und Wohl und Wehe des Klienten vom Ausgang des Verfahrens abhängen, denn Burdick dürfte nicht entgangen sein, wie viel Geld die Banque Genève bereits der Kanzlei und ihm selbst eingebracht hat. Es wird die Zeit kommen, sich darüber Sorgen zu machen, große Sorgen sogar, aber heute stehen andere Dinge an, um die seine Gedanken kreisen. Er ist nur hereingekommen, um dem Klienten hallo zu sagen.

»Mitchell?«, wendet sich der US-Manager wieder an Reece, nachdem Burdick gegangen ist.

Reece sieht ihn an und betrachtet das dünn gewordene, kurz geschnittene Haar und die Falte neben der Augenbraue. »Ja?«

»Ich habe heute im Journal den Artikel über die Fusion Ihrer Kanzlei und der von Perelli gelesen.«

»Ja und?«

»Darin heißt es, wenn eine Fusion bevorstehe, komme in den betreffenden Kanzleien alles zum Stillstand. Irgendjemand wurde in dem Artikel dazu zitiert. Ich habe seinen Namen vergessen, aber er sagt, er habe einmal eine Fusion mitgemacht, und dabei sei es zugegangen wie beim Angriff von einem Rudel Haie.«

Reece nickt. Er ist überrascht, dass Burdicks Public-Relations-Beauftragter die Geschichte so schnell ans Journal bringen konnte. »Hat es für Sie denn den Anschein, als wäre bei mir alles zum Stillstand gekommen?« Reece zeigt mit einer weiteren Handbewegung auf die Papierberge, die sich in seinem Büro auftürmen. Einige von ihnen sind über einen Meter hoch.

»Nein, aber Donald schien mir nur noch mit halbem Herzen bei der Sache zu sein.«

»Er ist ein sehr beschäftigter Mann. Davon abgesehen, ist

er nicht bei Gericht zugelassen. Die Details unseres Verfahrens sagen ihm nicht viel.«

»Ich wünschte, es würde nicht gerade jetzt dazu kommen.«

»Wozu? Zu dem Gerichtstermin?«

»Nein, zu der Fusion.«

»Wenn ich ganz offen zu Ihnen sprechen darf«, sagt Reece, »dann meine ich, dass unsere Fusion Ihre geringste Sorge sein sollte. Und nun gehen wir beide noch einmal Ihre Zeugenaussage über die Unterlassungen und Schlampereien von Hanover durch.«

Während der Klient die endlose Reihe von zu beachtenden Punkten aufzählt, nickt Reece ihm immer wieder zu. Doch bald stellt er fest, dass seine Gedanken zu etwas abwandern, das nichts mit dem Fall Hanover & Stiver zu tun hat. Ein Schlussplädoyer fällt ihm wieder ein, das er unlängst vor Gericht gehalten hat und mit dem er versuchte, für seinen Klienten, einen jungen Mann, der des Mordes angeklagt war, einen Freispruch zu erwirken. Reece sieht sich wieder, wie er in einem sanften Bogen an der Geschworenenbank vorbeigelaufen ist und während seiner Worte jedem Einzelnen von ihnen ins Gesicht geschaut hat.

»Wir laden Ihnen eine wirklich schwere und knifflige Bürde auf«, hat er damals gesagt, »eine Last, um die Sie nicht gebeten haben und die niemand, der bei normalem Verstand ist, freiwillig auf sich nehmen würde. Eine furchtbar große Bürde, vor der jeder zurückschrecken würde. Und als wäre das noch nicht genug, verlangen wir auch noch von Ihnen mehr, als diese Last nur auf die Schultern zu nehmen. Wir bitten Sie darum, diese Bürde mit beiden Händen zu packen, und dies mit Tatkraft, mit Eifer und mit Sorgfalt zu tun. Ich verlange von Ihnen nicht, in diesem Fall hundert Prozent Ihres Einsatzes zu geben … Nein, ich verlange viel mehr von Ihnen. Sehr viel mehr. Einhundertundzehn Prozent. Einhundertundfünfzig Prozent. Ich verlange von Ihnen buchstäblich alles, was Sie haben, und noch mehr … Das Gesetz ist das klarste Auge und gerechteste Herz der Gesellschaft, und nun liegt es in Ihrer Hand, ganz allein in Ihrer Hand, die Last auf sich zu nehmen, die das Gesetz einem aufbürdet. Um mit dem klaren Auge zu sehen und mit dem gerechten Herzen zu spüren …«

Diese Sätze drehen sich wie eine Endlosschlaufe in Reeces Kopf, während er sie in Gedanken und mit aller Willenskraft direkt an Taylor Lockwood schickt.

… Zwölf

»Taxis.«

Die Sekretärin, die am Anfang der Halsted Street saß, sah auf. »Sie wollen ein Taxi, Taylor?«

Diese dachte nach, blickte auf den ordentlichen Schreibtisch ihres Gegenübers und betrachtete den Taxigutschein, der sich wie ein Holzspan zusammengerollt hatte, als ihr ein weiterer Gedanke kam. »Und Kopien.«

»Soll ich etwas für Sie kopieren?«, fragte die Sekretärin.

Taylor lächelte triumphierend und marschierte zur Buchhaltungsabteilung. Dort erklärte sie einer Mitarbeiterin am Computer: »Ich bearbeite eine Rechnung für Mitchell Reece und müsste dafür den Kopierspeicher und die Taxigutscheinliste einsehen. Es geht um den letzten Samstag, den 23. November. Wäre das möglich?«

»Wir haben aber noch nicht Ende des Monats«, erwiderte die Frau und ließ eine Kaugummiblase platzen.

»Mitchell möchte dem Klienten eine Zwischensumme nennen.«

Die nächste Blase zerplatzte. »Eine Zwischensumme über

seine Auslagen? Das sind doch höchstens ein paar hundert Dollar.«

»Wenn Sie mich nur einen Blick ins Verzeichnis werfen lassen«, sagte Taylor und setzte ihr schönstes Lächeln auf. »Bitte.«

Plopp! machte der Kaugummi. »Na ja, was geht's mich an.« Sie beugte sich über die Tastatur und tippte einige Befehle ein. »Bitte.«

Taylor blickte auf den Bildschirm. Die weißen Buchstaben schienen zu pulsieren. Vier Personen hatten am Samstag die Kanzlei mit einem Taxi verlassen. Aber alle waren vor Reece gegangen, mit anderen Worten, sie waren zum Zeitpunkt des Diebstahls nicht mehr im Haus.

»Und was ist mit den Kopien?«, fragte Taylor. »Können Sie mir zeigen, wer am Samstag die Kopiergeräte benutzt hat?«

Die Fingernägel der Frau klackten auf den Tasten. Plötzlich hielt sie inne, kniff die Augen zusammen, gab den Befehl noch einmal ein und machte ein verdutztes Gesicht. »Das ist aber komisch.«

Taylor sah auf den leeren Bildschirm, konnte dort aber keinen Witz entdecken.

»Am Samstag hat niemand eine Kopie gemacht.«

»Absolut niemand?«

Plopp! »Nein. Das ist eigentlich unmöglich. Viele arbeiten samstags, und sie benutzen immer die Kopiergeräte.«

»Vielleicht sind die Daten noch nicht eingegeben worden«, sagte Taylor.

»Nein. Die Codenummern gelangen automatisch ins System, wenn jemand eine Kopie macht. Die Nummer des betreffenden Anwalts wird sofort abgespeichert. Vielleicht hat es am Samstag einen Systemabsturz gegeben. Oder aber jemand hat versehentlich die entsprechenden Daten gelöscht.«

»Kommt so etwas öfter vor?«

»Hier im Haus ist das noch nie passiert.«

»Vielen Dank.«
»Nichts zu danken, Taylor.«
Plopp!

Sehr verehrte liebe Mrs. Lockwood,
wir können Ihnen gar nicht genug dafür danken, uns Gelegenheit gegeben zu haben, Ihre Demo-Kassette anzuhören. Sie hat unseren Talentsucher so begeistert, dass er sie sofort in die Abteilung für Neuentdeckungen geschickt hat, wo sie in Rekordzeit die Runde gemacht hat. Ihre meisterlichen Neuinterpretationen von alten Standards, die Sie Ihren eigenen Kompositionen (die ihrerseits ebenfalls von wirklichem Talent zeugen) gegenübergestellt haben, sind für eine Veröffentlichung mehr als geeignet. Wir möchten Ihnen aber statt der Publikation des Bandes ein Projekt über drei Platten vorschlagen, die hauptsächlich mit Originalmaterial bestückt werden sollen. Beiliegend finden Sie unseren Standard-Plattenvertrag, den unser Seniorvizepräsident bereits abgezeichnet hat, und als Vorschuss einen Scheck über fünfzigtausend Dollar. Eine Limousine wird Sie zum Vertragsabschluss abholen …

Taylor stand vor den Briefkästen in ihrem Apartmenthaus. Sie riss hintereinander drei Umschläge von ebenso vielen Schallplattenverlagen auf. Besser gesagt, es handelte sich um von ihr selbst adressierte Rückumschläge. Der Postbote schien einen schlechten Tag gehabt zu haben, denn er hatte sie erbarmungslos durch den Schlitz gestopft. Ihre abgerissenen Enden lagen wie sich ringelnde gelbe Würmer zu ihren Füßen. Taylor las dreimal eine Ablehnung. Diejenige, die ihrer Meinung nach am meisten über das gegenwärtige Musikgeschäft aussagte, begann mit der doppelt falschen Anrede: »Lieber Pop-Freund«.
Taylor betrat den Fahrstuhl.

Der Aufzug machte sich knirschend auf den langsamen Weg hinauf in den vierten Stock. »Die haben doch alle nur Scheiße im Hirn«, flüsterte sie, doch zu ihrem Erstaunen kamen ihr diese Worte fröhlich über die Lippen.

In ihrer Wohnung bemerkte sie gleich das blinkende Licht an ihrem Anrufbeantworter. Sie drückte auf den Replayknopf, zog den Mantel aus und schleuderte die Schuhe in hohem Bogen in Richtung Kleiderschrank.

Piep.

»Taylor? Thom Sebastian hier. Kennen Sie schon den Witz über den Rabbi, den Priester und den Cockerspaniel? Rufen Sie mich an, wenn Sie ihn hören und Details über das Wochenende auf dem Land erfahren wollen. Ciao, bambina.«

Piep.

»Hallo, Taylor, Sean. Wenn ich mich nicht ganz normal anhöre, dann nur deswegen, weil ich es nicht bin. Gott, ich hoffe inständig, Sie gehen nicht mit einem Typen von der Finanzbehörde. Womöglich ist er gerade bei Ihnen und hört Ihre Anrufe ab. Also gut, ihr habt mich, ich gestehe alles. Mein Name ist Sean Smith, und ich stamme aus Poughkeepsie. Ich habe übrigens mit dem Burschen gesprochen, der mit Linda zusammengewohnt hat. Er kommt heute Abend zu meiner Show im Plastic Respect. Bringen Sie Ihre Finger mit, dann können wir ein Duett spielen. Die Sache steigt um eins …«

Ein Uhr nachts? Allmächtiger!

Piep.

»Taylor?« Das war Reeces Stimme. Ihre Kopfhaut begann zu prickeln, als sie ihn hörte. »Mitchell hier. Ich bin gerade in New Orleans. Hab ganz vergessen, Sie etwas zu fragen … Wollen Sie Montagabend zu mir zum Dinner kommen? Wo ich genau bin, verrate ich Ihnen absichtlich nicht, damit Sie gar nicht erst die Chance erhalten, mir abzusagen.«

Piep.

Ihr Höhenflug währte nur fünf Sekunden. Doch das reichte aus, um den Anrufbeantworter zurücklaufen zu lassen und ins Schlafzimmer zu tanzen. Da traf sie dann der grauenhafte Gedanke: War Mitchell allein in New Orleans? Natürlich hatte er dort zu arbeiten, aber war vielleicht seine Freundin aus Westchester mit ihm geflogen? Taylor fühlte sich mit einem Mal hundeelend. Aber nein, dann hätte er bestimmt Besseres zu tun, als sie für Montag zum Abendessen einzuladen. Der arme Kerl war ja so beschäftigt. Und das war gut so!

Nein, das war schlecht. Denn wenn er ständig derart viel zu tun hatte, war er vielleicht auf die Idee gekommen, bei dem Trip nach New Orleans das Angenehme mit dem Nützlichen zu verbinden.

Sie stellte sich vor, wie er durch das schwüle Vergnügungsviertel French Quarter spazierte, an seinem Arm eine junge Blondine ... Taylors Blick fiel auf ihr Gesicht im Spiegel. Drei tiefe Falten zeigten sich auf ihrer gerunzelten Stirn.

Reg dich wieder ab. Vergiss es. Er ist nicht mit einer anderen in New Orleans. Und wenn doch, geht es dich nichts an.

Es gelang ihr mit einiger Anstrengung, die unangenehmen Gedanken zu verscheuchen. Sie trat zum Kleiderschrank, zog Rock und Bluse aus und überlegte. Dann nahm sie ein Kleid vom Bügel, schlüpfte hinein ...

Ha!, schoss es ihr triumphierend durch den Kopf, er konnte nur allein in New Orleans sein. Er hatte seiner Freundin doch Blumen gekauft, und zwar deswegen, weil er sie nicht mitnehmen wollte. Männer und ihr schlechtes Gewissen. Dann kam ihnen immer Bestechung in den Sinn. O ja, Taylor Lockwood kannte sich bestens damit aus.

Sie beruhigte sich merklich und warf einen Blick in den großen Spiegel. Zuerst gefiel ihr, was sie dort sah, doch dann traf es sie wie ein Schock. Nein, nein! Sie trug ein modisches Kleid, bei dem das Verhältnis von bloßer Haut und Stoff bei drei zu eins war. Also tauschte sie es gegen ein hochgeschlossenes aus.

Wenn sie schon einen Mann ausspionieren wollte, der ihr Großvater sein könnte, sollte sie ihm als braves Mädchen und nicht als Mata Hari gegenübertreten.

Ist das wirklich sein Club?

Gemütlich und voller netter älterer Herren, die über dicke Brieftaschen verfügten. Taylor hatte etwas in der Art erwartet. Allerdings hätte es hier durchaus ein bisschen gediegener, irgendwie schicker aussehen dürfen. Dem Ort fehlte das Ambiente von Macht und Platin-Kreditkarte. Er wirkte eher wie der Treffpunkt von alten Herren einer Studentenverbindung. Nun, vielleicht war ja in akademischen Kreisen ein Hauch von Schäbigkeit durchaus angebracht. Wie dem auch sei, Taylor betrachtete den verstaubten Elchkopf im zu hellen Licht des Speiseraums, der an der Wand hing, die fadenscheinigen Schulbanner, den bloßen Holzboden und fragte sich wieder: Ist das wirklich sein Club?

Aber Ralph Dudley wirkte wie verwandelt. Ganz offensichtlich fühlte er sich hier zu Hause, und die Aussicht, sein Refugium einem Fremden zu zeigen, erfüllte ihn mit neuer Spannkraft.

»Nehmen Sie das Steak, Taylor. Es gibt hier auch Hähnchen, aber ich würde Ihnen zum Steak raten. Bestellen Sie es englisch, so wie ich.«

Die Begeisterung des älteren Partners war ansteckend. Seine Augen leuchteten, als wäre er in die Arme seiner Alma Mater zurückgekehrt, in die Idylle des von Gebäuden umschlossenen Innenhofs, in die neogotische College-Architektur.

Sie bestellten, und dann fing Dudley an, Taylor mehr über juristische Fakultäten zu erzählen, als sie wissen wollte, selbst wenn sie vorgehabt hätte, sich an einer Universität einzuschreiben. Über sie ergoss sich eine endlose Flut von harter Arbeit – Studentenulken, Whiffenpoof-Sängern, vornehmen jungen Männern in Anzug und Krawatte und auf wunderbare Weise inspirierenden Professoren. Alles hörte sich für sie an wie in den alten Schwarzweißfilmen aus den Vierzigerjahren.

Taylor nickte, lächelte, bis sie einen Krampf in den Wangenmuskeln bekam, und gab etwa alle sechzig Sekunden ein »Ja« oder »Hm« von sich.

Der Kellner brachte das Essen. Die Steaks waren auf Holzkohle gebraten, und das Fett zischte noch auf ihnen. Ein wirklich köstlicher Duft ging von ihnen aus. Die Teller waren zu heiß, um sie anfassen zu können. Dudley hatte eine Flasche St. Emillion bestellt. »Ich denke, der wird uns munden«, sagte er mit einem stolzen Lächeln und war ganz der geborene Kavalier. Das volle Bouquet des Weins überwältigte Taylor. Sie nahmen das Mahl schweigend ein. Dudley war in allen seinen Bewegungen und Gesten der perfekte Gentleman. Er saß kerzengerade bei Tisch und sah aus, als würde er für ein Gemälde Modell stehen.

Taylor warf einen Blick auf ihre Armbanduhr. »Sie sagten, Sie hätten heute Abend noch etwas vor. Ich möchte Sie nicht aufhalten. Hoffentlich müssen Sie nicht noch arbeiten.«

Er lächelte sie charmant an. »Ich will mich nur mit ein paar Freunden treffen. Als ich Partner geworden bin, habe ich damit aufgehört, spätabends noch zu arbeiten.«

Taylor nahm einen Schluck von dem schweren Wein. »Ich mag es auch nicht, bis spät in die Nacht am Schreibtisch zu sitzen, und erst recht nicht, an den Wochenenden zu arbeiten. Doch habe ich Sie nicht am letzten Samstag in der Kanzlei gesehen?«

Huschte da kurz Verblüffung über sein Gesicht? Taylor war sich nicht sicher. Aber da schüttelte Dudley schon amüsiert den Kopf, trank genießerisch von dem Wein und füllte die Gläser nach. »Am vergangenen Samstag, sagen Sie? Nein, das dürfte kaum möglich gewesen sein.«

Eine Lüge. Seine Augen verrieten ihn.

»Vielleicht haben Sie mich mit Donald Burdick verwechselt.« Er redete zu schnell, so als fühlte er sich verpflichtet, eine Erklärung abzugeben. »So muss es gewesen sein. Man hat mir schon oft gesagt, dass Donald und ich uns sehr ähnlich sehen. Nein, ich habe seit, warten Sie mal, seit '79 oder '80 nicht mehr an einem Wochenende gearbeitet. Damals hatten wir einen Fall, in dem es um die Einfrierung ausländischer Guthaben auf amerikanischen Konten ging. Es waren iranische Gelder, wenn ich mich recht entsinne. Ja, Guthaben vom gerade gestürzten Schah, auf die die neuen Machthaber Anspruch erhoben. Lassen Sie mich Ihnen die ganze Geschichte erzählen. Es war wirklich faszinierend.«

Darüber konnte man geteilter Meinung sein. Etwa eine Stunde später sah Dudley auf seine Uhr und erklärte, dass er sich jetzt auf den Weg machen müsse. Nachdem er die Rechnung quittiert hatte, verließen sie gemeinsam den Club und traten in die feuchtkalte, ozonreiche Luft des späten Novemberabends hinaus.

Taylor hoffte, die Kühle würde die Benommenheit in ihrem Kopf verscheuchen. Der schwere Wein und das Essen hatten sie schlaff und müde gemacht. Fast wie in Trance folgte sie Dudley nach draußen und wünschte, sie hätte etwas von Thom Sebastians Wunderweckpulver dabei.

»Fühlen Sie sich nicht gut, Taylor?«, erkundigte sich Dudley.

»Doch, alles in Ordnung. Ich bin nur ein bisschen müde.«

»Müde?«, fragte er, so als hätte er dieses Wort noch nie gehört. Dann ging er mit großen, beschwingten Schritten die Stufen hinab.

»Warte!«

Sean Lillicks Stimme klang so eindringlich, dass Wendall Clayton auf der Treppe stehen blieb, die aus der Lobby des

Clubs hinauf zu den Privat- und Ruheräumen im ersten und zweiten Stock führte.

»Was ist denn los?«

»Da unten. Hast du die beiden nicht gesehen? Ralph Dudley und Taylor Lockwood.«

Clayton runzelte die Stirn. »Tatsächlich.«

»Was haben die hier wohl gemacht?«

»Gevögelt?«

»Sie sind aber nicht von oben gekommen, sondern allem Anschein nach aus dem Speisesaal.«

»Vielleicht hat er sie hier zum Essen eingeladen und will sie jetzt flachlegen. Ich frage mich allerdings, ob er überhaupt noch einen hochkriegt.« Die letzte Bemerkung klang so, als würde Clayton das wirklich gern wissen.

»Ich möchte nicht, dass die beiden uns sehen«, sagte Lillick.

»Und warum nicht?«

»Es wäre mir nicht recht.«

Clayton zuckte mit den Schultern. »Randy lässt sich heute Abend aber reichlich Zeit.«

»Ich muss um Mitternacht fort, Wendall, wenn du nichts dagegen hast.« Lillick sah in seinem schlecht sitzenden Anzug aus wie ein College-Student, der von seinem Dad zum Essen eingeladen worden ist.

»Um Mitternacht?«

»Es ist wirklich wichtig.«

»Na ja, meinetwegen. Was steht denn an?« Clayton setzte ein hämisches Grinsen auf. »Eine kleine Verabredung?« Er betonte das letzte Wort besonders gehässig.

»Nein, ich treffe mich nur mit ein paar Freunden.«

Clayton sah ungeduldig auf seine Uhr.

Lillick fragte sich, ob Taylor ihn bemerkt hatte. Wahrscheinlich nicht, denn dann hätte sie gewinkt oder ihm einen Gruß zugerufen und ihm versichert, dass sie später zu seiner

Show kommen wolle. Etliche Partner der Kanzlei waren Mitglied in diesem Club. Und vermutlich hätte sie sich nichts dabei gedacht, ihn hier zusammen mit Wendall Clayton anzutreffen, es sei denn, sie hätte bemerkt, dass die beiden von oben gekommen waren.

Clayton hob den Kopf und lächelte dem jungen Mann, der gerade den Club betrat, reserviert zu. Er hatte ein langes, kantiges Gesicht und trug eine Brille mit einem dünnen Schildpattgestell. Lillick wusste, dass Randy einer von Claytons Protegés war und nach dessen Ansicht zu den Anwälten gehörte, die sich wie ein schwerer Bohrer zum Kern eines Problems vorarbeiteten. Lillick dagegen hielt ihn für eine maßlos aufgeblähte Null.

Die drei schüttelten sich die Hände. Lillicks Augen wanderten immer wieder in Richtung Ausgang.

»Ich habe draußen Ralph Dudley gesehen«, sagte Randy.

»Wenn er hier Mitglied ist«, erklärte Clayton langsam, »sollte ich wohl meinen Austritt in Erwägung ziehen … Sean und ich kommen gerade von oben. Ich denke, wir sollten jetzt etwas zu uns nehmen. Danach können wir wieder an die Arbeit gehen. Haben Sie schon zu Abend gegessen, Randy?«

»Nein, noch nicht«, antwortete dieser. Er war fast einsneunzig, schlank und durchtrainiert. Ralph Lauren hätte sicher mit großem Erfolg auf Plakaten für eine neue Sportbekleidungskollektion werben können. Eine Mutter betrat mit ihren beiden Töchtern im Teenageralter die Lobby. Die drei Männer betrachteten sie mit unterschiedlich großem Interesse. Randy sah sie nacheinander an und wandte sich dann wieder Clayton zu, der gerade sagte: »Sie haben uns eine kleine Überraschung mitgebracht?«

Randy riss die Augen auf. »Was für eine Überraschung?«

Clayton deutete kurz auf dessen Aktenkoffer.

»Ach das. Ja, ich konnte alles auftreiben, worum Sie mich gebeten haben.«

Clayton war schon auf dem Weg in den Speisesaal. »Ich habe einen Bärenhunger. Wir sollten uns ordentlich stärken. Uns erwartet eine lange Nacht.«

An der Straßenecke blieben Taylor und Dudley stehen und reichten sich die Hände. Er verbeugte sich auf eine altmodische Weise vor ihr, die sie drollig fand, und erklärte: »Wo wollen Sie hin? Uptown?«

»Ich gehe zu Fuß zur Fifth Avenue.«

»Vielleicht sollte ich das auch tun und aufs Taxi verzichten. Ich wünsche Ihnen viel Glück. Lassen Sie mich doch bei Gelegenheit wissen, wie es Ihnen auf der Uni ergeht.«

Taylor hatte schon damit gerechnet, sich in einer klassischen Detektivrolle bewähren zu müssen – Fahrer, folgen Sie dem Wagen vor uns. Ist 'n Fünfer extra für Sie drin. Aber das blieb ihr erspart. Dudley machte sich tatsächlich zu Fuß auf den Weg zu dem oder der geheimnisvollen W. S., den oder die er bereits in der Nacht aufgesucht hatte, in der der Wechsel verschwunden war.

Als er sich einen Block entfernt hatte, nahm Taylor die Verfolgung auf. Er bewegte sich nach Westen über die glitzernde Nässe auf den Bürgersteigen, vorbei an den Schaufensterauslagen, die aus Sicherheitsgründen alle hell erleuchtet waren. Auf den Straßen herrschte noch verhältnismäßig viel Verkehr. Die ersten Theater entließen ihre Besucher, andere Nachtschwärmer kamen aus den Restaurants, um die exotisch funkelnden und trübe beleuchteten Nachtclubs anzusteuern, aus denen wie aus einem Bienenstock die unterschiedlichsten Rhythmen summten. Taylor spürte die strahlende Energie New Yorks, sah eine Million Lichter, die heller und mit größerem Variantenreichtum leuchteten als die Sterne, bemerkte die Menschen, die sie, von einer inneren Kraft angetrieben, passierten, und stellte fest, dass sie schneller werden musste, um mit dem Tempo der Stadt Schritt halten zu können. Dabei wäre sie fast an Dudley vorbeigelaufen. Sie wurde wieder langsamer und ließ ihm genügend Vorsprung.

Schließlich erreichten sie den Times Square. Dudley beschleunigte seine Schritte und sah mehrmals auf die Uhr. Taylor betrachtete seinen alten grauen Mantel, dessen Schultern herabhingen, und die braunen Halbschuhe, die an den Absätzen abgelaufen waren.

Dann ging es weiter, hinaus aus der geradezu taghellen Beleuchtung am Square, immer noch Richtung Westen. Taylor verspürte zum ersten Mal so etwas wie Angst, als sie die unsichtbare Grenzlinie zum Rotlichtviertel überschritt. Die PR-Agenturen, die für den Stadtplaner New Yorks tätig waren, nannten diesen Teil der City Clinton. Die Bevölkerung hingegen blieb bei dem alten Namen für diese Gegend, Hell's Kitchen.

Taylor setzte ihre Verfolgung fort, auch dann noch, als Dudley die Twelfth Avenue nahe am Fluss erreichte und sich dort nach Süden wandte, wo die Straßenbeleuchtung spärlicher ausfiel, die Straßen verwahrlost aussahen und keine Mädchen und Transvestiten mehr in der Kälte herumstanden und die Männer anhielten, um sie zu fragen: Wie wär's denn mit uns zwei, Süßer?

Plötzlich blieb Dudley so unvermittelt stehen, dass Taylor, tief in Gedanken, sich nur durch einen raschen Sprung in einen Hauseingang davor retten konnte, von ihm entdeckt zu werden. Auf den Stufen, die zur Haustür führten, stank es nach Urin. Brechreiz stieg in Taylor hoch, als sie sich tiefer in die Schatten drückte. Nach ein paar Sekunden schob sie vorsichtig den Kopf vor und blickte sich um. Von Dudley war nichts mehr zu sehen. Sie wartete noch fünf Minuten, in denen sie weder seine Schritte noch seine Stimme hörte, sondern nur den zähflüssigen Verkehrsstrom auf dem West Side Highway. Taylor atmete flach und durch den Mund, um sich nicht übergeben zu müssen. Dann trat sie aus dem Versteck und marschierte auf das zweistöckige Gebäude zu, durch dessen Tür Dudley verschwunden sein musste. Kein Licht drang aus den blind gestrichenen Fenstern. Auf einem alten, von Wind und Wetter in Mitleidenschaft gezogenen Schild stand:

WEST SIDE ART AND PHOTOGRAPHY CLUB

Das hatte also das W. S. in seinem Notizbuch zu bedeuten, ein Ort, nicht eine Person. In der fraglichen Samstagnacht musste er irgendwann hierher gekommen sein. Aber wen hatte er hier sehen wollen? Einen Zeugen? Einen Mitverschwörer? Womöglich denjenigen, dem er den Wechsel verkauft hatte?

Taylor legte den Kopf schief und lauschte. Sie glaubte, etwas zu hören. Warte, sagte sie sich, nur die Ruhe. Sie versuchte den Verkehrslärm auszusperren und ihre Ohren auf die Geräusche aus dem Club zu konzentrieren. Ja, da ertönte eine Melodie, sülzige Orchestermusik mit vielen Geigen, so ähnlich wie Mantovani.

Taylor stellte sich in einen Hauseingang, lehnte sich an den Türpfosten und beobachtete ein paar Ratten, die sich auf der anderen Straßenseite über einen Abfallhaufen hermachten.

Wer hineingeht, muss auch wieder herauskommen, dachte sie.

Eine Stunde später verließ Dudley den Club.

Die Tür flog weit auf. Taylor erhaschte einen Blick auf eine rosa- und lavendelfarbene Einrichtung. Leise Musik und gedämpftes Licht strömten auf die Straße. Ein Funktaxi hielt vor dem Club an. Dudley zeigte sich kurz im Eingang, bestieg sofort den Wagen, und dieser fuhr augenblicklich los.

Die Frage lautete: Was würde Mitchell jetzt tun?

Nein, das war nicht die Frage, denn Taylor wusste genau, was sie zu tun hatte. Sie lautete vielmehr, ob sie genügend Mut aufbringen konnte, sich dazu durchzuringen.

Laut der Gerüchteküche im Haus haben Sie genug Mumm.

Ja, natürlich, sicher … Taylor drehte sich um und ging in eine der Straßen, in der sie einige Taxis bemerkt hatte, die auf dem unebenen Asphalt in Richtung Uptown rumpelten. Als sie um die Ecke bog, hob sie eine Hand, um einen Wagen heranzuwinken. Ein ganzes Stück weiter vorn hielt ein Taxi.

Taylor sah, welchen Weg sie bis dorthin zurücklegen musste, murmelte »O nein!« und kehrte zum Art Club zurück.

Dudley, du verdammter Mistkerl!

Sie drückte auf die Klingel.

Ein gut aussehender, großer Schwarzer mit einer Traumfigur öffnete und fragte höflich, aber bestimmt: »Ja, bitte?«

Taylor begann: »Äh … nun, ich bin hier …« Ein Kloß setzte sich in ihrer Kehle fest.

»Ja, ganz recht, Sie sind hier.«

»Ich bin wegen eines Kunden hier.«

»Eines Clubmitglieds.«

»Ein Clubmitglied hat mir gesagt, ich würde hier eine Menge Spaß finden.« Sie musste mehrmals schlucken.

Der Türsteher sah kurz über Taylor hinweg und ließ sie dann eintreten.

Taylor kam sich vor wie in der Lobby eines exklusiven Hotels (hier schien man denselben Innenarchitekten verpflichtet zu haben, der schon bei Hubbard, White & Willis am Werk gewesen war). Pastellfarben, viel Kupfer, schwere Ledermöbel und eine Theke aus Teakholz. Drei Japaner, alle in dunklen Anzügen, saßen auf einer Plüschcouch und sogen nervös an ihren Zigaretten. Sie sahen Taylor hoffnungsvoll an, doch als sie ihren Blick von kaum verborgener Feindseligkeit bemerkten, schauten sie rasch in eine andere Richtung.

Eine Frau Mitte vierzig, die einen konservativen Hosenanzug und eine weiße Bluse trug, trat lächelnd zu ihr. »Kann ich Ihnen helfen?«

Taylor sagte das Einzige, was ihr im Moment in den Sinn kam: »Es geschieht wohl nicht sehr oft, dass Frauen ihren Weg hierher finden.«

Die Frau runzelte leicht amüsiert die Stirn. »Und was bringt Sie zu dieser Vermutung?«

»Äh …«

»Der West Side Art and Photography Club ist eine der ältesten Einrichtungen zur Förderung der schönen Künste in dieser Stadt. Sie können sich gern darüber informieren.« Sie reichte Taylor eine Hochglanz-Broschüre, in der zahlreiche Musikdarbietungen, Kunstausstellungen und Förderkurse aufgeführt waren. O nein! So ein Mist! Taylor hatte alles gründlich fehlinterpretiert. Sie spürte, wie ihr Gesicht dunkelrot anlief. »Sie sind ja tatsächlich ein Kunstverein.«

Die Frau, offenbar die Leiterin dieses Hauses, breitete die Arme aus. »Ich dachte immer, der Name unserer Einrichtung deute ausreichend darauf hin.«

»Oh.«

Nach einem Moment des Schweigens fragte die Leiterin: »Wie haben Sie von uns erfahren?«

»Von Ralph Dudley.«

»Ralph?« Sie lächelte. »Den haben Sie gerade verpasst. Warum haben Sie das denn nicht gleich gesagt?«, fragte sie Taylor, nahm ihr die Broschüre ab und legte sie in eine Schublade. »Gut, kommen wir gleich zum Geschäftlichen. Unsere Mitgliedsgebühr beträgt fünfhundert Dollar. Zweihundertfünfzig Dollar die Stunde für ein Model, vierhundert bei zweien. Ich nehme an, Sie möchten ein männliches Model. Selbstredend wird er ein Kondom tragen. Oraler Sex ist inklusive, kommt aber auf den Herrn an. Die meisten unserer Models tun's, einige nicht. Trinkgeld wird nicht erwartet.

Im Preis enthalten sind alle Standardhilfsmittel. Wenn Sie etwas Besonderes wünschen, lässt sich das sicher arrangieren. Ach ja, Sie hatten übrigens Recht.«

»Womit?«

»Es finden tatsächlich nicht sehr viele Frauen ihren Weg hierher«, antwortete die Leiterin lächelnd. »Zahlen Sie bar oder mit Karte?«

»Äh … nehmen Sie American Express?«

»Ja. Eine Stunde?«

»Natürlich, eine Stunde.«

Die Leiterin griff nach Taylors Kreditkarte und erkundigte sich nach besonderen Wünschen.

»Nun«, meinte Taylor, »eigentlich wollte ich etwas eher Ungewöhnliches ausprobieren. Könnte ich das Model haben, das … äh … Ralph Dudley auch zu nehmen pflegt?«

Die Leiterin, die auch das Ausgefallenste kaum aus der Ruhe bringen konnte, sah nicht einmal von der Kreditkartenmaschine auf, als sie entgegnete: »Sind Sie sich da auch sicher?«

Taylor, die sich sagte, dass sie sich in ihrem ganzen Leben noch nie so sicher gewesen war, setzte ein Lächeln auf und antwortete mit aller Entschiedenheit: »Ja.«

»Könnte sein, dass in dem Fall eine Extragebühr erhoben wird.«

»Daran soll es nicht scheitern.« Immer noch lächelnd, nahm Taylor einen Stift und setzte ihre Unterschrift auf den Beleg. So etwas tue ich doch jeden Tag. Sehen Sie nicht, wie ruhig meine Hand ist. Sie zittert kaum.

Die Frau verschwand in einem Nebenraum. Leise Musik erfüllte die Lobby. Jemand spielte auf der Gitarre eine Version von »Pearly Shells«. Einen Moment später kehrte sie mit einem Schlüssel zurück. »Ich habe mit dem Model gesprochen. Sie hatte es noch nicht oft mit Frauen zu tun, und darum berechne ich Ihnen für diesmal keine Extragebühr.

Ich bin davon überzeugt, dass Sie das Model sehr nett finden werden. Gehen Sie bitte die Treppe hinauf. Letzte Tür rechts. Möchten Sie einen Drink oder sonst etwas? Getränke sind im Preis inbegriffen. Koks allerdings nicht.«

»Nein, vielen Dank.«

Taylor begab sich zu der Treppe.

»Oh, da wäre noch etwas.«

Taylor blieb stehen und drehte sich um.

»Natürlich dürfte es in diesem Fall in puncto oralem Sex keine Probleme geben.«

»Sicher«, entgegnete Taylor und setzte ihren Weg fort. In Gedanken fing sie an zu rechnen. Die Initialen W. S. tauchten sehr oft in Dudleys Terminkalender auf. Bei jedem Besuch wurde er zweihundertfünfzig Dollar los. Ein kostspieliges Hobby. Pro Woche kam er da schnell auf fünfhundert, manchmal auch siebenhundertfünfzig Dollar. Solche Summen konnten einen leicht zu einem Diebstahl verleiten.

Sie klopfte an die Tür. Eine Stimme rief: »Kommen Sie herein.« Taylor atmete tief durch und trat über die Schwelle. Doch im nächsten Moment hielt sie inne, als wäre sie gegen eine Wand geprallt. Schock und Entsetzen standen in ihren Augen. Und ihr Blick ähnelte eindeutig dem des Mädchens, das oben ohne mitten im Zimmer stand.

Junie ließ den Strapsgurt fallen, den sie in der Hand hielt. »O Scheiße, Sie sind's!«, stieß sie aus.

... Dreizehn

»Sie müssen die Tür schließen«, sagte Junie. »Ist so 'ne Regel hier. Johnny, unser Türsteher, zieht draußen regelmäßig seine Runde, und wenn er irgendwie eine offene Tür sieht, wird er stinksauer.«

Taylor trat in den Raum.

»Ralph wird bestimmt nicht begeistert sein, wenn er das hier erfährt.«

»Sind Sie seine Enkelin?«, flüsterte Taylor.

Das Mädchen war übermäßig geschminkt. Die dunklen blauen und braunen Streifen verliehen ihren Zügen etwas allzu Glattes, fast Schlangenhaftes. Junie hatte feste kleine Brüste, und die Brustwarzen zeigten nach oben. Sie hob den Strapsgurt wieder auf und begann ihn zu entwirren. »Ralph ist einer meiner ältesten Kunden.« Sie lachte. »Ich meine natürlich, er ist einer von den Knaben, die mich schon sehr lange besuchen. Aber er ist auch mit der Älteste, der zu mir kommt.«

Taylor sah auf den Plüschsessel. »Darf ich mich setzen?«

»Es ist Ihre Stunde. Nehmen Sie sich doch etwas zu trinken.«

Taylor goss eisgekühlten Taitinger in ein kristallenes Sektglas. »Sie auch?«

»Ich? Nein, danke. Ich darf noch keinen Alkohol trinken.«

»Spielt das denn noch eine Rolle?«, fragte Taylor und zog ihre Schuhe aus. Eine Woge des Schmerzes fuhr durch ihre Füße und verebbte nur langsam.

»Normalerweise zieht man hier mehr als nur die Schuhe aus.«

»Erzählen Sie mir von sich und Ralph.«

»Ich schätze, da muss ich erst fragen, warum.«

»Ich bezahle Sie dafür.«

»Dann will ich erst die Kohle sehen.«

Taylor öffnete ihre Handtasche. Von Reeces Spesengeld hatte sie nicht viel dabei. Sie nahm das Bündel Scheine, zählte neunzig Dollar ab und behielt die restlichen zwanzig für sich.

»So viel bekomme ich schon als Trinkgeld fürs Blasen«, sagte Junie.

Taylor gab ihr noch einen Zehner. »Mehr habe ich nicht.«

Junie zuckte mit den Schultern und legte das Geld in eine Kommodenschublade. Anschließend entnahm sie ihr ein T-Shirt und zog es sich über den Kopf.

»Also gut. Poppie, so nenne ich ihn, steht auf junge Dinger wie mich. Er kam vor ein paar Jahren hier ins Haus, und wir hatten unser erstes gemeinsames Stündchen. War irgendwie bizarr, aber ich hatte eine prima Zeit mit ihm. Dann haben wir angefangen, uns außerhalb des Hauses zu treffen. Die drehen hier durch, wenn sie so etwas herausfinden, doch wir haben es trotzdem getan. Poppie hat mir ein paar ganz scharfe Klamotten gekauft. Richtig feine, wissen Sie, aus den vornehmen Läden. Und wir haben auch ein paar ausgesprochen abartige Dinge getrieben. Zum Beispiel sind wir einmal ins Kunstmuseum gegangen, aber da fand ich es kotzlangweilig. Ein andermal waren wir im Zoo … da bin ich noch nie gewesen, und es war irgendwie super. Tiere sind so unglaublich bizarr. Irgendwann haben wir dann angefangen, immer mehr Zeit draußen zu verbringen. Poppie fühlt sich nämlich ziemlich einsam. Seine Frau ist vor ein paar Jahren gestorben, und seine Tochter ist eine richtige zickige Kuh. Sie interessiert sich nur für sich und für sonst nichts auf der Welt.«

»Junie … ist das Ihr richtiger Name?«

»Klar, kommt von June, wie der Monat.«

»June, war Ralph letzten Samstag bei Ihnen?«

»Ja.«

»Und wann?«

»So um Mitternacht.«

»Wissen Sie, wo er vorher gewesen ist?«

»Wir waren erst zusammen essen, und dann sind wir in die Kanzlei.«

»Welche Kanzlei?«

»Na, Ihre Anwaltskanzlei.«

»Und um welche Zeit?«

»Kann ich die Strümpfe ausziehen? Die kratzen nämlich irgendwie.«

»Ja, sicher. Also, wann waren Sie und er Samstagnacht in der Kanzlei?«

»So um neun oder um zehn. Danach sind wir hierher zurückgekommen, wo er wie üblich eine Stunde mit mir gebucht hat. Poppie ist ziemlich vorsichtig, was das angeht. Wir vögeln oft bei ihm zu Hause, aber da ich nun einmal in diesem Club arbeite, kommt er regelmäßig her, damit die Leute hier nichts merken. Wenn die Chefin Wind davon bekommen würde, dass ich mich mit jemandem privat treffe, würden die es mir besorgen, dass ich nicht mehr wüsste, wo vorn und hinten ist.«

»Was hat Ralph in der Kanzlei gewollt?«

Junie sah sich unsicher um. »Nun ja, wissen Sie, ich erzähle Ihnen hier all diese Dinge, da sollten Sie mir vielleicht mal verraten, warum Sie das so sehr interessiert.«

»Wie wäre es mit weiteren hundert Dollar?«

»Ich dachte, Sie hätten nicht mehr dabei.«

»Ich könnte Ihnen einen Scheck ausschreiben.«

»Einen Scheck?!«, prustete Junie, als hätte sie noch nie etwas so Dummes gehört.

»Ich gebe Ihnen mein Wort, dass er gedeckt ist.«

»Was sagten Sie doch, fünfhundert?«

Taylor zögerte, dann lächelte sie. »Sie haben wirklich ein ausgezeichnetes Gedächtnis.« Sie füllte den Scheck aus und reichte ihn Junie. Mitchell, Sie werden auf ein paar recht merkwürdige Kosten stoßen.

Junie ließ den Scheck in der Kommodenschublade verschwinden. »Okay. Ich bin mir nicht ganz sicher, was genau er dort gemacht hat. Er hat in wahnsinnig viele Aktenschränke geschaut und einen Haufen Bücher durchgeblättert. Ich habe keine Ahnung, was er dort suchte. Dann hat er mich für eine Stunde allein gelassen. Mir wurde bald langweilig, und da bin ich ein wenig herumspaziert. Ihr Anwälte habt da ja einen wirklich schicken Pausenraum. Vor allem die große Maschine mit den Süßigkeiten auf dieser Spirale. Man steckt Geld hinein, und sie dreht sich und spuckt die Riegel aus. Die fallen dann direkt auf so ein Tablett. Ich habe zehn Päckchen Kaugummi gekauft, bloß um zu sehen, wie das Ding sich dreht.«

»Hat Ralph jemals eine Firma namens Hanover & Stiver erwähnt?«

»Nee, hat er nicht. Aber er erzählt nicht mehr viel von seiner Arbeit. Er hat mal versucht, mir ein paar Dinge zu erklären, doch das ist so trocken und superlangweilig. Jedes Mal, wenn er damit anfangen will, sage ich nur: ›O Poppie, gönn mir eine Pause, ja?‹ Und deswegen redet er nicht mehr darüber.«

»Haben Sie in jener Nacht sonst noch jemanden in der Kanzlei gesehen?«

»Klar. Deswegen hat Poppie doch den Streit angefangen.«

»Streit?«

»Da lief dieser Ultraspinner herum. Ein uralter Typ, mindestens fünfundvierzig. Trug 'ne grüne Hose und 'n knallgelbes Hemd. Bei dem Anblick möchte man am liebsten sein Mittagessen von vorgestern auskotzen.«

»Worum ging es denn bei dem Streit?«

»Na ja, wohl irgendwie um mich. Ich habe Ihnen doch eben schon gesagt, dass mir langweilig geworden ist und ich ein wenig herumspaziert bin. Und da kam ich in so einen Raum, wo es tolle Sachen zu essen gab: Bagels, Käse und Doughnuts. Als ich das sah, habe ich beschlossen, mir ein paar von den Leckereien schmecken zu lassen. Was war denn schon dabei, war ja sonst niemand da. Plötzlich kommt dieses Riesenarschloch herein und fängt gleich an, mich anzubrüllen. Poppie hat das gehört, denn er tauchte wenig später auf und fuhr den Blödmann an: ›Was ist denn hier los?‹ Und der schrie zurück: ›Das ist ein privater Konferenzraum! Was hat sie hier zu suchen?‹ Poppie und er haben sich dann noch ’ne Weile angeschnauzt, bis dieser Kerl drohte, er werde dafür sorgen, dass Poppie aus der Firma geschmissen werde, wie er es schon lange verdient habe, wenn er nicht sofort von hier verschwinde. Ich hab so ’ne Flasche mit einer chemischen Keule in meiner Handtasche, und ich wollte schon los und der Drecksau das Zeug in die Fresse sprühen und ihm dann in die Eier treten, bis er nicht mehr bis drei würde zählen können. Ich meine, ich muss mich doch wohl nicht von so einem in der Weise vor die Tür setzen lassen, oder? Nee, niemand macht das mit mir! Aber Poppie hatte Schiss, und so sind wir schließlich doch gegangen.«

»Was wollte der Mann denn überhaupt dort?«

Junie zuckte mit den Schultern. »Weiß ich nicht, wahrscheinlich diesen Jungen bürsten, der bei ihm war.«

»Bürsten?«

»Na, vögeln, bumsen.«

»In der Kanzlei?«

»He, bin ich Hellseherin? Ich weiß nur, dass er mit diesem Jungen gekommen ist, einem richtigen heißen Feger.«

»Einem was?«

»Einer, der zu schön ist, um wahr zu sein.«

»Erklären Sie mir das bitte genauer.«

Junie runzelte die Stirn und suchte nach passenden Worten. »Na ja, einer, der an keinem Spiegel vorbeigehen kann, ohne einen Blick hineinzuwerfen. Er trug ein schwarzes Hemd, weite Hosen und einen Ohrring. So wie der läuft niemand in Ihrer Kanzlei rum. Jedenfalls habe ich dort noch nie jemanden gesehen, der so herausgeputzt war.«

»Haben Sie irgendeinen Namen mitbekommen?«

»Ja, der Brüllaffe, der mit den bunten Klamotten – ich hatte mal einen Loddel, der sich genauso angezogen hat.« Sie bemerkte Taylors Blick und erklärte rasch: »Einen Zuhälter.

Also, dieser Brüllaffe, der hatte so einen komischen Namen. Wentel oder Wenton. Irgendwas in der Art. Jedenfalls ein richtiger Schwuchtelname.«

»Vielleicht Wendall? Wendall Clayton?«

»Ja, genau, Wendall.« Sie ahmte Claytons arrogantes Näseln nach.

»Hat Ralph an jenem Abend irgendetwas mitgebracht?«, fragte Taylor. »Hat er etwas in der Kanzlei versteckt?«

Junie sah sie einen Moment an und sagte dann mit überraschend erwachsener Stimme: »Meinen Sie nicht, Sie haben langsam genug für Ihr Geld bekommen?«

»Ich kann Ihnen ja noch einen Scheck geben«, bot Taylor an.

Das Mädchen schüttelte den Kopf. »Nee, mehr will ich Ihnen nicht erzählen.«

Taylor erhob sich langsam, schob ihre geschwollenen Füße in die Schuhe und trat mit schmerzverzerrtem Gesicht zur Tür.

»He, warten Sie doch!« Junie sah sie grinsend von oben bis unten an. »Sie haben noch immer etwas Zeit übrig. Warum bleiben Sie nicht? Ich habe mir gerade überlegt, dass ich noch nie etwas mit einer älteren Frau hatte. Na, wie wär's?«

»Vielleicht ein andermal.«

»He, wachen Sie auf. Kommen Sie endlich zu sich …«

Der Taxifahrer griff unter der verschmierten Trennscheibe hindurch, rüttelte Taylor und brüllte sie an. Er wirkte sehr aufgeregt und fiel immer wieder ins Jiddische. Taylor schloss daraus, dass er wohl schon eine ganze Weile versuchte, sie wach zu bekommen.

»Wie spät ist es denn?«, fragte sie schlaftrunken.

»Ein Uhr dreißig.«

»Morgens oder mittags?«

»Nun kommen Sie schon. Die Fahrt macht elf fünfundzwanzig. Zahlen Sie endlich.«

Taylor gab ihm das Geld. »Wollte ich hierher?«

»Ich sollte Sie zu dieser Adresse fahren. Ob Sie wirklich hierher wollen, ist allein Ihre Entscheidung.«

Die Fassade des Clubs war zugekleistert mit Fliesen, Bildern, Spiegelscherben, Plastikspielzeugen und überlackierten Magazin-Titelseiten. In handgedruckten Buchstaben stand über dem Eingang: PLASTIC RESPECT. Der Türsteher betrachtete ihre schwarzen Lederpumps wie ein Wissenschaftler eine Mikrobe und ließ sie dann mit einem zögernden Nicken hinein.

Das Innere des Clubs war in mattem Schwarz gehalten. Die halbbogenförmige Bar nahm eine ganze Wand ein. Auf dem Boden saßen die Gäste um winzige, schiefe Tische. Taylor sah Heteros, Lesben, Schwule und einige Singles. Alle hier trugen schwarzes Leder, weite Hosen, Stiefel und T-Shirts. Eine Gruppe Frauen, alle mit extrem kurz geschnittenem Haar, betrachtete ein paar Sekunden lang mit sublimer Neugier Taylors marineblaues, gepunktetes Designerkleid und widmete sich dann wieder in stiller Andacht den Ereignissen auf der Bühne, wo eine Beerdigung stattfand.

Das Objekt ihrer Trauer war Sean Lillick.

Sein schmaler Körper lag in einem billigen Holzsarg, aus dem ein Dutzend Kabel hingen. Er hatte sich totenbleich geschminkt. Seine Augen waren geschlossen, aber seine Finger bewegten sich über die Tasten eines Keyboards, das auf seiner Brust ruhte. Aus den Lautsprechern ertönte eine Melodie, die sich aus durch den Synthesizer geschickten menschlichen Stimmen zusammensetzte. Aus dem Hintergrund wogten Meeresgeräusche heran.

Ein zweiter Darsteller betrat die Bühne, und Taylor hatte das Gefühl, jede einzelne Faser ihres Herzens mache einen Satz. Dort oben stand eine Frau, die genauso aussah wie sie,

Taylor Lockwood. Die gleiche Größe und die gleiche Figur, das gleiche schwarze Haar und die gleiche Frisur. Sie hatte sich ähnlich Lillick grauweiß geschminkt und sich ein Bettlaken wie ein Leichentuch umgebunden. Über ihrer linken Brust war ein Blutfleck zu sehen. Taylor schluckte und verfolgte, wie ihr Ebenbild langsam und im Takt zur Musik zum offenen Sarg schritt und ihm eine getrocknete Rose entnahm. Sie drehte sich und ließ dann den Blick über das Publikum wandern. Taylor hätte sich am liebsten vor diesen bohrenden Augen verkrochen. Aber sie konnte sich nicht von der Stelle rühren. Als der Blick ohne innezuhalten über sie hinwegfuhr, stand sie noch immer wie erstarrt da. Endlich kehrte die Schauspielerin den Gästen den Rücken zu und entschwand in die Schatten hinter der Bühne.

Die Paralyse hielt Taylor noch für einen langen Moment im Griff, dann kehrte Leben in sie zurück. Sie begab sich auf direktem Weg zur Theke und bestellte einen Brandy. Offenbar war dieses Getränk hier noch nie verlangt worden, denn der Barkeeper wusste nicht, wie viel es kosten sollte. Taylor leerte das halbe Glas auf einen Zug und wandte sich dann wieder der Bühne zu, wo die Musik immer leiser wurde, und die Lichter verlöschten. Jemand schob den Sarg fort, und die Hausbeleuchtung wurde eingeschaltet. Begeisterter Applaus ertönte. Lillick trat vor den Vorhang, verbeugte sich überschwänglich, ging zur Bar und winkte unterwegs dem Publikum zu. Er umarmte Taylor und setzte sich dann auf den Hocker neben ihr. Lillick war noch energiegeladener als sonst, redete mit Händen und Füßen und schaukelte auf seinem Sitz hin und her und vor und zurück. Zuerst glaubte Taylor, er habe Koks genommen, doch dann wurde ihr bewusst, dass seine Performance ihn so in Erregung versetzt hatte. Sie hatte dieses Gefühl selbst schon einmal verspürt. Es ließ sich mit nichts anderem vergleichen.

»Das war die Welturaufführung«, erklärte er strahlend.

»Es war toll, Sean, wirklich.« Das war noch nicht einmal gelogen. Taylor respektierte seine Art der Kunst, auch wenn sie Kunst, die zum Genießen da war, derjenigen vorzog, die einem nur Respekt abverlangte. »Aber warum mussten Sie einen Geist auftreten lassen, der so aussieht wie ich?«

Lillick zog erst die Stirn kraus und fing dann an zu lachen. »O mein Gott, ich habe nie darüber nachgedacht. Die Schauspielerin hat wirklich wie Sie ausgesehen. Warum fragen Sie? Hatten Sie das Gefühl, jemand würde über Ihr Grab laufen?«

»Um ganz ehrlich zu sein, ja.«

Lillick suchte die Menge mit den Augen ab. »Angeblich soll heute Abend ein Kritiker vom *East Village Informer* anwesend sein. Habe ich Ihnen eigentlich schon den Zeitungsausschnitt gezeigt? Ich bin in der *Voice* erwähnt worden. Da steht: ›Hütet euch vor Sean Lillick.‹ Können Sie sich das vorstellen? Die *Voice* sagt ihren Lesern, sie sollen sich vor mir hüten. Da habe ich doch glatt eine Woche lang auf Wolke sieben geschwebt.« Er warf einen Blick auf die Reihen des Publikums, die sich allmählich lichteten. »Das Dumme ist nur, dass Kritiker genauso aussehen wie du und ich. Ein echtes Problem. O Gott, ich hoffe, es bleiben noch ein paar Leute übrig für die Show um drei Uhr. Dann geht der Spaß nämlich erst richtig los.«

»Hallo, Sean.«

Lillick und Taylor drehten sich um und sahen sich einem schmalen jungen Mann mit kurzem braunem Haar und einem Schnurrbart gegenüber. Er schüttelte Lillick die Hand. »Danny, das ist Taylor Lockwood. Sie will mit dir über Linda reden. Du erinnerst dich, ich habe dir davon erzählt. Taylor, ich möchte Ihnen Danny Stuart vorstellen.«

Die beiden Angesprochenen lächelten und nickten sich zu.

Dann sagte Danny: »Ich liebe Seans Shows. Er ist der legitime Nachfolger von Laurie Anderson.«

»Treten Sie auch auf?«, fragte sie ihn.

»Ich besitze nicht das geringste musikalische Talent. Nein, ich arbeite als Redakteur bei einem Literaturmagazin. Gelernt habe ich Computerprogrammierer.«

»Ich glaube, da drüben sitzt ein Fan von mir«, sagte Lillick. »Wenn ich nicht wenigstens ein paar Worte mit ihr wechsle, stirbt sie womöglich noch.« Er begab sich zu einem etwas abseits gelegenen Tisch, an dem eine knochige junge Frau mit leuchtend orangefarbenem Haar saß.

Danny bestellte ein Bier und wandte sich dann Taylor zu: »Sie haben Linda also gekannt?«

»Wir haben zusammen gearbeitet.«

»Aha, dann sind Sie auch bei Hubbard, White & Willis beschäftigt. Als Anwältin?«

»Nein, als Anwaltsgehilfin.«

Er nickte. »Linda und ich haben eine Zeit lang so etwas wie eine Wohngemeinschaft gehabt. Neun oder zehn Monate lang, bis sie gestorben ist.«

»Haben Sie sie gut gekannt?«

»Sie hat fürs Magazin geschrieben, eigene Texte und Buchbesprechungen. In diesem Herbst wollte sie in die Redaktion einsteigen. Wir waren ziemlich gut befreundet.«

»Wie ist es zu dem Selbstmord gekommen?«

»Sie hielt sich im Sommerhaus ihrer Eltern auf. Die rückwärtige Veranda dort ragt über einen Abgrund. Eines Nachts ist sie gesprungen.«

Taylor schloss die Augen und schüttelte den Kopf. »War es vielleicht ein Unfall?«

»Sie hat einen Abschiedsbrief hinterlassen.«

»Und was stand da drin?«

»Na ja, Brief ist eigentlich zu viel gesagt. Es war eines von ihren Gedichten. Als Sean mir erzählte, dass Sie sich für den Fall interessieren, sagte ich mir, dass Sie den Text bestimmt gern lesen möchten. Ich habe Ihnen eine Kopie gemacht. Der Zettel trägt das Datum des Tages vor ihrem Tod. In dem Gedicht ist davon die Rede, das Leben mit all seinen Sorgen hinter sich zu lassen … Zuerst wollte ich es in meinem Magazin veröffentlichen, aber bis jetzt habe ich es noch nicht über mich gebracht.« Er reichte ihr die Kopie. Taylor las den Titel: »Wenn ich gehe«. Sie steckte das Blatt in ihre Handtasche.

Dann atmete sie tief durch und sah Danny an. »Darf ich Sie etwas Vertrauliches fragen? Ich verspreche Ihnen auch, dass es zwischen uns bleibt.«

»Ja, natürlich.«

»Glauben Sie, Linda hat sich wegen irgendetwas umgebracht, das ihr bei ihrer Arbeit widerfahren ist?«

»Nein.«

»Sie scheinen sich da ziemlich sicher zu sein.«

»Das bin ich auch. Ich kenne nämlich den Grund für ihren Selbstmord.«

»Ich dachte, darüber wisse niemand so recht Bescheid.«

»Nun, ich schon. Linda war schwanger.«

»Sie hat ein Kind erwartet?«

»Ich glaube, außer mir war das niemandem auf der Welt bekannt. Sie hat jedenfalls einen Schwangerschaftstest gemacht. Ein paar Wochen vor ihrem Tod ist es passiert. Ich habe das Set mit den Teststreifen im Badezimmer entdeckt und sie danach gefragt. Wissen Sie, Linda hatte großes Vertrauen zu mir und behandelte mich wie ihre beste Freundin.«

»Aber warum ist sie dann von der Veranda gesprungen?«

»Ich glaube, weil der Vater des Kindes sie sitzen gelassen hat. Aber das ist nur eine Vermutung.«

»Und von wem ist sie schwanger geworden?«

»Keine Ahnung. Sie hat sich regelmäßig mit einem Mann getroffen, doch nie von ihm erzählt und ihn auch nie in unsere Bude gebracht. Ich kann Ihnen wirklich nicht sagen, wer er war.«

»Aber man bringt sich doch nicht gleich um, bloß weil jemand mit einem Schluss macht.«

Er sah sie verwundert an, und Taylor blickte in die Augen eines Poeten. Sie fragte sich, in welchen Metaphern oder Bildern er Linda wohl im Gedächtnis behalten hatte. Als er wieder sprach, klang es so, als hätte er Taylors Gedanken gelesen. »Man ist immer überrascht, wenn jemand aus dem eigenen Bekanntenkreis sich umbringt. Aber dass Linda gesprungen ist, hat mich nicht im Mindesten schockiert. Sie war ein unglaublich sensibler Mensch. Auf ihren Zügen lag diese wunderbare Verletzlichkeit. Diane Arbus hätte sie sicher sofort fotografiert.«

»Und sie hat nie mit Ihnen über Probleme, die ihre Arbeit betrafen, gesprochen? Vielleicht dass jemand sie nötigen wollte, etwas Illegales zu tun?«

»Nein, nicht ein Wort.«

Kurz darauf sagte Danny, dass er gehen müsse. Taylor bedankte sich bei ihm und sah ihm hinterher, wie er das Lokal verließ. Sie fühlte sich frustriert und entmutigt. Gut, du hast Recht gehabt, Mitchell Reece. Lindas Tod hatte nichts mit dem gestohlenen Wechsel zu tun. Denk immer an die getöteten Landstreicher ... Taylor lachte, als ihr einfiel, dass ihr der schwierigste Teil des heutigen Abends ja noch bevorstand, nämlich rechtzeitig genug nach Hause zu kommen, um noch etwas schlafen zu können.

Lillick war plötzlich wieder neben ihr und murmelte voller Bedauern: »Außer Spesen nichts gewesen.«

Taylor hob den Kopf und sah, wie die knochige junge Frau, zu der er vorhin gegangen war, sich erhob, das lange orangefarbene Haar über die Schultern warf und sich zu einer Gruppe von Frauen an einem anderen Tisch gesellte.

»Hat Danny Ihnen weiterhelfen können?«, fragte Lillick.

»Ja«, antwortete sie kurz und knapp.

Sean betrachtete sie. »Sie wirken etwas müde.«

»Ich habe einen langen Tag hinter mir.«

»Haben Sie schon zu Abend gegessen?«

Sie war gerade im Begriff, ihn anzulügen und zu sagen, sie habe bis vor kurzem noch in der Kanzlei gearbeitet, als ihr einfiel, dass Lillick auch dort gewesen sein konnte und sofort wissen würde, dass sie ihm etwas vormachte. Deshalb antwortete sie nur: »Ich habe am späten Nachmittag etwas zu mir genommen.«

»Er hat Sie wohl in einen besonders schicken Laden geführt, oder?«

Taylor konnte eine Minute lang nicht sprechen. Dann fragte sie: »Wen meinen Sie?«

»Nun, Ihre Verabredung.« Lillick ließ seinen Blick über ihr Kleid wandern. »Sie haben sich ziemlich fein gemacht.«

»Nein, nein, da liegen Sie ganz falsch. Ich war mit einer Freundin unterwegs.«

Lillick schmunzelte und nickte. »Natürlich, mit einer Freundin.«

Für einen Moment beschlich Taylor, wie es ihr oft widerfuhr, wenn sie gelogen hatte, der Verdacht, er wisse alles, so als wäre er mit übersinnlichen Gaben ausgestattet und darüber im Bilde, dass sie mit Dudley zu Abend gegessen hatte. Doch er sah sie schon gar nicht mehr an, sondern verfolgte mit sichtlichem Vergnügen, wie sich der Club wieder füllte. Taylor sagte sich, dass ihre Befürchtungen paranoid waren.

Sie gähnte und streckte sich. Ein Gelenk knackte. Die Wände waren schlampig angestrichen, die Farbe zu dünn aufgetragen. Der dunkle Lack (schwarz oder dunkelrot) konnte die wesentlich hellere Farbe darunter nicht verdecken. Der Boden fühlte sich unter den Stühlen wie ein Schwamm an. Zigarettenrauch und verschüttete Getränke hatten Flecken auf der Holzverkleidung hinterlassen. Ob dieses Interieur Postpunk oder postmodern sein sollte, Taylor ließ sich davon nicht für einen Moment täuschen. Vom Design einmal abgesehen, hätte dieser Laden auch ein Beatschuppen der Sechzigerjahre sein können. Wie eh und je bildete die Jukebox das

Zentrum. Dave Brubeck und Bob Dylan waren nicht weit entfernt von den heutzutage populären Bands, mochten die sich auch noch so sehr als Vertreter einer neuen Zeit fühlen.

»Bleiben Sie zur nächsten Show?«, fragte Lillick.

Taylor schüttelte den Kopf. »Ich brauche ganz dringend Schlaf. Mein Ideal ist ein normaler Arbeitstag. Für Überstunden bin ich irgendwie nicht geschaffen.«

Lillick redete auf sie ein, aber sie bekam kein Wort davon mit. Ihr Blick war nämlich in die Ecke des Clubs gefallen, in der sich ihr Double gerade aufhielt. Die Schauspielerin sah in ihrem blutverschmierten Gewand immer noch wie eine Leiche aus. Sie fuhr sich mit einer Hand durch das zerzauste Haar, und ihre von Todesschatten umrandeten Augen waren direkt auf Taylor Lockwood gerichtet.

... Vierzehn

»Warum braucht eine Frau so lange, bis sie zum Orgasmus kommt?«, fragte Thom Sebastian Taylor Lockwood.

»Thom!«

Sie saßen auf dem Rücksitz einer Limousine, die am Samstagmorgen über den Long Island Expressway raste. Die Augen des Fahrers huschten ebenso oft zum Radaranzeiger, wie sie nach vorn blickten.

»Sagen Sie endlich, warum braucht eine Frau so lange, bis sie zum Orgasmus kommt?«

»Okay, ich gebe auf. Warum?«

»Wen interessiert das schon?« Er warf sich in den Sitz zurück und lachte schallend. Dann öffnete er eine Dose Bier und reichte sie ihr. Taylor lehnte dankend ab.

»Uns erwartet ein sehr eigentümlicher Tag«, verkündete er. »Was wissen Sie über Bosk?«

»Ich weiß nur, dass seine Eltern eingesperrt gehören, wenn sie ihn auf einen solchen Namen getauft haben.«

»Richtig heißt er ja auch Albert. Albert L. Peterson. Vermutlich der Dritte. Oder auch schon der Vierte. Tja, Boskie-Baby. Sehen Sie, das ist der Unterschied zwischen den Generationen. Wenn er in den Dreißiger- oder Vierzigerjahren gelebt hätte, hätten ihn alle Alp oder Alpie genannt. Verstehen Sie, nach seinen Initialen A-L-P. Aber wir leben in der Zeit der figurativen Namen, und so nennt man ihn eben Bosk. Seine Eltern leben praktisch seit seiner Geburt getrennt. Seine Mutter wohnt in einem Haus in Boston, sein Vater hat ein Apartment an der Upper East Side. Die Familie besitzt ein Sommeranwesen in den Hamptons, zu dem wir gerade unterwegs sind, und das nutzen die Eltern abwechselnd. Sie können nicht miteinander reden, ohne dass es zu einem Gemetzel kommt. Deshalb haben sie ihre jeweiligen Anwälte beauftragt, Zeitpläne für die Nutzung des Sommerhauses auszuarbeiten.«

»Wer ist denn an diesem Wochenende dran, er oder sie?«

»Seine Mutter.«

»Hört sich ja an, als würde uns ein Riesenspaß erwarten. Wie ist sie denn so? Eine Grande Dame oder eine alte Giftspritze?«

»Ich verrate nur so viel: Sie ist sonderbarer als er.«

»Und was tut er so?«

»Nun, vor allem ist er stinkreich. Bosks Vater ist Seniorpartner bei Ludlum Morgan, der Investmentbank.«

»Arbeitet Bosk auch dort? Tut mir Leid, aber jedes Mal, wenn ich diesen Namen ausspreche, habe ich das dringende Bedürfnis, ihm wie einem Hund einen Knochen zu geben.«

»Das wird er eines Tages. Momentan sitzt er seine Zeit bei Richards & Levitt ab. Danach wechselt er auf direktem Weg zu Ludlum über, um dort für zweihundertfünfzigtausend im Jahr plus Beteiligung anzufangen.«

»Das Leben kann ganz schön hart sein.«

»Urteilen Sie nicht zu streng. Er ist nicht mehr der Jüngste, immerhin schon achtundzwanzig.«

Taylor wechselte lieber das Thema. »Könnte ich jetzt ein Bier haben?«

Thom öffnete eine Dose und reichte sie ihr.

»Und was macht seine Mutter?«

»Ada reist viel, gibt Gesellschaften und tut ansonsten das, was eine fünfundfünfzigjährige Verbindungsstudentin aus gutem Hause zu tun pflegt – sie verwaltet ihr Aktienpaket. Schätzwert: sechzig Millionen.« Sebastian trank sein Bier aus und drückte Taylors Knie. »O Mann, Taylor, das wird ein affengeiles Wochenende. Wir kiffen uns zu, lassen uns voll laufen und veranstalten dann in der Badewanne eine Riesenorgie …«

»Thom!« Sie nahm seine klobige Hand von ihrem Knie.

»… oder wir lesen gemeinsam in der Bibel und helfen der Dame des Hauses dabei, vor dem Altar Kerzen aufzustellen.« Er genehmigte sich ein weiteres Bier. »Oh, das wird die Supershow des Jahrhunderts!«

Das Familienanwesen präsentierte sich als dreigeschossiges viktorianisches Landhaus. Die Fassaden waren weiß gestrichen, die Simse und Ränder blau. Skelettartige Ranken von wildem Wein und Glyzinen überzogen die Mauern. Ein mit Spitzen versehener schmiedeeiserner Zaun umgab ein labyrinthartiges Grundstück. Einen Großteil des Geländes hatte ein Gewirr von Forsythien in Besitz genommen, an denen die letzten braunen und gelben Reste des einstigen Blättergewands hingen.

»Die Addams Family«, entfuhr es Taylor.

Die halbkreisförmige Auffahrt war so gut wie zugeparkt. Die Limousine hielt an, und die beiden stiegen aus. »O mein Gott, hier bekommt man ja mehr deutsche Autos als in Brasilien zu sehen«, sagte Sebastian. Der Chauffeur trug ihre Koffer zur Haustür.

»Eine Veranda!«, rief Taylor aus. »Ich liebe Veranden.« Sie setzte sich auf eine Schaukel und schwang vor und zurück. »Schade, es müsste zwanzig Grad wärmer sein.«

Sebastian warf sich seine Reisetasche über den Rücken und nahm ihren Koffer. »Ich bringe die Sachen rasch hinauf in unser Zimmer.«

»Mehrzahl.«

»Also gut, ich bringe die Sachen rasch hinauf in unsere Mehrzahl.«

Er läutete an der Tür. Eine Frau Ende fünfzig, die ihr blondes Haar wie Jackie Kennedy trug, öffnete ihm. Sie hatte ein hellgrünes Kleid an, das mit rosafarbenen und schwarzen Dreiecken bestickt war, die fieberhaft in alle möglichen Richtungen wiesen. Um ihren Hals hatte sie einen schwarzweißen Schal geschlungen. Ihr langes, glänzendes Gesicht wirkte, als wäre es nach unten abgesackt. Die hohen Wangenknochen hielten die Haut wie straff gespannte Segel. Die Augen der Frau strahlten jugendliche Frische aus, aber in ihnen lag auch etwas Befremdliches. Sie konzentrierten sich für einen Moment auf etwas, um dann rasch fortzublicken. Der Schmuck, den die Frau trug, hätte manchem Staat aus seiner Verschuldung herausgeholfen. Der blaue Topas an einem ihrer gebräunten, faltigen Finger hatte sicher seine fünfzig Karat und war in einen dicken Platinring eingelassen.

»Thomas!« Die beiden drückten kurz ihre Wangen aneinander, dann stellte Sebastian seine Begleiterin Ada Peterson vor. Während sie sich die Hände schüttelten, spürte Taylor, wie sie von der älteren Frau gemustert wurde: die Dynamik der Augen, die Spannkraft der Haut und besonders die Glätte der Mundpartie. Sie begriff rasch, wie viele Minuspunkte sie sich gerade eingehandelt hatte. Bosks kleinen Freundinnen – sie waren nicht älter als Anfang zwanzig –

wurde ihre Jugendlichkeit nachgesehen. Aber Taylor hat die Dreißigergrenze bereits überschritten, doch noch nicht einen Krähenfuß unter den Augen oder Fältchen in den Mundwinkeln.

Hier geht es um Konkurrenz. Sie ist eifersüchtig darauf, wie gut ich mich gehalten habe, dachte sie.

Doch die ältere Frau lächelte weiterhin. Allem Anschein nach war sie zur Dame erzogen worden. »Bitte, nennen Sie mich doch Ada. Ich weiß leider nicht, wo Albert gerade steckt. Die anderen spielen auf dem hinteren Rasen Ball. Wenn Sie einen Badeanzug mitgebracht haben, können Sie im Ozean schwimmen gehen.«

»Keine körperlichen Anstrengungen, Ada. Wir sind gekommen, um zu entspannen.«

»Aber das ist doch wunderbar, Thomas. Tut dir bestimmt einmal gut. Geht doch nach oben. Ich glaube, wir erwarten niemanden mehr. Ihr könnt also sämtliche freien Zimmer mit Beschlag belegen. Albert ist dafür verantwortlich, dass alle gut unterkommen, und ich fürs Essen. Wir speisen um zwanzig Uhr. Ihr braucht euch nicht umzuziehen.«

Mit diesen Worten entfernte sie sich.

Als Taylor und Sebastian die Hälfte der Treppen hinter sich gebracht hatten, rief eine bellende Stimme von unten: »Sea Bass! He, Sea Bass!«

Sebastian murrte etwas, als er die Verballhornung seines Namens hörte, und rief zurück: »He, Bosk-Meister!«

Ihr Gastgeber trug eine schmutzige, zerrissene Cordhose und ein grünes Sweatshirt. Seine Hände und sein Gesicht waren rot angelaufen, und seine Augen tränten von der Kälte draußen. Die beiden Männer heulten wie Wölfe und ließen die Fäuste über ihren Köpfen kreisen.

Bosk kam zu ihnen und legte seinen Arm um Sebastians Schulter. »Jennie ist hier. Sie hat Billy-Boy mitgebracht. Unfassbar, wie?«

»Ich glaube es einfach nicht! Hat er denn seinen Verstand für immer abgegeben?«

Bosks Blick wanderte zu Taylor.

»Hallo. Sie sind …?«

»Taylor Lockwood.«

»Richtig, die Frau, die mich nicht heiraten wollte.«

»Dazu stehe ich auch immer noch. Ein hübsches Haus, das Sie hier bewohnen.«

»Vielen Dank. Ich werde es Ihnen später zeigen. Wir sind im vierten Viertel, und die Entscheidung steht kurz bevor, aber ich musste einfach mal eine Pause einlegen. Such dir ein Zimmer, Thom, und zieh dir was Altes an, damit ich dich draußen mit dem Hintern voran in den Matsch stoßen kann«, sagte Bosk und ging wieder.

Oben im ersten Stock betrat Sebastian ein kleines Zimmer mit dunklen Tapeten und warf seine Reisetasche auf das altmodische Pfostenbett. »Oh, sehen Sie, ein Doppelbett!«

»Ich bin sicher, dass Sie sich darin wohl fühlen werden, Thom. Vor allem, wenn Sie unruhig schlafen, haben Sie darin genügend Platz zum Toben.«

»Ich soll ganz allein toben?«

»Nun, Sie haben doch noch Ihre aufregenden Träume, die Ihnen Gesellschaft leisten können.«

»Sie sind grausam, Taylor, unbarmherzig und gemein.«

Sie entdeckte, dass das Zimmer neben dem seinen leer war. Hier war es viel heller als in Sebastians Raum, und an den Wänden befanden sich rosafarbene Laura-Ashley-Tapeten. Durch die Fenster, an denen Stores hingen, hatte man einen wunderbaren Ausblick auf den Ozean. Sebastian war sicher schon einige Male hier gewesen und kannte das Haus. Sie sagte sich, dass er ihr das größere und sonnigere Zimmer gentlemanlike überlassen und sich selbst mit dem kleineren und dunkleren begnügt hatte. Dann bemerkte sie, dass der Raum über kein Türschloss verfügte. Sie blickte sich um und entdeckte in einer Ecke einen Stuhl, der sich mit der Lehne unter die Klinke schieben ließ.

Als sie sich ans Auspacken machte, erschien Sebastian in der Tür. Er trug eine Cordhose, ein braungelbes Rugby-Hemd, das über seinem Bauch deutlich vorgewölbt war, grüne Wollstrümpfe und Turnschuhe. »Kommen Sie schon, Taylor, das vierte Viertel hat begonnen. Da wird jeder Mann gebraucht. Sie rechnen mit uns.«

»Ich wusste nicht, dass wir uns hier im Matsch herumwälzen würden. Tut mir Leid, aber ich habe nichts Entsprechendes zum Anziehen dabei.«

»Sie müssen sich nicht im Matsch herumwälzen. Das ist freiwillig.«

Hinter dem Haus stellte Bosk sie den Spielern vor, die alle Anfang zwanzig waren. Eine Reihe von Namen rauschte an ihr vorbei – Rob und Mindy, Gay-Gay und Trevor, Windham und MacKenzie (die beiden Letzten gehörten Frauen), Bündel von Zeitgeist-Phonemen, die ausgeprägter waren als die Gesichter der gut aussehenden Männer und hübschen Frauen, zu denen sie gehörten. Taylor lächelte, winkte dem oder der Betreffenden zu und vergaß die Namen schon, kaum dass sie sie vernommen hatte. Die jungen Leute waren freundlich, aber zurückhaltend, und Taylor fragte sich, was sie wohl von ihr denken mochten, der Dreißigjährigen, halb Italienerin, halb Irin, die ihr unbezähmbares Haar nicht zu einem ordentlichen Pferdeschwanz zusammengebunden hatte und dazu einen langen Rock und eine schwarze Bluse trug. (O mein Gott, da war diese Frau in Southampton, ich kann es immer noch nicht fassen, und sie sah aus wie jemand, also ehrlich, mir fehlen immer noch die Worte, wie jemand aus Soho oder solch einer Gegend.)

Taylor spürte, dass die Frauen so über sie dachten. Anders die Männer. Ihre Reaktion reichte von beiläufigen Flirtversuchen bis zu offenen, geradezu europäischen Blickaufforderungen, mit dem Betreffenden ins Bett zu hüpfen. Zur Halbzeit war Taylor zu der Überzeugung gelangt, dass sich heute Abend viele weibliche Hände an den Gürteln ihrer Freunde zu schaffen machten. Die Luft war kalt und feucht. Taylor konnte den Ozean aus immer wieder wechselnden Richtungen hören.

»He, Taylor, spielen Sie den Ball! Nun machen Sie schon!« Bosk zeigte vor ihr auf das Gras.

»Nein, tun Sie das lieber. Ich mache die Cheerleaderin.«

»Buh! Sie Spielverderberin!«, rief Bosk.

Sebastian stürzte ein Bier hinunter und rannte dann aufs Spielfeld. Das Match wurde fortgesetzt. Bosk baute sich hinter der Center-Spielerin auf, einer zierlichen Blondine, und tätschelte ihren Hintern. Sie drehte sich um, schob seine Hand fort, kicherte und küsste ihn auf den Mund.

Da Taylor nur herumstand, spürte sie bald die Kälte. Der Wind kam von der See und legte sich wie ein nasses Tuch auf ihre Haut. Ihre Füße schmerzten. Sie lief am Spielfeldrand entlang, vorbei an den grünen Bierflaschen, die wie Zuschauer aufgebaut waren. Wenn es ein Adjektiv gibt, dachte sie, das mein Tun hier am genauesten beschreibt, dann ist das »absurd«.

Das Dinner unterstand Adas Jurisdiktion.

Sie präsidierte mit der ruhigen Autorität eines Menschen, für den Schicklichkeit und Angemessenheit bei einer Gesellschaft Vorschrift sind. Die Kristallgläser und das kostbare Porzellan standen an exakten, geradezu ausgezirkelten Plätzen. Taylor konnte sich gut vorstellen, dass die Art und Weise, wie man den Tisch gedeckt hatte, in einer dreißig Jahre alten Ausgabe von *Emily Post* zu finden war. Obwohl keine Dinnerkleidung gefordert war, machte Ada in einem rauschenden Seidenkleid, einem schwarzen Samtstirnband und der Halskette mit dem zitronengelben Stein jedem klar, dass, ganz gleich, in welchen Speisehallen oder Clubs die jungen Leute zu essen pflegten, das Dinner in diesem Haus unter einem Mindestmaß an Formalität stehen würde.

Taylor irrte an den Stühlen entlang (»Oh, tut mir Leid, sitze ich vielleicht hier?«), bis Ada sie nachsichtig lächelnd von Bosks Freundin (eine mögliche Informationsquelle über Sebastians Projekt) fortführte und mit leichtem Tadel erklärte: »Junge, Mädchen, Junge, Mädchen …«

Hummersuppe, Birnen-und-Camembert-Salat, winzige Kalbskoteletts, umgeben von einem Yin-Yang-Gewirr aus pürierten Erbsen und Karotten, grüner Salat, und das Ganze servierte ein leibhaftiger Butler. Bis auf Taylor schien niemand von den Speisen sonderlich beeindruckt zu sein.

Taylor tauschte mit dem jungen Mann zu ihrer Rechten ein paar Höflichkeiten aus, versuchte dabei jedoch, etwas von der Konversation zwischen Sebastian und Bosk mitzubekommen. Leider war Adas Stimme viel zu laut. Sie sprach mit dem typischen Akzent der Reichen von Long Island, den Junie so gut getroffen hatte, als sie Wendall Clayton nachahmte. Ada legte den jungen Männern häufig ihre knochigen Finger auf die Unterarme und flirtete recht unverhohlen mit ihnen. Trotzdem wusste sie, welchen Spielraum ihr ihre Rolle als Gastgeberin ließ. Sie verstand sich darauf ebenso gut, wie über andere bei Tisch statthafte Themen zu plaudern. Ada würde niemals einem der jungen Männer ein allzu offensichtliches Angebot machen, nicht einmal, wenn sie allein mit einem Tad oder Robert oder Sherwood auf dem Patio stehen würde. Eine mögliche Zurückweisung durch den Jüngling wäre ihr unerträglich. Davon abgesehen, gelüstete es sie wohl nicht allzu oft nach einer fleischlichen Vereinigung, und dann auch nur, wenn bestimmte Rahmenbedingungen gegeben waren. Und um die würde sie sich mit so viel Sorgfalt kümmern, wie sie diese Dinnerparty hier arrangiert hatte: gedämpftes Licht, absolute Zurückgezogenheit, und das

Ganze nicht im Schlafzimmer, sondern an einem Ort, der es ihr gestattete, sobald sie sich von den Knien erhoben hatte, ihren Rock hochzuziehen und dem erregten, womöglich perplexen jungen Mann ihre Kehrseite zu präsentieren.

Sex war überhaupt ein bestimmender Unterton bei dieser Mahlzeit. Schlüpfrige Witze flogen des Öfteren hin und her. (Taylor sagte sich, dass es sich bei den Reichen, die nach Amerika gekommen waren, keinesfalls um Puritaner gehandelt hatte.)

Sebastian wurde immer stiller. Anscheinend hatte er schon zu viel des guten Weins genossen. Plötzlich sagte er: »Wisst ihr, worüber ich in der letzten Zeit oft nachgedacht habe? Wirklich, es lässt mir keine Ruhe mehr.«

Alle wandten ihm ihre Aufmerksamkeit zu, um zu erfahren, über welches gravierende Weltproblem er sich den Kopf zerbrach.

»Ich verstehe einfach nicht, wie Flecken auf ein Kopfkissen kommen. Ich meine, Laken oder Matratzen, das ist mir begreiflich, aber auf Kopfkissen?«

»Ist ja widerlich! Obszön!«, riefen die anwesenden jungen Ladys.

Ada setzte eine schockierte Miene auf, schien aber klammheimlich ihren Spaß zu haben.

»Sea Bass, du redest schon im Delirium … Aber falls du jemals eine Frau kennen lernen solltest, die Flecken auf den Kopfkissen hat, musst du mir unbedingt ihre Telefonnummer geben.«

Zwischen den Süßspeisen und dem Espresso mit Anisette klingelte es an der Tür. Bosk sah auf seine Uhr und erhob sich, um zu öffnen. Taylor fiel auf, dass er Sebastian einen Blick zuwarf. Fünf Minuten später kehrte er mit einem Mann, der Mitte vierzig sein mochte, zurück. Taylor war der Neuankömmling auf Anhieb unsympathisch.

Sie konnte keinen rechten Grund für diese Abneigung

nennen. Was ihr unter anderen Umständen und bei einem anderen Mann als elegant, scharfsinnig und charmant vorgekommen wäre, erschien ihr bei ihm als eitel (mit Gel geglättetes Haar, ein maßgeschneiderter Anzug mit hochgeschlagenen Ärmeln, eine goldene Kette am Arm), aufgeblasen (der abschätzige Blick, mit dem er die Runde der jungen Leute bedachte) und unehrlich (das zu breite Lächeln, das nie und nimmer von Herzen kam).

Und außerdem war er beleidigend unverschämt. Er ignorierte Taylor vollkommen, während er eingehend die Busen all der anderen Frauen betrachtete, die jünger waren als sie. Verdammter Mistkerl!

Ada hingegen schien sich darüber zu freuen, dass jetzt jemand eines älteren Jahrgangs erschienen war, und ließ ihm gleich einen Stuhl bringen. Der Name des Neuankömmlings war Dennis Callaghan, und als Bosk erklärte, dass er und Sebastian geschäftlich mit ihm zu tun hätten, verdrängte Taylor ihre Vorurteile und richtete ihre Aufmerksamkeit auf die drei. Doch die Gespräche blieben wie schon zu Beginn belanglos. Callaghan besaß ganz in der Nähe ein Ferienhaus, und man unterhielt sich über die Probleme, einen guten Gärtner zu finden, und über die Vorteile und Risiken, mit dem Hubschrauber nach Manhattan zu fliegen.

Gegen zweiundzwanzig Uhr erhielt Bosk einen Anruf von jemandem aus seinem Büro und verschwand nach oben. Die Bediensteten räumten den Tisch ab, und die Party löste sich auf. Ada entführte Callaghan, um ihm ein paar Fotos von einem Château in der Schweiz zu zeigen, dessen Erwerb sie in Erwägung zog. Sebastian begab sich in den Freizeitraum im Kellergeschoss, und ein paar Minuten später folgte Bosk ihm dorthin. Taylor murmelte eine Entschuldigung, ließ die lebhafte Blondine stehen, die ihr erzählte, wie toll sie es mit ihrer Stelle in einer Bank in Shearson getroffen habe, wo sie in der Abteilung Ausländische Währungen und Internationale

Transaktionen tätig war, und lief durch die dunklen viktorianischen Flure des Hauses.

Um nah genug heranzukommen, musste sie nach draußen gehen.

Nur eine Treppe führte in den Keller. Obwohl Taylor deutlich vernahm, wie Bosk und Sebastian die Kugeln für ein Billardspiel zurechtlegten, die dann nach dem ersten Stoß mit lautem Krachen auseinander flogen, konnte sie nicht hören, was die beiden miteinander sprachen.

Sie holte ihre Lederjacke aus dem begehbaren Kleiderschrank, trat durch die Haustür und spazierte um das Gebäude herum, bis sie einen etwa einen Meter tiefen Kellerfensterschacht entdeckte. Vorsichtig stieg sie hinein. Das Fenster war gekippt. Sie konnte die beiden Männer zwar nicht sehen, aber die warme Luft aus dem Haus trug ihre Stimmen zu ihr hinauf. Bosk und Sebastian unterhielten sich ganz normal weiter, hatten sie also nicht bemerkt.

»Meinst du denn, sie sind angezapft?«

»Nicht unbedingt«, antwortete Sebastian. »Ich mache mir nur ganz allgemein Sorgen. Wenn ich mit dir reden muss, kann ich nicht jedes Mal zu einer Telefonzelle laufen. Es braucht mich nur jemand zweimal dabei zu sehen, und schon sitzen wir in der Scheiße.«

»Weißt du was, wir sollten uns einen Code ausdenken.«

»Nein, das fände ich nicht gut. Damit würden sie umso leichter dahinter kommen, dass zwischen uns beiden eine Verbindung besteht. Und zwischen dir und Dennis.«

»Hm, mal nachdenken … Wir könnten uns an einen Anrufservice wenden. Du rufst dort an und hinterlässt das, was du mir zu sagen hast, und wenn ich dann die Nummer wähle, erfahre ich alles, was wichtig ist. Und umgekehrt machen wir es genauso. Nur nehmen wir dann aus Sicherheitsgründen einen anderen Service.«

Vielleicht solltet ihr beim nächsten Mal, wenn ihr fremde Aktenschränke durchstöbert, lieber nicht vergessen, Handschuhe zu tragen, dachte Taylor, damit ihr keine Fingerabdrücke hinterlasst.

»Ich weiß nicht, man könnte uns immer noch auf die Schliche kommen«, sagte Sebastian leise. »Wer ist eigentlich am Stoß?«

Bosks Lachen klang hart. »Vergiss nicht, dass du ein verdammter Dieb bist. Was verlangst du denn? Eine Garantie? Walkie-Talkies und Zerhacker? Sollen wir uns vielleicht verkleiden?«

Sebastian antwortete nicht darauf.

Die beiden spielten fünf Minuten lang schweigend weiter. Taylor begann vor Kälte zu zittern; außerdem schliefen ihre Füße ein. Endlich hörte sie von der Treppe her Schritte.

»Da ist ja unser Mann an der Quelle«, sagte Callaghan. »Ich freue mich, Sie endlich einmal kennen zu lernen, Thom. Hier, ich habe Ihnen etwas mitgebracht.«

»Oh, der Nektar der Götter«, entgegnete Sebastian.

»Was denn sonst?«, sagte Bosk. Daraufhin folgte wieder längeres Schweigen.

Koks, Gras?

Taylor hatte immer mehr Mühe, sich zu konzentrieren. Die Kälte hatte eine eigenartige Wirkung auf sie. Ihre Sicht verschwamm, und sie fühlte sich konfus. Billardkugeln knallten gegeneinander. Sie hörte, wie alle drei Männer etwas durch die Nase einsogen und schnauften.

»Gottverdammt, ist das gut!«, stöhnte Bosk.

»Wie ist es denn gelaufen?«, wollte Callaghan wissen.

»Alles ist glatt gegangen. Ich habe es.«

»Haben Sie es dabei?«

»Nein.«

Erneutes Schweigen. Taylor spürte die Spannung zwischen den Männern.

»Gibt's einen Grund dafür?«

»Es ist nämlich so, Denny«, begann Bosk in defensivem Ton, »dass wir nur noch ein paar Fragen klären müssen …«

»Die Sechs in die Ecke«, sagte Sebastian. *Klonk!* »Erstens das Geld«, erklärte er dann. »Wir haben nie genau festgelegt, wie wir es aufteilen wollen. Zweitens die Sicherheit. Ich muss unbedingt wissen, wie Sie meinen Hintern aus der Sache raushalten wollen. Die Sieben an die Seite.«

»Die Ecke wäre sicherer«, wandte Callghan ein.

»An die Seite«, beharrte Sebastian. *Klonk!*

»Das Geld?«, sagte Callaghan. »Bei dem Deal springt für jeden von euch garantiert eine Million heraus. Und eure Einlagen betragen höchstens zehn Prozent davon.«

»Die Sieben an die Seite. Im Voraus. Das Geld, meine ich«, bemerkte Bosk.

»Im Voraus«, bestätigte Sebastian und schniefte.

Klonk!

Callaghan lachte nachsichtig. »Es ist mir nicht möglich, zwei Millionen lockerzumachen. Ich kann euch höchstens siebenhundertfünfzig geben, euch beiden zusammen. Ihr müsst dann sehen, wie ihr das untereinander aufteilt. Mehr ist nicht drin.«

»Die Sieben in die Ecke«, kündete Sebastian jetzt an. »Fünfhunderttausend für jeden von uns, und keinen Cent weniger.«

Klonk!

»Okay. Bei der Übergabe. Sobald Sie mir die Ware ausgehändigt haben. Aber jetzt müssen Sie mir sagen, warum Sie so nervös sind? Es hat doch niemand Verdacht geschöpft, oder?«

»Ich möchte es eben narrensicher haben«, entgegnete Sebastian. »Wenn das gewährleistet ist, erhalten Sie die Lieferung. Die Acht an die Seite …«

Klonk!

»Hier geht es um Diebstahl im großen Rahmen«, erklärte Bosk. »Da kann es nicht narrensicher zugehen.«

Sebastian, der ziemlich irritiert zu sein schien, dass Bosk sich auf Callaghans Seite stellte, erwiderte: »Ich habe nicht *geniesicher* gesagt, sondern *narrensicher.* Ihr bekommt von mir nichts, bis ich nicht absolut davon überzeugt bin, eine gute Chance zu haben, mit heiler Haut aus der Sache rauszukommen.«

»Jetzt haben Sie mich auch schon ganz nervös gemacht«, sagte Callaghan. »Haben Sie denn Anlass zu vermuten, dass man Ihnen auf der Spur ist?«

»Nein ... Aber ich muss euch etwas erzählen. Es hat nämlich eine Panne gegeben. In der Nacht, in der ich die Ware besorgt habe, bin ich durch eine der Feuertüren an der Rückseite des Gebäudes ins Haus und in die Kanzlei gekommen, okay? Am Freitag hatte ich das Schloss mit einem Klebestreifen unbrauchbar gemacht.«

»Ja und?«

»Wie es sich herausgestellt hat, hat in derselben Nacht dieser alte Idiot von einem Partner meinen Computerschlüssel dazu benutzt, in die Kanzlei zu gelangen. Jetzt steht plötzlich in den Computerdateien mein Name für die betreffende Nacht.«

»Hört sich für mich aber nicht sehr schlimm an«, bemerkte Callaghan.

»Ihr Name steht ja auch nicht auf der verdammten Türliste!«

Taylor hörte, wie Kugeln gegeneinander krachten.

»Ich werde mir etwas ausdenken, um Sie aus der Sache herauszubekommen. Lassen Sie mir ein paar Tage Zeit. Hier, nehmen Sie nur, ich habe zu Hause noch jede Menge davon.«

Versorgte Callaghan die beiden mit den kleinen braunen Fläschchen?

»Bosk, deine Mutter ist wirklich sehr charmant«, fügte Callaghan dann noch hinzu.

»Ja, mag sein.«

Taylor hörte, wie Callaghan die Treppe hinaufging.

»Was ist los? Hast du auf einmal Schiss, oder was?«, fragte Bosk.

»Ich möchte mich nur absichern, das ist alles.«

»Du magst ihn nicht besonders, stimmt's?«

»Ich halte ihn für einen schleimigen Drecksack.«

»Immerhin kommst du durch ihn an eine hübsche Stange Geld.«

»Deswegen muss ich ihn aber noch lange nicht mögen. Eine Menge Leute geben mir Geld, und ich kann sie trotzdem nicht leiden.«

»Du bist auf die ganze Welt sauer, was?«

Der Wind schnitt in Taylors Gesicht, und ihre Ohren schmerzten. Sie schloss die Augen, um sie vor der Kälte zu schützen. Die letzte Quelle von Körperwärme, ihre Beine und Oberschenkel, versiegte zunehmend. Sie berührte die Scheibe, die sie von dem Raum trennte, in dem es mindestens zwanzig Grad wärmer war und aus dem die Stimmen von zwei verdorbenen, dicken jungen Männern drangen, die Poolbillard spielten und die letzten Kokainreste in ihren Nasenlöchern hochschnieften. Ihre Hände verkrampften, und alles tat ihr weh. Taylor erhob sich langsam. Doch dann hörte sie erneut die Stimmen der beiden und ging wieder in die Hocke.

»Was fängst du mit deiner Million an?«, fragte Bosk.

»Heiraten und mich irgendwo häuslich niederlassen.«

»Die Acht an die Seite …« *Klonk!*

»Scheiße!«, rief Bosk einen Moment später verärgert aus. »Was läuft zwischen dir und dieser Taylor? Hast du sie schon flachgelegt?«

»Fick dich doch selbst«, entgegnete Sebastian wie beiläufig.

»Genau, da sind wir doch schon beim Thema.«

»Ehrlich, Bosk, wo andere Leute ein Hirn haben, sitzen bei dir nur dicke Eier. Kannst du eigentlich an nichts anderes als an Sex denken?«

»Doch, an Geld. Ich denke sehr viel an Geld, aber noch mehr an Sex.«

»Sie ist ein nettes Mädchen«, sagte Sebastian.

»Und hat sie einen großen Kitzler?«

»Wie würde es dir gefallen, wenn du auf der Straße jemanden triffst und der zu dir sagt: ›He, hallo, Bosk, ich frage mich schon die ganze Zeit, ob du einen langen Schwanz hast‹?«

Bosk schien darüber nachzudenken. Dann antwortete er: »Ich glaube, das würde mir gefallen.«

»Ach, hol dir doch einen runter.«

»Sie scheint älter als du zu sein ...«, sagte Bosk.

»Die Acht in die Ecke.«

»Vielleicht liegt das aber auch daran, dass sie reifer und erwachsener wirkt als du.«

Taylor ließ die beiden mit ihrem Lieblingsthema allein und kehrte ins Haus zurück, sich so steif bewegend wie jemand, der gerade eine Hüftoperation hinter sich hat. Dort stellte sie sich so lange vor das Feuer im Kamin, bis aus der stechenden Kälte ein unangenehmes Prickeln wurde und schließlich auch das verging. Dann wünschte sie Ada und den jungen Leuten eine gute Nacht.

Oben kroch sie ins Bett und schlief sofort ein. Um ein Uhr wurde sie wach, als Sebastian einen halbherzigen Versuch unternahm, sein Glück bei ihr zu machen. Er stand vor ihrer Tür und sang das Siegeslied der Ohio State University. Aber er versuchte nicht, die Tür zu öffnen (und dafür war Taylor dem Himmel dankbar, denn sie hatte vergessen, den Stuhl unter die Klinke zu schieben). Nach einer Weile verzog er sich auf sein Zimmer. Taylor lag noch eine Stunde wach und lauschte seinem tiefen und gleichmäßigen Schnarchen.

Es ist Sonntag in aller Frühe. Der Morgen graut. Der Dekorateur läuft unter mächtigen trapezförmigen, blauroten Wolken durch Greenwich Village. Vermutlich bringt die Wolkendecke Schnee oder Regen, aber das Wetter interessiert ihn zurzeit weniger. Seine Gedanken kreisen vielmehr um die Jagd.

Als er noch ein Junge gewesen ist, hat ihn sein Vater oft zur Jagd mitgenommen. Beide haben sich braune Cordsachen angezogen und sind über aufgewühlte Novemberfelder marschiert. Sie sind durch Maisstrünke gestapft, die mit ihrer blassen Farbe und fasrigen Oberfläche in deutlichem Kontrast zur fetten schwarzen Erde stehen. Hin und wieder fliegt ein Fasan, ein Moorhuhn oder ein Wildtruthahn erschrocken vorbei. Er beobachtet den Vogel einen Moment, spürt dann den Rückstoß der Remington und hört die Explosion, die ihm immer so vorkommt, als fände sie fünf Meter vor ihm statt. Oben am Himmel spritzen Federn auseinander, und das getroffene Tier fällt wie ein Stein herab.

Der Dekorateur geht weiter die Straße hinunter. Plötzlich fliegt vor ihm ein kleiner Vogel auf. Die Augen des Mannes verengen sich zu Schlitzen, er zielt und spannt die Muskeln gegen den Rückstoß an.

In seiner Fantasie trifft er das Tier.

Vor seinem geistigen Auge trudelt der Vogel aus dem Himmel. Er sieht sich um und erkennt, dass er am Ziel angelangt ist.

Am Dienstboteneingang setzt der Mann seine Spezialpistole ans Schloss und drückt so lange den Abzug, bis alle Bolzen zurückgesprungen sind. Die Tür geht ohne Schwierigkeit auf. Er steigt die Treppe bis in den dritten Stock hinauf und macht sich dort in gleicher Weise am Schloss einer Wohnungstür zu schaffen.

Im Apartment entdeckt er einen Beutel mit Näharbeiten (auf einer von ihnen ist eine Weihnachtsszene, die wohl nicht mehr rechtzeitig zum Fest fertig werden wird), eine Schachtel mit den kalorienarmen Apfelsnacks von Weight Watchers, einen Strapsgürtel, noch in der Originalverpackung (der Dekorateur war dem Mädchen zwar erst einmal begegnet, kann es sich aber gut in Strapsen vorstellen – was er da vor seinem geistigen Auge zu sehen bekommt, gefällt ihm sehr), Kartons voll von vergilbtem Notenpapier, einen teuer ausschauenden Kassettenrecorder mit vielen Funktionstasten und Dutzende von bespielten Kassetten, die alle denselben Titel tragen: »Die Hitze um Mitternacht – Songs von Taylor Lockwood«.

Dann fällt sein Blick auf ihr Adressbuch, und er blättert darin, anschließend auf ihren Kalender und ihre Telefonrechnungen. Er hört alle Bänder ihres Anrufbeantworters ab. Sein Auftraggeber hat bei der letzten Besprechung seine Hoffnung zum Ausdruck gebracht, sie führe ein Tagebuch. Aber der Dekorateur hat ihm an diesem Tag schon erklärt, dass heute nur noch sehr wenige Menschen so etwas tun. Und Taylor Lockwood bildet da keine Ausnahme. Bei seiner Suche stößt er auf nichts, was ihm verraten könnte, wie viel sie weiß oder was sie denkt.

Er geht langsam durch das Apartment, nimmt sich viel Zeit. Er weiß, dass sein Auftraggeber ihn ausgiebig löchern wird, um über alles, was sich in Lockwoods Apartment befindet, informiert zu werden. Daher ist er bemüht, nur ja nichts zu übersehen. Obwohl die einzelnen Zimmer recht klein sind, kommt er sich jetzt wieder so vor wie damals, als er mit seinem Vater auf die Jagd ging und über abgeerntete Felder lief. Er erinnert sich an einen Tag, an dem er auf seine Beute stieß. Der Vogel lag wie in einem Handschuh im gelben Blatt eines Kürbisses. Dank des feinen Schrots war sein Körper nicht zerfetzt. Der Dekorateur ist in die Hocke gegangen und hat das Tier fasziniert betrachtet – so lange, bis er das Rascheln von hastig ausgebreiteten Schwingen, das

Donnern vom Schrotgewehr seines Vaters und kurz darauf dessen Freudengeheul vernahm, weil ihm ein doppelter Treffer gelungen war.

Taylor und Sebastian verließen das Anwesen am Sonntagnachmittag. Er hatte schlechte Laune, saß auf dem Rücksitz der Limousine und verfolgte über Kopfhörer das Spiel der Jets. Sie fragte sich, was ihn in diese Stimmung versetzt haben mochte, das Treffen mit Callaghan oder dass sie ihn zurückgewiesen hatte.

Während der flache sandige Südstrand von Long Island draußen vorbeisauste, ging sie in Gedanken die Liste ihrer Verdächtigen durch. Sebastian war auf Platz eins vorgerückt. Callaghan schien bei dieser Geschichte die Rolle eines Vermittlers gespielt zu haben. Vielleicht wollte er den Wechsel aber auch selbst weiterverkaufen. Möglicherweise steckte er sogar mit Lloyd Hanover unter einer Decke. Sie wusste allerdings noch nicht, wie und warum Bosk in die Sache verwickelt war. Sebastians offenbare Schuldgefühle bereiteten Taylor Unbehagen. Er mochte sich pubertär aufgeführt haben und allzu habgierig gewesen sein, aber sein jungenhafter Charme war einfach ansteckend, und sie brachte es nicht über sich, negative Gefühle für ihn zu hegen.

Außerdem konnte sie nicht mit Sicherheit sagen, dass er der Dieb war. Wendall Clayton hatte sich gleichfalls in der Nacht, in der der Wechsel verschwunden war, in der Kanzlei aufgehalten, und bei ihm war sein Geliebter gewesen, von dem sie nicht mehr wusste, als dass er einen Ohrring getragen hatte. Beide tauchten nicht auf der Computerliste auf, und das besagte doch wohl, dass sie ihre Anwesenheit in der Kanzlei geheim halten wollten.

Und dann gab es da auch noch Ralph Dudley und sein kostspieliges kleines Hobby.

Taylor hatte mehr Fragen als Antworten. Morgen Abend

würde sie mit Mitchell Reece essen, sobald er aus New Orleans zurück war. Zu gern hätte sie ihm vom Fortschritt ihrer Ermittlungen berichtet, aber bei Licht betrachtet hatte sie nichts, was einer Erwähnung wert wäre. Sie spürte, wie erste Panik in ihr hochstieg. Morgen in einer Woche war der Termin bei Gericht. Sie bemühte sich, diese Gedanken aus ihrem Bewusstsein zu verbannen. Doch sie sah vor ihrem geistigen Auge immer wieder Mitchell, wie er vor der Geschworenenbank auf und ab schritt und den Männern und Frauen erklärte, warum der Wechsel nicht mehr da war. Schließlich nickte sie ein und träumte kurz, sie habe das Papier gefunden. Reece umarmte sie dafür, und sie spürte, wie die Wärme seiner Dankbarkeit sich über sie ergoss. Das Nächste, was sie registrierte, war, dass der Wagen aus einem Tunnel kam und Sebastian sie vorsichtig an der Schulter rüttelte, um sie zu wecken.

»Wohin möchten Sie? In Ihre Wohnung oder in meine Badewanne?«

Sie streckte sich, verspürte schmerzliche Enttäuschung darüber, aus dem schönen Traum gerissen worden zu sein, und antwortete: »Weder noch. Ich muss in die Kanzlei.«

»Ich dachte, Sie wollten nach Hause.«

»Leider sind da ein paar Dinge, die ich noch erledigen muss.«

Sebastian sagte dem Fahrer die Adresse, und die Limousine raste durch Downtown in Richtung der verlassenen und ungewöhnlich ruhigen Wall Street. Als sie vor der Kanzlei hielten, hatte sich Sebastians Laune spürbar gebessert. Er legte seine Arme um Taylor, und was als brüderlicher Wangenkuss begann, endete mit einem Zungenkuss. Taylor ließ sich das für einen Moment gefallen, stieß ihn dann fort und rief entsetzt: »Aber Thom!« Doch gleich darauf lächelte sie schüchtern, so wie es die Regeln bei diesem Spiel verlangten, glitt aus dem Lincoln und flüchtete in die Kanzlei.

... Fünfzehn

Es war neunzehn Uhr und schon recht dunkel draußen. Die Kanzlei lag in ungestörter Sonntagabendstille und schien ihr Feierabendnickerchen zu machen. Ein gutes Dutzend Anwälte war noch bei der Arbeit (hier im Haus gehörte es zu den ungeschriebenen Regeln, sich bei einer Sechstagewoche den Samstag freizunehmen). Die meisten trugen ihre bequemsten Jeans und keine Krawatte oder Fliege.

Taylor schrieb einen kurzen Dank an Thom Sebastian und brachte das Blatt in sein Büro. Sie legte es auf seinen Schreibtischsessel und fing dann an, den Raum gründlich und eifrig wie ein Polizist bei seinem ersten Einsatz zu untersuchen. Sein Schreibtisch enthielt Kondome, Bambuspapier, eine noch nicht geöffnete Flasche Chivas Regal, Streichholzbriefchen vom Harvard Club, vom Palace Hotel und von Nachtclubs aus der ganzen Stadt, etwa fünfundzwanzig Speisekarten von Essensdiensten (er schien sie nach persönlichen Geschmacksrichtungen geordnet zu haben; obenauf lag chinesische Küche, dann ein Delikatessenladen, schließlich japanisches Essen und ganz unten ein Steakhaus), geschwätzige Briefe von seinem Bruder, seinem Vater und seiner Mutter (alle ordentlich in Stapeln aufgeschichtet, einige davon mit Randnotizen für die Antwortschreiben versehen), Informationsblätter von Börsen- und von Immobilienmaklern, Scheckbücher (verdammter Mistkerl, wo hast du nur so viel Geld her?), einige Detektivromane und Kriegsgeschichten, eine mit Kaffeeflecken bedeckte Ausgabe von *Lawyer's Code of Professional Responsibility,* diverse Urlaubsfotos, Zeitungsausschnitte mit Börsennotierungen, einige Exemplare der *Pennystock News,* Schokoladenriegel, Krümel und Büroklammern.

Was hast du erwartet, du Superdetektivin? Etwa ein Bild

von Mitchells Büro, auf dem der Aktenschrank mit einem dicken C markiert ist? Oder vielleicht eine Maske und Einbrecherwerkzeug?

In Sebastians Bücherregalen fanden sich mehrere gebundene Bände mit Rücken in den Farben Marineblau, Burgunderrot und Dunkelgrün. Sie enthielten Kopien von all den Transaktionsunterlagen, die Sebastian erstellt oder an denen er mitgearbeitet hatte. In ihnen ließen sich hervorragend Wechsel über fünfundzwanzig Millionen Dollar oder andere wichtige Belege verstecken. Wenn Taylor eine Woche Zeit zur Verfügung gestanden hätte, wäre es ihr vielleicht möglich gewesen, all diese Wälzer durchzusehen und das Gewünschte zu finden. Die dicken Rücken der Bände wölbten sich ihr entgegen, und Sebastians goldene Namenszüge darauf schienen sie anzustarren. Taylor schätzte, dass die Bände insgesamt hunderttausend, nein, eher hundertfünfzigtausend Blätter enthielten. Das Herz sank ihr in die Hosen. Der Wechsel konnte überall sein. Vielleicht war er sogar hinter einer losen Kachel in der Herrentoilette oder im Polster der Couch verborgen.

Eine andere Möglichkeit war, dass er ihn in seiner Wohnung aufbewahrte. Taylor fiel nur ein Weg ein, dort hineinzugelangen, um sich umsehen zu können, und dazu war sie einfach noch nicht verzweifelt genug.

Ein Stockwerk tiefer ging sie in einen Aktenraum, eine große, verstaubte Kammer, die mit mehreren Reihen von Aktenschränken angefüllt war. Der Geruch erinnerte Taylor an die Leichenhalle ihres Vaters, und sie atmete nur flach.

Sie öffnete die Schublade, die mit dem Buchstaben C gekennzeichnet war, und fand rasch Wendall Claytons jüngste Tageszettel – kleine blaue Blätter, die er mit seiner zügigen Handschrift beschrieben hatte und auf denen er jede Minute aufführte, die er im Dienst der Kanzlei tätig gewesen war. Sie las den Zettel, der das Datum des 23. November trug, des Tages, an dem der Wechsel verschwunden war, dann die Blätter des vorangegangenen Freitags und die des nachfolgenden Sonntags. Taylor legte sie wieder an ihren Platz und begab sich dann zu der Schublade, auf der D stand, und schließlich zu der mit der Aufschrift S.

Sie wollte schon gehen, als ihr Blick auf den Buchstaben R fiel. Taylor legte die Hand auf den Griff, und als sie daran zog, hatte sie das Gefühl, dass es immer schwerer wurde. Erstaunt blickte sie auf die Unmenge von Abrechnungsblöcken. Hunderte davon füllten die Schubladen. In ihnen stand alles, was Mitchell Reece an jedem Arbeitstag der vergangenen sechs Jahre geleistet hatte. O mein Gott! Das waren ja eineinhalbmal so viele Zettel wie bei jedem anderen, vielleicht sogar die doppelte Menge. Reeces Arbeitsberichte nahmen beinahe die gesamte Schubladenfläche für sich in Anspruch. Taylor zog aufs Geratewohl einen Block heraus – es war der vom vergangenen Mai – und blätterte darin.

Ein typischer Tag im Leben des Mitchell Reece:

Neuer Klient eingeführt – $^{1}/_{2}$ Stunde

Banque Industrielle de Genève gegen Hanover & Stiver, Inc. – 4$^{1}/_{2}$ Stunden (Zeugenaussagen)

Westron Electronic et al. gegen Larson Associates – 3$^{1}/_{2}$ Stunden (Maßnahmen getroffen zur Aufhebung der Vorladung unter Strafandrohung, J. Brietell)

Der Staat New York gegen Kowalski – $^{1}/_{2}$ Stunde (Konferenz mit dem Büro des Staatsanwalts; pro bono)

In der Sache Summers Publishing – 2$^{1}/_{2}$ Stunden (Recherchen, Instruktion von Kapitel 7 der Konkursangelegenheit)

Lasky gegen Allied Products

Gegenseitige Indemnität des Staates New Jersey gegen Banque Industrielle de Genève

Allgemeine Bürotätigkeit – 1$^{1}/_{2}$ Stunden …

An jenem Tag hatte er sich eine halbe Stunde Mittagspause gegönnt. Und um Mitternacht war er immer noch in der

Kanzlei gewesen. Der nächste Zettel fuhr dort fort, wo der vorangegangene aufgehört hatte. Und so ging es Tag für Tag: Klageerhebung, Klageerhebung, Klageerhebung, Gerichtstermin, Recherchen, Gerichtstermin, Vergleichsbesprechung, Klageerhebung, Gerichtstermin, Gerichtstermin, Gerichtstermin …

Taylor zögerte.

Tu es nicht, sagte eine Stimme in ihr.

Sie legte die Blöcke ins Fach zurück und schloss die Schublade.

Nicht …

Sie zog sie wieder auf.

Taylor entnahm ihr den Block mit den jüngsten Unterlagen. Sie blätterte ihn rasch durch, bis sie zu dem Tag gekommen war, an dem sie Mitchell bis zur Grand Central Station gefolgt war.

Verdammt. Sie starrte auf den Zettel. Für die drei Stunden, die Mitchell sich außerhalb seines Büros aufgehalten hatte, war der Code 03 aufgeführt.

Dieser stand für persönliche Angelegenheiten wie zum Beispiel ein Zahnarztbesuch oder eine Besprechung mit dem Lehrer in der Schule – oder ein Aufenthalt in Westchester, wo man mit seiner Freundin im Bett lag, der man zuvor einen Strauß Rosen geschenkt hatte.

Sie suchte im Block nach weiteren Tagen, an denen er für mehrere Stunden nicht in seinem Büro gewesen war und für diesen Zeitraum Code 03 angegeben hatte.

He, Taylor Lockwood, was ist dein Problem? Dass er dich angelogen hat oder dass es da noch eine andere gibt?

Beides.

Taylor hatte das Gefühl zu platzen, als sie feststellen musste, dass im ganzen Monat regelmäßig einmal in der Woche der Code 03 erschien. Einmal wöchentlich drei Stunden für persönliche Angelegenheiten. Mitten an einem arbeitsreichen Tag nahm Mitchell Reece sich einfach die Zeit für ein Rendezvous …

Sie legte den Block zurück und schloss die Schublade endgültig.

Er hat dich wegen deines Verstandes ausgewählt, wegen deines Mumms. Genau das will er von dir, und nicht mehr. Und er behandelt dich besser, als du das von den meisten Männern gewohnt bist. Vergiss das nicht, und belass es bei dem reinen Arbeitsverhältnis.

Taylor warf vorsichtig einen Blick auf den Gang, sah, dass niemand sich hier unten aufhielt, und eilte dann zur Halsted Street. Sie zog ihren Mantel an, verließ die Kanzlei und beschloss, zu Fuß durch die kühle Nachtluft zu laufen. Rasch setzte sie den Kopfhörer und die Ohrenschützer auf und marschierte los. Sie fühlte sich jedoch erst etwas besser, als auf dem Band Miles Davis sein »Seven Steps to Heaven« anstimmte.

Eine Woche vor dem Tag, an dem Mitchell Reece seine Schlacht gegen Hanover & Stiver schlagen musste, stand Taylor Lockwood auf der Schwelle seines Lofts und stellte fest, dass er über ein Talent verfügte, von dem sie bislang nichts gewusst hatte und das sie ihm auch niemals zugetraut hätte.

Reece hätte mit großem Erfolg als Innenarchitekt tätig werden können.

Taylor hätte nie vermutet, dass ihm bei seiner vielen Arbeit noch Zeit blieb, seine Wohnung derart geschmackvoll einzurichten. Als er die Tür öffnete und sie hereinbat, atmete sie tief ein und lachte überrascht auf. Sie fand sich in einem großen Raum von schätzungsweise zweihundertdreißig Quadratmetern wieder. Hinten war ein erhöhter Schlafbereich, der von einem Messinggeländer umgeben war und einen Kleiderschrank aus Eichenholz und einen dazu passenden stummen Diener enthielt.

Das Bett aber nahm ihre ganze Aufmerksamkeit gefangen. Es war aus dunklem Mahagoni angefertigt und besaß ein massives Kopfende, das in einer kleineren Wohnung alles andere erschlagen hätte. Der Schreiner hatte es im gotischen Stil angefertigt. Die abgebildeten Figuren wiesen sogar Sprünge und Wurmlöcher auf. Taylor konnte nicht genau erkennen, worum es sich bei ihnen handelte, am ehesten noch um Jäger, Ungeheuer und fliehendes Wild.

An der Wand dahinter hing ein viktorianischer Spiegel. Sie entdeckte sich in der leicht getrübten Oberfläche und zog rasch die Hand zurück, die sie dabei beobachtete, wie sie automatisch zu ihrem zerzausten Haar hochfuhr.

Überall in dem großen Raum machte sie Pflanzen, Skulpturen, Antiquitäten, hohe Bücherregale und Wandteppiche aus.

Punktstrahler beleuchteten mit ihren Lichtströmen kleine Statuen und Gemälde, von denen einige hässlich genug aussahen, um echt und sehr wertvoll zu sein. Die Wände waren Ziegelsteinmauern, die man altweiß gestrichen und dann mit grauen und rosafarbenen Streifen und Zonen aufgelockert hatte. Der Boden bestand aus gebleichtem Eichenholz, das mit satinartigem Polyurethan belegt war.

Wenn dieser Junge auch noch kochen kann, heirate ich ihn auf der Stelle.

»Ich weiß ganz genau, dass Sie das alles hier nur arrangiert haben, um mich zu beeindrucken.«

»Darf ich Ihnen den Mantel abnehmen?« Reece trug weit geschnittene Hosen und ein weites weißes Hemd, dazu weiche Mokassins, natürlich ohne Socken. Sein Haar war noch feucht vom Duschen.

Taylor hatte sich für ein flottes, doch nicht zu aufreizendes Outfit entschieden: schwarze Strümpfe, aber niedrige Absätze, ein schwarzes Kleid von Carolina Herrera, hauteng, allerdings hochgeschlossen (»Ausschnitt«, hatte eine Freundin einmal unverblümt zu ihr gesagt, »vergiss es, Taylor. Trag bloß keine tief ausgeschnittenen Klamotten. Der Rest von deinem Körper ist okay, könnte nicht besser sein. Kurz und hochgeschlossen. Vergiss das nicht. Nur Sachen, die kurz und hochgeschlossen sind.«)

Taylor registrierte mit freudiger Erregung, wie Reeces Blick über ihren ganzen Körper wanderte. Er ging dabei ziemlich subtil vor, war aber nicht vorsichtig genug. Sie entdeckte in einem der Spiegel über dem riesigen Bett, wie er sie heimlich musterte.

Okay, du in Westchester, kannst du deine Figur in ein solches Kleid zwängen? Na, kannst du?

Taylor folgte ihm über einen sehr dicken und sehr weichen Orientteppich. Der Esstisch stand an einem großen Fenster. Die Tischbeine liefen in Füßen aus, und die Seiten waren mit geschnitzten Sonnengesichtern verziert, die eine finstere Miene aufgesetzt hatten.

»Ihr Tisch sieht aber nicht sehr glücklich aus.«

»Er langweilt sich eben von Zeit zu Zeit, denn er bekommt hier nicht sehr viel Gesellschaft. Aber heute Abend kann er sich freuen.«

Als Reece die Flasche Wein nahm, die sie mitgebracht hatte, betrachtete sie ihn von der Seite und kam zu dem Schluss, dass auch er nicht allzu glücklich aussah. Seine Augen waren gerötet, und er schien sich dazu zwingen zu wollen, die Arbeit und den Stress des Tages zu verdrängen und sich zu entspannen.

»Wie war's denn in New Orleans?«, fragte sie.

»Werden Sie mich hassen, wenn ich antworte, heiß und sonnig?«

»Darauf können Sie wetten.«

Er ging zur kleinen Küche und stellte Taylors Wein in eine Art Kühlschrank. Sie warf einen Blick hinein und entdeckte dort nur Flaschen. »Sie sollten von Zeit zu Zeit auch Obst,

Gemüse und Salat zu sich nehmen«, bemerkte sie. »Man bekommt heutzutage sogar schon grillfertige Hähnchenteile zu kaufen.«

»Das ist mein Weinkeller«, erklärte Reece und entkorkte eine Flasche Pouligny-Montrachet. »Der Kühlschrank steht dort drüben.« Er deutete kurz in die entgegengesetzte Ecke, nahm dann zwei Kristallgläser zwischen die Finger der einen Hand und trug mit der anderen die Flasche und einen Keramikkühler in den Wohnbereich.

Er stellt sich wirklich geschickt an, dachte sie. Vermutlich hat er mit solchen Dingen schon reichlich Erfahrung gesammelt.

Er schenkte ein, und die beiden stießen an. »Auf den Sieg.«

Taylor sah ihm einen Moment in die Augen und wiederholte dann den Trinkspruch. Der Wein hatte ein volles Bouquet und schmeckte leicht herb. Er kam ihr mehr wie eine Speise denn wie ein Getränk vor. Der Römer wog schwer in ihrer Hand und erinnerte sie an eine mittelalterliche Kogge.

Was steht bislang auf der Liste? Auf der Liste natürlich, was ich alles verändern muss, wenn ich ihn zu mir zum Dinner einlade. Zuerst einmal die billigen Gläser aus dem Supermarkt in den Müll befördern, zusammen mit den Plastiktellern. Und dann natürlich eine neue Tischdecke besorgen. Ein neuer Anstrich, neue Möbel, neue Tapeten …

»Haben Sie je einen Prozess verloren?«, fragte sie ihn.

»Ich scheine immer zu gewinnen«, antwortete er lächelnd, so als wäre das eine selbstverständliche Tatsache.

»Ist das Ihr Motto, oder was?«

»Vermutlich sollte ich mir so etwas einmal zulegen. Ich frage mich, wie es sich wohl auf Lateinisch anhört.« Er trank einen kleinen Schluck. »Wo wohnen Sie eigentlich?«

»Zwischen Fifth Avenue und Ninth Street.«

»Eine hübsche Gegend.«

»Na ja. Ist eine ziemlich kleine Wohnung. Und irgendwie

schizophren. Für eine Weile habe ich in einer Dreißigerjahre-Inneneinrichtung gelebt, so wie Nick und Nora in *Mordsache Dünner Mann.* Danach bin ich nach Greenwich Village gezogen und fand eine Fünfzigerjahre-Einrichtung vor. Und meine jetzige Wohnung bewegt sich irgendwo zwischen diesen beiden Stilrichtungen.«

»Das würde ich mir gerne einmal ansehen.«

Keine Sorge, mein Lieber, dazu wirst du noch früh genug kommen …

Taylor ging langsam auf ein langes Regal aus Rosenholz zu. »Meine Mutter hätte das vermutlich das Nippesbrett genannt. Ich dachte früher immer, unter Nippes habe man sich hässliche kleine Porzellanpudel vorzustellen.«

Sie betrachtete eine Armee von Metallsoldaten.

»Ich sammle so etwas«, erklärte Reece. »Winston Churchill hat vermutlich die größte Sammlung auf der ganzen Welt besessen. Und die von Malcolm Forbes konnte sich auch sehen lassen. Ich habe erst vor zwanzig Jahren damit angefangen.«

»Woraus sind sie gemacht? Aus Zinn?«

»Aus Blei.«

»Mein Bruder hat immer riesige Tüten voller Plastiksoldaten geschenkt bekommen«, erzählte Taylor. »An einem Geburtstag hat er überhaupt nichts anderes gekriegt. Ich habe mit ihnen genauso oft gespielt wie er. Seine Armee war bestimmt so groß, dass er damit die ganze Normandie-Invasion nachstellen konnte. Irgendwann haben meine Eltern dann die Geschlechtsschranken durchbrochen und mir einen B-29-Bomber geschenkt. Damit habe ich seine gesamte Truppe vernichtet, na ja, zumindest fast. Haben Sie nur Soldaten oder auch Kanonen und Katapulte?«

»Ich habe Soldaten, Pferde, Kanonen, Munitionswagen und so weiter …«

Taylor trank einen Schluck und dachte: Es gibt im Leben

Momente, die kann man nur als blanken Wahnsinn bezeichnen. Da schwebt man vor Glück wie ein indischer Guru außerhalb seines Körpers, blickt auf sich selbst hinab und sagt sich: Scheiße noch mal, das gibt's doch gar nicht. Da stehst du vor einem ungeheuer attraktiven Mann, der äußerst anziehend gekleidet ist, trinkst mit ihm Wein, der mindestens dreißig Dollar die Flasche kostet, und alles, was dir einfällt, ist, dich mit ihm über Spielzeugsoldaten zu unterhalten.

Taylor lachte und nahm sich fest vor, unter gar keinen Umständen betrunken zu werden.

Reece stellte ein paar Figuren um und sagte dann: »Ich habe auch ein britisches Karree. Schon als ich sechzehn war, habe ich es aufgebaut.«

»Ein Karree? Wie ein Hof mit Häusern drum herum?« Sie fühlte sich auf etwas sichererem Boden. Wenigstens hatte sich ihr Gespräch ein Stück weit von den Soldaten entfernt, ein Thema, zu dem sie nicht allzu viel beisteuern konnte.

Mitchell lachte laut. »Nein, Taylor, das britische Karree! Nie davon gehört? Es handelt sich dabei um eine Gefechtsformation. Sie wissen doch, Gunga Din.«

»Rudyard Kipling?« Sie hob die Brauen.

»Ein Geviert von Schützen, auf jeder Seite zwei Glieder tief. Während die hintere Reihe steht und lädt, kniet die vordere und feuert. Die Zulukaffern waren die Einzigen, denen es jemals gelungen ist, eine solche Formation zu durchbrechen.«

»Wer bitte?«

»Die Zulus, südafrikanische Stammeskrieger.«

»Ach, der Burenkrieg.«

»Der fand gut zwanzig Jahre später statt. Ich spreche von den Siebzigerjahren des vergangenen Jahrhunderts.«

»Oh, natürlich.«

»Kann es sein, dass Sie mich insgeheim ein wenig auslachen?«

»Ein ganz klein wenig.«

Er tippte leicht auf ihren Arm, und seine Finger verharrten einen Moment zu lange darauf. Taylor lehnte sich lächelnd an ihn, doch schon im nächsten Moment trat sie einen Schritt zurück und ging dann zum Ende des Regals.

»Die besseren Figuren bewahre ich bei meinem Vater auf. Was Sie hier sehen, ist nicht sonderlich wertvoll. Diese Soldatensammlung ist ziemlich herumgekommen. Es wurde mit ihnen gespielt, und einige von ihnen sind etwas lädiert. Sie hatten eben nicht das Glück, unter einem Glasdeckel aufbewahrt zu werden«, er lachte, »oder auf irgendjemandes Nippesbrett.«

»Wer von denen ist denn Wellington?«, fragte sie.

»Wellington hält sich zurzeit in der Offiziersmesse auf. Der Marquis von Chumley besitzt eine fantastische Waterloo-Schlacht mit schätzungsweise zwanzigtausend Soldaten. Seine Kanonen sehen aus, als würden sie feuern. Er benutzt die Wolle von schottischen Schafen, um den Mündungsrauch darzustellen. Und sein Napoleon hat eine verkrüppelte Hand.«

Taylor betrachtete ein halbes Dutzend Fotos in Zinnrahmen.

»Das ist mein Vater«, erklärte er und ging dann die Reihe durch. »Vater und Mutter. Großmutter. Stiefmutter.« Er legte eine kleine Pause ein, dann sagte er: »Meine leibliche Mutter ist gestorben. Vor achtzehn Jahren.«

»Das tut mir Leid«, erwiderte sie. »Es war sicher nicht leicht für Sie, in so jungen Jahren die Mutter zu verlieren.«

Er zuckte mit den Schultern. »Wie heißt es so schön: Das Leben geht weiter. Was macht eigentlich Ihr Vater? Sie haben mir nie erzählt, was für ein Familienbetrieb das war, den er übernommen hat.«

Taylor grinste unfreiwillig. »Mein Vater?« Sie schwieg einen Moment lang und fragte sich, wie oft sie diese Frage schon gestellt bekommen und wie regelmäßig die Antwort ein nettes Gespräch erstickt hatte. »Nun, die Wahrheit ist … er arbeitet als Leichenbestatter. Nein, als Bestattungsunternehmer. So mussten wir es Dritten gegenüber immer angeben.«

»Jetzt machen Sie nicht ein so abwehrendes Gesicht. Sie werden von mir ganz bestimmt keine Witze darüber hören.«

Taylor lächelte schief und zählte gängige dumme Bemerkungen auf: »Ist ja wohl ein todsicheres Geschäft, oder? Hat sich bestimmt noch kein Kunde nachträglich beschwert, was? Bekommen Ärzte, die über ein Dutzend Kunden zugeführt haben, eigentlich Mengenrabatt?«

»Man hat Sie in der Schule vermutlich oft gehänselt, oder?«

»Das können Sie laut sagen. Die Vororte von St. Louis sind berühmt für ihre liberale Gesinnung. Wäre ich eine Schwarze oder Latina gewesen, hätte ich sicher kaum Probleme gehabt. Doch die Kinder von Bestattungsunternehmern sind leider keine von den Minderheiten, die unter dem besonderen Schutz der Verfassung stehen. Aber ich schätze, das hat mir wohl auch den einen oder anderen Vorteil eingebracht. Auf der High School war ich schon so abgehärtet, dass der Spott mir nicht mehr viel anhaben konnte.«

»Und haben Sie nie den Wunsch verspürt, das Familienunternehmen fortzuführen? Ich will Ihnen nicht zu nahe treten, aber gestorben wird immer. Das Bestattungswesen ist also ein einträgliches Geschäft und hat die niedrigste Konkursrate unter allen mittelständischen Unternehmen in Amerika.«

»Ich möchte gern etwas Neues versuchen. Taylor Lockwood, Bestattungen und Rechtsberatung. Verstehen Sie? Damit hätte ich beide Märkte abgedeckt, und danach könnte sich wirklich keiner der Kunden mehr beschweren.«

Reece lachte laut auf. Dann fiel sein Blick auf die Stereoanlage, und er sagte: »Ich habe mir übrigens Ihr Band auf dem Rückflug von New Orleans angehört. Um ehrlich zu sein, ich hatte mit etwas netter Musik gerechnet, aber was ich dann zu hören bekam, war wirklich gut. Mehr noch, es hat mich vom Stuhl gehauen.«

Taylor lief knallrot an. »Na ja, wenn mir ein paar gute Studiomusiker und ein tüchtiger Produzent zur Seite gestanden hätten …«

»Nein, ehrlich, es war toll. Gershwin direkt neben Thelonious Monk. Und dazwischen Ihre eigenen Stücke … Wirklich, es hat mir ausgezeichnet gefallen. Ich glaube, Sie werden Ihren Weg noch machen. Sie stürmen bis an den Gipfel, und dann haben Sie alle Ihre Freunde bei Hubbard, White & Willis rasch vergessen.«

»Die Antworten von den Schallplattenverlagen waren bislang alles andere als ermutigend.«

»Sie brauchen ja auch nur einen, der Ja sagt.«

Zwanzig Uhr dreißig. Sie konnte nichts riechen, das mit Essen zu tun hatte. Wollte er sie ausführen? Also der erste Minuspunkt. Er kann nicht kochen. Trotzdem ist er immer noch eine gute Partie. Versprichst du, die hier Anwesende zu lieben, zu ehren …

Es läutete an der Tür.

»Entschuldigen Sie mich bitte einen Moment.«

Er ließ einen jungen Mann in die Wohnung, der Taylor kurz zunickte und dann aus einer riesigen Tüte Schachteln herausholte. Reece deckte inzwischen den Tisch mit Porzellantellern, Silberbesteck und einem Kerzenhalter.

Der junge Mann fragte: »Möchten Sie, dass ich den Wein einschenke, Mr. Reece?«

»Nein. Aber trotzdem vielen Dank, Robert.« Er unterzeichnete die Rechnung und gab sie ihm zurück.

»Dann wünsche ich noch einen angenehmen Abend, Sir.«

… in guten wie in schlechten Tagen, bis dass der Tod euch scheidet?

»Ich hoffe, es macht Ihnen nichts aus«, sagte Reece. »Mir bleibt einfach nicht die Zeit, selbst zu kochen. Und auszugehen käme mir zu …«, er schien nach einem passenden Wort zu suchen und fand dann eines, das Taylor durchaus gutheißen konnte, »… zu unpersönlich vor.«

Sie hob ihr Glas, lächelte kurz und dachte: Ja, ich will.

… *Sechzehn*

Das Dinner bestand aus Blini mit Beluga-Kaviar und saurer Sahne, Kalbsmedaillons mit frischen Trüffeln in Marsala-Sauce, blanchierten Endivien und kalten marinierten grünen Bohnen.

Sie sprachen über die Kanzlei, die Partner, Affären, darüber, wer schwul war, wer demnächst die Partnerschaft angeboten bekam und wer sich diesbezüglich keine Hoffnungen zu machen brauchte. Taylor steuerte den größten Teil der Neuigkeiten bei, und sie wunderte sich insgeheim darüber, wie wenig er über die Gerüchte und das Gemauschel in der Kanzlei informiert war. Sie hielt es für höchst eigenartig, dass diejenigen, die sich dafür entschieden hatten, Prozessanwalt zu werden, und sich dabei mit mächtigen Gegnern herumschlagen mussten, dazu zu neigen schienen, sich von ihrer Umgebung zu isolieren.

Noch mehr versetzte es Taylor in Erstaunen, dass er auch von der bevorstehenden Fusion kaum etwas zu wissen schien. Obwohl die meisten Anwälte und Mitarbeiter von Hubbard, White & Willis seit Tagen fast nur noch über den anstehenden Zusammenschluss der beiden Kanzleien debattierten und kaum Zeit für ihre Klienten aufbrachten, hatte Reece allem Anschein nach noch nicht viel davon mitbekommen. Sie erwähnte das jüngste Gerücht, das besagte, Clayton habe einen deutschen Anwalt damit beauftragt, Nachforschungen darüber anzustellen, ob Burdick in der Schweiz irgendwelche Konten eingerichtet habe. »Er versucht vermutlich, dem alten Herrn etwas anzuhängen.«

»Tatsächlich?«, fragte Reece, und seine Verblüffung war echt.

»Machen Sie sich denn überhaupt keine Sorgen deswegen?«, wollte sie von ihm wissen. »Was geschieht, wenn Wendall sich durchsetzt?«

»Nein, eigentlich nicht. Solange ich mich wie bisher um Fälle und Prozesse kümmern kann, ist es mir egal, ob Donald Burdick oder John Perelli auf dem Chefsessel sitzt.«

Als sie mit dem Essen fertig waren, erhob er sich und räumte das Geschirr ab. Taylor wollte ihm helfen.

»Nein, lassen Sie das bitte … Die Hausregel meiner Familie besagt, dass man bei den drei ersten Einladungen als Gast zu betrachten ist. Erst beim vierten Mal wird erwartet, dass man mithilft.«

»Gut, dann helfe ich Ihnen jetzt und hebe mir meinen Gastbonus für ein andermal auf.«

»Meinetwegen. Aber wenn ich bei Ihnen zu Gast bin, trifft dieselbe Regelung auch auf mich zu.«

Sie erhob sich und räumte mit ihm den Tisch ab.

»Kaffee oder ein Dessert?«, fragte er. Taylor war enttäuscht. Sie hatte gehofft, sich länger mit ihm über alles Mögliche unterhalten zu können, um ihm so vielleicht etwas näher zu kommen.«

»Nein, danke, im Moment möchte ich nichts.«

Anscheinend hatte sie die richtige Antwort gegeben, denn er war schon auf dem Weg zur Sitzgruppe und sagte: »Erzählen Sie mir doch bitte, was Sie bislang herausgefunden haben.«

Sie ließen sich beide auf der großen Ledercouch nieder, die mit einem leisen Zischen gegen das ungewohnte Gewicht protestierte. Reece wirkte nervös und begierig, von ihr etwas zu erfahren. Taylor erkannte im Nachhinein, dass ihn schon während des Dinners diese Unruhe befallen hatte. Sie begriff auch, dass sie nicht von der anstrengenden Geschäftsreise oder Mangel an Schlaf herrührte. Ihm ging es einzig und allein um das, was ihn und sie zusammengeführt hatte, nämlich den Diebstahl des Wechsels. Alle Hoffnungen, aus dieser Einladung zum Abendessen könne sich mehr entwickeln, schwanden ebenso dahin wie das dunkle Gespenst seiner Freundin in Westchester. Zwischen ihnen beiden bestand nicht mehr als eine reine Arbeitsbeziehung. Taylor spürte, wie ihr Magen sich verkrampfte und ihre Gedanken wie bei einem Studenten durcheinander purzelten, der unvorbereitet zu einer Prüfung erschienen ist. Reece verlangte von ihr genau das, was seine Arbeit auszeichnete: klare Ergebnisse, ordentliche Arbeitsweise und begründete Schlussfolgerungen. Ihr Mund wurde trocken, und sie musste mehrmals schlucken, ehe sie sagen konnte: »Ich habe eigentlich nichts in der Hand, jedenfalls nichts Konkretes.« Sie beobachtete seine Miene, um festzustellen, wie er darauf reagierte. Doch sie glaubte lediglich ein leichtes Aufflackern von Verzweiflung auszumachen. »Thom Sebastian ist der Hauptverdächtige. Ich habe Ihnen doch von den Fingerabdrücken erzählt. Er streitet zwar ab, in der fraglichen Nacht in der Kanzlei gewesen zu sein, aber ich weiß es besser. Er hat sich durch die Feuertür im sechzehnten Stock hineingeschlichen.« Dann berichtete sie ihm von Sebastians Verbindung zu Bosk und Dennis Callaghan und wie sie die drei im Keller belauscht hatte. Reece schien von ihrem Mut und ihrem Einsatz beeindruckt zu sein. Danach fragte sie ihn: »Haben Sie je im Zusammenhang mit dem Fall Hanover & Stiver den Namen Callaghan gehört?«

Er schüttelte den Kopf. »Aber was könnte Sebastians Motiv sein? Ist er wirklich bereit, eine Haftstrafe zu riskieren, bloß um Hubbard, White & Willis eins auszuwischen?«

»Was würden Sie denn tun, wenn man Sie bei der Partnerschaft übergangen hätte?«

»Ich würde hart genug arbeiten, um sicherzustellen, dass man mich beim nächsten Mal nicht übersieht.«

»Nun ja, ich glaube, Thom scheint zu denken, die Kanzlei schulde ihm das Geld, das er jetzt mit seinen krummen Geschäften einheimst. Vergessen Sie nicht, dass er in den sechs oder sieben Jahren, die er für Hubbard, White & Willis tätig ist, vor allem darauf gedrillt wurde, auf das zu achten, was unter dem Strich dabei herauskommt. Und um in dem Bild zu bleiben, ist er nun der Ansicht, der Vorstand der Kanzlei habe ihn übers Ohr gehauen, und will sich rächen.« Als er nichts dazu sagte, fuhr sie fort: »Dann hätten wir da noch Ralph Dudley. Jetzt machen Sie sich mal auf was gefasst!« Und sie berichtete ihm von Junie.

»Ach, du lieber Himmel!«, entfuhr es ihm. »Der Mann muss von Sinnen sein. Wenn das auffliegt, verbringt er den Rest seines Lebens hinter Gittern. Verführung von und Unzucht mit einer Minderjährigen, Vergewaltigung …«

»Er gibt pro Woche ungefähr tausend Dollar für sie aus.«

»Prostitution einer Minderjährigen«, murmelte Reece.

»Sie haben mir doch erzählt, dass er finanzielle Probleme hat. Er behauptet zwar, an jenem Samstagabend nicht in der Kanzlei gewesen zu sein, aber da hat er die Unwahrheit gesagt. Von Junie habe ich erfahren, dass er zur fraglichen Zeit in Aktenschränken herumgestöbert hat. Und was um alles in der Welt hat Ralph Dudley an einem Wochenende in der Kanzlei verloren? Ich habe seine Tageszettel durchgesehen. Er hat für den betreffenden Samstag nicht einen Klienten angegeben. Also kann das, was er dort gesucht hat, nur etwas Persönliches gewesen sein …«

»Haben Sie denn Fingerabdrücke von ihm entdeckt?«

»Nein, aber da gibt es ein paar Abdrücke, die ich bislang noch nicht identifizieren konnte.«

Reece schüttelte den Kopf und rieb sich die Augen. »Hört sich nicht so an, als ließe sich viel daraus machen …«

»Nun – wir haben noch einen Verdächtigen: Wendall Clayton.«

»Wendall?« Reeces Miene drückte höchste Überraschung aus.

»Junie hat mir erzählt, dass sie an jenem Samstagabend mit Clayton in Streit geraten sei. Er war wohl ziemlich sauer darüber, sie im Konferenzraum anzutreffen. Und bei ihm war ein Mann, den Junie nicht kannte. Ihren Angaben zufolge ein junger Mann. Sie sagte noch, er habe ausgesehen wie eine Schwuchtel.«

»Aber haben Sie nicht gesagt, Wendalls Name stehe auch nicht auf der Computerliste?«

»Nun, ja und nein. Er steht nicht auf der Liste für den Samstag, aber auf der für den Freitag. Clayton hat am Freitag angefangen, sich mit einem Fall zu beschäftigen, und die Kanzlei den ganzen Samstag hindurch nicht verlassen.«

»Natürlich, die TRO-Geschichte. Davon habe ich gehört. Komisch, jetzt, da Sie es erwähnen, fällt mir ein, dass er mich am Freitagabend zu sich gerufen hat, weil er wollte, dass ich ihm bei der Sache helfe.«

»Wirklich?«

»Ich habe ihm aber erklärt, dass ich mich auf zwei Prozesse vorbereiten müsse und deswegen keine Zeit dafür habe. Moment, wenn ich mich recht erinnere, hat er mich sogar gefragt, ob ich zufällig Samstagabend in der Kanzlei sei. Interessant, nicht wahr …«

»Junie erzählte noch, er habe sich in einem der kleinen Konferenzräume vergraben. Ich vermute, sie meint den direkt neben der Bibliothek. Wendall blieb bis drei Uhr am Sonntagmorgen. Damit hat er die Kanzlei am Samstag nicht verlassen und taucht deswegen auch nicht auf der Computerliste auf. Ich habe mir seine Arbeitszeiten angesehen. Für den

Samstag hat er achtzehn Stunden aufgeschrieben. Ihm blieben also nur sechs Stunden Zeit zu schlafen … oder in Ihrem Aktenschrank herumzustöbern.«

»Fingerabdrücke?«

»Keine verwertbaren.«

»Wendall Clayton, nein, das kann ich einfach nicht glauben!« Die Frivolität einer solchen Annahme schien Reece ernstlich zu irritieren. »Warum sollte er so etwas tun? Was für ein Motiv könnte ihn dazu bewegt haben? Er ist doch so reich, dass er nicht noch mehr Geld braucht. Wendall hat …«

»Wessen Klient ist die Schweizer Bank?«, fragte Taylor ganz ruhig.

»Das habe ich Ihnen doch schon gesagt. Die Banque Genève wird von Donald Burdick betreut. Sie ist einer seiner ältesten und kapitalkräftigsten Klienten.«

»Und was passiert, wenn wir den Fall verlieren, weil der Wechsel zum Zeitpunkt des Verfahrens noch nicht wieder aufgetaucht ist?«

»Was dann passiert? Nun, da gibt es zwei Varianten. Erstens: Die Banque de Genève kündigt die Verträge mit uns auf. Zweitens: Sie verklagt die Kanzlei und insbesondere mich wegen Veruntreuung.«

»Bleiben wir doch bei der ersten Möglichkeit. Die Schweizer Bank lässt sich in Zukunft von einer anderen Kanzlei betreuen. Damit würde Donald Einnahmen in Höhe von fünf Millionen im Jahr verlieren, richtig?«

»In diesem Jahr sind es schon eher sieben Millionen.«

»Dann könnte Wendall mit dem Finger auf ihn zeigen und erklären: ›So sieht ein Anwalt aus, der sich gegen die Fusion ausgesprochen hat. Wir brauchen frisches Blut. Setzen Sie mich an die Spitze, und ich bringe die Kanzlei wieder auf Vordermann.‹«

Reece hörte ihr mit skeptischem Blick zu. Plötzlich richtete er sich kerzengerade auf und war wie elektrisiert. »Da wäre noch ein Punkt. Die Stimmenzahl der einzelnen Partner beruht auf den Einnahmen, die sie der Kanzlei einbringen.«

»Und wenn Donald die Banque Genève nicht mehr hat«, fügte Taylor hinzu, »gehen ihm damit womöglich die Stimmen verloren, die eine Fusion noch verhindern können.«

Reece lächelte und sagte nachdenklich: »Das wäre ein Motiv.« Er stand auf, ging in die Küche und kehrte mit zwei gefüllten Cognacschwenkern zurück. Er reichte einen davon Taylor, und die Flüssigkeit hinterließ auf der Innenseite des Glases dünne, sirupartige Wellenspuren. Reece zog seine Mokassins aus und nahm neben ihr Platz. »Morgen gibt Wendall eine Party in seinem Haus in Connecticut. Warum begleiten Sie mich nicht? Vielleicht entdecken Sie ja irgendwas, das uns weiterhilft.«

»Das geht nicht, da gehöre ich nicht hin. Ich bin doch nur eine Anwaltsgehilfin.«

»Nein, nein, das ist eine Veranstaltung der Kanzlei, nur dass sie nicht in der Kanzlei, sondern in seinem Haus stattfindet. Es handelt sich um die alljährliche Feier für die neuen Mitarbeiter. Niemand wird sich etwas dabei denken, wenn Sie dort auftauchen.«

»Man sollte uns aber besser nicht zusammen sehen.«

»Das stimmt. Also trennen wir uns, sobald wir durch die Tür getreten sind. Wir kommen etwas später an und mischen uns einfach unter die Menge.«

»Ja, gut, einverstanden. Oh!« Sie sah ihr leeres Glas und blinzelte überrascht. »Tut mir Leid, eigentlich trinkt man Cognac ja in kleinen Schlucken. Ich muss ganz in Gedanken gewesen sein.«

»Nehmen Sie sich ruhig noch einen. Die Flasche steht in dem Schrank neben dem Herd.«

Sie begab sich in die Küche.

»Wie kommt es eigentlich«, rief er vom Sofa aus, »dass Sie keinen Freund haben?«

»Da müssen Sie die Männer fragen, nicht mich.«

»Waren Sie jemals verheiratet?«

»Nein, nicht mal verlobt.«

Taylor ging vor dem Schrank in die Hocke und entdeckte schließlich die Flasche. Als sie sich wieder erhob, war ihr Kleid bis zu den Oberschenkeln hochgerutscht. Sie musste kichern. Die Kombination von schwerem Wein und Cognac machte sie beschwipst. Sie wackelte mit den Hüften und zog das enge Kleid nach unten.

»Worüber lachen Sie?«

»Oh, nichts ... Sagen Sie, sind Sie schon einmal Ski gefahren?«

»In meinem ganzen Leben noch nicht.«

»Den Grund dafür kann ich mir denken«, entgegnete sie. »Sie haben zu viele Geschichten darüber gehört, wie leicht man sich dabei schwere Verletzungen zuziehen kann. Das lässt sich nicht ganz von der Hand weisen, passiert aber eigentlich nur, wenn man vorher keine Stunden genommen hat. Und wissen Sie was, Sie sind ein großer Glückspilz. Ich werde Ihnen nämlich das Skifahren beibringen.«

O verdammt, habe ich das wirklich gerade gesagt? Ich muss betrunken sein. Aber nein, von dem bisschen wird man doch noch nicht betrunken. Er hält mich bestimmt für einen kompletten Idioten. Habe ich ihm tatsächlich angeboten, ihm das Skifahren beizubringen? Bitte, bitte, lieber Gott, lass mich das nicht gesagt haben.

Reece lachte. »Ich auf zwei Brettern? Sie meinen, wo man auf Schnee fährt?«

Seine Stimmung besserte sich mit jeder Minute, seit sie ihm von ihrem Verdacht gegen Wendall Clayton berichtet hatte. Taylor befand sich geradezu im Glücksrausch. Sie füllte ihr Glas mehrere Finger breit. »Schnee ist ganz bestimmt von Vorteil, wenn man Ski fahren will. Ich muss zugeben, Sie lernen schnell.«

He, jetzt reiß dich endlich zusammen …

»Schenken Sie mir bitte auch noch einen ein«, sagte Reece, hielt ihr sein Glas hin und sank in die Couch zurück. Er spielte mit dem obersten Knopf seines Hemds. Eine Strähne fiel ihm über ein Auge. Er strich sie zurück, aber es half nichts, sie war widerspenstig. »Wissen Sie was?«

Taylor kam mit der Flasche zu ihm. »Was denn?«

»Ich bin sehr froh.«

»Worüber?« Und schon im nächsten Moment spürte sie – dank ihrer Intuition oder eher aus Erfahrung? –, was sich jetzt entwickeln würde. Stand ihr ein gutes oder ein schlechtes Erlebnis bevor? Es kam so rasch, sie schlitterte geradewegs wie auf feuchtem Laub darauf zu. Okay, entscheide dich, willst du es, oder willst du es nicht? Was zögerst du denn noch, dir bleiben höchstens drei Minuten.

»Ich bin froh, dass wir unseren Dieb noch nicht gefasst haben. Ich arbeite nämlich sehr gern mit Ihnen zusammen.« Seine Stimme klang etwas heiser, und er sprach leise.

Reece hielt sein Glas hoch.

Taylor Lockwood, das ist der große Moment. Entscheide dich genau jetzt. Gehst du, oder bleibst du? Du hast es in der Hand. Die Geschichte ist noch nicht zu weit fortgeschritten. Du kannst es in diesem Stadium immer noch beenden. Vielen Dank für das nette Dinner. Mehr brauchst du nicht zu sagen. Nur musst du dich hier und jetzt entscheiden. Egal, wozu du dich durchringst, tu es sofort.

Sie goss etwas Cognac in sein Glas. Nur einen Fingerbreit, nicht mehr. Aber er drehte das Handgelenk, und ein Tropfen der Flüssigkeit verfehlte das Ziel und landete auf seinem Hemd.

»Oh, tut mir Leid«, sagte sie.

Komm schon, ja oder nein, gut oder schlecht? Entscheide dich. Mach dir klar, was du willst.

»Lassen Sie mich den Fleck abtupfen«, sagte sie oder vielleicht auch nicht. Später wusste sie es einfach nicht mehr. Sie konnte sich nur noch daran erinnern, wie sie ihm ins Gesicht gesehen hatte – das leise Lächeln auf seinen Lippen – und wie seine Lider sich leicht gesenkt hatten. Und sie erinnerte sich daran, seine Hände beobachtet zu haben – große und starke Hände –, wie sie ihre Brüste bedeckten. Sie hatte die Kraft seiner Finger gespürt, als sie zu ihrem Rücken wanderten und nach dem Reißverschluss suchten. Das alles hatte sie im Gedächtnis behalten.

Das und das wohlig angenehme Geräusch des sich öffnenden Reißverschlusses.

Und noch etwas war in ihrem Bewusstsein geblieben. Der Moment, in dem sie dachte: O ja, es wird gut, es wird fantastisch.

John Perelli zuckte mit den Schultern und schob den Zettel, auf den VERTRAULICH gestempelt war, von sich fort.

Wendall Clayton reagierte darauf mit einem kaum wahrnehmbaren Heben einer Augenbraue.

Clayton genoss Momente wie diesen, wenn er an einem Wochentag noch spät in der Nacht in seinem Büro saß. Das Gefühl von fast schon manischer Freude rührte von einigen höchst erquicklichen Erinnerungen her – an den Austausch von Zärtlichkeiten und mehr auf seiner Couch, an Verhandlungen oder an internationale Wirtschaftsabschlüsse. Dies waren die beiden großen Passionen in seinem Leben, und er hielt es für durchaus angemessen, dass er in eben diesem Büro sowohl auf dem einen wie auch auf dem anderen Gebiet schon etliche Male Erfüllung gefunden hatte.

Clayton saß auf seinem Thron, Perelli ihm gegenüber. Sie waren gerade damit fertig geworden, die Finanzen der beiden Kanzleien durchzusehen. Auf der langen Couch brüteten vier weitere Anwälte über Dokumenten, die die wirtschaftliche Gesundheit der beiden Kanzleien mit der Gründlichkeit eines Röntgenschirms durchleuchteten. Gelegentlich murmelte einer von ihnen etwas wie »schwache Außenstandssituation« oder »zu viel in der Pensionskasse« und notierte sich rasch etwas auf einem Block.

Clayton war nicht sonderlich an den Meinungen der vier interessiert. Männer wie er konnten sich nicht mit solchen Schwachköpfen abgeben. Im Augenblick erfüllte ihn vielmehr Johns Puls mit einiger Sorge.

»Gibt es ein Problem?«, fragte er.

Perelli antwortete nicht sofort. Während dieser kurzen Zeit des Schweigens fiel Clayton auf, dass mehr Mitarbeiter der Kanzlei als sonst an der offenen Tür seines Büros vorbeiliefen. Vermutlich hatte es sich bereits überall herumgesprochen, dass John Perelli gekommen war. Jetzt war man natürlich neugierig und wollte unbedingt einen Blick auf ihn erhaschen. Clayton erhob sich und schloss die Tür.

»Es ist nur so ein komisches Gefühl, Wendall. Ich habe die Zahlen gesehen, und sie sind okay. Oder sagen wir, sie sind nicht schlecht. Natürlich könnten sie erheblich besser ausschauen«, er hob eine Hand, um Claytons möglichen Protest abzuwehren, »aber ich denke, aus dieser Grundlage lässt sich etwas machen.«

»Sie wissen genau, dass sich etwas daraus machen lässt«, entgegnete Clayton nonchalant.

»Ja, ich weiß es.«

»Nun?«

»Ich habe einen Freund bei der Chase Manhattan Bank«, sagte Perelli.

»Und?«

»Wussten Sie, dass Donald Burdick dort gewesen ist und sich nach einem langfristigen Kredit erkundigt hat?«

Dieser Scheißkerl! Verdammt noch mal! Nein, das hatte er nicht gewusst, aber er ließ sich nichts von seinem Ärger anmerken. Eigentlich hätte er selbst darauf kommen können.

Donald hatte zur klassischen Verteidigung bei einer feindlichen Kanzleiübernahme gegriffen. Clayton hatte versäumt, diese Möglichkeit vorauszusehen. Man konnte ihm seinen Ärger darüber nur daran anmerken, wie sich die Muskeln in seinen Mundwinkeln anspannten. Seine Antwort erfolgte ganz ruhig. »Der Vorstand darf Kredite bis zu dreißig Millionen aufnehmen, ohne sich dafür vorher die Erlaubnis der Partner einholen zu müssen.«

»So viel?!«, rief Perelli aus. »Großer Gott, kann denn hier in dem Laden jeder tun und lassen, was er will?«

Clayton schenkte sich eine Antwort darauf, und John fuhr fort: »Das würde die finanzielle Balance zwischen unseren Kanzleien erheblich belasten. Ich kann Ihnen gleich hier und jetzt versichern, dass sich meine Leute nie dazu bewegen lassen, einer Fusion mit einer Kanzlei zuzustimmen, die einen so hohen Kredit aufnimmt. Ich garantiere Ihnen, mein Vorstand wird die ganze Geschichte sofort fallen lassen.«

Clayton war jetzt wieder die Ruhe selbst. »Wie weit sind die Kreditgespräche denn bereits gediehen?«

»Mein Gewährsmann meinte, er glaube nicht, dass die Bank einen solchen Scheck ausstellen wird, ohne dass alle infrage kommenden Personen ihr Einverständnis gegeben haben. Nicht einmal bei Hubbardy, White & Willis machen sie da eine Ausnahme. Aber sie kennen doch Donald. Er weiß genau, an welchen Fäden man ziehen muss. Ich schätze, in spätestens zwei Wochen hat er, was er will.«

Clayton erhob sich und ging auf und ab. Schließlich blieb er vor dem Fenster stehen und sah hinaus auf das schimmernde Lichtermeer von Brooklyn. Ohne sich umzudrehen, fragte er: »Wie ist der Stand der Dinge?«

Einer der Anwälte auf der Couch reagierte sofort: »In diesem Moment?« Clayton machte sich nicht die Mühe, auf eine derart dumme Frage zu antworten, und der Mann fuhr sogleich fort: »Wir sind beim Eingemachten, Wendall. Wenn man jetzt bedenkt, wer an der Partnerschaftsversammlung teilnimmt und wer dort …«

»Beim Eingemachten?«

Clayton ärgerte sich über eine so unpräzise Antwort, sagte sich aber dann, dass sie nur deswegen so ausgefallen war, weil der Anwalt keine konkretere geben konnte. Clayton wandte sich Perelli zu: »In diesem Moment und in Anbetracht der ermittelten Zahlen und wenn wir davon ausgehen, dass wir infolge der Fusion nur ein paar Klienten verlieren, glauben Sie dann, dass Sullivan & Perelli der Sache zustimmen wird?«

Perelli legte die Stirn in Falten. »Wenn Ihre Kanzlei keinen neuen Kredit aufnimmt, wenn Sie die Klienten behalten, die das große Geld bringen, und wenn …«

»Wen haben Sie da besonders im Sinn?«

»Nun, das liegt doch wohl auf der Hand: MacMillan Holdings, SBI, Crocker, Sung-Dai, die Universität, das St.-Agnes-Krankenhaus …«

»Gut, wären Sie unter diesen beiden Bedingungen einverstanden?«, fragte Clayton rasch.

»Und wenn Sie Ihr Vorhaben noch einmal gründlich überdenken, die halbe Kanzlei auf die Straße zu setzen, garantiere ich Ihnen, dass unser Vorstand zustimmen wird.«

Clayton ging in Gedanken rasch ein paar Punkte durch und sagte dann zu dem Anwalt, der ihn immer noch aufmerksam ansah: »Geben Sie ein Rundschreiben mit meinem Briefkopf heraus. Ich wünsche, dass die Abstimmung über die Fusion noch in dieser Woche abgehalten wird.«

»Noch in dieser Woche, Wendall?«, fragte der junge Mann mit sich vor Erstaunen überschlagender Stimme zurück.

Clayton bedachte ihn mit einem herablassenden Blick und begab sich dann in Richtung Tür. »Wenn Sie mich bitte für einen Moment entschuldigen wollen, Gentlemen.«

Ein Stockwerk tiefer, in der Halsted Street, traf er auf die beiden, auf den hübschen Jungen und dieses fürchterliche Mädchen. Clayton konnte einfach nicht verstehen, was Lillick von diesem Pummel wollte. Sie war schüchtern, ließ sich zu leicht beeindrucken, und Clayton glaubte nicht, dass sie über einen eigenen Verstand verfügte. Außerdem war sie, das wusste er, lachhaft einfach ins Bett zu bekommen. Die eigentlichen Probleme mit ihr fingen erst danach an und waren weitaus größer als das kurze Vergnügen. Diese Frau war eine Klette, die man nicht mehr loswurde.

Als die beiden ihn kommen sahen, lösten sie sich überstürzt voneinander. Clayton bemerkte, dass Lillick eine Erektion hatte. Die wollten doch wohl tatsächlich gleich vögeln. Er hielt das für eine charmante jugendliche Torheit.

»Hallo, Sean. Carrie.«

»Hallo, Mr. Clayton«, grüßte Carrie nervös zurück.

»Ich hoffe, ich störe nicht gerade bei etwas Dringendem?«

Außer dass ich zwei erhitzte junge Hunde daran hindere, es hier miteinander zu treiben.

»Nein.«

»Wir haben uns nur unterhalten«, fügte Carrie rasch hinzu.

Clayton betrachtete das Gesicht der jungen Frau. Man konnte ihr eine gewisse Hübschheit nicht absprechen, und sie hatte einmalig grüne Augen. Er stellte sich vor, wie ihr Kopf auf einem Kissen lag und er ihre geschlossenen Lider leckte. Und sogleich bemerkte er, dass sich jetzt auch in seiner Hose etwas regte. »Wenn Sie uns bitte entschuldigen wollen, Carrie. Sean und ich haben etwas zu besprechen«, sagte er schließlich.

Keiner von beiden rührte sich vom Fleck. Lillick sah zu Boden. Carrie räusperte sich und erwiderte dann: »Wir haben die ganze Nacht gearbeitet und wollten jetzt eigentlich etwas essen gehen.«

Clayton schwieg.

Und so sagte Lillick zu ihr: »Warum wartest du nicht in dem Restaurant auf mich?« Er sah Clayton an. »Das wird doch sicher nicht allzu lange dauern, oder?«

»Nein.«

Carrie zögerte, nahm dann ihren Mantel und ihre Handtasche und machte sich mit den Worten »Bleib nicht zu lange, ja?« auf den Weg den langen Flur hinunter.

Warum soll ich mich beeilen?, dachte Clayton. Du wirst schön warten, bis er kommt. Wenn nötig, wirst du eine halbe Ewigkeit in dem Laden herumsitzen und warten.

Sein Blick folgte ihr. Er lehnte sich an einen Schreibtisch und bedachte Lillick dann mit einem gehässigen Grinsen. Dieser sah jetzt wieder zu Boden und fing ebenfalls an zu grinsen, jedoch mehr aus Ärger und Verlegenheit.

Als die Tür sich hinter Carrie geschlossen hatte, sagte Clayton: »Du weißt doch sicher noch, Sean, was wir neulich besprochen haben.« Erst jetzt fiel ihm der Ohrring auf. Obwohl sie in der Vergangenheit schon öfter darüber in Streit geraten waren und Lillick versprochen hatte, ihn zumindest nicht in der Kanzlei zu tragen, beschloss Clayton jetzt, darüber heute Abend kein Wort zu verlieren. »Du hast mir bereits sehr geholfen … Aber ich brauche noch etwas … noch mehr Hilfe von dir.«

»Hilfe«, seufzte Lillick.

»Du bist in der Kanzlei recht beliebt, Sean.«

Dieser brummte nur etwas vor sich hin.

»Sehr beliebt«, wiederholte Clayton und fügte nach einem Moment im Flüsterton hinzu: »Ich möchte über den jüngsten Klatsch informiert werden. Besonders, was Donald Burdick angeht. Hast du irgendetwas über ihn gehört?«

»Nein.«

»Ich brauche Stimmen, Sean. Ich brauche sie sehr schnell. Die Sache steht auf Messers Schneide.«

»Wendall, das Ganze gefällt mir nicht, und ich denke, ich

habe schon mehr als genug für dich getan.« Lillick klang trotzig, aber kaum waren diese Worte aus dem entschlossen wirkenden Mund gekommen, wusste Clayton, dass sein junger Freund über kurz oder lang kapitulieren würde. »Ich verlange ja nichts Illegales von dir.« Er setzte wieder ein spöttisches Grinsen auf. »Und niemand wird je erfahren, woher ich meine Informationen habe.«

»Nein, Wendall. Ich will ganz einfach nicht mehr.«

»Denk nur an die besondere Ausbildung, die du durch die Kanzlei und da insbesondere durch mich erfährst. Wenn du zur Uni gehst, wird dir das noch sehr von Nutzen sein.«

»Ich glaube, dass ich studieren möchte, doch ich bin nicht sicher, ob ich es auch wirklich tun werde.«

»Aber natürlich wirst du. Und du wirst alle Prüfungen mit Bravour bestehen und danach ein brillanter Anwalt werden.«

»Wie auch immer, ich will solche Sachen nicht mehr machen. Meine normale Arbeit erledige ich natürlich weiterhin für dich, aber mit dem anderen Kram möchte ich nichts mehr zu tun haben. Ich werde …«

»Sean …«

»Vergiss es!«, fuhr Lillick ihn an.

»Was hast du da gesagt?«, zischte Clayton. »Ich soll es vergessen?«

Lillick kehrte ihm den Rücken zu.

Clayton hatte sich rasch wieder im Griff und legte Lillick eine Hand auf die Schulter. »Wenn ich einen Sohn hätte, der so etwas zu mir sagte, würde ich ihm eine Tracht Prügel verabreichen.« Clayton schwieg einen Moment. »Ich wünschte, ich könnte das auch mit dir tun.«

Lillick drehte sich wieder zu ihm um. Clayton hatte erwartet, dass er angesichts solcher Worte wütend oder empört sein würde, aber nein, seine Miene drückte eher Angst und leise Verwunderung aus. Bei Hubbard, White & Willis, dachte Clayton, ging es tatsächlich so ähnlich wie auf einer englischen höheren Erziehungsanstalt für Knaben zu. In dieser Kanzlei wäre es fast schon normal gewesen, wenn er jetzt mit Lillick in die Turnhalle verschwunden wäre, ihm dort die Hose heruntergezogen hätte und ihm dann …

Clayton sagte nichts mehr, sah Lillick aber tief und ernst in die Augen. Nach etwa einer halben Minute erklärte dieser leise: »Da ist schon etwas.«

»Ja?«

»Es könnte eine Hilfe sein.«

»Ich hoffe sehr, dass es sich als hilfreich erweisen wird«, entgegnete Clayton. »Mir bleibt nämlich keine Zeit mehr, mich mit Nichtigkeiten abzugeben.«

Taylor saß in Mitchells Loft am großen antiken Schreibtisch. Die Uhr zeigte halb vier morgens. Vor einer halben Stunde war sie plötzlich aufgewacht. Ein Traum war daran schuld gewesen, dessen Bilder genauso unbarmherzig vergingen wie ihre Fähigkeit, wieder einzuschlafen. Sie war noch eine Viertelstunde im Bett geblieben, doch dann war sie vorsichtig aufgestanden und in die Küche gegangen. Warme Milch half ihr stets, wieder Schlaf zu finden, doch Taylor trank sie diesmal kalt, weil sie sich nicht traute, den riesigen Herd in Betrieb zu setzen. Danach war sie durch die Wohnung gewandert, in die hier und da das Licht der Straßenlaternen fiel. Am Schreibtisch hatte sie angehalten, ihre Milch getrunken und die Titelseite der *Times* vom Vortag gelesen.

Taylor lehnte sich in den Drehsessel zurück. Sie trug Mitchells Anzughemd, das er achtlos auf seine alte lackierte Holztruhe geworfen hatte.

Wie oft schon hast du dir an einem Sonntagmorgen wie diesem ein Herrenhemd ausgeborgt, es über dein dunkles Kleid gezogen und es ordentlich zugeknöpft, damit Passanten und Türsteher nicht auf die Idee kamen, du hättest die Nacht mit einem Mann verbracht?

Nicht allzu viele Sonntagmorgen, aber genug.

Sie zählte zusammen, wie oft sie bisher einen Heiratsantrag bekommen hatte (sechsmal), mit wie vielen Männern sie eine Weile in einer Wohnung gelebt hatte (drei) und mit wie vielen sie geschlafen hatte (zwölf, nein, aktueller Stand: dreizehn). Sie dachte an die Männer, die sie nicht sonderlich hatte leiden können und mit denen sie dennoch im Bett gelandet war, und an die, hinter denen sie her gewesen war und die sie begehrt hatte und die sie trotzdem wie Luft behandelt hatten.

Mitchell, wer ist sie? Wer ist deine Freundin in Westchester? Nun aber mal langsam, diese Frage ist nicht fair.

Nein, im Gegenteil, nach dieser Nacht habe ich ein Recht zu fragen.

Sie drehte sich um und betrachtete ihn im Schlaf. Sein Kopf war tief in das Daunenkissen eingesunken, und er sah aus, als wäre er ganz in intensiver Zufriedenheit aufgegangen.

Ich habe das Recht, es zu erfahren …

Sie trank noch einen Schluck.

Oder etwa nicht?

Sei bloß auf der Hut. Denk immer an Thom Sebastians Bemerkung über den Mythos schöner Frauen. Besser gesagt, denk an den Mythos des absoluten Augenblicks – wenn wir zusammenliegen, Muskeln zucken, die Glieder sich im Zustand höchster Entspannung befinden und wir uns in der Sorglosigkeit und Gewissheit der wirklichen Liebe wiegen. Der absolute Moment, in dem wir vergessen, dass Liebe nicht ewig hält, dass man auf Worte nicht bauen kann und dass wir nie geschützt sind vor den gelegentlich komischen, aber meist schmerzhaften Unterschieden zwischen ihm und ihr, die wir so angestrengt und so erfolgreich zu ignorieren verstehen.

Taylor dachte an die Dinner, die sie für ihn bestellen, an die Gerichte, die sie ihm kochen würde, und an seine Familie. Und etwas später fragte sie sich, wann er zuletzt sein Prunkbett mit einer anderen Frau geteilt hatte. Welche Gedanken mochten ihm wohl durch den Kopf gegangen sein, als er schwer atmend auf ihr gelegen hatte?

O ja, ich habe sehr wohl das Recht auf eine Antwort …

Aber sie wusste nur zu gut, dass sie ihm die Frage nicht stellen würde. Man muss bei solchen Fragen auf jede Antwort gefasst sein. Und Taylor Lockwood war noch nicht bereit, das zu hören, was sie lieber nicht hören wollte.

Sie kehrte zum Bett zurück und hielt dabei den Blick auf seinen Körper gerichtet, der sich unter der Decke abzeichnete. Würde sie wieder einmal mit gebrochenem Herzen zurückbleiben? Würde er bei seinen Freunden Witze und dumme Bemerkungen über sie machen? Ich bin oft abends mit schönen Frauen ins Bett gegangen und morgens neben hässlichen Krähen aufgewacht … Nein, so würde er ganz bestimmt nicht von ihr denken. Für ihn war sie keine weitere Trophäe, wie sie es höchstwahrscheinlich für Sebastian oder Bosk gewesen wäre. Ganz gewiss würde Mitchell sie nicht so einschätzen.

Diesmal war es anders als sonst.

Selbstverständlich. Ganz klar.

… Siebzehn

Alle Farben prallten aufeinander.

Taylor Lockwood blickte über die bunt gekleidete Menge, die sich im Wohnzimmer von Wendall Claytons Landhaus in Redding, Connecticut drängte. Sie entdeckte Karos, Zitronengelb mit Orange und Hellgrün mit Rot.

Und sie bekam Batik zu sehen. Ihre Mutter hatte ihr vom Batikverfahren erzählt. In fernster Vergangenheit, den Sechzigerjahren, war das das Markenzeichen der Hippies gewesen. Heute tragen das nur noch Trottel und Ewiggestrige.

Um fair zu sein, die schrillsten Farbzusammenstellungen waren hauptsächlich, eigentlich ausschließlich, an den älteren Anwälten zu finden. Die jüngeren Angestellten der Kanzlei waren in weiten Hosen und Blazern oder in Rock und Bluse erschienen. Außerdem waren eine Menge Perlen, die unterschiedlichsten blonden Frisuren und ungewöhnlich viele hübsche Gesichter versammelt. In den Räumlichkeiten hielten sich zwischen fünfundsiebzig und achtzig Personen auf. Sie standen dicht gedrängt in Gruppen zusammen, die Hände in den Hosentaschen, ein Glas in der Hand oder eine Zigarette zwischen den Fingern.

Es war Dienstagabend. Reece und Taylor waren in einem Leihwagen durch die Parklandschaft gefahren, irgendwo falsch nach Osten abgebogen und hatten sich kurz darauf auf den charmanten dunklen Straßen zwischen North Salem und Ridgefield verirrt.

Sie mussten zweimal nach dem Weg fragen, ehe sie Claytons Haus gefunden hatten. Dort angekommen, waren sie, ohne anzuklopfen, einfach hineinspaziert. Und jetzt standen sie unbemerkt von den anderen in der großen Diele.

»Wir sind etwas zu vornehm angezogen.«

Reece löste seine Krawatte und stopfte sie in die Tasche. »Wie sehe ich jetzt aus?«

»Wie ein zu vornehm angezogener Anwalt ohne Krawatte.«

»Ich übernehme das Erdgeschoss, du den ersten Stock.«

»Okay«, sagte sie rasch, zögerte dann aber.

»Stimmt etwas nicht?«

»Wir sind doch so etwas wie Einbrecher, oder?«

»Unter Einbruch versteht man das unerlaubte Eindringen in eine Behausung mit der festen Absicht, eine Straftat zu begehen«, zitierte er und lächelte zuversichtlich. »Da wir aber eine Einladung haben, begehen wir keinen Einbruch.« Taylor nickte und machte sich auf den Weg an die Bar. Der Barkeeper zog eine große Show ab, als er süße Southsiders mixte und sie mit Minze besprenkelte.

Taylor schüttelte den Kopf, als er ihr eine seiner Kreationen anbot, und entschied sich für ein Glas Chardonnay. Und noch ehe sie den ersten Schluck getrunken hatte, stand Thom Sebastian vor ihr.

»Nein, es stimmt, Taylor«, dozierte er gleich mit schwerer Zunge, über die bereits mindestens ein halbes Dutzend Bier geflossen waren, »ein Mann treibt es nicht alle paar Tage mit einer schönen Frau. Die Probleme, die ihm daraus entstehen können … Ich spreche von der Prostata, von den Nieren und so weiter, und damit ist es mir todernst.«

»Thom«, sie schlug ihm leicht mit der flachen Hand auf die Wange, »ich habe jetzt keine Zeit für Sie.«

»Ach, Taylor, nun kommen Sie schon …«

Sie tauchte unter seinem Umarmungsversuch hinweg und floh ins Wohnzimmer. Dort schwamm sie eine Viertelstunde lang mit dem Strom der Menge und kam dabei der Treppe immer näher. Einzelne Gesprächsfetzen drangen an ihr Ohr.

Er ist fest entschlossen und wird es tun. Das kannst du mir glauben. Ab nächsten Monat heißen wir Hubbard, White, Willis, Sullivan & Perelli …

Du hörst doch die Flöhe husten. Donald Burdick wird das nie und nimmer zulassen …

Ist dir eigentlich klar, dass die Abstimmung bereits am Donnerstag erfolgen soll? Also schon in zwei Tagen? Hast du gehört, dass ein Detektiv beauftragt worden ist, Burdicks Schweizer Konten zu überprüfen?

Es heißt, Burdick lässt von jemandem Claytons Aufsätze in der *Law Review* durchsehen, um festzustellen, ob Plagiate darunter sind …

Das ist doch alles Blödsinn …

Ich sage dir, was Blödsinn ist. Diese Fusion! Niemand tut mehr einen Handschlag …

Während sie sich zur Treppe vorkämpfte, fiel ihr eine ältere Frau auf, die sie mit geradezu amüsierter Neugier musterte. Taylor versuchte sich von ihr zu entfernen, doch als ihre Blicke sich trafen, hatte sie das Gefühl, in Gedanken gerufen zu werden, und so ging sie zu ihr. Die Frau war im gleichen Alter wie Bosks Mutter und in ihrem roten Designerabendkleid aus Seide sogar ähnlich angezogen.

»Sie müssen Taylor Lockwood sein«, sagte sie.

»Ja.«

»Ich bin Vera Burdick, die Frau von Donald.«

Die beiden reichten sich die Hände. Vera Burdick bemerkte die Überraschung auf Taylors Gesicht, die Verwunderung darüber, dass das Burdick-Lager sich auf feindliches Territorium vorgewagt hatte, und erklärte: »Donald hat heute Abend noch zu tun, und so hat er mich gebeten, sozusagen als seine Vertretung hier zu erscheinen.«

»Es erstaunt mich wirklich, dass Sie sich noch an mich erinnern können. Wir sind uns erst einmal ganz kurz begegnet, und das ist schon einige Jahre her.«

Vera erwiderte nichts darauf, sondern lächelte nur und sah Taylor in die Augen.

»Eine nette Party, nicht wahr«, bemerkte Taylor.

»Ja, es ist wirklich freundlich von Wendall, sein Haus für diesen Anlass zur Verfügung zu stellen. Jedes Jahr im Juli gibt es für die Neuen eine Party. Ein Höhepunkt für alle Anwälte.«

Die beiden tauschten freundliche Blicke aus, wie zwei Partygäste, die einander nichts zu sagen haben.

Taylor machte der belanglosen Konversation ein Ende, indem sie sagte: »Ich glaube, ich werde mich ein wenig unters Volk mischen.«

Vera nickte, so als hätte ihre Prüfung Taylor positive Resultate erbracht. »Es war mir eine Freude, Sie wieder zu sehen, meine Liebe.«

Taylor beobachtete, wie Donalds Frau sich in Richtung einer Gruppe von jungen Mitarbeitern entfernte. Als sie Veras Lachen hörte, machte sie sich wieder auf den Weg zur Treppe. Nur noch ein paar Meter trennten sie von den Stufen, als sie eine leise, fast matte Stimme hörte, die sie fragte: »Und wer sind Sie bitte gleich noch?« Taylors Nackenhaare stellten sich auf.

Sie drehte sich um und sah sich Wendall Clayton gegenüber. Seltsamerweise überraschte es sie am meisten, dass er nur wenige Zentimeter größer war als sie. Auf den zweiten Blick fiel ihr auf, wie gut aussehend er war, viel attraktiver, als sie erwartet hatte.

Und dann herrschte nur noch Leere in ihrem Kopf. Für drei oder vier Sekunden war kein einziger Gedanke in ihrem Bewusstsein. Und dafür waren Claytons Blicke verantwortlich. Das waren die Augen eines Menschen, der genau wusste, wie man andere kontrolliert. Diesem Mann konnte man auch unter größten Mühen nicht Nein sagen, selbst dann nicht, wenn er seine Wünsche unausgesprochen vortrug.

»Wie bitte?«

Er lächelte. »Ich habe Sie gefragt, wer Sie bitte noch sind.«

Dieselbe, die ich immer gewesen bin. Das »noch« ist also überflüssig, Wichtigtuer. Dann tauchte sein Blick in ihre Augen, und alles um sie herum verging. Sie vergaß ihre patzige Antwort völlig und antwortete: »Taylor Lockwood.«

Ich werde nicht Sir oder so was zu ihm sagen. Bitte, lieber Gott, versiegele meine Lippen.

»Und ich bin Wendall Clayton.«

»Ich kenne Sie«, entgegnete Taylor. »Ich würde Ihnen ja gern für die Einladung danken, Wendall, aber ich fürchte, ich bin hier ungebeten hereingeplatzt. Werden Sie mich jetzt mit einem Fußtritt nach draußen befördern?« Irgendwie gelang es ihr, zu lächeln.

»Aber ganz im Gegenteil. Sie sind hier in diesem Haufen

vermutlich der einzige Mensch, mit dem es sich zu reden lohnt.«

»Oh, ich denke, das ist wohl ein wenig übertrieben.«

Er legte kurz eine Hand auf ihren Arm. So war Taylor noch nie angefasst worden. Ein fester Griff, der nichts von dem eines strengen Erziehers an sich hatte, aber auch nicht dem eines Freundes oder Liebhabers ähnelte. Autorität lag in der Art, wie seine Handmuskeln sich zusammenzogen. Einen Moment später war der Druck von ihrem Arm fort, hatte aber eine wenn auch unklare Botschaft hinterlassen, die nur besagte, dass es um etwas Dringliches ging. »Möchten Sie, dass ich Ihnen das Haus zeige?«, fragte Clayton. »Es stammt aus den Achtzigerjahren des 18. Jahrhunderts und ist in weiten Teilen noch original erhalten. Ich würde …«

»Taylor, Sie sind auch hier?« Eine junge Frau trat zu ihnen. In ihrem Anzug wirkte sie ebenfalls etwas zu fein angezogen für diesen Anlass. Sie war schmal, trug eine Brille und hatte kein Make-up aufgelegt. Ihr lockiges Haar war kurz geschnitten. Sie streckte ihre Hand aus. »Mr. Clayton, ich bin Martha Owen. Ich komme frisch von der Uni und bin gerade erst in die Kanzlei eingetreten.«

Clayton begrüßte sie und ließ sich von ihr die Hand schütteln.

»Es ist wirklich eine große Freude, Sie kennen zu lernen, Mr. Clayton. Ich habe Ihre Arbeit über die HGA-International-Refinanzierungen gelesen und war wirklich beeindruckt.«

»Vielen Dank«, entgegnete er.

»Ich hoffe, ich kann eines Tages an Ihrer Seite arbeiten. Ja, das hoffe ich sehr.« Sie schob die Brille ein Stück höher. »Der Wein hier ist köstlich, nicht wahr?«

»Martha«, sagte Taylor. »Wendall hat mir gerade eine Führung durchs Haus angeboten. Wollen Sie sich uns nicht anschließen?«

»Oh, das wäre wunderbar.«

»Sehr schön«, sagte Clayton, und Taylor glaubte einen leicht verärgerten Unterton herauszuhören.

Clayton eilte mit ihnen durch das alte Haus, als wäre er ein Fremdenführer, der im Zeitplan zurücklag. Es war ein weitläufiges Anwesen, riesengroß und mit unzähligen Zimmern, die ihrerseits jedoch alle recht klein, schief und verwinkelt waren. Querbalken waren gebogen, und Lücken taten sich zwischen den Dielenbrettern auf. Die meisten Möbelstücke trugen die eintönigen Farben der Kolonialzeit. Überall stand Tand aus Blech, Korbgeflecht oder geschnitztem Holz herum. Die Wände wirkten unfertig, so als hätten die Maler den ersten Anstrich aufgetragen, dann mit Sand grundiert und sich danach aus dem Staub gemacht. Clayton fuhr mit der Hand über eine Wand. »Das ist eine Streichtechnik aus dem 18. Jahrhundert. Es ist mir gelungen, einen örtlichen Malermeister aufzutreiben, der sich noch auf diese Technik versteht.«

Jetzt begaben sie sich nach oben. Taylor tat so, als betrachtete sie die Gemälde von Pferden, das Mobiliar und die Schränke, während sie sich in Wirklichkeit nach Plätzen umsah, an denen man einen Wechsel verstecken konnte. Sie kam an einem kleinen Raum vorbei, der sein Arbeitszimmer zu sein schien; zumindest stand ein Schreibtisch darin. Ihr war gar nicht aufgefallen, dass die beiden anderen schon weitergegangen waren.

»Kommen Sie nicht mehr mit, Taylor?«, rief Clayton eher neugierig als gereizt, und sie eilte zu ihnen. Erst als sie da war, setzte er seine Führung fort. »Das Haus von Mark Twain, zumindest das, in dem er gestorben ist, steht nicht weit von hier.«

»Stammen Sie etwa von den Helden der amerikanischen Revolution ab?«, fragte Martha ergriffen.

Clayton entgegnete mit der Art von Indignation, unter der

sich wahrer Stolz verbirgt. »Von den Revolutionären? Dieser Bande von Neuankömmlingen? Meine Familie gehörte zu den ersten Siedlern in Neu-Holland. Sie kam schon 1632 über den großen Teich.«

»Dann sind Sie Holländer?«

»Nein, meine Vorfahren waren Hugenotten.«

»In der Schule habe ich die beiden immer verwechselt«, entfuhr es Taylor unbedacht, »die Hugenotten und die Hottentotten.«

Clayton setzte ein eisiges Lächeln auf.

Oh, er findet flapsige Bemerkungen über seinen Familienstammbaum wohl nicht sehr lustig.

»Die Hugenotten waren französische Protestanten«, erklärte Clayton, »die unter Verfolgung leiden mussten. 1628 nahm Kardinal Richelieu nach der Eroberung von La Rochelle, der damals größten hugenottischen Stadt in Frankreich, den Hugenotten ihre politische Sonderstellung. Meine Familie konnte fliehen und ließ sich hier in New Rochelle, benannt nach La Rochelle, nieder.«

Martha schien restlos begeistert. »Was haben Ihre Vorfahren denn gemacht, nachdem sie hier angekommen sind?«

»Nun, es gab erhebliche Vorurteile gegen Hugenotten, sogar hier. Viele Berufe waren uns verwehrt. So wurden meine Vorfahren Kunstschmiede. Sie arbeiteten hauptsächlich mit Silber. Paul Revere war übrigens einer von uns. Aber in meiner Familie waren sie immer bessere Kaufleute als Kunstschmiede. Zuerst haben wir eine Manufaktur gegründet, dann sind wir ins Finanzwesen eingestiegen, obwohl sich in dieser Branche schon andere Gruppen breit gemacht hatten.« Für einen kurzen Moment verzog er das Gesicht, und Taylor vermutete, dass er eine gehässige Bemerkung über die frühen jüdischen Siedler verschluckte.

Martha schien von Claytons Vortrag gar nicht genug bekommen zu können. »Und was ist dann geschehen? Gelang es Ihrer Familie, sich hier festzusetzen, oder wurde sie nach Westen gedrängt?«

»Meine Familie ist immer an der Upper East Side geblieben. Ein Weiterzug stand nie zur Debatte. Ich selbst bin ganz in der Nähe der Geburtshäuser meines Vaters und meines Großvaters geboren worden.«

Das faszinierte nun auch Taylor. »So etwas findet man heute nur noch selten. Die meisten Familien sind doch quer über die ganze Welt verstreut.«

»Man darf es eben nicht so weit kommen lassen«, entgegnete Clayton sehr ernsthaft. »Die Familiengeschichte ist doch alles, was man hat. Man sollte sich seiner Vorfahren stets in ehrendem Angedenken erinnern und stolz auf sie sein. In diesem Jahr bin ich übrigens der Steward der Französischen Gesellschaft …«

Voller Begeisterung unterbrach ihn Martha: »Oh, davon habe ich schon gehört.«

Zu Taylor gewandt fuhr Clayton fort: »Nach der Holländischen Gesellschaft ist die Französische die bedeutendste unter den Nationalen Herkunftsvereinigungen in New York.«

Bei Martha drängte sich jetzt leider ein ganz anderes Bedürfnis in ihren Enthusiasmus. »Sagen Sie bitte, Mr. Clayton, wo kann ich denn hier mal für kleine Mädchen?«

O nein, lass mich jetzt bloß nicht im Stich, dachte Taylor.

Clayton lächelte. »Wir hatten einige Probleme, hier oben eine solche Einrichtung zu installieren. Ich fürchte, dazu müssen Sie sich ins Erdgeschoss bemühen. Wir treffen uns gleich dort.«

Martha entfernte sich rasch, und Taylor bemerkte erst jetzt, dass die Führung bei Claytons Schlafzimmer angelangt war.

Er lächelte sie an, und sie fragte: »Ist Ihre Frau denn nicht hier?«

»Nein, sie hält sich zurzeit in Manhattan auf. Sie kommt

nicht sehr oft her. Das Leben auf dem Lande behagt ihr nicht, etwas, das ich noch nie habe verstehen können.«

Sie traten ein. Das Schlafzimmer war pompös – braune und rote Blumenmuster, dazu Messing und englisches Jagdgrün. Dies war der Raum eines hohen Adligen, der es sich zum Sport machte, Melkerinnen oder andere Mägde zu sich ins Bett zu holen.

Clayton schloss die Tür. »Sie sind sehr attraktiv.«

Taylor wich seinem Blick aus. »Ich denke, ich sollte jetzt wieder nach unten gehen.«

Er nahm ihre Hand. Zu ihrer eigenen Verwunderung wehrte sie sich nicht dagegen. Das Nächste, was sie wusste, war, dass eine undefinierbare Macht auf sie ausgeübt wurde und sie sich neben Clayton auf dem Bett sitzend wiederfand.

»Wendall …«

»Sieh mich an.«

Sie konnte nicht anders, als zu tun, was er sagte, und spürte, wie eine gewaltige Kraft wie ein Supermagnet an ihrer Seele und an der von allem anderen in diesem Raum zog. Es kam ihr so vor, als würde ihr Haar in diesem unsichtbaren Energiewind wehen.

»Wendall …«

»Eins will ich von vornherein klarstellen«, sagte er ganz ruhig. »Was immer auch geschieht – oder nicht geschieht –, hat keinerlei Auswirkungen auf deine Karriere bei Hubbard, White & Willis. Hast du mich verstanden?«

Sie zog ihren Arm fort. »Ich kenne Sie doch gar nicht. Wir haben nie zuvor miteinander gesprochen.« Zu ihrem Entsetzen musste sie mit anhören, wie schwach ihre Worte klangen, so als bräche ihr Widerstand zusammen.

Er zuckte mit den Schultern. »Nie miteinander gesprochen? Ich will doch keine Diskussion mit dir führen, sondern mit dir schlafen.«

Kein physisches Hindernis stand ihr im Weg. Sie hätte einfach das Zimmer verlassen können. Er versperrte nicht einmal die Tür. Nur einen Fuß vor den anderen setzen, bis sie draußen war. Aber es war ihr unmöglich, sich zu erheben.

Clayton schlug die Beine übereinander und strich sich Haarsträhnen aus der Stirn.

»Ich bin bereits gebunden«, brachte sie hervor.

Nein, um Himmels willen, sag so etwas nicht. Damit lässt du dich schon halb auf ihn ein. Sag ihm lieber, er soll sich verpissen. Vergiss, wer er ist. Vergiss Mitchells Auftrag. Mach ihm nur hier und jetzt eindeutig klar, dass er dich in Ruhe lassen soll. Verpiss dich. Los, sag es: Verpiss dich!

»Liebste Taylor, wir alle sind auf die eine oder andere Weise gebunden.«

Plötzlich hatte sie einen Kloß im Hals.

Nicht schlucken. Das wird dir als Schwäche ausgelegt. Tu es nicht.

Sie schluckte. »Wir beide wissen doch kaum etwas voneinander.«

Clayton lächelte und schüttelte den Kopf. »Hier scheint ein Missverständnis vorzuliegen. Ich will dich nicht heiraten, ich will nur mit dir schlafen. Und ich sage es dir gerne noch einmal: Du bist eine unglaublich attraktive Frau.«

»Oh, danke.«

»Das ist kein Kompliment, sondern eine Feststellung. Ich weiß, wie man Frauen verwöhnt. Ich schlafe recht häufig mit Frauen. Und ich besitze auf diesem Gebiet eine Menge Erfahrung.«

»Aber Sie sind doch verheiratet …«

»Taylor, bitte! Das hat nun wirklich überhaupt nichts mit uns beiden zu tun.« Ihm war anzusehen, dass ihn etwas ganz anderes beschäftigte. »Findest du mich eigentlich attraktiv?«

»Das ist doch nicht das Problem …«

»Also findest du mich attraktiv.« Er strahlte.

Taylor begriff jetzt, dass sie nicht gegen ihn gewinnen

konnte, nicht auf diese Weise jedenfalls. Im Überreden war er ihr haushoch überlegen. Ihr wollten keine Argumente mehr einfallen. Sie spürte, wie sie sich ihm immer mehr näherte, wie sie kurz davor stand, sich ihm hinzugeben. Sie fühlte sich benommen. War sie etwa schon sexuell erregt? Sie wusste es nicht, aber es war durchaus möglich. Oder reagierte ihr Körper nur auf seine Weise auf diese so ganz andersartige, von innen kommende Potenz? Taylor bewegte sich, sah zur Tür und blieb sitzen.

Er strich über die Bettdecke, eine Geste, die ihr recht feminin vorkam. »Ich möchte mit dir schlafen.«

Taylor fand ihr Lächeln wieder. »Sie möchten nicht mit mir schlafen, Sie wollen mich nur ficken.«

»Nein!«, flüsterte er heiser. »Ich will, dass du mich genauso fickst wie ich dich.«

Der Schuss ging nach hinten los. Ordinäre Wörter törnen ihn an. »Sieh her.« Er machte wie ein Magier mit einer Hand ein paar Bewegungen vor seinen Oberschenkeln und bekam eine Erektion.

Jetzt ganz vorsichtig, ganz, ganz vorsichtig …

Sie lehnte sich auf dem Bett zurück, sich zuerst auf die Hände, dann auf die Ellbogen stützend.

»Weißt du, was mir als Erstes an dir aufgefallen ist?«, flüsterte Clayton und strich über eine widerspenstige Strähne ihres Haars. »Deine Augen. Quer durch den ganzen Raum haben sie mich angezogen.«

Taylor rollte sich auf die Seite. »Die Natur hat Sie wirklich reichlich gesegnet, Wendall. Dabei hätte ich gedacht, dass Sie bei all der Aufregung in der Kanzlei nicht dazu kämen, an Sex zu denken.«

Er zögerte einen Augenblick, dann fragte er: »Worüber regt man sich denn auf?«

»Über die Fusion.«

Einen Moment lang rührte er sich nicht, nur eine oder zwei

Sekunden, aber Taylor wurde bewusst, dass sie ihn damit kurz aus dem Konzept gebracht hatte. Doch gleich darauf lachte er verführerisch. »Ich glaube, ich bin nun mal ein sehr bemerkenswerter Mann. Und mein Appetit auf Sex ist wirklich unersättlich.«

Taylor stützte sich auf einen Ellbogen auf und sah ihm ins Gesicht, das nur etwa dreißig Zentimeter von ihrem entfernt war. »Ich habe über die Lust der Jäger vor der Jagd gelesen«, sagte sie. »Angeblich soll Sex ihnen eine ruhige Hand verleihen.« Sie schüttelte den Kopf. »Ich persönlich halte so etwas für zügellos.«

»O ja, sei zügellos, sei zügellos.« Aber seine Worte klangen nicht so spielerisch, wie er das beabsichtigt hatte. Er hörte sich vielmehr wie ein pubertierender Jüngling an, der schmutzige Witze macht.

»Leg dich hin, und lass den Kopf auf das Kissen sinken«, sagte er leise und mit hypnotischer Stimme. Taylor fühlte plötzlich, wie sein mächtiger Penis durch den Stoff seiner Hose und ihres Kleides gegen ihren Oberschenkel drückte. Sie spürte, wie sehr er sie begehrte, und sie konnte wieder keinen klaren Gedanken fassen.

Clayton strich über das Kissen wie zuvor schon über die Bettdecke und sagte: »Ich habe ein paar sehr hübsche Spielsachen.«

»Tatsächlich?«

»Und ich kann dafür sorgen, dass du dich sehr, sehr wohl fühlst. So gut wie nie zuvor.«

»Wie nie zuvor?«

Er lachte. »Okay, wie selten zuvor.«

»Warum hassen Sie Donald Burdick so sehr?«, fragte sie ihn unvermittelt.

»Ich habe jetzt keine Lust, über Donald zu reden. Und auch nicht über die Fusion.«

»Und warum nicht?«

»Weil ich mit dir schlafen will.«

»Aber alle reden nur noch über die Fusion.«

»Machst du dir Sorgen um deinen Job? Das brauchst du nicht. Ich verspreche es dir«, sagte er mit einer verführerischen Stimme, als würde er ihr ewige Freuden verheißen.

»Ich habe mir schon seit Jahren keine Sorgen mehr um meinen Job gemacht. Ich bin einfach nur neugierig, warum Sie Donald Burdick so gar nicht leiden können.«

Clayton wirkte etwas verwirrt. Das sichtbare Zeichen seiner Erregung war unverändert, aber er ließ sich auf Taylors Argumentation ein, sich nun ebenfalls auf einen Ellbogen stützend. Und er machte einen geradezu unsicheren Eindruck, so als hätte er im Lauf der Jahre bei seinen Bemühungen, Frauen zu verführen, längst alle Spielarten ihrer Verweigerung kennen gelernt und überwunden und wäre nun unvermittelt auf eine ganz neue Widerstandsform gestoßen. Seine Beute setzte keineswegs alles daran, ihm zu entfliehen, sondern schien vielmehr daran interessiert zu sein, statt mit ihm zu schlafen, ihn mit allerlei Fragen zu löchern. Deshalb spielte er mit und erwiderte: »Ich habe nichts gegen Donald persönlich. Er ist einer der charmantesten Menschen, die mir je begegnet sind.«

»Man erzählt sich aber in der Kanzlei, dass Sie darauf aus seien, ihn zu vernichten.«

Clayton dachte darüber nach, was er darauf entgegnen sollte. »In der Kanzlei erzählt man sich viel. Ich vermute, die Gerüchte, die mir zu Ohren kommen, treffen genauso wenig zu wie die, die du hörst. Die Fusion ist nicht mehr und nicht weniger als eine reine Geschäftsentscheidung. Einen Menschen zu zerstören kostet einfach viel zu viel Zeit …« Er blinzelte, so als besänne er sich auf seine eigentliche Aufgabe, und fragte dann im alten verführerischen Ton: »Was hältst du davon, morgen mit mir nach Florida oder nach Aruba zu fliegen, sobald die Fusion die Abstimmung passiert hat?«

Er legte sich zurück und lächelte.

Aber es war zu spät, der Bann war gebrochen.

Taylor richtete sich auf und ordnete ihr Haar. »Sie sollten jetzt wieder nach unten gehen. Immerhin sind Sie hier der Gastgeber.«

Clayton konnte es nicht fassen. »Aber …« Seine Hand bewegte sich in Richtung der Auswölbung seiner Hose.

»Das war das schönste Kompliment, das ich seit langem erhalten habe, Wendall«, sagte sie. »So etwas tut dem Herzen einer Frau unheimlich gut. Und jetzt entschuldigen Sie mich bitte.«

Taylor versteckte sich im Badezimmer im ersten Stock (in dem, wie sie nach einem kurzen Blick feststellte, alles perfekt zu funktionieren schien). Nachdem Clayton mit verdrossener Miene und immer noch verwirrt nach unten gegangen war, schlich sie in sein Arbeitszimmer.

Der Raum enthielt neben dem Sekretär einen Sessel, einen Beistelltisch, diverse Bodenlampen, zwei Schränke, aber keine Wandschränke. Sie machte Licht und lehnte die Tür an.

Der Sekretär war nicht verschlossen. Die kleinen Fächer enthielten hunderte von Papieren: Kontoauszüge, Bankbenachrichtigungen, geplatzte Schecks, Memos, Notizen, Scheckkartenbelege und Rechnungen. Taylor seufzte, ließ sich in dem roten Ledersessel nieder und ging ein Fach nach dem anderen durch. Nach ungefähr fünfzehn Minuten hörte sie von der Tür her jemanden sagen: »Ah, da bist du ja …«

Es war Wendall Clayton.

… Achtzehn

Während sie herumwirbelte und sich erhob, glitt ein Stapel Papiere vom Schreibtisch und breitete sich wie ein Sturzbach auf dem Boden aus.

Clayton stand draußen auf dem Flur und sprach zu jemand anderem. Der angelehnten Tür hatte sie es zu verdanken, dass er sie nicht sah. Taylor bückte sich gerade, um die Papiere aufzuheben, als er sagte: »Lass uns doch für eine Minute hier hineingehen, ja?«

Taylor griff automatisch nach dem Lichtschalter. Nein, lass das, er hat bemerkt, dass hier Licht brennt. Sie schob die Zettel mit dem Fuß unter den Schreibtisch. Nur die Ecke eines Briefes schaute noch hervor. Sie wollte sich gerade danach bücken, als die Tür aufschwang. Taylor versteckte sich in Sekundenschnelle hinter einem Schrank. Eine zweite Stimme ertönte, eine Männerstimme, die Taylor sofort wiedererkannte. »Was willst du eigentlich genau von mir, Wendall?«

Die Tür wurde geschlossen. »Nimm doch Platz, Ralph.«

»Stimmt irgendetwas nicht?«, fragte Dudley. »Ist es vielleicht wegen letzten Samstag …«

Clayton klang verwundert, als er sagte: »Ich kann mich nicht erinnern, hier das Licht angelassen zu haben.« Dann antwortete er Dudley: »Nein, Ralph, damit hat es nichts zu tun. Ich bedauere, da wohl für einen Moment die Beherrschung verloren zu haben. Ich muss mich bei dir entschuldigen, bei dir und deiner Enkelin.«

»Nicht der Rede wert.«

Dann schwiegen beide. Was um alles in der Welt taten sie jetzt? Konnten sie die Spitzen von Taylors Schuhen sehen? Oder die Briefecke unter dem Schreibtisch? War der Sessel, in dem sie gerade gesessen hatte, immer noch warm? Starrten sie vielleicht auf ihren Schatten an der Wand?

»Ralph«, sagte Clayton schließlich, »du bist, wenn ich das so ausdrücken darf, einer von der alten Garde, einer von den alten Knaben in der Kanzlei.«

»Das ist richtig, ich bin schon recht lange dabei.«

»Du und Donald, ihr habt ungefähr zur gleichen Zeit angefangen, nicht wahr?«

»Ja, zusammen mit Bill Stanley und Lamar Fredericks.«

»Ich habe dich zusammen mit Joe Wilkins und Porter im Club gesehen.«

»Ja, wir gehen recht häufig dorthin. Aber worauf genau willst du eigentlich hinaus?«

»Gefällt es dir heute Abend auf der Party?«

»Natürlich, Wendall.«

Nach kurzem Schweigen fuhr Clayton fort: »Viel junges Volk hier, was? Junge Männer und junge Frauen. Als ich in ihrem Alter war, habe ich in der Woche fünfzig, manchmal fünfundsiebzig Dollar verdient. Sie bekommen heute leicht das Zehnfache davon. Wirklich erstaunlich.«

»Wendall, wenn du etwas von mir willst, dann heraus mit der Sprache.«

»Ralph, ich brauche am Donnerstag deine Stimme für die Fusion. Genau das will ich von dir.«

»Die kann ich dir nicht geben, Wendall. Und das weißt du auch. Wenn die Fusion durchkommt, verliere ich meine Stellung, genauso wie Donald und eine Menge anderer Leute.«

»Du wirst nicht mit leeren Händen gehen, Ralph. Dich erwartet eine großzügige Abfindung. Wir können sie sogar jetzt und hier schriftlich festlegen, wenn du das möchtest.«

»Es geht trotzdem nicht. Ich kann es mir einfach nicht leisten, keine Arbeit mehr zu haben. Sieben Jahre dauert es noch bis zu meinem Ruhestand. Wenn überhaupt, müsste die Abfindung über eine Million betragen.«

»Wir wollen großzügig sein, Ralph, aber wir sind nicht der Weihnachtsmann.«

»Dann tut es mir Leid, Wendall.«

»Mir auch, Ralph.« Clayton klang unerwartet fröhlich.

Wieder herrschte Schweigen, doch diesmal war es eine schwere, unangenehme Stille. Taylor stellte sich vor, wie Dudley in Gedanken herauszufinden versuchte, welches Ass Clayton noch im Ärmel haben mochte. Sie ahnte, was er vorhatte, und in diesem Moment hatte Ralph ihr ganzes Mitgefühl.

»Es macht dir doch nichts aus, wenn ich ganz offen mit dir rede, oder?«, sagte Clayton. »Bei so wichtigen Angelegenheiten wäre es blödsinnig, sich mit Nuancen abzugeben. Also, kommen wir zur Sache. Wenn du nicht für mich stimmst, oder sollte ich lieber sagen, zugunsten der Fusion deine Hand erhebst, werde ich öffentlich bekannt machen, was es mit dir und deiner kleinen Enkelin auf sich hat.«

Das trockene Lachen Dudleys konnte seine Verzweiflung nicht verbergen. »Wovon redest du da, Wendall?«

»Ralph, ich respektiere deine Intelligenz, jetzt beleidige du nicht meine. Ich spreche von der kleinen Nutte, die du mit Kleidern versorgst und allen als deine Enkelin vorführst. Letzteres macht die ganze Geschichte für mich noch unappetitlicher.«

Ein Klatschen wie von einer Ohrfeige, ein überraschtes Auflachen von Clayton und dann Geräusche, als würden die beiden miteinander ringen. Schließlich ein trauriges, geschlagenes Stöhnen von Dudley, aus dem Schmerz, Verzweiflung und Hass herauszuhören waren.

Clayton lachte erneut. »Also wirklich, Ralph … Bist du wieder okay? Komm, setz dich. Hast du dir wehgetan?«

»Rühr mich ja nicht an.« Das leise Schluchzen des alten Mannes hallte in dem Raum wider.

»Wir wollen jetzt nicht mehr überreagieren, ja?«, sagte Clayton geduldig. »Es besteht für mich überhaupt kein Anlass, irgendjemandem davon zu erzählen. Und es war mir durchaus ernst damit, als ich erklärte, dass du eine hübsche

Abfindung erhalten wirst. Du wärst erstaunt, wenn du wüsstest, wie großzügig wir sein können.«

»Aber …«

»Ich würde vorschlagen, du denkst einfach mal in Ruhe darüber nach.« Clayton klang so freundlich, als wäre da vor ein paar Minuten nichts geschehen. »Nimm dir Zeit, es ist schließlich deine Entscheidung. Und jetzt geh nach unten, und gönn dir einen Drink. Entspann dich, und genieß die Party.«

»Wenn du doch nur verstehen würdest …«

Claytons Stimme schnitt ihm die Worte mit der Schärfe einer Sense ab. »Aber das ist ja gerade der Punkt, Ralph. Ich kann es nicht verstehen. Niemand wird dafür Verständnis aufbringen.«

Die Tür öffnete sich. Zwei Männer gingen langsam hinaus, der eine triumphierend, der andere niedergeschlagen und vollkommen am Ende.

In der gereizten Stille im Arbeitszimmer konzentrierte sich Taylor auf jedes einzelne Geräusch.

Zehn Minuten wagte sie sich nicht hinter dem Schrank hervor. Sie wusste zwar, dass Clayton nicht mehr im Raum war, befürchtete aber, er könne noch draußen auf dem Flur stehen. Zuerst nahmen ihre Ohren nicht mehr wahr als die Geräusche der Menge und die Musik, die von unten heraufdrangen. Doch dann hörte sie etwas anderes.

Ein Flüstern und ein leises Quieken.

Zunächst wusste sie nichts Rechtes damit anzufangen. Die Laute kamen ihr vertraut vor, aber sie brachte sie in einen völlig falschen Zusammenhang.

Rhythmisch und leise.

Nein, das ist doch nicht möglich …

Sie legte ein Ohr an die Wand. Die Geräusche kamen von nebenan. Aus Claytons Schlafzimmer.

Ich glaube es einfach nicht …

Taylor ging einen Schritt zurück, verharrte einen Moment, schlich dann hinaus und lauschte an der Schlafzimmertür.

»O ja«, hörte sie Marthas verzückte Stimme, »das ist es, ich komme gleich, o ja, o ja, fick mich!«

Doch, es ist tatsächlich wahr.

Martha mochte ja recht schnell gekommen sein, aber Clayton brauchte wesentlich länger. Lange genug für Taylor, um den Sekretär in Ruhe zu durchsuchen. Sie fand nur ein Papier, das ihr Interesse erweckte. Taylor sah die Rechnung lange an und überlegte, ob sie sie einfach einstecken sollte. Wie würde ihr Detektivfreund John Silbert Hemming sich jetzt verhalten? Er würde das tun, was am wenigsten verwerflich und kriminell war. Also schrieb Taylor sämtliche wichtigen Informationen ab, die auf der Rechnung waren, und legte sie ins Fach zurück.

Fingerabdrücke!

Aber musste sie sich darum Sorgen machen?

Sie dachte einen Moment nach und wischte dann den Stift, den Sessel und die Fächergriffe mit einem Kleenex ab. Anschließend schloss sie den Sekretär, machte das Licht aus und zwinkerte den beiden Liebenden im Schlafzimmer kurz zu.

Es war mittlerweile dreiundzwanzig Uhr. Taylor schritt ganz ruhig die Treppe hinunter. Die Reihen der Menge hatten sich gelichtet. Sie bemerkte, dass Vera Burdick gegangen war. Ebenso Thom Sebastian. Sie trat zu dem Tisch, auf dem sich zuvor Kaviar, Roastbeef, Steak Tartare, kaltes Huhn und andere Dinge befunden hatten. Jetzt war nur noch Brokkoli da.

Taylor Lockwood hasste Brokkoli.

Gegen Mitternacht raste Reece über den Highway nach Süden. Taylor streckte sich auf ihrem Sitz aus und lauschte dem Motorengeräusch. Das leise Vibrieren des Lincoln ließ sie immer wieder kurz einnicken.

»Security Services?«, fragte Reece. »Das ist doch nur ein vornehmer Ausdruck für Wirtschaftsspionage.«

»Es war eine Rechnung dieser Firma für nicht näher spezifizierte Dienstleistungen. Siebzehnhundert Dollar verlangten sie. Ich meine, für eine solche Summe müssen sie schon ganz schön was getan haben.«

»Könnte auch nur Zufall sein. Vielleicht hat Wendall sich im Haus eine Alarmanlage einbauen lassen.«

»Oder er hat die Firma beauftragt«, entgegnete sie gähnend, »in dein Büro einzubrechen und den Wechsel zu stehlen. Da war übrigens noch etwas recht merkwürdig. Die Rechnung war an Wendalls Privatanschrift adressiert. Die Firma selbst hat darauf aber keine Adresse hinterlassen.«

»Ich weiß zufällig«, sagte Reece, »dass manche dieser Sicherheitsdienste aus steuerlichen Gründen Rechnungen stellen, obwohl sie das Geld längst in bar erhalten haben. Sie mögen es nicht, wenn man ihre Spur zurückverfolgen kann.«

»Hast du gehört, worüber die Leute auf der Party geredet haben? Großer Gott, die sind gerade im ersten Jahr in der Kanzlei und haben nichts Besseres zu tun, als sich über die Fusion aufzuregen. Wendall hat sich auf ein hohes Risiko eingelassen. Wenn er die Fusion nicht durchbekommt, verliert er viel von seiner Reputation …«

Reece lachte. »Von wegen. Wenn es mit der Fusion nichts wird, ist er seinen Job los …« Er drehte sich zu ihr um und ertappte sie beim Gähnen. »He, ist mit dir alles in Ordnung?«

»So ganz schwach erinnere ich mich noch an die Zeit, in der ich regelmäßig zu schlafen pflegte. Ist gar nicht schlecht, solltest du auch probieren.«

»Ich hab's einmal versucht. Der Effekt hat nicht lange vorgehalten.«

Er streckte eine Hand aus und massierte ihren Nacken.

»Oh, das tut gut …« Sie schloss die Augen. »Hast du jemals in einem Wagen geliebt?«

»Nein, nie.«

»Ich auch nicht. Liegt vermutlich daran, dass ich auch noch nie in einem Autokino gewesen bin.«

»Einmal, als ich noch auf der High School war, habe ich … Gottverdammte Scheiße!«

Ein heftiger Stoß ging durch den Lincoln. Taylor riss die Augen auf. Von der Straße war nichts mehr zu sehen, und sie starrte auf Bäume und Sträucher, die mit einer Geschwindigkeit von siebzig Meilen in der Stunde auf sie zurasten. Unter dem Wagen kratzte und scharrte es. Kabel und Leitungen wurden zerrissen. Und immer noch sausten Zweige und Büsche an den Wagenfenstern vorbei. Ein furchtbarer Schmerz schoss durch ihren Rücken, als Reece brüllte: »Das Auto! Das verdammte Auto! Es hat uns von der Straße abgedrängt. Es hat uns …«

Er trat das Bremspedal durch und versuchte gleichzeitig das Steuerrad zu halten, das sich wie verrückt hin und her drehte, während die Vorderreifen gegen Steine und Sträucher prallten. Allmählich wurde der Wagen langsamer. Taylor knallte mit der Stirn gegen das Glas und war für einen Moment betäubt. Dann spürte sie Übelkeit, Furcht und einen stechenden Schmerz im Rückgrat. Der Wagen schlingerte und rutschte zwar immer noch, aber die Reifen fanden Halt und ließen sich bald wieder lenken. Taylor hörte, wie Reece mehrmals »dieser Drecksack« murmelte. Dann lächelte er, als der Wagen einen Hügel hinunterrollte und die Tachonadel immer weiter zurückfiel – dreißig Meilen, fünfundzwanzig … »Okay, alles okay.« Reece war jetzt Herr der Lage. Er steuerte entgegen, wenn der Wagen wieder zu schlittern anfing, bremste behutsam ab, gewann die Kontrolle über das Fahrzeug zurück.

»Okay, Junge«, flüsterte er dem riesigen Lincoln zu. Das Auto rollte nur noch mit zehn Meilen in der Stunde. Taylor hielt sich an seinem Arm fest und wisperte: »Mitchell, oh, Mitchell!« Beide lachten und waren vor Erleichterung wie im Rausch.

Plötzlich verging sein Lachen.

»O Scheiße!« Er trat mit aller Kraft auf die Bremse. Taylors Kopf flog nach vorn. Die Sträucherreihen hörten mit einem Mal auf, als der Wagen aus dem Unterholz herauskam und einen Hang hinunter auf den See zuglitt, der eine halbe Meile breit war. Die blockierten Räder rutschten, ohne auf Widerstand zu treffen, über den frostigen Boden und die feuchten Blätter.

»Taylor!«, schrie Reece.

Ein letzter mächtiger Stoß ging durch den Wagen, und das Bild von der Landschaft und dem fernen grauen Himmel verschwand. Eine schwarze, ölige Woge krachte gegen die Windschutzscheibe, und Wasser drang an mindestens einem Dutzend Stellen gleichzeitig ins Wageninnere.

Am nächsten Morgen betrat Wendall Clayton um neun Uhr dreißig sein Büro. Ohne innezuhalten, zog er Hut und Mantel aus, hängte beides an den Haken an der Tür und nahm den Kaffee von der Schreibtischecke, wo ihn seine Sekretärin wie üblich hingestellt hatte. Dann richtete er seinen Blick auf Burdick, der vor seinem Schreibtisch Platz genommen hatte.

»Morgen, Donald. Ich habe Sie gestern bei der Party vermisst.«

»Ich habe Vera als meine Vertretung geschickt.«

»Sie ist eine sehr charmante Frau.« Clayton betrachtete seinen Gegner einen Moment lang. Burdick sah schlimm aus. Seine Jacke und die Hosen waren zerknittert – Clayton hatte den älteren Partner nie anders als in einem gebügelten, gut sitzenden Anzug erlebt –, und seine wässrigen Augen waren tief in den Höhlen. »Was verschafft mir zu so früher Stunde die Ehre?«

Clayton wusste natürlich genau, was Burdick hierher getrieben hatte. Eigentlich überraschte ihn nur der Umstand, dass er ihn nicht schon viel früher aufgesucht hatte. Ein König sollte seinem Feind sofort gegenübertreten. Burdick war im Gegensatz zu Dudley ein wirklicher Gegner, gegen den zu streiten Freude bereitete. Clayton fand, dass Burdick und er sich im Grunde recht ähnlich waren. Und was er gestern Nacht Taylor Lockwood über ihn erzählt hatte, hatte durchaus der Wahrheit entsprochen. Er mochte und respektierte ihn, dessen einziger Fehler darin bestand, dass er ein Dinosaurier, ein Anachronismus war. Burdick hatte sich in seinem Beruf überlebt. Heutzutage wurde nicht mehr unbedingt Wert auf Fantasie gelegt. Clayton bedauerte ihn sogar ein wenig und hielt es für eine Schande, dass ein Mann wie Burdick der Fusion zum Opfer fallen musste. Er hätte lieber jemanden von nicht so tadelloser Herkunft, wie Bill Stanley, oder jemanden von erheblicher charakterlicher Schwäche, wie Ralph Dudley, vernichtet.

»Können wir uns ein paar Minuten unterhalten, Wendall?«

»Aber sicher doch.«

»Mir ist natürlich nicht entgangen«, begann Burdick, »dass Sie für morgen eine Sitzung einberufen haben. Ich nehme an, die Fusion steht auf der Tagesordnung, oder?«

Clayton nickte. »Ich lasse die Tagesordnung gerade per Rundschreiben verteilen, entsprechend der Hausregel, dass sie vor Sitzungsbeginn jedem Anwesenden bekannt sein muss.«

Ah, seine Körperhaltung. Bei älteren Menschen wird sie überlebenswichtig. Man sehe sich nur an, wie kerzengerade er sitzt. Kein noch so hart gedrillter Soldat könnte es ihm gleichtun.

»Ich habe heute Morgen mit Ralph Dudley gesprochen.«

»Ist doch mal 'ne echte Abwechslung, dass er schon so früh zur Arbeit erscheint.«

»Wie haben Sie ihn herumgekriegt, Wendall?«

Clayton kam zu dem Schluss, dass er Taylor Lockwood gegenüber in puncto Burdick vielleicht doch nicht hundertprozentig aufrichtig gewesen war. Es bereitete ihm nämlich Vergnügen, diesen sich winden zu sehen. Der Anblick verschaffte ihm ein fast schon erotisches Lustgefühl. Möglicherweise führen wir diesen Kampf doch auch auf einer persönlichen Ebene, schoss es ihm durch den Kopf. »Wieso herumgekriegt?«

»Weil er jetzt für die Fusion ist. Was haben Sie ihm geboten? Womit haben Sie ihn in die Enge getrieben?«

»Was hat er Ihnen denn erzählt?«

»Nur Blödsinn. Ich möchte erfahren, was Sie ihm gesagt haben.«

Die Schnelligkeit, mit der sich die Neuigkeit verbreitet hatte, wärmte Clayton das Herz. Es bedeutete nämlich, dass Burdick seinem Patienten immer häufiger den Puls maß, wie eine Krankenschwester am Bett eines Mannes, der nicht mehr zu retten ist.

»Ich kann nicht für ihn sprechen, Donald.«

Burdick schwieg einen Moment, und die Stille erfüllte den Raum. Dann meinte er: »Sie sind noch jung, Wendall. Ich erinnere mich gut an die Zeit, als wir Sie eingestellt haben. Vielleicht liegt es an der Distanz meines Alters, aber es kommt mir so vor, als wären Sie in all den Jahren nicht älter geworden.«

Clayton lächelte unverbindlich.

»Sie sind ein guter Anwalt und geradezu für die Arbeit, die Sie verrichten, geboren. Aber wenn Sie meine Meinung interessiert, Sie befinden sich auf dem falschen Weg. Sie wollen Hubbard, White & Willis nach Ihren Vorstellungen ummodeln. Ich will nicht behaupten, das ließe sich nicht bewerkstelligen, doch wäre eine solche Umwandlung auch vernünftig?«

»In Ihren Augen sicher nicht.«

»Sie werden einen Pyrrhussieg erringen. Warum wollen Sie sich mit den Altlasten einer eingesessenen Kanzlei abplagen?«

»Sie sind bestimmt hier, Donald, um mir einen Vorschlag zu unterbreiten. Warum rücken Sie nicht endlich damit heraus?«

Burdick wandte den Blick ab, und es war ihm anzusehen, dass er in Gedanken die sorgfältig zurechtgelegten Argumente ad acta legte, von denen er wusste, dass sie doch zu nichts führen würden. »Also gut. Ich zahle Ihnen eine Million als Startkapital für Ihre eigene Kanzlei. Sie können von Ihren Klienten alle mitnehmen, die Ihnen weiterhin die Stange halten wollen. Und ich nehme an, dass auch einige von den Partnern mit Ihnen gehen möchten. Für den Fall, dass es mehr werden, als ich erwarte, können wir einen Schriftsatz aufsetzen, in dem festgelegt wird, welche von den Computern, den Sekretärinnen und so weiter wir Ihnen überlassen ...«

»Nein.«

»Wendall ...«

»Ich habe daran gedacht, meine eigene Kanzlei aufzumachen. Sie nennen mich jung, aber ich fühle mich nicht mehr wie ein junger Bursche. Seit zwanzig Jahren bin ich jetzt als Anwalt tätig. Im Leben eines jeden Mannes kommt der Moment, in dem er seine große Chance erhält. Sie haben die Ihre gehabt. Nun bin ich an der Reihe.« Er lächelte, doch ohne triumphierende Siegesgewissheit oder Stolz.

Burdicks Hände umklammerten die geschwungenen Lehnen des Ledersessels. »Ich bin es nicht gewohnt, um etwas zu bitten. Mein ganzes Leben habe ich dafür gearbeitet, die Kanzlei zu dem zu machen, was sie heute ist. Ihnen mag das

Resultat zu gering erscheinen, aber die Klienten wissen durchaus zu schätzen, was sie an uns haben. Und unsere Gehilfen, Assistenten und sonstigen Mitarbeiter …«

»Sie haben meine Antwort bereits gehört.«

»Anderthalb Millionen.«

»Donald, erniedrigen Sie sich nicht.«

Burdick ließ sich in den Sessel zurückfallen und erhob sich einen Moment später. »Vielen Dank, dass Sie mir Ihre Zeit zur Verfügung gestellt haben, Wendall.«

Wasser umspülte sie, so eiskalt, dass es wehtat. Dem folgte ein dumpfer Schmerz in ihrer Brust, so als würde an etwas gezogen, das nicht nachgeben wollte. Taylor rang nach Luft und bekam nur Wasser in den Mund. Sie drehte sich in einer langsamen Spirale. Wo war die Oberfläche? Wo? Ihr blieben nur Minuten, zu ihr vorzustoßen, nein, Sekunden …

Da, war das nicht eine leichte Verfärbung im Wasser? Ja, ein Licht, Ihre Füße fanden Halt, und sie stieß sich ab.

Ein stechender Schmerz durchfuhr sie, als ihre Stirn gegen die Windschutzscheibe knallte. Taylor sank zurück in das dunkle Wasser.

Wasser schlucken, es einatmen, die Dunkelheit schlucken …

Taylor Lockwood schrie.

Reece packte sie am Arm und schüttelte sie wach.

Normale Zimmerbeleuchtung umgab sie. »Taylor!«

Sie öffnete die Augen, und Entsetzen stand in ihrem Blick. Schweiß bedeckte ihr Gesicht, und das Herz klopfte ihr im Hals. »Oh, Mitchell.« Sie warf sich an seine Brust.

Das Motelzimmer, in das die Polizisten sie gebracht hatten, war eine arge Bruchbude. Die Einrichtung stammte noch aus den Sechzigern – türkisblaue Wände, Pressspanmöbel, ein orangefarben und braun gemusterter Teppich und an der Seite des Bettes ein Münzschlitz, um es vibrieren zu lassen. Ein solches Haus traf man sonst eher abseits von den Westchester Parkways an, ein Motel, das hauptsächlich von verstohlenen Werktagsaffären und Notfällen wie diesem lebte. Taylor konnte sich keinen anderen Grund vorstellen, warum man sonst im Valhalla Starbright Auto Lodge absteigen sollte.

»Es war nur ein Traum«, versicherte sie ihm, so als müsste sie ihn trösten.

»Alles ist wieder gut.«

Sie lachte, wie sie in der letzten Nacht gelacht hatte, nachdem der Lincoln ins Wasser geplatscht und dort schaukelnd stehen geblieben war. Sie hatten im Innern des Autos gewartet, sich vor Schreck nicht gerührt und den eigenartigen Geräuschen des sinkenden Fahrzeugs gelauscht. Luft blubberte und zischte, der Motor stöhnte und ächzte. Wie lange würde es noch dauern, bis das Frontende unter die Wasseroberfläche tauchte?

Aber so weit kam es gar nicht. Der Wagen sank einen halben Meter tief in den Schlick ein, und das war's.

Sie lachten – doch nicht lange. Nach einer Viertelstunde wurde ihnen klar, dass sich die Türen nicht öffnen ließen. Und die elektrischen Fensterheber versagten. Eine Stunde später fand sie ein Polizist in einem Streifenwagen und schlug mit einer Eisenstange die Seitenfenster ein, damit sie hinausklettern konnten.

Der Beamte brachte sie in das Motel. Reece rief gleich die Leihwagenfirma an und teilte ihnen den Schaden mit. Der Mann am anderen Ende hörte sich das in aller Ruhe an, so als geschähe dergleichen jeden Tag. Wenn Mitchell es wünsche, würde er sofort einen neuen Wagen nach North White Plains schicken. Reece beriet sich mit Taylor, und sie beschlossen, die Nacht hier zu verbringen und morgen früh mit dem Zug zurückzufahren.

Taylor erwachte um halb zehn aus dem Albtraum und erblickte das milchig weiße Herbstlicht, das durch die orangefarbenen Blenden drang. Sie drehte sich um, legte den Kopf auf Mitchells Brust und drückte sich an ihn.

Während sie versuchte, den Nachhall des Entsetzens zu verdauen, befiel sie ein neuer Schrecken. Ihr wurde schlagartig bewusst, dass sie sich in Westchester befanden, vielleicht ganz in der Nähe des Hauses, in dem seine Freundin wohnte. Alles in ihr verkrampfte sich, und sie hielt ihn so fest, wie es nur ging. Am liebsten hätte sie ihm hier und jetzt die sprichwörtliche Pistole auf die Brust gesetzt. Aber im Endeffekt traute sie sich dann doch nicht. Unvermittelt drehte er sich zu ihr und sagte: »Das war's. Mir reicht es jetzt endgültig. Ich mache das nicht mehr mit.« Taylor konnte kaum noch atmen. Sie fürchtete, er habe ihre Gedanken gelesen, sei es leid, dass sie sich so an ihn klammerte, und mache Schluss mit ihr.

Aber spätestens, als er fortfuhr, begriff sie, dass er etwas ganz anderes meinte. »Ich gehe zu Burdick. Und zur Polizei. Ich werde alles sagen.«

Taylor zitterte vor Erleichterung so sehr, dass sie einen Moment brauchte, bis ihr der Sinn seiner Worte klar wurde. »Warum denn das? Wir sind doch so nahe dran.«

»Letzte Nacht, das war kein Unfall. Der Wagen hat uns von der Straße gedrängt, und er hat uns schon die ganze Zeit verfolgt, seit wir Wendalls Haus verlassen haben. Kaum waren wir auf der Höhe des Wasserreservoirs, hat der Fahrer das Steuer herumgerissen und uns gerammt.«

»O Gott!«

»Wer war alles auf der Party? Wendall, Ralph Dudley, wer noch?«

»Thom Sebastian zum Beispiel. Eigentlich war die halbe Kanzlei dort versammelt. Ich habe Sean Lillick, Carrie Mason und noch viele andere von Claytons Klonen gesehen.«

»Wir müssen zur Polizei.«

»Nein.«

»Taylor, es geht nicht mehr anders ...«

»Wenn wir das tun, erfährt unweigerlich auch der Vorstand, dass dir der Wechsel gestohlen worden ist. Und damit bist du deinen Job los.«

»Ein Job ist eine Sache, Lebensgefahr eine ganz andere. Ich könnte es mir nie verzeihen, wenn dir etwas zustoßen sollte.«

»Mitchell, wir sind kurz vor dem Ziel. Ich fühle es. Am Montag findet die Verhandlung statt. Lass uns noch so lange durchhalten.« Sie nahm seinen Kopf zwischen ihre Hände. »Bis Montagmorgen, einverstanden?«

»Nein.«

Aber sein Widerstand erlahmte bereits. »Bis Montagmorgen«, wiederholte sie, doch diesmal klang es weniger wie ein Vorschlag als vielmehr wie ein Befehl. Er öffnete den Mund, um zu protestieren, doch sie legte ihm einen Finger auf die Lippen und schüttelte den Kopf. Gegen eine solche Entschlossenheit war er machtlos. Nach einem Moment nickte er. Sie zog seinen Kopf an den Haaren hoch, und ihre Lippen lösten den Finger ab. Sie küsste ihn, und er erwiderte den Kuss. Ihre Umarmung wurde so heftig, dass sie schon bald über den abgewetzten, hässlichen Teppich rollten.

... Neunzehn

»Donald, du bist ja weiß wie Schnee. Verdammt, alter Junge, du solltest wirklich mehr an die frische Luft gehen. Ich hoffe, du hast deinen Tennisschläger mitgebracht.«

Burdick lehnte am Geländer der Penthouse-Suite des Fleetwood Hotel in Miami Beach und betrachtete die Scheibe der Sonne. »Ich fürchte, Steve, auch heute komme ich vor lauter Arbeit so gut wie nicht zum Vergnügen.«

Kaum dass er Claytons Büro verlassen hatte, war er mit einer Firmenlimousine zum Marine Air Terminal am LaGuardia gefahren, wo bereits eine Canadair 600 mit laufenden Triebwerken auf ihn wartete, um mit ihm nach Florida zu fliegen. Er war ziemlich erschöpft angekommen, hatte aber dem Taxifahrer gesagt, er solle ihn sofort ins Fleetwood bringen. Er hoffte, sofern alles glatt ging, binnen einer Stunde nach New York zurückkehren zu können.

Steve Nordstrom, ein stämmiger, schwerer Mann mit tadellos geschnittenem grauem Haar, der Martinis wie ein Barkeeper mixen konnte, war der Präsident von MacMillan Holdings. Er trug Tennishosen, ein weißes T-Shirt und Sandalen. Burdick wollte jetzt keinen Alkohol zu sich nehmen. Es gehörte zu seinen Prinzipien, tagsüber nicht zu trinken, aber ihm war klar, dass er das angebotene Glas von seinem fünfzigjährigen Freund nehmen musste, dessen Nase bereits stark gerötet war. »Wie läuft die Sitzung?«, fragte Burdick.

Nordstrom leckte einen Tropfen Martini von seinem Finger und grinste. »Dieses Jahr sind wir wirklich die goldene Gans, die Eier legt, Donald. Die Aktien stehen auf dreihundertdreiundsechzig.«

»Oh!«, sagte Burdick anerkennend.

»Schlag das *Journal* auf, oder lies die *Times,* alle pfeifen aus dem letzten Loch, nur wir nicht. Kannst du mir den Grund dafür nennen?« Er zuckte mit den Schultern und sah Burdick an, als erwartete er eine Antwort von ihm.

»Was ist denn dran an diesen Gerüchten um Icahn?«

»Da pisst einer gegen den Wind«, antwortete Nordstrom. »Er hat die Sache um zwei Prozent angehoben und sich dann aus dem Staub gemacht. Die ganze Geschichte ist wie ein Kartenhaus in sich zusammengefallen. Ich dachte schon, er würde mich zum Millionär machen, aber anscheinend ist mir so viel Glück nicht beschieden. Morgen treffen wir uns mit einer neuen Industrievereinigung. Willst du an der Sitzung teilnehmen?«

»Geht leider nicht. Aber sag deinen Leuten, sie sollen sich mit ihren Äußerungen in Acht nehmen. Ich hab dir doch schon erzählt, dass das Justizministerium zurzeit wieder außerordentlich scharf ist, und die vom Antitrust schnüffeln überall nach Preisabsprachen. Nennt keine Zahlen. Überhaupt keine. Vergesst nicht, was '72 passiert ist.«

»Du sorgst Tag und Nacht für deinen Klienten, was, Donald?« Diese Frage zeigte unausgesprochen an, dass es sich bei ihnen um den größten und wichtigsten Klienten Burdicks handelte.

Die beiden ließen sich am Tisch nieder und nahmen einen Hummersalat zu sich. »Welcher von unseren Jungs arbeitet zurzeit hier unten für dich, Steve?«

»Du meinst von der Kanzlei? Nun, Stan Johannsen ist in Miami. Und Thom Sebastian vertritt unsere Interessen in New York. Ich habe gehört, er ist nicht als Partner aufgenommen worden. Was war denn los? Er ist doch ein guter Mann.«

Burdick betrachtete die flache Landschaft und die lange Reihe von Autos, die über den Expressway sauste. Immer wieder blitzte an ihnen das Sonnenlicht auf. Es dauerte einen Moment, ehe ihm bewusst wurde, dass Steve ihm eine Frage gestellt hatte. »Ich weiß nicht mehr genau, warum Thom es nicht geschafft hat«, antwortete er und hoffte, damit alles zu dem Thema gesagt zu haben. Er wünschte, Bill Stanley wäre bei ihm. Oder Vera. Er brauchte dringend Verbündete an seiner Seite. Und er vermisste bereits New York City, trotz des Schneematsches und der Kälte. Nordstrom runzelte die Stirn. »Aber deswegen bist du sicher nicht gekommen, ich meine, wegen der Vorstandssitzung, oder?«

»Nein, Steve, nicht deswegen.« Burdick erhob sich, verschränkte die Hände hinter dem Rücken und ging ein paar Schritte. »Hubbard, White & Willis erledigt doch jetzt bereits seit ungefähr fünfunddreißig Jahren eure Rechtsangelegenheiten, nicht wahr?«

»Ist gut möglich, ihr habt jedenfalls schon vor meiner Zeit damit angefangen.«

»Steve, ich möchte dich bitten, das, was ich dir jetzt sagen werde, für dich zu behalten. Höchstens Ed Gliddick kann noch davon erfahren. Zumindest für eine bestimmte Zeit darf nichts davon nach außen dringen.«

»Du kannst dich darauf verlassen. Was ist denn los? Du siehst aus, als hättest du einige schlaflose Nächte hinter dir.«

»Das habe ich auch. Steve, es fällt mir nicht leicht, meinen Lieblingsklienten darum zu bitten, sich nach einer anderen Kanzlei umzusehen.«

»Was?!«

»Hast du von der bevorstehenden Fusion gehört?«

»Natürlich.«

»Nun, in der Sache steckt mehr, als es auf den ersten Blick den Anschein hat.« Burdick erzählte ihm von Claytons Vorhaben, nach Abschluss der Fusion unter den Partnern und Angestellten von Hubbard, White & Willis groß aufzuräumen.

»Dann stehst du also auf der Abschussliste?«, sagte Nordstrom danach. »Aber das ist doch Blödsinn. Du hast doch die Kanzlei zu dem gemacht, was sie ist. Du bist Hubbard, White & Willis.«

Burdick lachte traurig. »Lass mich dir jetzt erzählen, Steve, warum ich hergekommen bin. Ich möchte von dir die Zusage, dass MacMillan Holdings im Falle einer Fusion Hubbard, White & Willis kündigt.«

»Der Todesstoß, was? Perelli mag zwar die Kanzlei bekommen, verliert aber die größte Melkkuh, oder?«

»Ich werde das gleich nach meiner Rückkehr bekannt geben. Wenn alles gut geht, werden die Verhandlungen mit Perelli dann sofort abgebrochen.«

Nordstrom nahm ein Stück Hummer zwischen zwei Finger, leckte die Sauce ab, schob es in den Mund und kaute langsam. Dann erklärte er: »Don, ich werde es dem Aufsichtsrat empfehlen.«

An der Aufrichtigkeit dieser Worte war nicht zu zweifeln, und doch – Steve wollte es dem Aufsichtsrat lediglich empfehlen. Burdick setzte sein Glas ab und verschränkte die Arme vor der Brust.

Nordstrom suchte nach einem neuen Stück Hummer und entschied sich dann dafür, die Rosinen aus dem Salat herauszupicken. »Wenn es nur an mir liegen würde, bekämst du die Zusage sofort. Du weißt, dass ich alles tun würde, um dir zu helfen. Aber Ed ist der Aufsichtsratsvorsitzende, und er trifft die endgültige Entscheidung. Höchstwahrscheinlich wird die Angelegenheit sogar dem ganzen Aufsichtsrat vorgelegt werden müssen.«

»Nein, nach eurem Statut ist sowohl der Aufsichtsratsvorsitzende als auch der Vorstandsvorsitzende, also du, berechtigt, die Entscheidung zu treffen. Du allein könntest die Sache hinbiegen.«

»Ja, das könnte ich«, entgegnete Nordstrom lachend. »Und genauso gut kann Ed mich absetzen. Ich bekomme zwar einen goldenen Fallschirm, aber raus bin ich dann trotzdem. Mach dir keine Sorgen, Ed ist ein vernünftiger Mann. Und er mag dich.«

»Aber er ist von außen gekommen und erst seit drei Jahren bei euch. Ihm fehlt es am Stallgeruch, den wir beide besitzen.«

»Ich lege ein gutes Wort für dich ein, Don. Doch Ed muss die letzte Entscheidung haben.«

»Ist er in seinem Hotel anzutreffen?«

»Ja, allerdings spielt er gerade Tennis. Aber spätestens zur Sitzung heute Abend ist er zurück. Dann kannst du mit ihm reden. Jetzt nimmst du am besten noch einen Drink und genießt unser Klima.«

»Ich glaube, ich gehe lieber eine Runde schwimmen.«

»Guter Schlag, verdammter Hurensohn«, sagte Ed Gliddick und grinste Wendall Clayton an.

Gliddick senkte seinen Tennisschläger und ließ den fluoreszierenden Ball fallen, der in der weißen Sonne Floridas leuchtete. Er liebte die strahlend grüne Farbe des Balls und den sorgfältig geschnittenen Rasen. Ed Gliddick mochte die kleinen Details. Er war Aufsichtsratsvorsitzender einer Firma, die hauptsächlich kleine Plastikteile herstellte, welche ihrerseits in anderen Produkten verschwanden und eine Reihe von unsichtbaren, aber sehr wichtigen Funktionen erfüllten. Diese Teile waren so erfolgreich, dass ihr Jahreseinkommen mittlerweile fünfundzwanzig Millionen Dollar betrug.

Er war jetzt fünfundsechzig; er ließ die Schultern hängen, hatte schütteres graues Haar und eine birnenförmige Gestalt.

Wenn der Wind sein Hemd hob, konnte man den roten Streifen sehen, den der Gummizug seiner Boxershorts am schwabbligen Bauch hinterlassen hatte. Seine gerötete Haut war nach Jahren auf Golf- und Tennisplätzen – er war auf etlichen weltweit gewesen – runzlig geworden. Er hasste es, zu verlieren, besonders gegen Männer, die jünger waren und besser aussahen als er. Aber er hatte es schon frühzeitig gelernt, sich in Gesprächen, bei denen ein lukratives Geschäft herausspringen konnte, von solchen Vorurteilen nicht beeinträchtigen zu lassen.

Jetzt sagte er zu Clayton: »Reden Sie doch weiter. Und wenn Sie ans Netz vorgehen, zwinge ich Sie, den verdammten Ball zu essen.«

Clayton schlug auf. »Wie ich gerade schon erwähnte, kann ich Ihnen Unkosten in Höhe von einer Million im Jahr ersparen. Und ich kann Ihren Job retten.«

Volley. Endlich sah Clayton eine Chance für sich. Er tänzelte vorwärts, parierte mit einer harten Rückhand und schickte den Ball in die Ecke von Gliddicks Hälfte. Sein Sieg ließ ihn strahlen.

»Das war kein toller Schlag«, erklärte Gliddick säuerlich, »sondern nur ein billiger Trick. Ich halte Sie immer noch für einen Hurensohn, aber erklären Sie mir doch, wie ich Kosten senken kann. Und wie Sie mir helfen wollen, meinen Arsch zu retten.«

»Lassen Sie uns nach oben in meine Suite gehen«, entgegnete Clayton. »Das Gras hier hat Ohren.«

Sie duschten und begaben sich dann in das Penthouse eines Hotels, das nur drei Blocks vom Fleetwood entfernt lag, wo Donald Burdick gerade seine dritte Bahn im Pool schwamm. Clayton mixte Whiskey Sours.

»Ich muss bald zur Sitzung zurück«, sagte Gliddick.

»Unser Gespräch wird nicht lange dauern.«

Gliddick trank einen Schluck. »Sie wissen sicher, dass Donald Burdick herkommt, um etwas Wichtiges mit Steve Nordstrom zu besprechen.«

»Ja, das weiß ich. Sie und ich werden mehr oder weniger über die gleiche Angelegenheit reden. Bestimmt haben Sie von der Fusion zwischen Hubbard, White & Willis und der Kanzlei von Perelli gehört, oder?«

»Nun, ich habe den Artikel im *Journal* gelesen.«

»Ich möchte von Ihnen die Zusage, dass Sie nach der Fusion bei uns bleiben.«

»Warum sollten wir uns eine andere Kanzlei suchen? Donald ist seit über dreißig Jahren für uns tätig …«

»Donald wird nach der Fusion nicht mehr bei uns sein.«

Gliddick nickte langsam. »Verstehe.«

»Es hat nichts mit Rache oder dergleichen zu tun«, erklärte Clayton. »Aber es gibt Gründe, ihn nicht länger zu behalten.«

»Das ist Ihre Sache.«

»Wie die Dinge nun einmal stehen, ist es zum Teil auch Ihre Sache. Ich bin die Rechnungen durchgegangen, die die Kanzlei Ihnen ausgestellt hat, und ich möchte zwar nicht behaupten, dass Donald Sie ausgenommen hat, aber die Kosten und Gebühren, die Ihnen berechnet werden, übersteigen jedes vernünftige Maß. Einem unserer Assistenten, der von Tuten und Blasen keine Ahnung hat, zahlen Sie hundertsechzig Dollar in der Stunde. Wenn Ihnen eine Mitteilung zugestellt wird, nimmt der Bote eine Limousine, statt ein öffentliches Verkehrsmittel zu benutzen – natürlich alles auf Ihre Kosten. Sie zahlen Prämien für Arbeiten, die zum normalen Tätigkeitsfeld gehören. Wenn Sie nach der Fusion bei uns bleiben, senke ich diese Ausgaben leicht um eine Million im Jahr. Und auch Ihre Belange können wir noch besser und zu reduzierten Gebühren vertreten und erledigen. Perelli verfügt über eine der besten Arbeitsrechtsabteilungen in der ganzen Stadt. Damit können Sie Ihren Gewerkschaftsvertretungen kräftig in den Arsch treten.«

»Donald war immer so etwas wie eine Achse, um die sich alles drehte. Als Mensch bedeutet er mir wenig. Aber er und Steve Nordstrom sind seit Jahren eng befreundet. Und verdammt, er ist schon seit soundso vielen Jahren in unserem Vorstand. Einige Leute werden es nicht sehr freundlich von uns finden, ihn einfach so vor die Tür zu setzen.«

»Freundlich?« Clayton spuckte das Wort geradezu aus, als handelte es sich dabei um etwas Unappetitliches. »Nach Ihrem Statut können Sie Ihrer Kanzlei jederzeit kündigen, solange Kosten dadurch nicht in die Höhe getrieben werden. Ich mache Ihnen ein günstiges Angebot. Wenn Sie es Ihren Aufsichtsratskollegen mitteilen, werden sie glauben, ins Paradies gelangt zu sein.«

»Sie haben davon gesprochen, meinen Job zu sichern«, sagte Gliddick.

»Bei der Sitzung der Sicherheitsanalytiker in der nächsten Woche in Vista wird MacMillan Erwähnung finden, und zwar als eine der Firmen, die sich am ehesten einer Übernahme gegenübersehen werden …«

»Ach, das versucht doch andauernd jemand. Icahn zum Beispiel …«

»… und GCI in Toronto hat bereits Kontakt zu Ihren Investoren aufgenommen.«

»Wirklich? Woher wissen Sie das?«

Clayton ignorierte die Frage und fuhr fort. »Ich schätze, in sechs Monaten wird das erste Angebot auf dem Tisch liegen. Wenn Sie wollen, können Sie zu Skadden oder Wachtel gehen. Oder zu uns kommen. Wir wickeln es zu zwei fünfzig ab. Das garantiere ich Ihnen.«

Gliddick leerte sein Glas. Clayton schenkte ihm gleich noch einmal ein.

»Ich weiß nicht so recht, Wendall. Ich kann natürlich nichts gegen Ihre Zahlen sagen, aber es ist eine moralische Entscheidung, und wenn ich eines hasse, dann moralische Entscheidungen.«

Es klopfte an der Tür. Eine junge Frau trat ein, blond, klein und zierlich. Sie trug einen sehr knappen Minirock aus Leder und eine eng sitzende weiße Bluse.

»Oh, Mr. Clayton, tut mir Leid, ich wusste nicht, dass Sie in einer Besprechung sind.«

»Macht nichts, Jean. Kommen Sie, ich möchte Ihnen Mr. Gliddick vorstellen. Er gehört zu den bedeutendsten Klienten der Kanzlei.«

Sie schüttelten sich die Hände. Gliddick zog Jean mit den Augen aus.

»Jean ist eine meiner Mitarbeiterinnen.« Clayton warf einen Blick auf seine Uhr. »Ed, es ist sehr unhöflich von mir, aber ich muss jetzt zu einem dringenden Termin. Würden Sie mich wohl für etwa eine Stunde entschuldigen?«

Gliddick runzelte die Stirn. »Und was soll ich eine Stunde lang anfangen?«

Clayton verzog besorgt das Gesicht, doch schon eine Sekunde später hellte seine Miene sich auf. »Sagen Sie, Jean, würde es Ihnen etwas ausmachen, Mr. Gliddick etwas Gesellschaft zu leisten?«

»Aber ganz im Gegenteil, Mr. Clayton.« Clayton ging zur Tür. »Ach, Ed, wenn Sie etwas essen oder trinken möchten, rufen Sie den Zimmerservice. Geht alles auf Kosten der Kanzlei.«

Gliddick entgegnete, dass er dies mit Sicherheit ausnutzen werde. Als er sich wieder zu Jean umdrehte, hatte sie sich bereits ihrer Bluse entledigt und war gerade dabei, ihren BH zu öffnen. Sie zog das Stretchband etwas strammer an als nötig. Als sie dann den Haken aus der Öse löste, ertönte ein *Plopp*. Jean wusste, dass die alten Knaben auf so etwas standen.

John Silbert Hemming trank in seinem Büro nur Mineralwasser, aber das bedeutete nicht, dass er Bier nicht mochte. Er leerte gerade sein sechstes Glas Dark Ale im McSorley's und bestellte schon drei neue. »Die Gläser hier sind viel zu klein.«

O nein, stöhnte Taylor in Gedanken. Sie hatte erst ihr zweites Glas, aber schon erhebliche Mühe mit dem Trinken.

Sie erzählte ihm vom Urteil des Obersten Bundesgerichts, das Pubs dazu verpflichtete, Frauen einzulassen und zu bedienen.

»Eine tolle Errungenschaft.« Er verzog das Gesicht und ließ den Blick über die Holztische, die Wünschelrutensammlung, auf die sich bereits eine dünne Staubschicht gelegt hatte, und die lärmenden und grölenden Studenten wandern. Als ein stark angetrunkener junger Mann mit einem Glas in der Hand, aus dem ständig Bier schwappte, auf sie zuschwankte, wurde John Silberts Miene noch grimmiger. Der Junge war noch nicht betrunken genug, um diesen Blick zu übersehen, und taumelte in eine andere Richtung. »Ist das hier eigentlich so etwas wie ein Rendezvous?«, fragte Hemming Taylor.

»Eher nicht.«

»Aha, das wollte ich nur wissen. Wie ist es denn mit den Fingerabdrücken gelaufen?«

»Gar nicht mal schlecht. Ich schicke Ihnen eine Postkarte davon.«

»Wenn Sie möchten, zeige ich Ihnen, wie man Plantare abnimmt.«

»Abdrücke von Plantagen?«

»Nein, von Füßen, Mrs. Lockwood.«

»Bitte nennen Sie mich Taylor.«

»Genauer gesagt von Fußsohlen.«

Taylor reichte ihm den Zettel, auf dem sie sich alles Wichtige von der Rechnung notiert hatte, auf die sie in Wendall Claytons Sekretär gestoßen war. »John, haben Sie je von dieser Firma gehört?«

Er las, was auf dem Zettel stand. »AAA Security? Die sitzen nicht in New York City. Wir dürfen allerdings davon ausgehen, dass es sich dabei um einen Laden aus der Rubrik ›Mehr Schein als Sein‹ handelt.«

»Wie kommen Sie darauf?«

»Nun, das ist doch ein uralter Trick, um im Telefonbuch auf der ersten Seite ganz oben zu stehen. Dazu muss man den Namen aus möglichst vielen As zusammensetzen. Soll ich die Firma für Sie überprüfen?«

»Können Sie das denn?«

»Klar.« Ein Kellner, der ein Tablett mit fünfzehn Gläsern trug, rauschte heran und stellte unaufgefordert zwei davon bei ihnen ab.

»Wäre es denkbar, dass ein Mitarbeiter einer Sicherheitsfirma – sagen wir der Einfachheit halber jemand von AAA Security – sich dazu verleiten ließe, etwas Ungesetzliches zu tun?«

»Wie zum Beispiel bei Rot über die Straße zu gehen?«

»Nein, schlimmer.«

»Äpfel klauen?«

»Das trifft's schon eher. Aber ich meine etwas, das viel wertvoller ist als Obst.«

Hemming richtete sich gerade auf, sodass er über ihr aufragte, und beugte sich dann vor. »Bei den großen Wach- und Schließgesellschaften wie der unseren ist das sicher ausgeschlossen. Wenn ein Mitarbeiter eine Straftat begeht, verliert er sofort die Lizenz und findet in der Branche nie mehr eine Anstellung. Aber bei solchen kleinen Läden wie dem hier …«, er tippte auf den Zettel. »Ich meine, in unserem Gewerbe ist die Trennlinie zwischen Gut und Böse sehr dünn. Verstehen Sie, irgendwer muss die Wanzen schließlich angebracht haben, mit deren Aufspürung und Entfernung wir beauftragt werden. Es ist aber verboten, Wanzen anzubringen.«

»Und wie sieht es mit noch krummeren Sachen aus. Nur mal hypothetisch gesprochen: jemandes Wagen von der Straße abdrängen.«

»Jemandes Wagen was bitte?«

»Von der Straße abdrängen.«

Hemming zögerte einen Moment, ehe er antwortete: »Nun, diese AAA Security … Schon möglich, dass man dort einen Mitarbeiter findet, der bereit ist, so was zu tun. Ich betone, es wäre möglich. Ehrlich gesagt, solche Dinge sind schon vorgekommen.«

Taylor leerte ihr Glas, öffnete ihr Portemonnaie, zog einen Zwanziger heraus und winkte den Kellner herbei.

»Wie wär's mit Abendessen?«, fragte Hemming.

»Geht leider nicht.«

»Ich dachte, das wäre eine gute Idee, damit Sie das Ganze unter Spesen abrechnen können.«

»Leider habe ich schon Pläne.«

»Pläne sind etwas, das Architekten oder Schiffsbauer haben.«

»Ein andermal vielleicht.«

»Okay«, sagte Hemming. Als sie aufstand, hob er den Zeigefinger. »Noch eins … ich habe da einen Freund. Er trägt eine Marke und arbeitet bei einer Firma, die sich One Police Plaza nennt. Ich dachte gerade, Sie würden …«

Taylor schüttelte den Kopf.

»… sich vielleicht gern einmal mit ihm unterhalten.«

»Nein«, sagte sie nur.

Um zweiundzwanzig Uhr klingelte in Miami das Telefon in Donald Burdicks Hotelzimmer.

Er hatte auf seinem Bett gelegen und das *Wall Street Journal* so oft gelesen, bis er irgendwann eingeschlafen war. Jetzt warf er einen Blick auf das Telefon und richtete sich benommen auf. Er hatte Kopfschmerzen.

»Donald? Hier spricht Ed Gliddick.«

»Ed, wo haben Sie denn gesteckt? Ich hatte gehofft, Sie noch vor der Sitzung sprechen zu können.« Burdick streckte die Hand weit aus, um den Radiowecker herumzudrehen und die Uhrzeit abzulesen. Er erreichte ihn nur mit den Fingerspitzen, und er fiel runter.

»Tut mir Leid, ich bin aufgehalten worden. Ich habe es gerade noch rechtzeitig zur Sitzung geschafft. Und die ist eben zu Ende gegangen.«

»Ed, können wir uns auf einen Drink in der Lounge treffen? Es gibt da etwas, das ich dringend mit Ihnen besprechen muss.«

Gliddick zögerte. »Donald, ich habe nach der Sitzung mit Steve geredet. Er hat mir Ihren Vorschlag mitgeteilt, und ich habe darüber nachgedacht. Ich muss dazu leider Nein sagen.«

Diese Worte trafen Burdick wie ein Geschoss. Seine Brust verkrampfte sich schmerzhaft, und für einen Moment konnte er nicht sprechen. Schließlich krächzte er: »Wie bitte?«

»Tut mir wirklich Leid, Don. Mir ist klar, in welcher Lage

Sie sich befinden, aber unsere Firma steht im Licht der Öffentlichkeit. *Fortune* bringt nächsten Monat einen großen Artikel über uns. Wir können wirklich nicht aufgrund persönlicher Animositäten die Kanzlei wechseln.«

»Aber haben Sie eine Vorstellung, Ed, was für eine Art von Service Sie bei Wendall Clayton erwartet?«

Burdick hatte den Eindruck, am anderen Ende der Leitung würde gekichert. »Ja, Donald, ich glaube, die habe ich. Ob Fusion oder nicht Fusion, meine Entscheidung steht fest. Wir bleiben bei Hubbard, White & Willis. Hören Sie, mein Freund, haben Sie Lust, morgen früh mit mir Tennis zu spielen?«

»Nein, ich fliege noch heute Nacht zurück.«

»Nun, dann wünsche ich Ihnen einen angenehmen Flug.«

Am nächsten Morgen, als Donald Burdick im großen Konferenzsaal der Kanzlei saß, kam ihm ein grässlicher Gedanke: Wenn in diesem Raum alles zu Klump gehen sollte – angenommen, eine 747 krachte durch das Fenster, oder eine Terroristengruppe würde hereinstürzen –, wie viel Geld ginge dann verloren? Er schätzte, dass das kollektive Einkommen der Partner pro Jahr an die fünfzig Millionen erreichen dürfte. In zehn Jahren kamen da, inklusive Bonusse und Inflationsanpassung, gut zwei Milliarden zusammen. So viel Geld in einem einzigen Saal und vor ihm versammelt.

Burdick verweilte noch etwas bei diesem Gedanken. Eine groteske Vorstellung, gewiss, aber in seiner Situation schien es ihm normal, in Extremen zu denken.

Welche Auswirkungen wären zu erwarten? Abgesehen von ein paar Treuhändern oder Börsenmaklern, denen es etwas bang ums Herz werden würde?

Und er kam zu dem Schluss, dass der Nachhall sicher nur ein laues Lüftchen wäre, ein winziges Vakuum, das sich im Zeitraum eines Lidschlags wieder auffüllen ließe.

Es gibt tatsächlich so etwas wie ein Perpetuum mobile. Man nennt es Business, und die Energie, die es antreibt, heißt Ehrgeiz und Ambition.

Die Partner erschienen, und kaum einer von ihnen war frei von Nervosität. Etliche blieben an der Tür stehen. Einige gaben vor, der Sekretärin eine Nachricht übermitteln zu müssen, andere warteten auf einen Freund, um sich hinter einem menschlichen Schild verstecken zu können. Wie stets warfen ein paar der Jüngeren einen verstohlenen Blick in Richtung Burdick. Doch heute Morgen spürte er genau, dass nicht seine höhere Stellung die anderen Partner davon Abstand nehmen ließ, ihn anzulächeln oder ihn zu grüßen. Nein, zu dieser Stunde beherrschten Scham oder offene Feindschaft ihre Herzen.

Die Häppchen auf dem Limoges-Porzellan blieben weitgehend unberührt, und niemand bediente sich aus der Kaffeekanne aus Sterlingsilber. Burdick senkte den Kopf und tat so, als würde er einen Kreditvertrag durchlesen. In Wirklichkeit lauschte er den Gesprächen der Anwesenden, in denen es um die Spiele der Jets und der Giants, um Rockkonzerte, Urlaubspläne, tödliche Fehler der Gegenseite bei Gerichtsverfahren, die jüngsten Gerichtsentscheide oder Gerüchte über den Zusammenbruch von anderen Kanzleien ging.

Endlich war es elf Uhr. Burdick hob den Kopf und wollte gerade die Sitzung eröffnen, als ihm auffiel, dass Clayton nicht an seinem üblichen Platz war. Er hatte ihn mit einem jüngeren Partner getauscht und befand sich am hinteren Ende der u-förmigen Sitzordnung. Dort pflegten für gewöhnlich die Neuen Platz zu nehmen. Vor sich hin lächelnd, wirkte er wie ein gütiger Gentleman in den mittleren Jahren.

Nie zuvor in seinem Arbeitsleben hatte Burdick etwas so beunruhigt, wie Clayton dort derart gelassen sitzen zu sehen. Er kam ihm vor wie ein Feldherr, der verfolgt, wie seine Regimenter aufmarschieren. Sein Gegner schien in absoluter

Harmonie mit sich selbst zu sein. Wenn Clayton, daran zweifelte Burdick jetzt nicht mehr, die Abstimmung heute gewinnen sollte, würde er Rom rasch erobern, um danach Vergeltung zu üben. Und ihn würde er nach seinem Sieg völlig zerstören. Er brauchte sich keine Hoffnungen auf einen Waffenstillstand zu machen. – Clayton würde ihn sofort aus der Kanzlei hinausbefördern. Seine Hände wurden kalt, und ein Schauer lief ihm den Rücken hinunter.

Etwas später bemerkte er, dass alle im Raum ihn ansahen und absolute Stille eingetreten war. Er räusperte sich und begann: »Hiermit eröffne ich die Partnerversammlung. Wie ich sehe, haben wir das erforderliche Quorum. Ich schlage vor, wir verzichten auf die Verlesung des Protokolls der letzten Sitzung. Auf der heutigen Tagesordnung steht nur ein einziger Punkt. Ich spreche natürlich von der Fusion. Sie alle hatten ausreichend Gelegenheit, sich mit dem Antrag, über den abgestimmt werden soll, vertraut zu machen. Selbstverständlich müssen für den Fall, dass die Versammlung beschließt, mit den Fusionsvorbereitungen fortzufahren, noch einige Punkte spezifiziert werden. Doch heute stimmen wir lediglich darüber ab, ob wir die Fusion grundsätzlich wollen oder nicht. Wenn wir sie wollen, müssen wir ein Komitee wählen, das einen Vertrag aufsetzt und diesen mit den Vertretern der Kanzlei Perelli diskutiert. Noch Fragen? Nein. Dann schlage ich vor, wir beginnen sofort mit der Abstimmung, denn die wird einige Zeit in Anspruch nehmen.«

Er nickte Bill Stanley zu, der gleich anfing, die Namen der einzelnen Partner aufzurufen und deren Antwort mit seinem uralten Drehbleistift zu notieren.

… Zwanzig

Hören Sie bitte, mir ist da was Dummes passiert. Vielleicht können Sie mir ja helfen.

Zurzeit schien der gängige Tarif für den Zutritt zu einem Apartment in Manhattan bei fünfhundert Dollar zu liegen.

Ich komme mir so blöd vor. Da habe ich meinem Onkel versprochen, heute vorbeizuschauen und mich um seine Wäsche zu kümmern, und gerade stelle ich fest, dass ich seine Schlüssel in meiner Wohnung liegen gelassen habe … Er hat Ihnen doch sicher mitgeteilt, dass ich heute kommen würde, oder?

Taylor sagte sich, dass sie es möglicherweise auch billiger hätte haben können. In der schäbigen Lobby des Hauses in der Upper East Side hatte der Portier ihren Bluff durchschaut, sie wissend angelächelt und gleichzeitig die Hand aufgehalten. Taylor zeigte ihm fünf Hunderter. Es gab keine langwierigen Verhandlungen. Der Mann steckte die Scheine ein, reichte ihr einen Ersatzschlüssel und wandte sich wieder seinem Schwarzweißfernseher zu.

»Ich brauche höchstens eine Stunde.« Er erwiderte nichts.

Auf dem Weg zu dem Apartment ging ihr durch den Kopf, dass Ralph Dudley bislang ihr teuerster Verdächtiger war. Er hatte sie bereits gut tausend Dollar an Bestechungsgeldern gekostet. John Silbert Hemming musste seine Geschäfte anders betreiben. Ein Privatdetektiv, der mit so hohen Unkosten arbeitete wie sie, wäre nach spätestens sechs Wochen bankrott.

Dudleys Wohnung war viel kleiner, als sie erwartet hatte. Sie wusste zwar um seine finanziellen Probleme, hatte aber gedacht, dass das Apartment von einem Seniorpartner einer alteingesessenen Wall-Street-Kanzlei mit einer gewissen Eleganz ausgestattet war. Die vier Zimmer hatten zusammen nicht mehr Quadratmeter als ihre eigene bescheidene Bleibe. Die Wände waren mit billiger Farbe gestrichen. An den meisten Stellen war sie fleckig, und dort, wo die Maler sich die Mühe gemacht hatten, mehrere Schichten aufzutragen, blätterte sie ab. Sie ließ den Blick kurz durchs Wohnzimmer schweifen – alte Möbel, deren abgenutzte und gesplitterte Lehnen und Beine mit Kordeln zusammengebunden waren, angeschlagene Vasen, Zierdecken, deren Risse von einem Amateur zusammengenäht worden waren, Bücher, Wolldecken, Gehstöcke und eine Sammlung von eingedellten silbernen Zigarettendosen. An den Wänden hingen haufenweise gerahmte Fotos von Dudleys Verwandten, und auf einigen war er selbst als junger Mann mit einer großen und mürrisch dreinblickenden Frau zu sehen. Damals hatte er gar nicht schlecht ausgeschaut, war höchstens etwas zu dünn gewesen.

Im Schlafzimmer stand neben dem ordentlich gemachten Bett ein hölzerner Torso, über dessen Schultern eine von Dudleys Anzugjacken hing. Vor seinem Podest stand ein Paar auf Hochglanz polierte Schuhe, deren Absätze abgelaufen waren.

Dudleys Ordnungsliebe erleichterte ihr die Suche. Jedes Fach seines Sekretärs enthielt nur eine Kategorie von Dokumenten oder anderen wichtigen Papieren: Strom- und Wasserrechnungen, Telefonrechnungen, Briefe von seiner Tochter (das Fach mit dem geringsten Inhalt), Geschäftskorrespondenz, Garantiekarten von diversen Haushaltsgeräten, Rundschreiben von seiner Studentenverbindung, Restaurantrechnungen, Opern- und Konzertprogramme (beide fein säuberlich voneinander getrennt). Im letzten Fach entdeckte sie Instruktionen, was nach seinem Ableben geschehen solle – der Ort, an dem sein Testament aufbewahrt wurde, die Stadt, in der er zur letzten Ruhe gebettet werden wollte, welchen Anzug er dabei zu tragen wünsche und vieles andere mehr. Nach zehn Minuten hatte Taylor alle Fächer untersucht, aber nichts gefunden, was Dudley mit dem verschwundenen Wechsel oder Hanover & Stiver in Verbindung gebracht hätte.

Sie öffnete die Tür seines Kleiderschranks, und der schwere Geruch von Kampfer wehte ihr entgegen. Neben seinen Kleidern bewahrte er hier ein paar Schachteln mit Fotos auf (die alle in den Fünfziger- und Sechzigerjahren aufgenommen sein mussten) und einige Hilfsmittel für die Gesundheit wie Wärmflasche, Eispackung und Rheumadecke.

Taylor verbrachte eine Stunde damit, den Rest des Apartments zu durchstöbern, aber sie entdeckte nichts, was ihr weiterhalf. Danach fühlte sie sich schmutzig und begab sich in die Küche. Die Beleuchtung hier stammte vom Innenhof, auf den man durch das einzige und kleine Fenster dieses Raums blickte. Sie wusch sich am Becken die Hände, trank einen Schluck Wasser, da sie eine ganz trockene Kehle hatte, und wischte sich dann die Finger mit Papier von der Küchenrolle ab, das sie danach in ihre Tasche steckte.

Taylor lehnte sich gegen das Becken. Vor ihr standen Dudleys kleiner Küchentisch mit je einem Mahagonistuhl zu beiden Seiten. Auf dem Tisch war alles für ein einsames Abendessen hergerichtet: ein teurer, wenn auch angeschlagener Porzellanteller, schweres Silberbesteck und ein Weinglas. Auf dem Teller lag eine zusammengerollte und gestärkte weiße Serviette in einem roten Plastikring. Letzterer wirkte auffällig fehl am Platz. Sie nahm ihn in die Hand. So etwas fand man in den Souvenirläden am Times Square, wo Touristen Tassen, Schüsseln oder winzige Nummernschilder kauften.

Sie drehte den Ring um. Unten hatte man ohne viel Liebe den Namen Poppie eingestanzt.

Einhundertundzwanzig.

Donald Burdick stand an seinem Fenster und fragte sich, wie viel Grad des Panoramakreises er von seinem Eckbüro aus überblicken konnte.

Hundertzwanzig Grad, schätzte er, vielleicht hundertfünfundzwanzig. Von den Türmen des World Trade Center mochten es etwa tausend Meter bis zur Verrazano Bridge sein. Er betrachtete das Häusermeer im trüben Tageslicht und erinnerte sich, wie sehr die Skyline sich in seinen Jahrzehnten bei Hubbard, White & Willis verändert hatte. In etwa dem gleichen Maße, in dem der Stil der Wall Street sich gewandelt hatte. Man zeigte mehr Ellbogen. Das Leben hier verlief nicht mehr so, wie es einmal gewesen war. Dunkel und freudlos ächzte es unter der furchtbaren, alles erdrückenden Last von unfassbarem Reichtum, der außer Kontrolle geraten war. Von den neueren Gebäuden vor ihm ging etwas ganz anderes aus als von den alten. Sie präsentierten eine gewandtere Art der Macht, eine, die subtiler war. Ausladende Gebilde voller Glas, Pastellfarben und Marmor.

Genauso wie Hubbard, White & Willis.

All die Veränderungen, die sich vollzogen hatten – er hatte sie von erhöhten Punkten wie diesem hier seine ganze Laufbahn über verfolgt. Burdick sagte immer, er begrüße den Wandel. Fort mit dem Alten, macht Platz für das Neue.

Aber jetzt war er selbst alt und derjenige, der Platz machen musste.

Die Partner von Hubbard, White & Willis hatten mit achtundfünfzig gegen vierundzwanzig Stimmen (zwei fehlten entschuldigt) beschlossen, der Fusion mit der Kanzlei Sullivan & Perelli grundsätzlich zuzustimmen. Wendall Clayton war zum Vorsitzenden des Fusionskomitees gewählt worden.

Damit war die Sache entschieden.

Burdick lehnte sich in seinem Sessel zurück. Das gute Stück verbreitete nicht mehr den angenehmen Geruch von Leder. War es dafür zu alt geworden, oder lag es an seinen eigenen Jahren? Nahmen seine Sinne nicht mehr alles so genau wahr? Wurde er schwach und gebrechlich?

Nun, er hatte sein Bestes gegeben. Und, Herrgott noch

mal, es war einfacher gewesen, die Sache mit dem Appellationsgericht abzubiegen, als die noch nötigen Neinstimmen zu erhalten.

Verdammter Scheißkerl!

Er stellte sich die Viertagewochen und die darauf folgenden halben Wochen vor, die ihn erwarteten. Und dabei würde er zusehen müssen, wie ihm ein Klient nach dem anderen abgenommen wurde und wie Clayton und die jüngeren Männer die Kanzlei übernahmen – allesamt sowohl Anwälte als auch Verkaufs- oder Marketingexperten oder Public-Relations-Spezialisten. Seine Klienten riefen andere Mitarbeiter der Kanzlei an, um von ihnen juristischen Rat und Beistand zu erhalten. Er sah die Zeit schon vor sich, da sich die Minuten im Büro zu Stunden dehnten und die Stunden kein Ende nehmen wollten. Verschwendete Zeit, so stumpfsinnig wie der Besuch eines Heimatmuseums in einer Kleinstadt an einem Sonntagnachmittag. Vergeudete Stunden. Er fürchtete sich vor diesen Arbeitstagen so sehr wie vor der Zeit, die ihn erwartete, wenn Vera vor ihm sterben sollte. Und plötzlich überkam ihn ein Drang, wie er ihn seit dem Tod seines Sohnes vor ein paar Jahren nicht mehr verspürt hatte: Er wollte losheulen.

Burdick ballte die Fäuste. Dann hustete er und räusperte sich. Schließlich erhob er sich und ging hinaus auf den Flur.

Bill Stanley entdeckte Burdick und winkte ihn zu sich in sein in vornehmem Grün gehaltenes Büro. Er lächelte, und bei ihm sah das so aus, als habe er Schmerzen. »Tja, Don, hat nicht ganz gereicht, was?«

»Ist doch wohl nicht mehr zu früh dafür, oder?« Er trat an Stanleys Sekretär, öffnete ihn und füllte zwei Gläser mit Brandy.

»Ich habe eigentlich auch nicht mit einem anderen Ergebnis gerechnet, du etwa?«, fragte Stanley mit einer für ihn uncharakteristischen Heiterkeit und nahm seinen Schwenker.

»Ich war mir nicht ganz sicher.«

»Zumindest wissen wir jetzt, wer unsere wahren Freunde sind und wer unsere Feinde.«

Burdick hielt sein Glas zwischen beiden Händen und rollte es langsam.

»Nein, sie sind nicht unsere Feinde. Clayton hat sie lediglich unter Druck gesetzt. Wenn ich noch ein junger Mann wäre, hätte ich sicher auch für ihn gestimmt.«

Stanley lehnte sich in seinem Sessel zurück und nahm einen Schluck.

»In den nächsten Monaten wird es hier zu einer größeren Völkerwanderung kommen, Bill. Du, ich, Lamar, Ralph Dudley, die ganze alte Garde tritt ab. Wendall wird keine Zeit vergeuden. Wie ein Blitz wird er in die Kanzlei einschlagen.«

»Sagen wir lieber, er wird uns wie ein Blitzkrieg überrennen.« Stanley blickte durch das Fenster auf den Hafen und die Freiheitsstatue, die sich dort bleich und irgendwie winzig erhob. »Die Fusion ist nur grundsätzlich beschlossen, aber noch nicht vollzogen. Es gibt auch jetzt noch Mittel und Wege. Und Wendall kann immer noch straucheln, meinst du nicht?«

»Das fragst du mich? Sieh dir doch an, wen er alles auf seine Seite gezogen hat!« Er hob die Hand, ließ sie dann aber auf seine Knie sinken. »Alle sind für die Fusion. Ich hingegen bin nur noch ein Stück altes Eisen, das auf den Schrottplatz gehört. Mich braucht niemand mehr als Partner.«

Stanley lachte heiser. »Sei nicht so melodramatisch, Don.«

Burdick schwieg eine Weile. Er ließ geistesabwesend den Brandy in seinem Schwenker kreisen, so als stünde er unter einem inneren Zwang. »Bill, kannst du dich noch an die Jahre erinnern, in denen wir nichts anderes getan haben, als Recht zu sprechen?«

»Nein«, brummte Stanley, »das muss vor meiner Zeit gewesen sein.«

Es gab tatsächlich noch Portiers mit Prinzipien.

Keine noch so große Summe konnte ihr den Zutritt zu Thom Sebastians Apartment verschaffen. Nun ja, sie befand sich hier auch in einer weit vornehmeren Gegend als der, in der Ralph Dudley zu Hause war. Sie bot dem Portier fünfhundert, dann siebenhundert und schließlich tausend. Doch jedes Mal bekam sie darauf nur ein Kopfschütteln als Antwort. Als sie sich verärgert davonmachen wollte, schien sich der Mann, ein grobschlächtiger Osteuropäer, zu besinnen, und er sagte: »Hören Sie, Kleine, für 'nen Hunderter vergesse ich, dass Sie das versucht haben.«

»Was soll ich versucht haben?«

»Mich zu bestechen.«

»Sie sind ein widerlicher Kerl, wissen Sie das?«

»Ein Hunderter.« Er grinste breit.

Sie zog einen Schein aus dem Portemonnaie, zerknüllte ihn und warf ihn in seine Richtung.

»Danke, Kleine.«

Wieder auf der Straße, ging sie über die Lexington Avenue in Richtung U-Bahn-Haltestelle und wog die andere Möglichkeit ab, in Sebastians Wohnung zu gelangen. Dieser Weg war die ganze Zeit über in ihren Gedanken gewesen, aber sie hatte sich bislang standhaft geweigert, ihn ernsthaft in Betracht zu ziehen – dabei war es wirklich die simpelste Methode und garantierte ihr außerdem, sich so lange in dem Apartment aufhalten zu können, wie sie wollte.

Heute war Donnerstag, damit blieben bis zum Gerichtstermin noch drei Tage.

Sollte sie diesen Weg gehen oder nicht? Sie musste sich rasch entscheiden, weil sie sonst der Mut verließ. Kurz entschlossen trat sie in eine Telefonzelle, warf eine Münze ein und wählte die Nummer.

Um zwanzig Uhr erschien Sebastian vor dem Restaurant, dem Les Trois Moutons in der Fifty-Fourth Street. Während er auf Taylor zuging, schlug sein Diplomatenkoffer mehrmals gegen sein Bein. Er wirkte gestresst und entnervt. Ohne sie überhaupt richtig anzusehen, sprudelte er gleich los: »Tut mir Leid, aber sie haben einfach kein Ende gefunden, diese aufgeblasenen Arschlöcher. Es ging nur um eine simple Entschädigung, doch sie haben sich aufgeführt wie Custer bei seiner letzten Schlacht. Lästige kleine Wichser, aber wie dem auch sei, der Deal ist so gut wie abgeschlossen, und, o Mann, war ich froh, als Sie angerufen haben. Ich brauche dringend eine Pause ...«

Taylor hatte bereits ihren Mantel ausgezogen und hielt ihn über dem Arm. Sebastian verschlug es jetzt für einen Moment die Sprache, und er starrte auf ihr tief ausgeschnittenes Kleid. Heute Abend wollte sie Mata Hari sein.

»Gehen wir doch rein«, sagte er abrupt.

Der Oberkellner, dessen Miene auf wunderbare Weise binnen Sekunden von Feindseligkeit auf herablassende Hochmütigkeit wechseln konnte, begrüßte Sebastian und führte die beiden an der ungeduldigen Menge der gewöhnlichen Sterblichen, die sich an der Bar aufhielt, vorbei in einen ruhigen, in Pastellfarben gehaltenen Raum, in dem Kellner in lachsfarbenen Jacketts geschäftig hin und her eilten.

Sebastian war immer noch nervös. »Zwei Kir Royal«, bestellte er mit einem flüchtigen Blick zu Taylor. »Und seien Sie sparsam mit dem Cassis.« Als der Kellner fort war, sagte er: »Wohin man auch kommt, die Großkopfeten sind schon da.« Sie wusste erst nicht, was er meinte, doch da zeigte er schon auf einen Paley, einen Zeckendorf, einen Rockefeller und andere Mitglieder milliardenschwerer Familien. Übergangslos erzählte er ihr, wie es ihm heute ergangen war. Die Geschichte langweilte Taylor, und sie hörte nur mit halbem Ohr hin.

Andere Gedanken beschäftigten sie.

Der Oberkellner, den Sebastian mit Namen anredete, blieb

in der Nähe des Tisches, so als hielte ihn eine Angelschnur hier fest. Er zählte mit einem Akzent, den er sich aus französischen und ungarischen Brocken selbst zusammengebastelt haben musste, die Spezialitäten des Tages auf. Sebastian bestellte wie schon zuvor für sie beide. »Gänseleberpastete als Vorspeise, mit einer Extraportion Toast, dann Arugula mit Cilantro und Brust von Freilandhühnern auf Lingonbeeren. Dazu eine Flasche 56er Bin. Und fangen Sie schon mal an, ein paar Grand-Marnier-Soufflés vorzubereiten. Ist das okay, Taylor?«

»Äh … ja.«

»Sie sind doch nicht allergisch gegen Hühnerbrust, oder?«

»Nein, das hört sich alles großartig an, Thom.«

Und wieder sprudelte er los: über den Deal, an dem er gerade mit Bill Stanley arbeitete, über Football und über ein paar Vorstellungsgespräche, die recht viel versprechend verlaufen waren. Bosk oder Callaghan erwähnte er nicht ein einziges Mal.

Taylor nippte an ihrem leicht roten Champagner, legte den Kopf schief und fragte sich, ob sie dem Mann gegenübersaß, der versucht hatte, sie zu töten.

Nein, er machte nicht diesen Eindruck auf sie. Es war nicht etwa so, dass sie glauben wollte, er sei unschuldig, sie traute ihm einfach nicht die nötige Abgebrühtheit zu, sich mit dem Menschen an einen Tisch zu setzen, den er noch vor kurzem von der Straße gedrängt hatte. Einer wie Wendall Clayton kam da schon eher infrage. Oder auch Ralph Dudley – ein Mann, der ein solches Geheimnis wie das um Junie mit sich herumschleppte, war, wenn er sich zu sehr bedrängt fühlte, zu allem fähig. Und diese Eigenschaft fehlte Sebastian. Vielleicht wirkte er aber auch nur so harmlos. Und genau das war Taylors Problem. Sie vermochte es ihm nicht anzusehen. Warum besaß sie nicht einen so brillanten Verstand wie Mitchell? Warum konnte sie nicht wie er alles genau beobachten und dann daraus die richtigen Schlüsse ziehen? Es kam ihr so vor, als trüge Sebastian eine Maske von der Art, wie ihr Vater die Toten zurechtgemacht hatte. Ja, sie ahnte nicht einmal, was sich dahinter verbarg. Spielte er ihr nur etwas vor? Warum war er so aufgekratzt? Taylor studierte jeden seiner Blicke, jedes Lachen, jede Bewegung seiner dicken Finger, und doch entdeckte sie nichts dahinter.

Die Worte strömten wie ein endloser Schwall an ihr vorbei, angetrieben von der Hyperaktivität seiner Nerven, die vielleicht noch durch die Einnahme irgendeiner Droge verstärkt worden war. »Lake Forest … die verdammten Great Lakes … Studentenverbindungen … PiEpsilonAlphaSigma … Die juristische Fakultät … ein Bär …«

Taylor aß von der in Butter geschwenkten Leber und ließ Sebastian weiterhin nicht aus den Augen, der Männern oder Frauen an den Nachbartischen zuwinkte und etwas zu überschwänglich die Kellner herbeirief. Er kam ihr vor wie ein armer Junge, der unerwartet zu Reichtum gelangt war. Sie hörte zu und beobachtete, und immer wieder kehrten ihre Gedanken daran zurück, dass sie die magischen Worte kannte, mit denen sie in Sebastians Wohnung gelangen würde. Sehr einfache Worte: Ich will dich, Thom.

Das hatte natürlich nichts mit Liebe zu tun. Aber was hatte man sich in Zeiten wie diesen schon unter Liebe vorzustellen? Nein, die einzige Frage lautete: Konnte sie um Mitchells willen mit Sebastian schlafen?

»… Ich treffe mich also mit diesen Typen in Litchfield, Newport … Mein Vater hat elektronische Setzmaschinen vertrieben … Vororte … Meine Schwester ist verheiratet … arbeitet als Krankenschwester … fürchtete sich vor der großen Stadt … Können Sie sich das vorstellen, Taylor?«

Sie reagierte darauf mit einer allgemeinen Antwort. »Ist ja nicht zu fassen.« Und sie hatte Glück, er nickte heftig.

Er würde ihr zu nahe kommen. Schließlich hatte er ihr das oft genug angedroht. Dann war mit einem Mal Schluss mit seiner verspielten Art, und er würde aufs Ganze gehen. Er war bestimmt ein harter Gegner, schließlich kannte er sich mit zähen Verhandlungen aus. Und dennoch, man konnte seinem jungenhaften Charme kaum widerstehen, es drängte eine Frau geradezu, ihn in den Arm zu nehmen. Und bei ihm traf vermutlich das zu, was man den Menschen nachsagte, die Speisen und Getränke zu genießen vermochten: Sie waren gute Liebhaber und konnten sich im Bett wirklich hingeben.

Aber war sie tatsächlich bereit, diese Theorie in der Praxis zu erproben? Würde Mitchell ein solches Opfer von ihr erwarten? Nein, das würde er bestimmt nicht. Doch woher wollte sie das so genau wissen? Seine Anordnungen waren recht vage gewesen: *Finden Sie das Papier.* Unternehmen Sie alles, um es wiederzubeschaffen.

»… der erste Tag in der Stadt … An der Turtle Bay, aber das war eben, na ja, Sie wissen schon … Die ganze Nacht hindurch, Stanley und Burdick … So was gibt's nicht noch mal … Meine Eltern haben einen ordentlichen Schrecken bekommen … Mein Vater hat einen Blick auf die rechte Seite der Speisekarte geworfen und hat dann …«

Und wenn sie den Wechsel dort tatsächlich finden würde?

Was wäre das für ein Triumph. Taylor stellte sich vor, wie das Papier aus ihrer Hand auf Reeces Schreibtisch flatterte. Oh, sie würde ganz cool sein.

Ach, Mitchell, hast du das zufällig verloren? Taylor betrachtete Thom Sebastian, der ihr hier am Tisch gegenübersaß und stets wusste, welche Gabel zu welchem Gang gehörte. Und sie sah die Last, über die er nicht sprechen wollte und die ihm so schwer auf der Seele lag. Und trotzdem verhielt er sich auch jetzt noch unwiderstehlich charmant und witzig. Ach, Mitchell, was soll ich nur tun?

Gegen einundzwanzig Uhr hatten sie das Dinner beendet. Taylor hatte schweißfeuchte Hände. Sie ließ die Handtasche fallen, und zwei Kellner stießen sich bei dem Bemühen, sie aufzuheben, leicht die Köpfe an. Sebastian zahlte mit Kreditkarte, gab jedoch kein Trinkgeld. Erst kurz vor der Tür verteilte er Scheine.

Jetzt kommt der große Moment …

Aber noch war es nicht so weit. Sebastian nahm sie am Arm und führte sie von der Tür weg. »Möchten Sie mal was wirklich Superfantastisches sehen? Dann kommen Sie mit.«

Er ging durch den Vorraum zu den Fahrstühlen und drückte auf den Knopf.

»Oben haben sie einen Ruheraum, den man auch mieten kann. Kommen Sie, den zeige ich Ihnen.«

Sie fuhren bis ganz nach oben. Die Fahrstuhltüren glitten zischend zu einem dunklen Raum auf. Sebastian verließ den Aufzug. Taylor, der das Herz bis zum Hals schlug, weil sie sich noch immer nicht sicher war, zögerte. Sebastian sah sie an und hielt ihr seine Hand entgegen. Vorsichtig legte sie die ihre hinein. Er führte sie eine Treppe mit einem geschwungenen Messinggeländer hinauf in eine Art Panoramaraum, von dem aus man einen wunderbaren Ausblick auf den East River hatte. Die Lichter von Queens und Brooklyn sahen wie ein eigener Sternenhimmel aus. Selbst die Kähne, Barken und Schlepper, die unter ihnen den Fluss durchpflügten, wirkten in der Verkleidung der Nacht wie verzaubert. Wie Taylor es geahnt hatte, war die Tür aufs Dach hinaus nicht verschlossen. Sebastian öffnete sie.

»Kommen Sie.«

»Da draußen ist es bestimmt kalt«, entgegnete sie mit zitternder Stimme.

»Ich halte Sie warm«, sagte er sanft.

Sie blieb an der Tür stehen und spürte den Wind, der sechzig Meter über der Straße um das Haus pfiff.

»Nein.«

»Seien Sie nicht so empfindlich. Es ist schön hier.«

Sie trat aufs Dach, hielt aber vorsichtshalber Abstand vom Rand. Sebastian drehte ihr den Rücken zu, beugte sich über das Geländer, und die Brise wehte durch sein Haar. Er streckte, ohne sich umzudrehen, einen Arm aus und legte ihn ihr um die Schulter. Taylor bemerkte, dass seine Hand zitterte.

Und sie spürte, dass in seinem Innern ein furchtbarer Kampf tobte. Sie bekam kaum mit, was er vor sich hin murmelte. »Taylor, da gibt es eine Sache …«

Sein Arm bewegte sich nach oben zu ihrem Hals, und sie machte erschrocken einen Schritt zurück. Doch bevor sie den Mut aufbrachte davonzulaufen, wandte er sich ihr zu und legte ihr die Hände auf die Schultern.

Dann entdeckte sie die Angst in seinem Gesicht, und die war noch größer als die ihre. Sie sah sich schon, wie sie über das Geländer gestoßen wurde und langsam auf den kalten, harten Boden zustürzte. Doch im nächsten Moment ließ er sie los und schüttelte den Kopf. Er musste sich auf das Geländer stützen, und sie machte rasch ein paar Schritte in Richtung Tür. Ihr Atem ging stoßweise.

»Tut mir Leid«, sagte er leise.

Was tut dir Leid, Thom? Was musst du unbedingt loswerden?

»Ich habe mich gehen lassen«, murmelte er.

Taylor nickte und spürte, wie ihre Angst einer gewissen Erleichterung Platz machte. Sie war nicht nur froh, der Gefahr entronnen zu sein, sie wusste auch, dass ihr die Entscheidung abgenommen worden war. Ganz gleich, was gerade geschehen war, ob Sebastian sie wirklich umzubringen beabsichtigte oder nicht, eines war ihr jetzt klar, nämlich dass sie mit diesem Mann nicht die Nacht verbringen wollte.

»Ist mit Ihnen alles in Ordnung?«

Er gab keine Antwort.

»Sollen wir den Abend für heute beenden?«

Er nickte und sagte nach einem Moment: »Ich habe einen wirklich langen Tag hinter mir.«

»Gibt es vielleicht etwas, das Sie mir erzählen möchten?«

Sie sah, wie er tief ein- und dann langsam wieder ausatmete.

Möchtest du etwas beichten? Willst du von mir Vergebung bekommen?

Dann lachte er hart und kurz. »Nein, eigentlich nicht.« Er setzte wieder das verschmitzte jungenhafte Lächeln auf, und der wahre Thom Sebastian zog sich dahinter zurück. »He, ich habe es tatsächlich geschafft, Eintrittskarten für Blue Devil zu ergattern. Für den kommenden Samstag.«

»Den Jazz-Club? Sie sind wirklich an Karten gekommen?«

»Hätten Sie Lust, mit mir hinzugehen?«

Dort würden sie von einer großen Menge umgeben sein, da konnte sie sich sicher fühlen. Und vielleicht gelang es ihr ja dann, ihn zum Reden zu bringen. »Ja, das würde ich gern, Thom. Aber lassen wir es für heute gut sein. Sie sehen aus, als würde Sie etwas sehr beschäftigen.«

»Ach, Taylor, Sie ahnen ja nicht einmal die Hälfte davon.«

... Einundzwanzig

Am Freitag erwachte Taylor um sechs Uhr morgens in Mitchell Reeces Loft und entdeckte ihn am Esstisch, wo er in einem Gesetzbuch las und dabei einige Notizen auf einen Block kritzelte.

Sie stand auf, zog sich einen Morgenmantel an und ging zu ihm. Der kahle Boden in der Wohnung war eiskalt, und noch bevor sie die Hälfte des Weges zurückgelegt hatte, durchfuhr ein Krampf einen ihrer Füße. Taylor kehrte rasch auf den Teppich zurück und näherte sich Reece in einem großen

Halbbogen. Sie wusste nicht, ob er sie gesehen hatte, jedenfalls hielt er den Kopf über seine Unterlagen gesenkt.

Taylor blieb für einen Moment vor ihm stehen, dann zog sie den Stuhl ihm gegenüber heraus und ließ sich darauf nieder. Er blickte erschrocken auf, also hatte er sie nicht bemerkt.

Seine Augen waren wässrig und darunter dunkle Ringe. Seine Gesichtshaut hatte eine ungesunde graue Farbe. Taylor beugte sich zur Seite und knipste die Bodenlampe an, die neben seinem Stuhl stand und die er völlig vergessen zu haben schien.

»Danke.« Er widmete sich wieder dem Buch, sah sie aber nach einem Moment verlegen an, so als wüsste er nicht, was er ihr sagen solle.

»Wie kommst du voran?«

Er zuckte mit den Schultern. »Ich suche nach Argumenten, um den Richter zu überzeugen, das Verfahren wenigstens zu eröffnen, auch wenn wir keinen Wechsel vorlegen können.«

»Geht das denn überhaupt?«

»Ich bezweifle, dass er sich darauf einlassen wird. Aber ich muss es wenigstens probieren.«

»Ich war dir keine besonders große Hilfe, nicht wahr?«

»Es war alles andere als einfach. Das haben wir beide von Anfang an gewusst. Aber die Sache ist noch nicht verloren. Dir bleiben immerhin noch drei Tage.«

»Ich habe letzte Nacht nicht viel geschlafen. Alle möglichen Dinge sind mir durch den Kopf gegangen. Was soll ich heute unternehmen?«

Er hielt die Linke hoch und griff mit der Rechten nach ihrer Hand. Sie bemerkte die Verzweiflung und Enttäuschung in seinem Gesicht. »Tu, was immer du kannst, Taylor. Aber ich muss mich jetzt auf das hier konzentrieren. Es wird mich das ganze Wochenende kosten.«

Sie nickte und drückte seine Hand. »Tut mir Leid, Mitchell.«

Er lächelte und strich ihr mit dem Handrücken über die Wange. Es war eine Geste, die ihr überhaupt nicht gefiel, empfand sie sie doch wie einen halben Abschied. Ein Frösteln überkam sie. Wenn sie in sein blasses Gesicht mit den harten Zügen blickte, musste sie an die Performance in Lillicks Club denken und an das geisterhafte Mädchen, das ihr so ähnlich gesehen hatte. Nur hatte sie hier nicht sich selbst, sondern Reece als Gespenst vor sich.

Er küsste ihre Hand und las dann weiter. Sie blieb noch einen Moment sitzen, doch als er sie weder ansah noch ein Wort an sie richtete, stand sie auf und begab sich in die Küche.

Um neun Uhr verließ sie die Wohnung und ging zu einer Bibliothek, die ganz in der Nähe war. Dort verbrachte sie den größten Teil des Tages.

Die Zeit war gut genutzt, Ihr Verdacht wurde bestätigt, dass es sich bei Dennis Callaghan um einen Betrüger handelte.

Nun ja, er war nie überführt worden. Man hatte ihn des Aktienbetrugs und der Insidergeschäfte angeklagt, aber es war nie zu einer Verurteilung gekommen. Callaghan hatte mindestens drei Firmen gegründet, die alle Bankrott gegangen waren. Das SEC war auf ihn aufmerksam geworden, weil er kurz vor der Bankrotterklärung an bestimmte Personen Insiderinformationen weitergegeben hatte. Taylor suchte nach einer Verbindung zwischen ihm und Hanover & Stiver. Sie studierte auf dem Mikrofiche jeden Artikel, der mit illegalem Geschäftsgebaren zu tun hatte. Die Namen von Hanover und Callaghan tauchten zwar häufig in diesen Texten auf, aber die beiden schienen nie etwas gemeinsam unternommen zu haben. Callaghans Name stand sogar einmal in einer kleinen Meldung im *People*-Magazin. Sie erfuhr, dass er Häuser in Palm Springs, Los Angeles und in den Hamptons besaß. Seine Frau war sehr reich, seine Geliebte außergewöhnlich attraktiv. Das Magazin brachte auch ein Foto von ihm, das letztes Jahr in South Street Seaport aufgenommen worden war. Darauf lachte er und unterhielt sich gerade mit einem blonden jungen Mann, der leider nur von hinten zu sehen war. Taylor war sich nicht sicher, aber sie glaubte, dass sie da auf den Hinterkopf von Thom Sebastian schaute.

Abends um acht kehrte sie in das Loft zurück. Sie aß etwas, nahm ein Bad und fühlte sich um halb zehn so müde, dass sie sich ins Bett legte. Gegen Mitternacht wachte sie kurz auf, als Reece nach Hause kam. Er stellte seine schwere Aktentasche einfach irgendwohin und ließ sich mit Hemd und Socken aufs Bett fallen. Taylor zog ihn zu Ende aus und deckte ihn zu. Er murmelte etwas vor sich hin, und es hörte sich so an, als redete er von Liebe. Sie beugte sich über ihn und küsste ihn. Er erwiderte ihren Kuss. Taylor stand rasch auf und zog das lange T-Shirt aus, das sie beim Schlafen zu tragen pflegte. Als sie wieder neben ihm lag und sich an ihn kuschelte, war er längst eingeschlafen.

Kurz vor Tagesanbruch am Samstag glaubte Taylor zu träumen, Reece sitze neben ihr, habe sich über sie gebeugt und erzähle ihr etwas. Obwohl sie ihn kaum hören konnte, kam es ihr so vor, als beschwörte er sie, den Wechsel wieder zu finden. Als sie die Augen öffnete, stellte sie fest, dass es kein Traum gewesen war. Er saß tatsächlich auf der Bettkante und strich ihr über das Haar, sprach aber kein Wort.

Seine Miene war düster. Sie murmelte: »Mitchell«, und er fuhr erschrocken zusammen, so als fühlte er sich in einem sentimentalen Moment ertappt. Seine Lippen fuhren sanft über ihre Stirn, dann sagte er, sie solle wieder einschlafen.

Das tat Taylor auch, und als sie um halb zehn erneut wach wurde, war Reece fort. Auf seinem Notizblock stand eine

Nachricht für sie. Er halte sich heute den ganzen Tag bei der Banque Genève auf und bereite die Zeugen vor. Taylor fuhr in die Kanzlei und blieb dort mit immer größer werdender Panik und wachsender Frustration bis zum Abend. Alle ihre Pläne und Strategien schienen zu nichts zu führen. Sie fragte sich allmählich, ob der Wechsel vielleicht gar nicht gestohlen worden war und Mitchell ihn einfach verlegt hatte. Sie ging zu seinem Aktenschrank und nahm sich Ablage für Ablage vor. Dann schaute sie unter den Fächern und hinter dem Schrank nach. Schließlich kam ihr die Idee, der Wechsel könnte irrtümlich in den Reißwolf geraten sein. Sie machte sich auf den Weg zum Abfallraum und sah sich dort den zusammengepressten Papierballen von zwei Wochen gegenüber. Ein kurzer Blick darauf machte ihr klar, wie fruchtlos die Suche bleiben musste, und sie kehrte zu ihrem Arbeitsplatz zurück. Das Mittagessen ließ sie ausfallen und verbrachte den Rest des Tages damit, das Archiv zu durchforsten und noch einmal die Büros von Ralph Dudley und Thom Sebastian unter die Lupe zu nehmen. Einige Male näherte sie sich auch Wendall Claytons Raum, aber er, John Perelli und ein halbes Dutzend weiterer Anwälte schienen sich darin häuslich niedergelassen zu haben.

Als sie am Abend immer noch dort zusammensaßen, verließ Taylor verärgert die Kanzlei und fuhr mit der U-Bahn in ihre eigene Wohnung zurück. Dort zog sie sich um und rief bei Reece an. Er war nicht zu Hause, und sie geriet erneut in Panik, da sie sich vorstellte, dass er in Westchester bei dieser Frau war, wer auch immer sie sein mochte. Dieser Gedanke nahm ihr den letzten Rest Appetit, schlimmer noch, ihr wurde richtiggehend schlecht davon. Der Piepton des Anrufbeantworters, der sie aufforderte, eine Nachricht zu hinterlassen, war längst vorüber, als sie wie aus einer Trance zu erwachen schien und feststellte, dass sie den Hörer anstarrte. Taylor wusste nicht, was sie sagen sollte, und legte auf. Sie entschloss sich, ein wenig zu schlafen, um später ausgeruht zu sein, wenn sie Sebastian im Jazzclub traf.

Junie trug einen kurzen karierten Rock, eine weiße Bluse, weiße Kniestrümpfe und schwarze Lacklederschuhe. Sie hatte heute kein Make-up aufgelegt und das Haar an den Seiten mit Gummiringen zu Zöpfen zusammengebunden. Sie saß auf ihrem Bett im West Side Art and Photography Club, schwang die Beine vor und zurück und flirtete dabei mit dem Mann ihr gegenüber.

Ralph Dudley streckte eine zitternde Hand nach ihrem Haar aus. Er rieb es zwischen den Fingern, hielt es an seine Nase und genoss den Duft des Shampoos. Plötzlich ließ er die blonde Strähne los, erhob sich rasch und griff nach seinem Mantel.

»Willst du dieses Spielchen etwa schon wieder abziehen?«, seufzte Junie. »Was ist nun, bleibst du, oder gehst du?«

Dudley sah sie an. Dann kehrte er zu ihr zurück, legte den Mantel ordentlich über den Stuhl und setzte sich erneut hin. Sein Blick wanderte über ihren Körper und blieb an den dünnen Knien hängen. Er streckte die Rechte aus und rieb mit dem Handrücken darüber. Dann drehte er die Hand um und strich über ihre Beine.

»Du bist so wunderschön«, flüsterte er.

Sie wollte nach seinem Penis greifen, aber er hielt sie zurück. »Ich möchte dich nur ansehen«, erklärte er.

»Das sagst du jedes Mal, und dann willst du es doch mit mir tun.«

»Nein, heute möchte ich dich wirklich nur betrachten.«

»Meinetwegen«, entgegnete Junie gelangweilt.

Dudleys Atem ging schneller, und er berührte ihre Brüste. Seine Finger rieben und drückten immer heftiger. Dann hielt er unvermittelt inne und erhob sich wieder.

»Jetzt reicht es mir aber, Poppie!«, fuhr Junie ihn an. »Wollen wir heute noch ficken oder nicht?«

Er lief langsam auf und ab. »Ich sollte jetzt gehen.«

»In der letzten Zeit benimmst du dich wirklich, als hättest du nicht mehr alle beisammen.«

Er blieb stehen und drehte sich zu Junie um. Sie hatte sich auf dem Bett ausgestreckt, und der kurze Rock war über ihre Oberschenkel gerutscht. Sie grinste ihn hämisch an. »Die Jungs in der Schule begrabschen mich immer.«

»Sag so etwas bitte nicht.«

»Willst du wissen, wo sie mich anfassen? Sie schleppen mich auf die Mädchentoilette, und dort berühren sie mich auf ganz unverschämte Weise. Vor allem hier.« Sie rieb sich über die Brüste. »Weißt du, hin und wieder bekomme ich davon ein richtiges Prickeln. Ist manchmal unheimlich angenehm.«

»Ich möchte heute nicht, Junie. Ich habe es mir anders überlegt.« Doch er ging nicht, sondern sah zu, wie ihre Hand unter die Strumpfhose glitt.

»Aber hier, hier fühlt es sich am allerbesten an«, seufzte sie, spannte den Po an und hob den Unterleib.

»Nein«, flüsterte Dudley. Ihm brach der Schweiß aus, und er keuchte, konnte den Blick jedoch nicht von ihren Fingern wenden.

Sie öffnete die Knöpfe ihrer Bluse.

»Hör bitte auf damit«, flehte er und presste eine Hand gegen seinen Schritt.

Aber das tat sie nicht. Jetzt schloss sie die Augen und fing leise an zu stöhnen.

»Möchtest du, dass ich meinen Schlüpfer ausziehe?« Als er ihr nicht antwortete, sah sie ihn verführerisch an. »Was ist, soll ich?«

»Ja«, keuchte er.

Dudley lehnte sich gegen die Wand und öffnete den Reißverschluss seiner Hose.

Junie zog ihren Rock ganz hoch und strich mit einer Hand über die Wölbung an ihrem zitronengelben Slip. Dann streifte sie ihn nach unten.

Dudley streckte langsam seine Rechte nach ihrer Brust aus. Junie näherte sich ihm, aber er zog die Hand wieder zurück und machte sich weiter an seinem Penis zu schaffen.

»Mein Gott, bist du schön«, stöhnte er.

Junie rieb sich mit zwei Fingern.

»Ich brauch ein Kleenex«, sagte Dudley.

»Komm einfach«, entgegnete sie. »Kümmer dich nicht drum!«

»Ein Kleenex …«, ächzte Dudley.

Junie zuckte mit den Schultern. »In der obersten Schublade.«

Dudley lief hin, machte sie auf und blickte hinein. »Junie …«

Sie sah verwundert den schockierten Ausdruck auf seinem Gesicht. »Poppie, was ist denn los? Was ist mit dir?«

»Junie!« Ralph zog Taylor Lockwoods Scheck aus der Schublade. Er musste sich an der Wand abstützen und starrte auf das Papier.

»He, Poppie, es ist …«

Ihre Stimme erstarb, als ein Ruck durch ihn ging und er sich ihr zuwandte. Da waren nicht nur Enttäuschung und Ärger auf seinem Gesicht, sondern ein Ausdruck, den sie erst einmal gesehen und der ihr einen großen Schrecken eingejagt hatte. Ein Zuhälter hatte einmal so geschaut, kurz bevor er ein Rasiermesser mit Perlmuttgriff aus dem Stiefel zog und damit einer seiner Frauen, die ihn hintergangen hatte, die Lippen aufschlitzte.

Thom Sebastian saß im Blue Devil in der West Fifty-Seventh an der Bar. Ein angesagter Laden, hauptsächlich farbiges Publikum, alle superschrill angezogen. Sebastian hielt sich an einem Wodka Gimlet fest und dachte: Es wird schon alles gut gehen.

Nach drei Stunden Schlaf und einer warmen Mahlzeit fühlte er sich langsam besser. Sein inneres Gleichgewicht war noch nicht wiederhergestellt, aber er hatte die Kontrolle über sich zurückgewonnen. Den Kreditvertrag hatte er inzwischen fertig gestellt. Und er hatte damit angefangen, allerlei Kontakte zu knüpfen und Headhunter anzurufen. Die hatten ihm versichert, bei seiner Reputation könne er leicht einen neuen Job finden, und zwar einen, bei dem ihm ein sechsstelliges Jahresgehalt winke.

Heute Abend saß er hier und dachte ganz kühl über seine Partnerschaft bei Hubbard, White & Willis nach. Er erinnerte sich fast mit Heiterkeit, dass sie ihm immer wie etwas vorgekommen war, von dem sein Leben abzuhängen schien.

Nachdem Wendall Clayton ihn in sein Büro gerufen und ihm mit seiner leisen, nicht unangenehmen Stimme erklärt hatte, die Kanzlei bedaure es zwar sehr, könne ihm aber nicht das Angebot machen, ihn als Partner aufzunehmen, hatte er mit hängenden Schultern vier bis fünf Minuten einfach nur dagesessen und vor sich hin gelächelt. Clayton musste gedacht haben, sein Gegenüber habe den Verstand verloren. Er hatte dann zu ihm gesprochen und ihm in wohl abgewogenen Worten erklärt, dass die Kanzlei seine Arbeit durchaus zu schätzen wisse und bereit sei, ihm ein ausgezeichnetes Zeugnis auszustellen. Es sei nur leider so, dass gewisse Finanzzwänge eine Aufnahme Sebastians in den Partnerkreis nicht zuließen.

Finanzzwänge! Dieser Ausdruck brannte wie Säure in ihm. Wegen so blöder Finanzzwänge verlor er seinen Job.

Sein Lächeln verging, als Claytons Worte hart auf ihn herabprasselten. Er senkte den Kopf, und dabei fiel ihm ein Gegenstand auf Claytons Schreibtisch ins Auge – eine arabische Schale mit Einlegearbeiten. Sein Blick heftete sich auf das

Stück, als wäre es sein Lebensretter. Wenn er nur lange genug darauf starrte, ließe sich vielleicht die ganze furchtbare Wirklichkeit darin einsperren, und er könnte ihr entfliehen und sie für immer hinter sich lassen.

Hier an der Theke musste er lächeln, als er daran dachte, dass er danach Selbstmord begehen wollte. Er war an dieses Vorhaben herangegangen, wie es ihm sein scharfer und organisierter Akademikerverstand vorschrieb. Zuerst hatte er nachgesehen, ob seine Lebensversicherung eine Selbstmordklausel enthielt (das war nicht der Fall), hatte sein Testament geändert (er hatte es bei einem Anwalt aufgesetzt und hinterlassen, der nicht zu Hubbard, White & Willis gehörte) und sich schließlich in Büchern darüber informiert, welche Selbstmordmethode am effektivsten war, die wenigsten Schmerzen bereitete und die hygienisch sauberste Lösung brachte (abgesehen von dem Risiko eines höchst unangenehmen Magenauspumpens erschien es ihm am besten, eine Überdosis zu nehmen).

Er dachte an Linda Davidoff und erinnerte sich, wie er sie einmal recht direkt und plump gefragt hatte, ob sie mit ihm ausgehen wolle. Und er wusste noch, wie geradezu entsetzt sie Nein gesagt hatte, und auch, wie sie errötet war und verlegen gelächelt hatte, wenn er vor ihr seine zotigen Witze von sich gegeben hatte. Was für ein unschuldiges Kind sie doch gewesen war.

Zwei Wochen später hatte sie sich umgebracht.

Leben und Tod.

Aber jetzt, endlich, verlief sein Leben wieder auf der richtigen Bahn, auch wenn ihm ein paar Probleme noch geblieben waren. So wartete er zum Beispiel immer noch auf Einzelheiten von Callaghan, wie sie bei ihrem kleinen Unternehmen vorgehen sollten. Und dann stand er weiterhin vor der Schwierigkeit, bei Taylor Lockwood zu landen. Seine bisherige Erfolglosigkeit bei dieser Sache beschäftigte ihn zurzeit mehr als alles andere, denn die einzige Möglichkeit, die ihm einfiel, um dem Abhilfe zu schaffen, war seinem Charakter fremd und kam ihm abscheulich vor. Aber er durfte nicht länger zaudern. Er dachte an den Jongleur, die brennende Fackel, das Weinglas … Er musste sich einfach durchbeißen, um zu überleben. So weit, so gut.

»Wie bitte?«, fragte der Barkeeper, und Sebastian wurde sich bewusst, dass er die letzten Worte laut ausgesprochen hatte. Er warf einen Blick auf seine Rolex. »Ich muss mich mit jemandem treffen. Bin in fünf Minuten wieder da.«

Der Mann in dem Dodge konnte nicht damit prahlen, dass man ihn in alles eingeweiht hatte. Vieles an seinem Auftrag kapierte er nicht, und selbst wenn er alles gewusst hätte, hätte er vermutlich bloß die Hälfte davon verstanden.

Nur über einen Punkt war er sich hundertprozentig im Klaren: Eine solche Sache sollte man nicht so handhaben. Nicht hier in Midtown, nicht vor so vielen Zeugen.

Er musste danach dafür sorgen, den Wagen, das Gewehr, die Handschuhe, den Hut und den Mantel loszuwerden. Für eine halbe Stunde würde er der heißeste Verdächtige in ganz New York sein.

Der Mann wartete an der Straßenecke in seinem Wagen. Er beobachtete ein paar Leute, die in den Club gingen. Der Laden dort schien ganz okay zu sein. Zu dumm, dass er nicht einen Blick hineinwerfen konnte. Er hatte ein paar tolle Puppen durch die Eingangstür verschwinden sehen. Einige von ihnen waren unheimlich groß, in Superklamotten und hatten eine helle Haut wie Milchkaffee. Sag ihnen doch, sie sollen die Triefnasen vergessen, mit denen sie hergekommen sind, lahme Säcke, die im Jahr dreißigtausend machen und davon neunundzwanzig für ihre Garderobe ausgeben. Sag ihnen, sie sollen sie sausen lassen und dafür mit einem Kerl kommen, der wirklich in Spendierlaune ist.

Die Tür ging auf, und der Mann im Dodge spannte alle Muskeln an. Der dickliche blonde Anwalt kam heraus, derjenige, den das Opfer in etwa einer Minute treffen würde. Der Kerl spaziert einfach auf die Straße, als ginge ihn nichts etwas an, dachte der Mann im Dodge, sah sich nach der Frau um und rief sich ihr Foto ins Gedächtnis zurück. Ein hübsches Ding. Er fragte sich, ob es ihm viel ausmachen würde, eine Frau zu töten, und eine attraktive dazu?

Nach einigen Sekunden des Nachdenkens kam er zu dem Schluss, dass es ihm nicht nur viel ausmachte, er hielt die ganze Sache auch für vollkommen verrückt.

Der Anwalt lehnte sich an das Geländer einer Betontreppe, die hinauf zum Laden eines Cadillac-Händlers führte. Er schaute auf seine Uhr und schob die Hände in die Tasche. Kurz darauf sah er die Frau kommen und winkte ihr zu.

Instinktiv griff der Mann im Dodge zum Beifahrersitz und fühlte schon die Remington Automatic Kaliber 12. Sechs Schuss waren im Magazin, sechs weitere Patronen lagen auf der Sitzfläche.

Nur für alle Fälle.

Junge, Junge, da ist ja die hübsche Señorita. Du bist so süß, du bist so sexy, und bald bist du tot …

Da kam sie die Straße herunter, in einem konservativen Mantel und mit hochhackigen Schuhen.

Der Mann im Dodge ließ seinen Blick prüfend umherwandern, ob nicht gerade ein Streifenwagen in der Nähe war, und fuhr dann langsam los. Er hielt neben den beiden an, als der Anwalt gerade die Hand ausstreckte. Aus dem Weg, Señor. Mach dir keine Sorgen, du bist nicht in Gefahr. Bring nur deinen fetten Hintern aus der Schusslinie.

Der Anwalt trat einen Schritt beiseite.

In einer einzigen geschmeidigen Bewegung hob der Mann im Dodge das Schrotgewehr hoch, zielte und drückte ab. Der gewaltige Rückschlag betäubte seine Schulter. Aus dem Augenwinkel kriegte er mit, wie der Anwalt sich zu Boden warf und sich von der Frau wegrollte, die die Ladung voll ins Gesicht bekam. Er schoss ihr noch zweimal in den Rücken. Aber die Art, wie sie fiel, zeigte ihm an, dass er sie nur einmal getroffen hatte – und allem Anschein nach nicht einmal tödlich.

Menschen schrien, Polizeisirenen heulten auf, und Autos kamen mit quietschenden Reifen zum Stehen, weil Passanten in ihrer Panik blindlings auf die Straße liefen. Der Mann im Dodge fuhr zur Kreuzung, betätigte vorschriftsmäßig den Blinker und fädelte sich in den Downtown-Verkehr ein.

Mitchell Reece war vollkommen erschöpft, aber noch nicht erledigt genug, um nicht zu registrieren, dass sich bei Hubbard, White & Willis bereits einiges verändert hatte. Obwohl die Partner erst vor zwei Tagen der Fusion grundsätzlich zugestimmt hatten, hatten sich die Machtverhältnisse innerhalb der Kanzlei bereits verschoben.

Das fiel ihm vor allem auf, als er die Marmortreppe – die Angestellten nannten sie unter sich die Himmelsleiter – hinaufstieg, die vom sechzehnten in den siebzehnten Stock führte, wo sich die Büros der Seniorpartner befanden. Reece blieb auf der obersten Stufe stehen, um zu Atem zu kommen – es machte sich bemerkbar, dass er in der letzten Zeit zu wenig gegessen und geschlafen hatte –, und stellte fest, dass nur in zwei Büros Licht brannte, am Ende des Gangs zu seiner Rechten in dem von Donald Burdick und am entgegengesetzten Ende in dem von Wendall Clayton.

Reece sah den älteren Partner, wie er allein an seinem Schreibtisch saß und in einem dicken Dokument las. Aus seinem teuren CD-Player ertönte ein Stück von Bach. Vor Claytons Büro hingegen warteten eine Sekretärin und ein Bote. In dem Raum selbst hielten sich mindestens ein halbes Dutzend Anwälte in Hemdsärmeln auf, die irgendwo saßen oder hin und her eilten, mit den Armen gestikulierten, miteinander diskutierten und lachten oder sich etwas zuriefen. Wenn Reece hier fremd gewesen wäre und nach dem Chef der Kanzlei gesucht hätte, wäre er schnurstracks zu Wendalls Büro gegangen.

Auf dem Weg zu Burdick sagte er sich, dass er damit inzwischen gar nicht so falsch liegen würde.

»Kommen Sie doch herein, Mitchell«, rief Burdick ihm zu.

Reece nahm in dem Sessel vor dem Schreibtisch Platz, und Burdick sagte: »Ich habe mir die Akten im Fall Banque Genève gegen Hanover & Stiver angesehen. Es scheint, als hätten Sie wieder einmal hervorragende Arbeit geleistet.«

Mitchell hatte den Seniorpartner noch nie so grau im Gesicht gesehen. Er schaut aus wie der aufgewärmte Tod, fiel ihm ein Spruch eines ehemaligen Kollegen ein.

»Eine gute Vorbereitung ist der halbe Sieg vor Gericht«, fuhr Burdick fort. Reece wurde das Herz schwer. Er ahnte jetzt, warum Burdick ihn hereingerufen hatte, und er fürchtete sich vor dem, was er ihm sagen würde.

»Mitchell, kann ich Ihnen etwas im Vertrauen mitteilen?«

»Selbstverständlich.«

»Ich nehme an, Ihnen ist bekannt, dass ich zur Kriegsbeute gehöre.«

»Kriegsbeute?«

»Der Deal, an dem Wendall im Moment am Ende des Gangs so hart mit dem *Duce* Perelli arbeitet. Er versucht mich ohne viel Aufhebens aus der Kanzlei zu befördern.«

»Dass es wirklich so steht, habe ich nicht gewusst, Donald. Die meisten von uns haben allerdings angenommen, dass einige Köpfe rollen werden. Es tut mir sehr Leid um Sie.«

Burdick lehnte sich in seinem riesigen Sessel nach hinten und blätterte in dem Dokument vor und zurück. »Ich habe mit Fabrienne Garre und Charles Lecroix von der Banque Genève gesprochen«, sagte er dabei.

O nein, bitte nicht! Warum gerade jetzt? Reece bemühte sich, sich äußerlich nichts von seiner Bestürzung anmerken zu lassen.

»Zu Beginn des neuen Jahres wollen sie mächtig expandieren, und dazu brauchen sie einen Firmen-Syndikus. Sie haben mich gefragt, ob ich diesen Posten annehmen will.«

Das war ja noch schlimmer, als Mitchell befürchtet hatte. »Herzlichen Glückwunsch.«

»Die Banque Genève ist nicht gerade meine erste Wahl, aber die Leute dort sind ganz in Ordnung. Meine Arbeitszeiten kommen mir sehr entgegen, und ich schätze, die Tätigkeit dort hilft mir, die Langeweile meiner goldenen Jahre zu vertreiben.« Burdick lächelte traurig, machte den Sentimentalitäten dann aber schlagartig ein Ende, indem er sagte: »Ich denke, Sie wissen bereits, worauf ich hinauswill. Und ich denke außerdem, dass ich mich nicht mehr zu diesem Thema äußern muss, nicht bei einem Prozessanwalt wie Ihnen. Trotzdem, es ist sehr, sehr wichtig für mich, dass die Banque Genève am Montag den Prozess gewinnt. Ich weiß, ich vermenge hier persönliche Motive mit Angelegenheiten der Kanzlei, aber schließlich hat Wendall damit angefangen, als er die ganze Fusionsgeschichte zu seiner persönlichen Sache machte.«

»Ich bin zuversichtlich, dass wir den Prozess gewinnen werden, Donald«, erklärte Reece.

»Gut, dann gehen Sie jetzt nach Hause, und ruhen Sie sich für Montagmorgen aus.«

»Ich habe nicht mehr viel zu tun. Nur noch ein paar Kleinigkeiten.«

Die beiden verabschiedeten sich voneinander, und Reece war schon draußen auf dem Flur, als Burdick ihn zurückrief: »Mitchell …«

Er drehte sich um und sah den Seniorpartner fragend an.

»Sie sind der beste Mann, den wir haben«, sagte Burdick mit ernstem Gesicht. »Ich habe unbegrenztes Vertrauen zu Ihnen.«

... Zweiundzwanzig

Thom Sebastian hörte erst auf zu weinen, als sie ihn aufs Revier brachten. Und dort starrten ihn alle an, die Polizisten, die Nutten und die zwei oder drei Anwälte, die sich hier eingefunden hatten. Vermutlich lag es daran, dass er von oben bis unten mit Blut bespritzt war. Keiner der Anwesenden vermochte sich vorzustellen, wie jemand so blutverschmiert sein konnte, ohne nicht mindestens einen zehn Zentimeter tiefen Messerstich abbekommen zu haben.

Thom ließ sich auf eine Holzbank fallen, blickte auf seine braunen Halbschuhe und wartete darauf, dass der Dienst habende Officer sich um ihn kümmerte. Neben ihm saß eine hoch gewachsene Farbige mit einem Top und Hot Pants unter dem Pelzmantelimitat. Sie sah auf das viele Blut an seiner Kleidung, schüttelte den Kopf und zitterte am ganzen Körper.

Sebastian bemerkte einen Schatten, der sich ihm zu nähern schien. Er hob den Kopf. Seine Augen waren stark gerötet, das Gesicht nass, verschmutzt und verquollen.

»Sie sehen ja furchtbar aus«, sagte Taylor Lockwood.

Sebastian war im Moment ganz ruhig, fast schon wie paralysiert. Er schloss die Augen, senkte den Kopf wieder und bemühte sich, dem Schmerz zu widerstehen.

»Was wollen Sie denn?«, fragte der Officer.

»Was ist passiert?«, fragte Taylor zurück.

»Wenn Sie bloß eine Bekannte des Mannes sind, haben Sie hier nichts verloren. Wir feiern hier keine Party.«

Wie viel hatte sie behalten? Wie oft hatte sie bei Gericht oder auf einem Revier angerufen?

Taylor starrte den Officer mit funkelnden Augen an. »Ich bin seine Anwältin. Und fürs Protokoll: Haben Sie noch mehr Scherze auf Lager?«

»Ich versuche doch gar nicht ...«, begann er, rot anlaufend.

»Wessen klagt man meinen Mandanten an?«, unterbrach sie ihn mit scharfer Stimme.

»Bislang wegen gar nichts. Der Kollege, der ihn festgenommen hat, telefoniert gerade mit dem Arzt.« Er wandte sich verdrossen seinen Papieren zu.

Ein Officer in Uniform, hager, zurückgekämmtes Haar, grau an den Schläfen, kam vorbei, betrachtete Taylor von oben bis unten und war offensichtlich nicht gerade begeistert. Er schien zweierlei Vorurteile zu pflegen: Einmal gegen Anwälte im Allgemeinen (die Zeit und Muße hatten, arme kleine Cops stundenlang im Zeugenstand ins Kreuzverhör zu nehmen, bis von ihnen nicht mehr als ein Häufchen Elend übrig geblieben war) und gegen weibliche Anwälte im Besonderen (von denen man ja wusste, dass ihnen derartige Folter noch mehr Vergnügen bereitete als ihren männlichen Kollegen).

Taylor legte den Kopf schief und versuchte wie eine Rechtsvertreterin auszusehen, die sich nicht die Butter vom Brot nehmen ließ.

»Ich bin Mr. Sebastians Anwältin. Mein Mandant war draußen auf der Straße und hat gewartet. Und zwar auf mich, wenn Sie es ganz genau wissen wollen. Als ich dort ankam, war alles voller Blut, und man teilte mir mit, Mr. Sebastian sei abgeführt worden. Was ist denn hier eigentlich los?«

Von irgendwo am anderen Ende des Raums donnerte eine Stimme: »He, Taylor!«

Das musste ja einfach passieren. Es war einer dieser Momente, in denen die Götter große Langeweile verspüren und beschließen, sich die Zeit damit zu vertreiben, einen tüchtig ins Schwitzen zu bringen. Taylor seufzte leise und drehte sich zu dem Mann um. »Sie sind doch Taylor Lockwood, nicht wahr?«

Ein hünenhafter Cop, das Gesicht voller geplatzter Äderchen und die Haut sonnenverbrannt vom Urlaub in Vegas oder auf den Bahamas, stapfte quer durch den Raum. Er schien gerade dienstfrei zu haben, wie unschwer an den Designerjeans und der Windjacke zu erkennen war. Er war Anfang vierzig, hatte mindestens zehn Kilo Übergewicht, ein jungenhaftes Gesicht, blondes Haar und einen Bürstenschnitt.

Taylor sah Sebastian Hilfe suchend an, aber der war offenbar gerade im Nirwana eingetroffen, und so wandte sie sich dem Cop zu.

»He, Taylor, ich bin's, Tommy Blond. Erinnern Sie sich nicht? Tommy Bianca vom Pogiolli-Fall.«

»Aber natürlich, Tommy. Wie geht's denn so?« Sie schüttelte seine schwere, mit Narben übersäte Hand.

Er warf einen Blick auf Sebastian. »Ist er in Ordnung?«

»Ist bloß Nasenbluten«, antwortete der hagere Officer. »Wir dachten zuerst, er hätte auch eine Ladung abbekommen. Der Arzt hat ihn sich angeschaut und gesagt, er sei bald wieder auf den Beinen, soll aber auf seine Nasenlöcher Acht geben.«

Tommy sah seinen Kollegen und dann den Dienst habenden Officer an. »He, behandelt diese Frau wie eine Lady. Sie ist okay. Sie hat mit dem Anwalt zusammengearbeitet, der Joey herausgeboxt hat. Ihr wisst doch noch, Joey Pogiolli vom Sechsten Revier. Letztes Jahr. Irgendein Arschloch hatte behauptet, Joey habe ihn ohne Grund tätlich angegriffen und verprügelt … Waren Sie damals nicht noch Anwaltsgehilfin? Sind Sie denn irgendwann auf die Uni gegangen?«

»Abendschule«, entgegnete sie grinsend und fragte sich,

ob der Schweiß, der sich auf ihrer Stirn gesammelt hatte, bald über ihr Gesicht laufen würde.

»Ist ja toll. Mein Junge bewirbt sich an der Brooklyn University. Er will zum FBI. Ich habe ihm gesagt, dass man kein abgeschlossenes juristisches Studium mehr braucht, um dort aufgenommen zu werden, aber er meinte, wenn er so etwas schon anfange, dann wolle er es auch richtig machen. Vielleicht könnte er mit Ihnen mal über die Uni reden, ja? Haben Sie vielleicht eine Visitenkarte dabei?«

Sie klopfte ihre Taschen ab. »Tut mir Leid, ich scheine keine eingesteckt zu haben.«

Sebastian starrte immer noch auf seine Schuhe.

Tommy Blond wandte sich an den hageren Kollegen. »Was liegt denn vor, Frank?«

»Eine Frau hat ein paar Schrotladungen abbekommen. Ihr Name lautet Magaly Sanchez. Wir vermuten, man hat den da«, er zeigte auf Sebastian, »dazu benutzt, sie zu identifizieren. Sie hat gedealt. Wir haben Stoff bei ihr gefunden. Alles schon in Päckchen verpackt, um es zu verkaufen. Wahrscheinlich hat sie einen Lieferanten gelinkt, und der wollte sie dann vor einem ihrer Kunden kaltmachen, damit die Botschaft rüberkommt. Bei Mr. Sebastian haben wir übrigens ein Viertelgramm entdeckt.«

Taylor verdrehte die Augen. »Ein Viertelgramm? Nun macht mal halblang, Jungs.«

»Ich weiß, was Sie sagen wollen, Taylor …« Blond warf erneut einen Blick auf Sebastian. »Ist ja 'ne Menge Blut. Und das soll bloß Nasenbluten sein?«

Taylor erinnerte sich an etwas, das ein Anwalt zu fragen hatte. »Aufgrund welcher Verdachtsmomente haben Sie ihn überhaupt durchsucht?«

»Verdachtsmomente?« Der hagere Officer schüttelte fassungslos den Kopf. »Er hat einer stadtbekannten Drogendealerin die Hand geschüttelt, die vor seinen Augen niedergeschossen wurde! Also wenn das keine hinreichenden Verdachtsmomente sind, dann weiß ich nicht.«

»Lassen Sie uns reden.« Sie stellte sich vor das schwarze Brett. Die beiden Cops sahen sich an und folgten ihr dann. Taylor senkte den Kopf. Denk nach, was fällt dir noch von dem ein, was richtige Anwälte in solchen Fällen tun? »Hören Sie, der Mann ist nicht vorbestraft. Ein Viertelgramm … Eine Anklage wegen so was steht auf wackligen Beinen. Geben Sie ihn mir, und wenn der Richter keine Einwände hat, garantiere ich Ihnen, dass er Ihnen alles sagt, was Sie über die Sanchez wissen wollen.«

»Ich glaube nicht …«

»Er arbeitet für dieselbe Kanzlei, die euren Freund Joey herausgehauen hat.«

Taylor erinnerte sich, dass Joey der Streifenpolizist gewesen war, der es mit seinem Schlagstock bei dem schwarzen Jungen doch ein wenig übertrieben hatte, von dem zu dem Zeitpunkt gar nicht feststand, ob er die Brieftasche tatsächlich gestohlen hatte. Vielleicht hatte der Junge sich ja mit dem Wagenheber gewehrt, obwohl man das Stück etwa zehn Meter weiter gefunden hatte. Fest stand lediglich, dass der Chirurg das Gesicht des Jungen mit achtundfünfzig Stichen hatte nähen müssen, um die Schäden zu beheben, die Joey angerichtet hatte.

»Kommt, Jungs, gebt dem Mann eine Chance.«

»Die Sache ist doch noch nicht bei den Akten, oder?«, fragte Tommy Blond Frank.

Die beiden Männer tauschten einen Blick, der so viel besagte wie: Auf diesen Scheiß kann ich gern verzichten.

»Schaffen Sie ihn hier raus«, erklärte daraufhin der Hagere. »Ach, und sagen Sie ihm, er soll sich von solchen Leuten fern halten. Und das meine ich ernst. Beim nächsten Mal kommen die Mörder vielleicht auf die Idee, ihn gleich mit zu erledigen.«

»Vielen Dank, Gentlemen.«

Sie wandte sich zu Sebastian um, der auf seinem Sitz zusammengesunken war und nichts von Taylors Verhandlungen mitbekommen hatte. Okay, was würde Mitchell jetzt tun?, fragte sie sich.

Sie ging vor Sebastian in die Hocke, zog ein Kleenex aus ihrer Handtasche und wischte ihm Blut von der Lippe. »Thom, ich muss Sie etwas fragen, und ich erwarte eine ehrliche Antwort. Sehen Sie mich an, Thom.«

Wieder dieser verletzte, empörte und verängstigte Blick eines kleinen Jungen.

»Sie haben vor kurzem in Mitchell Reeces Aktenschrank rumgekramt. Was haben Sie dort gesucht?«

Er runzelte die Stirn, und die Falten sahen aus wie blutige Furchen. »Wovon reden Sie überhaupt?«

»Verdammt, Thom, ich kann Sie entweder rausholen oder hier lassen, womit Ihre Karriere endgültig zum Teufel wäre. Sie haben die Wahl.«

»Was soll der Scheiß? Was glauben Sie eigentlich, wer Sie sind?«

»Was haben Sie in Reeces Büro gewollt?«, fragte sie ihn leise und eindringlich.

Er betrachtete die Blutspritzer auf seiner schwarzen Hose wie eine Sternkonstellation am Nachthimmel. »Ich hab da was gesucht.«

»Thom!«

»Taylor, bitte holen Sie mich hier raus!«, flehte er.

»Wonach haben Sie gesucht?«

Er starrte den schmutzigen Linoleumfußboden an. Sie legte eine Hand auf seinen Arm. Er schüttelte sie ab. »Ich habe nach den Geldern und Wertpapieren gesucht, die von der Kanzlei verwaltet werden.«

»Sie meinen die Kundenkonten? Aber wozu denn das?«

Er schluckte. »Bosk, Callaghan und ich sind auf diese Idee

gekommen. Wir wollten Geld von den Konten transferieren.«

»Ihr wolltet es stehlen?«

»Nein, nein, nur ausborgen. Callaghan beabsichtigte, kurzfristige Papiere zu kaufen. Sobald die was abgeworfen hätten, hätten wir die Konten wieder aufgefüllt und den Rest unter uns aufgeteilt.«

»Das sind also Ihre Geschäfte mit Bosk, wovon Sie mir nichts sagen wollten.«

»Wir haben es ja noch nicht getan. Ich war mir bis jetzt unschlüssig. Aber was geht das überhaupt Sie an?«

»Thom, sehen Sie mich an. Was wissen Sie über den Fall Hanover & Stiver?«

»Worüber?« Er wirkte ehrlich erstaunt. »Ich habe keine Ahnung, wovon Sie reden.«

Taylor erhob sich. Sie kam sich vor wie ein Turm, der über diesem am Ende seiner Nervenkraft angelangten Mann aufragte. »Noch etwas, Thom. Erinnern Sie sich an die Party bei Clayton in Connecticut? Wie sind Sie nach Hause gekommen? Mit Ihrem Wagen?«

»Warum wollen Sie das wissen …«

»Sagen Sie es mir.«

»Mit dem Zug«, antwortete er jetzt ziemlich erregt. »Ein paar von uns sind in Westport eingestiegen. Da können Sie verdammt noch mal die anderen Jungs fragen!«

»Gut.«

»Werden Sie mich jetzt …« Seine Lippen zitterten, und er musste schlucken.

Ein sonderbares Gefühl überkam sie, und plötzlich wurden ihre Knie weich. Ihr Gesicht brannte, und sie begriff. Sie hatte die Angelegenheit wie Mitchell behandelt. Sie war hart gewesen, sogar brutal. Sie hatte sich durchgesetzt und gewonnen.

So fühlte sich Macht an.

Genau das war es, was sie hier und jetzt spürte. Vor ihr kauerte ein geschlagener Thom Sebastian, blutverschmiert und ängstlich wie ein Kind. Er gehörte ihr. Ebenso wie die beiden Cops.

»Es ist alles okay«, sagte Taylor. »Sie lassen Sie gehen.« Sebastian erhob sich langsam, und sie stützte ihn am Arm.

»Es drehte sich um eine ganz andere Sache. Und jetzt bringen wir Sie erst mal nach Hause.«

Die Nutte, die neben Thom gesessen hatte, sah den beiden nach und meinte: »O Gott, das ist ja wirklich ein tolles Rechtssystem, das wir hier haben. Da können wir mächtig stolz drauf sein. Hat jemand 'ne Kippe für mich?«

Müdigkeit hatte sich wie ein nasser Mantel über Wendall Clayton gelegt.

Anders als John Perelli, der ihm am Tisch gegenübersaß, hatte Clayton weder seine Krawatte gelockert noch sich die Ärmel hochgekrempelt. Er saß genauso da wie vor zehn Stunden, als sie hier Platz genommen hatten, aufrecht und nur hin und wieder den Kopf leicht senkend, um sich die schmerzenden Augen zu reiben. In dieser Position konnte er alle verfügbaren Gesichtsausdrücke aus seinem Arsenal abrufen: ein Lächeln (perplex oder fröhlich), ein Stirnrunzeln (verwirrt, herablassend oder ungeduldig) oder eine undurchdringliche Maske.

Was er aber wirklich dachte, konnte ihm niemand ansehen.

Neben ihm saßen zwei jüngere Partner, die dem Exekutivkomitee von Hubbard, White & Willis angehörten. Burdick hatte alle Register gezogen, um die beiden von diesem Ausschuss fern zu halten, aber Clayton war geschickt genug gewesen, sie doch noch dort unterzubringen. Auf der anderen Seite des Tisches hatten die Verhandlungspartner Platz genommen: John Perelli, einer seiner Juniorpartner und ein Assistent. Zwischen ihnen lagen ausgebreitet wie ein Patient auf dem Operationstisch die Dokumente.

Clayton warf einen kurzen Blick durch die offene Tür auf eine junge Frau, eine Sekretärin von einem Zeitarbeitsunternehmen. Sie kannte sich mit jedem in den USA gebräuchlichen Computer- und Schreibsystem aus, beherrschte Stenografie und schaffte zwischen dreihundert und vierhundert Anschläge in der Minute. Einer solchen Kraft zahlte man gern einen Stundenlohn von zweiunddreißig Dollar, obwohl die Frau im Augenblick ihr Geld damit verdiente, Kaffee zu trinken, und in einem Taschenbuch mit dem Titel *Gib dich mir hin, Geliebte* las.

In Claytons Büro war es kalt. Die Heizung war abgestellt, und nur ein kleiner Radiator strahlte etwas Wärme ab. Die Neonröhren an der Decke waren ebenfalls abgeschaltet. Alle in der Kanzlei hatten sich beschwert, dass ihnen nach einem zwölfstündigen Arbeitstag die Augen brannten und der Kopf schmerze. Das Licht in diesem Raum kam von Claytons Schreibtisch- und Stehlampen. Haut und Haare der Anwesenden waren trotzdem verschwitzt, und die Luft roch nach menschlichen Ausdünstungen, Zigarrenqualm und dem Essen, das sie vor Stunden zu sich genommen hatten.

Perelli trug eine Brille mit halben Gläsern, die ihm im Moment vorn auf der Nase saß. Jetzt blickte er auf und sah Clayton an. »Es gibt nur noch diese eine Angelegenheit zu klären, Wendall. Ich weiß, wir haben früher schon darüber diskutiert, aber ich fürchte, ich muss hier hart bleiben. Wir sind Ihnen in allen finanziellen Fragen weitgehend entgegengekommen, doch diesem Punkt kann ich nun wirklich nicht mehr zustimmen.«

»Ich verstehe Ihr Zögern, John, aber die Sache liegt im allgemeinen Interesse.«

Perellis junger Mitarbeiter blätterte im Vertrag. Clayton gefiel der Mann. Er war so offen und direkt, dass es manchmal an Unverschämtheit grenzte, obwohl er das hinter einer gehörigen Portion Humor zu verbergen verstand. Und er wusste genau, wo sein Platz war. Ihn sollte man sich besser nicht zum Gegner machen, und Clayton nahm sich vor, ihn im Auge zu behalten. In zwei Jahren würde der Mann Partner werden, und bis dahin sollte er ihm in Dankbarkeit ergeben sein.

Der Assistent blickte von dem Vertrag auf. »Ich will Ihnen sagen, worin das Problem besteht. Die Freistellungen sollen nicht aufgrund von ökonomischen Gründen erfolgen, und wir können ihnen nicht wegen mangelnder Arbeitsleistung kündigen. Von den achtzig Personen, die Sie auf Ihre Entlassungsliste gesetzt haben, unterliegen über die Hälfte einem gewissen Kündigungsschutz. Gott sei Dank finden sich nur wenige Frauen oder Angehörige von Minderheiten darunter«, fügte er trocken hinzu, und alle im Raum lächelten. »Aber das Alter stellt uns vor erhebliche Schwierigkeiten. Ich spreche von den Personen, die bereits die Vierzig überschritten haben. Wenn wir Ihrer Liste zustimmen, sehen wir uns mindestens einem halben Dutzend Klagen vor dem Arbeitsgericht gegenüber. Donald Burdick könnte uns mit Leichtigkeit einen Prozess anhängen, und angesichts seiner Meinung bezüglich der Fusion wird er sich wohl auch nicht davon abhalten lassen.«

»Das ist natürlich ein Risiko«, sagte Clayton.

Perelli lächelte. »Und zwar eins, das wir nicht eingehen dürfen. Wenn ich da an einige der jüngsten Arbeitsgerichtsurteile denke, vor allem an die Abfindungen, zu denen die betreffenden Unternehmen verdonnert worden sind … Nein, ich kann dem so nicht zustimmen, es sei denn, Sie erklären sich einverstanden, die Kündigungen über einen Zeitraum von zwei Jahren zu strecken.«

»Nein.« Clayton schüttelte energisch den Kopf.

»Wendall, ich bitte Sie, wir sind doch schon so weit gekommen. Ich begreife ehrlich gesagt nicht, warum Ihnen das so überaus wichtig ist.« Perelli lehnte sich in seinem Sessel zurück und zündete sich eine Zigarette an.

Einer von Claytons Mitarbeitern meldete sich zu Wort. »Wendall, wir könnten doch …«

Clayton brachte ihn mit einer Handbewegung zum Schweigen und sagte: »Mein letzter und endgültiger Vorschlag ist folgender: Wir entnehmen der Reservekasse von Hubbard, White & Willis zweihundertfünfzigtausend Dollar und richten damit einen speziellen Fonds für die zu erwartenden Arbeitsgerichtsprozesse ein …«

»Diese Summe reicht nie und nimmer …«

Clayton hob eine Hand. »… und ich werde aus eigenen Mitteln diesen Fonds auf eine halbe Million aufstocken. Alles, was darüber hinausgeht, zahlt die Kanzlei.«

»Sprechen Sie von Ihrem privaten Vermögen oder von Ihrem Partnerschaftsanteil?«

»Von meinem Privatvermögen. Wir können das sogar vertraglich festlegen. Vorausgesetzt natürlich, ich werde zu einem späteren Zeitpunkt entsprechend entschädigt.«

Perelli war beeindruckt, obwohl er das hinter einem Gähnen zu verbergen suchte. Er zögerte einen langen Moment. »Gut, ich stimme unter einer Bedingung zu. Alle können die Kanzlei verlassen, nur Donald Burdick muss mindestens noch ein Jahr bleiben und …«

Clayton schüttelte den Kopf, noch ehe Perelli den Satz beendet hatte.

»Nein, definitiv nein.«

»Wendall, meine Partner und ich haben ausgiebig über diesen Punkt debattiert. Es ist in unser aller Interesse, so wenig Staub wie möglich aufzuwirbeln. Nehmen Sie meinetwegen Burdick all seine Macht, schmeißen Sie ihn aus dem Aufsichtsrat, und geben Sie ihm nur noch die Laufkundschaft. Tun Sie alles, um ihn dazu zu bewegen, zu resignieren und von sich aus zu kündigen. Aber es macht einen sehr schlechten Eindruck, wenn Sie Ihre Muskeln spielen lassen und ihn direkt vor die Tür setzen.«

»Nochmals nein … und ich halte es auch für ein Zeichen schlechten Geschmacks, diesen Punkt nach elf Stunden Verhandlungen vorzubringen. Ganz davon abgesehen, dass wir dieses Problem doch schon vor zwei Wochen bei einem Arbeitsfrühstück ausgiebig besprochen haben.«

»Ich dachte …«, begann Perelli.

Clayton gab einem seiner Mitarbeiter ein Zeichen, und der beugte sich zu ihm. Er flüsterte ihm etwas ins Ohr. Beide machten ernste Gesichter. Der Mitarbeiter entgegnete etwas, und Clayton nickte und lächelte. Perelli war dabei unbehaglich zumute, und er fuhr fort: »Ich dachte, wir könnten vernünftig über diese Angelegenheit reden. Anscheinend habe ich mich geirrt. Ob wir früher schon einmal über das Problem gesprochen haben oder nicht, tut hier nichts zur Sache. Unser Standpunkt ist klar. Wir führen die Verhandlungen erst dann weiter, wenn Sie sich bereit erklären, Burdick noch zwölf Monate zu behalten. Wenn er sich in diesem Zeitraum entschließen sollte, egal, aus welchen Gründen, von sich aus zu kündigen, umso besser. Aber wir können uns keinen Prozess leisten, den er ohne Zweifel gegen uns anstrengen wird, und wir dürfen es erst recht nicht riskieren, dass die Presse sich auf die Sache stürzt und wir dabei womöglich wertvolle Kunden verlieren.«

Schweigen senkte sich über den Raum, das nur vergleichbar war mit der angespannten Stille bei einem Pokerspiel mit hohem Einsatz, bevor die letzte Karte umgedreht wurde.

Claytons jüngerer Mitarbeiter kritzelte etwas auf einen Block. Das Geräusch seines Stifts klang in diesem Schweigen wie das Schaben von Sandpapier. Clayton warf einen Blick auf die Notiz, sagte aber nichts.

»Wendall«, versuchte es Perelli noch einmal, »wollen Sie

denn wegen eines einzigen Mannes einen Deal platzen lassen, bei dem es um viele Millionen geht?«

Clayton hob eine Hand. »Dieselbe Frage könnte ich Ihnen auch stellen.«

»Sollen wir uns vertagen«, fragte Perelli, »und die Verhandlungen nächste Woche fortsetzen?«

»Ich nehme an«, entgegnete Clayton, »wenn Burdick sich etwas zuschulden kommen lassen würde, sagen wir, ein Verbrechen verübte, das zu seiner Verhaftung führen würde, oder man ihm einen massiven Verstoß gegen seine treuhänderischen Pflichten nachweisen könnte, hätten Sie nichts dagegen, ihn zu feuern.«

»Natürlich nicht. Ich möchte nur nicht eine Art Märtyrer aus ihm machen.«

Keiner rührte sich. Schließlich wandte Clayton sich an seinen Mitarbeiter: »Sagen Sie ihr, sie kann anfangen.« Er nickte in Richtung der Sekretärin, die draußen wartete.

Einen Moment lang sah ihn der junge Mann erstaunt an. Vermutlich wunderte er sich darüber, dass Clayton so rasch nachgegeben hatte. Aber er arbeitete schon länger für ihn, und so wäre es ihm nie in den Sinn gekommen, vor anderen eine Entscheidung von Clayton infrage zu stellen. Er verließ das Büro, um die Sekretärin zu holen.

Mit ihm verschwand die Spannung, die in dem Raum geherrscht hatte.

Perelli und Clayton besiegelten den Vertrag endlich mit Handschlag.

Clayton sagte sich zufrieden, dass die letzte Verhandlungsrunde genau so verlaufen war, wie er es vorhergesehen hatte. Um ehrlich zu sein, die Sache war sogar noch etwas besser ausgegangen. Er hatte damit gerechnet, dass Perelli darauf bestehen würde, Burdick für achtzehn Monate zu behalten.

Perelli erhob sich, streckte die müden Glieder und goss Kaffee in die Tassen. »Werden Sie mit einem besonderen

Stift unterschreiben, Wendall? So, wie das unser Präsident immer tut?«

Das Lachen, das er als Antwort von Clayton erhielt, überraschte ihn in seiner Heftigkeit. »Nein, John, ganz bestimmt nicht. Ich werde wie immer dieses alte Ding hier benutzen.«

Er schraubte seinen Füllfederhalter auf, mit dem er schon seit Jahren seinen Namen unter alle Papiere setzte. Ganz am Anfang seiner Karriere bei Hubbard, White & Willis hatte er sich einmal in der Situation befunden, einen wichtigen Vertrag abgeschlossen zu haben und ohne Stift gewesen zu sein. Donald Burdick hatte ihm einen verärgerten Blick zugeworfen, ihm seinen eigenen Füller zugeschoben und gebrummt: »Sie sollten stets auf alle Eventualitäten vorbereitet sein, Wendall. Merken Sie sich das.«

Wendall Clayton legte den Füllfederhalter vor sich hin und nahm die Kaffeetasse, die Perelli ihm reichte.

... *Dreiundzwanzig*

Nachdem Taylor Sebastian bei ihm zu Hause abgesetzt hatte, verbrachte sie die Nacht in ihrer Wohnung. Zum ersten Mal nach ein paar Tagen wieder allein zu schlafen fiel ihr schwer, und sie wachte drei- oder viermal aus einem Albtraum auf. Doch nicht so sehr das, was sie in diesen Träumen gesehen hatte, beunruhigte sie, sondern zwei Bilder, die ihr immer wieder ins Bewusstsein kamen, während sie dalag und einzuschlafen versuchte. Das erste zeigte die blutige, geisterhafte Frau in Lillicks Performance, das zweite den blassgrünen Zettel, auf dem die Worte »Banque Industrielle de Genève gegen Hanover & Stiver, Inc. 9. Dezember« standen. Es wurde vier Uhr, ehe sie endlich eingeschlafen war. Um halb zehn wachte sie völlig zerschlagen und desorientiert auf.

Nach einer Dusche und einem Frühstück fühlte sie sich deutlich besser. Sie warf die benutzte Filtertüte in den Abfalleimer, setzte frisch gerösteten Kaffee auf und trank eine halbe Tasse, ehe sie zu packen anfing. In Mitchells Loft befanden sich zwei ihrer Blusen, ein Nachthemd und zwei Paar Turnschuhe. Ihre Zahnbürste war hier und ihr Diaphragma dort. Wie stand es mit Unterwäsche? Sowohl hier wie dort. Sie hatte bereits wieder vergessen, wie viel Planung eine Partnerschaft erforderte, in der beide Seiten ihre Wohnungen behielten und man ständig hin- und herzog. Liebe war schon eine feine Sache, aber wie teilte man am besten seine Kleidung auf?

Taylor spazierte in Richtung Chelsea über die Fifth Avenue und kam an einigen der wuchtigen protestantischen Kirchen in Greenwich Village vorbei, in die gerade die Gläubigen zur Vormittagsmesse drängten. Nördlich der Fourteenth Street wurden die Gehwege leerer. Taylor wich vereisten Stellen aus und erinnerte sich, wie der Musiklehrer ihr immer erklärt hatte, sie solle sich beim Gehen vorstellen, ihre Schritte seien Taktschläge. Das tat sie jetzt auch und unterteilte dabei die Phasen zwischen zwei Schritten in Halb-, Viertel- und Achtelnoten.

Eins, zwei und drei und vier …

Halb tänzelnd bewegte sie sich auf der Höhe der Sixth Avenue über die leeren Trottoirs von Chelsea. Die Berufsfotografen, die sich einst diese Gegend mit Druckern, Lagerhäusern und koreanischen Importeuren geteilt hatten, waren längst fortgezogen und lebten nun in der Umgebung von hochherrschaftlichen Loftwohnungen und Edel-Restaurants, die jeweils für sechs Monate angesagt blieben und dann der Vergessenheit anheimfielen und schließen konnten. Das heutige Chelsea präsentierte sich als abweisendes, düsteres und funktional bestimmtes Territorium.

Eins, zwei und drei und vier … Eins, zwei und drei und vier … Eins …

Ein Arm schob sich vor ihre Augen und raubte ihr die Sicht.

Der Angreifer war nicht stark, aber Taylor war von dem Überfall so überrascht, dass sie, ohne an Gegenwehr zu denken, zur Seite kippte und dabei über ein Kabel und ein paar Kisten stolperte. Sie riss die Hände hoch, unfähig zu schreien, da sie keine Luft bekam. Sie wand sich, konnte sich befreien und roch den Gestank vom Abfall eines Restaurants – gammliges Bohnenkraut, abgenagte Hähnchenknochen und Knoblauch. Im nächsten Moment prasselten Fausthiebe auf sie nieder.

Sie würde diesen Angriff nicht überleben. Ihr Ende stand bevor. Mitchell!

Doch jetzt bemerkte sie, dass die Hiebe wahllos erfolgten. Ja, Wut und Entschlossenheit steckten in ihnen, aber sie trafen nicht mit der Absicht, sie umzubringen.

Dann hörten die Schläge unvermittelt auf, und als Nächstes vernahm Taylor Schluchzen. Das kam nicht von ihr, denn in das Geräusch mischte sich eine heisere und schniefende Männerstimme. »Ich hasse Sie ... O Gott, wie ich Sie hasse ...«

Die Hände packten jetzt ihre Rockaufschläge. Taylor schob sie fort und kam schwankend wieder hoch.

»Ralph!«

Dudley starrte sie hasserfüllt an. Dann ließ er sich auf einer umgestürzten Abfalltonne nieder und versuchte zu Atem zu kommen. »Warum haben Sie das getan?«

»Haben Sie den Verstand verloren?«, fuhr sie ihn an, trat zu der Wand des Gebäudes und begann ihren Mantel abzuklopfen und die Öl- und Fettflecken abzutupfen. »Sehen Sie sich das an! Sie sind wohl völlig verrückt geworden!« Sie hob ihre Handtasche auf, die bei dem Überfall auf dem Boden gelandet war.

Dudley rollte mit einem Fuß eine Bierdose hin und her und starrte darauf. »Ich warte schon seit neun Uhr auf Sie. Zuerst wollte ich Sie umbringen. Ich … Dieser Gedanke ist mir tatsächlich durch den Kopf gegangen. Ich wollte Sie wirklich töten.«

»Wovon reden Sie eigentlich?«

»Sie haben meinen Schreibtisch durchsucht. Todd Stanton hat es mir erzählt. Und Sie sind mir gefolgt. Sie haben Junie bestochen, um alles über mich zu erfahren.«

Taylor schwieg eine Weile. Dann sagte sie: »Und Sie haben mich belogen, Ralph. Sie waren nämlich in jener Samstagnacht doch in der Kanzlei.«

Er setzte mehrmals zum Sprechen an, aber es wollte ihm nicht gelingen. Plötzlich stand er auf und lief vor einem aufgerissenen Müllsack auf und ab. »Wie kann ich es Ihnen nur begreiflich machen?«

»Ralph …«

»Ich bin kein schlechter Mensch. Ob Sie mir das glauben oder nicht, als meine Frau noch lebte, habe ich sie nicht ein einziges Mal betrogen. Keine Affären und keine, na ja, Sie wissen schon, Prostituierten.«

Taylors Angst war fast ganz vergangen, und an ihre Stelle war verlegenes Mitleid getreten. Sie wusste nicht, ob sie davonlaufen, Dudley ohrfeigen oder ihm eine Hand auf die Schulter legen sollte.

Er hob den Kopf. Sein Haar war völlig zerzaust und sein Gesicht eingefallen. Er sah aus wie ein entsprungener Irrer.

Ein Dutzend Wagen polterten über das Schlagloch in der Nebenstraße, ehe er seine Sprache wieder gefunden hatte.

Leise sagte er: »Haben Sie jemals echte Leidenschaft verspürt? Ich meine, diesen unglaublichen, besessenen Hunger? Wissen Sie, wie selten so etwas einem Menschen widerfährt? Haben Sie denn überhaupt eine Vorstellung, wie unfassbar wahre Leidenschaft ist?«

»Ralph, ich möchte nichts davon hören. Und eigentlich wollen Sie mir das doch auch gar nicht erzählen.«

»Und ob ich will! Ich will es, denn Sie müssen verstehen.« Seine wässrigen Augen sahen sie flehentlich an. Taylor schwieg. Dudley räusperte sich und spielte mit einem Faden, der von einem seiner stark abgenutzten Handschuhe hing. »Jeder Mensch braucht für irgendetwas Leidenschaft. Vermutlich finden einige diese Leidenschaft bei ihrem Ehepartner, zumindest für eine Weile. Oder bei der oder dem Geliebten. Sie können sich glücklich schätzen, wenn es sich bei dem Ziel ihrer Begierde um etwas Normales handelt. Und meine Leidenschaft? Ich schätze, darüber muss ich Ihnen nicht mehr viel erzählen … Ich weiß, sie ist beschämend und verabscheuungswürdig. Vielleicht hätte ich mich deswegen in Behandlung begeben sollen, einen Psychiater aufsuchen … Womöglich hätte man mir dort helfen können, ich weiß es nicht. Wie dem auch sei, ich dachte, ich könnte es unter Kontrolle halten. Und lange Jahre ist ja auch alles gut gegangen. Aber …« Er sah ihr zum ersten Mal ins Gesicht. »Sie sind noch jung, Sie können das natürlich noch nicht wissen … Es ist leider so, dass solche Gelüste mit dem Alter nicht nachlassen. Und bei mir ist es sogar immer schlimmer geworden, geradezu zur Besessenheit.«

»Ralph, Sie haben mich eben auf offener Straße überfallen. Ich glaube nicht, dass …«

»Hören Sie mich zu Ende an. Bitte …« Er fuhr sich mit der Hand übers Gesicht, das sich von der Kälte und den Tränen gerötet hatte. Taylor stand vor ihm und fühlte sich absolut nicht wohl in ihrer Haut. »Wissen Sie, was für einer ich bin? Ich lungere vor Mädchenschulen herum. Ich kaufe mir regelmäßig einschlägige Mädchen-Magazine. Einmal habe ich mir sogar Videos besorgt. Jemand hat mich gesehen, wie ich an einem Schulhof stand und die jungen Dinger angestarrt habe. Ich habe sie von ihm gekauft. Dummerweise waren auf den Bändern nur Jungs zu sehen, und da habe ich sie gleich in den Müll geworfen. Auf so etwas stehe ich nämlich nicht.«

Er schwieg, um darüber nachzudenken, ob er seine besonderen sexuellen Vorlieben auch exakt beschrieb.

»Ich war mir sicher, dass ich über kurz oder lang etwas Furchtbares tun würde. Ich war mir dessen ganz sicher. Dann hörte ich von dem Art Club. Ich ging hin, sah dort Junie und habe mich sofort unsterblich in sie verliebt. Das müssen Sie mir glauben, ich liebe sie wirklich aus tiefstem Herzen. Junie ist ganz gewiss kein Kind mehr. Sie mag zwar fünfzehn sein, aber sie benimmt sich wie eine Zwanzig- oder Dreißigjährige. Und mit ihr ist es nicht so wie mit einem kleinen Mädchen, das man im Zoo oder nach der Schule anspricht. O Gott, wie sehr ich sie liebe.« Er sah Taylor an, dass sie kaum die Hälfte von dem, was er ihr erzählte, verstand. Unvermittelt fragte er sie: »Warum haben Sie das getan?«

»Was soll ich getan haben, Ralph?«

»Sie haben Junie bestochen und Clayton alles von uns gesagt.«

»Clayton hat kein Wort von mir erfahren. Ja, ich habe Junie ausgefragt, doch ich bin danach nicht zu Clayton gegangen.«

»Aber … aber von irgendjemandem muss er es haben …«

»Ralph, bei Hubbard, White & Willis geht es zu wie bei den Borgias. Jeder hat dort seine Spione und Zuträger. Sie haben Ihre Treffen mit Junie in Ihrem Tagebuch notiert und das offen auf Ihrem Schreibtisch herumliegen lassen. Jeder hätte darin lesen können.«

»Aber warum haben Sie den Club aufgesucht? Warum sind Sie mir gefolgt?«

»Es gibt in der Kanzlei ein paar Probleme. Ich musste in Erfahrung bringen, wo einige Personen sich zu einer bestimmten Zeit aufgehalten haben. Sie haben mir gegenüber abgestritten, am fraglichen Samstagabend in der Kanzlei gewesen zu sein, und das war die Unwahrheit.«

Seine Augen funkelten. »Also gut, wenn Sie unbedingt erfahren wollen, was ich dort getrieben habe, wenn Sie mir keine Ruhe geben …« Er öffnete seine Aktenmappe, zog ein paar Papiere heraus und knallte sie ihr in die Hand.

Taylor überflog rasch die Schriftsätze und sah ihn dann mit großen Augen an.

Dudley beugte sich zu ihr vor und erklärte ihr mit wütender Stimme: »Ich will die Kleine adoptieren. Und genau darum habe ich mich am Samstagabend in der Kanzlei gekümmert. Ich habe mich über die Gesetzeslage kundig gemacht und einen Antrag aufgesetzt.« Er konnte nicht mehr weitersprechen. Tränen rannen aus seinen geröteten Augen. Dudley räusperte sich, und nach einer Weile wiederholte er heiser: »Ich will sie adoptieren.«

»Warum denn das?«, fragte Taylor.

»Weil ich sie liebe!«, rief er und riss die Augen weit auf. »Ich will Junie eine richtige Erziehung angedeihen lassen und sie vor allem aus diesem Haus herausholen. Sie soll eine richtige Schule besuchen, und ich will Schluss damit machen …« Sein Unterkiefer zitterte. »Begreifen Sie denn nicht?«

»Ralph …«

Er ließ die Schultern hängen und sagte mit gesenktem Kopf: »Sobald Junie meine Tochter ist, fasse ich sie nicht mehr an. Das würde ich nie über mich bringen, es ginge einfach nicht. Sie zu adoptieren ist für mich die einzige Möglichkeit, dem Ganzen ein Ende zu setzen.«

Er nahm die Papiere zurück, ordnete sie und strich umgeknickte Ecken glatt.

»Warum gehen Sie jetzt nicht nach Hause?«, fragte sie freundlich, so als spräche sie zu ihrem Großvater. »Und dann vergessen wir beide einfach diesen dummen Vorfall.«

Er antwortete ihr nicht.

Taylor lief bis zur Straßenecke und drehte sich dort noch einmal nach ihm um. Er saß auf der Mülltonne, getaucht in diffuses Licht, das größtenteils von den ihn umgebenden niedrigen Gebäuden reflektiert wurde. In regelmäßigen Abständen traten weiße Atemwölkchen vor seinen Mund, die sich rasch verflüchtigten. Er hockte wie erstarrt da, regte sich nicht einmal, den Blick auf die Schriftstücke gerichtet. Taylor bog um die Ecke und setzte ihren Weg fort.

Die Tür zum Loft war offen. Taylor blieb im Eingang stehen, sah das blasse Lichtdreieck, das in den Flur fiel, und geriet in Panik. Voller Entsetzen erinnerte sie sich an den Autounfall und glaubte schon, der Fahrer des anderen Wagens sei hierher gekommen und habe Reece ermordet. Sie stürzte in den Wohnbereich.

Reece lag mit dem Rücken auf der Couch, trug Jeans und ein zerknittertes Anzughemd. Sein Haar war unordentlich, seine Arme hingen leblos herunter, und er starrte an die Decke.

»Mitchell!«, schrie sie.

Er drehte sich langsam auf die Seite und sah sie an.

Taylor blieb auf halbem Weg stehen, als wäre sie gegen ein Hindernis geprallt, und riss die Hand vor den Mund. Erst nach einem Moment konnte sie sich wieder rühren. Sie lief zu ihm, ging vor der Couch in die Hocke und nahm seine Hand. »Ich dachte schon … du seist verletzt … oder Schlimmeres.«

Als Antwort drückte er nur leicht ihre Hand und starrte wieder auf die Vierecke an der Decke.

»Ich habe etwas ausgerechnet«, sagte er.

»Ist mit dir auch wirklich alles in Ordnung?«

»Weißt du, wie viele Stunden ich als Anwalt gearbeitet habe?« Er hörte sich erschöpft an, und Taylor sah sich nach einer Flasche Brandy um. Sie entdeckte zwar keine, bemerkte aber, dass in der Wohnung das Chaos eingezogen war. Hunderte von Büchern, Blättern, Fotokopien, Karten und Diagrammen lagen kreuz und quer verstreut.

»Mitchell ...«

»So etwas lässt sich ausrechnen, weißt du? Im Grunde genommen muss man diese Arbeit nicht einmal selbst tun. Steckt alles im Computer. Die Abrechnungen und Arbeitszettel sind abgespeichert. Man muss nur seine Kennziffer eingeben, und schon spuckt er die Gesamtsumme aus. Letzte Nacht hatte ich ein Gespräch mit Donald Burdick, und danach habe ich genau das getan.«

»Du hast dich mit Burdick getroffen?«

Reece sah sie jetzt wieder an, sagte aber nichts. Sie strich ihm sanft übers Haar, nicht nur, um ihn zu trösten, sondern auch, um es glatt zu streichen, damit er nicht mehr ganz so entsetzlich aussah. »Soll ich dir sagen, wie viele Stunden ich bei Hubbard, White & Willis abgerechnet habe? Genau achtzehntausenddreihundertzweiundvierzig.« Er drehte sich ganz zu ihr um. Sie sah seine geröteten Augen und musste an Ralph Dudley denken, dessen Blick ebensolche Trauer und Verzweiflung ausgedrückt hatte. Doch etwas an Mitchells Miene nahm sie so sehr gefangen, dass sie Dudley ganz vergaß. Mit bitterem Lächeln fügte er hinzu: »Natürlich sind da die beiden letzten Tage nicht eingerechnet. Es kommen also noch etwa dreißig Stunden hinzu.«

»Mitchell, du brauchst dringend Schlaf.«

»Als ich an der Uni meinen Abschluss gemacht hatte, erhielt ich die Chance, bei einer Kanzlei als Anwalt für Wirtschaftsrecht einzusteigen. Das Anfangsgehalt konnte sich sehen lassen, und der Laden besaß nicht weniger Prestige als Hubbard, White & Willis. Du weißt doch, was solche Anwälte tun. Sie wirken als Vermittler, sie verhandeln, sie schließen Kompromisse. Und sie bringen Menschen zusammen. Willst du noch etwas über sie erfahren, Taylor? Solche Anwälte verlieren nie, denn es gibt für sie nichts, das sie verlieren könnten. Sie gehen kein Risiko ein, und sie gewinnen immer. So etwas ist aber nichts für mich. Ich wollte unbedingt Prozessanwalt werden.« Er drückte ihre Hand so fest, dass es ihr wehtat. Eine Sekunde, bevor Taylor sie aus der seinen lösen wollte, zog er seine Hand zurück. »Und es war perfekt. Die höchste Bestätigung meiner Existenz, der Sinn meines Lebens … Ich konnte mich immer wieder selbst rechtfertigen, indem ich meine Fälle gewann. Die Gefahr, die darin verborgen lag, wurde mir nie so recht bewusst … Wenn ich nämlich einmal verlieren sollte, wäre meine Selbstbestätigung dahin …«

»Mitchell, so etwas darfst du nicht einmal denken!«

»Und morgen früh werde ich einen Fall verlieren. Und zwar aus einem absolut beschämenden Grund – nämlich weil ich unvorsichtig war. Ich werde mein Bestes geben und trotzdem verlieren. Und danach marschiere ich geradewegs in Donald Burdicks Büro und lege ihm meine Kündigung auf den Tisch.«

»Aber es ist doch nicht …«

»Ich mache dir keinen Vorwurf, Taylor«, sagte er mit so viel Ernsthaftigkeit, dass sie nicht anders konnte, als ihm zu glauben. »Nicht einen einzigen. Du bist weiter gegangen, als jeder andere das für mich getan hätte. Und beinahe hättest du dabei dein Leben verloren.« Ihre Hand wurde wieder von der seinen umschlossen, doch diesmal spürte sie, dass hinter dem Druck Dankbarkeit steckte. Sie erhob sich, ließ sich neben ihm auf der Couch nieder, packte ihn an den Schultern und zog ihn hoch.

»Es war Wendall.«

Er sah sie verwundert an.

»Thom und Ralph sind ausgeschieden. Damit bleibt nur noch Wendall übrig.« Sie berichtete ihm von der Schießerei, in die Sebastian geraten war, und von Dudleys Überfall auf sie. »Und dann habe ich auch noch mit einem Privatdetektiv gesprochen. Du erinnerst dich doch noch an die Rechnung, die ich auf Claytons Schreibtisch gefunden habe, die von

AAA Security. Ich habe ihm davon erzählt, und er hat Erkundigungen eingezogen. Die Firma sitzt in Florida und gilt als »risikofreudige« Sicherheitsagentur. So nennt man in seinen Kreisen eine Firma, die nicht davor zurückschreckt, sich die Hände schmutzig zu machen. Mit anderen Worten, sie stehlen Dokumente, bringen Wanzen an und lauern auch schon einmal jemandem auf.«

»Aber die Fusion ist doch schon beschlossene Sache«, entgegnete Reece. »Wendall hat auf der ganzen Linie gesiegt. Da braucht er Burdick doch nicht noch weiter zu demütigen … Moment mal!« Er setzte sich aufrecht hin. »Letzte Nacht hat Donald mir erzählt, dass da immer noch die Rede davon ist, ihn noch eine Weile in der Kanzlei zu behalten. Wendall ist strikt dagegen, aber Perelli besteht genauso unerbittlich darauf, dass Burdick nicht sofort geht. Doch wenn ich den Fall morgen verliere, hat Clayton einen Grund in der Hand, Donald auf der Stelle auf die Straße zu setzen.«

Das Feuer war in seine Augen zurückgekehrt, und sein Blick fuhr hierhin und dorthin. Taylor fragte sich, was ihm gerade durch den Kopf gehen mochte, was sein scharfer Verstand, dem die Kanzlei über achtzehntausend Arbeitsstunden zu verdanken hatte, gerade wieder analysierte. Am meisten aber begeisterte sie die Vorstellung, dass sie es vollbracht hatte, seine Stimmung so gründlich zu wandeln.

Schon einen Moment später wurde er wieder ernst. »Doch du weißt noch immer nicht, wo der Wechsel sein könnte, oder?«

»Nein, ich habe keine Ahnung, Mitchell.« Sie wollte noch hinzufügen, dass sie eben nicht so war wie er. Es lag nicht daran, dass sie sich nicht genügend angestrengt hätte. Sie wusste einfach nicht, wo sie noch suchen sollte. Sie besaß keinen so brillanten Verstand wie er. Ihre Fantasie und ihre analytischen Fähigkeiten bewegten sich in engen Grenzen. »Ich komme einfach nicht drauf. Er könnte den Wechsel in seiner Stadtwohnung aufbewahren. Oder in seinem Haus in Connecticut. Oder sonst wo. Vielleicht hat er das Papier auch jemandem bei Hanover & Stiver gegeben … Oder er hat …«

Reece fuhr sich mit der Rechten durchs Haar und erhob sich. Dann drehte er sich zu ihr um und legte ihr beide Hände auf die Schultern. Sein Gesicht kam dem ihren ganz nahe. »Was sagt dir denn dein Gefühl, wo der Wechsel sein könnte?«

»Ich … ich weiß es einfach nicht … Mein Kopf ist vollkommen leer, Mitch.«

Er wiederholte die Worte ganz langsam und einzeln: »Was sagt dir dein Gefühl?«

»Ich …«

Er wandte den Blick ab, und der Druck seiner Hände auf ihren Schultern ließ deutlich nach. Hatte sie ihn enttäuscht? Stand sie davor, ihn zu verlieren, weil sie einfach nicht in der Lage war, ihm zu helfen? Aus einem Impuls heraus rief sie: »Er ist in seinem Büro!«

»In seinem Büro?«, fragte er gleich nach. Seine Stimme klang skeptisch. »Wie kommst du darauf?«

Ihre Hände zitterten, und sie war froh, nie im Zeugenstand gesessen zu haben, wenn Mitchell zu seinem Kreuzverhör ansetzte. »Weil … weil wir in seinem Haus in Connecticut schon nachgesehen haben, und …«

»Es gibt eine Million Orte, an denen wir noch nicht nachgesehen haben.«

Sie überlegte kurz und sagte dann: »Okay. Er würde nicht all die Leute in das Haus einladen, wenn er dort einen Wechsel versteckt hätte. Und aus dem gleichen Grund wird er wohl auch nicht in seiner Stadtwohnung zu finden sein. Wenn man ihn erwischen sollte, geriete er in große Verlegenheit, zu erklären, wie das Papier in sein privates Apartment gelangt ist. Wenn man den Wechsel aber in seinem Büro finden sollte, hätte er immer noch die Möglichkeit zu behaupten, er könne nur versehentlich dorthin geraten sein, dass vielleicht du oder irgendein Assistent ihn irrtümlich dort liegen gelassen habe …«

»Gut«, lobte Reece zufrieden. »Sehr gut.« Doch abrupt verschwand sein Lächeln. »Und warum hat er den Wechsel nicht Lloyd Hanover überlassen, damit der im Fall einer Entdeckung das ganze Risiko zu tragen hätte?«

Darauf hatte sie zunächst keine Antwort, doch schon drängte sich aus den Tiefen ihres Unterbewusstseins ein Gedanke nach oben. »Weil Wendall sich dann mit ihm hätte treffen müssen und das Risiko viel zu groß gewesen wäre, dabei von jemandem gesehen zu werden.«

Reece nickte. »Und was macht dich so sicher, dass er den Wechsel in seinem Büro aufbewahrt und nicht sonst wo in der Kanzlei?«

Taylor spürte seinen Blick auf sich gerichtet und wandte den Kopf ab. Die geschnitzten Sonnengesichter an seinem Tisch starrten sie ebenfalls an. Taylor sammelte sich und antwortete dann: »In dem Punkt bin ich mir nicht ganz sicher. Ich habe die ganze Kanzlei auf den Kopf gestellt, und ich habe auch sonst mein Möglichstes getan. Aber jetzt wird die Zeit verdammt knapp, und da müssen wir eben alles auf eine Karte setzen. Das Einzige, was mir im Moment noch einfällt, ist sein Büro. Ich werde noch heute Nacht nachsehen. Wenn der Wechsel sich nicht dort befinden sollte …« Sie zuckte mit den Schultern. »Dann kann ich nur noch sagen, dass es mir Leid tut.«

Er strich ihr über die Wange. Die Berührung verursachte ein Kribbeln, so als wären seine Finger elektrisch aufgeladen. »Du musst dich nicht bei mir entschuldigen.«

Taylor spürte die Macht, die von ihm ausging, eine sexuelle, ursprüngliche und unüberwindliche Kraft. So etwas war ihr erst einmal begegnet – bei Wendall Clayton. Dessen Augen, das Feuer in ihnen, hatten sie aufgesogen, und rings um sie herum war alles ins Wirbeln und Strudeln geraten.

Jetzt hatte sie bei Mitchell die gleiche Empfindung. »Ich will dich«, flüsterte er.

Der ganze Raum geriet in Bewegung. Er legte seine Arme um sie und unter ihre Beine, schwang sie so heftig hoch, dass sie fast über seine Schulter geflogen wäre, und ging mit ihr zu dem Tisch mit den Sonnengesichtern. Ihre Beine schleuderten Bücher und Papiere durch die Gegend. Er legte sie auf den Tisch, ihre Bluse und ihr Rock flogen davon, und seine eigenen Kleider segelten in noch höherem Bogen durch die Luft. Mitchell hatte bereits eine Erektion. Er presste seine Lippen auf die ihren, anschließend wanderte sein Mund ihren Hals hinab, saugte an ihren Brustwarzen, ihrer Bauchdecke, ihren Oberschenkeln.

Haben Sie jemals echte Leidenschaft verspürt?, schossen ihr Dudleys Worte durch den Kopf.

Mitchell war über ihr. Sein ganzes Gewicht lag auf ihrer Brust, als er die Hände unter ihren Rücken schob und sie an sich presste. Taylor konnte sich nicht mehr bewegen, und jeder seiner heftigen Stöße ließ die Luft aus ihrer Lunge entweichen. Doch ihre Leidenschaft war ebenso groß wie die seine. Sie stieß ihre Fingernägel in seinen muskulösen Rücken, biss die Zähne immer fester zusammen und genoss den Schmerz, den sie verursachten. Seine Finger wanderten ihren Rücken immer weiter hinab, über das Steißbein hinaus, tasteten nach der Öffnung und glitten hinein.

Taylor schrie, als ihr ganzer Körper erbebte. Ihre Muskelpartien zuckten spastisch. Einen Moment später kam auch Mitchell.

Sie hob ihre Hände. Zwei Fingernägel waren blutig. Dann zog sie das Buch, auf dem sie lag, unter ihrem Hintern hervor, und es landete mit einem dumpfen Knall auf dem Boden. Sekunden später war sie eingeschlafen.

Als sie erwachte, war die Sonne bereits untergegangen. Sie sprang vom Tisch und zog sich wieder an. Reece saß an seinem Schreibtisch, wälzte seine Bücher und machte sich wie besessen Notizen. Er trug eine Brille mit Hornrand, die sie noch nie an ihm gesehen hatte. Taylor ging auf ihn zu und blieb dann zögernd stehen. Sie sah die unzähligen juristischen Bände, die vielen Blätter und die vergrößerten Fotos, die er auf Ständer gestellt hatte. Sie zögerte noch einen Moment, dann setzte sie sich zu ihm. Zu ihrem eigenen Erstaunen hörte sie sich fragen: »Mit wem triffst du dich?«

Der Stift, mit dem Reece sich Notizen machte, hielt in der Bewegung inne. Er legte ihn hin, genau im rechten Winkel zu den geraden Textzeilen auf dem Block. Dann nahm er die Brille ab, rieb sich den Nasenrücken, schob einen Stapel Papiere gerade und fragte: »Du weißt davon?«

»Ich habe dich in der Grand Central Station gesehen. Du hattest mir gesagt, du wolltest zu einem Zeugen, um ihn zu präparieren. Dabei warst du auf dem Weg zu ihr.«

Er nickte, stand auf, setzte sich auf die Tischkante und legte die Hände in den Schoß. Dann strich er sich eine Haarsträhne aus dem Gesicht und sagte: »Ich bin zu einer Frau gefahren, mit der ich mal etwas gehabt habe.«

Taylor achtete genau auf Zwischentöne, wichtige Indikatoren, wenn ein Mann über seine Verflossenen erzählte.

»Für eine Weile war es ziemlich ernst zwischen uns«, fuhr Reece fort. »Das war Anfang des Jahres. Aber irgendwie ist dann doch nichts daraus geworden. Vermutlich hat es an der Romantik gehapert.«

»Aber du siehst sie immer noch?«

»Wir sind Freunde geblieben.«

»Warum hast du mir dann nichts von ihr erzählt? Wenn ihr nur Freunde seid, wie du sagst, hätte mir das doch absolut nichts ausgemacht.«

»Hätte es doch«, widersprach er und lächelte matt. »Du

hättest dich so wie jetzt gefühlt. Das ist kein Vorwurf, denn mir wäre es ähnlich gegangen, wenn du mir gesagt hättest, du würdest dich mit deinem ehemaligen Geliebten treffen und ihr wärt heute nur noch gute Freunde. Ich hatte eben Angst, dich zu verlieren.«

»Aber du hast mich angelogen.«

»Du bist mir so wichtig, dass ich dafür sogar zu einer Lüge gegriffen habe. Ich bin wahrhaftig nicht stolz darauf. Aber die Geschichte mit ihr ist endgültig vorüber.«

»Und trotzdem hast du ihr Blumen gekauft.« Tränen traten ihr in die Augen.

»Ich schenke auch meiner Stiefmutter Blumen.«

»Und diese Frau – wie heißt sie?«

»Spielt das eine Rolle?«

»Vermutlich nicht. Liebst du sie?«

»Nein.«

»Hattest du mal vor, sie zu heiraten?«

»Wir haben darüber geredet. Aber irgendwie ist dann alles ganz anders gekommen.«

»Wirst du dich weiterhin mit ihr treffen?«

»Möchtest du, dass ich es nicht mehr tue?«

Warum stellen Männer bloß immer wieder diese Frage? Warum laden sie damit die ganze Verantwortung auf uns ab?

Taylor sagte leise: »Ja, das möchte ich.«

»Gut, dann sehe ich sie nicht mehr.«

»Einfach so?«

»Einfach so.«

Um achtzehn Uhr ging Taylor in ihrem selbst zusammengestellten Einbrecher-Outfit (schwarze Jeans und schwarze Bluse) in die Kanzlei. Ihre schwarze Sporttasche enthielt ein Paar Handschuhe, eine Thermoskanne mit Kaffee, ein Tunfischsandwich, einen Schraubenzieher und eine Zange. Wendall Clayton saß noch mit zwei Mitarbeitern im Büro. Sie unterhielten sich leise, und nur hin und wieder unterbrach seine schnarrende Stimme die Diskussion mit einem Witzchen oder einer mürrischen Anweisung.

Taylor schlüpfte in den kleinen Abstellraum, der Claytons Büro gegenüberlag, und ließ die Tür einen Spalt weit auf. Sie hockte sich auf den Teppichboden, trank eine Tasse Kaffee und wartete darauf, dass die drei für heute Feierabend machten. Eine Stunde lang las sie in der *Times*. Dann legte sie sich auf die Seite, fand einige Artikel, die sie vorhin nur überflogen hatte, und studierte das Muster, das der Boden auf ihrem Ellbogen hinterlassen hatte. Gegen einundzwanzig Uhr, als die Langeweile kaum noch zu ertragen war, hörte sie, wie in dem Büro Stühle gerückt wurden, und richtete sich voller Hoffnung auf. Aber Clayton und seine Leute dachten noch gar nicht daran, für heute Schluss zu machen. Sie suchten nur gemeinsam die Toilette auf. Fünf Minuten später saß das Trio wieder bei der Arbeit. Als sie dann auch noch mitbekam, dass einer von ihnen telefonisch drei Mahlzeiten bestellte, wusste Taylor, dass ihre Geduld auf eine harte Probe gestellt werden würde.

Sie aßen alle zusammen – Clayton und seine Mitarbeiter und Taylor Lockwood, nur hatten die Männer keine Ahnung, dass sie nicht allein waren. Kaum zehn Meter von ihnen entfernt verspeiste Taylor ihr mittlerweile aufgeweichtes Sandwich, während das Trio sich an Krabbencocktails, Steaks, Folienkartoffeln und einem Nachtisch aus Erdbeeren mit Schlagsahne gütlich tat. Danach zündeten sie sich Zigarren an, und der scharfe Tabakqualm, der ihr in die Nase drang, verscheuchte den letzten Rest an Appetit, der ihr verblieben war.

Um dreiundzwanzig Uhr erklärte Clayton, er wolle um eins, spätestens um halb zwei zu Hause sein. Die beiden anderen meinten, dass ihnen das recht sei.

Vielen Dank, lieber Gott, dachte Taylor. Damit blieben ihr

volle fünf Stunden, um Claytons Büro zu durchsuchen. Sie wusste schon, wo sie anfangen würde. John Silbert Hemming hatte ihr beigebracht, wo sich in einem Büro die klassischen Verstecke befanden.

Plötzlich fühlte sie sich sehr schläfrig, und das erschreckte sie. Reiß dich zusammen, du hast es fast geschafft. Wach bleiben, du musst wach bleiben. Dem Glücklichen schlägt keine Stunde …

Taylor goss den letzten Rest Kaffee in den Deckel, der als Becher diente, und trank einen großen Schluck. Dann erhob sie sich, rollte den Kopf und vollzog halbherzig die paar Freiübungen, die sie beherrschte, und setzte sich danach wieder hin. Sie fühlte sich zwar nicht erfrischt, aber munter genug, um den Schlaf noch eine Weile abwehren zu können.

Taylor zog die Knie an und schlang die Arme darum. Wenig später ruhte ihr Kinn darauf. Das war schon früher immer ihre Stellung gewesen, wenn sie in der Schule nachsitzen musste und den anderen Kindern beim Spielen auf dem Schulhof zusah. Sie seufzte. Und schloss die Augen.

Das Nächste, was sie hörte, war das freundliche »Guten Morgen«, mit dem Wendall Clayton seine Sekretärin begrüßte. Noch halb benommen und mit einem üblen Gefühl im Magen sprang Taylor auf. Sie sah auf ihre Uhr.

Neun Uhr dreißig und Montagmorgen.

… *Vierundzwanzig*

Erst in diesem Rundbau lebte er richtig auf.

Im trüben, widerhallenden Gerichtsgebäude.

In den heruntergekommenen Marmorfluren, die vom Sonnenlicht beleuchtet wurden, das durch die schmutzigen Fenster dringen konnte.

In den Gerichtssälen wie dem, in dem er gerade saß.

Mitchell Reece sah sich in dem Raum um, in dem in dreißig Minuten die Eröffnungssalven im Verfahren Banque Industrielle de Genève gegen Hanover & Stiver, Inc., abgefeuert werden würden. Er betrachtete die gewölbte Decke, den Richtersitz, der Strenge ausstrahlte (hoch und erhaben wie ein Kommandoturm), und die Geschworenenbank, die verstaubte Fahne und die Porträts von ernst dreinblickenden Richtern aus dem 19. Jahrhundert. Im Moment war die Beleuchtung noch nicht eingeschaltet. Er roch den mit Zitrone angereicherten Ammoniakgestank der Reinigungsmittel und die trockene Hitze von den Heizkörpern. Die Atmosphäre in diesem Raum erinnerte ihn an die in alten U-Bahn-Waggons. Schließlich war die Justiz auch nicht mehr als ein weiteres öffentliches Dienstleistungsunternehmen wie der öffentliche Personennahverkehr oder die Müllabfuhr.

Er saß jetzt schon einige Minuten da und fühlte sich immer noch ruhelos. Plötzlich stand er auf und lief zu einem Fenster. Durch die verschmierte Scheibe beobachtete er, wie dicke Schneeflocken auf die Männer und Frauen fielen, die über die Centre Street liefen – Anwälte, Richter und Mandanten, die zu ihrem Gerichtstermin eilten. Die Menschen dort draußen ließen sich leicht unterscheiden. Die Anwälte trugen dicke Ledertaschen, die Mandanten schmalere Aktenkoffer, und die Richter hatten die Hände frei. Einige der Anwälte kamen ihm recht jung vor.

Bei seinen ersten Fällen war Reece so lange wie möglich, oft bis zum allerletzten Moment, in der Kanzlei geblieben. Er hatte vor den Computern gesessen und sich die neuesten Urteile angesehen, um darunter eines zu finden, das er dem Richter mit einer dramatischen Geste nennen konnte. Diese Praxis hatte sich jedoch nur höchst selten ausgezahlt, und Reece war schon bald zu der Erkenntnis gelangt, dass die Rechtspflege zwar Leidenschaft verlangte, aber keine Besessenheit, und er von daher diese schon manische Suche ablegen sollte. Als Anwalt einen Prozess zu führen erforderte auch Technologie, doch die allein garantierte noch keinen Sieg. Das wurde ihm bereits früh bewusst, damals, als er einen Jungen vertrat, der ein Auge verloren hatte. Ein Stein war aus dem Rasenmäher geflogen und hatte ihn im Gesicht getroffen. Sein Vater hatte den Auffangsack für das Gras abmontiert und ihn trotz der ins Metall gestanzten Warnung, den Rasenmäher nie ohne den Auffangsack in Betrieb zu nehmen, nicht wieder angebracht. Reece verklagte den Hersteller und begründete das vor Gericht mit der Erklärung, trotz der Warnung sei das Gerät mangelhaft.

Alle waren der Ansicht gewesen, dass Reece damit nie durchkommen würde. Schließlich habe die Herstellerfirma klare Anweisungen für den Gebrauch des Geräts gegeben, und der Vater habe fahrlässig, wenn nicht gar töricht gehandelt. Der gelangweilte Richter hatte das gewusst und der Anwalt der Gegenseite ebenfalls. Und auch Reece. Aber im Gerichtssaal waren sechs Menschen, denen das nicht so klar gewesen war: die Geschworenen. Und die hatten dem heulenden, jämmerlich dasitzenden Jungen ein Schmerzensgeld von eins Komma sieben Millionen Dollar zugesprochen.

Alles nur Theater.

Das war der Schlüssel zur erfolgreichen Prozessführung: keine Logik, ein wenig Gesetzeskenntnis, viel Persönlichkeit und noch mehr Theater.

Die Hoffnung, die letzte Nacht in ihm aufgekeimt war, war längst verflogen und hatte einer Vorform der Panik Platz gemacht, als Taylor nicht aus der Kanzlei zurückgekehrt war und sich nicht einmal telefonisch gemeldet hatte. Mitchell hatte etliche Male in ihrer Wohnung angerufen, aber dort nur den Anrufbeantworter gehört. In seiner Not wählte er schließlich sogar die Nummer von Wendall Claytons Büro, um herauszufinden, ob er womöglich noch dort war. Aber niemand hob ab, und Mitchell zwang sich, nicht weiter über seine größte Befürchtung nachzudenken, nämlich dass Clayton Taylor beim Einbruch erwischt hatte. Gegen vier Uhr war er schließlich eingeschlafen und um sieben wieder aufgestanden. Er fuhr mit der U-Bahn in die Kanzlei und traf sich dort mit seinen Zeugen. Mit der Ausrede, Burdick kurz sprechen zu müssen, lief er hinauf in den siebzehnten Stock und ging dort langsam an Claytons Büro vorbei. Die Tür stand auf, aber der Raum war dunkel. Und von Taylor war nirgendwo etwas zu sehen.

Schließlich ließ er alle Hoffnung fahren. Er rief die Repräsentanten der Banque Genève zusammen, fuhr mit ihnen in einer der Kanzlei gehörenden Limousine zum Gericht, ließ sie in der Kuppelhalle des New York State Supreme Court zurück und machte sich allein auf den Weg in den Gerichtssaal.

Und jetzt, hier aus dem Fenster schauend, musste er sich eingestehen, dass die ganze Angelegenheit ihm vollkommen entglitten war. Doch er hatte sich bestens auf den Fall vorbereitet, und wenn der Wechsel nicht auftauchen sollte, wollte er immer noch wie ein Löwe kämpfen. Er würde Lloyd Hanover und seine Männer in der Luft zerreißen, seinen eigenen Mandanten im strahlendsten Licht dastehen lassen und das besondere Augenmerk auf den Umstand richten, wie überaus großzügig sich die Banque Genève verhalten habe, als sie Hanover & Stiver in einer Periode größter ökonomischer Schwierigkeiten den Kredit gewährt hatte. Er würde des Weiteren darauf hinweisen, was der Verlust von fünfundzwanzig Millionen Dollar für eine kleine europäische Bank bedeutete, die mutig genug gewesen war, in eine amerikanische Firma zu investieren, und damit nicht nur viele Arbeitsplätze geschaffen, sondern auch Geld in den seit Jahren von der Rezession geschüttelten Nordosten des Landes gesteckt hatte …

Er würde kämpfen wie nie zuvor – und trotzdem verlieren.

Reece hatte seit gut dreißig Jahren nicht mehr gebetet, aber heute sandte er in Gedanken eine kurze Botschaft an ein nicht näher spezifiziertes höheres Wesen, das er sich so ähnlich wie die blinde Justitia vorstellte. Er flehte darum, dass Taylor Lockwood nichts geschehen sei, sie sich in Sicherheit befinde und den Wechsel aufgetrieben habe.

Du hast so viel für mich getan, Taylor. Jetzt streng dich bitte noch ein wenig mehr an. Tu es für uns beide …

Reece setzte sich wieder hin. Die Stühle hier waren weniger bequem als im Bundesgericht, aber er hielt sie in diesem Fall für durchaus passend – hart, verschrammt und aus Eiche. Er brauchte vor dem Beginn eines Verfahrens ein leichtes Unbehagen. Am liebsten ein Hungergefühl oder ein Frösteln, weil ihm zu kalt war. Später, wenn alles vorüber war, konnte er es sich wieder gut gehen lassen. Er schloss die Augen und verlor sich in einer stummen Meditation.

Sie stand an einem Fenster, durch das man auf einen verrußten Luftschacht blickte. Dahinter lag der New Yorker Hafen, der aber jetzt durch den Vorhang langsam fallender Schneeflocken kaum zu erkennen war. Sie hatte die Arme vor der Brust verschränkt und starrte hinaus, doch ihre Augen sahen nicht die drei Meter entfernte Mauer oder die schmutzige Ebene des Hafens, sondern die Scherben ihres Scheiterns.

Taylor streckte eine Hand aus und berührte die Scheibe. Ihre rosa lackierten Nägel klopften einen Takt auf das Glas.

Taylor hatte schon vor vielen Menschen ihre Stücke und Interpretationen gespielt, und sie hatte auch etliche Anwälte mit der Arbeit beeindruckt, die zu leisten sie imstande war. Auf beiden Gebieten durfte sie durchaus mit sich zufrieden sein. Sie war eine gute Musikerin und eine fähige Anwaltsgehilfin. Aber jetzt hatte sie alles zerstört. Für wen, Himmel noch mal, hielt sie sich eigentlich? Sie war weder Polizistin noch Privatdetektivin, sie konnte sich weder mit John Silbert Hemming vergleichen noch mit einem Anwalt, der Leute verhört, die beim Griff in die Ladenkasse erwischt worden sind. Nein, in diesem Metier war sie wirklich eine komplette Niete. Daran gab es nichts zu rütteln oder zu deuteln. Sie war im Einsatz eingeschlafen und hatte damit alles vermasselt.

Ach, Mitchell, du hättest dir wirklich eine andere nehmen sollen.

Sie befand sich immer noch in der Abstellkammer und wartete. Lange tat sich nichts. Dann waren Schritte zu vernehmen. Verließ Clayton sein Büro? Nein, Sean Lillick betrat den Raum.

Sie hörte, wie die beiden sich unterhielten. Andere Anwälte kamen ins Haus. Claytons Sekretärin saß an ihrem Schreibtisch und nahm Anrufe entgegen. Taylor bemerkte, wie sie das »Er« besonders betonte, wenn sie von ihrem Chef sprach.

Noch mehr Menschen erschienen im Flur. Bald würden auch die Hausmeister eintreffen und als Erstes die alte Kaffeemaschine in Betrieb nehmen wollen, die in dieser Kammer aufgestellt war.

Und nicht mehr lange, dann begann Mitchell Reeces Verfahren. Er würde den Fall verlieren, und damit wäre seine Karriere bei Hubbard, White & Willis an ihrem Ende angelangt.

Taylor sah sich in dem kleinen Raum um. Sie öffnete den Kühlschrank und fand im untersten Fach ein altes Rosinenbrot. Kurz entschlossen nahm sie es heraus, legte es auf den Tisch und wurde dann doch von Zweifeln geplagt. Aber schließlich riss sie die Verpackung auf und sagte sich, dass sie jetzt das tun würde, was sie immer schon einmal vorgehabt hatte.

Sean Lillicks Augen waren stark gerötet. Sie brannten von zu viel Wodka, Zigarettenrauch und zu wenig Schlaf, weil der

Mann, dem er jetzt gegenübersaß, ihn zu einer unchristlichen Zeit aus dem Bett geklingelt hatte.

Er rieb sich die Augen und trank Kaffee aus der Tasse, die Clayton ihm hingestellt hatte. Er hatte sogar daran gedacht, dass Lillick viel Zucker darin liebte.

Clayton sah ihn eine Minute lang an und sagte dann: »Dein Kragen.«

Lillick zog ihn gerade und bekam einen Hustenanfall.

»Geht es dir gut?«

»Könnte nicht besser gehen.«

»Du siehst aber nicht unbedingt danach aus.«

»Ich habe letzte Nacht nicht sehr viel geschlafen.« Lillick hatte Mühe, die Worte zu artikulieren. Jedes einzelne von ihnen leistete Widerstand. Er räusperte sich, und das hörte sich an wie ein Automotor, der an einem kalten Wintertag nicht anspringen wollte.

»Ich auch nicht. Ich habe bis zwei Uhr hier gearbeitet, bin dann nach Hause, um sieben wieder aufgestanden und um halb zehn zurück ins Büro.«

Lillick sagte nichts dazu.

»Sean, ich möchte, dass du mir einen Gefallen tust.«

Lillick hob die Kaffeetasse zum Mund und versuchte, sich dahinter zu verstecken.

»Ich werde dir jetzt einen kleinen Einblick geben, damit du besser verstehst, wie dringend es ist. Ich muss etwas gegen Donald Burdick in die Hand bekommen, am besten was Persönliches. Am liebsten wäre mir etwas von der Qualität wie das, was du über Ralph Dudley in Erfahrung gebracht hast. Finde heraus, was er für sexuelle Vorlieben hat. Und mit wem er es treibt. Wenn dort nichts zu holen ist, stell fest, was er sonst mit seinem Geld macht. Oder ob eines seiner Kinder drogenabhängig ist.«

»Nein.« Lillick stellte die Kaffeetasse auf den Schreibtisch und schluckte mehrmals. Seine Hände zitterten.

Clayton schien ihn nicht gehört zu haben, denn ein neuer Gedanke war ihm gekommen. »Oder vögelt seine Frau vielleicht in der Gegend herum?« Er nickte befriedigt. »Ja, das wäre geradezu hervorragend. Ich traue Vera Burdick sowieso nicht über den Weg. Warum machst du nicht …«

»Nein.«

»Was?«

»Ich sagte Nein.«

Clayton lachte schallend. »Hast du wieder einen deiner Anfälle, Sean? Du leidest unter Moralattacken wie andere unter Asthma.«

Lillick spuckte die Worte Clayton entgegen, als hätte er sie aus einer Mülltonne aufgelesen und in einer Linie aufgereiht. »Ich werde dir keine kleinen Gefallen mehr tun. Jedenfalls nicht solche.«

»Aber warum denn nicht?«

»Weil ich es nicht mehr will?«

»Ich möchte die Gründe hören.«

»Und ich werde sie nicht sagen, weil du auf alles eine passende Entgegnung hast.«

»Ja, ich habe die passenden Entgegnungen, und zwar deshalb, weil deine moralischen Bauchschmerzen Gefühle sind und nichts mit Logik zu tun haben.«

»Nein.« Lillick streckte die Hand nach der Tasse aus, zog sie aber wieder zurück.

»Sean, dir ist doch hoffentlich bewusst, wie überaus wichtig diese Angelegenheit ist.«

»Du hast deine Fusion bekommen.«

»*Die* Fusion, nicht *meine* Fusion, ist noch längst nicht abgeschlossen.«

»Jetzt tu doch nicht so, als käme es auf den Willen der Partner an.«

»Schluss damit!«, fuhr Clayton Lillick an, und seine Worte trafen ihn wie ein Schlag ins Gesicht. Speicheltropfen flogen aus Claytons Mundwinkeln. »Die Fusion entspricht dem Willen der Partner. Ich habe das Fundament für die Fusion geschaffen, aber die Partner haben darüber abgestimmt und sich dafür entschieden. Die Fusion drückt den Willen von zwei Dritteln der Kanzlei aus. Und ich muss dich wohl nicht daran erinnern, dass du genauso tief in der Geschichte drinhängst wie ich. Du kannst jetzt nicht einfach sagen, die Sache mache dir keinen Spaß mehr, und dich verdrücken. Ich habe dir einen Haufen Geld gegeben, und ich darf wohl hinzufügen, dass ich dir gegenüber weitaus großzügiger gewesen bin als dein eigener Vater!«

»Nein, Wendall, ich bin es leid, dass du ständig mein Leben kontrollierst. *Du* hast beschlossen, dass ich Jura studieren soll, und *du* hast beschlossen, dass ich dein Spion werden soll. Ich will nun endlich meine eigenen Entscheidungen treffen!«

Claytons Entgegnung schnitt scharf wie ein Messer in Lillicks Innerstes. »Glaubst du kleiner Furz etwa, aus dir wird ein bedeutender Musiker? Der Mist, den du komponierst, ist nichts weiter als gequirlte Scheiße! Als ich mir den Quatsch einmal anhören musste, konnte ich kaum an mich halten, um nicht laut loszulachen.« Claytons donnernde Stimme ließ auf Lillicks Kaffee kleine symmetrische Ringe entstehen.

Lillick lehnte sich zurück. Es überraschte ihn, dass Clayton die Beherrschung verloren hatte, und er bekam einen großen Schrecken, eine eigenartige Furcht, die er noch von früher kannte, als er sich nach Schulschluss nicht aus der Klasse getraut hatte, aus Angst, von jemandem verprügelt zu werden.

»Wenn ich nicht wäre, hättest du hier nie und nimmer eine Anstellung gefunden, und wenn du dich auf den Kopf gestellt hättest. Ich bin derjenige, der die Miete für dein Apartment zahlt, und ich bin derjenige, der dir das Geld für diese lachhaften Orgeln und Computer gibt. Jetzt bitte ich dich, mir den einen oder anderen Gefallen zu tun – was nicht mehr als recht und billig ist –, und du schämst dich nicht, Nein zu sagen. Du gehörst mir, mein Lieber.«

»Wendall!« Lillick schlug mit der Hand auf den Schreibtisch. »Das ist nicht fair. Ich habe schon sehr viel …«

»Du gehörst mir, verdammt noch mal!« Clayton sprang auf und fuhr fort, ihn anzuschreien, aber Lillick hörte ihn nicht mehr. Seine Worte gingen unter in einem anderen Geräusch, das sogar Claytons Gebrüll übertönte: das durchdringende elektronische Heulen des Feuermelders, das leise begann, dann zu einem schrillen, hohen Ton aufstieg, abrupt aussetzte und sofort wieder von vorn begann.

»Darf ich nach vorn kommen, Euer Ehren?«, fragt Mitchell Reece. Er steht vor dem Tisch der Klägerseite. Der Richter zeigt sich verblüfft. Die Eröffnungsplädoyers sind gerade gehalten worden. Zu einem so frühen Zeitpunkt ist es nicht üblich, dass die Anwälte nach vorn zum Richtertisch kommen. Und bislang hat sich nichts ereignet, was unbedingt zwischen dem Richter und den beiden Anwälten geklärt werden müsste.

Der Richter hebt die Brauen. Der Anwalt von Hanover & Stiver steht auf und geht langsam nach vorn.

Der Gerichtssaal ist nur zur Hälfte gefüllt. Reece hat zu seinem Missfallen feststellen müssen, dass ein paar Reporter erschienen sind. Er weiß nicht, was sie hierher geführt hat. Solche Fälle wie dieser hier interessieren sie für gewöhnlich nicht. Aber er hat Donald Burdick nicht auf den Zuschauerbänken entdeckt, und das erleichtert ihn. Auf der Anklagebank sitzt Lloyd Hanover, sonnengebräunt und herausgeputzt. Er hat sich das Haar nach vorn gekämmt, auch wenn nur ein paar dünne Strähnen in die Stirn hängen, und eine Miene blasierten Selbstvertrauens aufgesetzt.

Als die beiden Anwälte vor dem Richtertisch stehen, sagt

Reece: »Euer Ehren, die Beweislage ist eindeutig. Ich möchte Ihnen eine Kopie des fraglichen Dokuments präsentieren.«

Hanovers Anwalt dreht langsam den Kopf und sieht Reece mit großen Augen an. Aber noch erstaunter als er ist der Richter, der Mitchell nun zuflüstert: »Sie können mir nicht das Original vorlegen?«

Niemand auf der Geschworenenbank oder im Zuschauerraum bekommt etwas von dieser Unterhaltung mit, aber keinem im Saal bleibt die Verwunderung auf dem Gesicht des Richters verborgen. Die Reporter haben Blut geleckt und spitzen die Ohren.

Der Anwalt der Gegenseite erklärt: »Kommt nicht infrage. Das kann ich nicht akzeptieren.«

»Handelt es sich bei dem Dokument um einen ordnungsgemäßen Wechsel?«, will der Richter wissen.

»Ja, Euer Ehren. Aber es gibt da einen Präzedenzfall …«

»Ein ordnungsgemäßer Wechsel ist wie bares Geld«, erklärt Hanovers Anwalt. »Beweisen Sie mir, dass das Original vernichtet ist, ich meine, zeigen Sie mir zum Beispiel die Asche, dann lasse ich mit mir reden. Ansonsten beantrage ich, die Klage abzuweisen.«

»Was ist mit dem Original geschehen?«, fragt der Richter.

»Wir gehen davon aus, dass es gestohlen wurde.«

»Na, ist das nicht ein Zufall«, bemerkt der Anwalt der Gegenseite. »Verschwindet der Wechsel doch genau in diesem Moment, damit sich auch nicht mehr feststellen lässt, ob er überhaupt ordnungsgemäß ausgestellt wurde.«

Reece dreht sich zu ihm um. »Wollen Sie damit andeuten, dass die Banque Genève einen falschen Wechsel ausgestellt und daraufhin Ihrem Mandanten trotzdem fünfundzwanzig Millionen geliehen hat?«

Der Angesprochene setzt eine gekränkte Miene auf. »Mr. Hanover erklärt, dass die Bank auf einer inkorrekten Zahlungseinstellung besteht und ihr Geld allein aus dem Grund zurückhaben will, weil die Zinsen inzwischen deutlich gestiegen sind und sie die Summe anderswo günstiger verleihen kann.«

»Gentlemen, eine Besprechung mit dem Richter dient nicht dem Zweck, die gegenseitigen Standpunkte vorzubringen. Mr. Reece, Ihr Vorgehen ist recht ungewöhnlich. Wenn es bei einer Klage um einen Wechsel geht, ist dafür die Vorlage des Originaldokuments unabdingbar. Wenn Sie keine glaubhaften Gründe vorbringen können, warum sich der Wechsel nicht mehr in Ihrem Besitz befindet, kann ich eine Kopie desselben als Beweismittel nicht zulassen.«

Daraufhin verkündet der Anwalt der Gegenseite: »Euer Ehren, ich kann nur zu dem Schluss kommen, dass die Anklage hinfällig geworden ist.«

Der Richter ignoriert ihn und erklärt zu Reece gewandt: »Die Sache ist sehr ernst.«

Reece entgegnet ganz ruhig: »Ich würde gerne andere Beweismittel vorlegen, die einwandfrei die Existenz des Wechsels bestätigen.«

»Euer Ehren«, sagt Hanovers Anwalt, »ich möchte darauf hinweisen, dass es Mr. Reeces Mandant war, der diese Klage angestrengt hat und behauptet, der Wechsel sei ordnungsgemäß ausgestellt. Damit obliegt es seiner Verantwortung, das Original vorzulegen. Ich habe aus dem ganzen Land Zeugen einfliegen lassen. Und ich habe Sachverständige beauftragt, die mich tausend Dollar am Tag kosten.«

»Euer Ehren, es ist sehr wichtig, dass die Rechtsprechung nicht durch technische Fragen behindert wird«, erklärt Reece. »Der Wechsel ist doch nur ein Beleg für die geschuldete Summe, die, wie ich betonen möchte, von Hanover & Stiver noch nicht zurückgezahlt worden ist. Natürlich verlangt ein solches Verfahren, das Original vorzulegen, aber es gibt von dieser Regel auch Ausnahmen.«

»Mit allem gebührenden Respekt, Mr. Reece, ich erinnere mich an einen Fall, in dem das Original auch nicht aufzubringen war. Wie sich später herausstellte, hatte die Bank das fragliche Dokument bereits an eine dritte Seite weiterveräußert. Ich würde natürlich nie hier und jetzt behaupten, die Banque Genève hätte sich eines ähnlichen kriminellen Fehlverhaltens schuldig gemacht, aber solange Sie keine weiteren Beweise vorbringen können …«

Reece geht zu seinem Tisch und holt dort zwei Kopien von einem Memo. Als er zum Richtertisch zurückkehrt, sieht er, wie der Anwalt sich zu Lloyd Hanover umdreht. Er weiß natürlich nicht, was die beiden miteinander austauschen, aber er glaubt, bemerkt zu haben, dass der Verteidiger seinem Mandanten zugezwinkert hat. Er ignoriert es und händigt dem Richter und seinem Gegner je eine Kopie aus. »Ich erlaube mir, Sekundärbeweise für die Existenz des Dokuments vorzulegen. Wenn es Ihnen recht ist, vertagen wir um vierundzwanzig Stunden, damit mein verehrter Kollege Gelegenheit erhält, diese Beweismittel zu studieren …«

Hanovers Anwalt schüttelt energisch den Kopf. »Ihnen ist das Original abhanden gekommen, ich bin bereit für den Prozess. Versuchen Sie nicht, über mich den Fall in die Länge zu ziehen. Euer Ehren, ich beantrage einen Freispruch für meinen Mandanten.«

Der Richter betrachtet das Memo, das Reece ihm vorgelegt hat, lässt den Blick über den Gerichtssaal schweifen und erklärt einen Moment später: »Nein, ich werde Ihren Mandanten nicht freisprechen. Ich werde lediglich die Klage abweisen, damit Mr. Reece Gelegenheit erhält, zu einem späteren Zeitpunkt einen neuen Prozess anzustrengen. Wenn ich mir allerdings die finanzielle Lage vor Augen halte, in der sich der Beklagte befindet, bezweifle ich, dass dann für Ihren Mandanten noch viel zu holen sein wird, Mr. Reece.«

Hanovers Anwalt beginnt daraufhin mit den Formalitäten.

»Euer Ehren, ich beantrage hiermit, die Klage abzuweisen …«

»Mitchell!«

Der Richter hebt den Kopf und blickt empört drein.

»Das ist meine Mitarbeiterin«, sagt Reece. »Vielleicht hat sie erfreuliche Neuigkeiten.«

Der Richter winkt Taylor zu sich.

»Es tut mir Leid, Euer Ehren«, sagt Taylor.

Sie reicht Mitchell einen Umschlag. In ihm befindet sich ein Stück Papier, zwanzig Zentimeter lang und zweiunddreißig breit, das nur einen Absatz Text und diverse Unterschriften aufweist. Es ist ein ganz einfaches Blatt, doch dafür hat der Text es in sich. Schon der erste Satz enthält die Worte: »Die Summe von fünfundzwanzig Millionen US-Dollar plus Zinsen, wie weiter unten ausgeführt.«

Reece atmet langsam und vernehmlich aus und danach wieder tief ein, ehe er sagen kann: »Euer Ehren, ich möchte Beweisstück A vorlegen.« Er reicht dem anderen Anwalt das Papier, und der bedenkt Taylor mit einem Blick schlecht verborgenen Hasses.

»Kein Einwand«, erklärt er und gibt es Reece zurück.

Taylor setzt sich an Reeces Tisch.

Mitchell kehrt zu seinem Lieblingsplatz zurück und baut sich vor der Geschworenenbank auf. »Euer Ehren, bevor ich beginne, möchte ich zuerst die Geschworenen für die kaum entschuldbare Verzögerung um Verzeihung bitten.« Er lächelt reuevoll. Die sechs Männer und Frauen lächeln zurück und vergeben ihm.

Taylor blieb den ganzen Tag im Gerichtssaal und verfolgte den Fortgang des Verfahrens und vor allem Reeces Verhandlungsführung. Er hatte die ganze Sache wie ein Feldherr fest im Griff.

Der Fall erforderte nur einen Prozesstag. Die Geschworenen berieten sich zwei Stunden lang, kehrten um neunzehn Uhr zehn in den Gerichtssaal zurück und verkündeten, dass sie zugunsten der Banque Genève entschieden hätten. Taylor hatte hunderten von Prozessen beigewohnt, und jedes Mal war ihr die Urteilsverkündung nur wenig spannend und furchtbar nüchtern vorgekommen. Dieser Fall bildete da keine Ausnahme. Der Sprecher der Geschworenen gab die Erklärung ab, der Richter sagte ein paar Worte, auf der einen Seite lange Gesichter, auf der anderen Seite Lächeln, und wie in den Pausen bei einem Konzert wurde gehüstelt oder sich geräuspert.

Im Rundbau des Gerichts standen die drei Vertreter der Banque Genève zusammen und strahlten vor Begeisterung. Taylor folgte Reece zu den Fernsprechern, bei denen es sich noch um richtige Telefonzellen mit verschließbaren Türen handelte. Er zog sie in eine hinein und küsste sie. Dann sah er Taylor an, und seine Augen funkelten. »Es war Clayton, nicht wahr?«

Sie nickte. »Ich muss dir eine lange Geschichte erzählen. Kannst du jetzt fort?«

Er schüttelte den Kopf. »Meine Mandanten erwarten, dass ich mich noch eine Weile um sie kümmere, mit ihnen essen gehe, sie beglückwünsche, du weißt schon. Und jetzt lass mich bitte einen Moment allein.«

Sie trat aus der Zelle und lehnte sich an einen warmen Heizkörper, während Reece ein paar Anrufe tätigte. Hin und wieder warf er ihr durch die Scheibe einen Blick zu und lächelte. Endlich kam er heraus. »Donald ist noch bis morgen früh außer Haus. Ich habe mich um neun Uhr mit ihm verabredet. Wir beide gehen zu ihm. Ich wollte ihm am Telefon nichts sagen. Dafür ist die Sache zu ernst.« Er dachte einen Moment nach und fügte dann hinzu: »Es wäre vielleicht sicherer, wenn wir die heutige Nacht in einem Hotel verbringen würden.«

»Du glaubst doch nicht etwa, dass Clayton was vorhat, oder?«

»Hast du den See schon vergessen?«

Taylor senkte den Kopf und nickte.

»Ich schätze, ich bin gegen elf, halb zwölf mit meinen Klienten fertig. Geh du inzwischen schon in ein Hotel in Midtown. Wie wär's mit dem Algonquin? Bezahl bar, und trag dich unter einem falschen Namen ein.«

»Als Mrs. Mitchell?«, platzte es aus ihr heraus, und sie lief sofort rot an. »Ich meine …«

Er lachte. »Das wäre wohl zu auffällig, Liebes. Warum nicht Johnson?« Reece küsste sie auf die Wange. »Ich besorge mir unterwegs eine Zahnbürste und einen Rasierapparat. Brauche ich sonst noch was?«

»Nun ja, da gäbe es schon noch etwas.«

»Und das wäre?«

»Das kann ich nicht sagen. Da werde ich ganz verlegen.«

»Dann gib mir doch einen Hinweis.«

»Nun, Männer tragen es, Frauen aber nicht. Und es ist aus Gummi.«

»Verstanden. Du meinst ein Suspensorium. Aber warum soll ich mir so etwas besorgen? Willst du mit mir Fitness-Training machen?«

Als er sich umdrehte, kniff sie ihn in den Po.

»Ich glaube, das war gerade eine Weltpremiere. Noch nie hat jemand so etwas in einem Gerichtsgebäude getan. Zumindest nicht bei mir.«

Reece erschien um halb zwölf Uhr im Hotel. Er hatte immer noch die dicke Aktentasche und den roten Aktenordner dabei, aus dem er die Beweisstücke entnommen hatte. »O mein Gott, Mandanten! Es genügt nicht, dass ich den Fall für sie gewinne, jetzt musste ich ihnen auch noch im Four Seasons ein Abendessen spendieren. Aber das bekommen sie auf die

Rechnung gesetzt. Ich schlage noch mal hundert Prozent auf die Bewirtungskosten drauf.«

Taylor hatte sich vom Zimmerservice Champagner kommen lassen, aber noch nicht davon getrunken, weil sie mit Reece anstoßen wollte. Er betrat das kleine Zimmer. Die Farbe blätterte von den Wänden, und an den Scharnieren der Tür fehlten ein paar Schrauben, sodass sie lose im Rahmen hing. »Die typische Midtown-Eleganz, was?«, meinte er und verschwand im Bad. Nachdem er ausgiebig geduscht hatte, kam er wieder heraus und füllte die Gläser.

»Jetzt musst du mir aber unbedingt erzählen, wie du es angestellt hast, an den Wechsel zu kommen«, forderte Mitchell sie auf.

»Ich habe mich eines schweren Vergehens schuldig gemacht«, begann sie, »indem ich nämlich ein Rosinenbrot in Brand gesteckt habe. Glaub mir, mit so was habe ich in meiner Küche viel Erfahrung gesammelt. Und danach habe ich den Feueralarm ausgelöst. Das wollte ich immer schon einmal tun. Nun, alle haben dann brav das Gebäude verlassen, nur ich nicht. Ich bin in Claytons Büro gegangen. Und in einem Aktenordner mit Geschäftspapieren habe ich dann den Wechsel und das hier gefunden.«

Mitchell sah sich die Blätter an, die Taylor ihm reichte. Während er las, schüttelte er mehrmals den Kopf. Darunter befand sich ein Brief an das *National Law Journal:* »Betrifft: Sorgloser Umgang mit Dokumenten kostet Kanzlei Klienten«. Das Schreiben trug das Datum von morgen, und in ihm wurden Burdick und der Vorstand der größten Schlamperei beschuldigt. Ein zweites Blatt listete die Namen von weiteren Klienten und Fällen auf.

»Er wollte das alles morgen abschicken, nachdem du heute gegen Hanover & Stiver verloren hättest. Sieh dir nur die Klienten an. Sie gehören alle zu Burdick. Clayton wollte wohl auch ihnen Schaden zufügen.« Taylor zog einen Recorder aus ihrer Handtasche. »Und das habe ich hinter den Aktenordnern entdeckt.« Sie ließ das Band zurücklaufen und spielte es dann ab. Reece hörte sich selbst, dumpf und unterbrochen von statischen Störgeräuschen, aber unzweifelhaft seine Stimme. Taylor drückte nach einer kurzen Kostprobe auf die Stopptaste.

»Dieser Hurensohn, hat er doch tatsächlich Wanzen in meinem Büro anbringen lassen. Auf diese Weise hat er auch erfahren, dass wir ihn im Verdacht hatten. Er muss es damals schon gewusst haben, als wir auf seiner Party waren. Danach ist er uns gefolgt und hat uns von der Straße abgedrängt.«

»Oder er hat jemanden von AAA Security damit beauftragt.«

»Mein Gott, ich hätte nie gedacht, dass er so weit gehen würde.«

»Und was machen wir jetzt?«

»Wir erzählen es Donald. Alles, von Anfang an. Gleich morgen früh. Ein Albtraum erwartet uns. Ich sehe keine Möglichkeit, die Polizei aus der Sache herauszuhalten. Diebstahl, Mordversuch, körperlicher Angriff, unbefugtes Eindringen, illegales Abhören … O Mann, da kommen für Clayton aber einige Jährchen zusammen.«

Taylor war vom Champagner schon leicht beschwipst. Mit einem bestrumpften Fuß spielte sie an dem Handtuch, das Reece sich um die Hüfte gebunden hatte, und lehnte sich zurück. »Hast du im Drugstore alles bekommen, was du mitbringen wolltest?«

Er hielt die Einkaufstüte hoch. »Ja. Zahnbürsten, Antiplaque-Zahnpasta, Rasiercreme mit Limonenduft und Rasierklingen.«

»Und was noch?«

»Ach so, ja, Deodorant.«

Taylor machte einen Schmollmund. »Sonst nichts?«

»Na gut, noch was.« Er hielt eine Hand hinter dem Rücken.

»Was denn? Komm, zeig es mir!« Sie griff nach seiner Hand. Er überließ ihr ein Päckchen Zahnseide. Taylor verzog erneut das Gesicht.

»Jetzt ist die Tasche aber leer.« Er drehte sie um, und nichts fiel heraus.

»Du hast sonst nichts mehr gekauft?«

»Das habe ich nicht behauptet. Ich habe bloß gesagt, dass die Tasche leer ist.«

»Aber wenn es nicht da drinnen ist, wo steckt es denn dann?«

Reece grinste breit und löschte das Licht.

So wütend hatte Taylor Donald Burdick noch nie erlebt. »Sie hätten mir früher davon erzählen sollen, Mitchell.« Er sah Taylor kurz an, und sie wandte rasch den Blick von seinem zornigen Gesicht ab.

Es war Dienstagmorgen, und sie befanden sich in Burdicks Büro. Bill Stanley saß auf Burdicks Couch, einen dicken Fuß auf das fette Knie gelegt, und ging die Papiere durch, die Taylor gefunden hatte. »Was ist Wendall doch für ein überaus dummer Mensch!«

Reece entgegnete Burdick: »Vielleicht hätte ich mich früher an Sie wenden sollen. Es war eine Ermessensfrage, und ich habe mich eben dafür entschieden, mich Ihnen erst später mitzuteilen.«

»Sie hätten beinahe den Fall und, schlimmer noch, Ihrer beider Leben verloren, Mitchell.«

Reece blieb ganz gelassen. »Ich habe mir nun mal einfach nicht vorstellen können, dass jemand so durchdrehen würde.«

Burdick nahm die Blätter und den Recorder von Stanley. »Er wollte die Fusion wirklich so sehr, dass er dafür zu allem bereit war. Sogar dazu, das Gesetz zu brechen …« Seine Wut war inzwischen Verblüffung gewichen.

»Mittlerweile wird er wohl erfahren haben«, sagte Stanley, »dass Sie ihm auf die Schliche gekommen sind.«

»Ein Aufzeichnungsgerät!« Burdick schüttelte den Kopf. »Bei Hubbard, White & Willis wird jemand abgehört …« Er schob alles in seine Schreibtischschublade und schloss sie ab. »Stanley, wie groß ist der Schaden?«

»Haben Sie oder Taylor sonst irgendwem davon erzählt? Irgendjemandem? Womöglich der Polizei?«, fragte Stanley Reece.

»Nein«, antwortete dieser. »Es liegt ja wohl auf der Hand, dass ich kein Interesse daran haben kann, damit an die Öffentlichkeit zu gehen.«

Und Taylor sagte: »Als ich diese Dinge in Claytons Büro gefunden habe, bin ich damit direkt zu Mitchell gegangen. Niemand sonst weiß etwas davon.«

Stanley nickte. »Wir werden ihn ans Messer liefern. Es sieht zwar nicht gerade sehr gut für uns aus, zumal die Fusion bereits beschlossen wurde, aber dieses Risiko müssen wir eben eingehen. Wir schlagen mit allem, was wir haben, zu.«

»Das gefällt mir nicht«, sagte Burdick. »Wie viel Staub dabei in der Öffentlichkeit aufgewirbelt wird …«

»Glaubst du, du wirst den Mann mit Geld und guten Worten los?«, entgegnete Stanley barsch. »Ist dir eigentlich bewusst, was dieser Scheißkerl sich alles geleistet hat? Wenn wir nicht auf der Stelle zum Staatsanwalt und zur Ständekammer gehen, machen wir uns der Vertuschung von Verbrechen schuldig!«

»Dafür übernehme ich die Verantwortung.«

Carol, Burdicks Sekretärin, erschien. Sie hielt einen weißen Hauspostumschlag in der Hand, auf dem der Stempelaufdruck DRINGEND zu erkennen war. »Mr. Burdick?«

Dieser sah sie kurz an und streckte dann die Hand nach

dem Umschlag aus. Während er ihn aufriss, fuhr er fort: »Das Problem, vor dem wir stehen, ist doch, dass eigentlich nichts Tragisches geschehen ist. Ich meine, Mitchell und Taylor sind lebendig und bei bester Gesundheit. Und den Fall der Banque Genève hat …« Burdick konnte nicht weitersprechen. Seiner Miene war anzusehen, dass er tief bestürzt war. Gefasst, aber ohne ein Wort zu sagen, erhob er sich und ging hinaus auf den Flur. »Don, was ist denn los?«, rief Stanley ihm hinterher.

Zwei Minuten später kehrte Burdick in sein Büro zurück.

»Was ist geschehen?«, wollte Reece wissen.

Burdick riss, seine Frage ignorierend, den Hörer von der Gabel und tippte rasch die Notrufnummer ein. »Einen Krankenwagen«, sagte er in die Muschel. »Kommen Sie bitte sofort.« Er gab die Adresse der Kanzlei durch.

Taylor und Mitchell sahen sich kurz an und rannten dann geradewegs zu Claytons Büro. Stanley folgte ihnen.

Alle drei blieben wie erstarrt auf der Schwelle stehen.

Wendall Clayton saß in seinem thronartigen Sessel wie ein Duke, der über eine wichtige Staatsangelegenheit nachdenkt. Seine Augen blickten nach oben auf etwas, das in weiter Ferne zu liegen schien. Er wirkte starr wie eine Statue.

Sein rechter Arm hing herab. Die Hand war zur Faust geballt, und der Zeigefinger deutete wie der Gottes in der Sixtinischen Kapelle hinab auf die Stelle, wo die Pistole lag. Die Kugel hatte ein verblüffend kleines Loch in seiner Schläfe hinterlassen. Ein dünner Blutfaden war aus der Wunde gelaufen und hatte den gestärkten weißen Kragen seines Hemds befleckt.

... Fünfundzwanzig

Politik ist der menschliche Wille als angewandte Wissenschaft, und Taylor Lockwood hatte bis zu diesem Moment keine Vorstellung davon gehabt, mit welcher Finesse man sie praktizieren konnte. Einige Stunden lang hatten sie und Mitchell Reece Donald Burdick dabei zugesehen, wie er die Formeln und Kalkulationen der Politik durchführte – mit der Polizei, dem Rathaus und der Gerichtsmedizin. Er erinnerte den einen an einen Gefallen, den der Betreffende ihm noch schuldig war, er selbst ging Schulden ein, und wenn alles nicht weiterhalf, verlegte er sich aufs Drohen. Und die ganze Zeit über blieb er der Alte: ruhig, charmant, beharrlich und glatt.

»Wir werden diese Krise schon bewältigen«, versicherte er den beiden.

Und genau das tat er.

Als er den Hörer endlich auflegte, war es fünfzehn Uhr geworden. »Besitzen Sie sonst noch etwas, das mit Wendall oder dem Diebstahl zu tun gehabt hat? Irgendetwas?«

Reece schüttelte den Kopf, sah Taylor an, und sie antwortete: »Nein, ich hätte doch nie geglaubt, dass es so weit kommen könnte.«

Burdick blickte sie einen Moment lang verständnislos an, zog dann das lederne Schlüsseletui aus seiner Manteltasche und schloss die Schreibtischschublade auf. Reece sah etwas blass aus, wirkte aber gefasst. Taylor hingegen schlug das Herz bis zum Hals. Ihr Atem ging zu schnell, und sie fühlte sich schwindlig im Kopf. Sie fragte sich, ob sie gleich in Ohnmacht fallen würde.

Der Seniorpartner zog ein Blatt Papier aus der Schublade. »Wendall hat einen kurzen Abschiedsbrief auf seinem Schreibtisch hinterlassen, in dem er seinen Selbstmord ankündigt. Als Grund führt er an, völlig am Ende zu sein und dem Arbeitsdruck nicht mehr standhalten zu können. Die Polizei hat dieses Schreiben an sich genommen. Aber Clayton hat noch einen zweiten Brief hinterlassen. Den hat mir heute Morgen die Sekretärin in einem Umschlag gebracht, Sie waren ja dabei. Ich vermute, er hat ihn in die Hauspost gegeben, kurz bevor er sich erschoss.«

Er reichte Taylor den Brief, und sie las ihn vor:

Es tut mir sehr Leid, Donald, wie ich Sie alle behandelt habe. Sie, Taylor und Mitchell. Glauben Sie mir bitte, dass ich nie vorhatte, jemandem Schaden zuzufügen. Aber jetzt weiß ich, dass die beiden alles herausgefunden haben. Dass ich den Wechsel gestohlen und dass ich versucht habe, sie von der Straße abzudrängen. Für mich ist nun nur noch wichtig, Donald, dass Sie verstehen, warum ich das getan habe. Mich hat bei der ganzen Sache nur ein Motiv bewegt: Ich war felsenfest davon überzeugt, dass die Fusion das Beste für die Kanzlei sei. Das war mein einziger Grund. Alles, was ich zur Erklärung anbieten kann, ist ein Wort von Milton: »Männer von untadeligem Charakter haben gelegentlich in der besten Absicht das Gesetz übertreten, um es zu schützen.«

»Ich bin zu dem Schluss gelangt, Mitchell«, sagte Burdick, »dieses zweite Schreiben nicht der Polizei zu zeigen. Wendall hat den Wechsel gestohlen, um mich bloßzustellen und so aus der Kanzlei zu drängen. Bei dieser Geschichte handelt es sich um unsere dreckige Wäsche, um die von Hubbard, White & Willis und von keinem anderen. Ich sehe keinen Sinn darin, ein Wort von dem Diebstahl nach draußen dringen zu lassen. Der Pressewirbel, der dann entsteht, nutzt niemandem, weder der Kanzlei noch Wendalls Witwe. Die Presse versorgen wir mit einer bereinigten Version der Geschichte. Ich habe mich bereits mit unserer PR-Agentur in Verbindung gesetzt, und Stanley ist zu ihr gefahren. Sie basteln die Story zusammen, mit der wir an die Öffentlichkeit gehen. Sollte jemand weitere Fragen stellen, verweisen wir ihn an die Agentur.« Burdick senkte kurz den Kopf und sah dann abwechselnd Reece und Taylor ernst an. Taylor empfand auch bei seinem Blick dieses Gefühl der Lähmung, wie sie es schon bei Reece und vorher bei Clayton erlebt hatte. Absolutes Selbstvertrauen und eherne Kraft strömten aus Burdicks Augen. Für einen Moment verlor sie sich ganz in dieser Stärke und Macht. »Werden Sie in dieser Angelegenheit hinter mir stehen?«, fragte er die beiden. »Wenn ich irgendeinen Vorteil darin erkennen würde, den ganzen Fall schonungslos an die Öffentlichkeit zu bringen, ich zögerte keine Sekunde. Aber so, wie die Dinge jetzt stehen, sehe ich nur Nachteile.«

Männer von untadeligem Charakter …

»Ich werde nicht lügen, Donald«, antwortete Reece. »Ganz gleich, wer mich fragt. Aber freiwillig sage ich nichts.« Er blickte zu Taylor.

Was verlangten diese beiden mächtigen Männer von ihr?

Sie nickte.

Männer von untadeligem Charakter. Ihre Nackenhaare stellten sich auf.

Ein Mann war tot, und jemand wollte ihn wie ihr Vater herrichten, ihn zu einem hübschen Anblick machen, obwohl alles daran falsch und Blendwerk war.

Das Telefon klingelte, und Burdick hob ab. Er flüsterte ihnen zu, dass es sich um jemanden aus dem Rathaus handle. Taylor bekam den Namen nicht mit. Sie konnte nur auf den Abschiedsbrief starren. Die klaren, deutlichen Buchstaben jagten ihr ein Frösteln über den Rücken. Sie hörte bloß mit halbem Ohr, wie Burdick etwas mit leiser, zuversichtlicher Stimme erklärte. Die Worte indessen lagen jenseits ihres Verstehens.

Sie beobachtete sein langes Gesicht mit den herabhängenden, glatt rasierten Wangen.

Was hatte sie eigentlich während der letzten zwei Wochen getan? Was hatte sie erwartet, das geschehen würde, sobald der Dieb gestellt war? Dass er seinen Job verlieren würde, nicht mehr, oder? So ging es doch zu in der vornehmen Welt von Donald Burdick, in den erhabenen Hallen von Hubbard, White & Willis. Entdecke den Dieb, lass ihn von dannen ziehen, nimm ihm das Versprechen ab, nie wieder zurückzukehren, und überantworte ihn seiner Scham. Verstoß den Verräter, und kehr dann zur Tagesordnung zurück. So regelte man hier die Dinge, nicht wahr?

Von untadeligem Charakter …

Burdick legte auf. »Ich glaube, wir kommen damit durch.«

Für einen Moment trat Schweigen ein. Taylor versuchte zu ergründen, was er mit den Worten »Wir kommen damit durch« meinte.

»Der Arzt hat Selbstmord festgestellt. Es gibt keine weiteren Fragen.«

Reece stieß ein erstauntes Lachen aus. »So schnell?«

»Ein paar Leute waren mir schon seit längerem einen Gefallen schuldig«, erklärte Burdick.

Er legte den Brief in die Schublade zurück, sah dann auf seine Uhr und reichte Reece und Taylor die Hand. Taylor wischte sich noch schnell ihre Hand ab, die schweißfeucht war. Burdicks Rechte hingegen war stark und trocken.

»Ruhen Sie sich aus. Sie haben ein paar höllische Wochen hinter sich. Wenn Sie Urlaub nehmen wollen, regle ich alles.«

»Danke, Donald«, sagte Reece und war schon auf dem Weg zur Tür.

Taylor nickte, zögerte aber noch. Sie wartete auf etwas Klärendes, auf ein paar Worte, die ihr alles verständlicher machen und ein besseres Gefühl geben würden.

Aber nichts kam. Ihre Gedanken blieben in Unordnung.

Taylor ging zur Tür.

»Ach, ehe ich es vergesse«, sagte Burdick, »ich hoffe, ich sehe Sie beide auf dem Schneeflocken-Ball. Er findet am Zweiundzwanzigsten statt.«

Reece entgegnete, dass er bei all der Aufregung den Termin ganz vergessen habe, es sich aber in Gedanken vormerken wolle.

Schneeflocken-Ball … Taylor kam der Ausdruck vage vertraut vor. »Was für ein Ball?«, murmelte sie.

»Der große Kanzleiabend mit Dinner und Tanz. In zwei Wochen. Ich hoffe wirklich, Sie dort zu sehen, Taylor.«

Sie warf einen Blick zurück auf Burdick, der so gelassen königlich und Charme versprühend in seinem Sessel thronte. »Ich versuche zu kommen, Sir«, sagte sie und folgte Reece hinaus auf den Flur.

In der Abenddämmerung saß sie in ihrem Arbeitsbereich in der Halsted Street und hatte das Gefühl, dass sie in ihrem ganzen Leben noch nie so müde gewesen war. Ihre Augen schmerzten, das Gesicht war verquollen, und es kam ihr so vor, als würde sie den Kopf nie mehr hochhalten können.

Nachdem sie Burdicks Büro verlassen hatte, hatte Reece in New Orleans angerufen, um einiges für den Prozess zu klären, der für den Januar angesetzt war. Dann hatte er sich mit den Worten von ihr verabschiedet, dass er sie zum Abendessen einlade. Doch um achtzehn Uhr rief sie ihn an. »Mitch, tut mir wirklich Leid, aber können wir das Essen verschieben? Ich möchte heute doch lieber früh ins Bett.«

Er zögerte einen Moment und fragte dann: »Ist mit dir auch alles in Ordnung?«

»Ja, mach dir keine Sorgen. Ich bin nur vollkommen erledigt und hundemüde.«

»Ist das der einzige Grund?«

»Ja. Die ganze Aufregung hat mich geschafft.«

»Willst du nicht vielleicht zu mir kommen?«

»Wenn es dir nichts ausmacht, würde ich heute Abend lieber allein bleiben.«

Wieder schwieg er einen Moment lang. Vermutlich versuchte er zu enträtseln, was sie ihm auf verschlüsselte Art mitteilen wollte. Dabei bedeuteten ihre Worte doch nicht mehr und nicht weniger als: Ich bin furchtbar müde, möchte nur noch allein für mich sein und eine Weile nichts mehr von der Welt hören und sehen. Aber sein Grübeln störte sie jetzt nicht. Sie war der Ansicht, durchaus ein Recht auf Privatleben zu haben.

»Soll ich dich anrufen?« So, wie er sie fragte, klang es, als bäte er um Erlaubnis.

»Ich hoffe doch stark, dass du das tun wirst.« Taylor versuchte ihn zu ermutigen.

Wieder sagte er für ein paar Sekunden nichts. Dann erklärte er: »Taylor, ich weiß, die ganze Geschichte ist furchtbar ausgegangen, aber trotzdem war das, was du getan hast, wirklich hervorragend. Du hast mehr geleistet, als ich von dir erwarten durfte.« So verkrampft hatte sie ihn noch nie erlebt. »Was ich damit ausdrücken will, es tut mir Leid, dass es so gekommen ist, aber ich danke dir.«

»Schlaf gut, mein Lieber«, verabschiedete sie sich von ihm.

Zu Hause angekommen, nahm sie ein langes Bad. Dann rief sie ihre Mutter an. Sie sprachen über ihren Weihnachtsbesuch. Ursprünglich hatte sie nur vier Tage daheim bleiben wollen, doch aus einem Impuls heraus, der sie selbst überraschte, erklärte sie, sie verbringe eine ganze Woche bei ihnen. Danach legte sie eine tiefgefrorene Portion Spaghetti in einen Topf kochenden Wassers. Später machte sie es sich auf der Couch bequem und sah sich Wiederholungen von Soap-Opera-Folgen an.

Wie sie da so zusammengerollt auf dem alten Sofa lag, erinnerte sie sich an ihre Teenager-Zeit, wenn sie ihren Labrador neben sich aufs Bett gelockt hatte, um ihn nach zehn Minuten wieder hinunterzujagen. Sie genoss die Wärme, die von der Decke neben ihr kam, während sie auf den Schlaf wartete. Sie fühlte sich in diesen Momenten wohlig und geborgen, und auch wenn sie es damals noch nicht verstehen konnte, spürte sie, dass der Schmerz der Einsamkeit ein falscher ist.

Und mit solchen Gedanken schlief Taylor auch an diesem Abend schließlich ein.

Den nächsten Tag – Wendall Clayton wurde heute beigesetzt – verbrachte sie mit einem Einkaufsbummel.

Sean Lillick hatte sie gefragt, ob sie mit ihm zusammen zur Beerdigung gehen würde. Sie hatte so entsetzt Nein gesagt, als hätte er sie auf obszöne Weise belästigt. Lillick war tatsächlich ganz erschrocken ein paar Schritte zurückgewichen. Taylor entschuldigte sich daraufhin bei ihm und erklärte, sie sei leider völlig mit den Nerven runter. Wenig später stellte Reece ihr die gleiche Frage, und sie sagte ihm, wenn auch etwas freundlicher, ebenfalls ab. Danach hatte sie sich, bewaffnet mit ihren sämtlichen Kreditkarten, ins Einkaufsviertel in Midtown gestürzt.

Taylor hoffte, so auf andere Gedanken zu kommen und sich ein bisschen zu erholen, doch stattdessen wurde sie an jeder Ecke mit Weihnachten konfrontiert. Das Gedränge und das allgemeine Chaos zerrten immer mehr an ihren Nerven. Sie schrie einen besonders aufdringlichen Straßenhändler an und verzichtete auf einige Einkäufe, da die endlose Schlange an den Kassen kaum von der Stelle zu kommen schien. Sie konnte es bald nicht mehr ertragen, zu Fuß durch die überfüllten Straßen zu laufen, und fuhr mit Taxis von einem Geschäft zum nächsten. Auf dem Weg nach Hause musste der Fahrer sie zweimal fragen, wohin sie wolle, weil sie so undeutlich sprach.

An einer roten Ampel sah Taylor eine ungeheuer dicke Frau in einem Rollstuhl, die zwischen drei- und vierhundert Pfund wiegen musste. Sie hatte eine rosafarbene Ballonmütze auf dem Kopf, wie man sie in den Sechzigern getragen hatte. In der Hand hielt sie einen Plastikbecher, den sie lethargisch jedem Passanten entgegenstreckte. Ihr Blick fiel auf Taylor, und sie rollte auf das Taxi zu. Die Gummireifen ihres Gefährts wurden unter ihrem Gewicht platt gedrückt.

Taylor presste sich in den Sitz und starrte auf die Ampel. Aus dem Augenwinkel bemerkte sie, wie die Behinderte immer näher kam, den Arm wie einen Speer ausgestreckt. Die Münzen in dem Becher klapperten wie Steine.

»Lass mich in Ruhe«, flüsterte Taylor. Der Fahrer sah in den Rückspiegel. »Wie bitte?«

»Warum dauert das hier denn so lange?«

»Es ist doch noch gar nicht so lange rot.«

Die fette Frau, die von der Anstrengung bereits ins Schwitzen geraten war, war nur noch drei Meter von ihr entfernt. Was wollte sie bloß? Was hatte sie in Taylors Augen oder Miene gelesen? Die Frau grinste. Ihre Zähne waren faul und schwarz, und trotz der Dezemberkälte bedeckte ein Schweißfilm ihre Stirn.

Der schmutzige Rand des Bechers schien sie verschlingen zu wollen.

Endlich sprang die Ampel auf Grün.

»Fahren Sie! Los doch!«, rief Taylor.

»Wollen Sie sich vielleicht ans Steuer setzen?« Das Taxi brauste los.

Zu Hause angekommen, fand sie einen selbst adressierten Umschlag in ihrem Briefkasten. Sie öffnete ihn, und ein Demo-Band fiel ihr entgegen. Es war nicht das letzte, das sie verschickt hatte – ein halbes Dutzend oder so lagen noch bei den Musikverlagen –, aber dasjenige, auf das sie ihre größten Hoffnungen gesetzt hatte. Man hatte ihr damals geschrieben, dass man es sich anhören wolle. Es war das Band, welches sie so sehr beschäftigt hatte, dass sie sich in Gedanken schon auf dem Weg nach oben gesehen hatte. Ansonsten war der Umschlag leer. Kein vorgedruckter Ablehnungsbescheid, nichts. Nur auf das Kuvert hatte jemand »Danke, ist aber nichts für uns« gekritzelt.

Taylor war schon so weit, die Kassette in den feinen weißen Sand zu schieben, der sich in dem Aschenbecher neben dem Fahrstuhl befand. Aber dann steckte sie sie doch in ihre Manteltasche und fuhr mit dem Aufzug nach oben.

In ihrer Wohnung ließ sie alle Tüten auf die Couch fallen, setzte sich an den Tisch und las in der *Times* den Artikel, den sie heute Morgen bereits fünfmal gelesen hatte.

Burdick hatte alles in seinem Sinne hingedreht. Seine Fähigkeiten auf diesem Gebiet waren wirklich beachtlich. Im ganzen Text fand sich weder ein Hinweis auf den Fall Hanover & Stiver noch auf den gestohlenen Wechsel. Auch über sie und Mitchell war nichts zu lesen. Der Artikel trug die Überschrift: »Wall-Street-Anwalt begeht Selbstmord«. Burdick wurde mit den Worten zitiert, dass sein Berufsstand einen hervorragenden Kopf verloren habe. Der Reporter brachte auch Stellungnahmen von Mitarbeitern der Kanzlei, die von Claytons gewaltiger Arbeitsüberlastung zu berichten wussten und davon, dass er ihnen in der letzten Zeit immer bedrückter und unausgeglichener erschienen sei. Im auslaufenden Jahr habe Clayton über sechsundzwanzigtausend Arbeitsstunden abgerechnet. In einem Kasten ließ sich ein Professor über den Stress aus. Taylor seufzte, warf die Zeitung in den Abfalleimer und wusch sich die Druckerschwärze von den Händen.

Auf dem Anrufbeantworter war nichts hinterlassen. Das erleichterte Taylor mehr, als sie mit Worten ausdrücken konnte. Sie goss sich ein Glas Wein ein und begann, Weihnachtsgeschenke einzupacken.

Um siebzehn Uhr dreißig läutete es an der Tür.

Wer mochte das sein? Ein Nachbar? Thom Sebastian, der sich wieder einmal unbedingt mit ihr verabreden wollte? Ralph Dudley, den neue (oder immer noch die alten) Rachegelüste hierher getrieben hatten?

Taylor öffnete die Tür.

Mitchell Reece spazierte herein und fragte sie, ob sie eine Katze habe.

»Mitchell!«

»Hast du nun eine Katze?«

»Was soll ich haben?«

»Ein Tier mit vier Beinen, Fell und in der Regel einem Schwanz.«

»Nein, wieso? Bist du allergisch dagegen? Was willst du überhaupt hier?«

»Hast du dann vielleicht Fische oder sonst irgendwelche Hausgenossen, die du regelmäßig füttern musst?«

»Nein, nur hin und wieder einen Kerl, der hier übernachtet.«

»Dann komm jetzt, und nimm deinen Mantel mit. Mach alle Lichter aus, und schließ hinter dir ab.«

»Aber hör mal ...«

Er legte einen Finger auf seine Lippen, und sie tat, was er gesagt hatte. Unten stand eine Limousine, ein rotbrauner Lincoln. Mitchell öffnete die Tür und deutete auf drei große Pakete mit Sportartikeln und zwei Paar Skiern, die zwischen den Lehnen lagen.

Taylor musste lachen. »Mitchell, was hast du vor?«

»Wird Zeit für meine erste Lektion. Oder hast du etwa schon vergessen, dass du mir das Skifahren beibringen wolltest?«

»Und wo soll der Unterricht stattfinden? Vielleicht im Central Park?«

»Ist dir vielleicht ein Ort namens Cannon bekannt? Er

liegt in New Hampshire. Ich habe vorhin die dortige Wetterstation angerufen. Zehn Zentimeter Neuschnee. Pulverschnee. Ich weiß zwar nicht genau, was das heißt, aber die Stimme klang, obwohl sie vom Band kam, so aufgeregt, dass ich davon ausgegangen bin, dass dort beste Bedingungen zum Skifahren herrschen.«

»Ja, aber wann wollen wir denn dorthin?«

»Jetzt gleich.«

»Einfach so?«

»Der Jet der Kanzlei steht startbereit in LaGuardia. Wir müssen ihn stundenweise bezahlen, also schlage ich vor, dass du jetzt deinen süßen Hintern in Bewegung setzt.«

»Aber ich habe doch gar nichts dabei. Lass mich wenigstens rasch etwas zusammenpacken ... Das ist ja Wahnsinn. Was wird denn aus der Arbeit?«

»Das habe ich alles mit Donald geklärt. Der Trip ist sein Weihnachtsgeschenk an uns.«

»Ich hab ja nicht mal was zum Anziehen dabei.«

»Wir kaufen alles, was du brauchst, dort.«

»Und meine Zahnbürste?«

»Okay, wir lassen die Reise platzen, weil du deine Zahnbürste nicht eingesteckt hast.«

Taylors Lächeln der Überraschung verwandelte sich in ein Strahlen der Begeisterung. Sie drückte ihn an sich. Dann stiegen beide in den Wagen.

»Ich glaube, ich habe alles besorgt, was wir für den Unterricht brauchen. Das hat mir zumindest der Verkäufer versichert. Skier, Skistöcke, schwarze Steghosen, Stiefel, Pullover und Schneebrillen. Und das hier.« Er hielt einen Karton hoch.

»Was ist denn da drin?«, wollte Taylor wissen.

»Was da drin ist? Nun, der wichtigste Gegenstand von allen.«

Sie öffnete den Karton. »Ein Sturzhelm?«

Er zuckte mit den Schultern. »Nun ja, du hast gesagt, du seist eine gute Lehrerin, aber kann ich mich auch hundertprozentig darauf verlassen?«

... Sechsundzwanzig

Der Sturzhelm war nicht verkehrt. Reece brauchte auf dem Idiotenhügel nur fünfzehn Minuten, um hinzufallen und sich den Daumen zu verstauchen.

Der ortsansässige Arzt – ein Indianer – verband ihm den Finger.

»Ist er gebrochen?«, fragte Reece. »Nein, keine Fraktur.«

»Aber warum tut er dann so weh?«

»Weil Sie draufgefallen sind.«

Später saßen Reece und Taylor in der kleinen Lounge des Hotels, in dem sie abgestiegen waren.

»Ach, Mitchell, ich bin an allem schuld«, sagte sie. »Aber du hast einen wirklich respektablen ersten Lauf hingelegt.«

»Mein Daumen fühlt sich aber alles andere als respektabel an. Ist es draußen auf dem Hügel immer so kalt?«

»Cannon hat die kältesten und windigsten Pisten in ganz Neuengland, mein Lieber«, antwortete sie und zog seinen Kopf auf ihre Schulter. »Ganz in der Nähe von hier sind Menschen schon erfroren.«

»Hört sich ja großartig an. Wir wollen es aber nicht zu weit treiben, oder?«

Der kleine Unfall und die Wetterbedingungen schienen jedoch seine Laune nicht zu trüben. Und bald erfuhr sie auch den Grund dafür. Mitchell verbrachte den lieben langen Tag mit dem, was er heimlich eingepackt hatte – seine Akten zum Fall in New Orleans. Taylor war ihm aber deswegen nicht böse. Sie freute sich viel zu sehr darauf, auf die schwereren

Pisten zu kommen, und da war es ihr ganz recht, nicht ständig auf ihn aufpassen zu müssen, wenn er mit wenig Geschick die Anfängerhügel zu bewältigen suchte.

Sie gab ihm einen Kuss. »Dann setz dich an deine Arbeit, und sei schön brav.«

Als sie zum Skilift stapfte, rief er ihr hinterher: »Viel Glück. Oder wünscht man sich unter Skifahrern Hals- und Beinbruch?«

Sie lächelte, schnallte die Skier an und schwang den Hang hinunter, der zum Lift führte.

Oben angekommen, rieb sie die Skibrille mit Schnee ab. Die White Mountains waren tückisch, und der Wind blies ihr ständig ins Gesicht. Sie zog Seidenhandschuhe und darüber Fäustlinge an, stellte sich in Position und blickte den Berg hinab. Vor solchen Abfahrten hatte sie immer den Eindruck gehabt, von oben sähen die Hänge nie so steil aus wie von unten. Doch als sie jetzt auf die Piste blickte, bot sich ihren Augen alles andere als ein flacher Hang. Es ging steil nach unten. Ihr Pulsschlag beschleunigte sich, und ihr wurde bewusst, wie gut Mitchell daran getan hatte, mit ihr in die Berge zu fahren. Für ihn war das allerdings alles andere als ein richtiger Urlaub. Der arme Kerl befand sich hier, umgeben von seinen Papieren und permanent gestört von lärmenden Vergnügungssüchtigen, absolut nicht in seinem Element. Sie dagegen lebte geradezu auf. Irgendwie hatte er genau gewusst, was Taylors seelisches Gleichgewicht wiederherstellen würde. Sie musste einfach raus aus der großen Stadt, um Distanz zu Hubbard, White & Willis, zu Wendall Clayton und zu dem ausgestreckten Finger zu gewinnen, der auf die Piste gezeigt hatte.

Hier in den Bergen konnte sie sich wieder sammeln.

Oder war sie etwa vor alldem davongelaufen?

Befand sie sich womöglich auf der Flucht? Immerhin war aufgrund ihrer Aktivitäten ein Mann ums Leben gekommen, und Mitchell und sie hatten sich hier in einen Schlupfwinkel zurückgezogen. Vielleicht machte sie gerade das durch, wovor Kriminelle sich in der Regel fürchten, nämlich dass die Schergen einem schon auf der Spur waren. Taylor ertappte sich dabei, immer wieder über die Schulter zu blicken, zum einen, weil sie feststellen wollte, ob die Polizei sie schon aufgespürt hatte, und zum anderen, weil ihr schlechtes Gewissen sie dazu trieb.

Sie stieß sich ab und ließ den Gipfel des Berges hinter sich. Es wurde der beste Lauf ihres Lebens.

Clayton verschwand augenblicklich aus ihren Gedanken. Taylor ging tief in die Hocke, vollführte gigantische Schwünge und stieß sich schließlich mit den Stöcken ab, um in einem geraden Abfahrtslauf nach unten zu gelangen.

Schneller. Schneller. Schneller.

Das war alles, was sie wollte – immer mehr an Fahrt gewinnen. Sie hatte den Mund wie in Momenten größter Angst oder vor dem sexuellen Höhepunkt leicht geöffnet. Der Fahrtwind stach ihr ins Gesicht, doch dieser Schmerz beschleunigte nur das Vergessen. Taylor hüpfte über leichte Erhebungen wie ein Mädchen beim Seilspringen. Einmal, als ihre Skier gerade den Boden verlassen hatten, landete sie so sanft, als wäre der Schnee angestiegen, um die Unterseiten ihrer Bretter zu streicheln. Bäume, Sträucher und andere Skifahrer sausten wie Fahnen an ihr vorüber, und es kam ihr so vor, als hielte alle Welt den Atem an, um das schneidende Zischen ihrer Bretter zu vernehmen.

Taylor glaubte mittlerweile eine Geschwindigkeit von sechzig oder siebzig Meilen in der Stunde erreicht zu haben. Ihr Haar flatterte im Wind. Sie wünschte, sie hätte Mitchells Helm aufgesetzt, nicht um der größeren Sicherheit willen, sondern um der Luft und dem Wind einen geringeren Widerstand zu bieten.

Und dann war es vorüber. Sie war unten angekommen und

bremste ab. Ihre Oberschenkel schmerzten zwar von der abrupten Bewegung, doch sie war ganz berauscht von der Furcht und dem Triumph.

Sie machte die Abfahrt viermal. Doch beim letzten Mal kam sie auf einer Eisplatte ins Schlingern und musste heftig mit den Armen rudern, um nicht aus dem Gleichgewicht zu geraten. Das ernüchterte sie schlagartig.

Das reicht, ein Selbstmord pro Woche ist genug, sagte sie sich. Doch bei dem Gedanken an Wendall überfielen sie jetzt keine Schuldgefühle mehr. Taylor konnte sogar lachen, als sie langsamer wurde und dann die Abfahrt mit ein paar sehenswerten Schwüngen beendete.

Ein großer, schmaler Mann näherte sich ihr und sagte mit deutschem Akzent: »Das waren aber ein paar rasante Abfahrten. Haben Sie Lust auf eine Wiederholung?«

»Oh, nein, ich glaube nicht.«

»Wie wär's dann mit einem Drink?«

»Tut mir Leid«, Taylor zog die Skier aus und legte sie sich über die Schulter, »aber ich bin mit meinem Freund hier.«

Und in diesem Moment wurde ihr bewusst, dass genau dies tatsächlich zutraf.

Vormittags fuhr sie Ski, und er arbeitete.

Wenn sie ins Hotelzimmer zurückkehrte, fand sie den Raum übersät mit Papieren vor, während Mitchell gerade mit jemandem im New Yorker Büro oder in New Orleans telefonierte. Taylor ließ sich dann auf einem Stuhl nieder, zog Pullover, Hose und BH aus und massierte sich die brennenden Ober- und Unterschenkel.

Für gewöhnlich legte Reece gleich auf und ließ Akten Akten sein.

Nach dem Mittagessen besuchten sie Antiquitätengeschäfte. Hier fand man allerdings nicht die wertvollen Kollektionen von Tellern oder wissenschaftlichen Geräten aus Messing, wie sie in Connecticut oder New York angeboten wurden, sondern eher Möbel und Hausrat – staubige Stühle, normale handgefertigte Tische, Kommoden, Einmachgläser, Himmelbetten und Kleiderschränke. Keiner der Händler schien zu erwarten, dass die beiden etwas erstanden, und tatsächlich kauften sie nicht ein Stück.

Abends aßen sie in einem von dem halben Dutzend Inns, die im Grunde austauschbar waren. Dort gab es Kalbskotelett, Steak, Brathähnchen, Ente à l'orange oder Lachs in Mandelteig. Danach nahmen sie im Gästeraum vor dem gewaltigen offenen Kamin noch einen Drink zu sich.

In manchen Nächten liebten sie sich, in anderen nicht, und wenn sie ruhig im Bett lagen, unter der Steppdecke mit ihren tausenden von Baumwollsechsecken, spürten sie die Oberschenkel des anderen und rochen die Kälte, die durch das einen Spalt weit geöffnete Fenster drang und sich auf dem Boden sammelte. Bis zum Morgen würde sie den ganzen Raum ausgefüllt und auch ihr Bett erobert haben. Reece und Taylor wechselten sich darin ab, den Heizkörper in Gang zu setzen. Sie warteten ungeduldig auf das *Whupp* der Gasflamme und unterhielten sich dabei über ihre Pläne für den neuen Tag.

Taylor Lockwood begann Wendall Clayton völlig zu vergessen.

Einige hundert Meilen südlich von Cannon dreht sich das Rad von Hubbard, White & Willis weiter, ohne einen Moment innezuhalten.

Donald Burdick hat dafür eine einfache Metapher gefunden: Das Leben in der Kanzlei verläuft wie ein Uhrwerk, ein präziser Mechanismus aus Metallteilen, Federn, Hebeln und Schaltern, die alle in einer komplexen Relation zueinander stehen. Doch anders als bei einer Uhr läuft der Mechanismus in der Kanzlei geräuschlos. Burdick genießt es, wie exakt alle Teile zusammenpassen, wie die Teile sich innerhalb subtiler

Toleranzen bewegen. Hubbard, White & Willis – sein Hubbard, White & Willis – wird noch in hundert Jahren die Uhrzeit angeben, vielleicht auch noch in zwei oder drei Jahrhunderten.

Burdick hat alles rasch geregelt. Claytons Klienten sind unter den Partnern aufgeteilt worden, und er selbst hat die Rechtsvertretung eines bedeutenden amerikanischen Limonadenherstellers übernommen. Darüber hinaus ist er jetzt Konkursverwalter einer Bankrott gegangenen Fabrik. Und er sonnt sich in seiner Rolle als Syndikus des St.-Agnes-Krankenhauses. Diese neuen Klienten erhöhen sein Einkommen um sechshunderttausend im Jahr. Die Fusionsvorbereitungen ruhen zurzeit und sollen erst nach einer angemessenen Trauerfrist wieder aufgenommen werden. Burdick hat sich erst einmal kurz mit John Perelli unterhalten, ist sich aber bewusst, dass er sich demnächst einem längeren Gespräch mit dem Mann stellen muss. Der zähe italienische Anwalt wird seine Optionen abwägen und vermutlich verlangen, dass die Fusion trotz Claytons Tod durchgeführt wird. Morgen. Morgen ist immer noch Zeit dafür. Im Augenblick muss Donald Burdick sich darauf konzentrieren, eine angemessene Trauermiene aufzusetzen.

Während ihr Mann seine eigenen Probleme löst, erscheint Vera Burdick bei einer Gala zugunsten der AIDS-Forschung, ein Thema, das sie nicht im Geringsten interessiert. Sie nimmt nur deswegen daran teil, weil es sich bei dieser Veranstaltung um den gesellschaftlichen Anlass der Saison handelt, zu dem die gesamte Presse zusammenströmen wird. Und Vera geht noch aus einem anderen Grund zu der Gala, nämlich um dort vor der Öffentlichkeit ihrem Schock und ihrer Trauer über den unerwarteten Tod von Wendall Clayton Ausdruck geben zu können. Wenn er sich doch nur an ihren Mann gewendet und mit ihm über seine enorme Arbeitsbelastung geredet hätte, klagt Vera vor allen, die ihr zuhören, hätte man doch sicher einen Weg finden, hätte man die Tragödie vielleicht abwenden können. Donald sei sogar dabei gewesen, teilt sie einem Reporter mit, ein Aushilfsprogramm zu entwickeln, um den Anwälten und Angestellten von Hubbard, White & Willis etwas von dem Arbeitsdruck zu nehmen. Und sie beschwört alle anderen Kanzleien, die Anforderungen zu überprüfen, die sie an ihre Anwälte stellen, vor allem an die jüngeren Mitarbeiter und gerade aufgenommenen Partner.

Neben dem Artikel in der *Times* über die Gala ist auch ein Foto von ihr, auf dem sie ausgesprochen gut getroffen ist. Minkie Bigelow, die die Gala ausgerichtet hat, wird hingegen nicht einmal zitiert, geschweige denn im Bild gezeigt.

Zuvor hat Vera zusammen mit ihrem Mann an Claytons Beerdigung teilgenommen und aus Respekt vor dem Verblichenen keine falschen Tränen vergossen. Allerdings hat sie sich nichts von etwaiger Freude über dessen Ableben anmerken lassen. Ihre einzige emotionale Reaktion auf den Vorfall zeigt sie eines Abends, nachdem ihr Mann recht spät von einer Besprechung mit Klienten heimgekehrt ist. Sie beobachtet ihn. In seinem dunklen Smoking und seiner kerzengeraden Haltung geht wirklich etwas Königliches von ihm aus. Er begibt sich mit fast abgemessenen Schritten zur Bar und schenkt sich und ihr ein Glas Sherry ein. Sie tritt zu ihm, legt eine Hand auf seinen Arm und küsst ihn auf die Wange.

»Darling«, sagt sie.

Er dreht sich verwirrt zu ihr um, weil er solche Ausbrüche von Zuneigung von ihr nicht kennt.

Sie zuckt mit den Schultern, so als wollte sie sagen, sie könne das auch nicht verstehen, und bemerkt: »Ich habe das Gefühl, du warst weit weg und bist jetzt wieder zu Hause.«

Obwohl Thom Sebastian für gewöhnlich nicht die Zeit dazu bleibt und er auch keine rechte Neigung dazu verspürt, Metaphern für seinen Arbeitsplatz zu finden, ist ihm doch zur Kanzlei eine in den Sinn gekommen. Er vergleicht sie mit einem Rennen. Wenn man durchs Ziel gelaufen ist, ist das Rennen beendet. Und seit er seine Lage in diesem Licht sehen kann, erscheint es ihm sogar günstiger, nicht als Partner aufgenommen worden zu sein.

Um genau zu sein, er ist sogar glücklich. Er fühlt wieder die überschäumende Freude wie damals, als er spät an einem warmen Samstagmorgen im Haus der Burschenschaft aufgewacht und nur mit der Pyjamahose bekleidet herumgelaufen ist, sich als Erstes eine Dose Bier genehmigt hat, um sich dann in aller Ruhe dem Sportteil der Zeitung zu widmen und dabei an seine Verabredung zum Spiel am Nachmittag zu denken. Diese Qualität von Glück hat er seitdem nie wieder verspürt.

Sebastian ist sich nicht einmal sicher, warum er so empfindet. Er hat über sich nachgedacht und kann mit Fug und Recht von sich behaupten, eine Kämpfernatur zu sein. Ein Turbo-Kämpfer. Typ A. Er hasst es, zu verlieren. Er gerät in Rage, wenn seine alte Unimannschaft in einem Spiel unterliegt. Er hat schon vor Wut einen Bleistift zerbrochen, wenn einer seiner Klienten törichterweise bei einem Verhandlungspunkt klein beigegeben hat. Und heute fühlt er sich so zufrieden wie schon seit Jahren nicht mehr. Dass Hubbard, White & Willis ihn nicht als Partner aufgenommen hat, dies hat ihn einiges über die Arten von Rennen gelehrt, und er glaubt (allerdings ohne sich das damit auch schon einzugestehen), vielleicht einen Fehler begangen zu haben. In einem Rennen, bei dem die Quoten schon vorher festgelegt sind, hat es für ihn gar keinen Sinn, an der Konkurrenz teilzunehmen.

Aber der Gerechtigkeit wurde Genüge getan. Der Mann, der für die Manipulationen bei diesem Rennen verantwortlich war, ist tot. Als die Hausmitteilung über Claytons Beerdigung (an der er nicht teilgenommen hat) ihn erreichte, hat er sie zerknüllt und fortgeworfen – und sich dabei nach Kräften bemüht, sein Lächeln zu unterdrücken.

Es gibt jetzt nur noch einen Menschen, der ihn daran hindert, vollkommen mit sich im Reinen zu sein: Taylor Lockwood. Sie bereitet ihm erhebliche Sorgen. Taylor weiß alles über sein Geschäft mit Bosk. Und schlimmer noch, sie hat ihn in einem sehr schwachen Moment erlebt. So etwas kann Sebastian nicht ertragen. Natürlich hat er für sie längst einen Plan geschmiedet, und der ist so ausgeklügelt wie die Aktiva-Liste bei einer aggressiven Firmenübernahme. Er hat recht konkrete Vorstellungen, was er mit ihr anstellen wird, und er kennt sich selbst gut genug, um zu wissen, dass er dieses Vorhaben über kurz oder lang auch durchführen wird. Doch bis jetzt hat ihn immer wieder der Mut verlassen. Er kommt sich vor wie auf dem Zehnmeterbrett im Piping Rock, wo er am Rand steht und weiß, dass er springen wird, nur hat sein Wille ihm noch nicht den entscheidenden Impuls gegeben, tatsächlich den letzten Schritt zu tun.

Er betrachtet seinen sehr teuren und sehr alten Globus und denkt an die Länder, mit denen die USA kein Auslieferungsabkommen abgeschlossen haben, wo er also vor dem Zugriff der amerikanischen Polizei und des FBI sicher ist. Er lauscht dem eigenartigen Summen der Kanzlei – es ist fünfzehn Uhr – und erlaubt sich kurz einen eher poetischen Gedanken: Er fragt sich, ob das Geräusch aus der Heizanlage stammt oder ob es sich dabei um die Seele des verstorbenen Frederick Phyle Hubbard handelt, die keine Ruhe finden kann und durch die Gänge und Hallen ihrer Kanzlei wandelt.

Die zyklische Bewegung der Kanzlei – wie auch sie selbst – kommt Ralph Dudley nur höchst selten in den Sinn. Natürlich hat er kürzlich eine Begeisterung ganz besonderer Art verspürt. Zum letzten Mal ist diese Freude über ihn gekommen, als er endlich den Abschluss an der Uni geschafft hatte, wenn auch mit unterdurchschnittlichen Noten. Alles hat sich zum Besseren gefügt: Clayton ist tot, sein Geheimnis damit gewahrt, und die Fusion kann als geplatzt angesehen werden.

So vermag Dudley seine ganze Aufmerksamkeit der Adoption von Junie zuzuwenden.

Er hat es sich wieder beigebracht, Gerichtsakten und Urteile zu studieren (eine Fähigkeit, die er nach dem Uniabschluss rasch vergessen hat), und er setzt sich noch einmal mit den geradezu byzantinischen Formalitäten und Ritualen vor Gericht auseinander – Format und Maß des Antragsformulars, die korrekten Überschriften, die exakten Aktenzeichen. Und er übt sich im mündlichen Plädoyer.

Wie Thom Sebastian bereitet auch ihm einige Sorge, was Taylor Lockwood über ihn in Erfahrung gebracht hat. Hin und wieder schleicht sich deswegen ein störender Gedanke in seinen Kopf. Doch in der Hauptsache nehmen ihn die Vorbereitungen zur Adoption von Junie voll und ganz in Anspruch.

Er besucht eine Benefizdinnerparty, und es gelingt ihm, den Platz neben der Ehefrau des geschäftsführenden Managers eines Konzerns zu ergattern, den Burdick schon seit Jahren umwirbt. Er macht ihr artige Komplimente und ist überaus charmant, und er vermeidet es, auf die Narben des schlecht ausgeführten Faceliftings zu starren. Doch dann unterläuft ihm ein gravierender Fehler, indem er beim Dessert eine beliebte Anekdote aus dem Gerichtssaal zum Besten gibt: Ich erinnere mich an eine junge Anwältin – in Wahrheit hatte er die Geschichte irgendwo gelesen –, die eine Cocktailparty verlassen musste, um vor Gericht gegen eine einstweilige Verfügung Einspruch einzulegen. Ihr blieb natürlich nicht mehr die Zeit, sich umzuziehen, und so stand sie im tief ausgeschnittenen Abendkleid vor dem Richter. Besagte Anwältin begann ihren Antrag mit den Worten: »Ich möchte dem Hohen Gericht Folgendes offen legen …« Der Richter beugte sich vor, sah in ihr tiefes Dekolleté und erklärte: »Aber Sie haben uns doch schon etwas offen gelegt, sehr viel sogar. Wenn ich Ihnen einen Rat geben darf: Etwas weniger Offenherziges wäre in Zukunft wohl angebrachter.«

In der Upper Fifth Avenue kommen solche Anekdoten immer gut an, in anderen Umgebungen können sie riskant sein. Dudleys Tischnachbarin reagiert darauf jedoch mit eisigem Schweigen und wechselt den ganzen Abend über kein Wort mehr mit ihm. Erst später erfährt er, dass der Frau vor kurzem eine Brust amputiert wurde (dabei hat er die Anwältin, nachdem er die Krampfadern der Frau des Managers gesehen hat, schon statt im Supermini mit tiefem Ausschnitt auftreten lassen).

Der dumme Vorfall ärgert ihn, bis er Amanda Wilcox entdeckt, die ihn ansieht. Er bittet, den Tisch verlassen zu dürfen, begibt sich mit zwei Gläsern Château d'Yqem zu Amanda und lädt sie ein, ihm in die Bibliothek des riesigen Apartments zu folgen. Es stellt sich heraus, dass auch sie, allerdings vergeblich, versucht hat, diesen Klienten zu ködern. Die beiden schließen für diesen Abend einen Waffenstillstand und verbringen die nächsten zwei Stunden damit, über ihre Eheerfahrungen, ihre Reisen und das Leben in ihren Kanzleien zu reden. Sie sitzen vor dem Gasofen, bis Dudley einen Blick auf die Uhr wirft und feststellt, dass es bereits eins ist und die meisten Gäste die Party schon verlassen haben.

Am nächsten Morgen sitzt Dudley pünktlich um neun Uhr wieder an seinem Schreibtisch und fängt gleich an, weiter an dem Adoptionsantrag zu arbeiten.

Sean Lillick befindet sich in einem eigenartigen Zustand, den man als Flaute bezeichnen könnte. Er scheint zwischen Träumen und Wachen zu schweben. An einem Abend schleicht er sich in Claytons Büro und sitzt stundenlang an seinem

Schreibtisch. Kein Licht brennt, die Fenster sind geöffnet, und der graue Dämmerschein, die Widerspiegelung des schmutzig dunklen Himmels, dringt nur zögernd ein.

Claytons Tod ist für ihn, wie für so viele andere in der Kanzlei auch, eine Erleichterung gewesen. Doch über die Freude legt sich bald das Gefühl einer nahenden Katastrophe. Darauf ist er nicht vorbereitet, so etwas hat er noch nie verspürt. Er hat keine Ahnung, wie sich dieses Desaster zeigen wird und welche Konsequenzen für ihn daraus erwachsen, er weiß einzig und allein, dass es nur noch eine Frage der Zeit ist, bevor diese Tragödie über ihn kommt.

Während er noch auf Claytons Thron sitzt, zückt er plötzlich seinen Stift und schreibt ein paar Zeilen nieder, die ihm gerade in den Sinn gekommen sind:

Für die, die zurückbleiben,
Bringt der Fortgang einer Seele
Eine Veränderung der gesamten Landschaft.

Er sagt sich, dass dies das Kernstück einer Oper sein wird, die er schreiben will, eine Oper im Stil von Philip Glass. Das Thema: die Trauer um Wendall Clayton. Vielleicht ist dieses Werk das letzte, das er verfassen wird, bevor … bevor die Katastrophe über ihn hereinbricht. Aber er nimmt sich fest vor, nichts unversucht zu lassen, die Oper zu vollenden. Er kann an nichts anderes mehr denken, und all die Dinge und Personen, die ihn bis zu diesem Moment noch beschäftigt haben, sind aus seinem Kopf wie fortgeblasen: seine Performances, sein Job, Taylor Lockwood und Carrie Mason, mit der er sich in der letzten Zeit regelmäßig getroffen hat. Er steht unter dem Zwang, sein Werk zu schreiben, und dafür bleibt ihm nicht mehr viel Zeit.

Er komponiert den ersten Akt hier an Claytons Schreibtisch und verspürt eine große Befriedigung, während der

Stift sich in das Papier drückt und er Blatt für Blatt mit improvisierten Noten füllt. Ihn beschleicht das Gefühl, einer Art Wahnsinn anheim zu fallen, aber er macht immer weiter. In dem Raum ist es ziemlich kalt geworden, doch er stellt die Heizung nicht an. Es wird immer dunkler, doch er schaltet die Schreibtischlampe nicht ein. Er ist ganz versunken in seine Musik, und die Noten purzeln aufs Papier. Erst als er aufgrund der Dunkelheit nicht mehr erkennen kann, was er da komponiert, hört er auf. Oben auf die erste Seite kritzelt er: »Der König der Wall Street«. Dann geht er nach Hause, um das bisher Geschaffene auf seinem Synthesizer zu spielen.

Und für alle anderen bei Hubbard, White & Willis – für die Anwälte, Anwaltsgehilfen und Assistenten, die Sekretärinnen und Botenjungen, das technische Personal und die Bibliothekare – dreht sich das Kanzleileben wie zuvor. Ein Mann ist gestorben, und das wird noch für einige Zeit Gegenstand von Getuschel und Gerüchten bleiben, aber wie eh und je strömen Klienten in das Haus, um ihre gierigen Forderungen oder tief sitzenden Ängste vorzutragen. Wie stets erhält jeder von ihnen fachmännischen Rat und darf dafür teuer, mitunter sehr teuer bezahlen.

Ein Mann ist gestorben, doch der stille Pulsschlag der Kanzlei verändert deswegen nicht seine Geschwindigkeit.

Taylor Lockwood fuhr an diesem grauen Nachmittag rasant, ja geradezu tollkühn Ski. Sie roch die reine Feuchtigkeit des Schnees und den beißenden Rauch eines Kaminfeuers. Doch heute hatte die schnelle Fahrt nicht mehr den befreienden Effekt wie noch am ersten Tag. Im Gegenteil, sie verlieh ihr das Gefühl von Verletzlichkeit und Angst. Und mehr noch, sie kam sich einsam und verlassen vor.

Schon nach einer Abfahrt packte sie die Skier und Stiefel in den Leihwagen, fuhr zurück zum Hotel und begab sich an die Bar, wo sie sich mit Mitchell verabredet hatte. Sie bestellte einen Scotch pur, trank ihn rasch und ließ sich einen zweiten geben.

Wo Taylor Lockwood vorsätzlich …

Die Tür ging auf. Taylor hob den Kopf und sah ein junges Paar, das hinaus in den Schnee lief.

… und im vollen Bewusstsein der Konsequenzen ohne richterlichen Durchsuchungsbefehl oder eine sonstige Genehmigung das Büro des verstorbenen Wendall Clayton betrat und …

Zu ihrer Überraschung und Enttäuschung stellte sie fest, dass sie sich nach dem zweiten Scotch noch kein bisschen betrunken fühlte. Sie bestellte einen dritten.

… dort widerrechtlich einige seiner Dokumente in ihren Besitz brachte, um sie anderen bekannt zu machen, woraufhin in der Folge der geschädigte Verblichene …

Taylor trank die angenehm betäubende Flüssigkeit und starrte im Spiegel auf die schwere Eichentür, die zur Lobby des Hotels führte.

… keinen anderen Ausweg mehr sah, als sich das verdammte Hirn aus dem Kopf zu schießen.

Reece öffnete die Tür, kam sofort zu Taylor, küsste sie auf den Mund und legte seine Arme um sie.

»Hast du etwa schon ohne mich angefangen?«

Er war draußen gewesen. Sie roch die kalte und frische Luft, die noch an ihm haftete. Als ihm bewusst wurde, dass seine kleine Frotzelei bei ihr keine Reaktion auslöste, nahm er die Arme herunter. Nachdem er sich auf den Barhocker gesetzt und sich ein Bier bestellt hatte, fragte er. »Wie war's auf der Piste?«

»Saukalt. Man friert sich alles ab.«

Er verzog schmerzhaft das Gesicht, als er das Glas zum Mund hob.

»Tut dir der Daumen immer noch weh?«

»Ein bisschen. Ich sag dir, ich bin für so was einfach nicht geschaffen. Simple, sichere Sportarten …« Er suchte nach etwas Witzigem, etwas, das Taylor aufheitern würde, aber dann spürte er, dass sie sich in keiner guten Stimmung befand. »Was ist denn los mit dir?«

Sie schüttelte den Kopf.

»Komm schon, erzähl es mir.«

»Mitchell, kennst du dich in Geschichte aus?«

Er gab ihr mit einer Handbewegung zu verstehen, sie solle fortfahren.

»Ist dir Star Chamber schon mal zu Ohren gekommen?«, fragte sie ihn.

»Das war doch ein mittelalterliches Gericht in England. Warum?«

»Auf dem College haben wir das im Geschichtsunterricht durchgenommen. Es handelte sich um ein Privileg des Königs. Zumindest bei den Tudors. Wenn der König den Eindruck hatte, ein normales Gericht wolle gegen ihn entscheiden, brachte er den Fall vor die Star Chamber. Dann wurde der Prozessgegner vor deren Sonderrichter gezerrt, in der Regel Freunde des Königs. Sie taten so, als würde hier ein richtiges Verfahren durchgeführt, aber der Betreffende wusste, was ihn erwartete. Wenn der König wollte, dass er schuldig gesprochen wurde, dann konnte ihn nichts und niemand davor bewahren, dann hieß es für ihn: Kopf ab. Eine ebenso rasche wie effiziente Form der Justiz.«

Reece sah in sein Bier, schwenkte das Glas und stellte es auf den Tresen, ohne davon getrunken zu haben.

»Himmel noch mal, Mitchell!«, platzte es aus ihr heraus. »Der Mann ist tot!«

Er runzelte die Stirn. »Du gibst doch nicht etwa dir die Schuld daran?«

Wut wallte in ihr auf. Warum kann er das einfach nicht verstehen? »Doch, ich bin so dumm.«

Daraufhin schwiegen sie eine Zeit lang. Eine Gruppe Studenten stürmte johlend und grölend herein. Taylor warf ihnen einen finsteren Blick zu. Der Lärm bereitete ihr im Moment geradezu körperliche Schmerzen.

»Herrgott, Taylor, der Mann hat versucht, uns zu ermorden!«

Sie sah ihn an, wandte aber gleich wieder den Blick von ihm ab. Wie mochte Clayton sich wohl gefühlt haben, als er die Pistole an seine Schläfe setzte? Hatte die Waffe schwer in seiner Hand gelegen? Hatte er Schmerzen verspürt? Wie lange hatte er noch gelebt, nachdem er abgedrückt hatte? Was hatte er in seinen letzten Sekunden gesehen und empfunden? Ein aufblitzendes gelbes Licht, ein Moment der Verwirrung, explosionsartig durcheinander wirbelnde Gedanken und dann nichts mehr? So stellte sich Taylor seinen Tod vor.

»Taylor«, begann Reece in beschwörendem Ton, »Clayton war wahnsinnig. Kein Mann, der bei Verstand ist, wäre auf die Idee gekommen, den Wechsel zu stehlen. Und niemand, der seine fünf Sinne noch beisammenhat, würde sich nach seiner Entlarvung als Dieb das Leben nehmen. Wie hätten wir auch nur ahnen können, dass Clayton zu solchen Extremen neigte? Oder dass er uns von der Straße abgedrängt hat und in meinem Büro Wanzen anbringen ließ?«

Sie legte eine Hand auf seinen Arm und drückte ihn. »Aber das ist doch gerade der Punkt, Mitchell. *Du* denkst, das Problem bestehe darin, dass Wendall uns ausgetrickst hat, dass wir für ihn nicht clever genug waren. *Ich* aber meine, wir hätten gar nicht erst in die Geschichte verwickelt werden dürfen.«

Auf dem Fernsehgerät über der Theke war ein Skiakrobat zu sehen, der von einer Rampe sprang und in der Luft einen Überschlag vollführte. Reece starrte auf die Szene. »Nein, Taylor, ich bin nicht so kalt, wie du vielleicht glaubst«, flüsterte er melancholisch und drehte sich dann wieder zu ihr um. »Mir ist durchaus bewusst, was geschehen ist. Und irgendwie sind wir beide auch für den Tod des Mannes verantwortlich. Aber wenn ich nicht einen Teil der Schuld Clayton vor die Füße legen könnte, wäre mein ganzes Selbstverständnis als Anwalt unterminiert.« Er schlug sich zur Bekräftigung seiner Worte mit seiner Rechten an die Brust. »Nicht nur mein Selbstverständnis als Anwalt, sondern mein ganzes Ich. Und wenn ich ehrlich bin, ich werde mit dieser Geschichte bis ans Ende meiner Tage leben müssen.«

Taylor glaubte jetzt einen ganz neuen Mitchell Reece vor sich zu haben. Er war nicht mehr die mächtige Persönlichkeit, die alles unter Kontrolle hatte und gegen Schmerzen aller Art immun war. Sie sah in seinen Augen das gleiche Bedauern, das auch sie verspürte, obwohl er, vielleicht um ihretwillen, vielleicht aber auch, um sich selbst zu schützen, cool tat und darum rang, die steinerne Fassade aufrechtzuerhalten.

Eine Fassade, die sie heute – zum ersten Mal – durchlöchert hatte.

Sie lehnte ihren Kopf an seinen Arm. Seine Finger fuhren durch ihr Haar. »Es tut mir Leid, Mitchell. Das alles ist so fremd für mich … und gehört ganz gewiss nicht zu den Dingen, auf die all die emanzipierten Zeitschriften eine Frau im Arbeitsleben vorbereiten.«

Er massierte ihre Schultern.

»Darf ich dich um einen Gefallen bitten?«, fragte sie.

»Natürlich.«

»Können wir abreisen?«

Er machte ein überraschtes Gesicht. »Du willst den Urlaub abbrechen?«

»Ich hatte hier eine wundervolle Zeit, wirklich. Aber ich fühle mich beschissen. Und ich fürchte, ich werde immer unausstehlicher, je länger wir bleiben. Ich wäre nur eine Plage für dich.«

»Aber ich habe doch noch gar nicht gelernt, wie man Ski fährt.«

»Machst du Witze? Du hast meinen Kurs ›Wie verletze ich mich möglichst rasch beim Skifahren‹ mit Auszeichnung bestanden. Du darfst nun hinaus in die Winterwelt ziehen und dir ganz allein Arme und Beine brechen. Bei der Ausbildung sind deinen Verletzungsmöglichkeiten keine Grenzen gesetzt.«

»Dann will ich mich mal um den Flieger kümmern.«

Sie küsste ihn. »Es war wirklich schön hier. Und es tut mir unendlich Leid, wenn ich so, ich weiß nicht, so komisch bin.«

»Ich möchte dich gar nicht anders haben.«

... Siebenundzwanzig

Genau eine Woche nach Claytons Tod stand Taylor Lookwood vor dem Metropolitan Museum of Art in der Fifth Avenue und betrachtete das braune Apartmenthaus auf der gegenüberliegenden Straßenseite. Sie überprüfte die Adresse noch einmal und kam zu dem Schluss, dass sie vor dem richtigen Gebäude stand. Es beunruhigte sie etwas, nicht die Apartmentnummer zu kennen, doch als sie die Lobby betrat, stellte sich heraus, dass die gar nicht erforderlich war.

»Im sechsten Stock«, gab ihr der Portier die gewünschte Auskunft.

»Und welches Apartment?«

Er sah sie verwundert an und antwortete dann: »Die ganze Etage.«

»Oh!«

Taylor trat durch den Privateingang, vor dem der mit Leder ausgeschlagene Fahrstuhl sie abgesetzt hatte. Einen Moment blieb sie vor dem Spiegel mit dem Messingrahmen stehen und ordnete ihr Haar. Das Foyer war in Dunkelrot gehalten, die Tapeten waren mit gelbweißen georgianischen Zierleisten versehen, die Bilderrahmen vergoldet, und die kleine Ziercouch hatte einen kostbaren Bezug. Überall sah man Putten, Säulen und Ornamente.

Eine Frau in einem marineblauen Blazer, deren Alter sich schwer schätzen ließ und die auch nicht mit dem kleinsten Lächeln reagierte, öffnete die Tür, bat Taylor zu warten und verschwand dann über den Flur. Taylor sah sich verstohlen um. Die Räume schienen vergrößerte Versionen der Diele zu sein. Sie schaute noch einmal in den Spiegel und musterte sich. Die Person, die sie dort sah, kam ihr dünner als erwartet vor. Dünner und … wie sollte sie es ausdrücken? Abgezehrter, abgemagerter, hagerer? Sie versuchte, ihr Gegenüber anzugrinsen, doch das wollte ihr nicht so recht gelingen. Seufzend fuhr sie sich mit den Fingern durchs Haar.

Ich bin gekommen, um Ihnen meine tief empfundene Anteilnahme zu übermitteln.

Ich bin gekommen, weil ich das Glück hatte, mit Ihrem Mann zusammenarbeiten zu dürfen.

Ich bin nur hier, um Ihnen zu sagen, dass Sie sich wegen des Todes Ihres Mannes keine grauen Haare wachsen lassen sollten. Immerhin hat er versucht, mir an die Wäsche zu gehen.

Ich bin hier, weil ich maßgeblichen Anteil am Tod Ihres Mannes hatte.

Ein Schatten fiel auf sie, und das Licht, das aus der offen stehenden Tür drang, wurde unterbrochen. Wendall Claytons Frau stand auf der Schwelle. Sie war Ende vierzig und trug eines dieser groß gemusterten Kleider, die Leute, welche in den Swinging Sixties aufgewachsen sind, mitunter heute noch bevorzugen. Sie hatte das glatte Haar zu einem Pferdeschwanz zurückgebunden. Trotz der strengen Miene wirkte ihr Gesicht hübsch. Das Make-up, das sie trug, musste sie vor längerer Zeit aufgelegt haben, denn es zeigten sich bereits erste trockene Hautstellen. Ihre schmalen Füße steckten in schwarzen Pumps.

Die beiden Frauen gaben sich die Hände, und dann folgte Taylor ihr ins Wohnzimmer.

Warum um alles in der Welt tust du das? Was versprichst du dir eigentlich davon?

Mrs. Clayton saß aufrecht in einem unbequem wirkenden Sessel. Der Satinbezug zeigte Vögel, die über eine Moorlandschaft flogen. Unten standen Jäger in Gelb und in Grün, die auf die Vögel schossen. Würde die Witwe gleich auf das Gewehr eines der Jäger blicken und anfangen zu weinen?

Was willst du hier?

Männer von untadeligem Charakter, schon vergessen?

Mrs. Clayton fragte, ob sie Tee oder Kaffee möge. Taylor lehnte beides dankend ab. Erst jetzt fiel ihr auf, dass sie Rot trug und das Wohnzimmer nicht den Eindruck eines Trauerhauses machte. Der Raum war weihnachtlich festlich geschmückt, und in der Luft lag ein Duft nach Kiefernnadeln. Taylor sah Mrs. Claytons hochgezogene Braue und erkannte, dass ihre Miene weder Verbitterung noch Gram ausdrückte, sondern vielmehr Ungeduld.

»Ich habe mit Ihrem Mann zusammengearbeitet.«

»Ja.«

»Und ich bin nur gekommen, um Ihnen mein Mitgefühl auszudrücken.«

In diesem Moment wurde Taylor klar, dass sie zu nicht mehr in der Lage war, als die Worte über die Lippen zu bringen, die sie sich zuvor zurechtgelegt hatte. Während sie zusah, wie sich diese Frau (Taylor konnte sie sich beim besten Willen nicht als Claytons Ehepartnerin vorstellen) eine Zigarette anzündete, stiegen Donald Burdick und die Kanzlei wie Geister vor ihr auf, um ihr eiskalte Finger auf die Lippen zu legen. Taylor vermochte selbst hier in Wendalls Haus nicht das zu tun, was sie so verzweifelt hinter sich bringen wollte, nämlich alles offen zu legen. Sich endlich von der Seele zu reden, dass sie es gewesen war, die die furchtbaren Geheimnisse aufgedeckt und damit ein Stück weit, wenn nicht mehr, Claytons Tod verursacht hatte.

Nein, sie würde keine Beichte ablegen. Taylor wusste genau, was ihr die Zunge fesselte. Mit dem Ausgang dieser Geschichte hatte Hubbard, White & Willis ihre Seele gefangen genommen. Wenn Donald Burdick sagte, dass man der Presse gegenüber erklären werde, Clayton habe aufgrund schwerer persönlicher Probleme seinem Leben ein Ende bereitet, dann war es eben so. Taylor begriff, wie machtlos sie gegen Männer wie Burdick, Reece oder Clayton war.

»Das ist sehr freundlich von Ihnen«, entgegnete Mrs. Clayton unbewegt. In Wahrheit meinte sie mit diesen Worten: Kommen Sie endlich zur Sache. Nach einer Weile ließ Mrs. Clayton sich dazu herab zu fragen: »Habe ich Sie auf der Beerdigung gesehen? Es waren so viele Menschen da.«

»Nein, ich bin nicht dort gewesen.« Taylor lehnte sich zurück.

Sie sah sich in dem Wohnzimmer um und staunte über die immensen Ausmaße. Die Decke war mindestens sechs Meter hoch. Der Raum erinnerte sie an alte hochherrschaftliche Anwesen oder an Paläste in England. »Ihr Mann war ein hervorragender Anwalt«, sagte sie schließlich.

»Vermutlich«, erwiderte die Witwe, den Blick intensiv auf die Tischplatte gerichtet, so als suchte sie die polierte Oberfläche nach Staubkörnern ab. »Aber wir haben nie viel über seinen Beruf geredet.«

Taylor zählte die Karos auf dem Teppich und versuchte herauszufinden, was das Bild darauf darstellte. Nach einer Weile erkannte sie das Motiv. Schlafende Hunde vor einem offenen Kamin in einer mittelalterlichen Burg.

Mrs. Clayton lachte kurz auf und fügte hinzu: »Wenn ich so darüber nachdenke, haben wir überhaupt selten über irgendetwas geredet.«

Taylor sah ihr ins Gesicht.

»Verzeihen Sie bitte«, sagte die Witwe, und nach einer Pause erklärte sie: »Die Wahrheit ist, ich bin ein wenig verwirrt. Ich kenne Sie nicht, Mrs. Lockwood, obwohl es durchaus möglich ist, dass wir einander schon einmal vorgestellt worden sind. Aber Sie scheint der Tod meines Mannes tatsächlich mitgenommen zu haben. Sie sind nicht wie die anderen Kriecher und Schmeichler, die seit seinem Ableben hier aufgetaucht sind. Oh, man konnte die Zufriedenheit deutlich in ihren Augen lesen. Man merkte ihnen sehr gut an, wie froh sie waren, dass er nicht mehr unter ihnen weilt. Und ich bin mir durchaus bewusst, wie sehr sie gegrinst und gelacht haben, wenn sie wieder fort waren und beim Bier zusammensaßen. Wissen Sie vielleicht, warum diese Menschen hierher gekommen sind?«

Taylor schwieg.

»Sie sind nur hier aufgetaucht, weil sie hofften, es würde sich dann in der Kanzlei herumsprechen, dass sie ihre Pflicht erfüllt hatten. Sie haben mir kondoliert, um damit ein paar Punkte zu machen, die sie auf dem Weg zur Partnerschaft gut gebrauchen können.« Mrs. Clayton drückte ihre Zigarette aus. »Verstehen Sie jetzt, Mrs. Lockwood, warum ich auf Beileidsbezeugungen skeptisch reagiere? Beileidsbezeugung, ein altmodisches Wort, nicht wahr? Also gut, ich bin skeptisch. Wie die Speichellecker haben sie sich aufgeführt … Und darin liegt eine ungeheure Ironie, denn anscheinend haben diese Kriecher die Situation überhaupt nicht begriffen. Sie sollten diesen Ort vielmehr wie eine Leprakolonie meiden, denn dies ist das Haus des Geschlagenen. Donald Burdick hat den Sieg davongetragen. Er hätte es nie und nimmer zugelassen, dass Wendall ihm die Kanzlei wegnimmt. Mein

Mann war wie ein Stier. Brillant und großartig, aber im Grunde nur ein Stier. Und die Donald Burdicks sind die Toreros dieser Welt, die den Stieren das Schwert in den Nacken stoßen.

Jetzt verstehen Sie sicher, Mrs. Lockwood, warum Ihr Besuch mich etwas verwirrt. Sie sind keiner von den Speichelleckern, und Sie sind auch nicht gekommen, um Ihre Freude über Wendalls Ende bis zur Neige auszukosten. Ich erkenne deutlich, dass Sie ehrlich betroffen sind. Mag sein, dass Sie mit meinem Mann zusammengearbeitet haben, mag auch sein, dass Sie ihn für einen guten Anwalt hielten. Aber ich bezweifle doch sehr, dass Sie ihn geschätzt haben. Ich bin sogar davon überzeugt, dass Sie ihn nicht ausstehen konnten.«

Taylor schwieg noch immer und beobachtete, wie diese scharfsinnige, zierliche Frau sich mit ihren geröteten und knochigen Händen eine weitere Zigarette ansteckte. Fast hatte es den Anschein, als hätte der Rauch, der ihrem Mund entströmt war, all ihr Gewicht und ihre Gefühle mit sich genommen.

Als Taylor nach einer Weile noch immer nichts gesagt hatte, lachte Mrs. Clayton wieder. »Wie auch immer Ihre Motive aussehen mögen, ich begrüße Ihr Kommen. Und das meine ich ernst, meine Liebe. Ich hoffe, ich habe Sie nicht verletzt. Doch hegen Sie kein Mitgefühl für mich, und lassen Sie sich Wendalls Tod nicht zu nahe gehen. Ich für meinen Teil habe mich längst damit abgefunden. Vermutlich werde ich die Vertrautheit vermissen, die zwischen uns geherrscht hat. Sie müssen wissen, dass unser Bund keine Heirat im normalen Sinne war. Viel eher könnte man es als eine Fusion bezeichnen. Wir beide haben unsere Aktiva zusammengetan. Liebe? Hat es zwischen Williams Computing und RFC Industries Liebe gegeben, als sie fusionierten? Und damit nenne ich nur einen der Fälle, auf die Wendall so viel Zeit verwendet hat …« Mrs. Clayton blickte hinaus in den Park, auf die dürren Zweige und Äste, die im Licht des frühen Nachmittags blassgrün und weiß aussahen, und auf die Schneereste, die in den Schatten überlebt hatten. »Liebe ... auch das ist ungeheuer ironisch. Der kalte, Ränke schmiedende Wendall, der Mann, der mit der Macht umging wie ein Broker an der Börse mit Aktien. Wissen Sie, warum er sich das Leben genommen hat? Wegen der Liebe.«

»Wie meinen Sie das?«, hörte Taylor sich fragen.

»Ja, die Liebe. Sie ist das Einzige, das Wendall nie begreifen oder kontrollieren konnte. Wie sehr wollte er Liebe. Sein wunder Punkt wie bei Ödipus oder Medea. Doch wie so vielen wunderbaren Menschen wurde sie ihm versagt. Er war abhängig von der Liebe wie ein Alkoholiker von der Flasche. Und so wie ein Alkoholiker auf Sauftour ist auch er losgezogen, zu seinen kleinen Flittchen. Er war ein überaus charmanter Mann, reich, voller Esprit und mit einer wunderbaren Haarpracht gesegnet. Wussten Sie, dass er sie sich gefärbt hat? Wendall war leider vorzeitig ergraut. Und alle waren hinter ihm her. Sind Sie nicht ein Filmstar? Aber nein. Alle Frauen hielten ihn dafür. Und ein paar Männer auch. Wie sehr sie alle ihn begehrt haben.«

Taylor registrierte, wie Mrs. Claytons Blick ihr Gesicht und ihren Körper abschätzte. Ihr war klar, dass sie jetzt überlegte, ob Wendall auch mit ihr im Bett gewesen war.

»Er wusste auch ganz genau, wie man eine Verehrerin für sich einnimmt. Mit all seinen jeweiligen kleinen Lieben hat er Kutschfahrten unternommen, ihnen Rosen gleich dutzendweise gekauft oder ihnen einen Frühstückskorb von Le Perigord in die Wohnung geschickt. Wendall ist immer ein großer Herzensbrecher gewesen. Im Durchschnitt hat er zwei Affären im Jahr gehabt. Doch bei keiner ist er glücklich geworden. Nie haben sie sich zu dem entwickelt, was er gewollt, was er gesucht hat. Die älteren Gespielinnen erwiesen sich allesamt über kurz oder lang als oberflächliche, kalte und berechnende Wesen.« Sie lachte wieder auf und streifte die Asche ihrer Zigarette ab. »Und damit waren sie genauso wie ich. Und die Jüngeren, die er auflas, meist schlichte Gemüter, klammerten sich wie die Kletten an ihn, richteten ihr ganzes Leben nach ihm aus. Es dauerte nie lange, bis er spürte, wie sie ihn nach unten zogen. Sie haben sich ganz und gar von ihm abhängig gemacht, ihm die Verantwortung für sich zugeschoben. Und, großer Gott, so etwas wollen wir doch nun wirklich nicht, oder?« Nach diesen Worten zeigte Mrs. Clayton zum ersten Mal so etwas wie eine Gefühlsregung – ihre Augen blitzten kurz auf. »Dann hat er sie rasch fallen gelassen und ist wieder zu mir zurückgekehrt, zurück auf die heimische Weide, zurück zu den Country-Clubs, zurück zu seinem Platz an meiner Seite, zu den lästigen Pflichten einer Ehe, die er nicht ertragen, aus der er sich aber auch nie wirklich lösen konnte.«

Bitterer Humor funkelte in ihren Augen. »Können Sie sich Wendall vorstellen, wie er mit einer Zwanzigjährigen vor einem Kino in der Schlange steht, um sich irgendeinen Film mit lauter Rockmusik anzusehen? Mit einem jungen Ding, das viel grellen Plastikschmuck trägt und sich den Hut tief ins Gesicht gezogen hat? Nun, ich habe ihn einmal dabei beobachtet. Ich wusste seit langer Zeit Bescheid über sein Treiben, und damals fragte ich mich, was ich wohl empfinden würde, wenn ich ihn mit einer anderen sähe. Und dann habe ich ihn gesehen, vor dem Playhouse, ihn und sein kleines, viel zu junges Flittchen. Und soll ich Ihnen sagen, wie ich darauf reagiert habe? Ich musste schallend lachen. Ja, tatsächlich. Keine Eifersucht hat mich befallen, nicht die Spur davon. In diesem Moment wurde mir nämlich bewusst, dass er fest in meinem Besitz war, dass ich die absolute Kontrolle über ihn hatte. In diesem Augenblick habe ich ihn zum ersten Mal wirklich gesehen und erkannt, dass er ein Nichts war. Nur ein jämmerlicher, bemitleidenswerter Mann. Für mich stellte sich dann bloß noch die Frage, ob ich jemanden wie ihn länger in meinem Leben haben wollte. Ich beantwortete sie mit Ja, und zwar aus verschiedenen Gründen. Mit unserer Ehe waren gewisse Annehmlichkeiten verbunden, und da waren auch noch die Familie und ähnliche Kleinigkeiten.«

Mrs. Clayton sah eine Weile aus dem Fenster. Taylor suchte in ihrem Profil nach Anzeichen von Kummer oder Leid, entdeckte aber keine. Schließlich fuhr sie fort: »Wissen Sie, was mich am meisten bewegt hat? Wendalls Zeilen. Sein Abschiedsbrief. Er hätte schreiben können, was für eine miserable Ehe er führte, und er hätte sich lang und breit über mich beschweren können. Aber das hat er nicht getan. Das war sehr nett von ihm. Ich wusste, dass er unter kaum erträglichem Stress stand, glaubte aber, der rühre hauptsächlich von der Fusion oder seinen Plänen für die neue Kanzlei her …«

»Was für eine neue Kanzlei?«

Mrs. Clayton zögerte erst, dann drückte sie ihre Zigarette aus und sagte: »Ich schätze, es spielt ja doch keine Rolle mehr. Wenn Wendall die Fusion nicht durchbekommen hätte, wäre er von Hubbard, White & Willis weggegangen, hätte seine Jungs und ein paar Dutzend Klienten mitgenommen und seine eigene Kanzlei eröffnet. Das hatte er sich als Alternative zurechtgelegt. Ich glaube, er hat diese Lösung fast der Fusion vorgezogen. Damit sein Name ganz oben stünde, verstehen Sie? Clayton, Jones & Smith oder wer auch immer. Es war ihm stets sehr wichtig, dass sein Name als Erster erschien.«

Das Schweigen, das jetzt eintrat, gemahnte Taylor, sich zu verabschieden. Sie stand auf und sagte: »Ich glaube, ich sollte jetzt gehen. Ich habe Ihre Zeit lange genug in Anspruch genommen.« Taylor streckte die Hand aus, und Mrs. Clayton ergriff sie kurz mit ihren schwachen Fingern, die sich kaum krümmen konnten.

Sie erhob sich ebenfalls und sah auf ihre Uhr. »Ich würde

ja gern noch etwas mit Ihnen plaudern«, sagte sie und griff nach ihren Zigaretten. »Aber der Bridgeclub kommt in zehn Minuten zusammen.«

Taylor saß an Wendall Claytons Schreibtisch.

Es war spät am Nachmittag, und gelbbraunes Licht drang von draußen herein. Die Lampen im Büro waren gelöscht, die Tür geschlossen. Absolute Stille herrschte in dem Raum, und doch spürte sie Claytons überwältigende Persönlichkeit ganz genau. Es kam ihr so vor, als ragte sein Geist hinter ihr auf und hätte sich entschlossen, im Moment noch nicht zu ihr zu sprechen.

Sie starrte auf das Gekritzel auf dem Block. Dann wanderte ihr Blick über das Messing, die Teppiche, die Vasen, die bemalte Kachel und den Aktenschrank (der Ordner, in dem sich der Wechsel befunden und hinter dem das Aufzeichnungsgerät gelegen hatte, schaute ein Stück heraus). Der gewaltige Ledersessel knarrte jedes Mal, wenn sie sich darin bewegte.

Männer von untadeligem Charakter …

Theoretisch hatte sie dank Burdicks Großzügigkeit immer noch Urlaub. Sie konnte die Kanzlei verlassen, wann sie wollte, und zu Mitchell gehen. (Sie hatte inzwischen festgestellt, dass er doch kochen konnte; im Moment bereitete er gerade einen Tortellini-Salat zu.) Wie gern hätte sie jetzt in seiner riesigen Badewanne gelegen – ein wunderbares Stück, das auf vier Klauenfüßen stand –, mit einem hochstieligen Glas Wein in der Hand sich vom warmen Wasser verwöhnen lassen und die Düfte von dem genossen, was er in den Salat gab.

Stattdessen saß sie zusammengesunken in Wendalls Sessel, drehte sich langsam mit ihm um die eigene Achse – einmal, zweimal und ein letztes Mal. Sie rührte sich nicht, bis der Sessel sich zu Ende gedreht hatte.

Dann öffnete sie die Schreibtischschublade.

Eine halbe Stunde später ging sie langsam und nachdenklich die Treppe zur Halsted Street hinunter. Sie sah nach, ob sich jemand in den benachbarten Arbeitsbereichen aufhielt, ließ sich dann an ihrem Schreibtisch nieder und drehte sich mit ihrem Sessel, bis sie den Korridor im Auge hatte und so rechtzeitig feststellen konnte, wenn jemand kam. Bei dem Anruf, den sie jetzt zu tätigen beabsichtigte, wollte sie von niemandem gestört werden. Taylor blätterte in ihrem Adressbuch und fand die Nummer von John Silbert Hemming.

Ein riesiger Schreck durchfuhr ihn, als er sie aus Wendall Claytons Büro kommen sah.

Sean Lillick blieb abrupt stehen und trat leise in den dunklen Konferenzraum, in dem er vor ihren Blicken verborgen war. Er hätte sich fast in die Hosen gemacht, als er auf dem Weg zu Claytons Büro plötzlich den Schatten bemerkte, der auf der Schwelle auftauchte. Für einen Moment hatte er ganz vergessen, dass Clayton sich aus diesem Leben verabschiedet hatte, und schon halb erwartet, ihn wie gewohnt herausstürzen zu sehen, um sich auf den Weg zu einer Besprechung zu machen, im Gehen die Jacke überstreifend, als hätte man ihn zu einem Notfall gerufen. Dann fiel ihm wieder ein, dass Clayton tot war. An seiner Stelle verließ Taylor das Büro.

Er wartete, bis sich sein Herzschlag verlangsamt hatte, und ärgerte sich so darüber, sich derart erschreckt haben zu lassen, dass einige Minuten vergingen, ehe ihm die Frage in den Sinn kam, was Taylor eigentlich in Claytons Büro verloren hatte. Er hätte sich vermutlich nichts weiter dabei gedacht, wenn sie mit einigen Akten oder einem Stapel Papiere herausgekommen und dann ganz normal woandershin gegangen wäre, vermutlich zu dem Anwalt, der einen oder einige von Claytons Fällen übernommen hatte. Aber sie verhielt sich alles andere als normal. Sie sah sich nach sämtlichen Richtungen um, so als wäre sie eine Spionin oder jemand, der etwas Verbotenes getan hatte und nun möglichst rasch und unerkannt entkommen wollte.

Lillick blieb in dem Konferenzraum, bis Taylor die Treppe hinuntergegangen war. Dann schlich er in Claytons Büro und schloss hinter sich ab.

Der Tortellini-Salat war ein Gedicht aus Kastanien, Oliven, Schalotten, Pfifferlingen, Muskatnuss, Sellerie und sonnengereiften Tomaten. Das Brot, das es dazu gab (und das er selbst gebacken hatte), war zwar etwas schief und voller Höhen und Tiefen, aber reich an Geschmack. Er hatte Butterstückchen darauf gelegt, die von der Hitze im Backofen zu einer dicken weißgelben Flüssigkeit geschmolzen waren. Als sie sich gesetzt hatten, öffnete er eine Flasche Poully-Fuisse.

Ich habe gelesen, Mitch, dass Hochzeiten im Dezember in der letzten Zeit sehr populär geworden sind …

Sie aßen, und Taylor nickte, während er ihr vom Eröffnungsverfahren in New Orleans berichtete. Normalerweise genoss sie es, wenn er von seiner Arbeit erzählte, auch wenn sie nicht alle Nuancen verstand, denn die Begeisterung, die dann sein Gesicht leuchten ließ, erregte sie. Sie versuchte, auch heute eine gute Zuhörerin zu sein, aber sie spürte, dass sie platzen würde, wenn sie nicht bald ihre Neuigkeit loswerden konnte.

Sie legte die Gabel mit einem hörbaren Klappern hin.

»Mitchell.«

Er schenkte gerade Wein nach und sah sie mit hochgezogenen Brauen an.

»Ich muss dir unbedingt etwas erzählen.«

»Was denn?«, fragte er vorsichtig, so als erwartete er, jetzt ein persönliches Geständnis von ihr zu hören.

»Wendall Clayton hat sich nicht selbst umgebracht.«

Das Weinglas, das sich auf dem Weg zu seinem Mund befand, verharrte auf halber Höhe.

Taylor pickte einen Krümel von der Tischdecke und ließ ihn auf ihren Teller fallen. »Er wurde ermordet.«

... *Achtundzwanzig*

Mitchell Reece lächelte und wartete auf die Pointe. Als Taylor aber nichts mehr sagte, fragte er: »Das meinst du doch wohl nicht ernst, oder?«

»Ich war bei seiner Witwe«, entgegnete Taylor und fügte dann rasch hinzu: »Keine Angst, ich hatte nicht vor, ihr die Wahrheit aufzudecken. Nur ...« Sie schwieg einen Moment und errötete vor Verlegenheit. »Na ja, an dem Tag war mir überhaupt nicht klar, warum ich zu ihr gehen wollte, und heute bin ich mir da noch immer nicht sicher. Ich weiß nur, dass ich es tun musste.«

»Ich habe gehört, sie soll eine ziemliche Giftspritze sein.«

Taylor zuckte mit den Schultern. »Zu mir war sie sehr höflich. Aber weißt du, was sie mir erzählt hat? Wendall wollte seine eigene Kanzlei gründen, wenn es mit der Fusion nicht geklappt hätte. Er hatte bereits alles dafür ausgearbeitet. Ich habe seinen Schreibtisch durchsucht und bin auf verschiedene Unterlagen und Kreditverträge gestoßen. Er hatte sogar schon einen Namen für seine Kanzlei – Clayton, Stone & Samuels – und entsprechende Briefköpfe drucken lassen. Außerdem stand er in Verhandlungen wegen Räumen im Equitable Building.«

»Und was genau willst du damit sagen?«

»Denk doch mal nach. Wenn Wendall so umfangreiche Vorbereitungen für seine eigene Kanzlei getroffen hat, ergibt es doch überhaupt keinen Sinn, seine Karriere aufs Spiel zu setzen, um einen Skandal hervorzurufen, der Donald in Misskredit bringen soll. Einen Wechsel stehlen? Man hätte ihn hochkantig aus der Anwaltskammer geworfen, und wahrscheinlich wäre er auch noch vor Gericht gestellt worden. Ich meine, der Mann mag zwar sehr von sich eingenommen gewesen sein, aber er war nicht dumm. Nein, ich glaube, die Sache hat sich ganz anders abgespielt, nämlich so: Jemand hat den Wechsel gestohlen und ihn zwischen Wendalls Akten versteckt. Als ich ihn dort entdeckt habe, hat dieser Jemand Clayton ermordet und es wie Selbstmord aussehen lassen.«

Reece verzog nachdenklich das Gesicht. »Das erscheint mir zu weit hergeholt, Taylor. Glaub mir, ich habe schon an mehr als genug Mordfällen gearbeitet. So wie du dir das denkst, kommt es nicht zu einem Mord. Meistens läuft das folgendermaßen ab: Irgendwer wird furchtbar sauer auf einen anderen, zieht sein Messer und stößt es ihm in den Bauch. Oder eine Straßengang knallt jemanden ab, um an seine Jacke, seinen Ring oder was auch immer zu kommen. Was für ein Motiv aber sollte jemand haben, Wendall zu ermorden? Man bringt einen Mann nicht um, bloß weil er ein aufgeblasenes Arschloch ist.«

»Mit anderen Worten, die Sache ist für dich abgeschlossen und interessiert dich nicht mehr.«

»Nein. Sagen wir so, ich bin etwas skeptisch, aber auch interessiert. Komm, halt dein Plädoyer. Ich bin die Jury. Du musst mich jetzt überzeugen.«

»Zuerst habe ich überlegt, ob seine Frau ihn umgebracht hat. Ich meine, er liegt kaum eine Woche unter der Erde, und schon lädt sie Freunde zur Bridge-Party ein. Außerdem hat sie mir von Wendalls zahlreichen Liebschaften erzählt. Sie hat also ganz gewiss ein Motiv gehabt.«

Mitchell nickte. »Nicht zu vergessen das Vermögen, an das sie durch seinen Tod gekommen ist.«

»Aber wenn sie es wirklich gewesen wäre, hätte sie mir meiner Meinung nach die trauernde Witwe vorgespielt. Und außerdem muss der Mörder sich in der Kanzlei bestens ausgekannt haben und dort ein und aus gegangen sein, ohne bei irgendwem Verdacht zu erwecken. Damit fällt Mrs. Clayton wohl weg. An diesem Punkt der Überlegung angelangt, habe ich begonnen, nach weiteren Verdächtigen zu suchen. Ich habe die Liste noch nicht fertig, und ich fürchte, sie wird sehr lang. Wendall hatte viele Bettgefährtinnen und -gefährten, und denen hat er wohl, wenn es sein musste, alles Mögliche versprochen, ohne es je einzuhalten.«

»Er war also bisexuell. Nun, Gerüchte darüber waren ja schon seit längerem im Umlauf.« Reece schien von dem, was sie sagte, fasziniert zu sein. Taylor spürte große Begeisterung, als sie entdeckte, dass seine Skepsis geringer wurde.

»Oder nehmen wir zum Beispiel Ralph Dudley«, fuhr sie fort. »Clayton hatte sein kleines Geheimnis mit Junie entdeckt und ihn damit erpresst.«

»Okay, das ist ein wirkliches Motiv.« Er sah zur Decke und dachte nach. »Und was ist mit Thom Sebastian? Clayton ist hauptsächlich dafür verantwortlich, dass er nicht als Partner aufgenommen wurde.«

»Das ist mir auch schon durch den Sinn gegangen. Und wenn wir schon mal dabei sind, da wäre noch ein Verdächtiger.«

Reece runzelte die Stirn, während Taylors Lächeln immer breiter wurde. »Jetzt denk nach.«

»Mein Gott!« Er blickte sie mit großen Augen an. »Aber das kann doch nicht sein!«

Taylor nickte.

»Du meinst Donald Burdick«, flüsterte er und schüttelte den Kopf. »Sicher, er hätte ein Motiv gehabt. Aber trotzdem kann ich einfach nicht glauben, dass Donald zu so etwas fähig sein sollte. Dann wäre er das Risiko eingegangen, mich den Prozess verlieren zu lassen und damit einen guten Klienten los zu sein.«

»Manchmal drehen Menschen durch, Mitchell. Schließlich stand er kurz davor, seine Kanzlei zu verlieren. Die war doch so etwas wie sein Kind, und wahrscheinlich war er bereit, jedes erdenkliche Opfer zu bringen, um sie zu behalten.«

»Auch Mord …« Mitchell schwenkte sein Glas. Taylor hatte ihn seit seinem Triumph über Hanover & Stiver nicht mehr so erregt gesehen. »Wenn das wirklich wahr sein sollte, dann schwöre ich dir, dass ich gern an dem Prozess gegen ihn beteiligt wäre.« Sie las in seinen Augen, dass er sich in Gedanken schon sein Eröffnungsplädoyer zurechtbastelte.

»Und dann wäre da noch ein Punkt«, sagte sie. »Denk doch mal an die Pistole.«

»Du meinst die Waffe, aus der der tödliche Schuss abgegeben wurde?«

»Ich habe diesen Privatdetektiv, mit dem ich befreundet bin, angerufen, und er hat sich daraufhin mit einigen seiner Kumpels bei der Polizei unterhalten. Bei der Pistole, die Clayton getötet hat, handelte es sich um eine 38er Smith & Wesson. Keine echte, sondern eine Imitation aus Italien ohne Seriennummer, eine der weitverbreitetsten Schusswaffen draußen auf unseren Straßen. Er sagte, sie sei der Big Mac unter den Pistolen. Aber wenn man sich erschießen will, warum sollte man dann eine Waffe kaufen, deren Spur nicht zurückverfolgt werden kann? Ich würde zu Redding Sportartikel gehen und mir ein Schrotgewehr Kaliber 12 mm kaufen.«

Reece nickte. »Und wenn man bedenkt, wie gründlich Burdick alles erledigt hat. Hier eine alte Schuld einfordern, dort an einen alten Gefallen erinnern … Und niemand weiß etwas von dem gestohlenen Wechsel. Ich schätze, er hat mittlerweile alles im Reißwolf vernichtet. Wendalls eigentlicher Abschiedsbrief, alles fort …« Er schüttelte den Kopf. »Nein, halt, wir wollen uns nicht vergaloppieren. Lass uns in Ruhe darüber nachdenken. Donald hat doch noch keine Ahnung, dass du ihn verdächtigst, oder?«

»Ich habe noch niemandem davon erzählt. Und keiner hat mich dabei gesehen, wie ich Claytons Schreibtisch durchsuchte.«

Reece erhob sich, lief auf und ab und legte sich dann aufs Bett. Sie stand ebenfalls auf und folgte ihm. Er rollte sich auf die Seite und spielte mit ihrem Haar. »Das kann sehr, sehr gefährlich für uns werden«, sagte er leise.

»Sollten wir uns nicht besser an den Staatsanwalt wenden?«

»Ich kenne ein paar Staatsanwälte … Nein, vergiss es.«

»Burdick hat überall Freunde sitzen. Und er ist bereit zu töten. Außerdem hat er genügend Einfluss, um später alle Spuren verwischen zu können.«

»Aber was für Möglichkeiten, etwas zu tun, haben wir denn?«

»Ich muss morgen nach New Orleans. In zwei Tagen bin ich zurück. Bis dahin unternimmst du nichts, ja? Versprich es mir.«

»Ich dachte, ich könnte mich hier und da ein wenig umhören und so …«

»Nein, Taylor.« Er nahm ihr Gesicht zwischen seine Hände. »Es ist mir ernst damit. Donald hat wahrscheinlich schon jemanden ermordet, und wenn ja, dann macht es ihm sicher nichts aus, noch einen Menschen oder auch zwei zu töten.«

»Ich …«

»Versprich es mir.«

»Versprochen.«

Im Computerraum ging es hektisch zu, und die Frauen, die dort arbeiteten, machten es ihr nicht gerade leicht. Die höfliche Beharrlichkeit, mit der Reece in solchen Fällen vorzugehen pflegte, lag ihr nicht. Sie spürte, wie sie immer wütender wurde.

Die Supervisorin erschien, eine aufgetakelte, wohlproportionierte Frau Ende dreißig, die aussah wie eine Fernsehpredigerin. »Kann ich Ihnen irgendwie weiterhelfen?«

In bedrohlich monotonem Tonfall antwortete Taylor: »Ich versuche, um genau zu sein, ich habe schon zweimal versucht, diesen Ladys hier begreiflich zu machen, dass ich einen Computerausdruck benötige, die Liste der Personen, die sich mit ihrem Computerschlüssel Zutritt verschafft haben. Wer war zwischen Montag, dem 9. Dezember, einundzwanzig Uhr abends, und dem folgenden Tag, vierzehn Uhr, in der Kanzlei. Und die Liste möchte ich möglichst sofort erhalten.«

»Und wer sind Sie?«

»Taylor Lockwood. Ich arbeite hier als Anwaltsgehilfin.«

»Aha.«

»Und ich bin im besonderen Auftrag des Aufsichtsrats unterwegs. Für die Fusion untersuchen wir die Effizienz der Dienste, die für das Haus arbeiten. Ihre Abteilung steht als Erste auf der Liste.«

Fünf Minuten später verließ ein grünweiß gestreiftes Blatt den Drucker. Eine der Frauen reichte ihr das Papier und verschwand sofort wieder. Taylor sah, dass das Blatt leer war. »He, hallo, ich spreche leider nicht ausländisch. Können Sie mir das hier vielleicht übersetzen?«

Die Frau ignorierte sie. Taylor marschierte ins Büro der Supervisorin und ließ das Papier auf ihren Schreibtisch segeln. »Oh, da scheint es ein Problem zu geben«, sagte diese.

»Das wäre eine Möglichkeit«, entgegnete Taylor. »Soll ich das so verstehen, dass hier eigentlich Text oder etwas in der Art zu erkennen sein müsste?«

Die Supervisorin nahm das als Beleidigung auf, und wenn

Taylor ehrlich war, waren ihre Worte auch durchaus so gemeint.

»Das letzte Mal hatten wir ein solches Malheur, als eine neue Mitarbeiterin die falschen Tasten betätigt und damit irrtümlich die ganze Datei gelöscht hat.«

»Soll das heißen, es lässt sich nicht mehr feststellen, wer in der fraglichen Zeit seinen Computerschlüssel benutzt hat?«

Die Supervisorin hielt ihr mit pikierter Miene das Blatt hin. »Was entnehmen Sie dem hier?«

»Nicht sehr viel.«

»Damit haben Sie Ihre Antwort.«

Als Taylor gegangen war, rief die Supervisorin Donald Burdicks Büro an und sagte: »Ist er da? Ich möchte mich über eine seiner Mitarbeiterinnen beschweren.« Sie legte den Kopf schief, hörte eine Weile zu und entgegnete dann: »Woher soll ich wissen, ob er das für wichtig hält oder nicht? Und übrigens, ich zähle zu den Menschen, die noch zur Höflichkeit erzogen worden sind.«

Um neunzehn Uhr an diesem Abend half Taylor Sean Lillick dabei, Dokumente für einen größeren Finnenzusammenschluss herauszusuchen. Auf dem Weg zu dem Konferenzraum, in dem es morgen zum Abschluss kommen sollte, gingen sie an dem großen Speisesaal der Kanzlei vorbei. Donald und Vera Burdick standen in Abendgarderobe vor der Tür und begrüßten die Gäste, die zu einer Cocktailparty für bestimmte Klienten erschienen. Taylor nickte ihnen freundlich zu und tat ihr Bestes, beschäftigt zu erscheinen, um damit zu überdecken, was der Anblick der beiden bei ihr auslöste. Doch da trat Burdick vor und begrüßte sie und Sean. »Ich glaube, Sie kennen bereits meine Frau.«

Vera Burdick reichte ihnen die Hand, hielt die von Taylor einen Moment länger fest und sah ihr in die Augen. Bevor Taylor den Kopf wegdrehte, um dem stechenden Blick zu entgehen, kam ihr der Gedanke, dass sie hier einer Person gegenüberstand, die vom gleichen Schlag war wie Donald Burdick oder Wendall Clayton.

»Ja«, sagte Vera, »wir haben uns bereits kennen gelernt.«

Burdick und seine Frau wandten sich neuen Gästen zu, und Taylor und Lillick setzten ihren Weg zum Kopierraum fort, um dort weitere Dokumente zu vervielfältigen, dann mit beiden Armen voller Papierstapel zum Konferenzraum zu gehen und dort alles für die Unterzeichnung morgen zurechtzulegen.

Sie verbrachten zwei Stunden damit, hin- und herzulaufen.

Als sie mit dem letzten Papierstoß den Kopierraum verließen und fast unter der Last der Dokumente zusammenbrachen, fragte Lillick: »Glauben Sie, ich bin stark genug, um Anwalt zu werden?«

»Sie sollten uns nicht nach Stunden, sondern nach Kilogramm bezahlen.«

»Ich meine es ernst. Glauben Sie, aus mir könnte ein guter Anwalt werden?«

»Nein«, antwortete sie.

Sie betraten den Konferenzraum und luden alles ab.

Lillick zog ein arg mitgenommenes Buch mit dem Titel *The Complete Law School Companion* aus der Tasche. »Wendall meinte, ich hätte das Zeug zu einem Anwalt. Und Carrie sagt das auch. Ihr Vater ist ein großes Tier bei den alten Herren der Verbindung von Harvard. Sie erklärte, sie könne mir über ihn bestimmt helfen, an der dortigen juristischen Fakultät aufgenommen zu werden.«

»Und was wird dann aus Ihrer Musik?«

»Warum soll ich nicht beides machen können?«

Taylor lachte. »Ja, warum eigentlich nicht?« Lillick grinste plötzlich. »Sehen Sie nur.« Er zeigte auf einen Pappteller voller Appetithäppchen, den jemand auf den Tisch gestellt hatte.

»Was ist denn das?«

»Oh, ich schätze, die stammen von der Cocktailparty. Jemand dort muss ein Herz für die werktätigen Massen haben.«

Er zog ein zweites Buch aus der Tasche, ein juristischer Studienführer mit Anleitungen und Tipps für die Aufnahmeprüfungen. »Im Februar mache ich den Test.«

Taylor aß in Windeseile alle Shrimps. Lillick verzog das Gesicht und machte sich notgedrungen über die winzigen Quiche-Stückchen her. »Deswegen brauchen wir Gesetze«, erklärte er. »Sonst würden die Bonzen dieser Welt alle Shrimps bekommen.«

Es war kurz vor Mitternacht, als sie in Reeces Loft kam. Das riesige Zimmer erschien ihr kalt und unfreundlich, so als hätte es sich auf seinen abweisenden Industrielook besonnen. Die Sonnengesichter am Tisch machten heute einen ausgesprochen griesgrämigen Eindruck. Taylor rief Reece in seinem Hotel in New Orleans an, und als der Mann an der Rezeption ihr mitteilte, dass er noch nicht zurückgekehrt sei, versuchte sie ihn in der Firma zu erreichen, deren Fall er dort vertrat. Sie erwartete schon halb, hier eine Auskunft zu bekommen wie: Mr. Reece hat vor einer Stunde das Haus verlassen. Er wollte zu Maude's, dieser Bar mit Oben-ohne-Bedienung, die nur ein paar Blocks entfernt ist …

Doch die Frau, die abnahm, erklärte ihr so munter, als wäre es erst Vormittag: »Tut mir Leid, aber Mr. Reece befindet sich noch in einer Konferenz. Ist es sehr dringend?«

»Nein. Ich rufe morgen noch mal an.«

Sie wünschte, sie hätte ihn nicht zu erreichen versucht. Zwei Nachrichten warteten auf Mitchell, denn sowohl der Mann an der Rezeption als auch die Frau in der Firma würden ihm mitteilen, dass für ihn angerufen worden sei. Reece würde wissen, dass sie es gewesen war, und denken: Pass auf,

Junge, da ist schon wieder eine, die sich an dich klammern und dich kontrollieren will …

Sie aß ein paar Happen, trank ein großes Glas Wein, ließ das Badewasser ein und verbrachte zwanzig Minuten damit, seine Stereoanlage in Gang zu bringen. Dann fand sie eine Platte von Kenny Burrell und legte sie auf. Sanfte Gitarrenmusik erfüllte den Raum.

Taylor zog sich aus und ließ sich in das wunderbare Wasser gleiten. Sie tauchte kurz unter, und als sie wieder hochkam, betrachtete sie kritisch ihren Körper. Gar nicht mal schlecht für eine Dreißigjährige. Ein paar Falten hier, ein paar Pölsterchen dort. Aber der Bauch bereitete ihr Kummer (um ganz ehrlich zu sein, die Oberschenkel auch, doch was kann man schon gegen zu starke Oberschenkel tun?). Über dem Unterleib wölbte sich der Bauch etwas vor. Zum ersten Mal hatte sie sich darüber Gedanken gemacht, nachdem sie mit einem jungen Mann geschlafen hatte und dann neben ihm im Bett lag. Er fuhr mit seiner Hand über ihren Nabel und flüsterte ihr zu, dass es ihn unheimlich scharf mache, mit einer Frau zu schlafen, die im dritten oder vierten Monat schwanger sei.

Gleich am nächsten Tag hatte sie mit einer Diät begonnen und seitdem gegen den Bauch gekämpft.

Mitchell scheint das aber nichts auszumachen. Er … Sie fuhr abrupt hoch. Ein dumpfer, brennender Schmerz machte sich unter ihrer Brust breit, und auf ihrem Gesicht brach urplötzlich der Schweiß aus.

»Ohhh …«, stöhnte sie und presste beide Hände gegen die Rippen. Der Schmerz ließ für einen Moment nach, um dann mit unverminderter Wucht zurückzukehren.

Taylor stand auf. Wasserkaskaden ergossen sich auf den Boden. Sie stieg aus der Wanne, versuchte aufrecht zu stehen, glitt aus und stürzte auf ein Knie. Ihr wurde schwarz vor Augen, und sie war nur noch darauf bedacht, nicht mit dem

Kopf irgendwo dagegenzustoßen. Dann lag sie wie ein Embryo auf den Kacheln und zitterte vor Schmerzen. Langsam öffnete sie die Augen.

Klauen.

Die Klauen der Wanne zerrten in ihr. In ihrem Hals, ihrem Rachen und ihrem Bauch.

Sie stöhnte leise wie ein Tier.

Schweißtropfen gerieten in ihre Augen und rannen über ihre Nase. Sie kroch zur Toilette, klappte den Deckel auf und stützte sich auf einen Arm. Gleich darauf erbrach sie sich und würgte endlos lange.

Die Shrimps. Die Appetithäppchen im Konferenzraum …

Die Schmerzen in ihren Eingeweiden brannten wie flüssiges Feuer und verbreiteten sich rasend schnell. Ihre Hände zitterten. Als sie wieder ohnmächtig zu werden drohte, senkte sie den Kopf. Das Bewusstsein kehrte zurück, doch der Schmerz hinter ihren Schläfen war so mächtig, dass ihr wieder schwarz vor Augen wurde.

Mit jedem Atemzug, jedem Lidflattern und jeder Armbewegung explodierte neuer Schmerz in ihr.

Taylor wusste plötzlich mit absoluter Sicherheit, dass Burdick ihr auf die Schliche gekommen war. Natürlich, so dämlich wie sie sich wieder angestellt hatte. Sie hatte Hemming angerufen und ihn nach der Pistole gefragt. Wenn Burdick Reeces Telefon angezapft hatte, dann sicher auch das ihre. Und jetzt hatte er sie vergiftet. Sie musste sich wieder übergeben. Als das Würgen kein Ende nehmen wollte, schrie sie sich in Gedanken an, damit aufzuhören. Und nachdem das nichts nutzte, flehte und betete sie. Endlich hieb sie wütend mit der Faust auf die Schüssel und musste feststellen, dass sie überhaupt kein Gefühl mehr in ihrer Rechten hatte. Taylor fing an zu weinen.

Sie kroch ins Wohnzimmer und dort zum Telefon. Ihre Zehen zuckten ein paar Momente lang und wurden dann ebenfalls taub. Taylor zitterte mittlerweile unkontrolliert. Das Telefon stand auf dem Schreibtisch. Sie zog an der Schnur, bis der Apparat herunterfiel und sie an der Schulter traf, doch sie spürte nichts davon. Sie wählte die Nummer ihres Frauenarztes, hörte aber mittendrin auf. Sei keine Närrin …

Taylor drückte 911.

»Notruf«, hörte sie eine Stimme sagen.

Sie konnte nicht mehr sprechen. Ihre Zunge schien sich in ein Stück Holz verwandelt zu haben. Die Luft wurde dünner und dünner, so als saugte jemand sie ab.

Ihre Hände zitterten so stark, dass sie den Hörer kaum noch halten konnte. Sie schloss die Augen.

»Hallo? Ist da jemand? Hallo? Hallo? …«

… Neunundzwanzig

Sie spazierten durch die kühle, frische Morgenluft im Südteil von Chinatown. Ihnen bot sich ein Paradies für Feinschmecker. Fische aller Art auf Eisteppichen, Gemüse und Früchte, deren Namen sie kaum kannten. Rote, glacierte Enten, die an den Hälsen aufgehängt waren.

Junie liebte die Enten.

Sie sieht so hübsch aus, dachte Ralph Dudley. Das einfache rosafarbene Kleid, der Strohhut, die weiße Jacke und darüber der dunkelblaue Kaschmirmantel. Seide, hatte Junie gesagt, als sie ihn zum ersten Mal angefasst hatte, in dem Glauben, alles weiche Material sei Seide. Er hatte ihr die Sachen bei Lord & Taylor gekauft. Großer Gott, hatte er gedacht, die Preise sind ja ins Aberwitzige gestiegen. Und natürlich wollte Junie nur Designermode tragen – von Perry Ellis, Calvin Klein und Laura Ashley.

Am Abend zuvor hatten sie sich in einem Theater an der

West Forty-Second Street *A Christmas Carol* angeschaut. Sie hatten einen hübschen Cratchit auf einem Hocker gesehen, den humpelnden Tiny Tim, die Wandlung des Mr. Scrooge und einen fröhlichen Weihnachtsmorgen. So viel Schönes – und nur sechs Blocks von dem Haus entfernt, in dem Junie gewöhnlich für Geld mit Männern ins Bett stieg. Das Stück hatte sie verwirrt. »Als der Typ das geschrieben hat, muss er ja wohl total stoned gewesen sein.«

Sie liefen weiter in südlicher Richtung, vorbei am verdreckten, gelbsüchtig wirkenden Criminal Courts Building und weiter zum Surrogate's Court, nach Dudleys Meinung das schönste und imposanteste Gerichtsgebäude im ganzen Staat New York. Er blieb davor stehen und kam zu dem Schluss, dass etwas Dickens'sches an dem Gemäuer war, etwas Altes, Englisches und Gentlemanhaftes. Es freute ihn sehr, dass er in Kürze zum ersten Mal in seiner Karriere in diesen erhabenen Hallen auftrat. Sie waren zu früh dran und fanden in einem der gotischen Gänge, die mehr zu einem Museum als zu einem Gerichtsgebäude passten, eine Bank, auf der sie sich niederließen. Dudley zog sein Taschentuch heraus und wischte Junie einen Fleck von der Wange. Sie wehrte sich dagegen, da sie nicht beim Lesen in ihrem Comicheft gestört werden wollte. Dudley strich ihr Haar glatt, lehnte sich etwas zurück, betrachtete ihr wunderschönes Gesicht und fragte sich, wie er das wohl je seiner verstorbenen Frau erklären konnte.

Natürlich stellte er sich nicht vor, neben ihrem Grab zu sitzen und mit ihr zu reden wie in einem alten James-Stewart- oder Jack-Lemmon-Film. Aber manchmal sah er sie in seiner Fantasie wieder vor sich, wie sie an einem der im Grunde austauschbaren Abende in ihrem Sessel saß und nähte, während er in der Zeitung las. Und dann drehte er sich zu ihr um und sagte: Emma, ich muss mit dir reden. Weißt du, ich habe da ein Problem.

Wie würde sie darauf reagieren?

Er dachte ernsthaft und gründlich darüber nach und kam zu dem Schluss, dass sie wahrscheinlich gar nicht darauf reagieren würde.

Nun ja, vermutlich hätte sie noch mehr als vorher getrunken, ja, das hätte sie wohl. Solange Emma nicht trank, war sie ihm immer eine Quelle der Kraft gewesen. Was hatte der Alkohol nur ihrem großen, alles vereinnahmenden und verletzten Ego angetan? Was immer Alkohol auch bewirken mochte, er hatte obendrein einen üblen alchimistischen Nebeneffekt.

Er glaubte auch, dass Emma sehr bald angefangen hätte, ihn zu hassen, und das nicht unbedingt wegen seiner moralischen Verworfenheit, nein, sondern deswegen, weil er eine heimliche Leidenschaft hatte, sie aber nicht. Emma hatte nie Heimlichkeiten gepflegt. Diese Frau ging ganz in der Familie auf. Ihr einziges Laster bestand in ihrer alles verschlingenden Eigenliebe. Sie wusste darum und war's zufrieden. Das Laster ihres Mannes hingegen war wie eine Sucht, die sich damit nicht in Einklang bringen ließ. Diese Sucht war, per definitionem, absolut charakterlos und unsympathisch. Im Wettbewerb, wer verderbter sei, hätte er mit verbundenen Augen gewonnen. Und dafür betrachtete sie ihn mit noch mehr Zweifeln.

Nein, von Emma konnte er keine Hilfe für sich erwarten, noch nicht einmal Mitgefühl. Nein, da war nichts von der starken Frau, die angeblich hinter jedem großen Mann steht. Keine selbstaufopfernde gute Ehefrau. Wir haben schon ganz andere Dinge durchgestanden, da werden wir auch diese Klippe umschiffen.

Ralph Dudley hatte seine Ehe überlebt, seine Pflicht getan und sein Geheimnis bewahrt. Und jetzt saß er hier wie ein alter Narr inmitten der rokokohaften Schönheit und Unbeschwertheit des Gerichtsgebäudes. Der König der Narren, der eine fünfzehnjährige Nutte adoptieren wollte. Eine junge

Frau, die mehr Talent dafür hatte, Männern die Schwänze zu blasen, als er dafür, Recht zu praktizieren.

Er berührte Junies Hand. Sie ließ es eine Weile zu und zog sie dann weg, um die Seite umzublättern.

Eine Stimme riss ihn aus seinen Gedanken. »Ralph?«

Er hob den Kopf und sah Amanda Wilcox vor sich stehen. Sie trug einen blauen Anzug, schwarze Strümpfe und Pumps mit einem burgunderroten Seitenstreifen. Er erhob sich sofort, nahm ihre Rechte in seine Hände und überlegte kurz, ob er sie zur Begrüßung küssen sollte. Doch noch ehe er sich entschieden hatte, beugte sie sich vor und hielt ihm ihre Wange entgegen. Als ihre Gesichter sich berührten, roch er Chanel No. 5.

Dudley hatte heute seinen einzigen Anzug an, der nicht gleich durch glänzende Flecken oder lose Fäden ins Auge stach. Er sah Amanda an und beugte sich zu ihr. Amanda lächelte Junie zu, die darauf mit einem Grinsen reagierte, das ebenso rasch verging, wie es gekommen war, weil sie sich wieder auf ihre Lektüre konzentrierte.

Dudley rang in Gedanken mit sich und kam endlich zu dem Schluss, die beiden Frauen nicht einander vorzustellen.

»Ich wusste gar nicht, dass du auch hier am Vormundschaftsgericht zu tun hast. Du hast mir nie etwas davon erzählt.«

»Hin und wieder befasse ich mich mit einer Adoption oder mit einem Vormundschaftsfall. Ein faszinierendes Teilgebiet. Ich wünschte, ich hätte mich schon in jungen Jahren darauf spezialisiert.« Er redete zu schnell, so als stünde er unter dem Zwang, sich erklären zu müssen.

»Wenn du mich fragst, ist es jedenfalls eine befriedigendere Arbeit, als sich mit geliehenem Geld oder Aktien zu befassen«, entgegnete Amanda.

Dudley sah auf seine Armbanduhr. »Tut mir Leid, aber ich habe jetzt einen Termin.«

Sie legte ihm eine Hand auf den Arm. »Das Dinner neulich hat mir gefallen, Ralph. Ich hoffe, wir können das einmal wiederholen.«

»Unbedingt.« Er nickte ihr wie ein viktorianischer Gentleman zu und blickte ihr nach, wie sie über den langen Flur verschwand.

Als er sich umdrehte, sah er in einer der Glastüren sein Spiegelbild – ein alter, vertrottelter und leidenschaftlich verliebter Anwalt. Er wandte sich rasch von dieser Reflexion ab, ergriff Junies Hand und ging mit ihr zum Saal.

»Bist du schon einmal auf dem Gericht gewesen?«, fragte er.

Junie zog das blaue Band gerade, das von ihrem Strohhut herabhing, und antwortete stolz: »Klar. Damals, als ich auf diesen Drecksack eingestochen habe.«

»Du hast was getan?«, fragte Dudley entsetzt.

»Ich und der Typ standen an der Forty-Sixth Street, als dieser Kerl vorbeikommt und anfängt, uns anzumachen. Mein Freund sagt ihm: ›Verpiss dich.‹ Da fängt dieses Arschloch doch an, auf ihn einzuschlagen, einfach so, ohne Grund. Als es danach aussieht, als wollte er ihn krankenhausreif schlagen, habe ich sein Kung-Fu-Messer genommen und es ihm ins Bein gestoßen.«

»Großer Gott, hat man dich verhaftet?«

»Na klar, doch ich war n. s. m.«

»Was ist das denn schon wieder?«

»Nicht strafmündig.« Sie verdrehte über so viel Unkenntnis die Augen.

»Aber du bist vorbestraft, oder?«, sagte Ralph, der sich in Gedanken fragte, ob bei der Anhörung heute Morgen womöglich Junies Strafregister zur Sprache kommen würde.

»Nein, ich hab's dir doch gerade erklärt, ich war noch nicht strafmündig. Da bekommt man keinen Vermerk.«

Auch der Gerichtssaal wirkte wie ein Raum aus einer anderen Zeit. Überall Holz, Putten, Wandpfeiler und Stuckarbeiten. Die alten Porträts ernst dreinblickender Richter verschmolzen mit der dunklen Holztäfelung.

Junie schien von alldem nichts mitzubekommen. »He, Poppie, ist ja irgendwie richtig schrill. Ich meine, wenn du mich adoptiert hast, vögeln wir dann nicht mehr zusammen?«

»Pst!« Dudley sah sich ängstlich um.

»Und wirst du dann auch nicht mehr glotzen, wenn ich mich ausziehe?«

»Sei doch bitte still … Ich liebe dich. Und ich möchte gern, dass du meine rechtmäßige Tochter wirst. Dann können wir viel Zeit miteinander verbringen und uns unterhalten. Du sollst bei mir ein gutes Zuhause haben.«

»Und wenn ich einen Freund habe, bist du dann eifersüchtig?«

»Wahrscheinlich. Sind das nicht alle Väter von Töchtern?«

»Was fragst du mich? Ich weiß noch nicht einmal, wer mein Vater ist.«

Die Richterin, eine vollschlanke, attraktive Farbige, betrat den Gerichtssaal.

»Alle mögen sich erheben.«

Die im Raum Anwesenden standen auf, der Gerichtsdiener rief den ersten Fall auf, dann setzten sie sich wieder. Die Prozedur erinnerte Dudley an die Liturgie bei einem Hochamt.

»Es wird bestimmt billiger für dich werden, was?«

»Pst!«

»Ich meine, wenn du mich nicht bumst, sparst du doch ’ne Menge Kohle, oder?«, sagte Junie.

»Sei still!«

»Können wir dann auch mal zusammen verreisen?«

»Natürlich. Und ich werde ein Konto für deine Collegeausbildung einrichten.«

Sie lachte, als hätte er einen gelungenen Witz gemacht.

Die Richterin wirkte ungeduldig und gelangweilt, als sie in einem Sorgerechtsfall gegen den Vater entschied. Die Mutter warf ihm hämische und triumphierende Blicke zu, während sie mit ihrem Anwalt und einem hübschen zehnjährigen chinesischen Mädchen über den Mittelgang nach draußen ging. Dudleys Augen folgten ihren dünnen Beinen.

Der Gerichtsdiener rief: »Der Fall June R. Minderjährig.«

»Was soll der Scheiß von wegen minderjährig?«, zischte Junie, und mehrere Köpfe drehten sich zu ihr um.

»Pst. Vor dem Gesetz gilt jeder, der das achtzehnte Lebensjahr noch nicht vollendet hat, als minderjährig«, erklärte ihr Dudley.

»Find ich ganz schön beschissen«, murrte sie.

Er wischte sich die schweißfeuchten Hände ab, erhob sich rasch und atmete tief durch. »Der Antragsteller ist bereit, Euer Ehren.«

Die Richterin zog die Akte zu sich heran. »Worum geht es denn hier genau, Mr. Dudley?«

»Um einen Antrag auf Adoption und Vormundschaft, Euer Ehren.«

»Aha«, sagte die Richterin und öffnete die Akte.

»Was ist geschehen?«, fragte Sean Lillick.

Die Ärztin war Mitte dreißig, hatte glattes blondes Haar und trug außer leuchtend blauem Lidschatten kein Make-up. Lillick konnte ihr nicht ins Gesicht sehen, ohne auf das Blau zu starren. Ihr Schildchen wies sie als Dr. Sarravich aus und zeigte ein sehr unvorteilhaftes kleines Bild von ihr.

»Botulismus«, antwortete die Medizinerin.

»Botulismus? Das ist doch eine Art Lebensmittelvergiftung, oder?«

Dr. Sarravich hielt nicht viel von Feinfühligkeit, wusste jedoch, dass man sie Angehörigen und anderen Besuchern dosiert wie ein Medikament verabreichen musste. »Ich fürchte, Mrs. Lockwood hat etwas sehr Verdorbenes gegessen.«

»Aber sie wird wieder gesund, oder?«

»Unter Botulismus versteht man eine bakterielle Lebensmittelvergiftung, und mit der ist nicht zu spaßen. Mrs. Lockwood steht unter Schock und hat das Bewusstsein noch nicht wiedererlangt. Sie hat sehr viel Flüssigkeit verloren, und die Prognose, die ich stellen muss, ist nicht sehr erfreulich. Wir sollten uns besser mit ihren Eltern in Verbindung setzen.«

»Ich habe keine Ahnung, wo die leben. Aber ich kann Ihnen den Namen von einem Mann geben, der ihre Adresse bestimmt hat. Darf ich sie sehen?«

»Nein, sie liegt auf der Intensivstation«, sagte Dr. Sarravich. Warum mussten Ärzte immer so ernst sein? Es hatte den Anschein, als würde der Kampf gegen den unausweichlichen Zusammenbruch des menschlichen Körpers sie allen Humors berauben.

»Steht es denn wirklich so schlimm um sie?«, fragte Lillick.

Die Ärztin zögerte – ihr Eingeständnis an die Feinfühligkeit – und antwortete dann: »Ich fürchte, wir müssen mit dem Schlimmsten rechnen.«

Einen Moment später hielt sie einen Block und einen Stift in der Hand. »Wie lautet der Name des Mannes, mit dem ich mich in Verbindung setzen soll?«

Lillick schrieb den Namen und die Telefonnummer auf den Block. »Donald Burdick. Und wer ist das?«, fragte Dr. Sarravich.

»Der Chef der Kanzlei, in der sie arbeitet. Ich bin mir sicher, dass er alles in seiner Macht Stehende tun wird, um ihr zu helfen.«

Taylor öffnete langsam die Augen. Ihre Haut brannte vom Fieber, als hätte man sie mit Sandpapier abgeschmirgelt. Sie konnte kaum etwas klar erkennen, und ihr Kopf schien in einem Schraubstock eingezwängt zu sein. Arme und Beine waren nicht zu gebrauchen und kamen ihr vor wie Holzscheite, die man an ihren Leib gepfropft hatte. Sie hatte immer noch Krämpfe, Übelkeit stieg weiter in ihr hoch, und ihr Mund war ausgetrocknet.

Eine junge Frau in einer blauen Tracht bezog gerade das Nachbarbett.

Taylor hatte in ihrem ganzen Leben noch nie solche Schmerzen gehabt. Jeder Atemzug tat ihr weh, jeder Gedanke löste eine Schmerzwoge aus. Sie vermutete, dass die Nerven in ihren Händen und Beinen abgestorben waren, und hielt das für einen Segen. Wenn ihr auch noch die Finger und Zehen wehgetan hätten, hätte sie sich das Leben genommen.

Taylor flüsterte etwas.

Die Krankenschwester zeigte keine Reaktion.

Taylor schrie.

Die junge Frau legte den Kopf schief.

Taylor schrie wieder.

Keine Reaktion. Taylor schloss die Augen, weil sie sich nach der Anstrengung ausruhen musste.

Ein paar Minuten später war das Bett gemacht. Auf dem Weg zur Tür warf ihr die Krankenschwester einen Blick zu.

»Gift«, krächzte Taylor.

»Ja, eine Lebensmittelvergiftung«, sagte die Krankenschwester lächelnd, ohne stehen zu bleiben.

»Ich will Mitchell!«, stieß Taylor aus.

Die junge Frau hielt ihren kräftigen Unterarm hoch und zeigte Taylor ihre Armbanduhr. »Nein, wir haben noch nicht Mitternacht. Es ist elf Uhr morgens.«

»Ich will Mitchell, bitte …«

Die Krankenschwester verließ das Zimmer. Taylor schloss

wieder die Augen. Sie kämpfte dagegen an, das Bewusstsein zu verlieren, doch es verrann wie Sand in einer Eieruhr.

Als sie die Augen erneut öffnete, stand Sean Lillick an ihrem Bett.

Sie flüsterte etwas.

Er beugte sich über sie. »Was?«

Als ihr Bewusstsein zurückkehrte, klang ihre Stimme für einen Moment wieder klar. »Wo ist Mitchell?«

»Ich habe eine Nachricht auf seinem Anrufbeantworter hinterlassen, aber die Firma in New Orleans teilte mir mit, dass er schon auf dem Weg zurück sei. Außerdem habe ich mit Donald Burdick gesprochen.«

Ihre Reaktion erschreckte ihn. »Nein!«, rief sie mit weit aufgerissenen Augen.

»Warum denn nicht?«

»Erzählen Sie ihm nichts … Er darf nicht zu mir kommen.«

»Wieso nicht? Er hat gesagt, er wolle sie besuchen.«

»Gift.«

»Ja, eine Lebensmittelvergiftung. Botulismus.«

»Nicht Donald …« Sie versuchte mühsam, sich aufzurichten.

Lillick musterte ihr bleiches Gesicht, dann drehte er den Kopf weg.

»Sie wollen, dass ich Burdick nichts erzähle? Warum nicht?«

»Sie müssen ihn von mir fern halten. Bringen Sie ihn davon ab …«

»Gut, wenn Sie das so wollen.«

»Und könnten Sie bitte …«

»Ja, was denn?«

Sie murmelte etwas.

Lillick beugte sich noch weiter hinab und bat sie, ihre

Worte zu wiederholen, doch Taylors Kopf rollte zur Seite. Ihre Augen wurden leer, und Schweiß brach auf ihrem Gesicht aus. Lillick lief erschrocken aus dem Zimmer, um die Schwester zu rufen.

»Wir können Sie entweder verdrahten, Albert«, sagte der FBI-Agent, »oder Sie tragen den Recorder bei sich. Was ist Ihnen lieber?«

Sie befanden sich im Büro des New Yorker FBI, hoch oben im Two World Trade Center, in einem der abseits gelegenen überfüllten Räume, die für die gemeinsame Arbeitsgruppe von Bundesbehörde und Staatsbehörde zur Bekämpfung von so genannter »Weißer-Kragen-Kriminalität« und Korruption angemietet worden waren. Das geschäftige Treiben und allgegenwärtige Stimmengewirr hier ließen darauf schließen, dass die Sondergruppe viel zu tun hatte. In dem Büro sah es aus wie in der Geschäftsstelle einer wenig renommierten Kanzlei oder Versicherungsgesellschaft, und der FBI-Agent erinnerte Bosk an Ward Cleaver aus der alten TV-Serie.

»Was ist denn der Unterschied?«, fragte Bosk.

»Drähte lassen sich leichter unter der Kleidung verbergen, aber man muss sie mit Klebestreifen auf der Haut befestigen. Der Recorder ist natürlich größer, und Sie tragen ihn in der Tasche. Aber der kann auch schneller entdeckt werden.«

»Und wenn man mich mit so einem Ding erwischt, was dann?« Bosk lachte nervös. »Werde ich dann an die Fische verfüttert?«

Der FBI-Agent verzog keine Miene.

»Also gut, die Drähte«, sagte Bosk. »Meinetwegen verdrahten Sie mich.«

Er erhielt eine Visitenkarte. »Kommen Sie morgen zu dieser Adresse, bevor Sie zum Treffen gehen. Dort präparieren wir Sie. Die Techniker erklären Ihnen dann auch, wie alles funktioniert.«

»Funktioniert?«, fragte Bosk. »Muss ich denn noch irgendetwas damit anstellen?«

»Sie sollten vor allem darauf achten, nicht in der Nähe von bestimmten elektrischen und elektronischen Geräten zu stehen. Aber machen Sie sich keine Sorgen, die Techniker kennen sich aus und sagen Ihnen alles, was Sie zu beachten haben.«

»Klar, worüber sollte ich mir Sorgen machen.«

Der Agent verließ den Raum, und der leitende Staatsanwalt, ein großer Mann mit Halbglatze und in einem karierten Anzug, trat ein. »Setzen Sie sich, Albert. Ich habe mit dem Bundesstaatsanwalt gesprochen und kann Ihnen jetzt sagen, wie weit wir zu gehen bereit sind. Zwei Betrugsklagen liegen gegen Sie an. Wenn Sie uns dabei helfen, die beiden anderen Männer festzunehmen, lassen wir die Anklage gegen Sie fallen. Dann erwartet Sie nur noch ein Zivilverfahren. Vermutlich müssen Sie einige hunderttausend Dollar zurückzahlen, aber Sie wandern wenigstens nicht ins Gefängnis.«

Bosk dachte an die Verbindungsessen in Princeton. Gott, war das Leben damals einfach gewesen. Warum konnte man nicht ewig aufs College gehen?

Er nickte und verspürte den Drang, einen Scherz zu machen, irgendeine dumme Bemerkung, um die Atmosphäre zu entspannen. Doch ihm wollte einfach nichts Witziges einfallen.

»Wir hatten Dennis Callaghan früher schon einmal ziemlich eingekreist, aber er ist ein raffinierter Scheißkerl. Ich weiß, dass er in drei Fällen illegal Insiderwissen weitergegeben hat, und ich bin mir sicher, dass er sich auch in mindestens einem Fall einer Marktmanipulation schuldig gemacht hat. Der andere, derjenige, der ihn mit den Konteninformationen versorgt, ist bislang noch nicht mit dem Gesetz in Konflikt geraten, aber wir werden auch ihn vor Gericht bringen. Vor zehn Jahren hat die Sondergruppe angefangen, Wirtschaftskriminelle zu überführen und anzuklagen, aber die sauberen Herren lassen sich von uns noch immer nicht abschrecken. Also müssen wir noch unerbittlicher und unnachsichtiger gegen sie vorgehen.«

»Wie viel kriegt er?«, fragte Bosk.

»Wer?«

»Sebastian.«

Der Staatsanwalt blätterte in seinen Unterlagen. »Schwerer Diebstahl, Fälschung von Geschäftsunterlagen, dazu Verstöße gegen die Anwaltsordnung. Damit kommt er für gut und gerne vierundzwanzig Monate hinter Schloss und Riegel. Dazu eine Geldstrafe von einer halben Million. Das sollte ihn für eine Weile heilen.«

Der Staatsanwalt entdeckte auf Bosks unglücklichem Gesicht so etwas wie einen Anflug von Mitleid. »Was ist los? Ist er ein Freund von Ihnen?«

Ein kaltes Lächeln spielte um Bosks Mund. »Ja, aber was zählt Freundschaft heutzutage noch?«

Um neunzehn Uhr dreißig klingelte Donald Burdicks Telefon. Er saß gerade in seinem Arbeitszimmer und hörte die Schritte seiner Frau.

Als sie anklopfte und die Tür öffnete, erwartete er sie schon und sah sie an.

»Telefon, Don«, sagte Vera. »Eine Ärztin ist dran.«

Er nahm den Hörer des Apparats auf seinem Schreibtisch ab. »Ja, bitte?«

»Ist dort Mr. Burdick?«, fragte eine nüchtern und ernst klingende Frauenstimme. »Ich bin Dr. Vivian Sarravich vom Manhattan General Hospital. Ich habe neulich schon mit Ihnen gesprochen. Über Mrs. Lockwood.«

Burdick beugte sich vor. Das *Wall Street Journal,* das er fest umklammert hatte, glitt aus seiner Hand.

»Worum geht's?«

»Ich habe eine schlechte Nachricht, Mr. Burdick. Mrs. Lockwood liegt im Koma, und wir befürchten, dass sie nicht mehr daraus aufwacht.«

Burdick winkte Vera, sich neben ihn zu stellen. Dann hielt er den Hörer so, dass sie alles mitbekam. »Aber kann man denn an so etwas sterben?«, fragte er die Ärztin. »An einer Lebensmittelvergiftung?«

»Das ist der schlimmste Fall von Botulismus, der mir je begegnet ist. Die Infektion ist stärker, als wir zuerst angenommen haben. Mrs. Lockwoods Atemsystem ist bereits zweimal zusammengebrochen.«

Alle drei schweigen. Burdick starrte auf die Schreibtischplatte.

»Hallo, Mr. Burdick?«

»Ja, ich bin noch dran.«

»Das wollte ich Ihnen nur mitteilen, Sir. Wir haben bereits die Angehörigen von Mrs. Lockwood verständigt.«

»Ja … äh … vielen Dank, Doktor. Wissen Sie vielleicht … können Sie irgendetwas darüber sagen, wie ihre Chancen stehen?«

Eine längere Pause trat ein. Dann sagte Dr. Sarravich: »Der behandelnde Toxikologe und ich haben sehr lange über den Fall diskutiert. Wir sind uns im Prinzip einig. Die Chancen von Mrs. Lockwood, das Bewusstsein wiederzuerlangen, gehen gegen null.«

»Was für eine Tragödie«, murmelte Burdick, und Vera schüttelte den Kopf.

Es klopfte an der Tür. Vera ging hin und öffnete sie. Das Hausmädchen stand draußen und sagte: »Sie sind da, Mrs. Burdick.«

Diese nickte und kehrte zu ihrem Mann zurück.

»Nochmals vielen Dank, Doktor«, verabschiedete er sich und legte auf. Dann sah er seine Frau an und sagte: »Die Ärztin meinte, wenn das ein Trost für uns sei, Taylor habe wenigstens keine Schmerzen mehr.«

»Ja, das ist ein Segen«, erwiderte Vera wie nebenbei. »Jetzt beeil dich aber, Donald, und zieh dich um. Unsere Freunde sind da, und das Dinner kann jede Minute beginnen.«

... Dreißig

Donald Burdick füllte Waterford-Gläser mit Portwein. Seine Fingerspitzen hinterließen Abdrücke auf der Staubschicht der Flasche, die, wie er mit leisem Wohlgefallen feststellte, Jahrgang 1963 war.

Das Jahr, in dem der Demokratenpräsident ermordet worden war.

Das Jahr, in dem Donald Burdick seine erste Million gemacht hatte.

Ein sehr guter Jahrgang für Portwein.

Er trug jeweils zwei gefüllte Gläser zu seinen Gästen Bill Stanley, Lamar Fredericks, Woody Crenshaw – alles alte reaktionäre Knacker, wie seine Enkelin sagen würde, falls ein solcher Ausdruck von Jugendlichen überhaupt noch gebraucht wurde, was vermutlich nicht der Fall war – und drei andere Mitglieder des Aufsichtsrats, junge, namenlose Männer, und Burdick gestattete sich das kleine Vergnügen, höflich und freundlich zu ihnen zu sein. Im Moment schlotterten den dreien nämlich vor Angst bestimmt die Knie. Wendall Clayton hatte sie unter seine Fittiche genommen, sie zu dem gemacht, was sie heute waren, und sie dank seines Einflusses in den Aufsichtsrat gebracht.

Burdick und seine Gäste hatten sich ins Arbeitszimmer zurückgezogen. Draußen klatschte nasser Schnee gegen die Butzenglasscheiben.

»Auf Hubbard, White & Willis«, sagte Burdick. Alle hoben die Gläser, stießen aber nicht miteinander an.

Die Restauration hatte rasch eingesetzt. Abtrünnige und Kollaborateure hatte man gebrandmarkt und dann mit einem Fußtritt in die Arme der Headhunter und Arbeitsämter befördert. Aber von Claytons eigentlichem Stab, von den jungen Assistenten und Anwaltsgehilfen, war niemand gegangen. Man pflegte im Haus die Überzeugung, dass solche Mitarbeiter sich doppelt und dreifach anstrengen würden, um das Stigma des Clayton-Stallgeruchs loszuwerden.

Die drei Namenlosen hier im Arbeitszimmer waren die Letzten, auf die das Fegefeuer wartete.

Einer der drei bemerkte: »Ihre Gattin ist ausgesprochen charmant, Donald.«

Burdick lächelte. Die drei hatten Vera schon bei früheren Gelegenheiten kennen gelernt, aber nie zuvor waren sie von ihr zum Dinner eingeladen und unterhalten worden. Nie zuvor hatten sie Berichte von ihren Reisen oder Anekdoten über ihre politischen Freunde gehört. Kurzum, die drei waren nie zuvor in ihren Bann gezogen worden (während Vera ihrerseits deren Loyalität abschätzte und ihrem Mann den jeweiligen Befund mit ihren himmelblauen Augen signalisierte).

Er stellte die Flasche aus dem Jahr des Anschlags mitten auf den Beistelltisch.

»Bill ist schon darüber informiert«, begann er, »aber für den Rest von Ihnen habe ich Neuigkeiten. Morgen treffe ich mich mit John Perelli. Ich verrate Ihnen wohl kein Geheimnis, wenn ich sage, dass wir da ein kleines Problem haben. Die Partnerversammlung hat den Fusionsvertrag abgesegnet, und John Perelli wird uns darauf festnageln wollen.«

Einer der Namenlosen meldete sich zu Wort. »Ich kenne diesen Vertrag so gut wie meine Westentasche, Donald. Er ist voller Löcher.« Dieser Mann gehörte zu denen, die ihn aufgesetzt hatten, er war derjenige, der den Platz rechts von Clayton eingenommen hatte, damals in jenem kalten, muffig riechenden Konferenzraum, wo sie zusammen mit Perelli bis zwei Uhr morgens über dem Vertrag gesessen hatten.

Burdick, insgeheim beeindruckt, dass der junge Mann seinem Blick standgehalten hatte, entgegnete: »Aber wir sind auf der Sitzung übereingekommen, die weiteren Verhandlungen in gegenseitigem Einverständnis und auf Treu und Glauben anzugehen. Die Kanzleileitung hat nun beschlossen, dass wir die Fusion nicht weiter verfolgen werden, und das aus dem einfachen Grund, weil wir die Fusion nicht wollen. Damit beenden wir das gegenseitige Einverständnis und stehen vor einem Vertragsbruch. Denken Sie nur an den Fall Texaco und Pennzoil.«

Ein anderer Namenloser sagte: »Ich kenne den Fall, Don.« Das war schon fast unverschämt, und so fügte er schnell hinzu: »Es ist richtig, dass die Gegenseite uns einige Schwierigkeiten bereiten könnte, aber ich glaube auch, dass wir uns ausreichend abgesichert haben. Und da jetzt Wendall Clayton nicht mehr unter uns ist, sind die Grundvoraussetzungen des Fusionsvertrags hinfällig geworden.«

»Gibt es in dem Vertrag vielleicht eine Klausel, dass Clayton der neuen Kanzlei angehören muss?«

»Nein.«

Burdick zuckte mit den Schultern und erklärte mit einem leisen Lächeln: »Dann, fürchte ich, haben wir noch immer unser kleines Problem.«

Der erste Namenlose warf die Frage auf: »Welchen Schaden könnte Perelli denn schon vor Gericht geltend machen?«

»Wir wollen aber nicht, dass die Sache vor Gericht endet«, entgegnete Bill Stanley.

»Das wäre wirklich das Letzte, was wir jetzt gebrauchen könnten«, sagte Burdick. »Ein Seniorpartner nimmt sich das Leben, das bedeutet schon genug schlechte Presse für uns.

Glauben Sie mir, mein Freund, dadurch werden wir einige Klienten verlieren. Und dann noch eine Klage von Perelli? Nein, ich möchte der anderen Seite das Vorkaufsrecht einräumen.«

Lamar Fredericks, kahlköpfig, rundlich und von zwei Wochen Golf auf Antigua sonnengebräunt, brummte: »Das Vorkaufsrecht einräumen? Blödsinn, Don, du willst sie bestechen. Besser gesagt, du willst sie auskaufen. Also erspar uns weitere Wortemacherei, und sag endlich, was uns der Spaß kostet.«

Burdick warf Stanley einen Blick zu, woraufhin dieser erklärte: »Wir gehen bis fünf Millionen. Das ist die absolute Obergrenze. Dafür müssen sie uns aus dem Vertrag entlassen und sich verpflichten, kein Wort darüber an die Presse weiterzugeben. Falls sie das doch tun, müssen sie uns die doppelte Summe als Entschädigung zahlen.«

»Inwieweit betrifft das unsere Partnerschaftsanteile?«, wollte Crenshaw wissen.

»Wir nehmen die Summe aus den Aktiva«, antwortete Burdick und fügte barsch hinzu: »Besorg dir doch einen Taschenrechner, und stell selbst fest, wie sehr du bluten musst.«

»Wird Perelli darauf eingehen?«

»Ich werde mein Bestes geben, ihn zu überzeugen«, erwiderte Burdick. »Ich habe Sie alle aus einem bestimmten Grund hergebeten. Eine so große Summe kann ich nicht allein und kraft meines Amtes transferieren, möchte aber deswegen keine Partnerversammlung einberufen. Um über die fünf Millionen verfügen zu können, brauche ich die einstimmige Absegnung durch die Mitglieder des Aufsichtsrates.«

Natürlich war keiner der Anwesenden davon ausgegangen, ohne besonderen Grund in Burdicks Haus eingeladen worden zu sein, doch erst jetzt begriffen sie das ganze Ausmaß dessen, was hinter diesem Dinner steckte. Burdick testete sie, wollte wissen, auf welcher Seite sie standen.

»Nun, meine Herren«, fragte Burdick, »stimmen Sie alle zu?«

In dieser Minute wurde Wendall Clayton endgültig exorziert. Die drei namenlosen jungen Männer präsentierten das, was von seinem Geist übrig geblieben war. Erwies sich Claytons Vermächtnis als so stark wie seine Persönlichkeit?

Die drei tauschten Blicke aus, aber keiner von ihnen schluckte oder trat nervös von einem Fuß auf den anderen. Als Burdick sie der Reihe nach aufrief, antwortete jeder: »Dafür.«

Burdick bedachte alle mit einem Lächeln, schenkte Portwein nach und legte einem der jungen Männer eine Hand auf die Schulter. Dann ließ er sich in seinen schweren Ledersessel nieder, und ihm ging der Gedanke durch den Kopf, wie sehr er die drei dafür verachtete, nicht mehr Mumm bewiesen und Claytons Standpunkt energisch vertreten zu haben.

Plötzlich verdüsterte sich seine Miene. »Oh, nur damit Sie informiert sind. Ich fürchte, wir stehen vor noch einem Problem. Eines, auf das sich die Presse ebenfalls stürzen dürfte.«

»Die Presse? Wovon sprichst du?« Stanleys Stimme klang rau. »Eine unserer Anwaltsgehilfinnen liegt im Krankenhaus. Die Ärzte geben ihr wenig Chancen.«

»Wer liegt im Krankenhaus?«

»Taylor Lockwood.«

»Taylor? Aber das ist ja entsetzlich! Was ist denn geschehen?«, fragte einer der Namenlosen.

»Botulismus. Niemand weiß, wie sie sich das geholt hat.«

Stanley schüttelte den Kopf. »O mein Gott, ich hoffe nur, sie hat es nicht von dem Essen bekommen, das der Partyservice geliefert hat.«

Das Erste, was Thom Sebastian auffiel, waren die enormen Ausmaße des Büros.

Er schätzte, dass sein eigenes Büro mindestens fünfmal

hier hineinpassen würde und dann immer noch genügend Platz für die Rudermaschine und die Trittleiter blieb.

Als Zweites bemerkte er, dass Dennis Callaghan, dem diese Halle von einem Büro gehörte, sein Haar im Stil der römischen Kaiser nach vorn gekämmt hatte, um die kahle Stelle zu verdecken. Ihm war solche Eitelkeit bei Callaghan bisher gar nicht aufgefallen, und er ärgerte sich darüber, einen derartigen Fehler begangen zu haben, spürte er doch sonst stets recht schnell die Schwachstellen seiner Geschäftspartner auf.

»Hallo, Sea Bass!«

»Hallo, Bosk-Meister.«

Bosk, der auf einem Sofa saß, dessen schwarzes Leder so weich war wie Seide, klatschte ihm in die Hand und blinzelte ihm zu.

Über der Couch hing eine drei mal sechs Meter große Leinwand, auf der sich jemand mit wilden Pinselstrichen ausgetobt hatte. Die Wände waren grau, der Teppich lachsfarben.

»Treten Sie doch näher,Thom, und nehmen Sie Platz.« Callaghan spazierte an ihm vorbei (sein Gang sollte wohl besonders lässig wirken) und schloss die Tür. Er ließ sich dann aber nicht wieder hinter seinem Schreibtisch nieder, sondern setzte sich neben Sebastian.

»Kaffee?«, fragte Callaghan.

»Nein, nichts, danke.«

»Wie stehen die Aktien bei Hubbard, White & Willis? Ich habe gehört, dort soll es zu einem unliebsamen Vorfall gekommen sein.«

»Ein Seniorpartner hat sich das Leben genommen.«

»Was für eine Tragödie. Aus persönlichen Gründen?«

»Ich glaube, ja.«

»Tja, auf einem Anwalt lastet eben viel Druck. Ich habe selbst einmal daran gedacht, Jura zu studieren«, sagte Callaghan. »Aber all das viele Büffeln … Nein, das war dann eigentlich doch nichts für mich. Ich bin viel zu ungeduldig und habe für zu viele Details nur wenig übrig. Aber ich habe großen Respekt vor Anwälten. Sie müssen doch sicher auch wie ein Pferd arbeiten, oder?«

»Manchmal«, antwortete Sebastian, »aber das Schöne an meinem Beruf ist, dass ich, wenn mir jemand dumm kommt, ihm gleich eine Beleidigungsklage an den Hals hängen kann.«

Bosk lachte laut. »Für gewöhnlich verhält es sich umgekehrt. Da macht Thom die dummen Witze, und die andere Seite hat das Nachsehen.«

»Ich fliege morgen zu den Antillen«, sagte Callaghan. »War einer von euch schon mal in der Karibik?«

Die beiden jungen Männer sahen sich an. »Mit dem Club Med«, antworteten sie dann zugleich, und Sebastian fügte hinzu: »Ich glaube aber nicht, dass sie uns da noch mal mit offenen Armen empfangen würden.«

»Wir haben ein wenig zu wild und zu oft gefeiert«, erklärte Bosk.

»Unter anderem«, meinte Sebastian.

Callaghan interessierten die Abenteuer der beiden nicht. Im Grunde waren ihm sowohl Bosk als auch Sebastian herzlich egal, und er wollte ganz bestimmt nicht mit ihnen auf Sauftour gehen oder sich ihre pubertären Frauenerlebnisse anhören müssen. Aber Dennis Callaghan hätte niemals Abermillionen Dollar gemacht, wenn er nicht immer gewusst hätte, wann und wie laut man lachen musste. So grinste er jetzt breit und schüttelte den Kopf, sagte dann aber rasch: »Nun, Thom, lassen Sie uns jetzt zum Geschäftlichen kommen. Sie haben die Konteninformationen, und wir sind bereit zuzuschlagen. Sie haben Ihrem Anteil zugestimmt, und jetzt werde ich Ihnen mitteilen, was ich zu Ihrem Schutz zu unternehmen gedenke …«

»Es gibt da noch ein kleines Problem«, unterbrach ihn Sebastian.

»Ein Problem?«

»Ich habe es mir anders überlegt.«

Bosk verdrehte die Augen.

Das Lächeln auf Callaghans rundem Gesicht erstarb nicht. »Etwa kalte Füße bekommen?«

Sebastian öffnete den Mund, um zu protestieren, dachte dann aber einen Moment nach und antwortete: »Ja, so könnte man es nennen.«

»Nach allem, was wir für dich getan haben?«, sagte Bosk. »Du willst den ganzen Deal sausen lassen? Du kannst nicht einfach so aussteigen, du …«

Callaghan brachte ihn mit einer Handbewegung zum Schweigen. »In dem Haus in den Hamptons haben Sie mir gesagt, Sie machen sich wegen Ihrer Sicherheit Sorgen. Dann lassen Sie mich Ihnen jetzt mitteilen, was ich für Sie arrangiert habe. Sie geben mir die Nummern der Konten und die Namen der Zeichnungsberechtigten, und ich schleuse die Gelder durch mindestens sechs verschiedene Firmen. Ihr Name, der von Bosk und der meine werden in keinem einzigen Dokument auftauchen. Offiziell wird eine südafrikanische Gesellschaft in Erscheinung treten, die ein Freund von mir vor Jahren übernommen hat und die seitdem für nichts anderes als Phantomgeschäfte benutzt worden ist. Ein anderer Freund setzt sich mit dem Vizepräsidenten der betreffenden Bank zusammen und zahlt ihm genug, damit der dann dafür sorgt, dass das Geld weitergeleitet wird und in keiner Bilanz eine Lücke auftaucht. Wir nehmen das Gespräch mit dem Vizepräsidenten auf Band auf. Für den Fall, dass er es sich noch einmal anders überlegt, haben wir ihn damit am Haken. Die Gelder gehen am Montag raus und sind spätestens am Donnerstag wieder auf den Konten. Ich habe noch zwei ähnliche Geschäfte laufen. Wenn es also noch einmal zu einem Börsenkrach wie '87 kommen sollte, können wir die Verluste gering halten und verlieren nicht Haus und Hof.«

Sebastian lachte bewundernd.

»Das gefällt Ihnen, was?«

Er ging in Gedanken Callaghans Plan durch, wog einige Einwände ab, die ihm in den Sinn kamen, versuchte die Situation so wie das FBI, das Justizministerium oder das SEC zu analysieren und gelangte zu dem Schluss, dass die Sache bombensicher war. »Brillant«, entgegnete er, ein Wort, das ihm bei Geschäftsgesprächen so gut wie nie über die Lippen kam und das er auch sonst nur selten gebrauchte.

»Wie steht's jetzt, Thom?«, drängte Bosk. »Nun gib dir schon einen Ruck. Die Geschichte ist unglaublich heiß, so heiß, dass man sich die Finger daran verbrennt. Lass uns haufenweise Kohle schaufeln!«

Sebastian drehte sich zu seinem Freund um und wollte schon etwas darauf entgegnen, schwieg dann aber lieber. Sein Blick wanderte über Bosks vorstehendes hübsches Kinn zu seinen Wurstfingern und zu den hungrigen Augen, und er erkannte in diesem Moment, wen er da vor sich hatte – einen ziemlich unreifen Jungen, der sich auf einer sehr teuren Couch lümmelte. Er wandte sich an Callaghan, der ein Dieb, ein eitler Pfau und ein aufgeblasenes Arschloch sein mochte, aber wenigstens ein erwachsener Mann war. »Ich sage trotzdem Nein.«

»Sie werden nie viel Geld machen, Thom, und ich spreche von siebenstelligen Beträgen, wenn Sie nicht bereit sind, ein Risiko einzugehen«, entgegnete Callaghan.

»Das ist mir durchaus bewusst.«

»Himmel noch mal, Thom«, fuhr Bosk ihn wütend an, »wir haben Monate an dieser Sache gearbeitet. Du hast selbst gesagt, dass du dir nach allem, was die Kanzlei dir angetan hat, das holen würdest, was dir zusteht. Und man hat dich da wirklich verarscht!«

Erneut wies Callaghan Bosk mit einer Handbewegung an, den Mund zu halten. Dann lächelte er. »Thom«, begann er langsam, »Sie sind ein sehr gescheiter junger Mann. Sie sind nicht auf den Kopf gefallen und haben ziemlich was drauf. Mit Ihren Fähigkeiten könnten Sie leicht die gesamte Finanzwelt alt aussehen lassen.«

»Verstehen Sie doch, Callaghan«, erwiderte Sebastian, »ich bin vor allem und in erster Linie Anwalt. Und mehr will ich auch nicht sein.«

Callaghan nickte. »Ich bin ziemlich enttäuscht, aber ich kann Sie nicht zu etwas zwingen, womit Sie nichts zu tun haben wollen.« Sebastian erhob sich. Er wartete darauf, dass ihn Freude, Erleichterung und ein Gefühl der Befreiung überkämen, doch nichts davon stellte sich ein. »Bis dann«, sagte er und ging zur Tür.

Mitchell Reece schloss seine Aktentasche und schob sie unter seinen Sitz an Bord der Delta 727.

Er hatte noch nichts von Taylor gehört. Es war ihm bisher noch nicht gelungen, Lillick zu erreichen, nachdem der angerufen und die Nachricht hinterlassen hatte, es sei dringend. Reece fragte sich, was da so dringend sein konnte. Dann kehrten seine Gedanken zu dem Fall zurück, an dem er gerade arbeitete, und nachdem er sich in einigen Fragen Klarheit verschafft hatte, kam ihm aus irgendeinem Grund Wendall Claytons Beerdigung wieder in den Sinn.

Ich erinnere mich noch gut an die Zeit, in der ich Wendall Clayton kennen gelernt habe, dachte er. Es war spät an einem Samstagabend, und wir beide liefen über die Madison Avenue. Er kam gerade aus der Kanzlei und ich aus der Kirche …

Der Geistliche verließ die Kanzel und marschierte wie ein Talkshowmaster mitten in die Menge der Versammelten …

Und wir plauderten ein wenig über dies und das. Ich erkannte, wie verblüffend ähnlich sich sein Beruf und der meine sind. Er drückte seine Sorge um einen jungen Menschen, irgendeinen Anwalt in der Kanzlei, aus, der von großen

Zweifeln geplagt wurde. Wendall wollte seinen Protegé inspirieren und ihm zu neuem Selbstbewusstsein verhelfen …

Mehrere hundert Menschen waren an jenem Tag zusammengekommen. Fast alle Partner von Hubbard, White & Willis, viele Angestellte und eine große Zahl von Freunden. Reece hatte der Witwe nicht sein Beileid ausgedrückt.

… und genauso habe ich mit den seelischen und geistigen Zweifeln unserer jungen Leute zu tun und versuche ihnen auf meine Weise Trost und Zuspruch zu geben …

Reece erinnerte sich, dass die Kirche riesig gewesen war. Ein mächtiger und stabiler gotischer Bau. Die Streben und Balken strömten in gewaltiger Höhe zusammen. Holz, Stein und Metall verschmolzen im dunklen Apogäum des immensen Gebäudes und waren wahrhaft dem Himmel nahe.

Reece kam zu dem Schluss, dass ihm Linda Davidoffs Beerdigung besser gefallen hatte. Die Kirche, in der für sie die Messe gelesen worden war, hatte einen nicht mit ihrer Wuchtigkeit erschlagen, und der Geistliche war in seiner Predigt mehr auf die Verstorbene eingegangen und hatte nicht so viel von sich erzählt. Er selbst wünschte sich für sein Begräbnis mehr Tränen und weniger salbungsvolle Worte.

Aber in einem Punkt hatte der Geistliche Recht gehabt. Er und Clayton waren wirklich aus demselben Holz geschnitzt. Das Pentagramm war das Symbol ihres Kampfes. Folgt diesem Zeichen, ihr Männer der Macht und des Reichtums.

Aggressive Männer.

Der Geistliche hatte nach einer Gelegenheit gesucht, seine Wahrheit zu predigen, genauso wie Clayton nach seiner Chance gestrebt und als Konsequenz sein Leben verloren hatte.

Reece dachte wieder an Linda, und sie huschte wie ein rasches Bild durch seine Gedanken. Dann wurden die Räder des Flugzeugs ausgefahren, und die Stewardess verkündete, dass sie in wenigen Minuten landen würden. Als Reece noch einmal aus dem Fenster schaute, kam es ihm wie eine Ironie vor, unter sich die riesigen Muster der Friedhöfe von Queens zu sehen. Er wandte den Blick nicht ab, bis dieses Stück Land unter der Tragfläche verschwunden war.

Als er den Verbindungsgang zum Terminal hinunterschritt, entdeckte er einen Chauffeur, der ein Pappschild hochhielt, auf dem REECE stand.

»Warten Sie auf Mitchell Reece?«, fragte er ihn.

»Ja, Sir. Wir müssen noch Ihr Gepäck holen.«

»Ich habe nur diese Taschen hier.«

Der Mann nahm sie ihm ab.

»Bringen Sie mich bitte zu Hubbard, White & Willis. Wissen Sie, wo das ist?«

»Sir, wir sollen woandershin.«

»Was meinen Sie damit?«

»Anscheinend gibt es ein Problem.«

Reece stieg in den Lincoln. »Was für ein Problem?«

»Soviel ich weiß, handelt es sich um einen Notfall. Im Wagen ist ein Telefon, Sir. Sie möchten bitte diese Nummer hier anrufen.« Er reichte Reece einen Zettel, setzte sich ans Steuer und schloss vernehmlich die Tür. Noch bevor Reece den Hörer abgenommen hatte, fuhr er los.

Der Chauffeur wusste nicht so recht, wo sich der richtige Eingang befand. Der Lincoln rollte an drei Doppeltüren vorbei, über denen Manhattan General stand, doch darunter waren stets weitere Schilder angebracht, deren kleinere Aufschriften Reece nicht entziffern konnte. Vielleicht verkündeten sie: Nur für Personal oder Drogenrehabilitationsprogramm.

Schließlich hielt der Fahrer vor hellgelb gestrichenen Türen an. Der Eingang erinnerte Reece an den einer Schule. Er ließ Reise- und Aktentasche im Wagen zurück, ging ins

Krankenhaus, fand den Empfang und erkundigte sich nach Taylor Lockwood. Die Schwester deutete wortlos in einen feuchten, alten Gang.

Er fand sie in einem dunklen Raum, vor dessen schmierigem Fenster Draht gespannt war. Sie lag auf dem Rücken und hatte die Decke bis zum Hals hochgezogen. Ihr Haar sah aus, als wäre es zurückgekämmt, doch er konnte nicht unterscheiden, ob eine Schwester das gemacht hatte oder ob es während des Schlafs nach hinten gefallen war.

Taylors Gesicht war grau. Er setzte sich zu ihr aufs Bett.

Sie öffnete die Augen und sah ihn ganz überrascht an. »O Mitchell, du bist es. Küss mich ganz schnell, und dann sieh zu, ob du nicht irgendwo für mich Eiscreme auftreiben kannst. Ich bin am Verhungern.«

… Einunddreißig

»Du musst dich wohl mit einem Eiswürfel begnügen«, teilte Reece ihr mit, als er fünf Minuten später zurückkehrte.

Taylor verzog das Gesicht.

»Ich habe mich erkundigt, was du zu dir nehmen kannst, und man sagte mir, du dürftest höchstens an einem Eiswürfel lutschen.«

Sie deutete auf den Tropf. »Glukose. Reine Kohlenhydrate. Ich könnte für einen Hamburger zur Mörderin werden.«

Reece gab ihr einen Kaugummi. »Wie geht es dir?«

»So, als hätte ich mich mit einem Laster angelegt und der hätte gewonnen.«

»Du siehst auch ziemlich, nun ja, schlimm aus.«

»Schlimm ist noch ein Kompliment. Du hättest mich vor ein paar Tagen sehen sollen. Die Schwester meinte neulich, der Heilungsprozess gehe bei mir unglaublich rasch voran.

Ich scheine großes Glück gehabt zu haben. Wer immer versucht hat, mich zu töten, hat zu viel von der Bakterienkultur verwendet. Das Essen war damit so verseucht, dass mir kurz danach schlecht geworden ist. Ich habe furchtbar gespuckt, der Mount St. Helens war nichts dagegen. Jedenfalls habe ich deswegen nicht allzu viel von dem Zeug verdaut.«

»Meinst du wirklich, jemand wollte dich umbringen?«

Taylor nickte. »Ich war zu unvorsichtig. Vermutlich hat jemand mein Telefon angezapft. Oder jemand hat mitbekommen, dass ich Wendalls Schreibtisch durchsucht habe.«

»Glaubst du, Donald steckt dahinter?«

»Wer sonst? Man hat Sean und mir einen Teller mit ein paar Häppchen von der Party hingestellt, die Donald und seine Frau für irgendwelche Klienten gegeben haben.«

»Ist Lillick denn auch krank geworden?«

»Nein, aber das liegt vermutlich daran, dass ich ganz allein die Shrimps gegessen habe. Und die Ärztin meinte, es sei unwahrscheinlich, dass Botulismusbakterien sich auf natürliche Weise in solchem Essen ausbreiten. Sie gedeihen eher in geschlossenen Behältern wie Konservendosen und so.«

»Aber das könnte auch ein Zufall gewesen sein. Wie sollte er dich auf diese Weise umbringen wollen? Man kann Botulismuskulturen nicht einfach im Supermarkt kaufen.«

Taylor lächelte triumphierend. »Du hast wohl Donalds gute Freunde vergessen. Ich gebe dir einen Hinweis. Wer ist seit zwanzig Jahren sein Klient?«

Nach einem kurzen Moment grinste auch Mitchell. »Der Präsident von Genneco Labs.«

»Ich habe mich mit einem der Pathologen hier im Krankenhaus unterhalten. Er erzählte mir, Genneco betreibe intensive Forschung auf dem Gebiet von Antitoxinen und stelle eine Menge Gegenmittel her. Ich glaube, Donald hat dort jemanden bestochen und von ihm eine Botulismuskultur erhalten, mit der er dann die Shrimps versetzt hat. Deswegen habe ich ihm auch mitgeteilt, ich läge in einem Koma, aus dem ich wohl nicht mehr erwachen würde.«

»Du hast was getan?«

»Ich hatte einfach Angst, er könnte es noch einmal versuchen. Und so habe ich bei ihm zu Hause angerufen und mich als die behandelnde Ärztin ausgegeben.«

»Das Maß ist endgültig voll«, murmelte Reece. »Wir wenden uns an die Polizei.«

Sie berührte seine Rechte. Reeces Hand war glühend heiß, doch sie vermutete, dass ihr das nur so vorkam, weil ihre Finger eiskalt waren. »Noch nicht, Mitchell. Ich habe wirklich ganz schreckliche Angst. Du hast doch mitbekommen, welche Verbindungen er zur Polizei hat. Nein, ich möchte ihn lieber noch ein paar Tage in dem Glauben lassen, ich sei so gut wie tot.«

Reece dachte darüber nach und nickte dann.

»O mein Gott, ich kann es nicht fassen, dass er das getan hat.«

»Übrigens muss ich mich wegen deiner Wohnung entschuldigen. Es sieht dort ziemlich schlimm aus. Vermutlich willst du nicht mehr, dass ich zu dir komme.«

»Natürlich will ich das, und zwar so bald wie möglich. Wann darfst du hier raus?«

»Vielleicht schon morgen.«

»Weiß Lillick Bescheid?«

»Nein, ich wollte nicht, dass er in die Sache hineingezogen wird.«

»Ist vermutlich auch besser, ihn nicht einzuweihen.«

»Mitchell …«, begann sie und fing zu ihrer eigenen Überraschung an zu weinen. »Ich bin so froh, dass du wieder da bist.«

Er beugte sich zu ihr und streichelte ihre Wange. »Du bist schmal geworden. Ich schätze, ich muss dich erst mal aufpäppeln.«

Er wollte sie küssen, aber sie schob ihn fort. »Ich sehe ganz furchtbar aus. Ich werde mich für dich schön machen, und du gehst jetzt nach Hause. Los, die Besuchszeit ist vorbei.«

Vormundschaftsgericht des Staates New York
County von New York

IN DER ANGELEGENHEIT JUNE R., MINDERJÄHRIG

Richterin Lee – Antrag auf Adoption einer Minderjährigen.

Nach den Aussagen des Antragstellers, Ralph Dudley, und des zur Adoption gewünschten Kindes muss das Gericht den Antrag des besagten Ralph Dudley abschlägig bescheiden.

Das Gericht hat zur Kenntnis genommen, in welch geringem Grad sich zurzeit um das Kind gekümmert wird, und verfügt daher gemäß den bestehenden Vorschriften, das besagte Kind sofort in die Obhut des Jugendamtes zu geben.

Das Gericht instruiert auch die Staatsanwaltschaft, einen Vormund zu bestellen, der die Interessen des Kindes bei allen zukünftigen Maßnahmen vertritt. Dieser Vormund möge einen vollständigen Bericht verfassen, in dem aufgeführt wird, unter welchen Umständen das Kind von seinen leiblichen Eltern verlassen worden ist, und feststellen, ob diese Personen auffindbar sind.

Das Gericht hat Mr. Dudleys mündlich vorgetragenen Antrag beraten, zu diesem o. a. Vormund bestellt zu werden. Obwohl seine juristische Argumentation das Gericht sehr beeindruckt hat, kommt es doch zu dem Schluss, dass eine dritte Person, die vom Staat berufen wird, besser für das fragliche Kind geeignet ist.

Bei Vorlage des o. a. Berichts wird dieses Gericht den Adoptionsantrag noch einmal beraten.

Unterzeichnet.

Taylor lag den ganzen Morgen in ihrem Krankenhausbett, sah sich ununterbrochen im Fernsehen irgendwelche Shows an und bekam von Zeit zu Zeit ein schlechtes Gewissen angesichts der vielen schönen Blumen, die so liebevoll arrangiert waren, um das Grau aus ihrem Zimmer zu vertreiben. Sie hatte nämlich schon ganz vergessen, dass ihre Freunde über ihr mögliches Dahinscheiden sehr betrübt sein mussten. Ihren Eltern hatte sie mitgeteilt, dass ihr Zustand nicht so kritisch sei, wie es offiziell hieß, aber abgesehen von Reece wusste niemand, dass sie längst über den Berg und den Umständen entsprechend wohlauf war. Anwälte und Kollegen hatten Dutzende von Genesungskarten und Rosen, Narzissen, Hyazinthen und andere Blumen im Gesamtwert von mehreren hundert Dollar geschickt (sie registrierte mit einem zynischen Lächeln, dass der billige Nelkenstrauß von Donald und Vera Burdick stammte).

Lange konnte sie das Spielchen allerdings nicht mehr treiben. Schon heute Nachmittag sollte sie entlassen werden, und sie sagte sich, dass Burdick sich bestimmt schon fragte, warum ihre Eltern noch nicht nach New York gekommen waren, um alles für die Beerdigung vorzubereiten, oder wieso niemand sie sehen durfte, wenn sie doch im Koma lag und am Tropf hing. Womöglich rief er gerade in diesem Moment Dr. Sarravich an, um von ihr gründlich über Taylors körperliche Verfassung aufgeklärt zu werden.

Sie überlegte gerade, was sie nach der Entlassung aus dem Krankenhaus machen sollte, als ihr die Laune endgültig verdorben wurde, weil das Fernsehgerät verrückt spielte. Sie nahm die Fernbedienung, einen klobigen Kasten an einem grauen Kabel, und versuchte, den Sender wieder einzustellen. Der Apparat wechselte selbstständig die Kanäle und blieb schließlich an einer Folge von *General Hospital* hängen. Taylor drückte alle Knöpfe, bekam aber kein anderes Programm.

Nun mach schon …

Sie hatte nichts gegen Herz und Schmerz, diese Serie erinnerte sie jedoch zu sehr an die langweiligen Sommerferien, in denen sie so viele Tage allein verbracht hatte (niemand wollte mit der Tochter eines Bestattungsunternehmers spielen). Taylor probierte ein letztes Mal, einen anderen Kanal zu finden, und schaltete das Fernsehgerät schließlich ab. Dann suchte sie nach einem Buch oder etwas anderem zu lesen.

Sie fand nicht viel. Die Schwester hatte ihre Handtasche in den Krankenhaussafe gelegt, ihr aber das schwarze Adressbuch gelassen, das im hinteren Teil allerlei interessante Informationen aufführte: die Ferienzeiten verschiedener Nationen, die Zeitzonen, gebührenfreie Telefonauskünfte, Umrechnungstabellen für fremde Währungen, Jahresdurchschnittstemperaturen in den wichtigsten Hauptstädten der Welt und dergleichen mehr.

So viel Wissenswertes langweilte sie rasch, und sie wollte schon den Gang zum Kiosk riskieren, falls es in diesem Gebäude überhaupt so etwas gab, als sie einen zusammengefalteten Zettel entdeckte, der hinten ins Buch gesteckt war.

Sie faltete das Blatt auseinander. Es war die Kopie, die Danny Stuart ihr gegeben hatte – Linda Davidoffs Gedicht, ihr Abschiedsbrief vor ihrem Tod. Taylor legte den Zettel ins Notizbuch zurück, überlegte es sich dann aber anders und fing zögernd an zu lesen.

WENN ICH GEHE

von Linda Davidoff

Wenn ich gehe, reise ich leichten Herzens,
Und ich steige empor sacht
Über das Panorama meiner Einsamkeit.
Ich segle davon, hoch und geschwind,
Und spüre nicht das Gewicht der Nacht.

Wenn ich gehe, werde ich zu Licht,
Das nichts sieht und hat keine Stimme.
Wir gestehen uns unsere Liebe in klaren,
wesentlichen Dingen.
(Denn was ist eine Seele ohne Liebe?)
Nachdem alles beiseite geräumt und verbrannt,
Reise ich leichten Herzens, eile hin zu dir,
Getrieben vom Frieden, mein Licht glimme.

Taylor dachte an Linda, an die schöne, stille, rastlose Dichterin, vergoss ein paar Tränen, faltete das Blatt zusammen und steckte es wieder ins Adressbuch. Sie ließ sich zurücksinken, da ihr vom aufrechten Sitzen noch schwindlig wurde. Dann wischte sie sich die Tränen weg, putzte sich die Nase und wartete darauf, dass die Kopfschmerzen nachließen. Sie schloss die Augen, öffnete sie jedoch nach einem Moment wieder, zog erneut das Blatt heraus und las noch einmal das Gedicht, diesmal ganz langsam und gründlich. Und nach fünf Minuten ging sie die Zeilen ein drittes Mal durch.

Um dreizehn Uhr fünfzehn am nächsten Tag, als die Büros in der Wall Street so gut wie leer waren, während es auf den Straßen von Menschen wimmelte, die sich alle auf dem Weg zum Mittagessen befanden, saß Taylor vor dem Gebäude, in dem Hubbard, White & Willis untergebracht war, auf einer Bank. Sie trug Jeans, Stiefel, ein kariertes Baumwollhemd, eine Lederjacke und eine schwarze Sonnenbrille, und im Moment beobachtete sie gerade Donald Burdick, der aus der Lobby kam und rasch in den Lincoln Town Car stieg. Sobald der Wagen gestartet war, erhob sie sich und betrat das Haus durch den Lieferanteneingang. Sie lief die Treppe hinauf, und im fünfzehnten Stock musste sie eine Pause einlegen, um wieder zu Atem zu kommen. Dann schob sie langsam die Tür auf, deren Schloss immer noch von dem Klebestreifen blockiert war – so wie Sebastian es Callaghan erzählt hatte. Vermutlich war die Klinke von Fingerabdrücken übersät. Sie hoffte um Sebastians willen, dass er seine kriminelle Karriere an den Nagel gehängt hatte. Aus ihm konnte ein brauchbarer Anwalt werden, aber als Verbrecher und Finanzmanipulator war er einfach eine Null.

Taylor hielt die Tür auf und warf einen Blick auf den breiten Hauptflur dieser Etage. Niemand war zu sehen, aber sie wartete trotzdem noch einen Moment, ging dann geradewegs zum Aktenraum, trat ein und schloss die Tür hinter sich.

Sie hatte schon früh die wahren Machtzentren der Kanzlei erkannt. Eines davon war Mrs. Bendix, eine kleine, etwa sechzigjährige Frau mit rundem Gesicht. Sie war die Supervisorin des Aktenraums und hatte ihre erstaunliche Fähigkeit bezüglich Assoziationen und ihr enormes Gedächtnis schon bei mehr als einer Gelegenheit eingesetzt, um einem Anwalt oder Assistenten den Hintern zu retten. Es gab kaum einen bei Hubbard, White & Willis, der ihr nicht zu Dank verpflichtet war. Taylor stand nun vor dieser Frau mit dem blau getönten Haar und sah ihr dabei zu, wie sie die Karten ihrer Karteikästen durchblätterte, mit denen sie effektiver umzugehen verstand als jeder Computer. Taylor fasste sich in Geduld. Mrs. Bendix gehörte wie Donald Burdick nicht zu den Personen, die man bei einer Tätigkeit unterbrach. Als sie fertig war, blickte sie auf und sah Taylor verwundert an. »Sie sind doch krank. Ich habe zwei Dollar für Blumen gegeben.«

»Der Strauß war auch wunderschön, Mrs. Bendix. Ich bin eben rasch wieder gesund geworden.«

»Aber es hieß, Sie würden mit dem Tod ringen.«

»Die Medizin vollbringt heutzutage wahre Wunder.«

Mrs. Bendix betrachtete kritisch Taylors Sachen. »Hier gibt es eine Kleiderordnung. Sie sind für eine Genesung zu Hause angezogen, aber nicht für die Arbeit bei Hubbard, White & Willis.«

»Offiziell arbeite ich ja auch noch nicht wieder, Mrs. Bendix. Aber ich habe da ein Problem, und ich glaube, Sie sind der einzige Mensch, der mir dabei weiterhelfen kann.«

»Das bin ich ganz gewiss. Sie brauchen mir gar nicht zu schmeicheln.«

»Ich muss was über einen Fall wissen.«

»Über welchen? Zurzeit arbeiten wir in der Kanzlei an zweihundert Fällen.«

»Einen ziemlich alten.«

»Dann haben Sie eine nahezu unbegrenzte Auswahl.«

»Nun, lassen Sie mich präziser werden. Genneco Labs. Vielleicht eine Patentanmeldungsgeschichte ...«

»Hubbard, White & Willis bearbeitet keine Patentanmeldungen.«

»Wie wäre es dann vielleicht mit einem Vertrag zur Entwicklung eines Antibotulismusmittels?«

»Haben wir nicht.«

Taylor blickte auf die zahllosen Regalreihen voller Aktenordner. Es mussten tausende sein. Ein neuer Gedanke blitzte in ihrem Kopf auf und nahm Gestalt an. »Hat die Kanzlei je ein Restaurant, Hotel, eine Nahrungsmittelfirma und sonst wen vertreten, der mit Essen zu tun hat?«

»Da klingelt leider gar nichts bei mir. 1957 hatten wir allerdings einen Kreuzfahrt-Reeder als Klienten. Ich habe von ihm eine verbilligte Reise bekommen und bin auf die Bermudas gefahren. Und dann habe ich mich dort an einer Koralle geschnitten, und die Wunde hat sich infiziert. Aber ich schweife ab.«

»Haben wir vielleicht einmal jemanden vertreten, der ein Restaurant oder ein Hotel wegen einer Lebensmittelvergiftung verklagen wollte? Vielleicht eine Suppendosenfirma?«

»Nein.«

»Sind Sie da ganz sicher?«

»Ich bin mir immer ganz sicher.«

Frustriert blies Taylor ihre Wangen auf.

»Machen Sie nicht ein so unglückliches Gesicht, meine Liebe«, sagte Mrs. Bendix. »Fassen wir doch einmal zusammen. Sie suchen nach einem Klienten, der in einem Fall, in dem es um Lebensmittelvergiftung ging, entweder der Kläger oder der Beklagte war.«

»Das stimmt so ziemlich hundertprozentig.«

»Da Sie Klient gesagt haben«, bohrte Mrs. Bendix weiter, »meinen Sie wohl auch Klient, oder …«

Wenn Menschen wie Mrs. Bendix einem einen Köder hinhielten, schluckte man ihn sofort. »Vielleicht war es etwas voreilig von mir, als ich Klient gesagt habe.«

»Nun, wenn es nicht ein Klient im Sinne von direkt Betroffenem war«, erklärte Mrs. Bendix, schloss die Augen, um sie kurz darauf wieder auf dramatische Weise zu öffnen, »könnte ich vielleicht mit Maxwell gegen Quail Island Lodge dienen. Das war vor sechs Jahren. Wir haben die Versicherungsgesellschaft vertreten, die in die Sache eingeschaltet wurde. Da waren eine Menge Leute, die an einer Lebensmittelvergiftung erkrankt waren. Wenn ich mich recht entsinne, war es der Truthahn.«

»Eine Versicherungsgesellschaft!«, rief Taylor aus. »Daran hatte ich überhaupt nicht gedacht.«

»Offensichtlich nicht«, entgegnete Mrs. Bendix.

»Dann hätte ich da noch eine Sache. Es geht um ein Auto, das von der Straße abgekommen ist.«

»Nun, das ist mehr als einfach. Davon hat es in den vergangenen zehn Jahren nur einen Fall bei uns gegeben. Billings gegen State Farm. Der Schwiegersohn eines unserer Partner war darin verwickelt.«

»Mrs. Bendix, Sie sind einfach unglaublich.«

»Ja«, sagte sie nur.

»Eine letzte Frage. Hat sich sonst noch jemand in den vergangenen sechs Monaten für diese beiden Fälle interessiert?«

Das überstieg nun doch ihr Gedächtnis. Sie holte ihr Eintragungsbuch hervor, blätterte darin, lachte und gab es dann Taylor. »Na, wenn das kein Zufall ist, was?«

»Eigentlich nicht«, erwiderte Taylor. »Ich würde mir die Akten dieser beiden Fälle gern ansehen.«

Mrs. Bendix verschwand, um ihr das Gewünschte zu besorgen. Taylor starrte auf die aufgeschlagene Seite des Buchs, und ihr Blick folgte den wuchtigen Bögen von Donald Burdicks Unterschrift.

»Ich hoffe, ich darf das sagen, oder? – Ich meine, Sie nehmen es doch nicht persönlich, wenn ich feststelle, dass Sie schon einmal besser ausgesehen haben?«, fragte John Silbert Hemming.

»Nun, ich habe in zwei Tagen zwölf Pfund abgenommen«, erklärte Taylor.

»Teufel noch mal, was für eine Diät! Sie sollten ein Buch darüber schreiben.«

»Ich fürchte, es hätte auf dem Markt wenig Chancen. Die geheime Zutat ist recht unappetitlich. Aber ich bin schon wieder auf dem Damm.«

Sie saßen im Miracles Pub. Taylor wagte sich an eine griechische Hühnersuppe mit Zitronengeschmack, die nicht auf der Speisekarte stand. Dimitris Frau hatte sie selbst gekocht. Taylor hatte einige Mühe mit dem Löffel. Sie musste ständig die Finger gekrümmt halten, da die Ringe sonst runterrutschten.

»Ich möchte Sie um einen großen Gefallen bitten«, begann sie.

Hemming, der gerade einen Hamburger aß, entgegnete: »Wenn es sich dabei nicht um etwas Illegales handelt, wenn es nicht gefährlich ist und wenn Sie Samstag in einer Woche mit mir in die Oper gehen, können Sie von mir verlangen, was Sie wollen.«

Taylor dachte kurz nach, dann sagte sie: »Darf ich mir eine dieser Bedingungen aussuchen?«

»Gut, welche?«

»Ich würde gern mit Ihnen in die Oper gehen.«

»Das macht mich glücklich und gleichzeitig ziemlich nervös. Worum handelt es sich denn?« Er zeigte auf seinen Teller. »Der Hamburger ist wirklich sehr gut. Möchten Sie ein Stück probieren?«

Taylor schüttelte den Kopf. »Die Suppe hier ist die erste richtige Nahrung, die ich wieder zu mir nehme.«

»Ach so.« Er fuhr fort zu essen und zerteilte den Hamburger wie ein Chirurg. Am Nachbartisch wurde ein köstlich aussehender Salat mit reichlich Knoblauch aufgetragen. Hemming tippte der Kellnerin auf die Schulter und bestellte sich auch einen. Taylor dachte, dass er und Willy Lansdowne sich bestimmt gut verstehen würden, hatten sie doch nahezu identische Essgewohnheiten.

Nach einer Weile fragte sie: »Warum begehen Menschen Morde?«

»Aus Zorn, Wahnsinn, Liebe und manchmal auch wegen Geld.«

Der Löffel schwebte eine Sekunde über dem Teller und landete dann auf dem Tisch. Taylor schob die Suppe fort. »Ich möchte Sie bitten, mir etwas zu besorgen.«

»Und was?«

»Eine Pistole. Eine von denen ohne Seriennummer.«

Das Jugendamt des Staates New York arbeitete schnell.

Junie wurde zu einer Sozialarbeiterin bestellt, einer Frau, der nichts Menschliches fremd zu sein schien. Sie erinnerte Junie an eine Prostituierte im West Side Art and Photography Club, die auf Sonderwünsche spezialisiert war. Sie sah ihr in die Augen, erkannte an ihrem Blick, dass diese Frau sich nichts vormachen ließ, und sagte: »Ach, scheiß drauf.« Und sie berichtete der Sozialarbeiterin in allen Details, wie es möglich war, dass ein halbwüchsiges Mädchen fünfunddreißigtausend Dollar im Jahr verdiente.

Am nächsten Tag wurde Junie in ein Waisenhaus im Norden des Landes gebracht. Der West Side Club bildete die Schlagzeile in der Abendausgabe der *Post.* Obwohl ein richtiger Gentleman ein solches Revolverblatt keines Blickes würdigte, machte Ralph Dudley in diesem Fall eine Ausnahme, zumal die *Times* frühestens morgen darüber berichten würde. Er saß jetzt in seinem Büro, und das einzige Licht kam von der verbeulten Schreibtischlampe und der bleichen Dezembersonne. Dudley starrte auf den Artikel, den er bereits viermal gelesen hatte.

Wie alle Abhängigen hatte Dudley nicht nur eine körperliche, sondern auch eine emotionale Beziehung zu seiner Sucht, und als er auf das Foto blickte, das Polizisten zeigte, welche die Frauen aus dem Haus abführten, in dem er so viele Stunden verbracht und so viele tausend Dollar gelassen hatte, überkam ihn das Gefühl, einen alten Freund verloren zu haben.

Er fragte sich zum x-ten Mal, ob Junie seinen Namen nennen würde oder das vielleicht schon getan hatte. Sie hatte es in der Hand, nicht nur seine ohnehin schon wacklige Karriere zu zerstören, sondern ihn auch noch für den Rest seines Lebens ins Gefängnis zu bringen.

Er trank kleine Schlucke Kaffee aus seiner Porzellantasse und überdachte dabei mit erstaunlicher Ruhe seine Möglichkeiten. Er wog sorgfältig ab, was ihn wohl erwartete, und kam endlich zu dem Schluss, dass ihm keine Gefahr drohte. Junie würde ihn nicht verraten. Obwohl sie in ihrem Leben viel mitgemacht hatte, oft missbraucht worden war und auch über die gefährliche Unberechenbarkeit derjenigen verfügte, die vor dem Erwachsensein gelernt hatten zu überleben, besaß sie doch auch so etwas wie ein Gerechtigkeitsgefühl. Und gerade dieses gehörte zu den Dingen, aufgrund deren er sich zu ihr hingezogen gefühlt hatte. Darüber hinaus glaubte er fest, dass sie ihn wirklich liebte, wenn auch auf ihre komplizierte und verdrehte Art.

Ralph Dudley war wieder einmal mit heiler Haut davongekommen, und er verspürte das dringende Bedürfnis zu weinen.

Auf seinem Kalender standen für heute keine Termine mehr. In einer Stunde musste er lediglich an einer Cocktailparty im New York State Ballet teilnehmen – Hubbard, White & Willis gehörte zu den Fördermitgliedern. Viele potenzielle Klienten würden dort sein. Er hätte am liebsten abgesagt, entschied sich dann aber dafür, doch hinzugehen, denn er würde es nicht ertragen, heute Abend allein zu Hause zu sitzen.

Dudley betrachtete sein modernes schwarzes Telefon. Es besaß eine Reihe von Zieltasten zum Abruf gespeicherter Nummern. Bis vor ein paar Tagen hatte er nicht mal gewusst, wie man dieses Ding benutzte, obwohl die neuen Apparate schon vor drei Jahren installiert worden waren. Kürzlich hatte er die Nummer von Amanda Wilcox eingespeichert. Ihr Name stand in winzigen Buchstaben auf dem kleinen Schild über dem Knopf. Er fragte sich, ob sie auch zu der Cocktailparty kommen würde. Hatten sie irgendwann darüber gesprochen? Er konnte sich nicht mehr erinnern.

Dudley nahm den Hörer ab und drückte auf den Knopf. Während er die rasche Abfolge von fast an Musik erinnernden hellen Tönen vernahm, wurde ihm bewusst, dass er keine Ahnung hatte, was er zu Amanda sagen sollte. Nicht die geringste.

Unterschiede.

Taylor dachte über einen großen Unterschied nach, der zwischen ihr und Mitchell Reece bestand. Er konnte gewinnen und war mit dem Sieg allein schon vollkommen zufrieden. Taylor hingegen brauchte das anerkennende Lächeln des Geschlagenen, das ihr sagte: Alles ist in Ordnung. Du hast das Richtige getan. Ich vergebe dir. Zu gewinnen erfüllte Mitchell mit Stolz, aber nicht mit Ekstase. Und er verspürte auch nie Hass gegen den Besiegten. Ihn drängte es nicht danach, den anderen vollkommen zu vernichten. Er errang den Sieg, war damit zufrieden und setzte sein Leben fort. Taylor hingegen musste nach dem Erfolg das Eingeständnis des Unterlegenen erfahren oder aber auch noch die Seelen der Besiegten auslöschen.

Sie würde niemals die Kunst der Machtausübung beherrschen. Wendall Clayton war ihretwegen gestorben. Thom Sebastian hatte sich ihr in seinem schwächsten Moment gezeigt. Und Ralph Dudley hatte sie zutiefst beschämt. So übte man Macht aus, und Taylor konnte sich einfach nicht damit anfreunden.

Sie lag auf Reeces Bett, hinter sich auf dem Kopfende die stolzen Ritter und Wasserspeier spürend. Jetzt beugte sie sich vor und atmete flach, so als wartete sie auf etwas – einen Vorfall, eine Erscheinung, irgendjemanden, den sie bis jetzt noch nicht identifiziert hatte. Sie entspannte sich für ein paar Minuten, um dann wieder angestrengt zu warten, während sich alles in ihr verkrampfte. Nicht abwarten, sondern erwarten. Eine viktorianische Uhr schlug zur vollen Stunde. Taylor zählte nicht mit. Sie wusste, dass es siebzehn Uhr geworden war.

Feierabend in der Kanzlei.

Das Ende eines weiteren Tages bei Hubbard, White & Willis. Aktenordner wurden in die Schränke zurückgestellt, die guten Schuhe gegen Erzeugnisse von Adidas, Puma oder Reebok ausgetauscht, Lesezeichen in die dicken Wälzer gesteckt, Texte in die Ablage für die Schreibkräfte gelegt, die in der Nacht arbeiteten.

Taylor griff nach dem verschrammten grauen Revolver. Sie roch das Öl, das Holz und das von ihrer Hand erwärmte Metall. Die Waffe war schwerer, als sie angenommen hatte.

Sie steckte die Pistole in ihre Handtasche und ging auf noch wackligen Beinen zu Reeces Schreibtisch, wo sie sich einen Stift und einen Block nahm. Sie hatte geglaubt, sich die Nachricht fix und fertig in ihrem Kopf zurechtgelegt zu haben, doch als sie zu schreiben begann, musste sie feststellen, dass es ihr doch entschieden schwerer fiel als erwartet. Sie brauchte fast eine halbe Stunde, um nach etlichen Fehlversuchen endlich die paar Zeilen zu Papier gebracht zu haben. Ihr war klar, dass sie sich nicht von der Uhr drängen lassen durfte. Es war für sie ungeheuer wichtig, Mitchell genau darzulegen, warum sie in dieser Nacht in die Kanzlei gehen wollte, um Donald Burdick zu erschießen.

… Zweiunddreißig

»Ist es dringend?«, kam Burdicks blecherne Stimme aus der Gegensprechanlage.

Carol nahm den manikürten Finger vom Knopf und sah Sebastian an. »Er möchte wissen, ob es …«

»Ja, ist es.«

»Mr. Sebastian sagt, es sei dringend.«

»Also gut«, knurrte Burdick.

Die Sekretärin wandte sich wieder Sebastian zu. »Sie können zu ihm reingehen.«

»Vielen Dank.«

Sebastian trat ein und fragte sich, wie oft er schon in diesem Büro gewesen war. Hundertfünfzigmal, zweihundertmal?

Er versuchte sich an das erste Mal zu erinnern. Das musste jetzt sechseinhalb Jahre her sein, als ein junger Anwalt, der vor Eifer platzte und dessen Träume sich noch nicht an der Realität gemessen hatten, zu Donald Burdick vorgedrungen war.

Wie viele Arbeitsstunden hatte er seitdem abgerechnet?

Tausende, Zehntausende, Abertausende …

»Hallo, Thomas, kommen Sie doch herein.« Burdick wirkte ruhig und freundlich.

Sebastian nahm in einem der Ledersessel Platz und schlug die Beine übereinander. Die Blicke der beiden Männer trafen sich. Zum ersten Mal in all den Jahren, die er für Hubbard, White & Willis tätig war, fühlte Thom Sebastian sich seinem Gegenüber ebenbürtig. Er musste jetzt nicht mehr ehrfürchtig jedes Wort aufsaugen, das über Burdicks Lippen kam. Er musste nicht ständig nicken, sich eifrig Notizen machen und danach zu seinem Schreibtisch zurückeilen, um Verträge aufzusetzen oder Gutachten zu verfassen, die für den nächsten Arbeitstag vorzuliegen hatten. Er konnte ihn jetzt sogar mit Don anreden, wenn ihm danach zumute war. Allerdings würde Burdick das sicher als anmaßend empfinden, und nach einem kurzen Moment des Abwägens kam Sebastian zu dem Schluss, ihn nicht über Gebühr aufbringen zu wollen.

Sebastian lächelte freundlich und sagte: »Ich möchte Ihnen etwas mitteilen, Donald. Ich werde die Kanzlei verlassen.«

Burdick nickte. »Nun, ich bin froh zu hören, dass Sie so rasch etwas Neues gefunden haben. Mir ist natürlich bekannt, dass das Partnerschaftskomitee sich zu Ihren Ungunsten entschieden hat, aber ich möchte Ihnen hier mit allem Nachdruck versichern, dass diese Ablehnung nichts mit Ihren Qualitäten als Anwalt zu tun hatte. Im Gegenteil, wir haben Ihre Arbeit stets sehr geschätzt.«

Tja, wenn nur die dummen Kosteneinsparungen nicht wären.

»Ich wünschte, ich könnte Ihnen entgegnen, Donald, dass ich das verstehe. Um ehrlich zu sein, es verwirrt mich, so etwas aus Ihrem Mund zu hören. Ich weiß, dass ich ein guter Anwalt bin. Ich habe der Kanzlei eine Menge Geld eingebracht und unsere Klienten davor bewahrt, etliche Millionen zu verlieren. Trotzdem bin ich nicht für würdig befunden worden, den goldenen Ring zu erhalten.«

»Ja, der goldene Ring. So sehen Sie es wohl, was? Nun, vielleicht ist das ein Teil des Problems. Die Partnerschaft angeboten zu bekommen ist keine Belohnung, sondern eine Chance. Als Partner muss man bereit sein, Risiken einzugehen und Verantwortung zu tragen.«

Sebastian gab vor, darüber nachzudenken, obwohl er sich bereits alles genau zurechtgelegt hatte, was er sagen wollte. »Nein, Donald, ich glaube, nicht ich, sondern die Kanzlei hat daraus einen goldenen Ring gemacht. Sie streckt ihn wie einen Köder aus und lockt damit. So funktioniert das System, das Sie hier eingeführt haben. Es sind Ihre Spielregeln, Ihre Hierarchie, Ihre Ordnung … Aber ist es nicht müßig, länger darüber zu debattieren?« Er freute sich darüber, wie selbstsicher er klang. Keine Spur von Unterwürfigkeit war in seiner Stimme, als er fortfuhr: »Ich wollte Ihnen nur mitteilen, dass ich Hubbard, White & Willis verlasse. Und es ist mir durchaus ernst damit, wenn ich Ihnen sage, dass ich sehr viel von Ihnen und den anderen Anwälten hier gelernt habe. Dafür bin ich Ihnen allen zu großem Dank verpflichtet.«

Burdick schien von diesen Worten wirklich berührt zu sein. »Nun, danke, Thom. Sie betrachten die Angelegenheit wie ein Gentleman.«

»Oh, ehe ich es vergesse, ich glaube, mir steht noch mein Anteil aus der Jahresausschüttung zu.«

»Aber selbstverständlich. Wir sorgen dafür, dass Sie die erhalten. Wenden Sie sich doch bitte an unseren Finanzdirektor, damit Ihnen Ihr Geld zugestellt wird. Und ich schätze, eine hübsche Abfindung ist auch noch drin.«

»Danke, Donald.«

Sebastian zögerte, doch die Entscheidung, wie er das Gespräch in die richtige Richtung lenken sollte, wurde ihm abgenommen.

Burdick stellte von sich aus die Frage: »Und wo gehen Sie hin? Zu einer anderen Kanzlei?«

»Nein, zu einer großen Gesellschaft. Ich soll dort einer der Vizepräsidenten und Syndikus des Unternehmens werden.«

»So muss es sein, nur so, mein Junge. Aktienanteile, Bonusse und eine alljährliche Ausschüttung. Kenne ich die Firma zufällig?«

»MacMillan Holdings.«

Burdick schraubte langsam seinen Füllfederhalter zu und legte ihn auf den Schreibtisch. »Sie werden also der Syndikus von MacMillan Holdings.«

»Ich arbeite seit Jahren für das Unternehmen und kenne Steve Nordstrom und Ed Gliddick recht gut. Wir spielen öfter zusammen Golf.«

Burdicks Augen wurden schmal. »MacMillan war der erste Klient, den ich Hubbard, White & Willis gebracht habe.«

Sebastian sagte nichts dazu.

Burdick schloss die Augen ganz und ließ sich in seinen Sessel zurücksinken. Plötzlich fing er an zu lachen. »Ich will verdammt sein. Wir verlieren MacMillan, nicht wahr?«

Sebastian nickte so bedächtig, dass es wie eine Parodie auf Burdick wirkte – und das war durchaus von ihm beabsichtigt. »Ich werde mich um die meisten juristischen Angelegenheiten selbst kümmern. Und wenn ich die Hilfe von außen benötige, suche ich mir eine andere Kanzlei. Eine, die billiger arbeitet. Kosteneinsparungen wirken sich bei MacMillan auf den Bonus aus, den man erhält.«

Burdick dachte rasch nach und wog eine Reihe von komplizierten Finanz- und Wirtschaftsabkommen ab, die er Sebastian vorschlagen konnte, um MacMillan nicht komplett zu verlieren. Dann sagte er: »Ich vermute, es gibt keine Möglichkeit …« Burdicks Stimme erstarb, als er Sebastians Lächeln und seinen Blick sah.

Er lachte wieder und erhob sich. Sebastian stand ebenfalls auf. Die beiden Männer schüttelten sich die Hände und verabschiedeten sich voneinander. Und dann konnte Sebastian es sich nicht verkneifen hinzuzufügen: »Ich wünsche Ihnen alles Gute, Donald.«

Nachdem er Burdick verlassen hatte, begab sich Sebastian in sein eigenes Büro. Fünf Minuten saß er nun schon da und starrte das Telefon an. Dreimal hatte er bereits die Hand nach dem Hörer ausgestreckt, sie dann aber wieder zurückgezogen und flach auf den Stapel von Papieren gelegt, der sich auf seinem Schreibtisch türmte.

In der Nacht zuvor, als er im Space gesessen und von der Musik betäubt nur an Taylor Lockwood gedacht hatte, war er zu dem Entschluss gekommen, endlich zu handeln. Er wusste nicht genau, wo Taylor sich aufhielt. Gerüchten zufolge sollte sie im Krankenhaus sein. Sie ging nicht ans Telefon und rief auch nicht zurück. Gestern Abend war er froh gewesen, sie nicht erreichen zu können, denn das gab ihm Gelegenheit, die Sache noch etwas hinauszuschieben.

Aber jetzt durfte er nicht länger zögern.

Sebastian konnte mit den ausgebufftesten Geschäftspartnern fertig werden und auch den aufgebrachtesten gegnerischen Anwalt so lange anstarren, bis er schwieg, aber bei dem, was er nun beabsichtigte, drohte ihn sein Mut zu verlassen.

Er erhob sich, lief eine Weile in seinem Büro auf und ab, begab sich aus einem Impuls heraus nach unten und fragte sich, ob er davor stand, den größten Fehler seines Lebens zu machen.

Als Burdick sich gerade erhob, um Bill Stanley aufzusuchen und ihm mitzuteilen, dass sie MacMillan verloren hatten, summte seine Gegensprechanlage. Seine Sekretärin teilte ihm mit: »Eine Frau wünscht Sie zu sprechen, auf Leitung achtundzwanzig. Sie will ihren Namen nicht nennen, meinte aber, es sei außerordentlich wichtig.«

»Das Wichtigste habe ich vor fünf Minuten erfahren, und das kostet die Kanzlei vier Millionen im Jahr. Sagen Sie ihr, sie soll später noch mal anrufen.«

Er hatte sich noch keine fünf Schritte von seinem Schreibtisch entfernt, als Carols Stimme ihn zurückhielt. »Sie hat mich aufgefordert, Ihnen mitzuteilen, dass es um Wendall Claytons Tod gehe. Glauben Sie, es handelt sich bei ihr um eine Verrückte? Soll ich die Polizei verständigen?«

»Ich nehme den Anruf entgegen«, sagte Burdick barsch. »Und keine weitere Störung bitte.«

Todmüde.

Mitchell Reece lief durch das dunkle Treppenhaus zu seiner Wohnung hinauf. Der Ausdruck traf heute Abend durchaus auf ihn zu, und er fragte sich, ob er im Moment eher müde oder schon fast tot war. Als Anwalt mit Leib und Seele liebte er es, solche Fragen zu analysieren, und sei es nur darum, weil sie zwar im Grunde unwesentlich waren, in ihnen aber ein kleines Rätsel verborgen lag. Reece musste immer auf den Grund der Dinge vorstoßen. Es irritierte ihn sehr, wenn er sich mit einer Frage konfrontiert sah, die er nicht sogleich beantworten konnte.

Er steckte den Schlüssel nacheinander in die drei Schlösser, und jedes öffnete sich mit einem leisen Geräusch von Metall auf Metall. Todmüde. Er würde das Wort im Lexikon nachsehen. Dann schob er die schwere Metalltür auf, trat ein und rief: »Hallo, Liebes!«

Sein Loft war leer.

Er lauschte auf fließendes Wasser, weil er wusste, wie gern Taylor badete, aber da war nichts zu hören. Er konnte sich nicht daran erinnern, dass sie etwas davon gesagt hatte, heute Abend fortzugehen. Und heute Morgen hatte er sie beim Abschied dringend gebeten, den ganzen Tag im Bett zu bleiben, und scherzhaft hinzugefügt, sie habe noch lange nicht wieder genug Speck auf den Rippen, um sich unter Menschen wagen zu können. Sie hatte brav genickt und versprochen, es zu tun.

Vielleicht war sie nur schnell runtergelaufen, um etwas zu kaufen. Oder hatte sie am Ende einen Rückfall erlitten?

Reece hatte gerade seinen Mantel ausgezogen, als er auf seinem Schreibtisch die Nachricht entdeckte.

Er überflog die Zeilen, und was er da las, ließ ihn augenblicklich Mantel und Handschuhe wieder anziehen, und er rannte zur Tür hinaus. Er hatte keine Zeit, sie hinter sich zuzuziehen, geschweige denn abzuschließen.

Taylor hatte den großen Konferenzsaal noch nie gemocht. Zum einen störte sie, dass hier immer eine so trübe Beleuchtung herrschte, dass sogar die in Pastellfarben gestrichenen Wände schmutzig und irreal wirkten. Zum anderen waren unangenehme Erinnerungen mit dieser Örtlichkeit verbunden. Hier trieb die Büroleiterin regelmäßig ihre Leute zusammen, entweder um eine Strafpredigt zu halten oder um sie aufzufordern, doch nicht gleich an Kündigung zu denken, bloß weil die Gehaltserhöhung in diesem Jahr wieder einmal recht mager ausfiel. Und Bill, Connie, Stu, Courtney und wie sie alle hießen pflegten dann zu nicken und sich mit dem wenigen zufrieden zu geben – schließlich ging es um das Wohl des Hauses.

Es war zwanzig Uhr geworden. Taylor hatte sich in dem bequemen Drehsessel am Scheitelpunkt der u-förmigen Sitzordnung niedergelassen, der Platz, den sonst nur Donald Burdick einnehmen durfte.

Dann flogen die beiden Teakholztüren des Konferenzraums auf, und Mitchell Reece stürmte herein. Er blieb abrupt stehen, als er den Revolver in ihrer Hand sah.

»Mitchell, was tust du denn hier?«, fragte sie, ihn verblüfft anschauend.

»Du bist vielleicht gut. Hinterlässt mir die Nachricht, dass du einen Mann erschießen willst, und wunderst dich dann, wenn ich hier auftauche, um dich daran zu hindern.«

»Es ist zu spät, Mitchell. Wir können nicht zur Polizei gehen. Uns liegen keinerlei brauchbare Beweise vor. Er hat alles vernichtet. Genauso, wie er auch uns vernichten wird, wenn wir ihn nicht aufhalten.« Ihre Stimme klang monoton, und ihre Augen waren von einem Schleier überzogen.

»Taylor, hast du den Verstand verloren?«

Sie lachte kurz und humorlos auf. »Vielleicht.«

»Denkst du, du brauchst nur die Waffe auf ihn zu richten und abzudrücken? Einfach so?«

Sie blickte über seine Schulter hinweg und antwortete: »Das lässt sich leicht feststellen.« Dann versteckte sie den Revolver hinter ihrem Rücken und rief: »Donald, hier bin ich.«

Reece wirbelte herum.

Eine Gestalt tauchte aus dem trüben Licht auf dem Flur auf und drang in die Schatten am Ende des Konferenzraums ein. Burdick schloss die Doppeltür hinter sich und kam auf sie zu. Sie hörten seine Schritte auf dem Marmorboden und dann nichts mehr, als er den dicken Teppich erreicht hatte.

Burdicks Stimme klang dumpf wie eine Glocke im Nebel. »Sie sind das, Taylor, nicht wahr? Anscheinend haben Sie dem Tod ein Schnippchen geschlagen, was? Und da ist ja auch Mitchell.«

Drei Meter vor ihnen blieb er stehen. Taylor wurde zum Zentrum des Universums dieses dunklen Saals. Sie glaubte aus den Ventilatorschächten so etwas wie elektronisches Rauschen zu vernehmen, vielleicht war es aber auch nur das

Rauschen des Blutes in ihren vibrierenden Schläfen. Die Gemälde weiter hinten an den Wänden wirkten wie gefrorene Sternennebel, und die leuchtenden Lämpchen auf den elektronischen Geräten und Telefonen sahen aus wie sterbende rote Riesen, die viele Lichtjahre entfernt blinkten.

Taylor sah Burdick einen Moment lang an und hob dann die Waffe.

Sein Mund öffnete sich, und er blinzelte. »Taylor, ist das ein Revolver?«

Sie hatte sich vorher genau überlegt, was sie zu ihm sagen wollte. Doch jetzt, als der entscheidende Moment gekommen war, hatte sie alles vergessen. So krächzte sie nur: »Sie haben Wendall Clayton ermordet. Und Sie haben auch versucht, mich umzubringen.«

Burdick lachte rau. »Sind Sie von Sinnen?« Er sah Mitchell Hilfe suchend an, und in seinen Augen war Bestürzung zu erkennen. »Was redet sie denn da?«

»Sie Schwein«, flüsterte Taylor. »Sie haben mich vergiftet. Und Wendall erschossen. Dafür werde ich jetzt Sie umbringen.«

Burdick streckte abwehrend die Hände aus. »Nein, bitte nicht! Ich weiß nicht, wofür Sie mich halten, aber ich schwöre Ihnen bei Gott, dass ich niemals versucht habe, Sie zu vergiften oder Ihnen sonstwie Schaden zuzufügen. Ich verspreche Ihnen bei allem, was mir heilig ist …«

»Nein!«, schrie Taylor und spannte den Hahn. Burdick wich mit entsetztem Blick zur Wand zurück, und Reece stand starr da.

In dieser Position verharrten die drei eine endlose Minute lang.

Taylor atmete tief durch und sah auf den Revolver, so als wollte sie ihn zwingen, von alleine loszugehen. »Ich kann es nicht!«, rief sie dann. »Ich kann es einfach nicht!« Der Lauf der Waffe sank nach unten.

Reece näherte sich Taylor vorsichtig und nahm ihr den Revolver ab. Er legte seinen Arm um ihre Schulter und sagte: »Es ist alles in Ordnung.«

»Ich wollte so stark sein«, flüsterte sie, »aber ich schaffe es einfach nicht.«

»Ich schwöre Ihnen beiden«, sagte Burdick, »dass ich damit absolut nichts …«

Taylor befreite sich von Reeces Arm und sah Burdick mit der ganzen Wut an, zu der sie fähig war. »Sie mögen vielleicht glauben, die Polizei, den Bürgermeister und tausend andere wichtige Leute in der Tasche zu haben, aber ich lasse mich von Ihnen nicht aufhalten!« Sie griff nach dem Telefonapparat.

Burdick schüttelte traurig den Kopf. »Taylor, Sie liegen völlig falsch, Sie geben sich Hirngespinsten hin.«

Sie fing an zu wählen, als eine Hand ihr den Hörer abnahm und ihn auf die Gabel zurücklegte.

»Nein, Taylor«, sagte Mitchell Reece und hob den Revolver. Die Mündung funkelte in ihre Richtung wie eine schwarze Perle. »Nein«, wiederholte er leise.

… Dreiunddreißig

Zuerst lachte Taylor, und zwar genauso ungläubig wie Reece vor einer Woche, als sie ihm mitgeteilt hatte, Wendall Clayton sei ermordet worden. Doch ihr Lachen verging rasch, und sie stieß voll bodenlosem Entsetzen aus: »O nein!« Sein Gesicht war hart wie Stein, seine Augen blickten kalt wie Metall.

»Du, Mitchell?«

Reece schwieg, doch die Art, wie er seine Lippen zusammenpresste, war Antwort genug.

»Kann mir vielleicht einer von Ihnen mitteilen, was hier gespielt wird?«, fragte Burdick.

Mit kummervoller Stimme sagte Reece zu Taylor: »Warum konntest du nicht aufhören, als der Moment dazu gekommen war? Wieso musstest du weitermachen? Jeder Schritt war so sorgfältig geplant. Warum musstest du alles kaputtmachen?«

»Sie stecken dahinter, Mitchell?«, stöhnte Burdick. Grauen zeichnete sich auf seiner Miene ab.

Taylor schloss die Augen und schlug die Hände vors Gesicht.

»Wendall hat die Frau getötet, die ich liebte!«, stieß Reece aus.

Taylor sah den Schmerz in seinen Augen. »Linda?«, fragte sie. »Du meinst Linda Davidoff?«

»Was reden Sie da?«, wollte Burdick wissen.

»Ein Mann und eine Frau«, sagte Reece. »Ein Mann, der nie Zeit für eine feste Beziehung hatte, und eine Frau von unvergleichlicher Schönheit. Sie beide hatten nie zuvor wirklich geliebt. Die Kombination war nicht gerade ideal. Er ein ambitionierter, hart arbeitender Anwalt, der Beste in seinem Studienfach, der Tüchtigste in der Kanzlei … Sie, eine schüchterne, scheue, sensible Dichterin … Fragt mich nicht, wie die beiden überhaupt zueinander finden konnten. Vielleicht ist etwas dran an dem Spruch, dass Gegensätze sich anziehen. Es war eine heimliche Romanze. O ja, Taylor, auch in einer Kanzlei gibt es Geheimnisse, die nicht aufgedeckt werden, ein paar wenigstens. Die beiden haben sich getroffen, sind mehrmals zusammen ausgegangen und haben sich ineinander verliebt. Sie wurde schwanger, und beide wollten heiraten.«

Ein Moment der Stille kam und verging. Reece schien die Worte, die er als Nächstes aussprechen wollte, aus sich herauspressen zu müssen. »Wendall arbeitete an einem Wochenende an einem Fall und benötigte Hilfe. Linda hatte längst Schwangerschaftsurlaub genommen und zu arbeiten aufgehört, aber sie brauchte Geld. Als Wendall sie dann gefragt hat, ob sie ihm an dem Wochenende helfe, hat sie sofort zugesagt. Normalerweise fuhr er mit seiner Truppe hinauf nach Connecticut. Linda bestieg den Zug dorthin. Doch kaum war sie in seinem Haus angekommen, musste sie feststellen, dass es weder einen Fall noch Arbeit für sie gab. Wendall wollte lediglich mit ihr ins Bett gehen. Er versuchte sie zu verführen, und sie hat ihm eine Ohrfeige gegeben. Dann hat sie mich angerufen und mir unter Tränen berichtet, was passiert war. Ich habe ihr geraten, sein Haus sofort zu verlassen, und wenn sie sich ein Taxi rufen müsse. Sie hat dann Clayton gebeten, sie zum Haus ihrer Eltern zu fahren, das sich nicht weit entfernt im Südteil Connecticuts befindet. Als sie dort angekommen waren, hat Clayton es noch einmal versucht. Sie ist vor ihm davongelaufen. Er hat behauptet, sie sei dabei unglücklicherweise über das Geländer auf der Veranda gestürzt. Doch die Wahrheit ist, dass er die Beherrschung verloren und sie hinuntergestoßen hat.«

»Das hat er Ihnen gegenüber zugegeben?«, fragte Burdick. »Das hat er Ihnen wirklich gestanden? Wann denn?«

»In der Nacht, in der ich ihn erschossen habe«, antwortete Reece ganz ruhig. »Am Tag des Gerichtstermins.«

»O mein Gott!«, stöhnte Taylor. »Die Frau, mit der du dich getroffen hast … Du wolltest gar nicht nach Westchester, sondern bist nach Connecticut gefahren und hast die Blumen auf Lindas Grab gelegt.«

Reece nickte.

Klick, klick, klick. Ihr rechter Zeigefinger tippte mehrmals auf die Marmorplatte, und sie lachte hysterisch und abgehackt wie eine Maschinengewehrgarbe. »O Mitchell, jetzt ist alles klar. Ja, jetzt ist alles klar.« Sie wandte sich Burdick zu. »Verstehen Sie denn nicht, was er getan hat?« Taylor sah Reece an, der sich auf den im trüben Licht blutrot erscheinenden Konferenztisch gesetzt hatte. Die Pistole lag unter seiner Hand auf dem Tisch. »Du hast deinen eigenen Aktenschrank aufgebrochen«, sagte sie, »den Wechsel herausgenommen und ihn in Wendalls Büro versteckt. Anschließend hast du dein eigenes Büro mit Wanzen versehen, damit kein Verdacht auf dich fällt. Außerdem hast du noch ein paar deiner Telefonate und Gespräche aufgenommen und die Kassette zu dem Wechsel gelegt. Und zuletzt hast du mich damit beauftragt, das Papier wieder aufzutreiben.«

Taylor dachte einen Moment nach, um alles in die richtige Reihenfolge zu bekommen. »Auf Wendalls Party habe ich dann die Rechnung von diesem Sicherheitsdienst entdeckt. Oben, im ersten Stock, in den du mich geschickt hast … nachdem du die Rechnung dorthin gelegt hattest … Und am Ende habe ich den Wechsel tatsächlich gefunden.« Taylor lachte bitter. »Allerdings nicht ganz so rasch, wie du wohl gehofft hattest, oder?«

»Du hast mich vor Gericht ganz schön schwitzen lassen«, entgegnete Reece, »das ist wahr.«

»An jenem Tag«, fuhr Taylor fort, »hast du mich ins Algonquin geschickt … Warum das? Weil Clayton keine Ahnung hatte, dass man ihn wegen eines Diebstahls beschuldigte, den er nie begangen hatte. Du musstest ihn erst töten, damit der Verdacht auf ihn fiel. Am Abend der Urteilsverkündung warst du gar nicht mit deinen Mandanten essen, sondern bist in die Kanzlei gefahren und hast Clayton erschossen … Wo hattest du eigentlich die Waffe her, Mitchell? Von einem deiner kriminellen Klienten?«

»Ich habe Wendall angerufen«, antwortete Reece ruhig, »und ihn gebeten, sich mit mir zu treffen. Es gehe um das St.-Agnes-Krankenhaus und sei sehr dringend. Er hatte um dreiundzwanzig Uhr Zeit für mich. Als ich dort ankam, habe ich die Waffe gezogen – ich habe sie übrigens tatsächlich von einem Klienten bekommen – und ihn aufgefordert, mir zu erzählen, wie er Linda umgebracht habe. Wendall hat alles zugegeben, und danach habe ich ihn erschossen. Er ist aufrecht wie ein Mann gestorben, hat nicht einmal eine Verzweiflungstat oder sonst etwas Dummes versucht. Ich muss zugeben, er hat mich tief beeindruckt.« Taylor entdeckte in seinen Augen eine Spur von Bewunderung für Wendalls Mut.

Männer von untadeligem Charakter …

Reece starrte sie jetzt an und schien wie gelähmt zu sein.

Ohne den Blick von ihm abzuwenden, sagte Taylor: »Donald war dir eine große Hilfe, stimmt's?« Dann drehte sie den Kopf kurz zu Burdick. »Tut mir Leid, Donald, aber Sie haben die Sache wirklich wie ein Präsidentenberater verschleiert.« Ihre Hände zitterten jetzt unkontrolliert. Die erste Betäubung, die sie verspürt hatte, war längst vergangen. Dafür drangen nun Bilder in ihr Gedächtnis, die sie zu überwältigen drohten: Reece mit ihr im Bett, sein jungenhaft zerzaustes Haar, der Ski-Urlaub, ihre Finger an den Knöpfen seines Hemds … Taylor konnte die Tränen nicht zurückhalten. »Und was mich betrifft, ich habe es dir von allen am einfachsten gemacht, nicht wahr? Du brauchtest dich nie zu fragen, was ich gerade treibe, wo ich gerade stecken mochte, du musstest nur im Bett neben dich sehen.«

Reece zog jetzt ein Taschentuch aus seiner Jacke und begann den Abzug, den Lauf und den Kolben der Pistole abzureiben. Dabei nickte er und sagte: »Du wirst mir sicher nicht glauben, aber das, was zwischen uns geschehen ist, hat ganz und gar nicht zu meinem Plan gehört.«

»Du hast Recht, das glaube ich dir nicht eine Sekunde lang!«, entgegnete sie. »Schließlich hast du versucht, auch mich umzubringen. Das stimmt doch, nicht wahr? Die Botulismusbakterien befanden sich in deiner Wohnung. In dem Essen in deinem Kühlschrank.«

»Ich hatte nie vor, dich zu töten! Warum konntest du auch nicht aufhören, als der richtige Moment dafür gekommen war?«

»Wie konnten Sie das nur tun, Mitchell?«, sagte Burdick. »Sie lieben Ihren Beruf doch so sehr. Und dennoch haben Sie alles aufs Spiel gesetzt, bloß um sich zu rächen?«

Reece lächelte, doch seine Augen waren leer. »Sie kennen mich noch immer nicht, was, Donald? Meinen Sie, ich hätte mich erwischen lassen? Ich habe alles bis ins Kleinste vorausgeplant. Habe jede Aktion und die darauf folgende Reaktion bedacht und abgewogen und Unwägbarkeiten ausgeschaltet. Es hätte eigentlich überhaupt nichts schief gehen dürfen.« Er seufzte tief und warf dann einen Blick auf Taylor. »Nur dich habe ich nicht richtig einkalkuliert. Du warst der tödliche Fehler in meinem Plan … Warum musst du auch so hartnäckig sein? Du bist einfach nicht damit fertig geworden, nicht wahr, konntest es nicht auf sich beruhen lassen. Es war mehr, als du zu verkraften vermochtest.«

Nein, Mitchell, bitte nicht das, sag so was nicht …

»Dein Vater hat sich mit dem Tod beschäftigt und ihn akzeptiert. Er hat sich nicht von ihm beirren lassen. Für ihn ist der Tod Bestandteil der Natur, gehört zur täglichen Arbeit. Wie aber kommt es …«

Nicht, Mitchell, tu mir nicht noch mehr weh, als du es ohnehin schon getan hast. Bitte, Mitchell …

»… dass sein kleines Mädchen die Nerven verliert, bloß weil irgendein Bastard stirbt. Dauernd sterben Menschen, gute wie schlechte. Und Wendall gehörte zu den schlechten. Warum hat dir das keine Ruhe gelassen?«

»Du hast mich benutzt!«

Er blickte auf den Revolver, öffnete die Trommel und stellte fest, dass alle sechs Kammern gefüllt waren. Dann zog er den Zettel aus der Tasche, den sie ihm auf den Tisch gelegt hatte. Die Zeilen, in denen sie ankündigte, Donald Burdick zu erschießen. Sie beobachtete, wie er auch dieses Stück Papier mit dem Taschentuch von seinen Fingerabdrücken reinigte.

Er will die Notiz hier liegen lassen, oder? Damit es so aussieht, als hätte ich erst Donald ermordet und dann mich selbst erschossen. Und das ist praktisch mein Abschiedsbrief.

»Ich weiß nicht, wie ich es dir erklären soll, Taylor. Vermutlich wirst du mich nicht verstehen können. Jemand wie du kann so etwas einfach nicht verstehen. Ich musste Wendall umbringen. Nachdem ich beschlossen hatte, ihn zu töten, gab es keine Macht auf der Welt, die ihn davor bewahren konnte. Siegen ist mein Leben. Ich kann nun mal nicht verlieren.«

Sie beugte sich zu ihm vor. »Für dich ist es zu spät, nicht wahr? Es hat sich Jahr für Jahr in dir aufgestaut. Du musst den Fall gewinnen, du musst den verdammten Fall gewinnen – das ist alles, was dich noch beschäftigt, weiter reicht dein Horizont nicht mehr. Du hast längst vergessen, worum es beim Gesetz eigentlich geht. Du hast es pervertiert, hast sein Innerstes nach außen gekehrt.«

»Halt mir bitte keine Vorträge«, entgegnete er gelangweilt. »Vor allem nicht, wenn es um Dinge geht, von denen du keine Ahnung hast. Ich lebe das Gesetz. Ich habe es zu einem Bestandteil meiner selbst gemacht.«

»Trotzdem lässt sich das, was Sie getan haben, nicht rechtfertigen«, erklärte Burdick. »Sie haben einen Menschen getötet.«

Reece rieb sich die Augen. Nach einem Moment sagte er: »Man wird oft gefragt, warum man Jura studiert hat. Hast du dich dafür entschieden, weil du den Menschen helfen, weil du auf anständige Weise Geld verdienen und weil du die Gerechtigkeit siegen sehen willst? Das ist es, was die meisten von einem hören möchten. Dass man der Gerechtigkeit Genüge tun will … Und es gibt auf dieser Welt so wenig Gerechtigkeit, selbst unser eigenes Leben wird nur selten davon bestimmt. Vielleicht herrscht auf einer höheren Ebene eine Art

Gleichgewicht, und möglicherweise schaut Gott von oben zu und sagt: ›Ja, okay, so könnte es gehen. Ich denke, ich belasse es dabei.‹ Aber ihr beide kennt das Gesetz so gut wie ich. Unschuldige müssen hinter Gitter, Schuldige erhalten einen Freispruch. Wendall Clayton ist so verantwortlich für Lindas Tod, als hätte er ihr etwas in den Drink getan oder sie erschossen.«

»Der falsche Abschiedsbrief von Clayton«, sagte Taylor, »derjenige, den du getippt hast, um ihn Donald zukommen zu lassen, beginnt mit den Worten …«

»Männer von untadeligem Charakter …«

»Ja. Danach kommt etwas in der Art, dass sie durch das Begehen einer Straftat der Gerechtigkeit zum Sieg verholfen haben. Da hast du von dir gesprochen, nicht von Clayton, oder?«

»Ja.« Reece nickte. »Damit habe ich mich gemeint.«

»Und aus demselben Grund wirst du jetzt auch uns töten, nicht wahr?«, sagte sie und fragte sich, ob Wendalls Stimme sich in seinem letzten Moment genauso ruhig angehört hatte wie ihre jetzt. Und sie fragte sich außerdem, ob die Furcht vor dem Tod sie ebenso lähmen würde wie zuvor die Erkenntnis seines Betruges an ihr.

»Mitchell«, sagte Burdick leise, »legen Sie die Waffe wieder hin. Wir gehen zur Polizei, und wenn Sie geständig sind, garantiere ich Ihnen …«

Reece rutschte vom Tisch herunter und trat auf Taylor zu. Einen halben Meter vor ihr blieb er stehen. Sie war nicht in der Lage, sich zu rühren.

»Nein!«, rief Burdick. »Vergessen wir die Polizei. Wir vergessen überhaupt alles, was geschehen ist. Es besteht keine Notwendigkeit, jemanden darüber in Kenntnis zu setzen. Wir brauchen nur …«

Reece sah ihn kurz an, sagte aber nichts.

Er strich Taylor mit der Linken über das Haar und über die

Wange. Mit der Rechten drückte er die Revolvermündung an ihre Brust.

»Ich wünschte nur …« Er spannte den Hahn. »Ich wünschte wirklich …«

Taylor wischte sich dicke Tränen weg. »Ich bin es, Mitchell. Bist du dir überhaupt bewusst, was du hier tust?«

»Bitte, Mitchell!«, flehte Burdick. »Geld? Wollen Sie Geld, um irgendwo anders ganz von vorn anfangen zu können?«

Aber nicht Reece, sondern Taylor gab Burdick mit einer Handbewegung zu verstehen, er solle schweigen. »Nein, dafür ist er schon zu weit gegangen. Zumindest das begreife ich jetzt.«

Nun zeigten sich auch auf Mitchells Gesicht Tränen. »Es läuft nicht so, wie ich es geplant habe. Es funktioniert einfach nicht. Mir bleibt keine andere Wahl. Ach, Taylor …« Der Lauf der Waffe zitterte, und sie hob sich ein Stück. Fast hatte es den Anschein, als wollte Reece sich das kalte Metall an die Schläfe halten. Doch dann siegte sein tiefer sitzender Wille, und er richtete den Revolver wieder auf Taylor.

Sie stand ganz still da. Ihr blieb nur noch übrig, die Augen zu schließen.

Reece drückte ab.

Das metallische Klicken des Hahns hallte so laut wie ein Schuss wider.

Reeces Augen flackerten nervös. Er drückte noch drei weitere Male ab, mit dem stets gleichen Ergebnis. Seine Hand sank nach unten.

»Sie sind falsch«, stammelte er in dem ungläubigen Ton von jemandem, der es nicht begreifen kann, dass er an einem tragischen Unfall beteiligt ist. »Ist alles falsch?«

Taylor wischte sich die Tränen von der Wange. »Oh, Mitchell …«

Burdick trat rasch zu ihnen und nahm Reece die Pistole ab.

»Die Waffe ist echt, Mitchell«, sagte Taylor, »nur die Kugeln nicht. Ich hatte eine Vermutung, und es fehlte mir noch an Beweisen, dass du es gewesen bist.«

Reece lehnte sich an die Wand. »O mein Gott …«

»John!«, rief Taylor.

Zwischen den Schatten bewegte sich etwas, und John Silbert Hemming trat aus einer Ecke des Konferenzraums. Er schaltete den Recorder ab, den er in der Hand hielt. Reece starrte erst ihn und dann Taylor an. »Sie hätten die Sache schon viel früher beenden können«, sagte Hemming zu Taylor. »Ich hatte längst genug auf dem Band, um ihn zu überführen.«

Aber sie sah nur Reece an und flüsterte: »Ich brauchte einfach die Gewissheit, ob er es wirklich tun würde.«

Hemming legte Reece Handschellen an.

»Wie bist du dahinter gekommen?«, fragte Reece. Sie hatte noch nie solch ein Erstaunen und solch eine Verwirrung in den Augen eines Menschen gesehen.

»Durch das Gedicht. Lindas letztes Gedicht«, antwortete sie. »Als ich es gelesen hatte, sagte ich mir, dass niemand so etwas schreibt, der vorhat, sich das Leben zu nehmen. Ihre Zeilen waren vielmehr ein Liebesgedicht. Es geht in ihnen nicht darum, sich von diesem Leben zu verabschieden, sondern um Einsamkeit und Alleinsein. Kein potenzieller Selbstmörder würde so etwas hinterlassen.«

Reece schüttelte den Kopf. »Unmöglich. Zu einer solchen Schlussfolgerung konntest du gar nicht kommen.«

»Ich habe über alles nachgedacht, was geschehen ist. Über deine strategischen Fähigkeiten, über Claytons Hang, allen Frauen an die Wäsche zu wollen, darüber, wie leicht es für dich sein müsste, von einem deiner Mandanten eine Waffe zu kriegen, darüber, wo du dich in der Nacht aufgehalten hast, in der Clayton ums Leben kam, und über deine Fahrten nach Westchester. Einen konkreten Beweis bekam ich dadurch nicht in die Hand. Den fand ich erst in den Akten. Im Fall

Quail Island Lodge. Da ging es um Botulismusbakterien, und beigefügt war der Bericht eines Sachverständigen von der American Biological Supply. Und auf einmal kam mir der Gedanke, du könntest ihn letzte Woche angerufen und bestochen haben, dir eine Botulismuskultur zu besorgen. Außerdem fand ich die Akte des Falles State Farm. Ein Wagen kam da von der Straße ab und stürzte in einen See. Er landete jedoch auf einem Felsvorsprung, was verhinderte, dass er unterging. Wir sind in der Nacht nach der Party an exakt derselben Stelle von der Straße abgekommen. Du wolltest es so aussehen lassen, als wäre Clayton verzweifelt genug, um uns nach dem Leben zu trachten, denn dann wäre auch sein vorgeblicher Selbstmord glaubhaft geworden. Du hast Donalds Namen eingetragen, als du die Akten ausgeliehen hast, aber ich habe auf ihnen deine Fingerabdrücke entdeckt. Über Linda und dich war ich mir nicht sicher, da hatte ich nur eine leise Ahnung. Jedenfalls habe ich Donald angerufen, und wir haben diese kleine Szene hier inszeniert, um Gewissheit zu erhalten.«

»Es hat dir einfach nicht gereicht, was?«, sagte Reece leise. »Du warst nicht bereit, dich mit einem offensichtlichen Selbstmord zufrieden zu geben. Nein, nicht du. Dein Vater hat für die Toten getan, was er konnte. Er hat sie mit Makeup hergerichtet, sie in ihren Sonntagsanzug gesteckt, sie vielleicht auch in harmlose Karikaturen ihrer selbst verwandelt und sie schließlich in die Kiste gelegt. Nun ja, das und ein paar Tränen sind alles, was wir im Tod bekommen, Taylor, denn das Leben geht unerbittlich weiter. Nur du willst das nicht einsehen. So etwas ist dir viel zu wenig. Du musst die Toten wieder zurückholen, nicht wahr?«

Sie sprach genauso leise wie er: »Mitchell, du spielst mit den Menschen, aber sie funktionieren nicht immer so, wie du dir das vorstellst. Das ist auch der große Fehler in deinem Plan gewesen. Es ist dir einfach nie in den Sinn gekommen, dass es mich zutiefst beschäftigen könnte, für den Tod eines Menschen verantwortlich zu sein. Dass ich mich deswegen hundeelend fühlen und nach Wiedergutmachung streben könnte.« Sie fragte sich, ob sie im nächsten Moment einen Schreikrampf kriegen, Mitchell ins Gesicht schlagen oder ihm mit beiden Händen an die Gurgel gehen würde. Sie wusste, dass sie im Augenblick genug Kraft besaß, um ihn hier und jetzt umzubringen. Doch sie tat nichts dergleichen. Kein Hass kam in ihr auf. Die ganze Situation erschien ihr eigenartig – Mitchells Betrug und ihre … ja, was hatte sie für ihn empfunden? Liebe? Nein, das war es nicht gewesen, das war ihr nun klar – Leidenschaft, pure Lust auf ihn hatten sich perfekt ausbalanciert und damit gegenseitig neutralisiert. Taylor spürte in sich überhaupt nichts mehr. Sie sah ihn an, und sein Anblick löste auch nicht das Geringste in ihr aus.

»Taylor, ich …«

»Ich möchte nichts mehr hören«, sagte sie, aber nicht zu ihm, sondern zu John Silbert Hemming, der nur nickte und Reece hinausbrachte.

Donald Burdick stand vor dem Telefon, und nachdem er tief durchgeatmet hatte, nahm er den Hörer ab und wählte zum zweiten Mal innerhalb von sechs Wochen die Nummer der Polizei.

Sean Lillick war endlich damit fertig, sein ausgeklügeltes musikalisches Meisterwerk zu kopieren, und kehrte zu seinem Arbeitsplatz in der Halsted Street zurück. Im Mittelgang blieb er abrupt stehen, als wäre er gegen ein unsichtbares Hindernis geprallt. »Taylor! Hat man Sie schon aus dem Krankenhaus entlassen?«

Sie drehte sich langsam mit ihrem Stuhl zu ihm um und sah ihn aus müden Augen an. »Ja, ich bin dem Tod von der Schippe gesprungen.«

»Fühlen Sie sich auch gut?«

»Ja, kann man sagen.«

Er trat zu ihrem Schreibtisch und reichte ihr einen dicken Stapel Blätter. »Werfen Sie doch mal einen Blick darauf. Mein jüngstes Opus. Das Thema ist Wendall Clayton.«

Sie starrte auf die Notenreihen, ohne zu erkennen, was sie da vor sich hatte.

»Was ist denn los?«, fragte er.

»Mitchell Reece hat ihn getötet.« Wie eigenartig, dass das bloße Aussprechen dieser wenigen Worte einem so viel physische Schmerzen bereiten konnte.

»Was? Wer?«

»Er hat Wendall ermordet.«

»O mein Gott!« Lillick setzte sich auf einen Stuhl, und sie erzählte ihm die ganze Geschichte. Als sie fertig war, flüsterte er etwas, das sie nicht mitbekam, denn sie konnte nur auf sein Ohr starren.

Der Ohrring!

Der winzige rote Punkt des Lochs in seinem Ohrläppchen. Er war der junge Mann, von dem Junie ihr erzählt hatte. »Sean, Sie waren vor ein paar Wochen zusammen mit Wendall hier. An dem betreffenden Samstagabend, nicht wahr?«

»Ja und?«

»Was wollten Sie hier?«

Er schob seine Notenblätter zusammen. »Ihm bei den Fusionsvorbereitungen helfen.«

»Und was sonst?«

»Nichts sonst.« Er wich ihrem Blick aus.

»Ach, kommen Sie schon, erzählen Sie.«

Nach kurzem Zögern begann er. »Ich habe Geld gebraucht, und er hat mich für gewisse Dinge bezahlt, wie zum Beispiel in anderer Leute Aktenschränken und Schreibtischen zu stöbern und dabei so manches Interessante zu finden. Schlimme Dinge, Sie verstehen, mit denen man die erpressen konnte, die sich gegen die Fusion stellten.«

»Sie waren also so etwas wie sein Spion?«

Er starrte auf den Teppichschoner unter ihrem Drehstuhl. »Ich habe ihm mitgeteilt, dass Donald sich in Florida mit den Chefs von MacMillan treffen wollte … und ihm von Dudleys Verhältnis erzählt … Ich weiß, das hätte ich nicht tun sollen.« Er zuckte mit den Schultern wie ein kleiner Junge, den man dabei erwischt hat, Geld aus der Jackentasche seines Vaters zu stehlen, und der nun auf Vergebung hofft.

Taylor war aber nicht in der Stimmung, ihm zu vergeben. Kühl erwiderte sie: »Das kommt ein bisschen spät, oder?« Er redete auf sie ein, versuchte, sein Tun zu rechtfertigen, erzählte ihr seine Lebensgeschichte, angefangen von seinem Vater, der ihn vernachlässigt hatte, von seiner Leidenschaft für die Musik, von seiner großen Angst vor dem Alltäglichen … Sie hörte ihm gar nicht zu, sondern folgte der Musik, deren Noten vor ihr lagen. Oben auf der ersten Seite stand: *Der König der Wall Street* – eine Oper in einem Akt. Sie summte in Gedanken die ersten Takte.

»Haben wirklich Sie das komponiert?«

Lillick hatte keine Ahnung, worauf sie hinauswollte. Zögernd antwortete er: »Es ist noch nicht fertig.«

Sie schrieb ihm einen Namen und eine Telefonnummer auf einen Zettel.

»Wer soll das denn sein, Willy Landsdowne?«

»Eine Art Karriereberater.«

»Wie bitte?«

»Rufen Sie ihn einfach an. Sagen Sie ihm, dass ich Sie geschickt habe, und zeigen Sie ihm diese Noten. Er wird sich dann um alles kümmern.«

»Okay, das mache ich.«

»Und tun Sie das, bevor Sie sich an der juristischen Fakultät einschreiben.«

Er zuckte mit den Schultern. »Und was passiert dann?«

»Sie werden schon sehen.«

Erst jetzt bemerkte sie einen Umschlag, der an der Lampe lehnte. Ihr Name stand darauf. Sie öffnete ihn und stellte als Erstes fest, dass die Mitteilung von Thom Sebastian stammte. Nachdem sie die Zeilen gelesen hatte, fing sie so laut zu lachen an, dass Lillick sie ganz verwirrt anblickte.

»Was ist denn los?«

»Man hat mir gerade einen Heiratsantrag gemacht.«

»So richtig mit allem Drum und Dran?«

»Mit Hochzeitskuchen, Ring und Flitterwochen in Europa.«

»Ohne Scheiß? Alles in einem Brief?«

»Wenigstens hat er mir nicht nur ein Fax geschickt«, sagte sie grinsend.

»Und wer ist der Glückliche?«

Taylor prustete, sah Lillick an und schüttelte den Kopf.

»Also gut, wer ist der Trottel, dem das Herz übergeht?«

»Das behalte ich lieber für mich.«

Er beugte sich vor, um einen Blick auf den Brief zu werfen, aber sie faltete ihn rasch zusammen und steckte ihn in ihre Handtasche.

»Bei Ihnen sind Geheimnisse bestimmt sicher.«

»Seit wann sind Geheimnisse in einer Kanzlei sicher?«, sagte sie, doch mehr zu sich selbst als zu ihm. Lillick hielt das für einen Witz, auch wenn sie nicht lachte.

Er zog seine abgewetzte Bob-Dylan-Lederjacke an. »Ich bin heute Abend im Plastic Respect ... sollte Ihnen zu Hause die Decke auf den Kopf fallen.«

»Das glaube ich kaum«, entgegnete sie und sah ihm hinterher, als er fortging. Danach schlüpfte sie in ihren Regenmantel und lief durch die stillen, nur gelegentlich beleuchteten Flure. Die slawischen Reinemachefrauen in ihren blauen Kitteln zogen mit ihren Wagen von Büro zu Büro. Das Heulen der Staubsauger drang aus verschiedenen Richtungen an Taylors Ohr. Es kam ihr so vor, als würde sie Pulverdampf riechen, als hätte Reece tatsächlich echte Patronen verschossen. Doch als sie an einem der Konferenzräume vorbeiging, wurde ihr klar, dass es sich nur um Zigarrenqualm handelte. Vor Stunden war hier ein Vertrag aufgesetzt worden – oder auch geplatzt. Oder man hatte die Unterzeichnung auf morgen verschoben. Irgendein Klient war jetzt um einiges reicher oder ärmer oder musste bis zum nächsten Tag ausharren.

Sie drückte auf den Knopf des Fahrstuhls und lehnte den Kopf an die kühle Marmorwand.

Draußen auf der Wall Street ging es fast so ruhig zu wie in den Räumlichkeiten von Hubbard, White & Willis. An diesem Ort herrschte nur tagsüber Leben und Treiben, am Abend war hier nichts mehr los. Die meisten Fenster der Bürogebäude waren dunkel, und in den Clubs hatten die Barkeeper aufgehört, Getränke zu mixen. Hier und da waren ein paar Taxis und andere Autos auf den Straßen zu sehen. Ein steifer Wind schob dicke Schneewolken über den Hafen.

Gelegentlich tauchte jemand in einem dunklen Mantel auf, um in ein Taxi zu steigen oder in eine U-Bahn-Station hinunterzueilen. Wohin mochten sie unterwegs sein? Vielleicht zu einem der Clubs, in denen Thom Sebastian zu finden war, oder auf der Suche nach einer besonderen Befriedigung, wie sie Ralph Dudley schätzte, oder einfach nur zur Upper East Side, um sich dort in ihr Apartment zurückzuziehen und ein paar Stunden Schlaf zu bekommen, ehe die Tretmühle morgen von neuem begann?

Die Polizei war wieder fort und Donald Burdick nach Hause gefahren. Er brauchte dringend Ruhe, denn am nächsten Tag erwartete ihn eine Menge Arbeit. Er würde weitere Gefallen einfordern und sich seinerseits in die Schuld anderer begeben müssen. Taylor vermutete jedoch, dass ihm das keine übermäßigen Kopfschmerzen bereitete und er noch über einen ausreichenden Fundus verfügte.

Ein Uhr nachts.

Taylor hielt ein Taxi an und nannte dem Fahrer ihre Adresse. Sie sank auf dem Sitz zusammen und starrte auf die verschmierte Trennscheibe aus Plexiglas. »Bitte nicht rauchen« stand dort und »Bei Fahrten nach 20 Uhr wird ein Zuschlag von fünfzig Cent erhoben«. Der Wagen war nur noch einen Block von ihrem Apartment entfernt, als sie es sich anders überlegte. Sie klopfte an die Scheibe und sagte zu dem Fahrer, er solle sie ins West Village bringen.

»Sind Sie sicher?«

»Ja.«

»Um diese Uhrzeit noch?«

»Ja, um diese Uhrzeit noch.«

Taylor Lockwood sitzt im Rampenlicht.

Dimitri versucht vergeblich, seine Locken glatt zu streichen, und beugt sich über das Mikrofon. Sein angeborenes Misstrauen verflog sofort, als sie ihm mitteilte: »Ich spiele heute Abend ohne Gage. Du kannst alle Einnahmen behalten. Sogar die Trinkgelder. Ich bitte dich nur um einen einzigen Gefallen, Dimitri. Sag jetzt nicht gleich ›seidenweich‹. Wenigstens heute Abend nicht, okay?«

»Ladys und Gentlemen …«

»Dimitri!«, flüstert sie eindringlich.

»… Es ist mir ein außerordentliches Vergnügen, Ihnen am Klavier Taylor Lockwood präsentieren zu dürfen.«

Sie legt die Finger auf die Tasten, die sich kalt und glatt wie Spiegel anfühlen und spürt beim Anschlagen ihre Elastizität.

Nach einer halben Stunde blickt sie auf und sieht ins Scheinwerferlicht. Strahlende Helligkeit strömt auf sie ein, so grell, dass sie im Saal niemanden ausmachen kann. Vielleicht sind all die wackligen Tische da unten besetzt. Vielleicht hat sich aber auch kaum jemand hierher verirrt. Sollten tatsächlich Gäste da sein, lauschen sie schweigend Taylors Musik.

Sie lächelt, aber nicht zum Publikum, sondern nur für sich selbst – so wie das Konzertpianisten tun, wenn sie ganz in ihrer Musik aufgehen –, und spielt ein Medley von Gershwin-Melodien, das auf »Rhapsody in Blue« basiert und das sie selbst arrangiert hat. Heute Nacht improvisiert sie recht häufig, spielt jazzartige Harmonien und riskante Variationen. Die Noten brodeln, formen sich neu und steigen zu Höhen empor, die den Beifall von Willy Lansdowne und Sean Lillick finden würden. Aber Taylor lässt der Musik nie vollkommen freien Lauf und achtet darauf, in regelmäßigen Intervallen zum Grundthema zurückzufinden. Schließlich weiß sie, wie sehr die Menschen diese Melodie lieben.

blanvalet

Fünf vor Mord!

Roman. 512 Seiten. Übersetzt von Thomas Haufschild
ISBN 978-3-442-37126-6

Lesen Sie mehr unter: **www.blanvalet.de**